Zu diesem Buch

Im Jahre 1464 wurde die Welt größer, Männer mit Vorstellungskraft trugen ferne Meere und bisher unbekannte Länder in die Landkarten ein. In der Arena von Handel, Krieg und Politk war Europa zu klein, als daß das Wirken eines begabten Mannes hätte verborgen bleiben können. Eines Mannes wie Niccolo: Kaufherr, Abenteurer, Krieger, Einzelgänger und Held von Dorothy Dunnetts neuer farbenprächtiger Renaissance-Saga über das Haus Niccolo.

Dorothy Dunnett (auch Dorothy Halliday), geboren 1923 in Dunfermline / Schottland, war urspünglich Malerin. Dann veröffentlichte sie zahlreiche international erfolgreiche historische Romane, so die Bestseller über das Handelshaus Noccolo «Die Farben des Reichtums» (rororo Nr. 12855), «Der Frühling des Widders» (rororo Nr. 13254) und «Das Spiel der Skorpione» (rororo Nr. 13376), ein Buch über Macbeth «King Hereafter», sechs Kriminalromane der «Dolly»-Serie und die historischen Romane über die tollkühnen Abenteuer des Junkers und Frauenlieblings Francis Crawford von Lymond: «Das Königsspiel» (rororo Nr. 13019) und «Gefahr für die Königin» (rororo Nr. 13079); der Rezensent der «Sunday Times» schrieb: «Ich bezweifle, ob es in der ganzen Romanliteratur einen besseren Helden gibt. Rhett Butler aus ‹Vom Winde verweht› kann ihm das Wasser nicht reichen.» Dorothy Dunnett ist mt dem Schriftsteller Alastair N. Dunnett verheiratet, hat zwei Söhne und lebt in Edinburgh.

Dorothy Dunnett

Das Gold von Timbuktu

Niccolo greift nach Afrika

Roman
Deutsch von
Hermann Stiel

Rowohlt

Die Originalausgabe erschien 1991 unter Titel
«The House of Niccolò: Scales of Gold»
bei Michael Joseph Ltd., London
Umschlaggestaltung Susanne Müller

Veröffentlicht im Rowohlt Taschenbuch
Verlag GmbH, Reinbek bei Hamburg,
Dezember 1995
Copyright © 1994 by Rowohlt Verlag GmbH,
Reinbek bei Hamburg,
«The House of Niccolò: Scales of Gold»
Copyright © Dorothy Dunnett 1991
Alle deutschen Rechte vorbehalten
Druck und Bindung Clausen & Bosse, Leck
Printed in Germany
1990-ISBN 3 499 13702 x

DAS GOLD VON TIMBUKTU

KAPITEL 1

DIE SICH SEINER ERINNERTEN, fanden es bezeichnend, daß Nicolaas gerade in dem Augenblick in Venedig eintraf, als die neueste Nachricht den Rialto erreichte und bewirkte, daß der Dukaten unter fünfzig Groats fiel und sich dem Écu näherte. Was Gregorio veranlaßte, ihn nicht selbst willkommen zu heißen, sondern Cristoffels zum Hafenbecken von San Marco zu schicken zusammen mit einigen anderen, die Nicolaas nicht kannten. Er hoffte, wenigstens Cristoffels wußte noch, wie sein Dienstherr aussah.

Natürlich hatte sich an der Börse rasch herumgesprochen, daß van der Poeles Schiff die Einfahrt passiert hatte und auf dem Weg zum Ankerplatz war. Inmitten des hastigen Treibens – Abschlüsse mußten bestätigt, Kuriere mit Zahlungsanweisungen und Wechseln losgeschickt werden – sah sich Gregorio immer wieder gutmütigen Scherzen ausgesetzt. Seit über zwei Jahren leitete er die Bank von Niccolo als Vertreter ihres Gründers, und die anderen Advokaten und Makler behaupteten gern, er fürchte sich vor der kommenden Abrechnung. Er hätte eher darüber lächeln können, wäre es nicht auf besondere Weise tatsächlich so gewesen.

Er hatte zwischen Rialto und San Marco zwei Botenläufer postiert. Als der Ruf von der Brücke kam, konnte er sich in einiger Ruhe auf den Weg machen. Es bedeutete nur, daß das Beiboot der

Adorno die Foscaribiegung erreicht hatte und er noch rechtzeitig in der Bank sein konnte. Der Canal Grande war ein langer, geschäftiger, von Palästen gesäumter Wasserweg, und die Mannschaft der Kogge, die lange auf See gewesen war, würde mit einem schwerbeladenen Boot gewiß eher langsam fahren.

Dennoch begab sich Gregorio sogleich zur Brücke und rief einem herbeieilenden Gehilfen kurze Anweisungen zu. Es war zu heiß für Wams und Robe, selbst wenn man den Anlaß berücksichtigte – auch wenn Margot anders darüber denken mochte. Er ließ sich im Gehen von seinem Diener in den Pourpoint knöpfen und schickte den Gehilfen vor den Stufen mit den Worten fort: *«Und nicht vergessen: Kaufen nach Uso!»* Dann griff er nach dem Geländer an der Zugbrücke, hielt inne und ließ einen kurzen Blick über den Canal Grande schweifen.

Die Sonne traf zwischen den Palazzi auf das Wasser und blendete ihn. Er zog die Hutkrempe herunter, bis sie an seine nicht gerade schöne Nase stieß, und richtete die Augen – die Augen eines Mannes von zweiunddreißig Jahren – auf den Wirrwarr von Rudern, die zu Fahrgastbooten, schweren Lastkähnen und Prahmen gehörten, zu Fahrzeugen, die mit Fisch und mit Gemüse beladen waren und die kreuz und quer ihres Weges fuhren. Eine Gondel kam auf ihn zu, vergoldet und mit Quasten geschmückt und bedient von zwei Negern in der Tracht der Familie Loredano. Sie glitt unter der Brücke hindurch und wich einem schwankenden Boot aus mit Nachtschwärmern in Karnevalsumhängen und Masken. Sie schaukelten vorüber, in die blendende Helle hineinkreischend.

Hinter ihnen stand sein Bankhaus, ein Drittel des Wegs zwischen der Brücke und der Biegung des Canal Grande. Seine Bank, sein Kontor, sein Lagerhaus, sein Heim. Die Casa di Niccolo, von der jetzt ein Mann wieder Besitz ergreifen würde, dessen Handschrift auf dem Umschlagpapier eines Briefpäckchens ihn immer kurz den Atem anhalten ließ.

Er sollte sich beeilen. Gregorio hastete die andere Seite der Brücke hinunter, wandte sich nach rechts, das eigene Ufer entlang, kleinere Brücken überquerend, dahineilend zwischen schaukelnden Gondeln und den vornehmen Fassaden der reicheren Seite der reichsten Wasserstraße Venedigs. Er warf dann und wann einen Blick auf den Canal und sah, daß irgendeine Störung das Fortkommen behinderte. Er hatte den Canal selten so verstopft gesehen. Er verlangsamte den Schritt. Unter diesen Umständen kam kein Boot schnell voran.

Jetzt konnte er die vorspringende Mauer seiner Bank sehen, die rot und weiß gemusterte Wand, überspült von dem Licht des Seitenkanals, und davor eine Gruppe von Menschen. Sein Gesinde und die Kontoristen, die alle ihren Dienstherrn sehen wollten.

Margot würde nicht unter ihnen sein, sie würde von einer Loggia aus zusehen. Margot, mit der er nicht verheiratet war und der er vertraute wie keinem anderen Menschen, hatte die letzten Berichte gelesen, die Nicolaas geschrieben hatte, bevor er von Zypern nach Venedig aufgebrochen war. In ihnen hatte Nicolaas seine persönlichen Gründe für die Abreise von der Insel geschildert. Er hatte sich dabei kurz und bündig ausgedrückt und nichts darüber geschrieben, was er zu tun gedachte, wenn er erst in Venedig war. Gregorio wußte nicht recht, was er von dieser Begegnung erwarten sollte.

Er beabsichtigte jedoch, als erster bei der Bank einzutreffen. Es sah so aus, als sollte ihm das gelingen. An den Anlegepfosten vor der Doppeltür der Ca' Niccolo lag noch kein Boot; er hatte seine Frachtkähne in den Seitenarm verlegt. Er hatte auch einige weitere Männer zum Hafenbecken geschickt. Mit Räubern war eigentlich nicht zu rechnen, aber Nicolaas hatte im fernen Zypern sich und seiner Bank einen besonderen Ruf erworben. In geschäftlichen Dingen war er unfehlbar und gnadenlos, wenn ihm nicht rechtzeitig Einhalt geboten wurde.

Und jetzt war er hier. Das große Beiboot der Kogge war plötzlich zu sehen: Ein häßliches, wenn auch sauber angestrichenes Fahrzeug lag unter der Last von Packen, Ballen und Menschen tief im Fahrwasser und wartete darauf, seinen Anlegeplatz ansteuern zu können. Die Ruderer gehörten zur Mannschaft der *Adorno*, sie trugen Mützen und saubere Kittel. Zwischen ihnen standen die Abgesandten und Dienstboten der Bank.

Von ihnen allen hoben sich die zwei Hauptpersonen ab, die im Heck saßen und wie eigens für das kunstvolle Schauspiel des Anlegens und Aussteigens gekleidet schienen. Den einen erkannte er sofort an seiner Hautfarbe und Größe: *Loppe*, bei Gott! Lopez, der begabte Afrikaner, der versorgte, was in Nicolaas' ungewöhnlichem Leben versorgt werden konnte, eingeschlossen seine Zukkerrohrgüter.

Und der andere, an kraftvoller Körpergröße ihm nicht nachstehend, war Nicolaas van der Poele, flandrischer Kaufherr, der sich gerade die Hand über die Augen hielt, während er das Bootsgewimmel betrachtete. Die Sonne blitzte von einem Ring an einem Finger auf.

Er hatte einige Zugeständnisse an die Hitze gemacht: Sein kurzer Leibrock war aus Seide, und der verschlungene Kopfputz, der nur wenige Büschel braunen Haars freigab, war aus dünnstem Leinen gefertigt. Das Gesicht darunter war braun und glatt wie gebacken, und die sehr großen Augen verliehen seinem angestrengten Blick einen Hauch von Unschuld, zu dem die Schwingung der Lippen nicht passen wollte. Gregorio, der im Schatten stand, dachte daran, zu rufen, und unterließ es dann doch. Lopez blickte sich um und beugte sich, wie Gregorio bemerkte, einmal vor, um Nicolaas, der kurz aufsah, etwas zuzuflüstern.

Die Ruder hingen müßig herab, da man nicht weiterkam. Fährleute riefen. Wie sich plötzlich herausstellte, war die Ursache des Staus ein einzelnes ungeschickt gelenktes Fahrzeug, dessen Manöver von einem Chor von Flüchen und von spöttischem Gelächter begleitet wurden. Eine Bootsladung schreiender, grölender Nachtschwärmer, wie es schien. Während das verschrammte Fahrzeug sich mühsam seinen Weg bahnte, glänzte eine Maske in der Sonne auf.

Es war das Karnevalsboot, das er schon früher bemerkt hatte. Der Stand des Dukaten im Verhältnis zu Groat und Mark rückte in Gregorios Bewußtsein in den Hintergrund.

Das Boot der *Adorno* lag auf dem Wasser, und man wartete mit soviel Geduld, wie man in Sichtweite des Ziels einer Reise eben aufbringt. Nicolaas blickte sich um, hörte Lopez zu und bückte sich nach etwas, das auf dem Boden lag. Das Karnevalsboot schwankte näher, und die sich in Gefahr wähnten, wichen unter lauten Rufen zur Seite. Die erfahrenen Ruderer von der *Adorno* bugsierten ihr schweres Boot rasch und geschickt aus dem Weg.

Jetzt waren die Leute in dem Boot deutlicher zu erkennen: Man sah die breitkrempigen schwarzen Hüte der Ruderer, die bemalten Kinne und gespenstischen Masken der zwölf untersetzten Männer der Festgesellschaft. Der Anführer stand im Bug, den einen Fuß auf dem Dollbord, die eine Faust elegant aufs Knie gestützt. Auf dem Kopf trug er die Maske einer Gans, und wie bei seinen Gefährten war die andere Hand unter dem Umhang verborgen.

Es konnte kein Zufall sein, daß das Karnevalsboot sich mit einem Mal als äußerst gewandt im Umfahren anderer Fahrzeuge erwies. Es war kein Zufall, daß es, anstatt von einem Boot zum anderen zu schaukeln, jetzt geschickt jede freie Wasserfläche ausnützte, bis es dann dahergeschossen kam und geradewegs wie zum Rammen das schwere Boot mit seiner Ladung aus Zypern ansteuerte.

Gregorios Ruf war nur einer in einem Chor warnender Stimmen. Die Seeleute tauchten die Ruder ins Wasser, um den Auftreffwinkel zu verändern und damit den Aufprall abzumildern. Doch der Zusammenstoß blieb aus, denn im letzten Augenblick drehten die Ruderer ihre Riemen flach. Die maskierte Gestalt bückte sich, hob etwas Schweres und Kleines auf und schleuderte es von sich. Es fiel auf das größere Boot und hakte sich fest. Es war ein Enterhaken. Als die beiden Boote nebeneinander lagen, sprang der Mann mit der Gänsemaske von seinem Boot auf das andere, und seine Gefährten taten es ihm nach.

Gregorio sah, wie die Seeleute auf dem Beiboot der *Adorno* sich halb erhoben und taumelten; er sah, wie Cristoffels und die anderen die Fäuste gebrauchten, sah die Meute der Maskenmänner über das große Fahrzeug herfallen, dorthin, wo die Packen und Ballen lagen. Das Boot schwankte. Am hinteren Ende sprang Lopez auf. Nicolaas ergriff einen kurzen, reichverzierten Bogen, richtete sich auf, spannte ihn und hielt den Pfeil auf den Anführer gerichtet.

«Schlagt Eure Umhänge zurück», rief er, «und laßt Eure Waffen ins Wasser fallen!»

Der Mann mit der Gänsemaske schrie auf. «Monseigneur, schießt nicht! Wartet! Habt Erbarmen! Wir bitten um unser Leben!» Mit fahrigen Händen knüpfte er, flehend dreinblickend, den Umhang auf. Hastig warf er das Kleidungsstück weg, hob den Gegenstand, den er trug, mit zitternden Händen Nicolaas entgegen. Dann warf er ihn mit einem pfeifenden, teuflischen Lachen in die Höhe.

Das Ding hing in der Luft, und die Augen aller waren darauf gerichtet: Es war ein Karnevalsstab aus Papier, mit einem lächerlichen vergoldeten Kopf am einen Ende. Dann begann er in einer sich entfaltenden Bandspirale herabzusinken. Jemand fing an zu lachen. Schreiend und kreischend stimmten die Männer im Narrenkleid darin ein, und sie nahmen die Hände von den Umhängen und zogen jeder einen ebensolchen Stab hervor, bunt bebändert, mit phantastischen Höckern und Kobolden und Drachen daran, mit denen sie auf ihre Opfer einzuschlagen begannen. Sie trugen überhaupt keine Waffen.

Um die beiden Boote herum wurde leise gelacht. Auf der anderen Uferseite drängten Leute vor, um zu sehen, was da vorging, und an Fenstern erschienen Gesichter. Auf der offenen Galerie des Palazzo Barzizza gleich gegenüber gab es plötzlich eine ganz kurze Bewegung.

Lopez sagte: «Ser Niccolo.»

Das war so kurz und unauffällig, daß es Gregorio nicht wahrgenommen hätte, wäre nicht seine ganze Aufmerksamkeit auf die beiden gerichtet gewesen. Die Nachtschwärmer vollführten weiter ihre Possen. Nicolaas drehte sich um, und der gespannte Bogen schwang neunzig Grad mit ihm herum. Der Mann mit der Gänsemaske setzte zu einer letzten großartigen Geste an.

Der Neger griff über Nicolaas hinweg, packte den Mann wie einen nassen Sack, hob ihn hoch und stellte ihn vor sich hin. Der überraschte Mann stieß einen Schrei aus. Seine Gefährten, jetzt auf den Beinen, stießen sich an und lachten, auch noch, als der Mann ein zweites Mal aufschrie. Dann begann das Lachen zu verstummen, als die nächsten Nachbarn seine Arme zucken und schäumendes rotes Blut aus dem erschlaffenden Mund unter der Maske heraussprudeln sahen. Ein Pfeil hatte sich durch seine Brust gebohrt.

Lopez ließ sich aufs eine Knie sinken und zog den Toten von Nicolaas fort. Die Entermannschaft erstarrte. In dem kurzen Schweigen, das auf das Entsetzen folgte, richtete Nicolaas den Bogen genau auf sein Ziel, den Blick nicht von der höchsten Galerie des Kaufmannshauses gegenüber wendend. Dann gaben seine Finger den Pfeil frei.

Drüben schrie jemand auf, und der Laut hallte von den Palastwänden wider. Der Mann, der dort droben auf der Galerie stand, stürzte hinunter ins Wasser. Er versank, und die Stücke eines Bogens schwammen nach oben.

Dann war die Luft plötzlich erfüllt von den Schreien von Männern und Frauen und Seemöwen.

Auf dem Boot wichen die maskierten Männer benommen zurück und kletterten in das Fahrzeug, aus dem sie gekommen waren. Der Enterhaken riß sich los, und die Ruderer ergriffen ihre Riemen, bugsierten das Boot zur Seite und rückwärts und nahmen dann Kurs auf das Hafenbecken und das freie Wasser der Lagune. Ihren Anführer ließen sie zurück.

Einige Boote begannen ihnen halbherzig zu folgen, holten sie aber nicht mehr ein. Ein Ring von Fahrzeugen bildete sich um Nicolaas, und drüben versuchte eine Gruppe von Fährleuten, den toten Bogenschützen aus dem Wasser zu fischen. Als das Boot von der *Adorno* ans Ufer kam, sah Gregorio das Gesicht des Anführers der Männer vom Karnevalsboot, jetzt ohne Maske. Es war kein Gesicht, das er kannte. Und die anderen würden sich gewiß dumm stellen, wenn man sie erwischte. Sie hatten keine Waffen getragen. Sie waren nur Lockvögel gewesen.

Etwas streifte über Gregorios Arm: Margots Hand. «Ich habe es gesehen», sagte sie. «Der Mann auf der Galerie hatte auf Nicolaas gezielt.»

«Das glaube ich auch», sagte er. «Lopez hatte ihn bemerkt. Sonst hätte man in der allgemeinen Verwirrung nicht gewußt, woher der Pfeil gekommen war.»

«Hatte man damit gerechnet?» Margot war bleich vor Schreck. «Daß ihm jemand nach dem Leben trachten würde? Bei seiner Rückkehr?»

Gregorio gab keine Antwort. Sie hatte gleich ihm den Brief aus Zypern gelesen. Sie hätten begreifen müssen, was sein Inhalt bedeutete. Er sah das große Boot näher kommen und sagte: «Lopez. Er wird hierbleiben. Es muß allen Bediensteten eingeschärft werden . . .»

«Es wird geschehen», versicherte Margot.

Das Boot legte an. Nicolaas trat an Land und lächelte allen zu. «Willkommen zu Hause», begrüßte er sie. «Ich dachte mir, ich sage das vielleicht an Eurer Statt. Ich bitte Euch alle um Vergebung. Laßt mir Zeit, bis ich beim Richter vorgesprochen habe – Goro, wollt Ihr mit mir kommen? –, dann komme ich gern zurück und widme mich Euch. Verschiebt auf keinen Fall das Essen.»

Auf dem Wasser wimmelte es noch immer von Booten mit aufgeregt redenden Leuten darin. Am anderen Ufer waren beim Palazzo Barzizza Menschen und Fahrzeuge versammelt. Im Boot zu seinen Füßen lag ein Toter. Gregorio sah das Boot mit dem Vertreter des Dogen näher kommen. «Eure Kleider . . .», sagte er.

«Blut, ich weiß», entgegnete Nicolaas. «Ich habe für diesen Leibrock viel Geld bezahlt. Ich wollte Eindruck machen.»

Auf seiner Wange bildete sich ein Grübchen, das aber wieder verschwand. Vielleicht sollte es Kummer anzeigen, unter dem Schleier einer grimmigen Fröhlichkeit. Ohne einen begleitenden Blick dazu drückte es lediglich Gleichmut aus.

Es stellte sich heraus, daß das Wams unter dem Leibrock sauber war. Er warf das befleckte Kleidungsstück seinem Diener zu und stellte sich, wobei er sich umwandte, mit dem Gesichtsausdruck schon auf das Gespräch mit dem Richter ein. Gregorio fragte: «Wißt Ihr, wer es war?»

«Oh, ich glaube schon», antwortete Nicolaas. «Aber ich werde es nicht sagen, wenn Ihr es auch nicht tut.»

Später, als er mit Nicolaas zur Bank zurückkehrte, sagte sich Gregorio, daß wenigstens eines zu begrüßen war: Es würde keine strafrechtliche Verfolgung geben.

Nicolaas hatte erneut bewiesen, daß er ein guter Schauspieler war. Wer seinen Tod wünschte? Die Feinde der Republik Venedig, wie er fürchtete. Es gab eben solche, die zögerten, sich der Serenissima bei ihrem Kreuzzug wider den ungläubigen Türken anzuschließen, welche Eide sie auch geleistet hatten. Er gab dem Herzog von Burgund oder Frankreich keine Schuld, wenn auch die Nachricht von den heutigen Ereignissen gewiß den Kredit jeder Bank erschütterte, nicht nur seiner eigenen. Auch wollte er nicht mit dem Finger auf Genua weisen, das einem Soldaten und Kaufherrn gram sein mochte, dessen Taten der erhaberenen Republik zugute kamen. Eigentlich glaubte er überhaupt nicht an eine verbrecherische Tat von Christen. Der Name Niccolo van der Poele war bekannt genug, um von den Ungläubigen verflucht zu werden.

Gregorio hatte an dieser Stelle schlucken müssen, aber der Richter hatte ausgerufen: «Er hat einen mameluckischen Bogen benutzt, der Mörder!»

«Sogar hier!» sagte Nicolaas. Er sagte es nach einem kurzen Augenblick des Überlegens.

«Aber natürlich ist er hier unbekannt. Er ist unentdeckt in den Palazzo gelangt. Immerhin habt Ihr recht. Welcher Hautfarbe er auch ist, die Ägypter haben ihn bezahlt. Hat nicht Eure Truppe auf Zypern die gesamte mameluckische Streitmacht auf dieser Insel vernichtet?»

«Sie sind jedenfalls alle umgekommen», sagte Nicolaas.

«Und ihr Anführer in einem Zweikampf mit Euch?»

«Ich habe mit dem Mameluckenemir gekämpft, das ist wahr. Ich besitze seinen sehr schönen Bogen.»

«Und Ihr habt ihn getötet?» Der Richter war hingerissen.

«Getötet hat ihn der König. Ich habe ihm den Arm abgehackt, und als Folge davon brauchte er den Bogen nicht mehr», fügte Nicolaas erläuternd hinzu.

Der Richter erhob sich und bestand darauf, ihm die Hand zu schütteln. Sein Sekretär und zwei seiner Schreiber taten es ihm nach. Freundliche Worte über Waffengenehmigungen wurden gesagt, und Nicolaas gab sich zerknirscht. Er habe vergessen, um eine Erlaubnis einzukommen. Die Signoria mochte der Ansicht sein, er überschätze seine geleisteten Dienste, wenn er sich ihretwegen in Gefahr glaube. Der Richter wehrte mit beiden Händen ab und beruhigte ihn.

Gregorio, dem unbehaglich zumute war, saß stumm dabei. Er machte während des weiteren Gesprächs kaum einmal den Mund auf – vielleicht hätte er sonst darauf hingewiesen, daß nichts, was Nicolaas je getan hatte, zum Nutzen Venedigs gedacht gewesen war. Venedig hatte einfach Glück gehabt.

Auf der Rückfahrt im Boot der Republik wechselte Nicolaas sofort ins Flämische über. «Ihr seid wohlauf? Margot ist es, wie ich sehe. Und Ihr seid wie üblich die Zurückhaltung selbst. Ich glaubte, Ihr würdet platzen.»

«Zwei Tote waren genug», sagte Gregorio. «Was steckte also wirklich dahinter? Das mit den Genuesen oder den Burgundern oder Franzosen war doch nur Ablenkung. Überhaupt – welche Nachrichten habt Ihr aus Burgund?»

Nicolaas begleiteten zwei Bewaffnete mit dem Markuslöwen auf dem Brustharnisch. Der Richter hatte gemeint, Nicolaas bedürfe des Schutzes. Er sagte: «Verstellt Euch nicht, die Werft weiß immer mehr als die gute Stube. Ich habe schon gleich bei der Landung gehört, daß der Herzog beim päpstlichen Kreuzzug abgesagt hat, und da mußte der Groat zwangsläufig im Kurs steigen. Es muß hoch hergegangen sein.»

«Er ist um drei Zähler gegenüber dem Dukaten gestiegen», sagte Gregorio. «Ich habe Kuriere zu Eurem neusten Zweigkontor in Brügge geschickt. Ihr kamt zu unrechter Zeit zurück. Also wer hat Euren Mörder gedungen? Doch nicht der Sultan von Kairo?»

«Nun, ich glaube nicht», sagte Nicolaas. «Ich mag auf seiner Liste stehen, aber Mamelucken sind für unauffälligere Gnadenstöße – sind eher für den Dolch oder für Gift. Ich glaube eher an einen Irren aus Brügge, obschon ich höre, daß Simon nicht in Venedig ist. Aber einer von ihnen könnte durchaus einen treuen alten Gefolgsmann mit Geld dazu gebracht haben. Und natürlich sind da noch die anderen Makler. Hat Euch jemand in der jüngsten Zeit umzubringen versucht?»

«Ich leide unter Überarbeitung und Vernachlässigung», sagte Gregorio, «aber davon abgesehen habe ich keine Klagen. Unser spezieller übler Rivale beschränkt sich darauf, unserem Geschäft zu schaden oder es zu versuchen. Ihr habt das Haus Vatachino ja auf Zypern kennengelernt. Würden diese Leute einen Mord begehen?»

«Ihr Mann auf Zypern nicht», entgegnete Nicolaas. «Oder noch nicht. Sie wollen uns nicht nur einfach loswerden, sie wollen uns vorher noch ausnehmen. Ich frage Euch nicht, was ich Euch fragen will.»

«Es fiel mir schon auf», sagte Gregorio. «Wir warten lieber, bis wir allein sind. Meine – Eure Leute sind brave und anständige Männer. Sie haben Euch gesehen. Was werdet Ihr Ihnen sagen?»

«Was meint Ihr? Goro, sie wünschen sich brennend, daß Euer Leben in Gefahr ist. Sie sehnen sich danach, bedroht zu werden. Ihr innigster Wunsch ist es, die meistgehaßte Bank in Westeuropa zu sein. Ich werde ihnen sagen, daß sie eine solche Macht besitzen, daß die Signoria ihre eigenen Leute zu ihrem Schutz geschickt hat. Damit sie ihr Testament machen und beten und sich darauf vorbereiten, noch zu Lebzeiten zur Legende zu werden. Ich glaube, wir sind da.»

Gregorio stieg aus und steckte den Bootsleuten ein paar Münzen zu. Was machte man mit den Leibwächtern von der Signoria? Ah, die schickte man in die Küche hinunter. Er wurde sich bewußt, daß er glücklich war und großen Hunger hatte. Er wandte sich um und sah, daß Nicolaas am Ufer stand und an der Fassade seiner Bank mit dem schönen Erker und den gotischen Fenstern hinaufblickte.

Er stand nur ganz kurz so da, aber Gregorio wurde dabei daran erinnert, daß Nicolaas das Haus zuvor kaum gesehen hatte. Er hatte nur die Bank gegründet und war gleich wieder aufgebrochen, hatte das Haus nie in seinem alltäglichen Geschäftsgang erlebt. Was immer seine Rückkunft verdorben hatte, es war keine Heimkehr gewesen. Nicolaas war nirgendwo richtig daheim, hatte kein Zuhause, wenn man von einem Gutskontor auf Zypern absah. Dieses Gebäude hier gehörte der Signoria. Und das Haus, das ihm in Brügge Heim gewesen war, hatte seiner Frau gehört, die jetzt tot war. All dies bedeutete andererseits, daß er sich auf der Stelle an jedem beliebigen Ort zu Hause fühlen konnte.

Es dauerte eine Stunde, bis er die Bank in sich aufgenommen hatte, von der Eingangshalle, in der Margot und Cristoffels ihn willkommen hießen, bis zum dritten Geschoß, wo alle leitenden Leute außer ihm ihre Kammern hatten. Mit der Geographie der Bank hatte er sich auch die Menschen eingeprägt, von den Schreibern in der Buchhaltung im Zwischenstock bis zu den Männern in den Lagerräumen, den Bootsleuten am Kai, den Hausbediensteten drinnen und draußen auf dem Hof. Er begrüßte viele mit Namen und die meisten mit einer offenkundigen Vorstellung von ihren Pflichten.

Es war nicht die Zauberei, als die es erscheinen mochte: Er hatte sich in jedem Brief von Venedig nach Zypern über solche Dinge berichten lassen. Als Folge davon hatte er sich wie vorausgesehen aus einem Symbol sogleich zu einer Person entwickelt. Man würde ihn vielleicht nicht sofort mögen oder schätzen, aber früher oder später würde die Saat aufgehen; die lässige, kaum nach Dienstherr schmeckende Art war sehr genau bedacht. Und die Ereignisse am Morgen hatten seinem Ansehen keineswegs geschadet. Er spielte seinen Anteil daran eher herunter, lenkte den Blick aber auf die Lasten, wie sie große Häuser trugen, deren Erfolg Königreiche gestalten konnte. Das gefiel ihnen.

Ähnlich ging es nach dem Essen im Kontor zu, als er und Gregorio allein mit Cristoffels und Lopez über den Kontobüchern saßen. Es war nicht das vertraute Beisammensein, das sich Gregorio erhofft oder das er befürchtet hatte. Am Schluß schlug Nicolaas das letzte Buch zu und sagte: «Achtzigtausend. Wir sind noch immer knapp an Kapital, wie es aussieht. Weil Ihr den Rest draußen arbeiten laßt, ich weiß. Aber die Republik wird die Kriegssteuern nicht zurückschrauben, und wir gehören zu ihren bedeutendsten Kreditgebern. Ihr wißt, daß ich morgen ins Collegio bestellt bin?»

«Ich schrieb Euch ja, daß sie eine Anleihe haben wollen», sagte Gregorio.

18

«Dann geht der Kreuzzug also weiter? Ohne Frankreich und Burgund und obschon jeden Tag mit dem Tod des Papstes gerechnet wird?»

«Ihr seid an Ancona vorbeigesegelt», entgegnete Gregorio. «Die päpstliche Flotte ist dort, und der Papst ist unterwegs, um sich an ihre Spitze zu stellen. Alle Städte sind voll von Soldaten, die nur darauf warten, sich ihm anzuschließen. Ihr müßt sie heute in Venedig gesehen haben. Spanier, Flamen, Deutsche, Schot . . .»

«Schotten, natürlich», fiel ihm Nicolaas ins Wort. Über den kurzen, mit den Kontobüchern beladenen Tisch hinweg lag sein Gesicht im Schatten, und die Narbe, die Jordan de Ribérac bewirkt hatte, war nur verschwommen zu erkennen. «Und wenn der Kreuzzug nicht stattfindet? Wenn der Papst stirbt, dann muß Venedig allein seine Türschwelle sauberfegen. Das heißt, die nötigen Mittel beitreiben, um seine Kolonien von den Türken freizuhalten. Was wird die Serenissima also verlangen? Zehntausend? Zwanzig? Wieviel können wir uns leisten?»

«Ihr seht, was wir haben», sagte Gregorio. «Was könnt Ihr noch dazutun?»

«Jetzt, da ich törichterweise Zypern verlassen habe? Eine ganze Menge. Zehntausend Dukaten jährlich von Loppes Zucker und ein Viertel dieser Summe aus anderen Geschäften dank der neuen Mittelsmänner, die wir nach Alexandria und Kairo geschickt haben. Ihr seid darüber unterrichtet. Und sagen wir fünftausend im Jahr von der halben Truppe unter Thomas und John, obschon das auf den König und auf Kairo ankommt. Unglücklicherweise hängt das alles mehr oder weniger von der Laune des Königs und von Kairo ab, doch ich glaube, mit zwei Jahren können wir rechnen.»

«Die halbe Truppe?» fragte Gregorio. Zu den einträglichen Unternehmungen des Hauses Niccolo zählte eine Söldnertruppe, die sich aus Marian de Charettys Reisegeleit entwickelt hatte.

«Ja. Hauptmann Astorre hat die andere Hälfte samt dem Arzt. Er wollte einen Auftrag hier in Venedig annehmen, aber dann hörte er, wer der Oberbefehlshaber war. Ich dachte, darüber hätte ich Euch berichtet? Ihr habt doch meinen letzten Brief erhalten? Nach Eurer ganzen Art hatte ich das angenommen.»

«Ja, ja, ich habe ihn bekommen», bestätigte Gregorio.

«Nun, Ihr hättet nicht gleich alles darin wieder vergessen sollen», sagte Nicolaas. «Also zusätzlich sind von mir vielleicht fünfzehntausend zu erwarten und natürlich das, was ich auf dem Schiff mitgebracht habe. Ich habe Bruchglas dabei. Ihr habt doch die Insel gepachtet, und die Strozzi haben ihren Mann geschickt?»

«Er ist hier», sagte Gregorio. «In einem Schuppen neben der Glashütte der Baroviers. Und noch etwas kommt uns zugute. Ihr habt nach dem Schiff gefragt, das Ihr verloren habt.»

«Das Schiff, das mir gestohlen wurde», sagte Nicolaas. Sein Gesicht hellte sich auf. «Vatachino hat die Versicherungssumme gezahlt?»

«In voller Höhe. Bis auf den letzten Heller. Für den Verlust des Schiffes und seines Takelwerks. Für den Verlust Eures Kontrakts mit dem König und den Handelsgewinn, der Euch entging. Für die Fracht, die es an Bord hatte . . . Hatte es Fracht an Bord?»

«Ich denke schon», sagte Nicolaas. «Und sie haben dafür gezahlt? Ihr habt das Geld?»

«Den ganzen Betrag, obschon sie sich sehr geziert haben. Dann haben sie Euch diesmal also nicht ausgenommen. Das Geld übersteigt sogar den Wert der Kogge.»

«Es wäre schön, hätte man beides», gab Nicolaas zurück. «Inzwischen haben wir zum Glück eine Galeere. Ihr habt mir noch nicht gesagt, wo die *Ciaretti* ist.» Er sah den anderen fragend an. «Goro? Wenn sie gesunken ist, schicke ich Euch ihr nach.»

«Sie liegt in Ancona», sagte Gregorio. «Beschlagnahmt für den Kreuzzug. Glaubt Ihr, ich hätte das verhindern können? Es ist ein Glück, daß Ihr die *Adorno* habt, mit der Ihr gekommen seid.»

«Schön wär es, wenn sie nicht ausgebessert und vollkommen überholt werden müßte», erwiderte Nicolaas. «Sie wurde in Zypern schwer beschädigt, und wir mußten sie mit Kalfaterwerg und Pferdeleim zusammenflicken. Wir haben also kein Schiff? Ich muß auf die *Adorno* warten oder eines mieten?»

Gregorio starrte ihn ein wenig ratlos an. «Ist das nötig? Die flandrischen Galeeren können Eure Fracht doch mitnehmen.»

Nicolaas erwiderte seinen Blick und schwieg. Gregorio ahnte, daß im Beisein von Cristoffels noch nicht alles zur Sprache gekommen war und daß er, wie es schien, einiges zu Unrecht für selbstverständlich gehalten hatte. Er sagte zögernd: «Ihr wollt hierbleiben? Ihr seid zurückgekommen, um bei der Bank zu bleiben?»

Gleich einem Geist aus der Vergangenheit erschien ein Grübchen auf Nicolaas' Wange und verschwand wieder. «Nach dem, was heute geschehen ist?» erwiderte Nicolaas. «Ich weiß nicht. Wenn ich es weiß, sage ich es Euch. In einem Monat vielleicht. Ich möchte, daß Ihr mich morgen nach Murano begleitet. Wird Julius dann hiersein?»

«Julius?» Gregorio faßte sich wieder. «Davon habt Ihr auch gehört.»

«Sollte ich nichts davon erfahren? Jemand kam an Bord und sagte, aus Brügge seien Leute unterwegs hierher. Er erinnerte sich an Julius, den er vor Jahren kennengelernt hatte. Warum kommt er?»

Sag im Zweifelsfall immer die Wahrheit. «Sehr wahrscheinlich, um Euch zu sehen», antwortete Gregorio. «Und natürlich der Geschäfte wegen. Ich glaube nicht, daß er so bald eintrifft.»

Julius war der Aktuarius des Hauses Charetty in Brügge, bei dem sie alle einmal in Dienst gestanden hatten. Julius würde kaum Bedenken haben, seinen einstigen Gefährten, die er noch immer nicht ganz ernst nehmen konnte, den neuesten Tratsch und Klatsch aus Brügge zu erzählen. Julius konnte ein Fluch und auch ein Segen sein.

Gregorio zögerte und fragte dann: «Ihr wißt also noch nicht, was letztlich Eure Pläne sind?»

«Was letztlich meine Pläne sind? Natürlich weiß ich das. Ich will der reichste Mann der Welt werden, der sich einen Dreck um den Teufel schert. Sagt das Julius, solltet Ihr ihm vor mir begegnen.»

Später sagte Cristoffels, als er mit Gregorio allein war: «Er ist nicht der gleiche wie in seinen Briefen. Genauso klug, aber nicht der gleiche.»

«Er ist herumgekommen», entgegnete Gregorio. «Ihr habt ihn in Erinnerung, wie er früher war. Jetzt ist er älter.»

Er sah, wie Cristoffels ihn anblickte und dann lächelte. Er mußte auch lächeln. Das Alter war eine der Verhältnismäßigkeit unterworfene Größe. Nicolaas war dreiundzwanzig.

KAPITEL 2

AM NÄCHSTEN TAG stapfte Julius in die Ca' Niccolo hinein, polterte die Treppe zum Kontor des Geschäftsführers hinauf und versetzte Gregorio einen Schlag auf den Rücken. Gregorios Federkiel zerbrach, und er stand auf. Er sagte: «Ihr seid da. Ich hatte Euch nicht so . . .»

«Blieb mir denn etwas anderes übrig?» sagte Julius. Oft beneidete er Gregorio, der seit zweieinhalb Jahren sein eigener Herr war. Aber damit war es natürlich jetzt zu Ende. Er sah sich um. «Sehr hübsch. Also was geht vor? Wo ist er?»

«Nicolaas hat heute morgen schon früh das Haus verlassen», sagte Gregorio. «Aber Lopez ist da; ich werde ihn rufen lassen. Ihr seht ausgeruht aus. Hattet Ihr eine gute Reise? Wer ist mit Euch gekommen?» Bemerkenswert war, daß er nichts davon sagte, wie die Dinge zur Zeit in Venedig standen. Er sah, wie Julius scheinen wollte, ein wenig besorgt aus. Das belustigte Julius, aber natürlich ließ er sich das nicht anmerken.

«Ich habe Tilde de Charetty mitgebracht», sagte er. «Sie ist oben bei Margot in Eurem Empfangsgemach. Unsere beiden Gebieterinnen.» Das war natürlich als Scherz gemeint. Mathilde de Charetty, die von ihrer Mutter das Handelshaus Charetty geerbt hatte, war Julius' Dienstherrin. Sie war siebzehn Jahre alt und noch niemandes Gebieterin in dem anderen Sinn des Wortes.

«So – und wie ist sie zu Nicolaas eingestellt?» fragte Gregorio, während er sich erhob und in sein Wams schlüpfte. Er öffnete die Tür und rief nach jemandem. Er sah richtig kränklich aus. Da Nicolaas in der Nähe war, überraschte Julius das nicht. Gregorio hatte aus eigenem Entschluß das Haus Charetty verlassen, um sich Nicolaas anzuschließen. Als Nicolaas das letzte Mal in Brügge gewesen war, hatten Tilde und ihre Schwester ihn festnehmen lassen.

«Ich habe ihr gesagt, sie soll um Gottes willen höflich sein, aber man wird sie nie dazu bringen, ihm zu vertrauen. Schön, Ihr seid nach Brügge gekommen und habt sie davon überzeugt, daß Ihr eine Niederlassung einrichten könntet, ohne ihr dadurch zu schaden. Aber nun ist Nicolaas zurückgekehrt mit einem eher zweifelhaften Ruf. Können wir sicher sein, daß er sich an eine Vereinbarung hält?»

«Ja», sagte Gregorio.

«Nun, das ist beruhigend», erwiderte Julius in etwas spöttischem Ton. Er hatte von Gregorio ein wenig Hilfe erwartet. Sie waren in einem Alter und beide Jünger der Jurisprudenz. Sie hatten beide bei Marian de Charetty in dem Handelshaus in Brügge in Dienst gestanden, als sich Tildes Mutter zu einem ihrer Lehrlinge hingezogen fühlte und ihn zum Ehemann nahm. Und jetzt verfügte der Lehrling über sein eigenes gut eingerichtetes dreigeschossiges Bankhaus am Canal Grande gleich beim Rialto. Hier.

«Ich kann Euch wirklich nicht mehr sagen», entgegnete Gregorio. «Er ist erst gestern morgen zurückgekommen, und wir haben nur über geschäftliche Dinge gesprochen. Aber Tilde und Catherine sind schließlich seine Stieftöchter. Er wird sie gewiß nicht im Stich lassen.»

«Sagt das Tilde», meinte Julius.

Sie gingen, um es Tilde zu sagen. Unterwegs, während er das Mobiliar seinem Wert nach einschätzte, erfuhr Julius, daß Nicolaas noch vor Morgengrauen zu einer Reihe von Besorgungen aufgebrochen war, die ihn sehr wohl bis in den Abend beschäftigen mochten. Nicolaas mußte sich um seine Fracht kümmern, er mußte der Signoria Bericht erstatten, und er würde sich eine Weile auf der Werft aufhalten, wo seine beschädigte Kogge ins Trockendock kommen sollte. Er hatte, wie Gregorio hinzufügte, auch Gespräche mit mehreren Leuten auf seinem Tagesplan stehen.

«Ich kann mir denken, mit wem», sagte Julius, obwohl er das keineswegs konnte. Als Nicolaas noch ein Junge war, hatte ganz Brügge gewußt, wo er zu finden war, nämlich auf diesem oder jenem Heuboden. Natürlich war er inzwischen aus dem Dienstmädchenumkreis herausgewachsen. Julius stieg, solchen Gedanken nicht ohne eine leise Wehmut nachhängend, die Treppe hinauf und sah sich dann Loppe gegenüber, der wuchtig wie ein Grabstein oben auf dem Absatz stand. Julius ergriff seine Hand und schüttelte sie, während Loppes Zähne und Augen blitzten. Bis zu seinem Eintritt in das Haus Charetty hätte es Julius nicht für möglich gehalten, daß er eines Tages freundschaftlich mit einem Neger verkehren könnte; aber Loppe war natürlich auch einmalig. Wiederum hoffte er inständig, daß Tilde sich richtig benahm. Gregorio öffnete die Tür zum Empfangsgemach.

Beide Frauen waren da. Margot erhob sich und kam näher. Keiner hatte je herausbekommen, wie ein Mann wie Gregorio mit seiner pedantischen Art, seinem zerklüfteten Gesicht und seiner erbärmlichen Fechtkunst eine so schöne Frau wie Margot anziehen und an sich binden konnte. Wie jeder andere hatte auch Julius herauszufinden versucht, warum die beiden nicht heirateten – er hatte Gregorio sogar zwei-, dreimal danach gefragt, wartete aber noch immer auf eine befriedigende Antwort. Er vermochte sich mehrere mögliche Gründe vorzustellen. Julius selber war das Ergebnis des peinlichen Fehltritts eines Zölibatärs. Er wußte nicht, woher Margot kam.

Aber Jugend war ein Trumpf, und Tilde de Charetty schnitt selbst neben Margot gar nicht so schlecht ab. Sie ließ das kräftige kastanienbraune Haar und die frische Gesichtsfarbe ihrer Mutter vermissen, aber ihre Gestalt wies die gehörigen Rundungen auf, und ihr ernster Ausdruck paßte zur Form des Gesichts, wenn sich die Stirn auch zu rasch in Unmutsfalten legte.

Nach Marians Tod war Tilde in altmodischen, schweren Kleidern umhergegangen, das Haar in straff geschlungene Zöpfe gelegt. Als ihr Geschäftsführer hatte Julius das niederdrückend gefunden. In der jüngsten Zeit jedoch schien sie die teureren Kleider ihrer Mutter näher gemustert und zum Umarbeiten gegeben zu haben. Heute fiel ihr Haar lose aus einem Haubennetz, und sie trug ein Kleid von fast bräutlicher Pracht und einen ungewöhnlichen Anhänger. Sie hatte sich auch auf der Reise erstaunlich gut benommen: sechs Wochen von Anfang bis Ende, bei geschäftigem Verkehr auf den Straßen und Schnee und Matsch in den Alpen.

Natürlich war sie schon einmal aus Flandern herübergereist, damals in Begleitung von Gregorio. Jetzt sprang sie errötend auf, als der Advokat das Gemach betrat, und ihr ernster Ausdruck verwandelte sich in ein Lächeln. Sie hatte mit Nicolaas gerechnet, wie Julius sah. Sie warf Nicolaas von jeher vor, ihre Mutter zur Heirat verleitet zu haben, und jetzt hatte sie ihm noch einiges mehr vorzuwerfen. Deshalb war sie hier. Der Gedanke an das Geschäft war nur die geringste ihrer Sorgen.

Auch Gregorio war sichtlich erfreut, sie wiederzusehen. Er ergriff auf seine altmodische Weise ihre Hand und sagte: «Demoiselle, willkommen in Venedig. Ihr seht liebreizend aus. Wir sind alle glücklich, Euch wiederzusehen.» Er ließ sie nicht los. «Ihr erinnert Euch noch an Loppe? Jetzt Faktor aller Zuckergüter im Besitz der Bank.»

Das Erröten und das Lächeln hatten dem Mann gegolten, der freundlich zu ihr gewesen war beim Tod ihrer Mutter. Loppe war der Sklave, den der Lehrling ihrer Mutter übernommen hatte. «Natürlich erinnere ich mich an ihn», sagte Tilde de Charetty. «Dieser alte Makler in Sluys hatte ihn, ehe er zu uns kam. Es muß nützlich sein, schwimmen zu können.»

Glücklicherweise hatte sich Loppe während all der Jahre, die Julius ihn kannte, nie beleidigt gezeigt. Jetzt sagte er in seinem reinen Flämisch: «Nicht unterzugehen ist immer ein Vorteil, Demoiselle.» Als er damals nach Brügge kam, beherrschte er schon fünf Sprachen. Er wartete und setzte sich, als Tilde sich niederließ.

Tilde blickte Gregorio an. «Margot sagt, Ihr habt nichts gegen unser Kommen?»

«Natürlich nicht, aber Ihr habt Nicolaas fürs erste verpaßt. Er wird Euch aufsuchen, sobald er kann, dessen bin ich sicher. Wo habt Ihr Unterkunft genommen? Wieder bei den Leuten von der Medici-Bank?»

«Ja», erwiderte Tilde und fuhr fort: «Margot schien zu glauben, wir könnten Claes noch heute sehen. In ein paar Minuten. Wenn er auf dem Weg nach Murano kurz vorbeikommt. Vielleicht könnten wir mit ihm nach Murano fahren?»

Sie hatte Nicolaas bei seinem Namen aus der Zeit in der Färberei genannt, und man sah Gregorio an, daß er das nicht liebte. Vielleicht gefiel ihm aber auch der Vorschlag mit Murano nicht. Aber Julius' Aufmerksamkeit war geweckt. Murano war eine Insel eine Meile nördlich von Venedig. Was hatte Nicolaas dort vor? Unternehmungslustig sagte er: «Eine Fahrt nach Murano? Was könnte angenehmer sein bei dieser Hitze? Natürlich nur, wenn wir nicht stören.»

«Vielleicht hat er dort eine Ehefrau», sagte Tilde de Charetty. «Noch eine. Er scheint sehr sinnlich veranlagt zu sein.» Sie saß ruhig da, den Blick züchtig auf die im Schoß liegenden Hände gerichtet.

Julius hätte lachen mögen, sagte statt dessen aber rasch: «Uns ist immer wieder Geschwätz zu Ohren gekommen.»

«Da war etwas, aber nur der Form halber», sagte Gregorio. «Nicolaas ist zur Zeit ungebunden. Ich wüßte nicht, weshalb Ihr nicht mit uns nach Murano kommen könntet. Nicolaas und ich, wir haben dort eine Verabredung, aber Ihr könntet Euch während dieser Zeit die Insel ansehen. Und unterwegs könntet Ihr alle Neuigkeiten austauschen.»

«Dann ist er nicht im Gefängnis?» fragte Tilde de Charetty.

Gregorio, der aufgestanden war, um einen Dienstboten zu rufen, drehte sich um und sah sie an. «Nein. Warum sollte er im Gefängnis sein?»

«Wir haben von den Toten gehört, die es gestern gab. Hat er nicht jemanden umgebracht? Und all diese Geschichten von den Ereignissen auf Zypern, Ihr wißt schon. Deshalb sind wir hier.»

Gregorio kam zurück. «Ich dachte, Ihr wäret hier, um Euch zu vergewissern, daß er Eure Färbereirechte in Brügge achtet.»

Er ist besorgt, dachte Julius. Er ist sich Nicolaas' nicht sicher. Aber jetzt ist ihm der Gedanke, daß wir ihn treffen, eher angenehm. Warum?

«Tommaso Portinari sagt», fuhr Tilde fort, «van der Poele habe sich zu einem Krieger entwickelt und Geschmack am Töten gefunden, wie das bei manchen Menschen geschieht.»

Wie eine ganz dunkle Glocke widersprach ihr die sanfte Stimme Loppes. «Das würde ich nicht sagen, Demoiselle, und ich war auf Zypern dabei.»

Tilde wandte den Kopf. «Ich dachte, Ihr wärt auf den Zuckerpflanzungen gewesen.»

«Dann laßt mich vielleicht sagen», meinte Loppe, «daß ich gestern bei ihm in dem Boot war, als die zwei Männer getötet wurden. Der eine war ein Mörder und der andere sein Gehilfe. Meester Nicolaas hat nur den einen von ihnen getötet, und nur aus Notwehr.»

«Und so war es wirklich», sagte Gregorio. «Wenn Ihr mehr wissen wollt, wird Nicolaas Euch gewiß davon erzählen, wenn er kommt. Inzwischen würde ich aber gern hören, wie es Euch ergangen ist. Laßt mich um Wein und vielleicht etwas zu essen schicken.» Er ging wiederum zur Tür.

«Nun, wir danken herzlich», sagte Julius. «Aber was den gestrigen Vorfall angeht: Wer hat den Mörder bezahlt? Wißt Ihr das?»

Ein Dienstbote erschien. Gregorio gab ihm seine Anweisungen, ehe er auf die Frage antwortete: «Es scheint ein Ägypter gewesen zu sein. Jemand aus Kairo, der einen Groll gegen Nicolaas hegte.»

«Wegen der Hinmetzelung der Mamelucken auf Zypern», sagte Tilde de Charetty. «Wir haben in Brügge davon gehört. Claes. Ich konnte es nicht glauben. Tommaso Portinari . . .»

«Ihr habt in Brügge davon gehört?» unterbrach sie Gregorio. Sie sah ihn mit dem Blick an, den Julius nur zu gut kannte. «Ich sagte doch, daß wir deshalb gekommen sind. Wegen der Briefe aus Zypern an alle Leute. Ich glaube eigentlich nicht, daß Nicolaas sein Kontor in Brügge jetzt weiter offenhalten will, was meint Ihr?»

«Briefe an wen?» fragte Gregorio. Er kam zurück und setzte sich.

«An so gut wie jedermann, sie hat ganz recht», sagte Julius. «An die Schotten, die Portugiesen, die Familie van Borselen. Es überrascht mich nicht, daß Nicolaas um sein Leben fürchtet. Es überrascht mich nur, daß ein Mamelucke als erster zur Stelle war. Ich hoffe, er hat eine gute Leibwache.»

Gregorio blickte von Julius zu Tilde. «Und aus diesem Grund seid Ihr wohl hier?» fragte er. «Für den Fall, daß Nicolaas stirbt, möchtet Ihr unsere Notvorkehrungen für die Bank wissen?»

Er hatte in schroffem Ton gesprochen. Aber er hatte vor allem nicht gefragt, wer diese Briefe geschrieben und von Zypern nach Flandern und Portugal geschickt hatte. Das brauchte er wohl nicht, vermutete Julius. Alle, auch die Versicherer, wußten, wer an Bord der *Doria*, der vermißten Kogge der Bank, von Zypern geflohen war. Alle wußten, daß dieser Mann auch der Briefschreiber war. «Es hat nichts mit uns zu tun», sagte Julius in besänftigendem Ton.

«Aber die Bank ist reich, nicht wahr?» sagte Tilde. «Wenn sie Nicolaas töten, Meester Gregorio, bekommt Ihr dann das ganze Geld?»

Es trat jene Art von Pause ein, die oft auf eine Bemerkung von Tilde folgte. Dann sagte Gregorio: «Alle Gründungsmitglieder der Bank besitzen Anteile. Die von Nicolaas fallen an seine Erben, und deren Namen sind wohl seine Sorge. Im übrigen ist er gut beschützt. Ich glaube, Ihr könnt mit seinem Überleben rechnen.»

Daß er zu Tilde in diesem Ton sprach, war für Gregorio ungewöhnlich, aber Julius konnte ihm das nicht zum Vorwurf machen. Die kleine Person war natürlich hauptsächlich deshalb hierhergekommen, um Nicolaas' Untergang zu erleben. Aber es steckte noch mehr dahinter: Wenn Nicolaas starb, ohne sich vorher noch einmal zu verehelichen, hatten Tilde und ihre Schwester gute Aussichten auf einen Teil seiner Hinterlassenschaft.

Eine halbe Stunde später kam Nicolaas – er brachte die Wärme des Mainachmittags mit und war, wie Julius vermutete, von Loppe, der sich zuvor entschuldigt hatte, gewiß genau ins Bild gesetzt worden. Die Tür ging auf, Tilde erhob sich halb und setzte sich wieder hin. Julius stand auf, und während er auf Nicolaas zuschritt, bildete sich wie von selbst ein Lächeln der Erinnerung auf seinem Gesicht. Er sagte: «Ihr Teufelskerl, Ihr seht noch genauso aus wie früher.»

«Wie enttäuschend von mir», erwiderte Nicolaas. «Ich scheine mit Geld prächtig zu gedeihen. Wie geht es Euch? Und Tilde? Ihr habt mich, fürcht ich, zu ungünstiger Zeit erwischt. Wäre morgen vielleicht besser? Oder wollt Ihr wirklich mit mir nach Murano kommen?» Julius hörte auf zu lächeln.

Ganz abgesehen von dieser entmutigenden Begrüßung sah Nicolaas jedoch keineswegs so aus wie früher. Der erstaunliche Brokat mußte die Werft, wenn nicht den Palast der Signoria beeindruckt haben. Sein Haar war straff gebürstet und gezwungen, sich einem teuren Hut aus feinem Stroh zu fügen. Unter dem Hut hatte sein Gesicht den angespannten Ausdruck, der sich nach einer langen Reise bei zweifelhafter Ernährung einstellt. Julius, der sich kurz zuvor im Spiegel betrachtet hatte, war der gleiche Zug auf dem eigenen Gesicht nicht entgangen.

Das war auch, wie Julius hoffte, die Erklärung für seine augenblickliche selbstherrlich-losgelöste Art: ein Verhalten, dessen sich Nicolaas in der Vergangenheit nie schuldig gemacht hatte. Früher, in den alten Tagen, war es oft so, als hätte man ihn im eigenen Kopf drin stecken. Heute schien er nicht das Verlangen zu haben, näher als bis auf Spuckentfernung an sein Gegenüber heranzutreten, auch nicht, als er sich Tilde zuwandte. Sein Blick, durchaus sanft, erreichte ihr Gesicht auf dem Weg über den Stoff ihres Kleids und den Anhänger. Und Tilde, den prüfenden Blick aushaltend, neigte den Kopf zur Seite und gab ihm ein Lächeln zurück, das Julius zusammenzucken ließ.

Nicolaas gab nicht zu erkennen, daß er es bemerkt hatte. Er sagte: «Steht dir gut, genau wie es sollte. Ich will keinen Streit. Wir werden dir mit unserer Zweigniederlassung nicht schaden. Mit Farben habe ich jetzt nichts mehr zu tun.»

«Ich weiß», sagte Tilde. «Du hast die königliche Färberei auf Zypern verloren, nicht wahr? An das Haus Vatachino. Das auf dem Weg an die Spitze in der Branche ist, wie Julius meint.» Wenn man genau hinsah, fiel einem auf, daß sie ganz atemlos war.

«Jeder im Geschäft weiß eine erschreckende Geschichte über das Haus Vatachino», warf Julius rasch ein. «Sie haben eine Niederlassung in Brügge, und sie stecken in allem drin.»

«Vor allem in den Farben – vielleicht solltet Ihr eher sie im Auge behalten als mich», bemerkte Nicolaas, noch immer in sehr sanftem Ton.

«Julius raffiniert keinen Zucker wie du», sagte Tilde. «Julius meint, wir sollten bei unseren Farben bleiben. Die Vatachinoleute müssen dich einiges gekostet haben die letzten ein, zwei Jahre.»

«Es ist lieb von dir, daß du dir um mich Sorgen machst», entgegnete Nicolaas, «aber ich habe versucht, mich zu behaupten. Doch würdet Ihr mich jetzt entschuldigen? Ich muß mich noch dieser Aufmachung entledigen, ehe wir fahren.»

Julius schätzte es immer, wenn Nicolaas einen Fehler machte. Er sagte: «Ja, ich habe gehört, was Euch gelungen ist, Ihr habt das Haus Vatachino dazu gebracht, unsere alte Bekannte, die *Doria*, zu versichern, ehe der alte Bursche sie mit Crackbene zusammen aus Zypern entführt hat. Ich hoffe, Ihr reist ihr nicht nach Portugal nach? Aber vielleicht braucht Ihr das ja gar nicht. Haben die habgierigen Kerle gezahlt?»

«Das haben sie», sagte Nicolaas. «Margot, braucht Tilde etwas für ihren Kopf? Es ist keine lange Fahrt, aber wir haben einen Kahn dabei, den wir ins Schlepptau nehmen. Vielleicht brechen wir so bald wie möglich auf?»

«. . . Denn Ihr wißt, wer in Portugal auf der Lauer liegt», fuhr Julius fröhlich-unerbittlich fort. «Der Alte hat Briefe über Euch in die Welt geschickt. Und die Witwe ist da, mit ihrem Sohn. Die Familie des Mädchens reist hin, von Brügge aus. Ich habe einen Brief an Euch, von ihrem Gemahl.»

Er suchte danach in seinem Beutel und achtete doch gleichzeitig auf Nicolaas' Mienenspiel. Es war ihm immer ein Rätsel, wie Nicolaas es fertigbrachte, seine Gedanken hinter einem gleichmütigen Gesicht zu verbergen. Mein Gott, er mußte auf dem ganzen Weg von Zypern herüber gewußt haben, daß Simon der erste war, von dem er hören würde. Er fand das Päckchen, übergab es und glaubte, Nicolaas werde es öffnen oder ein Stück zur Seite treten, um den Brief zu lesen. Statt dessen sagte er: «Erzählt schon, was drin steht. Ihr wißt es doch sicher.»

«Nun ja», sagte Julius. Gregorio funkelte ihn an, und die hübsche Frau sah nicht allzu erfreut aus. Er räusperte sich. «Da sie es nicht besser wissen, geben sie Euch an allem die Schuld. Sie sagen, sie würden mit Euch hier abrechnen, wenn sie das müßten . . .»

«Mit mir abrechnen?»

«Euch töten. Sie kommen nach Venedig, wenn es nicht anders geht, aber sie hätten es lieber, wenn Ihr nach Westen kämt und ihnen dort gegenüberträtet.»

«Ihnen?»

«Den trauernden Familien», sagte Julius.

«Oh. Einer nach der anderen oder allen zusammen?» fragte Nicolaas. Er warf einen Blick auf das Stundenglas.

«Der Alte baut gern seine Fallen auf», sagte Julius. «Sein Sohn ist derjenige, der Euch nachstellen wird. Ihr solltet lieber alles erklären. Was Ihr ihnen auch sagt, wir stehen hinter Euch.»

«So, da fordert Simon mich heraus.» Nicolaas hielt den Brief noch immer ungeöffnet in der Hand.

«Ihr habt seine Gemahlin getötet», sagte Tilde de Charetty. «Ihr habt den Gemahl seiner Schwester getötet. Ihr habt seinen Vater und seinen Neffen eingesperrt, und Ihr hättet sie getötet, wenn sie nicht geflohen wären.» Margot erhob sich und legte ihr den Arm um die Schultern. Das Mädchen zitterte.

«Mit dem Schiff, das der Bank gehörte», sagte Nicolaas. «Nun, sie hatten ihre Rache. Ich nehme an, Ihr wollt nicht mit nach Murano kommen? Ich rede gern mit Euch, aber ich muß mich jetzt auf den Weg machen.»

«Du willst nicht antworten?» platzte das Mädchen heraus. Margots Hand drückte fester auf Tildes Schulter.

«Du hast mich nichts gefragt», erwiderte Nicolaas.

«Es war nicht recht von ihr», sagte Julius. «Aber . . .»

«Es war nicht recht von ihr», sagte Nicolaas. «Dies hier ist mein Haus, und das ist etwas, worüber ich im Augenblick nicht sprechen will. Ich dachte, der Grund dafür sei offenkundig. Wenn Ihr glaubt, Ihr könnt über etwas anderes reden, ist mir Eure Gesellschaft angenehm. Entschuldigt mich bitte, während Ihr es Euch überlegt.»

Schließlich fuhren sie mit nach Murano, hauptsächlich deshalb, weil Tilde, obschon ein wenig aufgewühlt, fest dazu entschlossen war und Julius sich durch nichts davon hätte abhalten lassen. Während Nicolaas sich umkleidete und Margot Tilde mit auf ihre Kammer nahm, schlenderte Julius mit Gregorio hinaus zum Landungssteg. «Wißt *Ihr*, was geschehen ist?» fragte er.

«Auf Zypern? Ich weiß, was geschehen ist, aber ich weiß nicht, warum. Ich weiß auch nicht, warum er es nicht erklären will, aber er hat immer seine Gründe: Ich dränge ihn nicht.»

«Vielleicht wollt Ihr es nicht wissen», sagte Julius. Er hielt wartend inne und setzte dann hinzu: «Es schlägt auf die Bank zurück. Gerüchte.»

«Das weiß ich natürlich», entgegnete Gregorio. «Sonst hätte er mir nicht geschrieben. In vier Wochen will er sich entscheiden, ob er sich auf den Weg macht, sagt er. Ich bin bereit, bis dahin zu warten.»

«Er soll jetzt eine Insel besitzen, habe ich munkeln hören.» Julius sagte nicht, wer ihm das zugeflüstert hatte.

«Das bedeutet nicht, daß er hier bleibt», erwiderte Gregorio. «Er hat einen Faktor und zwei Güter auf Zypern. Er kann hingehen, wohin er will.» Nach einer kurzen Pause fuhr er fort: «Könnt Ihr mir sagen, was in dem Brief von de Ribéracs Sohn steht, oder wäre das ein Vertrauensbruch?»

«Ein Vertrauensbruch! Er wollte, daß ich ihn laut lese, während er ihn schrieb, und Abschriften für Catherine und Tilde anfertige. Dieser Brief wurde mit Schwefel geschrieben.» Die Erinnerung daran machte ihn einen Augenblick verstummen.

«Es war seine Gemahlin, die starb», sagte Gregorio. «Das Schlimmste, was überhaupt geschehen konnte. Nicolaas und dieser gewalttätige Mann – seit Jahren liegen sie in Fehde miteinander, und jetzt das!»

«Wenn Nicolaas mir sagte, er habe mit dem Tod von Simon de St. Pols Gemahlin nichts zu tun gehabt», meinte Julius, «so würde ich ihm wohl glauben. Aber warum sagt er es dann nicht? Dieser schreckliche Mensch ist überzeugt, daß es sich um einen großangelegten Mordplan handelt, der ihn zum Witwer machen sollte. Und das nächste Opfer werde sein einziges Kind sein. Der Großvater denkt genauso. Sie haben den Jungen sogar an einen geheimen Ort gebracht.»

«Sie sind gewöhnlich nicht einer Meinung, Simon und Jordan de Ribérac», sagte Gregorio abwesenden Sinnes.

«Diesmal sind sie es aber, weiß Gott», versicherte Julius. «Obschon der Alte den Sohn offenbar nur mit Mühe davon abhalten konnte, hierherzufahren und aus unserem reichen jungen Freund Hackfleisch zu machen. Statt dessen haben sie ihm diesen Brief geschickt.»

«In dem was steht?» wollte Gregorio wissen.

«Wollt Ihr ihn nicht lieber selbst lesen?» sagte Nicolaas, der plötzlich auftauchte. Er warf das Blatt Papier Gregorio zu, der es gerade noch auffangen konnte, ehe es ins Wasser fiel.

«Es steht nicht viel Neues drin», fuhr Nicolaas fort. «Mir bleiben zwei Möglichkeiten, heißt es. Ich kann hierbleiben und als bankrotter Feigling und Mörder von Frauen und Adligen sterben. Oder ich kann es, wenn ich ein Mann bin, mit dem guten Herrn Simon aufnehmen und mich auf meinen Untergang vorbereiten. Es klingt nicht sehr verlockend.»

Er hatte den Brief zusammengefaßt, der, wie er sagte, sehr kurz war. Er hatte die dritte Anklage weggelassen, die gegen ihn vorgebracht wurde. Julius sah Gregorio beim Lesen an der entsprechenden Stelle innehalten. Nicolaas beobachtete ihn, wie er bemerkte. Loppe, der sich, einfach gekleidet, ebenfalls eingefunden hatte, war zur Anlegestelle gegangen. Julius sagte mit einigem Unbehagen: «Ihr seht, Euer Tod genügt ihm nicht. Er will Euch auch geschäftlich vernichten. Er sagt, Ihr wärt aufgebrochen, sein Handelshaus zu zerstören.»

«Ja, natürlich», sagte Nicolaas. «Er schickt seine ganze Familie aus, der meinen den Garaus zu machen. Ist das nicht letztlich das

Ziel jedes Geschäftsmannes?» Gregorio faltete den Brief zusammen, und Nicolaas nahm ihn mit einem Lächeln wieder an sich. Auf seinem Gesicht waren beide Grübchen zu sehen.

«Was werdet Ihr also tun?» fragte Julius.

«Nach Murano fahren», sagte Nicolaas. «Ich habe kein Schiff, mit dem ich anderswohin fahren könnte. Holt das Mädchen, Julius, ich bitte Euch. Ich kann nicht warten, bis es dunkel ist.»

Sie fuhren los, sobald Tilde betont ruhig aus dem Haus gekommen war. In Brügge aufgewachsen, war sie an das Wasser gewöhnt. Sie stieg zusammen mit Julius in das große Lagunenboot der Bank, während Nicolaas und Loppe ihre Plätze einnahmen. Gregorio, der in das Boot hinuntergesprungen war, sprach mit den Ruderern, die die Farben der Bank trugen. Neben ihnen waren zwei Bewaffnete, die den Markuslöwen auf ihrem Brustharnisch trugen.

Julius sagte sich, daß es vielleicht klüger gewesen wäre, Tilde stracks zum Palazzo Martelli-Medici zurückzubringen. Andererseits verabscheute er die Untätigkeit. In Brügge war es in mancher Hinsicht langweilig gewesen. Es war, wenn er sich nichts vormachen wollte, ohne Nicolaas langweilig gewesen. Er maß sich gern mit Nicolaas. Es bereitete ihm Vergnügen, inmitten all dieser italienischen Drahtzieher noch eine gute flämische Karte zum Ausspielen im Ärmel zu haben.

KAPITEL 3

KÜHL UND FREUNDLICH, den Wasservögeln wie den dahintreibenden Fischerbooten Heimstatt gewährend, füllte die Lagune von Venedig die flachen, sandigen Meilen zwischen der Stadt und dem Ende des Meerbusens aus, an dem sie lag. Von all den grünen

Inseln auf ihrer milchigen Oberfläche war nur eine näher bei Venedig gelegen als die fünf Stückchen Land, aus denen Murano bestand. Was ein Jammer war, weil selbst in einer Stunde Entfernung über das Wasser hin die Luft noch immer erfüllt war vom Lärm einer zum Krieg rüstenden Stadt und am Morgen die See so belebt wie der Canal Grande war von Schiffen, die zum Markt fuhren mit ihren Fischen und landwirtschaftlichen Erzeugnissen, um die überfüllte, erschöpfte Serenissima zu ernähren.

Jetzt herrschte nur geringes Treiben auf dem Wasser, wenn die Bewaffneten auch auf der Hut blieben und Loppes Wachsamkeit, wie Gregorio bemerkte, nie nachließ. Tilde, die er nicht gerade als ängstliches Mädchen in Erinnerung hatte, hielt sich dennoch dicht bei Julius auf. Nicolaas, den Blick in die Ferne gerichtet, achtete auf niemanden.

Es war von Julius töricht gewesen, das Mädchen mitkommen zu lassen, und Nicolaas hätte es nicht noch dazu ermuntern dürfen. Julius war in Gregorios Augen ein in Bologna ausgebildeter fähiger Advokat mit einer inneren Einstellung, die ihn oft in zwecklose Abenteuer verwickelte. Er war zweifellos ein ausgezeichneter und kameradschaftlicher Mentor gewesen für die jungen Leute des Hauses Charetty, eingeschlossen Nicolaas, während seiner Lehrjungenzeit. Er hatte sich, wie Gregorio vermutete, ein trügerisches Gefühl der Überlegenheit über Nicolaas bewahrt, das Nicolaas nicht zerstören konnte oder mochte, wenn er auch gewiß in der Lage war, im Notfall zu bewirken, daß Julius sich seinen Wünschen fügte.

Verglichen mit Julius hatte Gregorio wenig Erfahrung im Umgang mit Nicolaas: Er hatte ihn nicht in seiner Jugend gekannt, hatte nie mit ihm gekämpft, hatte an keiner seiner gewagten überseeischen Unternehmungen teilgenommen. Aber er hatte sich um das Haus Charetty gekümmert, während Nicolaas in fernen Landen weilte und seine Ehefrau noch am Leben war, mit zwei jungen Töchtern um sich. Seit über zwei Jahren führte er jetzt seine Bank in Venedig und war er Empfänger einer Briefflut, auf die er nicht hätte verzichten mögen.

Gregorio, der nicht eitel war, erkannte an, daß es eine allgemeine Erfahrung war, sich einzubilden, man verstehe Nicolaas van der Poele, und das Verlangen zu verspüren, ihm zu helfen und ihn zu beschützen. Er rief sich ins Gedächtnis zurück, daß der Gegenstand solch menschlicher Anteilnahme nicht immer ein Unschuldslamm oder solcher Gefühle würdig war. Man durfte sich nicht täuschen lassen.

Gregorio saß entrückten Blicks da, und seine Finger faßten wie aus eigenem Antrieb nach der Stelle an seiner Schulter, an der er einmal, weil er für Nicolaas eingetreten war, einen Schwerthieb erhalten hatte von ebenjenem Simon de St. Pol, der diesen schlimmen Brief geschrieben hatte. Den Brief mit der Anklage, die Nicolaas nicht im ganzen Wortlaut wiederholt hatte. *Mörder von Frauen und Adligen*, hatte es da geheißen. Und *Jungenverderber* hatte noch dagestanden. Gregorio spürte, wie ihm kalt und dann erstaunlich heiß wurde.

«Es wird heißer», sagte Tilde de Charetty. Sie richtete sich auf. Die heilige Insel, die Insel, die Venedig am nächsten lag, war hinter ihnen zurückgeblieben. Voraus in der Ferne erstreckten sich die sonnenbeschienenen Schneeflächen der blauen Festlandberge. Im Gegensatz dazu war das Land, das jetzt so nah vor ihrem Bug zu liegen schien, grün und dicht besiedelt, betüpfelt mit roten und gelben Gebäuden und den Türmen von Kirchen. Die Sonne bewirkte, daß dies alles zu funkeln schien wie ein Garten vom frühen Tau. «Warum wird es wärmer?» fragte sie.

«Weil dies Murano ist», antwortete Gregorio, der aus seinen Gedanken emportauchte und sich über die Stirn wischte. «Es ist heiß wegen der Glashütten. Hier wird das venezianische Glas hergestellt.»

Die Schwüle der Insel umwogte sie, und es roch nach gebranntem Ton, Holzkohle und Metall. «Glas!» sagte Tilde. «Das habt Ihr mir nicht gesagt!»

Sie sah Julius an, dessen Aufmerksamkeit aber von anderem beansprucht wurde. Nicolaas lenkte die Ruderer in knappem Italienisch zum nächsten und schmalsten Kanal, der sich durch die Insel wand. Als der Blick freier schweifen konnte, sah man die Anlegepfosten mit ihren Booten zu beiden Seiten und die Stapel von Kisten und Fässern und Säcken auf dem Gelände zwischen dem Wasser und der unregelmäßigen Linie buckliger Ziegelsteingebäude. Es war der Rio di Santo Stefano, an dem alle Werkstätten lagen. Gregorio hoffte inständig, daß Nicolaas wußte, was er tat.

Julius sagte zu dem Mädchen: «Ich dachte, Ihr liebt die Überraschung.» Er stieß Nicolaas gegen den Arm. «Ich hab's gewußt. Ihr habt Euch in die Glasherstellung eingekauft, nicht wahr?»

«Es ist kaum abzustreiten», erwiderte Nicolaas. Aus Rücksicht auf Tilde hatte er wieder flämisch gesprochen. «Ein hübscher Ort, Murano, hat man mir gesagt, von den Öfen abgesehen. Gärten, Wein, Herbergen, wo Ihr willkommen wärt. Ihr und Tilde möchtet vielleicht an Land gehen und Euch umsehen oder noch mit dem Boot umherfahren. Wir treffen Euch dann hier in zwei Stunden.»

«Ich möchte gern eine Glashütte von innen sehen», sagte Tilde.

«Das dachte ich mir», sagte Nicolaas. «Gregorio meint, diese sei eine der besten, und man werde Euch bestimmt herumführen. Ihr entschuldigt uns?»

Gregorio hatte nichts dergleichen gesagt, aber Nicolaas hatte ganz offenbar von jemandem einen Rat erhalten: Die Anlegestelle, zu der er das Boot lenkte, gehörte einem Altmeister der Glasmacherzunft, der schon herauskam, um sie zu begrüßen. Tilde stieg aus, an der Hand gefaßt von Julius und Lopez. Nicolaas und Gregorio traten an Land, machten alle miteinander bekannt und traten dann zur Seite, als Julius und das Mädchen in das Gebäude gingen.

Nicolaas rief ihnen nach: «Dann in zwei Stunden hier an dieser Stelle!» Darauf faßte er Gregorio am Ellenbogen und begann rasch den Kanal entlangzuschreiten. Lopez folgte, und hinter ihm kamen die beiden Bewaffneten gerannt. Als Gregorio sich umdrehte, sah er, wie Julius aus dem Haus des Glasmachers herauskam und ihm mit einem Ausdruck des Mißvergnügens nachblickte. Dann kam der Mann heraus und geleitete ihn wieder hinein.

«Gut», sagte Nicolaas. «Also wo ist die Glashütte der Baroviers?»

«Er wird Euch zu finden versuchen», meinte Gregorio. «Julius. Sobald er kann.»

37

«Nein, das wird er nicht», gab Nicolaas zurück. «Er hat sich den Kahn genau angesehen. Er ist voller Zeug für die Glasmacherei: Alaun und Bruchglas und Kobalt. Er hat herausgefunden, daß ich eine Insel erworben habe. Er wird sich von den Bootsleuten für Geld dorthin fahren lassen. Es wird ihn zweieinhalb Stunden kosten, bis er wieder zurück ist.»

«Das sollte es eigentlich nicht», sagte Gregorio. Das war eine törichte Bemerkung, und er war nicht überrascht, daß Nicolaas sich nicht die Mühe machte, darauf zu antworten. Gleichzeitig fragte er sich, ob Nicolaas sich bewußt war, daß auch sie Zeit würden totschlagen müssen. Was sie zu besorgen hatten, würde nicht lange dauern, und man würde sie nicht zu längerem Bleiben ermuntern. Er konnte sich Nicolaas nicht beim Umherschlendern durch Ziergehölze und Weingärten vorstellen. Ob er sich nach Freudenhäusern erkundigen sollte? Nicolaas war seiner Bank ein Rätsel und eine Verantwortung zugleich.

Sie ließen ihre Eskorte am Kanal zurück, vor dem mit einer Arkade versehenen Erdgeschoß des schönen Ziegelsteinhauses, das sie aufsuchen wollten. Nur die Mauer, die sich zu beiden Seiten dahinzog, gab einen Hinweis auf die große Fläche, die sich dahinter erstreckte, eingenommen von den Werkstätten, den Lagerhäusern, den Brunnen, Brennöfen, Malerschuppen, Werkzeugmachereien, den Türmen von zerbrochenem Glas und den Türmen von Sand und den zahllosen Säcken von Sodaasche, die zu den mannigfaltigen Werkvorgängen der besten Glashütte der Welt gehörten.

Dann kam ihre Besitzerin zum Eingang, um sie zu begrüßen, und faßte sofort eine Abneigung gegen Nicolaas.

Marietta Barovier war keine alte Frau, aber die Jüngste war sie auch nicht mehr: Ihr Vater war vor vier Jahren gestorben, nachdem er vierzig Jahre die Glasmacherei betrieben hatte. Doch ihr Haar unter seinem schmutzigen Tuch war füllig und schwarz, und ihre olivfarbene Haut war glatt wie Polierleder von ständigem Schweiß. Ihre großen, schwerlidrigen Augen waren durchdringend dunkel, und ihr stämmiger, untersetzter Körper steckte in einem wadenlangen fleckigen Kittel. Darunter trug sie mit Rie-

38

men geschnürte, von der Senghitze grau verfärbte Lederschuhe. Sie sagte: «*Das* ist doch nicht das Oberhaupt Eurer Bank?»

Nicolaas sah sie prüfend an. «Signor Gregorio sagt mir, was ich tun muß», entgegnete er. Er hielt inne und stellte dann ein kurzes Lächeln zur Schau. «Genau genommen, Madonna, sind wir Teilhaber, er und ich. Aber er hatte im Gegensatz zu mir das Vergnügen, Eure Glashütte zu sehen.»

«Ihr möchtet sie Euch ansehen? Dann kommt mit.» Sie blickte Gregorio stirnrunzelnd an, und ihm wurde jäh bewußt, daß ihr Mißfallen sie den Kontrakt kosten konnte. Sie setzte hinzu: «Euer Diener kann hier warten.»

Nicolaas ließ abermals seine unwiderstehlichen Grübchen aufblitzen. «Er ist nicht mein Diener, er ist mein Faktor. Er heißt Lopez. Ich möchte, daß er mitkommt.»

«Nun gut», sagte Marietta Barovier und schritt ihnen voran durch das Haus hinaus ins Freie und auf die flimmernde Hitze zu, die die gerippten bienenkorbförmigen Brennöfen umgab.

Gregorio hatte das alles schon gesehen: die narbigen, glänzenden Körper, von der Hüfte abwärts in fleckige Unterhosen gekleidet, den Fries mit den spinnenartigen Werkzeugen, die langen Metallstäbe mit ihren glühenden Spitzen, den blutroten Schein der Ofenlöcher mit den aufgeschichteten Glasformen darin wie körperlos im gleißenden Licht. Und gleich Tänzern, Musikanten die Maestri mit ihren Zangen, die drei Fuß langen Stäbe reißend, formend und rollend mit ihren herabhängenden zinnoberroten Phalli daran, oder auf Hockern sitzend, das schlanke Rohr wie liebkosend zwischen den Handflächen. Sie machten lautlose Musik, spielten auf dem Stab wie auf einer Flöte, während das funkelnde Juwel am Ende sich aufblähte, innehielt und sich weiter aufblähte, um sich dann abzukühlen und ein gewichtsloser Kreis aus nichts zu werden.

Ein Mann, der vom Schmelzofen herübereilte, brachte einen geschmolzenen Klumpen, der, geschwungen, zu einem Strang aus Zucker, einem Griff wurde. Ein Stab wirbelte in blitzendem Bogen herum, bis die Kugel an seinem Ende sich zu einem Hals verlängerte. Die Männer arbeiteten in fast vollkommener Stille, die Arme so kräftig ausgebildet wie die von Bogenschützen oder Schwertkämpfern. Aber es war Glas, womit sie umgingen.

Gregorio blickte sich zu dem Gründer der Banco di Niccolo um und ließ dann den Blick überrascht weiter auf ihm ruhen, denn Nicolaas stand wie gebannt da. Er bewegte sich langsam, wenn er angerufen wurde. Er folgte stumm, während Marietta Barovier sie ungeduldig durch die letzten Abteilungen und durch die Vorratskammern zum Haus zurückführte. Dort, zwischen den fertigen Stücken, wachte er auf und betrachtete die Regale.

Gregorio beobachtete ihn. Die Frau stand neben der Tür, die Hände in die Seiten gestemmt, die Lippen vorgeschoben. Nicolaas ging in der glitzernden Schaustellung umher und musterte die Flaschen und Pokale, die Krüge, Schalen und Bechergläser, die Hängelampen und die Phiolen und blieb bisweilen stehen, um etwas näher in Augenschein zu nehmen. Gregorios Gedanken beschäftigten sich schon mit den Vertragsbedingungen, als Nicolaas ein herrliches Glas ins Licht hielt und es dann fallen ließ, daß es am Boden zerschellte. Es lag wie Reif im Staub, und nur die Scherben zeigten an, was es einmal war.

Marietta Barovier, Tochter des größten Glasmachers der Welt, sagte: «Ihr werdet den Preis dafür bezahlen, bis auf den letzten Dukaten. Und dann gehen. Der Kontrakt ist rückgängig gemacht.»

Nicolaas lächelte sie an. Seine Haut glänzte. Unter der lächerlichen Kappe, die er jetzt trug, tropften seine Locken; an den Wimpern hingen Perlen. «Das wäre gerechtfertigt, wenn Ihr den Preis eines Meisterstücks dafür verlangtet und ich ihn zahlte», entgegnete Nicolaas. «Ich möchte Euch nicht beleidigen, aber Ihr solltet auch mich mit Achtung behandeln. Dies hier sind die Regale für Euren Ausschuß. Ihr behaltet die Stücke vielleicht zu Lehrzwecken, aber Ihr verkauft sie nicht, dessen bin ich sicher.»

Sie starrte ihn an. Ihre schwarzen Augen waren braun eingerahmt. «Welches war der Makel?»

«Der Makel? Die aufgetragene blaue Verzierung war vollkommen, aber der Fluß der Schmelztöne war mißlungen. Ein Mißgeschick in der Glühkammer. Ich weiß von meinen Freunden in Damaskus, daß sie bisweilen den gleichen Ärger haben.»

Sie blickte ihn an, dann wandte sie den Kopf und nickte unvermittelt. Ein Mann, der sich tief verbeugte, begann das Glas vor ihren Füßen aufzukehren. Sie sagte: «Euer Geschäftsführer sprach von einfachem Glas.»

«Mir geht es auch um einfaches Glas», erwiderte Nicolaas. «Aber in der Herstellung von allen Dingen liegen Gewinn und Freude. Ich kann Euch oder Eure Gesellen nichts lehren, aber wenn Ihr wollt, kann ich einen Mann herholen, einen Syrer. Er kümmert sich jetzt auf Zypern um meinen Zucker. Er würde gewiß kommen. Signor Lopez hier könnte das besorgen.»

«Kommt in mein Kontor», sagte sie. Als sie dort Platz genommen hatten, setzte sie hinzu: «Ihr versteht etwas von Glas.»

«Etwas», bestätigte Nicolaas, «aber nur aus zweiter Hand. Ich habe Euch ein Geschenk mitgebracht.»

Gregorio hatte keine Ahnung, wovon er sprach. Auf den raschen Blick, den die Frau ihm zuwarf, konnte er nur mit einem Lächeln antworten. Was Nicolaas aus seinem Ranzen zog, war eine Moscheenlampe. «Sie haben jetzt die Möglichkeit eingebüßt, sie herzustellen. Bald werden Sie sie im Westen kaufen müssen. Könntet Ihr das nachbilden?»

Sie nahm ihm die Lampe ab. Gregorio konnte einen kurzen Blick darauf werfen: rechteckig, mit Email verziert und vergoldet. «Natürlich», sagte sie. «Aber Venedig ist mit Konstantinopel im Krieg.»

«Ich habe einen Mittelsmann in Alexandria», sagte Nicolaas. «Selbst im Krieg läßt sich vieles gut verkaufen. Ich habe Teppiche und andere Dinge zum Nachbilden mitgebracht, aber ich wußte, Ihr könntet das Glas machen, wenn Ihr ein Vorbild hättet. Nehmt es bitte an. Es ist nicht mit Verpflichtungen verbunden. Solltet Ihr Euch entschließen, diese Lampen herzustellen, könnt Ihr sie auch über andere Händler vertreiben.»

Sie saß mit der Lampe in den Händen da und sah ihn an. «Vielleicht seid Ihr doch das Oberhaupt einer Bank. Ich kümmere mich darum. Ich muß Euch sagen, daß ich von der Güte der Waren beeindruckt bin, die Ihr mir geschickt habt. Ich höre, Ihr habt eine weitere Schiffsfracht mitgebracht. Das Werkgelände ist voll von Bruchglas. Ich habe keinen Vorratsplatz mehr dafür.»

«Dann habt Ihr genug?» Nicolaas lächelte fast.

Sie öffnete die Lippen zu einem echten Lächeln und offenbarte dunkel verfärbte Zähne und eine gewisse Freundlichkeit unter all dem Unmut. «Man hat nie genug, müßt Ihr wissen. Ich habe Signor Gregorios Vorschlag bedacht. Ich bin mit dem Geschäft einverstanden, und das ist wohl auch der Rat.»

«Wir haben heute morgen darüber gesprochen», sagte Nicolaas. «Madonna?»

Sie hob die Augenbrauen.

Nicolaas saß da, die kräftigen Beine gespreizt, die breite Stirn in Falten. Er hob die Hand und kratzte sich unter der Kappe, die zurückrutschte und eine Haartolle entwischen ließ. Ein Grübchen trat zutage. Er sagte: «Ich hätte das nicht tun sollen. Das Dumme ist, wenn man neu ist, nehmen einen die Leute nicht ernst. Euer Vater muß ein guter *Padrone di Fornace* gewesen sein.»

«Das war er», bestätigte sie.

«Denn sie folgen Euch, all diese Männer da draußen. Sie kennen Euch, und Ihr seid in jedem Fall eine Maestra. Für mich ist es schwerer.»

«Signor Gregorio hat gut von Euch gesprochen», sagte sie.

«Mein Freund Lopez wäre weniger rücksichtsvoll gewesen. Madonna, wenn wir einig sind, gibt es Schriftstücke zu unterzeichnen. Danach möchte ich, wenn das möglich ist, unseren florentinischen Freund besuchen. Er stört Euch nicht? Es ist Euch keine Last, ihn so nah bei Euch zu haben?»

«Die Hütte wäre für unsere Zwecke auf jeden Fall zu klein», sagte sie. «Er schläft dort und kauft sich sein Essen bei uns. Er gilt für einen Goldschmied. Und die Hunde beschützen ihn wie auch unsere Werkstätten.»

«Während des Tages?» fragte Nicolaas.

«Während des Tages sind sie natürlich angekettet.» Sie folgte seinem Blick zum Fenster. «Warum? Habt Ihr einen der Hunde gesehen? Sie sind sehr scharf.»

«Nein», sagte Nicolaas. Er erhob sich und trat auf das Fenster zu. Unter dem ärmellosen Pourpoint war sein Hemd schweißnaß, und die Strumpfhose hätte Farbe auf seiner Haut sein können. Gregorio sah, daß die Augen der Frau ihm folgten. Nicolaas sagte: «Mir war, als hätte ich jemanden gesehen. Könnte er uns gehört haben?»

«Es gab nichts zu hören», sagte Marietta Barovier.

«Nur daß es etwas zu verbergen gab», entgegnete Nicolaas. Er öffnete die Tür zum Hof und blickte sich um. Dann sah er vor sich auf den Boden, der mit Asche bestreut war. Schon konnte Gregorio sehen, daß der Schatten des Hauses länger geworden war: der lange Vorratsschuppen draußen lag halb im Dunkeln. Dann sagte Nicolaas: «Ja, da!» und stürzte hinaus. Schon im Rennen rief er noch zurück: «Holt die Eskorte!»

Lopez war schon an seiner Seite, und Marietta Barovier, die ihnen rasch gefolgt war, stand auf der Schwelle und sah ihnen nach. Auf dem Hof drehten sich Männer um und blickten auf. Gregorio wirbelte herum und rannte durchs Haus, ohne Rücksicht auf die klirrenden Regale. Die Bewaffneten waren vor dem Haus, wo man sie zurückgelassen hatte, und liefen los, als er ihnen Anweisungen zurief. Dann war er schon wieder hinten auf dem Hof.

Vor allem um den Vorratsschuppen herum hatten sich Menschen versammelt. Lopez tauchte auf und sagte: «Es war ein Mann. Meester Nicolaas hat ihm den Weg abgeschnitten, und er mußte zurückrennen. Wahrscheinlich versteckt er sich jetzt dort drinnen.»

«Ein Spion?» fragte Gregorio. «Oder noch ein Scharfschütze?»

«Er scheint nicht bewaffnet zu sein», erwiderte der Neger. Gregorio sah ihn an und rannte weiter.

Als er sich dem Schuppen näherte, hörte er, wie einer von ihrer Eskorte den Mann drinnen in barschem Italienisch aufforderte, sich zu ergeben. Nicolaas stand heftig atmend neben ihm. Marietta Barovier ging zwischen ihren Leuten hin und her und redete mit ihnen. Der Schuppen schien mit Stroh, Tontöpfen und Säcken mit Barilla angefüllt zu sein, auf denen der Name der Strozzi von Alicante stand. Als niemand herauskam, drangen die zwei Bewaffneten ein, gefolgt von stämmigen Gesellen in Schürzen mit Stangen in den Händen. Kurz darauf schrie jemand.

Nicolaas stand noch draußen. Gregorio trat auf ihn zu. «Wer ist es? Wißt Ihr es schon?»

«Nein», sagte Nicolaas. Sie zerrten den Eindringling an den Armen heraus. Sein Gesicht war blutig, und die gestiefelten Füße schleiften über den Boden. Er war eher klein von Gestalt, von blasser Hautfarbe und gekleidet wie ein Taglöhner. Einer der Bewaffneten trat auf Nicolaas zu. Das Gesicht unter dem Helm strahlte. «Wir haben ihn, Signor. Wir werden seine Waffe schon finden und auch herausbekommen, wer ihn gedungen hat.»

«Gut gemacht», sagte Nicolaas. Er schien den Gefangenen zu mustern, der in diesem Augenblick aufsah. Anstatt mit ihm zu sprechen, wandte sich Nicolaas wieder dem Mann von seiner Eskorte zu. «Sucht nach einer Waffe, aber befragen sollten wir ihn hier lieber nicht. Könnt Ihr ihn sicher einsperren, bis das Boot kommt und uns in die Stadt zurückbringt? Dann kann er unter angemessenen Bedingungen verwahrt werden.»

«Unter angemessenen Bedingungen?» gab der eine Bewaffnete zurück. «Signor, der Bursche wollte Euch töten!»

Der Mann begehrte durch blutende Lippen hindurch auf. «Das wollte ich nicht! Signor, glaubt mir! Ich sollte nur . . .»

«Ich glaube, Ihr solltet ihm die Lippen verbinden», sagte Nicolaas. «Sie scheinen zu bluten. Und er hört sich an, als wollte er uns lästig werden. Madonna, ich bitte um Vergebung. Aber wir sind nun einmal hier – darf ich Euch bitten, uns zu der Hütte zu bringen, von der Ihr spracht? Ich wollte ihr ja einen Besuch abstatten.»

Das schien merkwürdig nach allem, was geschehen war. Gregorio sah, daß die Frau wiederum zögerte. Aber schließlich war er deshalb hier. Er hatte keinen Grund, auf sein Vorhaben zu verzichten. Nach einem Augenblick der Unschlüssigkeit nickte sie und wies den Weg.

Die Hütte lag ein Stück weit weg an einer Mauer und war ein niedriges ziegelgedecktes Gebäude. Es hatte einmal einen kleinen Brennofen beherbergt, aber jetzt gewährte es dem Florentiner samt seiner Habe und seiner Werkstatt Unterschlupf.

Der Florentiner hatte zunächst eine gewisse Scheu vor Nicolaas, aber er gewann sogleich an Selbstvertrauen, als er gebeten wurde, zu zeigen, was er tat, und er hätte sie noch länger dabehalten, wenn Nicolaas das kurze Gespräch nicht beendet hätte. Abermals fiel Gregorio auf, wie wenig ihm entging und wie schnell er sich, wenn er wollte, mit fast jedem verstand. Er hatte auch – es war offenkundig – gesehen, daß das Verhältnis zwischen dem Mann und der Glasmacherin befriedigend war.

Als sie alle zum Haus zurückkehrten, hatten sich die Leute inzwischen verstreut, und der Bösewicht lag gefesselt im Färbeschuppen, drinnen und draußen von einem Bewaffneten bewacht. Die zwei wurden angewiesen, dort zu bleiben. Daß sich noch ein Mörder auf Murano aufhielt, war sehr unwahrscheinlich.

Nachdem im Kontor die Schriftstücke unterzeichnet waren, stellte Marietta Barovier die Frage, die Gregorio nicht vorgebracht hatte. «Ich dachte, Ihr hieltet diesen Mann für einen Spion, in Wahrheit scheint Ihr aber mit jemandem gerechnet zu haben, der Euch ans Leben wollte. Warum? Warum hat die Signoria Euch eine Bedeckung beigegeben?»

Es war Lopez, der darauf antwortete. «Entschuldigt, Madonna, aber Ihr habt es vielleicht noch nicht gehört. Bei seiner Ankunft gestern hat man versucht, Messer Niccolo zu töten. Wegen der Verdienste, die er sich um Zypern erwarb. Der König dort hat viele Feinde.»

Da blickte sie auf, nachdem alles unterzeichnet war, und sagte: «Dann seid Ihr also ein mächtiger junger Mann, daß Ihr solche Gegnerschaft hervorruft. Was habe ich denn von Euch zu befürchten?»

Nicolaas lächelte. «Daß ich den Preis herunterhandle, wenn ich jetzt bei Euch einen Pokal kaufe.» Und er brachte sein Geschäft zu Ende und verabschiedete sich, das Wams über der Schulter, gefolgt von Gregorio und Lopez.

Draußen sagte Lopez: «Es ist spät.»

In einem Sinne stimmte das. Als die Sonne unterging, hatte sich das Ufer überall belebt: Frauen saßen auf Hockern und nähten, Kinder rannten einander nach, und Hunde liefen umher und bellten. Zweisitzige Kähne stakten hinauf und hinunter mit leisem Wasserplätschern, und treibendes Stroh schwankte und lag dann wieder ruhig. «Wir haben noch anderthalb Stunden Zeit», sagte Gregorio. «Wenn Ihr Lust auf einen Krug Wein und guten Fisch habt, kenne ich da eine Taverne.»

«Das würde ich ja gern tun», entgegnete Nicolaas, «aber Lopez und ich haben noch einen Besuch zu machen. Wo kann ich ein leichtes Boot mieten, das er und ich ohne fremde Hilfe rudern können?»

«Ich kenne jemanden», sagte Gregorio. «Ich soll also zurück-bleiben? Und so tun, als wärt Ihr noch auf der Insel?»

«Ja – vor allem, wenn Julius kommt.»

«Deshalb habt Ihr ihn also zusammen mit Tilde fortgeschickt? Nicht wegen des Florentiners?»

«Aus beiden Gründen», sagte Nicolaas.

Nach einer Pause sagte Gregorio: «Ihr könnt den zwei Leib-wächtern nicht trauen. Sie werden bestimmt versuchen, etwas aus ihm herauszuprügeln.»

«Ich habe ihnen gesagt, daß ich sie melde, wenn sie das machen. Mehr kann ich nicht tun, Goro. Er darf nicht freikommen, das wißt Ihr. Ich brauche eine Anklage, die ihn einen Monat hinter Gittern festhält; und Bespitzeln reicht nicht aus.»

Das war nicht das, was Gregorio gemeint hatte. Es war seiner Erinnerung nach das erste Mal, daß Nicolaas den verborgenen Sinn einer Botschaft nicht erfaßt hatte. Gregorio sah Lopez an, der zur Seite blickte.

Ehe er zuviel sagte, schwieg Gregorio und kümmerte sich um ein geeignetes Boot. Er sah sie von einer verlassenen Stelle am Strand ablegen, und sie fuhren in südwestlicher Richtung davon, nicht nach Norden, wenn er ihre Bahn im abendlichen Dunst auch nicht genau verfolgen konnte. Ohnehin war es seine Aufga-be, zurückzugehen und einen Tavernenwirt zu finden, der notfalls schwor, daß sie alle drei die Zeit in seiner Schankstube verbracht hatten. Er machte sich zutiefst besorgt auf den Weg.

Im Boot stellte Loppe die Frage, die Nicolaas vorausgesehen hat-te. «Warum habt Ihr es ihm nicht gesagt?»

«Später», sagte Nicolaas. Ihm war warm in dem ordentlich geschlossenen Hemd und dem fest zugeknöpften Wams. Das Boot glitt schnell dahin: Sie waren beide kräftige Männer. Die heilige Insel, die Insel San Michele, war schon recht nah. Er hoffte, daß Bessarion sein Versprechen gehalten hatte und die Mönche auf ihn warteten mit dem Mann, den er sprechen wollte.

«Messer Gregorio hatte recht», sagte Loppe. «Sie werden den Mann schlagen und übel zurichten.»

Sie hatten den Landungssteg erreicht. Über ihnen fing der neue Glockenturm das letzte Licht ein, unten lagen die Ziegelsteinmauern des Klosters im Dunkeln. Nicolaas zog das Boot bei, ließ die Ruder los, packte die Halteleine und sprang hinaus. «Vielleicht hätte ich Euch lieber dort lassen sollen? Vielleicht wollt Ihr lieber zurückfahren?»

Loppe gab keine Antwort. Nach einer kurzen Pause fuhr Nicolaas fort: «Ich glaube nicht, daß es lang dauert.» Dann schritt er auf das Tor zu, wo jemand auf ihn wartete. Er versuchte ruhig zu atmen und durchforschte sein Gedächtnis nach allem Latein, das er aufgeschnappt hatte. Dann ging er lächelnd weiter. Man entwarf einen Plan und hielt sich daran.

Über ihm begann eine Glocke zu läuten, und der Lärm des Arsenals trieb über das Wasser herüber.

KAPITEL 4

ÜBER DIE JAHRHUNDERTE HIN hatten viele Männer der Kirche auf der einen oder anderen Laguneninsel Ruhe und Geborgenheit gefunden, aber die Mönche des Kamaldulenserklosters San Michele bestellten ihr Fleckchen Land und sangen und beteten in ihrer Kirche in Rufweite des Handelsmittelpunkts der Welt. Sie machten eine Tugend daraus. Wenn es soweit war, würde der große Kardinal Bessarion seine kostbaren griechischen Bücher San Marco und nicht ihnen hinterlassen, aber sie hatten inzwischen ihre eigene Quelle geistiger und weltlicher Reichtümer entdeckt, hatten einen Kanal ausgemacht, in den hinein die Ströme ihrer Gelehrsamkeit zum Nutzen der Menschheit und zur Ehre Gottes gelenkt werden konnten: Sie zeichneten Landkarten.

Das Gemach, in das sie Nicolaas führten, war die Werkstatt ihrer Kartographen, in der bis zu seinem Tod vor fünf Jahren der größte von ihnen aus Handschriften, aus alten und neuen Seekarten, aus Geschichten, die Reisende ihm zutrugen, alles herausgezogen hatte, was von der Welt bekannt war, um daraus seine großartige Planisphäre zu gestalten.

Und hier war jetzt das Original der Karte. Daneben wartete der Abt, um ihn zu begrüßen, und neben diesem wiederum stand der venezianische Kaufherr, der mit den Flanderngaleeren Brügge angesteuert hatte, als Nicolaas ein Junge von vierzehn Jahren gewesen war, und der inzwischen noch mehr über einige Teile der Welt herausgefunden hatte, als Fra Mauro je in seine Karte hatte aufnehmen können.

«Messer Niccolo», sagte der Abt, «ich habe des Kardinals und Patriarchen Wort, daß Ihr Gottes Werk tut, aber in der Stille. Wir kennen auch den Patriarchen von Antiochia, Ludovico da Bologna, Euren Freund, der in Nord und Süd, Ost und West für Gott gewirkt hat, und vertrauen ihm. Ihretwegen haben wir Euch hier empfangen, damit Ihr die kostbare Karte, die wir besitzen, in Augenschein nehmen und unseren Gast kennenlernen könnt. Er ist bereit, kurz mit Euch zu sprechen. Es ist an ihm, zu entscheiden, was Euch sonst noch gezeigt werden kann. Sprecht Euch inzwischen aus. Lernt, was zu lernen ist, und laßt es Werken zugute kommen, auf denen Segen liegt.»

Er ging hinaus. Der venezianische Kaufherr blickte ihm nach und wandte sich dann wieder Nicolaas zu. «Es sind gute Leute», sagte er.

«Das ist wahr», bestätigte Nicolaas. «Solche Menschen neigen zur Vertrauensseligkeit. Aber die Karte entstand mit portugiesischer Unterstützung. Der König hat eine genau Nachzeichnung erhalten. Ich werde für die Kirche nicht weniger tun als Portugal. Oder Ihr.» Er hielt kurz inne und fuhr dann fort: «Ich habe heute auch, was meine Bank viel Geld kostet, der Republik einen Kredit gewährt, der das Los ihrer Bürger sehr wohl erleichtern mag.»

«Mein Vater würde Euch danken», sagte Signor Alvise da Ca' da Mosto. «Aber die Reise, die Ihr plant, ist, wie ich annehme, nicht durch die Notwendigkeit bedingt. Bei einem solchen Unternehmen gibt es keinen gesicherten materiellen oder sonstigen Nutzen.»

«Es wäre gewiß töricht, unvorbereitet aufzubrechen», entgegnete Nicolaas. «Mir wurde gesagt, nur hier auf dieser Karte könne man das Innere Äthiopiens in seinen Einzelheiten schauen, ob man es von Westen oder von Osten zu erreichen sucht.»

«Ich kann Euch über Äthiopien nichts sagen», meinte der Kaufherr. «Prinz Heinrich ist nicht dorthin gereist.»

«Sagt mir, wo er war», bat Nicolaas. «Der Abt hat recht. Ich habe viel zu lernen.»

Was er nicht hatte, war Zeit. Fra Mauro hatte es gefallen, seine Planisphäre so zu zeichnen, daß Äthiopien oben und England unten war. Nicolaas musterte die Karte, während er zuhörte, las die recht gedrängt geschriebenen italienischen Angaben und merkte sich die Ortsnamen. Er stellte einige wenige Fragen. Was er wünschte und erreichen wollte, war eine weitere Zusammenkunft. Er hatte sie gerade vereinbart, als der Abt wieder eintrat und das Gespräch zu Ende war.

Der Abt war bemerkenswert leutselig, während er ihn zur Tür geleitete. Draußen wandte er sich zu ihm um. «Mein Sohn, Ihr habt mir genug gedankt. Das Land des Priesterkönigs Johannes lockt viele an, die religiöse Gründe vorgeben, in Wahrheit aber andere Ziele verfolgen. Ich freue mich, daß Ihr nicht zu diesen gehört. Der Kardinal, der Euch schickt, hat es uns gesagt, und Euer Beichtvater bestätigt es, der sich danach sehnt, an Eurer Seite Gott zu dienen.»

«Mein Beichtvater?» sagte Nicolaas.

«Ihr wußtet nicht, daß er hier ist? Er hat den Nachmittag im

Gebet mit uns verbracht und wird Euch gern auf der Rückfahrt zum Rialto begleiten. Ich vertraue Euch seiner Obhut an.»

«*Mein Beichtvater?*» wiederholte Nicolaas.

Ein stämmig gebauter Mann mittleren Alters kam auf sie zugeschritten, in das schwarze Gewand des Priesters gekleidet, die braunen Augen fest auf Nicolaas gerichtet.

«Pater Gottschalk», sagte Nicolaas.

«Mein Sohn.» Die Sanftheit von Gottschalks Stimme wäre allein schon ein recht schlechtes Zeichen gewesen. «Ist es nicht die Hand des Allmächtigen, die uns beide zusammengeführt hat auf geheiligtem Boden, da ich Hilfe brauche? Habt Ihr ein Boot?»

«Nein – ja», sagte Nicolaas.

«Ich sprach gerade mit Lopez», fuhr der Priester fort. «Ich konnte mir nicht denken, daß er auf einen anderen als Euch wartet. Ihr habt es eilig, sagt der Abt.»

«Ja. Ja, natürlich. Kommt mit.» Nicolaas kehrte zum Latein zurück, um sich von dem Abt zu verabschieden. Gottschalks Latein war besser als sein Deutsch oder sein Flämisch. Als sie durch den Kreuzgang schritten, faßte der Priester ihn am Arm. Nicolaas hatte fast das Gefühl, in Gewahrsam genommen zu werden. «Ich hörte, daß Ihr hier seid», sagte der Priester, «als ich dem Kardinal meinen Besuch abstattete.»

«Ihr seid zusammen mit Julius aus Brügge gekommen? Er hatte mir nichts davon gesagt.»

«Vielleicht hatte er keine Zeit dazu. Ich höre, Ihr seid heute abend selber in Eile. Wir können im Boot über Eure Pläne reden.»

Sie hatten das zum Meer führende Tor erreicht. Nicolaas machte sich von Gottschalks Griff frei und blieb stehen. «Ich kann Euch nirgendwohin mitnehmen. Ich muß nach Murano hinüber.»

«Ja», sagte Gottschalk. «Dort sind Julius und die junge Tilde, und Ihr wollt nicht, daß sie erfahren, wo Ihr gewesen seid.»

Nicolaas starrte im Dunkel die schemenhaften Umrisse des Priesters an. «Das hat Euch Loppe erzählt? Ihr sagtet ja, Ihr hättet mit ihm gesprochen.»

«Ja, aber vor mir hatten ihn schon die Pförtner bemerkt. Wie konntet Ihr ihn hierher bringen? Wie konntet Ihr einen anderen

Menschen solcher Demütigung aussetzen? Oder wißt Ihr nicht, was ein Schwarzer in Venedig gilt? Ich möchte mit Euch reden. Steigt ins Boot.»

Er hatte sich auf den Weg hinunter zum Landungssteg gemacht. Loppe, der sich verschwommen von den Lichtern von Murano in seinem Rücken abhob, wartete schon, das Halteseil in der Hand. Nicolaas konnte seinen Gesichtsausdruck nicht sehen und hielt den Zorn im Zaum, der ihn ergriff. Auf Loppe, auf Julius, auf Gottschalk.

Er blickte den Priester an und sagte: «Ihr werdet Julius natürlich hiervon berichten, nehme ich an.»

«Wovon?» fragte der Kaplan des Hauses Charetty. «Davon, daß Ihr vorgebt, in geistlicher Mission zu dem mythischen König eines Landes zu reisen, in das niemand gelangt? Davon, daß eine innere Stimme Euch befahl, Eure Bank im Stich zu lassen, um die christlichen Eingeborenen Afrikas zu sammeln? Ich fürchte, Julius wird es nur lustig finden, womit er gnädiger wäre als ich. Aber er wird es ohnehin selbst herausfinden, wenn er den Kardinal aufsucht.»

Loppe sagte: «Pater Gottschalk, steigt lieber ins Boot. Stimmen sind weithin zu hören.»

«Ich will nicht, daß er jetzt schon davon erfährt», sagte Nicolaas. «Es sollte überhaupt niemand davon erfahren. Warum zum . . . Warum seid Ihr hier?» Er folgte Gottschalk ins Boot, stapfte zu seinem Platz und starrte Gottschalk noch immer an, als Loppe schon abstieß und hineinsprang. Loppe ergriff sein Ruder, und nach kurzem Zögern tat Nicolaas es ihm nach, und sie brachten das Boot mit zwei, drei Schlägen vom Ufer fort, und dann ließ Nicolaas die Ruder wieder sinken. Er hatte nicht mehr an das Dahineilen der Zeit gedacht. Julius mußte, mit welchem Geschick man ihn auch aufgehalten hatte, inzwischen auf Murano sein. Loppe, der ihn beobachtete, ließ gleichfalls die Ruder sinken. Sie trieben dahin.

Gottschalk sagte: «Ich bin jetzt nicht Euer Kaplan, wie Ihr wohl wißt, Nicolaas. Ich bin für Euch eingetreten, weil Kardinal Bessarion Euch Glauben geschenkt hat und ich nichts tun würde, was ihn verletzen könnte. Aber wenn Ihr mir keine befriedigende Antwort gebt, werde ich Bessarion und dem Abt sagen, daß sie Euch ihre Unterstützung entziehen sollen. Es tut mir leid, Loppe.»

«Loppe weiß alles, was es zu wissen gibt», erwiderte Nicolaas. Das war eine Lüge, aber es war auch eine Nacht der Unwahrheit. Das Boot schwankte auf und nieder, und Loppe strich mit seinen Rudern über das Wasser, damit es nicht weiter forttrieb.

«Dann will ich die Wahrheit wissen», sagte Gottschalk.

«Natürlich», entgegnete Nicolaas. «Ihr könnt mich dazu zwingen, sie Euch zu enthüllen.» Der letzte Glanz im Westen war seit langem entschwunden, und die Lichter Venedigs lagen auf dem Wasser, doch war ihr Schein zu schwach, um die Kränkung sichtbar zu machen, die er verursacht zu haben hoffte.

Gottschalk fragte: «Tragt Ihr Euch mit dem Gedanken an eine Reise nach Afrika?»

«Fragt Gregorio, wie viele Pläne ich habe. Dies ist einer. Ein Plan für einen Notfall. Er wird vielleicht nie gebraucht.»

«Und wenn Ihr reist, werdet Ihr nicht den Weg über Ägypten nehmen?»

«Ich könnte mit Ägypten Handel treiben», sagte Nicolaas, «aber selbst hingehen könnte ich jetzt noch nicht.» Er sollte die Wahrheit sagen. Und das war wahr. Er konnte getötet werden um dessentwillen, was er auf Zypern getan hatte.

«Also wollt Ihr das Land auf einem anderen Weg erreichen? Von der Berberei aus oder von jenseits der Säulen des Herkules?»

«Von einem solchen Ort aus», sagte Nicolaas. «Um mehr darüber zu erfahren, deshalb bin ich heute hierher gekommen.» Das war auch wahr, zumindest zum Teil, doch Nicolaas wußte, daß es Gottschalk nicht genügte.

«Laßt mich wiederholen», entgegnete Gottschalk. «Ihr gedenkt, auf dem Weg durch das Land südlich der Wüste Sahara nach Äthiopien zu gelangen. In dieser Gegend ist da Mosto gewesen.»

«Ja.»

«Und übers Meer. Deshalb wartet Ihr, bis Euer Schiff instand gesetzt ist.»

«Ich könnte ohne es nicht aufbrechen», sagte Nicolaas. Das hörte sich wahr an, war es aber nicht.

«Aber Ihr habt im Sinn, Äthiopien zu erreichen», fuhr Gottschalk fort. Das hatte er schon einmal gesagt. Loppe war mit dem Winkel des Boots nicht zufrieden und vollführte zwei, drei achtsame Schläge mit den Rudern. Nach einer Weile schloß Nicolaas sich ihm an. Er ruderte ohne besondere Anstrengung weiter.

«Ich weiß noch nicht genau, was ich vorhabe», sagte Nicolaas. «Es ist eine Möglichkeit. Ich denke noch darüber nach. Bin ich ein Verbrecher?»

«Ihr seid ein sehr guter Lügner», entgegnete Gottschalk. «Der wart Ihr schon immer. Habt Ihr Katelina van Borselen getötet?»

Er hätte darauf gefaßt sein sollen. Gischt spritzte ins Boot. Er führte den nächsten Ruderschlag entsprechend aus, und Loppe folgte ihm wie in allem. Nicolaas sagte: «Die Gerüchte in Brügge? Ihr würdet doch nur glauben, ich lüge.»

«Ihr verlangt mein Schweigen. Ich verlange Auskunft über eine junge, irregeleitete Frau, deren Kind . . .»

«Nein!» sagte Nicolaas. Das Boot schaukelte. «Wenn Ihr mich auf diese Weise zwingen wollt, werdet Ihr es bereuen.»

«Warum?» gab Gottschalk zurück. «Ich habe nichts zu verlieren als mein Leben. Das ist Euch nicht entgangen. Von hier aus könnte ich nicht zurückschwimmen. Wer hat Simons Ehefrau getötet?»

Es schien keinen Weg zu geben, einer Antwort auszuweichen, obschon er nach einem suchte. Schließlich sagte er: «Sie ist bei der Belagerung von Famagusta gestorben. Sie war meinetwegen dort, aber ich habe sie nicht getötet.»

«Und der Vater von Diniz?» forschte Gottschalk weiter. Er hatte nicht das Recht dazu. Es war zwecklos. Man konnte die Wahrheit erzählen oder irgendeine Geschichte erfinden.

«Nein», sagte Nicolaas. «Er war Simons Teilhaber und daher im Geschäft mein Rivale. Er starb, weil ich dort war, aber ich habe ihn nicht getötet.»

«Dann ist Euer Gewissen rein», sagte Gottschalk. «Und in Äthiopien oder auf dem Weg nach Äthiopien? Wer wird da Euretwegen dabeisein, und wer wird umkommen?»

«Ich habe keine Ahnung, aber ich nehme an, Euch verlangt danach, Gott an meiner Seite zu dienen. Wenn ich gehe, warum kommt Ihr dann nicht mit und haltet mich im Zaum? Afrika mag unversehrt aus der Feuerprobe hervorgehen.»

Sie waren zu weit gefahren. Loppe hatte zu rudern aufgehört. Nicolaas hob die Ruderblätter aus dem Wasser, hielt aber die Griffe noch fest, denn nur so ließen sich seine Hände ruhig halten. Wasser klatschte. Gottschalk fuhr fort: «Kann es sein, daß Ihr alle die Legenden glaubt? Von dem großen Geschlecht von Priesterkönigen aus dem Altertum? Von dem christlichen Kriegerfürsten namens Priester Johannes, der sich, wenn man ihn anruft, erhebt und die Ungläubigen niederwirft?»

«Ihr habt vergessen, daß ich einem seiner Sendboten begegnet bin, als wir vor vier Jahren in Fiesole waren», sagte Nicolaas. «Und dann gab es eine koptische Priorei in Nikosia. Und ich habe mehr Zeit, als mir lieb war, mit Ludovico da Bologna verbracht, unserem ehrwürdigen Patriarchen von Antiochia, der es sich zur Lebensaufgabe gemacht hat, zwischen den christlichen Fürsten des Westens und des Ostens hin und her zu reisen und um Krieger zum Kampf gegen die Ungläubigen zu bitten. Und selbst wenn Zara Ya'qob nicht der Priesterkönig Johannes ist, so hat doch irgend jemand Gesandte zum Rat von Florenz geschickt, die wußten, wie Äthiopien wirklich aussah: Es ist alles auf der Karte vermerkt, die ich gerade gesehen habe.»

«Warum seid Ihr zornig?»

Nicolaas gab darauf keine Antwort. Gottschalk wartete und fuhr dann fort: «Wahrscheinlich ist es mir lieber, wenn Ihr zornig seid. Die christliche Rolle dieses Landes steht nicht in Zweifel. Aber durchaus zu zweifeln ist daran, daß Ihr Euch darum kümmert. Was Euch anlockt, das ist die Sage. Die Legende vom Priesterkönig Johannes, dem Nachfahren von Salomo und der Königin von Saba. Die Märchen von dem Wunderspiegel und dem Jungbrunnen und den Flüssen aus Edelsteinen. Das Land, in dem es Gold in solcher Fülle gibt, daß die Menschen als Handelswährung Muscheln bevorzugen. Oh, Ihr seid gierig.»

Schweigen trat ein. Loppe hielt das Boot mit Ruderbewegungen an der Stelle. «Ihr seid mit dem Urteil schnell bei der Hand», sagte Nicolaas. «Wenn ich ginge, müßte meine Bank die Haftung für die Reise und für meine Abwesenheit übernehmen. Ich wäre ihr dann einigen Gewinn schuldig. Das ist nicht unvereinbar mit dem, was Kardinal Bessarion will. Ich würde, wie der Patriarch von Antiochia, zu einem päpstlichen Legaten aufrücken, der eine Kirche aus der Fremde in den Schoß des Westens zurückholt. Wir sind alle auf etwas gierig.»

Gottschalk bedachte dies, dann fragte er: «Aber warum soll Julius das alles erst später erfahren? Worauf wartet Ihr?»

Nicolaas' Hände waren jetzt ruhig, denn darauf konnte er eine überzeugende Antwort geben. «Ich will sehen, ob der Kreuzzug zustande kommt. Wenn der Papst und Bessarion sich in Ancona einschiffen, wird man kaum wünschen, daß ich in die entgegengesetzte Richtung aufbreche. Ihr kennt Julius und Tilde. Ich will sie nicht wegen einer Reise beunruhigen, die vielleicht nie stattfindet.»

Die Luft war jetzt frischer, aber noch immer lau von den Wärmeschwaden von Murano. Mit dem Rücken zu diesen verschwommenen, fernen Feuern sitzend, beobachtete Nicolaas, wie sein Schatten vor ihm hin und her schwankte. Gottschalk sagte: «Was hat es sonst noch auf Zypern so unaussprechlich Schreckliches gegeben?»

Selbst für diese Frage war er jetzt ruhig genug. «Das Wetter», sagte Nicolaas. «Gelegentlich. Alles andere war herrlich. Ich habe hier und da ein hübsches Stückchen Land. Ihr solltet es Euch eines Tages einmal ansehen.»

«Wenn Ihr mit Einladungen so großzügig seid», erwiderte Gottschalk, «dann habe ich das Gefühl, daß Ihr damit rechnet, Euch bald anderswo zu befinden. Nun gut, das war eine Abschweifung, kehren wir zur Hauptsache zurück. Wart Ihr aufrichtig zu mir? Ihr wart es nicht. Habt Ihr mich überzeugt? Ich weiß nur, daß ein hitziger junger Mann wie Julius von etwas nichts erfahren soll, das vielleicht gar nicht stattfindet. Sollte es überhaupt dazu kommen? Ich bezweifle es. Aber andererseits könnt Ihr nicht von einem Tag auf den anderen aufbrechen, und bis

55

Eure Pläne bessere Gestalt angenommen haben, werde ich mehr über sie und über Euch wissen. Inzwischen könnt Ihr auf mein Stillschweigen zählen.»

«Sollte ich Euch dafür danken?»

«Ihr glaubt, es gehe mich nichts an?» erwiderte Gottschalk. «Es gibt Heiden an schlimmeren Orten als Afrika. Wie bringt Ihr mich also zurück, ohne daß mich mein Aktuarius und Eure Stieftochter sehen?»

Verglichen mit dem, was sich gerade zugetragen hatte, war dies ein leichtes. Sie brachten das Boot zu seinem Besitzer zurück und sorgten dort für ein anderes Boot mit Ruderern, das Pater Gottschalk allein in die Stadt zurückfuhr.

Im Schein der Lichter am Landungssteg sah sein grobknochiges Gesicht mit der großen Nase und den schwarzen Brauen grimmig aus. Er nickte, machte aber keine Anstalten, ihnen seinen Segen zu geben. Das konnte kaum überraschen. Es hatte während dieser Fahrt einen Augenblick gegeben, an dem er – wie sie beide, er und Nicolaas, wohl wußten – nahe daran gewesen war, ins Wasser geworfen zu werden. Oder genauer gesagt, an dem sie beide im Wasser gelandet wären. Pater Gottschalk war ein sehr kräftiger Mann.

Nicolaas blieb einen Augenblick stehen und beobachtete seinen schwarzen Umriß im Heck des Bootes, das sich über die Lagune dahinbewegte. Er drehte sich nicht um. Loppe sagte: «Wir sollten uns beeilen. Meester Gregorio wird genug Lügen erzählt haben.»

«Meester Gregorio ist, wie du weißt, erst ein Anfänger», entgegnete Nicolaas. «Haben dich die Pförtner geärgert?»

Loppe lachte, was selten vorkam. «Daran bin ich inzwischen gewöhnt.»

Sie kamen auf dem Weg zur Taverne an dem Boot der Bank vorbei. Es war am Hauptlandungssteg festgemacht, bewacht von einem Bewaffneten. Julius und Tilde waren also zurück. Ohne zu rennen, was auffällig gewesen wäre, schritt Nicolaas auf dem Weg zur Taverne voran.

Jetzt waren weniger Menschen draußen zu sehen, und alle Boote am Rio di Santo Stefano waren vertäut und leer. Das abendliche gesellige Leben des Ortes fand anderswo statt. Hier im Werksleuteviertel fielen Rechtecke zuckenden Lichts aufs Wasser von Obergeschossen, die sich über den Weg vorneigten, und man hörte ein ständiges häusliches Geräusch von Stimmen und Lachen, kindlichem Zetern und Klirren von Tellern und Löffeln.

Nicolaas hatte diesen ganzen Tag nur ein wenig Brot und Käse gegessen, als die Vertragsverhandlungen mit dem Besitzer der Werft ihren spektakulären Höhepunkt erreicht hatten. Davor hatte er einige Zeit im Zollgebäude verbracht, wo man ihm die üblichen Sätze für alles bis auf die Muscheln bewilligt hatte. Darauf kam natürlich noch die Kriegssteuer. Er hatte seine eigenen Leute dabei angetroffen, wie sie die Säcke mit Zucker und Salz überprüften, und gewartet, bis sie die Ballen mit Damast gekennzeichnet hatten. Dann hatte er sie alle, die vom Zoll eingeschlossen, auf ein Glas Wein in die Taverne mitgenommen, aber zu essen hatte er ihnen nichts angeboten.

Von dort aus hatte er den Palast aufgesucht, um sich freiwillig zum armen Mann zu machen. Und nach der Schiffswerft war natürlich ein Besuch beim Kardinal gekommen. Es war ein zermürbender Tag gewesen. Ein leerer Magen hatte die Art beeinträchtigt, wie er mit Gottschalk umgegangen war, das und die Nachwirkungen der Fahrt von Zypern herüber. Zypern, Insel der Liebe und der Prostitution und des unvergeßlichen Elends.

Auf Zypern würden die Flußbetten jetzt ausgetrocknet und die Blumen Gespenster ihrer selbst sein. Die Zitronen würden in ihrem Gelaub hängen, und die Tücher seines Bettes würden nach Gewürzen und Weihrauch und nach dem warmen Fleisch von Orange und Frau duften.

«Ich muß wirklich bald etwas zu essen haben», sagte er und lachte dann. «Nein, muß ich nicht.» Sein kleiner Spion war noch abzuholen, und dann warteten da noch Julius und Tilde, denen Gregorio beflissene Lügen vorsetzte.

«Da ist die Taverne», sagte Loppe. «Auf fünf Minuten kommt es auch nicht mehr an.»

Es war der Ort, an dem sie Gregorio zurückgelassen hatten.

Obschon eifriges Treiben herrschte, wurde ihnen Wein und Fleisch angeboten. Sie aßen und tranken draußen. Gregorio war nicht da, aber er hatte ihnen eine Nachricht hinterlassen, die Nicolaas laut vorlas.

«Er schreibt, er hat Julius und das Mädchen am Landungssteg getroffen und ihnen gesagt, wir hätten einen Besuch beim Bischof von Torcello gemacht, der hier ein Landhaus hat. Der Bischof von . . .?»

«Julius konnte es nicht widerlegen», sagte Loppe. Im Gespräch mit Nicolaas allein gebrauchte er keine Titel.

«Gut. Während wir also angeblich beim Bischof sind, begibt sich Gregorio mit den beiden anderen zu den Gärten von Santa Maria – wo sind die? – und unterhält sie dort, bis wir kommen. Er meint, wir sollten vorher noch den Mann abholen, den wir dingfest gemacht haben, und unter gehöriger Bewachung zum Rialto zurückschicken. Oder zum hiesigen Podestà. Gezeichnet Gregorio, Advokat. Er ist verärgert.»

«Das überrascht nicht», sagte Loppe. «Was werdet Ihr tun? Was er vorschlägt, ist nicht ratsam. Ihr wollt ja nicht, daß der Bursche auspackt.»

«Das wird er nicht. Er wird mit uns zurückfahren, und wenn er schließlich redet, wird es nicht mehr wichtig sein. Wir gehen jetzt zu den Baroviers und nehmen ihn und seine Wachen in unser Boot. Was zum Teufel haben die an dieses Fleisch getan?»

«Schwefel?» sagte Loppe. Das klang barsch. Nicolaas achtete gewöhnlich auf Loppes Warnungen. Andererseits – wenn sich heute abend jeder beleidigt fühlte, so konnte er das auch nicht ändern.

In der kurzen Zeit, die sie sich drinnen aufgehalten hatten, war es vollends Nacht geworden. Nun brannten die Lampen an den Anlegepfosten gelb und hell, und Falter schwirrten in der Luft herum zusammen mit den Gerüchen von Essen, feuchtem Holz und Unkraut. Unter ihnen war das Wasser rötlich von den Feuern, die da und dort noch in einer Werkstatt brannten. Dachfirste und Schornsteine hoben sich schwarz von dem schwachen Schein ab, und oben hing die wundervolle Nachbildung eines Sonnenuntergangs, wolkengeschmückt, jede Nacht aufs neue hinaufgeblasen von den Brennöfen.

Den Blick zum Himmel hinauf gerichtet, stieß Nicolaas gegen etwas Festes, das keine Anstalten machte, aus dem Weg zu gehen.

«Oh, da seid Ihr ja», sagte Julius. «Wie eigenartig. Der Bischof von Torcello hatte noch nie von Euch gehört.»

KAPITEL 5

SCHON ALS KLEINER JUNGE hatte Julius so ausgesehen: aufgeweckt, beherzt und neugierig.

Sie waren gerade neben dem Haus der Baroviers. Nicolaas holte tief Luft und fragte: «Ihr habt nach uns gesucht?»

«Ich bin nur ein wenig umhergeschlendert», entgegnete Julius. «Ich habe Tilde und Gregorio in den Gärten zurückgelassen. Gregorio meinte, es sei gefährlich, wenn ich so ganz allein ginge, aber ich erinnerte ihn daran, daß Ihr ja eine Leibwache habt. Aber ich sehe die Männer gar nicht.»

Nicolaas hatte, er wußte nicht, wieso, das Gefühl, daß Loppe am liebsten laut gelacht hätte. Er sagte: «Gregorio will gewiß nicht, daß Tilde sich Sorgen macht. Es hat wieder einer versucht, auf mich loszugehen. Er ist jetzt in einem der Glasmacherschuppen eingesperrt, bis wir ihn bei der Rückfahrt mitnehmen.»

«Das ist vorhin geschehen?»

«Ihr habt es gerade verpaßt. Ich mußte zum Podestà gehen, weiter war nichts. Glaubt Ihr, Tilde hat etwas dagegen, daß der Mann mit uns zurückfährt? Es besteht keine Gefahr, die zwei Bewaffneten sind bei ihm.»

«Wer ist der Mann?» wollte Julius wissen. «Und wo ist er?»

«Wer er ist, wissen wir nicht», sagte Nicolaas. «Und er ist hier.»

Er deutete auf das Haus der Baroviers. Ihm war, als hätte er den ganzen Tag selbst erfunden und spielte auch selbst alle Rollen.

Er stellte Marietta Barovier, die sogleich herauskam, einen verblüfften Julius vor. Sie sah ihn kaum an und sagte: «Ich verlange, daß Ihr diese Männer fortbringt. Wenn Ihr noch länger ausgeblieben wärt, wäre ich selber zum Richter gegangen. Tiere sind das.»

Loppe hinter ihm verhielt sich ganz still. «Wer?» fragte Nicolaas. «Die Wachen? Der Gefangene?»

«Ihr wolltet wissen, wer ihn bezahlt hat», sagte die Frau. Sie schritt durch das Haus und stieß die Tür zum Werkhof auf. Hitze stürzte über sie herein und ein Helldunkel von Schwarz und Rot mit schwingenden gelben Punkten darin. Das Rot funkelte in ihren Augen und in denen von Julius.

«Ihr arbeitet nachts?» rief Julius erstaunt aus.

«Wir sind die Baroviers», erwiderte die Frau. «Wir arbeiten nachts. Von allen Glasmachern sind wir die einzigen, die auch im Winter arbeiten. Und wißt Ihr, warum? Weil wir etwas machen, was sonst keiner macht: reines *Cristallo*. Reines, farbloses Glas, von der Art, wie es Euer Florentiner braucht, wie es Venedig braucht. Dafür habe ich einen Kontrakt. Aber kein Kontrakt verpflichtet mich, einen Mann einzusperren, der geschlagen wird, bis er schreit. Eure Leibwächter sind Tiere.»

«Sie unterstehen der Serenissima», sagte Nicolaas. «Die Republik bezahlt sie dafür, daß sie mich beschützen. Aber es ist nicht recht, daß sie eigenmächtig handeln. Ich nehme sie jetzt mit.»

Jetzt war kein Schreien zu hören von dem Schuppen, in den sie den Mann eingesperrt hatten. Die Bewaffneten, die beide draußen vor der Tür hockten, rappelten sich auf, als sie ihn erblickten. Der Dienstältere wollte anfangen zu sprechen. Nicolaas sagte: «Schweigt. Ich hatte Euch Befehle gegeben. Wie lauteten die?»

Der Mann blickte mürrisch drein. «Ihr wolltet den Namen Eures Feindes wissen», sagte er.

«Ich hatte Euch befohlen, Euren Gefangenen in Ruhe zu lassen», entgegnete Nicolaas, «anderenfalls würde Euer Hauptmann davon erfahren. Habt Ihr das getan?»

«Man mußte ihm nur ein wenig gut zureden», sagte der andere Bewaffnete.

«Da habe ich etwas anderes gehört – zeigt mir den Mann.»

Der Schlüssel hing neben der Schuppentür. Der eine Leibwächter ergriff ihn. Nicolaas sah, wie Julius sich innerlich auf einiges gefaßt machte und der zweite Mann sich bereit stellte, das Schwert in der Hand. Marietta Barovier stand regungslos da. Hinter ihr auf dem Hof begann es still zu werden, indes die Männer ihre Werkzeuge hochhoben und näherkamen. Der Schlüssel drehte sich im Schloß, und die Tür wurde aufgerisssen.

Niemand kam herausgestürzt. Der kleine Mann, den Nicolaas vom Fenster verjagt hatte, lag drinnen auf dem Boden, das Gesicht blutig und zerschunden, den Kittel voller Flecken, den einen Arm unter sich. Er rührte sich nicht.

Nicolaas ging hinein. Er sagte: «Warum habt Ihr ihn nicht gleich ganz getötet? Was nützt das Gesetz, wenn ein Mensch seinen Prozeß gar nicht mehr erlebt? Was können wir von dieser Geschichte glauben, wenn er nicht mehr am Leben ist, um vernommen zu werden?» Er kam wieder heraus. Alle bis auf Loppe starrten ihn an. Er setzte hinzu: «Laßt ihn hier. Er ist nicht der, mit dem wir abrechnen müssen.»

Der Leibwächter sagte: «Monseigneur . . .»

«Zum Boot», befahl Nicolaas. «Für jedes Wort, das du sprichst, verlierst du den Lohn einer Woche.»

Sie wendeten sich um. Sie waren schon halb im Haus, als von hinten der Schrei kam, dem ein Durcheinander von Rufen folgte. Nicolaas wirbelte herum. Der Schrei war von der Frau gekommen, die auf dem Boden neben dem Leblosen kniete. Doch jetzt war da kein Lebloser, sondern einen Mann in einem blutgetränkten Kittel und mit einem zerschmetterten Gesicht, der aus dem Schuppen heraustaumelte und in stolperndem Laufschritt über den Hof zu rennen begann, auf die Brennöfen und die von Fackeln erhellten Werkbänke zu. Und die Frau stürzte nach ihrem Aufschrei hin.

Im ersten Augenblick waren alle so überrascht, daß jeder wie gebannt stehenblieb. Dann begannen die Leute auf dem Hof dem Mann unter Gejohle nachzurennen.

Nicolaas kniete nieder und hob Marietta Barovier auf. Fast sogleich begann sie sich zu bewegen und faßte sich an die Stelle an der Schläfe, wo der Schlag sie getroffen hatte. Dann schlug sie die Augen auf und sagte: «Das muß aufhören.» Und während er ihr half, sich aufzurichten, griff sie nach der Tür und rief über den Hof hinweg ihre Gehilfen.

Einige von den Männern hörten ihre Stimme, zögerten und kehrten um, aber die meisten waren schon zu weit weg und zu wild bei der Sache. Irgendwo im Dunkeln begannen in einem Zwinger Hunde wie rasend zu bellen. Nicolaas stand starr da, Donna Barovier am Arm haltend. Er hörte, wie Julius mit zorniger Stimme «Nein!» sagte und dann den anderen hinterdrein zu rennen begann.

Loppe wartete einen Augenblick. «Er wird nicht entwischen?» sagte er in fragendem Ton und rannte dann seinerseits Julius hinterher. Er konnte schnell rennen. Nicolaas ließ den Arm der Frau los und schloß sich der Verfolgung an.

Schatten glitten über den Boden. Vor dem roten Licht, den zinnoberfarbenen Augen der Brennöfen zuckten und tanzten die Körper der Männer, die ihre Arme drohend hochreckten, Schaufeln blitzten auf. Eisenstangen funkelten gleich Lanzen, einige mit der leuchtenden Glühmasse an der Spitze, und Zangen brannten in der Luft wie kabbalistische Zeichen.

An der Art, wie die Menge sich bewegte, ließ sich erkennen, welche Haken der Mann schlug, um seinen Verfolgern zu entgehen und die ferne Mauer zu erreichen, die er dann noch überwinden mußte. Wie von einem jähen Antrieb erfaßt, stürzte Nicolaas los, schob Männer und Waffen beiseite und gab mit lauter Stimme Befehle. Einige versuchten sich ihm zu widersetzen. Zuerst hatte er Loppe, dann Julius eingeholt. Julius rief: «Die Schweine! Ein einzelner Mann!»

Das war die Natur der Menschen, wie Nicolaas wohl wußte. Während der Mann als Opfer gnadenloser Gewalt am Boden gelegen hatte, war er Gegenstand ihres Mitleids gewesen, doch dann hatte er sich durch sein Davonrennen zur Zielscheibe ihres Jagdinstinkts gemacht, und jetzt versuchten sie ihn in eine bestimmte

62

Richtung zu drängen und bei einem der Brennöfen zu stellen. Von denen, die ihm ganz dicht auf den Fersen waren, stießen einige ihre Stangen ins Feuer, damit sie wieder heiß wurden. Sie rückten gegen die sich niederkauernde Gestalt vor, einer schwang das glühende Glas zu einer Schlinge, ein anderer wirbelte eine brennende Kugel am Ende einer Stange herum.

Der Mann schrie auf und begann zu rennen. So verzweifelt stürmte er los, daß er die von der anderen Seite andrängende Reihe durchbrach. Dahinter kamen das unbebaute Gelände, die Haufen von Sand, die Stapel von Fässern und schließlich die Mauer, die in die Freiheit führen mochte, wäre sie nicht zehn Fuß hoch gewesen.

Der Flüchtling lief um sein Leben, und Nicolaas, der ihm nachsetzte, war endlich an der Spitze der Verfolger. Er hörte Julius' zornige Stimme, die ihm aus dem Gelärm heraus etwas nachrief. Er hörte voraus das Stampfen von Füßen auf dem trockenen Boden, indes der Mann ihn durch seitliches Ausweichen abzuschütteln versuchte.

Nicolaas lief langsamer, holte wieder tief Atem und rief: «Renn nicht davon! Es geschieht dir nichts!» Julius fand sich zu seiner Rechten, Loppe zu seiner Linken ein. Auch die Schar der anderen lief langsamer. Er rief über die Schulter nach hinten: «Bleibt stehen. Er kann nicht entkommen.»

«Uns bestimmt nicht», bestätigte eine Stimme, und ein Geschoß kam Nicolaas über die Schultern geflogen und landete vor ihm in der Dunkelheit. Andere folgten. Irgendwo vor Nicolaas nahmen die Schritte, die gezögert hatten, ihren Lauf wieder auf, aber ihr Geräusch wurde zu einem unregelmäßigen Knirschen. Die Schritte bekamen etwas Zielstrebiges, entfernten sich in eine andere Richtung und hörten sich auch anders an, kratzend, reibend, untermalt von einem hellen Plätschern wie von einem schmelzenden Gletscher.

Neben Nicolaas stieß jemand einen Jubelruf aus. Ein anderer sagte: «Der Narr versucht über das Bruchglas die Mauer zu erklettern.»

Nicolaas hatte Donna Marietta so viel Bruchglas mitgebracht, daß sie es an der hinteren Mauer zu einem zwanzig Fuß breiten Wall aufgehäuft hatte, der über mannshoch und natürlich alles andere als fester Grund war. Zwar mochte der Haufen einem Verzweifelten als Brücke zur Mauer dienen, aber nicht einem Mann, der einen verletzten Arm hatte und sich beim Klettern festhalten mußte, wo er nur konnte. Einem Mann, der vielleicht keine Schuhe mehr an den Füßen hatte.

Nicolaas trat vor, rutschte auf dem Glas und sank gleichzeitig darin ein. Er rief noch einmal: «Komm herunter. Es geschieht dir nichts.» Es überraschte nicht, daß die nur verschwommen zu sehende Gestalt nicht innehielt.

Keiner rannte jetzt mehr. Sie waren alle stehengeblieben und hielten das Licht ab, so daß die Mauer aus klirrendem Glas nur Geräusche zurückwarf, das Stapfen und Rutschen von Schritten, dann ein Hinstürzen. Julius sagte: «Wir werden ihn herunterholen müssen.»

Vielleicht hatten andere seine Worte gehört. In diesem Augenblick bewegte sich die Menge und gab in der Mitte eine Lücke frei, durch die ein Balken hellen roten Lichts auf das Glas fiel und es in eine violett glitzernde Gesteinsklippe verwandelte. Nahe dem Kamm stand eine schwarze Gestalt, das weiße Gesicht rosig verfärbt. Hinten hob jemand einen Ziegelstein auf und warf ihn zu der Mauer hin.

Er traf sein Ziel. Der Mann warf die Arme hoch und stürzte. Als er ins Glas klatschte, rutschte die Masse klirrend über ihn weg. Man sah, wie sich das Glas bewegte, als der Mann darunter hervorzukrabbeln und Luft zu schnappen versuchte, indes die Splitter immer weiter auf ihn hinunterbröckelten.

Sie waren mit ihren Schaufeln ein, zwei Schritte näher getreten, da stürzte der Mann zum letzten Mal hin, und sie sprangen würgend und hustend zurück in dem ätzenden Staub. Diesmal dauerte es eine Weile, alles schien zu rutschen und zu klirren. Dann war es plötzlich ganz still.

Als sie den Toten ausgegraben hatten, legten sie ihn auf ein großes Stück Leinwand und trugen ihn in den Schuppen zurück, aus dem er gekommen war. Die Bewaffneten halfen dabei wortlos mit. Danach schickte Nicolaas sie zum Boot zurück mit dem Auftrag, Messer Gregorio und die junge Demoiselle abzuholen. Julius und Loppe schickte er ins Haus, wo sie Wasser und eine Bürste zum Säubern der Kleider holen sollten; sie gingen, ohne ein Wort zu sagen. Er selbst blieb auf dem Werkshof.

Er war sich inzwischen über alles weitere klargeworden. Er würde noch bleiben müssen, um mit den Ordnungshütern zu sprechen. Das Boot mit Gregorio, Tilde, Loppe und Julius sollte ohne ihn abfahren. Er konnte ihnen in einem zweiten Boot, das er mieten würde, nachfolgen.

Marietta Barovier, die im flackernden Licht vor ihm stand, wartete schon auf ihn. Jetzt hörte man keine lauten Rufe mehr, und selbst die Hunde hatten zu bellen aufgehört. Rings um sie her stellten die Männer, während nur leise gesprochen wurde, ihre Arbeit für diese Nacht ein. Auf Geheiß der Maestra blieb das Bruchglas bis zum nächsten Morgen liegen. Sie hatte ihren Leuten auch noch anderes gesagt, was sie nicht so bald vergessen würden. Hatte ihr Gesicht zuvor müde gewirkt, so sah es jetzt abgespannt aus.

Er wußte nicht, was sie ihm gleich sagen würde. Wären er und der Florentiner nicht gewesen, hätte sich der Eindringling nie eingefunden; sie hätte ihn nie eingesperrt zu halten brauchen, und ihre braven, gut ausgebildeten Männer hätten nie eigenmächtig gehandelt.

Nicolaas sagte: «Die Schuld an allem trage ich. Ich werde den Tod des Mannes als einen Unfall melden. Er war ein Mörder, der entwischt und in das Glas gerannt ist.»

Im Schein der Lichter, die noch brannten, sah er ihr Gesicht und den dunklen Fleck an der Schläfe. «Er ist entwischt, weil Eure Leibwache ihn verprügelt hat.»

«Sie werden bestraft werden», gab Nicolaas zurück. Das war eine der kleineren Lügen des Abends. Er hatte mit den zwei Kriegern der Serenissima eine sehr genaue Abmachung getroffen.

In dem gleichen gedämpften Ton fuhr er fort. «Männer benehmen sich so, wenn sie erregt sind. Selbst Euer Vater hätte sie nicht im Zaum halten können, genausowenig wie wir oder die Bewaffneten.

Sie sind keine schlechten Leute, Eure Männer. Morgen werden sie sich dafür schämen und leicht zu lenken sein. Aber es hätte gar nicht geschehen dürfen. Wenn Ihr wollt, zerreißen wir den Vertrag.»

«Er wollte Euch töten?» fragte sie. «Und gestern wollte das schon ein anderer? Warum?»

«Ich sagte es Euch ja», antwortete Nicolaas. «Ich bin in sehr jungen Jahren zu Erfolg gekommen. Ich mache Fehler. Man grollt mir. Ich kann nur sagen, es wird nicht noch einmal geschehen.» Er hielt inne. «Wenn Ihr wollt, bitte ich den Florentiner, seine Sachen zu packen und zu gehen. Reden sollte ich auf jeden Fall mit ihm.»

«Oh, redet nur mit ihm.» Sie begann sich zu beruhigen, und ihr Gesicht hatte wieder ein wenig Farbe bekommen. «Diese Leibwächter waren an allem schuld. Ich sehe nicht, wie Ihr es hättet verhindern können. Ihr habt alles versucht.»

Er wartete noch ab. Sie setzte hinzu: «Ihr habt Euch die Hände aufgeschnitten. Geht und seht, wie es Eurem Mann geht, und dann kommt ins Kontor. Ich habe keinen Grund, unsere Vereinbarung zu annullieren.» Er blickte ihr nach, wie sie davonging. Sie hatte nicht auf ein Wort des Dankes gewartet. Nach wenigen Schritten hörte er sie zu jemandem sagen: «Er ist da. Aber macht schnell, bald werden die Hunde herausgelassen.» Er sah, daß sie mit Julius sprach.

Da er im Augenblick weder das Haus aufsuchen noch in die Hütte gehen wollte, fand die Auseinandersetzung hier auf dem Hof inmitten heißer Schwaden und trübroter Ofenfeuer statt. Julius schritt einfach herzu und sagte: «Der Mann, den Ihr getötet habt – er war ein Spion, kein Mörder.»

«Der Mann, den ich getötet habe?»

«Ihr habt ihn laufenlassen. Ihr wußtet, daß er ein Spion war. Ihr habt geahnt, von wem er gedungen war. Ihr wolltet nicht, daß er weiter etwas ausplaudert.»

«Warum hätte ich das tun sollen?» Nicolaas ließ seine Gedanken zurückschweifen. Während der Verfolgungsjagd mußte Julius die Leibwächter befragt haben. Hoffentlich war Julius der einzige, dem sie etwas gesagt hatten.

«Weil Ihr nicht wolltet, daß seine Auftraggeber erfahren, was Ihr vorhabt», fuhr Julius fort. «Weil Ihr vor seinen Auftraggebern einfach Angst habt, so wie wir alle, und auf Eure eigene schmutzige Art mit ihnen verfahren wolltet. Der Mann ist tot, weil er etwas gestanden hat, was nicht herauskommen sollte. Ihr wißt doch wohl, in wessen Sold er stand?»

«Ja», sagte Nicolaas.

«Nun, ich auch», entgegnete Julius. «Er sagte es den Leibwächtern, sobald sie ihn anfaßten. Er war von jener üblen Kaufmannschaft bezahlt, die Ihr dazu gebracht habt, Euer Schiff zu versichern. Er spürte Euch nach im Auftrag des Hauses Vatachino.»

Nicolaas schwieg.

«Welches Geheimnis wolltet Ihr also um jeden Preis hüten? bohrte Julius weiter. «Wer ist der Florentiner?»

Gab man Julius Gelegenheit, Dampf abzulassen, konnte man ihn manchmal ablenken. Nicolaas sagte: «Der Mann arbeitete mit Glas. Ihr kennt meine Pläne, was die Insel angeht. Sie könnten noch über den Haufen geworfen werden, und die Signoria wird für einen anderen Ort keine Genehmigung zur Glasherstellung erteilen. Ich möchte darüber noch eine Weile Stillschweigen bewahren, und zu diesem Zweck schien es sich zu lohnen, den Spion unter einer schwerwiegenden Anklage eine Zeitlang festzuhalten. Dann hätte man die Anklage fallengelassen, und der Bursche wäre wieder ein freier Mann gewesen.»

«Ihr habt ihn entwischen lassen», wiederholte Julius.

«Ich dachte, er sei tot», erwiderte Nicolaas. «Warum zum Teufel hätte ich ihn denn entwischen lassen sollen, damit er den Vatachinoleuten alles erzählt, wo er schon so gut wie im Kerker war? Glaubt Ihr, wir könnten hineingehen? Ich muß noch Aussagen niederschreiben lassen, und ich will nicht mehr hiersein, wenn die Hunde herausgelassen werden. Selbst wenn Ihr da anders denkt.»

«Wo ist der Florentiner?» wollte Julius wissen. Die Frage hatte kommen müssen.

«Geschäftsgeheimnis», sagte Nicolaas in knappem Ton.

Selbst im Dunkeln konnte er sehen, wie Julius die Röte ins Gesicht schoß. «Ich halte Anteile Eurer verdammten Bank!»

«Wirklich? Nun gut, aber erzählt es nicht dem Haus Charetty weiter.» Und er führte den erwartungsvollen und ganz plötzlich wieder besänftigten Julius zu der Hütte an der Mauer und klopfte an die geschlossenen Läden.

War der Mann zuvor nur unruhig und scheu gewesen, so zeigte er sich jetzt richtig verängstigt. Als man ihn endlich dazu gebracht hatte, die Tür zu öffnen, mußte man ihm ausführlich erklären, welchen Grund das Umherrennen und das laute Rufen gehabt hatten. Zu allem Überfluß begannen die Hunde zu bellen, während sie noch sprachen.

«Sie hat es mir versprochen», sagte der Mann immer wieder. «Monna Alessandra Macinghi negli Strozzi, sie hat mir versprochen, daß ich unter Schutz stehen würde. Ich sollte gar nicht in Murano sein. Ich sollte unter Schutz in einer Stadt sein. Ich will zurück zu den Strozzi in Florenz.»

«Natürlich», beruhigte ihn Nicolaas. Er vermied es, Julius anzusehen. «Ihr könnt gehen, wohin Ihr wollt. Aber nur hier habt Ihr *Cristallo* zur Hand. Ich dachte, das sei Euer größter Wunsch?»

«Gewiß, ja», sagte der Mann.

«Und wie ist das Gelingen? Schafft Ihr, was Ihr Euch erhofft hattet?»

«Es übersteigt meine kühnsten Träume», erwiderte der Florentiner, von einem zum anderen blickend. «Es ist wahr. Es ist unübertrefflich.»

«Können wir es einmal sehen?» fragte Nicolaas. «Es ist neu und ein Wunder für uns alle.»

Der Mann erhob sich und verschwand. Julius sah Nicolaas an. «Was haben die Strozzi damit zu tun?»

«Sie liefern Barilla, Salzmarschpflanzen für die Sodaasche. Sie kennen sich am Markt aus. Monna Alessandra verdient fast genauso gern viel Geld wie ich.»

Als der Mann zurückkam, hielt er den flachen Kasten in den Händen. Sie hatten über diese Kästen gesprochen, er und Gregorio. Er hielt sie nicht für so gut, wie sie sein sollten. Er sah Julius'

Stirnrunzeln, als der Kasten abgestellt wurde. Er war ungefähr einen Fuß breit und lang und drei Zoll tief. Der Florentiner öffnet den Deckel.

Künstler wollten Julius immer zeichnen, wenn er auch selten die Geduld dafür aufbrachte. In Marmor hätte sich sein Gesicht gut gemacht: Das schlichte Ebenmaß der Backenknochen und die gerade, klassische Nase wurden belebt durch die schrägen, archaischen Augen, mit denen er sein Gegenüber musterte. Auf den Kasten gerichtet waren sie jetzt ausdruckslos.

«Ihr seid verblüfft, ich wußte es», sagte Nicolaas. «So viele! Ihr habt noch nie so viele gesehen, und dann die Einfassung: Sie ist aus Leder. Und der Kasten. Zwei lange Doppelvertiefungen, und schaut, wie jedes einzelne Stück liegt, ohne ein anderes zu berühren. Kurzsicht auf der einen Seite, Weitsicht auf der anderen. Setzt mal zum Versuch eine auf. Tilde wird begeistert sein.»

Und ehe Julius noch eine Bewegung machen konnte, hob er eines der Kunstwerke des Florentiners aus dem Kasten, setzte es ihm auf die Nase und ließ sich in die Hocke fallen, um ihn anzusehen. «Also das nenne ich eine Wunder», sagte Nicolaas. «Ihr seht wie Catullus aus. Oder wie Vitruvius vielleicht. Wenn die je eine Brille getragen hätten, natürlich.»

«Brille?» Julius bewegte vorsichtig das Kinn auf und ab. Hinter dicken Gläsern sahen seine Augen aus wie Schiffszwiebäcke. Das gestürzte V auf seiner Nase verlieh ihm einen Ausdruck ängstlicher Überraschung, der nicht gänzlich irreführend war.

«*Rodoli da ogli* ganz genau», sagte Nicolaas. «Nie zuvor auf solche Art geschliffen. Nie zuvor hergestellt aus dem ganz besonderen reinen Glas, wie es nur die Baroviers zu machen verstehen. Dieser Posten geht an den Herzog von Mailand, wenn die Genehmigung eintrifft. Den nächsten erhält der König von Neapel. Dann ist Rom an der Reihe. Dann Flandern. Dann Frankreich, Spanien, Deutschland, England. Jeder Hof wird sie haben wollen.»

«Sind sie alle blind?» sagte Julius. Er nahm mit einiger Mühe die Augengläser ab. Sein Gesicht war rot geworden. «Es ist ein Wunder, daß sie es noch fertigbringen, so viele Kriege zu gewinnen.»

«Gelehrte brauchen sie», sagte Nicolaas. Er setzte selber ein

Linsenpaar auf und blickte sich ein wenig verwirrt um. «Maler, Lehrer, Männer der Kirche. Männer des Gesetzes. Gewöhnliche Menschen auch, aber die können sie sich nicht leisten. Höflinge? Sie brauchen sie natürlich selten, aber sie werden sie nicht zurückweisen, wenn ihr kurzsichtiger Fürst plötzlich behauptet, es gebe nichts Erleseneres als ein Stück Glas auf der Nase. Sie sind ein Kennzeichen des Adels.»

«Ihr hofft, sie zu einem zu machen», widersprach ihm Julius. Seine Augen begannen zu blitzen.

«Nein, sie sind es. Die Familie Strozzi handelt schon seit Jahren damit, aber ihre Gläser sind nicht besonders gut. Der Markt ist da, wir brauchen ihn nur an uns zu reißen.»

Julius starrte ihn an. «Mir wird jetzt klar, warum manche Leute Euch am liebsten heimlich aus dem Wege räumen würden. Bei wem macht Ihr Euch damit beliebt? Von Euren bekannteren Feinden abgesehen?»

Nicolaas dachte nach. «Die Medici werden nicht sehr erfreut sein, aber ich glaube nicht, daß sie sich deshalb die Mühe machen würden, einen Menschen umzubringen. Signor, mein Genosse ist von Euren Linsen äußerst angetan.»

«Oh, wirklich?» sagte der Florentiner. Er machte ein erfreutes Gesicht und setzte hinzu: «Ich habe hier nur wenig Gesellschaft. Vielleicht möchtet Ihr noch bleiben und eine Flasche Wein mit mir trinken?»

«Wir müssen gehen», sagte Nicolaas, «aber» – er griff in seine Börse – «vielleicht erlaubt Ihr uns, Euch wieder einmal zu besuchen, und trinkt inzwischen ein Glas auf unsere Gesundheit? Es gibt so vieles zu sehen und zu fragen. Wenn Ihr Euch dazu durchringen könnt, noch hierzubleiben, heißt das. Aber ich finde, ein solcher Genius sollte nicht in Florenz verkümmern.»

«Ihr seid sehr freundlich, wirklich», sagte der Florentiner. «Hat ein Künstler einen Förderer wie Euch, kann er wohl gedeihen, das sagte schon Monna Alessandra.»

«Das kann ich mir denken», murmelte Julius, als sie unter Verbeugungen hinausgingen. «Welchen Anteil bekommt sie? Wieviel habt Ihr ihm gerade eben zugesteckt?»

«Kümmert Euch um Eure eigenen Sachen», entgegnete Nicolaas. «Es ist so laut hier. Warum ist es so laut? O Gott, sie haben die Hunde herausgelassen.»

Sie gingen zum Landungssteg, wo Julius das Boot der Bank besteigen sollte, um zusammen mit allen anderen in die Stadt zurückzukehren. Unterwegs erinnerte man sich natürlich der Dinge, die am frühen Abend geschehen waren und die Julius erregten, wenn auch jetzt in geringerem Maße.

Nicolaas vermochte ihn davon zu überzeugen, daß die Leibwächter schon um des eigenen Vorteils willen die Darstellung bestätigen würden, daß der Tote ein verhinderter Mörder gewesen war. Gregorio wußte, daß er das nicht gewesen war, vertrat aber gleich Nicolaas die Ansicht, daß es mehr schaden als nützen würde, wenn man Anklage gegen das Haus Vatachino erhob – Vatachino, Makler, Färber, Zuckerraffineure und bösartige Gegenspieler.

«In Brügge sind sie richtige Teufel», sagte Julius. «Ein Mann names Martin schließt Geschäfte ab, wo er nichts zu suchen hat. Zum Schaden von allen – auch von Simon und von uns.»

«Ein Mann names Martin?» fragte Nicolaas.

«Ja. War das der, der Euch auf Zypern um die Färberei brachte?»

«Nein, das war ein Mann names David. Dann haben sie also wenigstens zwei Männer auf dem Plan. Wen noch?»

«Ich weiß sonst von keinem», erwiderte Julius. «Ich kenne auch die Hintermänner nicht.»

«Dann sollten wir das vielleicht herausfinden», sagte Nicolaas.

Als sie sich dem Boot näherten, kam Tilde herausgesprungen und auf sie zugerannt. Sie sah verängstigt aus. «Erzählt Ihr von den Brillen», sagte Nicolaas. «Das wird sie aufheitern. Gregorio weiß davon.»

«Das überrascht mich», entgegnete Julius. «Ich glaubte schon, Ihr macht heutzutage alles allein.» Er lächelte Tilde zu, die so plötzlich gekommen war, und tätschelte leicht ihre Wange. Sie faßte nach seinem Arm. Sie hatte die Geschichte von dem Mörder in der Glashütte gehört und war den Tränen nahe.

Gregorio, der sie alle drei näher kommen sah, erhob sich nicht, wie Nicolaas bemerkte, und schien nicht von eitel Freude erfüllt zu sein. Da würde es noch einige Falten zu glätten geben. Loppe, der neben ihm saß, sagte nichts, was Nicolaas manchmal wütend machte.

«Was war das für ein fröhlicher Tag», sagte Nicolaas. «Habt Ihr viel Spaß gehabt, Freunde? Wir können nicht klagen. Blut, Gemetzel und Aufruhr und jetzt, freilich weniger aufregend, die Richterschaft von Murano in all ihrem Pomp.»

«Wann kommt Ihr nach?» fragte Gregorio. Er sprach italienisch.

Nicolaas wechselte ins Toskanische über und sprach recht laut. «Wer kann das wissen? Geht zu Bett. Wir haben ein Frikassee zu begraben.»

«Ihr jagt Tilde Angst ein», sagte Julius ärgerlich und stieg ins Boot.

«Nein, so gut ist ihr Italienisch nicht. Ihr hört von mir. In einer Woche.»

«Seid kein Narr», sagte Julius. «Ich komme morgen mit Gottschalk herüber. Das vergaß ich Euch zu sagen: Pater Gottschalk ist hier.»

«Wirklich?» sagte Gregorio.

«Ach ja?» sagte Nicolaas. «Dann müssen wir sehen, daß er zu tun hat.»

Er winkte ihnen nach und schritt recht langsam zur Glashütte zurück. Es war nicht zu bestreiten, daß Julius das letzte Wort gehabt hatte.

KAPITEL 6

WÄHREND DER DARAUFFOLGENDEN TAGE galt es in Venedig für einen beliebten Zeitvertreib, Nicolaas van der Poeles Tun und Lassen zu beobachten. Zu den Beobachtern zählten zweifellos auch die, die ihm nicht sonderlich wohlgesinnt waren. Die anderen teilten sich auf in die, die seine Tatkraft bewunderten, und die, die von seiner Angewohnheit gefesselt waren, sich zum Mittelpunkt eines wilden Blutvergießens zu machen.

Und er gab ihnen auch viel zu beobachten, obschon er (wie seine Genossen herausfanden) gleichermaßen geschickt war im Verschwinden, wenn er keine Zeugen dabeihaben wollte. Man sah ihn, wie er sich (er hatte inzwischen seine eigene zweirudrige *Barchetta*) diesen oder jenen Kanal entlangfahren ließ, gewöhnlich mit seinem Geschäftsführer oder einem anderen Genossen an seiner Seite. Man sah ihn den Markusplatz überqueren zur Mittagszeit mitsamt einem ganzen Gefolge und aus dem Palast herauskommen, nachdem er, so das Gerücht, für seine venezianischen Privilegien und sein Haus bezahlt hatte.

Man sah ihn, stets in Begleitung, zu Fuß in verschiedenen Stadtvierteln über Brücken eilen oder Wege entlanggehen, an den Kais und in dem Netzwerk von Werkstätten, wo die Weber waren und die Schreiner. Er wurde gesehen, wie er aus einer Seilerbahn herauskam und wie er in eine Zuckerraffinerie hineinging. Es hieß, sein Augenmerk gelte seltenen Büchern.

Und andererseits suchten natürlich auch Leute die Ca' Niccolo auf. Wie man sich erzählte, hatte er aus Zypern fremdartige Dinge mitgebracht: Gewebe aus Seide und Teppiche mit Mustern, wie man sie selten sah und von denen er für gutes Geld Nachbildungen anfertigen ließ. Man sagte, während er noch die mitgebrachte Fracht absetze, kaufe er schon wieder viele andere Dinge, unter denen das billigste Hanfsamen war. Man sagte (was das Collegio nicht bestätigen wollte), er habe nördlich von Murano eine Insel erworben und alles Notwendige herbeigeschafft, um darauf die beste Glashütte der Welt zu errichten. Man sagte, er gebe die

Dukaten aus wie ein Fürst und einen Großteil davon zur Bewirtung von Gästen. Letzteres hätte Gregorio bestätigen können.

Er war auf dergleichen vorbereitet gewesen, denn der Briefwechsel mit Zypern hatte es vorausahnen lassen. Die zupackende Tatkraft eines einzigen Menschen hatte das Haus zum Leben erweckt. Jetzt sah er sich, von den mit Gesprächen und Kanalfahrten angefüllten Stunden abgesehen, in der Rolle eines Bankettmeisters.

Er und Margot hatten natürlich auch schon früher Gäste bewirtet, wenn auch nicht in diesem Rahmen. Dies war sein Amt und gleichzeitig sein Vergnügen. Seine Schwäche war die Dichtung, aber er liebte auch die Musik und hatte einen Lehrer gefunden, der ihm die Feinheiten des Spiels auf Geige und Psalter beibrachte. Sie waren mit Malern und Erzählern bekannt und hatten einen Kreis von Freunden, mit denen sie Karten spielten und Wein tranken, und daneben den größten Zirkel von Kunden, die dann und wann kamen, um sich in ihrem Hof eine neue Tondichtung anzuhören, und die sie ihrerseits zu ähnlichen Anlässen besuchten.

Er wußte natürlich, daß viele ebendieser Adligen Land und Geschäftsverbindungen auf Zypern besaßen und in erster Linie mit Nicolaas zu tun hatten oder gehabt hatten. Dies zeigte sich an der Häufigkeit, mit der Nicolaas in ihren Häusern verkehrte. Die meisten von ihnen wohnten nahe beim Rialto und besaßen das Geld und die Handelsbeziehungen, um dies zu rechtfertigen. Für das gesellschaftliche Leben der Bank ging Nicolaas abwechselnd an die Loredani und Corner und Bembi, an die Contarini und Zeno verloren. Bisweilen wurden Gregorio und Margot geheißen, Nicolaas zu begleiten, auch wenn nicht ganz sicher war, ob man sie eingeladen hatte.

Die in solcher Weise behandelten Häuser gehörten gewöhnlich Kaufherren mit jungen, lebenslustigen Ehefrauen und vor allem denen, die mit den drei Prinzessinnen von Naxos verheiratet waren, von denen sich eine gleichzeitig mit Nicolaas in Trapezunt aufgehalten hatte, während er den zwei anderen auf Zypern begegnet war. Gregorio sprach nie über diesen bemerkenswerten

Umstand in der Ca' Niccolo mit Julius, obschon dieser ihn wiederholt danach fragte.

Nicolaas' Treiben beschäftigte Julius sehr. Wenn er vorbeikam, um mit Gregorio zu schwatzen, was er recht oft tat, lenkte er stets das Gespräch darauf, wo Nicolaas seine Nächte verbrachte. Es war natürlich eine Übung der Höflichkeit, daß sich gutgeführte Häuser einem Neuankömmling vorstellten und er eine Wahl treffen konnte. Nicolaas mangelte es, wie Gregorio vermutete, nicht an Ratschlägen und Angeboten, da jeder Gastgeber sich bestrebt zeigte, ihm behilflich zu sein. Er war selbst überrascht vom Rang und vom guten Aussehen der Kandidatinnen, doch dann erinnerte er sich Primafloras. Auf Zypern hatte sich Nicolaas nicht nur eine Kurtisane ausgewählt, er hatte sie auch geehelicht.

Zu Julius sagte Gregorio immer: «Ich weiß nicht, was er macht, es ist seine Sache. Aber nach den letzten beiden Malen glaube ich kaum, daß es ihm mit einer Heirat eilt.» Es gab Augenblicke, da er es bedauerte, Julius herbeigerufen zu haben. Die Gegenwart von Tilde mit ihren Anklagen und ihrer Schärfe erfüllte ihn mit bösen Vorahnungen.

Er war daher erleichtert, als sich das Verhältnis zwischen Tilde und Nicolaas mit der Zeit zu entspannen schien. Während Julius Nicolaas offenbar jedesmal gerade verfehlte, führten Tildes gelegentliche Besuche bei Margot oft zu einer flüchtigen Begegnung und einmal zu einem Ausflug in sein Kontor, wo Nicolaas nichts dagegen hatte, daß Tilde sich neben seinen Tisch setzte und eine Reihe gezielter Fragen stellte, die den Bereich des Handels betrafen.

Er antwortete ihr, wie Gregorio feststellte, bemerkenswert freimütig, davon ausgehend – was ja auch den Tatsachen entsprach –, daß sie die Grundbegriffe des Geschäfts seit langem kannte, da sie seit dem Tod ihrer Mutter mithalf, ihr eigenes zu leiten. Indes das Gespräch in Gang kam, hörten sie sich bald an wie alte Kumpane, die ihre Erfahrungen austauschten. Dann setzte Nicolaas, nachdem er ihr Begriffsvermögen offenbar entsprechend eingeschätzt hatte, zu einer genauen Beschreibung der Vertretung an, die er gerade in Alexandria einrichtete. Er brachte Hafengebühren zur

Sprache, Zollsätze, Bestechungsgelder, Lagerkosten, das Angebot an Waren während eines bestimmten Zeitabschnitts und den Hundertsatz an Gewinn nach Abzug der Kosten für Fracht und Versicherung, das alles vermischt mit Beispielen und Geschichten und durchtränkt von einer Art traumhafter Begeisterung, die nach Gregorios Gefühl nur zur Hälfte gekünstelt war.

So etwas gefiel abgebrühten Kaufherren und Buchhaltern und verfehlte seine Wirkung auch nicht bei einem kampflustigen, eher reizlosen Mädchen von siebzehn Jahren mit einem Sinn für Dinge des Geschäfts. Als Margot schließlich kam, um sie abzuholen, waren ihre Wangen gerötet, und ihre platte Nase glänzte. Sie hatte nicht mehr gefragt, wen er in der letzten Zeit wieder getötet hatte oder wer die Bank leiten würde, wenn er tot war. Gregorio glaubte, sie werde sich wahrscheinlich draußen abkühlen und dann wünschen, sie hätte es getan. Er schickte sich an, zu gehen, aber Nicolaas hielt ihn zurück. «Ihre Geschäfte gehen nicht allzu gut.»

Für ein geschultes Ohr war es offenkundig gewesen. Gregorio sagte: «Ich glaube nicht, daß das die Schuld des Hauses Charetty ist. Der Herzog ist krank, der Handel geht zurück, alles Geld wandert in den Streit mit Frankreich, die Schotten drohen damit, sich aus Brügge zurückzuziehen, und Florenz ist nicht sehr großzügig mit Anleihen. Eine vorübergehende Aufwertung des Groat richtet nicht viel aus. Und was an guten Geschäften übrig ist, wird bedroht durch das Haus Vatachino.» Er hielt inne und setzte dann ein wenig mürrisch hinzu: «Ihr solltet wirklich bleiben und mit Julius reden.»

«Das ist es ja nicht, worüber er mit mir reden will», sagte Nicolaas. «Nein, es ist zum Teil ihre Schuld. Ich hatte ihnen damals ein gutgehendes Geschäft im Geleitschutz und im Kurierdienst hinterlassen, und Julius hätte Tilde daran hindern müssen, es zugrunde zu richten. Er kann ein landläufiges Geschäft besser leiten als die meisten anderen, wenn er nur will. Auf jeden Fall können wir nur hoffen, daß der Rückgang vor allem seine Schuld ist, nicht wahr? Sonst hättet Ihr eine Niederlassung am falschen Ort eingerichtet.»

«Auf Eure Anweisung», sagte Gregorio.

«Natürlich auf meine Anweisung», entgegnete Nicolaas. «Ich habe sie von Zypern aus gegeben, und Ihr seid nach Brügge gereist, um sie auszuführen. Wenn Ihr sie unklug oder töricht fandet, wäre es dann aber nicht Eure Pflicht gewesen, es mir mitzuteilen?»

Es fiel manchmal schwer, Nicolaas gegenüber die Ruhe zu bewahren.

Von allen Besuchern der Ca' Niccolo war Pater Gottschalk, der Kaplan des Hauses Charetty, der willkommenste in jenen Tagen. Nicht daß Gregorio ihn gut kannte, obschon sie damals fast zur gleichen Zeit bei der Witwe Charetty in Dienst getreten waren. Als Priester, Arzt in Notfällen und Schreiber hatte Gottschalk den größten Teil seiner frühen Dienstjahre im Ausland bei der Söldnertruppe des Hauses und bei Nicolaas verbracht. Aber auch so war Gregorios Erinnerung an den Mann recht deutlich – wuchtige Gestalt, dunkle, ungleichmäßige Gesichtsfarbe und dichte schwarze Locken über braunen Augen so klar wie Harz. Bei Gregorios späterem Besuch in Brügge war der Priester gerade geschäftlich in Deutschland unterwegs gewesen. Gregorio fragte sich, was Gottschalk jetzt wohl über den Witwer der Witwe dachte.

Gottschalk hatte Nicolaas bei seinem ersten Besuch in der Ca' Niccolo nicht angetroffen, aber da der Priester in Begleitung von Julius kam, war das vielleicht nicht zu verwundern. Beim nächsten Mal, als er allein kam und damit auch nicht mehr Erfolg hatte, seufzte Gottschalk. «Ach ja, der Feigling.» Er hatte wie viele Deutsche in Fulda die Hochschule besucht, und ihm haftete noch immer etwas Irisches an.

Sie saßen in Gregorios Sanktum im Zwischengeschoß mit seinen mächtigen Fenstern zum Canal Grande hinaus. Geräusche wehten herein und ein wenig Luft. Gregorio sagte: «Ihr solltet ihn sehen, wenn man ihm von Julius spricht.»

«Ach wirklich?» erwiderte der Priester. «In diesem Falle täte mir Julius leid. Wie ich höre, wollte auf Murano erneut einer Nicolaas ans Leben. Darf ich?» Er zog ein Buch aus Gregorios Regal und schlug es auf. «Ein recht gutes Exemplar.»

«Ich weiß», sagte Gregorio. «Der Mann von Murano war kein Mörder, er war ein Spion.»

Der Priester stellte das Buch wieder zurück und nahm ein anderes heraus. «War das alles? In dem Fall tut mir Julius wirklich leid. Stellt er eine schreckliche Bedrohung dar? Das überrascht mich. Ich glaubte sogar – ich mag mich täuschen –, Ihr hättet ihn hergebeten.»

Gregorio sagte: «Nicolaas war lange fort. Catherine und Tilde sind schließlich seine Stieftöchter.»

«Um Catherine oder Tilde habt Ihr aber nicht geschickt.»

«Er kennt Nicolaas», erwiderte Gregorio.

«Ja, das ergibt einen Sinn. Ihr wart beunruhigt wegen Nicolaas. Warum?»

Gregorio verspürte trotz allem eine Verpflichtung gegenüber Nicolaas. «Er schrieb mir aus Zypern, er komme zurück, weil Simons Gemahlin und der Ehemann seiner Schwester gestorben seien und man ihn dafür verantwortlich machen werde. Er hatte auch einen Jungen aus der gleichen Familie als Gefangenen bei sich gehabt.»

«Diniz», sagte der Priester nachdenklich. «Sein Großvater hat ihn herausgeholt.»

«Nicolaas hatte ihm schon vorher die Freiheit gegeben», entgegnete Gregorio. «Sein Großvater hat die Kogge *Doria* gestohlen und den Schiffsführer Crackbene dazu gebracht, mit ihm und dem Jungen heimzufahren.»

«Wollte der Junge mitfahren?»

Das war eine Frage von der Art, wie Julius sie stellte. Ihr folgten in der Regel Anspielungen auf Zacco, den König von Zypern, der jung und unbeweibt war. «Nicolaas hat es nicht gesagt», antwortete Gregorio.

«Natürlich nicht», sagte Gottschalk. «Nun, das ist eine Ausgabe, die zu besitzen sich lohnt. Wir werden darüber reden müssen, Ihr und ich. Aber wie denkt Loppe darüber?»

«Über das Buch?» gab Gregorio ein wenig barsch zurück. Es war bekannt, daß Loppe viel über Nicolaas wußte, dennoch mißfiel ihm die Frage in diesem besonderen Zusammenhang. Sie erinnerte ihn zudem an einen Ausflug von Murano aus, von dem er ausgeschlossen gewesen war.

Gottschalk klappte das Buch zu und legte seine großen Hände darauf. «Ihr wart besorgt genug, um Julius herzubitten, der viele gute Eigenschaften hat, aber nicht gerade der Verschwiegenste ist. Es gibt deshalb einige Zweideutigkeiten, die ihr schon abgewogen und abgetan habt. Was die übrigen angeht, bin ich ein williger und verschwiegener Zuhörer und einer, der vielleicht mehr Erfahrung hat als Ihr beide. Wie denkt also Loppe über Diniz?»

Gregorio sagte: «Ich dachte, Ihr sprecht vom Buchdruck. Lopez sagt, Jordan de Ribérac habe den Jungen gegen dessen Willen entführt. Er sagt, der Junge fürchte sich vor seinem Großvater.»

«Ach, in der Tat? Dann war Nicolaas doch wohl bestürzt über diese Tat. Überrascht es Euch da nicht, daß er ihnen nicht nachgefahren ist, um sie aufzuhalten? Und sollte man nicht annehmen, er würde sich beeilen, den armen Teufeln den wahren Hergang zu erklären, die glauben, er habe ihnen etwas angetan? Abgesehen davon, daß er sich vor ihren Pfeilen in Sicherheit bringt? Aber ich höre, der Versicherungsanspruch wurde erfüllt. Danach mochte man das Gefühl haben, es lohne sich nicht, Zeit mit einer Seereise zu verschwenden.»

«Nicolaas hätte Zypern nicht verlassen können», sagte Gregorio. «Er hatte kein Schiff. Und als er seine Geschäfte besorgt hatte, waren Diniz und der Alte schon seit vielen Wochen fort; sie waren beide zu Hause, und die Gerüchte hatten sich verbreitet.»

«Aber hierher ist er gekommen. War es die Ehefrau, die ihn aufhielt? Das war doch eine schnell geschlossene und schnell wieder beendete Ehe. Was hat Loppe dazu zu sagen?»

«Nichts», erwiderte Gregorio. «Oder nur die nüchternen Umstände. Nicolaas hat die Frau auf Rhodos geehelicht, und auf Zypern wurde die Ehe für ungültig erklärt.»

Pater Gottschalk machte ein überraschtes Gesicht. «So schnell? Sie müssen bedeutende Advokaten haben auf Zypern.»

«Ein König bekommt gewöhnlich, was er will.»

«Ah», sagte der Priester. Nach einer kurzen Pause fügte er hinzu: «Aber Zacco hat das Mädchen nicht geheiratet?»

«Nein, natürlich nicht.»

«Lieber Gott.» Der Priester hob die Faust und schlug auf den

Tisch, daß Gregorio zusammenfuhr. «Das ist eine böse Sache, und ich weiß nicht, was da zu machen ist, obschon ich mich für einen Menschen mit Erfahrung halte. Aber sagt mir eines: Weiß Nicolaas, wo Jordan de Ribérac ist?»

Gregorio glaubte darauf antworten zu sollen. «Ich glaube, er weiß, wo sie alle sind. Diniz, Simon, sein Vater. Sogar die van Borselens. Kuriere reisen ständig mit Nachrichten dieser Art hin und her. Aber von dem Schiff weiß ich nichts. Auch nicht von Crackbene.»

«Aha.» Der Priester saß da und griff nach seinen Knien. Er blickte auf. «Ihr seid ein vernünftiger Mensch. Womit haben wir es hier zu tun? Ist er einfach versessen auf Rache?»

«Nicolaas? Er will der reichste Mann der Welt werden, so sagt er wenigstens. Er baut an einem ganz großen Handelshaus.»

«Aber wozu? Geht es ihm um Paläste? Besitztümer? Landgüter? Ausgefallene Speisen und teure Frauen und die Bewunderung von Brügge? Oder was sonst? Man braucht kein Geld, um zu töten.»

«Aber um zu demütigen», sagte Gregorio. «Und zum eigenen Schutz, während man dies tut. Der Spion, den Nicolaas auf Murano erwischt hat, der hatte sich ihm im Auftrag des Hauses Vatachino an die Fersen geheftet. Und die Vatachinoleute sind Genuesen, wie Julius glaubt.»

«Ist das wichtig?» fragte der Priester.

«Für Nicolaas könnte es das schon sein. Ihr werdet feststellen, daß sie dem venezianischen Handel zu schaden versuchen, wo sie sich auch zeigen. Deshalb sind sie und wir Rivalen. Nicolaas hat in Trapezunt und auf Zypern für den Vorteil Venedigs gesorgt. Daß die Genuesen Famagusta aufgeben mußten und Zacco damit der Thron gesichert wurde, das war sein Werk. Selbst sein Schiff ist eine genuesische Prise: Die Kaperung der *Adorno* zwang die Genuesen schließlich zur Übergabe. Wenn die Vatachinoleute Genuesen sind, muß ihnen daran gelegen sein, es ihm auf die eine oder andere Weise heimzuzahlen.»

Gottschalk sagte: «Aber ob sie Genuesen sind oder nicht, das wollte ich Euch wissen lassen: In Brügge gibt es einen Mann namens Martin, der einer ihrer beiden wichtigsten Leute ist – und ihn habe ich heute in Venedig gesehen.»

Als Nicolaas zurückkam, folgte ihm Gregorio sogleich auf seine Stube. «Martin. Ein Mann von ungefähr vierzig Jahren, rotes Haar und stämmig wie ein Ringkämpfer, ein unerbittlicher Bursche. So beschreibt ihn Pater Gottschalk. Ich habe von dem Mann noch nie gehört. Wir hatten bis jetzt nur mit David de Salmeton zu tun.»

«Ich auch», sagte Nicolaas. «Auch ein unerbittlicher Bursche, aber ein sehr gutaussehender. Was wußte Gottschalk sonst noch zu berichten?»

«Dieser Martin ist nicht wichtig?»

«Das habe ich nicht gesagt. Aber wie steht es um das Haus Charetty?»

«Er macht sich Sorgen», sagte Gregorio. «Nicht seinetwegen, natürlich, aber um Tildes und Catherines willen. Er meinte, es sei in jedem Falle Zeit, daß Tilde heirate, und zwar einen möglichst reichen Mann, nur daß das Haus Mühe haben würde, eine Mitgift bereitzustellen. Das war natürlich ein Scherz.»

«Natürlich», entgegnete Nicolaas. Schweißnaß von der Hitze, die in der Stadt herrschte, hatte er sich schon das Hemd aufgerissen und war ans Fenster getreten. Sie waren allein. «Wird Euch nie heiß? Nein, Ihr geht ja nie aus dem Haus. Erzählt Cristoffels je von den alten Zeiten in Brügge?»

Gregorio sah seinen breiten Rücken an. Er sagte: «Oh, er fand sie recht schön.» Mit Bedacht setzte er hinzu: «Er hat viel dazugelernt, seit er hierherkam.»

Nicolaas wandte sich um. «Ich rede lieber mit Julius und versuche herauszufinden, wie die Geschäfte bei ihnen wirklich laufen. Wenn es vorübergehende Schwierigkeiten sind, schaffen es Cristoffels und Henning wohl allein, für Tilde aufzutreten, so daß Julius seine Talente anderswo einsetzen könnte. Ihr hattet gewiß noch keine richtige Gelegenheit, ihn einzuschätzen?»

«Julius?» Gregorio hatte das Gefühl, einen Weg entlangzugehen, auf dem es von Schlangen wimmelte. «Ich hatte oft genug brieflich mit ihm zu tun. Ich habe den Eindruck, er trifft vernünftige Entscheidungen.»

«Geschult in Bologna», sagte Nicolaas. «Ihr solltet wirklich mehr herausbekommen.»

Es trat eine lange Pause ein. «Ja», sagte Gregorio. Dann setzte er hinzu: «Ich habe übrigens den Kredit erwähnt. Ich habe Pater Gottschalk von dem Angebot der Bank an die Signoria erzählt. Aber Ihr solltet selber mit ihm reden.»

«Ja, das werde ich auch», sagte Nicolaas. «Obzwar es so scheint, als hättet Ihr beide schon alles gesagt, was zu sagen ist.»

Es gab noch einiges zu bereden, dann ging Gregorio. Auf der Schwelle drehte er sich noch einmal um. «Dieser Martin – solltet Ihr Euch nicht noch zusätzlich schützen?»

«Vielleicht, aber nicht vor dem Haus Vatachino», entgegnete Nicolaas. «Ich glaube, wir sollten einen Empfang geben.»

«Und sie einladen?» fragte Gregorio.

«In dem Fall wäre es ein kleiner Empfang. Nein, ich dachte an etwas Größeres als die üblichen Empfänge. Wo würdet Ihr vierhundert Gäste bewirten?»

Gregorio blickte ihn an. «Nicht hier. Man müßte ein Haus mieten.»

«Dann mietet eins am Canal Grande, mit möglichst großen Gemächern und einem Garten. Haben wir die Mittel dazu?»

«Ja», sagte Gregorio. «Wann?»

«In zwei Wochen. Werden die Leute auf eine kurzfristige Einladung kommen? Ja, das werden sie, da bin ich ganz sicher. Und wir haben zwei Wochen Zeit für unsere Pläne.»

«Welche Pläne?» fragte Gregorio.

«Für die Zukunft», sagte Nicolaas.

Venedig war eine Stadt der Feste, eine Stadt der Wassergeselligkeiten und der Musik, der Maskeraden und prunkvollen Umzüge, der Unterhaltungen des Zirkus und der Unterhaltungen verschwiegenerer Art hinter seidenen Vorhängen.

Selbst in Kriegszeiten war sie noch da, wenn auch gedämpft, diese kultivierte Entfaltung des Vergnügens und der Muße. Was genau einschätzen mußte, wer als Gastgeber aufzutreten gedachte, war der unsichtbare Platz auf der Rangleiter, die Stelle zwischen dem einen Viertelton und dem nächsten, die sich für ihn schickte.

Nach Monaten in Venedig hatte Margot sich ein solches Gespür erworben. Gott allein wußte, woher es auch Nicolaas hatte. So kam es, daß der Palazzo, in dem er am festgesetzten Abend seine Gäste empfing, wohl reizvoll, aber nicht von fürstlichen Ausmaßen war. Der Diener waren viele, aber nur seine eigenen trugen die Farben der Bank. Die Girlanden waren erlesen, zierten aber nicht jede Säule oder Treppe; das Essen war gut und reichlich, schloß aber keine Straußeneier oder Papageienzungen ein. In einem Gespräch, von dem Margot nichts erfahren hatte, war Lopez der Auftrag erteilt worden, zu Hause zu bleiben und über die Geschäfte der Bank zu wachen.

Gab es nichts Dünkelhaftes, so gab es doch Überraschungen: eine tragbare Orgel, einen Lautenspieler und Tonsetzer und einige Kammermusiker, die Gregorio kannte. Zu gegebener Zeit entschlossen sich einige der anwesenden Paare, dem Tanz zu huldigen, und bewegten sich feierlich durch den Saal, die Frauen langsam sich drehend, langsam zum Knicks herabsinkend. Später ruhten sie auf Kissen, indes Früchte gereicht wurden und noch mehr Wein und einige wenige Akrobaten in bunten Kostümen vor ihnen Purzelbäume schlugen. Die Türen zu den von Lampen erhellten Gärten standen offen, und Männer und Frauen standen beim Springbrunnen oder schlenderten umher. «Was ist verkehrt?» sagte Margot zu Gregorio.

«Nichts», sagte er.

Margot war, so hatte man es ausgemacht, nicht die Hausherrin bei diesem großen Empfang der Bank. Als Nicolaas die Frage stellte, war sie gern damit einverstanden gewesen, daß diese Ehre Tilde gebührte, und sie hatte ihr auch bereitwillig beim Ankleiden und Zurechtmachen geholfen. Mathilde de Charetty, an der Seite ihres Stiefvaters schreitend in rauschendem Damast mit Perlen im glänzenden braunen Haar, zeigte ausnahmsweise einmal das lebhafte Blut ihrer Mutter in den sonst so blassen Wangen, und ihre im Schatten dichter Brauen liegenden Augen leuchteten. Und Nicolaas behandelte sie, wie er ihre Mutter behandelt hatte.

Margot, die sich unter die Gäste mischte und sich mit den Frauen unterhielt, die sie kannte, lauschte auf den Unterton der

Gespräche und war befriedigt. Einige dieser Leute waren Freunde: Kunden der Bank, denen man nur kurz begegnet war, Angehörige des Adels mit ihren Gemahlinnen, die als Vertreter der einen oder anderen Obrigkeit gekommen waren, und eine Gruppe vom Rat der Republik, der dem Hause Niccolo mehr als nur diese Höflichkeit schuldete. Einige, Kaufleute und Bankherren, die man am Rialto traf, kannte sie inzwischen ganz gut. Und dann waren da natürlich auch noch die Leute vom Haus Charetty: Julius und der Priester Gottschalk und Alessandro Martelli von der Medici-Bank in Venedig, bei dem sie Herberge genommen hatten.

Alessandro, schon älter und recht neugierig, war durch eine Heirat mit der Familie Strozzi verbunden und hielt es, wie Margot zu ihrer Belustigung bemerkte, nicht für unter seiner Würde, Nicolaas nach dem jungen Lorenzo auszufragen. Höflich und geschickt zurückgewiesen, lenkte er das Gespräch auf die Strozzi in Brügge.

«Wißt Ihr, daß unser großer alter Mann, Cosimo de' Medici, im Sterben liegt? Wenn es soweit ist, wer weiß, was dann aus all diesen schwerverschuldeten Häusern wird? Den Strozzi? Zorzi? Ihr wißt natürlich, daß Euer alter Freund Zorzi von der Färberei auf Zypern in Brügge ein Geschäft aufgemacht hat? Gewerbe! Gewerbe! Wer würde ins Gewerbe gehen, wenn er sein eigener Herr sein und abends in seinem Stuhl sitzen könnte, um sich vorlesen zu lassen?»

Sie sah, wie Nicolaas lächelte, das Gesicht wie immer seinem Willen untertan. Kaufmannstratsch. Kaufmannstratsch und Advokatentratsch: sie kannte dergleichen zur Genüge. Es sei denn . . . Sie bemerkte wiederum diesen Ausdruck auf Gregorios Gesicht und sah, daß Nicolaas, der an Martelli vorbeiblickte, ihn auch wahrnahm und wartete, bis er Gregorios Augen begegnete. Dann beendete Nicolaas das Gespräch und wandte sich weiteren Gästen zu – einem Schiffsführer der Flanderngaleeren namens Duodo und dann Paul Erizzo und seiner Tochter, die wie so viele andere mit ihm auf Zypern gewesen waren. Wie alle hier im Saal, konnte man manchmal meinen.

Der erste, den er begrüßt hatte, als Tilde noch an seinem Arm schritt, war Marco Corner gewesen, dessen Familie von dem Zukker reich geworden war, den sie seit Generationen auf Zypern anbaute. Und bei Corner hatte Giovanni Loredano gestanden, auch aus Zypern, und Caterino Zeno, dessen Geschäft nicht Zukker, sondern Alaun war und der zu dieser Gruppe gehörte, weil die drei Männer Schwestern geheiratet hatten.

Margot wußte von den Prinzessinnen von Naxos. Sie beobachtete, wie die drei schönen Frauen näher kamen, Nicolaas ansahen und ihm dann lächelnd die Wange darboten. Sie beobachtete, wie sie eine nach der anderen seine Stieftochter musterten, lächelten und auch ihr einen freundlichen Kuß gaben. Sie hörte, wie die eine mit Namen Fiorenza zu Nicolaas sagte: «Wir waren so traurig. So schrecklich traurig. Die liebe Signora Katelina mußte so viel leiden. Und Ihr, Ihr habt so viel verloren. Wir fühlen mit Euch.»

Er sah sie an, und das Lächeln mit dem halben Grübchen, das er an diesem Abend gebrauchte, war jetzt nicht zu sehen. Er sagte: «Ich danke Euch. Ich danke für Eure Anteilnahme.» Dann berührte er Tildes Arm und ging weiter.

Später, als das Mädchen müde geworden war und bei den Frauen der Familie Martelli Zuflucht gefunden hatte, gesellte sich der Priester Gottschalk zu Margot, die gerade zusammen mit Julius im großen Saal auf die Trompeten wartete, die die Gäste zur letzten Darbietung zusammenrufen würden. Gottschalk sagte: «Der Abend war ein Erfolg, nicht wahr? Ich vermisse freilich den Nicolaas, den ich einmal kannte.»

Julius machte ein Gesicht. «Ihr denkt an den Vogel Strauß? Das Wasserwerk? Die vielen Prügel, die er bezog? Das würde ihm heute keiner glauben. Gesetzt und reich und bald dick und fett.»

«Vielleicht trägt er heute eine schwerere Bürde», meinte Gottschalk. «Die Verantwortung für eine Bank, das wiegt gewiß schwer. Auch Gregorio schien bedrückt auszusehen. Demoiselle Margot – ist Gregorio nicht ganz wohl?»

«Er hat wahrscheinlich gehört, was Corner zu berichten hatte», sagte Julius. «Über König Zacco und die Ägypter. Nicolaas weiß davon.»

«Und was ist mit ihnen?» wollte Gottschalk wissen.

«Jemand hat versucht, Zacco umzubringen. Der Sultan von Kairo verlangt den dreifachen Tribut als Ausgleich für die dahingemetzelten Mamelucken, und Gerüchten zufolge werden in Syrien venezianische Kaufleute festgenommen. König Zacco schuldet Corner Tausende von Dukaten und hat nichts, womit er ihn bezahlen könnte. Ihn oder überhaupt irgendwen. Er sitzt auf all den Pachteinkünften und dem Zuckergeld, und was er an Kriegern hat, lebt von Versprechungen. Wird sich das auf Nicolaas auswirken? Der Rückgang der Bankeinkünfte aus Zypern?»

«Es wird sich auf das Ansehen der Bank hier in Venedig auswirken, wenn es erst bekannt wird», sagte Gottschalk. «Corner sollte über solche Dinge nicht so offen reden.»

«Oh, er hat es keineswegs laut hinausposaunt», erwiderte Julius. «Ich habe das Gefühl, eine andere Nachricht macht die Runde, aber ich kann sie nicht dingfest machen. Ah, die Trompeten. Ich muß sagen, er hat alles sehr gut ausgerichtet. Ihr wart ihm gewiß eine große Hilfe.»

«Danke», gab Margot zurück. Sie wußte durch Gregorio, daß Julius ein kluger Geschäftsmann war und in der letzten Zeit regen Anteil an den Vorgängen in der Bank genommen hatte. Sie glaubte, ein wenig weibliche Schulung könnte ihm nicht schaden. Sie bewegte sich von ihm fort und sorgte dafür, daß die Gäste, die in ihrer Nähe waren, sich dort versammelten, wo Nicolaas sie haben wollte. Sie sah, wie er hereinkam, zu ihr hinblickte und lächelte. Dann ging er zu Tilde hinüber.

Julius hatte recht, sie war sich dessen bis jetzt noch gar nicht bewußt gewesen. Der Claes von Brügge war verschwunden. Man konnte auch sagen, die reizvollen Eigenschaften waren jetzt, in einen breiteren Rahmen gestellt, deutlicher als das zu erkennen, was sie schon immer gewesen waren. Da bliesen die Trompeten, und der Baum voller Vögel wurde herbeigerollt, gezogen von Kindern, die als Engel verkleidet waren.

Sie und Gregorio hatten bei der Vorbereitung zugesehen. Es war keine Zeit gewesen für ein großes Spielwerk, einen jener geistreichen handgeschnitzten Apparate, die Nicolaas' Phantasie in

Brügge und selbst in Trapezunt beschäftigt hatten, wie ihr zu Ohren gekommen war. Es war einfach ein Baum, dessen Äste beladen waren mit funkelnden Vögeln aller Gattungen aus Federn, Mörtel und Papier. Hatte man ihn hingestellt, begann er sich auf seinem Sockel zu drehen und gab süße, trillernde Musik von sich. Buntes Licht, leuchtend wie Dukaten, glitt über die Kassettendecke und die prächtigen Türöffnungen und die glatten geschminkten Gesichter der Frauen, daß die einzelnen Facetten ihrer Juwelen aufstrahlten. Sie begannen höflich Beifall zu klatschen, ehe sie noch die Ursache dieses Lichtspiels bemerkten: Jeder Vogel auf dem Baum trug eine Brille.

Nicolaas klatschte in die Hände und trat lächelnd vor. Tildes Gesicht, das ihn ansah, war strahlend und jung. Primaflora, dachte Margot plötzlich. Er weiß genau, wie er sich halten und geben muß und was ihm steht, welche Strumpfhose, welcher Rock, welches Hemd, und wie er seine Stimme gebrauchen muß. Natürlich wußte er, was diesem Abend angemessen war. Er war mit einer Kurtisane verheiratet gewesen. Alle ihre Künste waren jetzt die seinen.

Er sprach nur ganz kurz: er dankte seinen Gästen für ihr Kommen und für die Freundlichkeit, mit der sie ihn in Venedig aufgenommen hatten. Er hoffe, setzte er hinzu, sie würden zum Zeichen dafür ein kleines Geschenk annehmen, und wem das Muster nicht ganz gefalle, der könne die Linsen zur Casa Barovier auf Murano bringen, wo noch einmal so viele waren, gegen die sie sich umtauschen ließen. Daß die Brillen einem praktischen Zweck dienten, blieb unerwähnt.

Die Musikanten, die stumm gewesen waren, begannen zu spielen. Kleine Engel trippelten durch den Saal mit bebänderten Präsentiertellern, die von Brillen funkelten. Beringte Hände zögerten, griffen zu. Die Gäste, die Hände am Gesicht, hoben und senkten die Köpfe, bewegten sich, stießen aneinander und lachten. Sie betrachteten musternd Gegenstände, nahmen dann die Linsen von der Nase, hielten sie auf Armeslänge von sich und sahen hindurch. Sie tauschten Brillen untereinander aus, versammelten sich belustigt um Nicolaas und stellten Fragen. Gottschalk war ein stummer Beobachter des Treibens. Julius stand mit halbgeöffnetem Mund da und wandte sich dann an Gregorio. «Was wird ihn das gekostet haben!»

«Saatkorn», sagte Gregorio. «Sie werden alle nach Murano kommen und kaufen.» Ohne die Ohrenklappen sah sein Gesicht nackt und abgespannt aus unter einem Hut mit einer Wulstrolle.

«Wer ist das?» fragte Margot.

Ein rothaariger Mann von stämmiger Gestalt war auf der Türschwelle erschienen zusammen mit anderen schwarz gekleideten Männern, die hinter ihm standen. Er sah sich in aller Ruhe um, bis sein Blick auf Nicolaas fiel. Dann bedeutete er seinen Begleitern, stehenzubleiben und begann sich durch die Menge vorzudrängen.

Man wurde auf ihn aufmerksam. Die Gäste waren zu gebildet, um sich umzudrehen oder das Gespräch zu unterbrechen, aber nur wenige beobachteten nicht, wie er auf Nicolaas zuging, und traten die Leute in Nicolaas' unmittelbarer Umgebung auch höflich ein wenig zur Seite, so blieben sie doch in Hörweite. Der Mann sagte: «Van der Poele? Nicolaas van der Poele vom Haus Niccolo? Euer Neger schien nicht zu wissen, wo Ihr seid.»

KAPITEL 7

GREGORIO, der neben Margot gestanden hatte, schritt wie auch der Priester Gottschalk zu Nicolaas hinüber. Nicolaas selbst sah einen Augenblick lang stumm auf den Mann hinunter, dann sagte er: «Ich bin Niccolo van der Poele. Wie Ihr seht, halte ich mich nicht gerade versteckt, wenn ich auch jetzt nicht die Muße habe, mit Euch zu reden. Man hätte Euch das an der Tür sagen sollen.»

Das stimmte – von unten war keine Nachricht gekommen, nicht

88

einmal ein Aufschrei. An der Tür zu diesem Saal waren keine Diener zu sehen, nur Begleiter des Mannes, der gesprochen hatte, in der schwarzen Robe von Advokaten.

Der Mann sagte: «Man trifft seine Verabredungen. In Fällen von Betrug ist der Beschuldigte in der vielleicht verständlichen Versuchung, sich der Unterredung zu entziehen. Mein Name ist Martin, und ich spreche für das Haus Vatachino, Kaufleute und Makler. Gegen Euch wird eine schwerwiegende Anklage erhoben. Wir können hier darüber reden oder auch im kleinen Kreis.»

«Oh, ich habe die Wahl?» sagte Nicolaas. «Wie höflich. In diesem Falle komme ich zu Euch hinunter in die *Bottega*, aber noch nicht gleich. Ich verspreche Euch, daß ich mich nicht davonstehlen werde – mein Teilhaber Signor Gregorio wird sogar mit Euch gehen und bleiben, bis ich komme.»

«Wir sind leider nicht ermächtigt, mit Signor Gregorio zu verhandeln», entgegnete der Mann mit Namen Martin. Trotz des roten Haars und der blauen Augen war sein Italienisch leicht katalanisch gefärbt, und sein Gesicht mit der langen Nase und den schweren Backen war eher römisch als nordisch. «Wir sprechen nur mit Euch, hier oder unten.»

Er hatte bis jetzt nicht sehr laut gesprochen, wenn Margot auch von ihrem Platz aus alles verstehen konnte. In anderen Teilen des Saals hatte man den Vorfall vielleicht gar nicht bemerkt. Die Musik spielte, das leise Gesprächsgeräusch ging weiter. Nicolaas sagte: «Ich habe nicht übel Lust, Euch hinauszuwerfen.» Seine Diener bewegten sich auf ihn zu.

Der rothaarige Mann blickte sie an. «In Eurer Söldnertruppe ausgebildet? Trotzdem könnte man mich noch ein, zwei Dinge vorbringen hören, ehe sie mich niederschlagen.»

«Und mich sollte man hören, wie ich ein, zwei Dinge antworte, wenn Ihr gegangen wärt. Oder wir reden über diese Dinge unten in der *Bottega*, wenn ich hier fertig bin. Ich bin sicher, das ist Euch lieber. Geht mit ihnen, Gregorio.»

Gregorio blickte ihn an. Der rothaarige Mann stand still da. Gottschalk machte ein argwöhnisches, Julius neben ihm ein eher neugieriges Gesicht. Tilde sah erschrocken aus. Einen Augenblick lang hätte alles mögliche geschehen können, dann schnipste der Mann namens Martin mit den Fingern.

Einer seiner Genossen, der ein Blatt Papier in der Hand hielt, eilte auf ihn zu. Martin nahm ihm das Papier ab und reichte es Nicolaas. «Unsere Forderung über fünfundzwanzigtausend Dukaten», sagte er. «Es gibt nichts zu besprechen, aber da es Euch zu beunruhigen scheint, werde ich unten auf Euch warten.»

Seine Verbeugung galt außer Nicolaas allen, die sich in Hörweite befanden. Er zog sich, Gregorio folgend, zurück. Er und seine Leute hatten den Treppenabsatz erreicht, als Nicolaas, der ihnen nachgeeilt war, rief: «Wartet!»

Der Mann drehte sich um, mit einem Fuß schon auf der Treppe, Nicolaas sagte: «Mich dünkt, Euer Bild von der Welt sollte verbessert werden. Erlaubt.»

Seine Hände berührten Martins Gesicht und machten sich darauf an seinem Hinterkopf zu schaffen. Dann trat er zur Seite. Martin, stirnrunzelnd, die Fäuste geballt, machte sich mit einem Ruck frei und wandte das Gesicht dem Saal zu, den er verlassen hatte. Seine Augen blitzten.

Margot sah aber gleich darauf, daß sie sich geirrt hatte. Seine Augen blitzten nicht. Seine Augen sahen, stark verkleinert, jetzt wie Fischaugen aus. Das Blitzen kam von Augengläsern, die ihm auf die Nase gestülpt und hinten an seinem Hut so befestigt worden waren, daß er sie kaum entfernen konnte.

Was für ein Bild von der Welt er jetzt auch hatte, es war kein besseres. Er tastete mit der einen Hand nach dem Geländer, während er mit der anderen die Brille abzureißen versuchte. Er taumelte und begann die Treppe hinunterzufallen.

Gregorio machte Anstalten, ihn aufzufangen, aber Nicolaas stand ruhig da und sah zu, wie er zwischen die Wand und die Balustrade fiel und schließlich in voller Länge bis zu einem Treppenabsatz hinunterglitt. Einen Augenblick lang blieb er liegen, und einen Augenblick lang sah Nicolaas zu ihm hinunter. Dann eilte Gregorio an ihm vorbei und kniete neben dem Mann nieder, während Nicolaas in den Saal zurückkehrte.

Auf der Schwelle herrschte Gedränge, und es wurde gelacht.

Jemand klopfte Nicolaas auf den Rücken. Er sagte: «Er hat sie zerbrochen. Ich betrachte das als eine Beleidigung. Ich werde den Preis dafür von den fünfundzwanzigtausend Dukaten abziehen.»

Das höfliche Lachen nahm zu, und man öffnete ihm eine Gasse, damit er den Saal wieder betreten und darin umhergehen konnte wie zuvor. Man hatte nicht zu verbergen brauchen, worum es bei der Auseinandersetzung ging. Sie wußten inzwischen alle, was geschehen war, wenn sich auch keiner so unhöflich zeigte, davon zu reden.

Die Zyperneinkünfte waren aufgebraucht. Die Signoria hatte die Hälfte seiner Rücklagen für einen Kredit an sich gerissen. Und jetzt wurde er vor Gericht gebracht unter einer Anklage, die ihn des Betrugs bezichtigte und, falls sie zu Recht erhoben wurde, die Bank den Gewinn eines Jahres kosten würde.

Niemand erwies sich als unhöflich, aber keiner wollte danach auch noch lange bleiben. Indes die Gäste sich zurückzogen, beobachtete Margot, wie Julius still wurde und Cristoffels das Lächeln auf dem Gesicht gefror. Gottschalk – das machte die Selbstbeherrschung des Priesters – war nichts anzumerken. Und Tilde war verschwunden.

Als sie sich ein wenig besorgt auf die Suche nach ihr machte, fand sie das Mädchen draußen vor dem Saal, in der kühleren Luft der langen Galerie, wo es auf die aufgereihten Lampen und das glitzernde Wasser und das Wirbeln der Gondeln hinabblickte, die von dem mit Girlanden geschmückten Landungssteg abstießen. Nicolaas war während der letzten zehn Minuten dort gewesen, lächelnd, ruhig, beim Abschied Höflichkeiten austauschend mit seinen Gästen, die sich zurücklehnten unter ihren goldgeschmückten seidenen Baldachinen, im Dunkeln sichtbar nur als Juwelengefunkel, weiße Zähne und Rudel von körperlosen Augengläsern, die sich stumm entfernten wie Wölfe.

Tilde weinte. Sie sagte: «Er wird mich mein Geschäft kosten. Mutter wollte, daß er mir hilft. Jetzt, wo wir ihn brauchen, ist er uns nichts nütze. Er ist nur ein Lehrling, wißt Ihr.»

«Ihr braucht ihn nicht», beruhigte sie Margot. Sie legte den Arm um sie und zog sie an sich. «Er wird Euch helfen, aus Liebe zu

Euch und Eurer Mutter. Aber Ihr braucht ihn nicht. Ihr werdet ganz genauso werden wie Eure Mutter. Habt keine Angst.»

«Es ist nicht das Ende der Bank», sagte Gregorio. «Aber es fehlt nicht viel.»

Es war kurz vor Morgengrauen. Sie saßen in ihren verschiedenen Haltungen auf den Hockern in der Buchhaltung der Ca' Niccolo: Gregorio und Cristoffels, Julius und Gottschalk, Nicolaas und Lopez, der sie eingelassen hatte. Tilde hatte man geraten, mit den Martellis heimzugehen, und Margot hatte sich als kluge Frau zurückgezogen.

«Sagt mir noch einmal, was geschehen ist.» Nicolaas saß an Gregorios Tisch, und vor ihm lagen die Hauptbücher, die Gregorio ihm gegeben hatte, als sie hereingekommen waren, und lose Blätter, auf die er schon Zahlenkolonnen zu kritzeln begonnen hatte, während er noch sprach.

Er war kein reuiger Sünder, wie Gottschalk sah. Ihm ging es um die Lage der Bank und um sonst nichts. Er wollte auch wissen, warum der Mann namens Martin nicht auf ihn gewartet hatte, was er zu Gregorio gesagt hatte und was er als nächstes zu tun gedachte.

«Natürlich konnte er nicht bleiben nach dem, was geschehen war», sagte Gregorio. «Er war schlimm zugerichtet. Er war ausgelacht worden. Er hat sich kaum bemüht, das Papier näher zu erklären, das er Euch gegeben hatte, aber wenn Ihr es lest, werde ich Euch sagen, welches seine Forderungen sind. Warum habt Ihr es getan? Er hatte doch schon einmal nachgegeben. Ihr hättet ihn irgendwie herumkriegen können.»

Seine Stimme erstarb. Nicolaas achtete nicht auf ihn – er überflog das Schriftstück, wobei er sich Vermerke machte. Gottschalk, der von der Vorstellung ausging, die er von Nicolaas hatte, sah, daß sie, die anderen, hier völlig belanglos waren, denn das Räderwerk in diesem dreiundzwanzigjährigen Kopf vollzog sein übliches Ritual gleich einem seiner einfallsreichen Spielwerke und würde zum Schluß sein Ergebnis vorstellen. Er sah, daß Julius Nicolaas gespannt beobachtete und daß Lopez wiederum Julius beobachtete.

Das Schweigen dauerte nur einen Augenblick, dann warf Nicolaas die Feder hin, schob die Papiere von sich, streckte die Arme aus und lockerte die Schultern. Er gähnte erschauernd und schlug die Augen wieder auf. Sie waren ungeheuer hell.

«Nun?» fragte Julius.

«Das Haus Vatachino verlangt fünfundzwanzigtausend Dukaten. Wenn wir zahlen, *ist* das das Ende der Bank. Und natürlich des Hauses Charetty, wenn Ihr es nicht ohne uns schafft.»

«Das ist nicht möglich», sagte Julius. Er sah fahl aus.

«Wollt Ihr die genauen Zahlen wissen? Achtzigtausend Dukaten an Warenbestand und Kapital. Davon gehen ab die fünfundzwanzigtausend für das Haus Vatachino, die zwanzigtausend, die wir der Signoria geliehen haben, die zehntausend, die Bonkle in Brügge ausgeliehen hat – das war die Nachricht, deretwegen Gregorio so grau im Gesicht war –, ferner zwei- oder dreitausend, die wir in Hanf, Druckerei und Weberei zu stecken begonnen haben, womit wir jetzt nicht weitermachen können, sowie eine Vertragsstrafe von wenigstens fünfhundert, wenn wir uns aus dem Pachtvertrag für die Insel zurückziehen, und ein Verlust von dreitausend, wenn uns das nicht gestattet wird.

Auf der Einkommenseite ein Verlust von achtzehntausend Dukaten jährlich, wenn der Zypernhandel abgewürgt wird – das ist die Nachricht, deretwegen ich grau im Gesicht war. Bleibt eine Rücklage von neunzehntausend Dukaten: zuwenig, um größere Abhebungen zu erlauben, geschweige denn an die Finanzierung neuer Geschäfte zu denken. Zusammen damit könnten Einkünfte aus schon abgeschlossenen Geschäften dieses Gebäude und seine Leute ein Jahr lang über Wasser halten. Jeder davor erfolgende Ansturm auf unsere Rücklagen würde zu unserem Bankrott führen. Und natürlich wird es zu einem Ansturm auf unsere Rücklagen kommen.»

«Durch das Haus Vatachino», sagte Gregorio langsam.

«Zumindest durch Leute, die ihnen einen Gefallen schulden. Bewundert sie in aller Ruhe, Goro. Sie sind hervorragend, sie sind Künstler. Alles kam heute abend zusammen, sogar die Nachrichten aus Brügge und Zypern, wo die Rückschläge nur zum Teil ihr

Werk waren. Und zu allem dann noch diese niederschmetternde Wiedergutmachungsforderung.»

Julius' fahles Gesicht hatte sich jäh gerötet. «Aber Ihr redet vom Bezahlen. Dann habt Ihr ihnen irgendeine Ursache gegeben? Was habt Ihr getan? Wenn wir schließen müssen, so ist das doch nicht die Schuld der Vatachinoleute, oder? Es waren doch nicht sie, die die Muslime auf Zypern hingeschlachtet haben. Ihr habt der Bank keinen großen Dienst erwiesen, als Ihr diesen hervorragenden Künstler Martin die Treppe hinunterwarft.»

«Nein, aber mir hat es ungeheuer gutgetan», sagte Nicolaas sanft. «Und nun das Gute – wenn es recht ist?»

Pater Gottschalk hörte sich aufseufzen. Als er sich umblickte, sah er, daß keiner von ihnen wußte, was Nicolaas meinte. Daß die meisten von ihnen, obschon sie treu hinter ihm standen, zumindest einen Bruchteil von dem empfunden hatten, was in Julius' Worten offenbar geworden war. Alle außer Lopez, der von einer eigenartigen Spannung erfüllt zu sein schien.

«Es hängt alles von der Forderung wegen Betrugs ab, wie Julius sagt, die bezahlt werden muß», begann Nicolaas. «Das Haus Vatachino bezichtigt uns, die Versicherungssumme für ein Schiff verlangt zu haben, das nicht unser Eigentum war. Der Betrag, den sie fordern und der ungeheuer ist, bezieht sich auf die Summe, die sie uns für den Verlust des Schiffes bezahlt haben, und auf seine Ausrüstung und Frachtladung, wie versichert *omni risicum, periculum et fortunam Dei, maris et gentium*. Ferner sind eingeschlossen der Verlust der Prämie, die achtzehn Prozent betrug, und eine weitere Buße für den Zinsverlust bei den uns zu Unrecht gezahlten Geldern und für den Betrug, dem sie ausgesetzt waren.

Das Schiff, wie Ihr gewiß ahnt, war die *Doria*, die mir in Zypern gestohlen wurde und die ich beim Haus Vatachino versichert hatte, freilich unter einem Pseudonym. Sein ursprünglicher Name war *Ribérac*.»

«Und es gehörte Simons Vater», sagte Julius. Unwillkürlich blieb sein Blick an der Narbe haften, die Jordan de Ribérac einmal verursacht hatte.

«Ja, und es wurde dem Vicomte von seinem Sohn Simon gestohlen, und ich erhielt es dann von Kaiser David von Trapezunt als Lohn zum Geschenk. Der Kaiser ist tot, und Simon wird kaum ein Verbrechen eingestehen, also wird es einige Zeit dauern, bis die Besitzverhältnisse erwiesen sind. Inzwischen hat das Haus Vatachino eine richterliche Entscheidung durchgesetzt, daß das Geld zurückgezahlt werden muß. Die Signoria, der gegenüber wir uns jüngst sehr großzügig gezeigt haben, war nicht in der Lage, die Entscheidung aufzuheben, hielt es aber für ausreichend, wenn die Bank Sachwerte im Wert der verlangten Summe liefert. Was Martin uns heute abend gebracht hat, das war eine Liste mit solchen Sachwerten.»

«Welchen zum Beispiel?» fragte Julius.

Gregorio gab darauf die Antwort. «Unser Haus hier, das sechstausend Dukaten wert ist. Die Insel, die wir gepachtet haben, um dort Glas herzustellen, samt aller Rohstoffe, die schon darauf lagern. Das Geschäft zur Herstellung von Brillen, das wir auf Murano eingerichtet haben, samt allen damit verbundenen Vorräten. Und schließlich die Kogge *Adorno*, die Nicolaas von Zypern herüberbrachte, samt ihrer Fracht, die zur Zeit im Hafen in Schuppen lagert.» Er hielt inne. «Die gute Nachricht, Nicolaas?»

Es war Cristoffels, der sagte: «Aber das Haus ist nicht unser. Es war ein Geschenk der Signoria.»

«Deshalb», fuhr Nicolaas fort, «können die Vatachinoleute es nicht in Besitz nehmen. Und die Herstellung von Augengläsern geht auf dem Grund und Boden der Familie Barovier vor sich, an deren Geschäft die Signoria finanziell sehr stark beteiligt ist und deren guter Ruf die Ausfuhr venezianischer Glaswaren sichert. Dafür, daß sie den Florentiner beherbergen, beliefere ich die Baroviers mit äußerst billigem Sand, Barilla und Bruchglas, ganz zu schweigen von sehr gutem Alaun. Die Signoria hat entschieden, daß die Tätigkeit des Florentiners untrennbar mit der Bank verbunden ist und nicht übertragen werden darf.»

«Könnt Ihr diese billigen Lieferungen denn fortsetzen ohne die Levante?» fragte Julius. «Was ist mit dem Barilla?»

Nicolaas lächelte ihn an, wobei beide Grübchen mitspielten. «Das bekommen wir aus Spanien. Gefälligkeit der Familie Strozzi.»

Gottschalk sagte: «Dann sind Eure Augengläser und Euer Haus also abgesichert. Aber was ist mit der Insel?»

«Oh, die habe ich verloren», erwiderte Nicolaas. «Und alles, was sich für die Glasmacherei auf ihr befindet. Die Vatachinoleute sind bereit, es als einen Teil der Schuld zu übernehmen. Sie schienen alles darüber zu wissen.»

«Nun, wußte nicht jedermann davon?» fragte Julius.

«Nein.»

«Nicolaas?» sagte Gregorio.

«Ich wußte nicht, daß es ein Geheimnis war», sagte Julius.

«*Nicolaas?*» wiederholte Gregorio.

Nicolaas fuhr fort: «Gregorio wünscht, daß ich Euch sage, daß ich recht froh war über Euren Besuch dort, weil ich hoffte, das Haus Vatachino würde unseren Pachtvertrag aufkaufen. Ich hatte nie die Absicht, Glas herzustellen. Der Signoria war es ganz recht, daß ich mich auf meine Augengläser beschränkte. Sie haben die Glashütten lieber alle auf Murano. Ich glaube nicht, daß sie einem anderen die Genehmigung zur Glasherstellung erteilen werden.»

Gottschalk stand recht unvermittelt auf. «Ich bekomme ein unbehagliches Gefühl. Ihr habt Julius also dazu benutzt, die Aufmerksamkeit auf die Insel zu lenken. Das Haus Vatachino hat den Pachtvertrag aufgekauft, und er ist zu nichts nütze?»

Die großen, hellen Augen blickten aufmerksam und weder trotzig noch reuevoll. «Ja», sagte Nicolaas. «Aber wenn Ihr das Schiff bedenkt, ist das Gleichgewicht völlig wiederhergestellt. Wie ich höre, haben sie von der *Adorno* im Dock schon Besitz ergriffen. Und die Fracht wurde im Lagerhaus versiegelt. Das heißt, wir haben keine Kogge mehr, aber nur achttausend Dukaten zu zahlen. Und natürlich werden wir Widerspruch einlegen und am Ende vielleicht gewinnen.»

«Und die Kredite werden einmal zurückgezahlt werden», sagte Julius.

«In fünf Jahren. Oh, wir werden schon Geld haben, aber wir müssen die Jahre bis dahin überstehen. Deshalb habe ich einen Plan.»

Er hatte, wie Gottschalk bewußt wurde, schon seit langer Zeit einen Plan. Er bewunderte das Haus Vatachino wegen seiner ausgeklügelten Vorausschau. Er hatte sich darauf eingestellt und versucht, Schritt für Schritt auszumachen, was sie tun würden. Er hatte vielleicht nur einen Teil des gegen ihn gerichteten Feldzugs beobachtet, wußte aber genug von den Gaben, über die sie verfügten, und von ihrer ganzen Manier, um zu ahnen, daß irgendeine Art von Höhepunkt vorgesehen war. Und so hatte er sich entschlossen, einen großen Empfang zu geben, und damit selbst den Zeitpunkt des eigenen Sturzes bestimmt.

Gottschalk setzte sich wieder. Nicolaas fuhr fort: «Ich breche morgen abend zu einem Unternehmen auf, das uns alles Geld einbringen sollte, das wir brauchen. Ich hoffe, das ungesehen tun zu können. Der Tag wird angefüllt sein mit diesem und jenem: Alle werden sehen, daß wir bezahlen und unseren Verpflichtungen nicht ausweichen. Bald wird offenkundig sein, daß die Aussichten der Bank noch nie besser waren. Ihr werdet ein Jahr zur Verfügung haben, während dessen Ihr Vorsicht walten lassen müßt, aber danach sollte alles gutgehen. Da ich das Risiko wie auch die Schmach auf mich nehmen werde, muß ich um einen Gefallen bitten, von ihm, von Euch und von Margot. Ich will Gregorio dabeihaben.»

Cristoffels war errötet. Gottschalk sagte: «Dazu habt Ihr nicht das Recht. Ihr habt Gregorio aus Eurem Vertrauen ausgeschlossen. Ihr zieht ihn in etwas hinein, wovon er nichts weiß und das er nicht verstehen kann.»

«Aber Ihr seid ja hier», sagte Nicolaas. «Ihr werdet es ihm erklären. Ihr werdet ihm raten, nicht mitzukommen. Gewiß weigert Ihr Euch.» Seine Augen waren auf Gregorio gerichtet.

«Ist das etwas, wovon Lopez weiß?» fragte Gregorio. «An dem Abend . . .»

«An dem Abend, als Loppe mich nach San Michele ruderte», sagte Nicolaas, «sprach ich mit da Mosto über seine Entdeckungen. Ich habe auch mit anderen gesprochen. In Kriegszeiten brauchen Fürsten Geld und Schiffe. In einem Religionskrieg wird ein Herrscher, der nicht selber Konstantinopel erstürmen kann, ein Unternehmen mit einem christlichen Ziel unterstützen, das ihn nichts kostet, aber seinen Ruhm mehren könnte. Ich will die Westküste Afrikas so weit hinuntersegeln wie da Mosto und dann an Land gehen und einen Weg nach Äthiopien suchen, wenn es einen gibt.»

«Ihr seid verrückt», sagte Julius.

«Ihr habt kein Schiff», sagte Gregorio. Sein Nasenrücken sah weiß aus im Lampenlicht, und seine Backenknochen hoben sich schärfer ab.

Nicolaas hielt weiter den Blick auf ihn gerichtet. «Der Befehlshaber des Papstes hat unsere Galeere in Ancona zu diesem einen Zweck freigegeben. Die Hälfte der Fracht aus Zypern ist auch nach Ancona gegangen, wo das Haus Vatachino nicht an sie heran kann. Ich habe einen Schiffsführer, und die Mannschaft wird gerade angeheuert. Sobald ich zu ihr stoße, fahren wir ... Pater?»

Gottschalk merkte, daß er die Augen geschlossen hatte. Er schlug sie wieder auf. Er sagte: «Sprecht nur weiter. Ich will mit diesen Dingen nichts zu schaffen haben.» Er verstummte, und Nicolaas nahm den Blick von ihm.

Cristoffels sagte: «Aber ...»

«Aber was?» sagte Julius. «Er ist von Sinnen.»

«... aber würdet Ihr mit einer Galeere an den Säulen des Herkules vorbei nach Süden fahren? Aus dem Mittelmeer hinaus und nach *Süden*? Dazu wäre eine Karavelle vonnöten oder eine Kogge.»

«Wir haben eine Kogge», sagte Nicolaas.

Gottschalk fand, daß sie lange brauchten, bis sie erkannten, worauf er hinauswollte. Endlich sagte Julius: «Die *Doria*! Nicolaas, Ihr seid ein unglaublicher Bursche! Ihr wollt die *Doria* wieder an Euch bringen? Wo ist sie?»

«In Portugal», antwortete Nicolaas. «Wir haben die Versicherung zurückbezahlt, da können wir uns ihrer wohl auch bedienen, bis die Gerichte zu unseren Gunsten entschieden haben. Es sollte uns nicht allzu schwer fallen, sie in unseren Besitz zu bringen.»

«Nun, das klingt vernünftig», sagte Julius. «Aber warum bringt Ihr sie dann nicht zurück? Wollt Ihr wahrhaftig nach Madeira und weiter zum Senagana hinunterfahren und dann quer durch Afrika vordringen? Auf jeden Fall würdet Ihr es dann zu tun bekommen mit . . .» Seine Stimme erstarb.

«Mit all denen, die ihn dorthin eingeladen haben», sprach Gregorio den Satz zu Ende. «Ihr habt den Brief ja mitgebracht. Nach Portugal ist Jordan de Ribérac mit der *Doria* und seinem Enkel Diniz gefahren. Nach Portugal ist Simon gegangen, und dort betreibt er seine Geschäfte – Portugal, Madeira, Afrika. Nach Portugal ist die Familie van Borselen gefahren, um ihr Enkelkind zu retten. Simon hat die Herausforderung ausgesprochen, und Nicolaas wollte sie von Anfang an annehmen und hat es uns und allen anderen unmöglich gemacht, ihn daran zu hindern. Haltet ihn zurück, und um die Bank ist es geschehen.»

Wie zuvor war es Cristoffels, der unruhig wurde. «Aber . . .», begann er.

«Fahrt fort», sagte Gottschalk behutsam.

Der junge Faktor räusperte sich. «Aber bei so vielen Mitbewerbern – mit welcher Fracht könnte er da zurückkommen, um die Bank in einem Jahr zu retten? Mit Verlaub?»

Da entschloß sich Pater Gottschalk endlich, in das Gespräch einzugreifen, und Nicolaas, der die Arme auf den Tisch gelegt hatte, zog sie wieder zurück und saß dann still da, den Kopf ganz ruhig haltend.

«Wenn er nach Äthiopien ginge», begann Gottschalk, «dann würde er wohl kaum lebend zurückkommen – jedenfalls nicht mit dem Zauberspiegel und den Edelsteinen der Legende. Er reist natürlich in eine nicht so weit entfernte Gegend, wo es etwas viel Wertvolleres gibt, wenn es freilich auch nur wenigen Kaufleuten gelungen ist, es zu finden. Aber nicht jeder hat einen Loppe bei sich, nicht wahr, Nicolaas? Mit Loppe habt Ihr einen Führer und einen Dolmetscher wie auch einen Freund, einen, der Euch überallhin folgt und dem Ihr alles zumuten könnt und der sich nicht beklagt. Ihr nehmt Loppe mit hinunter zur Guineaküste, von der er kam, und Ihr hofft zurückzukommen mit dem, was Ihr begehrt – und es soll die Vatachinoleute lähmen und Simons Pläne vereiteln und Euch als den reichen Mann ausweisen, der Ihr jetzt sein wollt. Wißt Ihr, was ihn anlockt? Er will den Markt besuchen, zu dem sich keine Weißen einfinden. Er will den Goldfluß hinauffahren.»

Er wußte, es war nutzlos. Wie deutlich oder wie streng und unerbittlich er auch sprach, er wußte, daß kaum einer von ihnen das Frevelhafte sehen würde. Julius wirkte wie erstarrt, hingerissen sogar. Auf Cristoffels' Gesicht zeichnete sich wachsende, verwirrte Bewunderung ab. Nur bei Gregorio und Loppe sah er etwas anderes: auf Gregorios Gesicht eine gewisse Ergebung und auf dem Loppes erstaunlicherweise Zorn.

Der Zorn galt ihm. «Ich glaube, Pater», sagte Loppe, «daß ich wie ein Mann aussehe. Erwecke ich bei Euch den Eindruck, ich hätte das Hirn eines kleinen Kindes? Oder komme ich Euch wie ein Mädchen vor, das einem Beschützer nachläuft?»

Gottschalk schwieg einen Augenblick. Dann sagte er: «Nein. Ich habe Euren Verstand und Eure Männlichkeit beleidigt. Es war eine lange Nacht. Es tut mir leid.»

«Vielleicht haben wir alle genug gesagt», meinte Loppe. Sein Blick war auf Nicolaas gerichtet.

Rosenfarbenes Licht füllte die langen Fenster aus, und eine Möwe schrie. Nicolaas sagte: «Ja, wir können das übrige bis morgen aufheben. Haben wir ein Bett für Pater Gottschalk?»

«Ich gehe mit ihm», sagte Loppe.

Obschon es im Treppenhaus dunkel war, hörte man von fern die Geräusche beginnender Geschäftigkeit und gedämpftes Klappern von der Küche her. «Oben ist eine freie Kammer neben der von Cristoffels», sagte Loppe. Im obersten Geschoß blieb er vor einer Tür stehen.

Gottschalk sagte: «Ich hatte nicht die Absicht, Eure Freundschaft herabzusetzen. Ich mache mir auch seinetwegen Sorgen.»

Loppe wandte sich um. «Er wird fahren, was auch geschieht.»

«Das habe ich begriffen», erwiderte der Priester. Nach einer kurzen Pause setzte er hinzu: «Seine Antworten neulich im Boot – die Hälfte davon war zur Irreführung gedacht. Ich wünschte, ich wüßte, wie es um die Wahrheit der anderen Hälfte steht.»

Im Dunkeln konnte er von dem Gesicht des anderen nichts

sehen. Loppe sagte: «Tristão Vasquez ist so gestorben, wie er es geschildert hat. Er hatte Weinstecklinge für Madeira gestohlen. Die Demoiselle Katelina sollte gleichfalls sterben, und gestorben ist sie zum Schluß ja auch. In die Wege geleitet haben das alles die Königin und Primaflora.»

«Seine *Gemahlin*?»

«Nicolaas wußte das nicht. Er glaubte, er hätte Katelinas Sicherheit erkauft. Statt dessen gerieten sie und Diniz nach Famagusta, wo sie starb.»

«Famagusta, das Nicolaas belagerte», sagte Gottschalk. Loppe schwieg. Gottschalk fuhr fort: «Und Diniz – Nicolaas ließ ihn frei, aber sein Großvater ging so weit, ihn mit sich zu nehmen.»

«Das scheint Ihr nicht zu verstehen», sagte Loppe. «Die Familie gibt es vielleicht nie zu, aber Nicolaas und Diniz sind Vettern. Nicolaas weiß es. Diniz weiß, glaube ich, daß es möglich ist. Auf Zypern sind Nicolaas und der Junge Freunde geworden. Nach Jahren des Hasses hat auch Demoiselle Katelina ihn kennen und verstehen gelernt. Nicolaas ist bei der Demoiselle geblieben bis zu ihrem Tod. Er mußte erleben, daß Jordan de Ribérac das Vertrauen des Jungen als widernatürlich verleumdete und ihn mitnahm. Deshalb konnte Nicolaas ihm nicht nachsetzen. Das hätte alles nur noch verschlimmert.»

Nichts regte sich. «Oh, barmherziger Gott», sagte Gottschalk. «Ist sie bei der Belagerung gestorben?»

«An Wunden und am Hunger. Diniz hat mit ihr gehungert und es überlebt. Nicolaas hat die letzten Wochen in der Stadt mit ihnen geteilt. Er weigert sich, darüber zu reden. Auf Zypern ist vieles geschehen. Tobie, John, wir alle wissen davon oder haben eine Ahnung. Aber das war das Schlimmste.»

Ein schaukelndes Boot, im Dunkeln. Und etwas Ungesagtes, von dem nicht einmal Loppe wußte. «Er wird über Zypern reden müssen», sagte der Priester, «wenn er das vorhat, was ich glaube. Will er nicht seinen Frieden mit Simon, mit Jordan, mit Tristãos Witwe machen? Er wird es nicht schaffen. Und da ist noch die Schwester.»

«Die Schwester?»

«Erinnert Ihr Euch nicht – die einzige Schwester der Katelina van Borselen? Ihre Mutter ist tot, ihr Vater krank, ihre Schwester, wie sie glaubt, bei dem Streit zwischen Simon und Nicolaas ums Leben gekommen, und Katelinas Kind lebt als Halbwaise weit fort von Flandern. Da habt Ihr eine zerstörte Familie, und nur Gelis ist noch da, um sie in Erinnerung zurückzurufen. Sie ist in den Süden gereist, als wir hierher kamen. Sie wird jetzt in Portugal sein, bei den Vasquez. Und da braut sich eine Tragödie zusammen, denn in Gelis van Borselens Augen gibt es nur einen einzigen Schuldigen.»

«Ihr redet, als wüßte Nicolaas das nicht», entgegnete Loppe. «Glaubt Ihr, er hätte das alles geplant, ohne das zu bedenken? Er wird mit seiner Familie ins reine kommen und mit dem Haus Vatachino abrechnen und das Gold finden, das er für die Bank und das Haus Charetty braucht.»

«Er wird's versuchen – vielleicht gelingt es ihm», sagte Gottschalk. «Das Ränkespiel ist sein Leben, wie wir heute sahen und wie Ihr auf Zypern gesehen habt. Ränkespiel und Gefahr und ein Geschmack an etwas, das er oft genug in ein einzigartiges Abenteuer verwandelt. Aber ob er es darauf abgesehen hat oder nicht, Menschen sterben dabei.»

«Es ist ein Risiko.» Loppe schenkte ihm ein gequältes Lächeln. «Er hat mir vor langer Zeit einmal gesagt, ich solle ihm nicht trauen. Das ist ein guter Ratschlag. Man kommt aber nicht von ihm los.»

Selbst da, wo sie standen, war es jetzt hell. Gottschalk sagte: «Ich erinnere mich. Ich erinnere mich an das, was im Boot gesagt wurde. Und ja – ich werde mit Euch kommen.»

Er ging sodann in seine Kammer und betete und wurde sich bewußt, daß er das ganze Gebet hindurch auf ein Klopfen an der Tür gewartet hatte, das in Trapezunt einmal gekommen war. Aber natürlich wuchsen die Menschen heran und veränderten sich, und diesmal kam kein Klopfen.

KAPITEL 8

WIE VON GOTTSCHALK BERICHTET, hatte die Demoiselle Gelis van Borselen in Begleitung einer kleinen, aber verängstigten Leibwache Flandern verlassen und war inzwischen in der portugiesischen Algarve eingetroffen, wo der Ehemann ihrer toten Schwester seinen Wohnsitz hatte. Während sie Simon und seinen kleinen Sohn nicht vorgefunden hatte, rechnete man stündlich mit dem Eintreffen des Mörders ihrer Schwester, der einen Haushalt voller aufgeregter Frauen antreffen würde, von denen die aufgeregteste Simon de St. Pols Schwester Lucia war, die ihre Schwägerin unter Tränen bat, doch zu bleiben.

Sie blieb, da dies ohnehin ihre Absicht gewesen war, fand dies aber erstaunlich anstrengend. Den Namen Nicolaas van der Poele durfte man kaum erwähnen: Noch jetzt konnte ein unbedachtes Wort einen Ausbruch auslösen. «Ich hasse ihn!» hatte Lucia de St. Pol e Vasquez geschrien und sich auf den Fußboden geworfen, der aus Marmor war, wenn auch mit Kissen versehen. Sie war Schottin und vielleicht an Schilf gewöhnt.

«Wir alle hassen ihn», sagte Gelis, wobei sie ein wenig zusammenzuckte.

«Er ist ein Mörder. Wir werden hier sterben, und keiner wird da sein, der um uns trauert. Er ist ein klassisches Ungeheuer, ein Crocus.»

Was meinte sie damit? «Chronos, vielleicht?» sagte Gelis. «Der Vater, der alle seine Kinder auffraß?» Zwei Angehörige der Familie Vasquez waren gerade zugegen, die mit dankbaren Gesichtern gingen, als sie nickte. Sie fragte sich, was andere Gäste üblicherweise taten.

Lucia hob den Kopf. «Mein Vater Jordan verschlingt alle seine Kinder. Deshalb ist er so dick.» Dann begann sie gleichzeitig zu lachen und zu schluchzen. Sie war wie gewöhnlich so gefallen, daß keine Strähne ihres leuchtendgelben Haars aus der Ordnung geriet.

Gelis saß da und blickte aufs Meer hinaus. Der Wind wehte aus der falschen Richtung. Nach einer Weile sagte die Witwe ein wenig gereizt: «Er haßt Simon und mich. Er will, daß van der Poele, dieses Scheusal, kommt und mich tötet.»

Wahrscheinlich hatte sie recht. Gelis sagte sich, daß dies sogar auf Diniz, den Sohn dieser Frau, zutreffen mochte, der ungefähr in ihrem Alter war und der auch nicht geblieben war, um seine Mutter vor dem Scheusal van der Poele oder seinem Großvater zu schützen. Aber vielleicht tat sie dem Jüngling unrecht. Er war aufgebrochen, um sich der Flotte christlicher Schiffe anzuschließen. Er hatte höchstwahrscheinlich nicht einmal gewußt, daß Claes auf dem Weg in die Algarve war. Claes oder Nicolaas. Er benutzte jetzt seinen Lehrlingsnamen nicht mehr.

Seit sie hier zu diesem Dauerbesuch eingetroffen war, bemerkte Gelis, daß sie alle von van der Poeles Reise in den Westen verständigt worden waren. Kaufleute in vier spanischen Häfen waren benachrichtigt worden, und bis nach Lissabon im Nordwesten hatte man Kunde geschickt. Man mochte glauben, er wünschte, es allen seinen Feinden zu melden. Und das hatte er in der Tat. Simon war, nachdem er seine Herausforderung ausgesprochen hatte, jetzt abwesend.

Konnte Claes wissen, daß Lucia ohne Schutz hier war? Hatte Claes erfahren, daß ihr, Gelis', Vater tot war und daß er, sollte er es wagen zu kommen, sie gewiß hier auf Vergeltung sinnend antreffen würde? Ja, wahrscheinlich hatte er das. Wo es um Claes ging, überließ man nichts dem Zufall.

Lucias Schluchzen wurde leiser. Nach einer Weile, wenn nichts geschah, würde es von neuem einsetzen. Gelis van Borselen erhob sich und sagte: «Ihr müßt tapfer sein. Erinnert Euch der Briefe von Katelina. Sie hat Nicolaas nicht beschuldigt. Vielleicht haben wir ihn alle falsch beurteilt.» Sie beugte sich hinunter und reichte der Frau die Hand.

Die Frau sagte: «Ihr behandelt mich wie ein Kind. Eure Schwester schrieb diese Briefe, als sie im Sterben lag, das habt Ihr selber gesagt. Sie hat geschrieben, was immer er ihr eingab. Er hat meinen Diniz gegen mich aufgebracht. Er versucht Simons sämtliche Freunde zu vernichten. Er ist ein verkappter Teufel.» Sie raffte sich vom Boden auf und ließ sich zu einer Wandbank führen. «Wie konnte mein Vater mich nur verlassen! Er sollte hier sein, um seine Lucia zu beschützen!»

«Ich weiß es nicht», sagte Gelis. «Ich werde statt seiner tun, was ich kann.»

Sie verbannte allen Haß aus ihrer Stimme, damit die arme Frau nicht noch den letzten Rest Verstand verlor.

Sie saß da und dachte an einen Makler namens David de Salmeton.

Der Wind wehte aus der falschen Richtung, was Nicolaas ärgerte, wenn man das auch nicht immer merkte.

Gregorio von Asti störte es nicht im geringsten. «Ich sollte wirklich mehr an die frische Luft gehen!» rief er jedem zu, der es hören wollte. «Das hat Nicolaas gesagt!»

Und er hatte das schon damals erklärt, als die erste Hochstimmung bei der Ausfahrt aus dem Hafen von Ancona ihn erfaßt hatte, und es seitdem bei jedem Wind wiederholt. Ein Stubenhokker sein Leben lang, dessen Reisen seit Jahren nur solche auf dem Rücken von Pferd oder Maulesel von einem Tintenfaß zum anderen gewesen waren, hatte Gregorio plötzlich das Meer und den Himmel entdeckt, und er bedauerte einzig und allein, daß Margot nicht dabei war.

Vom Augenblick des Auslaufens an war allen, von Triadano, dem aus Ragusa stammenden Schiffsführer, bis zu den Seeleuten und den Ruderern, der Zweck der Reise bekannt gemacht worden. Welches auch immer die letztliche Mission des Besitzers war, sie sollten zuvörderst Handel treiben: Häfen ansteuern und an den Küsten Spaniens und Portugals die Waren absetzen, die ihnen Kaufleute anvertraut hatten, und dafür an Bord nehmen, was sich mit Gewinn wieder verkaufen ließ. Dann würden sie zurückkehren, entweder mit dem Schiffsherrn oder ohne ihn.

Es war natürlich bekannt, daß van der Poele, wenn er erst so weit nach Westen vorgedrungen war, wie man dies mit einer Galeere konnte, auf ein anderes Schiff umzusteigen gedachte zu einem Unternehmen, das weniger dem Handel als der Verbreitung des Evangeliums galt. Nur drei der mit ihm reisenden Männer – Gregorio, Gottschalk und Loppe – ahnten, welches Schiff er zu benutzen gedachte. Und als die anzulaufenden Häfen ausgewählt wurden – vier in Spanien und einer, nämlich Lagos, in Portugal –, wußten nur diese drei (oder glaubten zu wissen), daß Lagos der einzige Hafen war, auf den es wirklich ankam. Was nicht ganz richtig war.

Aber in jedem Fall fegte das Meer solche Fragen wie auch alle Üblichkeiten und Bürden des gewöhnlichen Lebens beiseite. Das große Schiff voller Menschen wurde zu ihrem Zuhause. Ob unter prächtigem Segel stehend oder von braunen, singenden Ruderern vorangetrieben, es pulsierte von Lärm und Kraft und Bewegung, von Lachen und Streitgespräch, von anscheinender Unordnung, die sich auf einen Trompetenstoß hin zu einem Getrommel rennender Füße auflösen konnte, zu einer Entfaltung von Geschwindigkeit und genauer Sorgfalt, die Gregorio jedesmal die Sprache verschlug.

Später dann, unter den Sternen, wurde gesungen, gut gegessen, gespielt und geredet. Aber die Rede drehte sich um Häfen, um das Wetter, um Frauen oder Kämpfe; oder es ging, wenn Nicolaas zugegen war, um einen Wettstreit, der mit einem Spiel, einem Gedicht oder einer gerade von ihm erfundenen Geschichte zu tun hatte. Darum, weshalb sie hier waren, ging es nicht.

Auf das Klopfen an der Tür hatte Gottschalk vergeblich gewartet. Er hatte sich bei dem letzten Besuch, den Nicolaas Kardinal Bessarion und seiner kleinen griechischen Kolonie abstattete, nicht eingemischt. Er war sogar mitgegangen zu dieser letzten Begegnung und hatte gemeinsam mit Nicolaas den Segen des Kardinals und die Briefe entgegengenommen, die ihr Schiff freigeben und ihnen am Ende der Reise den Weg ebnen würden.

Er nahm mit Scham und Zorn zugleich das Vertrauen wahr, das diese Kirchenmänner in sie alle setzten. Dieser junge Mann sollte einen neuen Weg zum Reich des Priesterkönigs Johannes eröffnen, das durch die Mameluckenkriege von der übrigen Welt abgeschnitten worden war. Das wiedergefundene Äthiopien würde Seite an Seite mit den anderen christlichen Völkern wider die

Kräfte des Bösen und der Unwissenheit streiten, und die Kirchen des Ostens und des Westens würden triumphierend als ein großartiges Ganzes daraus hervorgehen.

Danach hatte er zu Nicolaas gesagt: «Ich werde dafür sorgen, daß Ihr Euer Versprechen einlöst. Ich warne Euch. Ich werde mich davon nicht abbringen lassen.»

«Ich habe Euch verstanden», erwiderte Nicolaas. «Ich habe Euch schon letztes Mal verstanden.»

An diesem letzten geschäftigen Tag brachte es der Priester fertig, sein Teil zu allem beizutragen, was erforderlich war. Er war auch bei dem Gespräch mit Cristoffels zugegen gewesen, der Venedig wieder mit Brügge vertauschen sollte, wo er Tildes Geschäft leiten würde, während Julius in Venedig blieb, um Gregorios Platz an der Spitze der Bank einzunehmen. Die Veränderung war geschickt vorbereitet worden, und Nicolaas hatte seinen Plan ganz ruhig vorgetragen und der anderen Einverständnis erreicht. Der Priester beobachtete das Erröten, unter dem Julius seine Freude verbarg, und den Widerstreit auf Gregorios Gesicht, indes Besorgnis und Sehnsucht nach Veränderung miteinander rangen. Nicolaas hatte das alles richtig eingeschätzt.

Mit Tilde war es nicht so einfach gewesen. Julius, der das jugendliche Oberhaupt des Hauses Charetty zur Zustimmung bewegen sollte, war auf unverhüllte Wut gestoßen. Tilde war vom Palazzo Martelli zur Casa di Niccolo gestürmt und hatte zunächst Nicolaas beschuldigt, ihrem Geschäft zu schaden, um dann, von Gemüt und Magen schmählich im Stich gelassen, in Margots Gemach zu flüchten.

Gottschalk, an ihr Bett gerufen, hatte sich dann alles angehört, was sie noch gern gesagt hätte. Er hatte ihr nicht widersprochen, sondern zum Schluß tief Atem geholt und zu einem ausführlichen Bericht dessen angesetzt, was seiner Einschätzung nach Nicolaas auf Zypern widerfahren war. Sie lag schon ganz still da, als er noch lange nicht geendet hatte. Zum Schluß meinte sie: «Aber Lopez würde doch alles sagen.»

Der Priester entgegnete: «Vielleicht. Aber diesmal, das muß gesagt werden, gibt es eine ganze Anzahl von Zeugen, die seine

Worte bestätigen würden, nicht zuletzt die Venezianer. Auf jeden Fall glaube ich nicht, daß Nicolaas die Zerstörung des Hauses Charetty im Sinn hat, und Ihr solltet Euch wirklich nicht beklagen. Wenn er überhaupt einen Gewinn macht, werdet Ihr gewiß Euren Anteil erhalten. Und was die Veränderungen angeht, so sind die nur vernünftig. Bedenkt sie in Ruhe und laßt ihn dann wissen, daß Ihr sie mittragt. Ihr mögt ihn nicht leiden können, aber wir sind alle von ihm abhängig.»

Er hoffte, den richtigen Ton gefunden zu haben, konnte sich dessen aber nicht sicher sein. Später war Margot heruntergekommen und hatte gesagt: «Sie ist einverstanden. Es kam nur alles ein wenig plötzlich für sie – daß sie Julius und Nicolaas beide auf einmal verlieren sollte. Wußtet Ihr, daß Nicolaas ihr einmal einen *Farmuk* geschickt hat?»

«Einen was?» fragte Gottschalk und erinnerte sich dann wieder. Ein kleines türkisches Spielzeug. «Da muß sie noch sehr klein gewesen sein.»

«Ja», sagte Margot. «Sie wollte wissen, wie gefährlich diese Reise sein würde. Sie hat Angst.»

«Niemand braucht Angst zu haben», hatte Gottschalk erwidert. «Nicolaas beabsichtigt zurückzukommen, und zwar mit uns allen.» Er sprach damit aus, was er glaubte.

Als sie sich erst auf See befanden, war es gewöhnlich Gregorio, der Nicolaas als Zahlmeister und Aktuarius bei seinen Geschäften an Land begleitete, bei denen, wie er bemerkte, die Verkäufe gegen Geld erfolgten, die Einkäufe dagegen nicht. Auf der Insel Mallorca sah er zum ersten Mal Säcke und Kisten, die unmittelbar aus Afrika herübergekommen waren: Berberwolle und Bougieleder und Gummi arabicum. Er sah sich zusammen mit Nicolaas und Triadano von Ragusa eine Sammlung von Seekarten an, und sie kamen mit einem Juden zurück an Bord, von dem Nicolaas gehört zu haben schien und der lange blieb und mit Loppe hebräisch sprach. Sie trafen einen Mann, der mit dem Haus Charetty in Brügge Handel getrieben hatte, und er becherte mit ihm und betrank sich fast.

An der spanischen Festlandküste in Valencia kannte jeder die

Strozzi, und nicht wenige hatten gehört, was Nicolaas und seine Söldnertruppe in Italien für Ferrante, den Neffen ihres Königs, getan hatten. Man räumte ihnen erstaunlich günstige Bedingungen ein. Als das Geschäftliche erledigt war, fand Nicolaas wie zufällig den Weg zu einer großen und gut geführten, ursprünglich von Deutschen gegründeten Zuckerrohrmühle. Jetzt, so vertraute ihnen der Meister an, gehörte sie einem Handelshaus mit Namen Vatachino. Manchmal kamen ein Vertreter namens Martin oder ein jüngerer Mann namens David vorbei. Keiner von ihnen hielt sich zur Zeit in der Stadt auf.

Pater Gottschalk, der mit aufmerksamen Ohren die Messe besuchte, berichtete von heftigen genuesischen Klagen über portugiesische Einmischung in Nordafrika. In den Tagen König Johanns hatten portugiesische Krieger die gegenüber den Säulen des Herkules gelegene Stadt Ceuta erobert und sich und ihrer Garnison fünfzig Jahre ständiger Unruhe eingehandelt, zu keinem ersichtlichen Gewinn. «Es heißt», sagte Gottschalk, «die Araber versuchten die Stadt zurückzuerobern, und eine portugiesische Flotte sei mit Verstärkungen aus Flandern unterwegs.»

«Das habe ich auch gehört», hatte Nicolaas gesagt.

«Ach ja?» Und als Gottschalk keine Antwort erhielt, hatte er kurz angebunden hinzugefügt: «Weiter im Süden werden wir wohl mehr darüber erfahren.»

Weiter im Süden war die Hafenstadt Malaga, die zum Königreich Granada gehörte und in der man mehr Genuesen sah als maurische Kaftane und Turbane. Nicolaas begab sich von Kontor zu Kontor, prüfte Waren, besprach Geschäfte und schnappte Gerede auf italienisch und arabisch auf.

Hier mußte alles, was er bekam, mit Geld bezahlt werden, eingeschlossen das Gerede. Von Trapezunt bis Famagusta hatten die Genuesen Nicolaas wenig zu danken, und das Haus Vatachino war an allem beteiligt. An Land wurden Nicolaas und Gregorio, wohin sie sich auch begaben, von sechs Seeleuten von der *Ciaretti* begleitet.

Und wohin sie sich auch begaben, das hatte Gregorio ebenfalls bemerkt, stellte Nicolaas die gleichen zwei Fragen – die eine nach einem Mann, die andere nach einem Schiff. Mallorca und Valencia hatten noch keine Antworten darauf geliefert.

Malaga sorgte für die Antwort auf eine andere Frage. Als Nicolaas mit an Bord zurückkam, den Geruch Afrikas noch in den Kleidern, gesellte er sich zu Gregorio, Gottschalk und Loppe in der großen Kajüte und sagte: «Pater Gottschalk? Erinnert Ihr Euch des Gerüchts, demzufolge Ceuta durch Flandern beschützt würde? Wollt Ihr hören, was wahr daran ist?»

«Wenn es mich nicht erschüttert», sagte Gottschalk.

«Was in Gottes Namen würde Euch je erschüttern? Gregorio, erinnert Ihr Euch jenes Tages in Venedig, als Herzog Philipp von Burgund ausrichten ließ, er könne erst nächstes Jahr am Kreuzzug teilnehmen?»

«Und der Groat stieg», sagte Gregorio artig.

«Nun hört zu. Er liegt im Sterben. Er glaubt, er stirbt bald. Und er hat sein ritterliches Versprechen noch nicht erfüllt. Also, teure Brüder, hat er beschlossen, auf jeden Fall eine Flotte auszusenden mit zwei- oder dreitausend Mann unter dem Oberbefehl von zweien seiner Söhne.»

«Unehelicher Söhne?» warf Gregorio spöttisch ein.

«Unehelicher Halbbrüder», erläuterte Nicolaas weiter. «Antoine und Baudouin, genau gesagt. Und da sie über See kamen, sprachen sie in Portugal vor, wo der König ein Neffe der Herzogin von Burgund ist und daher durch Heirat ihr Halb . . .»

«Nicht wichtig», sagte Gregorio. «Was geschah dann?»

«Der König bat sie um einen Gefallen, da sie schon vorbeigekommen waren. Auf ihrem Weg zum großen Kreuzzug nach Ancona sollten sie bei seinem kleinen Kreuzzug an der Berberküste mitmachen und helfen, eine belagerte portugiesische Garnison zu befreien. Und so sind die Burgunder dann, nachdem sie noch einige zusätzliche Schiffe mitgenommen hatten . . .»

«Zusätzliche Schiffe?» warf der Priester rasch ein.

«. . . von denen eines ein französisches war, bei Ceuta gelandet, begleitet unter anderem von zweiundachtzig Freiwilligen aus der Stadt Gent, schwarz gekleidet mit silbernem G auf dem Rücken, das die Berberpiraten hoffentlich lesen können. Berichten zufolge sieht es so aus, als wollten sie für immer bleiben, aber die Mauren scheinen sich nichts daraus zu machen, und es ist wahrscheinlich billiger, als nach Ancona weiterzufahren, und geographisch hübsch gelegen, sollte entweder der Papst oder Herzog Philipp dahinscheiden.»

«Nicolaas», sagte Gottschalk unwillkürlich. «Ein *französisches* Schiff?»

Nicolaas lächelte. «Eine Kogge mit Namen *Ribérac*. In Lagos gefunden und für die Dauer eines Jahres durch Beschlagnahme seinem Besitzer entzogen, der gerade eine Fracht von Zypern herübergebracht hatte. Und bei diesem Besitzer handelte es sich um . . .»

«Jordan de Ribérac!» rief Loppe aus. «Ihr habt also die *Doria* entdeckt? Er hat ihr wieder den ursprünglichen Namen gegeben? Es ist ohne Zweifel die Kogge, die er Euch gestohlen hat?»

«Ganz ohne Zweifel.»

«Aber jetzt liegt sie auf der Höhe von Ceuta vor Anker?»

«Das ist dumm», gestand Nicolaas ein. «Aber auch da gibt es Möglichkeiten. Der ehrenwerte Vicomte selbst ist nach Frankreich zurückgerufen worden.»

«Wer ist dann bei dem Schiff?» frage Loppe in sanftem Ton. «Crackbene? Er war Schiffsführer auf der Fahrt von Zypern herüber; vielleicht bleibt er es weiter im Auftrag Portugals.»

Keiner sagte etwas. In jedem Hafen hatte sich Nicolaas nach einem Schiff und einem Mann erkundigt. Jetzt war das Schiff gefunden. Gottschalk sagte: «Über eine Kogge habe ich nichts erfahren können, aber ein Schiffsführer namens Michael Crackbene liegt seit einigen Wochen in Sanlúcar de Barrameda im Turm. Schulden, Trunkenheit und Totschlag. Es ist nicht damit zu rechnen, daß er herauskommt.»

«Ich habe mich gefragt, ob Ihr das erfahren habt», sagte Nicolaas.

«Und wenn ich es nicht erfahren hätte?» gab der Priester zurück. «Wir laufen den Hafen als nächsten an. So war es wenigstens vorgesehen.»

«Und das gilt noch immer – es sei denn, Ihr selbst wolltet die ganze Fracht kaufen.»

Bei Zibelterra war die Meerenge, die Spanien von der Berber-küste trennte, so schmal, daß Gregorio im Vorüberfahren glaubte, man hätte, wäre der Dunst nicht gewesen, die Masten der portu-giesischen Flotte vor Ceuta und bei ihnen auch die hohen Bord-wände der *Doria* sehen können.

Der *Doria* oder der *Ribérac*, die Nicolaas gerade fünfundzwan-zigtausend Dukaten gekostet hatte. Kein Wunder, daß er das Schiff zurückhaben wollte. Kein Wunder, daß er Mick Crackbene nachspürte, der auf Zypern ohne Ankündigung aus seinem Dienst ausgeschieden und statt dessen in den Jordan de Ribéracs getreten war und das Schiff mit dem Vicomte und seinem Enkel an Bord jedermanns Zugriff entzogen hatte. Das hatte er zumindest ge-glaubt.

Sanlúcar de Barrameda, der Hafen von Sevilla, lag am kälte-ren, unfreundlichen Ozean westlich von Cádiz und nahe der Grenze zu Portugal. Hier bereiteten sich die Handelsgaleeren mit Ziel London oder Flandern auf ihre lange Reise vor, die sie durch die Biscaya und an den Weinhäfen der Gascogne vorüber nach Norden führte. Von hier aus fuhren Galeeren nur nach Norden oder zurück nach Osten.

Weil die Fahrt flußaufwärts nach Sevilla lang dauerte, blieb die *Ciaretti* in Sanlúcar zum Entladen und zum Aufnehmen neuer Waren liegen und versagte ihren Fahrgästen einen Blick auf das entkräftete und prachtvolle Königreich von Kastilien, dessen Hof sarazenische Bräuche bevorzugte. Sanlúcar war wie alle Seehäfen voll von Tavernen, Lagerhäusern und Huren wie auch von vor-nehmeren Häusern mit ihren Staatsbediensteten und Kaufherren. Die Landungsstege waren mit Fischschuppen bedeckt.

Diesmal bestand Pater Gottschalk darauf, zusammen mit Ni-colaas und Gregorio an Land zu gehen. Sie taten dies wie gewöhnlich in Begleitung ihrer Eskorte, wunderten sich jedoch über das Fehlen der üblichen Amtspersonen, und die Türen, an die sie klopften, wollten sich ihnen in der Nachmittagshitze nicht öffnen. Weiter im Stadtinneren waren die engen Straßen angefüllt mit Menschen, die bei der Arbeit hätten sein sollen, und man sah auch einige gutgekleidete Männer und Frauen in Seide, von denen die meisten zu Pferde waren. Es herrschte eine festliche Stimmung.

«Man feiert keinen Namenstag eines Heiligen», sagte Gregorio, der sich erkundigt hatte und zurückkam. «Die Tochter des genuesischen Konsuls heiratet, und die Familie hält die Stadt frei: genug zu trinken, und alle sind eingeladen, Kontore und Werkstätten alle geschlossen.» Er blickte sich um. «Wo ist Nicolaas?»

Auch Pater Gottschalk blickte sich um und schlug sich dann die Hand vors Gesicht. Dahinter, das ahnte Gregorio, wurde ein lange erstickter Fluch ausgesprochen. Schließlich nahm er die Hand fort und sagte: «Wo er hingehen wollte, ich hätte es mir denken können. Zum Kerkerturm. Ohne Leibwache. Ich hatte geschworen, daß ich das nicht zulassen würde.»

«Ihr hättet es nicht verhindern können», sagte Gregorio. «Nicht bei diesen vielen Menschen auf der Straße. Was wollt Ihr tun?»

«Den Turm suchen. Ich nehme zwei von unseren Männern mit. Wartet hier auf mich zusammen mit den anderen vieren. Wenn ich nicht zurückkomme, dann macht Euch auf die Suche nach mir.»

Wäre seine Besorgnis nicht gewesen, hätte es Gregorio genossen, hier am Rand des Marktplates zu stehen und dem Treiben zuzuschauen. Kinder klammerten sich an seine Beine, und ihre Eltern klopften ihm auf den Rücken oder boten ihm einen Schluck Wein aus ihrer Flasche an oder Zuckergebäck aus einem hingehaltenen Tuch. Seine Eskorte, obschon wachsam, griff nicht ein. Er trug kein Geld bei sich.

Mädchen versuchten sich bei ihm unterzuhaken, und stämmige Männer bemühten sich zu erklären, was noch kommen würde, aber in einem breiteren Spanisch, als er es von Brügge her kannte. Er würde gleich Zeuge eines Scheinkampfes werden, so glaubte er zu verstehen, zwischen Kämpfern zu Fuß, zu Pferde und auch zwischen Tieren verschiedener Gattungen. Ochsen schienen auch eine Rolle zu spielen. Gregorio, der all die fremdländischen Schaustellungen von Zypern und Trapezunt versäumt hatte, wünschte, Nicolaas hätte ihnen nicht mit seinem Leichtsinn einen vielversprechenden Nachmittag verdorben. Mit der Suche nach

Crackbene hatte Nicolaas sich in größte Gefahr begeben und sie, seine Genossen, in Unruhe versetzt.

Als Gottschalk nach zehn Minuten noch nicht zurück war, erkundigte sich Gregorio nach dem Schuldturm und machte sich dann mit seinen vier Seeleuten dorthin auf den Weg, gefolgt von neugierigen Blicken.

Sie mochten die Hälfte der Strecke zurückgelegt haben, als ihnen Gottschalk durch die Menge entgegenkam. Bei ihm waren seine zwei Begleiter und ein unbekannter Mann mit einem roten Samthut und kunstvollen Goldknöpfen am Wams. «Ah, da seid Ihr», sagte Gottschalk. «Laßt mich Euch vorstellen. Dieser Signor ist von der genuesischen Casa und bringt eine Einladung für Euch und für mich. Wir sollen uns das Stierrennen vom Vorbau seines Hauses aus ansehen.»

«Das . . .?» sagte Gregorio. «Was ist mit . . .?»

«Das ist alles besorgt», erwiderte der Priester. «Seid ganz beruhigt. Habt Ihr Euren Rosenkranz dabei?»

«Nein», sagte Gregorio verdutzt.

«Nun, macht nichts, ich habe einiges gut bei Ihm und hoffe, Er erinnert sich.» Damit nahm er wieder seinen Platz an der Seite des Genuesen ein und ging weiter. Gregorio und seine Eskorte folgten.

Das genuesische Haus hatte eine um zwei Seiten herumführende Galerie, von der aus man den Marktplatz und die zu ihm hinführenden Straßen überblickte. Es wimmelte von Männern mit Namen wie Centurione, Lomellini, Giustiniani, Spinola, und alle hatten in Brügge tätige Vettern, die das Haus Charetty kannten. Niemand erwähnte das Haus Niccolo, und Pater Gottschalk runzelte jedesmal die Stirn, wenn Gregorio den Mund aufmachte. Das hieß, daß Nicolaas entweder in Sicherheit oder unrettbar verloren war.

So verfolgte der Advokat denn mit sehr gemischten Gefühlen die Darbietungen unten auf dem Marktplatz: den großen Umzug, die Tänze, die Akrobaten, die Rennen, die Scheinkämpfe zwischen berittenen Mannschaften in unterschiedlichen Farben, bei denen leichte Schilde und Lanzen benutzt wurden. Die Zuschauer hinter den Schranken schrien, die Flaggen flatterten vor blauem Himmel, und Aufwartemädchen brachten Brot und Oliven und Trauben und füllten seinen Becher mit andalusischem Wein. Die Schatten wurden länger, und die Luft wurde lau und angenehm. Er begann über zwei Vermummte zu Pferde zu lachen.

Ihm wurde bewußt, daß er sie vorher schon gesehen hatte, auf zwei verschiedenen Seiten bei den Kämpfen, der eine in Rot, der andere in Gelb, mit Helmen aus Steifleinen und Atlas. Jetzt hatten sie auch Federn und leichte Lanzen, die sie nicht losließen, sondern die sie benutzten, um einander zu bedrohen, nach einander zu stechen, indes sie auf den Sattel hinauf und wieder herunter sprangen, knieten, rannten und einmal haarscharf daneben stießen, einmal auch das Ziel trafen.

Die Pferde waren kleine spanische Reitpferde, ausgebildet zum Herumtänzeln um die jungen Stiere, damit der Picador seine *Garrocha* gebrauchen konnte. Sie hatten schon einige Vorführungen dieser Art gesehen, aber die beiden hier hatten daran nicht teilgenommen. Jetzt schien es, als spielten sie doppelte Rollen: jeder das Tier und den Picador. Und der junge Stier in Gelb war Nicolaas.

Während diese Vorstellung noch in sein Denken eindrang, sagte sich Gregorio, daß sie lächerlich sei: eingegeben durch eine gewisse Ähnlichkeit im Körperbau und in der Bewegung. Da sah er den Ausdruck auf dem Gesicht des Priesters, der neben ihm stand, und richtete den Blick entsetzt wieder auf die Arena hinunter. Es *war* Nicolaas.

Er saß von den beiden besser zu Pferde. Aber das stimmte nicht ganz: Worüber er verfügte, das war eine körperliche Beherrschung seines Reittiers, die er im Osten gelernt haben mußte, eine Fertigkeit aus Persien, aus der Türkei, aus Byzanz, wo Männer sich in Spielen maßen auf leichten Pferden wie diesen hier. Dadurch hatte er die Arme frei für alle möglichen Possen auf Kosten seines Gegners.

Es konnte jetzt kein Zweifel mehr daran bestehen, wer der Mann in Scharlachrot war. Man konnte sich kaum vorstellen, wie man den Kerkermeister dazu gebracht hatte, ihn herauszulassen, damit er hier lächerlich gemacht wurde, oder wie er selbst sich damit hatte einverstanden erklären können. Aber der andere Mann, daran war nicht zu zweifeln, war Michael Crackbene.

Wahrscheinlich hatte man ihnen gesagt, sie sollten die Zuschauer belustigen, und das taten sie. Aber Nicolaas schwang nicht nur seine Lanze, sondern schleuderte ihm auch seinen Zorn entgegen und wußte schmerzhaft zuzustoßen. Und Crackbene, obschon eher auf hoher See zu Hause als im Sattel, war doch ein Mann von kräftiger Gestalt mit Wikingerblut in den Adern und voller Entschlossenheit und Grimm. Springend, rennend, die Lanze schwingend wehrte er Nicolaas ab, und manchmal traf er, worauf Nicolaas die Arme hochreckte und brüllte. Auch Crackbene stieß närrische Klagerufe aus, wenn er getroffen wurde. Die Zuschauer lachten und schrien, während Gregorio die Blutflecken auf dem gelben Tuch und die schwarzen Flecken auf dem roten Tuch sah und wußte, daß nicht alles vorgetäuscht war. Dann übertönte lautes Hufgedonner das Lachen.

Ein Ochsenrennen. Der stämmige Mann hatte es zu erklären versucht am frühen Nachmittag, als die Sonne hoch und heiß am Himmel stand. Jetzt war sie gelb, und der Platz lag zur Hälfte im schwarzen Schatten, und das Hufgedonner war zuerst hinter der genuesischen Casa zu hören, dann drang es von der gepflasterten Straße daneben herauf, über die Jungen und Männer in gespieltem Schrecken auf den Marktplatz rannten. Ihnen folgte ein tosender Strom von Tieren.

Ochsen war das Wort, das sie gebraucht hatten: ein harmloses Wort, das an bewässerte Wiesen und Pflüge und langsam dahinstapfende Tiere erinnerte, die nichts zu tun hatten mit einer Herde glänzender, erschreckter, schäumender junger Stiere, die durch die Straßen von Sanlúcar getrieben wurden und sich jetzt auf einem freien Platz befanden, umgeben von Menschenmassen und eingenommen einzig von zwei verletzlichen Männern auf zwei verletzlichen Pferden.

Gregorio war, als rufe Nicolaas seinem Gegner etwas zu. Jedenfalls brachte er seine Lanze unter, galoppierte über den Platz, ergriff die Zügel des anderen Mannes und versuchte zusammen mit ihm die Flucht zu ergreifen. Aber sie schafften es nicht, und die

116

Tiere fielen mit triefenden Mäulern und stoßenden Hörnern über sie her. Crackbenes Pferd taumelte und stürzte hin. Die Herde scharte sich darum herum. Laute Rufe ausstoßend, teilte sich die Menge hinter den Schranken.

Crackbene stand einen Augenblick lang da, blutend und von Stößen geschüttelt, dann drehte er sich herum, griff mit den Händen nach dem Nacken eines Stiers und sprang hoch. Er landete, Schenkel gespreizt, auf seinem Rücken, streckte die Arme nach vorn und bekam die Hörner zu fassen. Der Stier bockte und riß die Hufe hoch. Nicolaas, der sich hinter ihm hielt, zog die Lanze wieder heraus und stieß, sein verstörtes Pferd bändigend, dem Stier wieder und wieder damit gegen den Rumpf. Der Stier brüllte, bahnte sich einen Weg zur Schranke und durchbrach sie. Das Pferd folgte nach. Mit aufgeschundenen, blutenden Flanken erreichte auch das zweite Reittier die verlassene Schranke und sprang hinüber.

Die Herde versuchte zu folgen, als fast schon zu spät eine Schar höhergestellter Ortsansässiger mit Peitschen und Lanzen dahergesprengt kam und den Tieren den Weg versperrte, die, stampfend und staubbedeckt, zögerten, zurückwichen und nach einem anderen Weg zu suchen begannen. Jenseits der Köpfe der Zuschauer waren der losstürmende Stier und das kleine Pferd in Richtung auf das Meer verschwunden. Gregorio und der Priester waren beide aufgesprungen. Der Genuese in dem roten Hut sagte: «Sie werden beide den Tod finden» und bekreuzigte sich.

In diesen Worten schwang irgendwo eine Spur von Befriedigung mit. Welcher Handel auch immer vorausgegangen war, Gregorio wurde bewußt, daß der Genuese von Anfang an auf beider Tod gehofft hatte. Er sagte: «Wenn Gott gütig ist – nein.»

«Gott ist gütig», sagte der Priester. Zur Schranke zurückgetrabt kam das kleine Reitpferd, stolpernd und mühsam und mit Blut am Maul. Auf seinem Rücken saß der Vermummte in Gelb. «Ah», sagte der Genuese, «wir haben, wie es scheint, den Tod unseres Gefangenen zu beklagen. Ein lebhafter Mann, aber jähzornig beim Wein. Das war zu erwarten, und es wird keine Gegenbeschuldigungen geben. Das lustige Schauspiel war die Hauptsache.»

«Natürlich», entgegnete der Priester. «Es war uns eine Ehre, daran teilzunehmen. Und jetzt, wenn Ihr erlaubt – ich glaube, Signor Niccolo würde unsere Begleitung beim Rückweg zum Schiff begrüßen. Wir werden Euch gewiß morgen sehen?»

«Gewiß», sagte der Genuese. «Ich habe selten so gelacht. Euer junger Herr ist ein geborener Spaßmacher. Man gebe ihm einen Buckel und Schellen, und er wäre unsterblich.»

Sie kehrten zum Schiff zurück, ohne den Marktplatz zu überqueren, begleitet von der Eskorte, mit dem stummen Nicolaas in ihrer Mitte, der sich seiner bunten Kleidung entledigt hatte. Aber auch so erkannten ihn viele, denen sie auf der Straße begegneten, und riefen ihm zu und lachten. Er gab ihnen die lustigen Bemerkungen zurück, zeigte beide Grübchen und gab seine klaffenden Wunden als Knutschflecken aus. Beim Landungssteg blieb er stehen.

Das kleinere Beiboot lag da mit seinen Ruderern und mit Loppe. Loppe sagte: «Ja, es ist alles in Ordnung.»

«So ein Jammer», sagte Nicolaas. Und als Gottschalk etwas bemerken wollte, richtete er einen so zornigen Blick auf ihn, daß der Priester schwieg. An Bord ging er zu seiner Kajüte und drehte sich am Eingang um. Das zusammenlaufende Blut ergab auf seinem Wams seltsame damaszierte Umrisse. «Es ist besser, Ihr kommt mit herein», sagte er. Und sie folgten ihm hinein, und Loppe zog hinter ihnen den Vorhang zu.

Drinnen stand Michael Crackbene in seinem roten Narrenkleid auf, das gleichfalls blutbefleckt war. Ohne den Helm sah sein breites, blondes Gesicht bleich und bedrückt aus; seine Brust hob und senkte sich heftig. Er machte den Mund auf.

«Wenn Ihr redet», sagte Nicolaas, «werde ich Euch wahrscheinlich umbringen. Unser nächster Hafen liegt in Portugal. Dort geht Ihr von Bord, und ich hoffe, Euch nie wiederzusehen. Loppe zeigt Euch jetzt, wo Ihr liegen könnt, damit keiner von uns Euch zu Gesicht bekommt. Hinaus.»

«Ich werde aber reden», entgegnete der Schiffsführer. «Und wenn Ihr mich tötet. Ich habe Euch keinen Schaden zugefügt. Ich hatte meinen Kontrakt erfüllt. Ich war frei. Alle halten das so.

Heute kämpft Piccinino für Mailand, morgen für seinen Gegner. Wie es der Kontrakt festlegt.»

«Und Diniz?» sagte Nicolaas. «Geht mir aus den Augen.»

«Ihr habt mir das Leben gerettet», erwiderte Crackbene verwirrt. Aber als Nicolaas ihn ansah, drehte er sich um und ging, gefolgt von Loppe. Einen Augenblick später ging auch Gregorio. Die Galeere schwankte. Der schwere Vorhang hatte die Kajüte in ein Dämmerlicht getaucht. Sie roch nach feuchtem Holz, nach Salz und dem Metall von den Waffen an den Wänden, nach schwachen Küchengerüchen, nach Menschen und nach frischem Blut. Der Priester sagte: «Jetzt? Oder sollen wir zurückkommen, wenn die Lampen angezündet sind?»

«Oh, jetzt. Setzt Euch. Der nächste Hafen, den wir anlaufen, ist Lagos, und bis dahin sollten wir die Dinge geklärt haben. Er dachte, ich würde ihm verzeihen.»

«Gewiß nicht», sagte der Priester und verstummte dann, als Nicolaas ihn ansah.

«Ihr wollt seit meiner Rückkehr aus Zypern wissen, wie es in mir drinnen aussieht», fuhr Nicolaas fort, «also will ich Euch richtig glücklich machen und es Euch sagen. Ich bedaure natürlich den Tod von Katelina und von Tristão Vasquez, aber das ist vorbei. Simon kann mit Katelinas Kind machen, was er will; ich stelle keinem kleinen Kind nach, es ist an Simon, den Jungen großzuziehen. Ich bin zornig darüber, daß Jordan Tristãos Sohn entführt hat, aber Diniz ist achtzehn oder gar ein wenig älter schon. Wenn er von seinem Großvater fortkommen will, kann er das gewiß allein.»

«Kann er das wirklich?» fragte Gottschalk. «Seine Mutter und ihr Geschäft ihrem Schicksal überlassen? Von diesem Augenblick an meßt Ihr Euch unmittelbar mit dem Haus St. Pol & Vasquez auf dessen eigenem Feld. Was wollt Ihr da tun, wenn Ihr schon Entscheidungen trefft?»

«Was glaubt Ihr wohl? Mich aus dem Kräftemessen zurückziehen und der Bank den Atem ausgehen lassen? Ihr wißt sehr wohl, daß ich Simon und seinen Vater nie angerührt habe, aber ihr Geschäft hat für mich nichts Heiliges. Und wenn der Wettstreit Diniz zu meinem Gegner macht, so sollten sich alle nur freuen.»

Es war zu dunkel jetzt, man konnte sein Gesicht nicht mehr sehen. «Er stellt sich vielleicht gegen Euch und verhungert dabei», sagte Gottschalk. «Nicolaas, sie sind Blut von Eurem Blut, auch wenn sie Euch verstoßen. Ihr müßt den ersten Schritt tun. Ihr müßt in Lagos mit Simon reden und ihm zeigen, daß es nicht nötig ist, diese Fehde fortzusetzen. Wenn Ihr Eure beiden Handelshäuser vereintet, könntet Ihr es beruhigt mit den Vatachinoleuten aufnehmen. Wollt Ihr das nicht tun? Ich würde mitkommen, wenn Ihr mich dabeihaben wollt. Simon würde uns gewiß anhören.»

Nicolaas stieß in der Dunkelheit ein leises Lachen aus. «Was wettet Ihr? Ich will's gern versuchen, vorausgesetzt, ich stecke in meinem Küraß. Aber wenn sie sich nicht überzeugen lassen, werde ich sie nicht ewig mit Samthandschuhen anfassen oder ihnen die weniger feinen Seiten des allgemeinen Handelsgeschäfts ersparen.»

«Oh, ich würde keine Wette darauf abschließen, was geschehen könnte», erwiderte Gottschalk. «Simon de St. Pol kann es an Sturheit fast mit Euch aufnehmen. Aber wenigstens hättet Ihr es dann versucht, und ich wäre den schwarzen Gedanken los, der mir zu schaffen macht, daß Ihr in Wirklichkeit das namenlose Kind einer Metze seid, für das Simon Euch hält.»

Das Schiff knarrte. Unter dem Vorhang zeigte eine helle Linie an, wo an Deck die Lampen angezündet worden waren, und man hörte von fern Männerstimmen und die Schritte von Seeleuten im gemächlichen Takt eines Aufenthalts im Hafen. «Das trifft keine empfindliche Stelle mehr.»

Wirklich nicht? fragte sich Gottschalk.

Er sagte: «Ich nehme natürlich wahr, daß ein unempfindlicher Mann aus Euch wird. Also wird Simons Geschäft zerstört, seine Schwester mittellos gemacht und die Zukunft des Jungen in Eure Hände zurückgelegt. Danach könnt Ihr Euch auf kein Verwandtschaftsverhältnis mehr berufen.»

«Ich hatte es auch nicht vor.» Nicolaas sprach ein wenig langsamer als gewöhnlich. «Ich sage, was Crackbene gesagt hat, nur warne ich rechtzeitig vorher. Dieser Kontrakt ist beendet. Er war gültig, aber ich habe mich entschlossen, ihn zu beenden. Jetzt habe ich einen neuen begonnen.»

«Unsinn», sagte Gottschalk. «Crackbene redete davon, wie er seinen Beutel füllte. Ihr sprecht vom Verleugnen von Familienbanden – Banden, für deren Anerkennung Ihr Euer Herzblut geben wolltet, davon habt Ihr mich, davon habt Ihr *Marian* überzeugt, damals. Wenn dies nun die Wahrheit ist, dann habt Ihr uns zum Narren gehalten. Und das ist noch nicht alles. Wie könnt Ihr es wagen, Katelina so abzutun oder den Tod von Lucias Ehemann oder das Schicksal des jungen Diniz? Ich kann begreifen, weiß der Himmel, warum Ihr Katelinas Kind bei Simon laßt; es hätte anderenfalls kein Leben vor sich. Wenn er Euch geschadet hat, habt Ihr dann vergessen, wie ihm mitgespielt wurde?»

«Nur, daß er es nicht weiß», sagte Nicolaas.

«Das ist verabscheuungswürdig.» Gottschalk wurde sich bewußt, daß er aufgestanden war. «Ihr verfügt über eine große Gabe: Ihr konntet fast allem widerstehen, weil Ihr versucht habt, Euch in die anderen hineinzuversetzen. Es wäre traurig, wenn das Kind Claes Schläge einstecken konnte, der Mann Nicolaas dies aber nicht vermag.»

«Ich stecke sie seit zehn Minuten wieder ein», erwiderte Nicolaas. «Ich verstehe vollkommen. Ich bin nur anderer Ansicht. Wollt Ihr mich verlassen?»

«Ja», sagte Gottschalk traurig. «Aber ich wage es nicht.»

Er blieb am nächsten Tag an Bord, als Nicolaas mit Gregorio an Land ging, um die Handelsgeschäfte abzuschließen. Am Tag danach lichtete die *Ciaretti* den Anker und nahm, in nordwestlicher Richtung fahrend, Kurs auf portugiesische Gewässer und das Ende der einen und den Beginn der anderen Reise.

KAPITEL 9

DIE MAUREN HATTEN der südlichsten Provinz Portugals den Namen Al Gharb gegeben, was soviel heißt wie *Westliches Land*. Die Angst hatte ihrer südwestlichsten Spitze die Bezeichnung *Ende der Welt* verliehen. Weniger als dreißig Meilen vor dem Ende der Welt lag Lagos, das römische Lacobriga, Hauptstadt der Algarve und der Hafen, von dem aus die von Prinz Heinrich von Portugal auf den Weg geschickten kleinen Schiffe nach Süden aufgebrochen waren, um herauszufinden, ob der Ozean hinter Kap Bojador im Meer der Dunkelheit endete und ob es dort Heiden zum Bekehren gab oder Christen, mit denen man Handel treiben und sich verbünden konnte.

Die *Ciaretti* hatte am späten Abend den Anker geworfen, und als der Morgen graute, wartete unten das Boot des Gouverneurs mit einer Vorladung.

Diesmal kam weder Gottschalk noch Gregorio mit. Diesmal wußten sie, daß es nicht um Geschäfte ging, sondern um die Besprechung eines schon durch einen Kurier vorgetragenen Plans, in den sie bis jetzt nicht eingeweiht waren.

Pater Gottschalk, der früh aufgestanden war, blieb in seiner Kajüte. Gregorio beobachtete ein wenig beunruhigt, wie Nicolaas sich sorgfältig gekleidet und mit gehöriger Eskorte von Bord begab, und er bemerkte auch das kleine Boot, das kurz darauf Michael Crackbene an Land setzte.

Irgendwo auf dieser von einer Burg gekrönten steilen Anhöhe oder am Flußufer mit seinen Märkten und Palästen oder auf der hohen Landzunge, die den westlichen Hafen umschloß, stand das Haus, das für João Vasquez, den Sekretär der Herzogin von Burgund, gebaut worden war und das er mit der Witwe seines Verwandten Tristão und ihrer Familie teilte. Lucia de St. Pol wohnte dort und womöglich ihr Sohn Diniz und wahrscheinlich ihr Bruder Simon. Und vielleicht, wenn Gottschalk recht hatte, Gelis van Borselen, deren Schwester auf Zypern gestorben war. Aber fürs erste konnte sich Nicolaas im Schutz des Gouverneurs wohl sicher fühlen.

Eine ganze Weile später erst kam das Boot des Gouverneurs zurück, und Nicolaas und seine Eskorte stiegen an Bord, begleitet von einem Mann mit dem dunklen, wettergegerbten Gesicht des Seefahrers. Die Geleitpersonen verneigten sich und gingen bis auf Loppe, der dolmetschte, und Gregorio und Gottschalk wurden in die große Kajüte gerufen.

Der Fremde, der ihnen als Jorge da Silves vorgestellt wurde, war ein kleiner wortkarger Portugiese. Nach einigen Schlucken Wein und dem Austausch steifer Höflichkeiten stellte sich heraus, daß er katalanisch verstand und sprach. Ein wenig später fand Gregorio heraus, daß er ein bekannter Schiffsführer war, der die Westküste Afrikas befahren hatte. Und noch eine Weile später vermutete Gregorio, daß er sowohl Ca' da Mosto wie den Juden auf Mallorca kannte und daß Nicolaas ihn in Dienst zu stellen gedachte.

War es für Nicolaas, so war es für die Bank. Gregorio, mit dem Katalanischen vertraut, tat sein Bestes, um sich gefällig zu erweisen, und hatte auch das befriedigende Gefühl, daß der Bursche darauf einging. Der Priester tat die Gaben seines Amts hinzu, und Nicolaas brachte seine besondere Anziehungskraft ins Spiel. Der Mann ging schließlich, begleitet von Loppe, fast mit einem Lächeln von Bord. Gottschalk sagte: «Na schön – und wer war das jetzt?»

«Ihr werdet ihn noch zur Genüge kennenlernen», entgegnete Nicolaas. «Er ist der Schiffsführer, der uns den afrikanischen Arm des Nil hinaufsteuern wird.»

«Auf einem Floß?» Seit Sanlúcar gebrauchte Gottschalk Nicolaas gegenüber einen spöttischen Ton.

«Mit einer Karavelle», erwiderte Nicolaas. «Einem jener kleinen Dreimaster mit Lateinsegel, wie sie Prinz Heinrich für Afrika hat bauen lassen. Dem einzigen Schiff, das auf der Heimfahrt hart am Wind segeln kann.»

«Ihr habt aber doch keines», sagte Gregorio. «Und erzählt mir nicht, Senhor da Silves habe in irgend etwas tausend Kronen hineingesteckt.»

«Ich habe eins», erwiderte Nicolaas. «Es ist fast fertig und liegt dort auf der Werft. Der König von Portugal stellt es mir zur Verfügung, vorausgesetzt, ich rüste es aus, sorge selber für die Fracht und überlasse ihm ein Viertel meines Gewinns und alle Karten, die ich von meiner Reise zeichnen kann. Dafür wird der König in die Geschichte eingehen als der Mann, der den Weg nach Äthiopien eröffnet hat.»

«Ihr habt es für *nichts* bekommen?» fragte Gottschalk.

«Hat es diesen Anschein?» gab Nicolaas zurück. «Ich hatte den Eindruck, ich hätte mir mit den Vorbereitungen einige Mühe gemacht. Morgen sehen wir uns das Schiff an und vervollständigen alle Papiere. Heute, so dachte ich, sollte ich im Haus der Vasquez vorsprechen. Ihr sagtet einmal, Ihr hättet das Gefühl, Ihr solltet dabei zugegen sein.»

Gottschalks Gesicht, so wollte es Gregorio scheinen, wurde schwer wie Teig. Der Priester fragte: «Wer ist dort? Wißt Ihr das?»

«O ja. Es wird sehr gefährlich werden. Es ist niemand da außer Simons Schwester und Gelis van Borselen.»

Er sprach zu Gottschalk in knappem Ton und gar nicht mit der Erleichterung, die man hätte erwarten sollen. Gottschalks Gesicht verdunkelte sich erneut. «Simon ist fort? Und Jordan ist noch immer nicht da?»

«So sieht es aus. Ich brauche also nur der holden Weiblichkeit schönzutun.»

«Sie werden Euch nicht hereinlassen», sagte Gregorio.

«Ich dachte daran, ein Fähnlein Krieger mitzunehmen. Oder den Pförtner durch Reden abzulenken, während eine Schar hinten mit hohen Leitern über die Mauer steigt. Oder ein paar Männer in einem Wagen zu verstecken und dann mit dem Wagen in ihren Hof hineinzufahren als Weib vom *Campo*, das Hühner feilbietet.»

«Hört auf zu spaßen», sagte Gottschalk. «Ihr würdet Eure Karavelle einbüßen, wenn Ihr eines von diesen Dingen tätet.»

«Träume können nicht schaden. Im langweiligen richtigen Leben hat der Gouverneur der Witwe Vasquez bestellen lassen, sie möge ihren alten flämischen Freund und Befehlshaber der nächsten portugiesischen Seereise nach Guinea gütigst empfangen. Der

Kammerherr seiner Exzellenz wird eine Eskorte stellen, und der Palast leiht uns einige Pferde. Sie stehen dort unten am Kai, mit ihrem Stallknecht. Ihr könnt mitkommen oder hierbleiben, ganz wie Ihr wollt. Es wird, fürchte ich, kein Blutvergießen geben. Nun da Tristão tot ist, könnten die Portugiesen jederzeit Simons Handelserlaubnis widerrufen und ihn auffordern, nach Schottland zurückzukehren. Lucia wird es nicht wagen, sie vor den Kopf zu stoßen.»

«Seid Ihr ihr je begegnet?» fragte Gregorio. «Simons Schwester?»

«Ich glaube nicht», sagte Nicolaas. «Aber an Gelis erinnere ich mich.»

Gregorio schwieg darauf. Was der Gouverneur auch immer glaubte, Nicolaas war weder als ein alter Freund der Vasquez hier noch als Führer der nächsten Reise nach Guinea. Er war hier, um darzulegen, auf welche Weise Tristão Vasquez und Katelina van Borselen den Tod gefunden hatten. Gregorio war unsagbar froh, daß er nicht dabeizusein und zuzuhören brauchte.

Das Haus der beiden Familien Vasquez war groß und stand hoch oben auf der Anhöhe, wenn auch außerhalb der Burgmauern. Als die kleine Kavalkade sich ihm näherte, blickte Nicolaas sich um und sah unten im Hafen die *Ciaretti* liegen – man hatte die Lukendeckel entfernt und entlud jenen Teil der Fracht, der zur sofortigen Lagerung bestimmt war.

Sie war das einzige Schiff in der Bucht, abgesehen von Fischerbooten und einer vor kurzem eingelaufenen Karavelle, die auf der geschäftigen Werft gerade gekielholt wurde. Die Stadt war voll von ihren Seeleuten. Es würde nicht schwer sein, eine neue Mannschaft zusammenzustellen, wenn er eine brauchte. Ihre Fracht wurde ebenfalls auf Lager genommen, aber an einer anderen Stelle, da es sich um Lebendware handelte. Die Doppelreihe von schwarzen Sklaven war schon an Land, ehe er den Anker geworfen hatte, und würde, gemustert und nach ihrem Wert eingeschätzt, bald auf den Markt gebracht werden. Hier war Loppe damals von seinem ersten Herrn gekauft worden, der ihm Portugiesisch beibrachte und ihn in der Zuckerherstellung ausbildete. Der Kammerherr, der neben ihm ritt, sagte etwas, und Gottschalk antwortete darauf. Bald würden sie das Haus erreicht haben.

Nicolaas war vor einiger Zeit schon klargeworden, daß Jordan de Ribérac es vorgezogen hatte, hier nicht auf ihn zu warten. Es war nicht schwer herauszufinden, daß der schon zu lange seines wichtigsten Finanzberaters beraubte Ludwig von Frankreich den Vicomte de Ribérac an seinen Hof beordert hatte.

Andererseits – wenn Jordan de Ribérac wirklich gewollt hätte, wäre ihm gewiß ein Vorwand zum Bleiben eingefallen. Wenn er gegangen war, dann deshalb, weil er eine andere, langsamere Art von Rache plante. Nicolaas vermutete, daß eine Hinrichtung vorgesehen war. Die Narbe auf seiner Backe, vor so langer Zeit von einem Hieb hinterlassen, war das Zeichen einer oft erneuerten Absicht.

Was würde Jordan außerdem tun? Er würde das Kind an einen sicheren Ort schicken, und das hatte er getan. Kein Kurier hatte den inzwischen drei Jahre alten, von Katelina zur Welt gebrachten Erben aufzuspüren vermocht. Man hätte Henry de St. Pol für tot halten können, aber seine Kindermädchen blieben mit ihm verschwunden, und Katelinas Verwandte in Brügge erweckten nicht den Eindruck schrecklicher Verzweiflung, sondern zeigten sich nur zornig und verletzt als Familie, die vom einzigen Kind ihrer Tochter ferngehalten wurde.

Und der Junge befand sich auch nicht in der unberechenbaren Gewalt Simons, denn Simon war bis vor kurzem hier in Portugal gewesen und hatte auf Nicolaas gewartet. Dann war er, wie der Gouverneur sagte, nach Lissabon gegangen, um sich dort einzuschiffen, da es wegen des Krieges in der Berberei in Lagos keine Schiffe mehr gab. Wohin er gefahren war, wußte niemand. Vielleicht nach Schottland. Oder nach Madeira, nun da die Pflanzungen des Hauses einer Aufsicht bedurften. Aber darüber würde seine Schwester, die Senhora Lucia, dem Senhor Niccolò gewiß genauer berichten.

Würde sie das? Mit fünfzehn Jahren Ehefrau geworden, war Lucia de St. Pol noch immer jung, kaum zehn Jahre älter als er.

Doch durch Nicolaas, so mochte es ihr scheinen, hatte sie den Gefährten einer langen, glücklichen Ehe verloren und verloren auch, auf eine andere Weise, ihren vielversprechenden Sohn Diniz.

Nachdem man Diniz aus Zypern entführt hatte, um ihn von Nicolaas zu trennen, würde man gewiß dafür sorgen, daß er ihm weiter entzogen blieb. Der Junge mochte aufbegehren, aber er hatte das Geschäft seiner Mutter zu führen. Und ein großes Aufsehen, das hatte man ihm bestimmt deutlich gemacht, würde Nicolaas nicht weniger schaden als ihm selber. Jordan war schlau.

Blieb noch Gelis van Borselen, die jetzt mit achtzehn oder neunzehn Jahren eine Frau war und nicht mehr das kleine kreischende Kind, das auf die Schwester Katelina eifersüchtig gewesen war. Auf die eigenwillige Katelina, die sich aus Ärger und Gekränktheit einem Lehrling hingegeben hatte und als Folge davon in Famagusta als Opfer der Belagerung gestorben war.

«Nicolaas, wir sind da», sagte Gottschalk.

Der Wohnsitz ähnelte, wie er jetzt sah, in erstaunlicher Weise seinem Gutshaus in Kouklia: Durch einen Torbogen gelangte man auf einen Hof, den auf allen Seiten Gebäude umgaben, von denen das größte ein langgestrecktes zweigeschossiges, mit roten Ziegeln gedecktes Haus war. Unten in der Stadt summte es wie ein Bienenstock, und die Hammerschläge und Rufe von der Schiffswerft hatten aus der Ferne etwas Festtägliches wie Knallfrösche.

Die Flügel des Torbogens standen schon offen. Der Pförtner verneigte sich und geleitete sie in den Hof, wo sie absaßen und ihre Eskorte zurückließen. Einem Haushofmeister hinterdrein stieg der Kammerherr die Stufen zu den Türen von Tristãos Wohnung hinauf, gefolgt von Gottschalk und Nicolaas. Oben war eine lange, offene Galerie, und dort gelangte man durch eine Tür in eine Vorstube und dann in ein weiteres größeres Gemach, in das der Haushofmeister allein hineineilte. Nicolaas hörte seine Stimme und die einer Frau. Dann kam der Mann wieder heraus, nickte und trat zur Seite, als die Amtsperson aus dem Gouverneurspalast eintrat, und zeigte dann, daß die Senhores von der *Ciaretti* folgen sollten.

Gottschalk sagte: «Nach Euch. Und denkt daran: Ihr beginnt einen ganz neuen Kontrakt.»

Es war zu erwarten gewesen, daß Simons Schwester das gelbe Haar und die blauen Augen ihres Bruders hatte, aber nicht, daß sie so groß sein würde – so groß, das mutmaßte Nicolaas, wie ihr Sohn Diniz, der natürlich nicht hier war. Die einzige andere anwesende Person war eine Dienstmagd, die auch aufgestanden war, eine Näharbeit in den Händen. Simons Schwester kam näher.

Ihr Haar war, wie man jetzt sah, nicht ganz so buttergelb wie das Simons, sondern erinnerte mehr an die Farbe von Hafer, und Brauen und Wimpern waren braun. Auch fehlte ihren Gesichtsknochen das Ebenmaß, das Simons Gesicht schön machte und alle seine Eroberungen so leicht.

Als er sie beobachtete, wie sie dem Kammerherrn des Gouverneurs die Hand reichte, glaubte Nicolaas eine Andeutung der selbstbewußten Haltung des Turnierkämpfers zu erkennen, und er ließ unwillkürlich einen abschätzenden Blick über das Trauergewand gleiten, das deutlich die Körperformen darunter ahnen ließ. Dort, das brauchte er nicht erst zu vermuten, waren Lucias wahre Reize.

Dann wurde ihm jäh klar, wieso er das wußte, und das war wie ein Schlag in den Magen. Diese Frau war natürlich nicht Lucia.

Er wartete. Er bekam wieder Luft, wenn ihm der Schmerz auch noch in der Kehle saß. Der Kammerherr stellte ihn vor. «Senhor, Ihr kennt natürlich die Senhora Gelis van Borselen.»

«Ich glaube», sagte sie, «er hielt mich zuerst für meine Gastgeberin. Die Senhora Lucia fühlt sich leider nicht wohl. Und Pater Gottschalk? Jetzt weiß ich, daß die Mission, von der Ihr sprecht, von wichtiger Art ist.» Ihre blauen Augen sahen ohne zu blinzeln die des Priesters an.

Wenn man ihn kannte, konnte man sehen, daß Gottschalks Gesicht eine lebhaftere Farbe angenommen hatte. «Wir sind nicht hier, um über unsere Mission zu sprechen. Ich habe gehört, Euer Vater ist auf dem Weg hierher gestorben. Nun habt Ihr beide Eltern und eine Schwester verloren. Wir, die wir sie kannten, trauern mit Euch.»

«Ich danke Euch», erwiderte Gelis van Borselen. «Ich habe meinen eigenen Beichtvater.»

«Ist er hier bei Euch?» fragte Gottschalk. Sie hatte sich gesetzt und winkte ihnen zu, ebenfalls Platz zu nehmen. Ein Diener brachte Wein.

«Nein», sagte sie. Hinter ihr saß die Dienstmagd auf ihrem Hocker, die Näharbeit mit beiden Händen umklammernd, und ihre schwarzen Augen funkelten.

«Aber ich kenne Eure Dienstmagd», sagte Nicolaas. «Das ist doch gewiß Matten?»

Ein Fastnachtsfest, er ein Lehrling und Gelis ein verwöhntes Mädchen in Brügge, das sich Mattens geschäftiger Obhut entzog. Wogen des Hasses drangen aus der Ecke auf ihn zu. Er konnte sie spüren.

«Ich bin überrascht», sagte Gelis. «Ich dachte, Ihr kenntet nur Katelina. Da ist noch mehr Wein. Er ist harmlos.»

Er erwiderte, das Glas in der Hand: «Er steht allein in dieser Eigenschaft. Ich kam, um mit Euch über Katelina zu sprechen. Später vielleicht, wenn die anderen uns entschuldigen wollen.»

«Ah.» Gelis nahm die Hände auseinander und betupfte sich die Winkel der beiden blauen Augen, die noch immer nicht blinzelten. «Eines Tages würde mir das – wird mir das ein großer Trost sein. Aber noch nicht jetzt. Die Erregung ist mehr, als ich ertragen kann. Der Kammerherr wird verstehen.»

«Natürlich, natürlich», sagte der Mann, der es gut meinte und der seinen Wein genoß. «Die Wirkung auf Senhora Lucia war unglückselig, das weiß ich.»

«In welcher Weise?» fragte Pater Gottschalk. Nicolaas bemerkte, daß seine Fingerknöchel weiß waren wie immer, wenn er sich in einer Auseinandersetzung Sorgen machte.

«Oh, Zorn», sagte Katelinas Schwester. «Das ist immer so, glaube ich. Zorn auf alle und jeden, sogar auf den toten Ehemann.»

«So wie Ihr vielleicht auf Katelina zornig seid?»

Sie stützte das Kinn mit der Hand und sah den Priester an. «Weil sie tot ist, ja. Als Rivalin, nein. Habt Ihr das mit Eurer Frage gemeint?»

«Verzeiht», sagte der Priester. «Jedes Schwesternpaar ist anders. Ich freue mich, daß Ihr hier bei der Demoiselle Lucia seid, und ich hoffe, ihr Sohn ist ihr ein Trost. Von einem, der dabei war, zu hören, wie es wirklich war, ist sehr wichtig.»

Nicolaas stöhnte in sich hinein. Das Mädchen schlug nur die Augen auf und sagte: «Ihr wart dort? Auf Rhodos? In Famagusta?»

«Ihr glaubt Diniz doch gewiß?» entgegnete der Priester. Um des Kammerherrn willen lächelte er. «Ein Junge von unbedingter Aufrichtigkeit, wie ich hörte. Es sei denn, er hätte an seiner Gesundheit Schaden genommen und eine schlechte Reise gehabt? Wir haben nichts von ihm gehört.»

«Wir auch nicht», erwiderte das Mädchen. «Aber sprechen wir lieber . . .»

«Der junge Senhor?» sagte der Kammerherr. «Wir haben natürlich keine Nachricht von ihm, aber wir wissen, wo er ist. So tapfer! So entschlossen, der schrecklichen Belagerung zu trotzen und auf die häuslichen Bequemlichkeiten zu verzichten und einen weiteren Schlag gegen Satan zu führen. Der junge Mann ist bei den Kriegern in Ceuta.»

Nicolaas wurde sich zu spät bewußt, daß er aufgesprungen war. Das Mädchen hatte die Brauen hochgezogen. Er wandte sich um und trat ans Fenster. Crackbene hatte es wahrscheinlich gewußt, ihm aber nicht gesagt. Hatte, genauer gesagt, keine Gelegenheit dazu bekommen. «Warum?» fragte Gottschalk. Seine Stimme klang rauh.

Der Kammerherr sah ihn an. «Das vermag ich nicht zu sagen. Man weiß natürlich, daß es nicht der Wunsch seines Großvaters war, aber wer kann eine christliche Seele zurückhalten, die einem solchen Ruf folgt?»

Nicht der Wunsch seines Großvaters. Nicolaas hörte, wie Gottschalk hinter ihm den Atem anhielt, und drehte sich um. «Mit welchem Schiff – das heißt, wann ist der Junge aufgebrochen?» fragte Gottschalk.

«Als die Burgunder kamen», sagte der Kammerherr. «Als die Schiffe aus Brügge mit dem Bastard von Burgund kamen. Ja, damals war das.»

«Natürlich sind seine Verwandten stolz auf ihn», sagte das Mädchen. «Was sind Bedenken der Vernunft, wenn ein junger Krieger zum Kreuzzug aufbricht? Auch Ihr seid dem Ruf gefolgt, und Eure Namen werden einmal mit goldenen Lettern geschrieben werden. Und jetzt – mein Schmerz ist noch so frisch – muß ich Euch bitten, mich zu entschuldigen.»

Nicolaas wandte sich um. Der Kammerherr erhob sich schon. Nicolaas sagte: «Wir haben Eure Trauer kaum gelindert. Vielleicht könnte ich das, bevor ich gehe. Oder wenigstens mit der Senhora sprechen.»

Es war jetzt nur noch eine Formsache – er ließ sie wissen, daß er nicht daran dachte, aufzugeben. Wie er erwartet hatte, lehnte sie ab, machte ein trauriges Gesicht und gebrauchte das Taschentuch. Die Dienstmagd hatte schon die Tür aufgerissen. Der Kammerherr verabschiedete sich und sagte ein wenig besorgt: «Wir haben Euch zuviel zugemutet.»

«Ich hoffe, das haben wir», sagte Nicolaas und sah sie an. Er sprach sehr leise. «Ihr solltet darüber nachdenken. Genug Menschenleben sind schon vernichtet worden. Wie hat Jordan Simon dazu gebracht zu gehen? Hat er ihm Geld gegeben?»

Kaum sichtbare kleine Farbpunkte erschienen auf ihrer Haut. «Natürlich», sagte sie. «Soviel, wie nötig war. Es war nicht teuer.»

Da wandte er sich um und ging zusammen mit Gottschalk hinaus. Er ließ sich auch sein Pferd bringen und schloß sich vor dem Tor der Kavalkade an, folgte ihr ein Stück die Anhöhe hinunter, ehe er den Kammerherrn anhielt und ihn bat, man möge ihn für den Rest des Weges entschuldigen. Gottschalk, der auf einmal recht grimmig dreinschaute, nahm sein Pferd und blickte nachdenklich zu ihm hinunter. «Ihr wollt ohne Bedeckung gehen?»

«Es besteht keine Gefahr, Padre», sagte Nicolaas. Der Kammerherr lächelte und ritt wieder weiter. Natürlich nahm man an, er habe es auf weibliche Gesellschaft abgesehen. Was natürlich in einem anderen Sinn auch zutraf.

Er wartete, bis sie alle außer Sichtweite waren, während Kinder spielten und Männer und Frauen sich mit ihren Traglasten an ihm vorbeidrängten. Er hatte ein leeres Gefühl im Kopf. Ein Junge kam zu ihm hinaufgestapft mit einem Korb voller lebender Meeraale auf dem Kopf. Der ledrige Haufen schwebte an seiner Schulter vorüber, und die Sonne verstärkte den Geruch. Nicolaas überquerte die Gasse und betrat eine Taverne, wo es dunkel und kühler war, und eine rundliche olivhäutige Frau brachte ihm eine Flasche Wein und einen Becher, und er versuchte sich im Gespräch mit seinem recht mittelmäßigen Portugiesisch. Sie half ihm die Flasche zu leeren, und dann verließ er die Taverne und ging den Weg wieder hinauf, zurück zu dem Haus der Vasquez.

Er hatte Gottschalk nur ein wenig irregeführt. Es war wichtig gewesen, zunächst ein förmliches Gespräch zu führen: von ihnen allen ohne Widerspruch empfangen zu werden. Für danach hatte er einen weniger gewöhnlichen Besuch im Sinn. Doch was sich während des ersten Gesprächs ereignet hatte, damit hatte er nicht gerechnet. Er hatte Tränen erwartet und störrisches Schweigen und geflüsterte Beschimpfungen und vielleicht Drohungen, ausgestoßen von beiden. Er hatte auch nicht gewußt, daß Diniz, dieser Dummkopf, dieser ganz große Dummkopf, in Ceuta kämpfte. Er mochte schon tot sein.

Er umschritt die Mauern und fand eine Stelle mit einem Fenster, das er erreichen konnte, und genügend Halt für die Füße, um sich zum Sims hinaufzuziehen und die Läden aufzuklinken und sie ein Stück zu öffnen. Die Kammer sah von außen klein aus, und er hatte damit gerechnet, daß sie leer war. Im schlimmsten Fall würde die eine oder andere Dienstmagd darin sein, und er konnte dann sagen, was zu sagen er gekommen war. Sie mußten inzwischen wissen, daß er es sich nicht leisten konnte, ihnen etwas anzutun.

Leider hatte er sich in jeder Hinsicht getäuscht. Nicht nur war in der Kammer jemand, sie war auch eine Schlafkammer, und die Frau, die dort im Bett lag, war keine, die einen zwischen aufklappenden Läden erscheinenden Mann willkommen hieß. Sie kreischte und hörte nicht auf damit.

Weiter weg sagte eine Frauenstimme. «Der Tölpel hat das falsche Fenster erwischt.»

Eine andere Frauenstimme antwortete: «Sorgt Euch nicht, ich kriege den Kerl schon. Heilige Mutter Gottes, habt Ihr meine Lunte ausgeblasen?»

Er hätte die Läden schließen, die Mauer wieder hinunterklettern und sich in Sicherheit bringen können. Diese Möglichkeit kam ihm nicht einmal in den Sinn, genausowenig wie dies bei dem achtzehnjährigen Lehrling Claes in Brügge der Fall gewesen wäre. Nicolaas hob beide Hände und schwang sich, die Läden beiseite stoßend, über eine Frisierkommode in die Kammer, daß aller möglicher Kram herunterfiel.

Der Fußboden war von Scherben bedeckt. Über ihm war das Bett der kreischenden Frau, die sich aufgesetzt hatte und einen Wärmstein in beiden Händen hielt. Die Tür flog auf. Eine zweite Frau sprang herein: eine untersetzte grauhaarige Person mit einer zündfertigen Feuerbüchse, wie es aussah. Die Waffe war auf ihn gerichtet. Er bemerkte bekümmert, daß niemand die Lunte ausgeblasen hatte: Sie glühte in den Fingern von Gelis van Borselen, die hinter der grauhaarigen Schützin stand und sich anschickte, sie zu benutzen. Er begann zu lachen, brachte aber dann nur Schluckauflaute zustande. Er versuchte einen besänftigenden Witz in drei Sprachen von sich zu geben, als alles auf einmal explodierte.

Es konnte nicht die Arkebuse gewesen sein, denn er lebte noch, mit einem Schmerz im Kopf.

Er befand sich in dem Gemach, in dem er Stunden zuvor bewirtet worden war, nur daß er jetzt ausgestreckt auf dem Boden lag, umsessen von einem Kreis von Frauen. Eine von ihnen hielt noch immer eine Arkebuse in den Händen, aber in einem ungewöhnlichen Winkel. Sie schlief.

Neben ihr saß eine Frau mit gerötetem Gesicht, sattgelbem Haar und Augen vom Blau der Kornblume: Lucia, die Witwe Tristãos und Schwester Simons, die Frau, die im Bett geschrien hatte.

Neben ihr wiederum saß Gelis van Borselen. Sie sagte: «Basileios der Bulgarentöter. Wir nahmen an, Ihr hättet das Fenster nebenan mit einem Vorbau bemerkt. Das wäre viel leichter zu erklettern gewesen.»

Nicolaas setzte sich auf. Alles drehte sich. Sie hatten ihn nur aus der Kammer herübergeschafft, hatten nichts weiter mit ihm gemacht. Er war nicht gefesselt, war noch voll angekleidet, wenn auch zerzaust. Seine Kleidung kam ihm mißbraucht vor, wie durchbohrt von vielen übelgesinnten Augen bis aufs Gebein. In seinem Haar, das nicht mehr bedeckt war, klebte Blut. Er fragte: «Warum habt Ihr mich nicht zum Bleiben aufgefordert? Das wäre einfacher gewesen.» Er sprach wie sie flämisch.

«Dann hätten wir Euch nicht mit einem Ziegelstein über den Kopf hauen können.»

«Ihr hättet mich töten können.» Es war ein Vorschlag, keine Klage. «Als Eindringling.»

«Nicht im Augenblick», sagte Gelis van Borselen. «Wir müssen uns auf kleine Verletzungen beschränken. Schiebt den Teppich weg, sonst macht Ihr ihn schmutzig.»

«Das tut mir leid.» Nicolaas schob den Teppich zur Seite und fand ein Taschentuch, das er sich an den heftig klopfenden Kopf hielt. Dann machte er Anstalten, aufzustehen. Die gelbhaarige Frau schrie, und die Frau mit der Arkebuse schlug plötzlich die Augen auf und hob die Waffe hoch.

«Bleibt am besten, wo Ihr seid», sagte Gelis van Borselen. «Bel ist die ganze Nacht wach geblieben, um Euch im Auge zu behalten. Lucia, wenn Ihr wieder schreit, hören Euch die Dienstboten. Sagt, was Ihr zu sagen habt.»

«Ich?» Nicolaas erinnerte sich, daß er in der Taverne viel getrunken hatte.

«Ja. Das ist Lucia Vasquez. Ihr müßt ihr sagen, daß Ihr Tristão, ihren Gemahl, nicht getötet habt und daß Ihr ihren Sohn nicht als Sklaven in einer Färberei gehalten und dann versucht habt, ihn zu verführen.»

«Gelis!» sagte die gelbhaarige Frau. Sie war eine Schönheit. Sie war nur zehn Jahre älter als er. Sie begann zu schluchzen.

«Nicht so», sagte Nicolaas. «Ich werd's ihr sagen, aber nicht auf solche Weise.»

«Ihr braucht es ihr auch gar nicht zu sagen», entgegnete die junge Frau. «Wir haben Katelinas Brief. Tristãos Tod beruhte auf einem Irrtum, Ihr habt Diniz nur bei Euch eingestellt, weil das zu seinem Besten war, und er verabscheute Euch so sehr, daß er Euch mit der Axt überfallen hat. Sie schreibt sogar, Ihr hättet nichts mit ihrem Sterben zu tun. Lucia glaubt, Ihr hättet ihr den Brief in die Feder diktiert, aber ich bin bereit, alles zu glauben.»

Lucia, die Witwe von Tristão Vasquez, hob den Kopf. In Tränen aufgelöst, sah sie noch immer bemerkenswert aus. «Ohne Claes van der Poele wäre Katelina nie nach Zypern gefahren.»

Die stämmige Frau legte die Arkebuse aus der Hand, setzte sich zu Lucia und ergriff ihre Hand. «Mein Gott», sagte sie, «irgendwo hätt sie wohl hinfahren müssen, die letzten zwei, drei Jahre hatte Simon einen unruhigen Hintern.»

Nicolaas unterdrückte ein Prusten. «Ihr versteht Schottisch?» sagte Katelinas Schwester. «Bel of Cuthilgurdy, Lucias Gesellschafterin. In ihren Worten steckt viel Wahrheit. Was habt Ihr uns sonst noch sagen wollen?»

Nicolaas lag auf den recht kühlen Fußbodenplatten und sah sie an. «Ich habe Euch noch gar nichts gesagt.»

«Das ist wahr», erwiderte sie. «Ich dachte, Ihr würdet schneller zur Sache kommen. Da geht es der Bank also nicht allzu gut, und Ihr möchtet über eine Verschmelzung sprechen?»

Er hockte sich kreuzbeinig hin wie ein Zwerg und hielt sich die Hände vors Gesicht. Er spreizte die Finger und blickte sie an. «Ihr glaubt, Simon wäre einverstanden?»

«Nein», sagte sie. «Wir wissen nicht einmal, wo er ist. Jedenfalls hatte er andere Angebote.»

«Der Narr!» sagte Lucia. «Wir werden bald kein Dach über dem Kopf haben!» Sie zog ihre Hand fort, schlug die Arme um sich und begann sich zu wiegen. Die Frau namens Bel klopfte ihr auf den Rücken.

«Was für Angebote?» fragte Nicolaas. Sein Kopf war heiß und sein Gesäß kalt. Jemand klopfte an der Tür, und Bel stand auf und ging hin. Der Haushofmeister kam herein und blickte zuerst Nicolaas und dann seine Herrin an, die im Augenblick sprachlos war.

Gelis van Borselen, die dies nicht war, sprach in freundlichem Ton mit ihm. «Senhor van der Poele wurde überfallen und hat hier Hilfe gesucht. Ihr wollt die Senhora sprechen?»

«Ja?» sagte Lucia, sich mühsam aufraffend.

«Der Senhor ist zurückgekommen.»

Nicolaas sprang auf. Das Mädchen warf ihm einen raschen verärgerten Blick zu, aber niemand kreischte. «Der Senhor, der schon einmal da war», fuhr der Haushofmeister fort. «Senhor David de Salmeton.»

«*Sein* Angebot?» sagte Nicolaas. Alle sahen ihn an. Es gab keine Hocker in Reichweite, und so setzte er sich wieder auf den Boden, die Schuhspitzen nach oben gerichtet. Sie waren abgewetzt. Der orangefarbene Teil seiner Strumpfhose war am Knie beschmutzt. Ihm drehte sich der Kopf. Es wurde gesprochen, und der Haushofmeister ging hinaus. Und herein kam David de Salmeton, entzückend, vollkommen, wie in jenen letzten Tagen auf Zypern, als Zacco . . . als der König ihn an den Hof gebracht hatte. David de Salmeton, Vertreter des Hauses Vatachino, dem Nicolaas für die *Doria* gerade fünfundzwanzigtausend Dukaten – oder ihren Gegenwert – gezahlt hatte.

Nicolaas sagte: «Ich war gerade auf der Durchreise. Ich möchte Euch mit Gelis van Borselen bekannt machen. Aber Ihr seid Euch vielleicht schon begegnet?»

Die glänzenden Augen ruhten auf ihm, gingen noch ein wenig weiter auf in dem zarten Gesicht mit der Spalte am Kinn und wanderten dann zur Hausherrin weiter. David de Salmeton verbeugte sich vor Lucia, neigte den Kopf zu ihrer Gesellschafterin hin und verbeugte sich wiederum vor Gelis van Borselen, die er mit seinen untadelig gewölbten Brauen fragend ansah.

«Er war gerade auf der Durchreise», sagte die Demoiselle, ins Französische überwechselnd. Sie blickten beide zu Nicolaas hinunter, und der Dienstbote ging hinaus, nachdem er einen Augenblick gewartet hatte. Die stämmige Frau hob die Arkebuse auf und setzte sich.

Ein kleiner roter Fleck zeigte sich auf dem Teppich, und Nicolaas griff abermals nach seinem Taschentuch, legte es sich auf den Kopf und schob den Teppich weg. «Tut mir leid.»

«Monsieur Nikko?» sagte David de Salmeton. «Oder ist der Name nur persönlich zwischen Euch und dem König? Ich möchte nicht in vergangenes Glück eindringen.»

Er lächelte nicht, vermittelte aber wohltönende Höflichkeit. Er hatte auch in Zaccos Palast nicht gelächelt. *Zu gegebener Zeit*, hatte David de Salmeton bei jener Gelegenheit bemerkt, *machen wir Euch ein vernünftiges Angebot für Euer Geschäft.* Darum war es bei den aufeinander abgestimmten Geldforderungen in Venedig gegangen. Und wenn Martins Genosse jetzt hier war, so deshalb, weil das Haus Vatachino in Spanien und Portugal, in Madeira und Afrika seine Geschäfte verfolgte und keine Rivalen wünschte.

Nicolaas sagte: «Mir ist es gleich, wie Ihr mich nennt. Setzt Euch, hier auf dem Teppich ist Platz, aber er könnte euer Wams beschmutzen. Ich dachte, Ihr wolltet nach Afrika reisen.»

«Entschuldigt», sagte Gelis van Borselen. Sie sahen sie beide an. Gelis fuhr fort: «Vielleicht sollten sich die Herren lieber in eine Taverne zurückziehen. Es sei denn, Ihr wärt hierhergekommen, um etwas zu sagen.»

Ungewolltes Lachen begann wieder in Nicolaas hochzusteigen. «Ich glaube, wir sind beide gekommen, um das gleiche zu sagen.»

«Wirklich?» sagte Gelis. «Monsieur de Salmeton? Auch Ihr wünscht uns zu versichern, daß Ihr kein fleischliches Verlangen für Madame Lucias Sohn empfindet?»

«Gelis!» schrie die blonde Frau.

Die grauhaarige Frau stieß mit der Arkebuse auf den Fußboden, und ein wenig Pulver sprühte heraus. Der junge Schönling sah wieder Gelis an, ein Aufleuchten in den Augen. Er machte kein betroffenes Gesicht.

Natürlich nicht: er war ja schon hiergewesen. So hatte die junge van Borselen auch erfahren, daß die Bank in Schwierigkeiten war. Und da Simon kein Portugiese war und Diniz Vasquez in einem wirklich ungünstigen Augenblick abwesend war, weil er gegen die Mauren kämpfte, war natürlich das Haus Vatachino zur Stelle.

«Ihr wollt St. Pol & Vasquez kaufen. Losen wir den Käufer unter
uns aus», schlug Nicolaas vor.

Wäre er nüchtern gewesen, hätte er das niemals gesagt. Simons
Schwester sprang auf, und ihr Gesicht war das einzige zerknitterte
Ding zwischen ihrem makellosen gelben Haar und dem makellosen brokatenen Bettgewand. Die Frau mit Namen Bel hob die
Arkebuse hoch und wiegte sie an der Brust. Gelis van Borselen
blieb so sitzen, wie sie war. «Ihr könnt Euch uns nicht leisten»,
sagte sie.

«Uns?» fragte Nicolaas.

Zum zweiten Mal rötete sich ihr Gesicht. «Katelinas Ehemann
und seine Schwester. Was hattet Ihr denn für ihr Geschäft bieten
wollen?»

«Versprechungen», sagte David de Salmeton. «Einen Teil dessen, was er aus Afrika mitzubringen hofft. Er wird Euch gleich
einen Schuldschein von einigem Umfang überreichen. Ich dagegen werde seinem Angebot sofort die entsprechende Summe in
Golddukaten entgegenhalten.»

Da keine Sitzbank da war, hatte sich der Vatachinomann an ein
Lesepult gelehnt, die aristokratische Hand an der Längskante
ausgestreckt. Sein Hemd und das blaßfarbene Wams waren be-
stickt, und er trug keine Stiefel, sondern Schuhe. Nicolaas, der ihn
aufmerksam musterte, sah keine Stelle, an der er mehr als ein
Taschentuch bei sich tragen konnte. Er runzelte die Stirn und sah
Gelis van Borselen an. Sie sagte: «Der Fall wird nicht eintreten.
Das Haus hat andere Angebote erhalten.»

«Ihr habt meines noch nicht gehört», sagte Nicolaas, aber nur
um zu sehen, was sie darauf antworten würde.

«Wir wollen aber nicht!» rief Simons Schwester. «Sollten wir
daran denken, das Geschäft an Euch zu verkaufen?»

«Ja, wenn es nicht gut geht», erwiderte Nicolaas. Er rekelte sich
auf dem kalten Fußboden herum. Aus dem einen oder anderen
Grund würde er das Haus bald verlassen müssen.

«Und Ihr würdet es dann noch immer kaufen?» fragte Gelis van
Borselen.

«Ja, bis jetzt hatte es mich noch nicht als Oberhaupt.» Er hockte da, die Hände mit dem blutbefleckten Taschentuch um die beschmutzten Knie geschlungen, und ließ unter dem verwirrten Haar sein Lächeln samt Grübchen erstrahlen.

«Das ist ein gewichtiger Grund», sagte Gelis van Borselen. «Nun gut. Legt Eure Angebote schriftlich vor und gebt an, wann und wie Ihr bezahlen wollt. Madame wird Euch zu gegebener Zeit Nachricht geben. Ihr reist beide nach Afrika?»

Nicolaas sah zu dem Pult hin, und die dunklen, feuchten Augen gaben den Blick zurück. «Nicht zusammen», sagte Nicolaas.

«Ah!» entgegnete David de Salmeton. «Ich hatte gehofft ... Das heißt, Ihr habt doch gewiß wie ich vor, auf dem Weg dorthin Madeira anzulaufen? Dort sind die Pflanzungen von St. Pol & Vasquez. Ich hatte gehofft, Eure neue Karavelle würde mich mitnehmen, natürlich zu einem angemessenen Preis.»

«Umsonst», sagte Nicolaas, «vorausgesetzt, ich bin der neue Besitzer von St. Pol & Vasquez. Anderenfalls wird das Schiff voll sein von nicht eßbarer Ware. Demoiselles, ich muß gehen.» Er stand auf.

«Noch einen kühlen Trunk?» sagte Gelis van Borselen. «So viel Zeit werdet Ihr noch haben.»

Er hatte jedenfalls noch Zeit genug, um sich von ihnen allen mit einer äußerst kunstvollen Verbeugung zu verabschieden. Zu David de Salmeton sagte er: «Vielleicht begegnen wir uns auf Madeira. Oder anderswo.»

«Dessen bin ich sicher», sagte der Mann vom Hause Vatachino. «Es gibt genügend Neger für uns alle, wenn ich Euch auch um diesen jungen Burschen aus Guinea beneide, den Ihr Euch da gezähmt habt. Er wird Euch sofort dorthin führen, wo die beste Auswahl ist. Mir wurde gesagt, die kleinen Negerkinder seien reizend.»

«Ich werde Euch eines schicken», sagte Nicolaas und verließ voller Zorn das Haus.

Die dicke, freundliche Frau war noch immer in der Taverne, als er schließlich auf dem Rückweg vorbeikam, und er traf dort auch Pater Gottschalk, der ganz ruhig vor einer kleinen, noch halbvollen Flasche saß.

Nicolaas blieb stehen. Die Frau hatte den einen Fuß auf den Stufen. Gottschalk sagte: «Wenn Ihr sie benötigt – der Haushofmeister hat mir die Namen dreier sauberer Häuser genannt. Ihr habt schon einen Bastard zuviel.» Dann sah er ihn genauer an und setzte hinzu: «Wer hat Euch so verletzt?»

«Simons Schwester hat mir mit einem Ziegelstein über den Kopf geschlagen.» Er setzte sich hin, überwältigt von der Ironie des Vorgangs. «Das Haus Vatachino war da.»

Gottschalk schwieg.

«Und Gelis. Gelis van . . .»

«Und wenn schon – Ihr wußtet, womit zu rechnen war», sagte Gottschalk. Er wartete einen Augenblick und fügte dann nicht unfreundlich hinzu: «Und sie ähneln sich nicht. Man möchte kaum glauben, daß sie Schwestern sind.»

«Nein», sagte Nicolaas.

Er hörte, wie Gottschalk eine Münze auf den Tisch warf und sich erhob. «Kommt. Ich habe ein Pferd dabei – es wird Zeit, daß Ihr wieder an Bord geht.»

KAPITEL 10

ZUSAMMEN MIT DREITAUSEND PORTUGIESEN und zweitausend Burgundern an einer der Säulen des Herkules gestrandet, war Diniz viel zu starrköpfig, um zuzugeben, daß es ein Fehler gewesen war, nach Afrika zu gehen.

Von der Höhenfestung aus, der er zugeteilt worden war, erblickte er jenseits von vierzehn Meilen Wasser die gegenüberliegende Säule, die die Mauren, die sie fast bis gestern besetzt gehalten hatten, Jabal Tariq nannten. Zu seiner Rechten war das Mittelmeer, zu seiner Linken der Ozean des Westens. Hinter ihm lag auf ihrer schmalen Halbinsel die christliche Stadt, die zu entsetzen er gekommen war, von den Römern Septem Fratres und heute Ceuta genannt.

Der Name bezog sich auf sieben Hügel und nicht auf eine religiöse Bruderschaft. Der König von Portugal hatte Ceuta fünfzig Jahre zuvor erobert und bei dieser Gelegenheit eine Anzahl wohltätiger Ziele genannt – so wollte er Zugang zu der dahinter liegenden Wüste und damit zu den wilden Schwarzen des Südens gewinnen, deren Seelen errettet werden mußten. Er wollte auch die Piraten der Berberei daran hindern, christliche Schiffe zu überfallen, und das muslimische Selbstvertrauen erschüttern. Er hatte zudem alle anderen maurischen Garnisonen in diesem Küstenstreifen im Auge, die, einmal vertrieben, mit den Getreidefeldern des Hinterlands nichts mehr würden anfangen können. Und er wollte, daß der größte afrikanische Handelsplatz im Westen in würdigere Hände kam.

Alle Reichtümer Afrikas, Vorder- und Hinterindiens und des Malaiischen Archipels gelangten, von Karawanen durch die Sahara herangetragen, nach Ceuta. Die Türken mochten den Handel im Osten knebeln, nach Ceuta kamen auf Tausenden von Kamelen weiterhin die Güter, die auch die Genuesen begehrten – der Reis und das Salz, die Seidenstoffe, der Pfeffer, der Ingwer, die Elefantenzähne. Die Sklaven. Und das Gold.

Das hörte sich sehr schön an – in Wirklichkeit gelang Portugal wenig mehr als die Eroberung Ceutas selbst, denn man fand es, von Feinden umgeben, schließlich unmöglich, in die Sahara einzudringen. Und die Mauren von Ceuta verlegten den Endpunkt ihrer Karawanenstraße ein wenig nach Osten, und vierundzwanzigtausend Verkaufsstände blieben nun leer und verfielen.

In den darauffolgenden Jahren kamen die vertriebenen Mauren oft zurück, bisweilen mit Schiffsladungen von Freunden aus Granada, und mußten im Verlauf heroischer Waffengänge abermals zurückgeschlagen werden. Ein deutscher fahrender Ritter besiegte hier einen sarazenischen Streiter im Zweikampf während der Welle christlicher Stimmung, die auf den Fall von Konstantinopel folgte.

Damals veranstaltete der Herzog von Burgund in Lille sein großes Fest, bei dem ein als Sarazene verkleideter Riese eine weinende Jungfrau hereingetragen hatte, die, auf einem Elefanten aus Gips sitzend, die über ihre Unterdrückung klagende Kirche darstellte. Worauf alle Anwesenden, die unehelichen Söhne des Herzogs eingeschlossen, geschworen hatten, gewaltige Heldentaten zu vollbringen und ihre Hände im Blut der Ungläubigen zu waschen. Vor elf Jahren war das gewesen.

Deshalb waren jetzt zwei der Bastarde hier, und das nicht zu früh: Der ältere war schon über vierzig Jahre alt. Alle Kommandeure waren alt und berühmt als Turnierkämpfer und besorgt um ihre unsterblichen Seelen. Der Ritter Simon de Lalaing war wohl sechzig, und seine zwei Söhne waren auch keine kleinen Kinder mehr: Ernoul war ungefähr in Diniz' Alter.

Ernouls Vetter war einer der berühmtesten Ritter aller Zeiten gewesen. Ernouls Vater und der Vetter hatten in Schottland tjostiert, als Diniz zwei Jahre alt gewesen war, und Ernoul nahm an, daß Diniz alles darüber wußte. Ernoul sprach immer wieder abfällig von herumschleichenden islamischen Hunden, die ihre Belagerung in dem Augenblick aufgegeben hatten, als das Entsatzheer landete, und sich nicht wie Männer zum Kampf gestellt, sondern die Krieger aus den Stadttoren herausgelockt und dann überfallen hatten.

Plänklertrupps kehrten nur noch mit halb so vielen Kriegern zurück, wie sie ausgerückt waren, oder überhaupt nicht mehr. Die wenigen landeskundigen Führer, die es gab, zeigten sich unentschlossen, und obschon Herolde hinausritten und Herausforderungen in der üblichen Rittersprache verlesen wurden, schien selbst der gewöhnliche Anstand verlorengegangen zu sein. Niemand meldete sich darauf. Ernoul, der für den Dienst in der Kirche bestimmt war, hatte in wenigen Wochen alle Glaubensstärkung erfahren, deren er bedurft haben mochte. Er haßte die Sarazenen.

Diniz Vasquez, der aus persönlichen Gründen wenigstens einen Menschen muslimischen Glaubens hassen gelernt hatte, begann dagegen in seinen Überzeugungen schwankend zu werden. Er war gekommen wegen der Dinge, die auf Zypern geschehen waren, und um den Fängen von Großvater Jordan zu entrinnen. Doch indem er Jordan trotzte, hatte er seine Mutter schutzlos zurückgelassen und ihr Auskommen den Händen eines Mittelsmannes anvertraut.

Er war noch immer der Ansicht, daß ihr Bruder Simon sich um alles kümmern sollte, aber in der letzten Zeit hatten ihn Zweifel an dem kriegerischen, strahlenden Simon angefallen, Zweifel auch an der Schönheit selbst, bei Männern wie bei Frauen. Er war achtzehn Jahre alt und eine leidenschaftliche Jungfrau.

Zweifel an der Schönheit und Zweifel am Glauben. Ernoul aus Burgund sagte: «Ist dir klar, daß Seine Heiligkeit vielleicht schon tot ist und der Kreuzzug abgeblasen wird, ehe wir uns anschließen können? Da leben Männer im Paradies, die für Konstantinopel gekämpft haben, und ich habe noch nicht einmal einen Mauren getötet, seit ich hier bin.»

«Reite doch beim nächsten Überfalltrupp mit», sagte Diniz und bedauerte seine Worte sogleich wieder. Die Schuld lag nicht bei Ernoul. Er bettelte täglich darum, den nächsten Ausfall ins Gebirge anführen zu dürfen. Angreifen und Trommeln bis zur Bewußtlosigkeit schienen einem Mann von Adel, einem zukünftigen Kirchenfürsten eher angemessen als das Beibringen von Futter für die Pferde und das Entladen von Versorgungsschiffen. Das Heraufhieven von Vorräten ans Ufer war Alltagsgeschäft, die Versorgung Ceutas mit Nahrungsmitteln war nie richtig unterbrochen gewesen. Diniz war schließlich nicht hergekommen, um eine Zitadelle zu entsetzen, die in den letzten Zügen gelegen hätte.

Inzwischen zweifelte er sogar daran, ob er hergekommen war, um Mauren zu töten. Die Portugiesen, die Genter, die Burgunder kämpften zur Ehre Gottes, Christ wider Antichrist, und auch zu ihrem persönlichen Heil. Diniz, Sohn eines Kaufmanns, war dazu erzogen worden, an eine weniger willkürliche Trennung zu glauben. Ehe er hierherkam, hatte er seinen Haß mit den Taten eines einzelnen ägyptischen Mamelucken genährt. Jetzt erinnerte er sich an einen großen arabischen Arzt, der die christlichen Kranken gepflegt hatte in den grauenhaften Wochen von Famagusta, mit Nicolaas als Famulus. Und daran, daß Nicolaas, wie ihm erzählt worden war, wohl gegen die Türken gekämpft hatte, der Turkmene Uzun Hasan aber sein Bundesgenosse gewesen war.

Er wurde sich bewußt, daß er schon eine Weile eine Galeere beobachtete, die sich bemühte, die Meerenge zu überqueren. Der spanische Hafen Algeciras lag hinter ihr, und als sie erst am Felsen vorbei war, trieben Wind und Strömung sie nach Osten. An den Anstrengungen, die sie als Antwort darauf unternahm, ließ sich erkennen, daß sie Ceuta anzulaufen versuchte.

Später erinnerte er sich, Ernoul gefragt zu haben, ob man ein Verpflegungsschiff erwarte, und daß der Burgunder die Frage bejaht hatte. Dies bedeutete Fässer mit Pfeilen und Pulver wenigstens für die Bombarden und Piken und Bögen und Kisten für die Waffenschmiede. Und gewöhnlich eine hübsche Auswahl frischer Lebensmittel – Fisch, Fleisch, Früchte. Er half beim Ausladen, wenn er mußte. Ihm wurde übel dabei.

Heute tat Diniz an einem anderen Ort Dienst und kam um diese Pflicht herum, und als die Galeere eintraf und einen Platz zum Ankern fand, war er schon abgelöst und auf dem Weg hinunter zum Burggraben und zur Landenge, vorüber an den alten Souks und verfallenden Palais, um gemeinsam mit zwei Bogenschützen aus Lissabon zu essen und zu würfeln. Der Schiffsführer der Galeere kam vorüber auf seinem Weg die Stufen hinauf zum Gouverneur, gefolgt von seinem Schreiber samt Tintenfaß und Papieren. Der Schiffsführer war, so hatte er gehört, ein Mann aus Ragusa. Der Schreiber war doppelt so groß, wie Schreiber dies für gewöhnlich waren, und was seine Mütze frei ließ, war von dem Gestell protziger Augengläser verdeckt. Sie funkelten zu Diniz hin.

Diniz mußte um Mitternacht aufstehen, um wieder die Wache auf den Wällen zu übernehmen. Eine Stunde war er schon dort oben, als er merkte, daß der Schiffsschreiber neben ihm stand. Das Sternenlicht flimmerte von Glas zurück, und eine Stimme, die er ein halbes Jahr lang vermißt hatte, sprach ihn fast unhörbar auf französisch an. «Wieviel hast du verloren? Der Mann, der zu deiner Linken saß, ist in fünfundzwanzig Städten bekannt.»

Diniz wandte sich um, die Kehle wie zugeschnürt. «Nein», sagte Nicolaas und legte ihm eine große, ruhige Hand auf die seine. «Verrat mich nicht. Sonst werden wir beide wegen Unzucht festgenommen, vielleicht erinnerst du dich.»

Er kam immer gleich zum Kern einer schwierigen Frage. Diniz brachte einen Laut hervor, der als Lachen begann. Er sagte: «Es war schrecklich. Man hat mich gezwungen. Ich hatte Euch nicht verlassen wollen.»

«Ich weiß», erwiderte Nicolaas. «Meister Michael Crackbene und ich hatten eine kleine Unterredung darüber. Hat dein Großvater dich gezwungen hierherzukommen?»

Diesmal brachte er ein richtiges, wenn auch ganz leises Lachen zuwege. «Das war das letzte, was er gewollt hätte.» Nach einer kurzen Pause setzte er mit plötzlicher Beklemmung hinzu: «Sie wollten mir nicht glauben. Habt Ihr sie gesehen?»

«Deinen Großvater und Simon? Nein, sie waren beide schon fort. Ich habe deine Mutter gesehen. Und Gelis van Borselen ist in Lagos.» Der beruhigende Griff lockerte sich, und Nicolaas nahm das Ding von der Nase und legte die Arme auf die Brustwehr, die Augengläser in der einen Hand haltend. Ein Nachtvogel rief. «Dann hast du also deine Berufung entdeckt? Du nimmst das Kreuz?»

Du nimmst das Kreuz. Das waren Worte, wie sie die Brüder Lalaing immer gebrauchten. «Warum seid Ihr hier?» fragte Diniz.

«Nicht im Auftrag deiner Mutter. Sie schien . . . schien zu glauben, daß ich auch lüge. Nein, ich hatte hier ohnehin etwas zu besorgen. Und ich habe mich gefragt, ob du weißt, daß David de Salmeton in Lagos war. Das Haus Vatachino will Euer Geschäft kaufen.»

Zweifel an der Schönheit, Zweifel am Glauben. David de Salmeton mit dem seidigen Haar und den zarten Händen, der sich auf Zypern die Färberei aneignete. «Sie würde nie verkaufen!» sagte Diniz.

«Irgendwem schon, früher oder später. Sie hatte noch wenigstens zwei andere Angebote. Eines davon kam von mir.»

Weiter fort auf dem Wall sprach jemand. Nichts bewegte sich

vor dem dunklen Blau der Nacht und der schwarzen abgerundeten Bergkette. «Es war nicht ernst gemeint», setzte Nicolaas ruhig
hinzu. «Ich könnte es mir nicht leisten. Ich wollte nur alles hin-
ausziehen. Aber Simon ist aus irgendeinem Grund fortgegangen,
und sie muß die Entscheidung treffen.»

«Ihr glaubt, ich sollte zurückgehen?»

«Ich glaube, Jordan glaubt, du solltest zurückgehen. Er hat,
wie ich höre, Simon dafür bezahlt, daß er Portugal verläßt. Und
da bleibst nur noch du übrig.»

«Ich lasse mich nicht zwingen», sagte Diniz.

«Nein», sagte Nicolaas.

Es trat ein Schweigen ein. Hatte Diniz sich bis dahin mit den
kleinen Ärgernissen und der Langeweile des Feldzugs beschäftigt,
so drang jetzt wieder anderes in sein Denken ein: die Furcht, die
ihm sein Großvater einflößte, das zornige Mitleid mit Lucia, seiner Mutter, die Enttäuschung, die ihr Bruder Simon, jene Zierde
des Rittertums, für ihn bedeutet hatte. Er wußte, daß er zurückkehren sollte, es aber nicht tun würde. Nicht einmal um Nicolaas'
willen, der ihn aufgespürt hatte, um es ihm zu sagen. Aufgespürt
in der Verkleidung eines Schiffsschreibers von einer Galeere. *Ich
hatte ohnehin etwas zu besorgen.*

Zum zweiten Mal und jetzt in heftigerem Ton fragte Diniz:
«Warum seid Ihr hier?»

Da rührte sich Nicolaas. Er rümpfte die Nase wie ein Hund und
setzte die Augengläser wieder darauf. «Rate.»

Weiter weg an der Mauer, von ihnen aus nicht zu sehen, pfiff
jemand. Unten in der Stadt schrie ein Esel, und ein Hund begann
zu bellen und verstummte mit einem kurzen, schrillen Aufheulen.
Ein Duft nach Weihrauch schwebte von den in Kirchen verwan-
delten Moscheen empor, zusammen mit den Gerüchen von
Mensch und Meer. In der Bucht zierten die Lampen der Flotte,
die die Burgunder an Bord gehabt hatte, die Dunkelheit und verliehen durch ihre unterbrochenen Spiegelungen den zahlreichen
kleineren Booten Gestalt, die gleichfalls im Wasser schaukelten.

Nicolaas war mit dem Versorgungsschiff aus Lagos herübergekommen, einer großen Galeere florentinischer Bauart, die schon

lange und schwere Dienstjahre hinter sich hatte. Er wußte, welche Schiffe Nicolaas besaß. Dieses hier wies alle ihm bekannten Merkmale der *Ciaretti* auf, die während der ganzen Zeit, die Nicolaas auf Zypern verbracht hatte, bei der Bank verblieben war.

Er hatte die Galeere mit wehender portugiesischer Flagge einlaufen sehen. Er hatte beobachtet, wie sie lange nach dem rechten Ankerplatz suchte, bis sie schließlich dicht neben einem der Schiffe zur Ruhe gekommen war, die die burgundische Streitmacht herübergebracht hatten. Diniz hatte nicht genau darauf geachtet, sonst wäre ihm früher bewußt geworden, daß er diese Kogge kannte, weil er mit dem Schiff Zypern verlassen hatte. Es war die *Doria*, die Jordan und Crackbene gestohlen hatten. Diniz sagte, ohne den Gedankenzusammenhang zu erklären: «Das könnt Ihr nicht!» Sein Atem stockte.

Er spürte, wie Nicolaas sich bewegte. Nicolaas sagte: «Ich hoffe, die Hut hier kann dich entbehren – was meinst du?»

In Diniz wirbelten die verschiedensten Gefühle durcheinander. «Das könnt Ihr nicht. Wieso könnt Ihr das?»

Er hörte Nicolaas lächeln, mehr, als er es sah. Nicolaas sagte: «Es war nicht schwer einzufädeln. An Bord ist nur ein Wachmann, und eine Kogge kommt mit einer kleinen Mannschaft aus. Wir setzen fünfundzwanzig Seeleute über, und die bringen sie vor Tagesanbruch hinüber nach Spanien.»

«Und wie dann weiter?» fragte Diniz. «Jordan hat sie für ein Jahr an Portugal verpachtet.»

«Dazu hatte er nicht das Recht, weil sie ihm nicht gehörte. Bist du einverstanden? Wenn sie den Anker lichtet, bist du nicht auf Wache.»

Er hatte an alles gedacht. «Ihr fahrt mit?»

«Großer Gott – nein», sagte Nicolaas. «Triadano und ich müssen hierbleiben und Mitgefühl ausdrücken und unsere Geschäfte abschließen.»

«Natürlich», sagte Diniz. «Und dann ab nach Venedig und unterwegs die zurückgewonnene Kogge mitgenommen.» Ausgezeichnet durchdacht, blendend. Seine Augen waren feucht, als er hinzusetzte: «Ihr braucht nicht zufällig einen ausgebildeten Färberlehrling? Schon gut – ich hab's nicht ernst gemeint.»

«Das weiß ich», erwiderte Nicolaas. «Ich hatte dich gefragt, ob du das Kreuz nimmst.»

Diniz schmerzte der Kopf. Er sagte mit plötzlicher Überzeugung: «Nein. Ich gehöre hier nicht hin.» Er hielt inne und fuhr dann fort: «Ich glaube, ich sollte nach Lagos zurückgehen.»

«Nur du kannst das entscheiden», sagte Nicolaas. «Aber wenn du willst, kann ich dich mitnehmen. Ich muß die *Ciaretti* zurückbringen, damit sie beladen werden kann. Sie fährt nach Venedig zurück, aber ich muß dableiben und Geld zusammenbringen. Der Bank und dem Haus Charetty fehlt es an Mitteln. Ich glaube, ich habe dir gesagt, daß ich es mir eigentlich nicht leisten könnte, dich um deine Gesellschaft zu bitten.»

Er konnte es nicht glauben. «Wieso?» fragte er. «Was ist geschehen?»

«Das Haus Vatachino», sagte Nicolaas. «Unter anderem. Also folge ich Ludovico da Bolognas Rat und breche zu meinem eigenen Kreuzzug ins Innere Afrikas auf. Deshalb brauche ich die *Doria*. Sie wird in Sanlúcar beladen werden und vor der afrikanischen Küste bei Madeira auf mich warten.»

«Und wie gelangt Ihr dorthin?»

«Mit einer von Portugal in Dienst gestellten Karavelle. Ich werde für sie bezahlen müssen.»

«Mit afrikanischem Gold», sagte Diniz.

«Ich muß die Bank retten.» Das war alles, was Nicolaas sagte. Er war nicht wie Jordan. Er zwang einen nicht. Er erzählte, wie die Dinge standen, und wartete dann ab.

«Wann entscheidet sich meine Mutter?» fragte Diniz. «Wegen des Verkaufs des Geschäfts?»

«Warum?»

«Weil sie sich doch wohl zuvor die Pflanzungen ansehen sollte. Und mit ihren Leuten dort reden.»

«Worauf willst du hinaus?»

«Nehmt uns beide mit nach Madeira», sagte Diniz. «Ich komme mit Euch nach Lagos und überrede sie dazu.»

«Sie hat vielleicht schon verkauft. Ich sagte dir ja, wer dort ist.»

«Ja», erwiderte Diniz. «Gelis van Borselen.»

«Ich will sie da nicht hineinziehen», sagte Nicolaas, «und du solltest das auch nicht.»

«Sie steckt aber schon drin. Sie macht meine Mutter verrückt, aber sie hört auf sie. Ich glaube, sie wird nicht zulassen, daß sie verkauft. Sie könnte meine Mutter dazu bringen, nach Madeira zu fahren.»

«Mit meinem Schiff?» entgegnete Nicolaas. «Nach dem Tod deines Vaters? Damit rechne lieber nicht. Es mag sie genug beunruhigen, daß du aus Ceuta zurückgekehrt bist.»

Die Schärfe der Worte traf ihn, und eine tiefere Qual kam in ihm hoch. «Sie waren nicht am Verhungern.»

«Es ist keine Sünde», sagte Nicolaas.

Es war vielleicht nicht ganz so leicht, Jordans Kogge zu bemannen und aus dem Hafen hinauszubringen, wie Nicolaas angedeutet hatte, und als es schließlich geschafft war, mußte sie den schnellen Schiffen ein Schnippchen schlagen, die Ceuta ihr nachschickte, um sie ausfindig zu machen. Als sie schließlich nach Sanlúcar kamen, lag die *Doria* mit Matten behangen im Dock und trug einen anderen Namen. Sie lag schon seit zwei Wochen da, sagten spanische Amtsstellen. Der venezianische Konsul in Sevilla war Antonio da Ca' da Mosto.

In Ceuta kam es zu einem Ausbruch von Anklagen, Gegenanklagen und Entsetzen wegen des Diebstahls der Kogge *Doria*, doch die Schuldigen, so stellte man schließlich fest, waren Piraten und Renegaten, die das Schiff in der Nacht entführt hatten, um ihre verbotenen Ziele zu verfolgen. Der wachhabende Vorgesetzte war glücklicherweise von so hohem Rang, daß an eine Bestrafung nicht gedacht werden konnte.

Ein erklärender Brief wurde diktiert und an Seine Heilige Majestät geschickt, und ein zweiter ging an den Vicomte de Ribérac, der Portugal das Schiff aus den allerlöblichsten Beweggründen verpachtet hatte. Beide Briefe stellten die Entbehrungen heraus, unter denen man in Ceuta litt, den Verlust tapferer junger Menschen und die daraus sich ergebende Erschöpfung der restlichen Verteidiger. Der Gouverneur erwähnte auch, daß sein Sold seit achtzehn Monaten überfällig war und die gerade entladenen Versorgungsgüter in der Menge nicht dem entsprachen, was er angefordert hatte.

Dies stimmte, weil ein Drittel davon wohlbehalten in Sanlúcar lagerte. Der Rest jedoch entsprach genau der Frachtrechnung, die der Schreiber der *Ciaretti* ausgefertigt und übergeben hatte. Die *Ciaretti* brachte natürlich auch die beiden Briefe nach Lagos, zusammen mit dem jungen Senhor Vasquez, der zurückgerufen worden war, um sich der Geschäfte seiner verwitweten Mutter anzunehmen.

Es war nicht schwer gewesen, seine Entlassung zu erreichen. Es war Herbst, und der maurische Ansturm gegen Ceuta hatte ein Ende genommen. Wollte der Bastard von Burgund seinem Schwur in einer größeren Arena entsprechen, so sollte er sogleich an die Seite des Papstes eilen. Oder schlimmstenfalls in irgendeinem europäischen Hafen überwintern, wo ihn eine Nachricht aus Brüssel vom Krankenbett oder von der Totenbahre seines Vaters erreichen konnte. In Ceuta bekam der junge Senhor Diniz dabei Nicolaas überhaupt nicht und auf der Fahrt nach Lagos kaum zu Gesicht, auf einem Schiff, das voll war von zurückkehrenden Amtspersonen. Nicolaas dagegen sah Diniz öfter, als dieser ahnte. In Lagos eingelaufen, ließ er die Fahrgäste an Land gehen und rief Diniz dann zu sich in seine Kajüte. Er nahm die Augengläser ab.

Körperlich war der Junge herangereift. Der hohlwangige, blasse Jüngling von Famagusta war jetzt ein junger Mann von mittlerer Größe, der nie vierschrötig sein würde, jetzt aber die Schultern, den Nacken und die Arme eines Kriegers hatte. Er ähnelte seinem Vater, abgesehen von der Form der Augen und der Haltung des Rückens, die von seiner halb schottischen Abstammung herrührten. «Tut es dir leid?» fragte Nicolaas.

«Nein.» Diniz' Augen leuchteten. «Kommt Ihr mit mir nach Hause?»

«Ich glaube, da wäre ich nicht gut beraten. Nein, es ist deine Sache, was ihr beschließt, du und die Deinen. Ich soll ja außerdem gar nicht in der Stadt sein. Gib mir morgen Bescheid, was geschehen ist.»

«Ich dachte, ich sage ihnen . . .»

Nicolaas erhob sich. «Diniz, ich will es nicht wissen. Du hattest Zeit zum Nachdenken. Es ist deine Sache. Wenn deine Mutter will, nehme ich sie mit nach Madeira. Aber ich nehme dich nicht ohne sie mit.»

Der Junge errötete. Dann sagte er: «Natürlich nicht» und ging.

Nicolaas ging in Verkleidung an Land und verbrachte die Stunden bis Sonnenuntergang in dem Haus, das Gregorio gemietet hatte, denn für die Uneingeweihten hatte er die letzten Tage nicht in Ceuta, sondern in Lissabon verbracht und kehrte erst am Abend zurück. Er nützte die Zeit, um mit seinen im Haus weilenden Gefährten zu sprechen, zu denen auch Jorge da Silves zählte, der die Ausrüstung des Fahrzeugs überwachte, dessen Schiffsführer er sein würde.

Die Zeit war jetzt kostbar. Der Feind waren Hitze und Regen. Eine Reise zur afrikanischen Küste und von ihr zurück mußte zwischen September und Mai stattfinden. In drei Wochen mußte das Schiff auslaufbereit, mußten alle Einzelheiten von Ausrüstung, Vorräten und Mannschaft geregelt sein. An diesem seinem ersten Tag nach der Rückkehr schaffte Nicolaas die Berichte, las die Listen durch und besprach die Ausstattung der Karavelle. Sie hatte einen Namen.

«Die *was*!» sagte Nicolaas.

«Die *San Niccolo*», sagte Gregorio. «Wir mußten dem Schiff ja einen Namen geben. Wie soll denn das andere heißen? *Doria*, *Ribérac* oder einfach *Zukünftiger Ärger*? Gestohlen, nicht zugelassen und Handel treibend, wo jeder es in die Luft jagen kann? Wer soll es führen?»

«Gewiß niemand mit gutem Ruf», sagte Nicolaas. Er wollte keinen verletzen, noch nicht. Ein nach ihm benanntes Schiff machte ihm auch keine besondere Freude, aber er wußte, daß sie es gut gemeint hatten. «Ich frage mich, bei wem Jordan es versichert hat», sagte er.

Bis zum Schlafengehen hatte er sein Schiff in Augenschein genommen. Nach der *Ciaretti* wirkte die Karavelle wie ein Fischerboot. Halb so lang, mit drei Masten versehen, breit, hörte sie auf fünfundzwanzig Seeleute, während die schlanke *Ciaretti* zweihundert und mehr Mann Besatzung hatte, und sie verfügte in ihrem dicken Kiefernholzbauch über Raum für Nahrung, Wasser und Fracht, und sie war so ausgerüstet, daß ihr Schiffsführer sie zu jedem beliebigen Ziel steuern konnte. Noch warm von der Sonne war sie so neu, daß sie wie ein Festessen roch und im Lampenschein wie Atlas glänzte.

Am nächsten Tag besprach er mit den anderen Zeichnungen für zusammenklappbare Boote, als ihm Bel of Cuthilgurdy gemeldet wurde und er im ersten Augenblick nicht wußte, wer sie war. Dann kam sie herein, vom Hals bis zu den Füßen gewandet wie ein Zelt und ein Leinentuch auf dem Kopf, das sich über beiden Ohren dick bauschte. Sie hatte keine Arkebuse dabei. «Ha», sagte sie, «seid Ihr heute nüchtern?»

Die Gesellschafterin von Simons Schwester. Er sagte: «Dazu müßt Ihr sehr früh am Tag kommen.» Er lächelte sie an und schickte die anderen hinaus, die zum Glück kein Schottisch verstanden. Er rückte ihr einen gepolsterten Hocker hin und versorgte sie mit einem Glas Wein. Als sie Platz nahm, verschwanden der Hocker und ein Teil des Fußbodens. Er setzte sich ihr gegenüber. «Jetzt – wegen der Unzucht», begann sie.

«. . . Ja?» sagte Nicolaas.

«Oh, Ihr könnt reden.» Die Augen der Frau waren so braun wie zwei Kupfermünzen. «Aber verderbt den guten Namen dieses Jungen, und ich mache Euch so kalt wie ein Stück gekochte Hammellende. Er will nach Madura.»

«Madeira», sagte Nicolaas. «Mit seiner Mutter?»

«Ihr kennt Mistress Lucia? Nun, das müßt Ihr wohl. Sie hat Euch dreimal auf den Kopf gehauen, eh wir sie zurückgerissen haben.»

«Ihr hattet eine Arkebuse.»

«Aber ich hab sie nicht benutzt. Nein. Ihr braucht Mistress Lucia nicht auf Madura.»

«Schlimmer als Unzucht?» fragte Nicolaas.

«Ihr seid ein frecher junger Kerl», sagte sie.

«Das höre ich gelegentlich.» Nicolaas verlor die Lust zum Lachen.

Sie sagte: «Ha – nun gut. Hört zu. Meine kleine Mistress will nicht nach Madura gehen. Sie hat Angst. Aber genauso hat sie Angst davor, daß sie den Jungen abermals verliert. Sie kann kein Streiten ertragen, meine Mistress Lucia. Sie hat schon zuviel gesehen.»

Sie hielt inne. Er schwieg. Sie fuhr in trockenem Ton fort: «Es besteht kein Zweifel, mein guter Master Niccolo, daß ihr das Geschäft aus den Händen gleitet, wenn nicht jemand nach Madura geht und darum kämpft. Der Junge will das tun. Er ist besser als niemand.»

«Er ist viel besser als das», sagte Nicolaas.

«Ich will's Euch glauben, um so besser. Seine Mutter – Ihr werdet's verstehen – ist unausgeglichen in ihren Stimmungen und nicht geeignet.»

Nicolaas erwiderte: «Er wäre drei Tage auf meinem Schiff. Wahrscheinlich habt Ihr einen guten Faktor in Funchal. Oder praktiziert der auch die Unzucht?»

«Oh, Ihr habt eine scharfe Zunge, die's mit jedem aufnimmt», sagte Bel of Cuthilgurdy. «Nein, Jaime hat nie Anlaß zur Klage gegeben, und der Junge wird in seinen Händen sicher sein. Außerdem kommt das Mädchen mit und ich auch.»

«Das Mädchen?» Aber natürlich erinnerte er sich.

«Gelis. Schwester von Simons armer junger Gemahlin. Der Junge sagt, Ihr habt Katelina auf Zypern gepflegt.»

«Ihre Schwester glaubt das nicht», sagte Nicolaas.

«Dann werden wir zwei wohl nicht gehen können. Und Diniz kann nicht. Und dann steckt Ihr das Geschäft einfach in die Tasche. Schlau gemacht, Master Niccolo.»

Gregorio öffnete die Tür, sagte «Oh, verzeiht» und schloß sie wieder. Das Stundenglas war leer. Nicolaas streckte die Hand aus und stülpte es um. Die Zeichnungen, über die so heftig disputiert worden war, hatten sich zusammengerollt. Sie waren nicht so schlecht: Wenn man eine größere Änderung vornahm, würde er die anpassungsfähigen, die tragbaren Boote bekommen, die er brauchte. Er hatte heute nach Sagres reiten wollen, aber es war für einen Besuch jetzt zu spät. Er fragte: «Wer bezahlt Euch? Simon? Oder Jordan?»

153

Sie mußte zwischen vierzig und fünfzig sein. Ihre Gesichtszüge waren mehlig und stumpf wie die Haut über einer Pastete. «Sucht Euren Vorwand anderswo. Mistress Lucia bezahlt mich, wenn ich bezahlt werde. Und ich rede, wie ich denke.»

Nicolaas erhob sich und sah sie an. Er ging zur Tür, öffnete sie und rief hinaus. Pater Gottschalk kam herein.

«Das», sagte Nicolaas, «ist Mistress Bel, die Gesellschafterin von Diniz' Mutter. Sie sagt, Diniz könne mit uns nach Madeira fahren, vorausgesetzt, sie und Gelis van Borselen kommen auch mit. Sonst kann er nicht fahren, da seine Mutter nicht mitkommen kann.»

Gottschalk ließ den Blick von Nicolaas zu der Frau wandern. «Ihr seid der Priester?» fragte sie. «Gelis sagte, Ihr wärt ein aufgeschlossener Mensch.»

«Demoiselle.» Gottschalk, eine dunkle Gestalt, sah nachdenklich zu ihr hinunter. «Ihr würdet Eure trauernde Herrin hier zurücklassen?»

«So ist es», sagte Bel of Cuthilgurdy. «Wenn der König ins Ausland reist, müssen ihn die Gefolgsleute begleiten.»

«Gelis van Borselen?» fragte Gottschalk.

«Ich glaube, sie meint den köstlichen David», sagte Nicolaas. «Er wollte nach Madeira reisen.»

«Er ist schon fort», sagte die Frau. «Wenn Ihr den feinen kleinen Makler meint. Hat eine Koje auf einem portugiesischen Schiff bis Porto Santo bekommen, gleich als Euer Schiff auslief. Von dort kann er leicht nach Funchal hinüber.»

«Ohne vorher sein Angebot zu machen?» sagte Nicolaas. «Oder ist es abgelehnt worden?»

Sie saß da, die Hände im Schoß gefaltet, und lächelte. «Sagen wir, er hat andere Mitbewerber.»

«Auf der Insel? Ein anderes Handelshaus? Wer?»

Ihr Blick war, wenn er ihn richtig deutete, mitleidig. «Wie soll das ein altes Weib schon wissen? Um das herauszufinden, müßt Ihr nach Madura fahren.»

«Madeira», sagte Gottschalk, und Nicolaas schwieg. Sie wußte, was sie sagte. Sie wußte, was von ihm zu verlangen sie gekommen war. Und er wußte und sie wußte, daß sie es bekommen würde.

KAPITEL II

«IHR SEID NICHT ERFREUT», sagte Gottschalk bei dem eiligen
Abendessen, das sie alle vier einnahmen, nachdem die Schottin
gegangen war. «Ihr solltet es aber sein. Diniz wird Euch gegen
Simon schützen.»

«Aber nicht die Frauen», entgegnete Nicolaas. «Ihr glaubt,
Simon könnte auf Madeira sein?»

«Man hält es für möglich», sagte Gregorio. «Er kann sein Geschäft nicht von Schottland aus leiten. Und er hat Euch diesen
Brief geschickt.»

Er und der Pater unterstützten einander oft, wie Nicolaas bemerkt hatte, seit Venedig. Seit Venedig hatte Gregorio, schon
immer ein fähiger Mann von lebendigem Verstand, sein Blickfeld
erweitert und an Selbstvertrauen gewonnen. Jetzt fiel es ihm wohl
weniger leicht, sich den stillen Freuden von früher hinzugeben,
der Musik, dem Kartenspiel oder dem träumerischen Gespräch
unterm Sternenhimmel. Und Gottschalk, der hartnäckig seine
eigenen Ziele verfolgte, hatte ihn darin bestärkt. Die Schroffheit,
der Nicolaas in San Michele begegnet war, hatte sich zu einer
Einstellung verhärtet, die er im Auge behalten mußte. Nur einmal, in der Taverne, hatte Gottschalk jene beschützende Freundschaft durchscheinen lassen, die Nicolaas als Junge genossen hatte.
Doch das war in Ordnung. Keiner war einem Bankherrn etwas
schuldig; und umgekehrt, natürlich.

Gregorio redete weiter. «Natürlich gibt es kein Gesetz, das
Euch zwingt, Simons Herausforderung anzunehmen. Ihr könnt
die Frauen und Diniz an Land setzen und weiterfahren.»

«So daß Simon verkaufen kann, an wen er will», setzte Gottschalk hinzu. Auf seinem Messer, das er senkrecht in der Faust
hielt, waren zwei Sardinen aufgespießt. «Was Nicolaas wohl verhindern wollte, denke ich, angesichts der drei Tage zusammen mit
der unbeständigen Lucia.»

«Eine Möglichkeit», sagte Nicolaas. Rein gefühlsmäßig hätte er
eigentlich allein sein mögen: sein jungfräuliches Schiff besteigen

mögen, frei von Erinnerungen und bedroht allein durch die Kräfte der Natur.

«Täusche ich mich?» sagte Gottschalk. Es gab kein Entrinnen: Sein Gesichtsausdruck war düster und aufrührerisch.

«Und Ihr wollt ein Priester sein?» entgegnete Nicolaas. «Wenn wir einmal annehmen, ich will St. Pol & Vasquez kaufen, wäre es da nicht vernünftiger, Simon und Lucia verkaufen zu lassen, an wen sie wollen, und das Geschäft dann zu übernehmen, wenn ich genug Geld habe? Eigentlich kämpfe ich lieber mit dem Haus Vatachino als mit Simon.»

«Vielleicht bekommen die es nicht», meinte Gregorio.

«Ihr seid David de Salmeton doch begegnet», erwiderte Nicolaas. «Er wird das tun, was ich tue. Das Geschäft von Lucia selbst kaufen. Oder zulassen, daß Simon es verkauft, und es dann von dem Käufer kaufen. Wißt Ihr noch nicht, womit wir es hier zu tun haben? Habt Ihr Euch nie gefragt, warum die Vatachinoleute seit Venedig weder uns noch die *Ciaretti* behindert haben?»

«Ihr wart zu gut beschützt», sagte Loppe.

«Und in Ceuta habt Ihr Eure Spuren verwischt», sagte der Priester. «Sie können schließlich keine Wunder vollbringen. De Salmeton wußte nicht, daß Ihr auf der *Ciaretti* wart, und sie ist ohne Vorankündigung ausgelaufen. Das ist so üblich, aus Furcht vor Piraten.»

«Was?» entgegnete Nicolaas. «Die *Ciaretti* läuft aus, und ich verschwinde? Vier Tage hätten sie gebraucht, um herauszufinden, daß ich nicht in Lissabon war, und im Nu hätten sie festgestellt, was sie geladen hatte und für welchen Hafen sie folglich bestimmt war. Diniz und die *Doria* waren beide in Ceuta, man konnte also davon ausgehen, daß ich es auf beide abgesehen hatte. Aber de Salmeton hat weder den Gouverneur davon benachrichtigt noch versucht, eines der Schiffe anzuhalten.»

«Vielleicht hatte er anderes im Sinn», meinte Gregorio. «Wenn er weiß, wo die *Doria* ist, liegt sie vielleicht nicht mehr lange im Hafen von Sanlúcar.»

«Das würde mich überraschen», erwiderte Nicolaas. «Sie wird außergewöhnlich gut bewacht, und er kann eigentlich nur wenig Leute zur Verfügung haben.»

«Vielleicht ist das der Grund, weshalb er Euch nicht behindert hat», sagte Gregorio. «Nehmen wir einmal an, es geht ihm wirklich nur darum, St. Pol & Vasquez zu übernehmen, und Eure Abwesenheit hat ihm die Gelegenheit verschafft, nach Madeira davonzueilen und das zu besorgen?»

«Warum hat er mich dann nicht festnehmen und einsperren lassen? Warum hat er den Gouverneur von Ceuta nicht vor mir gewarnt?»

Nicolaas sah Loppe an, der plötzlich sagte: «Weil er sich gedacht hat, daß Ihr Diniz nach Afrika mitnehmen wollt.» Das war nicht die Antwort, die Nicolaas erwartet hatte.

«Das glaube ich nicht», meinte Gottschalk.

«Wer weiß», sagte Nicolaas. «Vielleicht ist es das, worauf er setzt.» Er sah Loppe jetzt nicht mehr an.

«Warum?» wollte Gregorio wissen.

Loppe schwieg. Gottschalk holte tief Atem. Nicolaas sagte: «In der Hoffnung, daß wir beide die Quelle des Goldes finden. Vielleicht sogar nach Äthiopien gelangen. Auf dem Rückweg dann würde mir und Diniz etwas zustoßen, wenn nicht schon vorher. Dann würde er die Schiffe an sich nehmen und das Gold und schließlich in den Besitz von St. Pol & Vasquez gelangen. Die Leute vom Hause Vatachino sind auserlesene Gegner.»

«Ihr mögt sie», sagte Gottschalk.

«Ich bewundere sie, das ist etwas anderes.» Nicolaas glaubte, Gottschalk werde ihn anschließend beiseite nehmen und eine kleine Predigt halten, doch das tat er nicht. Erst später wurde er sich bewußt, daß er seinen Plan entworfen hatte, ohne auch nur an Gottschalk zu denken.

Am nächsten Tag begab er sich nach Sagres, ein Ritt von fünfzehn Meilen, begleitet von einer kleinen Eskorte und von Jorge da Silves und Loppe.

Loppe, in dem ärmellosen Gewand und der leichten Mütze, die sie alle trugen, würde in seiner Stellung nicht falsch eingeschätzt werden hier an diesem Ort, wo der Seefahrer, der Dolmetscher, der vielseitig begabte Mann hoch geschätzt wurden.

Von dieser südwestlichsten Spitze Europas aus hatte Heinrich,

Prinz von Portugal, Gouverneur von Ceuta, Gouverneur der Algarve und Großmeister des Christusordens, die Schiffe zu ihren Forschungs- und Handelsreisen auf den Weg geschickt, Unternehmungen, bei denen Männer wie Alvise da Ca' da Mosto die Route entlang der afrikanischen Küste gefunden hatten.

Die Schiffe mochten die Segel in Lagos gehißt haben, aber nach Sagres und zum Landgut des Prinzen in Raposeira waren die Juden und die Araber gekommen, die Katalanen und die Deutschen, die Venezianer und die Genuesen, deren vereinigte Kenntnis von Seekarten, Seefahrt und Schiffsbau die Reisen ermöglicht und den Höflingen und Schiffsführern, die auf diesen Schiffen hinausfuhren, das nötige Wissen vermittelt hatten.

Einige von diesen waren später in ihre Länder oder nach Lissabon zurückgekehrt. Manche hatten geheiratet und in der Obstgartenlandschaft von Lagos schöne Güter bewirtschaftet. Andere hatten sich in der Nähe dieses letzten Landvorsprungs niedergelassen, der sich steil und kahl vorschob, gepeitscht von nordwestlichen Stürmen, die über unbekannte Ozeane daherkamen. Wer in Sagres stand oder an dem westlich davon gelegenen Kap, blickte jähe Sandsteinklippen von zwanzigfacher Manneshöhe hinunter, die von weißem Schaum umspült wurden, und dann auf das flache, uferlose Meer, auf dem sich die Tupfen abmühten, die Fahrzeuge waren, und die winzigen Tüpfelchen, die Seelen waren, Zeugnis für des Menschen Ausdauer, für seine Habgier und für seinen Mut.

Vor dem Aufbruch nach Ceuta hatte Nicolaas begonnen, das Denken dieser Männer zu erforschen, und dabei in Jorge da Silves einen bereitwilligen Ratgeber und Begleiter gefunden. Er entdeckte – mit einiger Mühe, denn der Portugiese war ein eigenartig zurückhaltender Mensch –, daß der Stolz hinter die Besessenheit auf den zweiten Platz rücken konnte. Da Silves hatte unter berühmten Befehlshabern gedient; er hatte seinen Mut in gefährlichen Gewässern erprobt und sehnte sich nach ihnen zurück. «Seht Euch vor», hatte der Jude von Mallorca lächelnd gesagt. «Jorge da Silves führt Euch weiter, als Ihr vielleicht wollt.»

Der Mann, den sie heute besuchten, war Prinz Heinrichs Begleiter während dessen letzter Lebensjahre und einer seiner bedeutendsten Schiffsführer gewesen; er führte jedoch ein schlichtes Leben, wenn er nicht gerade im Palast von Sintra Dienst tat, und sein Haus war einfach und schmucklos, verfügte aber über gut unterhaltene Stallungen und ein Backhaus. Als Nicolaas mit da Silves und seinen Dienern auf den Hof mit den vom Wind schiefgebogenen, zerzausten Palmen ritt, fielen ihm zwei ungesattelte und dampfende Pferde und eine Schabracke auf, deren Wappen ihm bekannt war.

Auch Jorge da Silves schien es zu kennen. Er stand, die Peitsche in der Hand, mit gespreizten Beinen da und sagte: «Diniz Vasquez? Warum ist er hier?»

Loppes Kopf ging herum. Nicolaas sagte: «Ich weiß es nicht. Freilich nehmen wir, wie Ihr ja wißt, Senhor Diniz und zwei der Frauen nach Madeira mit.» Diese Neuigkeit war, wie er sich erinnerte, von da Silves recht kühl aufgenommen worden. Er fragte sich, ob er jetzt den Grund kannte. Da ging die Tür auf, und ein Mann kam lächelnd heraus, eine schlanke grauhaarige Gestalt mit einem Schnurrbart und einem Stock, lässig gekleidet in Chemise, Strumpfhose und Schuhen mit den Bartstoppeln von gestern am Kinn. Diogo Gomes, der am Gambia und noch weiter gewesen war. Neben ihm eilte Diniz heraus.

«Jorge!»

«Da bist du also zu Hause!» sagte Jorge da Silves und begrüßte den Jungen lächelnd. Dann trat er zurück.

Diniz, dessen Augen strahlten, hielt ihn noch immer am Arm. «Ihr sollt die neue Karavelle führen! Ich hab's gerade gehört. Und ich werde mit an Bord sein.» Er blickte zu Nicolaas hinüber. «Ich war in Eurem Haus. Es hieß, Ihr wärt unterwegs zum Kap und dann hierher. Ihr müßt zuhören! Es gibt so vieles, was Euch Senhor Diogo erzählen kann!»

«Dieser Junge!» sagte der Mann mit dem Stock liebevoll. «Was, Kind, könnte ich denn erzählen, was du nicht schon längst wüßtest von mir oder Aires oder João, seit du keine Windeln mehr brauchst?»

Der Junge errötete. Der Portugiese blickte jetzt eher abweisend.

Nicolaas sagte: «Vielleicht hätte ich da nicht Euch, sondern Diniz befragen sollen, Senhor. Aber er reist nur bis Madeira mit, und mit Zustimmung seiner Mutter. Dem ist doch so, Diniz, ja? Deine Mutter ist damit einverstanden, daß ihr mitfahrt, du und die beiden Frauen?»

«Gelis hat es bestimmt», sagte Diniz, aber sein Blick war auf Loppe gefallen, und er ging zu ihm hinüber und streckte ihm die Hand hin. «Das hier ist schöner als Zypern.»

«Es ist anders», erwiderte Loppe. Und ihr Gastgeber kam und streckte Loppe gleichfalls die Hand hin und sagte: «Ich habe von Euch gehört. Senhor van der Poele kann sich glücklich schätzen, daß er einen solchen Führer hat. Kommt alle herein, und dann reden wir von diesem Höllenrevier, das Ihr da unbedingt aufsuchen wollt.»

Die Worte waren eher leicht dahingesprochen. Hinter ihnen verbarg sich die gleiche Spur von Abwehrhaltung, die Nicolaas bei dieser ganzen Bruderschaft von Entdeckungsreisenden beobachtet hatte, selbst bei denen, die jetzt krumme Gliedmaßen, eine verzogene gelbe Haut und Köpfe hatten, die nickten und wackelten, und die nie mehr eine Reise antreten würden.

Sie berichteten natürlich von Wundersamem: von den eigenartigen Pferdefischen und Echsen, von den tätowierten Frauen mit den goldbehangenen Ohren oder gedehnten Lippen oder baumelnden Brüsten oder von den Königen, die dreißig Ehefrauen hatten. Dem mußte man lauschen. Aber an den Rat, den Nicolaas brauchte und hören wollte, war schwerer heranzukommen, auch bei Diogo Gomes.

Afrika? Jorge wußte darüber genausoviel wie er. Die Mauren lebten im Norden – Diniz wußte das ja, er hatte bei Ceuta gegen sie gekämpft, der tapfere Bursche. Aber wenn man nur zur Hintertür von Ceuta hinausging, dann hatte man sogleich die Saharawüste vor sich, und die erstreckte sich zweiundfünfzig Tagesreisen bis zum Sahel. Und was war der Sahel? Ein Buschlandgürtel mit Flüssen und Weidegebieten und Bäumen, der die Sandwüste im Norden von dem tropischen Land der Schwarzen trennte, einem Gebiet von Hitze und Regen und Urwald, in das nicht einmal ein Irrer eindringen konnte.

«Das ist also das Innere», sagte Diogo Gomes und trank seinen Becher mit süßem Wein aus. «Dort ziehen die Karawanen von Norden nach Süden und bringen Seide und Silber durch die Wüste hinunter zu diesen verdammt kitzligen Märkten im Sahel, und wenn sie nach Norden zurückstapfen, sind die Kamele krummbeinig vor Gold.

Christen sind freilich von dieser Strecke ausgeschlossen. Aber da wir klüger waren als die meisten anderen, haben wir gemerkt, daß wir um den Wüstenstreifen herumsegeln konnten, um dann von Zeit zu Zeit zu landen und einen Teil des Goldes an die Küste zu locken. So weit, so gut. Aber warum nicht weiter vordringen, fragt ihr, und in diesen Nord-Süd-Handel hineinstoßen?»

«Ca' da Mosta hat's versucht», sagte Nicolaas. «Er meinte, es sei unmöglich.»

«Und Ihr habt ihm nicht geglaubt», sagte Gomes. «Nun, ich will's Euch zeigen. Wo ist die Karte?» Und er stellte den Becher hin, beugte sich vor und deutete mit einem zernarbten Finger.

«Da. Das ist Ceuta. Da ist die nordafrikanische Küste am Mittelmeer. Folgt mir nach Westen durch die Meerenge zum Ozean. Schaut die afrikanische Küste, wie sie umbiegt nach Süden und nach Westen – noch immer voller Heiden, diese Teufel. Das sind Fischerdörfer. Und jetzt – seht Ihr?»

Er schob den Becher ein Stück zur Seite, und Diniz packte die Karte, als sie sich zusammenzurollen begann. Gomes strich sie mit seiner breiten Hand glatt und trank abwesenden Blicks. «Jetzt seht die Küste hier. Flach und fahl, Kennzeichen eines verdammten wasserlosen Landes, das nur für Nomaden taugt, denn Ihr segelt hier den Rand der Sahara hinunter mit einem beständigen Nordostwind, und im Meer ist mehr Sand als Wasser, wie Euch die Lotleine sagen wird. Da ist Kap Bojador, von dem man einmal glaubte, es geht da nicht weiter. Hundert Meilen südlich von Gran Canaria ist das, aber voller häßlicher Felsen, haltet Euch davon fern. Bleibt der gottverdammten Küste fern, haltet nach Kabbelungen Ausschau, und bildet Euch nicht ein, es gäbe da einen sicheren Platz zum Ankern.»

«Es herrscht eine südwestliche Strömung», sagte Jorge da Silves.

«Soll ich Euch zeigen, wo sie von anderswoher kommt?» entgegnete Diogo Gomes. Sein Gesicht war rot, aber daran war nur zum Teil der Wein schuld. «Wartet nur. Aber jetzt müßt Ihr Euch südlich halten, und da ist der Rio de Oro, der, wie Ihr wissen müßt, gar kein Fluß ist, sondern ein Golf, und stracks in die Wüste führt, wo das einzige Gold schon auf Kamelrücken liegt. Richtig so? Und so fahrt Ihr weiter, bis Ihr nach Bojador dreihundert Meilen zurückgelegt habt, und dann kommt Ihr an den schönen weißen Stein vom Kap Blanco und den Golf, von dem wir reden, die erste Stelle nach tausend Meilen, die Euch ruhige Nächte und frisches Wasser beschert, obschon sie so trostlos ist wie die Zehe eines Beinlosen.»

«Arguim», sagte Nicolaas. «Wo Ca' da Mosto mit Kamelen ins Innere vordrang.»

Diogo Gomes blickte auf. «Ihr seid ihm begegnet; Ihr wißt, was er herausfand. Das Gold, das nach Norden reist, gelangt durch einen Markt mit Namen Wadan, der sechs Tagereisen ins Land hinein von Arguim entfernt liegt; und sechs Tagereisen weiter ist ein noch besserer Markt mit Namen Taghaza. Aber das sind schon zwölf Tage in die Wüste hinein, in einem Land ohne Wasser und voller Räuber und Nomaden. Wenn Ihr da eine Handelsniederlassung einrichten wollt, dann müßt Ihr für Wasser und Nahrung und für Leute und Waffen zu ihrem Schutz sorgen. Glaubt Ihr, daß Ihr das könntet?»

«Nein», sagte Nicolaas.

«Nein. Wenn Ihr den wirklichen Reichtum anzapfen wollt, dann ist da jedenfalls ein Teil davon. Aber vorläufig müssen wir uns mit dem begnügen, was die Händler an die Küste schaffen. Die Einheimischen bringen das Zeug von Wadan nach Arguim und verkaufen es an christliche Schiffe mit portugiesischer Zulassung und an sonst niemanden. Piraten werden aufgeknüpft. Händler, die den Muslimen Waffen verkaufen, werden wegen Ketzerei verbrannt. Das Geschäft ist nicht mehr ganz, was es einmal war – zu Zeiten des Prinzen waren die Lagerhäuser voll, und jedes Jahr konnten fünfzehn Karavellen beladen werden. Vielleicht ist es bald wieder so, aber dann und wann liegt auch jetzt dort ein Schiff vor Anker, und Ihr solltet genug Gold bekommen, um damit zufrieden zu sein, und der König auch. Gold und wonach Euch sonst noch der Sinn steht.»

«Könnte man von Wadan aus zum Priesterkönig Johannes kommen?» wollte Diniz wissen.

Mit einem leisen Knall rollte sich die Karte zusammen. Diogo Gomes lehnte sich zurück und ließ den Blick von Diniz zu Nicolaas wandern. «Hat König Alfonso das verlangt?»

Nicolaas schwieg. Diniz sagte: «Nein, aber der Papst. Der Papst hat eine Galeere freigegeben und den König gebeten, Senhor Niccolo zu unterstützen, damit er nach Äthiopien gelangt.»

«Aha», sagte Gomes. Die zusammengekniffenen Augen in dem unbarbierten Gesicht blickten aufmerksam. «Was wollt Ihr also tun? Oder habt Ihr es noch nicht gehört?»

«Was?» Nicolaas legte eine Hand auf Diniz' Arm. «Der Papst . . .?»

«Der Heilige Vater, Gott hab ihn selig, ist tot», sagte Diogo Gomes. «Und der Kreuzzug von Ancona aus findet nicht statt. Die Flotten und die Heere haben sich zerstreut.»

«Aber die Bedrohung durch die Türken besteht doch weiter», meinte Diniz. Nicolaas nahm die Hand wieder von seinem Arm.

«Natürlich», sagte Diogo Gomes. Er faßte sich und wiederholte recht langsam: «Natürlich, zu Priesterkönig Johannes und seinem christlichen Heer vorzustoßen ist noch immer der große Wunsch der Kirche. Wenn das gelänge . . . Habt Ihr das vor, Senhor Niccolo? Ja? Dann müßtet Ihr über Arguim hinaus noch viel weiter südwärts fahren. Ihr müßtet vom Sahel aus ins Innere vordringen.»

«Senhor Diogo kennt das Land besser als irgendein anderer», sagte Jorge da Silves, die Hände fest verschränkt haltend. «Wo die Flüsse anfangen. Die Flüsse mit den fremdländischen Namen, von denen jeder der große Nil sein kann und der Weg, den wir suchen.»

Diogo Gomes nahm die Flasche in die Hand und hielt sie zum Einschenken bereit, wobei er sie alle aufmerksam musterte. «Ist das Eure Absicht? Dann will ich Euch sagen, was ich entdeckt

163

habe, und nur zu gern. Ich glaubte, Ihr hättet es auf den Gold-markt von Wadan abgesehen.»

Nicolaas lächelte. «Die Franziskaner haben mich zu kräftig ins Gebet genommen. Aber ich will Euch nicht verheimlichen, daß ich Gold finden muß, wenn ich in den Sahel gehe. Ich bedarf neuer Mittel.»

«Die Märkte sind da, wie ich Euch sagte. Dorthin kommen die Karawanen aus dem Norden zum Abladen. Vielleicht verkauft man an Euch, wenn Ihr umsichtig seid und bis dorthin kommt. Es lauern dort viele Gefahren, wobei die größte die Neugier ist.»

«Ihr seid weiter ins Land hineingelangt, als Ca' da Mosto je vorgedrungen ist», sagte Nicolaas. «Zweihundert Meilen?»

«Und wieder zurück», erwiderte Diogo Gomes. «Die Leute be-kommen Angst und werden krank und sterben. Es müssen genug als Schiffsbesatzung für die Rückfahrt übrig sein. Männer stellen unvorsichtige Fragen.»

«Nach Wangara?» meinte Nicolaas.

Die Augen des alten Seefahrers begegneten den seinen. «Ihr kennt den Namen?»

«Viele kennen den Namen.»

«Dann vergeßt ihn wieder. Es sei denn, Euer Freund Lopez hier verrät den Ort. Habt Ihr ihn deshalb mitgenommen?»

Es war Loppe, der darauf antwortete, ruhig und würdevoll wie immer. «Senhor, wenn ich es kennte, würde ich dieses Geheimnis nicht einmal meinem schlimmsten Feind verraten. Ich fahre ein-zig und allein als Dolmetscher mit. Senhor Niccolo sucht einen Weg durch den Sahel zum Land des Priesterkönigs Johannes, und er bittet Euch um die Hilfe, die ich ihm nicht geben kann.»

Die Hand auf der Karte lockerte den Griff, und einen Augen-blick lang sah es so aus, als würde der Rolle zum letzten Mal erlaubt, sich zu schließen. Da sagte Jorge da Silves plötzlich: «Aber das ist so. Der König schenkt dem Unternehmen eine neue Karavelle und sein Vertrauen. Ich als Schiffsführer würde mich nicht getrauen, ohne das wertvolle Wissen seines Schatzmeisters so weit zu fahren.»

Stolz gegen Besessenheit. Jorge da Silves wußte besser als irgendein anderer, wie Treuebindung und Instinkt miteinander wetteifern konnten. Einen Augenblick lang sagte keiner etwas. Dann stieß Diogo Gomes einen Seufzer aus. «Warum nicht? Es wäre gewiß der Wunsch des Prinzen gewesen. Aber damals hat er die Schiffsführer ausgesucht, versteht Ihr. Wir kannten sie.»

«Ihr kennt mich auch», sagte Jorge da Silves.

Er war errötet. Er sagte nicht – was er hätte tun können –, daß einige dieser Schiffsführer Räuber und Mörder gewesen waren. Gomes entschuldigte sich nicht. Er sagte nur: «Gut. Lassen wir die Flasche herumgehen, und ich erzähle Euch, was ich kann, und Ihr fragt, was Ihr wollt. Denn es ist ein fernes Land und ein gefährliches Land, und Ihr werdet an Rüstung wenig mehr haben als Euren Verstand.»

Es war spät, als sie schließlich aufbrachen, und Diniz ritt eine Zeitlang stumm neben ihnen her. Nach einer Weile sagte er: «Der alte Mann – er würde gern wieder zur See fahren.»

Nicolaas wandte sich nicht um. «Diese See ist für fähige Männer, die keinen Kummer zurücklassen.»

«Ihr rechnet damit, zurückzukehren», sagte Diniz.

«Ich lasse Menschen zurück», entgegnete Nicolaas.

«Meine Mutter hat Simon. Mein Onkel Simon ist vielleicht auf Madeira.»

«Dein Onkel Simon ist kein Portugiese. Du bist der Mann, der zu deiner Mutter gehört. Du und kein anderer.»

Es trat eine lange Pause ein, dann fragte Diniz: «Was ist Wangara?»

Loppe sagte nichts, und auch der Schiffsführer schwieg. Nicolaas sagte: «Die Quelle des Goldes.»

«Und wo ist sie?» Diesmal sah Loppe Diniz scharf an.

«Das weiß niemand», antwortete Nicolaas. «Die danach suchen, werden getötet. Das ist ein weiterer Grund, weshalb du nicht nach Guinea gehst.» Und der Junge sagte nichts mehr.

Sie waren alle erleichtert, als sie in Lagos an die Stelle kamen, an der sich ihre Wege trennten und Diniz, sich jäh abwendend, den steilen Hang zum Haus der Vasquez hinaufritt. In den zehn Tagen, die ihnen noch blieben, würde Nicolaas ihn wohl kaum noch einmal sehen, und er war verärgert und bekümmert zugleich. Aber er hatte es auf sich genommen, ihn zum Haus seiner Eltern auf Madeira zu bringen zusammen mit der haßerfüllten Gelis und Bel of Cuthilgurdy und ihren Truhen und Kisten und Dienern. Er hatte nichts anderes versprochen.

Vor dem Essen an diesem Abend kam Gottschalk mit einer dicken Rolle unterm Arm in die gemeinsame Stube, um mit Nicolaas und Loppe zu sprechen. Er hatte Tinte am Daumen und einen großen Fleck unterm Kinn. «Ich bin zu einem Entschluß gekommen», sagte er. «Ihr fahrt nicht nach Madeira.»

Es war ein langer Tag gewesen, doch das sollte nie ins Gewicht fallen. Nicolaas hatte sich auf dem einzigen Sitz mit einer Rükkenlehne niedergelassen, die Beine in der teuren Strumpfhose von sich gestreckt und die Arme nach hinten überhängend. Er rührte sich nicht. «Wegen Simon, wegen Diniz, wegen Gelis, wegen David de Salmeton oder wegen St. Pol & Vasquez? Ich kann's mir nicht leisten, mit Euch übereinzustimmen.»

«Doch, das könnt Ihr», sagte Gottschalk. Die Karte war unter seinem Arm flach gedrückt worden. Er zog sie heraus, warf sie auf einen Tisch und setzte sich dann hin, die Füße gespreizt, die großen Zehen in ihren Lederriemen aufgerichtet wie Bombarden.

«Sagt Diniz, daß Ihr ihn nicht nach Madeira mitnehmen könnt», fuhr er fort. «Laßt Gelis van Borselen hier. Sie werden nicht an David de Salmeton verkaufen – Ihr könnt sie dazu bringen. Geht auf jeden Fall Madeira aus dem Weg. Ich glaubte, Simon werde Vernunft annehmen und sich Euch anschließen, aber jetzt bezweifle ich das. Ich will nicht, daß Ihr ihm mit dem Jungen an Eurer Seite gegenübertretet. Fahrt geradewegs nach Guinea oder lauft Gran Canaria an, wenn Ihr müßt. Aber Nicolaas – fahrt an Madeira vorüber.»

«Das kann ich nicht», sagte Nicolaas. «Ich treffe mich dort mit der *Ghost* – die hat den halben Weg von Sanlúcar dorthin schon zurückgelegt.» Er wartete ab.

Gottschalk erwiderte: «Die alte *Doria*, die Ihr aus Ceuta herausgebracht habt. Ihr habt ihr einen neuen Namen gegeben?»

«Es schien ratsam. Und so alt ist sie nicht. Sie wurde 1460 für Jordan de Ribérac gebaut, dem sie sein Sohn Simon dann stahl. Das Haus Vatachino hat sie sehr teuer eingeschätzt.»

«Aha», sagte Gottschalk. «Und Ihr glaubt, ein neuer Name genügt, damit Simon sie auf Madeira nicht erkennt?»

«Vielleicht, wenn sie weit genug draußen vor Anker geht. Jedenfalls hat sie gutes Segelwerk, und nur wenige Schiffe vermöchten ihr nachzustellen. Wir brauchen sie. Zu Prinz Heinrichs Zeiten wäre die *San Niccolo* im Geleitzug gefahren.»

Gottschalk saß so still da wie ein Mönch beim Psalmengesang, die breiten Hände auf den Knien ruhend. «Die alte *Doria*. Sie ist ein großes Schiff für eine Eskorte. Mit einem großen Laderaum. Fünfzigmal so groß wie der der *Niccolo*. Was habt Ihr darin geladen?»

«Pferde», sagte Nicolaas. «Und ein paar für Ceuta bestimmte Dinge. Sie hat auch einen neuen Schiffsführer: Ochoa de Marchena.» Nicolaas hob die dicke Rolle auf und kniff vorsichtig hinein. Sie machte ein Geräusch wie eine Erbsenschote. Darinnen war eine Karte von den Kanarischen Inseln. Er setzte sich und betrachtete sie. Er brauchte Gottschalk, das war das Dumme.

«Ochoa de Marchena ist ein Pirat», sagte Gottschalk.

Nicolaas erwiderte: «Glaubt Ihr, ich würde bei einem eigentümerlosen Schiff die Haut eines ehrlichen Mannes riskieren? Obschon er ehrlich ist, auf seine Art, wie mir gesagt wurde.»

«So wie Mick Crackbene? Ich bin überrascht, daß Ihr ihn nicht genommen habt.»

«So, seid Ihr das. Dann ist das alles?»

«Ja», sagte Gottschalk. «Vorausgesetzt, Ihr laßt das Mädchen und Diniz in Lagos zurück und übernehmt die *Ghost* in Madeira, ohne an Land zu gehen. Und vorausgesetzt, Ihr sagt mir, was Ihr in ihrem Laderaum zurückbringen wollt, wenn man bedenkt, daß Ihr mit einer Kogge nicht quer durch Afrika segeln könnt.»

Nicolaas blähte den Brustkorb auf. Er hakte die Arme los, zog die Füße unter die Knie, beugte sich vor und faltete locker die Hände. Er blickte auf. «Das heißt, Ihr habt vom Tod des Papstes gehört.»

«Ihr müßt Euch freuen», sagte Gottschalk. «Eure Gelöbnisse gelten nicht mehr. Ihr braucht keine Christen zu suchen.»

«Das brauche ich zwar nicht, aber mir wurde gesagt, wenn ich vom Sahel aus flußaufwärts vordringe, stoße ich vielleicht auf sie. Man hat mir auch gesagt, ich werde Heiden antreffen, die getauft werden könnten.»

«Ach ja – und zu welchem Zweck?»

Er hatte so lange auf die Frage gewartet, daß er sich, nun da sie kam, seine Wut anmerken ließ. «Wie Ihr schon sagtet, hat die Kogge viel Laderaum. Sie hätten genügend Platz.»

Loppe hob mit einem Ruck den Kopf, sagte aber nichts. Nicolaas hielt dem Blick des Priesters stand. Gottschalk sagte: «Nicolaas, es tut mir leid, aber ich kann Euren Gedanken nicht mehr folgen. Ich hoffe, ich irre mich, aber um Loppes willen muß die Frage gestellt werden. Werdet Ihr Sklavenhandel treiben?»

«Prinz Heinrich hat es getan. Das Haus Vatachino wird es tun, wenn es sich in das Geschäft einkaufen kann.»

«Was meint Ihr damit?» Gottschalks Hände glitten nach oben und umklammerten die kräftigen Schenkel, bis die Finger rosig und weiß gestreift waren. «Daß das weitergehen wird, also warum nicht mitmachen? Daß es bestimmte Fälle gibt, in denen ein Kauf vertretbar ist? Daß es Wilde gibt, die aus Verzweiflung und Hungersnot vielleicht bereit wären zu kommen, und andere, die wie Loppe begabt sind, die sogar gern kommen würden, aber daß sie keine Ahnung haben, welche herrliche Zukunft sie erwartet? Was meint Ihr?»

Ich meine, geht und mischt Euch nicht ein. Nur daß er das nicht laut sagen konnte. «Daß weder Loppe noch ich Euch eine Antwort geben kann. Weder die tröstliche Antwort, die Ihr gern hättet, noch die andere, an die Ihr nicht denken mögt. Was glaubt Ihr, warum Loppe zurückgehen will?»

«Er will wieder zu seiner Familie», sagte Gottschalk. Sein schmerzhaft grimmiger Blick ging zwischen Nicolaas und Loppe hin und her und blieb schließlich auf dem Afrikaner ruhen.

Loppe gab den Blick ruhig zurück, die Augen weiß und tintig dunkel, die Haut glatt und schwarz in der venezianischen Kleidung. Er sagte: «Ich habe keine Familie, Padre. Ich wurde in Taghaza eingefangen und in Tanger verkauft und dann nach Lagos gebracht. Ich habe niemanden, der meiner Unterstützung bedarf. Wenn ich zurückginge, könnte ich nur das mitbringen, was ich gelernt habe, und ich weiß nicht, was ich gelernt habe, denn ich weiß nur die Hälfte davon. Um den Rest muß ich mich selbst noch kümmern. Es gibt Sklaverei, und es gibt Arbeit im Dienst. Ich habe an der Seite von Männern gedient, die weit von ihrer Heimat entfernt und dennoch zufrieden waren.»

Gottschalk antwortete darauf nicht sogleich. Das Schweigen war ein Schweigen des Mitgefühls. Dann wandte er sich an Nicolaas. «Treibt weiter dieses Spiel, wenn Ihr wollt, daß er Euch haßt.»

Nicolaas lächelte, und Loppe, der dies bemerkte, lächelte seinerseits. «Das riskiere ich», sagte Nicolaas. «Aber ratet ihm ruhig ab, wenn Ihr wollt. Ratet auch Diniz ab, wenn Ihr schon dabei seid. Ich fürchte nur, wenn Ihr ihn daran hindern wollt, nach Madeira zu fahren, müßt Ihr ihn schon anbinden.»

«Ihr wollt nicht tun, worum ich bitte?» fragte Gottschalk.

Nicolaas erhob sich. «Nein. Aber Ihr braucht ja nicht mitzukommen.»

Er glaubte, der Priester werde darauf sofort anworten, aber er erhob sich nur und blieb einen Augenblick schweigend stehen. Dann ergriff er die Rolle und ging hinaus.

Loppe sagte: «Ah, Nicolaas.»

Nicolaas sagte: «Es ist besser, wenn er zurückbleibt.»

Er blickte auf, in das Schweigen hinein. Loppe sagte: «Aber er bleibt nicht zurück. Er muß jetzt mitkommen. Ihr habt ihn dazu gezwungen.»

KAPITEL 12

IN DER DRITTEN OKTOBERWOCHE fand sich der Gouverneur mit
seinen Amtspersonen am Kai ein, um dem venezianischen Kaufmann und Bankherrn eine gute Reise zu wünschen, der mit
gnädiger Erlaubnis Seiner christlichen Majestät im Begriff war,
den Heiden das Wort des Herrn zu verkünden und auf der Rückreise aus dem Land der Bekehrten viele schöne Dinge mitzubringen.

Der Gouverneur verband große Hoffnungen mit dieser Reise.
Er hatte am Abend zuvor ein Bankett von einigem Glanz für diese
Personen so gut wie von Stand gegeben, die das Unternehmen
leiteten, und er war an diesem Morgen trotz der frühen Stunde
und des Regens von der Zuversicht erfüllt, daß er es nicht bedauern würde. Nicolaas küßte ihm die Hand und bestieg prächtig
gekleidet eines der Beiboote der *San Niccolo*.

Bei ihm waren sein Zahlmeister Gregorio, sein Haushofmeister
Loppe und der zurückhaltend auftretende Pater Gottschalk, sein
Apotheker und Hauskaplan. An Bord war bereits die entschlos-
sene Gruppe seiner nach Madeira reisenden Fahrgäste. Pater
Gottschalk war es – falls er es überhaupt versucht hatte – nicht
gelungen, Diniz Vasquez oder Gelis van Borselen und ihre Begleiterin Bel von der Fahrt abzuhalten. Auch war der Priester nicht
nach Venedig zurückgefahren, obschon er lange am Kai gestanden und der vollbeladenen *Ciaretti* beim Auslaufen nachgesehen
hatte. Er war dann schweigend davongegangen, um sich auf diese
seine unglückliche Reise als Schulmeister, als Gewissen von Nicolaas vorzubereiten.

Das Schiff lag in tiefem Wasser, die Masten schwankten, und die
Fahrgäste waren unter Deck gegangen, als man sich zum Auslaufen fertigmachte. Sie hatten dies geübt, den gewöhnlichen Ablauf
des Ablegens, und Nicolaas kannte alles auswendig. Er nahm
seinen Platz auf dem erhöhten Achterdeck ein und sah anschei-
nend unbeteiligt zu, indes die Befehle vom Schiffsführer hinuntergingen über den Steuermann bis zu den einfachen Seeleuten.

Die bloßen Füße stampften auf den Deckplanken, man kümmerte sich um das Takelwerk, zog die Beiboote hoch.

Auf einen Pfiff folgte in Stößen ohrenbetäubender Lärm: Die Ankerkette ging hoch und zog den neuen zweihundert Pfund schweren Anker hinauf mit Algen und Sand daran – aus seinem nächsten Bett würde er Algen und Sand von anderer Art heraufholen. Dann ein Brausen und ein Singsang von Stimmen, und das Schiff erzitterte, als das dreieckige Focksegel emporstieg und sich entfaltete, gefolgt von dem mächtigen Ruck, den das Hauptsegel beim Hochgehen verursachte.

Das Ruder wurde wach. Die Karavelle bewegte sich, während das Meer gegen ihre Flanke spülte. Zum letzten Mal roch es nach Farbe, nach Sägespänen, Harz und jungfräulichem weißem Hanf und dem großen flächsernen Luftzug der neuen Leinwand, als das Hauptsegel seine Falten ausschüttelte und sich blähte und das Besansegel folgte.

Dann entdeckte der Wind das Schiff und stieß es an, und zum ersten Mal krängte die *San Niccolo*, wobei ihre glänzende schwarze Flanke in die See tauchte, und all die kraftlosen Erdgerüche wurden durch sie hindurchgeblasen und verschwanden. Der zweite Steuermann kam mit einer Trompete die Leiter herauf, blieb stehen und ließ den Blick vom Schiffsführer zu den sechs Büchsenschützen wandern, die, Lunte in der Hand, zur Reling hinübersprangen. Nicolaas sah zur Küste hin, die langsam zurückwich.

Der Kai, der rauhe Strand und der Weg die Bucht entlang waren voller Menschen. Nicht nur die Vertreter des Königs, sondern ganz Lagos war gekommen, um die *San Niccolo* auslaufen zu sehen; denn wer sie nicht gebaut hatte, der hatte sie ausgerüstet und mit Proviant versorgt, und wer weder das eine noch das andere getan hatte, der hatte am Ufer gestanden und anderen Schiffen nachgewinkt, die Bilad Ghana ansteuerten, das Land des Reichtums, und sie zurückkehren sehen, so wie mit Gottes Hilfe auch diese hübsche Karavelle zurückkehren würde, beladen mit Papageien und Federn und Straußeneiern und Negern und Gold.

An Bord ertönte der Fanfarenstoß, recht laut, denn der Zweite Steuermann hatte gute Lungen und tat es mit Vergnügen. Dann kam fröhlich wie Feuerwerk das Geknatter der rotbemützten *Schiopettieri* an Deck. Hinter ihnen, eine grobe Reihe bildend, standen die Leute von der Mannschaft, die gerade nicht gebraucht wurden.

Am Ufer hob der Gouverneur die Hand. Ein graues Rauchwölkchen zeigte sich oben am Wall der Festung, den Donner seiner Feldschlange Nummer eins ankündigend, dem die anderen bis zur sechsten folgten. Der Lärm erfüllte die Bucht vom einen Ende zum anderen, scheuchte kreischende Vögel auf und untermalte die Rufe aus Hunderten von Kehlen, indes die Bürger von Lagos, ihre Mützen schwenkend, dem Schiff eine gute Fahrt wünschten.

An Bord stand Gelis van Borselen mit zurückgeschlagener Kapuze und feuchtem Haar da, den kühlen Blick auf Nicolaas gerichtet. «Jetzt seid Ihr wohl glücklich», sagte sie.

Drei Tage auf See sind keine lange Zeit, außer wenn das Schiff neu und unerprobt und keine einladende Küste in der Nähe ist. Wenn sogar überhaupt kein Land in Sicht ist. Dann können drei Tage so anstrengend erscheinen wie sechs und auch so nützlich wie sechs. Ein neues Schiff und eine neue Mannschaft und der Schiffsherr erproben einander, und dem Schiffsherrn ist es aufgetragen, die Mannschaft in den Griff zu bekommen.

Ohne Gelis hätte Nicolaas dem Glück so nah kommen können, wie er es nur für möglich hielt. Er kannte schon die Hälfte seiner Seeleute: es waren ihrer nur siebzehn, von denen zwei von der *Ciaretti* kamen, wie auch Melchiorre Cataneo, der *Sottocomito* oder Zweite Steuermann mit der Trompete. Den erfahrenen Ersten Steuermann und die drei Rudergänger hatte da Silves mitgebracht. Was den Rest betraf, so stellten die Seeleute selbst die Köche und Zimmerleute, die Segelmacher und Bogenschützen und Kanoniere und erwarteten und bekamen doppelte Heuer für doppelte Leistung. «Ihr habt eine sehr kleine Mannschaft», sagte Gelis.

Er hatte gehofft, die Frauen würden sich, wenn sie erst auf See waren, in ihrer Kajüte aufhalten. Statt dessen kletterten sie beide zum Achterdeck hinauf; Gelis, den Schiffsumhang fest um sich geschlagen, bewegte sich dabei so sicher wie eine Bergziege. Mit ihrem aufgesteckten Haar, den blauen Augen und der ungleich gefärbten nassen Haut sah sie ihrer verstorbenen Schwester überhaupt nicht ähnlich, außer natürlich im Körperbau und in der Form der Augenbrauen, die, geschickt gestutzt, deutlich die Familienähnlichkeit kennzeichneten. Bel war rund.

«Klein würde ich nicht sagen», meinte Bel. «Seht Euch den da an.»

«Ich habe zwanzig gekauft», sagte Nicolaas, «und da haben sie mir den großen noch dazugegeben. Aber Ihr braucht um Eure Sicherheit nicht besorgt zu sein. Bei der lateinischen Takelung kommt man mit wenigen Seeleuten aus.»

«Und es bleibt mehr Platz für die Fracht», sagte Gelis.

«Und für die Fahrgäste», ergänzte Nicolaas. Er sah Diniz näher kommen. «Die Bewegung stört Euch nicht?»

«Nein, so ein Jammer», sagte sie. «Katelina war es, die immer seekrank wurde. Hat Eure erste Frau so etwas gut überstanden?»

«Du sprichst von ihr wie von einem Faß Madeira», sagte Diniz und schluckte dann und errötete, eingefangen zwischen Hochstimmung und Unsicherheit.

«Das Haus Charetty besaß damals kein Schiff», sagte Nicolaas. «Meiner zweiten Gemahlin hat die Seefahrt Spaß gemacht.»

«Ihr hattet wohl eine viel größere Mannschaft», meinte Gelis. «Diniz fährt gern zur See, nicht wahr, Diniz? Claes ist mit dir und deinem Vater gefahren und hat seine Pflanzen über Bord geworfen.»

«Ich habe diese plötzlichen Regungen», erwiderte Nicolaas. Da sie nicht gehen wollten, entschuldigte er sich und begab sich zu Gregorio hinunter in den Frachtraum. Als Diniz einige Zeit darauf kam, besprach er sich gerade mit Jorge und dem Segelmacher, und später gab es noch ein halbes Dutzend kleiner unvorhergesehener Ereignisse, so daß er schließlich in der Hocke sitzend Brot und Käse aß, während die anderen oben zu Abend speisten. Er hoffte, Gottschalk werde für eine zufriedene Stimmung sorgen, und behielt Loppe, wann immer er konnte, am Steuer zurück. Dann kamen Dunkelheit und dicke Wolken, und die wahren seemännischen Schwierigkeiten begannen, gefolgt von anderen. Jorge ging nicht schlafen und er auch nicht.

Als grau und stürmisch der Tag anbrach, war er nicht in der Stimmung für Neckereien und machte sich Sorgen wegen eines starken und unberechenbaren Windes, der den verheißenen Nordostwind verdrängt hatte und Schaum von den Wellen losriß. Masten, Stagen und Takelwerk ließen seine Gedanken nicht los, und die Breite des Schiffs war der Bewegung an Deck nicht förderlich. Als die Schottin Bel auftauchte, ersuchte er sie recht höflich, doch in ihrer Kajüte zu bleiben.

Die runden braunen Augen unter dem dicken Schal musterten ihn aufmerksam. Der Wind heulte, und das Besansegel klatschte plötzlich. Nasse Füße rannten über die Deckplanken. «Oh, habt keine Angst, wir sind erfahrene Seeleute», sagte Bel. «Wo sind wir?»

«Auf See», sagte Gelis, die gerade dazukam. «Was für eine dunkle Nacht. Wie genau ist Eure Berechnung?»

«Es tut mir leid», entgegnete er. «Wir müssen das Deck freihalten für die Segelbedienung.»

«Wir könnten ein Tau für Euch festhalten», meinte Bel. Ihre Augen suchten den grauen, wogenden Ozean ab. «Wir dachten, wir würden vielleicht Land sehen. Wenn wir auf die Säulen des Herkules zuhalten, dann schulde ich ihr zwei Dukaten, oder sie nimmt's sich in Doppia. Sie ist groß im Wetten.»

«Wir segeln nach Südwest», sagte Nicolaas.

«Wirklich?» entgegnete Gelis. Sie fuhren im Augenblick zufällig auf Kurs Südost, woran die Ausbesserung einer Spiere schuld war, aber es war niemand in Hörweite, der ihm hätte widersprechen können.

Er sagte: «Wenn Ihr daran zweifelt – vielleicht ist Land vom Krähennest aus zu sehen.» Es lehnte sich oben am Hauptmast gegen eine dahinströmende Wolke. Er sah, wie Gelis, den Kopf zurückgeneigt, die Möglichkeit bedachte.

«Da müßte doch eine Wette drinstecken», sagte Bel mit boshaftem Gesichtsausdruck.

Die Versuchung packte ihn, doch dann riß er sich zusammen und sagte: «Nein – nach unten, bitte.»

Sie gehorchten ihm, aber nur, dessen war er sich wohl bewußt, weil sie sich genug vergnügt hatten.

An diesem Abend gesellte er sich zum Essen zu ihnen und den anderen, die nicht gerade Dienst hatten. Nicht daß er sonst nichts zu tun gehabt hätte. Beim harmlosesten der Zwischenfälle des Tages hatte ein von unerlaubtem Zeug berauschter Seemann einen der zwei jungen *Grumetes* beim Griff in seinen Geldbeutel ertappt und daraufhin bewußtlos geschlagen.

Nicolaas hatte sich um die Sache gekümmert, die nichts Ungewöhnliches war. Man mußte mit dergleichen rechnen bei einer noch neuen Mannschaft am Anfang einer nicht ungefährlichen Reise und brauchte eigentlich kaum ein Wort darüber zu verlieren.

Gelis war da anderer Ansicht. Sie blickte von ihrer schaukelnden Suppe auf, als Nicolaas in gebeugter Haltung an den Tisch kam. «Ihr braucht gar nichts zu erzählen!» sagte sie. «Ihr habt erst noch den Jungen ins Leichentuch genäht. Oder war es der Seemann?» Gottschalks Haltung bekam etwas Starres.

«Das ist nicht meine Aufgabe», erwiderte Nicolaas. «Schmeckt Euch die Suppe? Es ist genug da.»

«Das kann ich mir denken. Die Mannschaft wird täglich weniger.»

«Aber nicht die Fahrgäste.» Nicolaas setzte sich bedächtig hin. Gelis van Borselen trauerte um ihre Schwester auf die einzige ihr zu Gebote stehende Weise, und sie wollte nicht, daß das spurlos an ihm vorüberging. Dies war ihm klar.

Diniz, der genügend Schlaf gehabt hatte, saß mit am Tisch und sagte beflissen: «Man muß auf Zucht und Ordnung achten.»

«Es freut mich, das zu hören», sagte Gelis. «Wie man mir erzählte, hat der Mann ein Kind verprügelt.»

Nicolaas aß weiter.

«Habt Ihr gehört, was ich gesagt habe?»

«Bitte?»

Diniz erklärte: «Er war betrunken. Der Seemann war betrunken, und Nicolaas hat ihn seinerseits verprügeln lassen. Die Sache ist abgeschlossen.»

«Und der Junge? Filipe?»

«In sein Leichentuch eingenäht», sagte Nicolaas.

«Nein, Ihr habt ihn gehenlassen», sagte Diniz. «Bel kümmert sich um ihn.»

«Bel sagt, es sei nicht seine Schuld», bohrte Gelis weiter. «Sie sagt, der andere Junge, Lázaro, habe ihn angestiftet.»

Die dicke Frau hatte natürlich recht. Lázaro war der geborene Raufbold. Nicolaas aß weiter, in Gedanken bei den Ruderbolzen. Diniz sagte: «Ihr solltet Euch des Diebs und des Mannes entledigen.»

«Oh, der Junge geht natürlich», erwiderte Nicolaas. «Was mit dem Mann wird, muß man noch sehen.»

Er zuckte zusammen, als Gelis ihren Löffel hinknallte. «Der Junge wird entlassen, und der Trunkenbold, der ihn geschlagen hat, kann bleiben?»

«Ja, wenn er wieder vernünftig wird», sagte Nicolaas. «Luis soll ein guter Seemann sein. Jeder Seemann macht einmal diesen Fehler.»

«Wie traurig für alle Kinder, die ihnen über den Weg laufen», erwiderte Gelis. «Und der einfallsreiche Lázaro bleibt auch?»

«Es sieht so aus, als wäre mit Lázaro in einer verzwickten Lage mehr anzufangen als mit Filipe», sagte Nicolaas. «Ein Unternehmen wie dieses hier braucht Überlebende.»

«Euer Priester verhält sich erstaunlich still», bemerkte Gelis.

«Ja, weil er ein Überlebender ist.» Nicolaas wartete darauf, daß Gottschalk etwas sagte, und war dann fast enttäuscht, als er schwieg.

«Wie verdient er sich an Land seinen Lebensunterhalt?» wollte Gelis wissen.

«Er betet für Menschen», sagte Nicolaas.

«Filipe. Auf Madeira.»

«Diniz gibt ihm Arbeit auf dem Familiengut.»

«Einem Dieb?» Diniz sah Nicolaas verblüfft an.

«Du wolltest doch, daß ich ihn loswerde.»

«Aus Gründen der Zucht», sagte Diniz.

«Aber nicht der Menschenliebe.» Er hörte die eigene Stimme.

Er hatte das gar nicht vorgehabt. Er wußte nicht, warum er das Diniz antat und nicht Gelis, nur daß er des stummen Flehens des Jungen müde war. Oder einfach nur müde war. Sein Schiff bewegte sich unter ihm, die Segel waren prall gefüllt, die Männer fügten sich ein, sie lagen offenbar gut auf Kurs. «Sollen wir dann über Orangen reden?»

Und Diniz wurde weiß.

Keiner rührte sich. Pater Gottschalks Gesicht blickte ausdruckslos. Diniz sagte: «Ihr habt uns eingeladen.» Er sprach sehr ruhig.

«Natürlich», sagte Nicolaas. «Ich könnte dich nicht entlassen.»

«Ihr habt Hunderte!» erwiderte Diniz. «Ist es nicht beleidigend, diese beiden Dinge zu vergleichen?»

«Ich habe Hunderte weniger sechs», sagte Nicolaas. «Man hatte dich gebeten, gewisse Vorräte nicht anzurühren, aber du hast nicht gehört. Da du gehen wolltest, hätte ich es nicht erwähnt. Wenn du bleibst, muß ich es aber. Lázaro und Filipe haben auch gegen Regeln verstoßen. Lázaro kann man erziehen. Filipe ist zu weich, um Zucht anzunehmen. Er wird wieder etwas anstellen, und dann werden sie ihn töten. Wenn ich ihn von Bord schicke, tue ich allen einen Dienst.»

Diniz war noch blasser geworden. «Da müßt Ihr ja froh sein, daß ich gehe. Oder würdet Ihr mich, wenn ich bleibe, wie Lázaro behandeln?»

«Oh, sei still», sagte Gelis. «Sein Schiff fällt auseinander, und er schämt sich. Heilige Mutter Gottes, so viel Aufregung wegen *Orangen*? Womit haben wir sonst noch gesündigt? Haben wir vielleicht eine Walnuß zuviel genommen oder zuviel von Eurer Luft eingeatmet?»

Nicolaas wurde sich bewußt, daß ihm alles recht gut gelungen war. Er erhob sich, leisen Ärger und Ungeduld vermittelnd, wie er hoffte. «Bitte, atmet nach Herzenslust. Der Gebrauch, den Ihr von Eurem Atem macht, ist eine andere Sache.»

Auch Diniz erhob sich und stand da, als würde er gleich gehängt werden. «Ich hatte unrecht – verzeiht. Ich dachte, das Verbrechen sei nicht wert, weiter erwähnt zu werden. Aber Euren

Vergleich kann ich nicht dulden. Als Ehrenmann solltet Ihr ihn zurücknehmen.»

«Als Ehrenmann?» sagte Gelis. «Heilige Jungfrau, zeig mir einen Bauern.»

«Das ist nicht schwer», sagte Bel of Cuthilgurdy, die gerade zur Tür hereinkam. «Da liegt einer krank in seiner Koje und heult und will wissen, was er auf Madeira tun soll. Ich soll Euch sagen, das Ruder sei gerade gesprungen.»

Nicolaas stieß ein Lachen aus, ehe er es unterdrücken konnte, blickte aber sogleich wieder ernst. «Dann muß ich gehen. Aber es ist eine sehr gute Frage. Ich glaube, Ihr solltet Euch untereinander darüber klarwerden, was Ihr mit dem Jungen auf Madeira machen wollt, während ich mich jetzt darum kümmere, daß er dorthin gelangt.»

Am nächsten Tag gegen Mittag zeigte sich am Horizont eine Anzahl von dunstig-blauen Anhöhen. «Die Säulen des Herkules?» sagte Gelis hoffnungsvoll.

«Nein, nein», erwiderte Bel. «Das kann doch nur eine große Insel sein. Steil aufragend, bewaldet, eine Regenwolke obendrüber, das bedeutet schnelle Flüsse für die Mühlen und guten Boden, der das Zuckerrohr dick werden läßt, und Blumen, die zu Bienenwachs werden, und Weinbeeren in zwölf Zoll langen Trauben, um Wein draus zu machen. Das ist die Insel Madeira, und Ihr könnt mir zwei Dukaten geben. Ja, Master Gregorio?»

Gregorio lächelte. «Wir haben einen guten Steuermann. Ihr hättet die zwei Dukaten sparen können.»

«Es hat die Hoffnung am Leben erhalten», sagte Gelis. «Aber sind wir auch sicher? Master van der Poele, wo seid Ihr?»

Er war in Hörweite und besser ausgeruht. «Ich weiß es nicht», sagte er. «Um wieviel Geld ging es noch?»

«Zwei Dukaten für Madeira», sagte Gregorio.

«Der Herr verzeih mir», entgegnete Nicolaas. «Ich wollte nach Madeira, aber ich fürchte, das da sind die Säulen des Herkules.»

Er war entzückt, als er im Fortgehen sah, daß sie ihm einen kurzen Augenblick lang glaubten.

Trotz der Winde, trotz der Mißgeschicke steuerte das Schiff

recht genau ein Land an, an dessen Entdeckung sich noch Menschen erinnern konnten und das sich am Rand des Grünen Schattenmeeres versteckte.

Nicolaas hatte alles schon gesehen, als er früh am Morgen barfüßig die Rahnock hinaufgeklettert war unter den zusammengekniffenen Augen von da Silves. Unter ihm neigte sich das Schiff vom Licht fort, und die langen Schatten glitten rhythmisch dahin, indes es die Wellen zerschnitt. Es hatte seine Prüfungen bestanden: die Prüfungen, die, wäre seine Eile nicht gewesen, vor Lagos hätten durchgeführt werden sollen, wo in der Werft Handwerker zum Ausbessern zur Verfügung standen.

Aber das Schiff hatte es doch geschafft. Es würde in den Hafen von Funchal einlaufen mit widerstandsfähigen Spieren, starkem Ruder, flotten Segeln, wohlberechnetem Trimm und einer Besatzung, die sich zu einer tatkräftigen, wenn auch ein wenig eigensinnigen Mannschaft zu entwickeln begann. Und er wollte mit ihm Eindruck machen, denn er wußte nicht, was ihn erwartete.

Sie näherten sich dem Ankerplatz kurz vor Einbruch der Abenddämmerung. Während der letzten ein, zwei Stunden nahmen sie sich bei aller Geschäftigkeit, die das Reinmachen mit sich brachte, genügend Zeit, um von der Reling aus zu beobachten, wie die Insel größer wurde, die größte ihrer Gruppe, fünfunddreißig Meilen lang: noch vor fünfzig Jahren ein wilder, gebirgiger, unbewohnter Ort, der aber jetzt zu Reichtum gelangte unter der Herrschaft seiner portugiesischen Statthalter.

Die Bucht der Hauptstadt öffnete sich. Nicolaas sah einige bunt angestrichene niedrige Häuser an den Vulkanhängen dahinter, das Weiß einer Kapelle und ein großes Haus weiter oben, über dessen Dach er eine Fahnenstange zu erkennen glaubte. Unten am Kiesstrand sah er das Rechteck eines steinernen Zollhauses, von dem ein Boot ablegte, das sie zweifellos zu ihrem Ankerplatz bringen würde.

Jorge da Silves war bereit. Als das Boot sich zu ihm durchschlängelte, begann er die *San Niccolo* an den äußeren Rand der schwankenden Schar von Fischerbooten, Barken und Ruderbooten zu steuern, die den inneren Teil der Bucht einnahmen, während Nicolaas zuschaute.

Diese Fahrzeuge erweckten nicht seine Aufmerksamkeit, aber von ferne hatte er die Masten von zwei bedeutend größeren Schiffen gesehen, einer Kogge und einer Karavelle wie der seinen. Die Kogge war ihm trotz ihrer unnatürlichen Farbe so vertraut, daß er sie am bloßen Umriß erkannte. Die blau gestrichene Karavelle war ein fremdes Schiff, und die *San Niccolò* fuhr trotz der unberechenbaren Windstöße in der Bucht so dicht an ihr vorbei, daß er den Namen lesen konnte. *Fortado*.

«Habt Ihr von ihr gehört?» Gottschalk stand auf einmal neben ihm.

«Ja», sagte Nicolaas. «Sie ist in portugiesischem Besitz, dient dem Handel mit Eibenholzstäben für Schießbogen und Zucker. Ich vermute, sie hat David de Salmeton von Porto Santo nach Funchal gebracht.» Auf der Karavelle war im schwachen Dämmerlicht einiges Leben zu erkennen. Die Kogge dagegen wirkte fast verlassen, als wäre die Besatzung zum größten Teil an Land. Gelegentlich erzitterte sie leicht, und dann trieb ein dumpfes Trommeln stoßweise über das Wasser. Ihre oberen Seitenteile waren scharlachrot.

Das Hafenboot erlaubte ihnen, in einer gewissen Entfernung von der Kogge wie der Karavelle vor Anker zu gehen. Gottschalk beobachtete das Geschehen ohne sonderliches Vergnügen. «Und das», sagte er, «ist dann wohl Eure *Ghost*, mit den Pferden. Glaubt Ihr noch immer, ihre Wiedergeburt bleibt unbemerkt? David de Salmeton muß sie doch so gut kennen wie Simon – wer geht da an Land?»

«Diniz», sagte Nicolaas. Der Junge sprang, während er noch sprach, ins Hafenboot und blickte im Lampenschein mit starrem Gesicht auf. «Er wollte als erster von Bord . . . Was habt Ihr gerade gefragt? Würde de Salmeton die *Ghost* als die alte *Doria* erkennen? Nicht zwangsläufig. Er hat sie nicht auf Zypern gesehen und hat keine Beweise, wenn er natürlich auch argwöhnisch sein wird.»

«Und Simon?»

«Wenn er an Bord geht, vielleicht. Aber vergeßt nicht – Ochoa de Marchena ist ein Pirat. Wenn einer unerlaubt an Bord will, lichtet er den Anker. Geht Ihr nach unten? Es ist üblich, an Deck

180

ein Abendessen aufzutragen, und man wird die Planen aufspannen wollen.»

«Ein Abendessen?» fragte Gottschalk.

«Zur Feier unserer Ankunft. Und zur Verabschiedung unserer holden Weiblichkeit, natürlich.» Die Planen lagen schon an Deck und wurden mit großem Eifer aufgeknotet.

«Die Frauen gehen noch heute abend?»

«Sie bleiben über Nacht beim Stadthauptmann von Funchal. Diniz ist vorausgegangen, um das vorzubereiten, und reitet dann weiter zum Familienbesitz, wo sie morgen zu ihm stoßen werden. Ponta do Sol, fünfundzwanzig Meilen die Küste entlang nach Westen.»

«So, da ist er fort», sagte Gottschalk. Nicolaas schwieg. Er war bei Jorge da Silves auf das gleiche vorsichtige Erstaunen gestoßen. «Wen wird er dort vorfinden?»

«Den Faktor der Familie», sagte Nicolaas. «Und vielleicht seinen Onkel Simon de St. Pol of Kilmirren. In welchem Fall wirklich alles geschehen kann.»

«Simon könnte schon in Funchal sein.»

«Ja.»

«Und sofort kommen, um Euch aufzusuchen.»

«Ja.» Nicolaas war oben an der Leiter stehengeblieben, weil Gottschalk unten innegehalten hatte.

Gottschalk sah zu ihm hinauf. «Ihr sagt, die *Ghost* kann Fersengeld geben. Kann das die *Niccolo* auch, wenn sie keine Vorräte an Bord genommen hat?»

«Nicht ehe ich Simon gesprochen habe», sagte Nicolaas. «Danach – ja, wenn wir müssen. Deshalb war ich so böse wegen der Orangen.»

Was ihr auch sonst noch durch den Kopf gehen mochte, Gelis van Borselen wußte, was man von den Gästen eines solchen Festes erwartete, zumal dann, wenn sich die Gäste an Bord eines Schiffes befanden und Frauen waren. Ihre Gewänder waren alle in düsteren Farben gehalten, weil sie wegen ihrer Eltern und ihrer Schwester Trauer trug, aber sie angelte das teuerste heraus und belebte den Eindruck durch einige Bänder in ihrem meersalzgebleichten Haar und ein Korallenhalsband. Bel of Cuthilgurdy wirkte bemerkenswert erhaben, als sie sich in zerknittertem Samt an den Schragentisch setzte, und der aufwartende Filipe sah sauber und hübsch aus, wenn auch blaß. Er hatte unter Bels Augen schon seinen Frieden mit dem großen Seemann Luis gemacht, der ihm ins Ohr gekniffen und versichert hatte, er trage ihm nichts nach, während die Augenlider des Jungen zuckten.

Inzwischen kannten sie jeden mit Namen, und die Männer wußten, wie man sich in besserer Gesellschaft benahm, wenn sich auch die Freude über ihre gute Landung gelegentlich in einem lauten Ruf oder einem kurzen Auflachen äußerte. Die Lampen schienen auf das vier Tage alte und noch frische Fleisch: Ente, Hammel und Schwein und Platten mit gepfefferten Fischstücken und Körbe mit weichem Brot. Und als der erste Hunger gestillt war, holte der Trommler seine Trommel und der Pfeifer seine Pfeife, und Gregorio eilte hinunter, holte seine Geige, stimmte sie und stimmte mit in die Lieder ein, die er schon seit Ancona gehört hatte. Und Nicolaas, rittlings auf dieser und jener Bank sitzend oder auf einem Tisch hockend, den Arm um eine Want geschlungen, verbreitete mit den anderen Seemannsklatsch und riß Seemannswitze, indes ständig der Wein herumging unter Planen, die wie Schmetterlingsflügel aufgespannt waren in der Bucht, betüpfelt mit dem Schein von Schiffslaternen und nur einen Bogenschuß entfernt von der schwarzen gebirgigen Küste mit ihrem Staub von Lichtern und dem fernen Rauschen seiner Gießbäche.

Er hatte sich nicht heiteren Sinnes von Diniz getrennt. Ihre Unterredung war kurz gewesen – eigentlich war es nur darum gegangen, daß die *San Niccolo*, sollte Simon sich in Ponta do Sol aufhalten, auf sein Kommen warten würde.

«Und wenn er nicht da ist?» hatte Diniz gefragt. «Oder nicht kommen will?»

«Dann gib mir Nachricht. Ich kann nicht länger als zwei, drei Tage warten. Und du wirst genug zu tun haben, wenn du dich um die Geschäfte deiner Mutter kümmerst. Dein Onkel wird dir helfen.»

Ihr könntet mir helfen, sagte der Gesichtsausdruck des Jungen, aber er sprach es nicht laut aus. Noch wiederholte Nicolaas die Dinge, die er unter anderen Umständen gesagt haben würde. «Sieh dir deinen Besitz genau an. Prüfe die Bücher, wie du es in Nikosia gelernt hast. Wäge ab, ob ihr es schafft, du und dein Onkel. Bedenke, welche Angebote du bekommen könntest. Vergiß nicht, die Vatachinoleute sind Rivalen deines Onkels auf anderem Gebiet; an sie zu verkaufen wäre gefährlich. Lehne dennoch nichts von vornherein ab. Andere Pflanzer dürfen die Hoffnung nicht verlieren, denn du willst ja nicht, daß sie sich mit dem Haus Vatachino gegen dich verbünden.»

Wie gegen seinen Willen sagte Diniz: «Und wenn wir das Geschäft allein nicht führen können?»

«Du und dein Onkel? Natürlich könnt ihr das.»

«Ich hätte es Euch verkaufen können, wären nicht mein Großvater und Simon.»

«Wenn ich einmal lebensmüde bin, werde ich mich des Angebots erinnern», sagte Nicolaas. «Verkauf St. Pol & Vasquez an niemanden, das wäre mein Rat.»

Zuletzt hatte Diniz unschlüssig dagestanden, als wolle er gar nicht gehen. «Wenn ich in meinen Entscheidungen frei wäre . . .»

Und Nicolaas sagte: «Wenn du nichts als die Kleider besäßest, die du auf dem Leib hast, wäre die Antwort trotzdem nein.»

Mit leuchtenden Lampen und flatternden Wimpeln, Musik und Lachen aussendend, lag die *San Niccolo* eine Stunde lang als Mittelpunkt aller Aufmerksamkeit sanft schwankend in der Bucht. Nicolaas, der herumkasperte und Knittelverse vortrug, sah die Grüppchen von Männern an den Relingbalken der anderen Schiffe im Hafen, hörte das Klatschen von Rudern, wenn vom Ufer zurückkommende Boote die Karavelle auf dem Weg zu ihren Mutterschiffen kurz umrundeten, nahm wahr, daß andere dunkle Boote kamen, anhielten und weiterfuhren. Bis jetzt hatte ihn niemand angerufen. Er hatte für alle Fälle einen Mann ins Takelwerk hinaufgeschickt.

Der Zirplaut, als er schließlich kam, war nur gerade denen unten ein Zeichen, die lauschten. Nicolaas erhob sich, was kaum bemerkt wurde, und begab sich nach achtern. Fort vom Lärm und Lachen hörte er leises Ruderplatschen und den gedämpften Stoß, der bedeutete, daß ein Boot unten an der Leiter angelegt hatte. Inzwischen waren vier seiner Leute mit gezogenen Schwertern an der Reling. Nicolaas trat zu ihnen und blickte hinunter.

Dort lag keine große Barke voller Kürasse, dort waren keine Wappenschilde, drohende Bogen oder Arkebusen zu sehen, und das gefürchtete Gesicht zeigte sich nicht. Ein Beiboot lag dort unten, bemannt mit vier halbnackten Ruderern, und aus ihrer Mitte erhob sich ein Bursche mit einem großen flatternden Hut, der mit Büscheln von bunten Bändern an seinem Schädel befestigt war. Der Kopf neigte sich zurück und offenbarte das stachlige Kinn, das unförmige Gesicht, die brutale Gutmütigkeit eines Mannes, dem er einmal in aller Heimlichkeit in einer Stube des Hauses in Lagos begegnet war und den er gerade jetzt nicht zu sehen wünschte: Ochoa de Marchena, Pirat, Spanier und Schiffsführer der wiederauferstandenen Kogge, der *Ghost*, die irgendwo dahinten im Dunkel lag.

Nicolaas sagte sehr sanft: «Geht!»

Das unbarbierte Kinn reckte eine bestürzte rote Lippe. «Oh, man mag mich nicht. Ich bringe mich um. Euer Signal ist rot, und meine Mannschaft ist an Bord, aber ich bringe mich um. Warum runzelt Señor Niccolo die Stirn? Seine Gäste sind gewiß an Land?»

«Einer von ihnen, ja», sagte Nicolaas. «Könnt Ihr nicht zählen? Die anderen sind noch da.»

Das zahnlose Gesicht zog sich in die Länge wie Wachs. «Kein Essen, kein Wein, kein Kuß für Ochoa?»

«Das kommt darauf an», sagte Nicolaas. «Warum beobachtet Ihr nicht weiter die Flaggen?»

«Heute nacht?»

«Vielleicht.»

«Natürlich», sagte der Mann. Eine Blase leuchtete aus seinem Mund auf. «Die Frau ist hübsch.»

«Hat sie Euch gesehen?» fragte Nicolaas.

Das Gesicht im Boot, von Pockennarben zerpflügt, stellte Entsetzen zu Schau. «Ich habe ihr zugewinkt. Das war nur höflich.

Gehört sie zur feindlichen Seite? Habe ich mich bloßgestellt? Richtet mich hin!» Ochoa de Marchena breitete weit die Arme aus, die Seiten der Leiter loslassend, und fiel rücklings zu seinem Boot hinunter. Zwei seiner Leute fingen ihn schweigend auf und setzten ihn in geübter Weise ab. «Was kann ich tun?» fügte er hinzu, unter seinem Hut hervorspähend. Er war, wie Nicolaas erst jetzt bemerkte, in scharlachroten Atlas gekleidet.

«Geht», sagte Nicolaas ruhig, und er sah ihnen zu, wie sie davonfuhren. Zu den anderen zurückgekehrt, machte er sich auf Fragen gefaßt, doch es kamen keine. An alle gewandt sagte er schließlich: «Der Schiffsführer der Kogge läßt grüßen. Er wollte nicht heraufkommen, sie haben eine Krankheit an Bord. Noch nichts von dem Boot für die Frauen zu sehen?»

«Vielleicht sollten wir lieber nicht an Land gehen», meinte Gelis van Borselen. «Wenn die *Ghost* eine Krankheit an Bord hat, muß sie inzwischen ganz Funchal angesteckt haben. Die gesamte Besatzung war an Land, bis sie zurückgerufen wurde.»

«Ich wußte gar nicht . . .», begann Nicolaas in leicht belustigtem Ton.

«Daß ich Signale verstehe? Ihr solltet an einem Hang wohnen bei einer leicht erregbaren Witwe und keiner Abwechslung außer den Schiffen unten im Hafen. Ihr habt die *Ghost* angewiesen, sie an Bord zu rufen.»

Nicolaas lächelte. «Ich wollte, ich besäße diese Macht. Ich habe eine Laterne um Wasser aufgestellt, ja.»

«Sie müssen sehr gute Augen haben», sagte sie. «Ich hätte einen Befehl dieser Art durch Diniz übermitteln lassen. Jordan de Ribérac hat eine Kogge mit Namen *Doria* an Portugal verpachtet. Ich hörte, sie wurde aus dem Hafen von Ceuta gestohlen.»

«Ach ja?»

«Während Ihr fort wart.»

«In Lissabon.»

«Ich hörte, Ihr habt einmal behauptet, sie sei Euer. Ist das hier dasselbe Schiff?»

«Nein, natürlich nicht», sagte Nicolaas. «Das hier ist die *Ghost* aus Sevilla, mit einem spanischen Schiffsführer, der gern mit

Frauen liebäugelt. Ich sagte, Ihr hättet zu tun, aber wenn Ihr es wünscht, könnte ich ihn bitten, zurückzukommen.»

«Ich glaube, das solltet ihr», erwiderte Gelis van Borselen. Er dachte gerade über eine Entgegnung nach, als die Pfeife abermals ertönte. Jetzt war es aber kein leises Zirpen mehr. Er holte tief Luft.

Gelis van Borselen sah ihn weiter an. Er fragte sich, wie sie es schaffte, daß ihr die Augen nicht tränten. «Simon», sagte sie. «Er kennt die Schiffe. Er kennt das Schiff seines Vaters. Soll er es uns sagen.»

KAPITEL 13

DIESMAL LIESS SICH NICHT VERBERGEN, daß etwas geschehen würde. Musik und Lachen verstummten. Nicolaas stand da und lenkte die Aufmerksamkeit von Gregorio, Pater Gottschalk und Loppe auf sich, die sich alle erhoben und sich ganz ruhig zu ihm gesellten. Einer seiner Leute kam auf ihn zugerannt. Er lächelte.

«Signor, das Boot des Stadthauptmanns für die Demoiselle und ihre Begleitung. Sie verladen schon die Kisten. Statthalter Zarco hat einen Signor zu ihrer Begleitung geschickt. Hier ist er.»

Nicolaas hatte noch Zeit, eine große Erleichterung zu empfinden und Verwunderung darüber, daß er etwas vergessen hatte, und Zeit sogar, um sich bewußt zu werden, daß der Gedanke an die Begegnung mit Simon ihn doch mehr beschäftigte als das meiste andere. «Hier bin ich», sagte da auch schon David de Salmeton, während er, den dunklen, langwimprigen Blick auf Nicolaas gerichtet, sanften Schritts vom oberen Ende der Leiter näher kam. «Ich glaube, Ihr hattet mich vergessen.»

Das helle Licht blitzte auf den Edelsteinen, die sein Wams zuknöpften, seine Finger beschwerten, das Ziertuch seines Huts schmückten, unter dem das Haar lockig hervorsah wie das Zaccos.

Nicolaas wußte nicht, warum er jetzt und nicht in Lagos so plötzlich an Zypern und seinen König erinnert wurde. Verglichen mit Zaccos Macht war David de Salmeton ein unheilvolles Spielzeug: eine elfenbeinerne Statuette von der gleichen Anmut, aber ohne den wilden, unreifen Mut. Vielleicht besaß David de Salmeton doch Mut. Reife *war* vielleicht Mut, aber er griff einem nicht ans Herz wie der Zaccos. Andererseits kam David de Salmeton nicht mit einem Streitkolben daher, mit einem Leoparden oder einem Schwert, um für einen Freund den Kopf eines Mamelucken abzuschlagen.

David de Salmeton sagte leise: «Ihr hattet mich tatsächlich vergessen», und Nicolaas drehte sich um und führte ihn zu den anderen.

Das Festessen war vorüber. Der Makler nahm, Wein in der Hand, zwischen Nicolaas und Gelis van Borselen Platz, während Kisten herbeigeschafft und in das Boot hinuntergehievt wurden. Der Makler lächelte. «Stimmen tragen weit. Spracht Ihr nicht gerade von der *Doria*?»

«Nie davon gehört», sagte Nicolaas. «Habt Ihr schon gespeist? Es sind noch ein gutes Stück Ochsenfleisch und auch noch einige Pasteten da.» Er sprach französisch, wie de Salmeton dies getan hatte, aber ihm war zu seinem Kummer klar, daß der Mann auch Flämisch und Schottisch verstehen würde. Das Gesicht des Mädchens bekam, während er noch hinsah, lebhaftere Züge.

«Ihr habt mich von der *Doria* sprechen hören», sagte Gelis. «Die *Ghost* scheint ihr Doppelgänger zu sein, wenn Monsieur Niccolo da auch anderer Meinung ist. Und vielleicht sollte er es wissen, da ihr Schiffsführer ihn vorhin aufgesucht hat.»

«Mir wurde gesagt, ihre Konturen seien die gleichen», bemerkte David de Salmeton. «Aber sie sei in einer anderen Farbe gestrichen.»

«Und ich bin sicher, sie wäre auch innen ganz anders», sagte Nicolaas. «Ihr seid mit der *Fortado* gekommen?»

«Und an der *Ghost* vorübergefahren, Stange an Stange. Einige von unserer Mannschaft hatten Monsieur de Ribéracs Kogge in Lagos gesehen und wollten schwören, die beiden Schiffe seien eines. Aber wer könnte uns das sagen, wenn nicht einer, der schon mit ihr gefahren ist?» Er ließ den schweren, feuchten Blick umherwandern. «Vielleicht wäre einer zu finden, der das Schiff untersucht – einer, der weniger beschäftigt ist als Monsieur Nikko?»

«Gewiß doch», sagte Nicolaas. «Warum fragen wir nicht Diniz Vasquez, der mit dem Schiff von Zypern herübergekommen ist? Wo ist er?»

«Oder seinen Onkel Simon?» meinte die junge Frau. «Den Sohn von Jordan de Ribérac? Wo ist er?»

Eine sorgsam gepflegte Braue ging kaum merklich in die Höhe. Der Makler sagte: «Ich habe fast Angst, Euch beiden zu antworten. Der Junge ist, wie ich höre, zur *Quinta* seines Vaters in Ponta do Sol geeilt. Herr Simon ist nicht auf der Insel, er hat sich, als sein Geschäft abgeschlossen war, nach Hause begeben. Wenn also Genaueres über die *Ghost* festgestellt werden soll, müssen das andere tun, die sich auskennen. Sie sollten nicht schwer zu finden sein.»

Er schien seinen Weinbecher zu mustern. Jenseits der leeren Bänke um sie her sah Nicolaas die Gesichter Gregorios und des Priesters. Auch Gelis blickte ihn an. Sie sagte: «Muß ich alle Arbeit tun?»

«Es ist Eure Familie», meinte Nicolaas.

«Nein, das ist sie nicht», erwiderte sie. «Simon de St. Pol trete ich Euch jederzeit gern ab. Also?» Sie wandte sich an den Makler. «Welches Geschäft hat Herr Simon abgeschlossen, abgesehen vom Verdauen seiner Mahlzeiten? Seine Schwester nahm an, es gäbe gar nichts an Geschäften abzuschließen, bis Diniz mit ihrer Vollmacht eintrifft.»

«Senhora Lucia?» sagte der Makler. «Ein entzückendes Geschöpf. Aber da ihr Gemahl gestorben ist und Diniz, mit Verlaub, noch ein Kind, mußte Herr Simon um seines eigenen Vorteils willen handeln. Er beschloß zu verkaufen, was er konnte.»

«Was er konnte!» sagte Gelis. «Ihm gehörte die Hälfte ... Der große Dummkopf hat *das halbe Geschäft verkauft?»*

David de Salmeton zeigte sich ungerührt. Er hob die freie Hand einen halben Zoll. «Simon ist kein Portugiese von Geburt. Seine Handelserlaubnis war an die Laune der portugiesischen Regierung gebunden, bei der er nicht in sehr hohem Ansehen steht, und er hatte einen Jüngling und eine Witwe zu Teilhabern. Die St. Pol-Pflanzungen konnte er verkaufen.»

«Hat er sie Euch verkauft?» fragte Nicolaas plötzlich. Er glaubte es eigentlich nicht, aber ein Zug im Gesicht des anderen schien darauf hinzudeuten. Es mochte Spott gewesen sein.

«Nein», sagte David de Salmeton. «Ich konnte ihn nicht verlocken. Er wollte es offenbar vermeiden, unseren Einfluß als seine Rivalen anderenorts zu stärken.»

«Nun, so viel Verstand scheint er immerhin gehabt zu haben», meinte Gelis. «Aber mehr auch nicht. Er hätte an den jungen Diniz verkaufen sollen. Wenigstens hätte er auf ihn warten sollen, um mit ihm zu reden.»

«Er hatte ein einmaliges Angebot», sagte der Makler, «das aber an die sofortige Annahme geknüpft war. Ich betrachte seine Entscheidung als vernünftig.» Sein Blick mit dem belustigten Blitzen darin war zu Nicolaas gewandert.

«Das würde jeder», sagte Nicolaas. «An wen hat er verkauft?» Ihm selbst klang die eigene Stimme überdeutlich im Ohr, doch das lag daran, daß die anderen Tische leer waren und die Geräusche der Heiterkeit nicht mehr übertönt werden mußten. Er glaubte auch die Antwort schon zu ahnen.

Sie wurde gegeben von der wohlklingenden Stimme, die zu dem Gesicht und den beringten Händen paßte, aber nicht zu dem muskelkräftigen Körperbau. «Er hat sich für die Lomellini aus Genua entschieden. Ihr kennt sie?»

Nicolaas kannte sie. Er kannte die Lomellini von Zypern und Rhodos her. Er kannte sie von Brügge her, wo sie im Auftrag der Herzogin von Burgund Handel trieben. Die Lomellini kauften Alaun und schickten Versorgungsschiffe nach Ceuta. In Lissabon ansässige Mitglieder der Familie beherrschten die gesamte portugiesische Ausfuhr an Kork und Rohzucker: Ihr Vorgehen hatte die Güter der Vasquez um den Gewinn gebracht, bis sich schließlich der Sekretär der Herzogin, ein Vasquez, beklagte. Durch die Ehelichung portugiesischer Frauen von Stand hatten die Lomellini die Einbürgerung erreicht. Hier auf Madeira bestellten die Brüder Urbano und Baptista große Güter und verkauften Wein, Zucker und Honig nach Europa. Sie schickten auch Schiffe nach Afrika.

Durch sein Ansehen bei Hof gehörte das Haus St. Pol & Vasquez zu den zweihundert Familien, die Madeira ausbeuten durften. Auch nach Tristãos Tod hätte sein Sohn mit Hilfe des Faktors und seines Teilhabers und Onkels den Besitz gut versorgen können. Jetzt, ohne den Anteil von St. Pol, blieb Diniz nur ein mageres Erbe übrig.

Einen Augenblick lang schaute Nicolaas auf das Meer hinaus. Simon hatte ihn gefordert, und er war dazu in den Westen gereist, nicht wissend, ob er mit dem Leben davonkommen oder, wenn er seine Bank rettete, einmal die Zeit kommen würde, da er sich zwischen ihr und der Familie entscheiden mußte, in die seine Mutter hineingeheiratet hatte.

Simon hatte eine Herausforderung ausgesprochen. Simon war gekommen und hatte, wissentlich oder unwissentlich, die Lebensgrundlagen seiner Schwester und seines Neffen zerstört. Und dann war er gegangen, ohne auf Nicolaas zu warten. Simon, der stolze Recke, der Turnierkämpfer auf der Höhe seines Ruhms. Simon, der jeden ihrer früheren Kämpfe gewonnen und, wenn er es auch nicht wußte, einen guten Grund hatte, ihn zu töten. Warum also war er nicht hier?

Das Aufblitzen eines Trinkgefäßes warnte ihn, dennoch traf die Hälfte des Weins seine Schulter; dann warf Gelis den Becher auf den Tisch. «Oh, gut, Claes», sagte sie, «ich habe Eure Aufmerksamkeit geweckt. Natürlich habt Ihr und das Haus Vatachino das untereinander ausgemacht.»

Er ließ den Wein abtropfen, während er nachdachte und sie dabei ansah. Erstaunen glitt über de Salmetons Gesicht und schwächte sich zu einer anderen Empfindung ab. «Gewiß, es könnte so aussehen», sagte der Makler. «Wir haben beide einen Vorteil davon. Ich muß jedoch sagen, daß das Ergebnis ein Zufall war. Ich hatte die Anweisung, St. Pol & Vasquez für das Haus Vatachino zu erwerben. Lord Simon wies mich ab – ein Jammer. Noch größer wäre der Jammer, wenn das Haus an eine vorwitzige venezianische Bank fiele. Urbano Lomellini war mit mir einer Meinung. Er machte ein gutes Angebot und zeigte sich erfreut über meinen Rat. Mein lieber Monsieur Nikko, Euer Wams ist verdorben.»

«Ich habe noch eines», sagte Nicolaas. Das Boot war abfahrbereit. Das Fußgetrampel hatte aufgehört, und Bel of Cuthilgurdy stand neben ihrer Herrin, und hinter ihnen wartete der Schiffsjunge Filipe.

Gelis sprach zu ihr, ohne sich umzudrehen. «Simon hat seinen Anteil am Besitz verkauft. Für einen wie großen Notgroschen wohl? Genug, nehme ich an, um seinen Sohn in Pflege zu geben und selbst in Schottland ein angenehmes Leben zu führen. Wie aufmerksam Ihr wart, Monsieur de Salmeton. Wieviel sollte er bekommen, nach Eurem Rat?»

«Da müßt Ihr Urbano Lomellini fragen», sagte de Salmeton. «Ich bedaure.»

«Das werdet Ihr, wenn ich die Abmachung für ungültig erklären lasse», erwiderte Gelis van Borselen. Sie erhob sich, die jetzt schärfer blickenden Augen auf Nicolaas gerichtet. «Kein geheimes Zusammenspiel? Dann beweist es. Kommt mit und helft mir, den Handel rückgängig zu machen.»

Träge richtete sich David de Salmeton zu seiner ganzen reizvollen kleinen Größe auf. «Meine teure Demoiselle! Das Geschäft ist gemacht. Simon hat den gesamten Betrag, den man ihm schuldete, schon abgezogen. Und selbst wenn er das noch nicht hätte, solltet Ihr Euch davor hüten, Monsieur Nikko um Hilfe zu bitten. Er begehrt das Geschäft Eurer verstorbenen Schwester.»

Nicolaas machte eine Bewegung, aber Gelis sprach noch vor ihm. «Simon hat sein Geld *mitgenommen*? In bar?»

«In Gold», sagte der Makler. «Und in Geschäftsanteilen. Sie könnten einen guten Gewinn bringen. Es könnte dabei Geld für seine Schwester übrigbleiben.»

«Geschäftsanteile?» fragte Nicolaas behutsam.

«Eine Beteiligung an der *Fortado*, die mich hierhergebracht hat», sagte David de Salmeton. «Sie fährt mit amtlicher Genehmigung im Afrikahandel. Was sie an Gewinn einbringt, teilen die Lomellini mit Lord Simon.»

Nicolaas starrte ihn mit einem leeren Blick an. Das war es also, was Simon im Schilde führte. Hier lag die Bedrohung für die Bank, für sein Vermögen, seine Zukunft, und die Lomellini – die Genuesen, die tückisch vom Hause Vatachino beratenen Genuesen – waren die Ausführenden. Was noch fehlte, war Simons persönliche Anwesenheit. «Sie mag kein Glück haben», sagte Nicolaas.

«Vielleicht», gab de Salmeton zurück. «Ist das das Boot, das ablegen will? Vielleicht. Aber im Afrikahandel hat die *Fortado* einen sicheren Markt und kaum Mitbewerber außer Euch. Und wer weiß, wann Ihr aufbrechen könnt, zumal diese Geschichte mit der *Ghost* jetzt in der Schwebe hängt. Demoiselle, der Stadthauptmann erwartet Euch an Land.»

Sie war schon aufgestanden. «Ja. Mein Kästchen. Bel, helft mir beim Suchen.»

Sie schritt rasch nach achtern, und die rundliche Frau folgte ihr. Loppes Stimme begrüßte sie und verklang dann zusammen mit ihren Schatten. David de Salmeton stellte seinen Becher hin und erhob sich, die Seide seiner Ärmel mit den Fingerspitzen glättend. «Ein anstrengendes junges Geschöpf, aber schön. Sie könnte einige Aufmerksamkeit wert sein.» Er neigte den Kopf zu Nicolaas hin. «Auch ich vermisse die einfachen Behaglichkeiten von Zypern. Funchal hat nicht so viel zu bieten. Immerhin schickt der Stadthauptmann Euch seine höflichsten Grüße. Er meinte sogar, ich solle Euch eine Dirne mitbringen.»

«Ihr habt keine mitgebracht?» Nicolaas saß noch immer am Tisch.

«Ich zögerte damit, Euch auf das Geschlecht festzulegen. Dabei fällt mir ein» – auf Nicolaas' Schulter legte sich eine leichte Hand – «der dem Jungen verbleibende Anteil an der Pflanzung wäre nach meiner Ansicht für sich allein nicht lebensfähig, selbst wenn es Euch möglich wäre, ihn zu betreiben. Die *Ghost* ist natürlich die *Doria*, und das wird morgen bewiesen werden.»

«Ich muß mich um meine Seele sorgen», sagte Nicolaas. «Wenn es nicht ein Mittel gibt, dieses Unglück zu verhindern?»

Die Hand blieb noch einen Augenblick länger liegen. Dann sagte David de Salmeton: «Wie düster», zog seine Finger zurück und betrachtete sie. «Ihr seid noch immer ganz naß. Wie bedauerlich, daß ich an Land gehen muß. Nein, ich sehe kaum eine Hoffnung. Aber das Boot ist bereit, und die Frauen warten. Ich muß gehen.»

In den Gesichtern der Frauen, der großen und der kleinen, war nichts zu lesen, während sie warteten. Es war daher äußerst seltsam, wie Monsieur David de Salmeton, als er sich oben an der Treppe zu ihnen gesellte, plötzlich den Halt verlor und ins Wasser fiel, wobei er mit dem Kopf mehrmals auf den Absatz der Leiter und den Plankengang des Boots aufschlug, so daß er, als man ihn herausfischte (was die Besatzung des Boots sogleich tat), völlig bewußtlos war.

Es folgte an Deck eine geraume Zeit unbeholfener Wiederbelebung. Nicolaas, der seinen Anteil daran gehabt hatte, blickte schließlich von dem stillen, atmenden Gesicht auf. «Was sollen wir tun? Er hat eine Gehirnerschütterung.»

Bel of Cuthilgurdy, unbeweglich wie eine Pyramide auf den Knien ruhend, sagte: «Der Herr steh uns bei!» Dann setzte sie hinzu: «Ach, ich helf ihn hinunterschaffen, mit seinem Diener. Filipe, geh schon hinunter und richte eine Pritsche.»

«Bel?» sagte Gelis van Borselen.

Ihre Begleiterin, die aufgestanden war, blickte sich um. «Ihr geht ins Boot. Ich komme mit dem armen Kerl nach, wenn's ihm bessergeht. Und da jetzt Platz ist, nehmt doch den Advokaten mit. Der könnte einen Kontrakt umkrempeln.»

«Master Gregorios Gebühren grenzen an Wucher», sagte Nicolaas. Ihm war, als hätte er doppelt soviel Wein getrunken, wie er wirklich getrunken hatte.

«Ich nehme an, ich könnte sie bezahlen», sagte Gelis van Borselen. «Ich habe gerade bemerkt, daß die *Ghost* nicht die *Doria* ist. Das könnte ich überall beschwören.»

Jetzt wußte er, daß er betrunken war. «Habe ich etwas nicht mitbekommen?»

Sie wandte sich um, das Kästchen unterm Arm. «Das scheint Eure Angewohnheit zu sein. Außer wenn es Euch an den Kopf geworfen wird. Fragt Euch einmal, weshalb David de Salmeton den Lomellini bei dem Kauf geholfen haben könnte. Nur um Euch zu ärgern?»

«Es war von einer Gebühr die Rede», sagte Nicolaas. «Der Verkauf, so ist anzunehmen, war nicht zu verhindern.» Jetzt wußte er jedoch, daß er stocknüchtern war.

«Damit sollten wir und Simon irregeführt werden», entgegnete sie. «In Wirklichkeit sind das Haus Vatachino und die Lomellini insgeheim Teilhaber. Es war ganz gleich, wer St. Pol & Vasquez kaufte. Die nach Afrika fahrende *Fortado* wird von beiden finanziert.»

«Zusammen mit einem Anteil von dem hinters Licht geführten Simon», sagte Nicolaas. «Armer Kerl.»

«Ist das lustig?» fragte sie.

«Nein. Nicht, wenn es wahr ist. Und Ihr glaubt das wohl. Ihr hättet ihn beinahe getötet.»

«Ich habe mein Bestes getan», sagte Gelis van Borselen. «Und es ist wahr. Euer Neger hat es mir gerade erzählt. Er kannte die Lomellinileute im Boot noch aus seiner Sklavenzeit.»

«Loppe?»

«Die Ehefrau des Urbano Lomellini ist eine Lopez», fuhr er fort. «Sie hält weiterhin ihre Sklaven, die mit ihr zufrieden sind. Ich glaube Eurem Mann, trotz des Beweggrunds, den er hatte, als er es mir sagte. Ich habe auch mit einem seiner Freunde gesprochen, der es bestätigt hat. Seit Simons Abreise haben die beiden Geschäftshäuser nicht mehr so sehr auf die Geheimhaltung geachtet.»

«Warum es geheimhalten? Warum es nicht hinausposaunen?»

«Deshalb will ich Euren Advokaten haben», sagte sie. «Monsieur de Salmeton sagte, der Verkauf könne nicht rückgängig gemacht werden, aber er könnte sich wohl denken, daß Ihr es mit allen Mitteln versuchen würdet, wenn Ihr wüßtet, daß das Haus Vatachino daran beteiligt ist. Noch ist nicht alles verloren.»

«Ja. Nehmt Gregorio mit. Ich bleibe bei Mistress Bel und pflege den armen Monsieur David.»

Sie runzelte die Stirn. «Ihr könnt ihn nicht festhalten. Ihr müßt ihn an Land gehen lassen, wenn er will.»

«Ich will ihn ja gar nicht hierbehalten. Schon gar nicht, seit wir alle wissen, daß die *Ghost* nicht die *Doria* ist.»

Er fragte sich, ob sie wohl lächeln würde, aber sie tat es nicht. Sie nickte kurz und ging. Gregorio, der ein verblüfftes Gesicht machte, folgte ihr. Nicolaas sah zu, wie das Boot ablegte. Jetzt hatte sich alles verändert, und man mußte rasch handeln.

Die *Ghost* mußte die Segel setzen, sie war verständigt und wartete schon darauf. Noch davor mußte er selber von Bord gehen, ehe de Salmeton das Bewußtsein wiedererlangte. Und schließlich mußte sich die *San Niccolo* zum Auslaufen fertigmachen, aber unauffällig, so daß David de Salmeton beim Erwachen ein die Nacht verschlafendes Schiff sah, das jedoch bereit war, am Morgen seinen Ankerplatz zu verlassen.

Hatte er sich erholt, konnte er sich an Land setzen lassen. Er würde bei Tageslicht gewiß das Fehlen der *Ghost* bemerken und wissen, daß er Nicolaas jetzt nicht mehr aufhalten konnte. Sobald er körperlich dazu in der Lage war, würde er die *Fortado* losschicken. Aber bis dahin, so hoffte Nicolaas, würde die *San Niccolo* verschwunden sein.

Er war, als er in afrikanische Gewässer einfuhr, auf vieles gefaßt gewesen – mit einem Wettrennen hatte er nicht gerechnet.

Es ging alles glatt. Er sprach unter vier Augen mit dem Schiffsführer, ging dann zu Bel und ihrem Verletzten hinunter und hatte eine Unterredung mit Loppe. Er suchte Pater Gottschalk auf, dem er die meisten seiner Pläne erläuterte und anriet zu schlafen, solange er noch konnte. Inzwischen lag sein Boot zum Ablegen bereit auf der Leeseite. Er wartete, bis Gottschalk verschwunden war, und eilte dann hinunter und stieg ein. Eine Welle fuhr unter seinem Kiel hindurch, und all die kleinen Boote schaukelten an ihren Anlegeplätzen. Sie kam von der *Ghost* her, deren Masten sich stumm im Dunkeln bewegten, als sie die Trossen loswarf und aus dem Hafen gezogen wurde.

Er wußte, wo er an Land ein Pferd bekommen konnte, und es fand sich auch schnell ein Führer. Es waren nur fünfundzwanzig

Meilen nach Ponta do Sol auf einem Weg stracks die Küste entlang, aber er durfte sein Ziel nicht verfehlen. Diniz würde in Ponta
do Sol sein, und er mußte ihn sprechen, ehe der Junge in der
Aufregung über die Nachricht vom Verhalten seines Onkels auf
den Gedanken kam, nach Osten zu reiten und zu versuchen, wieder an Bord der Karavelle zu gehen.

Wenn ich in meinen Entscheidungen frei wäre, hatte er gesagt. Nun,
jetzt war er es.

Auch ohne den Führer hätte Nicolaas gewußt, daß er sich dem
Gut von Tristão Vasquez näherte, weil es ihm die schon in die
Steine übergegangenen Gerüche sagten, die Weingerüche der
Pressen, das Aroma, das er nie vergessen konnte, die pflanzliche
Süße, wie sie, so hoffte er, noch immer seinen Kupferbottichen
beim Tempel von Kouklia entströmte.

Es war kaum geredet worden. Der Weg war nur so breit wie ein
Pferdewagen und weich und voller Schlaglöcher; die tropische
Fülle von Blumen und Laubwerk und das geschäftige, huschende
Leben im Unterholz konnte er nur spüren und ahnen. Sein Führer
besaß eine Fackel, aber er hatte sie nicht anzuzünden brauchen.
Die Nacht hatte aufgeklart, und das Sternenlicht und der Glanz
des Meeres zu seiner Linken boten ihm genug Licht. Er ritt dahin,
im Augenblick wieder eingehüllt in die ruhige Losgelöstheit, die er
in den Monaten nach Marians Tod gewonnen und wieder verloren und auf Zypern erneut gefunden hatte auf den Ritten von und
nach Kouklia.

Er begegnete niemandem unterwegs: keinem verzweifelten
Jungen, der zum Hafen zurückpreschte, hilflos und zum Bettler
gemacht durch den einmal bewunderten Onkel, den sein Vater
aus Großmütigkeit zum Teilhaber in einem gut aufblühenden Geschäft gemacht hatte. Er würde noch rechtzeitig eintreffen.

Ehe der Führer ihn noch aufmerksam machen konnte, sagte
ihm das Rauschen des Bachs, daß sie jetzt Diniz' Erbteil vor sich
hatten. Die Grenzen des bestellten Lands waren in der Dunkelheit
nicht genau zu erkennen, aber er sah eine Brücke und eine Mühle
und eine Ansammlung von Hütten und ein Stück weiter weg eine

Zauneinfriedung, in der eine Anzahl von zumeist mit Stroh gedeckten Dächern auftauchte, die alle erleuchtet wurden durch die Lampen in den Fenstern eines bedeutend größeren Wohnhauses, dessen Obergeschoß er ausmachen konnte.

Das Tor der Einfriedung stand offen, was auf Verwirrung und Unruhe hindeutete, und als er und der Mann absaßen und hineingingen, begannen zwei Hunde ganz wild zu bellen, woraufhin irgendwo ein Säugling zu schreien anfing. Eine Männerstimme stieß einen fragenden Ruf aus, und Nicolaas blieb, vom Lichtschein erfaßt, stehen.

Das große Haus mit dem Obergeschoß war in voller Länge erhellt, die Fenster waren weder mit Läden verschlossen noch mit Musselin verhängt, und die Mauern überzogen Kletterpflanzen. Ein voll angekleideter Mann zeigte sich auf dem Balkon, und Nicolaas nahm den Hut ab, damit man sein Gesicht sah. Er sagte: «Nicolaas van der Poele aus Venedig. Ich wollte mit Senhor Diniz reden.» Die Nacht war zur Hälfte um.

«Wartet», sagte der Mann. Wie er sich so vom Licht abhob, war er breitschultrig, aber nicht mehr jung, und seine Stimme war eine, die es gewohnt war, Befehle zu geben. Er mußte der Faktor sein.

Nicolaas wartete und hörte durch das Fenster wirre Stimmengeräusche. Dann flog unten die Tür auf, und Diniz kam heraus und blieb stehen. Das schräge Licht hob die Höhlungen von Bakkenknochen und Augen hervor, und das unbedeckte Haar fiel ihm in Strähnen vom Kopf. Von der eher hochmütigen Haltung, die er bei ihrer letzten Begegnung an den Tag gelegt hatte, war nichts mehr übrig. «Ich wußte, Ihr würdet kommen», sagte er.

«Es tut mir leid», sagte Nicolaas.

«Ja, mir auch. Wir sind nicht – aber Ihr müßt müde sein. Kommt mit nach oben.» Der Mann vom Balkon kam hinter ihm aus dem Haus, neigte den Kopf und ging an Nicolaas vorüber, um mit dem Führer zu sprechen. Diniz sagte: «Er ist der Faktor meines . . . der Faktor der Familie Vasquez, Jaime, der hier wohnt. Er hat sieben Kinder.»

Die Auswirkungen der Nachricht waren also schon offenkundig. «Wir reden drinnen darüber», sagte Nicolaas. Während er Diniz ins Obergeschoß hinauf folgte, sah er, wie blaß der Junge war und wie schmutzig, als ob er vergessen hätte, sich nach dem Ritt vom Hafen herüber zu waschen. In der weißgestrichenen großen Stube flogen Falter um jede Lampe, aber es hielt sich niemand dort auf, wenn er auch ein am Boden liegendes hölzernes Schaukelpferd und auf einem Hocker rasch hingeworfenes Nähzeug bemerkte. Diniz blieb in der Mitte der Stube stehen und drehte sich um.

«Es heißt, der Verkauf kann nicht rückgängig gemacht werden. Jaime mußte alle Zahlen und Unterlagen herausgeben, und obschon der Aktuarius meines Vaters in Funchal Widerspruch einlegte, schien mein Onkel frei über seinen Anteil verfügen zu können. Der Aktuarius sagte, die Lomellini hätten mehr Advokaten aufgeboten, als er geglaubt hätte, daß es überhaupt gibt. Er bat St. Pol, noch zu warten, aber er wollte nicht.»

«Hat er einen Grund angegeben?»

Unter dem Eindruck der Ungeheuerlichkeit des Verhaltens seines einstigen Idols hatte Diniz jede Hemmung abgelegt. «Mein Onkel hat ihnen gesagt, ich sei schwächlich und stünde unter Eurem Einfluß und würde Euch alles geben, was Ihr wolltet, wenn Ihr erst hier wärt. Deshalb müsse das so schnell abgeschlossen werden.»

Der Faktor war hereingekommen und stand ruhig neben der Tür. Etwas an der Art, wie er dort stand, erinnerte Nicolaas an Jorge da Silves. Diniz sagte: «Ihr müßt mich mit Euch kommen lassen.»

Der Faktor sprach, seine Stimme war heller, als man hätte erwarten sollen. «Das wäre nicht klug.»

«Es könnte sehr klug sein, wenn du für deine Familie eine Behinderung wärst», meinte Nicolaas. «Da du das nicht bist, solltest du bleiben und kämpfen.»

«Womit? Ihr habt kein Geld, habt Ihr mir gesagt. Sonst könntet Ihr jetzt meinen Anteil übernehmen.»

«Danke», sagte Nicolaas. «Alles, was ich brauche, ist ein Verlustgeschäft. Senhor Jaime, ich bin einen weiten Weg geritten, aber nicht um Euch oder Diniz zu berauben. Können wir uns setzen? Ich habe einen Vorschlag zu machen.»

Sie zögerten, setzten sich aber. Er nahm die gepolsterte Truhe, die noch übrig war, stützte die Hände zu beiden Seiten auf und blickte von einem zum anderen. Das Gesicht des Faktors, breit und ausgetrocknet wie eine Feige, gab den Blick mit unverwandter Aufmerksamkeit zurück. Nicolaas fuhr fort: «Ich kann kein Geld anbieten, aber ich habe einen sehr erfahrenen Mann dabei, der fast drei Jahre lang meine Bank in Venedig geleitet hat und Euch binnen einiger Wochen sagen könnte, ob dieses Gut zu Eurem Lebensunterhalt ausreicht. Ich könnte ihn Euch ausleihen, ohne daß es Euch etwas kostet.»

«Aber er würde gewiß mit einem Anteil am Besitz rechnen?» sagte der Faktor.

«Nein», erwiderte Nicolaas. «Wenn ich mit Guineagold zurückkomme, können wir darüber reden. Selbst dann besteht keine Verpflichtung. Und außer Gregorio würde Euch auch noch Gelis van Borselen helfen. Es könnte mehr Hoffnung bestehen, als Ihr glaubt.»

Der Faktor überlegte. Aus den aufgerollten Ärmeln sahen zernarbte und von der Arbeit knotig gewordene Arme heraus, und das Gesicht legte sich in diesem Augenblick in sehr nachdenkliche Falten. Er sagte: «Ich hole meine Ehefrau. Senhor Diniz sollte etwas essen. Ich muß mir das durch den Kopf gehen lassen.»

«Natürlich», entgegnete Nicolaas. «Jetzt ist nicht die Zeit dazu. Aber ich lasse Euch den Namen des Mannes da und eine Nachricht für ihn. Und ich bedaure – ich habe schon gegessen. Ich hatte nicht die Absicht, Euer Abendessen zu verzögern.»

Der Junge schlief ein, noch ehe das Essen kam, beruhigt durch das Hilfeversprechen und das Geräusch ernsthaft debattierender Stimmen. Die Ehefrau des Faktors, die mit Suppe hereinkam, knickste vor Nicolaas und reichte ihm einen Napf voll, stellte aber einen zweiten gefüllten Napf neben dem Jungen hin, ohne ihn aufzuwecken. «Vaterloses Kind!» murmelte sie. Sie war schon im Bett gewesen und hatte sich einen groben Umhang übergeworfen und das Haar irgendwie in ein Tuch gesteckt. Nicolaas stellte ohne

Neid die Überlegung an, daß er nur fünf oder sechs Jahre älter war als Diniz, aber eher an Argwohn als an Mitleid gewöhnt. Und er war nicht vaterlos. Das war der springende Punkt.

Er seufzte und aß die Suppe und ein wenig Brot und setzte dabei sein leises Gespräch mit Senhor Jaime fort. Ein braver Mann, dachte er, der für zwei schaffte aus Zuneigung zu dem verstorbenen Senhor Tristão.

Was er erfuhr, war nicht gerade ermutigend, wenn er das auch nicht sagte. Das kleine Gut, seiner anderen Hälfte beraubt, konnte vielleicht ein Jahr lang durchhalten. Bis er zurückkam. Wenn er nicht zurückkam, würde sich Gregorio etwas einfallen lassen müssen. Und die Bank und das Haus Charetty.

Der Junge schlief. «Ich muß ihm einen Brief dalassen. Und einen zweiten schreiben, den Ihr Gregorio gebt, wenn Ihr einen Tisch habt, den ich benutzen kann. Ich muß bald wieder aufbrechen.»

Der Mann blickte auf. Seine Frau sagte: «Da ist ein Bett. Ich habe es frisch bezogen.»

«Ich hoffe, Ihr bietet mir das wieder einmal an», entgegnete Nicolaas. «Und Suppe. Aber ich muß gehen – und am besten, bevor er wach wird und Fragen stellt.»

Sie machten keinen Versuch, ihn zurückzuhalten. Der Faktor führte ihn in eine kleine Schreibstube, deren Wände mit Schnurstücken, aufgespießten Zetteln und eilig hingekritzelten Erinnerungsvermerken bedeckt waren und in der ein Hocker, eine Truhe und ein Pult standen. Ein Töpfchen mit Federkielen, ein Tintenfaß und ein Messer waren da, und der Faktor gab ihm Papier und Wachs. Er hatte sein eigenes Siegel, dessen Anblick Gregorio sofort beunruhigen würde. Er wußte, Gregorio würde es ihm nie verzeihen.

Er erhitzte gerade das Wachs für den Brief und hob den Kopf, als er außer dem Flüstern seiner Lampe ferne Hufgeräusche hörte. Er ließ das Wachs heruntertropfen, drückte sein Siegel darauf und erhob sich, den Brief mit der Aufschrift auf dem Tisch zurücklassend. Es war zu erwarten gewesen, daß ein gesunder Mann wie de Salmeton sich rasch erholen und, erst einmal an Land, ihm soviel

200

Ärger wie nur möglich bereiten und zu diesem Zweck dem Stadthauptmann sogar einige seiner besten Reiter entführen würde.
Aber wenigstens würde die *Ghost* außer Reichweite sein.

Die Hunde begannen zu bellen, als er die Lampe ausblies und
durch das Haus zu tappen begann auf der Suche nach einem
Hinterausgang. Sein Pferd war im Stall. Er würde es auch noch
satteln müssen, wenn er sich nicht eines von denen schnappen
konnte, die da kamen, wie außer Atem es auch war. Er brauchte
nur zwölf Meilen hinter sich zu bringen. Er hörte die Pferde über
die Brücke galoppieren – es waren nicht so viele – und glaubte,
von einem Gang her frische Luft zu riechen. Da wurde er, als er
um eine Ecke kam, geblendet vom Licht einer Lampe, die der
Faktor in der Hand hielt, dem Diniz schläfrig taumelnd hinter-
dreinfolgte. «Wer ist das?» fragte Diniz und sah ihn.

Bis Diniz seinen Arm packte, glaubte er noch entfliehen zu
können. Danach konnte er nur noch dafür sorgen, daß es nicht so
aussah, als schleppe man ihn zur Tür. Im Eingang stehend, sah er
die kleine Schar, die auf den Hof geritten kam. Sie wurde angeführt von einer Person, die er kannte und deren Namen er gerade
eben noch geschrieben hatte. Hinter dieser Person saß eine von
einem Umhang verhüllte Gestalt im Frauensattel. Es war nicht
David de Salmeton. Einen grimmigen Augenblick lang wünschte
er, er wäre es. Da saß Gregorio ab und rief mit vor Erschöpfung
heiserer Stimme: «Ist das die *Quinta* der Familie Vasquez? *Nicolaas,
seid Ihr hier?*»

Und nach Gregorio sprach eine vertraute weibliche Stimme.
«Wir wissen, er ist hier. Uns geht an, was er hier macht.»

Gelis van Borselen – wie hatte sie es erfahren? Durch einen
geschwätzigen Zuträger in Funchal, vermutete er, oder durch den
Mann, der ihm das Pferd vermietet hatte. Sie war hier, zusammen
mit Gregorio.

Diniz ließ ihn los und rannte auf den Hof hinaus. Gregorio
wartete auf ihn und schien sich in seiner Haut nicht ganz wohl zu
fühlen. Gelis, die jetzt neben ihm stand, war die Verkörperung
lieblicher, bleicher Feindseligkeit. Gleich würde sie ihn erblicken.
Nicolaas trat ins Haus zurück, machte kehrt und rannte los.

Er fand den Hinterausgang. Er rannte inmitten einigen uner-
wünschten Hundekläffens und Eselschreiens zum Stall hinüber.
Er fand sein Pferd und sattelte es, wobei er die ganze Zeit die jetzt
zornige Stimme von Diniz und die kühle Stimme von Gelis und
das müde Gemurmel von Gregorio hörte. Eine schläfrige portugiesische Stimme neben ihm sagte: «Der Senhor reitet zurück?
Erlaubt Eurem Diener . . .» Der Führer hatte im Stroh geschlafen.

«Schlaf weiter», sagte Nicolaas. «Ich brauch dich nicht.» Er saß
auf.

«Senhor!» sagte der Mann. «Es ist dunkel! Man kann stürzen
oder ertrinken!»

«Ich brauch dich nicht», wiederholte Nicolaas. Er erinnerte
sich voller Kummer des hohen Lohns, den er dem Burschen gezahlt hatte.

«Senhor!» rief der Mann und rannte hinter ihm her aus dem
Stall.

«Da ist er!» rief Gelis.

Sie fingen ihn kurz hinter der Brücke ein, und er hatte Zeit zu
wünschen, er hätte in ziemlicherer Art gewartet. «Ihr wolltet
fort!» sagte Diniz.

«Ich muß gehen», sagte Nicolaas.

«Und was ist gewesen?» Bis auf die Ringe um die Augen sah
Gelis van Borselen völlig unverändert aus. «Wozu habt Ihr ihn
gebracht?»

«Diniz? Zu nichts. Ich muß gehen.»

«Wohin?»

Er zögerte. «Funchal», sagte er mißtrauisch.

«Und warum?» wollte Gelis van Borselen wissen.

«Nicolaas», sagte Gregorio, «die *San Niccolo* ist ausgelaufen.»

«Mit David de Salmeton?»

«Nein. Sobald er gegangen war. Was macht Ihr also hier?»

«Ich gehe», sagte Nicolaas. «Ich werde von Freunden erwartet.
Gregorio, ich habe einen Brief für Euch hiergelassen. Senhor Jaime, ich habe Euch und Eurer Gemahlin zu danken. Diniz, lebe
wohl.»

Es war Gregorio, der seine Zügel ergriff und ihn festhielt, Gregorio, der, so hätte er gedacht, noch mehr als das Mädchen oder der Faktor hätte wünschen sollen, daß er und Diniz getrennt wurden. Gregorio sagte: «Wo geht Ihr hin? Ihr müßt es uns sagen, das seid Ihr uns schuldig.»

«Ich reite nach Câmara de Lobos. Helft ihnen. Es steht alles in dem Brief, um Christi willen.»

«Ich komme mit Euch», sagte Diniz.

«Nein, du bleibst hier», sagte das Mädchen und stellte ihren Fuß fest auf den seinen, während sie über die Schulter rief: «Laßt ihn los, verdammt!»

«Was?» sagte Gregorio. Er lockerte den Griff. Nicolaas riß die Zügel los und gab dem Pferd die Sporen. Es bockte verärgert und sprang hoch, als er die Zügel anzog und es noch einmal tat. Er hörte stolpernde Schritte neben sich und verspürte dann ein plötzliches verzweifeltes Ziehen am Sattel und am Gurt. Diniz saß hinter ihm auf.

Das Pferd taumelte. Der Junge rückte sich zurecht und umfaßte Nicolaas dann mit beiden Armen. Er schnappte nach Atem und sagte: «Los! Um meines Vaters willen!» Nicolaas hob die Peitsche. Gelis van Borselen erschien plötzlich auf ihrem Pferd an seiner Seite und sagte: «Es ist der Name deines Vaters, Diniz.»

Der Junge hob die Faust und hämmerte gegen Nicolaas' Rükken. Nicolaas zügelte sein Pferd, und das andere Pferd blieb stehen. Nicolaas sagte: «Soll ich ihn denn herunterpeitschen? Redet mit ihm, wenn Ihr wollt. Mir ist es gleich, aber ich muß fort.» Er konnte kaum atmen, so fest hielt Diniz ihn umklammert.

«Wenn Ihr ihn nicht hinunterwerft», sagte das Mädchen, «dann tue ich es.» Er sah, wie sie sich von ihrem Pferd aus vorbeugte. Diniz knurrte, dann hob er die Hand und versetzte der Kruppe, auf der er saß, einen solchen Schlag, daß das Tier davonschoß. Nicolaas brüllte. Über den Hof und zum Tor hinaus ging es, und draußen auf der Straße endlich bekam er das Pferd wieder in die Gewalt, so daß es zitternd stehenblieb. Das Mädchen war ihnen nachgeprescht und hielt jetzt keuchend neben ihm an. Er entdeckte einen erstaunten Zug auf ihrem Gesicht.

Nicolaas sprach zu dem Jungen, der ihn noch immer umfaßt

hielt. «Gebrauch deinen Kopf, Diniz. Was du auch willst, auf diese Art geht es nicht, ohne einen Plan, ohne vorher mit Jaime zu reden. Sitz ab und geh ins Haus hinein. Hör zu und triff deine Entscheidung. Keiner zwingt dich, daß du dieses oder jenes tust. Ich warte hier eine Viertelstunde und gehe dann.»

Das Mädchen schwieg, womit er nicht gerechnet hatte. Er wartete. Die ihn umklammernden Arme lockerten sich langsam. «Ihr werdet nicht warten», sagte Diniz.

«Jetzt glaube ich, du beleidigst mich wirklich.» Nicolaas sah, wie der Blick des Mädchens von ihm zu Diniz ging. Diniz saß ab und sah ihn an. Auch das Mädchen saß ab und blieb, ihre Zügel festhaltend, ruhig stehen. Dann wandte sich Diniz um, und sie schritten beide über den Hof auf das Haus zu und ließen Nicolaas draußen warten.

Gregorio gesellte sich zu ihm. «Was habt Ihr vor?» Er war müde.

«Ich verschaffe ihm so etwas wie eine Wahl. Er muß sich von sich aus entschließen zu bleiben, er darf nicht dazu gezwungen werden.»

«Und wenn er das nicht tut?» entgegnete Gregorio.

«Dann ist er noch zu jung, um irgendwem zu helfen. Er wird als Mann zurückkommen und auf die gehörige Weise Besitz ergreifen, wenn noch etwas übrig ist, das ihm gehört. Ihr konntet wohl den Verkauf nicht rückgängig machen?»

«Nein», sagte Gregorio. «Der Anteil, der St. Pol gehörte, ist unwiederbringlich verloren.»

«Diniz braucht Euch also.» Nicolaas saß im Sattel und wartete. «Ich will das nicht», sagte Gregorio.

«Ich weiß», erwiderte Nicolaas. «Statt Gold einzusammeln, sollt Ihr die Rechnung für meine Sünden begleichen. Tut, was Ihr könnt. Vergeßt sie nicht, wenn Ihr nach Venedig zurückmüßt. Julius ist ein fähiger Mann, aber wenn die *Fortado* besser ist, als ich vermute, dann habt Ihr beide vielleicht eine gehörige Last zu tragen.»

«Die *Fortado*? Fährt sie wirklich nach Afrika? Mit de Salmeton an Bord?»

«Das halte ich für unwahrscheinlich. Das Haus Vatachino wird ihn kaum entbehren können. Aber nach Afrika fährt sie, ja. Und das Haus Vatachino finanziert sie und die Lomellini auch und Simon; Gelis wird es Euch gesagt haben. Wir werden um unser Gold kämpfen müssen.»

«Und wenn Diniz an Eurer Seite kämpfen will, werdet Ihr ihn dann mitnehmen?»

«Ihr wart bereit dazu», sagte Nicolaas. Es war notwendig.

«Aber Ihr braucht doch gewiß Männer, die mit dem Schwert umgehen können.»

Gregorio hatte, von seinem Schatten gefolgt, den größten Teil des Wegs zum Haus zurückgelegt, als die Tür aufging und Jaime herauskam, mit ihm sprach und dann nach seinem Stallburschen rief. Fünf Minuten vergingen, dann kam Diniz zu Nicolaas herausgeritten, eine Tasche auf den Rücken geschnallt, die Augen ungewöhnlich leuchtend.

Hinter ihm folgte, im Umhang und gleichfalls zu Pferde, Gelis van Borselen. «Wohin wollt Ihr?» fragte Nicolaas.

«In ein Nonnenkloster», sagte sie. «Oh, wie hat sich Euer Gesicht aufgehellt! Ich gehe überall dahin, wohin Ihr mit Diniz geht. Wir haben einen Handel abgeschlossen.»

«Nicht mit mir», sagte Nicolaas.

«Ihr habt gesagt, Euch sei es gleich», fuhr Gelis van Borselen fort. «Wenn er mitkommt, komme ich auch mit. Ich dachte, Ihr hättet es eilig?»

«Diniz», sagte Nicolaas. «Es geht nach Afrika.»

«Ich kann sie nicht zurückhalten», erwiderte er. «Mir ist es gleich. Ich brauche das Gold für meine Mutter.»

Nicolaas wandte sich an das Mädchen. «Tut Ihr das auch für Lucia? Nun, warum nicht. Sie glaubt sicher, Ihr schafft das. Aber ich würde mich vor dem Ziegelstein vorsehen, falls der junge Diniz trotz Eurer Aufsicht unter die Knabenverderber fällt.»

Diniz wurde fleckig rot. Gelis sagte: «Sollten wir nicht lieber losreiten? Ich hörte, Ihr seid fort. Ich dachte, die *San Niccolo* würde hinausschleichen und Euch irgendwo auflesen. Ich habe Bel gesagt, sie soll zurück an Bord gehen und mitfahren.»

«Zusammen mit Euren Sachen?» Alles, was sie jetzt dabei hatte, war ihr Kästchen.

«Ich habe einiges in meiner Kajüte gelassen. Ich werde meine Sachen nicht vermissen.»

«Gut», sagte Nicolaas. «Dann reiten wir.»

Er hatte Câmara de Lobos nie bei Tageslicht gesehen. Unter den Sternen schlafend, war es ein hübsches Dorf, hingekuschelt zwischen Flechtwerkzäunen und großen Strängen von Fischernetzen, die zum Trocknen aufgehängt waren. Die Boote des Dorfs schaukelten in der Bucht, um ein einzelnes großes Schiff herum, das still dort ankerte, wo das Wasser tiefer war. Das Schiff war eine Kogge.

Zwei Männer erhoben sich, als er zum Strand hinunterritt, und sprachen leise mit ihm und hielten die Pferde, als alle drei absaßen. Draußen begann ein Beiboot vom Mutterschiff herüberzukommen. Auf dem Boot brannte eine Laterne. Diniz sagte: «Das ist nicht die *Niccolo*.»

«Nein», erwiderte Nicolaas. «Das ist die *Ghost*, die uns nach Afrika bringen soll. Voller Piraten, aber es herrscht Mangel an Kleidung und Frauen. Ich kann sie nicht empfehlen, nicht mit nur einem Kästchen.»

«Wo ist die *Niccolo*?» fragte Gelis. Zum ersten Mal sah sie verwirrt aus.

«Die steuert Arguim an, so schnell sie kann, mit Bel of Cuthilgurdy an Bord, wie es scheint, und Euren Kleidern. Ich hoffe, Ihr nehmt jetzt Vernunft an und bleibt auf Madeira. Ich kann eine Frau da draußen nicht beschützen.»

«Das habe ich auch nicht angenommen», sagte Gelis van Borselen. «Es ist nicht Eure Stärke.»

Sie nahm keine Vernunft an. Er hätte sie mit Gewalt zurückhalten können, tat es aber nicht. Zum einen vielleicht, weil Bel jetzt allein irgendwo voraus auf der *Niccolo* war, zum anderen, weil er sich, nachdem ihm die Auseinandersetzung mit Simon verweigert worden war, gezwungen fühlte, seinen Dämon in irgendeiner anderen Gestalt herauszufordern und zu bändigen. Und schließlich auch, um sich selbst zu züchtigen.

Er dachte daran, wie erfreut Pater Gottschalk sein müßte.

Kapitel 14

Es überraschte Ochoa de Marchena nicht, daß der Kaik, den er nach Câmara de Lobos hinübergeschickt hatte, einen Jüngling von achtzehn und eine junge Frau von neunzehn Jahren mitbrachte, außer seinem Patron. Das heißt, außer dem Mann, der ihn als Schiffsführer angeheuert hatte. Wer der Patron der *Ghost* war, ging ihn nichts an. Sehr überrascht war er jedoch, als das Mädchen die holzgetäfelte kleine Kajüte bekam und der Patron und der Junge sich bei ihm und dem Ersten Steuermann in der großen Kajüte einquartierten.

Auch verlief der Kriegsrat erstaunlich rasch und lebhaft. Anstatt im Geleitzug zu fahren, war die *San Niccolo* aus dem Hafen von Funchal geflohen und hielt jetzt stracks auf die afrikanische Küste zu – sie sollte lediglich auf den Kanarischen Inseln frische Vorräte an Bord nehmen. Die *Ghost* mit ihrer großen Segelfläche sollte eilends zu ihr stoßen, um ihr Schutz zu geben. Möglichst bei Gran Canaria. Der aus Sevilla kommenden *Ghost*, mit Pferden im Laderaum, war nicht erlaubt, diese im portugiesischen Afrika zu verkaufen.

Ochoa de Marchena brauchte man es nicht lang zu erklären. Er hatte sie nur mit seinem sanften, zahnlosen Grinsen bedacht. «Habt Ihr gehört, daß die *Fortado* auch für Guinea die Genehmigung hat? Ihr wollt doch nicht, daß sie Euren Markt ausräumt.»

«Ich wäre ganz gern als erster in Arguim», hatte sein Patron dazu bemerkt. Er sah lebhafter aus, als man hätte erwarten sollen, wenn auch unbarbiert. «Sie wird inzwischen Funchal verlassen haben. Sie weiß sicher, welches Ziel Ihr ansteuert. Was glaubt Ihr, wird sie tun?»

Ochoa tat es gut, wenn man ihn nach seiner Meinung fragte. «Sie wird den gleichen Kurs nehmen wie wir, sie kann gar nicht anders. Am schnellsten kommt man nach Arguim, wenn man an den Kanarischen Inseln vorüberfährt, bis man ihre Bergspitzen gerade noch erkennen kann, und dann zur Küste vor Blanco umschwenkt. Sie ist mit Vorräten versehen, das ist ihr Vorteil. Sie wird deshalb nicht anhalten, sondern gleich Guinea ansteuern.»

«Ist sie gut bemannt?»

«Sie hat eine erfahrene Besatzung. Ich weiß nicht, wer ihr Schiffsführer ist, denn der hat gewechselt, als sie den neuen Auftrag bekam. Sie wurde von Ceuta abgezogen – der Kreuzzug kam zum Stillstand, und da hatte die *Fortado* eine Ladung Getreide und Gerät an Bord, mit der sie nichts anfangen konnte. Das ist dann das Zeug, das sie in Arguim verkaufen will.»

«Diniz?» hatte der Patron plötzlich gesagt.

Und der im Stehen schlafende Junge hatte gesagt: «Das stimmt. Es war eine gewöhnliche Fahrt. Ich kann Euch sagen, was sie geladen hatte.»

«Das kannst du? Gut. Und da sie eine Karavelle ist, wird sie ungefähr so schnell sein wie die *Niccolo*. Was ist sonst noch gleich bei beiden?»

Ochoa hatte gelacht. «Ihr fragt nach Jorge da Silves? Das kann ich Euch sagen. Er will Ritter im Christusorden werden.»

«Und?»

«Deshalb wird er das Unmögliche für Euch tun, wenn er glaubt, er kann sich damit einen Namen machen. Er wird als erster in Arguim sein. Aber was ist mit Eurem nächsten Hafen? Ihr werdet die *Fortado* hinter euch haben, leer und wütend. Und sie besitzt die Handelserlaubnis.»

«Ich habe Euch nicht gebeten, sie zu versenken», sagte van der Poele. Er hatte eine sanfte Sprechweise.

Ochoa hatte abermals gelacht. «Nein, das habt Ihr nicht. Aber sie könnte vom Ende der Welt herunterfallen. Daraus könnte mir keiner einen Vorwurf machen.»

«Nicht, wenn Ihr stichhaltige Beweise anbrächtet. Dann laufen wir also Gran Canaria an?»

«Warum?» wollte die junge Frau wissen. Sie schlief nicht. Ihr Gesicht war ihm bekannt.

Sie war die, der er nicht hatte zuwinken sollen. «Soll ich antworten?» sagte Ochoa.

«Ja, tut das», sagte van der Poele. «Sie mag die *Fortado* auch nicht.»

«Sie war Gast des Stadthauptmanns in Funchal.»

«Wenn sie also an Land schwimmt, um sich zu beklagen, wird es uns leid tun. Wir laufen Gran Canaria an, weil wir eine Bescheinigung brauchen, daß wir Pferde entladen haben. Auch wird die *San Niccolo* eingetroffen sein, und ich fahre dann mit ihr weiter.»

«Ich lasse mich nicht an Land setzen», sagte sie.

Ochoa grinste und überließ die Antwort dem Patron. Der Patron sagte: «Wer würde das wagen? Aber Diniz kommt am besten mit mir. Pater Gottschalk könnte sich Sorgen machen.»

Später, als das Mädchen sich zurückgezogen hatte, ließ sich Ochoa neben den anderen in seine Koje fallen. «Dann bleibt das Mädchen also bei Ochoa?»

Die *Ghost* war inzwischen auf hoher See, sie lag auf Kurs Südsüdost, die großen Segel aufgebläht, mit der runden Steuerbordseite das Wasser aufschäumend. Die Anfänge eines unruhigen Morgengrauens erhellten die Mastspitze. Der Patron rekelte sich und gab eine Antwort von sich. Ihr Sinn war verneinend. Ihre Art – ihre *poetische* Art – war dergestalt, daß Ochoa de Marchena von Ehrfurcht ergriffen wurde. Voller Freude beugte er sich über seinen Patron und küßte ihn.

Schließlich sorgten die Umstände dafür, daß vier Tage später in Gran Canaria nichts von Bord ging außer fünfundzwanzig sagenhaften Pferden: das heißt, sagenhaft nur für die Einwohner der Insel. Auf der *Ghost*, wo es schien, als könnten sie die Zwischendeckplanken eintreten, waren sie Wirklichkeit genug. Und zu einem Umsteigen auf die *Niccolo* kam es nicht, weil die Karavelle, wie ihnen der Hafenmeister fröhlich berichtete, schnurstracks ohne anzuhalten an La Palma vorbei die Ostküste hinuntergefahren war, als wäre der Teufel hinter ihr her. «Und hoffen wir, daß sie genügend Vorräte an Bord hatte, denn in Arguim wird sie wenig mehr als Trinkwasser vorfinden.»

Der Hafenmeister kam aus Kastilien, und er freute sich über die kastilische Flagge am Mast der *Ghost* und auch über das Wiedersehen mit Ochoa de Marchena. Nicolaas, der voller Unruhe kurz an Land gegangen und zum Genuß schweren andalusischen Weins genötigt worden war, erkundigte sich, ob der Hafenmeister auch ganz gewiß die Karavelle gesichtet hatte.

«Gar kein Zweifel», versicherte der Mann. «Neu und schwarz gestrichen, wie nach Eurer Beschreibung. Hatte sie freilich zuerst für eine Kogge gehalten, mit einem rechteckigen Segel statt einem Lateinsegel.»

Sogleich schmeckte der andalusische Wein prächtig. Nicolaas sagte: «Das wird sie davonschießen lassen, wenn sie erst den Nordostwind einfängt.»

«Ja, sie hatte es eilig. Nur wenige strengen sich so sehr an. Obschon ich noch ein Schiff gesichtet habe, keine zwei Stunden hinter dem ersten, das genauso gefahren ist», sagte der Hafenmeister. «Älter. Blau. Zweifellos portugiesische Besatzung – die hatten es gewiß auf Gold und einen schnellen Umschlag abgesehen.»

«Du liebe Güte», sagte Ochoa de Marchena. «Da habt Ihr ihm den Wein bitter gemacht! Wir verwünschen dieses blaue Schiff und hatten auf irgendein Unglück gehofft. Wann habt Ihr das Schiff gesehen?»

«Nun, das war so um Mittag herum, und der Schiffsführer versteht sein Handwerk, das kann ich Euch sagen. Aber eine Karavelle hat nicht Eure Segelfläche. Nur zu, Ochoa. Ihr könnt sie vor Sonnenuntergang einholen, wenn Ihr wollt.»

Der Wein von Jerez war noch nie so schnell im Stich gelassen worden. Die Segel waren schon geschwellt und die Lotleine heruntergelassen, als die frischen Vorräte noch nicht richtig verstaut waren: der Käse und der Zwieback und das Fleisch, kurz alles, dessen die *San Niccolo* gewiß dringend bedurfte, und einige Bündel Färberflechte und ein wenig Drachenblut, die Nicolaas noch als günstige Gelegenheit mitgenommen hatte.

Gelis – noch immer gezwungenermaßen an Bord – und Diniz sahen von der großen Kajüte aus aufgeregt zu. «Was ist geschehen?»

Nicolaas gesellte sich zögernd zu ihnen. Seit Funchal hatte er Diniz einmal unruhig, einmal begeistert darüber gesehen, daß er sich jetzt als freier Mensch an Bord der Kogge seines Großvaters bewegen konnte. Für Nicolaas war die Rückkehr auf die frühere *Doria* mit ihrer Erinnerung an Primaflora und an Pagano Doria keine reine Freude gewesen. Er kam mit Gelis nicht gut aus und war dankbar dafür gewesen, daß sie sich bis jetzt meist in ihrer Kajüte aufgehalten hatte. Und Ochoas Mannschaft von fröhlichen Räubern war etwas anderes als die besonnene Besatzung der *San Niccolo*.

Doch jetzt, mit dem wachen Blick auf dem Gesicht, schien sie von dem, was er ihnen erzählte, zugleich angeregt und belustigt zu sein. «Ihr sagt, die *Niccolo* müßte als erste in Arguim eintreffen. Aber wenn die *Fortado* ihr dorthin folgt, wird sie bestimmt melden, daß ein drittes Schiff ohne Handelsgenehmigung kommt, und der portugiesische Faktor wird Euch am Handeltreiben hindern. Wahrscheinlich würde er Euch in jedem Fall festhalten.»

«Vielleicht. Vielleicht auch nicht. Er liebt Pferde.»

«Aha.» In ihrer Stimme lag Verachtung. «Und das ist die einzige Gefahr?»

«Die *Fortado* weiß, daß wir vielleicht die *Doria* sind, und wird das melden. Sie weiß wohl auch, daß ich hier bin und nicht auf meiner für den Handel zugelassenen Karavelle, was die Portugiesen gewiß dazu berechtigen würde, uns zu durchsuchen.»

«Und sie würden uns alle und die Pferde dazu finden, auf einem gestohlenen Schiff, bemannt mit kastilischen Piraten – Ende des Unternehmens», sagte Diniz.

«Die *Fortado* weiß es nicht», sagte Gelis van Borselen.

«Was?» fragte Diniz. Sie sah ihn nicht an.

«David de Salmeton wußte nicht, daß Ihr die *San Niccolo* verlassen hattet. Der Gedanke, daß Ihr das tun würdet, kam ihm nicht, und ich habe es ihm nicht gesagt. Also glaubt die *Fortado*, daß Ihr noch immer an Bord Eurer eigenen Karavelle seid und daß ich noch auf Madeira bin, bei Diniz. Das habe ich ihnen in Funchal gesagt.»

Nicolaas starrte sie an. Ihr Haß verblüffte ihn. Das Haus Vatachino hätte ihm leid getan, wäre er nicht um seiner selbst willen besorgt gewesen. «Dann könnt Ihr sie also versenken», sagte Diniz erwartungsvoll.

Langsam nahm Nicolaas den Blick von Gelis' Gesicht. Sie hatte die eine Braue hochgezogen.

«Ja», sagte er, «aber es dürfte dabei keine Überlebenden geben, sonst würde man nach der *Ghost* so verbissen suchen wie nach der *Doria*. Und wir müssen sie erst einmal einholen. Die Küste ist keine sechzig Meilen entfernt.»

Die Vorstellung, dreißig im Dienst der Lomellini, des Hauses Vatachino und Simons stehende Landsleute ertrinken zu lassen oder hinzumetzeln, beunruhigte Diniz ganz offensichtlich nicht. «Die *afrikanische* Küste?» fragte er erfreut und fügte hinzu: «Aber das ist eine schlimme Leeküste, wie Diogo sagt. Die Schiffe steuern nicht stracks darauf zu, sondern fahren die längere Strecke südwestlich nach Kap Blanco. Da habt Ihr noch vier- oder fünfhundert Meilen Zeit zum Einholen. Gute drei Tage bei sieben Knoten.»

Der Wind wehte launisch von Südwest und war böig. «Wir machen fünf Knoten», sagte Nicolaas. «Schneller geht es erst, wenn wir das richtige Wetter erwischen, und die Karavellen werden dreieinhalb schaffen, wenn sie Glück haben. Ich frage mich . . .»

«Was?» wollte Diniz wissen.

«Was für Geschütze die *Fortado* an Bord hat. Ochoa wird es wissen.»

Diniz grinste, aber Gelis nicht, wie er zu seiner Zufriedenheit bemerkte.

Er widerstand der Versuchung, Diniz in seine Pläne einzuweihen, und Gelis zog sich ohne danach zu fragen in ihre Kajüte zurück. Kurz vor Sonnenuntergang rissen die zerfetzten Wolken auf, und Ochoa kletterte selbst zur Mastspitze hinauf, eine Wolfsfellmütze auf dem Kopf. Er rutschte fast gleich darauf wieder herunter. «Die *Fortado* ist in Sicht. Jetzt kennen wir ihren Kurs, und bald wissen wir auch, wie schnell sie fährt; sie hat keine Ahnung von uns. Wir müssen abwarten, bis es dunkel wird. Und es gibt genug zu tun. Es kommt Wind auf.»

Als Diniz nach dem Abendessen heraufkam, um die Ursache des Klopfens und Scharrens zu erkunden, wehte der Wind genau von achtern, und die *Ghost* hatte schon wieder die Gestalt verändert. Vorderdeck und Heck wirkten beide höher, die Boote waren anders verstaut, und die Reling des Achterdecks hatte eine andere

Form, während das Besansegel, das ein dreieckiges Lateinsegel gewesen war, sich jetzt rechteckig darbot, wenn auch im Augenblick gerefft, um die Geschwindigkeit herabzumindern. Schließlich waren die geheimnisvollen Kisten, die an Deck gelegen hatten, jetzt abgeschlagen, so daß man sechs Bombarden sah und vier Drehbassen, die zu den Hinterladern gehörten. Auf dem Mittelkeck lag sorgsam zusammengefaltet eine ganze Menge alten, dünnen Segeltuchs.

«Was geht vor?» fragte Diniz. «Man hat unsere Lampen ausgelöscht.»

«Mir ist die Lampe weggenommen worden», sagte Gelis' zornige Stimme gleich darauf.

«Das ist richtig, meine Schätzchen», ließ sich Ochoa de Marchena vernehmen. «Da, sucht Euch den Weg zum Kompaßhaus. *Per gratia di Dio et del beato messer Sante Niccholo*, wie man in der Levante sagt. Wir haben keine Lichter an, während wir die *Fortado* einholen, denn wir haben keinen Mond, und die Sterne sind hinter Wolken versteckt. Und gerade vorhin sind wir in den Nordostwind geraten, der uns bis nach Arguim bringen wird, wenn unser Vorhaben beendet ist.»

«Dann wollt Ihr sie *tatsächlich* versenken!» Diniz' Stimme klang frohlockend.

«Unsinn», sagte Nicolaas. Sein Gesicht schien losgelöst im Licht des Kompaßhauses zu schweben. «Wir wollen ihr nur eine kleine Unannehmlichkeit bereiten, ehe die Nacht ganz um ist, aber bis dahin sind es noch Stunden, und bis dahin braucht niemand auf seinen Schlaf oder seine Lampe zu verzichten. Ich lasse sie Euch wieder bringen, Demoiselle, wenn Ihr nichts dagegen habt, daß Eure Tür ganz dicht gemacht wird. Ein Lichtschein dort heraus, und es könnte sein, daß die *Fortado* uns versenkt.»

«Dann bleibe ich lieber an Deck», sagte Gelis. «Behaltet Eure Laterne.»

Sie war aber nicht an Deck, als sie die Fortado einholten, denn Ochoa, einen Umhang über der leuchtenden gestohlenen Rüstung und dem Schwert, hatte sie hinuntergeschickt zusammen mit den drei oder vier Huren vom Vorderdeck und dem Pferdeknecht.

213

Oben an Deck war die große Hecklaterne kalt, und auch alle anderen Lichter waren gelöscht bis auf die der zwei Kompasse in ihren Häusern. Das Segeltuch war fort, aber neben den Geschützen zeigte ein ganz schwaches Glühen, wo die Zündschnüre brannten in ihren Fässern, und Männer gingen barfüßig hin und her und sprachen leise miteinander. «Wo ist sie?» fragte Diniz. «Die *Fortado*. Hat sie uns gesehen?»

«Dort», sagte Nicolaas und deutete nach rechts voraus. Da sie keine Rüstung besaßen, hatte er für sich und Diniz aus dem Vorrat der Seeleute Lederjacken und Helme ausgeliehen. «Nein. Sie hat wie wir alle Lichter gelöscht. Wenn wir auf einem Wellenkamm sind, kannst du gerade das Grün ihres Kielwassers erkennen. Wir wollen uns zwischen sie und den Wind schaffen auf demselben Kurs, so daß sie an Geschwindigkeit verliert und vielleicht gefährlich lavieren muß. Und dann feuern wir, während wir an ihr vorbeifahren.»

«Mit den Geschützen?» Diniz' Stimme hörte sich atemlos an. «Ihr sagtet doch . . .»

«Ich sagte, wir würden uns anständig benehmen. Die Geschütze sind nur da für den Fall, daß sie das nicht tun.» Während er sprach, erzitterte das Takelwerk unter seiner Hand, obschon der Himmel so dunkel war, daß er niemanden sehen konnte. «Wir verlangsamen nur ihre Geschwindigkeit, weiter nichts. Dazu genügen Handbüchsen.»

«Ich kann eine bedienen», sagte Diniz. «Wo sind sie?»

Er sagte es ihm und achtete darauf, daß Ochoa ihm seine Befehle gab. Die anderen hatten ihre schon erhalten. Die drei besten Schützen sollten als erste feuern und das Ruder zerschmettern beim Annähern. Wenn sie dann Seite an Seite lagen, sollten so viele Kugeln wie möglich gegen das gebauschte Segeltuch, die Schoten und die Brassen des zeitweiligen Rahsegels abgegeben werden.

«Denn seht Ihr, meine Engel, meine Mäuschen», sagte Ochoa de Marchena, «ihr Besansegel kann sie bei diesem Wind nicht setzen, denn es würde den Wind von den übrigen Segeln abhalten, und sie hält das Focksegel flach wie ein Brett, bis der Wind beständig geworden ist, so gern sie auch der guten *San Niccolo* nachjagen würde, die sich da vor ihr im Dunkeln abrackert (aber seid beruhigt, Jorge riskiert nicht sein Leben, bevor er seinem Namen Ehre gemacht hat). Also müssen wir ihr das Rahsegel entreißen, das das einzige ist, das sie gesetzt hat, darauf schwöre ich tausend Eide, und es ist aus leichtem Flachs von der Art, die sich vielleicht sogar von ihren Schoten und der Rah losreißt wie ein Vogel, wie ein teurer Vogel, der nie eingefangen werden dürfte. Und selbst wenn dem nicht so ist, dreht sie sich vielleicht herum zum Wind, und was heißt das? Verzögerung, meine Kinder. Verzögerung und Verdruß.»

Nur eine kleine Unannehmlichkeit. Leute vom Haus Vatachino oder Simon waren nicht an Bord; man war in keinem richtigen Krieg, man war im Handelskrieg. Wenn die *Fortado* noch ihre Geschütze aus den Tagen von Ceuta hatte (und Ochoa hatte keine Anzeichen davon entdeckt), würde sie mit ihnen wohl kaum die gegen ihre Flanke gerichtete funkelnde Feuerkraft der Kogge herausfordern wollen.

Jede Mannschaft, die diesen Namen verdiente, konnte durch Handbüchsen angerichtete Schäden ausbessern, konnte ein Großsegel durch ein Lateinsegel ersetzen, eine Leinwand flicken und Seil spleißen und Behelfsspieren zusammenflicken. Das Schöne war, daß dies Zeit erforderte und die *Fortado* danach langsamer vorankam, so daß die kleine *San Niccolo* vor ihr den Markt in Arguim erreichte und er, Nicolaas, noch schnell genug folgen und seine Geschäfte dort erledigen und auf die *San Niccolo* umsteigen konnte, ehe ihn jemand wie zum Beispiel Pater Gottschalk daran hinderte.

Es war ein vernünftiger Plan, und er ließ sich auch gut an; die Wache auf der *Fortado* taugte offenbar nicht viel, denn keine warnenden Rufe, Pfiffe oder Trommelschläge drangen zur *Ghost* nach hinten, obschon ihre Bugwelle jetzt zu sehen sein mußte. Unter den bewundernden Blicken von Nicolaas, der neben Ochoa stand, spreizte die Kogge ihre Segel, bot ihr leuchtend rotes Achterschiff dem starken Wind und begann durch die wogende See auf die Wetterseite des Hecks des anderen Schiffs zuzuhalten.

Ochoa, über jedem Ohr eine brennende Lunte, stand auf dem Achterdeck, mit den Händen die Reling umklammernd, den Blick auf die voraus gerade eben erkennbare dunkle Masse und das schäumende Grün ihres Kielwassers gerichtet. Der Rudergänger und der Erste Steuermann warteten gespannt, starr und gespenstisch im Kompaßlicht. Und auf dem ganzen dunklen und lautlosen Schiff leuchteten kleine dunkelrote Punkte auf dem Deck, auf dem Vorderdeck und oben im Takelwerk, wo die Arkebusiere lauerten, unter ihnen Diniz, die Büchsen zündfertig und die Lunten griffbereit.

Dann waren sie in Reichweite des Achterstevens der *Fortado*, und Ochoa gab den Feuerbefehl.

Das Krachen und Flammenblitzen der Handbüchsen folgte sofort darauf, aber nur eine der Kugeln traf das Ruder, denn während sie noch schossen, begann sich die *Fortado* zu drehen. Gleichzeitig leuchtete ihre Hecklaterne auf und warf einen großen gelben Schein über das Wasser, und andere Lampen am Masttopp, im Takelwerk und im Heck folgten, so daß die windwärts aufragende *Ghost* sich leuchtend vom Dunkel abhob.

Sie waren überlistet worden. Die *Fortado*, voll bemannt und auf der Hut, hatte sie gesehen und war auf sie vorbereitet. Das Licht zeigte Achterschiff und Mitteldeck voller Seeleute, und jetzt hörte man ihre Stimmen. Und obschon das Rahsegel den Wind hatte killen lassen, konnte man sehen, daß die Großbrassen der Karavelle bemannt waren, und einen Augenblick später entfaltete sich das Focksegel, fing den noch nicht von der *Ghost* abgehaltenen Wind ein und unterstützte das Herumschwenken.

Ochoa schrie Befehle hinaus. Das Schiff erzitterte, als die Segel neu gesetzt wurden, und es schlingerte und verlor an Fahrt. Die Karavelle drehte sich weiter. Die Arkebusiere der *Ghost* zögerten nicht lange, sondern setzten ihr gezieltes Feuer fort, und da sich das Ruder ihren Blicken entzog, hielten sie auf das zurückweichende Großsegel und das Takelwerk. Im Laternenschein war das Treiben auf der *Fortado* deutlich zu erkennen, und das galt auch für die unbewegliche Gestalt eines Ritters samt federgeschmücktem Helm, die ungeschützt auf dem Achterdeck stand. Eine andere

Gestalt, in abgewetztem Helm und Küraß, bellte unter ihm Befehle in die Nacht hinaus.

Der Ritter war unbekannt, aber Nicolaas erkannte den Helm darunter und die Stimme des Schiffsführers. Sie gehörten Mick Crackbene, dem Mann, gegen den er in Lagos gekämpft und den er für immer aus seinem Leben verbannt zu haben glaubte. Nicolaas begann zu rennen.

Noch ehe er den Angreifer sehen konnte, wurde Diniz gepackt und ins Dunkel hineingezogen. «Runter!» sagte Nicolaas. «Oder bedecke dein Gesicht. Crackbene ist da drüben. Er führt dieses Schiff. Er darf uns nicht sehen.» Er zog sein Taschentuch aus der Lederjacke und hielt es Diniz hin. Der Junge richtete sich auf den Knien auf.

Das Deck schwankte. Ochoa und der Erste Steuermann schrien mit rauhen Stimmen. Diniz starrte zur *Fortado* hinüber. Des Taschentuchs und Nicolaas' nicht achtend, richtete er sich mit seiner Waffe auf, hielt inne und stellte sich dann mitten ins Licht. Das überraschte nicht. Diniz war als Gefangener seines Großvaters an Bord ebendieser Kogge aus Zypern herausgeschafft worden, auf deren Deck er jetzt stand, und Michael Crackbene war sein Kerkermeister gewesen.

Nicolaas krabbelte ihm nach. Die *Fortado* glitt schon in leichter Schräglage davon mit anschwellendem Großsegel, und die blaue Steuerbordseite begann sich zu heben, indes sie sich anschickte, nach Nordwesten zu drehen. Etwas glitzerte entlang ihrer Reling. Der Mann in der Rüstung stand noch immer im Heck, aber der andere hatte den Standort gewechselt. Nicolaas nutzte ein Schwanken des Schiffes aus und stürzte sich dorthin, wo Diniz sein mußte. Als der Junge unter ihm zusammenbrach, wurde Nicolaas bewußt, was er da gesehen hatte: eine Reihe von Drehgeschützen, die bis dahin verdeckt gewesen waren. Da verstand er, was Ochoa rief, und hörte den *Comito* den Befehl wiederholen und sah, daß inzwischen die drei großen Bombarden und die zwei Hinterlader an der Steuerbordreling der *Ghost* schußbereit waren. Die Kanoniere hatten die Lunten schon in der Hand.

Er glaubte nachher, einen Befehl gerufen zu haben, aber wenn dem so gewesen war, so zeigte er keine Wirkung. In donnernden Explosionen feuerten die leeseitigen Bombarden der *Ghost* eine nach der anderen jeweils bei einem Anheben des Schiffs, feuerten auf die portugiesische Karavelle *Fortado*, die durch den Monarchen mit der Erlaubnis zum Handel vor der Guineaküste ausgestattet war. Die erste Dreihundertpfundkugel zerfetzte ihr Großsegel. Die zweite strich von Reling zu Reling dicht über ihr Deck hinweg, so daß zwei ihrer Geschütze ins Meer gefegt wurden. Die dritte durchbohrte die Achterhütte und zerschmetterte dann den Besanmast.

Zu einer vierten kam es nicht, denn Nicolaas war inzwischen bei dem Drehbassenkanonier angelangt und stieß ihn um. Der Mann ging auf ihn los, andere standen plötzlich da, der Erste Steuermann stürzte herbei, die Hand am Schwert, und Nicolaas zückte schnell seine Klinge. Hoch oben auf dem Achterdeck zögerte Ochoa zunächst und sagte nichts. Dann brüllte er einen Befehl mit seiner dunklen, wütenden Stimme und dann noch einen. Die Männer standen keuchend da, die Fäuste geballt, doch bei der zweiten Aufforderung sprangen sie auf, als hätte er sie mit der Peitsche geschlagen, ließen die Geschütze im Stich und eilten davon, um das Schiff wieder in Fahrt zu bringen.

Dennoch mußte die Schiffspeitsche ihren Dienst tun, ehe die Segel zu Ochoas Befriedigung gefüllt waren, denn es zeigte sich, daß seine Männer gar nicht dazu neigten, vor einer Beute davonzulaufen, und schon gar nicht vor einer, die es ganz offenkundig darauf abgesehen gehabt hatte, sie zu reizen und mit einer Breitseite zu bestreichen. Aber Ochoa hatte, mochte er sich noch so ausgefallen kleiden, im Umgang mit Andersdenkenden eine recht grobe Art, wie Nicolaas vermutete. Ehe Diniz sich noch völlig erholt hatte, war das Ruder wieder auf dem alten Kurs, blähten sich erneut die Segel, und indem die *Ghost* wieder in Fahrt kam, ließ sie ihr Opfer zurück und segelte, von beständigem Wind beflügelt, erneut auf Arguim zu.

Nicolaas suchte nach Diniz und fand ihn schließlich in der großen Kajüte, wo er sich den aufgeschlagenen Kopf hielt. Die Lampe war angezündet, und Gelis van Borselen kümmerte sich um ihn, Wasser und ein Tuch bei der Hand. Nicolaas war unschlüssig, als er das Licht sah, sagte aber nichts. Die *Fortado* war zur Zeit nicht in der Lage, ihnen zu folgen, und mochte sie auch versuchen zu schießen, so befanden sie sich doch inzwischen an der äußersten Reichweite ihrer Geschütze oder gar schon darüber hinaus. Er stützte sich, die eine Hand an die Kajütendecke gepreßt, gegen das Schwanken des Schiffes ab und sagte: «Ist es schlimm? Es tut mir leid, Diniz. Die Burschen wendeten gerade, um eine Breitseite auf uns abzufeuern.»

Er wußte nicht, wie Diniz sich verhalten würde. Der Junge riß den Kopf hoch, als er seine Stimme hörte, und stieß die Schüssel von sich, daß das blutgefärbte Wasser durch die Kajüte und auch über Gelis spritzte. «Sie sagt, wir hätten zuerst geschossen!» rief er aus. «Und ich habe das versäumt! Sie sagt, der Besanmast ist gebrochen und das Heck wurde zerstört. Er muß tot sein. Ihr müßt die Hälfte von ihnen getötet haben.»

«Ich hatte keinen einzigen von ihnen töten wollen», sagte Nicolaas. «Das war Ochoas Einfall.»

Er wandte den Blick von Diniz' gerötetem Gesicht zu dem Mädchen. Das Haar zerzaust, die Haube zurückgerutscht, sah sie so gefaßt aus wie eine große Marmorkaryatide, durch Kampf und Geschützfeuer nicht zu erschüttern. Sie sagte: «Dann war es aber doch ganz gut, daß er ihn hatte. Auf der *Fortado* war schließlich ein Mann, der Euch beide kannte.»

«Er hat uns vielleicht nicht gesehen», erwiderte Nicolaas. «Jedenfalls . . .»

«Wahrscheinlich ist er tot», wiederholte Diniz. Das noch nicht ordentlich verwahrte Ende des Verbands hing ihm verwegen über die Wange wie eine von Ochoa de Marchenas Hutschöpfungen.

«Herrgott, was ist über dich gekommen?» sagte Nicolaas. «Du warst über die Maßen erhaben über die Brüder Lalaing, die in Ceuta Araber zum Kampf herausfordern wollten, aber im Falle von Christen scheinst du weniger Gewissensbisse zu haben.»

«Die Genuesen in Famagusta waren wohl keine Christen!» entgegnete Diniz und zog dann den Atem ein.

Nicolaas fluchte. Gelis sagte: «Wie aufregend. Ich kann mich nicht erinnern, wann ich das letzte Mal über Religion gesprochen habe. Ich glaube, Diniz hat recht.»

«Ich hätte schweigen sollen», sagte Diniz.

«Warum?» fuhr Gelis van Borselen fort. «Wir dürfen die größeren Zusammenhänge nicht aus den Augen verlieren. Unfreiwilliges Märtyrertum ist seiner Natur nach traurig, aber denkt an die Seelen, die ihr treffen und retten werdet, nun da dieser Mann und seine Freunde Euch nicht anzeigen können.»

«Das können sie ohnehin nicht», sagte Nicolaas. «Selbst wenn sie aus ihren Särgen zu sprechen vermöchten. Sie können unmöglich vor uns in Arguim sein. Laßt Ihr mich das fertigmachen?»

Sie hatte damit begonnen, den Verband zu verknoten und Diniz' wütendes Gesicht nach unten gedrückt. Sie drehte den Kopf langsam von links nach rechts. Diniz sagte: «Wenn wir nicht zuerst gefeuert hätten, hätten sie uns umgebracht.»

Er sprach nicht zu Gelis. «Ich weiß nicht», sagte Gelis dennoch. «Vielleicht hätten sie über unsere Köpfe hinweggeschossen. Ich bin sicher, das ist das, woran Nicolaas denkt. Ich darf Euch doch Nicolaas nennen, Claes? Oder vielleicht Nikko?»

«Ihr braucht mich gar nichts zu nennen», sagte Nicolaas, «nach Arguim. Vielleicht schildere ich Euch beiden, was dort geschehen wird. Wir drei setzen im Boot von der *Ghost* auf die *Niccolo* über, damit es so aussieht, als wären wir dort schon immer an Bord gewesen. Die *Ghost* besitzt keine Handelserlaubnis, aber der portugiesische Faktor ist scharf auf Pferde. Die *Niccolo* wird sich sogar erbieten, bei den schriftlichen Dingen behilflich zu sein. Inzwischen packt die Demoiselle ihre Sachen, nimmt ihre Begleiterin mit und geht an Land. Die Niederlassung ist recht groß, und die Gemahlin des Faktors wird sich glücklich schätzen, zwei liebreizende Frauen bei sich aufnehmen zu können, um sie dann auf das nächste Schiff nach Madeira zu bringen.» Er schloß in einem ganz vernünftigen Ton, doch war ihm das jetzt letztlich auch gleich.

Gelis war fertig: Das Ende des Verbands war zu einem hübschen Liebesknoten geschlungen. Sie hob die Schüssel auf und hielt sie an ihre bespritzten Röcke. «O Gott – ich werde doch niemanden umgebracht haben? Und Diniz muß auch zurück?»

«Nein, ich fahre natürlich weiter mit», sagte Diniz. «Aber er hat recht. Du und Bel, Ihr müßt gehen. Es ist viel zu gefährlich.»

«Was für eine Entdeckung», sagte Gelis. «Du hast doch in Ponta do Sol etwas versprochen. Du fährst nicht mit, wenn ich nicht auch mitkomme.»

Sie zog, das Gesicht Diniz zugewandt, die Brauen hoch. Der Junge blickte Nicolaas an und sagte: «Dann widerrufe ich das. Ich brauche nicht vor ihm geschützt zu werden, ich dachte, das hättest du inzwischen auch gemerkt. Und ich dachte, er würde dich ohnehin loswerden.»

«Du dachtest, er könnte mich loswerden?» erwiderte Gelis. «Möge Gott in Seiner Gnade mir Geduld verleihen. Er bringt kaum sein Schiff dazu, daß es ihm gehorcht, von anderen ganz zu schweigen. Natürlich gehe ich nicht zurück. Und Bel bleibt am besten an Bord, wir können sie vielleicht noch gut gebrauchen. Sagt mir, Nikko . . .»

«Nein», sagte Nicolaas.

«Claes? Sagt mir, Claes, was Ihr weiter tun wollt. Schön, Ihr werdet vor der *Fortado* in Arguim sein, aber da sie nicht gesunken ist, wird sie sicher diesem Schiff weiter nachjagen und Anklage gegen es erheben.»

«Anklage erheben? Gegen die *Ghost*? Ihr habt nicht gesehen, was wir gemacht haben. Kommt und seht sie Euch an.» Er fühlte sich keineswegs wohl in ihrer Gegenwart, aber sein Arm war taub geworden, und die Bank, auf der sie saß, war sein Bett.

Sie sträubte sich nicht. Sie gingen, Diniz zurücklassend, das ganze Deck entlang. Die Lampen waren angezündet worden. Die falschen Aufbauten waren schon zur Hälfte wieder entfernt und die Geschütze gereinigt, abgekühlt und verdeckt. Wie er gehofft hatte, kicherten die Männer und stießen Rufe aus, als sie vorüberkamen, sagten aber nichts. Von den Huren war keine zu sehen.

Er nahm sie mit auf die Seite, die das Schiff die ganze Zeit über der *Fortado* zugekehrt hatte. Fest angedübelt und von langer Übung geglättet, bedeckte eine lange Segeltuchbahn die Seitenwand vom Bug bis zum Heck und hinunter bis zur Wasserlinie. Bei Nacht gesehen, selbst über das Wasser hin bei Lampenlicht, wirkte die Kogge weiß gestrichen, schien sie keine Flagge zu führen und keinen Namen zu tragen und nur wenige der typischen Merkmale der *Ghost* oder ihres Ursprungs, der *Doria*, aufzuweisen.

Im Gang dem Schwanken des Decks angepaßt, kam der Schiffsführer auf sie zu. «Deshalb konnte Ochoa nicht drehen. Es gab nur genug Segeltuch für eine Seite. War aber ganz gut, Ihr gieriger Geselle. Ihr hättet das Spiel verderben können.»

In sauberen lilafarbenen Taft gewandet, zwinkerte Ochoa freundlich mit den Augen. «Also welcher Schaden auch angerichtet wurde, Demoiselle, die *Fortado* kann nicht sagen, schuld daran sei die rote *Ghost* gewesen.»

«Kann sie das wirklich nicht?» sagte Gelis.

«Sie meint, die *Fortado* würde die *Ghost* in jedem Fall beschuldigen, wen sie auch für den Angreifer hält», erklärte Nicolaas.

Ochoa de Marchena beugte sich vor und tätschelte den Ärmel der Demoiselle. «Sehr scharfsinnig. Aber auch wir wissen uns zu helfen. Ja, man wird die *Ghost* beschuldigen. Der Besatzung unseres Feindes wird man einschärfen, sie soll sagen, ihr Angreifer sei rot gestrichen gewesen und von unserer Bauart und hätte sogar unseren Namen getragen. Aber wer sich für eine Lüge bezahlen läßt, den kann man auch dafür bezahlen, daß er die Wahrheit sagt. Und wenn zwei solch arme Burschen in getrenntem Verhör dem portugiesischen Vertreter versichern, in Wirklichkeit sei das Räuberschiff weiß gewesen und es habe keinen Namen und keine Flagge geführt und sei so und so gebaut gewesen – wird dann die Wahrheit nicht obsiegen?»

«Die Wahrheit?» hielt ihm Gelis entgegen.

«Na ja, sozusagen», meinte Nicolaas. «Aber ich glaube, ich lege mich jetzt schlafen.»

KAPITEL 15

AM TAG DANACH kam vom Masttopp herunter der Ruf «*Tierra!*», und Nicolaas, der schon an Deck war, blieb stehen, um zu sehen, wie die Linie zwischen Meer und Himmel dunkler wurde.

Land. Der Rand der Wüste.

Der gleiche Ruf hatte ihm vor Madeira eine Freude durch die Adern gejagt, die größer war als alle seine Sorgen in jenem Augenblick. Vor Gran Canaria, nicht weniger dankbar aufgenommen, hatte der Ruf, so schien es wenigstens, endlich die Wiedervereinigung mit seiner Karavelle und endlich die Loslösung von seiner Buße verheißen.

In beidem war er enttäuscht worden. Das Mädchen war noch immer in seinem Leben, wie ein Geschwür.

Der Streit hatte seit drei Tagen in der Luft gehangen, während Diniz und Gelis van Borselen bei Tisch miteinander auskommen mußten – Nicolaas war nicht so oft zugegen gewesen, da er die meiste Zeit auf dem Achterdeck verbrachte.

Die *Fortado* lag angeschlagen irgendwo hinter ihnen. Und irgendwo voraus fuhr mit der Geschwindigkeit einer Karavelle die *San Niccolo*. Sie zu sichten, das würde ein Augenblick großer Freude sein.

Ochoa sprach beruhigend auf sie ein. Die Karavelle war vier Stunden früher ausgelaufen; sie hatte mehr Zeit in ruhigen Gewässern verbracht; Jorge war erfahren in der Wahl eines Kurses und hatte sicher nicht, wie die *Ghost*, anhalten oder ausweichen müssen. Außerdem brauchte die *Niccolo* dringend frische Vorräte, da sie seit Lagos nichts mehr an Bord genommen hatte, wenn man von den Fässern mit Wasser in Funchal absah. Sie würden sie in Arguim treffen. Nicolaas, der einen besorgten Unterton heraushörte, schwieg dazu. Die Kogge, die stoßend und zischend dahinglitt, fuhr fast mit Höchstgeschwindigkeit. Noch mehr Segelfläche hätte ihren Bug unter Wasser gedrückt.

Er hatte seinen großen Streit mit Ochoa gehabt und diesem ein für allemal klargemacht, daß ohne seine Erlaubnis kein Geschütz abgefeuert wurde, solange er, der Patron, an Bord war. Das war keine begeistert aufgenommene Verfügung. Die Mannschaft gehörte Ochoa und war keinen Oberherrn gewohnt, der sich einmischte. Als ein Mann zu stark aufbegehrte, ließ Ochoa ihn sogleich in Ketten legen, was noch weniger Freude auslöste. Die weniger störrischen Männer mochten sich fügen, aber auf die Dauer würde ein geteilter Oberbefehl Ochoas Autorität untergraben. Auch für Ochoa war es gut, wenn sie möglichst bald Arguim erreichten.

Nicolaas war sich der Gefahren wohl bewußt. Indes die Sonne immer heißer herunterbrannte und das unbehindert fahrende Schiff in die Gleichmäßigkeit des Schönwettersegelns verfiel, hielt er nur lose Verbindung mit den höherrangigen Seeleuten vom Achterdeck und zeigte sich nicht geneigt, die rohen Spiele, blutigen Wettkämpfe und zotigen Unterhaltungen zu zügeln, denen die Männer frönten. Er hatte auch ein unauffälliges, aber wachsames Auge auf seine Fahrgäste.

Die Pferde waren Diniz' Rettung. Unter Deck eingesperrt bei einer Mahlzeit von Heu und knapp bemessenem Wasser, waren die schwitzenden fünfundzwanzig wertvollen Berber der *Ghost* nicht mehr die Feuerfresser, die in Sanlúcar an Bord gestampft waren. In ihrer Verfassung standen sie den Schweinen, Ziegen und Hühnern näher, um die sich der Stallknecht ebenfalls kümmern mußte, bis sie verspeist waren. Beim täglichen Heugabeln und Fortschaufeln des mit Dung beschmutzten Strohs war der Mann zuerst entgeistert, doch dann hocherfreut, als er sah, daß es dem jungen Portugiesen Spaß machte, ihm zu helfen.

Diniz, der auf dem Land aufgewachsen war, machte es wirklich Freude. Sein Kopfschmerz ließ nach, er fand die Arbeit leicht und beruhigend und begann den Geruch frischer Luft als ein wenig eigenartig zu empfinden. Auch vertrug sich der Stallknecht gut mit ihm, und er wurde nicht gänzlich gemieden von der Mannschaft, die wußte, daß er in Ceuta gewesen war, und ihn als guten Schützen einstufte. Er fand sich zu den Mahlzeiten in der Kajüte ein, wenn auch Gelis von ihm abrückte und Nicolaas und Ochoa allein das Wort führten. Er stand auch gern allein an der Reling und sah die bleiche Linie der Küste vorübergleiten, die von ihm getrennt war durch den so endlosen, so tiefen wogenden blauen Ozean.

Diniz hatte keine Angst. Er und sein Vater hatten auf Madeira gelebt. Madeira lag auf demselben mächtigen Ozean. Dort drüben war Kap Bojador, *caput finis Africae*, an dessen Riffs die Gischt, von Fischen blitzend, so sehr aufschäumte, daß die Seefahrer geglaubt hatten, hier sei das Meer am Kochen und die magnetischen Felsen würden ihre Schiffe auseinanderreißen und voraus liege der Rand des Abgrunds: der schreckliche Wasserfall am Ende der Welt. Der Mensch, der sich in diese Gewässer begab, mußte von Sinnen sein, hatten die Weisen des Korans geglaubt.

Heute wußten die Menschen es besser. Diniz hatte Fischerboote gesehen. Im Wasser gab es Tümmler und in der Luft Vögel, die er kannte. Gewiß, als Ochoa einen Kurs näher an der Küste steuerte, sah er das Meer trüb werden wie von Eiter oder Blut befleckt, doch das war nur Sand, erklärte Ochoa, abgespült von den langen, abbröckelnden Klippen. Und am gleichen Tag streifte ein Dunst leichten rosigen Sands das Schiff, trieb über das Deck, glitt in die Hemdfalten der Männer hinein und machte ihre glänzenden Gesichter und Körper fleckig. Er lag als Staub auf dem Meer außer dort, wo das Schiff es mit seinen Seitenwänden sauber spülte und seine Kielspur einen Glanz im Wasser zurückließ. Ein Geheimnis war nicht dabei.

Die besten Geschichten wußte Ochoa zu erzählen, vor allem, wenn Gelis dabei war. Er wollte, daß sie sich an den hohen Inselberg erinnerte, an dem sie vorübergefahren waren, zwölftausend Fuß hoch und benannt nach dem Feuer auf seinem Gipfel. Wären sie dort vor Anker gegangen und nicht auf Gran Canaria, hätte er ihr nackte Wilde gezeigt, die mit Ziegenfett bemalt und rot und grün und gelb gefärbt waren wie ein Teppich. Und lustig waren sie auf dieser Insel: Sie tanzten, lachten und sangen den ganzen Tag, denn Früchte gab es, ohne daß man den Finger krumm machen mußte, und jeder Mann konnte ein ganzes Feld mit seinen Frauen füllen. «Und Ihr habt nie dort bleiben wollen?» meinte Gelis.

Diniz hielt manches von dem, was sie sagte oder tat, für unklug. Sie hielt sich sogar noch an Deck auf, wenn die Männer es sich im Bug gemütlich machten, und als sie einmal darum wetteten, wie zwei Vögel fliegen würden – der Einsatz waren Münzen –, machte sie mit und gewann. Als sie ihnen das gewonnene Geld für den gemeinsamen Beutel zurückgab, bedankten sie sich nicht ausdrücklich, hatten aber nichts dagegen, daß sie sich an der nächsten Wette wiederum beteiligte.

Diesmal verlor sie, und kurz darauf ging sie, noch immer lächelnd. Am nächsten Tag tat sie es wieder, es ging um den Ausgang des Kampfes zwischen zwei Grillen. Sie blieb für eine halbe Zeitspanne des Stundenglases, ließ einige vorsichtige Neckereien über sich ergehen und zog sich dann zurück. Sie hatte nur ein Kleid dabei, hielt es aber sauber und bedeckte Kopf, Schultern und Hals immer mit frischem Leinen. Sie war groß und sprach wie ein Mann, war aber keiner. Es war nur noch ein Tag bis Arguim, und Diniz wußte, daß er – und wäre es nur aus diesem Grund – mit Nicolaas reden mußte.

Die Gelegenheit dazu ergab sich am Abend nach dem Essen, als Gelis früh vom Tisch aufstand und der Schiffsführer und der Erste Steuermann schon wieder an Deck waren. Ein Teil der Segel wurde geborgen. Vierzig Meilen, so schätzte Ochoa, lagen noch zwischen der *Ghost* und Kap Blanco an diesem Abend, und er wollte es nicht in der Dunkelheit erreichen; sie waren ohnehin schon nah genug an der Küste. Nein, er wollte Kap Blanco im ersten Tageslicht sichten. Hinter Kap Blanco kam der größte Golf an der Küste, zwanzig Meilen in der Ausdehnung. Und wiederum zehn Meilen danach kam Arguim.

Allein am Tisch mit Nicolaas und seinem Madeira, der ihm zuwider war, fragte er sich, wie er anfangen sollte. «Die *Fortado* hat uns nicht eingeholt», sagte er schließlich.

«Hattest du damit gerechnet?» erwiderte Nicolaas ohne aufzusehen. Er war spät hereingekommen und zerteilte sehr sorgfältig ein Stück Fleisch. Trotz eines beneidenswerten Vorrats an Kleidungsstücken ging er an Bord nur in Strumpfhose, Hemd und ärmellosem Pourpoint herum, obschon die Quasten und Schnüre immerhin aus Gold sein mochten. Sein Gesicht, nur durch das Sonnenlicht weich getönt, hatte es der Narbe auf der einen Wange zu verdanken, daß es nicht geziert-anmutig wirkte, so wie seine Größe ausgeglichen wurde durch seine Haltung und der freundliche Ausdruck durch die kräftige Stimme.

Sein mit Salz verwuschelter Haarschopf, der kaum die runde Kappe erduldete, die er darüberstülpte, hätte gestutzt werden müssen, wurde es aber nicht, so vermutete Diniz, weil Nicolaas morgen in wirklich alltäglicher Verkleidung sie drei an Bord der *San Niccolo* schmuggeln mußte, wo sie sich angeblich seit Funchal aufgehalten hatten.

«Ochoa meint, die *Fortado* müßte einen ganzen Tag hinter uns sein», fuhr Diniz fort. Er hielt kurz inne, ohne eigentlich mit einer anerkennenden Entgegnung zu rechnen. «Er sagt, bei einem solchen Zusammenstoß, einem solchen Gefecht, gebe es immer ein paar Tote. Die Männer hätten es nicht hingenommen, daß man auf sie schießt. Und das ist wahr. Ich habe mit einigen von ihnen gesprochen. Ich habe ihnen zu erklären versucht, wie Ihr Euch das gedacht hattet.»

«Ich hab's gehört», sagte Nicolaas. «Sogar die Pferde sind jetzt im Streitgespräch bewandert. Ich sehe, daß auch Gelis glaubte, wir stünden kurz vor einer Meuterei.»

«Hat sie es *deshalb* getan?» fragte Diniz.

Die Tür ging auf und Gelis kam herein. «Ich dachte mir, ich könnte einen kleinen Kriegsrat versäumen. Was getan?» Sie setzte sich.

«Bei der Mannschaft Hoffnungen geweckt», sagte Nicolaas. «Ich habe mich sehr unruhig gefühlt. Wenn Ihr anfangt, Euch anzubieten, werde ich entbehrlich.»

«Warum sonst hätte ich es tun sollen?» fragte sie.

Sie hatte Diniz verärgert, als sie ihn unterbrach. «Sei nicht töricht», sagte der Junge. «Ochoa wird ihm nichts tun. Zumindest braucht Ochoa ihn in Arguim. Jemand muß wegen der Pferde verhandeln.»

«Noch immer?» sagte Gelis. «Ich dachte, wir behalten die Pferde als Haustiere?»

Diniz schämte sich nicht, für die Pferde zu sprechen. «Wir müssen sie in Arguim an Land schaffen. Wenn man sie noch weiter fortbringt, werfen sie keinen Gewinn mehr ab.» Er hörte Gelis seufzen.

«Genau darüber wollte ich mit Euch beiden sprechen», sagte Nicolaas. «Gewiß, Euch mitzunehmen war nicht schwer – kein Ausschlagen, kein Striegeln, kein Ausmisten –, aber ich habe es Euch schon einmal gesagt: Jetzt hört alles auf. Wir werden wohl gegen Mittag in Arguim sein, und Ihr solltet schon anfangen, Eure Sachen zu packen. Weiter nehme ich Euch nicht mit.»

Diniz stellte fest, daß Gelis wohl geseufzt, aber ihm das Reden überlassen hatte. «Wir haben früher schon darüber geredet. Die Frauen gehen an Land, aber ich bleibe bei Euch auf der *Niccolo*.» Nicolaas saß da, die Ellenbogen auf den Tisch gestützt und die Hände gefaltet, aber nicht zum Gebet. Der Blick über sie hin war unverhüllt. Ein wenig steif setzte Diniz hinzu: «Das heißt, es ist Euer Schiff.»

«Ich bin froh, daß sich jemand daran erinnert», sagte Nicolaas. «Komm mit oder bleib zurück, wie du willst; du bist gewarnt. Du schadest dem Ruf deiner Familie, wenn du mitkommst. Und du überläßt die Frauen der Gefahr.»

«Ich schade dem Ruf meiner Familie?» erwiderte Diniz. «Das Oberhaupt meiner Familie hat den Schaden davongetragen. Ich weiß nicht, wer sich jetzt eine Freundschaft zwischen Euch und mir vorstellen könnte. Was Gelis angeht, so ist sie ein Wolfsrudel in einer Person. Und Bel ist genauso schlimm.»

«Vielen Dank», sagte Gelis mit verkniffenen Lippen.

Nicolaas verkündete über die ruhig gefalteten Hände hinweg: «Dann kommt Diniz mit, und die Demoiselle und ihre Freundin bleiben in Arguim.»

Gelis lächelte ihn an. Wenn sie so lächelte, schienen sich ihre Augen bis zu den Ohren zu dehnen. «Vielleicht sollte ich Euch warnen. Wenn Ihr versucht, mich an Land zu setzen, verrate ich in der Handelsniederlassung alles. Den richtigen Namen der *Ghost* und wer sie in Dienst gestellt hat und was genau mit der *Fortado* geschehen ist.»

Sie war die schonungsloseste Person, der Diniz je begegnet war. Er starrte sie entgeistert an.

Auch Nicolaas sah sie an. «Um Euch selbst und Diniz zu schaden? Wohl kaum.»

«Laßt es darauf ankommen.»

«Ihr habt mich unterbrochen. Wohl kaum die Rache, die Katelina sich gewünscht hätte. Diniz hat geholfen, sie zu pflegen, als er selbst am Verhungern war.»

«Am Verhungern, weil Ihr die Stadt eingeschnürt hattet.» Ihr Gesicht blickte völlig ruhig.

Diniz holte Atem und schwieg dann doch, weil sein Arm gepackt wurde. Nicolaas sagte: «Gut, ich habe einen besseren Vorschlag.» Auf jeder Wange bildete sich ein Grübchen, das sich langsam vertiefte. Diniz, mit diesem Anblick nicht vertraut, verhielt sich still. Nicolaas fuhr fort: «Hier ist er: Ich setze *Diniz* an Land, und Ihr seid durch Euer Versprechen verpflichtet, bei ihm zu bleiben.»

«Dann schickt Ihr Diniz also fort?» entgegnete sie.

«Wenn er will. Anderenfalls werdet Ihr alles berichten müssen, wie Ihr ja sagt. Auch wie er mit seiner Handbüchse auf die *Fortado* geschossen hat. Oder wenn Ihr wollt, kann auch ich das erzählen.»

«Diniz?» sagte Gelis van Borselen. Sie lud ihn ein, mit ihr zu kommen. Sie schien alles zu versuchen, um ihn von Nicolaas zu trennen.

Diniz sagte: «Ich bleibe. Mir ist gleich, was geschieht.»

«Ganz offenkundig», meinte Nicolaas. «Nun, ich glaube an die freie Meinungsäußerung. Ihr habt Euch beide geäußert – nicht daß es einen Unterschied machen würde. Ihr geht alle an Land, aber nicht bevor wir auslaufen. Dann erzählt, was Ihr wollt. Beide Schiffe werden fort sein; die *Ghost* wird, wenn man sie das nächste Mal sichtet, nicht wiederzuerkennen sein, nehme ich an. Was mich angeht, sollte der Erfolg meiner Mission meine Irrtümer aufwiegen.»

«Mit anderen Worten, Ihr hofft den König von Portugal bestechen zu können, damit er Euch verzeiht», sagte Gelis. «Es gibt aber so etwas wie Gerechtigkeit.»

«Befaßt Ihr Euch mit Gerechtigkeit? Laßt mich Euch beglückwünschen, wenn ich wieder bei Atem bin. Mir geht es darum, Gold zu finden und die Heiden zu bekehren und Äthiopien in einen Krieg hineinzuführen, wenn ich es finden kann. Portugal wartet sehnsüchtig, der Thron von St. Peter ist begierig. Was kann näher bei der Wahrheit sein als Religion und Gold? Wie könnt Ihr ohne die beiden Gerechtigkeit erwarten?»

Diniz fühlte, wie er errötete. Gelis saß da, vom Schwanken des Schiffes erfaßt, und für kurze Zeit blickten ihre Augen gespannt. «Aber wie kommt das?» sagte sie. «Wir haben keine Rufe des Abscheus über die Bedingungen Eures Dienstes auf Zypern gehört.»

«Die konnte ich mir nicht leisten», erwiderte Nicolaas. «Ich kann sie mir auch jetzt nicht leisten. Ich bezweifle, daß ich sie mir je werde leisten können oder dies überhaupt möchte. Seht Ochoa an. Ein glücklicher Mensch.»

«Mit ein paar Zähnen», sagte sie, «wäre er noch glücklicher.» Diniz sah, daß ihre Augen und die Nicolaas' sich festhielten. Sein Gesicht, für gewöhnlich eine Zauberkiste voller Ausdrücke, war still geworden. Das ihre, unter dem gefalteten Leinen, das ihr bleiches Haar bedeckte, blieb nachdenklich, aber ihr Blick war heller und schärfer. «Was nimmt die *Ghost* an Bord, wenn die Pferde ausgeladen sind?» fragte sie.

Nicolaas lächelte. Der Zauberer holte die Grübchen aus seiner Kiste, die Beigaben gewöhnlichen Lachens, die großen, hellen Augen, Seen der Täuschung. Er sagte: «Was immer die *Niccolo* übrigläßt. Gold und Gummi, Pfeffer und Baumwolle und Federn. Alles mögliche.»

«In diesem großen Laderaum?»

Diniz zog den Atem ein und Nicolaas, der seine Hand schon längst zurückgezogen hatte, blickte ihn und das Mädchen an. Er lächelte noch immer. «Ihr meint, ob ich Sklaven kaufe? Ja, das tue ich. Ich hätte es Euch schon früher gesagt, nur daß es Euch nichts angegangen wäre. Es geht Euch noch immer nichts an. Aber es sollte Euch wenigstens ermöglichen, rechtschaffen empört heimzureisen.»

«Wir gebrauchen Sklaven», sagte Diniz unaufgefordert. «In

Ponta do Sol. Wir haben schwarze Diener in Lagos. Sie sind glücklich. Sie sind frei, die meisten von ihnen.» Er sprach zögernd, aber er sprach. Es war wahr. Sein Vater hatte sie gekauft.

«Das sind sie wohl», sagte Gelis. «Aber darum geht es hier nicht, oder?»

«Und sie wurden getauft», setzte Diniz hinzu. Es gab eine gewisse Rechtfertigung. Es ärgerte ihn, daß Nicolaas ihm nicht half, um so mehr, als er sehr wohl verstand, was Gelis meinte. Weil Menschen für gute Hilfskräfte zahlten, waren die Schwarzen den Händlern Geld wert. Sie meldeten sich nicht freiwillig als glückliche Dienstboten; sie wurden eingefangen und geschlagen und auf die Märkte getrieben, wo ihre Dienstherren sie kauften. Und vor der Ausbildung solch fortschrittlicher Maßnahmen wurden sie einfach von den Schiffsbesatzungen an den Stränden aufgelesen: Väter flohen, Frauen stürzten sich ins Meer, um sich zu ertränken, Mütter versteckten ihre Kinder unter dem Schlamm.

Das war jetzt nicht der Fall. Er wollte den Standpunkt seines Vaters erläutern, aber Nicolaas ließ ihn nicht, hinderte ihn am Reden und bat Gelis, in ihre Kajüte zu gehen.

Sie widersetzte sich nicht. Er war ein großer Mann, wie er so neben ihr stand. Er hätte sie mühelos hinunterschaffen können. Aber sie erhob sich, schwankte mit dem Schiff und ging und hielt noch einmal inne, als sie an ihm vorüberkam. «Religion und Gold. Ihr hattet recht, nicht wahr, Claes? Sie haben nichts mit der Gerechtigkeit gemein.»

Die Pferde, schwer und schläfrig unten im Laderaum, waren der beste Trost, den Diniz finden konnte. Er würde sie vermissen. Morgen würden sie an eine unbekannte Küste gehen und unbekannten Herren dienen. Morgen würden Männer und Frauen und Kinder in diesem selben Stroh liegen. Pferde und Sklaven, für einen Händler waren die einen genauso eine Ware wie die anderen. Es war nicht recht. Es war nicht recht, wenn der Zweck es nicht rechtfertigte.

Er verbrachte einige Zeit unten. Dann breitete er in der großen Kajüte seine Decke aus und stellte sich schlafend, als die anderen kamen.

Als er erwachte, war es Tag und man hörte Rufe, und er ging an Deck und sah, daß das Schiff als das Gespenst, das es war, in einer Schicht feinen rötlichen Sands schwebte.

Der Sand war viel dichter als zuvor. Wie ausgedünnt er auch sein mochte durch den Fahrtwind, er hing in unbewegten Schleiern in der Luft und gestattete Diniz nur einen getrübten Blick auf den Vorsprung des Kap Blanco, dessen Hochebene keine zwei Meilen hinter ihnen lag. Von der tiefen Bucht, die das Schiff durchquerte, war nichts zu sehen. Die *Ghost* in ihrem kleinen Umkreis von Meer erinnerte an einen Hund in einer Tretmühle – sie segelte ständig weiter und schien dabei nicht vorwärts zu kommen, und dann und wann, wenn die Brise ihn mitbrachte, drang Sand in das Schiff ein in sanften Schauern, stieß mit einem rauhen, widerhallenden Pfeifen gegen die Leinwand und verhüllte gleichzeitig alle Geräusche menschlicher Tätigkeit. Ochoa de Marchena sagte: «So etwas kommt vor. Es wird im Laufe des Morgens nachlassen.» Und eine Weile später sagte er: «Wir haben in der Nacht ein Boot angerufen. Gute Nachricht. Schaut, wie glücklich Euer junger Mann ist! Die *San Niccolo* liegt in Arguim vor Anker, und das schon seit zwei Tagen.»

Seit zwei Tagen. Diniz konnte Nicolaas nicht sehen und fragte sich, wie jemand ihn jung nennen konnte. Er wunderte sich auch über die Geschwindigkeit, die Jorge da Silves mit der Karavelle erreicht hatte, die erstaunlich war, auch wenn man seine Vertrautheit mit der Küste in Rechnung stellte. Und schließlich fragte er sich, wie dieser selbe Jorge im Namen seines Patrons Handel trieb, ohne daß der Patron an Bord war, und welchen Grund er für seinen langen Aufenthalt angab. Er konnte schwerlich sagen, er müsse auf eine gestohlene Kogge warten.

Ochoa, der die Küste fast so gut kannte wie Jorge, kam von Zeit zu Zeit vorbei, um ihn aufzumuntern, ein Stück Brot oder ein Hühnerbein in der Hand. Ochoa machte ihn auf das jähe Leuchten im Wasser aufmerksam, das eine Warnung vor Felsen sein konnte, hier aber durch die zu Tausenden sich tummelnden kleinen Sardinen verursacht wurde. Er beschrieb den großen kämpferischen Thunfisch: An einem klaren Tag konnte Senhor Diniz die

Fischerboote und die Hütten ihrer Besitzer entlang der Sand-
strände und Watten dieser Bucht hier sehen, zu denen sie ihren
Fang zurückbrachten, um ihn einzusalzen und später über den
Handelsplatz Arguim zu verkaufen. «Für dessen Schutz sie natürlich eine kleine Gebühr bezahlen. Genauer gesagt, eine recht
hohe Gebühr. Aber das verleiht ihnen die Alleinrechte, und das ist
immer teuer.»

Der Nebel und der Sand hielten den ganzen Morgen an; das
Essen, das Diniz in der Kajüte vorfand, knirschte beim Kauen.
Gelis ließ sich nicht blicken. Er packte seine Sachen, da er ja ganz
gewiß von Bord gehen würde – um auf die *San Niccolo* überzuset-
zen, wie er trotz allem hoffte. Er sah, daß auch Nicolaas alle seine
Habe gepackt und verschnürt hatte. Er kam einmal herein, gerade eine Flasche vom Mund nehmend, und sagte: «Du bist fertig,
gut. Wäre noch besser, wenn der Sand anhielte, dann könnten wir
ganz heimlich zur *Niccolo* hinüberschlüpfen.» Er lächelte. Heute
war kein Gold an seinem Hemd. «Hättest du gern einen Schluck
von dem hier?» setzte er hinzu. «Da ist kein Schlamm drin.»

Es war Madeirawein. Diniz trank, wischte über den Flaschen-
hals und korkte die Flasche zu, wie es Nicolaas getan hatte, und
gab sie zurück. «Fangen sie mit Handeln ohne Euch an?»

«Möglich. Wir hatten eine Abmachung. Wenn Jorge nicht
mehr glaubt, daß wir noch kommen, gibt sich der Zweite Steuermann als mich aus. Wir werden es bald wissen. Kap Arguim ist
gleich voraus: Wir verringern die Geschwindigkeit, bis die Flut
einsetzt. Es ist schwierig. Ich habe die Demoiselle gebeten, unten
zu bleiben, damit sie nicht gesehen wird. Aber du kannst ruhig
heraufkommen, wenn du willst.»

Diniz erblickte Kap Arguim von Deck aus, obschon es sehr
flach war und umgeben von Dünen, die der Schaum umspülte.
Der Himmel war plötzlich heller. Es waren noch zwei Stunden bis
zum Fluthöchststand, und der Wind hatte endlich gedreht und
wehte aus Nordosten. «Verdammt», sagte Nicolaas.

Der Sandschleier lichtete sich. Jenseits des Kaps schien ein höh-
lenartiger Golf, öde und baumlos und mit schimmernden Stränden, genau nach Norden zu führen, auf eine steinerne Masse zu.

Der Eingang war gefleckt von Sandbänken und aufgewirbelt von Gegenströmungen. Die *Ghost* machte keine Anstalten zum Einbiegen, sondern glitt weiter zu den Rufen des Handloters, bis sie zwei Drittel des Eingangs passiert hatte. Erst dann gab Ochoa mit lauter Stimme seinen Befehl. Füße trampelten, das Schiff erzitterte, und Diniz verlor beinahe den Halt, als die *Ghost* jäh den Kurs änderte und zur Seite geneigt in die Bucht einschwenkte.

Der Wind reichte gerade aus, um sie herumzudrehen. Sie bewegte sich, über das unruhige Wasser holpernd, wie auf Ratschen dahin, schwang aber weiter herum, wich der Sandbarre aus und glitt dann in das ruhige Fahrwasser hinein, das seinerseits vom Sand getrübt war. Auf das Schiff senkte sich Stille herab, die nur unterbrochen wurde von der hellen Stimme, die die ausgelotete Wassertiefe bekannt gab, von Ochoas Befehlen und den Rufen des Ersten Steuermanns und des Rudergängers. Die Sonne, die lange Zeit verdunkelt gewesen war, glühte plötzlich über ihnen, gespenstisch und grobkörnig wie eine Orange.

Ebenso plötzlich tauchte auf der anderen Seite des Golfs ein Schiff auf, das eher zuviel Segel gesetzt zu haben schien, selbst wenn man bedachte, daß es nicht in den Golf hineinsteuerte, sondern aus ihm herausfuhr und mit dem Wind Kurs auf Süd nahm. Da erkannte er das Schiff: Es war die *San Niccolo*.

Sie war zu weit entfernt, als daß man sie hätte anrufen können. Keines der beiden Fahrzeuge konnte zu dem anderen hinüberfahren. Die Karavelle änderte nichts an ihrer Segelfläche. Einen Augenblick lang fragte sich Diniz sogar, ob man dort drüben die *Ghost* gesehen hatte, wobei er vergaß, daß auf der *Niccolo* gewiß jeder nach ihr Ausschau hielt. Er hörte Ochoa fluchen, auf seinem Gesicht kämpfte Zorn mit Verwirrung. Nicolaas sprach mit ihm, aber Diniz konnte nichts verstehen. Die beiden Schiffe fuhren weiter, die Kogge bewegte sich vorsichtig in den Golf hinein, die Karavelle setzte alle Segel, um hinauszugelangen. Sie sah so blendend aus wie beim Auslaufen aus Lagos: funkelnd schwarz mit ihren schneeweißen neuen Segeln und der oben flatternden portugiesischen Flagge. Sie hatte noch eine andere.

Sie hatte zwei portugiesische Flaggen gesetzt. Diniz sah sie genau an. Ein Rauchpilz erschien an der Flanke der Karavelle. Es blitzte, und über das Wasser drang ein Krachen herüber. Der Rudergänger rief etwas. Ochoa öffnete den Mund, und Nicolaas ließ eine Faust auf seine Schulter fallen. Ochoas Mund schloß sich wieder. Ein zweiter weißer Rauchpilz bildete sich, dem wiederum eine harmlose Explosion folgte.

Die *San Niccolo* hatte zwei Warnschüsse abgefeuert. Dann fuhr sie ohne zu warten weiter auf südlichen Kurs. «Was ist los?» fragte Diniz, als er bei Nicolaas war.

Er starrte in den Golf hinein. Die Sonne brannte. Die Schleier hoben sich, und man sah die weißen Strände, das grüne und blaue Wasser. Die steinerne Masse trieb auseinander zu einer Gruppe von zwei kleineren schieferigen Inseln und einer größeren zur Rechten, die sich zu bescheidener Höhe aus dem Meer erhob und dann an ihrem südlichen Ende zu flachem Sand abfiel. Darauf standen Gebäude, sowohl am Strand wie auf der Anhöhe dahinter, die nicht hoch genug war, um die Mastspitze eines Schiffes zu verbergen, das die Flagge des Königshauses von Portugal gesetzt hatte.

Nicolaas sagte zunächst nichts. Dann war es Ochoa, der plötzlich leise vor sich hin lachte. «Habt Ihr geglaubt, unsere *Fortado* hätte sich verwandelt? Nein, das da ist eine weitere Gefahr, sonst hätten Euch Eure Freunde nicht mit Kanonenschüssen gewarnt. Ich glaube, was wir da sehen, ist ein portugiesisches Schiff.»

«Das auf uns gewartet hat?» fragte Nicolaas. Das Deck neigte sich unter ihnen. Der Rudergänger hielt die *Ghost* in Ermangelung weiterer Befehle auf Kurs. Er konnte auch wenig anderes tun, denn die Strömung ließ ihm keinen Raum zum Wenden.

«Das auf uns gewartet hat? Nein, aber jetzt wartet es auf uns, um zu erfahren, weshalb wir hier sind. Was wünscht Ihr, mein verehrter Senhor Niccolo? Wir können uns zurückwarpen, aber das geht langsam. Wir können bis dicht an die Insel fahren und dann wenden und durch den westlichen Kanal wieder herauskommen, den die *San Niccolo* benutzt hat – aber dabei gerieten wir in die Reichweite der Geschütze unseres königlichen Freundes. Und wir können hineinfahren und ihnen etwas vormachen.»

«Fahren wir hinein, und machen wir ihnen etwas vor», sagte Nicolaas.

Er ging mit Ochoa davon. In die holzgetäfelte Kajüte hinuntergeschickt, erzählte Diniz alles, und Gelis hörte geduldig zu. Er schloß: «Ich weiß nicht, was Nicolaas vorhat. Er wird es uns sagen. Er kommt. Wir dürfen nicht gesehen werden. Ein Boot mit Bewaffneten darin hat schon von der Insel abgelegt.» Er konnte nicht verstehen, weshalb sie keine Angst zu haben schien. Sie machte ein völlig unbekümmertes Gesicht.

Und sie war auch unbekümmert. «Ich habe schon ausgepackt», sagte sie. «Du auch?» Sie neigte den Kopf zur Seite und blickte ihn mit so etwas wie mitfühlender Zuneigung an. «War dir das noch nicht klar? Deine armen Pferde. Aber natürlich kann jetzt nichts und niemand an Land gebracht werden.»

Das stimmte nicht ganz. Dafür sorgte an Bord der königlich-portugiesischen Karavelle *Corpus Dei* Ochoa de Marchena im schlammfarbenen Wams eines verstorbenen Aktuarius mit wortreichen, speichelglitzernden Erklärungen. Wasser sei alles, was er brauche, sagte er. Die Hälfte seiner Fässer sei leergelaufen, und er müsse noch über das Kap Verde hinaus fahren und die Insel Sao Tiago versorgen. Handel mit dem Festland treiben dürfe er nicht und habe er auch nicht im Sinn, obschon er nichts gegen etwas Hammelfleisch einwenden würde. Seine Leute seien den Thunfisch leid.

Er vermochte den Vertreter der Krone nicht sogleich zu überzeugen. Der Amtmann sprach von einer Visitation der *Ghost* (die zur Zeit die genuesische Flagge führte), aber der Faktor der Handelsniederlassung hielt dies für unnötig. Der Mann hatte während des ganzen Gesprächs einen verdrossenen Eindruck gemacht. Dann war die Rede auf Ochoas Handelsgeschäfte gekommen, und er mußte den Beleg für seine Pferde vorzeigen. Er hielt es daraufhin für angebracht, die weiße Kogge zu erwähnen, die sie gesehen hatten und die einer portugiesischen Karavelle nachgejagt war. Diese habe wohl den Namen *Fortado* getragen, aber er habe ihr nicht zu Hilfe kommen können bei all diesem ausgelaufenen Wasser. Aber jetzt seien die Fässer dicht. Ausgebessert und dicht und bereit zur Aufnahme frischen Wassers . . .

Überall auf der *Ghost* war zu hören, wie der erfolgreiche Ochoa an Bord zurückkehrte, auch in der getäfelten Kajüte. Einige Minuten später kam Nicolaas herein, schloß die Tür hinter sich, setzte sich und sah zuerst Diniz und dann das Mädchen an, dessen Lächeln einer Herausforderung glich.

«Ihr wißt, daß die *Niccolo* fort ist, so daß ich Euch nicht über sie an Land bringen kann. Ich kann Euch auch nicht unter aller Augen von der *Ghost* aus an Land setzen lassen. Ich kann Euch aber mit den Booten an Land bringen, die wir zur Wasserübernahme ausschicken. An Land müßtet Ihr Euch verstecken, bis die *Corpus Dei* ausgelaufen ist; dann würde sich der Faktor von Arguim um Euch kümmern. Er ist dafür bezahlt worden. Er würde dafür sorgen, daß Ihr nach Madeira kommt.»

«Sprecht Ihr mit mir?» fragte Gelis.

«Ja», sagte Nicolaas. «Aber Diniz würde mit Euch fahren müssen. Ich glaube, ich muß ganz offen sein und sagen, daß ich ihn lieber hierbehalten würde, aber Ihr bedürft seines Schutzes. Um weiter ganz ehrlich zu sein: Ich hatte auch einmal gewollt, daß Ihr hierbleibt, aber jetzt will ich das nicht mehr. Ich habe nicht mehr die Hoffnung, daß sich unser Verhältnis bessert, und ich glaube, wir sollten es nicht weiter versuchen. Ihr habt Euer eigenes Leben zu führen. Und ich kann wirklich nicht mit Bestimmtheit sagen, wie unsere Fahrt weitergeht. Ich kann Euch nicht allein auf der *Ghost* lassen; ich kann die *Niccolo* nicht heimschicken, ohne daß wir etwas ausgerichtet haben; ich kann Euch nicht ins Landesinnere mitnehmen. Also bitte ich Euch, geht an Land und fahrt nach Hause.»

Das Lächeln war noch da und hatte sich nicht verändert. «Eine richtige Rede», sagte sie.

«Ich habe nichts dabei zu gewinnen.»

«Das hattet Ihr aber einmal gesagt», erwiderte Gelis. «Aber mir macht es gar nichts aus, wenn wir uns reiben. Deshalb bin ich hier.»

Während sie sprachen, kam Bewegung an Deck, eilige Schritte, Rufen, und ein Flaschenzug knarrte. Das erste Boot wurde mit einem Platsch heruntergelassen. Von unten kam das Rumpeln von

Fässern. Diniz erhob sich. «Gelis, ich habe Sachen, die dir passen könnten», sagte er. «Steck das Haar unter eine Kappe. Die Frau des Faktors kann dir ein Kleid geben. Komm, solange du kannst.»

Sie tippte ihm mit einer Fingerspitze ans Kinn. «Du würdest meinetwegen die Fahrt abbrechen? Du bist der Sohn deines Vaters, Diniz.»

«Und du bist Katelinas Schwester», entgegnete er. Er hatte aus Nicolaas' Worten etwas Neues herausgehört. «Gib ihm die Möglichkeit zu vergessen.»

«Oh, um Gottes willen!» sagte Nicolaas in scharfem Ton. «Laß sie doch selber entscheiden.»

«Nein», entgegnete Diniz. Er redete jetzt in allem Ernst auf sie ein. «Wir sind alle mit Schuld belastet, siehst du das nicht? Viel mehr als mein Vater oder Katelina. Sie hat das verstanden.»

«Hast du sie gut gekannt?» hielt ihm Gelis entgegen. «Ich bezweifle es. Es geht mich nichts an, was du auf dem Gewissen hast. Das hier betrifft nur Claes und mich.»

«Aber du beurteilst ihn völlig falsch», sagte Diniz. Er packte Nicolaas an der Schulter, ergriff mit beiden Händen seinen Hemdkragen und riß ihn zur Seite, daß zwischen Hals und Schulter die tiefe himbeerfarbene Narbe eines Axthiebs sichtbar wurde.

«Das habe ich getan», sagte Diniz. «Weil ich im Irrtum war. Weil ich glaubte, was du glaubst.»

Nicolaas fluchte, machte sich los und zog sich das Hemd wieder zu. Seine verwirrten, zornigen Augen gingen von Diniz zur Tür, denn von draußen näherten sich Schritte. Gleich darauf erschien Ochoa de Marchena.

«Meine Kinder!» sagte er. «Ihr seid noch nicht fertig! Ich höre, ich soll zwei neue Ruderer mitnehmen, und einer von ihnen ist wie ein Mädchen gekleidet.»

Gelis stand auf. Kurz darauf erhob sich recht still auch Nicolaas. Diniz sagte: «Ich hole ihre Kleider. Sie wird gleich fertig sein. Ich bringe sie mit.»

«Armer, hübscher Bursche», sagte Ochoa. «Wer soll die Pferde am Leben halten, wenn Ihr geht? Ich habe eine großartige Fracht, nicht wahr? Fünfundzwanzig sterbende Rösser und etwas Wasser.»

Er hielt die Tür auf, während er leise und ärgerlich auf arabisch vor sich hin jammerte. Diniz eilte auf die Tür zu und drehte sich dann um, mit dem Blick Nicolaas suchend. Ochoa flötete und brummelte. «Und Jorge ist fein heraus in seiner Karavelle und mit seinen Handelsgütern an Bord. Er wird natürlich sagen, er habe befürchtet, uns sei etwas zugestoßen. Aber wem werden meine Mäuschen die Schuld geben?»

«Komm», sagte Nicolaas. Er packte Diniz ungeduldig am Arm.

Im Gehen rief Diniz zu Ochoa hin: «Dann hat die *San Niccolo* also Fracht an Bord nehmen können? Gold und Pfeffer und Gummi?»

«Alles», sagte Ochoa. «Und vierzig Sklaven hat er sich noch geschnappt, dieser schlaue Portugiese, die eigentlich hier auf unserem Stroh liegen sollten, aber Jorge hat gesagt, er nimmt sie mit, weil er einen Priester und einen vertrauenswürdigen Neger dabei hat. Aber ich sage meinen Mäuschen, seid nur ruhig! Es warten noch viel mehr auf uns! Große, kräftige Hengste und zappelnde Stutenfohlen und lockige Knaben, allesamt zu kaufen in Gambia, wenn die Pferde durchhalten. Senhor Diniz, überlegt es Euch anders samt der Demoiselle: geht nicht fort.»

Diniz hielt inne. Nicolaas ließ seinen Arm los.

«Fortgehen?» sagte Gelis. «Wo es den Pferden so schlechtgeht? Ich denke nicht daran. Und Diniz auch nicht. Und wir wollen Messer van der Poele glücklich machen. Ihr habt für uns entschieden: Wir bleiben.»

KAPITEL 16

WÄHREND DIE GHOST, auf der Uneinigkeit herrschte, vor Anker
lag, um Wasser an Bord zu nehmen, brach auf den Decks der von
Arguim nach Süden segelnden *San Niccolo* priesterliche Meuterei
aus.

Seit die Insel Arguim vor zwanzig Jahren entdeckt und beansprucht worden war, hatten Hunderte von Männern sie aufgesucht: Seeleute, Kaufleute, Handwerker; die Männer, die vier
Jahre später die Festung bauten, die Steinmetzen, die das in Stein
gehauene portugiesische Wappen eingepflanzt hatten als Ersatz
für die geschwärzten Kreuze, die von den Entdeckern auf jedem
Kap zurückgelassen worden waren. Weit weniger waren noch
weiter gefahren, bis zum Sahelgebiet, und die Priester, die, wenn
überhaupt, bei ihnen waren, verloren selten ein törichtes lautes
Wort wegen der Sklaven.

Unter der glühenden Novembersonne glitt die *San Niccolo* in
einer Sturmwolke des Zorns dahin. Auf ihren Decks waren vierzig
schwarze Menschen und achtundzwanzig weiße, von denen vierundzwanzig die Mannschaft von Jorge da Silves darstellten. Die
übrigen drei waren der Priester Gottschalk, der schwarze Dolmetscher Loppe und die Begleiterin der jungen Frau, die aus Versehen
hier war und eine Stimme hatte wie ein Scharnier an einer Scham-
kapsel.

Auf dem ganzen Weg nach Arguim war Bel of Cuthilgurdy
Gottschalks Rettungsanker gewesen. Sie war nicht in Funchal
geblieben, obschon sie den arg mitgenommenen David liebevoll
an Land gebracht hatte. Ihre in das Stroh ihres Huts eingebun-
denen derben, mehligen Gesichtszüge waren sogleich tröstlich
neben Gottschalk aufgetaucht, als dieser gerade gehört hatte, daß
Nicolaas von Bord gegangen war, um Diniz aufzusuchen, und daß
die *San Niccolo* ohne ihn weiterfuhr. Es war Bel, die ihn davon
überzeugte, daß Nicolaas in einer Bucht weiter die Küste hinunter
wieder zusteigen würde und desgleichen wahrscheinlich auch
Gregorio, da die Demoiselle und Gregorio ihm gefolgt waren.

Auch hatte sie sich nach nur einem kurzen Augenblick wieder gefaßt, als sie an der Bucht vorüberfuhren und sahen, daß es die *Ghost* war, die dort anlegte, und nicht die *San Niccolo*.

«Der Schiffsführer ist ganz schön aufgeregt», verkündete Bel. «Die blaue Karavelle jagt hinter uns her, und wir müssen vor ihr die Märkte erreichen. Deshalb nehmen sie die Dreiecke herunter und ziehen Tischtücher auf. Und wieder Zwieback und Pökelfleisch: Wir dürfen nicht bei den Kanarischen Inseln anhalten und einkaufen. Und ich wollte dort anhalten und einkaufen.»

Und Gottschalk hörte zu, wie Nicolaas das schon vor ihm gelernt hatte. Zwieback und Pökelfleisch: dann waren sie knapp an Nahrung, aber nicht an Wasser. Und die *Fortado* fuhr ihnen nach. Er wußte jetzt, was die *Fortado* darstellte. Nach außen eine zum Handel befugte portugiesische Karavelle auf dem Weg nach Guinea. In Wirklichkeit eine Karavelle, die angetrieben wurde von der kaufherrlichen Macht der Lomellini, von der Feindschaft des Hauses Vatachino und dem sturen Haß Simons, der sich mit seinen jüngsten Entscheidungen um das Wohlwollen seiner Schwägerin gebracht hatte.

«Mistress Bel», fragte Gottschalk, «warum seid Ihr an Bord zurückgekommen?»

«Ich hab's Euch doch gesagt, ich wollte einen Kanarienvogel kaufen. Und wenn der Junge mit der *Ghost* fährt, dann tut das natürlich auch Gelis. Sie würde ihn nicht ohne Schutz Nicolaas anvertrauen.»

«Würdet Ihr das?» hatte Gottschalk gefragt.

Sie half ihm gerade, den blasenbedeckten Unterarm des Kochs zu versorgen. Seit sie es sich hatte einfallen lassen, Filipe zu pflegen (der bleich und mürrisch wieder an Bord war), war man mit einer aufgeschnittenen Hand, einem gebrochenen Zeh und einem schmerzenden Zahn zu ihr gekommen – offenbar zog die Mannschaft ihre knurrige Art der Pflege der des Priesters vor. «Nein», sagte sie, «Eurem Nicolaas würde ich niemand anvertrauen, aber sie hatte noch keine Gelegenheit, ihm ein Bein zu stellen. Eins nach dem anderen.»

«Das heißt, erstes Ziel die *Fortado*?» fragte Gottschalk. Der

Koch dankte ihr mit einem Segenswunsch und ging. «Ihr habt de Salmeton betäubt, so daß die *Ghost* entwischen und eine Möglichkeit finden konnte, die *Fortado* zu behindern?»

«Das käme uns gut zustatten», meinte Bel. «Das hat Gelis sicher auch gedacht. Und sie wußte nicht einmal, daß Nicolaas dann an Bord der *Ghost* sein würde.»

Sein Rettungsanker, aber nicht die reine Wonne.

Zwischen Funchal und Arguim bekam Pater Gottschalk das dritte Mitglied seiner Gruppe dagegen nur wenig zu Gesicht. Die Erwachsenen unter der Mannschaft, die herausgefunden hatten, daß Loppe keineswegs ein schlichtes Gemüt war, hatten ihn einer vertrauten Gattung zugeordnet: der des begabten, ausgebildeten Negers, mit dem sie freundschaftlich verkehren konnten, ohne eine enge Bindung zu entwickeln. Die Jungen Lázaro und Filipe, die sich wieder vertrugen, hielten es für lustig, einen Schwarzen zu necken, der Strumpfhosen trug wie ein Weißer. Gottschalk sah, daß Loppe dies ruhig hinnahm, und überließ ihn sich selbst. Es erforderte einige Beherrschung. Loppe wußte gewiß, ob Nicolaas vorhatte, Diniz mitzubringen. Wie er bemerkte, suchte Loppe den Ozean so aufmerksam ab wie nur irgendeiner, Ausschau haltend nach Schiffen, die ihnen folgen mochten: nach einer blauen Karavelle, der vielleicht einer rote Kogge nachstellte. Aber von sich aus verriet der Neger nichts, und der Pater verzichtete darauf, seine Treuepflicht auf die Probe zu stellen. In einer Hinsicht war Gottschalk beruhigt. Er hatte Jorge da Silves geradeheraus gefragt, ob er vorhabe, in Arguim Sklaven zu kaufen, und Jorge hatte die Frage verneint.

Als die Bucht von Arguim aufzutauchen begann und sie noch immer allein waren, ohne ein Zeichen von der *Ghost* oder der *Fortado*, lief alles nach dem vorbereiteten Plan ab. Sie würden einlaufen und im Golf ihre Handelsgeschäfte abwickeln, wobei Melchiorre, der Zweite Steuermann, die Rolle von Nicolaas übernahm.

Es war schwer, keine stolze Erregung zu empfinden, bis zu dem Augenblick, als sie das Küstenwachschiff vor Anker liegen sahen. Schließlich waren sie im Begriff, ihren Fuß auf eine fremde Küste zu setzen, den ersten Abschnitt ihrer Mission hinter sich zu bringen und ihre dürftigen Vorräte zu ergänzen. Gegen Waren im Wert von tausend Dukaten – Tuche und Teppiche, Alaun und Salz, Barbierschalen und Töpfe – würden sie eintauschen, was immer dort in den Lagerhäusern aus Stein und Lehmziegeln ihrer harrte, die sie am Strand ausmachen konnten: kostbaren weißen Pfeffer und Goldstaub und Elfenbein, herbeigebracht von nomadisierenden Tuaregs und zum Verladen aufgestapelt. Ein Schiff wie das ihre und eine ihm nachfolgende Kogge so groß wie die *Ghost* würden wahrscheinlich die Lagerhäuser bis auf den letzten Ballen leeren.

Die *Ghost* besaß freilich keine Handelserlaubnis, aber der Faktor schien sich gern überreden zu lassen, wenn es zu seinem Vorteil war. Dies gehörte nicht zu den Dingen, über die Gottschalk sich Sorgen machen zu müssen glaubte. Er war nicht einmal sonderlich beunruhigt, als Jorge da Silves zu bedenken gab, daß die *Ghost*, wenn sie eintraf, weder Güter an Bord nehmen noch sich der *Niccolò* nähern konnte, solange das Küstenwachschiff hier vor Anker lag. Es schien nur ein unglücklicher Umstand zu sein, daß sie Nicolaas nicht zu Gesicht bekommen sollten.

Gottschalk wäre zwar sehr erleichtert gewesen, hätte man auf die Ankunft der *Ghost* warten können, aber inzwischen fand er es fesselnd, das Vorankommen der Karavelle in dem schmalen Fahrwasserkanal zu verfolgen, und er nahm erfreut die Einladung des Schiffsführers an, mit den ersten Booten an Land zu gehen. «Denn das Dumme ist», sagte Jorge da Silves, «daß wir die Schwarzen mitnehmen müssen.»

Das Wort hing zwischen ihnen in der Luft. Es war ein Augenblick, den Gottschalk nicht vergessen würde, der Augenblick, der seine schlimmsten Befürchtungen bestätigte. Seit die *Ghost* in Sanlúcar ihre Pferde geladen hatte, war vorgesehen gewesen, die Tiere gegen Sklaven einzutauschen. Nicolaas hatte es nicht abgestritten, nur er, Gottschalk, konnte es einfach nicht glauben. Jorge da Silves hatte es mit bequemer Spitzfindigkeit in Abrede gestellt, weil er wußte, daß nicht er, sondern die *Ghost* sich mit dieser Ware abgeben würde.

Es war nicht beabsichtigt gewesen, Gottschalk selbst in die Sache zu verwickeln. Vielleicht hatten sie gehofft, ihre lebende Fracht in der Dunkelheit an Bord nehmen zu können . . . Aber nein. Warum sollten sie sich die Mühe machen? Es war eine Ware wie jede andere: Sie schämten sich ihrer nicht. Und in jedem Falle mußte Loppe ihnen helfen. Deshalb war Loppe hier. Das war die Sünde, die er, Gottschalk, Nicolaas nicht vergeben konnte.

Er, ein Priester, wußte, was Sklaverei war. Die Kirche hatte ihre eigenen Fronpflichtigen; das Gesetz duldete, daß ein Mann sich oder andere zur Abgeltung von Schulden verkaufte. Er wußte, daß Völker im Krieg aus ihren Gefangenen Sklaven machten, anstatt sie zu töten. Dies war geschehen, als die Türken Trapezunt angriffen. Nicolaas war in Trapezunt zu ihm gekommen und hatte sein Schicksal in seine Hände gelegt.

Er hatte ihm geraten, fortzugehen. Nicolaas hatte diesen Rat befolgt und wußte, was darauf geschehen war. Sollte dies der Grund für sein jetziges Handeln sein? Wollte er ihn verhöhnen, bestrafen? Aber Byzantiner – alle orientalischen Völker – hatten auch Sklaven: für die Arbeit im Haus, auf dem Feld. Die Kreuzfahrer hatten welche gehabt und die Juden. Christen hatten aus Barbaren Sklaven gemacht und umgekehrt. Viele führten schließlich ein besseres Leben als vorher zu Hause. Die muslimische Welt verkaufte ihre Gefangenen; die Kirche kaufte an Christen zurück, was sie konnte. Aber die muslimische Welt erhob sie auch in einen höheren Stand. Die Türken zogen Kinder fremder Völker zur Kerntruppe ihres Heeres heran; ehemalige gefangene Kinder herrschten als Mamelucken über Ägypten. Portugal, von der Pest und durch Kriege entvölkert, hatte die ersten verängstigten Neger begrüßt, die man in Guinea gefangen hatte; man fand, daß sie klug und anstellig waren, hatte sie ausgebildet, freigelassen, noch mehr aus Afrika geholt.

Doch jetzt wurden sie nicht als Kriegsgefangene erworben. Sie wurden gekauft, siebenhundert im Jahr, als Ware gekauft von Mittelsmännern, die sie in ihren Dörfern einfingen. Gewiß, sie würden eine Kultursprache lernen, würden getauft werden, das Seelenheil erlangen. Sie würden kein schweres Leben haben. Aber

244

wie stand es um das große, dunkle, barbarische Land, aus dem sie kamen? Wie konnte man ein Volk zu Christus führen, wenn man gleichzeitig seine Kinder stahl?

Und so packte Pater Gottschalk aus Köln wie vom Donner gerührt den Schiffsmeister auf dem Deck der *Niccolo* am Kragen, vor allen seinen Leuten, und sagte: «Ich will nicht, daß Menschen für Geld gekauft und gegen ihren Willen an Bord gebracht werden! Schwört, daß Ihr sie in Ruhe laßt!» Und weil der Zorn ihm Kräfte verlieh und er ohnehin ein starker, an Schlachtfelder gewöhnter Mann war, spürte er, wie Jorge da Silves zitterte, ehe er sich steif machte und sagte: «Die Sonne hat Euch zugesetzt, Padre. Da sind überall Leute.»

«Aber Ihr und ich, wir sind hier», erwiderte Pater Gottschalk. «Und ich will Euer Wort.»

Da faßte sich Jorge da Silves und sagte: «Das ist leicht gegeben, aber es ist nicht das, was Ihr wollt. Wenn ich sie hierlasse, nimmt sie das nächste Schiff mit. Vielleicht die *Fortado*.» Alle, die gerade nichts zu tun hatten, schauten zu, außer Bel of Cuthilgurdy und Loppe.

Gottschalk entgegnete ruhig: «Dann nehmt Euer Geld und kauft sie frei. Wenn Ihr um Euren Gewinn fürchtet, werde ich versuchen, das irgendwie wiedergutzumachen.»

Jorge da Silves hatte sich wieder in der Gewalt, wenn er auch, von Gottschalks Armen gepackt, ein wenig unbeholfen dastand. «Padre, was nützt es, wenn man sie freiläßt? Sie sind über Hunderte von Meilen hierhergebracht worden; ihre Fänger durchstreifen hinter ihnen die Wüste. Glaubt Ihr, die Tuaregs setzen sie auf Pferde und liefern sie wieder in ihren Hütten ab, jeden in dem Dorf, aus dem er kommt? Sie müssen an Bord gebracht werden. Ich bin froh, daß sie an Bord kommen, denn sie sind Euer Geschäft.» Und er streckte den Hals, denn Gottschalks Griff hatte sich ein wenig gelockert.

«Mein Geschäft?»

«Deshalb habt Ihr diese Karavelle», sagte Jorge da Silves und machte sich los. «Um Seelen zu Christus hinzuführen. Und die Heiden zu retten. Sprecht mit Eurem Neger, mit Lopez. Hat er Euch das nicht erklärt?»

«Ich hab's versucht», sagte Loppe, der auf einmal vor ihm stand. Hinter ihm war Bel, sein früherer Rettungsanker – sie mußte ihn geholt haben.

«Padre», fuhr Loppe fort, «laßt den Schiffsführer los. Laßt ihn die Leute an Bord bringen. Was auch immer später mit ihnen geschieht, es wird ihnen hier besser ergehen als auf der *Fortado*. Sind sie erst an Bord, werden wir auf Euch hören. Wir hatten nur Angst, Ihr würdet sie ihrem Schicksal überlassen, wenn Ihr es wüßtet.»

Er hatte mit einer an Verzweiflung grenzenden Betäubung zugestimmt, denn er sah keinen anderen Ausweg. Er war auf die Insel gegangen und in den Schuppen, wo die Gefangenen lagen, mangelhaft ernährt und erschöpft, junge, einst kräftige Menschen aller Schattierungen vom Braun der Berber bis zum bläulichen Schwarz Loppes, und ihm war klargeworden, daß ihr Schicksal, was auch immer ihnen beschieden sein mochte, nicht schlimmer sein konnte als der derzeitige Zustand. Erst als man sie hinaus ans Licht und in die Boote schaffte und schließlich an Bord eines der großen Vögel des Meeres brachte, endete ihre Teilnahmslosigkeit, und sie kämpften und schrien und wollten nicht in den Laderaum gestoßen werden und klammerten sich entsetzt aneinander, als die Seeleute das Schiff durch den Kanal zu steuern versuchten und dann, als das offene Meer erreicht war, die Segel setzten, um wieder Kurs auf Süden zu nehmen.

Nein. Wenn Nicolaas dort drüben war, auf der anderen Seite des Golfs auf der roten, strahlenden Kogge, so empfand Gottschalk bei dem Wissen keine Freude. Er kehrte der *Ghost* den Rücken. Er kämpfte zusammen mit den anderen, bis ein wenig Ordnung in den kreischenden, verzweifelten Haufen gekommen war und man sie in Gruppen gezählt hatte und der Kupferkessel aufs Feuer gesetzt werden konnte. Sie bekamen Bohnensuppe, Maisbrot und Wasser, und man zeigte ihnen, wo sie ihre Notdurft verrichten konnten, denn die *San Niccolo* stank bereits. Dann fielen sie alle in Schlaf bis auf die störrischsten, und Loppe berührte Pater Gottschalk mit der Hand an der Schulter und sagte: «Wir sollten in der Kajüte reden – Mistress Bel ist schon da.»

Gottschalk von Köln hatte den Gang eines alten Mannes, als er auf die Kajüte zuschritt. Drinnen sagte er zu dem Neger und der vor sich hin brütenden Frau aus Schottland: «Ihr habt es gesehen, drei sind krank, und ich habe nur sechs entdeckt, die arabisch sprechen. Die übrigen haben so gut wie keine gemeinsame Sprache. Sie scheinen von verschiedenen Stämmen und zweifellos aus vielen Dörfern zu kommen, zu denen weder wir noch sie den Weg wissen. Ich sehe, Ihr und Jorge habt recht. Hat man sie erst einmal nach Arguim gebracht, haben sie für immer ihre Heimat verloren.»

«Das ist gewöhnlich so», sagte Loppe leise. Er hatte müde Augen.

«Dies ist daher eine Unternehmung zum Kauf und Verkauf von Sklaven. Ihr habt das vor der Abfahrt gewußt, desgleichen Nicolaas. Wenn es dazu Besprechungen gegeben hat, so habe ich nicht daran teilgenommen. Ich kann Euch nicht entschuldigen.»

«Es tut mir leid, Padre», sagte Loppe.

«Pah!» sagte Bel of Cuthilgurdy zu niemandem im besonderen.

Pater Gottschalk fuhr sie an. «Und was soll das heißen? Man kann ihnen nicht helfen, außer daß man sie gegen Pferde oder Geld eintauscht, wie dies schon geschehen ist, und sie nach Portugal bringt? Ha!» Er drehte sich zu Loppe herum. «Warum habt Ihr Nicolaas das tun lassen? Oder hat er Euch gezwungen, das für ihn zu besorgen, die besten auszusuchen, die vielversprechendsten? War dies sein Preis dafür, daß er Euch zu Eurer Familie zurückschickt?»

«Nein.» Loppe räusperte sich. Er hatte seinen Pourpoint abgelegt, und in der Mütze und dem kragenlosen Hemd hätte man ihn fast für einen der an Deck liegenden Schwarzen halten können – ein Gedanke, den Gottschalk zu verscheuchen versuchte. «Ser Niccolo hatte inzwischen hiersein wollen», fuhr Loppe fort. «Deshalb sollte ich Euch jetzt wohl sagen, wie alles sich verhält. Er hatte nicht vor, Sklaven mitzunehmen. Ich war es, der ihn dazu brachte. Es war der Preis für meine Hilfe bei dem Unternehmen.»

Nicht die Worte eines armen Schwarzen. Gewiß nicht die Worte des Mannes, für den Gottschalk ihn gehalten hatte. «Ich kann

Euch nicht glauben», sagte Gottschalk. «Jede Seele, die gekauft wird, ermutigt die Händler, noch mehr zu holen.»

«Niemand hindert sie daran, Sklaven zu kaufen», sagte Loppe. «Portugal braucht Portugiesen und stört sich nicht daran, wenn sie schwarz sind und eigentlich gar nicht kommen wollten. Es hat keine Gewissensbisse, denn es erlöst ihre Seelen. Jorge da Silves heißt das gut; er ist Angehöriger des Christusordens. Prinz Heinrich selbst stand an der Spitze des Ordens und hat den Handel fortgeführt, um die Schiffe zu veranlassen, immer weiter und weiter vorzudringen. Einer seiner Sklaven wird von den Franziskanern zum Priester erzogen.»

«Mit welcher Entschuldigung verkauft Ihr also Eure Gefangenen? Dem König zu Gefallen, dem diese schöne Karavelle gehört? Oder wollt Ihr Eure Genossen in besseren Häusern unterbringen, als sie sie bei den Lomellini oder beim Haus Vatachino bekommen hätten? Oder wollt Ihr sie durch Euer Beispiel entwaffnen? Ist es das, was Ihr im Sinn habt?»

«Das hat mich Ser Niccolo nicht gefragt», sagte Loppe.

Aus der Ecke heraus ließ sich die knarrende Stimme der Schottin Bel of Cuthilgurdy vernehmen. «Euer Ser Niccolo kennt Euch. Da tut ein guter Mensch sein Bestes. Ihr müßt ihm helfen.»

«Es tut mir leid», sagte Loppe. «Ich glaubte, der Padre kennt uns beide.» Er hielt inne und schien sich dann aufzuraffen. «Ich sagte in Lagos, ich wollte nach Guinea zurückgehen, um zu lernen. Ich wollte, daß auch Ihr mitkommt, ein Mann Gottes; und Nicolaas . . . und Ser Niccolo . . .»

«Ihr nennt ihn in Gedanken Nicolaas», sagte Gottschalk grimmig. «Warum nennt Ihr ihn dann jetzt nicht so? Ihr wolltet, daß wir sehen, was geschieht, und Euch dann entscheiden? Wie?»

«Ich weiß es nicht», erwiderte Loppe. Das Schiff bewegte sich jetzt schnell vorwärts, unter ihnen krängend und stampfend, und Schaum bespritzte seine Flanken, während der Erste Steuermann die Geschwindigkeit zu erreichen versuchte, die ihm einen Vorsprung vor allen Rivalen sichern würde. Man konnte die Stimmen von Seeleuten hören, die auf das Schrillen der Pfeife antworteten, das müde, eintönige Jammern eines Kindes und manchmal einen jähen Schrei, wenn Angst durch die Decke der Erschöpfung stieß.

«Später einmal», fuhr Loppe fort, «mag es feste Bestimmungen geben. Das heißt, wenn sich in diesem Land eine Ordnung durchgesetzt hat, mag dieser Menschenraub abgeschafft werden, und aus den Sklavenjägern werden dann Makler, die jene Männer und Frauen an die Küste bringen, die bereit sind mitzukommen. Aber ehe dies geschehen kann, müssen die Menschen sich darin einig sein, daß das Ziel erstrebenswert ist, und dann, daß man darauf hinarbeiten muß.»

Pater Gottschalk meinte: «Ich glaube, das Ziel ist erstrebenswert, und ich bin bereit, mir zeigen zu lassen, was Ihr mich sehen lassen wollt, und darüber zu berichten. Aber vorerst liegen diese armen Wesen noch dort, und ich sehe nicht, was wir tun können, Ihr oder ich, außer ihre Schmerzen zu lindern.»

«Doch, es gibt etwas.» Loppes Stimme klang vor Erleichterung ein klein wenig wärmer. «Ihr habt von der verlorenen Heimat gesprochen, und bis jetzt war das auch so. Aber einige dieser Menschen da draußen können vielleicht in ihre Heimat zurückgebracht werden. Einige sind Sanhaja-Mischlinge, ihre Dörfer sind nicht weit weg, und es könnte ihnen wohl gelingen, sie von der Küste aus zu erreichen. Einige andere sind Angehörige der Küstenstämme der Jalofos und könnten in ihrer Gegend an Land gesetzt werden, wenn ihnen die Gefahr einer erneuten Gefangennahme nicht zu groß erscheint. Die übrigen kommen aus dem Gebiet der Mandinguas oder aus Königreichen noch weiter dahinter im Süden. Von ihnen wissen die meisten nicht, wo sie wohnen. Ihre einzige Hoffnung wäre ein neues Leben in Portugal.»

«Ihr kennt alle diese Stämme?» fragte Gottschalk behutsam.

«Einige von ihnen. Ich spreche nicht alle ihre Dialekte.»

«Seid Ihr ein Sohn von einem dieser Könige?» fragte Gottschalk weiter und schämte sich, als Loppe lächelte.

«Von einem von denen mit dreißig Ehefrauen? Ihr wißt, daß das keine Könige sind, wie Ihr sie nennt, sondern die hochgeachteten Häuptlinge ihrer Stämme. Ich kann nicht den Anspruch erheben, der Sohn eines solchen Führers zu sein, aber ich kenne einige der Potentaten, die einen Geistlichen zu Wort kommen lassen würden, und einige der Stämme, deren Männer umherziehen und die Wege in den Osten kennen. Ich kann meine Reise bezahlen.»

«Ich will Euch nicht widersprechen», sagte Bel of Cuthilgurdy, «und Ihr habt dem Padre gewiß Freude gemacht, aber wie wollen Jorge da Silves und der mittellose Nicolaas das anstellen? Da ist die *Ghost*, leer bis auf ihre seekranken Gäule, und hier ist die *San Niccolo*, randvoll mit Sklaven und ihrem Essen anstatt mit einer gehörigen Ladung Pfeffer. Wenn Ihr die Hälfte der Sklaven gehenlaßt, ist nichts mehr übrig außer Kredit im Himmel, und nicht mal so sehr viel davon, wenn Ihr an die Konvertiten denkt, die Ihr verloren habt. Dazu kommt, daß der Christusorden ein religiöses Augenmerk auf Geld hat. Also entschuldigt meine Frage: Ist das alle Hilfe, die Ihr Jorge da Silves und Nicolaas versprochen habt?»

Aus seiner Verblüffung herausgerissen, starrte Gottschalk sie an. Loppe sagte: «Neben Euch steht ein Kasten. Hebt den Deckel hoch.»

Es war die Truhe des Patrons, mit einem dreifachen Schloß, das zu verschließen keine Zeit mehr gewesen war. Bel of Cuthilgurdy beugte sich vor und hob mit ihren stämmigen Armen den Deckel hoch.

Die Truhe war voller Gold. Zwischen dicken Beuteln mit Staub lagen Halsketten und schwere goldene Armbänder. Loppe sagte: «Das nimmt nicht viel Platz weg. Und im Süden gibt's noch mehr.»

«Wieviel ist das?» wollte Gottschalk wissen.

«An Gewicht? Über vierzig Pfund, schätze ich. Es sollte ungefähr sechstausend Dukaten bringen, abzüglich des vierten Teils für den König in Lissabon. Soviel wie vierzig Pferde und siebenhundert Sklaven.»

«Wie konntet Ihr das denn bezahlen?» fragte die Frau. «Und dazu noch die Sklaven kaufen?»

Loppe kam zu ihr herüber, kniete nieder, klappte den Deckel zu und verschloß ihn. «Wir haben alles verkauft, was wir hatten. Für den Rest haben wir in Kaurimuscheln bezahlt. Ser . . . Nicolaas hatte sie aus Zypern mitgebracht. Sie sind die Landeswährung und leicht zu tragen, wenn wir die Schiffe verlassen.»

«Dann sind die anderen Goldmärkte also im Inland», sagte Gottschalk. «Und Ihr bringt uns dorthin. Vielleicht sogar zur Quelle des Goldes?»

«Niemand kennt die Quelle des Goldes», sagte Loppe.

Weit hinter ihnen auf der *Ghost* wurden die gleichen Fragen gestellt und beantwortet, doch erst eine geraume Weile nach Arguim, als Ochoa seine Besorgungen an Land abgeschlossen hatte und die Wasserfässer der *Ghost* alle voll waren und sie über Nahrung und Heu für ihr lebendes Inventar verfügte. Daß sie Pferde geladen hatte, war nicht entdeckt worden.

Trotzdem mußten sie vorsichtig sein beim Hinaussteuern aus der verschilften Lagune unter dem argwöhnischen Auge des Küstenwachschiffs und einen Kurs weiter westlich nehmen, als sie gewollt hatten. Glücklicherweise kam es zu einem weiteren Sandwirbel, und sie wurden nicht mehr gesehen, als sie auf Süd drehten. Die *Ghost* fuhr schnell. Vor ihr war die *Niccolo* mit ihrer Fracht, und Nicolaas wollte sie einholen, ehe es ein anderer tat.

Es war deshalb schon Nacht, als er Diniz und das Mädchen zu sich in die große Kajüte bat. Zusammengeschneidert aus Pelz und Stroh, aus Federn, Samt und Bändern schwankten Ochoas Hüte an ihren Haken, als grasten sie auf einer Weide; und in einer Ecke hing ein Käfig aus Korbgeflecht, in dem ein Dutzend Papageien kreischten, flatterten und pickten.

An Bord eines Schiffes konnte es keine wirklich vertraulichen Gespräche geben, aber Nicolaas hatte den Türvorhang zugezogen, um Lauscher abzuhalten, und begann, indem er sich des Flämischen bediente. Er fragte sich, welche Sprache Loppe wohl gebraucht hatte bei der Befragung, die auch er zwanzig Meilen voraus über sich ergehen lassen mußte. Diniz wirkte niedergedrückt, seine Augen leuchteten dunkel im schaukelnden Schein der Lampe. Gelis van Borselen sah ein wenig abgespannt aus, vielleicht eine Folge der Hitze. Er wußte, daß die See sie nie krank machte. Sie hob den Kopf. «Eine Rechtfertigung?»

«Nein – eine Unterrichtung», sagte Nicolaas. «Ihr habt mich zu Eurem Hüter gemacht. Von Zeit zu Zeit werden wir so wie jetzt zusammenkommen, und ich werde Euch meine Pläne darlegen und Euch auch sagen, welche Rolle Ihr in ihnen spielen sollt. Ich werde mir Eure Gegenvorschläge anhören, aber ich kann nicht versprechen, daß ich auf sie eingehe. Versteht Ihr das?»

«Nach dem Prinzip der Orangen», erwiderte das Mädchen. Die Papageien kreischten.

«Gewiß nach dem Prinzip eines einzelnen Befehls. Demoiselle?» Nicolaas wandte sich ihr voll zu. Zum ersten Mal hatte er sich dazu gezwungen, all seine Erfahrungen in diese Begegnung mit Gelis van Borselen einzubringen. Sein Verhältnis zu Diniz war eher einfach und natürlich, ganz anders dagegen das zu dem Mädchen. Die zwischen ihnen bestehende Feindseligkeit war gefährlich und mußte jetzt aufhören. Und das konnte er nur erreichen, indem er seine ganze Vergangenheit mit Katelina wegschloß – die Vergangenheit, von der ihre jüngere Schwester schon ein Gutteil geahnt hatte, aber nicht alles. Hätte sie alles geahnt, hätte sie es Simon gesagt.

Und so sagte er: «Demoiselle, Ihr wollt mich bestrafen, würdet mich sogar mit der Schuld an Eurem durchaus möglichen Schicksal beladen. Das trifft Eure Freunde recht schwer. Und unter diesen Umständen halte ich es vielleicht nicht mehr für eine Strafe.»

«Ihr mögt als erster sterben», sagte sie. Sie sprach ganz im Ernst und zum ersten Mal ohne Umschweife. Diniz hielt den Atem an.

«Aber Ihr habt noch nicht versucht, das herbeizuführen?»

«Ich ziehe ein reines Gewissen vor», entgegnete sie. «Es gibt viele andere, die weniger Bedenken haben.»

Er sagte leicht belustigt: «Und das ist ein reines Gewissen? Nun, vielleicht würde Pater Gottschalk dem zustimmen. Er billigt meine Art nicht, wie Mistress Bel Euch gewiß bald bestätigen wird. Er rast jetzt sicher die *San Niccolo* auf und ab und verflucht Jorge da Silves und ganz bestimmt mich.»

«Wegen der Sklaven? Lag er in Handfesseln, als Euer Schiffsführer sie an Bord nahm? Er hätte es verhindern können. Er hätte damit drohen können, Euch und die *Ghost* zu verraten, so wie ich.»

«Das hätte er gekonnt», gab Nicolaas zu. «Aber niemand hätte ihm geglaubt. Könnt Ihr Euch Pater Gottschalk vorstellen, wie er uns alle, Diniz eingeschlossen, wegen Piraterie an den Galgen liefert? Tod für die Mannschaft. Beschlagnahme sowohl der *Ghost* wie der *Niccolo*. Das Ende für meine Bank und alle, die von ihr und von Diniz abhängen. Er mag ja dickköpfig sein, der Padre, aber völlig verrückt ist er nicht.»

Diniz schwieg. Der Gesichtsausdruck des Mädchens hatte sich nicht verändert, wenn sich unter den Wangenknochen auch die Haut ein wenig rötete. «Ihr regt die Papageien auf», sagte sie. «Und Ihr glaubt, Pater Gottschalk könnte sie auf keine andere Weise retten, indem er sie zum Beispiel mit Geld freikauft? Ich glaube, sogar Bel hätte für ihn in den Beutel gegriffen, hätte er sie darum gebeten. Er ist kein Mann Gottes, er ist Euer Lakai.»

«Ich wünschte, er wäre es. In Wirklichkeit hat ein anderer an Bord mehr über das Schicksal dieser Gefangenen nachgedacht als Ihr oder ich oder Pater Gottschalk, und seine Vorschläge sind es, die jetzt befolgt werden. Hört zu.»

Er erläuterte in knappen Worten Loppes Plan für die Sklaven an Bord der *San Niccolo* und sprach von seiner Hoffnung auf eine Änderung des Handels in der Zukunft. Das Gesicht des Jungen rötete sich, doch das Mädchen saß da wie ein Stein, die Lider angespannt wie gegen grelles Licht. Schließlich blickte sie auf, aber es war Diniz, der ausrief: «Ich wünschte, mein Vater hätte Euch gehört. Und Lopez. Aber die Schwarzen, die Ihr schon habt – läßt sich das machen? Wird die *Niccolo* sie in der Nähe ihrer Wohnorte absetzen?»

«Diejenigen, die das wollen», sagte Nicolaas. «Ich bin da mit Loppe nicht einer Meinung. Ich glaube, die meisten werden darum bitten, daß man sie laufenläßt, und dann umkommen.»

«Bestimmt behält man genug von ihnen, damit ein Gewinn herauskommt», sagte das Mädchen. «Und wie will Loppe – Lopez? – Euch entschädigen?»

Sie war unerbittlich, aber er hatte auch nicht mit einem plötzlichen Ausbruch von Barmherzigkeit gerechnet. Ob Bel die gleiche Frage gestellt hatte? «Er zahlt mit seinen Diensten als Führer und Dolmetscher. Er spricht Mandingua, Jalofo und Arabisch so gut wie christliche Sprachen. Er kennt Gambia und die Länder östlich davon wie nur wenige andere Schwarze, die man in Lagos oder auf Madeira finden könnte. Wen auch immer die *Fortado* sich für diese Aufgabe ausgesucht hat, es wird niemand mit solchen Kenntnissen sein, das kann ich Euch versichern. Ihr habt also recht. Wir brauchen Loppe, und er wäre ohne unsere Unterstützung für die Sklaven nicht mitgekommen. Ihr wißt, daß wir jetzt vier Monate zusammenbleiben werden? Daß wir jetzt nicht mehr zurückkönnen?»

«Das hatte ich mir gedacht.» Entweder empfand sie nichts, oder sie konnte alles verbergen, was sie dachte. «Ich werde nicht auf dem Schiff bleiben, wenn Ihr es verlaßt», fügte sie hinzu. «Ich kann reiten. Ich kann zu Fuß gehen.»

«Unter Löwen?» meinte Diniz mit verärgerter Stimme. «Unter Schlangen? Du wirst auf dem Schiff bleiben müssen. Und was ist mit Bel?»

Nicolaas fing einen kurzen, scharfen Blick von ihr auf, zog es aber vor, nicht darauf einzugehen. Sie sagte: «Bel ist die Vertreterin deiner Mutter, Diniz, nicht meine. Sie bestimmt selbst, was sie tut und warum.» Wieder zu Nicolaas gewandt fügte sie hinzu: «Sie fällt in Eure Verantwortung. Wir alle drei fallen in Eure Verantwortung.»

«Ich würde das sogar noch weiter fassen», entgegnete er. «Ich trage die Verantwortung auch für die zwei Schiffe und alle Menschen an Bord. Wenn ich uns führe, und das werde ich ja wohl, dann könnte eine persönliche Feindschaft die ganze Forschungsreise gefährden. Schaut, ich erwarte nicht, daß Ihr Euch ändert oder Großmut an den Tag legt. Ich bitte Euch nur, Euren Groll vorläufig im Zaum halten. Bis nach dem Frühling – dann ist die Jagd frei.»

Er schloß ein wenig farbiger, als er beabsichtigt hatte. Er hatte ihr schon einmal eine Rede gehalten. Weil sie sich auf keine Streitgespräche einlassen wollte, hatte er sich zu einer zweiten bewegen lassen. Diniz sagte: «Sie wird sich schon richtig benehmen, ich bürge für sie.»

Es folgte jenes besondere Schweigen, das Nicolaas unbedingt

hatte vermeiden wollen. Gelis beobachtete ihn, dann sagte sie: «Soll ich es für Euch tun?» Und sie beugte sich vor und gab Diniz einen leichten Schlag auf die Backe. «Meine Selbstachtung ist mir wichtig. Du sollst sie nicht untergraben.»

«Ihr sollt die seine auch nicht untergraben», entfuhr es Nicolaas. «Und ich lasse mich nicht dazu bringen, Euch beide unterschiedlich zu behandeln. Ihr hört Euch jetzt beide an, was ich zu sagen habe, und Ihr laßt beide Eure Vorurteile beiseite. Diniz, reich mir die Karte.» Es war Zeit, ihnen zu zeigen, welchen Weg sie nehmen würden. Sie warteten mit der gleichen aufmerksamen Miene, die er in Löwen an Scholaren beobachtet hatte, wenn sie von ihrem Lehrer ausgeschimpft worden waren. Er hatte viel gelernt in Löwen, auch, wie Menschen dachten.

Sie fuhren natürlich vorerst zum Gambia, der sieben Tagereisen in südlicher Richtung entfernt war, und unterwegs würden sie an der Mündung des Senagana haltmachen. Diniz, in der Algarve aufgewachsen, hatte das erwartet. Auf beiden Flüssen wurde Goldhandel getrieben. Am Senagana konnten sie die Pferde ausladen, und auf dem Gambia konnten sie flußaufwärts vordringen, bis das Wasser nicht mehr ausreichte, und dann an Land weiterziehen. Von dort mochten sie den Nil erreichen und Äthiopien. «Ihr behauptet noch immer, das sei Euer Ziel?» sagte Gelis van Borselen und machte ein verblüfftes Gesicht, als er beinahe auf den Köder anbiß.

Auch sie, dachte Nicolaas, hat sich erkundigt, aber mit einer viel längeren Reise gerechnet. Von Arguim zum Senagana waren es keine vierhundert Meilen. «Also bleiben mir nur noch drei oder vier Tage, um die Mannschaft der *Ghost* aufzureizen und zu beobachten, wie Ihr dabei Höllenqualen leidet. Dann steigen wir wohl auf die *Niccolo* um? Oder schon vorher?»

«Sobald wir sie eingeholt haben», sagte Nicolaas. «Und ich glaube nicht, daß ich Euch sagen muß, wie Ihr Euch bis dahin der Mannschaft gegenüber zu verhalten habt.»

«Aber Ihr vertraut dem Schiffsführer? Bis zum Gambia?» Sie hatte mandelförmige, nicht von blonden, sondern von braunen Wimpern eingefaßte blaue Augen. Schon als Kind war sie gescheit gewesen.

«Ochoa?» meinte Diniz. «Hast du gesehen, was er mit der *Fortado* gemacht hat? Natürlich vertrauen wir ihm.»

«Ich habe ihn in Dienst genommen, ich vertraue ihm», bestätigte Nicolaas. «Im Augenblick kümmert mich mehr, was die *Fortado* vielleicht macht.»

«Ich hoffe, Euer Mann im Ausguck hat scharfe Augen», sagte Gelis. «Wäre es möglich, daß sie uns bei Nacht überholt? Und wenn ja, könnte sie dann auch die *San Niccolo* vor Erreichen des Senagana überholen? Ich nehme an, das könnte sie, wenn die *San Niccolo* mit dem Ausladen ihrer Sklaven Zeit verliert. Und wenn sie vor beiden Schiffen eintrifft, dann ist, so sagt Ihr, auf der *Fortado* ein Mann, der weiß, daß die *Ghost* gestohlen ist, und Euch vielleicht an Bord gesehen hat. Aber wenn er zuerst da ist, wem könnte er das anzeigen? Wie Diniz, der alles weiß, sagt, gibt es noch keinen amtlichen Faktor am Senagana.»

«Jetzt gibt es einen», sagte Nicolaas. «Das hat das Küstenwachschiff besorgt. Es war gerade von dort unten zurückgekommen, wo es für die Portugiesen ein befestigtes Haus errichtet hat.»

«Das sich weigern würde, die nicht genehmigten Pferde der *Ghost* abzunehmen», sinnierte Gelis. Diniz, der Pferdefreund, blickte auf.

«Ich glaube, da wird sich eine Lösung finden lassen», meinte Nicolaas. «Aber ich sehe nicht, wie die *Fortado* uns überholen könnte, wenn sie auch vielleicht plötzlich auftaucht, gezogen von dreitausend Seenymphen, die hoffen, zurückzukommen und Simon zu gefallen. Wenn es gefährlich wird, warne ich Euch zuvor. Hier in der Kajüte sind Waffen.»

«Hinter den Hüten und den Papageien», sagte Gelis. «Die Armbrust ist mir zu schwer, aber mit einem leichten Bogen könnte ich etwas anfangen. Ist die Handfeuerbüchse so einfach, wie sie aussieht?»

Diniz machte den Mund auf, aber Nicolaas kam ihm zuvor. «Sie ist nicht schwer zu bedienen. Man braucht ein gutes Auge. Soll Diniz es Euch zeigen?»

«Es wäre vielleicht besser», sagte das Mädchen. «Und alles, was er sonst noch glaubt, daß ich wissen sollte. Ich kann mit Segeln umgehen. Das könnte sich auch noch als nützlich erweisen.»

«Falls uns die Schwarzen in ihren Kriegsruderbooten nachjagen?» meinte Diniz. «Damit haben sie vor zehn Jahren aufgehört – nein, schon früher. Sie schießen nicht einmal mehr mit Giftpfeilen, außer bei der Jagd. Bei ihnen gibt es jetzt Christen und Muslime. Einige sprechen portugiesisch.»

«Ich bin sicher, daß die Stämme die Friedlichkeit selber sind», sagte Gelis. «Ich dachte, wir fliehen vor der Rache der *Fortado*. Dann bis morgen? Wenn wir nicht vorher beschossen werden.»

Sie sahen ihr nach, wie sie hinausging. Diniz sagte düster: «Wenn sie freundlich ist, ist sie noch schlimmer.» Er schien keine Antwort darauf zu erwarten.

KAPITEL 17

IN DER ZWEITEN NACHT nach Arguim lief die *San Niccolo* vor der Bucht von Tanit auf Grund. Ihre Planken wurden stark erschüttert, und es kam unten zu einer Panik, so daß einer der schwarzen Gefangenen sich befreien und noch sechs andere losbinden konnte, die aufs Deck hinaufrannten und sich ins Wasser stürzten, ehe man es sich noch versah. Die Karavelle befand sich zu der Zeit eine Meile vor der Küste, und einige der Schwimmer gelangten halbwegs bis dorthin, bevor Brecher oder die Speere von Fischerbooten sie aufhielten.

Das war alles um so schmerzlicher, als man Vorsichtsmaßnahmen getroffen hatte. Nach dem Verlust der ersten vier Schwarzen, die sich nördlich von Timiris über Bord gestürzt hatten, war man zu der Einsicht gelangt, daß man die Sklaven nicht an Deck lassen durfte – Jorge da Silves hatte das schon immer verlangt. Als im Zwischendeck arbeitende Seeleute angegriffen wurden, mußte man sich abermals der Erfahrung des Schiffsführers beugen und die Erwachsenen in leichten Gewahrsam nehmen. Zu diesem

Zeitpunkt war nur noch ein Kind übrig, da der Säugling von seiner Mutter mit ins Meer genommen worden war.

Als die *Ghost* im Morgenlicht rot aufflammend gesichtet wurde, war die *San Niccolo* vor allem dankbar dafür, daß jetzt ihre erschöpfte Mannschaft Hilfe beim Freischleppen bekam. Nachdem man seit Funchal von der *Fortado* nichts gehört und gesehen hatte, widmete man alle Aufmerksamkeit dem, was zuerst getan werden mußte. Die beiden Schiffsführer schrien sich über das Wasser hinweg ihre Fragen und Befehle zu, Trossen wurden zugeworfen und befestigt, und die Seeleute keuchten und mühten sich ab, stumm und unterstützt von Gottschalk und Loppe auf dem einen und von Nicolaas und Diniz auf dem anderen Schiff.

Bel of Cuthilgurdy stand bei der Hecklaterne, als die Kogge näher kam, und nach einiger Zeit erleuchteten die Lampen der *Ghost* eine winkende Gestalt, die sie erkannte, und sie kreischte: «Das ist Gelis dort, Padre! Und Lucias Junge, schaut – da ist Diniz. Aber ich sehe nichts von Eurem schlauen Burschen Gregorio.»

Stöhnend und quietschend begann die Karavelle von der Sandbank zu rutschen. Gottschalk, dem das Herz sank, sagte nichts. Er hatte Nicolaas auf dem Deck des größeren Schiffes hin und her gehen sehen und seine Stimme gehört – wann hatte er diese Stimme entwickelt? –, die sich in Spanisch und Portugiesisch erhob, vermischt mit Kraftausdrücken aus dem Arsenal von Venedig. Zweimal war er an die Reling gekommen, um ein beeindruckend technisches Gespräch mit Jorge da Silves zu führen, der mit erstaunlicher Wärme geantwortet hatte, sogar mit einer berechtigten Dankbarkeit im Ton. Eine Herzlichkeit, die sich, so vermutete Gottschalk, nicht auf Ochoa de Marchena erstrecken würde, wenn die *San Niccolo*, schwankend und in der besorgten Obhut ihres Zimmermanns, jetzt gleich ihren Patron und seine Begleiter wieder an Bord willkommen hieß.

Gottschalk beobachtete mit dem Schiffsführer und Bel zusammen, wie das Boot die vier von der *Ghost* herüberbrachte.

Gelis van Borselen sah unverändert aus. Stirn und Wangenknochen waren vielleicht brauner unter dem Weiß des Kopftuchs, und dem Kleid sah man an, daß es zwei Wochen getragen worden war, aber sie ließ keine Spur von Not oder Verzweiflung erkennen. Der schöne Jüngling neben ihr zeigte mehr Erregung, er konnte die Hände nicht ruhig halten, und sein Blick ging ständig zwischen den Decks und Nicolaas hin und her. Und Nicolaas, mit einer Mütze auf dem Haupt und einem Kittelhemd unter dem Wams, ließ sich von dem Boot auf und ab schaukeln und war in ein ernstes Gespräch mit einer Gestalt wie aus einem Possenstück vertieft: einem Mann, dessen Hut so aufgebläht war wie eine Ziegenlederflasche und dem die Strumpfhose in acht Farben zur Hüfte hinauf reichte, kaum umschwungen von den Schößen seines Wamses.

«Ochoa de Marchena», sagte Jorge da Silves. «Ich frage mich, wo heute nacht der Körper liegt, dessen Kleider das sind.»

«Wo auch immer», meinte Bel of Cuthilgurdy, «er sieht besser aus ohne sie.»

Als erster an Bord blieb Nicolaas auf dem Deck seiner strahlenden, jungfräulichen Karavelle stehen und blickte selbst an Gottschalk und Loppe vorbei. Dann wanderte der sich erwärmende Blick über seine Seeleute hin und kehrte zu Bel of Cuthilgurdy zurück und verdichtete sich zu etwas, das nicht ganz ein Lächeln war, vielleicht als Antwort auf einen Zug auf ihrem Gesicht. «Mistress Bel. Und Pater Gottschalk.» Jetzt war von einem Lächeln nichts mehr zu sehen. «Es tut mir leid, daß ich nicht hier sein konnte.»

«Mir auch», entgegnete Gottschalk. Der prüfende Blick war schon weitergegangen.

«Und der Schiffsführer. Nun, Jorge, Ihr habt die ganze Nacht die Wassertiefe ausgelotet.»

Der Kopf des Schiffsführers ging herum. «Auf meinen Befehl», sagte Gottschalk. «Die Dünen wechseln nämlich ihren Ort.» Loppe neben ihm stand ganz still, den Blick auf Nicolaas gerichtet.

«Ja, es gibt viel zu bereden. Wie Ihr seht, hat sich uns Diniz angeschlossen. Und die Demoiselle. Vielleicht möchte Mistress Bel ihren Bericht hören, während wir beraten. Jorge, die *Fortado* fährt wahrscheinlich hinter uns her, wenn sie sich nicht schon vor uns geschoben hat. Wie schwer ist der Schaden?»

«Ich erfahre es gleich. Wir können weiterfahren, seid ohne Sorge. Wir haben ohnehin schon viel Zeit verloren.»

«Wir müssen noch eine Stelle anlaufen», sagte Loppe.

«Nein», sagte Jorge da Silves. «Es ist zu spät. Und die Brandung beginnt vor dem Ksar, das habe ich Euch gesagt. Wir setzen den Rest am Senagana an Land oder nirgendwo.»

«Was höre ich da?» rief eine Stimme von der Leiter her. Ochoa sprang an Bord. «Ihr wollt Eure prächtigen Wilden nicht? Ich nehme sie, ich. Angefangen mit dem da. Und Eure Mannschaft! Eure Mannschaft! Verglichen mit meinem krätzigen, einbeinigen Abschaum! Niccolino, wo nehmt Ihr diese Leute her?»

«Ihr habt mich von Lopez reden hören», sagte Nicolaas freundlich. Er war ungehalten, aber weder er noch Loppe ließen sich eine Verärgerung anmerken. «Er gehört leider zu diesem Reiseunternehmen. Aber Ihr kennt gewiß Senhor Jorge da Silves vom Christusorden?»

Die strengen, hageren Züge des Portugiesen maßen sich ohne erkennbare Freude mit dem ungeschlachten andalusischen Gesicht, in dessen Mitte ein Lächeln so rosig wie Innereien gähnte. Der Portugiese sprach es in der dritten Person an. «Senhor Ochoa kann alle Schwarzen haben, die er will, vorausgesetzt, sie wurden zuvor nach Gottes Gesetz getauft. Wir haben schon kostbare Seelen an den Teufel verloren.»

Er warf einen finsteren Blick hinter sich. Gottschalk stand da, die Arme verschränkt, die geballten Fäuste fügsam in die Ärmel geschoben. Er sagte zu Nicolaas: «Die Heckkajüte ist frei.» Mistress Bel hatte das Mädchen an der Hand gefaßt und war verschwunden. Diniz hielt unglücklicherweise noch aus. «Dann ziehen wir uns am besten dorthin zurück», sagte Nicolaas.

Er brauchte jedoch länger als die anderen für den Weg bis zur Kajüte, und sowohl die beiden Schiffsführer wie Diniz und Gottschalk hatten schon Platz genommen, als er mit Loppe hereinkam; er nahm gerade die Hand von Loppes Wamsschulter. Gottschalk war nicht überrascht, wenn es auch den Schiffsführern nicht sonderlich zu behagen schien. In fünf Minuten zusammen mit Loppe würde Nicolaas alles erfahren haben, was er wissen mußte. Je nachdem, wie man es betrachtete, war Loppe sein treuster Freund oder sein Spion.

«Wir ändern unseren Plan, deshalb muß das schnell gehen», begann Nicolaas. «Jorge, was führt Ihr an Fracht mit? Gibt es da ein Papier?» Dies gab es, und er sprach, während er las. «Gummi – so viele Kisten? Pfeffer, einige Doppelzentner . . . Färberflechte und Drachenblut – ich habe noch mehr, von den Kanarischen Inseln. Und Gold, ja, ich sehe. Und wie viele Sklaven sind noch übrig?» Er blickte auf. «Ich weiß, Ihr habt einige an Land gesetzt, und ein paar sind über Bord gesprungen.»

«Es sind noch fünfzehn übrig», sagte Loppe. «Ihnen ist allen klar, was geschieht. Die meisten wollen am Senagana von Bord gehen oder bei einem Fischerdorf kurz davor. Sechs wollen mitkommen bis zum Gambia: Von diesen wissen zwei, wie sie von dort nach Hause kommen, und der Rest will es auf jeden Fall versuchen.» Er hielt kurz inne. «Keiner will mit uns nach Portugal.»

«Sie dachten, Ihr freßt sie auf. Huh! Huh!» Ochoa blies fröhlich die Backen auf. «Und Ihr habt für sie bezahlt, meine Kindchen? Da werfen meine Papageien einen besseren Gewinn ab, selbst wenn die eine Hälfte stirbt und ein Viertel auf der Reise kahlköpfig gepickt wird. Euer wunderbarer Lopez muß als Führer ein Vermögen wert sein!»

«Ochoa?» sagte Nicolaas. «Seht Ihr das Wasser da draußen? Die *Fortado* kann jeden Augenblick auftauchen.»

«Habt Ihr sie gesehen?» fragte Jorge da Silves.

«Gesehen!» sagte Ochoa und schnickte mit einem Finger seine Wamsschöße hoch. «Wir haben sie . . .»

«Wir hatten einen Schußwechsel mit ihr in der Dunkelheit», unterbrach ihn Nicolaas. «Sie hat Kanonen. Sie folgt uns ganz bestimmt. Sie weiß, daß die *Ghost* die *Doria* ist, oder wird es wissen, sobald sie sie bei Tageslicht sieht. Auch gibt es jetzt ein portugiesisches Amtshaus am Senagana, was alles zusammen bedeutet, daß die *Ghost* dort weder erscheinen noch Handel treiben kann. Deshalb werden wir jetzt, jetzt sofort, unsere Fracht austauschen.»

Diniz setzte sich auf, seine Lippen gingen auseinander. Jorge da

Silves fragte: «Ihr wollt das Gold und alles andere auf die *Ghost* umladen?»

«Und die Pferde und das Korn zu Euch hinüber, meine Teuren», sagte Ochoa. «Und Ihr könnt Eure schönen Neger behalten, wenn ich auch ganz gern einen kleinen für meine Kajüte gehabt hätte. Habe ich das schön gesagt?» Er sah sich zu Nicolaas um.

«Wie Ihr das immer tut. Ihr begreift, warum wir das tun, Jorge? Ihr könnt verkaufen. Die *Ghost* kann das nicht. Ihr werdet den Ballast neu verteilen müssen; denkt beide an Verpflegung und Wasservorräte. Die *Niccolo* behält die Handelsgüter, die sie noch hat, sowie die Muscheln. Es sind fünfzehn Menschen und fünfundzwanzig Pferde zu befördern, wenigstens zwei Tage lang. Und während wir Handel treiben, wird sich die *Ghost* in eine schmale Bucht verkriechen, wo die *Fortado* sie hoffentlich nicht sieht. Aber wir müssen das Hauptumladen jetzt hinter uns bringen, und zwar schnell.»

«Aber wie?» wollte Diniz wissen.

Ochoa schenkte ihm ein breites Lächeln. «Mein Lieber! Habt Ihr nicht gesehen, daß die Winden schon tätig werden? Geht hinauf an Deck, und Ihr werdet sehen, daß das Boot mit den ersten von Euren Lieblingen schon unterwegs ist. Ihr könnt noch zwei Tage bei Euren Pferden bleiben!»

Sie standen alle auf. Gottschalk sagte: «Ich verstehe nicht – wie weiß dieses andere Schiff, daß Ihr die *Doria* seid?»

«Ihr dürft raten», erwiderte Nicolaas. «Nein, dazu ist keine Zeit. Weil Mick Crackbene der Schiffsführer der *Fortado* ist. Was zum Teufel ist da draußen los?»

Sie hörten die laute Stimme Melchiorres, die aufbegehrte. Eine andere Stimme gesellte sich ihr zu. Dann wurde der Kajütenvorhang zur Seite gezogen. «Ihr böser Mensch», sagte Gelis van Borselen zu Nicolaas. «Ihr habt gewußt, daß dieser hochgesinnte Plan für die Sklaven töricht war. Ihr habt gewußt, was geschehen würde, und habt es zugelassen.»

Sie stand schwer atmend vor ihm, das Gesicht so fahl, als hätte man sie vergiftet. «Sie sind tot, nicht wahr, die meisten von ihnen? Ertrunken, zu Tode gehackt von feindlichen Stammesleuten. Man hätte sie nach Portugal in Sicherheit bringen können, wenn Ihr sie gelassen hättet.»

Ein Zittern ging durch das Schiff. Ein Boot war angekommen. «Bitte, nicht jetzt», sagte Nicolaas.

«Nicht jetzt!» sagte sie. Sie hob die Stimme, bis sie durch die ganze Kajüte klang. Sie bebte vor Zorn. «Und wenn man sie zum schlimmsten Händler der Welt gebracht hätte, das hier wäre nie geschehen. Oder? Aber weil Euer schwächlicher Priester und Euer . . .»

«Ich sagte, nicht jetzt!» Und ehe Gottschalk aufschreien oder helfen konnte, hatte Nicolaas das Mädchen an sich gezogen und zum Schweigen gebracht, die eine Hand über ihrem Mund, den anderen Arm um ihren Leib. Über ihren Kopf hinweg sagte er: «Geht jetzt, alle. Schickt nach der Schottin. Sagt es mir, wenn die *Fortado* auftaucht.»

Beide Schiffsführer gingen. Diniz zögerte noch und ging dann mit bekümmertem Gesicht hinaus. Nur Gottschalk und Loppe blieben zurück, und keiner von beiden rührte sich. Das Mädchen, das sie ansah, hörte einen Augenblick lang auf, sich zu wehren. Dann traten ihr Falten auf die Stirn, und sie versuchte sich wieder zu befreien, und als die Hand sich fester über ihren Mund legte, biß sie hinein.

Gottschalk hörte, wie Nicolaas die Luft durch die Zähne zischen ließ. Ein dicker Blutfaden lief ihm über die Finger, und Tropfen begannen unter der Handfläche herauszusickern. Die Form ihrer Augen und ihres Kinns veränderte sich abermals, aber er behielt die Hand, wo sie war, und verstärkte mit der anderen den Griff, der wie eine Umarmung aussah. Die Art von fester, aber gütiger Umarmung, in die ein Arzt ein tobendes Kind nimmt, dachte Gottschalk. Doch ihr Gesicht war voller Verzweiflung, und das seine, über sie gebeugt, zeigte eine verdichtete, völlig nach innen gerichtete Gewalttätigkeit. Er hatte inzwischen nicht mehr zu Loppe hinübergesehen. Jetzt schüttelte er den Kopf zu ihr hin und sagte:

«Ihr könnt jetzt nicht vernünftig denken. Wir sind in Gefahr. Geht in Eure Kajüte. Später. Später. Das kommt später.» Er lockerte den Griff der einen Hand, so daß sie den Kopf heben konnte, und drehte sie so herum, daß Gottschalk ihr Gesicht nicht sah. Ihr Haar, das sich gelöst hatte, fiel ihr den Rücken herunter; sein Hemd und sein Wams waren von Blut verschmiert. Er gab sie frei, als lasse er einen Hund von der Leine, hielt ihr ein Taschentuch hin und drückte es ihr in die Fäuste. «Benutzt es», sagte er. «Sonst halten sie uns ganz gewiß für Kannibalen. Bel wartet auf Euch.» Er überlegt nicht einmal mehr, was er sagt, dachte Gottschalk. Er hörte zu.

Sie wußte es auch. Sie sah sich um, und Gottschalk begegnete ihrem Blick, glaubte aber, daß Loppe ihn nicht auffing. Sie ist ein furchterregendes Mädchen, dachte Gottschalk, erstaunlich bei einer so sanften Schwester. Furchterregend wie der feurige Berg der Kanarischen Inseln und genauso abweisend.

Sie rieb sich mit dem Tuch über den Mund und warf es dann Nicolaas vor die Füße. Aus seiner aufgerissenen Hand tropfte es. «Wenigstens», sagte sie, «habe ich einen Geschmack von Macht bekommen, und Ihr habt eine weitere Familienerinnerung.» Sie faßte nach dem Vorhang und sprach weiter, ohne sich umzusehen. «Euer Schiff. Euer neues Schiff. Euer neues Schiff stinkt nach Tod.» Dann ging sie hinaus.

Die Sonne flammte in die Kajüte. Das Deck draußen erbebte, indes Füße stampften und der Ladebaum herumschwang. Winden quietschten, und Männer brüllten und sangen. Nicolaas drehte sich um, den Rücken zur Sonne. Gottschalk sprach mit ungewöhnlicher Mühe. «Nicht gerade jetzt, wie Ihr gesagt habt. Ihr müßt Eure Hand verbinden.» Er hielt inne und setzte dann hinzu: «Ihr hättet sie alles sagen lassen sollen.»

Nicolaas blickte ihn an. «Es war besser so», sagte er. «Und es war auch für sie schlimm. Könnt Ihr schnell kommen? Die Pferde sind hier.»

Es ergab sich, daß man keine Sklaven an Land setzte an den Küsten nördlich des Senagana und der Streit um ihr Schicksal aufgeschoben, wenn nicht vergessen wurde. Die Karavelle *Fortado* war endlich am Horizont aufgetaucht.

Nachdem Gottschalk sich am Abend erschöpft schlafen gelegt

hatte – die Ladungen waren ausgetauscht, und die *Niccolo* und ihre Begleiterin hatten endlich wieder Kurs auf Süden genommen –, wachte er am nächsten Morgen auf und sah, daß alles anders war. Nicht nur schoß die *Niccolo* nun mit vollen Segeln wie ein Jagdhund durch die Wellen, die *Ghost* hatte sie nach so später und wunderbarer Vereinigung wieder verlassen. Das heißt, sie hatte Kurs auf einige Inseln so weit westlich vom Kap Verde genommen, daß sie schon ganz weit entfernt war und damit jedermann zu erkennen gab, daß sie nicht beabsichtigte, in Guinea Handel zu treiben.

«Sie wird zurückkommen», erklärte Nicolaas, als Gottschalk ihn auf dem Achterdeck fand. «In der Nacht oder hinter einem Wirrwarr von Fischerbooten. Dann versteckt sie sich ein wenig von der Flußmündung entfernt und wartet.»

«Sie hat unsere Fracht an Bord», hatte Diniz bemerkt. Er sah noch immer krank aus. Nur die Mannschaft wirkte unberührt von allem, wenn auch ein wenig verwundert über das, was geschehen war. Es erschreckte Gottschalk, daß Nicolaas selbst unverändert aussah.

Er sagte gerade: «Sie hat eine ganze Menge, aber keine volle Ladung. Auf jeden Fall ist Ochoa für gewöhnlich zuverlässig, trotz des Gesindels, mit dem er sich umgibt. Sie werden warten. Und wir müssen nur vor der *Fortado* den Markt erreichen.»

Gottschalk wußte schon, von ihrer Reise von Funchal her und von ihrem überstürzten Aufbruch in Arguim, wozu Jorge da Silves fähig war, wenn er schnell vorankommen wollte. Als Jorge sich mit der *Niccolo* erst richtig auskannte, hatte er sie bis zur Grenze ihres Vermögens herangenommen und die Boote mit einem gebieterischen Rasseln heruntergelassen, wenn Sklaven an Land gesetzt werden sollten, und war Tag und Nacht mit höchster Geschwindigkeit an der niedrigen, gesichtslosen Küste mit ihren Wanderdünen und tückischen Sandbänken vorübergefahren. Er hatte alle Segel beigesetzt, selbst als Gottschalk ihn zwang, sich an seichte Gewässer zu halten und nicht draußen auf hoher See zu fahren. Das war, nachdem die Mutter sich ins Meer gestürzt hatte und Filipe und Lázaro geschlagen worden waren.

Keiner der Sklaven, ob tot oder lebendig, war getauft worden, was ein weiterer Zankapfel gewesen war. Er war kein Medizinmann, der Seelen mit einigen Spritzern Wasser rettete. Zur Taufe gehörte mehr, wie der Christusorden auch darüber denken mochte. Statt dessen widmete er denen, die noch übrig waren, seine Pflegedienste und seine Zeit, und Loppe blieb bei ihnen, wenn sie ihn haben wollten. Die meisten von ihnen mißtrauten Loppe und hatten für einen Priester keine Verwendung. Gern gesehen bei ihnen war dagegen Bel.

Diesen Morgen hatte sie an einem anderen Ort verbracht, nämlich bei dem Mädchen. Der ungewöhnliche Ausbruch vom Vortag hatte, wie sich herausstellte, einen recht gewöhnlichen körperlichen Grund gehabt, wie Gottschalk insgeheim vermutet hatte. Die sofortige Behandlung war auch körperlicher Natur gewesen. Als er sich einem überreizten Mädchen gegenübersah, hatte Nicolaas, einst bestbedienter Lehrling in Brügge, besser als Gottschalk gewußt, was zu tun war. Gottschalk fragte sich, wie er das auszunutzen gedachte.

Er fand es bald heraus, denn das Mädchen kam vor der Mittagsstunde herauf, um nach der *Fortado* zu schauen. Alle kamen von Zeit zu Zeit herauf, selbst Diniz ging dazu von seinen Pferden fort. Wie Gottschalk jetzt verstand, war Diniz bei ihnen zum einen wegen Simons Treulosigkeit, zum anderen um das Vermögen seiner Mutter zu retten, und schließlich, daran gab es keinen Zweifel, um Nicolaas' willen, der abwechselnd freundlich und zurückhaltend war. Gottschalk wünschte, man hätte nicht Diniz, sondern Gregorio auf diese Reise mitgenommen. Er zweifelte nicht daran, daß sich alles nach Plan ergeben hatte. Loppe hatte es natürlich geahnt. Und das Haus Vatachino war sicher gewesen.

Nicht gerechnet hatte Nicolaas jedoch mit Gelis van Borselens Hartnäckigkeit. Auch Gottschalk hätte sie lieber zu Hause in Sicherheit gewußt, wo sie zur Frau heranreifen und in Ruhe mit dem Schicksal ihrer Schwester fertig werden konnte. So aber zehrte ihre Zwangsvorstellung von sich selbst. Sie setzte ihr Leben allenfalls um eines Zieles willen aufs Spiel, das sie am wenigsten erreichen wollte: daß sie Nicolaas vielleicht unwissentlich zur Vernunft brachte.

Doch dies schien unwahrscheinlich. Loppe hatte bei diesem schrecklichen Experiment aus einem ganz bestimmten Grund freie Hand bekommen. Was Nicolaas auch behaupten mochte, dieser sogenannte christliche Vorstoß nach Äthiopien zielte allein auf Gold ab und war auf den Rat einer Person angewiesen, die etwas von Gold verstand. Und was er auch sonst noch ins Feld führen mochte, das Gold war nicht für seine Bank oder für Diniz bestimmt, sondern sollte seinen Stolz retten und die Narben seiner schrecklichen und persönlichen Verluste verdecken. Seiner sehr greifbaren Verluste. Natürlich billigte man Nicolaas das zu. Man verstand vieles an Nicolaas, aber man konnte es nicht entschuldigen.

Gottschalk schwieg deshalb, als Gelis die Stufen zum Deck hinaufstieg, gefolgt von Bel, ein paar Worte mit dem Schiffsführer wechselte und dann an die Reling trat zu Diniz, der nach achtern Ausschau hielt. «Ist das die *Fortado*?» fragte sie. «Das blaue Schiff?»

«Du kannst sehen, daß es blau ist? Das konnte heute früh niemand. Es hatte eine Zeitlang besseren Wind und hat aufgeholt. Man könnte sehen, wo die Spiere heruntergebrochen ist, wenn die Entfernung nicht so groß wäre. Man könnte sehen, wo unsere Kugel übers Mittschiff gefegt ist. Nic. . . alle sagen, sie müssen die Schäden selbst ausgebessert haben. Sie können nicht lange in Arguim geblieben sein, nur zur Ergänzung ihrer Vorräte. Aber sie können uns nicht einholen.»

«Wer sagt das?»

«Nic. . . jeder sagt das.» Diniz war errötet. «Fühlst du dich besser?»

«Ja. Wo ist Nic-jeder?» fragte sie.

«Hinter Euch», sagte Nicolaas. «Diniz ist verlegen, und das ist auch sein Gewissen. Wir sind alle nicht besonders stolz auf uns, ob Ihr's glaubt oder nicht.»

«Was ich glaube, kann im Augenblick nicht so wichtig sein», gab sie zurück. «Wie recht ich auch hatte und habe, ich habe mir die falsche Zeit und den falschen Ort ausgesucht, um es zu sagen, und dafür entschuldige ich mich. Ich habe das auch schon zu Loppe gesagt.»

«Dann seid Ihr mutiger als ich», erwiderte Nicolaas. «Aber ich bin froh, daß Ihr es getan habt. Ihr wißt, daß wir bis auf sechs alle am Senagana an Land setzen? Die Sanhaja müssen sich die Küste hinauf ihren Weg nach Hause suchen, aber sie sprechen Arabisch und werden es wohl schaffen. Einige von den Schwarzen sind Jalofos und schwören, sie wissen, wie sie gehen müssen. Die übrigen scheinen das gleiche zu sagen, aber wir kennen ihre Sprache nicht. Sie werden vielleicht getötet. Die andere Möglichkeit ist die, daß man sie in Ketten legt und nach Portugal bringt.»

«Das würdet Ihr tun?» Sie trug ein anderes Kleid. Einen Augenblick lang sah auch ihr Gesicht anders aus.

«Nein, das würde ich nicht», erwiderte er. «Das wäre unerträglich grausam. Aber wenn sie beim Eintreffen der *Fortado* noch in der Nähe sind, werden einige vielleicht wieder eingefangen und von den Jalofos versteigert. Kaufen wir sie ein zweites Mal oder lassen wir sie auf die *Fortado* gehen und weiter zu einem christlichen Dienstherrn in Portugal? Ich werde tun, was Ihr für gut haltet. Es sind drei Mädchen und ein acht Jahre alter Junge ohne Haut auf dem Leib dabei. Lázaro dachte, er könnte das Schwarze abreiben.»

«Nicolaas», mahnte Gottschalk.

«Laßt ihn nur», sagte Gelis. «Ich habe ihm in die Hand gebissen, und ich habe mich nicht entschuldigt. Und das werde ich auch nicht tun. Wenn sie wieder eingefangen werden, ich glaube, dann sollte die *Fortado* sie haben.»

«Diniz?» fragte Nicolaas.

«Sie meint das nicht ernst. Sie überlegt es sich noch.»

Gottschalk blickte ihn an und sah zu seiner Überraschung den Krieger, den Nicolaas im Kampf um Ceuta vorgefunden hatte. Vielleicht sah auch Gelis diesen Diniz. Einen Augenblick herrschte Schweigen. Dann sagte sie: «Du hast recht. Ich meine es nicht ernst. Es ist zu spät dafür.»

«Ihr müßt es sagen», meinte Nicolaas. «Und ich muß sie natürlich kaufen. Ihr meintet, Mistress Bel könnte ihren Beutel öffnen.» Es war unmöglich zu entscheiden, ob er überrascht oder verärgert oder einfach müde war. Man konnte nur so viel sagen, daß er inzwischen geneigt war, die ganze Sache loszuwerden und sie ihnen vor die Füße zu werfen. Kurz darauf ging das Mädchen hinunter.

In der noch verbleibenden Zeit entwarf man einen Plan. Die *Fortado* segelte wie ein Vogel daher, würde aber, wenn nichts Unvorhergesehenes eintrat, den Senagana erst einen halben Tag nach ihnen erreichen. Und zu einem Unglück kam es beinahe: Sie gerieten blindlings in einen Strudel von Delphinen hinein, der einen Schwarm Meeräschen an die Küste trieb. Das Ruder kickte, die Karavelle, so schwer sie war, schaukelte, ehe sie sich durchkämpfte, ohne Schaden zu nehmen. «Das kommt hier vor», sagte Jorge. «Der Meeräschenlaich: die Schwarzen rufen die Delphine zu Hilfe.»

«Sie rufen die Delphine?» Bel zeigte sich verwundert. «Mit Namen, oder tragen sie Zahlen?»

«Die Fischer klatschen mit ihren Paddeln aufs Wasser, und die Delphine hören das. Hoffen wir, daß auch die *Fortado* Ärger hat», sagte Jorge. Er kannte die Küste. Er hatte nicht die Meere befahren nach der Art von Ochoa, bis seine Nähte platzten und das Zahnfleisch die letzten Zahnstümpfe preisgab, aber er wußte, was vom Senagana zu erwarten war. Außer zur Flutzeit kam nichts über die Sandbänke vor der großen Doppelmündung hinüber. Das Lehmhaus des Faktors war, wie die Berichte wissen wollten, in aller Eile auf einer Insel errichtet worden; die *Niccolo*, die außerhalb des Flusses ankerte, der an seiner Mündung eine Meile breit war, würde eine Abordnung hinüberschicken und dann gemäß dem Rat des Faktors ihre Fracht an Land absetzen und zum Markt vorstoßen.

Lagerhäuser gab es hier noch nicht. Der Handel fand wie zu Ca' da Mostas Zeiten vor zehn Jahren ein Stück landeinwärts in einem Dorf des Jalofokönigs dieses Gebiets statt. Nicolaas und Jorge würden die Gruppe anführen, und mitkommen würden der Erste Steuermann, Gottschalk und Loppe. Und natürlich der Stallknecht für die Pferde.

«Und ich», rief Diniz.

«Natürlich, wenn du willst», sagte Nicolaas. «Aber dann wären die Frauen allein auf der *Niccolo*, wenn Crackbene kommt. Ich dachte, du hättest Crackbene gern noch einmal gesehen. Vielleicht laden sie dich an Bord der *Fortado* ein.»

«Ja, gut, schon denkbar», sagte Diniz und stieß ein Lachen aus, das Pater Gottschalk veranlaßte, Nicolaas einen scharfen Blick zuzuwerfen. Aber Nicolaas machte nur ein dummes Gesicht.

KAPITEL 18

ALS DER NÄCHSTE MORGEN zur Hälfte um war und die Hitze alle bis auf den Ausguck unter Planen getrieben hatte, rollte die portugiesische Karavelle *Fortado* ihr Hauptsegel ein und holperte durch die Strömungen, um schließlich neben ihrem ursprünglichen Zwilling, der *San Niccolo*, vor Anker zu gehen, die schläfrig vor der afrikanischen Küste in der sumpfigen Mündung des Senaganaflusses schaukelte. Die leichten Boote, die zuvor gehorsam wie Delphine letztere umschwirrt hatten, tauchten, über die Brecher taumelnd, abermals auf, um den Neuankömmling mit zappelnden Hühnern und Körben mit Pfeffer und Meeräschen und schwarzen und braunen Beeren zu versorgen.

Unter den Ruderern waren alle Rassen vertreten, von den halbnackten Schwarzen bis zu den braunen Tuareg mit ihren Kopftüchern, Hemden aus Tierbalg und Kniehosen. So wie die Rassen vermischt waren, so bot sich auch die Landschaft als eine Abwechslung von grasbedeckten Dünen, niedrigem Gestrüpp und Hainen von Kokospalmen dar. Es war der Rand des Sahelgebiets, hinter dem das Landesinnere lag, die grünen Waldungen, Weideländer und Buschdickichte, die vom Senagana bewässert wurden und dessen lange erwartete Sommerflut Vogel, Tier und menschlichen Ansiedlungen das Leben ermöglichte. Der versengende Atem der Wüste war verschwunden. Satte Gerüche, tierische Gerüche breiteten sich aus und schienen schwer ins Wasser zu sinken. Endlich der Geruch Afrikas.

Der schwimmende Markt war ein sofortiger Erfolg bei der *Fortado*, die seit Funchal ihre Vorräte nicht mehr ergänzt hatte. Diniz, der sich lässig über die Reling der *Niccolo* lehnte, bemerkte die Schnelligkeit, mit der der Kleinhandel vonstatten ging, und schloß daraus, daß die Verkäufer wohl wußten, daß der Faktor seit Tagesanbruch abwesend war, die Käufer aber nicht. Dies wurde bestätigt durch einen Ruf, der über das Wasser zu ihm drang. Messer Raffaelo Doria ließ einen höflichen Gruß entbieten und würde sich geehrt fühlen, mit Kaufmann Niccolo van der Poele sprechen zu können, den er an Bord glaubte. Die benutzte Sprache war das Portugiesische.

Es hatte angefangen. Diniz, der befriedigt gewisse ausgebesserte Stellen und Narben an der Seite des benachbarten Schiffes in Augenschein genommen hatte, blickte zu dem Sprecher hin, der nach einem *Comito* aussah. «Mit dem Kaufmann?» sagte Diniz nach einer Weile.

«Niccolo van der Poele. Dem Flamen.»

Gelis van Borselen, das Haar sonnenglitzernd von Ringellöckchen, erschien neben Diniz und lächelte strahlend über das Wasser hinweg. Der *Comito* drüben verbeugte sich. Auch Diniz schenkte ihm ein Lächeln. Nach einer Pause wiederholte der *Comito*: «Der Flame?»

«Ich bin Flamin», sagte Gelis, «und ich spreche gern für mein Volk. Geht es um eine bestimmte Angelegenheit?»

«Ja. Das heißt, nein. Euer Diener, Senhora. Ich suche einen Kaufmann.»

Diniz warf die Schultern zurück. «Ich bin einer – zweifelt Ihr daran?»

«Ich suche einen *flämischen* Kaufmann», sagte der *Comito*, «namens Niccolo van der Poele.»

«Hier ist kein solcher Kaufmann», erwiderte Diniz. «Ihr seid falsch unterrichtet.»

«Aber . . .»

«Das genügt», sagte eine andere Stimme, eine befehlsgewohnte Stimme. Es war nicht, wie Diniz gehofft hatte, die Stimme von Michael Crackbene. Sie gehörte einem kräftig gebauten Mann in einem Wams und einem Hut, die beide fast Ochoa de Marchenas würdig gewesen wären, nur daß sie nicht nur teuer waren, sondern auch von Geschmack zeugten. Zudem sprach er nicht mit spanischem, sondern mit genuesischem Akzent, und die Sprache, die er gebrauchte, als er die Stelle des anderen an der Reling einnahm, war nicht das Portugiesische, sondern das Italienische.

«Ich bin Raffaelo Doria», sagte er, «Befehlshaber der *Fortado*. Haben wir Euch mißverstanden? Ihr müßt doch Euren Handelsbevollmächtigten an Bord haben, einen flämischen Kaufmann des Namens, den Ihr gehört habt. Oder treibt die *San Niccolo* keinen Handel mehr?»

«Ah!» sagte die neue, einschmeichelnde Gelis. «Aber da seid Ihr falsch unterrichtet, wie Senhor Vasquez Euch zu verstehen zu geben suchte. Hier ist kein Kaufmann dieses Namens. Der frühere Kaufmann dieses Namens ist jetzt ein Ritter vom Schwertorden. Er ist ordnungsgemäß zumindest Ser Niccolo zu nennen.»

Raffaelo Doria, der die behandschuhten Hände auf die Reling gelegt hatte, zog diese jetzt zurück und sagte: «Dann bitte ich für meinen Irrtum um Entschuldigung. Ich möchte gern mit Ser Niccolo sprechen. Aber ich bin erstaunt, daß er unser Eintreffen nicht gehört hat. Wir haben einen Schuß abgefeuert.»

«Wir dachten, Ihr wolltet Fisch kaufen», gab Gelis überrascht zurück, «wenn natürlich auch alle Käufe über den Faktor laufen sollten. Hattet Ihr eine lohnende Reise? Habt Ihr schöne Dinge eingeladen?»

«Ist er an Bord?» fragte ihr Opfer in knappem, sehr bestimmtem Ton.

Diniz überlegte. «Um die Wahrheit zu sagen, nein», ließ er sich schließlich vernehmen. «Obschon wir ihn bald zurückerwarten. Ich würde Euch sogar gern einladen, herüberzukommen und auf ihn zu warten, aber ich bin dazu nicht befugt.»

«Du solltest sie einladen», sagte Gelis plötzlich ein wenig gereizt. «Ich bin der langweiligen Gesellschaft überdrüssig.»

Diniz sah sie stirnrunzelnd an. «Ich bin dazu nicht befugt», wiederholte er.

«Wäre die Demoiselle dann vielleicht gern für eine Stunde Gast der *Fortado*?» schlug die gebieterische Stimme auf dem anderen Schiff vor. «Wenn Messer . . . Ser Niccolo kommt, könnte er sich uns anschließen.»

«Ich? Allein?» sagte Gelis und trat einen Schritt zurück. «Ich fürchte, das geht nicht.»

«Natürlich nicht, nein. Mit Messer . . . Ser Vasquez, wenn er uns die Ehre zu geben beliebt.»

Gelis drehte sich zur Seite um. «Ich gehe nirgendwohin ohne weibliche Begleitung. Ich werde bei Mistress Bel bleiben.»

«Aber bringt Mistress Bel doch mit!» rief Raffaelo Doria.

Für das Auge eines Uneingeweihten sah das Deck der *Fortado* recht ordentlich aus: sauber und aufgeräumt, die Planen in gutem Zustand, und die Flasche Wein, die man Diniz und den beiden Frauen anbot, war gut und gewiß eine ihrer letzten, wie Diniz vermutete. Er hatte das Gefühl, daß sich die Mannschaft unter Deck mit einem Schlauch Baobabsaft begnügte. Er fragte sich, wie stark die Mannschaft noch war. Raffaelo Doria sagte: «Euer Augenmerk gilt unseren Ausbesserungen, Senhor Vasquez?»

«Hattet Ihr einen Schaden, Monseigneur?» erwiderte Diniz. «Wir sind auf eine Sandbank gelaufen, so etwas geschieht, ehe man es sich versieht.»

«Da ist eine Troddel vom Sonnenvorhang lose», sagte Mistress Bel. «Wenn ich wieder besser beieinander bin, komme ich gern mit meiner Nähnadel herüber.»

«Oh, vielen Dank», sagte Raffaelo Doria. «Ich fürchte, wir sind nicht in der besten Verfassung. Wir wurden angegriffen – Ihr wußtet das nicht? – und mußten manches notdürftig flicken und ausbessern. Glücklicherweise hatten wir einen Mann mit Erfahrung in solchen Dingen an Bord. Ihr kennt ihn wohl, glaube ich?» Er winkte mit der Hand. Ein Kopf erschien über der vorderen

Luke, und heraus stieg gelassen ein stämmig gebauter Mann mit blondem Haar und kam näher mit leicht wiegendem Gang im Einklang mit der Neigung des Decks.

Es war Michael Crackbene, einst Schiffsführer bei Nicolaas, der Jordan de Ribéracs Geld genommen und Jordan geholfen hatte, Diniz aus Zypern zu entführen. Neun Monate lang hatte Diniz Michael Crackbene gehaßt, aber natürlich war er jetzt alt genug, um es sich nicht anmerken zu lassen. Er sagte: «Ihr habt einen neuen Dienstherrn gefunden.»

«Sind es alle möglichen Ausbesserungen?» fragte Bel of Cuthilgurdy. «Es gibt da einen Stich beim Flicken, den habe ich sehr gern, aber ich möchte ihn Euch jetzt lieber nicht zeigen. Ich glaube, es sind die Muscheln.»

«Ser Nicolaas ist nicht bei Euch?» sagte Crackbene. Er verneigte sich vor den Gästen und nahm auf Dorias Anweisung Platz. Seine Augen entdeckten Gelis und blieben mit so etwas wie Verwunderung auf ihr ruhen.

«Glücklicherweise nicht», sagte Gelis van Borselen. «Ich glaube sogar, Ihr werdet auch auf unsere Gesellschaft verzichten müssen. Nach allem, was Diniz mir erzählt hat, möchte ich nicht in der Nähe von Schiffsführer Michael Crackbene bleiben.»

«Oh, es tut mir leid, das zu hören», sagte Raffaelo Doria. «Ist es, weil er sich die *Doria* angeeignet hat? Ihr wißt vielleicht nicht, daß das Schiff ursprünglich Jordan de Ribérac gehörte und von Eurem unbesonnenen jungen Ritter Niccolo widerrechtlich in Besitz genommen wurde. Nachdem er, wie ich leider hinzufügen muß, den Tod eines entfernten Cousins von mir, Pagano Doria, herbeigeführt hatte. Habe ich recht, Crackbene?»

«Haargenau», bestätigte Michael Crackbene. «Damals wurde aus der *Ribérac* die *Doria*. Und jetzt heißt sie *Ghost*.»

«Ein Schiff dieses Namens ist hier in dieser Gegend», sagte Gelis. «Wir haben es in Arguim gesehen. Das soll dasselbe Schiff sein wie Eure *Doria*?»

«Wohl kaum», meinte Diniz. «Wenn damit die Kogge gemeint ist, die von Funchal auslief. Die ist ganz anders als die *Doria*, und ich sollte es ja wohl wissen.»

«Da bin ich nicht so sicher», entgegnete Raffaelo Doria nachdenklich. «Schiffe lassen sich oberflächlich leicht verändern. Ein Blick ins Innere, und man wüßte Bescheid.»

«Ich bin ziemlich sicher, daß es die Muscheln sind», sagte sein ältester Gast. «Vielleicht noch ein Tropfen von Eurem Madeira?» Crackbene schenkte ihr ein. «Gewiß, ein Blick ins Innere würde genügen. Ich bin zum Beispiel überzeugt, daß es die *Ghost* war, die uns mit ihren Kanonen angegriffen hat.»

«Ihr seid Euch nicht sicher?» fragte Diniz. «Ach, es war in der Nacht? Dann war es wahrscheinlich nicht die *Ghost*. Ich habe dem Amtmann in Arguim gemeldet, daß ich am Tag zuvor eine weiße Kogge mit einiger Bestückung gesehen hatte.»

«Wirklich, Senhor Diniz?» sagte Michael Crackbene. «Da fragt man sich, wo sie Vorräte an Bord genommen hat. Das Dumme ist, ich hatte den Eindruck – ich kann es nicht mit Bestimmtheit behaupten, hatte eben nur den Eindruck, wie gesagt, daß an Bord dieses Schiffes nicht nur Ser Nicolaas war, sondern auch Ihr. Mit einer Arkebuse.»

«Du liebe Güte!» sagte Mistress Bel. «Aber von denen gibt's viele. Ich habe auch mit den Dingern geschossen, zu meiner Zeit. Gelis, ich muß mich entschuldigen.»

Eine Welle unterdrückter Verlegenheit erfaßte die Runde. Gelis sagte: «Ich komme mit Euch» und stand auf.

Raffaelo Doria erhob sich ebenfalls. «Es tut mir leid. Ist der Signora nicht wohl?»

«Es waren die Muscheln», sagte Gelis. «Ich weiß nicht, wo . . .»

«Ich rufe jemanden», sagte Raffaelo Doria. «He, Tati! *Gahu!*»

Der Vorhang der Heckkajüte bewegte sich, und ein schwarzer Jalofocherub in weißem Baumwollhemd stand vor ihnen, die Hände sittsam gefaltet. Diniz, der verblüfft hinstarrte, hielt ihn für ein ungefähr zwölf Jahre altes Mädchen. Raffaelo Doria sagte: «*Dafa fun ope. Biir day metti.*» Und an Gelis gewandt setzte er hinzu: «Tati führt sie hinunter. Ihr braucht uns nicht zu verlassen.» Und als das Kind Bel hinunterführte, fuhr er fort: «Aber um auf das zurückzukommen, wovon wir gerade sprachen: Nun da ich Euch sehe, muß ich gestehen, daß ich Euch für den Zwillingsbruder des

Mannes halten würde, der auf unsere Segel geschossen hat. Da ich Ser Niccolo nicht kenne, könnte ich das gleiche von ihm erst sagen, wenn ich ihm begegne. Aber Crackbene ist sich erstaunlich sicher.»

«Dann hat er sich getäuscht», sagte Gelis van Borselen, wobei sie ein belustigtes Gesicht machte. «Diniz und Ser Niccolo sind beide die ganze Strecke von Funchal hierher mit mir zusammen gewesen.»

«Auf der *San Niccolo*?»

«Auf welchem Schiff sonst?» Gelis van Borselen gab ihr Lächeln an Mick Crackbene weiter. Sie sah hübsch aus. Diniz war so vom Donner gerührt wie Michael Crackbene.

«Und doch seid Ihr und Mistress Bel in Funchal an Land gegangen?»

«Wie aufmerksam Ihr unser Tun und Lassen verfolgt habt! Ja, wir sind an Land gegangen. Wir sind Senhor Diniz auf seine Pflanzung gefolgt, und nachdem er mit seinem Faktor gesprochen hatte, sind wir in Câmara de Lobos wieder an Bord der *San Niccolo* gegangen. Signor Doria, erhebt Ihr irgendeine Anklage gegen uns? Ich glaubte, wir seien hier als Eure Gäste.»

Raffaelo Doria lächelte. In dem Aufschlag seines Hutes waren rechteckige Emailstücke eingenäht, die in der Form zu seinen Zähnen und seinen Fingerspitzen paßten; an den Fingern blitzten Ringe. «Wie könnte ich ein so fesselndes Wesen anklagen? Auf jeden Fall bedarf ich eines überzeugenderen Beweises. Man müßte sich zum Beispiel die *Ghost*, die einmal die *Doria* war, genauer ansehen.»

Er sprach noch immer zu Gelis, und Diniz war's zufrieden. Wenn er Gelis für die schwache Stelle hielt, dann um so besser. Gelis sagte: «Ich sehe trotzdem nicht, was das soll. Ich sagte Euch doch, daß sie nichts mit uns zu tun hat. Was mich betrifft, könnt Ihr sie so lange durchsuchen, wie Ihr wollt, wenn Ihr sie findet.»

«Oh, wir haben sie schon gefunden», rief Raffaelo Doria aus. «Habe ich das nicht gesagt? Sie versteckt sich gerade ein kleines Stück die Küste hinauf, wie der Vogel Strauß, der glaubt, keiner kann ihn sehen. Und ich würde eine sehr hohe Wette darauf eingehen, daß Ser Niccolo jetzt in diesem Augenblick bei ihr an Bord ist und sich auch versteckt.»

«Ihr seid Eurer Sache sehr sicher.» Gelis blickte verärgert.

«Mehr als sicher», sagte Raffaelo Doria fröhlich. Er zog einen seiner Ringe ab. «So sicher, daß ich diesen Rubinring einsetze. Senhor Diniz, setzt Ihr eine Kleinigkeit dagegen?» Crackbene lachte.

Diniz erwiderte: «Ich will Euren Ring nicht. Aber kein Wort mehr von Wetten und Spielen. Ihr sprecht mit Gelis van Borselen, dem Schrecken von Flandern.»

«Wirklich? Demoiselle? Dann nehmt Ihr meine kleine Wette an?»

«Wenn Ihr unbedingt wollt.» Sie hatte Perlen im Haar, die zehnmal soviel wert waren wie der Ring. Sie löste sie heraus, und das Haar, bleich wie Stroh, fiel ihr auf die Schultern. «Ich brauche eine Dienerin. Die hier gegen Eure Tati.»

Er lachte. «Wirklich, Demoiselle!»

«Wirklich. Wenn Ihr recht habt, lauft Ihr ja keine Gefahr.»

«Dann nehme ich natürlich an.» Doch seine Augen lächelten nicht, weder gleich noch einige Augenblicke später, als das Kind wieder an Deck geklettert kam, gefolgt von Bel of Cuthilgurdy, die einige Sachen auf den Armen trug.

«Schaut, was ich bekommen habe!» kreischte Mistress Bel. «Oh, habt Ihr viel geladen! Habt Ihr noch nichts verkauft? Nun, jetzt seid Ihr einiges losgeworden. Und ich hab dafür bezahlt, die Kleine wird's Euch sagen. Schaut, Gelis: vier große Bahnen Seidentuch und Wolltuch, eine Blechpfanne, die mir gefehlt hat, und ein kleines bißchen Zucker. Und schaut, was hier in dieser Flechtmatte ist — weshalb habt Ihr Eure Perlen abgelegt?»

Gelis blickte auf. «Sie glauben, Ser Niccolo ist auf der *Ghost*. Ich habe ihnen gesagt, das ist er nicht.»

Bel of Cuthilgurdy richtete den Blick auf Raffaelo Doria. Es war ein vorwurfsvoller Blick. «Ihr habt doch wohl keine Wette angenommen? Sie macht Euch arm. Ihr habt sie noch nicht im Zwischendeck bei den Schlagmännern erlebt. Kommt da jemand vom Fluß her?»

«Entschuldigt mich», sagte Raffaelo Doria und erhob sich. Der *Comito* rief etwas von der Reling her. Am Bug und im Heck traten Seeleute an die Brüstung. Diniz zählte zweiundzwanzig, Steuerleute, Befehlshaber und Crackbene eingeschlossen. Also hatten sie drei Mann verloren, tot oder verwundet.

Er verstand die Unruhe vor einer Begegnung mit Nicolaas. Er verstand Crackbene, der Doria gefolgt war. Diniz erinnerte sich des kehligen Akzents, der beim Italienischen wie beim Französischen hörbar war. Der Schiffsführer hatte keinen Versuch gemacht, Diniz beiseite zu nehmen oder sich zu entschuldigen oder auch Drohungen gegen Nicolaas vorzubringen. Vermutlich war das nicht nötig, Diniz kam keine große Bedeutung zu. Der Krieg wurde zwischen Nicolaas und Crackbenes Dienstherren, Jordan und Simon de St. Pol, ausgetragen.

Das Hauptdeck lag verlassen da. Diniz stand auf, um sich zu den anderen an die Seite zu begeben, und Gelis blieb nur einen Augenblick, um nach Bel mit ihren Einkäufen zu sehen. «Habt Ihr Euch erleichtern können?» fragte sie und berührte Bel am Arm.

«Ging alles sehr gut, mein Kind», sagte Bel of Cuthilgurdy. «Geht Ihr nur und schaut, was es gibt.» Und Gelis ging, wieder lächelnd jetzt, zu Diniz hinüber.

Hatte man den Schatten der Planen verlassen, brannte einem die schwefelgelbe Sonne auf den Kopf und blendete gleichzeitig vom Wasser auf, das schwer war von Gerüchen aller Art. Neben ihnen schwankte die *San Niccolo* in der Dünung: Die Stelle, die sie gewählt hatten, war zu weit draußen, als daß vollkommene Ruhe hätte herrschen können. Seit das letzte Kanu verschwunden war, hatte sich die Mündung mit tierischem Leben erfüllt. Flamingos flogen umher, und Pelikane standen auf den Sandbänken. Das Licht schimmerte auf den Schwingen vertrauter Vögel, die hier überwinterten, und das Wasser war silbrig von Fischen. Zwischen den sumpfigen Inseln kamen vier Boote herausgefahren, von denen das erste ein die portugiesische Flagge führendes Beiboot voller Bewaffneter war.

«Der Faktor», sagte Raffaelo Doria, «im Begriff, Euer herrenloses Schiff zu besuchen. Wie überrascht er sein wird! Und hinter ihm – gelobt sei der Schöpfer aller Dinge! – eine königliche *Almadia*, mit zwei vollbesetzten Booten dahinter. Habt Ihr je ein herrschaftlicheres Fahrzeug gesehen, Demoiselle? Seht darüber hinweg, daß es aus einem Baumstamm herausgemeißelt ist und seine Ruderer fast nackt sind. Bewundert die bemalten Seiten und die Vergoldung. Und den Baldachin mit seinem Dach aus karminroter Seide und den holzgeschnitzten Thron, der eines Papstes würdig wäre. Und schaut dann den großen schwarzen König selbst, seine Gewänder, das Gold auf seiner Brust, den herrlichen Gürtel um den Leib, die...»

Schweigen trat ein. «Die Brille auf seiner Nase?» schlug Diniz vor.

Raffaelo Doria starrte über das Wasser hin. Gelis rückte ein Stück näher und legte ihm die Hand auf den Arm. «Und jetzt lernt Ihr Nicolaas doch noch kennen», sagte sie. «Dort ist er, bei den Ehefrauen im zweiten Boot. Sie scheinen alle hierher zu kommen.»

Selbst einen Mann aus Eisen (der Raffaelo Doria glücklicherweise war) mußte es bedrücken, wenn er da nicht nur den Vertreter der portugiesischen Krone am Senagana samt seinem Gefolge an Bord seiner schönen Karavelle steigen sah, sondern auch einen kohlschwarzen Jalofo-König von zweieinhalb Zentnern Gewicht und einer Körpergröße von sechs Fuß und sechs Zoll von den nackten Füßen bis zu den Federn in seinem kunstvoll gefältelten schwarzen Haar, gefolgt wiederum von sechsen seiner Ehefrauen und acht behosten Begleitern, die mit Speeren und runden Schilden bewaffnet waren und seinen Thronstuhl und einen Teppich trugen.

Der Lärm auf dem von Menschen wimmelnden Deck war ungeheuer und ging hauptsächlich, aber nicht allein von dem Teppich voller reizender Matronen aus, die so schwarz waren wie der Monarch, den sie umgaben, und eingehüllt von den Achseln bis zu den Unterschenkeln in papageienbunte, leuchtende Stoffe aus Malagaseide. Ihre Hälse, Arme und Knöchel klirrten von schwerem, blankpoliertem Gold, und ihre Zähne funkelten weiß, indes sie kreischten, schnatterten und schrien.

Was man so sagte, stimmte, wie Diniz sehen konnte. Von allen in dieser Gegend bekannten Negervölkern waren die Jalofos das schönste, schwärzeste und geschwätzigste. Der Faktor, der die einen den anderen vorzustellen versuchte, wurde von dem sanften Überschwang seines glitzernden Gastes überwältigt, der einfach jedes weiße Wesen, das sich seinem Thron näherte, packte und umarmte und dann an seine Frauen und Begleiter weiterreichte, die es betätschelten und kniffen und mit ihm lachten.

Diniz, der kichernd und außer Atem aus dieser Behandlung hervorgegangen war, hatte sich auf einen Lukendeckel am Rand des Teppichs gesetzt und beobachtete das Treiben voller Entzükken. Es war zu erkennen, daß Doria das Schauspiel schon einmal überstanden hatte und seinen Abscheu fast zu verbergen vermochte. Crackbene nahm es leicht, desgleichen Mistress Bel, die mit den besten von den Frauen um die Wette kreischte und von Muscheln noch nie etwas gehört zu haben schien. Und Gelis van Borselen, das anspruchsvolle, kühle Mädchen, trat mit ihrem blonden, über die Schultern hängenden Haar auf den Thron zu, fing die großen, freundlichen Hände geschickt ab, beugte sich vor und küßte den König auf die Schulter und dann auf beide Handflächen, ehe sie sich ihm mit einem Lächeln entzog. Der König sprach sie mit glänzendem Gesicht an, und der Faktor sagte: «Er grüßt Euch und sagt: *Habt Ihr Frieden.* Ihr solltet darauf antworten: *Nichts als Frieden.*»

«Ist das alles, was er gesagt hat?» fragte Gelis, der das Lächeln in die Augen gestiegen war. Während sie mit einem Knicks anmutig zurückwich, wiederholte sie seine Worte auf jalofo und wurde hineingezogen in den Kreis von Frauen neben Bel of Cuthilgurdy. Der Faktor zögerte. «Ich würde nicht darauf bestehen», meinte Mistress Bel. «Aber wenn Ihr es unbedingt wissen wollt, kann die kleine Tati Euch die Worte auf italienisch sagen. Andererseits kenne ich die Worte kaum selber auf italienisch, und ich möchte sie beim Essen lieber nicht hören. Ihr solltet hören, was die Ehefrauen mit Master Nicolaas machen wollen.»

«Wo ist er?» Diniz beugte sich vor.

Mistress Bel drehte sich um. «Oh, da seid Ihr? Mann, Ihr könnt

von Glück sagen, wenn Ihr hier mit den Kleidern auf dem Leib
von Bord gehen könnt. Er kommt gerade die Leiter herauf. O du
liebes bißchen. Da ist er, zusammen mit dem Befehlshaber Raffaelo Doria. Vielleicht mögen sie sich ja.» Das Mädchen Tati stellte
eine Schüssel mit Nahrung auf den Teppich und stelzte davon, um
noch mehr zu holen. Die Frauen lachten und riefen ihr auf jalofo
nach, und sie warf ihnen einen verächtlichen Blick zu. Diniz sah
zu Nicolaas auf.

Er war allein. Diniz hatte schon gesehen, daß Gottschalk nicht
da war und auch nicht Jorge da Silves, der *Comito* oder ein anderer
von denen, die im Morgengrauen aufgebrochen waren, um Nicolaas und den Faktor zum Haus des Königs zu begleiten. Außerdem waren die jetzt an der *Fortado* festgemachten Boote nicht
mit Gold beladen. Diniz fragte sich müßig, was die Frauen des
Königs wohl mit Nicolaas hatten machen wollen, und – worauf es
ankam – was der Befehlshaber tun würde, wenn er ihn erkannte.

«Wir sind uns noch nicht begegnet», sagte Raffaelo Doria, während er den flämischen Ritter vom Schwert mit kalten Augen
anlächelte. «Aber ich glaube, Ihr habt jemanden aus meiner Verwandtschaft gekannt.»

Nicolaas sah recht erhitzt aus, aber nicht unglücklich. Unter
dem wirren Haar wirkten seine Augen so wunderlich wie die der
Schwarzen und seine Grübchen aufrührerisch. «Sie war bestimmt
reizend», sagte er. «Habt Ihr viele Ehefrauen?»

«Die übliche Anzahl – eine», gab der Befehlshaber zurück.
«Hier herrschen andere Sitten.»

«Das ist es», sagte Nicolaas offensichtlich erleichtert. «Die Ehefrauen haben ihn nämlich hergeschleppt. In Vertretung der drei
Dutzend anderen. Sie wollen ein Aphrodisiakum für ihn. Ich hoffe, Ihr habt etwas dabei. Obschon ich sicher bin, der König hätte
das lieber auf eigene Rechnung gemacht. Wir haben Euch einigen
Pfeffer übriggelassen.»

«Ihr habt . . .» Man sah Doria an, wie er sich erst wieder fassen
mußte. «Ihr habt schon Geschäfte abgeschlossen?»

«Der Faktor hat uns zum Markt geleitet», erklärte Nicolaas.
«Schließlich wußte von uns niemand, daß Ihr kommt, und der

König zieht es vor, bei sich zu Hause Handel zu treiben. Es war wirklich ganz einträglich. Drei Maultierlasten äußerst feinen Golds.»

Diniz stockte der Atem. Drei Maultierlasten war eine unmögliche Menge. Drei Maultierlasten, das war soviel wie ein Lagerplatz in einem halben Jahr ansammeln konnte. «Und das Gold ist schon an Bord?» fragte Doria. Seine Stimme klang nicht ganz natürlich.

«Ihr habt nicht Ausschau gehalten? Ihr überrascht mich. Nein, im Gegensatz zu Euch sind wir nicht gänzlich dem Mammon verpflichtet. Unser Priester wünschte seinem geheiligten Ruf nachzukommen. Wir haben ihn zurückgelassen, er kommt später zusammen mit der Ware nach. Es war die Nachricht von Eurem Eintreffen, die den König und den Faktor zum Aufbrechen veranlaßte . . . Ich sehe, Ihr habt meine jungen Gäste an Bord. Und Michael Crackbene.»

Diniz sah, wie Crackbene sich umdrehte. «Monseigneur», sagte er trocken zu Nicolaas.

«Ganz gewiß nicht», entgegnete Nicolaas. «Diesen Titel hebt Euch für das Haus Vatachino, für die Lomellini oder die Familie St. Pol auf. Ihr habt genug davon. Diniz, Demoiselle, Mistress Bel: wir sollten gehen.»

Bel of Cuthilgurdy erhob sich mit der schubsenden Hilfe zweier reizender schwarzer Ehefrauen. «Du liebe Güte», sagte sie. «Ich habe all diese Packen. Ihr glaubt nicht, was für große Ballen Stoff sie unten im Laderaum haben.»

«Es wird den König freuen, das zu hören», sagte Nicolaas. «Wir haben ihm, wie ich schon erwähnte, etwas Pfeffer übriggelassen, damit er dafür bezahlen kann. Er ist unten in den Booten.» Eine der Frauen ging von Bel zu Nicolaas hinüber und deutete auf seine verbundene Hand. Er lächelte und hatte nichts dagegen, daß sie sie anfaßte.

«Ich kann das kaum glauben», wunderte sich Doria. «Ihr habt Eure Fracht in Arguim abgesetzt und konntet dennoch heute den gesamten Vorrat am Senagana aufkaufen mit Ausnahme einiger Körbe Pfeffer? Wie habt Ihr denn dafür bezahlt?»

Nicolaas lächelte. Die entzückende Negerin hatte das Ende des Verbands entdeckt und begonnen, ihn abzuwickeln, wobei sie kicherte und schnatterte. «Das mögt Ihr gut fragen», meinte Bel of Cuthilgurdy. Eine andere Ehefrau berührte sein Wams.

«Wir hatten noch ein paar Dinge zu verkaufen», erklärte Nicolaas. «Pferde. Eine ganze Menge Weizen. Ich bitte um Entschuldigung. Wenn Ihr die Schnüre aufknüpft . . . Ist hier ein Dolmetscher?»

«Tati!» rief Mistress Bel. «Komm doch mal. Wenn sie das weiter . . .» Sie hielt inne. «Sie weiß schon.»

«Das glaube ich auch», sagte Diniz. «Und die Frauen wissen das auch. Was erzählen sie sich denn?»

«Jetzt bitte *ich* um Entschuldigung», sagte Raffaelo Doria. «Wie konntet Ihr denn Pferde geladen haben und alles, was sie brauchen, und außerdem noch Waren an Bord genommen haben in – Ah! Die Pferde hatte die *Ghost* an Bord!»

«Die was?» fragte Nicolaas. «Entschuldigt, meine Hand. Nein, nicht – was sagt sie?»

«Ich glaube», sagte der Faktor und kam herüber, «die Frauen vermuten, irgendein wildes Tier habe Euch angegriffen, Senhor Niccolo, als Ihr es vielleicht füttern wolltet. Ihr habt Essen an der linken Hand.»

Diniz mußte schlucken. Nicolaas sagte in ernstem Ton: «Sagt ihr, Senhor, es war mehr ein Fall von *verba injuriosa* als von Wunden und daß ich das Geschöpf nie mehr füttern werde. Ihr denkt auch so, Demoiselle?»

Das Mädchen hob den Blick. «Ja, natürlich. Es fressen Euch schon zu viele aus der Hand. Wie widerlich.»

«Brot und Schafstalg», sagte Nicolaas. «Mistress Bels ganz besonderes Pflaster. Was sagtet Ihr gerade, verehrter Befehlshaber?»

«Ich sagte nur – um den Faktor in unser Gespräch einzubeziehen –, daß die *San Niccolo* gefährlich überladen sein muß und möglicherweise in Schulden gerät, wenn sie die beträchtliche Ladung von heute behält und dann noch weiterfährt, um am Gambia Handel zu treiben. Wir dagegen sind gut mit Tauschgütern versorgt und gedenken, unverzüglich nach Lissabon zurückzukehren. Warum nehmen wir dann Euer Gold nicht mit? Entweder in Eurem Auftrag oder als Käufer?» Und er grinste und entblößte dabei die eckigen Zähne.

Nicolaas blickte zu dem Faktor hin, der ganz rot geworden war und von einer der Frauen abrückte. Der Faktor sagte rasch: «Das ist eine Sache, die Ihr untereinander ausmachen müßt, Senhores.» Alle Frauen kicherten, und die eine, die den Faktor in Verlegenheit gebracht hatte, machte noch einmal die gleiche Bewegung und rief dabei Nicolaas etwas zu. Alle Frauen kicherten abermals.

«Sie sagen, der König kann zehn Kinder in zwei Wochen machen», erläuterte Bel, «und manchmal drei in einer Nacht, und sie wollen wissen, ob weiße Männer mehr können.» Sie hielt inne, während Tati weiter übersetzte, und fügte dann hinzu: «Und sie wollen wissen, ob das Weiße abgeht beim – beim Akt. Tati hat ihnen gesagt, daß es das nicht tut.»

«Bel!» rief Gelis entrüstet.

Raffaelo Doria sagte: «Ihr habt meine Frage noch nicht beantwortet. Wie der Faktor sagte, will er sich nicht einmischen. Ich bin sicher, keiner von uns will ihm Schwierigkeiten machen, auch Crackbene nicht. Aber wir verwirren alle hier nur. Warum ziehen wir uns nicht zurück – der König speist und ist zufrieden – und reden in Ruhe über alles?»

«Es sind die Muscheln», sagte Bel of Cuthilgurdy. «Ich wußte es, sowie ich Euch sah. Aber das ist ein sehr schöner Ort da unten, auch wenn Ihr alle die Ballen genau davor ausgelegt habt. Ist das das Tuch, das der König für sich aufgehoben haben wollte?»

«Ja», sagte Raffaelo Doria. Eigenartig entrückt hallte die Heiterkeit der Jalofos weiter durch das Schiff.

«Entzückendes Zeug», sagte Bel of Cuthilgurdy, bohrte in den Haufen ihrer Bündel und Packen und zog eine lange Rolle heraus, die wie ein Fisch in eine Matte aus Palmgeflecht eingewickelt war. «Hier, das meine ich, ich mache es mal am einen Ende auf. Seht Ihr's jetzt, Gelis? Ich brauch's Euch nicht zu zeigen, Signor Raffaelo. Herrlich für mich und für Euch, aber die Ehefrauen würden es nicht mögen. Der Faktor würde es auch nicht mögen. Ich weiß nicht einmal, ob es der König in Lissabon mögen würde . . . Master Nicolaas?»

Nicolaas sah hin, seinen Verband festhaltend. «So ein Jammer. Ist viel davon da?»

«Ballen und Ballen», sagte Mistress Bel. «Alles fertig zum Ausladen.»

«Darf ich mal sehen?» fragte der Faktor.

Nicolaas blinzelte. «Das muß Signor Raffaelo entscheiden.»

Raffaelo Doria begann zu sprechen und verstummte sofort wieder. Es war Crackbene, der sich zwischen den Stoff und den Amtmann schob und in rauh-herzlichem Ton sagte: «Und dem Signor unsere Fehler beim Einkauf zeigen? Er würde uns nie mehr trauen.»

«Aber vielleicht», meinte Nicolaas, «sind noch andere Ballen da, an einer anderen Stelle aufbewahrt, von besser ausgesuchtem Tuch?» Er hob den Packen hoch und gab ihn Diniz, der ihn beinahe fallen ließ.

«Ihr besteht darauf?» sagte Raffaelo Doria.

«Wenn Ihr den Pfeffer wollt», erwiderte Nicolaas. «Man kann von dem König nicht erwarten, daß er im Austausch dafür Sachen nimmt, die nicht willkommen sind. Und der schlechte Ruf des einen portugiesischen Schiffs würde sich auf das andere Schiff übertragen. Kommt, laßt das Tuch aufs Deck hinaufbringen, daß wir es uns alle ansehen können.» Er hielt kurz inne. «Oder ist sonst noch etwas zu besprechen?»

Der Faktor blickte von der Frau auf, die ihn mit einer Kassiaschote zu füttern versuchte. «Dann ladet Ihr also das Gold nicht auf die *Fortado* um?»

«Nein», sagte Raffaelo Doria. «Nein, das tun wir nicht. Zumindest vorläufig nicht.»

Als sie am Abend auf die *San Niccolo* zurückgekehrt waren, weinten sie.

«Dorias Gesicht!» schluchzte Diniz.

«Das Gesicht des Königs!» stöhnte Mistress Bel. «Als er sah, daß die Ballen voller Tuch waren und nicht voller Handbüchsen!»

«Und wir haben eine ausgezeichnete neue Handbüchse in dem Flechtwerk drin», sagte Nicolaas. «Das habt Ihr alles zuwege gebracht. Diniz wußte, daß die Fortado *Waffen* geladen hatte, als sie von Ceuta umgelenkt wurde. Mistress Bel . . .»

«Oh, einfach Bel, Junge», sagte sie. «Das Leben ist zu kurz für Titel.»

« . . . Bel hat sich über die Schicklichkeit hinweggesetzt und mit List unter Deck geschmuggelt, um sich zu vergewissern, daß sie da waren und Doria vorhatte, sie zu verkaufen. Bel, Ihr könnt jeden Tag meine Schnüre wie auch meinen Verband aufknoten. Und die Demoiselle . . .»

«Mistress Gelis», sagte Gelis.

«Das ist blöd», sagte Bel kurz angebunden.

Diniz' Gedanken schwebten hoch über billigem Gezänk. «Gelis war wunderbar. Die Lügen, die sie über die *Ghost* erzählt hat und über Funchal und wie wir alle an Bord der *Niccolo* gegangen wären. Und sie hat den König geküßt.»

«Es war kaum zu vermeiden», sagte Gelis. «Ich hatte auch ein Angebot von zweien der Frauen. Mein schönster Augenblick – mein eigener schönster Augenblick, das war, als der König kam. War das eine richtige Brille?»

«Meint Ihr das im Ernst?» fragte Nicolaas. «Wie er zehn Befruchtungen in zwei Jahren geschafft hat, bliebe ein Rätsel, es sei denn, man hätte gesehen, was wir von seinen Frauen gesehen haben.»

«Ich habe gesehen, Ihr habt ihnen keine Brillen verkauft. Nicolaas . . .»

«Claes», sagte er. Und dann fuhr er fort: «Leise. Das werden Jorge, Gottschalk und Loppe sein.» Dann sprach er wieder lauter: «Melchiorre?»

Der Vorhang wurde zurückgezogen. «Sie kommen zurück», sagte der Zweite Steuermann in florentinischem Italienisch. «Messer Niccolo, es ist ein Triumph.»

«Vielleicht – sollen wir sie begrüßen? Bel?»

Die untersetzte Frau blickte zu ihm auf. «Ihr übelgesinnter Mensch, was habt Ihr vor?»

«Ich begrüße meinen Beichtvater», sagte Nicolaas und ging hinaus.

Diniz folgte ihm. Hinter ihnen stand die Sonne jetzt ganz tief, und ihr Licht lag auf dem Wasser und den schläfrigen Vögeln und den Flechtwerkhütten, die den Strand betüpfelten, und überzog die schilfigen Inseln mit der Farbe persischen Backsteins. Die Boote der *San Niccolo* bewegten sich, die rosig gefärbten Pfeile ihres Kielwassers hinter sich herziehend, auf das Mutterschiff zu, an Bord Gottschalk und Loppe, der Schiffsführer und sein Erster Steuermann sowie die Ruderer, die am Morgen zusammen mit ihnen aufgebrochen waren. Was die Boote sonst noch enthielten, war nicht zu sehen.

«Nicolaas!» sagte Diniz. «Ein Boot von der *Fortado*.»

«Natürlich», entgegnete Nicolaas und wartete.

Ihre eigenen zwei Boote trafen zuerst ein, gaben ihre Fahrgäste frei und wurden festgemacht, während Nicolaas oben an der Treppe stand und zusah und den Priester, den Schiffsführer und Loppe mit kaum mehr als einem Nicken begrüßte. Dann, ihnen dicht auf den Fersen, kam das Beiboot von der *Fortado* mit Raffaele Doria.

«Ser Niccolo van der Poele?» rief der Befehlshaber, und das rosige Licht schimmerte auf seinen Emailstückchen, auf seinen Zähnen und dem straffen, feindseligen Gesicht. «Auf ein Wort.»

Auf Nicolaas' Gesicht, das hinunterblickte, lag kein lustiger Zug mehr, aber er legte die Arme auf die Reling und faltete behutsam die Hände. «Monseigneur? Es ist spät.»

«Spät genug», sagte Doria. «Keiner kann uns hören. Der Faktor ist in sein Haus gegangen, und der König und seine Ehefrauen sind heimgefahren. Eine günstige Zeit, um das kleine Gespäch von vorhin wiederaufzunehmen. Ihr seht, daß die Männer bei mir hier bewaffnet sind. Ihr seht vielleicht sogar, daß die Geschütze der *Fortado* feuerbereit und auf Euer Schiff gerichtet sind. Ich möchte den Faktor nicht stören, aber ich muß darauf bestehen, daß Ihr mich Eure Boote mit ihren Waren zu meinem Schiff schleppen laßt. Es geschieht nur zu Eurem Besten. Ihr liegt über der Ladelinie.»

«Wirklich? Dann habt Ihr recht. Ich setze lieber die Segel. Leider brauche ich die Boote, auch leer.»

«Warum nicht?» sagte Doria. «Ihr könnt sie behalten, wenn ich sie entladen habe.» Er drehte sich um.

Dort schwammen mit gelösten Fangleinen kieloben die zwei hübschen Boote der *San Niccolo*, und die Mannschaft paddelte müßig um sie herum. «Ich dachte, ich entlade sie lieber zuerst», sagte Nicolaas. «Dann können wir weiterfahren. Oder wollt Ihr sie haben?»

«Oh, mein Gott», sagte Diniz. Gelis, die neben ihm stand, sah bleich aus, und Bel war rot geworden.

Doria sagte: «So weit geht Ihr also, um meinen Patronen zu trotzen?»

«Ich würde sogar noch weiter gehen», entgegnete Nicolaas. «Vielleicht weiß das Haus Vatachino das besser als Ihr. Ich wünsche Euch eine gute Nacht.»

«Signor!» rief es über das Wasser herüber.

Nicolaas, schon halb abgewandt, blieb noch, um zu schauen, und die anderen standen an Deck und lauschten.

«Signor!» Der Ruf galt nicht ihnen, sondern Doria, und er kam von einem anderen Boot der *Fortado*, das sich rasch vom Ozean her näherte. «Signor, die Kogge ist abgefahren!»

Raffaelo Doria sah auf und blickte dann über das Wasser zu dem Sprecher hin. «In welche Richtung?»

«Nach Norden! Nord bis Nordwest und voll beladen!»

Die *San Niccolo* schaukelte langsam. Unten hob und senkte sich das Beiboot der *Fortado*. Weiter hinten richtete eine eingeübte Mannschaft Nicolaas' Boote wieder auf. Das heraneilende Boot fuhr langsamer und machte auf einen Wink von Doria hin kehrt und hielt auf die *Fortado* zu.

Raffaelo Doria blickte auf. «Ihr hattet das Gold schon verladen? Ihr habt es auf dem Landweg zu der Kogge geschafft?»

«Während Ihr den König und uns so gastfreundlich bewirtet habt», erwiderte Nicolaas. «Wir haben uns entschlossen, unseren Laderaum für den Handel am Gambia freizuhalten, wie Ihr uns ja selbst empfohlen hattet. Ich fürchte, König Zughalin war nicht zufrieden mit Euch und wird in Zukunft weniger geneigt sein, dem Haus Vatachino zu trauen – aber zumindest seid Ihr nicht alle wegen Waffenschmuggels gehängt worden. Und jetzt werdet Ihr wohl aufbrechen. Habt Ihr irgendwelche besonderen Pläne?»

«Nur einen», sagte Doria, «für Euch persönlich. Im übrigen soll ich nach Norden fahren, der *Ghost* hinterher? Es reizt mich schon – aber nein. Ich glaube, ich werde wie Ihr nach Süden fahren. Ich habe ja all dieses Tuch an Bord, und in diesem Königreich dort gibt es noch keinen portugiesischen Faktor. Vielleicht begegnen wir uns noch.»

Er verneigte sich, und das Boot fuhr zurück, und Nicolaas wandte sich von der Reling um. «Nun?»

«Drei Maultierlasten Gold?» sagte Diniz. «Auf die *Ghost* verladen?»

«Schon auf dem Weg nach Madeira, und ohne die *Fortado* als Jagdhund im Kielwasser. Es sollte sicher ankommen. Und Gregorio wird wissen, wie er damit umgehen muß. Und die Bank wird sich, hoffe ich, um so schneller erholen und Senhora Lucias Geschäft auch. Während wir Vatachino, Lomellini, St. Pol und Genossen lediglich um ihren Handel gebracht und sie daran gehindert haben, Giftpfeile durch Schießpulver zu ersetzen, was das auch immer nützen mag. Padre – ist Euch weniger verzweifelt zumute?»

Gottschalk stand da, das Gesicht von Falten zerfurcht. «Ich habe heute Gottes Wort an Orte gebracht, an denen es noch nicht oft gehört wurde. Das ist alles, was ich sagen kann.»

«Jorge?»

«Es kommt darauf an, wem Ihr traut», sagte der Schiffsführer. «Aber Ihr hättet kaum anders handeln können. Und uns steht es jetzt frei, zum Gambia weiterzufahren.»

«Loppe?» fragte Nicolaas.

«Wir sind nicht alle Kinder», sagte Loppe. «Selbst die, die heute an Bord kamen. Laßt Euch nicht täuschen.»

«Ihr wart nicht da», meinte Mistress Bel. «Sie haben über uns gelacht, und sie hatten Grund dazu. Die Demoiselle weiß.»

«Was?» fragte Loppe.

Niemand sprach. Diniz dachte an die Perlen und das helle seidige Haar und die Wette. Doria hatte geglaubt, Nicolaas halte sich auf der *Ghost* versteckt, aber damit hatte er sich geirrt. Gelis hatte ihre törichte Wette gewonnen, und ihr Gewinn war das Mädchen Tati. Nur daß sich das Mädchen Tati, als es frei war, schreiend an Doria, seinen Besitzer, geklammert, weinend Dorias Füße geküßt und schließlich versucht hatte, sich mit seinem Messer zu töten, als man es schließlich von ihm fortriß.

Der Weiße war ihr Herr. Sie war jetzt den Jalofos überlegen, die sie verkauft hatten. Sie würde die Schande einer Rückkehr nicht überleben. Und vielleicht hatte sie Raffaelo Doria zu verehren gelernt, so wie sich, wie das Gerücht wissen wollte, sein entfernter Cousin Pagano Doria zum ersten Geliebten eines anderen jungen Mädchens gemacht hatte. Und so hatten sie Tati schließlich bei ihm gelassen.

Gelis van Borselen sagte zu Loppe: «Jemand wird Euch die Geschichte gewiß erzählen. Ich habe mich schon einmal bei Euch entschuldigt. Diesmal werdet Ihr wissen, daß ich es ernst meine.»

Kapitel 19

Die heissen Tage und kühlen Nächte des frühen Dezember hindurch segelte die Karavelle *San Niccolo* ihrem letzten Landeort im großen Flußgürtel des Sahelgebiets entgegen, und außer den sechs Sklaven, die sie noch an Bord hatte, träumten alle nachts von dem, was noch kommen würde, denn der Weg zum Jungbrunnen, zum Edelsteinfluß, zum Hof der Königin von Saba und des Königs Salomo lag bald offen vor ihnen.

Die *Fortado* hatte die Flußmündung vor ihnen verlassen, und Nicolaas hatte sich diesmal nicht bemüht, ihr zuvorzukommen, denn das Wettrennen war gewonnen, wie er sagte, und er war

zufrieden. Und dies zumindest schien zu stimmen, wie einige von
ihnen auch Raffaelo Dorias Tücke einschätzen mochten. Nicolaas
war zufrieden, und seiner Karavelle haftete der warme Glanz
dieses Gefühls, wie flüchtig er auch sein mochte, auf den zweihundert Meilen ihrer Reise an.

Von den fünfundzwanzig Seeleuten und sechs Fahrgästen konnten sich die meisten für wohlhabende Leute halten, wenn sie das
Abenteuer überlebten und die *Ghost* unbehelligt ihr Ziel erreichte.
Dreimal hundertvierzig Pfund Gold waren an Bord der *Ghost* geschafft worden, zu all dem anderen, was sie bereits geladen hatte.
Sie war eine Kogge und konnte daher auf der Fahrt nach Norden
keine große Geschwindigkeit erreichen, aber Ochoa war ein erfahrener Seemann und ein guter Kämpfer, und sie war vorzüglich
bestückt.

Was die *Fortado* betraf, meinte Nicolaas, so konnte sie ruhig
weiter nach Süden fahren und kaufen, was die Händler an die
Gambiamündung gebracht hatten. Dann würde sie wohl, wenn
alles gutging, kehrtmachen und heimfahren und den oberen Fluß-
lauf und seine Geheimnisse anderen überlassen.

Was er mit diesen Geheimnissen meinte? Nun, zum Beispiel
herauszufinden, wohin er führte. Stieß er vielleicht mit dem Senagana zusammen, wie einige behaupteten? Führte er zu dem
nach Osten fließenden Fluß, der den Namen Joliba trug? Und war
der Joliba ein Arm des Nils, der nach Osten in das Herz von
Äthiopien floß? Nicolaas wünschte, wie er sagte, der zum Gambia
fahrenden *Fortado* nichts Böses, aber er würde es doch begrüßen,
wenn er von Zeit zu Zeit ihre Mastspitze erblickte und sah, wohin
die Mündungen ihrer Kanonen zeigten. Und wenn sie einmal den
Gambia erreicht hatte, würde er sie gern kehrtmachen sehen.

Er ließ sich durch glücklichere Umstände nicht den Verstand
rauben.

Dennoch war etwas Übernatürliches an Nicolaas – und an seiner Karavelle. Sie hatte sich seit der Rückfahrt der *Ghost* verändert. Als Gottschalk am ersten Tag danach fragte: «Was ist
geschehen?», lächelte Bel of Cuthilgurdy und sah von ihrer Näharbeit auf.

«Wir sind zu Schauspielern geworden, mein Lieber, zu Komödianten ohne Maske. Ihr und Lopez und Jorge, Ihr habt die ernsthafte Arbeit getan. Wir anderen waren auf unsere guten Einfälle angewiesen, wir mußten sehen, wie wir auf die *Fortado* kamen, mußten schwindeln und waren gezwungen, einander zu vertrauen. Wir haben Gelis zum Lachen gebracht, ob Ihr mir's glaubt oder nicht. Und aus alledem ergab sich so etwas wie ein Waffenstillstand.»

«Schließt der Gelis ein?»

«Schwer zu sagen», fuhr Mistress Bel fort. «Aber zwischen ihr und Diniz herrscht jetzt eine gewisse Eintracht. Und dem jungen Nicolaas gegenüber ist sie weniger anmaßend. Nicht daß wir die Toten vergessen könnten, die es gegeben hat, aber er hat der Sache den Stachel genommen.»

«Für mich hat sie den noch immer – und für Loppe auch», sagte Gottschalk.

«Dann wird er Euch beide noch ins Gebet nehmen», sagte Bel of Cuthilgurdy ruhig. «Und trotz Eurer Befürchtungen fährt er weiter nach Süden. Kann er es auf noch mehr Geld abgesehen haben? Oder ist er doch ein treuer Sohn der Kirche, der seinen eigenen Kreuzzug führt?»

«Ich weiß es nicht», erwiderte Gottschalk. «Vielleicht macht Gold die Menschen schwindlig wie Wein. Das Schiff selbst scheint zu singen.»

«Wirklich? Nichts Unanständiges, hoffe ich.»

Einen Tag und eine Nacht hindurch schwebte die *San Niccolo* wie auf Schwingen nach Süden, und ihr leichtes Herz rührte, wie Gottschalk wahrnahm, nicht allein von dem gewonnenen Schatz her. Das Schiff war zu einer Gemeinschaft geworden – angebahnt hatte sich das schon, bevor die Sklaven für Unruhe gesorgt hatten, und ihr neues Vermögen hatte die Menschen noch enger aneinandergebunden. Während er sich zwischen den Gesichtern hin und her bewegte, die er und Bel und Loppe inzwischen so gut kannten, vermutete Gottschalk, daß sie, hätten sie das Gold auf dem Schiff gehabt, eher geneigt gewesen wären kehrtzumachen, als weiterzufahren. Aber sie hatten Achtung vor ihrem Schiffsfüh-

rer und schienen zu glauben, daß sich noch andere günstige
Gelegenheiten ergeben mochten, nun da ihr vom Glück gesegne-
ter junger Patron wieder bei ihnen war. Es hieß, man hätte die
Sklaven behalten, um sie gegen gutes Geld zu verkaufen, wenn
Niccolino dagewesen wäre. Der Name, den Ochoa in der Bucht
von Tanit gebraucht hatte, war hängengeblieben.

Nicolaas bemühte sich auch um ihre Zuneigung. Er kannte
Namen und Lebenslauf jedes einzelnen Mannes, und nicht nur
Melchiorres, Vitos und Manolis, die mit ihm auf seiner Galeere
nach Lagos gefahren waren. Er sorgte für ein gutes Verhältnis zu
Vicente, dem Ersten Steuermann, und kümmerte sich um die bei-
den Schiffsjungen Lázaro und Filipe.

Er hatte Bel in Gottschalks Gegenwart gebeten, Filipe nicht zu
beschützen, wenn er bestraft wurde, weil er selbst sich seiner annehmen wollte, und Bel hatte dies zugesagt, ohne Einwände zu
erheben. Gottschalk fragte sich, ob Nicolaas das mit den beiden
Jungen und dem Schwarzen herausgefunden hatte und ob es richtig war, es zu verschweigen. Er träumte davon, daß das kleine
Kind zum Rand jeder Welle emporschwebte wie ein Schmetter-
ling.

Jorge hatte ihnen, so vermutete er, noch nicht richtig verziehen,
daß sie ihre menschliche Ware nicht behalten hatten. Es waren
jetzt noch sechs Neger an Bord: allesamt weißbemützte Mandinguas und frei in ihren Bewegungen auf dem Schiff, da sie verstehen
konnten, was Loppe ihnen sagte. Schmächtiger im Körperbau
und weniger geschwätzig als die Jalofos, waren sie aufgeweckt und
aufmerksame Beobachter, wie Gottschalk entdeckte, als er sich
mit ihnen zu verständigen versuchte. Ihr Wortführer, ein ruhiger
Mann von fünfunddreißig Jahren mit einem Bartkranz, sprach
Arabisch und hatte irgendwo ein paar Brocken Portugiesisch aufgeschnappt, denen er täglich neue hinzufügte. Wenn Loppe nicht
da war, half Saloum jetzt beim Dolmetschen aus. Bevor man sie
gefangen hatte, waren die anderen, die über Bord gesprungen
waren, wahrscheinlich ebenso begabt und umgänglich gewesen
wie diese hier. Nur hatte es da noch keine Worte zur Besänftigung
ihrer Angst gegeben.

Sie hatten die übrigen am Senagana an Land gesetzt, aber König Zughalin nichts davon gesagt, denn der hätte sie womöglich wieder eingefangen und ungerührt dem nächsten verkauft, der des Wegs kam. Gottschalk hatte sich sagen lassen, daß kriegführende Stämme nichts dabei fanden, ihre Rivalen zu ergreifen. Auch taten Könige wenig, um Eltern daran zu hindern, dann und wann ein Kind wie Tati zu verkaufen, wenn der Verlust von jungen, kräftigen Knaben wohl auch ein Stirnrunzeln hervorrief. Das war eine der verborgenen Schwächen von Loppes Plan. Diese Leute konnten es sich nicht leisten, die Besten der Ihren zu verlieren, wenn sie nicht zurückkamen.

Es hatte sich seit Funchal eingebürgert, daß diejenigen, die nicht zur Mannschaft gehörten, kurz vor der Mittagsstunde zur *Bitácula* auf dem Achterdeck kamen, um den Stift auf der Kompaßrose zu beobachten und auf den Ruf zu warten, der bedeutete, daß sich der Schatten zum Lilienpunkt im Norden bewegt hatte. Dann wurde von Filipe oder Lázaro das venezianische Stundenglas des Kompaßhauses hochgehoben und umgedreht, wie man dies alle halbe Stunde tat, Tag und Nacht, und der Vergleich angestellt, der zeigte, wie weit östlich oder westlich das Schiff fuhr. Bei jedem Halt war die *Balestilha* an Land gebracht worden – der Kreuzstab, den Schiffe mit sich führten anstelle des schweren, an Land gebräuchlichen Astrolabiums –, und Gottschalk hatte die zerknitterten Karten und die in Lagos geschriebenen Tabellen mit ihren Listen mit den täglichen Sonnenständen gesehen.

Es überraschte ihn nicht, daß Nicolaas immer dabei war, wenn es um Fragen der Navigation ging. Mit Zahlen konnte er umgehen. Doch verwunderte es ihn, daß Gelis sehr viel von dieser Materie erfaßt hatte während einer Reise, die hauptsächlich auf der ungewöhnlichen Kogge Ochoa de Marçhenas stattgefunden hatte. Er hatte – wie er jetzt sah, zu Unrecht – angenommen, eine junge Frau von Stand werde eine solche Zeit züchtig unten in ihrer Kajüte verbringen. Er hatte sich schon gefragt, wie sie sich wohl bei der Begegnung zwischen der *Ghost* und der *Fortado* verhalten hatte, aber sie sprach von sich aus nicht davon, und Bel, an die er sich deswegen wandte, hatte ihm gesagt, er solle sich um seine eigenen Dinge kümmern. So glaubte er sie wenigstens verstanden zu haben, und was Gelis betraf, befolgte er stets Bels Rat.

Auf jeden Fall kam es sehr auf die Navigation an, ob sie nun, wie bisher, außer Sichtweite des Festlands gefahren waren oder sich wie jetzt an einer tückischen Küste entlangbewegten, die nachts unsichtbar und bei Tage durch Staubwolken verzerrt war. Die achtzig Fuß der *San Niccolo* stampften durch den Ozean, und die Zusammensetzung ihrer Segel änderte sich kaum, doch das Blei ging immer wieder an ihrer Seite herunter, während die Knoten des Logs ihre Geschwindigkeit anzeigten.

Vom Achterdeck aus war wenig zu sehen. Die Küste, an der sie vorüberfuhren, hatte noch immer keine besonderen Merkmale: ein Band von niedrigen Dünen, Hügeln und Büschen, die grüner wurden, indes der zweite Tag fortschritt, mit einer Baumreihe über den fernen Stränden und dem Weiß der Gischt an niedrigen Riffs und dann und wann einem Blick auf Mangroveninseln, die einmal nah und einmal im Dunst weit weg zu sein schienen.

Früh an jenem Morgen hatten sie die fünfzig Fuß hohe Basaltklippe passiert, die, wie Jorge sagte, die Westgrenze Guineas darstellte, zusammen mit der grünen Landspitze namens Kap Verde. Danach drehten sie auf Südsüdost, wie dies auch die *Fortado* getan hatte, die sie bisweilen in der Ferne sichteten. Nachdem er sie ausgemacht hatte, behielt Jorge den Abstand bei, fuhr schneller, wenn auch sie schneller fuhr, dachte aber nicht an Aufholen. Außer in der Frage der Sklaven schien er mit seinem Patron einer Meinung zu sein.

Diniz, der sich unter der Heckplane zu Gottschalk gesellte, versuchte zu beweisen, daß Nicolaas etwas falsch machte. «Was würdet Ihr tun, wenn Ihr die *Fortado* wärt und David de Salmeton Bericht erstatten müßtet? Ich will's Euch sagen. Ihr würdet schnell zum Gambia fahren. Ihr würdet die Waffen und auch die rechtmäßige Ware abstoßen. Ihr würdet kaufen, was Ihr kriegen könnt – Sklaven eingeschlossen, höchstwahrscheinlich. Und dann würdet Ihr der *Niccolo* einen warmen Empfang bereiten.»

Er hörte sich ungekünstelt fröhlich an bei dieser Vorstellung. Auch roch er wieder nach Pferden. Von den fünfundzwanzig vom

Anfang hatten sie fünf für sich behalten. «Keiner würde es erfahren», setzte er hinzu. «Es würde so aussehen, als wären wir mit Mann und Maus bei einem Unfall untergegangen. Wenn ich Nicolaas wäre, hätte ich mich beeilt und statt dessen die *Fortado* versenkt.»

«Hast du das Nicolaas gegenüber erwähnt?» Gottschalk trat vom Ruder und vom Rudergänger fort und lehnte sich über die Reling. Diniz folgte ihm.

«Er sagt, der *Fortado* sei nicht an Kampf gelegen, weil sie schnell Waren an Bord nehmen und ihre Ladung sicher nach Hause bringen will. Er sagt, sie hat nichts zu gewinnen, da wir so gut wie leer sind. Ich sage, daß Crackbene und Doria es sich nicht leisten können, ihn entkommen zu lassen. Denkt daran, wie er ihnen mitgespielt hat!» Sein dunkles, schmales Gesicht leuchtete.

«Ich nehme an», sagte Gottschalk, «alles hängt davon ab, was sie am Gambia ausrichten. Mit einem Berg von Gold schnell heimzufahren mag ihnen wichtiger erscheinen, als sich Nicolaas' zu entledigen.»

«Nur daß sie nicht viel Gold finden werden, nach dem, was Jorge sagt», meinte Diniz. «Gummi und Pfeffer und Baumwolle, das vielleicht. Aber wenn es am Senagana Gold zu kaufen gibt, dann gibt es am Gambia keines.»

«Du meinst, es kommt aus denselben Gruben? Aber vielleicht weiß Doria, wie man es an der Quelle bekommen kann.»

«Nein», sagte Diniz. «Selbst Diogo Gomes hat das nicht gewußt. Sie halten sie geheim.»

«Wer?»

«Die Heiden, die es fördern. Sie graben Löcher und schicken ihre Frauen mit Federn hinunter.»

Das hörte sich wie ein Witz an, und Gottschalk war nicht nach Witzen zumute. «Wer hat denn diesen Unsinn aufgebracht?»

Diniz wich wie gewöhnlich nicht von seinen guten Manieren ab. «Schon die klassischen Schriftsteller sprechen davon. In Sagres wurde allen Seefahrern davon erzählt. Die Karthager haben hier ihr Gold geholt. Herodot schrieb davon vor fünfzehnhundert Jahren. Man nannte es den stummen Handel. Niemand hat je gesehen, wer die Goldbergleute sind. Auch jetzt weiß es keiner.»

«Wie verkaufen sie dann das Gold?» fragte Gottschalk.

«Ihr erzählt ihm vom stummen Handel?» sagte Jorge da Silves, der sich plötzlich zu ihnen gesellte. «Das geht schon seit Hunderten von Jahren so. Die Händler stapeln ihre Waren am Ufer eines Flusses auf, bezeichnet mit dem Namen des Besitzers, und heben daneben eine Mulde von einer bestimmten Größe aus. Dann geben sie ein Rauchzeichen und kehren auf ihre Schiffe zurück. Wenn sie wiederkommen, finden sie keinen Menschen vor, aber die Mulden sind mehr oder weniger gefüllt mit Gold. Reicht das Gold aus, wird es mitgenommen und das Salz – es ist immer Salz – für die Goldgräber zurückgelassen. Wenn nicht, suchen sie erneut ihre Schiffe auf, und zu dem Gold kommt noch mehr hinzu. Der Handel beruht auf unbedingter Ehrlichkeit: Diese scheuen Leute, die nie gesehen werden, nehmen das Salz immer erst an sich, wenn die Händler das Gold mitgenommen haben.»

«Natürlich, Ihr kennt die Geschichte auch», sagte Diniz.

«Ja, freilich – wie auch Senhor Niccolo», erwiderte Jorge da Silves.

«Und die *Fortado*», setzte Gottschalk hinzu.

«Ja, und aus diesem Grund ist es ratsam, sie im Auge zu behalten. Wir nehmen an, sie treibt ihren Handel und kehrt dann um, aber es ist noch früh in der Jahreszeit. Vielleicht verweilt sie noch in der Hoffnung auf weitere Geschäfte. Vielleicht macht sie sich auf die Suche nach weiterem Gold. Und deshalb ist es gut, Senhor Diniz, daß wir sie vor uns haben und nicht hinter uns.»

«Ich verstehe nicht», sagte Pater Gottschalk.

«Weil sie vielleicht glauben, Padre, Euer Loppe sei dazu überredet worden, sein Geheimnis preiszugeben.»

Die zweite Versammlung an Bord war am Abend – aber vielleicht war es auch die erste, weil man von da an den neuen Tag rechnete. Da stieg der Dampf aus den Kochtöpfen auf, und Schüsseln mit Eiern gingen herum und Maisbrot zum Eintunken in den Eintopf und ein Eimer voller Austern mit all der üblichen Bel geltenden

Ausgelassenheit, auf welche die Schottin in ähnlicher Weise antwortete. Nach dem Abendessen wurde es draußen rasch kalt, und alle, die nichts mit der Bedienung des Schiffes zu tun hatten, zogen sich hinter Türen oder ins Zwischendeck zurück und waren bald eingeschlafen.

Bis zu diesem Zeitpunkt war man kaum unter sich, und was Gottschalk Nicolaas zu sagen wünschte, war nichts für andere Ohren – auch nicht für die, die Flämisch verstanden. Er wartete deshalb, bis es auf dem Schiff still und das Achterdeck leer war bis auf Fernão, der starr vor sich hin blickend am Ruder stand mit einem der Jungen als Gehilfen.

Nicolaas begab sich jedoch vor ihm zum Ruder hinauf, so daß Filipe erschrak und Loppe, der verborgen im Dunkeln gestanden hatte, sich veranlaßt sah, in Gottschalks Blickfeld zu treten. Gottschalk wartete weiter ab und befand sich daher in der peinlichen Lage, hören zu müssen, wie Loppe vortrat und Nicolaas von unten mit Namen anrief.

Nicolaas drehte sich um, und sein Haar flimmerte auf im Licht vom Kompaßhaus her. «Ihr braucht mich nicht?» fragte Loppe auf flämisch. Der Rudergänger und der Junge sahen beide zu.

«Komm herauf», sagte Nicolaas.

Loppe rannte hinauf, schwarze Haut vor schwarzem Hintergrund, und nur seine weite Lederjacke war verschwommen zu erkennen. «Ihr glaubt, ich sei so leicht zu beeinflussen?» sagte er. «Es besteht kein Anlaß, mir aus dem Weg zu gehen.» Er lächelte dem Rudergänger zu, und dieser lächelte zurück.

«Warum auch», meinte Nicolaas. «Ihr seid alle Söhne Adams, genau wie wir.»

Loppe lachte, ein Ton, der ihm sanft aus der tiefen Brust kam. «Oh, die Bitterkeit! Nun gut. Aber ich möchte Euren Apfel teilen und Euch von meiner Schlange beißen lassen. Ich werde es Euch nicht verübeln, wenn Ihr lächelt.»

Nicolaas starrte ihn an. «Jesus, Sohn Davids – ich nehme Rücksicht auf dein Zartgefühl, du unruhiger Schwarzer.»

«Und wenn die Zeit kommt, werde ich tun, was ich will. Ärgert Euch das in dem Maß, wie ich hoffe?»

«Hosianna dir, leidendes Afrika», sagte Nicolaas. «Ich weiß nicht, warum ich dir zuhöre. Zumal noch ein anderer zuzuhören scheint. Hinter dir. Oh, Pater Gottschalk.»

«Wie Ihr leider seht», sagte Gottschalk. «Ich war auch auf dem Weg zu Euch, um mit Euch zu sprechen. Wahrscheinlich in derselben Sache.»

Es trat ein kurzes Schweigen ein, dann sagte Nicolaas: «Du liebe Zeit. Die Frauen sollten hier sein; sie sind äußerst geschickt im Ausnutzen dieser Neigung. Ich nehme an, es geht um dieselbe Neigung? Die Sonne und ich allein wissen, daß der Junge schön ist?»

«Nicolaas», sagte Loppe, «so könnt Ihr ihn nicht ablenken.»

«Was soll ich also tun?»

«Warum sagt Ihr mir nicht einfach die Wahrheit?» meinte Gottschalk. «Was hat Loppe versprochen?»

Nicolaas erwiderte sehr langsam: «Loppe muß keine Versprechen geben. Und ich verlange keine.» Im Bug des Schiffes schrie plötzlich jemand.

Nicolaas griff nach der Reling. Man hörte den schrillen Ton einer Pfeife. Ein Mann rief etwas, mehrere andere riefen ebenfalls, das Trampeln von Füßen war zu hören und dann die Stimme von Vicente, die dem Rudergänger und den anderen Anweisungen gab. Die Schoten des Hauptsegels lösten sich, und die Trompete begann zu stottern und zu krächzen und jagte die gesamte Mannschaft von unten herauf. Männer rannten los, Stangen in der Hand; das Blei klatschte in immer weiteren Würfen ins Wasser, und auch das Besansegel wollte vom Wind nichts mehr wissen. Eine heftige Erschütterung durchfuhr das ganze Schiff, und dann kam ein Stoß, und Gottschalk stürzte aufs Deck. Anderen erging es ebenso. Gottschalk sah, wie Jorge da Silves auf ihn zurannte und dann taumelte, als das Schiff erneut schwankte. Dann ächzte Holz auf.

«Ein Riff», sagte Nicolaas. «Keine Sandbank, ein Riff. Wie kommt das denn hierher?»

Der Rudergänger wandte sich bleich vor Schreck um. In den zwei Booten, die hinter ihnen im Wasser tanzten, saßen schon

Männer mit Seilwerk, und die Ankerwinde wurde gebrauchsfertig gemacht. Filipe, der zurücktaumelte, hatte einen Arm um den Besanmast geschlungen. Er war bleicher als der Rudergänger und wimmerte. Nicolaas blickte ihn an. Dann sah er zu dem Kompaßhaus hin.

Loppe sagte: «Nicolaas, kommt. Wir müssen nach dem Schaden sehen.»

«Das hast du schon einmal gemacht», sagte Nicolaas. Er sprach nicht zu Loppe.

Der Junge wimmerte abermals, doch dem Wimmern war ein heftiges Kichern beigemischt.

«Das hast du schon einmal gemacht», wiederholte Nicolaas. «Als wir das erste Mal auf Grund liefen.»

Gottschalk rappelte sich hoch und schritt näher. Das ganze Deck neigte sich. Er hörte bei dem Lärm kaum die eigene Stimme. Loppe hatte zuerst gewartet und war dann davongestürzt, um beim Anker zu helfen. Gottschalk fragte: «Filipe hat das gemacht? Wovon redet Ihr?»

«Hurer, der's mit Negern treibt», sagte Filipe plötzlich. Seine Stimme war dünn und atemlos und wie die eines Mädchens. «Ganz gemeiner Küchenjunge. Mein Vater würde euch anketten an sein . . .» Die Stimme erstarb. Auf dem Gesicht lag, starr und vergessen, ein trotziges Grinsen.

«Davon rede ich», sagte Nicolaas und versetzte dem Jungen einen Schlag.

Bei dem Lärm unten hörten die Schreie des Jungen nur Gottschalk, der erstarrte Ruderjunge und Jorge da Silves, der auf dem Weg zum Ruder innehielt, beunruhigt nicht nur durch die Schreie, sondern auch durch das Klirren von zerbrechendem dünnen Glas und den Anblick des Blutes, das dunkel durch das Hemd des schluchzenden Jungen drang und unter seinen Armen heraus, die er um sich schlug.

Frisches Blut war auch an der Hand, die Nicolaas an sich heruntersinken ließ. Er sagte nichts, sondern sah zu, wie rotgefärbte Sandklümpchen aus der Kleidung des Jungen aufs Deck fielen. Jorge da Silves sah sie auch. Seine stets grimmigen Gesichtszüge wurden wächsern. Er holte mit dem Arm aus, die Faust geballt, die Augen auf das zuckende Gesicht des Jungen gerichtet.

Nicolaas hielt ihn zurück. «Später. Padre, sperrt ihn unten ein. Und kommt dann zurück. Ich brauche Euch vielleicht, damit ich nicht etwas Dummes anstelle.»

Es war eine lange Nacht, die nun folgte, denn die *San Niccolo* hatte sich bei trägem Wasser noch vor der Ebbe auf ihr Riff gespießt, und sie hatte, wie es zunächst schien, die Wahl, entweder mit ihrem aufgerissenen Boden herunterzurutschen und zu versinken oder hängenzubleiben und mitten entzweizubrechen. Doch die Zimmerleute arbeiteten wie die Wilden unten im Kielraum und dichteten das Leck so gut ab, daß kein Wasser eindrang, als die Boote schließlich ein sicheres Bett für den Anker gefunden hatten.

Unglücklicherweise war die Ebbe inzwischen so weit vorgeschritten, daß das gestrandete Schiff erneut beschädigt worden wäre, hätte man es freigewarpt. Man konnte nur den Holzvorrat heraufholen und Stützbeine zimmern und die hübsche neue Karavelle aufbocken, bis mit dem Tageslicht die Flut kam. Und selbst da waren ihre Mühen noch nicht zu Ende, denn der Tag brachte einen neuen Sandwind, und die Männer an den Stangen der Ankerwinde konnten kaum den Mund aufmachen, um ihren Singsang auszustoßen, geschweige denn ihre letzte Kraft einsetzen. Schließlich rutschte nur der Anker los, während das Schiff bis zur nächsten Flut festhing, als beide Boote bemannt wurden und die *San Niccolo* im Schlepptau rückwärts loszogen, bis sie endlich frei schwamm, aufgescharrt und zerschrammt und mit einigen eigenartigen großen Flickstellen unter der Wasserlinie. Dann nahm sie, nachdem sie alle Segel gesetzt hatte, ihre Fahrt nach Süden wieder auf.

Beim nächsten Abendessen erwähnte niemand die *Fortado*, die längst verschwunden war. Die Mannschaft, die früh zu essen bekommen hatte, schlief auf dem Deck gleich den schwarzen Fahrgästen, die jetzt wohl oder übel ihre Fahrt zum Gambia abgearbeitet hatten. Die von der Angst erschöpften Pferde dösten unten vor sich hin bis auf eins, das bei dem Aufprall hingestürzt war und mit einem Beil getötet werden mußte. Am Tisch saß der Schiffsführer stumm und mit geröteten Augen da, und Diniz nickte neben Gottschalk immer wieder ein, bis er von Bel of Cuthilgurdy ins Bett geschickt wurde. Schließlich ging Jorge und kurz nach ihm auch Loppe. Zurück blieb Gottschalk mit den beiden Frauen und Nicolaas.

«Was ist also mit Filipe?» begann Gottschalk.

«Ach ja», sagte Nicolaas, «das Untersuchungsgericht.» Seine Stimme hörte sich eher klanglos an, aber er war keiner, der viel Schlaf brauchte, und er sah in mancher Hinsicht weniger erschöpft aus als Bel oder die junge Gelis, die, abgesehen von der Vertretung des Kochs, bei zahlreichen Dingen mit Hand angelegt hatten, die üblicherweise nicht in der Ausbildung wohlgeborener Frauen aus Flandern oder Schottland vorgesehen waren.

Der Gedanke erinnerte Gottschalk an das, was Filipe in der vergangenen Nacht gerufen hatte. Er hatte gegen die Zucht aufbegehrt und sie gefürchtet, sie aber dennoch geradezu herausgefordert. Vor allem hatte er, von stolzem portugiesischem Blut, aufbegehrt gegen eine Zucht, die ein Färberlehrling ausübte. Jeder, der die Familie St. Pol kannte, so stellte sich Gottschalk vor, hatte von der niederen Herkunft des Schwertritters Niccolo van der Poele gehört. «Eine persönliche Erkundigung», sagte Gottschalk. «Weiter zu gehen steht mir nicht zu. Wie konnte Filipe uns auf ein Riff steuern?»

«Praktisch oder moralisch?» entgegnete Nicolaas. «Moralisch, weil sein Gewissen noch nicht ausgebildet ist. Praktisch, weil er derjenige war, der das Stundenglas zu bedienen hatte. Der Kurs eines Schiffes hängt von dessen Genauigkeit ab: Wird es nicht richtig behandelt, kann man sich seines Standorts auf der Seekarte nicht mehr sicher sein. Rauhe See kann bewirken, daß das Stundenglas Falsches anzeigt. Auch können Schiffsjungen den Sand beschleunigen und ihre Wache abkürzen, indem sie das Glas unterm Hemd anwärmen. Der Wind ist kühl und unangenehm in diesen Nächten, und den Rudergänger überfällt die Müdigkeit. Ich hätte es früher merken müssen.»

«Wußte Filipe, was geschehen konnte?» fragte Bel.

Nicolaas sagte: «Das halte ich für unwahrscheinlich», was Gottschalk als eine von seinen Lügen einstufte. Aus dem Ausbleiben
weiterer Fragen schloß er, daß auch Bel und sogar das Mädchen
dies so sahen und beeindruckt waren. Er wünschte, er hätte nicht
gewußt, daß sich unter allem, was Nicolaas sagte und tat, Klafter
von labyrinthischer Berechnung erstreckten. Er erhob sich unvermittelt und mußte mit leisem Überdruß feststellen, daß auch Bel,
deren Gegenwart ihm für gewöhnlich willkommen war, aufgestanden war, um mit ihm hinauszugehen.

In der großen leeren Kajüte wollte sich auch Nicolaas zurückziehen, überlegte es sich dann aber anders, da man ihn und Gelis,
wie er vermutete, nicht ohne Grund allein gelassen hatte. Sie
saßen an entgegengesetzten Enden derselben Bettstatt mit zwei
Tellern mit Knochen und Austernschalen darauf. Auf dem einen
glomm die unbedeckte Palmöllampe. Er hatte sein Messer schon
abgewischt und weggesteckt. Auf See gab es um diese Jahreszeit
nur wenige Insekten.

Sie aß nachdenklich Datteln aus einer Schüssel. Er war sich
bewußt, daß ihr Haar wie üblich fest von Leinen umhüllt war und
daß sie eines ihrer schlichten, wie üblich staubbedeckten kürzer
gemachten Kleider aus Sergestoff trug. Seit er wieder an Bord dieses
Schiffes war, hatte sie sich außer auf der *Fortado* niemals bemüht,
ihre Weiblichkeit zu betonen, und er schaffte es in der Tat meistens,
sie gar nicht richtig anzusehen, und vermied es auf diese Weise,
plötzlich durch eine gewisse Ähnlichkeit überrascht zu werden.

Die meiste Zeit jedenfalls dachte er gar nicht an sie, sondern
eher wie jetzt an Dinge, die er tun mußte, wozu heute gehörte, daß
er Filipe in seiner Zelle aufsuchte und ihm einen heiligen Schrek-
ken einjagte. Er wußte schon, was er tun würde: Er würde den
Flegel Lázaro zum Seemann befördern. Er hatte es nicht verdient,
und es würde Wochen dauern, bis er ordentlich ausgebildet war,
aber dadurch würden die beiden Jungen getrennt werden, und
Filipe sah sich vielleicht nach einem anderen Vorbild um. Bis
dahin war der rascheste Weg des Umgangs mit Gelis van Borselen
manchmal der kürzeste, und so sagte Nicolaas: «Worüber sollen
wir wohl reden?»

Sie neigte den Kopf, machte die Lippen rund und spuckte einen Dattelkern dorthin, wo Jorges Rüstung an der Wand hing – ohne Hüte und Papageien. Der Kern prallte mit melodischem Aufklingen von dem portugiesischen Helm ab. «Ich dachte, Ihr wüßtet das», sagte sie. «Er ist Euer Priester. Könnt Ihr das auch?»

«Ja», sagte Nicolaas, ohne es zu beweisen. «Nein. Wer auch immer zur Zeit im geheimen Einverständnis mit mir stehen mag, Pater Gottschalk ist es nicht. Worüber sollten wir also nach Mistress Bels Ansicht reden?»

«Laßt mich raten.» Gelis nahm eine weitere Dattel und hielt sie abwesenden Sinnes nach oben zeigend zwischen den Fingern, als wollten sie etwas mit Kreide an einer Tafel ausrechnen. Dann setzte sie hinzu: «Ich weiß es nicht» und aß die Frucht. «Es sei denn, Ihr solltet mir die Weiterreise ins Inland ausreden. Euer Lopez sagt, wir schickten uns an, in die Flußmündung einzubiegen und mit der Karavelle den Gambia hinaufzufahren.» Sie spuckte den Kern aus. Ein Küraß begehrte mit einem kurzen Altton auf.

«So weit, wie er schiffbar ist, ja.»

«Wenigstens zweihundert Meilen, meint Diniz. Dann wollt Ihr irgendwie über Land zum Fluß Joliba hinüber, der sehr groß ist und nach Osten fließt und Euch vielleicht nach Äthiopien bringt. Falls Ihr die Absicht habt, nach Äthiopien zu gehen.»

«Deshalb ist Pater Gottschalk bei uns», sagte Nicolaas. Er hob die blaßfarbenen Steine auf, sah sie an und ließ sie auf den Teller mit den Austernschalen fallen. Gelis griff nach einer neuen Dattel. Ihr schien ein Gedanke gekommen zu sein.

«Natürlich! Ich soll Pater Gottschalk helfen. Während wir auf der *Ghost* waren, hat Bel ihn unter ihre Fittiche genommen. Pater Gottschalk kann erst zurückkehren, wenn er seine Mission erfüllt hat, und Bel will Eure Pläne kennenlernen.»

«Dann bestellt ihr, sie soll mich fragen.»

«Ihr würdet ihr Lügen erzählen», sagte das Mädchen und leckte sich die Finger.

«Vielleicht, vielleicht auch nicht. Ich habe eine recht hohe Meinung von Mistress Bel.»

«Nun, das ist sehr großmütig», erwiderte sie. «Unsere Meinung von Euch ist vielleicht ein wenig anders. Wir glauben beide, daß Ihr nur des Goldes wegen hier seid und daß Ihr dann die Mission aufgebt.»

«Habt Ihr eine Bibel dabei?» sagte Nicolaas. «Nein? Jorges Kruzifix dort?» Er sprach die Worte sehr deutlich aus. «Ich gedenke, bei der Karavelle zu bleiben, solange sie den Gambia hinauffahren kann.»

«Gewiß werdet Ihr das», sagte Gelis. «Weil das Gold tiefer im Landesinneren ist, nicht wahr? Die Gruben können nicht in der Nähe der Küste sein. Diniz sagt, der stumme Handel müsse sogar noch weiter landeinwärts sein. Und der Zielort der Karawanen, die das Salz für den stummen Handel aus dem Norden herbeibringen, der ist dann wiederum noch weiter östlich – vielleicht eine sehr große Strecke von hier entfernt. Was ist also mit Jorges Kruzifix – wenn Ihr die Karavelle verlaßt, werdet Ihr dann etwa den Weg nach Äthiopien einschlagen und alles andere sein lassen?» Sie spuckte abermals, und eine Beinschiene klickte. Ihre Geschoßbahn bewegte sich immer in seiner Richtung.

«So ist es», sagte er. «Ich habe versprochen, Euch über unsere Pläne zu unterrichten, was aber nicht zwangsläufig Bekräftigung durch Euch unter Androhung einer Beschießung einschließt. Wenn Ihr den Spiegel trefft, hinterläßt das einen unschönen Fleck.» Er spürte an der Bewegung, daß das Schiff eine leichte Kursänderung vorgenommen hatte, und wünschte, er hätte hinausgehen und nachsehen können. Er sprach, um sie zu ärgern, mit betont sanfter und geduldiger Stimme.

«Ich kann Euch sagen – und Gottschalk weiß –, daß der Zielort der Karawanen wahrscheinlich irgendwo am Lauf des Joliba ist, und bis dorthin gedenken wir vorzustoßen. Wenn Gold vorhanden ist, werde ich es kaufen, weil ich es wahrscheinlich brauchen werde. Der Zielort muß einige Wochen von hier entfernt liegen, und die Reise von dort zu unserem Priesterkönig mag noch einmal so weit sein und über gebirgiges Land führen, das niemand kennt. Bis Epiphanias kommen wir dort nicht hin.»

«Kommen wir überhaupt hin? Ihr seid noch nicht aufgebrochen und beschreibt die Mission schon als recht hoffnungslos.»

«Ich dachte, Bel wollte, daß ich Euch davon abhalte. Nein, wir werden es versuchen. Wenn wir hinkommen, wird man Gottschalk heiligsprechen. Wenn nicht, kommen wir mit Karten zurück, die anderen eine Hilfe sein können. Und auf dem Weg dorthin gibt es Ansiedlungen, die er besuchen kann. Ich habe gehört, die Herrscher dort lassen sich leicht bekehren, wenn sie ein Paar Falken und einige Handbüchsen bekommen. Der Heilige Vater hätte die *Fortado* schicken sollen.»

«Ihr verachtet Gottschalk», sagte sie. «Und diese Schwarzen. Und Lopez.»

«Ich kann nichts für meine einfache Kindheit», erwiderte Nicolaas. «Und was Gottschalk angeht, so kann es doch nicht schaden, wenn man ein weniges für seine Glaubensansichten zahlt und sich zumindest Gehör erkauft. Danach bleibt die Botschaft haften oder auch nicht.»

«Wie überzeugend. Fast ein Bekenntnis von religiöser Schwärmerei, ausgedrückt in den Begriffen einer Färbereiphilosophie. Dann sage ich Bel also, daß der Papst und Gottschalk Eurer vollen und uneingeschränkten Unterstützung sicher sein können. Und werdet Ihr morgen eine Kerze anzünden?» Sie sah ihm in die Augen, etwas, wovor man sich in acht nehmen mußte. Diesmal flog der Kern an seinem Ohr vorbei.

Morgen. Morgen würden sie den südlichsten Hafen ihrer Reise erreichen. Morgen würden sie an der Mündung des Gambia eintreffen und sich der *Fortado* gegenübersehen. Oder auch nicht. Morgen sollten die Pferde bewegt werden, mußten die Vorräte überprüft, die Waffen geölt und die Sklaven mit Verpflegung und Hinweisen versorgt werden, die ihnen nützlich sein mochten. Vier würden aufbrechen, die anderen zwei wollten weiter mit ihnen den Fluß hinauffahren. «Morgen?» sagte Nicolaas.

«Morgen ist der Tag Eures Namensheiligen. Das hattet Ihr doch nicht vergessen?»

Er hatte es vergessen. Absichtlich vergessen. Er wurde sich langsam bewußt, daß sie ihn anstarrte. Ihre Hand hatte auf dem Weg zur Schüssel innegehalten. Mit belegter Stimme fragte sie: *«Ist Katelina an diesem Tag gestorben?»*

Es erschreckte ihn, daß er sich die Richtung seiner Gedanken hatte ansehen lassen. «Nein, Gelis», sagte er. «Da sind andere Dinge geschehen.»

«Und keine angenehmen. Ich kann nicht sagen, daß es mir leid tut.»

«Nein. Mir tut es leid genug für uns beide.» In Lagos hatte er versucht, dieses Gespräch einzuleiten, und vielleicht würde er das noch einmal tun, aber dies jetzt war nicht der richtige Augenblick. «Es ist schon spät», sagte er, aber sie saß noch immer da mit diesem nachdenklichen Blick. Ihn durchzuckte der Gedanke, daß ihr Verhältnis dem von zwei disputierenden Männern glich, einem jungen und einem älteren. Selbst in einer solchen Lage blieb ihr Verstand von einer klaren, kühlen Art, die alles übertraf, was zum Beispiel Diniz gezeigt hatte. Ein mathematischer Verstand, wie die junge Tilde.

Als hätte sie abermals seine Gedanken geahnt, fragte Gelis: «Wie alt seid Ihr jetzt? Vierundzwanzig?»

Er zuckte die Achseln, ohne zu antworten, während das Schiff erzitterte. Eine starke Gegenströmung. Wo mochten sie sein? Er sah, daß sein Mangel an Aufmerksamkeit sie traf und kränkte.

«Und abermals reich und auf dem Weg zu noch mehr Reichtum. Und mächtig. Aber das alles ist Euch nicht so wichtig wie die Art, wie es geschieht. Ihr huldigt dem Doppelspiel um seiner selbst willen. Ihr seid allein aufgewachsen, weil es Euch paßt. Ihr braucht über Eure wirklichen Pläne mit keinem zu sprechen. Gestern nacht sind wir auf ein Riff gelaufen. Das ist wahrscheinlich seit Lagos das einzige Ereignis, das Ihr nicht selbst herbeigeführt habt. Kein Wunder, daß Gottschalk genug von Euch hat.»

Nicolaas beugte sich vor und hob zwei Austernschalen und eine Dattel auf. «Weshalb glaubt Ihr, ich könnte nicht auch das mit dem Riff geplant haben?» Er biß ein Stück von der Dattel ab und steckte sie dann ganz in den Mund.

«Die Art, wie Ihr Filipe geschlagen habt», sagte Gelis. «Ihr habt die Beherrschung verloren. Wie kindisch.»

«Ich wollte zwei, die zueinander passen», sagte Nicolaas und zeigte in jeder Hand eine Austernschale vor. Die halb verheilten

Risse von ihrem Biß zerfurchten die eine Handfläche, die Schnitte vom Stundenglas die andere. «Dann setzt Ihr Euch also trotz der offenkundigen Gefahren über meine inständige Bitte hinweg und wollt beim Schiff bleiben? Da wird Bel aber überrascht sein.»

«Geht nach Äthiopien», gab Gelis zurück, «wenn Ihr wirklich alle Vorhersagen Bels Lügen strafen wollt. Was habt Ihr vor?» Die Austernschalen lagen ihm wie Scheuklappen über den Augen, und zwischen seinen Zähnen steckte schräg und abschußbereit der Dattelkern.

«Das.» Und er spuckte und hörte sie einen leisen Ruf ausstoßen, als der Kern auftraf. Es gab ein Zischen, und dann roch es nach heißem Öl. Er nahm die Schalen von den Augen und stellte befriedigt fest, daß er sich in völliger Dunkelheit befand. Es war ihm gelungen, die Lampe auszulöschen. «Ich dachte mir doch, daß ich es schaffe», sagte er.

Der Docht begann zu riechen. Er konnte sie atmen hören; sie nieste. Er stand auf und zog den Vorhang zurück, um Luft und ein wenig Licht vom Deck hereinzulassen und auch um den Weg nach draußen zu zeigen. Sie verstand gewiß, daß dies nicht nur ein Spaß war, sondern auch eine Aufforderung zum Gehen. Als sie sich erhob, blickte er sie prüfend an, um zu sehen, was sie empfand.

Er hatte mit Verachtung gerechnet. Er hätte diesmal nichts gegen Verachtung mit einer Spur Belustigung dabei einzuwenden gehabt. Doch er sah, als sie hinausging, nur ihre übliche Gleichgültigkeit, unter der sich etwas anderes versteckte, das er wie üblich nur erraten konnte.

Er ging, um sich um Filipe zu kümmern.

KAPITEL 20

INNERER ODER ÄUSSERER EINGEBUNG FOLGEND, las Pater Gottschalk am nächsten Morgen eine besondere Messe für die jetzt in
gefährliche Gewässer vordringende *San Niccolo*, wie sich das für ein
Schiff solchen Namens an diesem Tag auf jeden Fall schickte.

In Venedig würde die erste Dezemberwoche kaltes Hochwasser
und rauhe Luft gebracht haben, und wenn Margot die Fenster-
läden der Casa di Niccolo öffnete, trieben draußen gewiß graue
Dunstschwaden vorüber, durch die gespenstisch ein Boot am anderen vorbeiglitt, wenn sich Julius zum Rialto begab, um Dukat
gegen Groat und Écu aufzurechnen und seine Rücklagen zu zählen. In dieser Woche würden sich auf Murano Freunde die Hände
an den Öfen von Marietta Barovier wärmen, die ihren schüch-
ternen Schützling, den Florentiner, vielleicht dazu brachte, ein
Glas auf die Gesundheit eines venezianischen Papstes zu trinken.

In Brügge mochte Eis die Kanäle überzogen und bewirkt haben, daß Cristoffels in der Färberei die Pumpen anwärmen ließ
und Tilde und Catherine de Charetty in ihrem Kontor Feuer
machten, wenn sie die Löhne auszahlten und über ihren Hauptbüchern saßen und besorgt an die Zukunft der Medicivertreter
dachten, nun da der alte Cosimo, *pater patriae*, tot war.

Und auf zwei fernen Inseln würden sich die Räder der Zucker-
rohrmühlen schnell im Regen drehen. Auf Madeira würde Gregorio – besorgt, reizbar, entschlossen – an seinem Schreibpult
sitzen und immer wieder den schlammigen Weg zwischen Ponta
do Sol und Funchal zurücklegen, während auf der anderen ...
Der König von Zypern würde jetzt fünfundzwanzig Jahre alt und
seiner gestohlenen Geliebten überdrüssig und vielleicht übelge-
launt sein, weil David de Salmeton nicht mehr da war, oder gar
die Verbannung seines einst so hochgeschätzten Nikko bedauern.
Zaccos Mutter würde bestrebt sein, ihren Sohn zu verheiraten.
Seine Königin war vielleicht schon ausgewählt. Der König von
Zypern würde an diesem St.-Nikolaus-Tag nicht an Famagusta zu
denken brauchen.

Und an der Küste von Guinea feierte ein Mann seinen vierundzwanzigsten Festtag in tropischer Hitze, erfüllt von hohen Erwartungen, die das Blut in den Adern schneller schlagen lassen mußten und ausreichen sollten, um alles Schlimme in der Vergangenheit auszulöschen. Auf der *San Niccolo* spuckte und zischte das Kalfaterpech in der schimmernden Helle, während unten die Pferde lustlos die Köpfe hängen ließen. Delphine stießen die warme See zur Seite, und manchmal tauchte kurz der riesige Rücken eines Wals auf, indes die Seevögel ständig umherschwirrten und herabstießen und sich auf die Geländer und Spieren der Karavelle hockten. Und über das Wasser herüber erreichten das Schiff gleich den Gerüchen Afrikas auch seine Geräusche: Ein leises, schnelles Trommeln drang ans Ohr aus den hohen Bäumen hinter dem Grün der Mangroven heraus, obschon man keine Hütten sehen konnte und an den Stränden nichts zu sein schien als die zarten weißen Federbüsche der Reiher.

Allmählich wurde das Trommeln immer öfter unterbrochen, und während der letzten Stunden vor Erreichen des Gambia wurde den Menschen auf der *San Niccolo* noch eine andere Erfahrung zuteil: das Gefühl, beobachtet zu werden, die Überzeugung, daß sich in den fernen Bäumen nicht nur Tiere verbargen und die Bewegungen zwischen den Dünen nicht immer von Vögeln herrührten. Und schließlich wurden Männer sichtbar, die aufmerksam vom Ufer herüberblickten oder in ihren schmalen Booten um die Untiefen herumpaddelten, bis endlich der Augenblick kam, da sie wie auf Befehl alle auf das Schiff zugeschossen kamen und es schaukelnd umringten.

Zehn Jahre zuvor hatten, abgeschossen von diesen selben Booten, Giftpfeile alle Fremdlinge begrüßt. Jetzt sagte Loppe: «Ich gehe zu ihnen, es ist ungefährlich», und er ließ sich an der Seite des Schiffes hinunter, trat in das nächste Boot hinein und hockte sich in die tiefe hölzerne Aushöhlung.

Alles, was Loppe wünschte, ließ Nicolaas zu. Aber er konnte sich nicht ganz still verhalten, sondern schritt müßig auf und ab, bis sich die breiten Schultern aus dem Boot erhoben, die weißen Zähne glänzten, das Gesicht herumging und Loppe die Leiter heraufgerannt kam mit einem Korb voller Fische und der Neuigkeit, die ihm das Wagnis wert gewesen war. «Sie sagen, ein schönes blaues Schiff sei vor einem Tag und einer Nacht gekommen und habe an der Insel bei der Gambiamündung angelegt. Sie sagen, das Schiff habe alles gekauft, was die Händler anzubieten hatten, und es habe nicht kehrtgemacht, sondern sei den Fluß hinaufgefahren auf der Suche nach noch mehr Waren und Gold. Sie sagen, die Unterkönige Gnumi Mansa und Bati Mansa werden sie und uns empfangen, wenn wir dem Schiff folgen, denn diese Männer herrschen über Teile des Gebiets und sind beide habgierig. Sie sagen, wir sollten ihnen nur trauen, wenn wir viele Geschenke dabeihaben.»

«Dieselben Könige!» sagte Diniz. «Das sind dieselben Könige, die die Karavellen angetroffen haben! Gnumi Mansa ist Christ, nicht wahr, Nicolaas? Und Bati hat eine große Versammlung für Diogo Gomes abgehalten weiter flußaufwärts. Wie werden sie den Padre willkommen heißen!»

«Wir hoffen es», sagte Nicolaas. «Aber es ist einige Zeit vergangen, seit Gnumi getauft wurde, und Bati ist, glaube ich, nie in die Reihen der Gläubigen aufgenommen worden. Wir können nur hoffen, daß sie ihre Giftvorräte, falls sie welche besitzen, beim Empfang der *Fortado* verbrauchen. Denn sie scheint nicht heimwärts zu segeln, meine Getreuen, sie fährt vor uns her.»

Was das bedeutete, brauchte nicht näher erläutert zu werden, und es blieb auch keine Zeit dazu. Vor ihnen lag die Mündung des Gambia, behaftet mit Sandbänken und Untiefen und einer Tidenströmung von zwei Knoten bei Ebbe, Schwierigkeiten, wie man sie im Mittelmeer selten antraf und die ganz bald die Mannschaft der *San Niccolo* auf eine harte Probe stellen würden. Also zuerst einmal in den Gambia hinein – danach blieb noch genug Zeit, einen Plan zu machen.

Jorge wartete träges Wasser ab und lenkte die Karavelle dann kühn in seine Bahn. Mit einem Ausguck im Mastkorb und zweien im Bug suchte sich die Karavelle, indes das Lotblei spritzte und platschte, von einer gefährlichen Stelle zur nächsten ihren Weg und antwortete wie ein alter Kämpe auf die leisesten Bewegungen des Ruders. Der Schiffsführer kannte die Gambiamündung von früher, kannte auch die Ausmaße ihrer Sumpfinsel, die kaum eine Meile breit und drei Meilen lang war, und wußte, daß man an ihr entlangfahren mußte bis zum besseren Ankerplatz im sandigen Schlamm an ihrem östlichen Ende. Er bewegte sich vorsichtig vorwärts und hielt nach Masten Ausschau.

Die *Fortado* war nicht da, und auch von anderen Fahrzeugen, von den umgestülpten Booten am Strand abgesehen, gab es keine Anzeichen. Irgendeine Gefahr kündigte sich nicht an, dafür aber Unannehmlichkeiten. Mit den Diensten, die Arguim und Senagana geboten hatten, war nicht zu rechnen: keine Vorräte an Holz, Seilwerk, Verpflegung, Wasser. Sie schienen auch nicht recht willkommen zu sein: Die wenigen Schwarzen, die sie gesehen hatten, waren verschwunden, als Jorge mit einer kleinen Schar sein Boot an dem wackligen Steg festmachte, den ein ungeduldiger Schiffszimmermann zusammengenagelt und dann im Stich gelassen hatte. Dahinter kamen festgetretener Sand und Büsche und Bäume und einige wenige Lehmhütten und eine Reihe gekrümmter Äste, die zerfetzte Strohdächer stützten über nichts weiter als zusammengepreßter, von Matten gemusterter Erde.

Eine Stunde später erstattete Jorge Nicolaas Bericht. «Es ist nichts mehr da. Doria hat gekauft, was sie hatten, und alle Vorräte mitgenommen, sogar das Wasser. Die Händler hatten ein wenig Gold zu verkaufen, aber nicht viel. Sie sind grämlich, Doria hat sie eingeschüchtert und ihnen gesagt, wir würden uns noch ärger benehmen, und hatte ihnen fast nichts zu geben, was die Wahrheit ist: Wir müssen das, was wir haben, für die Könige aufheben. Ich möchte das Schiff hier nicht kielholen. Es gibt da eine Insel, die wir morgen erreichen können. Dort sollten wir in aller Ruhe nach unseren Flickstellen sehen.»

«Hat Doria etwas über sein Ziel gesagt?» fragte Nicolaas.

«Nein – nur daß er weiter flußaufwärts noch Waren kaufen wollte. Wie wir wissen, sind es neun Tage Fahrt bis zu den Stromschnellen. Natürlich, sie sagen, er will von dort aus über Land weiter ziehen. Sie sagen, er will dorthin, wo das Gold herkommt.»

«Und wie denken sie darüber?»

«Sie haben gelacht», sagte Jorge. «Das tun sie immer. Hört Ihr die Trommeln? Lange bevor ein Schiff eintreffen kann, weiß man siebenhundert Meilen den Fluß entlang, was vor sich geht.»

«Dann besteht also kein besonderer Grund, heimlichzutun», erwiderte Nicolaas. «Gut, dann bleiben wir über Nacht hier vor Anker und fahren am Morgen weiter. Möchte der Padre der Ansiedlung einen Besuch abstatten?»

«Ja, ich sollte mich an Land umsehen», sagte Gottschalk. «Es mag Menschen geben, die von früheren Besuchern zum Glauben bekehrt wurden.»

«Möglich ist das», meinte Jorge da Silves. «Ihr müßt das feststellen, Padre.»

«Zufrieden?» sagte Nicolaas zu Bel of Cuthilgurdy.

«Am Strand gibt es Schildkröten», sagte Diniz. «Und ich habe einen Wollbaum mit einem Affen darauf gesehen.»

«Seht Ihr», fuhr Nicolaas, an Bel of Cuthilgurdy gewandt, fort, «die ganze Reise hat sich schon gelohnt.»

Am nächsten Nachmittag – die Insel hatte weiter nichts zu bieten – kehrte die Karavelle dem Ozean den Rücken und steuerte flußaufwärts ins Landesinnere hinein und hielt nur noch einmal an, um vier ihrer Sklaven an Land zu setzen. Die Mandinguas brachen ungetauft auf und mit nur geringer Aussicht, je ihre Dörfer wieder zu erreichen. Gottschalk nahm kummervoll von ihnen Abschied, und sie umarmten ihn und weinten, als sie von Bel und Loppe Abschied nahmen, während Jorge da Silves eher mürrisch zusah.

Anstatt über zwanzig Sklaven hatte er jetzt noch zwei, doch bei denen handelte es sich zumindest um wertvolle Leute, und der eine, der bärtige und der verständlichen Rede fähige Saloum, bot sich sogar als Lotse an, denn er hatte den Wasserweg des Gambia, wie er sagte, viele Male befahren.

Und indes der Fluß seinen gewundenen Lauf voller Strömungen, Untiefen und launischen Sogstellen entfaltete, erwies sich Saloum als ihr wertvollster Besitz. Er war es, der sie von einer Stelle zur anderen geleitete und es Pater Gottschalk ermöglichte, dieses oder jenes Dorf aufzusuchen, damit er herausfinden konnte, ob die Einwohner vielleicht der christlichen Religion angehörten, und sie anzusprechen, wobei ihm Loppe oder Saloum als Dolmetscher diente. Sie hätten es im Augenblick nicht eilig, sagte Nicolaas.

Für Diniz war es eine Zeit der Verzückung. Der glänzende, langsam dahinfließende drei Meilen breite Fluß, bewegte sich unter ihm, der eigenen Bewegung und der des Mondes gehorchend, während die Seeleute ihr ganzes Können darauf verwandten, den unregelmäßigen Wind einzuspannen und zwischen den Sandbänken, Inseln und Strömungen hin und her zu steuern, zwischen einem niedrigen, grün belaubten Ufer und dem anderen.

Fremdartige Vögel rauschten über ihre Mastspitze dahin und verschwanden verschwommen scharlachrot oder grün, grauschwarz oder rosenfarben in den Büschen und Bäumen, aus denen ein bösartiger Chor von Geräuschen drang, ein Kreischen und Zwitschern, vermischt mit Heultönen und Schreien unbekannter wilder Tiere, während bei Nacht die Frösche und die Zikaden einen ganz anderen Gesang anstimmten.

Von der Begeisterung Diniz' und auch des Padre getrieben, bog die *San Niccolo* am zweiten Tag in den von hohen Mangrovenbüschen gesäumten Arm eines Nebenflusses ein, der, wie Saloum sagte, vierzig Meilen oder noch mehr nach Süden führte, und als sie endlich ankerten, wurden die Boote ausgeschickt, die noch weiter vordringen sollten.

Von dieser Fahrt kehrte Pater Gottschalk in einer Gemütsverfassung zurück, die ihn immer ernster und schweigsamer werden ließ, während Diniz zum Deck hinaufrannte, naß und zerstochen und voller Überschwang, und bis zur Erschöpfung von den Wundern der Sümpfe erzählte – er hatte die menschenfressenden Echsen gesehen, wie sie in den seichten Wasserstellen schliefen. Er hatte Affen gesehen, große Paviane, die ihre Jungen liebevoll auf dem Rücken mit sich trugen. Er hatte mit Menschen zusammen unter einem Baum gesessen, während Gottschalk mit Loppes Hilfe mit ihnen redete, und Bohnen und Hirse bekommen in Schüsseln, und man hatte ihm zwei schwarze Mädchen zum Schlafen angeboten. Die schwarzen Frauen hatten Haar wie geflochtene Wolle und trugen Baumwollhemden, die ihre Männer in Streifen gewebt hatten, und drei von ihnen hatten goldene Armreifen, aber Loppe wollte keine sie betreffenden Fragen übersetzen. Er hatte Palmwein aus einer Kürbisflasche getrunken.

«Das sehe ich», sagte Nicolaas. Dann wandte er sich an Loppe: «Was ist geschehen?»

«Die Leute sind unruhig», sagte Loppe. «In einigen Dörfern sind sie davongelaufen, in anderen haben sie den Padre nur sprechen lassen, weil wir ihnen Geschenke gegeben haben, aber sie waren froh, als wir wieder gingen. Es liegt nicht an der weißen Haut oder an den Karavellen – sie haben schon früher Händler gesehen. Aber ihre heiligen Männer haben ihnen gesagt, Pater Gottschalk sei ein Zauberer, der ihre Hirse verhext und den jungen Mädchen für sein Lagerpolster das Haar abschneidet und der sich den Haß der Bäume zugezogen hat.»

«Den Haß der . . .?»

«Sie glauben an so etwas.»

Nicolaas blickte verwundert. «Aber sie sind doch Untertanen von Gnumi Mansa?»

«Ich fürchte, Gnumi Mansas portugiesische Falken sind eingegangen», sagte Loppe, «und die von seinem portugiesischen Maurer gebauten Häuser sind verlassen, und sein Glaube ist in sechs Jahren ebenfalls dahingeschmolzen. Die Vorwürfe eines echten Priesters würden hier zu Hause seine Würde verletzen und anderenorts bei seinen Gönnern seinem Ruf schaden. Er ist, wie ich mich erinnerte, nach Prinz Heinrich getauft worden.»

«Das heißt also, Gnumi würde gern glauben, Gottschalk sei ein falscher Priester? Da er das aber nicht ist, ist es möglich, daß wir alle . . . ja, was? Daran gehindert werden, ihn zu sehen? Oder getötet werden, damit wir nichts erzählen?»

«Beides ist möglich», entgegnete Loppe. «Vielleicht gibt ihm die *Fortado* einen Rat.»

Sie achteten noch immer darauf, daß die *Fortado* vor ihnen fuhr. Sie liefen damit Gefahr, in eine Falle zu geraten, genossen dadurch aber auch Vorteile.

315

«Doria und Crackbene führen die Befehle des Hauses Vatachino und Simons aus», sagte Nicolaas. «Ich glaube, ich kann ahnen, welchen Rat sie erteilen werden.»

«Könnt Ihr das?» erwiderte Loppe. «Sie sind noch nicht umgekehrt. Sie treiben noch immer Handel.»

«Na schön. Wenn es ihnen nur um einen vollen Laderaum geht, werden sie zu den zwei Königen und bis Cantor fahren und dann umdrehen, nachdem sie Gnumi Mansa geraten haben, uns zu töten. Glaubst du, daß es so kommt?»

«Möglich ist es», sagte Loppe. «Aber so muß es nicht kommen. Saloum wird zu unseren Gunsten zählen. Andererseits trifft Eure erste Vermutung möglicherweise zu. Sie werden ihr Schiff beladen und bei den Wasserfällen hinter Cantor warten. Dann werden sie herauszufinden versuchen, wohin wir uns wenden, wenn wir an Land gehen. In diesem Fall bleiben wir bis dahin am Leben.»

«Einige von uns», sagte Nicolaas. «Pater Gottschalk brauchen sie nicht. Und wen sie auch am Leben lassen wollen, dieser König mag da andere Vorstellungen haben. Wo ist Gnumi Mansa anzutreffen? Weißt du das?»

«Ich kann es mir denken», entgegnete Loppe. «Er kam, um sich mit Doria am Flußufer bei Tendeba zu treffen. Diese Stelle sollten wir morgen erreichen. Er zieht in seinem Gebiet umher mit zweihundert Kriegern und seinen Frauen; er wird nicht weit fort sein. Das dort am Ufer entlang sind seine *Almadias*, seine Boote.»

Nicolaas hatte sie gesehen, die schnellen, flachen Tröge mit ihren Doppelreihen von aufrecht stehenden Negern, die geflügelte Mützen und weiße Hemden trugen und Paddel mit kurzen Stielen bewegten. Sie glitten zwischen den Sandbänken heraus und wieder zurück und hatten gar nichts gemein mit den eifrigen Händlerbooten an der Küste, die mit Mehlsäcken und Kolanüssen beladen waren. «Was wird geschehen?» fragte Nicolaas.

«Man wird nach Euch schicken», sagte Loppe. «Und Ihr geht hin.» Er fügte keine Warnung an. So weit flußaufwärts konnte man wenig tun, das wußten sie beide, wenn die Könige gegen sie eingenommen waren.

In dieser Nacht ankerte die *San Niccolo* vor dem schlammigen

Flußufer mit seinem singenden, quakenden, raschelnden Leben, und die einunddreißig Männer und zwei Frauen an Bord verbrachten die Stunden im Schlaf oder lauschten bisweilen auch den Schreien der Nachtvögel und dem plötzlichen Gurgeln und Zischen jäh durchfurchten Wassers oder der leisen Stimme Filipes, der das Stundenglas umdrehte, und dem darauf antwortenden Murmeln Melchiorres. Von Flügeln umschwirrt, leuchteten die großen Laternen in der Dunkelheit, ölten das fließende Wasser mit Gold ein und berührten die schlafenden Gestalten auf dem Deck, ausgelöscht für flüchtige Sekunden von den blättrigen Flughäutchen von Fledermäusen, die sich so lautlos verhielten wie die unsichtbaren Beobachter zu beiden Seiten in ihren flachen Booten tief im Schilf. Und dicht oberhalb der Schwelle des Schweigens schwang der Pulsschlag von Trommeln im Gespräch.

Nicolaas hatte den Lagersack in der Stille des Achterdecks ausgebreitet und verbrachte die Nacht mit der Mannschaft im Freien. Zweimal kam Jorge zu ihm hinüber, um kniend mit ihm zu flüstern. Beim ersten Mal handelte es sich um nichts Wichtiges. Beim zweiten Mal machte ihm Nicolaas Platz, damit er sich auf das Lager setzen konnte, während er sich im Halbdunkel aufsetzte und mit den Armen die zugedeckten Knie umschlang.

Keiner schlief völlig bloß, da Frauen an Bord waren, aber sie waren beide bis zum Gürtel nackt, so daß Nicolaas die weißen Narben alter Wunden auf dem sehnigen Oberkörper des anderen sehen und aus Jorges neugierigem Blick herauslesen konnte, wieviel von seiner eigenen bewegten Vergangenheit sich an Schultern und Armen, Rippen und Brust vermuten ließ. Jorge sagte zu seiner Überraschung: «So solltet Ihr vor dem König erscheinen. Ihr geht doch diesmal an Land?»

«Ich sollte so eher vor seinen Frauen erscheinen», gab Nicolaas zurück, und vorsichtig zeigte sich ein Grübchen. «Natürlich gehe ich hin, wie auch Ihr, wenn wir zu Gnumi Mansa geladen werden. Ich möchte den Jungen und den Priester gern zurücklassen, aber ohne zu Gewalt zu greifen, werde ich das wohl nicht schaffen. Wir müssen ihr Wohlergehen mit anderen Mitteln sicherstellen.»

«Aber der Priester muß doch mit dem König sprechen!» sagte da Silves. Er dämpfte die Stimme. «Wozu sonst wären wir hier?»

«Ich sagte Euch ja, ich werde tun, was ich kann», entgegnete Nicolaas. «Aber ich muß es wiederholen: Ihm und dem Jungen droht von der *Fortado* mehr Gefahr als Euch oder mir.»

«Mehr Gefahr als Eurem Diener?»

Es war klar, wen er meinte. Nicolaas sagte: «Lopez ist nicht mein Diener», und wünschte gleich darauf, er hätte es nicht getan.

«Nein, verzeiht. Aber wenn Lopez, der nicht Euer Diener ist, weniger Gefahr droht, so deshalb, weil die *Fortado* ihn für einen wichtigen Mann hält. Lopez kennt die Quelle des Goldes. Er wird Euch nach Wangara führen. Deshalb habt Ihr ihn Eure Ladung Sklaven vergeuden lassen.»

«Wangara – seid Ihr deshalb hier?» fragte Nicolaas.

Das halberhellte Gesicht mit seinen schimmernden Augen schien sich zu verändern. Ihre Köpfe waren dicht beieinander, ihre Stimmen gedämpft. «Ihr seid meinem König und mir gegenüber eine Verpflichtung eingegangen. Ihr habt dem Orden Seelen und Gold versprochen.»

Nicolaas verhielt sich mit einiger Mühe ruhig. Eine Frage nach Seelen und Gold hatte er erwartet. Jetzt sah er, daß es auch um Loppe und Diniz und vermutlich gar – er erinnerte sich an Ochoas Belustigung – um gewisse Gerüchte von Zypern und Trapezunt ging. Nicolaas tastete sich auf festeren Boden vor. «Jorge, was Lopez weiß, darauf kommt es kaum an. Angenommen, Ihr findet den Weg nach Wangara. Ihr werdet den Stamm, der dort lebt, niemals dazu bringen, Euch zu zeigen, wo das Gold in der Erde liegt oder wo der Verkaufsplatz dafür ist.»

«Und was ist Eure Antwort?» fragte Jorge. «Was fangen diese Tiere mit ihrem Gold an? Was würde dagegen die Kirche damit anfangen? Ihr würdet sie kaum anzufassen brauchen – ein Schuß aus Eurer Kanone würde sie zahm machen.»

«Wahrscheinlich», entgegnete Nicolaas. «Und was dann? Noch ein Schuß für die Mittelsmänner beim stummen Handel? Sie wissen selber nicht, wo das Gold herkommt, und sie werden bestimmt

318

nicht einfach beiseite treten, während wir es aufspüren und ihr Geschäft vernichten. Bringen wir sie also alle um?»

«Ihr geht zu weit», sagte Jorge da Silves. «Habt Ihr denn auch gleich Eure möglichen Rivalen getötet, als Ihr versucht habt, einen Anteil an einem Alaunmonopol zu erwerben, den türkischen Bedarf an Rohseide aufzukaufen oder die königlichen Zuckergüter auf Zypern in die Hand zu bekommen? Einige vielleicht, aber nicht alle. Wißt Ihr, manchmal habe ich das Gefühl, Ihr und Lopez wollt das Wangaragold für Euch allein aufspüren, nicht für Portugal.»

Es trat ein Schweigen ein. Vom unsichtbaren Ufer wehte das Platschen eines müßigen Paddels herüber, und ein Stück weiter weg erklangen die schmetternden Schreie einer Hyäne, denen ein Schwall von Schnatterlauten antwortete. Die Trommeln schlugen weiter. Nicolaas rekelte sich in eine andere Lage. «Wenn Ihr wegen der Gruben von Wangara hier seid, dann könnt Ihr auch gleich heimfahren.»

«Ihr wollt sie haben!» Jorges Augen glühten.

«Jeder Weiße an der Küste von Guinea will sie haben», sagte Nicolaas. «Doria will sie für das Haus Vatachino haben. Gomes wollte sie seinerzeit für Prinz Heinrich haben. Ihr. Und ich. Natürlich will ich sie haben, aber ich werde sie nicht bekommen; ich versuch's erst gar nicht. Erwähnt sie Gnumi Mansa oder Bati Mansa gegenüber, und sie bringen uns um, geradeso wie sie Doria und Crackbene umbringen würden. Sie würden jeden töten, von dem sie glauben, er würde sie hintergehen, auch Lopez, weshalb wir ihn nie fragen werden, weder Ihr noch ich, ob er den Weg dorthin kennt oder nicht.»

«Ich sehe Euch an und bin mir noch immer nicht sicher», erwiderte der Schiffsführer. «Ihr wollt Gold haben. Ich habe manchmal den Eindruck, daß Euch einzig an Gold gelegen ist. Ihr wolltet unbedingt, daß Lázaro befördert wird, und es nützt alles nichts.»

«Vicente ist ein guter Lehrmeister.»

«O ja, aber jetzt genießt das Schiff nur noch seine halbe Aufmerksamkeit. Eure Sorge sollte auch dem Schiff gelten.»

«Das tut mir leid», sagte Nicolaas. «Natürlich sollte es das. Ihr müßt mich für einen schlechten Gefährten gehalten haben.» Er hielt inne und setzte dann hinzu: «Wegen des Goldes. Es kränkt mich, daß Ihr an mir zweifelt, aber Ihr könnt Euch leicht überzeugen. Wenn wir am Ende des Gambia die Karavelle verlassen, werdet Ihr bei mir sein. Ich gehe nicht nach Wangara, habe aber vor, Gold auf dem Weg in den Osten zu kaufen, an den Halteplätzen der Karawanen, zu denen die Mittelsmänner es hinbringen. Lopez wird uns zu ihnen hinführen.»

«Wenn er nicht schon mit Raffaelo Doria und Crackbene nach Wangara gegangen ist», meinte Jorge. «Er ist ja nicht Euer Diener, wie Ihr sagt.»

«Nein, aber er ist noch immer mein Freund, so wie Ihr, und Freunde verraten einander nicht. Ich habe Durst. Gebt Ihr mir einen Schluck aus Eurer Flasche?»

Ihre Hände berührten sich, als er sie entgegennahm; er trank und rieb sich wie vor Müdigkeit die Augen, und dann sprach der Portugiese noch ganz leise mit ihm und erhob sich darauf und ging. Bel of Cuthilgurdy kam von unten herauf und ließ sich dort nieder, wo er gehockt hatte. «O Christus, nein», stöhnte Nicolaas.

«Ich bin aufgewacht», sagte sie. «Ich dachte schon, Ihr wollt ihn heiraten. Will er auf eigene Faust nach dem Wangaragold suchen?»

«Nein», erwiderte Nicolaas. Sie hatte wieder ein Tuch um ihren Kopf geschlungen.

«Wenn er nicht Lopez besticht oder Euch und Lopez folgt. Zieht Doria allein weiter?»

«Nein, er wartet auf Lopez und mich, deshalb hat das Haus Vatachino ihn hergeschickt.» Er hockte sich anders hin, die Beine über Kreuz wie ein Türke, die Hände auf den Knöcheln. Die Luft wirkte schon freier.

«Und Ihr geht nicht nach Wangara.»

«Ihr habt das ja aus meinem Mund gehört.»

«Ja, ja», sagte sie und klatschte ihm, sich vorbeugend, eine Fliege von der Brust und schnickte sie beiseite. «Und morgen. Ihr meintet, der Priester und der Junge könnten entbehrlich sein. Habt Ihr vor, sie zu beschützen?»

«Ja, allerdings», sagte Nicolaas. «Bis daß der Tod uns . . . Nein, das stammt von einer meiner anderen Ehen.»

«Hm, aber werdet Ihr es schaffen, sie zu retten, was meint Ihr? Ihr seid bekannt für Eure List, aber vielleicht hat das weniger mit dem Verstand zu tun und ist mehr ein Instinkt, wie ihn die Tiere haben.»

«Ich schaffe es schon», meinte er. «Die *Fortado* wird Gnumi Mansa mit Geschenken überhäuft haben, aber wir haben anderes, was uns empfiehlt. Daß wir die Sklaven befreit haben, zum Beispiel.»

«Nun, das wäre ein Beweis für Euren mangelnden Geschäftssinn», sagte Bel of Cuthilgurdy. «Was auf seine Weise von Vorteil sein könnte. Aber wird man Euch dafür danken? Ich dachte, der König ist auch in den Verkauf von Schwarzen von feindlichen Stämmen verwickelt.»

«Saloum hat er nicht verkauft», erwiderte Nicolaas. «Ich habe es dem Padre nicht gesagt, damit er nicht enttäuscht ist, aber als wir Saloum kauften, haben wir einen Marabut befreit.»

Das Teiggesicht zeigte wie üblich keine Veränderung, und er fühlte sich wie üblich entspannter. Einer plötzlichen Regung folgend, sagte er: «Ihr tut das für mich. Warum nicht für Gelis?»

«Bei Euch geht das leichter. Und vielleicht bekommt Ihr öfter Angst. Und schmeichelt Euch nicht: Wenn Ihr Fehler macht, leiden wir alle darunter.» Und sie stand auf, raffte ihre Kleider und ging nach unten.

KAPITEL 21

AM NÄCHSTEN TAG machte Nicolaas, soweit er das beurteilen konnte, keine Fehler. Während die *San Niccolo* die dreißig gewundenen Meilen zu ihrem nächsten Ankerplatz zurücklegte, wurden die Boote, die vor den Ufern umherflitzten, allmählich immer kühner, und als sie den Ort namens Tendeba erreichten, hatten sie das Schiff umschlossen. Da trat Loppe, weiß gekleidet wie sie, an die Reling und sprach mit den Ruderern.

Nicolaas hörte seine Stimme, indes er zusammen mit da Silves abwartend im Hintergrund stand. Eine schöne Stimme, tief und freundlich in der Rede, hoch wie die einer Frau, wenn sie sich zur Hervorhebung hinaufschwang. Ein Mann, dessen Musikalität das byzantinische Ritual von Trapezunt und die Reinheit des Gregorianischen Gesangs nachbilden konnte, dem er im hohen Schnee der Alpenpässe begegnet war. Aber ein Mann, der hier in dem Land, aus dem er kam, nicht sang.

Loppe hatte einen Dialekt nach dem anderen versucht und wurde verstanden. Die Sonne, wenige Stunden über ihren Scheitelpunkt hinaus, erhellte die weißen Mützen und Hemden der Boten des Königs und schlug Blitze aus dem geschärften Eisen, das in jedem Boot bereitlag. Loppe wandte sich um und sagte: «Der Herrscher Gnumi Mansa hört, daß Gäste auf dem Fluß sind, und bietet ihnen seine Gastfreundschaft an. Er wird zwölf Personen empfangen, von denen keiner bewaffnet ist, aber an Geschenken können sie mitbringen, was sie wollen. Sie müssen auch einen Dolmetscher mitbringen.»

«Sag ihm, daß wir uns geehrt fühlen», sagte Nicolaas. «Wir werden seinen Wünschen entsprechen und kommen, wann es ihm genehm ist.»

Gottschalk hatte einen tragbaren Altar. Er schaffte ihn eine Stunde später in seiner Kiste an Land, zusammen mit Hostiengefäß und Meßgewand, Kelch, Weihrauchfaß und Weihrauch in der weichen Ledertasche, die er von Brügge nach Venedig mitgenommen hatte, von Venedig nach Ancona, von Ancona nach

Lagos und weiter in den Süden. Wenn er den Priestern des Priesterkönigs Johannes begegnete, würde er sein Kruzifix neben dem ihren aufstellen. Neben Bel stehend, sagte er: «Ihr sagt, Saloum sei Mohammedaner. Ich bin traurig.»

Und Bel sagte: «Wenn er es nicht wäre, bekämt Ihr überhaupt kein Gehör, und Senhor Jorge würde Euch an die großen Echsen verfüttern. Ich wünschte, ich käme mit Euch.»

Er war froh, daß sie nicht mitkam. Die beiden Frauen blieben an Bord und zwei oder drei Leute von der Mannschaft, die krank waren, sowie sechzehn gesunde Seeleute, unter ihnen der Junge Filipe und Melchiorre und Manoli, zwei der drei erfahrenen Männer von der *Ciaretti*. Bel und Gelis würde nichts zustoßen.

Gottschalk fürchtete nicht um seine Person, nur um den Ausgang seiner Mission. Die Ruderer, die sie abholten, blieben stumm; sie landeten inmitten dicker, dichter Mangroven und folgten dann einem schlammigen Pfad zu einer grasbewachsenen Lichtung so groß wie ein Park, hinter der er auf einer kleinen Anhöhe die Strohdächer und den Rauch eines Dorfes erblickte. Diniz sagte: «Da war eine Schlange; es heißt, sie kann eine Ziege hinunterschlingen. Habt Ihr die Schlange auf dem Pfad gesehen? Habt Ihr die roten und grünen Vögel gesehen? Schaut Euch diesen Baum da an!»

Der Baum war riesengroß. Es war, wie er jetzt wußte, ein Baobab; sein Stamm mochte einen Umfang von fünfundzwanzig Fuß haben, und er stand mitten auf der großen Wiese und warf einen breiten Schatten. Da sah er, daß der Schatten bevölkert war.

Um die dreihundert Krieger mit glänzenden Armen standen im Halbkreis unter dem großen Baumdach, und in der Mitte, auf einem Teppich, saß eine einzelne schwarze Gestalt von orientalischer Feistheit, eingefaßt – dicke Arme, runde Schultern, üppige Schenkel – in gewiß zwanzig Längen geblümter florentinischer Seide von der Art, wie sie die Medici in Brügge zu fünf bis sechs Dukaten die Länge ausführten. Auf dem Kopf des Königs war eine Krone von weißen Straußenfedern, und seine Ohren und Arme, sein Hals und seine Fußknöchel waren mit Gold beringt.

Hinter ihm stand eine Schar von Häuptlingen in farbigen Gewändern von weniger teurer Art, und auf der einen Seite, an einen Pfosten gekettet, lag ein Leopard.

Nicolaas sagte: «Hoheit» und trat vor. Er verbeugte sich, ohne niederzuknien. Hinter ihm wiederholte Loppe die Anrede und fügte einen Gruß auf Mandingua an. Der König achtete Loppes und der zwei Schwarzen hinter ihm nicht, sondern blickte stumm zuerst Nicolaas und dann Gottschalk und Diniz an, und schließlich musterte er die sechs Seeleute, beginnend bei Jorge da Silves, die sich ebenfalls verbeugten. Die Augen des Königs kehrten zu Nicolaas zurück. Er sprach.

Die Worte klangen zornig, und zu diesem Eindruck trug noch der Speichel bei, der aus einer Zahnlücke zwischen den purpurfarbenen Lippen des Königs hervorspritzte. Die Augen, vom Fett zusammengepreßt, schienen zu funkeln. Loppe hörte zu und wandte sich dann an Nicolaas.

«Der erhabene König sagt, er glaubt, die Weißen hielten ihn wohl für reich, daß sie so oft an seiner Tür erscheinen. Er sagt, er hat nichts zu verkaufen, bietet aber eine Kürbisflasche Wein an, da er ein großer Fürst ist. Zuerst fragt er, ob es wahr ist, daß sie einen Zauberer dabeihaben.»

«Ich bin kein Zauberer», sagte Pater Gottschalk zornig und trat vor. Unter dem Baum heraus kam leise wie ein Windhauch ein gedämpftes Rascheln, und Wurfspeere und Pfeilspitzen blitzten. Nicolaas sah Loppe an. Pater Gottschalk stellte seine Kiste plumpsend ab, schnallte die Seitenteile los, richtete sich zu seiner vollen Größe auf und wiederholte: «Ich bin kein Zauberer. Ich bin ein Mann Gottes und gehöre derselben Kirche an wie der Abt von Soto de Cassa, der vor zwei Jahren hierherkam und Euch im christlichen Glauben unterrichtete und der Euch nach den Bestimmungen dieser Kirche taufte. Warum gebraucht Ihr den Namen Gnumi Mansa, wo alle Welt weiß, daß Ihr gelobt habt, niemanden als Gott den Vater zu verehren, und zum Zeichen dafür den großen Namen des toten Infanten Heinrich tragt, den Ihr Bruder nanntet?»

Er hatte Nicolaas versprochen, nicht zornig zu werden, aber

324

das war unmöglich. Jorge zumindest wußte, daß es unmöglich war. Er sah, wie sich Nicolaas und Loppe abermals anblickten, und dann begann Loppe zu übersetzen.

Es war äußerst kurz – so kurz, daß er kaum geendet hatte, als der König mit lauter Stimme eine Frage stellte, auf die Loppe ausführlich antwortete, ohne seine Erwiderung zu übersetzen. Der König wußte genauso wie Gottschalk, wann Namen ausgelassen wurden. Der König, das wurde deutlich, war sogar darüber, daß er getäuscht wurde, noch zorniger als Gottschalk. Er stand auf und sprach weiter in lautem Ton, und aus dem Rascheln hinter ihm wurde eine Anordnung von drohenden Speeren und gespannten Bögen. Der König winkte mit der Faust zu Loppe hin, und Loppe wandte sich wieder an Nicolaas.

«Er hat die Namen des Abts und des Prinzen Heinrich gehört. Er weiß deshalb, daß der Padre ein rechter Priester ist, der in Portugal von seinem Rückfall berichten könnte. Er tut deshalb weiter so, als wäre er ein Zauberer. Pater Gottschalk, erlaubt Ihr, daß Saloum spricht? Sonst sind wir verloren.»

«Er würde einen Priester töten?» fragte Gottschalk.

«Nein, er würde den Leoparden einen Priester töten lassen», sagte Loppe leise. «Und dann würde er dafür sorgen, daß keiner entkommt und ihn verrät. Auch die auf dem Schiff nicht.»

Er mußte es dulden. Er wußte nicht, wie ein Marabut, ein muslimischer heiliger Mann, den er – Gott im Himmel – eine Woche lang zum Christentum zu bekehren versucht hatte, eine Bootsladung von Männern und Frauen des anderen Glaubens vor dem Tod retten wollte. Er war deshalb sehr verblüfft, als der eher kleine Mandingua Saloum zusammen mit dem anderen Sklaven Ahmad vortrat – der kluge vielsprachige Saloum mit seinem gelockten schwarzen Bart – und durch das bloße Nennen ihrer beider Namen bewirkte, daß die mächtige federgeschmückte Gestalt vor ihm die Arme ausbreitete und das Blinken der Waffen aufhörte.

Des Königs schmale Augen musterten die drei Schwarzen, und er stellte eine Frage. Sie war an Loppe gerichtet, aber es war Saloum, der sie beantwortete. Er beantwortete sie sehr eingehend, und dabei ging ein Murmeln durch die Reihen der Bewaffneten, die dort standen und warteten. Dann stellte der König noch eine letzte Frage und erhielt die Antwort darauf. Er blieb eine ganze Weile stehen, dann hob er die Hände und klatschte sie laut aneinander. Irgendwo im Hintergrund dröhnte ein Horn. Trommeln begannen zu schlagen. Der König warf den Kopf mit den weißen Federn hoch, trat auf Nicolaas zu, ergriff seine Hand und ließ sie wieder los. Er schnipste mit den Fingern und sagte etwas.

«Gnumi Mansa sagt *Friede, Friede*», sagte Loppe. «Wiederholt es und verneigt Euch.»

Der König ging weiter, blieb vor Gottschalk stehen und wiederholte die Zeremonie. Dann klatschte der König abermals in die Hände, und diesmal trat ein Mann vor und stellte eine Kiste vor ihn hin. Sie hatte einmal genauso ausgesehen wie die von Pater Gottschalk, doch jetzt war die Lederhülle zerschlissen und von Schimmel überzogen. Der König sprach.

«Er hat Euren Gott für Euch aufbewahrt», sagte Loppe. «Er wünscht, daß Ihr Euren Gott zusammen mit ihm eßt, und wird frisches Blut bringen lassen, da das alte Blut vertrocknet ist.» Und er verneigte sich feierlich, nahm vom König ein flaches, wurmzerfressenes Gefäß entgegen, in dem noch die Überreste von Hostien lagen, und hielt es vor sich.

«Sagt ihm», sagte Pater Gottschalk, «daß ich ihn vor Gott dafür loben werde, daß er diese Dinge aufbewahrt hat, und gern mit ihm gleich die heilige Messe feiern werde, wobei ich die Kiste und den Wein gebrauche, die ich mitgebracht habe. Würde er mich inzwischen den anderen Christen in seinem Gefolge vorstellen?»

Sie begannen zusammen zwischen den Häuptlingen hin und her zu gehen, und Gottschalk, der hörte, was der König durch Loppe zu sagen hatte, ergriff die Hand von lächelnden Schwarzen namens Jacob und Nuno, die ihm zum alleinigen Gebrauch alle ihre Häuser und die Häuser ihrer Großväter anboten. Er beobachtete, als er lächelte und diese schwarzen Empfänger der christlichen Heilslehre segnete, daß noch viel mehr Menschen beiderlei Geschlechts auf die Wiese strömten und einen Kreis um den Baobabbaum bildeten, Rufe ausstießen und in die Hände klatschten, während andere Matten herbeibrachten, bis schließlich der ganze Platz unter dem riesigen Laubdach ausgefüllt war.

Als er sodann den König zu seinem Teppich zurückbegleitete, sah Gottschalk, daß das von Nicolaas am Ufer zurückgelassene Pferd von Lázaro herbeigeführt wurde, wobei der Glanz des Zaumzeugs über den Zustand der wackligen Beine hinwegtäuschte. Und dahinter, auf den stämmigen Schultern von Vito, Fernão und Luis, den kräftigsten von Jorges Männern, denen Vicente voranschritt, folgte die große Rolle aus Flachsleinwand, die, wie Gottschalk wußte, den Stoff eines Zelts enthielt, das seinem neuen Besitzer den Schatten eines zweiten Baobabs bieten würde.

Das Geschenk schien in gutem Zustand zu sein, wenn man bedachte, daß es eine zweitausend Meilen lange Reise hinter sich hatte. Der König, der schon beim Anblick des Pferdes aufgesprungen und vorgetreten war, stieß einen Ausruf aus und gluckste vor Freude, als das große Zelt ausgebreitet und ihm alles erklärt wurde. Dann überreichte Nicolaas ihm seine Brille.

Als die Platten mit Essen einzutreffen begannen, wollte Gnumi Mansa sie nirgendwo anders aufgetragen haben als in dem neuen Zelt, wo er dann mit blitzenden Brillengläsern thronte im Kreis seiner Häuptlinge, umgeben von Saloum, Loppe und Ahmad, Nicolaas, Jorge und den anderen sieben Weißen vom Schiff. Gottschalk tat seine Pflicht, so gut er konnte, tunkte die Finger in Schalen mit Reis und Mais und zähem Brot, mit unbekanntem Fisch und weichen Früchten und unhandlichen Fleischstücken, zu denen, wie er argwöhnte, auch Bestandteile verschiedener Hunde gehörten – und er brach pflichtgemäß über gekochten Elefanten in Entzücken aus. Seine Finger, sein Gewand und sein Kinn wurden zwangsläufig fettig, und die Kehle schmerzte ihn, weil er im Gespräch mit den anderen gegen den Lärm der draußen feiernden Untertanen des Königs anschreien mußte.

Das Getränk war, als es dann kam, sehr willkommen, obschon sich zeigte, daß es nicht der Saft der Trauben war, sondern das gärige Zeug aus dem Saft der Palme, das Diniz schon beschrieben hatte und das in Aussehen und Geschmack an Molke erinnerte. Er war sich, als er seine Kürbisflasche austrank, mit leiser Dankbarkeit bewußt, daß er außer frischen Hostien auch ein oder zwei Flaschen anbieten konnte, deren Inhalt eher geeignet war für die Messe, die er am nächsten Morgen halten sollte.

Nicolaas ließ sich neben ihm nieder. «Diniz hatte recht, das Zeug ist stark, Padre.»

«Ja, allerdings», sagte Gottschalk. «Gar nicht geeignet für den Altar, so daß ich leider auf Eure Vorräte zurückgreifen muß, wenn ich den Kommunikanten einen Schluck reichen will, die unser muslimischer Freund auf dieser Gemeinschaft wilder Rückfälliger hervorgezaubert zu haben scheint.»

Er hielt inne, wischte sich über die Lippen und fuhr fort: «Ich begreife noch immer nicht, wie das bewerkstelligt wurde. Eben noch schien der König entschlossen, uns alle zu töten, und im nächsten Augenblick hatte Saloum, der Marabut, nicht nur unseren guten Willen beteuert, sondern die Leute auch ermahnt, ihre Zugehörigkeit zur christlichen Lehre zu bekunden.» Er klopfte sich mit den Fingerknöcheln an die Brust und wiederholte: «Zu bekunden.»

«Saloum schuldet Euch seine Freiheit», sagte Nicolaas. «Er und der König erkennen das beide an.»

«Aber seine Glaubensansichten!» entgegnete Gottschalk. «Würde ich fünfzigmal gerettet, ich könnte es meinem Retter nicht vergelten, indem ich die Seelen meiner Herde verdammte; indem ich sie anwiese, der Ketzerei anzuhängen, denn als solche muß ihm die christliche Religion doch erscheinen.»

«Es ist aber geschehen – wozu sich Gedanken machen? Gnumi Mansa . . .»

«Heinrich», sagte Gottschalk. Er hielt die Augen offen.

«Heinrich Mansa will, daß die Portugiesen gut von ihm denken, und bedurfte nur der Versicherung, daß Ihr ihm seine Achtung vor Saloum und irgendwelche kleine Fehler in seinen christlichen Praktiken nicht verübelt. Sie haben sogar für den Tauschhandel noch einige Waren herbeigeholt – ein Stück Zibet und ein halbes Dutzend Felle und einen Sack Meleguetapfeffer. Der Besuch ist ein Erfolg.» Er rekelte sich, als wollte er aufstehen, wurde aber daran gehindert durch das Erscheinen einer jungen,

328

bunt gewandeten Frau mit geflochtenem Haar, die sich lächelnd mit einer Schale voller Datteln vor ihnen verbeugte.

Gottschalk nahm zwei, drei und ließ sie weitergehen; sie war eines von einem Dutzend reizvoll gekleideter und mit Gold geschmückter Mädchen, deren einzige Aufgabe es gewesen war, den König und seine Gäste zu bedienen. Gottschalk blickte die Datteln in seiner Hand an und sprach zu dem Mann neben ihm in schleppendem, bitterem Ton. «Warum lügt Ihr mich an? Ich bin aus Dankbarkeit verschont worden. Man erlaubt mir aus Dankbarkeit, die Messe zu feiern, und aus geschäftlicher Zweckdienlichkeit. Und der Marabut empfindet keine Verlegenheit, weil nichts davon echt ist. Sie sind keine Christen mehr, und wenn ich fort bin, fallen sie wieder in den Zustand zurück, in dem sie seit der Abreise des Abts gelebt haben.»

«Vielleicht, vielleicht auch nicht», sagte Nicolaas. «Loppe würde es wissen, falls Ihr es für wert haltet, ihn zu fragen. Mir wäre es lieb, das gestehe ich Euch, wenn Jorge seinen schönen Eindruck behielte. Wie auch immer die Wahrheit aussieht, Ihr könnt Euch nur Gedanken darüber machen – und die macht Ihr Euch lieber über Dinge, an denen etwas zu ändern ist. Seht Euch das an.»

Er deutete, wie Gottschalk zuerst glaubte, auf das schwarze Mädchen, das zurückgekommen war, ganz leuchtende Augen, glänzende Zähne und schwere Goldreife, und jetzt vor ihnen kniete. Da sah er, daß sie buntes Zuckerwerk in einem Korb anbot, der aus Madeira kam.

«Die *Fortado* war hier», sagte Nicolaas. «Sie haben dem König gesagt, Ihr und Euer Begleiter Diniz wärt heimliche Feinde der Kirche der Weißen, die, wenn man sie am Leben ließe, Blitze schicken würden, um seine Ernten zu vernichten und seine Städte zu verbrennen und seine Flüsse auszutrocknen. Weiter haben sie zu ihm gesagt, er solle die anderen in Eurer Schar verschonen, aber die weißen Herren würden ihn belohnen, wenn er Euch vernichtet. Saloum hat Euch zweimal das Leben gerettet. Er hat ihnen gesagt, daß Ihr ein richtiger Priester seid, und sie dazu gebracht, Euch nicht dafür zu töten. Wollt Ihr jetzt alles durcheinanderbringen, was er getan hat?»

Gottschalk vermochte zunächst nicht zu antworten. Er verspürte eine große Müdigkeit. Jetzt verdunkelte der Schatten des Baumes das Zeltdach, und draußen schienen die Mandinguastimmen lauter und schriller geworden zu sein und die Rufe der ersten Nachtvögel halb zu übertönen. Er hörte Musik: das Klagen eines Horns irgendwelcher Art, das Geräusch gezupfter und gekratzter Saiten, das an Lautstärke zunehmende Klopfen vieler verschiedener Trommeln. Man vernahm ein hohles Klingen von Glocken. Der Zelteingang ging auf, und Gnumi Mansa ... Heinrich ... kam bebrillt und schwankend vom vielbesuchten Ort der gemeinsamen Erleichterung zurück, ließ sich wieder nieder und rief nach Nicolaas. Nicolaas, der es vermieden hatte, seinen Namen zu gebrauchen.

Gottschalk sagte: «Wollt Ihr mich strafen, weil ich an etwas glaube? Oder wegen dessen, was ich weiß?»

Nicolaas blickte ihn an. Sein Gesicht war, wie Gottschalk sah, eingerahmt von Schleifen und Ringen braunen Haars auf frischen Grübchenwangen, deren Unschuld wie immer in Einklang zu stehen schien mit den großen, offenen Augen, die mit ihrer sanften gerundeten Fläche von Weiß und Iris Himmel und Erde widerzuspiegeln schienen. Unschuld, wie sie die vollen, entspannten Lippen und die tiefe Stimme zu bestätigen schienen. Unschuld, ein wenig widerlegt vielleicht durch die wählerische Nase und die vielleicht lediglich stoische Haltung des Kinns. Unschuld, gänzlich widerlegt durch lange Bekanntschaft, die lehrte, daß die solcherart zusammengefügten Züge die äußere Erscheinung und Maske eines Mannes waren, den nur wenige kannten – wenn überhaupt.

Nicolaas sagte: «Ich habe Euch hierher gebracht, weil ich ein Schiff brauchte. Es hat nichts mit mir zu tun, wenn Ihr Eure Aufgabe nicht erfüllen könnt.»

Als der Priester sich schlafen legte, ließ sich der König doch eine gewisse Erleichterung anmerken. Die Kiste mit den zerkrümelnden Hostien, die noch auf dem Teppich stand, wurde unauffällig zur Seite geschoben, und man sah, wie eine Anzahl weißgewandeter älterer Männer sich hinter dem Zelt einrichtete, wo auch das

Pferd angebunden worden war. An seinem Hals, unterhalb des schönen vergoldeten Zaumzeugs, hing ein kleiner Beutel aus rotem Leder, der vorher dort nicht gewesen war.

Nicolaas saß zwischen dem König und Jorge da Silves in großem fleischlichem Gedränge, wie es schien, das zum einen Teil durch die Festgesellschaft verursacht wurde und zum anderen durch das unerwartete Hinzukommen der herrlichen jungen Frauen, die sie bewirtet hatten und, nachdem die Platten abgetragen waren, noch immer von Zeit zu Zeit aufsprangen, um die Kürbisflaschen frisch zu füllen. Aufsprangen und sich dann wieder in ihre Plätze hineinzwängten in einer Art, die Diniz puterrot werden ließ, wie Nicolaas bemerkte, und auch schon die älteren Männer beunruhigte: den fröhlichen, eifrig trinkenden Luis, den gutaussehenden Rudergänger Fernão, den lebhaften rothaarigen Vito und sogar den nüchternen Vicente.

Der König nahm dies wahr, wie er sah, desgleichen seine Häuptlinge. Sie schienen zu lachen. Der Palmwein wurde wieder gereicht, und er nahm zwei Kürbisflaschen und gab sie beide Jorge. Das Trommeln schwoll an. Loppe, der auf der anderen Seite des Königs saß, hielt in der Übersetzung inne und sah ihn an.

Nicolaas lächelte und sprach flämisch, nicht portugiesisch. «Was geht hier vor?»

Es war ein Spiel, das sie schon zuvor gespielt hatten. Loppe sprach zum König und zu Nicolaas, und die Worte auf flämisch wurden dazwischen eingeschoben. «Die Männer und Frauen draußen werden Euch etwas vorführen. Die Männer werden springen und kämpfen, und wenn die Feuer angezündet sind, werden die Frauen tanzen, bekleidet und halb bekleidet. Sie sind anmutig.»

«Und die Frauen hier im Zelt?» Ihre Schultern waren nackt, ebenso ihre Arme und die schlanken Knöchel und Füße. Nicolaas spürte ihren Atem an seinem Nacken und einmal eine Zunge.

«Die Frauen hier sind alle Ehefrauen des Königs. Ihr seid bis zum Morgengrauen seine Gäste, und so wird er sie als sein Festmahlsgeschenk anbieten.» Auch Loppe lächelte, zugleich voller Zuneigung und Boshaftigkeit.

«Was machen wir da?» Nicolaas fühlte sich ausgehöhlt. Er rief jäh seinen Verstand zur Wachsamkeit auf, wie einen Posten, der beim Einnicken ertappt wurde.

«Ihr habt die Wahl», sagte Loppe. «Er wird für alle von Euch Vorkehrungen getroffen haben. Er wird sich geschmeichelt fühlen, wenn die Oberen von Euch die Liebesdienste seiner Lieblingsfrauen erbitten. Eine Ablehnung könnte als Beleidigung ausgelegt werden, es sei denn, einer wäre sichtbar unfähig. Der Padre schläft.»

«Und unser Ordensritter – oder doch sobald ich das einrichten kann», sagte Nicolaas. Ein stechender Schmerz durchfuhr ihn und blieb irgendwo pochend stecken.

«Überlaßt ihn mir», meinte Loppe.

«Ich weiß nicht, ob ich das sollte. Loppe, bist du sicher? Es scheint . . .»

«Er hat noch viele mehr», beruhigte ihn Loppe. «Mehr, als er befriedigen kann. Das hält sie bei Laune. Diese jungen Frauen sind zumeist schwanger und daher für ihn verboten und unruhig. Diese Gelegenheit kann nur Gutes bewirken: Der König wird Euch zu seinen Brüdern ernennen.»

Nicolaas lächelte den König an und spürte, wie sich das Lächeln zu einer törichten Maske ausbreitete. Scheinbar wurde über das Horn des Einhorns diskutiert. «Was hat Doria getan?» fragte er auf flämisch.

«Er wurde nicht eingeladen», erwiderte Loppe. «Er hat zu viele Fragen gestellt, die die Herkunft des Goldes angingen. Was Ihr vor Euch seht, Niccolino, ist jungfräuliches Gebiet.»

«In gewisser Weise.» Als der Wein wieder die Runde machte, lehnte Nicolaas ihn ab.

Ehe der Tanz begann, nachdem man das Zelt abgebaut und die Teppiche wieder ausgebreitet hatte im niedrigen, goldenen Licht unter dem Baum, entschuldigte er sich, stand auf und ging umher, bis er mit allen fünf Seeleuten von der *San Niccolo* gesprochen hatte. Sie mußten wissen, was sie zu erwarten hatten; auch sie hatten eine Wahl zu treffen, und man mußte ihnen sagen, wie sie sich am besten verhielten. Zuletzt kam er zu Vicente und Lázaro.

Vicente hörte ihm schweigend zu, doch sein Blick wanderte dorthin, wo sein portugiesischer Schiffsführer Jorge saß, die Schulter aufgestützt, die Augen schon halb geschlossen. Nicolaas sagte: «Ihr habt recht, es wird ihm nicht gefallen. Aber vielleicht merkt er gar nicht, daß es dazu gekommen ist – wenn man es ihm nicht sagt, natürlich. Andererseits könnt Ihr Euch enthalten. Es wäre für Lázaro ein besseres Vorbild.» Und er lächelte den Jungen an.

Lázaro sagte: «Ich bin dreizehn.» Er sah Vicente an.

Es stimmte. Er war genauso alt wie Filipe, wenn er auch schon fast den Körperbau eines Mannes besaß und eine Gewandtheit und Kraft, die den Grad eines Seemanns rechtfertigten, zu dem er befördert worden war. In der strengen Zucht Vicentes hatte es an Bord kein Herumalbern mehr gegeben.

An Land hätte man das gleiche annehmen sollen. Vicente sagte beiläufig: «Du bist zu jung» und runzelte dann die Stirn, als der Junge bis zum Rand seines Wamses errötete.

Der Junge sagte: «Ich kann. Wenn Ihr es macht, dann mache ich es auch.» Und als der *Comito* unentschlossen zögerte, rief er mit seiner eigenartigen heiseren Stimme: «Soll ich's Euch beweisen?»

Von drei möglichen Lösungen wählte Nicolaas die, die den geringsten Schaden anrichten mochte. «Macht Ihr es, Vicente? Dann ist hier gewiß ein kräftiger Bursche, dem man ebenfalls erlauben sollte, eine dieser jungen Frauen glücklich zu machen. Aber warte, bis du aufgefordert wirst, Lázaro, und benimm dich höflich. Das Leben deiner Gefährten könnte davon abhängen.»

Nicolaas begab sich wieder in das dichte, schwitzende Gedränge um den König herum und wurde zu Boden gezogen. Er war an Diniz vorbeigegangen, der älter als dreizehn war und höhergeboren und eisig vor schottisch-portugiesischer Würde. Nicolaas war vorübergegangen, und Diniz war geschmolzen, als er vorüberging, und hatte sich dann aufgelöst, als Nicolaas zwinkerte. Das schon laute Trommeln nahm noch an Stärke zu.

Oft sann er, wenn er an diese Nacht zurückdachte, über die Lebendigkeit der Bilder nach und fragte sich, welche Drogen dies bewirkt haben mochten. Die leuchtenden Farben (hergestellt mit welchen Farbstoffen?), die die Tänzerinnen trugen, als sie den

Hang vom Dorf herunterkamen und dann auf der Grasfläche vor Gnumi Mansa stampften und schwankten. Die am Boden kauernde Gruppe von Musikanten zur Rechten des Königs, die ihre Augen leeren Blicks auf die Tänzerinnen gerichtet hatten und deren Hände und Stöckchen auf seltsamen Fellen mitschwangen in einem Rhythmus, der vergessene Erinnerungen aufrührte: Wasser, das im Kampf auf eine Rüstung traf; einen Regenschauer, der über ein großes Heerlager fegte; das ferne Brausen eines Feuers, das ein Haus und ein Geschäft verzehrte.

Die Wucht der Geräusche und die schreckliche Wucht des Anblicks. Die riesige rötliche Schüssel des afrikanischen Himmels, als die Sonne im Ozean der Dunkelheit versank und hinter dem Saum dunkel werdenden Buschwaldes ein Streifen seidigen Wassers, unterteilt durch die schlanke Stenge der *San Niccolo*, leuchtend wie eine Nadel, mit ihrem leicht im Flußwind flatternden Wimpel. Und hier neben ihm, unter dem Baum, die rot wie zwei Lampen brennenden Kreise zu beiden Seiten der breiten schwarzen Nase des Königs.

Die Männer kämpften, und die Frauen tanzten, die Füße hebend und senkend, mit den Armen fuchtelnd, die Köpfe tief geneigt, das Gesäß hochgestreckt. Die Männer zogen sich zurück, und im Feuerschein unter dem indigofarbenen Himmel tanzten die Frauen in Kreisen, in Reihen, die Hände verdrehend, klatschend, und ihre Schreie flogen zu den leuchtenden Sternen hinauf, während die Trommeln ohne Unterlaß klopften. Und aus der zuschauenden, klatschenden Menge löste sich zuerst eine Frau und dann ein Mann, und das rote Licht glänzte in ihren Augen, auf ihren Zähnen und auf dem Gold ihrer Arme. Jemand zog Nicolaas am Arm.

Schon hatten sich einige von den Ehefrauen des Königs zu den Tänzerinnen gesellt, eine oder zwei allein, eine oder zwei mit einem weißen Mann, den sie an der Hand zogen. Das Mädchen, das ihn vom Boden hochzog, war jenes, das im Zelt hinter ihm gewesen war und dessen Zunge sein Ohr und seinen Nacken berührt und dessen gekrümmter Fuß an seinem Schenkel gespielt hatte. Sie war klein und hatte funkelnde Augen, einen stolzen Nacken und forschende Finger so biegsam wie Kerzendocht. Ein anderes Mädchen, ein wenig größer, erhob sich und kam mit ihr. Er ließ sich von ihnen zum Tanz führen, schwerfällig von der Anstrengung der augenblicklichen Selbstbeherrschung, benommen von dem tiefliegenden Schmerz eines wohlgestalten, wohlgeübten Körpers, dem zu lange die übliche Befreiung verweigert worden war.

Er hatte keine Ahnung, wie er ihre Tanzereien nachahmen sollte, noch machte es etwas aus. Der Trommelschlag pulste durch seine Adern; von vorn und hinten preßten sich die Gliedmaßen und Leiber von Männern und Frauen an ihn; das kleinere Mädchen hüpfte an seine Seite, mit seiner Hand um die Körpermitte. Um seinen Körper schlangen sich die Arme des anderen Mädchens. Sein Wams und sein Hemd standen offen. Die Feuer flammten; ihre Schatten sprangen über das Gras; der Lärm der Trommeln übertönte alle Rede, erstickte jeden Gedanken. Er sah, wie Vito, erhitzt und zerzaust, die schwarzen, vollen Brüste eines vielleicht im vierten Monat schwangeren Mädches befreite, das zu ihm auflachte, während er an ihr saugte und sie liebkoste. Er erblickte kurz Fernão im flackernden Dunkel, schon halbwegs oben am Hang mit einem Mädchen an der Seite und einem anderen, das lachte, in den starken Armen. Er sah Vicente und was Vicente tat.

Er erkannte, daß Enthaltsamkeit nicht nur unmöglich war, sondern daß er ohne vorherige Warnung einen Zustand überwältigender Not erreicht hatte. Er konnte nicht sprechen. Ohne zu denken, ohne jede Mühe, wie es schien, merkte er, daß er im Dunkel unter den Bäumen stand, die ausgebreiteten Hände eines Mädchens auf den Hinterbacken, die Kleider rasch auseinandergerissen, so daß er eine Körpertätigkeit fortsetzen und abschließen konnte, die begonnen zu haben er sich nicht erinnern konnte.

Die Erleichterung – der schändliche Vergleich ließ sich kaum vermeiden – brachte ihn auf die Knie. Da wurde ihm bewußt, daß die zwei Mädchen teilgenommen hatten, die eine aufreizend, die andere körperlich, und daß beide jetzt dicht bei ihm waren, die Arme um ihn geschlungen, mit den Fingern seinen Körper erfor-

schend, während sie kicherten und schnatterten und lachten. Und
dann kam ein drittes Mädchen hinzu, das jetzt nichts trug als
seinen goldenen Schmuck, obschon er ihr Gesicht vom Zelt her
kannte.

Sie lachte ihn an und beugte sich dann über ihn, öffnete seinen
Mund und schob ihre Zunge hinein, während die anderen Mädchen sie beide streichelten, ein wenig kreischend und manchmal
einander einen Klaps versetzend. Das knochenlose Wesen, mit
dem er sich (endgültig) gepaart hatte, streichelte seine Wange und
lehnte sich zurück, das dunkle Gesicht hingerissen, den Körper
fühlbar dem Zustand angepaßt, in dem auch er schwebte: zufrie-
dengestellt und beruhigt, wachsam und äußerst empfänglich. Er
lachte sie leise an, nahm ihre Finger und küßte sie. Wonach die
anderen über ihn herfielen und kreischten und bissen und ihn
hochzogen und mit ihm durch die Waldung rannten und den
Hang hinauf zur großen Gästehütte des Dorfes.

Sie war nicht leer, doch die Dunkelheit verbarg jene, die sich
auf dem Stroh am Boden wälzten und deren Schreie und Rascheln
man hörte. Es schien von geringer Bedeutung zu sein in dem
herrlichen Krieg, in dem er sich befand. Als ein viertes Mädchen
zu ihm kam, heiß wie Ingwer, lachte er laut und stürzte sich mit
fröhlichem, irrem Eifer in den Kampf.

Sein seltsam gestaltetes Leben hatte wenig mit gekaufter Liebe
und nichts mit orgiastischem Frönen zu tun gehabt. Vor den Lehr-
jahren, den Jahren seiner Ausbildung in der Schule einer Aristo-
kratin, einer Prinzessin, einer Kurtisane, hatte er seine eigene
Form von Freude in den Scheunen, Dachböden und Buschhecken
von Brügge entdeckt, mit Hausmädchen, die sich keine Heirat
erhoffen konnten und die wußten, wie sie sich schützen mußten.
Er und sie hatten sich geliebt, sorglos und unbeschwert wie die
Tiere, könnte man sagen, nur daß Tiere durch solche Übung nicht
zu Zuneigung, zu Mitgefühl, zur Gabe herrlichen Lachens bewegt
wurden.

Seit er achtzehn war, hatte er keine Frau mehr mit Lachen im
Bett genommen. Dessen wurde er sich kurz vor Morgengrauen
bewußt, und das Mädchen unter ihm – das dritte, das vierte, denn

sie hatten sich die ganze Nacht hindurch abgewechselt, das wußte er wohl – liebkoste ihn mit ihren Zehen und ihren Fingern und trocknete seine feuchten Augen mit ihren Lippen. Und dann, flink und grausam, witzig und eifrig und unerbittlich, forderte sie seine Manneskraft aufs neue heraus.

Gelis van Borselen, die die ganze Nacht wach geblieben war, beobachtete, wie sich im ersten Tageslicht die gesättigten, schweigenden Männer näherten. Die Arme auf der Reling ausgebreitet, ließ sie den bleichen Vicente vorübergehen und den beschwipsten Luis und den rothaarigen erschöpften Vito. Sie sah, wie Fernão schläfrig auf der Leiter eine Sprosse verfehlte, wie das Kind Lázaro an Bord stapfte mit erregtem Gesicht und glänzenden, flackernden Augen. Gottschalk wirkte verwirrt, Jorge benommen, Diniz eher ordentlich, und schließlich kam Nicolaas, der selbstbewußt aus dem Boot auf die Leiter stieg und in triumphierender Haltung dann von der Leiter an Deck. Da erblickte er sie und griff plötzlich nach der Reling.

Sie begann zu lachen. Als Bel of Cuthilgurdy zu ihr trat, griff Gelis nach ihr um eines festeren Halts willen und lachte noch lauter. «Niccolino! Was haben sie mit Euch gemacht?»

Und Nicolaas, reumütig, glücklich, erschöpft, brach in ebenso hilfloses Lachen aus wie sie und sagte: «Zerbrochen haben sie mich. Lacht nicht. Ich glaube, ich kann nicht mehr gehen.»

«Soll ich Euch tragen? Was habt Ihr denn da in der Hand?»

Er blickte auf das Ding hinunter. Es war dünn und weiß und eigenartig. Es war ein Knochen.

«Ein Aphrodisiakum?» meinte Bel ein wenig säuerlich.

Er stieß einen Laut wie eine unterirdische Quelle aus und sah den Knochen prüfend an. «Könnte sein. Ich sage nicht, ich hätte es ablehnen sollen. Aber nein – es war ein Geschenk.»

«Für geleistete Dienste?» stichelte Gelis.

«Sie haben mir auf andere Weise gedankt.» Seine Augen, dunkel an den Rändern, leuchteten bleich und kindlich hell im Morgengrauen. «Es war ein Geschenk für Euch. Ein Katzenknochen. Er ist hohl.»

Sie griff danach. Er roch nach Bett und Frauen und Liebesglück. Es war ein Knochen, und beide Enden waren versiegelt. Sie öffnete das eine, und Staub rieselte ihr in die Hand. Gelber Staub. Sie hielt rasch inne und sah ihn an.

«Für Euch», sagte Nicolaas. «Wenn Euch nicht alles andere lieber ist.»

«Wie habt Ihr das erraten?» sagte Gelis. «Kommt in meine Kajüte.»

«Oh, mein Gott», sagte Nicolaas; und er stieß sich von der Reling ab, klopfte ihr auf die Schulter und fuhr ihr mit ungezwungener, gedankenloser Gutmütigkeit durchs Haar. Sie hörte, wie er gegen die Wand stieß, als er seine Kammer aufsuchte. Sie stand noch immer da und sah ihm nach, als Bel kam und sie mit sich fortführte.

KAPITEL 22

ES WAR GOTTSCHALK, der zum Erstaunen aller erklärte, sie müßten als nächstes den König Bati Mansa vier Tagesreisen flußaufwärts besuchen.

Er wußte natürlich, was geschehen war – soviel wurde deutlich bei der endlosen Messe, die er vor ihrer Abreise auf der großen Lichtung las und der die gesamte gehfähige Schiffsbesatzung und achthundert Mandinguas beiwohnten, an ihrer Spitze Heinrich Mansa mit Brille.

Der König lächelte während des ganzen Gottesdienstes, und das taten auch seine zappelnden und tuschelnden Frauen. Saloum und die weißgewandeten Ältesten fehlten, aber der Leopard war da, und Jorge da Silves' schwerlidriger Blick war fast von der gleichen Wildheit. Die sieben Sünder standen bei den anderen, stark nach brackigem Wasser und Gras riechend, während Pater

Gottschalk predigte, aber nicht zu laut, und das Meßbuch dicht unters Gesicht hielt, um die Augen vor dem gräßlichen Weiß zu schützen, zu dem sein Meßgewand gebleicht war. Nicolaas ließ den Kopf hängen.

Seine Strafe kam später an Bord, als man Affen, Sittiche und drei Warzenschweine, verschiedene Käfige mit Geflügel, eine Ziege sowie eine großzügige Menge Nahrungsmittel und einige Handelsware unter Deck geschafft hatte. Als Tendeba verschwunden war und das Schiff die erste von mehreren schwierigen Krümmungen auf dem nächsten Dreißig-Meilen-Abschnitt ihrer Reise anging, bestellte Gottschalk schließlich Nicolaas zu sich.

Die Wand dämpfte die Worte der nun folgenden Strafpredigt mehr, als der Neugier der Mannschaft lieb war, aber immerhin wurde deutlich, daß Nicolaas wenig zu sagen hatte und daß das wenige rasch beiseitegewischt wurde. Als er nach zwanzig Minuten mit ernstem Gesicht wieder herauskam, hatten die, die an Deck waren, genug Zeit gehabt, sich zu zerstreuen, und sahen sich auch nicht um, als er zum Achterdeck hinaufstieg, um mit dem Rudergänger zu sprechen. Bel of Cuthilgurdy klopfte an die Tür, durch die er gerade hinausgegangen war, öffnete sie und schob sie mit der Schulter zu. Dann trat sie an Gottschalks Tisch und stellte einen Korb darauf. Darin waren eine Flasche, eine Tasse, die sie füllte, und eine Schüssel mit einer Honigwabe.

Er saß da, die Knie gespreizt, in den Händen das Kruzifix. «Um meine Laune zu versüßen», sagte er. Sein grobknochiges Gesicht mit dem drahtigen schwarzen Haar war fahl.

«Ha, bei dem Burschen hättet Ihr schon viel früher die Geduld verlieren sollen», meinte Bel of Cuthilgurdy. «Ihr habt ihn mit Euch sein Spiel treiben lassen, weil Ihr überzeugt seid, daß er ein Wunderkind ist. Er ist zwanzig Jahre jünger als Ihr.»

«Dessen bin ich mir bewußt», entgegnete Gottschalk. «Und er hat kein Gelübde abgelegt.» Er hielt inne und fuhr dann fort: «Er weiß, daß ich ihn beneide.» Wieder machte er eine Pause. «Meine einzige Hoffnung ist, daß ich glaube – manchmal weiß ich es sogar –, daß er mich beneidet.»

Es trat ein Schweigen ein. Dann sagte Bel: «Trotzdem hattet Ihr das Recht dazu. Man mußte an die Jungen denken. Und Hurerei ist keine allgemeine Übung der Kirche, auch wenn es dem König höchst natürlich zu sein schien und er der Dreifaltigkeit vielleicht freundlicher gesinnt ist, wenn er uns so reichlich mit gutem Geschmack ausgestattet findet. Auch hättet Ihr es nicht verhindern können, selbst wenn Ihr darauf geachtet hättet, was sie trinken.»

Er stöhnte, und sie schob ihm die Tasse mit Kräutertee hin, bis er daraus trank und sie dann hinstellte und sich die Hände vors Gesicht hielt. Sie fragte sich, ob er Diniz an diesem Morgen gesehen und seine sprühende, überschwengliche Freude ermessen hatte. Sie fragte sich, ob ihm aufgefallen war, wie Lázaro Filipe begrüßt hatte: nicht selbstgefällig und verletzend, sondern kameradschaftlich, wie die anderen Seeleute auch; wie einer, der nicht anzugeben braucht. Sie fragte sich, ob er die Zote gehört hatte, mit der Filipe sein früheres Idol zurückgestoßen hatte. Sie verstand sehr wohl die Zwangslage, in die unweigerlich geriet, wer mit Nicolaas zu tun hatte. «Wie hat er es aufgenommen?» fragte sie.

«Er zeigte allen Respekt, und er hat sich nicht zu entschuldigen versucht. Deshalb suche ich jetzt nach Entschuldigungen für ihn. Es war das Zerrbild einer Mission. Sein Anteil daran war, wenn Ihr so wollt, wenigstens ehrlich.»

«Aber von dem Heiden Bati Mansa erhofft Ihr Euch mehr? Padre, Ihr ermeßt doch gewiß selbst die Schwierigkeiten. Dieser Mann verabscheut Christen vielleicht. Die *Fortado* wird ihn gegen uns aufgebracht haben. Und wenn Ihr vorhabt, wieder mit einer Gruppe an Land zu gehen, dann müßt Ihr den Rest der Mannschaft, der die große Brunft in Tendeba versäumt hat, in Ketten legen, sonst stürmen sie vom Schiff und überraschen die Weiber des Königs, ob sie nun angeboten werden oder nicht. Ist es das wert?»

«Nicolaas ist einverstanden», sagte Gottschalk. «Und Jorge da Silves auch.»

«Kein Wunder. Und dabei bleibt es dann?»

«Nun, ich habe das entschieden, und *dabei* bleibt's. Und diesmal wünsche ich, daß Ihr und die Demoiselle mitkommt. Wenn sie nicht zu erschüttert ist.»

Bel dachte nach. «Nein. Ihr dürft nicht vergessen, daß sie kein sorgsam behütetes Pflänzchen ist und bei den van Borselens auch Vettern hat. Paul ist schon ein richtiger Teufel, und Charles hat in Löwen seine Männlichkeit genügend bewiesen, bevor er mit dreizehn starb. Gelis kann kaum etwas erschüttern.»

Sie hielt zu spät inne: Er blickte sie schon voller Entsetzen an und umklammerte seine wenig Trost spendende Arzneitasse. Sie bedauerte in ihrer stets auf das Zweckmäßige gerichteten Art, daß sie ihm nicht einfach noch eine Flasche Palmwein mitgebracht hatte.

Gottschalk von Köln war ein Priester, der nichts von Frauen verstand, während Nicolaas von nirgendwo im besonderen ein Bankherr war, der von Frauen sehr wohl etwas verstand. Der von Lachen begleitete Empfang durch Gelis war als genau das aufgefaßt worden, was er war. Eine Zeitspanne lang im afrikanischen Morgengrauen war Nicolaas einfach nichts als ein Mann gewesen, ein Mann, den man necken und mit Nachsicht behandeln und bei all seinen Schwächen sogar mögen konnte. Natürlich war er inzwischen nicht mehr in ihre Nähe gekommen, und sie hatte weder mit ihm noch über ihn mehr gelacht.

Ganz allgemein schien die Ausschweifung von Tendeba die Mannschaft weniger entzweit zu haben, als mancher vielleicht befürchtet hatte. Mochten Nicolaas' Leute von der *Ciaretti* den rothaarigen Vito auch aufziehen, so neidete ihm doch weder Melchiorre, der Zweite Steuermann, noch sein Freund Manoli sein Glück. Die beiden Rudergänger begnügten sich damit, über Fernãos Bericht von seinen Eroberungen zu spotten, während Vicente, der reizbare *Comito*, weder ausgelacht noch beneidet wurde. Diniz, der seine letzten drei noch übrigen hageren Pferde hegte und pflegte, wahrte eine wohlerzogene schottisch-portugiesische Zurückhaltung. Er sah Nicolaas jedoch jetzt in einem neuen Licht.

Die einzige Unruhe, die Bel bemerkte – sie half Gottschalk unter Deck bei der Pflege der Kranken –, wurde hervorgerufen durch die anregenden (und streng genommen unwahrscheinlichen) Schilderungen von Luis, die seine Gefährten in einer schlüpfrigeifersüchtigen Stimmung immer wieder hören wollten. Und oben an Deck herrschte selbst durch die lebhaften Schrecken und Wonnen der Reise hindurch eine von Gelis wahrgenommene Gezwungenheit, die zum Schiffsführer zurückverfolgt werden konnte und zu seinem Umgang mit Nicolaas und den drei Negern, aber vor allem mit Lopez.

Das war verständlich, und van der Poele nahm es zur Kenntnis, wie sie feststellte. Eine Folge war – so glaubte sie wenigstens –, daß er in den Tagen nach Tendeba wenig Zeit zusammen mit Lopez verbrachte. Andererseits waren die Gespräche, die er mit Lopez führte, so oberflächlich, so offenkundig unpersönlich, daß Gelis ihr Urteil überprüfte und änderte. Nicht Jorge da Silves, sondern dem Neger galt van der Poeles vorrangige und fast ausschließliche Sorge.

Sie fuhren drei Tage hindurch und gingen nachts unbelästigt, aber in zunehmender Hitze vor Anker. Auf dem ersten Abschnitt der Reise begleiteten sie die Boote Gnumi Mansas, die von lärmenden und lachenden jungen Männern gepaddelt wurden. Die Nachricht von ihrer Harmlosigkeit schien den üblichen Verkehr auf dem Fluß wiederbelebt zu haben: Tröge von unterschiedlicher Größe glitten vorüber, beladen manchmal mit Nahrungsvorräten, manchmal mit einer Schar schwatzender Frauen und Kinder mit ihren Bündeln.

Die Bäume, die grünen, tropfenden Höhlungen geheimnisvoller kleiner Buchten, die hoch aufragenden Mangroven mit ihren von Austern glitschigen Wurzeln begannen lichter und bleicher zu werden, indes die Üppigkeit des Mündungsgebiets allmählich hinter ihnen zurückblieb. Statt dessen erstreckten sich zu beiden Seiten Busch und leicht hügelige, mit Hütten betüpfelte Savanne, und sie sahen Affenwachttürme, die wie Runen oder wie die Windmühlen von Flandern dem Rot des Sonnenuntergangs aufgeprägt waren.

Am zweiten Morgen sichteten sie ihre ersten Elefanten: eine Gruppe grauer Tiere im flachen Wasser, jedes so breit wie eine Belagerungsmaschine und so hoch wie das Schiff, und sie besprühten sich mit Wasser aus dem Schwanz, der unter ihren Augen hing. Am nächsten Tag deutete Saloum über das Wasser zu den felsbrockengleichen Köpfen und dicken Ohren untergetauchter Flußpferde hinüber: Er sagte, sie könnten ein Boot zum Kentern bringen, und die Ruderer verscheuchten sie, indem sie mit ihren Paddeln gegen das Boot klopften.

Die Schiffahrt auf dem schmaler werdenden Fluß mit seinen Windungen, Untiefen und Inseln beschäftigte sie vollauf, und die abendlichen Landgänge um Wasser und Futter durch Schlamm, Stechmücken und lauernde Gefahren von Tier und von Mensch lehrten sie, sich aufeinander zu verlassen. In Cantor, über hundertvierzig Meilen von der Mündung des Gambia entfernt, starb einer der kranken Seeleute, und sie gingen in feierlicher und einiger Gruppe an Land, um ihn zu bestatten.

Bis zum Markt von Cantor war Diogo Gomes vorgedrungen; hier hatte er Gold bekommen, und hier hatte er von den Karawanen in die Sahara und in den Osten gehört, die sich zu bestimmten Jahreszeiten an dieser Stelle begegneten. Die Ansiedlung gab es noch und die Händler auch, aber es waren keine Christen unter ihnen, um den Gottesdienst mit ihnen zu feiern, und auch keine, die Gottschalk zuzuhören wünschten, und die Schuppen und Lagerhäuser waren leer, wie anderenorts blankgefegt von der *Fortado*.

«Sie ist noch weiter flußaufwärts», sagte Loppe, als sie zum Schiff zurückkehrten. «Zwei Tage von hier, beim Ort der Paviane – so nennen sie das hier. Sie sagen, sie mißtrauen dem Schiff, und glauben, daß es jede Gewalt oder List anwenden wird, um das Geheimnis des Goldes herauszufinden und mit nach Hause zu nehmen.»

Zwanzig Meilen weiter, so meldete das Gerücht außerdem, könne zur Zeit König Bati Mansa angetroffen werden. Und noch zwei Tagesfahrten weiter waren die Felsmauer und die Wasserfälle, über die hinaus keine der beiden Karavellen vorstoßen konnte, und der Weg (dreihundert Meilen in östlicher Richtung, so hieß es) zum Reich des Herrschers, den man Priesterkönig Johannes nannte.

«Es gibt also die folgenden Möglichkeiten», sagte Nicolaas, als er am Nachmittag mit siebenundzwanzig gesunden Seeleuten und zwei Frauen auf dem Achterdeck hockte. «Wir können das Schiff hierlassen, mit einer Wachmannschaft, und zu Fuß nach Osten weiterziehen, wobei wir den König und die *Fortado* umgehen. Oder wir können weiterfahren bis dorthin, wo Bati Mansa sich aufhält, zwischen uns und Doria, und darauf hoffen, daß der schlechte Ruf der *Fortado* und unser Erfolg bei Gnumi Mansa den König dazu bewegen, uns zu empfangen. Und wir können drittens an Bati Mansa vorbeifahren, ohne seinen guten Willen auf die Probe zu stellen, und so weit wie möglich flußaufwärts vordringen.»

Loppes Stimme, die darauf antwortete, stieß mit der Jorges zusammen. Bemerkenswerterweise sagten sie beide dasselbe. Der Schiffsführer sprach zuerst, und Loppe ergänzte seine Worte durch Erläuterungen.

«Wir sollten zu Bati Mansa fahren. Es ist nicht wahr, daß Äthiopien so nah ist. So früh schon zu Fuß weiterzuziehen wäre eine Verschwendung von Zeit und Kraft. Auch muß Senhor da Silves und Pater Gottschalk erlaubt werden, diesem König das Kreuz zu bringen, der uns vielleicht vor Doria beschützt. Am Senagana wurden mit gutem Grund Drohungen ausgesprochen. Doria ist ein stolzer Mann, und wir haben ihm mit dem Gold und der *Ghost* einen Streich gespielt und damit seinen Stolz verletzt.»

«Wir haben starkes Geschütz», sagte Nicolaas, «und er hat einen vollen Laderaum. Wird er es auf einen Angriff aus selbstmörderisch kurzer Entfernung ankommen lassen, wenn er nichts dabei zu gewinnen hat?»

«Das war die allgemeine Ansicht an Bord der *Ghost*, soviel ich mich erinnere», hielt ihm Gelis entgegen. «Bis dann Signor Doria seine Kanonen auf uns richtete. Er scheint empfindlich zu sein.»

«Aber er hat sein Schiff voll beladen und sein Geschäft abgeschlossen», sagte Bel of Cuthilgurdy. «Warum wartet er noch?»

«Er will sehen, welchen Weg wir einschlagen», entgegnete der Schiffsführer. «Das glaube ich wenigstens.»

«In diesem Fall», meinte Nicolaas, «wird er uns keinen Schaden antun. Vielleicht bleibt er sogar dort, wo er jetzt ist, um uns bei der

Rückkehr aufzulauern. Was tun wir also? Wir haben von Bati
Mansa nichts gehört, aber gewiß möchte er sich wie Gnumi mit
Portugal gut stellen. Ich glaube wie Lopez, wir sollten uns ans
Wasser halten. Wir haben Waffen. Wir können uns wehren, wenn
wir von Bati bedroht werden. Ebenso können wir mit der *Fortado*
verfahren, wenn wir müssen. Vielleicht schießen sie nicht. Vielleicht bringen wir sie sogar dazu, zurückzufahren.»

«Wie?» wollte Diniz wissen.

«Es gibt schon Mittel und Wege», erklärte Nicolaas. «Wir
könnten die Mannschaft dazu bringen, auf Luis zu hören. Und
wenn sie nicht gehen, dann haben wir auch dafür Vorkehrungen
getroffen. Wir schaffen die Pferde an Land. Unsere besonders an-
gefertigten Boote können getragen werden. Wenn wir erst hinter
der Felsensperre und den Fällen sind, können wir sie wieder ins
Wasser setzen und jedem davonfahren, der uns folgen will. Und
wenn der Gambia zu Ende geht, können wir die Boote zum Joliba
hinübertragen und zu dem großen See, von dem alle erzählen und
der nach Osten führt. Klingt das vernünftig?»

«Nicht, wenn Ihr Äthiopien unterwegs liegenlaßt», sagte Gelis.
«Wer sagt denn, daß es mehr als dreihundert Meilen entfernt ist?»

«Ich», versicherte Saloum, und sein bärtiges Gesicht blickte
feierlich. «Es ist viel weiter entfernt. Hinter einem großen Fluß.
Hinter dem großen See. Das schwöre ich Euch.»

«Bis zur Fastenzeit sind wir dort», sagte Gelis. «Was wettet Ihr?
Zur Fastenzeit am Edelsteinfluß und am Jungbrunnen und bei
den Kopten.»

«Ich schließe nie Wetten auf Gewißheiten ab», meinte Nicolaas.

Es war eine kurze Zusammenkunft, und sie hätten sie nie abzuhalten brauchen. In der Nacht war das Trommeln laut und
eigenartig beharrlich, und als sie am nächsten Tag vorsichtig um
die große, mit tückischen Inseln verstellte Flußkrümmung her-
umfuhren, bemerkten sie, daß sie ohne Geleit oder Gesellschaft
waren. Der beiläufige Wasserverkehr hatte aufgehört, und sie waren allein bis auf die trägen fünfzehn Fuß langen Umrisse der
Riesenechsen, die ihnen von den Uferbänken aus zusahen. Als sie
zweimal die Boote nach vorn holen und das Schiff ins Schlepptau

nehmen mußten, schickte Jorge zu den Ruderern vier Mann mit
Armbrüsten und Arkebusen, die ein Auge auf das Wasser und die
Ufer haben sollten. Sie hatten alle ihre Waffen an Deck geholt,
leicht mit Segeltuch bedeckt, und die Kanonen waren schon aufgestellt, wenn auch ebenfalls noch zugedeckt. Vorläufig trug noch
keiner eine Rüstung. Die ersten niedrigen Uferböschungen, an
denen sie vorüberkamen, waren erfüllt vom Geschnatter und Ge-
kreisch von Pavianen, und die Felder und Dörfer waren ein
einziger Mißklang von Vogelstimmen – die Tiere hatte die gerade
beendete Ernte angelockt. Wolken von Spreu trieben über das
Schiff hin, so leicht wie Falter, leichter als der Sand des offenen
Meeres, des weiten, salzgeschrubbten sicheren offenen Meeres. Sie
hörten Elefanten trompeten und Raubtiere brüllen.

Am frühen Nachmittag wußten sie, daß sie kurz vor der großen
sechs Meilen langen und zwei Meilen breiten Insel waren, die den
Teil des Flusses einnahm, an dem Bati Mansa zur Zeit hofhielt.
Der Fluß war, wie Saloum sagte, zu beiden Seiten recht breit, aber
verengt durch austrocknende Schlammkanäle. Halbwegs an der
Nordseite der Insel war ein Ankerplatz, an dem die Karavelle, wie
er glaubte, über Nacht wohl sicher wäre.

«Wir werden sehen», sagte Jorge da Silves. «Und an welchem
Ufer wird sich der König wohl niedergelassen haben?»

«An dem einen oder am anderen», erwiderte Saloum fröhlich.
«Oder auf der Insel. Das liegt in der Hand von . . . von . . .»

«Von Gott», sagte Lopez ernst. «Oder von Bati Mansa, wenn mich
meine Augen nicht trügen. Oder sind das dort voraus Brecher?»

Es hätten über Felsen spülende Wellen sein können. Es hätte der
Schaum unter einer Reihe gefällter und zappelnder Bäume sein
können, aber das war es nicht. Zu beiden Seiten der Insel war dort
voraus der Fluß durch eine Streitmacht von Kriegsbooten versperrt. Sie lagen da im Nachmittagsdunst, die Gewänder der
Ruderer schimmerten weiß auf, und alles überzog ein Gefunkel
von Metall. «Feuern wir, Senhor Jorge?» fragte Vicente.

«Nein!» sagte Gottschalk.

«Noch nicht», sagte Nicolaas. «Ich sehe da ein Boot kommen.
Wendet die *Niccolo*. Laßt sie verhandeln.»

«Vergiftete Pfeile?» meinte Vicente.

«Vielleicht», entgegnete Nicolaas. «Aber ich glaube, die hätten sie schon abgeschossen. Ich werde mit ihnen reden, mit Lopez.»

Keiner machte ihm das Vorrecht streitig. Das Boot kam näher, und sie sahen, daß die in Doppelreihe aufgestellten weißbemützten schwarzen Ruderer unbewaffnet waren und lächelten und daß sie bis zu den Knien in Geschenken standen, die von einem Bündel schöner Hyänenfelle bis zu einem großen Elefantenzahn reichten, den vier Männer zur *Niccolo* hinaufhieven mußten. Dann kamen die zwei Dutzend Männer selbst an Bord, scheu und beflissen und nur zu bereit, Loppes Fragen zu beantworten. König Bati Mansa hatte gehört, daß die portugiesischen Kaufleute in seinem Gebiet Handel zu treiben wünschten, und erlaubte sich, sie zu einem sicheren Ankerplatz zu bringen und in seinen Palast auf der Insel einzuladen.

«Palast?» Gelis blickte zweifelnd.

«Etwas mit einem Dach darüber», meinte Bel. «Und Wachen draußen, um die Löwen fernzuhalten. Das gleiche wie überall.»

«Hat er Frauen?» meldete sich Filipe zu Wort und fügte auf portugiesisch noch ein paar freche Einzelheiten hinzu.

Er würde an Land gehen. Dreiundzwanzig von ihnen würden an Land gehen, da diesmal kluge Taktik eine größere Gruppe von Landgängern anzuraten schien. Von den neun Mann, die zurückblieben, wurde Vicente mit dem Oberbefehl betraut, mit Melchiorre als Stellvertreter. Dies bedeutete, daß sie im schlimmsten Fall losfahren konnten, da auch zwei Rudergänger an Bord waren: die zuverlässigen Familienväter, die es auch in Tendeba vorgezogen hatten, auf dem Schiff zu bleiben. Zur Bedienung des Schiffes hatten sie zwei Seeleute, die noch schwach, aber auf dem Weg der Besserung waren, und noch zwei dazu – Luis und Lázaro –, die ganz und gar zu gesund für einen Strandurlaub waren. Und dann hatten sie noch Lopez.

Das war eigentlich nicht vorgesehen gewesen. Als Dolmetscher hatte er bis jetzt zu jeder Mission gehört. Es war Jorge da Silves, der die andere Lösung vorschlug. Lopez sollte an Bord bleiben als Hilfe für Vicente, der kein Mandingua sprach. An Land konnten sie die anderen Schwarzen einsetzen, die Gnumi so sehr beeindruckt hatten.

Nicolaas war unschlüssig gewesen. Als Lopez vorsichtig Bedenken äußerte, war der Schiffsführer so heftig geworden, daß Nicolaas schnell eingriff und nachgab. Saloum und Ahmad würden es schon schaffen.

Die Insel war niedrig und roch nach dem Fluß. Als Gelis zusammen mit Bel an Land ging, sah sie nur eine ärmer als Cantor wirkende Ansammlung von bescheidenen Hütten – ein Ort, an dem die Flußleute zusammenkamen, um ihre Erzeugnisse zu tauschen. Sie stand zusammen mit Gottschalk und Diniz wartend da, während eines der langen Begleitboote seine Abgesandten an Land setzte. Um sich herum zählte sie fünfzehn Mann von der *Niccolò*, unter ihnen Fernão, Vito und Filipe, und vor ihnen Jorge da Silves und Nicolaas zusammen mit den früheren Sklaven. Die Männer aus dem Boot gingen, als sie an Land waren, voraus und bedeuteten ihnen zu folgen. Sie lächelten noch immer und waren waffenlos und setzten im Gehen zu einem fröhlichen Gesang an, zu dem sie in die Hände klatschten und gelegentlich Luftsprünge machten. Als Gelis auszuschreiten begann, schwankte der Boden auf und nieder.

Gottschalk sagte: «Es ist Gottes Segen. Gott ist mit uns.» Jorge da Silves bekreuzigte sich, aber van der Poele tat dies nicht. Er blickte sich zwischen den Bäumen und Büschen um, und sein Gesicht war rot vor Hitze. Auch Diniz' Gesicht war rot. Sie trugen beide Hemd, Wams, Strumpfhose und Umhang.

«Laß mich raten», sagte Gelis. «Er trägt den Mörser vom Vorderdeck, und du hast die Kugeln in der Tasche.»

«So ungefähr», erwiderte Diniz. Sein Blick, hingerissen und ganz gespannt, war auf Nicolaas gerichtet.

Beide Frauen sahen es. «Jetzt werdet Ihr ihn nicht entwöhnen», bemerkte Gelis trocken.

Es war ein langer Weg. Nach einer halben Stunde in der Hitze wurde angehalten, und man führte sie zu einem Platz im Schatten, wo Erfrischungen bereitstanden. Man reichte ihnen Früchte, Saft und in der Sonne gebackenes Brot. Drei Männer ihrer Eskorte gingen auf Jagd und kehrten mit einigen Vögeln zurück. Saloum, der mit ihnen gegangen war, lachte, als er sich wieder einfand, und erstattete, nachdem er sich gesetzt hatte, in gebrochener Sprache einen Bericht. «Wir erreichen das Ziel in einer weiteren halben Stunde. Sie bereiten ein Festmahl für uns vor. Sie sagen, der König ist ein großer Mann und großmütig und liebt Pferde über alles.»

«Hölle und Verdammnis», rief Diniz. «Haben wir nicht noch ein Zelt?»

«Wir könnten ihm ein Warzenschwein geben», sagte Nicolaas. «Ob man sie zur Eile antreiben könnte? Ich möchte diesen Weg nicht im Dunkeln zurückgehen.»

Zum Schluß war der Ort, an den sie kamen, obschon weit innerhalb der Insel gelegen, Gnumi Mansas Lichtung am Fluß nicht unähnlich, nur daß sich kein Dorf in der Nähe befand und von Wasservorräten und Öfen nichts zu sehen war. Der Wald ringsherum war dichter, und anstatt eines großen Baobabbaumes stand dort eine Hütte ohne Wände: eine Anzahl niedriger senkrechter Baumstämme, auf deren nackten krummen Gabeln ein mächtiges gewölbtes Dach aus Hirsestengeln ruhte. Auf dem Platz darunter, der für eine Versammlung von zweihundert Menschen ausreichen mochte, hielt sich gerade eine kleine Ziegenherde auf. Sonst trafen sie dort niemanden an.

Nicolaas schritt mit Saloum zusammen einmal um das Dach herum. Er sagte: «Frag sie. Wo ist der König?» Ehe er den Satz ganz ausgesprochen hatte, hielt er inne und drehte sich um. Von Saloum und Ahmad abgesehen waren zwischen den Säulen nur weiße Gesichter. Kein einziges blitzendes Lächeln, keine weißen Mützen. Keine dienstbeflissenen schwarzen Gestalten, die herbeieilten, um sie zu beruhigen, um ihnen zu sagen, was geschehen würde. Die Grasfläche vor der Hütte war leer. Die Eskorte war gegangen. Es gab keinen, den Saloum hätte fragen können.

Doch, da war jemand. Da draußen war eine Stimme, eine volltönende Stimme, die ein vorzügliches Italienisch sprach.

«Ich fürchte», sagte Raffaelo Doria, während er schweren Schrittes aus den Bäumen herauskam, «seine Hoheit Bati Mansa ist nicht verfügbar. Darf ich Euch statt dessen unterhalten? Demoiselle. Mistress Bel. Senhor Vasquez. Wie glücklich bin ich, Euch eingeholt zu haben.»

Er trug einen Halbharnisch, und hinter ihm sah man fünfzehn Bewaffnete in Kettenhemden. Bel of Cuthilgurdy machte einen kleinen Knicks, und Gelis tat es ihr nach, als sie angestoßen wurde. Ach du liebe Güte, dachte Mistress Bel. Ach du liebe Güte, *Muscheln*.

Keiner sprach. Jorge erinnerte an eine Giftschlange, die sich einer anderen gegenübersieht. Nicolaas, das Gesicht so sanft wie ein Klumpen Butter, sagte: «Signor Doria, Ihr könnt stets sicher sein, daß Ihr uns unterhaltet. Und natürlich dürft Ihr weiter versichert sein, daß wir Euch keine Schwierigkeiten machen werden. Senhor da Silves und die anderen, *keine Schwierigkeiten, habt Ihr gehört?*»

Die letzten Worte, so ruhig gesprochen wie die anderen, waren auf portugiesisch, und während er sie aussprach, trat er langsam vor und versperrte Bel die Sicht. Sie erfaßte, warum er das tat, und ihr wurde sehr flau.

«Das ist klug», sagte Doria. «Die Frauen können sich setzen. Dort sind Matten. Habt Ihr Erfrischungen bekommen? Ich habe schon nach weiteren geschickt. Messer Niccolo, Ihr werdet jetzt ganz langsam Euren Umhang ablegen und losschnallen und fallen lassen, was Ihr an Waffen darunter tragt. Senhor da Silves desgleichen; und dann Ihr anderen alle. Dann werden sie eingesammelt, und man wird Euch durchsuchen. Wie Ihr seht, sind fünfzehn Armbrüste auf Euch gerichtet.»

Nicolaas sagte: «Nein, Padre.»

«Doch», sagte Gottschalk, schritt auf Doria zu und stellte eine Kiste vor ihm ab. Bel fragte sich nicht zum ersten Mal, warum er sich für die Kirche entschieden und nicht von seinem Körperbau, seinen Fähigkeiten, seiner verschwommenen Streitlust Gebrauch gemacht hatte, um als zufriedener Krieger in irgendeinem Freibeuterhaufen zu dienen. Und Doria mit seinem harten, fleischigen Gesicht und den eckigen Zähnen sah weniger einem Cäsar als dem nüchternen Händler ähnlich, der er wahrscheinlich war. Aber das Schwert an seiner Seite war Wirklichkeit genug.

Gottschalk öffnete die Kiste. «Vielleicht wünscht Ihr auch die hier nach Waffen zu durchsuchen? Ich kam hierher, um vor den schwarzen Heiden die Messe zu feiern. Warum werde ich von Euch, einem Christen, daran gehindert?»

«Warum haben Eure Freunde, vorgebliche Christen, auf die *Fortado* geschossen? Und dies von dem gestohlenen Schiff meines toten Vetters aus? Warum habt Ihr am Senagana betrogen und gelogen und sogar Eure Frauen benutzt, um uns das Geschäft zu verderben? Ich habe Euch hierhergebracht; von einer Messe kann keine Rede sein – der König treibt seinen eigenen Hokuspokus und wollte nichts davon hören. Ich habe Euch hierhergebracht, weil ich meine Enttäuschung auszudrücken wünschte. Und Ihr werdet zugeben, ich war nicht übertrieben vorsichtig. Für das Sakrament trefft Ihr merkwürdig ausgestattet hier ein.»

«Davon wußte ich nichts», sagte Pater Gottschalk. Die versteckten Waffen, die herunterfielen, bildeten kleine Haufen zu Füßen jedes Mannes von der *Niccolo* mit Ausnahme von Saloum und Ahmad. Nicolaas trug zwar nicht den Mörser vom Vorderdeck bei sich, war aber mit einem kleinen türkischen Bogen und einem Köcher und einem recht handlichen kurzen Schwert versehen gewesen. Alles lag jetzt seitlich hinter ihm in einem Haufen auf dem Boden. Drei von Dorias Leuten kamen näher.

«Ziegen», sagte Nicolaas in knappem Ton auf flämisch.

Hinter ihm, neben Gelis auf dem Boden hockend, starrte Bel auf seinen Rücken. Die Wesen, die zuvor den Bereich bevölkert hatten, sahen sich in die Ecke gedrängt, schnüffelten die fremden Gerüche ein und beäugten die Schlachtermesser auf dem Boden. Ihr Anführer, ein kräftiges Tier mit gedrehten Hörnern, kreischte plötzlich ganz laut auf, sprang stracks gegen das Dach und rannte dann davon. Gelis zog ihre Nadel zurück. Die anderen Tiere folgten nach.

Staub erhob sich. Die Waffenhaufen erzitterten unter der Bodenerschütterung. Bel machte sich auf einen Angriff gefaßt: auf das Klirren von Schwertern und das dumpfe Geräusch von Pfeilen, wenn Nicolaas und die anderen zu ihren Waffen griffen.

Sie griffen nicht nach ihren Waffen. Nichts geschah, weil Dorias

Armbrustschützen unbeirrt dastanden, die Bogen schon gespannt. Ein Angriff von Nicolaas hätte, wie er auch ausgegangen wäre, einige der Seinen das Leben gekostet. Und Nicolaas hatte es vorgezogen, ihn zu unterlassen.

Die drei Männer, die vorgetreten waren, nahmen die Waffen an sich. Man brachte Hanf herbei, in großen Rollen. Die Seeleute wurden an Händen und Füßen gefesselt. Nichts war geschehen, außer daß Dorias Leute, die jetzt kicherten, einen Augenblick der Angst erlebt hatten. Nichts, nur daß Gelis, wie Bel sah, jetzt zwei Messer in ihrer Chemise stecken hatte und einen Köcher unter dem Überwurf. Und der Gegenstand, den sie Bel zuwarf, war ein Bogen.

Bel war bereits gut ausgestattet mit nützlichen Dingen aufgebrochen, die sich ihrem Körperumfang und der Kopfbedeckung anpaßten. «Ach ja», bemerkte sie. «Fast wünschte man, sie würden versuchen, einen zu vergewaltigen. Was gibt's jetzt, was meint Ihr?»

Was es als nächstes gab, das war ein Abendessen, das in Körben herbeigebracht und für ihre Bewacher auf dem Boden ausgebreitet wurde. Vielleicht waren sie hungrig. Sie wechselten sich, wie Bel sah, mit Essen und Wachehalten ab: zwei vorn und die übrigen draußen um die Säulen herum. Doria, der sich in aller Ruhe zurücklehnte, lud Nicolaas ein, sein Mahl mit ihm zu teilen, und machte dann Platz für die Frauen und schließlich für Gottschalk, Jorge und Diniz. Sie hatten den Eindruck, daß er vor allem Jorge demütigen wollte. Dorias Männer blickten immer wieder zu Gelis hin, die sie von Zeit zu Zeit anlächelte. Bel konnte nur hoffen, daß sie wußte, was sie tat. Sie konnte Filipe jammern hören.

Sie fingerte in ein paar Schüsseln herum, verspürte aber keine Lust zum Essen. Sie beneidete die anderen, Filipe eingeschlossen, die nicht eingeladen worden waren – denen zu essen zu geben in der Tat schwierig gewesen wäre, da man die Seeleute, gefesselt und bis zum Gürtel entblößt, dort liegen gelassen hatte, wo die Ziegen gewesen waren. Noch immer gab es nichts zu tun, wofür das Leben einzusetzen sich gelohnt hätte. Draußen krochen die Schatten über das glänzende Gras, schwarz wie Raubtiere, und über den Bäumen waren gerade die ersten blassen Sterne zu sehen. Noch nichts, im Augenblick.

Dorias Männer trugen noch immer ihre Lederkoller und Helme. Neben ihnen sahen die Leute von der *Niccolo* wie Bauern aus: barhäuptig und – das galt sogar für den Priester – mit aufgerissenen Hemden über den Strumpfhosen. Keiner hatte die Frauen aufgefordert, sich zu entkleiden, was ganz gut war. Was, wie Bel begriff, das war, was Nicolaas beabsichtigt hatte.

Sie ließ den Blick auf ihm ruhen und dann zu Diniz hinüberwandern. Der Junge war schneller zum kräftigen Jüngling herangereift, als man hätte erwarten sollen. Sie konnte sich ausmalen, was sich auch Gnumis Ehefrauen ausgemalt hatten. Sie warf Gelis einen Blick zu und hatte den Eindruck, daß sie bis eben noch anderswohin gesehen hatte. Sie hatte außerdem den Eindruck, daß Jorge dies bemerkt hatte und finster blickte. Andererseits hatte er seit ihrer Ankunft finster geblickt, entweder zu Nicolaas oder zu Saloum oder Ahmad hin.

Zwei Lampen waren gebracht worden, die die gelbe Unterseite des Daches kastanienbraun erwärmten. Draußen kreischte etwas in den Büschen. Drinnen griff Nicolaas müßig in die Reisschale und klärte in aller Ruhe die Lage. «Da habt Ihr also den König bestochen, damit er nicht eingreift?» sagte er zu Doria.

«Es war nicht schwer», erwiderte Doria, einen Knochen zwischen den beringten Fingern. «Wir konnten ihm dank Eurem freundlichen Eingreifen diesen großen Posten Waffen anbieten. Er jagt viel und hat seinen jungen Männern gesagt, sie sollten sich in seiner Abwesenheit so gut unterhalten, wie sie könnten. Sie mögen keine Goldräuber und Spione.»

«Sie können es sich nicht leisten, uns etwas anzutun», sagte Nicolaas. «Was Ihr ihnen auch erzählt.» Seine Stimme klang vollkommen ruhig. Diniz saß da wie ein Mann, der einem Befehl gehorcht, und da Silves saß da wie ein Mann, der gegen diesen Befehl aufbegehrt. Pater Gottschalk, die Augen nach oben gerichtet, mochte beten oder auch nur kauen.

«Ich fürchte, sie werden trotzdem die Schuld zugeschoben bekommen», sagte Doria. Gelis zog den Atem ein. Die beiden Lampen brannten in der Stille. Draußen war es schwarz.

Nicolaas sagte: «Hattet Ihr den Befehl, uns zu töten? Das scheint mir ein wenig plump für das Haus Vatachino. Was Ihr den anderen versprochen habt, weiß ich nicht.» Wäre es dunkler gewesen, hätte man meinen können, in seinen Augen liege ein Lachen.

«Ich verspreche immer das gleiche», sagte Doria. «Daß ich ihnen den größten Gewinn zurückbringe, von dem sie je gehört haben. Als Folge davon bin ich reich.»

«Was hat Simon de St. Pol Euch aufgetragen?» fragte Diniz. Gottschalk wandte den Kopf. Gelis bewegte sich nicht. Raffaelo Doria blickte den Jungen an. «Ich gebe nie an, wer meine Kunden sind.»

«Wir wissen, wer sie sind», fuhr Diniz fort. «Die Lomellini, das Haus Vatachino und St. Pol. Was hat St. Pol Euch aufgetragen?»

«Warum?» Doria, auf den einen Ellenbogen gestützt, hatte den Knochen halb abgenagt.

«Er war der Teilhaber meines Vaters. Er hat seine Hälfte des Geschäftes an das Haus Vatachino verkauft. Er will meine Hälfte haben.»

«Und deshalb könnte er Euren Tod wünschen, meint Ihr? Und als sein Geschäftsrivale – als jedermanns Geschäftsrivale – fühlt sich vielleicht auch Messer Niccolo verletzlich?»

«Das tue ich im allgemeinen», sagte Nicolaas. Er hörte auf, Reis zu kneten, und lehnte sich zurück, um den Genuesen zu mustern. «Ich glaube nicht, daß Ihr den Befehl habt, uns zu töten. Ich glaube, Ihr habt Euch dazu aus Groll entschlossen. Ihr werdet den Mandinguas die Schuld zuschieben. Und wenn das nicht geht, werdet Ihr Euren Patronen die Schuld geben. Hätte ich damit recht?»

«Ihr schmeichelt meinen Patronen», sagte Doria. Er legte den Knochen hin, zog ein Tuch hervor und wischte sich langsam die Hände ab. «Einen Schluck Wein? Ihr könnt ihn unbesorgt trinken. Ihr seid eine der zwei Personen, die dieses kleine Abenteuer überleben werden.»

«Was?» rief Gottschalk. «Was, Ihr Schurke?» Diniz griff nach seinem Arm, hatte aber die Augen aufgerissen.

«Und wer ist die andere Person?» Nicolaas' Stimme war ausdruckslos geworden.

«Fragt Saloum», sagte Doria. «So nennt Ihr ihn doch? Oder

354

seinen schwarzen Genossen. Sie haben Euch hierher geführt, fort vom Schiff.»

«*Fort vom Schiff!*» Der dies rief, war Jorge da Silves.

«Oh, der *San Niccolo* ist nichts geschehen, da bin ich sicher», sagte Doria. «Sie ist vielleicht ein wenig leerer, als Ihr sie zurückgelassen habt. Wie Ihr gewiß erwartet habt, hat sich Euer anderer dunkelhäutiger Gefährte, Euer weitgereister Neger, Euer Lopez, uns angeschlossen.»

KAPITEL 23

DIE ZIKADEN SCHRILLTEN im unsichtbaren Gras. Ein Vogel flog mit klagendem Ruf über die Gästehütte. Irgendwo dröhnten wie immer Trommeln.

Eine Ader klopfte oberhalb des feuchten Batists von Nicolaas' Hemd. Nicolaas sagte: «Nein.»

«Geht zum Schiff», entgegnete Doria. «Ihr werdet sehen, daß Euer Lopez fort ist.»

«Ihr habt ihn mitgenommen.» Nicolaas hatte sich nicht bewegt, sondern schien in seiner kauernden Haltung Doria gegenüber erstarrt zu sein. Seine Stirn war gestreift von dem Schweiß, den die Haarlocken freigaben.

«Ich habe Euch gewarnt», stieß Jorge da Silves aus. «Neger, ungetauft und gefärbt in Sünde so schwarz wie ihre Haut.»

«Seid still», sagte Nicolaas. «Saloum!»

Gefesselt und auf dem Boden unter den drohend auf sie gerichteten Armbrüsten waren die Männer von seiner Schiffsmannschaft und die zwei Sklaven im Dunkel kaum zu sehen. Saloum hob den Kopf. «Wenn Lopez gegangen ist, dann wurde er gefangengenommen.»

«Er wollte auf der *Niccolo* zurückbleiben», sagte Jorge da Silves.
«Das war Euer Vorschlag», erinnerte ihn Nicolaas. «Wer hat
ihn also mitgenommen? Crackbene? Wo ist Loppe?» Der alte
Name war ihm wohl, so vermutete Bel, infolge einer ungewöhnlichen Verstörung herausgerutscht.

«Ich hab's Euch doch gesagt.» Doria sah ihn an. «Lopez war
Euch gewiß treu, aber Ihr habt ihm nichts geboten. Ich habe
ihm die Hälfte von dem versprochen, was immer das Geheimnis
von Wangara wert ist. Er ist jetzt bei meinen Leuten und wartet
darauf, mich dorthin zu führen. Und damit er das auch ganz
bestimmt tut, kommt Ihr mit.»

«Nein», sagte Nicolaas abermals.

Gottschalk sah ihn an – es war ein Blick voller Bestürzung, als
hätte ein Tanzbär plötzlich geknurrt. Gelis sagte ganz leise etwas
und streckte die Hand aus, der Bel behutsam den Bogen zuschob.
Nicolaas sagte: «Er wird Euch nicht nach Wangara führen, ob ich
mitkomme oder nicht.»

«Ihr würdet ihn zuvor töten oder töten lassen?» erwiderte Raf-
faelo Doria. «Das nahm ich an. Ich nahm an, daß er Euch das
Geheimnis anvertraut hat. Deshalb kommt Ihr mit. Einer von
Euch mag mich betrügen, aber nicht beide.»

Nicolaas bewegte sich. Es schien Bel, im nächsten Augenblick
müsse er sich auf Doria stürzen – es wäre der erste unüberlegte
Angriff gewesen, den man ihn hatte machen sehen. Doria erwartete ihn in der Tat: Er saß zurückgelehnt da mit dem blanken
Schwert in den Händen, um es sogleich gebrauchen zu können,
während es rund um die Hütte von den erhobenen Armbrüsten
aufblitzte.

Statt dessen sprang Gottschalk auf, trat fest auf die Hand, die
Nicolaas zum Abstützen neben seiner Hüfte auf dem Boden ge-
spreizt hatte, und stieß ihn absichtlich oder unabsichtlich zur
Seite. «Wie könnt Ihr es wagen!» sagte Gottschalk zu Doria. «Wie
könnt Ihr es wagen, von Gold daherzureden und brave Männer
zu bedrohen! Wenn diese armen Leute von den Goldgruben ihren
Lebensunterhalt beschützen wollen, dann hat niemand das
Recht, weder Ihr noch wir, ihnen diese Quelle zu entringen. Auch

würde Lopez, dessen bin ich sicher, nie daran denken, dergleichen zu tun, weder zu seinem Nutzen noch zum Nutzen anderer. Außerdem . . .»

«Er verschafft uns Zeit», flüsterte Gelis auf flämisch. Das Gesicht von Angst verzerrt, kroch sie von dem Kreis derer, die zum Essen gekommen waren, zurück und saß dann bewußt zitternd da. «Warum?» Bel legte den Arm um sie. Sie glaubte es hinter ihnen rascheln zu hören. Doria spielte mit seinem Schwert.

«. . . außerdem, wenn Ihr jeder Möglichkeit der Erlösung verlustig geht, indem Ihr tut, was Ihr im Sinn zu haben scheint, werdet Ihr auch auf dieser Erde dafür büßen. *Die Säulen werden stürzen um Euch herum, wenn starke Männer Euer falsches Gebäude einreißen.* Und glaubt nicht, Ihr könntet die Schuld auf die Mandinguas schieben. Es werden Menschen kommen, und sie werden Armbrustbolzen in unseren Leibern finden.» In seiner Heftigkeit hatte er einen Teil seiner Rede auf flämisch gehalten, wie Nicolaas dies schon getan hatte.

«Sie mögen sogar Bleikugeln von neuen Handbüchsen finden», sagte Doria, «denn wie es scheint, hat irgendein übler Händler den Mandinguas jüngst Feuerwaffen verkauft. Bati Mansa wird hängen, und Gnumi Mansa wird sein Reich übernehmen. Könnte es eine bessere Lösung geben?»

Er erhob sich und atmete tief, ein wenig Fett am Kinn, und kitzelte mit der Schwertspitze die haarige Brust des Priesters. Gottschalk ballte die Fäuste. Nicolaas, der schlaff dasaß, schien zu ihnen beiden aufzublicken. In Wirklichkeit war, wie Bel bemerkte, sein Blick wie andächtig auf eine Stelle über ihnen gerichtet. Sie hörte sich selbst ein Geräusch machen, und Gelis sah sie an. Raffaelo Doria kratzte leicht mit seiner Schwertspitze und kehrte dann die Klinge Nicolaas zu.

«Ich glaube, es ist Zeit. Steht auf. Wir gehen. Und kein Flämisch mehr.»

«Wir alle», sagte Nicolaas, halb Bitte, halb Feststellung.

«Ihr. Freiwillig oder nicht. Sie haben den Befehl, Euch nicht zu töten. Aber Ihr könntet Euch mit nur einem Arm wiederfinden.»

Dorias Männer umringten die Hütte, Seilzeug in den Händen.

Die Seeleute von der *San Niccolo* und die zwei Sklaven lagen in einer Ecke. «Die Frauen?» sagte Niccolo. Er erhob sich plötzlich zu seiner ganzen kräftigen Gestalt, ein Eindruck, der so gar nicht zu dem Komödiantengesicht passen wollte. Gottschalk beobachtete ihn sichtlich beklommen. Diniz erhob sich ebenfalls, aber ruhig wie ein jüngerer Bruder. Auf der ganzen Reise hatten sie in Streit gelegen, diese drei. Erst jetzt, da ihre Gedanken angestrengt beschäftigt waren, sah Bel dies bestätigt. Und sie sah das heraufdämmernde Grauen auf Jorge da Silves' Gesicht.

«Alle bleiben hier außer Euch», sagte Doria. «Hinaus. Und kein Flämisch.»

«Nein», versicherte Nicolaas. An Dorias Seite schritt er zum Rand der Hütte und schien schon im Begriff, sie zu verlassen, im Begriff, sie alle ihrem Schicksal zu überlassen, als er sich im letzten Augenblick umdrehte, das Licht der zwei Lampen hell auf dem unbekümmerten Gesicht. Er sagte in sanftem Ton: «Dattelkerne.»

Doria hielt es vielleicht für einen Fluch. Gelis hob die Faust. Die in Reichweite stehende Lampe schoß kullernd über den Teppich, dann über den nackten Erdboden und erlosch. Weit ausgestreckt bekam sie die zweite Lampe zu packen und erstickte die Flamme. Dunkelheit sank in zwei Stufen herab. Dorias Schwert blitzte auf gleich den Schwertern seiner Männer, deren Armbrüste jetzt nutzlos waren. Wo Nicolaas gewesen war, war nun das Schwarz der Nacht.

Bel, die sich erhob, wurde von vielen Leibern angestoßen, solchen mit Kettenhemd und solchen ohne. Der Raum unter dem Hirsedach war erfüllt von Rufen und dem Gestampf von Füßen, von dem Klirren von Stahl und dem Klatschen von Fleisch auf Fleisch, von Knurrlauten der Anstrengung und des Zorns. Jemand schrie. Jemand stürzte hin. Sie wurde am Arm gepackt und merkte, daß man sie zusammen mit Gelis eilends aus der Hütte herauszog. Gottschalks Stimme an ihrem Ohr sagte: «Bleibt hier.» Sie rutschte ins Gras und sah seine große Gestalt schemenhaft im schwachen Sternenlicht in die Hütte zurückrennen. Sie hörte Diniz irgendwo rufen und Stimmen, die antworteten: keuchende Stimmen von außerhalb der Hütte, wo Gestalten miteinander rangen, einige mit schwach auffunkelnden Kettenpanzern bedeckt, andere in weißen Hemden.

Die Schiffsmannschaft. Die Mannschaft war irgendwie ihrer Fesseln ledig geworden und drängte langsam Dorias Leute in die Hütte hinein. Das Waffenklirren klang jetzt gedämpfter. Sie hörte die Stimme von Nicolaas, er rief Namen, und ihm wurde darauf geantwortet. Dann sah sie, ein verschwommenes Aufschimmern im Dunkeln, daß zwischen den Umfassungssäulen alle Gestalten weiß waren: das Gebäude war ringsum von einer Kette von Männern umgeben. Dann rief Nicolaas:

«Hau ruck!»

Nachher glaubte Bel, Keuchlaute der Anstrengung, stampfende Füße, das erste Knacken und Knirschen und überraschte Angstschreie gehört zu haben. Im Augenblick jedoch war sie sich vor allem des ungeheuren Krachens bewußt: des grollenden Donners von dreißig Bäumen, die fielen und stürzten und gegeneinander prallten, eines Waldes, der zusammenbrach und alles begrub, was unter ihm stand oder lag. Die nach innen gezogenen Säulen stürzten zusammen, und auf sie fiel mit großem Getöse das mächtige aufgeschichtete Dach aus Hirsestengeln und drückte Dorias Leute unter sich zu Boden.

Eine Stille trat ein. Bel keuchte. Nicht weit fort begannen mehrere Männer zu husten, und das gleiche Geräusch, aber schwächer und mit erstickten Ruflauten und Stöhnen vermischt, begann unter dem eingestürzten Dach hervorzudringen. Und das Dach selbst brach in Geräusche aus, wurde zu einer summenden, quietschenden, raschelnden Ansammlung wilden tierischen Lebens. Vögel schwirrten auf. Etwas huschte über den Saum von Bels Rock, und sie hörte Gelis einen Ausruf ausstoßen.

Bel of Cuthilgurdy setzte sich auf, suchte im Arsenal ihres Unterhemds, zog eine Zunderbüchse heraus und machte aus ihrem Halstuch eine Fackel.

Gelis stand neben ihr. Diniz, in jeder Hand einen Stock, rannte brüllend durch Ströme von braunen Ratten auf sie zu. Hinter ihm kamen zwei Füße näher, die da Silves zu gehören schienen, und ihnen folgten noch viele andere, die verhüllt wurden durch eine dicke pulvrige dunkelgelbe Wolke, die sich über der Lichtung wölbte und sich in die indigofarbene Luft erhob.

Die Beine rannten daher und trugen ihre Besitzer aus dem Spreuschleier heraus, und das jetzt gewaltige Husten und pfeifende Atmen hatte sich vermischt mit lauten Rufen der Erregung und des Triumphs – ja, diese Gefühle waren auch den zum Teil übel zugerichteten Gesichtern anzusehen, die jetzt auftauchten.

Diniz sagte: «Das hatten sie mit uns machen wollen, habt Ihr gesehen? Sie hatten alle Säulen angeknickt und mit Seilen verbunden. Saloum hat uns gerettet. Saloum und Nicolaas. Saloum hatte ein Messer im Haar stecken. Er hat die Mannschaft befreit, und sie haben dann die Bewaffneten nach innen geschleppt. Oh, Gott sei Dank! Habt Ihr das gesehen?»

«Ist jemand verletzt?» fragte Gelis.

«O ja», sagte Diniz wie berauscht, «aber wir sind alle draußen. Hier ist er. Hier ist Nicolaas. Es war Gottschalk, der uns gewarnt hatte, wißt Ihr.»

«Und Gelis, die die Lampen ausgelöscht hat», sagte Nicolaas. «Drei müssen getragen werden: Diniz, geh und hilf Jorge. Saloum sagt, jeder braucht eine Fackel. Wir gehen in einer Reihe, die Verwundeten in der Mitte, Saloum an der Spitze und Ahmad am Schluß: Sie kennen beide den Weg zurück zum Schiff. Was haben wir an Waffen?»

Was sie versteckt oder aufgelesen hatten, wurde verteilt. «Und die Männer unter dem Dach?» fragte da Silves.

«Sie können atmen», sagte Nicolaas, «und nach einiger Zeit werden sie sich herausgeschafft haben. Ich will zum Ankerplatz zurück.»

«Warum es dem Zufall überlassen?» Jorge hob seine Fackel.

Eine große Hand schloß sich um seinen Arm. «Was?» sagte Gottschalk. «Seid Ihr auch nicht besser als dieses genuesische Scheusal da drin? Werft die Fackel da hinein und ich drehe Euch den Hals um – Euch und jedem sonst, der es versucht.»

Keiner legte Feuer an das eingestürzte Dach. Keiner wußte auch, wie es um die Männer stand, die darunter gefangen waren: wie viele das Gewicht der Einfassung getroffen hatte, wie viele mit zerbrochenen Gliedern unter den umgestürzten Stämmen lagen. Ein Schicksal, das ihnen zugedacht gewesen war, geboren, wie Nicolaas schon gesagt hatte, einzig und allein aus verletzter Eitelkeit.

Bis zum Morgen würden sie sich herausgeschafft haben. Sie würden am Leben bleiben, alle oder doch die meisten von Dorias Leuten. Sie würden am Leben sein, am Morgen, am Leben und geschlagen und voller Haß. In der Mitte der Reihe dahintappend, wurde sich Bel bewußt, daß sie zitterte. Neben ihr ging Filipe, der mit den Zähnen schnatterte, und sie sagte ihm, er solle ihre Hand ganz fest halten.

Sie konnten gar nicht so schnell gehen, wie es Nicolaas lieb gewesen wäre. Für den Weg vom Schiff zur Lichtung hatten sie eine Stunde gebraucht, wenn man die Rastzeit nicht mitrechnete. Jetzt auf dem Rückweg gönnte Nicolaas ihnen keine Rast. Doch so unbarmherzig er sie auch antrieb, der unebene Boden, die Dunkelheit und ihre Müdigkeit ließen sie nur langsam vorankommen. Zweimal schlichen sich grüne Augen an sie heran, und sie mußten laut rufen und mit Stöcken klopfen und ihre Fackeln schwingen. Auf halber Strecke holte Nicolaas, heiser vom Anfeuern, Ahmad nach vorn an die Spitze zu Jorge und eilte zusammen mit Saloum ins Dunkel hinein davon. Diniz, der ihm folgen wollte, wurde in fast wütendem Ton zurückgeschickt. Er gehorchte. Die Verwundeten brauchten Schutz.

Was sie vorfinden würden, wußte niemand. Die Mannschaft sprach darüber, keuchend, in abgerissenen Sätzen. Er log, dieser genuesische Teufel. Der Schwarze, Lopez, war ein anständiger Bursche. Er würde niemals die Seiten wechseln. Und wenn er nicht wollte, wie konnten ihn dann ein paar Seeleute in ihre Gewalt bringen? Vicente war an Bord, mit den Kanonen, den Handbüchsen, den Armbrüsten. Wenn er nicht kehrt gemacht hatte, natürlich, und zurückgefahren war.

Darauf herrschte eine Weile Schweigen.

Jorge da Silves, der sich betroffen fühlte, sagte, wer losfahre und ihn zurücklasse, den werde er umbringen. Und wenn der Schwarze gegangen sei, dann gebe es noch andere, die dolmetschen könnten. Dieser Saloum verstehe sich auch gut darauf.

Dieser Saloum, sagte eine leise Stimme, habe sie alle doch in diese Falle geführt, oder etwa nicht? Der Bursche stehe vielleicht im Sold der *Fortado* und schlage dem jungen Niccolino eins über den Kopf und schleppe ihn zu dem Genuesen zurück. Wenn der nicht durch das einstürzende Dach getötet worden war, was er verdient hätte. Der Schiffsführer habe recht gehabt, man hätte das Dach anzünden sollen. Was Nicolaas betraf, war die allgemeine Stimmung eine Mischung von Freundlichkeit, Bewunderung und wohlüberlegtem Bewußtsein der Vorurteile Jorge da Silves' und seiner Genossen.

Ein wenig später erinnerten sie einander an König Batis Männer in den Booten. Zahllose heidnische Schwarze, die in Booten auf sie warteten, gut ausgerüstet mit der Waffenladung der *Fortado*. Filipe sprach einen Satz aus, der auf Schwarze paßte, und Fernão gab ihm einen Klaps. Gottschalk sagte: «Uns bleibt keine Wahl. Diese mörderischen Männer sind hinter uns. Wir müssen weiter und zu Gott beten und unserem Patron vertrauen. Wenn van der Poele Saloum mitgenommen hat, dann zweifelt er wohl nicht an seiner Treue.»

«Und da täuscht er sich wohl auch nicht», meinte Gelis.

Um Mitternacht sagte Ahmad geziert: «Wir werden bald in Sichtweite des Ankerplatzes sein. Wünscht der Senhor die Feuerbrände auszulöschen?»

«Nein», entschied da Silves. «Die anderen bleiben hier, mit brennenden Fackeln. Du wirst mich im Dunkeln zum Ankerplatz führen. Ich vertraue dir, aber ich habe ein Messer dabei, verstehst du?»

Der Mandingua lächelte und nickte und sah dann das Messer und nickte noch einmal, aber ein wenig unsicher. «Gebt Ihr uns ein Zeichen?» fragte Gottschalk.

«Wenn ich einmal pfeife, heißt das *Kommt!*» sagte da Silves. «Pfeife ich zweimal, versteckt Ihr Euch. Ich komme dann zu Euch zurück, wenn ich kann.»

Diesmal sprach niemand mehr. Sie saßen oder lagen, wo sie gerade gestanden hatten. Die Verwundeten, einer mit einem zerschmetterten Bein, die anderen mit zerbrochenen Rippen und einer blutigen, halb abgetrennten Hand, stöhnten und wimmerten. Das brennende Holz knisterte. Die Stimme des Busches begann sich wieder Gehör zu verschaffen: das Schrillen der Insekten, das Zwitschern und Krächzen von Vögeln, das Bellen eines Schakals und das Bauchknurren eines gereizten nahrungsträgen Tieres. Ihre Fackeln flackerten und zuckten in eigenartigen Strömungen und schienen seitwärts zu treiben, als etwas Schweres über sie hinweghuschte: ein Affe, das Gelb der Flammen in den Augen. Aus dem Dunkel vor ihnen kam ein hoher Ton. Er wurde nicht wiederholt.

«Der Pfiff!» sagte Diniz. Er sprang auf, und Gelis tat es ihm nach.

«Oder ein Vogel», sagte jemand am Boden. «So ein dummer Vogel. Oder es ist eine Falle.»

«Nun, wir werden's nie erfahren», sagte Diniz, «wenn wir's nicht versuchen.»

Man konnte vor Angst schlottern, dachte Bel of Cuthilgurdy, und dennoch zutiefst angerührt werden von den großen, heiteren Sternen, die jetzt auf sie herabschienen, und von der Helle des hoch am Himmel stehenden Monds, von der sich die Stämme und Zweige der Bäume abhoben wir Luccasamt. Das Wasser dahinter floß wie zarter gekräuselter Atlas.

Sie konnte den Gambia fließen hören. Andere Geräusche hörte sie nicht: weder das Klatschen von Paddeln noch das Summen von menschlichen Stimmen. Ganz gewiß nicht das Knattern von Feuerwaffen. Gleich den anderen schlug sie ihre Fackel aus und stapfte vorwärts ins Mondlicht hinein.

Die Flußstrecke, die sich vor ihnen öffnete, war leer. Sie ließen die letzten Bäume hinter sich, schritten über die zertrampelte Erde des Handelsplatzes und standen dann am Strand der Insel, vor dem die *San Niccolo*, ihre schöne Karavelle, hätte liegen sollen.

Aber da war nichts. Nichts am Ankerplatz und nichts auf dem übrigen silbrigen Fluß, der bis zum jenseitigen Ufer sichtbar war. Da sagte Gelis: «Die Boote. Die tragbaren Boote der *Niccolo*.»

Sie hatte gute Augen. Die zwei Boote, die die *Niccolo* im Schlepptau gehabt hatte, lagen umgestülpt auf dem Strandstreifen, auf dem sie standen, aber ein ganzes Stück flußabwärts: so weit fort, daß sie im hellen Nachtglanz Flußpferde hätten sein können, die dort kauerten. Als sie angestrengt hinblickten, löste sich die Gestalt Jorge da Silves' von den Schatten, und der einzelne Pfeiflaut erreicht sie abermals – rufend, nicht warnend. Ahmad stand neben ihm.

Die Boote waren zerstört worden, das war das erste, was sie sahen, als sie über den feuchten Strand eilten. Verkrümmt, zerschlagen und aufgespalten, würden diese Boote sie nimmermehr den oberen Gambia hinaufbringen oder vom Joliba hinüber zum Edelsteinfluß. Viele Beile hatten dieses Werk vollbracht. «Aber wo ist das Schiff?» fragte Gottschalk. Jorge da Silves hob den Arm und deutete in die Ferne.

Die sumpfige kleine Insel lag noch ein Stück weiter flußabwärts, und die *Niccolo* war mit einiger Wucht auf ihren Strand gesteuert worden, so daß ihr Bug jetzt hoch über den Schlick hinausragte, ein Drittel zwischen den Büschen und das übrige noch in seinem natürlichen Element. Sie glänzte zerbrechlich wie Schildpatt im dunstigen, unsteten Licht, das dann und wann den einen oder anderen ihrer drei unbeschädigten Masten traf.

Sonst regte sich nichts. Sie war nicht durch einen Steuerungsfehler dorthin gelangt. Ihre Leine mußte zerschnitten worden sein; vielleicht war sie sogar absichtlich in diese Lage gebracht worden. «Und die Männer?» fragte Gottschalk. «Irgendein Zeichen von ihnen?»

«Nichts», sagte Jorge da Silves. Dann fügte er hinzu: «Da kommt jemand.»

Sie blickten sich um, mit Doria rechnend. Als da Silves sich nicht umdrehte, folgten sie seinem Blick, der weiter auf die Karavelle gerichtet war. Ein Boot aus Baumrinde hatte abgelegt und näherte sich, schwarz wie Treibgut und gepaddelt von einem einzigen Mann. Sie hörten das Platschen beim Eintauchen des Ruders ins Wasser, erst auf der einen Seite, dann auf der anderen. Sie blickten stumm hin. Der Mann kam näher. Sie sahen immer deutlicher, daß es ein Weißer war und daß er barhäuptig war und ein von Blutflecken schwarzes zerrissenes offenes Hemd trug. Sie sahen, daß es Nicolaas war.

Jorge da Silves und Vito und Fernão und einige andere begannen zu rufen. Bel rief nicht. Sie wies Ahmad und zwei von der Mannschaft an, Feuerholz aufzustapeln, und noch ehe das Boot an den nassen Strand stieß, brannte der Haufen. Nicolaas ließ das Ruder sinken, zögerte und trat dann schwerfällig ins Wasser, während andere das Boot an Land zogen. Diniz rannte auf ihn zu, aber Jorge da Silves, Gottschalk und Gelis blieben stehen. Gelis machte keine Anstalten, sich um das Feuer zu kümmern.

Nicolaas stand da und blickte Pater Gottschalk an. «Ich habe Melchiorre verloren.»

Bei seiner Stimme wurde Bel kalt. Diniz blieb stehen. Gottschalk trat vor, faßte Nicolaas am Arm und zog ihn näher, bis er auf dem feuchten Strandboden stand. Seine Füße waren nackt und aufgeschunden, aber das Blut auf seinem Hemd war nicht sein Blut. «Alle anderen habt Ihr gerettet», sagte Gottschalk.

«Nein», entgegnete Nicolaas. «Ich habe Melchiorre verloren. Sucht den Strand ab. Wer ist unverletzt? Diniz, hierher, mit einer Fackel, und Vito, dorthin.» Seine Stimme verlor an Kraft. «Saloum ist noch an Bord», setzte er hinzu.

«Und Lopez?» wollte Jorge da Silves wissen. «Sollen wir auch nach ihm suchen?»

«Ich habe schon nach ihm gesucht.»

«Dann kommt und setzt Euch ans Feuer», sagte Gottschalk. Dort lagen schon die Verwundeten, und die anderen gingen unruhig hin und her und blickten einander und Jorge und Nicolaas an. Zwei Glühwürmchen, die sich voneinander fort bewegten, waren die Suchtrupps. Hinter ihnen ragte drohend der Busch auf.

«Nun redet, Mann!» sagte Jorge da Silves schließlich. «Setzt Euch hin, wenn Ihr wollt, aber erzählt uns um Gottes willen, was geschehen ist! Ich habe Männer hier, an die ich denken muß.»

Gottschalk hob den Arm und stieß nach Jorge, der taumelte und nach seiner Schwertscheide griff. Da sagte Gelis: «Still!»

Diniz rief von weit weg. Nicolaas erwachte aus seiner Benommenheit. Er rannte noch vor den anderen los.

Sie hatten Melchiorre gefunden. Melchiorre, den Florentiner und Zweiten Steuermann, den tüchtigen Seemann, der mit Nicolaas auf der *Ciaretti* gefahren war. Er lag da, wo der Fluß ihn angespült hatte, mit einem Loch im Rücken vom Schuß einer Arkebuse. Nicolaas kniete neben seinem Kopf nieder; Gottschalk gesellte sich zu ihm, und Bel leuchtete ihnen. Der Mann keuchte. Nicolaas schob die Hand unter seinen Nacken, und als der Priester nickte, bewegte er ein wenig den Kopf, daß ihm das nasse Haar in der Hand lag.

Melchiorre schlug die Augen auf. «Es tut mir leid, Messer Niccolo», sagte er.

«Es war meine Schuld», sagte Nicolaas. «Waren es Batis Leute?»

«Die meisten, ja. Sie haben ihn.»

«Lopez?»

Melchiorre schloß die Augen und schlug sie wieder auf. «Die *Fortado* ist fortgefahren. Flußabwärts. Mit Crackbene. Das Begleitboot nach Osten. Mit Lopez.»

«Streng dich nicht an mit Reden», sagte Nicolaas.

Gottschalk beugte sich vor. «Ich brauche meine Kiste vom Schiff.»

«Ich hole sie», sagte Bel.

«Nein», sagte Nicolaas. Er befreite Melchiorre von seinen Kleiderfetzen. «Jemand anderer.»

Gottschalk blickte von Melchiorre auf. «Ihr habt sie alle verloren, Nicolaas?»

«Nein», sagte Nicolaas mit großer Geduld. «Sie sind alle auf dem Schiff.»

Sie waren alle noch auf der *San Niccolo*. Estevão war noch am Ruder, niedergehauen vielleicht, während er das Schiff zu retten versuchte. Der andere Rudergänger war getroffen worden, als er ihn stützen wollte. Die Kranken waren beide enthauptet worden, der eine unter Deck, der andere neben der Ladeluke, ein blutiges Messer in der Hand. Vicente stand noch auf dem Vorderdeck – stand, weil Pfeile ihn durch Brust und Leib hindurch am Fockmast festhielten. Unten, dort, wo seine offenen Augen hinstarrten, lag der massige Körper von Luis, dessen letzte Weibergeschichte nun erzählt war, mit der Hand nach der toten Hand von Lázaro greifend, neben dessen Hüfte eine Zündschnur in einer Blutlache erloschen war.

Bel fand sie, als sie sich, alle Bitten mißachtend, zusammen mit Gelis und da Silves zum Schiff begab. Saloum half ihr hinauf. Das Blut, die Knochensplitter waren Beweis genug, daß Vicentes Leute um ihr Leben gekämpft hatten, aber man sah nirgendwo einen verwundeten oder toten Feind herumliegen. Sie waren samt allem, was ein Eingeborener schätzen mochte, fortgeschafft worden.

Die Kajüten und die Truhen waren geplündert worden. Alles Schlachtvieh war verschwunden samt den drei kostbaren Pferden, die sie mit solcher Mühe über alle Fährnisse gerettet hatten, damit sie ihnen auf dem letzten Teil der Reise als Tragtiere dienen könnten. Übrig geblieben waren nur Dinge, die man in der Eile fallengelassen oder an ihren Aufbewahrungsorten übersehen hatte, darunter Gottschalks Kiste. Und wenn man von den Booten absah, waren Schiff und Ausrüstung verschont worden.

«Sie waren Muslime wie du», sagte Gelis.

«Muslime», erwiderte Saloum, «aber nicht wie ich.»

«Das wissen wir, denn du hast uns gerettet. Du bist klug. Was sollen wir tun? Melchiorre lebt. Er sagt, Lopez sei mit ihnen gegangen.»

«Sie haben Lopez mitgenommen», sagte Saloum. «Der Genuese hat Gewalt gebraucht.»

«Wie willst du das wissen?» Sie war schmutzig, ihr Gesicht hatte den fleckigen Glanz von Speckstein.

«Er hat damit gerechnet. Er hat es mir gesagt. Er hat in der Kajüte ein Zeichen hinterlassen.»

«Zeig's mir», sagte sie. Bel ging mit. Es war ein eigenartiges Zeichen, eines kabbalistischer Art, mit Blut an die Kajütenwand gezeichnet. «Heißt dies, daß du ihn aufspüren kannst?» fragte Gelis. Bel starrte sie an.

«Ich soll darauf nicht antworten», sagte Saloum.

«Warte», sagte Gelis. Die Lampen waren gestohlen worden, aber im Sandkasten war ein Befehlsfeuer. Sein flackerndes Licht zeigte ihr sein Gesicht. «Wie meinst du das? Du hast durch dieses Zeichen vielleicht die Möglichkeit, Lopez zu finden. Warum solltest du das keinem anderen sagen dürfen?»

«Falls sie in Gefahr geraten», antwortete Saloum. «Lopez macht sich Sorgen wegen seines Freundes. Wegen dieses Nicolaas.»

«Oh, dem hat so leicht keine Gefahr was an», meinte Bel. «Wenn du Lopez finden kannst, dann nur zu. Kommt. Wir werden da drüben gebraucht.»

Jorge stakte sie zum Ufer hinüber. Vom Schiff aus wirkte das Feuer klein, Gottschalk winzig. Man hatte Melchiorre hergeschafft und zu den drei anderen Verwundeten gesetzt. Ein Insekt wurde am Strand sichtbar: ein Einbaum aus irgendeinem Fischerdorf, getragen von einigen ihrer Leute. Bel sagte: «Was meint Ihr, Senhor da Silves? Das ist ja ein schreckliches Unglück. Vielleicht ein Zeichen, daß wir umkehren sollten.»

Er stieß das Ruder ins Wasser. «Vielleicht solltet Ihr das, ja. Das Schiff läßt sich ausbessern. Gnumi Mansa ist uns freundlich gesinnt. Er würde das Schiff bei sich ankern lassen und es bewachen. Ihr könntet zu ihm zurückfahren und dann auf uns warten.»

«Ihr wollt weiter, trotz allem, was geschehen ist?» sagte Gelis. «Wenn Doria noch lebt, wird er uns gewiß folgen. Und wenn er tot ist, könnte die *Fortado* doch keine Ruhe geben, bis wir alle aus dem Weg geräumt sind, oder?»

«Nein. Nein, keineswegs», sagte Bel. «Ihr vergaßt das Gold. Ja, nachher kommen sie und schnappen sich uns. Aber zunächst haben sie mal ein Ziel erreicht: Sie haben einen – Lopez –, der sie nach Wangara führt. Wenn Doria noch lebt, dann kehrt er nicht zu seinem Schiff zurück und verschwendet auch keine Zeit mit uns, dann zieht er sofort flußaufwärts und stößt zu den Goldjägern, die Lopez bei sich haben.»

«Was für uns von Nutzen sein könnte», meinte Gelis in lebhaftem Ton. «Wenn wir unsere Reise in den Osten fortsetzen, begegnen wir ihnen vielleicht gar nicht.» Sie neigte den Kopf zur Seite. «Wie beruhigend. Ist das Eure Vorstellung, Senhor Jorge?»

«Meine Vorstellung», erwiderte Jorge da Silves, «ist die, daß wir Dorias Goldjäger aufspüren und töten. Ihr werdet sehen, daß Messer Niccolo der gleichen Ansicht ist.»

«Vor Äthiopien», sagte Gelis.

«Ehe sie Zeit haben, sich gegen uns zu wenden.»

«Und Lopez?» sagte Bel. Gelis lächelte.

Da Silves lächelte nicht. «Sie werden ihn töten. Es kann gar nicht anders ausgehen. Aber vorher wird er sie und uns zu den Gruben führen. Und jetzt wissen wir, dank der Senhorinha, daß Saloum seine Spur verfolgen kann. Ihr habt einen scharfen Verstand, Senhorinha.»

«Einen zu scharfen», murmelte Bel vor sich hin. Sie blickte zum Feuer hinüber. Sie waren jetzt schon so nahe herangekommen, daß sie auch Nicolaas erkennen konnten. Er redete.

Gelis hatte ihn auch gesehen. «Unsinn», sagte sie. «Seht ihn doch an. Ihr wißt, daß er Lopez oder das Gold oder Doria nicht entwischen lassen wird. Der Senhor hat recht. Ich wette Euren Namen gegen mein Halstuch, daß wir uns noch vor Morgengrauen den Goldjägern an die Fersen geheftet haben und daß der Priesterkönig Johannes und der Padre sich gedulden müssen – zuerst geht es nach Wangara.»

Sie hielt inne und setzte dann hinzu: «Ist Euch klar, daß das alles ist, was wir zum Wetten haben? Daß wir auf uns allein gestellt sind und kaum noch ein Kleidungsstück besitzen?»

«Mir geht es genauso», sagte da Silves. «Aber wir sind nicht mittellos. Wir haben die Früchte der Natur und sind in der Lage, uns notwendige Dinge zu kaufen. Wir haben alle diese schönen Fässer mit Fett.»

«Schweineschmalz», hielt ihm Gelis entgegen. «Muslime nehmen das nicht einmal geschenkt.»

«Ja, das stimmt», bestätigte Bel. «Was, meint Ihr, ist also darin versteckt?» Es gefiel ihr, daß Gelis ein verblüfftes Gesicht machte.

Sie waren angekommen. Da Silves legte das Paddel aus der Hand, und Männer kamen gerannt, um sie an Land zu ziehen. «In dem Schmalz? Kaurimuscheln», erwiderte er. «Tausende und Abertausende von Kaurimuscheln. So daß wir Gold kaufen können, wenn wir auf welches stoßen.»

Er lächelte trübe und schickte sich an, auszusteigen. Er hatte nicht von seinen sieben getöteten Männern gesprochen. Er hatte nichts von Vicente gesagt, hatte sich nicht über das Schicksal des

Schiffes erregt. Er war von Doria angegriffen und gedemütigt worden, wofür er sich zu rächen gedachte. Er wollte ihn auch daran hindern, nach Wangara zu gelangen.

Bel blickte da Silves an, und als sie dann aufmerksamer hinsah, entdeckte sie andere Anzeichen, die ihr nicht aufgefallen waren: die tiefliegenden Augen, die Falten der Erschöpfung, den Ausdruck echten Schmerzes. Für ihn war das alles eine Pilgerfahrt. Er hatte gewollt, daß die Sklaven der Gnade Gottes teilhaftig würden, er war es gewesen, der Pater Gottschalk gedrängt hatte, Bati Mansa das Evangelium zu bringen. Wenn er Gold begehrte, dann nur zum Teil für seine eigene Person, es war vor allem für den Christusorden und seine Oberen bestimmt. Sie wünschte, sie hätte ihn mögen können.

Dann stieg sie, gefolgt von Gelis, vorsichtig an Land, und trug die Kiste zu Gottschalk und Melchiorre hinüber. Als sie an Nicolaas vorüberkam, verlangsamte sie den Schritt, um zu lauschen, aber er schien wieder bei vollem Verstand zu sein. Er bestimmte gerade – mit ungewöhnlich krächzender Stimme, wie ihr schien – die eine Gruppe, die die *San Niccolo* wieder flottmachen und bemannen würde, und die andere, die mit Saloums Hilfe ein passendes Boot auftreiben und mit ihm weiter ins Innere vordringen sollte.

KAPITEL 24

ALS GOTTSCHALK UND BEL beschlossen, zusammen mit Nicolaas weiter flußaufwärts zu fahren, hielten sie es für recht wahrscheinlich, daß sie sich damit für ihren Tod entschieden, und zwar für ihren gewaltsamen Tod, wie sie ihn zum ersten Mal jetzt aus nächster Nähe gesehen hatten. Für Diniz, der die Feuertaufe schon hinter sich hatte, war es lediglich ein weiterer herrlicher Abschnitt des großen Abenteuers an der Seite von Nicolaas. Gelis bedeuteten die zusätzliche Gefahr und die geänderte Zielrichtung nichts.

Sie hatten alle vier die Gelegenheit bekommen, an Bord der wieder flottgemachten *San Niccolo* zu Gnumi Mansa zurückzufahren. Während die Ausbesserung noch andauerte, war Nicolaas zusammen mit Diniz und Gottschalk zum Feuer am Strand zurückgekommen und hatte ihnen allen die Frage nach ihrer Zukunft gestellt.

Gelis hatte geschlafen, eingelullt durch die Wärme des Feuers und das Wissen, daß Wachposten aufgestellt waren. Als sie plötzlich aufwachte, sah sie, daß auch Bel vor den über ihnen schwebenden drei vom Feuer erhellten Gestalten zurückschreckte. Nicolaas hockte sich zu ihnen, die Strumpfhose aufgerissen, das Hemd zerfetzt. «Wir sind es», sagte er. «Keine Angst, Doria ist fort, und wenn Batis Leute uns in der Nacht hätten angreifen wollen, hätten sie das längst getan. Aber ich will noch bevor der Morgen graut von hier weg. Was habt Ihr vor? Wenn Ihr mit mir kommen wollt, so könnt Ihr das. Ihr könnt aber auch vier Monate auf der *Niccolo* warten. Ich schicke sie nicht nach Norden, weil ich sie dabei verlieren könnte.»

«Nein, warum solltet Ihr das auch?» sagte Gelis. «Aber woher wißt Ihr, daß Doria fort ist?» Ihr Kleid, obschon mitgenommen an den Nähten, hielt noch einigermaßen zusammen, und ihr Haar hatte die meisten seiner Flechten bewahrt.

«Ahmad ist zur Hütte zurückgegangen», sagte Diniz. «Er hat die Spuren gelesen. Kannst du dir das vorstellen? Doria hat einfach seine Toten und Verletzten zurückgelassen. Ahmad sagt, sechs Überlebende haben sich flußabwärts auf den Weg gemacht, als wollten sie die *Fortado* erreichen, und vier, unter ihnen Doria, sind in östlicher Richtung gezogen. Wir nehmen an, sie haben das Begleitboot zum Ziel, auf dem Lopez ist, und wollen dann möglichst weit bis zu den Goldgruben hin vorstoßen. Nicolaas sagt, sie fahren gewiß Tag und Nacht, aber Lopez wird versuchen, das zu verzögern.»

«Er muß ihm sehr vertrauen», erwiderte Gelis. «Aber selbst

wenn dem so wäre, kann ein Einbaum ein Begleitboot einholen? Doria hat einen großen Vorsprung.»

Nicolaas sah Gelis an. «Ich weiß. Wir mußten das Schiff wieder flottmachen. Wir werden Doria an Land einholen, denke ich mir. Wollt Ihr mitkommen oder zurückbleiben?»

Bel räusperte sich. «Von Äthiopien ist keine Rede mehr, habe ich recht? Als erstes kommen die Goldgruben.»

«Zuerst kommt Lopez», sagte Nicolaas. «Und Geschwindigkeit ist alles. Wer krank ist, den müssen wir bis später zurücklassen. Ich würde lieber mit zwei, drei Mann ganz schnell losziehen, aber als Gruppe ist es für uns alle zusammen ungefährlicher.»

«Bis wir Doria eingeholt haben», meinte Gelis. «Wieviel Mann wird er dabeihaben? Da wir schon einmal in Euren Krieg verwickelt zu sein scheinen.»

In dieser Nacht brachte ihn eigentlich nichts richtig auf. «Melchiorre hat drei Mann in dem Begleitboot gesehen. Inzwischen müssen wir Doria selbst und weitere drei Mann hinzuzählen.»

«Und Lopez – das macht acht. Und Eure Gruppe?»

«Bis jetzt dreizehn», sagte Nicolaas. «Jorge natürlich und sieben von der Mannschaft einschließlich Filipe. Saloum wird mit mir kommen und Vito und Manoli, und Diniz hat sich, glaube ich, auch dazu entschlossen. Der Padre befragt noch sein Gewissen.»

«Zwei Drittel Eurer Stärke, so hätte ich auch vermutet.» Gelis nickte. «Somit verbleiben acht selbstlose Leute auf der *Niccolo*, die entweder zu krank oder über die Jagd nach schnödem Gold erhaben sind. Und außerdem schlagt Ihr ihnen wohl noch Bel und mich hinzu?»

«Unsere Karavelle hat keine Fracht, die geraubt werden könnte», entgegnete Nicolaas, «und wenn Ihr zurückbleibt, würde Gnumi Mansa sich bemühen, Euch zu beschützen. Die *Fortado* ist voll beladen, also mußte Doria im Gegensatz zu uns den größten Teil seiner Seeleute zu ihrer Bewachung zurücklassen. Beide Schiffe könnten die Heimfahrt antreten, wenn sie müßten.»

«Wenn keiner zurückkommt», bemerkte Gottschalk, der bis jetzt geschwiegen hatte. Wahrscheinlich, dachte Gelis, hatte er seine Ansicht vorgetragen, während er und Nicolaas sich um die *Niccolo* kümmerten.

«Padre?» Bel sah Gottschalk an. «Seid Ihr fürs Mitkommen?»

«Ich wurde eingeladen. Es ist deutlich geworden, daß ich keine Christen antreffen werde, da Christen noch nie bis hierher gekommen sind. Und daß ich zurückbleiben müßte, wollte ich inzwischen den Herrschern von Guinea meine Botschaft vortragen.» Kräftig von Gestalt, verschmutzt, halbnackt, sprach er in sehr bedachtem Ton.

«Bis wir Lopez finden», sagte Nicolaas.

«Und Doria», fügte Gottschalk hinzu. «Ich nehme an, Ihr werdet Doria jetzt töten, falls er Euch nicht zuvorkommt. Aber acht gegen vierzehn, da hat er wenig Hoffnung.»

«Vierzehn? Dann kommt Ihr mit? Und die holde Weiblichkeit?»

«Sagt uns zuvor, was Ihr mit Doria machen wollt», forderte Gelis.

«Bis ins einzelne? Das hängt davon ab, was er mit Lopez gemacht hat.»

«Dann kommen wir mit», sagte Bel. «Sechzehn gegen acht. Gegen sieben, wenn wir Glück haben. Und alle Heiden und wilden Tiere von Afrika.»

«Gut», sagte Nicolaas. «Ich muß gehen. Wir haben ein Boot. Wir sollten in einer Stunde aufbrechen. Laßt Euch von Diniz Eure Anweisungen geben.»

Eine Stunde später setzten sie den großen Einbaum aus und kletterten alle sechzehn mit ihren wenigen Habseligkeiten an Bord. Raffaelo Doria hatte fünf Stunden Vorsprung. Die Fackel am Bug erhellte das dunkle, plätschernde Wasser und die Rücken und Mäuler von Flußpferden, die zu ihren Weideplätzen unterwegs waren. Hinter ihnen schwankte die *Niccolo*, die noch nicht abfahrbereit war, und unter ihr wirbelten ihre widergespiegelten Lichter. Auf ihrem Vorderdeck standen einige Männer zusammen und winkten, und ihre Abschiedsgrüße wehten schwach über das Wasser zu ihnen hin. Jede Planke, jede Fuge der *Niccolo* war ihnen vertraut. Vor acht Wochen war sie unter Kanonendonner und

Trompetenstößen in Lagos zu ihrer Jungfernfahrt aufgebrochen. Gottschalk sagte: «Laßt uns beten. Wir brauchen Gottes Hilfe und Gottes Vergebung. Sprechen wir auch ein Bittgebet für die *Niccolo*.»

«Und die *Ghost*», ergänzte Nicolaas. «Bitten wir darum, daß sie inzwischen vor Madeira aufkreuzt.»

Später wollte es denen, die überlebten, verrückt erscheinen, daß sie in dieser Nacht weiter nach Osten vordrangen, anstatt einfach die *Niccolo* zu besteigen und mit ihr ohne Nicolaas heimzufahren. Nur daß Jorge natürlich seine Suche niemals aufgegeben hätte – ihm ging es nicht lediglich um Gold, sondern um eine ständig verfügbare Quelle. Und für Diniz wie für Gottschalk wäre eine Umkehr einfach Feigheit gewesen.

Die drei Tage, die sie im Einbaum verbrachten, vermittelten ihnen den ersten Geschmack von wirklicher Entbehrung. Sie hatten Wasser und vermochten, indem sie ihre Landeplätze mit Vorsicht aussuchten, wenig bereitwillige Menschen dazu zu bringen, ihnen Nahrungsmittel zu verkaufen. Saloum zeigte ihnen, wie man sie an Bord zubereitete und welche Fische eßbar waren. Saloum führte auch den Seeleuten vor, wie sie das Boot im Stehen oder im Sitzen rudern konnten, und steuerte für sie, bis er zu müde war und sich ausruhen mußte.

Er schlief nur am Tag und auch dann nur ab und zu, während die anderen sich ablösten und das zu tun versuchten, was er sie gelehrt hatte. In der zweiten Nacht waren sie alle sehr erschöpft, von den Anstrengungen des ununterbrochenen Fahrens, aber auch weil die Angst ihnen zusetzte und die plötzlichen Winde, die nachts unangenehme Kälte brachten und bei Tage beklemmenden heißen Staub. Das Boot leckte und mußte ausgeschöpft werden. Bel, Gelis und Filipe besorgten dies abwechselnd, weil Filipe für das Rudern keine Begabung zeigte und inzwischen Nicolaas, Gottschalk und Diniz den anderen halfen. Von dem Begleitboot hatten sie bis jetzt noch nichts gesehen.

Ein Mann hatte begonnen, sich zu erbrechen – er gab jene Art von Gallenflüssigkeit von sich, die sie alle schon gesehen hatten.

Bel half ihm, so gut sie konnte. Hatten sie selbst auf der Reise auch nicht gelitten, so hatten sie doch andere leiden und auch sterben sehen: an Bissen, Stichen, verdorbenem Essen, unerklärlichem Fieber. Auch war keiner für sich allein: Es gab nur zwei offene Bootsenden und ein langes, zerfetztes Verdeck aus Mattengeflecht, das den mittleren Teil des Fahrzeugs in einen Stollen verwandelte. Dort hängten sie Tücher auf und benutzten den Kübel.

Nicolaas schien nie zu schlafen. Keiner murrte über die schnelle Fahrt. Die anderen vor ihnen mußten eingeholt werden, denn wurde ihr Vorsprung zu groß, mochten sie sich ganz dem Zugriff entziehen. Falls Lopez nicht wirklich Zeichen hinterließ. Diniz fragte einmal: «Wie wollen wir wissen, daß wir nicht schon an ihnen vorbeigefahren sind?»

Und Nicolaas, das Paddel eintauchend, den Blick nach vorn in die Dunkelheit gerichtet, hatte geantwortet: «Weil sie für einen Hinterhalt zu wenige sind. Auch kennt Lopez nur einen Weg, und der führt vom Ende des Flusses fort. Sie müssen dorthin fahren und versuchen, schneller zu sein als wir.»

Daß er recht hatte, zeigte sich bei den Felsen, die den Fluß abriegelten und ihrer Fahrt ein Ende setzten. Dort kaufte Saloum Neuigkeiten ein: «Das Begleitboot eines portugiesischen Schiffs mit einem Segel kam gestern hier an. Die Leute darin sind an Land gegangen; das Boot wurde in die Büsche gezogen und versteckt.»

«Verbrennt es», sagte Nicolaas. «Welche Richtung haben sie eingeschlagen? Wissen die Leute hier, wie viele es waren?»

«Acht», sagte Saloum. «Und sie sind nach Nordosten gezogen, nach einem Ort, der Tambacounda heißt.»

«Eine Falle?» meinte Jorge da Silves.

«Nein», erwiderte Saloum. «Da ist an einem Baum das besondere Zeichen, von dem ich Euch erzählt habe.»

Sie ließen den kranken Seemann in einem Dorf zurück und bezahlten für seine Pflege. Er klammerte sich beim Abschied an Bel, und sie gab ihm einen Kuß. Dann ging sie aus der Hütte und bestieg den Esel, den man für sie gekauft hatte. Es waren nur sechs, für eine Gruppe von fünfzehn Reisenden. Gottschalk sagte: «Ihr beschämt mich mit dem Trost, der Ihr ihm gewesen seid.» Aber sie mußte sich auf dem Eselsrücken den ganzen Tag die Nase schneuzen.

Der Übergang vom Wasser aufs Land war verwirrend – und nicht nur wegen seiner Gefahren. Auf dem Gambia hatten sie sich nach trockenem Land gesehnt, und obschon sich der Boden unter ihren Füßen hob und senkte, hatten sie ihre kurzen Landausflüge genossen: die fremdartigen Tiere, die schönen Vögel, die Gegenwart von Menschen außerhalb der einengenden Gemeinschaft auf einem Schiff. Und doch war das Schiff dagewesen, eine Zuflucht und ein Hafen. Bis zum letzten Mal.

Hier konnten sie sich nur auf sich selbst verlassen – auf Diniz' Eifer, auf Nicolaas' Gespür, Saloums Wissen, Jorge da Silves' aufmerksames Auge. Sie lernten rasch, welches die wahren Gefahren waren und welche Vorsichtsmaßnahmen man gegen sie ergreifen konnte, wenn man sich auch bewußt war, daß es einen vollkommenen Schutz nie gab. Sie merkten bald, wann sie ausgespäht wurden und daß sie ihre Waffen verborgen halten und ein freundliches Gebaren an den Tag legen mußten.

Kinder liefen ihnen gerade außer Sichtweite hinterher. Nachrichten wurden durch Trommeln weitergegeben und durch die jungen Burschen, die sie bei der Jagd, beim Hüten von Vieh und beim Sammeln von Beeren und Brennholz beobachteten. Bevor es Nacht wurde, versuchte Saloum jedesmal die Spuren zu entdecken – von Menschen, von Ziegen –, die vielleicht zu einem Dorf führten, und sie lauschten dann, ob da wohl ein Hund bellte oder ein Hahn krähte, und prüften, ob es irgendwo nach frischem Dung oder nach Holzrauch roch.

Wenn sie dann einen Ort fanden, näherte sich Saloum mit Geschenken, stets nach Doria Ausschau haltend. Aber Dorias Schar – klein, schnell, gut versorgt mit Nahrung und Kleidung von der *Fortado* – brauchte sich um keine Frauen zu kümmern und keine Zeit damit zu verschwenden, die Zuneigung von Dorfbewohnern zu gewinnen oder sie gegen andere Weiße argwöhnisch zu machen. Dorias Leute waren gesehen worden, wie Saloum berichtete – in diesem Land zog niemand unbemerkt des Wegs –, aber sie umgingen offenbar die Dörfer und waren ihrerseits auch nicht belästigt worden.

Manchmal hatte Saloum Erfolg. Dann konnten sie in einem Dorf zwischen den Hütten schlafen oder auch auf dem festgestampften Boden einer Hütte selbst, umgeben von neugierigen Beobachtern. Anderenfalls zündeten sie ihre eigenen Feuer an, gruben süße weiße Wurzeln aus und kochten sie und aßen sie zusammen mit ebenfalls gekochten Maiskörnern und Bohnen.

Manchmal fanden sie ein Dorf verlassen vor – dann hatten sich die Bewohner versteckt und waren so verängstigt, daß sie sich nicht herbeilocken ließen. Einmal wollte Jorge in einen solchen Ort eindringen, aber Nicolaas' sanfte Stimme befahl ihm, sofort zurückzukommen. Ein Teil der Mannschaft war auf Jorges Seite, änderte aber sehr schnell seine Meinung. Eine von Teufeln vertriebene Dorfgemeinschaft mochte sehr wohl mit vergifteten Pfeilen zurückkehren. So kurz der Streit war, er kostete Zeit, und es wurde dunkel, ehe sie einen anderen Unterschlupf erreichten. In dieser Nacht war man weder auf Jorge noch auf Nicolaas gut zu sprechen.

In Tambacounda stellte sich heraus, daß Doria dort im Vorüberziehen vorgesprochen hatte und daß man von einer zweiten Gruppe von Weißen nichts wissen wollte, wie freundlich Saloum auch um Einlaß bat.

Dies war kein entlegenes, von furchtsamen Menschen bewohntes Dorf, sondern eine aus vielen Hütten bestehende Ansiedlung, umgeben von einer Dornenhecke mit einem Tor darin, hinter der sich die Dorfbewohner, Speere in der Hand, aufstellten, während man nach dem Ältesten schickte. Dieser kam nach einiger Zeit, begleitet von einem hochgewachsenen Schwarzen von einer anderen Rasse, der um die Fußknöchel Stroh trug und mit klappernden Amuletten behangen war. Der Älteste war verängstigt und zornig und wollte die Esel beschlagnahmen und die weißen Fremden fortjagen. Saloum sprach in sanftem Ton mit ihnen, während seine Hände mit einem kleinen Beutel Kaurimuscheln spielten.

Die Zahl der Muscheln wurde für ausreichend befunden. Das

Tor wurde geöffnet. Zwei Hähne wurden gekauft und geopfert, und Nicolaas ließ die Armbrüste hervorholen, um ihnen beim Erlegen von Wild für ein Festmahl zu helfen, das sie dann auf der warmen festgestampften Erde aus Näpfen aßen. Es gab viele Kinder, aber keine Luxusdinge: keine gefälligen Ehefrauen, keine Seidengewänder von den Medici. Nachdem der Palmwein herumgegangen war, setzte sich Nicolaas zu den Trommlern und blies Weisen auf einer Rohrpfeife und sang und brachte die anderen dazu, zu hüpfen und zu springen wie er. Manoli trat auf eine Schlange; die Musik hielt inne, als sein Schrei ertönte, und spielte dann weiter, obschon die Großmütter sich schwatzend über ihn beugten und sich versammelten, als er in eine Hütte getragen wurde.

Nicolaas schnitt in die Bißstelle hinein, saugte daran und spie das herausfließende Blut aus, wie dies auch Gottschalk tat. Jede Gegend hatte ihre eigene hoffnungslose Arznei. Gottschalk strich darauf, was die alten Frauen ihm brachten, und verband den sich schwarz verfärbenden Fuß, während Manoli wimmerte. Er schüttelte den Kopf, als er sich erhob.

Nicolaas sagte: «Bleibt bei ihm. Ich muß zurückgehen, sonst glauben sie, wir bringen Unglück.» Und er ging zu den anderen und spielte und sang, suchte aber Manoli immer wieder auf. Kurz vor Morgengrauen starb der Mann. Nicolaas kannte ihn seit der *Ciaretti*. Nach wenigen Stunden Schlaf zogen sie weiter.

Das Gelände war, was die Bodenbeschaffenheit anging, nicht schwierig. Es war Sahelland im Dezember: wellige Ebenen, bewachsen mit bisweilen schulterhohem gelbem Gras, samtige Einöden von rissig gewordenem, erstarrtem Schlamm, hingetüpfelte Bäume, einmal grün, einmal zu Skeletten abgestorben. Aber war es auch nicht schwierig, so kam doch noch die Sonne hinzu. Abseits des Flusses hatte die Hitze um ein Drittel zugenommen, wenn es auch nachts bisweilen unangenehm kühl war. Aber sie wagten es nicht, bei Nacht zu reisen.

Sie bedeckten ihre Haut gegen den Sonnenbrand. Gottschalk und Bel trugen Salben auf entzündete Hautausschläge und wundgescheuerte Stellen auf. Nicolaas tauschte gegen ihre ausgefransten Umhänge und schweißbrüchigen Kleider Baumwolltuch, groben Faden und Dornennadeln ein, und die Männer trugen nun keine Chemisen und Strumpfhosen mehr, sondern steckten die Köpfe durch Umhänge aus zusammengenähten Tuchstücken und machten sich bauschige Hosen, die an Hüfte und Wade mit Binsenfiber geschnürt wurden. Für Stiefel und Mützen verwendeten sie Häute.

Bel behielt ihr kräftiges zerschlissenes Kleid am längsten und trug ihren Umhang als Schleier gegen die Sonne. Gelis, die das nutzlose feine Tuch ihrer Trauerkleidung ablegte, verlangte grimmig zwei große Vierecke aus Baumwolle – das eine schlug sie als Rock um sich, und in das andere machte sie einen Schlitz für ihren Kopf und trug es als Tuch über Brust und Schultern. Was noch übrigblieb, gab ein Kopftuch ab, wie es die Muslimfrauen hatten. Sie sprachen wenig untereinander. Sie waren zu müde und hoben sich ihre Kräfte fürs Überleben auf. Aber wohin sie auch kamen, sie suchten immer nach den roten Zeichen, die Lopez hinterlassen hatte, und folgten ihnen, wie Jorge den Sternen folgte. Die Esel stolperten dahin.

Sie lagen einen Tag zurück, sagte Saloum. Das weckte die Lebensgeister, aber sosehr sie sich auch beeilten, der eine Tag schien sich nicht aufholen zu lassen. Saloum, der schwarz war, konnte nicht so erschöpft aussehen wie sie, aber seine Augen waren eingesunken, und Haar und Bart hatten jeden Glanz verloren. Nach einer Woche schienen sie den anderen noch immer nicht näher gekommen zu sein, und ein weiterer Mann war krank geworden. Als sie in jener Nacht ohne Dach über dem Kopf im Freien lagerten, fragte Gottschalk: «Wie lange soll das noch so weitergehen? Wir holen sie nicht ein. Doria wird die Gruben finden, Lopez wird getötet werden, und diese armen Männer sterben umsonst.»

«Doria ist nicht in der Nähe der Goldgruben», sagte Saloum.

Jorge hatte das aufgeschnappt. Hitze und karge Mahlzeiten hatten das hagere Gesicht noch hagerer, die Falten noch tiefer, die Augen noch heller werden lassen. «Nicht in der Nähe der Goldgruben?» sagte Jorge.

«Noch nicht», entgegnete Saloum. «Es braucht Zeit.»

Jorge ließ nicht locker. «Wie willst du das wissen? Weißt du, wo die Gruben sind? Wenn ich glaubte, du wüßtest, wo sie sind, und hättest es uns nicht gesagt, würde ich dich in diesen Ameisenhaufen dort stecken.»

«Seid still», ermahnte ihn Nicolaas. «Ihr weckt die anderen auf. Natürlich weiß er nicht, wo sie sind. Er hilft uns, Lopez zu folgen.»

«Und das ist natürlich alles, worum es Euch geht», sagte Jorge. «Das Gold läßt Euch kalt. Euch bekümmert das Wohlergehen von Lopez.»

«Euch nicht?» gab Nicolaas zurück.

Später, als Jorge eingeschlafen war, kam Gottschalk herüber und setzte sich zu Nicolaas. «Was hat Saloum gemeint? Wißt Ihr es? Führt Lopez Doria in die Irre?»

«Wundern würde es mich nicht», meinte Nicolaas.

«Aber Lopez weiß, daß Ihr ihm folgt. Führt er Euch nicht zu den Goldgruben?»

«Jorge hofft es ganz bestimmt. Ich kann Euch nichts sagen – nur daß wir uns unbedingt beeilen müssen.»

«Ihr bringt uns dabei noch um», sagte Gottschalk.

Nicolaas stützte den Kopf in die Hände. «Wir sind ohnehin tot, wenn Lopez uns nicht führt.»

Drei Tage später kamen sie an den Fluß. An seinem Ufer lag eine Siedlung, die größer war als alle, die sie bis dahin angetroffen hatten. Sie war umgeben von abgegrasten Wiesen und Vieh mit aufwärts geschwungenen Hörnern, und die strohgedeckten Hütten standen im Schatten von Wollbäumen und Baobabs und waren von Matten umzäunt. Sie saßen ab und warteten draußen, wie sie dies immer taten, während Saloum am Tor verhandelte. Schließlich ging er hinein und nahm Nicolaas mit.

Regungslos im Staub hockend, sagte Gelis: «Wißt Ihr, was das für ein Fluß ist? Das ist der Senagana.»

Sie wußten es alle. Sie hätte es ihnen gar nicht zu sagen brauchen. Es war der Senagana, der Fluß, an dessen Mündung sie vor drei Wochen von König Zughalin herzhaft umarmt worden war. «Wir scheinen uns also im Kreis zu bewegen», fügte sie hinzu.

Diniz hatte inzwischen gelernt, wann er auf eine Erwiderung

verzichten mußte. Er saß zusammengesunken da, den Rücken an einen Baum gelehnt. Vielleicht würde es heute nacht eine Hütte zum Schlafen geben. Der Älteste war ein wichtiger Mann: Der Häuptling von Boundon hielt sich hier einige seiner Ehefrauen auf Vorrat. Es war unwahrscheinlich, daß er sich so verhielt wie Gnumi Mansa, aber selbst wenn er dies tat, konnten das nur wenige von ihnen nutzen. Diniz sah wieder Nicolaas in Tendeba vor sich und erinnerte sich, wie fröhlich unbeschwert er da gewesen war, so ganz anders als je davor oder danach. Dieses Verhalten hatte aufrichtig gewirkt.

Und jetzt waren Nicolaas und Saloum da drin und mußten um Essen und Herberge für dreizehn Menschen bitten. So viele waren sie jetzt noch: Jorge mit seinen vier handverlesenen Seeleuten und diesem Narren Filipe, Nicolaas mit Saloum und Vito und ihm selbst und dann noch der Padre und die beiden dummen Frauen.

Fast traf es zu, daß sie sich im Kreis bewegten. Sie waren Lopez in nordöstlicher Richtung gefolgt, bis sie tatsächlich den Senagana erreicht hatten. Wäre der schiffbar gewesen und hätte irgendein Prophet zu ihnen gesprochen, hätten sie sich diese mühevollen letzten Wochen sparen können.

Gelis hatte dies sagen wollen, aber da sah sie Nicolaas zurückkommen und beobachtete, wie Gottschalk sich erhob und dann auf ihn wartete.

Wie sie alle war auch der Priester abgemagert, und die wuchtige Gestalt unter der zerknitterten Baumwolle war fleckig und knotig von Bissen und Abschürfungen, und seine Stiefel waren von Blut verschmiert. Er hatte sich seit zehn Tagen den Bart nicht mehr geschoren. Alle Männer waren in dieser Verfassung, und die meisten murrten zwar, nahmen es aber hin. Die Verlockung des Goldes genügte. In Gottschalks Fall gab es keine Verlockung, wie Gelis sah, nur eine wachsende Verzweiflung angesichts des fieberhaften Wettlaufs: Jorge wetteiferte mit Nicolaas in der Schnelligkeit ihres Fortkommens und rieb sich daran, daß Nicolaas die Befehlsgewalt hatte, zumal sich erwies, daß diese nicht nur dem Namen nach bestand – daß Nicolaas irgendwo jenen seltenen Sinn besaß, der ihm sagte, wie er führen mußte.

Sie hatte dies selbst nicht erwartet. Bei den Kämpfen um Vormacht und dergleichen in Brüssel hatte sie die unschönen Eigenschaften gesehen, die zum schnöden Erfolg führten und bei denen rücksichtsloser Ehrgeiz an der Spitze stand. Sie hatte danach bei Nicolaas Ausschau gehalten und auch nach den allgemeinen Merkmalen des Kriegers: körperliche Ausdauer, körperliche Beherztheit, eine zweckdienliche Unempfindlichkeit im Gefühlsbereich. Diese, so glaubte sie, waren wohl alle vorhanden, doch daneben gab es noch etwas Angeborenes, das ihn bei seinem Umgang mit Menschen beriet.

Auf dem Schiff hatte er seinen Willen mit List bekommen – jetzt gab er Befehle. In der Lage, in der sie sich befanden, konnte ihm keiner den Gehorsam verweigern, aber seine Ziele waren nicht zwangsläufig auch die ihren, und die Folge hätten düstere Stimmung und Groll sein können. Er hatte dafür gesorgt, daß es nicht so war. Er hatte die gleichen Entbehrungen erduldet und noch schlimmere. Er übertraf Jorge in genauer Darlegung, so daß sie wußten, was sie taten und warum. Er lehrte Filipe den Umgang mit der Armbrust und ließ sich von Vito im Metzgern unterweisen. Er ließ jedem Gerechtigkeit widerfahren, und wenn gerastet werden mußte, sorgte er für das Beste an Bequemlichkeit und Nahrung, das zu beschaffen war. Er unterstützte Bel und Gottschalk bei ihrer ärztlichen Pflege und half ihnen mit Reden über jeden Todesfall hinweg. Er tat dies alles, wie sie wußte, um an das Gold zu gelangen.

Jetzt kam er auf Gottschalk zu und sagte: «Wir können die Nacht hier verbringen. Doria ist gekommen, hat aber den Fluß überquert. Saloum sieht nach, wo das war.» Sein weißer Überrock war verschmiert vom Bäumeklettern, und Bel hatte ihm einen Hut aus Ziegenleder genäht mit herunterhängenden Schnüren daran. Bart und Schnurrbart verdeckten mit ihrem Narzissengelb schon die Grübchen.

Gottschalk sagte: «Ich hatte schon gefürchtet, sie wären uns mit einem Boot entkommen. War Lopez noch bei ihnen?»

Nicolaas nickte. «Und Doria. Und sechs Träger mit all ihren übrigen Kleidern und Nahrungsvorräten. Das glauben wir wenigstens. Saloum ist sich bei dem Dialekt hier nicht ganz sicher.» Er hielt inne und fügte dann hinzu: «Ich setzte mich nicht, weil ich fischen gehen muß.»

Gelis sagte: «Er hat genug getan. Ich komme mit Euch. Habt Ihr ein Netz oder wollt Ihr mein Haar haben?» Unter dem Kopftuch hingen ihre langen dünnen Zöpfe hervor.

Nicolaas griff nach dem Ende des längsten. «Nein, aber kommt mit. Wir knüpfen eine Schnecke daran und halten Euch dann übers Wasser mit dem Kopf nach unten. Oder . . .» Er blickte Gottschalk an.

«Wollt Ihr?» fragte Gottschalk.

Sie wußten natürlich von den Eigentümlichkeiten der Frauen. Sie fühlte, wie ihre bleichen Wangen erröteten, und war dann zornig, aber hauptsächlich auf sich selbst. «Keine Sorge. Ja, ich will.»

Sie mußte einen Augenblick warten, während Nicolaas die anderen zusammenrief und dann zu dem Ältesten führte, damit ihnen Plätze zum Schlafen und zum Essen zugeteilt wurden. Die Leute hier hatten keine Angst; die ganze Siedlung erzitterte vom Pochen der Stößel, indes die Frauen Körner zerstampften und kicherten; Kinder rannten zwischen Ziegen und Hühnern hin und her, und Mädchen blieben auf dem Weg zum Wasserholen neugierig stehen, schlangen träge Tücher zu Kopfpolstern und hoben große gelbe Kürbisflaschen darauf. Sie schritten dahin wie Königinnen.

Jorge war abwesend, zweifellos aus den üblichen Gründen, und so kümmerten sich Vito und Diniz um alles. Nicolaas sah eine Weile zu. Als er zu Gelis zurückkam, trug er zwei Eimer an einem Joch über den Schultern. Er hatte noch einen weiteren für sie dabei. «Wir brauchen kein Gerät. Wir sind eingeladen worden, beim Fischen zu helfen. Ich werfe die Fische heraus, und Ihr fangt sie auf.»

«Wie könnt Ihr denn wissen, was sie sagen?» fragte sie. Der Boden war weich. Sie hatte ihre Schuhe bei Bel gelassen, und ihre abgehärteten Füße drückten das Gras nieder.

«Das solltet Ihr nicht tun», sagte er. «Denkt an Manoli. Wir

383

werden es schon schaffen. Ich könnte inzwischen einem taubstummen Jalofo den heiligen Augustinus auslegen.»

Sie hörte voraus schon den Fluß und sein Plätschern. «Was würdet Ihr tun, wenn Saloum etwas zustieße?»

«Weiter den Zeichen folgen. Aber es würde schwierig werden.»

Da blickte sie sich zu ihm um. «Wir sind gewiß nur wirklich sicher, weil er ein Marabut ist?»

«Er gebietet Achtung», sagte Nicolaas. «Obschon nur wenige der Leute hier sehr strenggläubig sind. Aber gewiß, sie greifen uns nicht an, weil er schwarz ist und ein Marabut und vielleicht einen stärkeren Zauber besitzt als sie und weil wir ihn freigelassen haben.» Er blickte an ihr vorbei zwischen den Bäumen hindurch und sagte dann, ohne daß sich seine Stimme dabei veränderte. «Vergebens, wie es scheint.»

Der noch unsichtbare Fluß strömte still dahin, überdeckt vom Schrillen der Zikaden. Auf einem Ast über ihnen rief etwas, und in der Ferne antwortete ein ganzer Vogelchor mit einem Zwitschern und Singen unter einem sich rot färbenden Himmel. Trommeln prasselten hohl weiter weg und dröhnten dumpf in geringerer Entfernung; und irgendwo in der Nähe vor ihnen war ein Gemurmel von Stimmen, die ungleichmäßig ertönten, mit einer einzelnen Stimme dazu, die die Pausen dazwischen ausfüllte. Die Fische wurden angesprochen.

Der Mann, der auf Nicolaas und Gelis zugeschwankt kam, trug nichts zu dem allgemeinen Lärm bei, weil sein Mund eingeschlagen und seine Nase zerbrochen war, und seine schwarze Haut schien durch einen rinnenden Strom von Blut hindurch auf. Es war Saloum.

Gelis stürzte auf ihn zu. Nicolaas war noch vor ihr bei dem Marabut und packte schon seinen Körper, als der Mandingua auf die Knie fiel. Das Blut von seinem Gesicht war ihm über die Kleider gespritzt, und die Flecken klebten zusammen. Er sank zurück, und Nicolaas, der ihn festhielt, fuhr ihm leicht mit der Hand über den Körper. «Nur das Gesicht», sagte er. «Was ist geschehen, Saloum?» Gelis zog ihr Tuch vom Kopf und kniete nieder.

«Ich war das», sagte da Jorge da Silves, der aus den Bäumen heraus näher kam.

Das Tuch in der Hand, blieb Gelis, wo sie war. Nicolaas ließ Saloum los und stand auf. «Ich wollte ihn umbringen», fuhr Jorge fort, «aber da fiel mir ein, daß wir keinen anderen haben.» Er hielt eine Keule in der Hand, und die Nasenflügel über dem schwarzen Bart waren weiß. «Ich habe ihn dabei erwischt, wie er das Zeichen gemacht hat.»

«Wo?» fragte Nicolaas.

«Am Fluß. Er wollte gerade aufs andere Ufer hinüber. Er hat sie alle gemacht.»

«Wie wollt Ihr das wissen?» Nicolaas hatte ein Messer im Gürtel stecken, berührte es aber nicht. Seine Stimme klang ruhig, und ruhig blickten auch seine auf den Portugiesen gerichteten Augen.

«Er hat das Karminrot bei sich, da in seinem Gewand. Die Farbe war feucht.»

«Aber alle?» sagte Nicolaas. Neben Gelis stand Saloum auf. Er hatte sich das Gesicht mit ihrem Tuch abgewischt und hielt es, mit Blut beschmiert, unter dem Bart vor seiner Brust. Auch sie erhob sich und stand dann zwischen ihm und Jorge.

«Alle, ich habe es ihm gesagt», bestätigte Saloum. Seine geschwollenen und aufgeplatzten Lippen konnten sich kaum bewegen. Er schluckte Blut hinunter. «Es tut mir leid.»

«Du . . .», sagte Jorge und trat einen Schritt vor. Sein Hals und sein Gesicht waren rot angelaufen.

«Nein», sagte Nicolaas, und er griff nach der Keule, entwand sie dem Griff des anderen Mannes und warf sie fort. «Tut das nicht. Es ist schlimm, aber er ist kein Feind.»

«Nein? Wo ist Doria? Wo ist Euer sogenannter Freund Lopez? Wir folgen weder den Spuren des einen noch denen des anderen. Wir werden in den Tod geschickt durch ihren Bundesgenossen, diesen Verräter.»

«Vielleicht», sagte Nicolaas, «wenn ich es auch nicht glaube. Ich schlage vor, wir fragen ihn. Falls er sprechen kann.»

«Er braucht Wasser», sagte Gelis. «Wenn Ihr mit ihm zurückgeht, werden die anderen ihn töten.»

«Sie werden tun, was ich tue, wenn ich meine Keule aufgehoben habe», sagte Jorge. «Schlagt ihn, bis er uns sagt, wo die Gruben sind. Und dann zwingt ihn, uns in Fesseln hinzuführen.»

Der Himmel stand im letzten Rot des Sonnenuntergangs; bald würden sie sich im Dunkeln und außerhalb der Siedlung befinden. Ein Rauchwirbel stieg vom Flußufer auf, wo Fackeln und Feuer angezündet werden würden. Dort waren sie vor der Neugierde nicht sicher. Im letzten Tageslicht sah Gelis, daß Saloums ganze Aufmerksamkeit, Geist und Seele, auf Nicolaas gerichtet war, und in Nicolaas' Augen war ein Ausdruck, den sie noch nie gesehen hatte: einen der Trostlosigkeit an der Grenze zur Qual. Er sagte: «Ich muß allein mit Saloum sprechen. Es wird eine Hütte geben, wo er sich im Dorf verstecken kann. Gelis?»

Sie sah Jorge an.

«Wollt Ihr ihn mitnehmen, Gelis?»

Sie verstand auch ohne Worte. Er setzte hinzu: «Ich tue ihm nichts.» Gemeint war Jorge.

Damit log er, wenn man es zu wörtlich nahm. Sie hatte sich kaum zum Gehen angeschickt, als Nicolaas ausholte und dem Portugiesen einen solchen Schlag versetzte, daß er besinnungslos zu Boden fiel. Gelis wartete nicht ab, was weiter geschah. Sie sagte zu Saloum «Komm!», vermochte ihn aber nicht zur Eile zu veranlassen, während er sie, gleichmütig neben ihr herschreitend, zu ihrer Hütte im Dorf zurückbegleitete.

Eine Stunde später kam Nicolaas, und Bel und Gelis ließen ihn ein. Der Schein der Fackel zeigte ihm Saloum in frischen Kleidern, das Gesicht geschwollen und eingesalbt. Nicolaas trat näher und hockte sich ihnen im Türkensitz gegenüber. Saloum senkte den Kopf. Gelis sagte: «Er hat uns getäuscht.»

«Ich habe es geahnt», sagte Nicolaas. «Ich habe Lopez die Sklaven geschenkt, aber ich habe kein Versprechen daran geknüpft. Die Gruben sind ein Geheimnis. Er hat es bewahrt.»

«Er hatte mit Saloum ausgemacht, daß er Euch in die Irre führt», fuhr Gelis fort. «Ihr solltet ihm nicht folgen. Ihr solltet zum Endpunkt der Karawanenstraße geführt werden, wo Ihr genug Gold finden würdet.»

«Stimmt das?» Nicolaas sah dabei Saloum an.

Saloum nickte. «Das stimmt.» Er sprach durch steife und pfeifende Lippen hindurch. Sein Blick, so klar wie der Gottschalks, ruhte auf Nicolaas. «Er führt Doria in den Tod, aber er will Euch nicht auf den gleichen Weg locken. Er hat gesagt, was Ihr gesagt habt. Er hat Euch kein Versprechen gegeben. Er hat Euch gesagt, er werde frei entscheiden, wenn es soweit sei.»

«Aber wie will er entkommen?» entgegnete Nicolaas. «Fremden das Gold zu zeigen, bedeutet den Tod. Wenn die Leute von den Gruben ihn nicht töten, wird es Doria tun.»

Saloums Blick veränderte sich nicht. «Ich soll Euch sagen, daß Ihr ihm verzeihen müßt.»

«Das solltest du mir sagen?»

Saloum fuhr fort: «Er rechnete damit, daß Ihr es herausfindet, hoffte aber, es werde dann schon zu spät sein, was es ja jetzt auch ist. Ihr solltet wissen, daß die Quelle des Goldes ein Geheimnis ist, das er nicht verraten würde, auch Euch nicht, den er liebt. Er hat den Genuesen nicht dorthin geführt und würde auch Euch nicht hinführen. Sie sind zum Ort des stummen Handels gezogen.»

«Wo man sie töten wird?» fragte Nicolaas. «Aber dann wird auch Lopez getötet. Saloum, dann wird auch Lopez getötet.»

«Ihr könnt ihm nicht helfen», sagte Saloum. «Er will nicht, daß man ihm hilft. Und Ihr kämt nicht mehr rechtzeitig hin.»

Diesmal trat ein längeres Schweigen ein. Schließlich sagte Nicolaas: «Was möchte er also?»

Saloum erhob sich, kam herüber und nahm die Haltung der Unterwerfung vor Nicolaas ein. «Aus Liebe möchte er, daß Ihr zum Endpunkt der Karawanenstraße zieht. Ich bringe Euch hin. Es ist dort, wo die Karawanen hinkommen; es ist auf dem Weg zu Eurem großen Priesterkönig Johannes; der Ort wird Euch alles bescheren, sagt er, des Euer Herz und Eure Seele bedürfen. Es ist weit, aber wir werden morgen aufbrechen. Der Ort heißt Timbuktu.»

Gelis lauschte, und Bel neben ihr schwieg. Nicolaas sagte: «Jorge wird nicht mitgehen.» Ein Grübchen erschien, weil er sich nicht ganz in der Gewalt hatte. «Ich müßte ihn knebeln.»

Er war schon geknebelt, vermutete Gelis, und auch gefesselt und lag in irgendeiner Ecke, die nur Nicolaas kannte. Saloum sagte: «Vielleicht könnte ich ihn überzeugen?»

Nicolaas runzelte die Stirn. «Warum nicht?» meinte Gelis. «Saloum hat auch mich überzeugt. Schickt Saloum hin, er soll Jorge die Wahrheit erzählen. Saloum kennt die Quelle des Goldes nicht, aber er weiß uns zu dem Ort zu führen, wo wir es kaufen können. Das ist doch so?»

«Ja, das ist wahr», versicherte Saloum, «bei allem, was mir heilig ist.»

«Dann schickt Saloum zu Jorge», wiederholte Gelis. «Sorgt dafür, daß sie sich versöhnen. Ihr könnt Jorge nicht ewig gefesselt halten. Laßt sie allein miteinander reden, wenn sie wollen. Dann könnt Ihr Jorge die Fesseln abnehmen und morgen verkünden, daß sich unsere Pläne geändert haben. Wie lange dauert denn die Reise bis zu diesem Karawanenplatz?»

«Nach Timbuktu?» sagte Saloum mit schmerzhafter Mühe. «Von hier aus, Senhorinha, sind es höchstes drei bis vier Wochen.»

«Habt Ihr das gewußt?» Gelis sah Nicolaas an.

«Nein.»

«Und wenn wir den geraden Weg genommen hätten?»

Saloum antwortete: «Senhorinha, ich habe Euch den leichtesten Weg geführt, wenn auch den langsamsten. So wurde es mir aufgetragen.»

Sie sagte nichts mehr. Nicolaas ging und nahm Saloum mit, und keiner kam zurück. Diniz fand sich ein mit Gazellenfleisch, Palmwein und Maiskuchen, blieb aber nicht lang; selbst um seine leuchtenden schwarzen Augen hatten sich tiefe Ringe eingegraben. Gelis fragte sich, wen er anschließend aufsuchte. Da niemand mehr kam, legten sie sich wortlos auf ihr Stroh, und bald erfüllte Bels leises Schnarchen die Luft. Gelis lag noch eine Weile wach da und schlief dann auch ein.

Sie wurden geweckt durch Unruhe und Stimmen, dann durch lautes Rufen und Aufbruchsgeräusche. Jemand klopfte an einen Pfosten ihrer Hütte, und Gelis nahm Bels Umhang und schob die Matte zurück. Nicolaas stand da, und hinter ihm erhellte sich der

Himmel. «Jorge ist ohne uns weitergezogen, zusammen mit fünf von der Mannschaft und Diniz. Ich muß ihm folgen. Ich nehme Vito mit.»

«Diniz hat sich Jorge angeschlossen?» sagte Gelis. «Warum? Wo gehen sie denn hin?»

«Zum stummen Markt. Sie wissen den Weg. Sie haben die Esel gestohlen, die verdammten Kerle.»

«Ist Saloum mit ihnen gegangen?» wollte sie wissen.

«Nein, ich habe ihn bei mir behalten, um das zu verhindern. Aber er hatte Jorge schon den Weg beschrieben.»

«Er wünschte Jorge den Tod», sagte Gelis.

«O ja», sagte Nicolaas. «Wollt Ihr ihm damit zuvorkommen?»

KAPITEL 25

DEM DORF GEHÖRTE ein einzelnes Kamel, das Nicolaas für einen Beutel voll Kaurimuscheln kaufte. Er bestieg es mit unglaublicher Mühelosigkeit, als hätte er dies schon viele Male getan, und mußte sich hinunterbeugen, um Vito auf den Platz hinter sich hinaufzuhelfen. Gottschalk, der sich in aller Eile angekleidet hatte, sah zusammen mit Gelis und Bel zu. Außer Saloum waren sie die einzigen, die zurückblieben. Gelis ging zu Saloum und sagte: «Bist du zufrieden?»

Gestern hatte er Schmerzen gehabt. Jetzt sah er krank aus. Er erwiderte in seinem holprigen Portugiesisch: «Senhorinha, sie waren verrückt nach Gold. Sie hätten vor nichts zurückgeschreckt, um herauszubekommen, wo der Markt ist. Euer Messer Niccolo hat auch gesagt, er könnte den Senhor nicht ewig in Fesseln halten.»

«Uns geht es nicht um den Senhor», sagte Gelis. «Uns geht es um den Jungen Diniz und Messer Niccolo, der ihn jetzt zurückholen will. Hast du ihm den Weg angegeben?»

«Ja, Senhorinha.»

«Dann führe uns den gleichen Weg. Wir haben Waffen. Wie langsam wir auch vorankommen, wir können gewiß von Nutzen sein. Dann führ uns zu deiner Karawanserei, wo die Karawanen aus der Wüste eintreffen.»

Sie machten sich stumm auf den Weg. Verschnürt wie Preßsäkke, schwebten ihre weltlichen Güter vor ihnen auf den Köpfen von sechs Männern aus dem Dorf. Saloum ging voran, und Gottschalk und Bel schritten hinter Gelis.

Zwei Stunden vor Mittag, während das Land gelb vor ihnen aufschimmerte, hielten sie im rauhen Gras unter dem staubigen Laub einer Gruppe von Akazien an. Gottschalk sagte: «Denken wir einmal über sie alle nach. Der junge Filipe ist bei ihnen.»

«Das brauchte er nicht zu sein», meinte Gelis.

«Das ist hart», sagte Gottschalk. «Aber Diniz hätte auch nicht mitzugehen brauchen.»

«Er hat es für seine Mutter getan», sagte Bel.

«Und vielleicht wurde er dazu ermuntert. Es käme vielen gelegen, wenn Diniz nicht zurückkehrte.»

«Ihr meint, Nicolaas sei aufgebrochen, um ihn zu töten? Mit Vito als Zeuge?»

«Das habe ich nicht gesagt.» Saloum betete, mit der Stirn den Boden berührend, das verzerrte und geschwollene Gesicht von innerem Druck verdunkelt. Gelis hatte wenig Mitgefühl mit ihm. Sie erhoben sich und zogen weiter, ohne daß die Rast sie erquickt hätte.

Sie erblickten zuerst das Kamel und dann Vitos roten Haarschopf, und erst danach sahen sie, daß jemand im Schatten ausgestreckt lag, neben dem Nicolaas auf einem Bein niedergekniet war. Vito begrüßte sie voller Freude und Erleichterung. «Es ist der Padre! Mit allen anderen!»

«Sei leise», sagte Nicolaas. Der Mann, der am Boden lag, wandte den Kopf.

Es war Diniz, das Gesicht hager vor Schmerzen. «Das hättet Ihr nicht gesollt», sagte er. «Ihr hättet nicht kommen sollen.»

«Aber wie gut, daß sie da sind», sagte Nicolaas. «Herbei die Medici. Wir verhalten uns fürs erste leise, weil Jorges Leute Diniz für tot liegengelassen haben und wir möchten, daß sie ihn auch weiter für tot halten.»

«Wo, mein Kleiner?» fragte Bel. Sie kniete sich hin, und ihr Gesicht war bleicher als gewöhnlich.

«Ein Armbrustbolzen in der Schulter und viel gutes Blut verloren. Ein Streit unter Dieben.»

«Unter Dieben!» krächzte Diniz. «Das sind Verrückte! Das Gold hat ihnen den Verstand geraubt!»

«Sie haben, scheint's, davon gesprochen, zurückzukommen und Saloum zu foltern», sagte Nicolaas. «Sie dachten, er hätte sie in die Irre geführt, und sie glaubten, er kenne den Weg zu den Gruben gar nicht.»

«Ich habe ihnen tatsächlich einen falschen Weg angegeben», bestätigte Saloum. «Der stumme Markt ist nicht da, wo ich ihnen gesagt habe.»

Diniz wand sich in Gottschalks Armen. Er war außer Atem. «Nun», keuchte er, «jetzt wissen sie, wo er ist. Sie haben einen Mann erwischt und ihn zu quälen begonnen, damit er es ihnen sagt. Da habe ich ihnen gesagt, sie sollten aufhören, und da hat dieses Schwein – da hat Filipe auf mich geschossen.»

«Ihr werdet Euren Lohn bekommen», sagte Gottschalk. «Wenn es auch jetzt noch nicht danach aussieht. Nicolaas, wird Jorge in Gefahr geraten?»

Nicolaas sah Saloum an. «Du hast mich in die Irre geführt. Du wußtest . . .»

«Ich wußte, daß es Euch nicht nur um den Jungen ging», sagte Saloum. «Aber ich entschied mich dafür, Euch den Jungen zu geben. Hätte ich das nicht, hättet Ihr ihn verfehlt.»

«Und jetzt?»

«Oh, wenn Ihr wünscht», sagte Saloum, «so führe ich Euch jetzt zum stummen Markt. Ich habe mein Versprechen gehalten, für Doria und Lopez seid Ihr zu spät. Wenn Ihr diese portugiesischen Mörder zu retten wünscht, stelle ich die Sache Allah anheim.»

Der stumme Handel, der schon den Karthagern bekannt war, fand an vielen Plätzen statt, aber sie mußten alle, wie auch dieser, an einem Fluß liegen. Das Salz kam mit dem Boot, grauweiße Platten, mit Beschwörungen bekritzelt und noch zu Packen verschnürt, wie sie die Sahara durchquert hatten. Das Gold kam aus Wangara, in vielen Tagereisen zu Fuß herbeigeschafft. Das Salz wurde abgelegt, das Signalfeuer angezündet, und bald darauf wurde das danebengelegte Gold gefunden. Dann begann der unsichtbare Tauschhandel.

Jorge da Silves erreichte die Stelle nicht. Die Ansammlung von Geiern ließ Saloum jäh innehalten. Er drehte sich um und warf Nicolaas einen warnenden Blick zu, und der ganze dahinstapfende Zug kam zum Stehen, die Träger ließen ihre Lasten fallen, das Kamel, das Bel und Diniz trug, ruhte sich aus. Der Körper, als sie ihn fanden, hätte die halb verzehrte Beute eines Raubtiers gewesen sein können, war es aber nicht. Der Tod war gnädig gewesen. Jorge, der Gefolgsmann des Christusordens, war von der weichen Bleikugel einer Arkebuse getötet worden.

«Seine eigenen Leute», rief Diniz aus, als er dem zurückkommenden Gottschalk die Neuigkeit entlockt hatte.

«Ja, er muß zum Schluß noch aufbegehrt haben wie Ihr», sagte Gottschalk. «Das spricht für ihn.» Er rückte mit Händen, die von der Bestattung des Toten noch blutig und beschmutzt waren, seine Kleidung zurecht. «Es sind nur noch fünf von ihnen übrig.»

«Werden sie uns auflauern?» Diniz' Gesicht brannte vor Fieber.

«Sie wissen nicht, daß wir kommen», meinte Nicolaas, der näher kam. «Wie geht es Bel?»

«Muscheln», sagte sie, und ihr zerfurchtes Gesicht lächelte verzerrt.

«Ihr frönt wirklich Euren Leidenschaften», sagte er und lächelte zurück. Am Horizont ragten Berge auf. An Eile war jetzt nicht mehr zu denken, da die Kranken mitgenommen werden mußten und die fünf Abtrünnigen schon weit voraus und beritten waren. Und für Lopez kamen sie, wie Saloum sagte, zu spät. Nicolaas wandte sich an Gottschalk. «Entscheidet. Ziehen wir weiter?»

«Ist das Gold es nicht wert?» erwiderte Gottschalk. Dann setzte er hinzu: «Es tut mir leid – verzeiht.»

«Nein. Meine Aufforderung war fast ebenso ungehörig. Sind diese fünf Männer es wert?» Aber er wußte, was Gottschalk antworten würde. Und er selbst hätte auf jeden Fall weitergemacht, ganz gleich, was die anderen taten.

Es war Saloum, der die Sache entschied. «Herr, wir haben keine Wahl. Bei solcher Hitze können diese Leute nicht umkehren. Es ist nicht das Gold, das sie retten wird, sondern der Fluß.»

Sie erreichten ihn nicht an diesem Tag und nicht am nächsten, denn zwischen dem Senagana und dem stummen Markt lagen ein Tal und Berge. Ereignisse verschwammen in der Erinnerung, stuften diesen ersten Vorstoß von Weißen über den Gambia hinaus auf die täglichen Verrichtungen des kalabrischen Bauern herunter: die ständige Sorge um Nahrung, das Suchen nach Holz für das abendliche Feuer, das Ausschauhalten nach Pfeilen oder Tieren. Diniz' Gleichmut und die immer deutlicheren Anzeichen dafür, daß Bel, ihr Rettungsanker, der häßlichen Krankheit zum Opfer fiel, die sie so oft behandelt hatte.

Gelis schritt neben dem Kamel her und wischte Bel die Stirn und gab ihr die Milch zu trinken, die Nicolaas zu finden wußte, wo sie auch waren. An Wasser herrschte kein Mangel. Aber es war kein Land für Ernten oder für Menschen, und die Pyramidenstädte der Termiten waren das einzige, was darin zu gedeihen schien.

Drei ihrer Träger liefen davon. Das Kamel trug, ohne zu klagen, was man ihm an zusätzlicher Last aufbürdete, und gehorchte Nicolaas, der es auf griechisch ansprach und manchmal Chennaa nannte. Es war kein großer Verlust, nur mußten sie jetzt die schwerere Arbeit untereinander aufteilen. Sie kamen an einigen ärmlichen Ansiedlungen vorüber, begegneten aber nicht mehr der kecken Neugierde von früher, sondern versperrten Türen, und die Spuren von Eselshufen im Staub ließen sie den Grund ahnen.

Sie zahlten hohe Preise für Ziegenmilch und getrocknetes Fleisch und Hirse und durchquerten ein Tal und stolperten holprige Hänge hinauf, die das Kamel aufbegehren ließen, Bel aber keinen einzigen Klagelaut entlockten. Diniz beobachtete sie. Schließlich wandte er sich an Nicolaas. «Sie ist zu schwach, um so geschüttelt zu werden. Wenn ich gehe, könntet Ihr sie tragen.»

Nicolaas ließ ihn mit Gottschalks Hilfe eine Weile zu Fuß gehen und ritt statt seiner auf dem Kamel, Bel in den Armen. Er machte dabei zischelnde und summende Geräusche und sorgte für einen ruhigen Schritt des Tieres durch Zuhilfenahme eines Stöckchens, das er sich geschnitzt hatte. Sie fragte einmal: «Wer war Chennaa?», und Gelis, die das beobachtete, sah, wie sein Gesicht von einem Lächeln berührt wurde. «Eine große Liebe», sagte er.

Nach einer Weile ließ er Diniz wieder aufsitzen und vertraute Bel der Obhut Gelis' an, während er und Gottschalk aus einer Matte eine Art Trage machten, so daß sie sie zu Fuß tragen konnten. Und dabei, so bemerkte Gelis, summte und zischelte er genauso, und bisweilen sang er leise vor sich hin. Einmal glaubte sie ein Wispern zu hören, mit dem Bel in diesen Singsang einstimmte. Sie gelangten zu den Bergen.

An diesem Abend schwieg sogar Diniz, aber Saloum sagte: «Habt keine Angst. Es ist kühl. Dort drüben weidet Vieh; dort sind Menschen. Wir brauchen nur zu klettern. Morgen werdet Ihr ihn sehen.»

Sie sahen ihn früher, als sie gefürchtet hatten, denn spät an jenem Tag, beim Sammeln von staubigen Erdnüssen, Beeren und Wurzeln, fand Vito zwei ihrer gestohlenen Esel, die ruhig in einem schütteren Wäldchen grasten. Einer hatte einen von Fliegen umschwirrten tiefen Schnitt in der Schulter. Von den anderen drei Tieren oder von Jorges fünf Männern, die sie mitgenommen hatten, war nichts zu sehen.

«Da hat es wohl einen Kampf gegeben auf der Ebene, in der Nähe des Marktes», sagte Saloum. «Diese Tiere sind in die Berge zurückgejagt worden, und das vor einigen Tagen. Das ist nicht die Wunde eines Wurfspeers, einer Axt oder eines Pfeils.»

«Sind sie dort unten Dorias Leuten begegnet?» Nicolaas wartete nicht, daß Saloum dies bejahte. Er glaubte nicht, daß Lopez Doria tatsächlich über diese Berge zum Markt geführt hatte.

Saloum sagte: «Dorias Leute würden nicht mehr am Leben sein. Die Salzhändler töten jeden Fremden, und das tun auch die Männer von Wangara. So wird das Geheimnis gewahrt.»

Am nächsten Morgen kamen sie durch ein Getreidefeld und über ansteigendes Gelände, wo zwischen Bächen leuchtende Blumen wuchsen. Der Pfad wand sich um Felsen herum und kletterte höher durch steinerne Klüfte. Saloum ging weiter, und Vito und Gottschalk saßen ab und ließen Gelis reiten, die leichter war. Eine Zeitlang schritt auch Nicolaas neben dem Kamel her, währen Bel und Diniz über ihnen angeschnallt waren. Dann sagte er: «Gebt mir diesen armen Esel für eine Weile», und er schwang sich auf seinen Rücken, ritt davon und ließ sie zurück. Das Stapfen der Eselhufe war von fern zu hören, wo die Wegspur sich davonschlängelte und zu einer Rinne hinabführte.

Sie hörten alle, wie er anhielt. Gelis blickte Gottschalk an und trottete ihm dann hinterdrein. Sie hatte mit irgendeinem Hindernis gerechnet, einem Felsriegel, aber indes der Pfad abfiel, wurde er plötzlich breiter, wurde zu einem Sims, einer Fläche in der grellen Sonne, die von Südosten auf sie herunterflammte.

Nicolaas saß auf dem Esel, die Zügel über dem Knie, und schaute. Er war in Brügge selten geritten, aber so, dachte Gelis, mußte er dabei ausgesehen haben, nur daß der Himmel bleicher gewesen wäre und an der Stelle des Felsens neben ihm eine Windmühle gestanden hätte. Wo er angehalten hatte, wehte jetzt ein Wind, der das Tuch an seiner Schulter bewegte. Gelis saß ab und trat, das Tier mitführend, zu ihm. Er sagte: «Da ist er.»

Sie sah abermals, was ihr vom Deck der Karavelle aus geschenkt worden war: ein Bild weiten Raums. Das Manuskript des Himmels, mit blauen Flecken, bestätigt durch das Siegel der afrikanischen Sonne. Darunter ein Horizont so fern, daß der Dunstschleier ihn ungewiß machte, ein Schleier, der nicht über dem Ozean der Dunkelheit lag, sondern über einem Ozean des Lichts, eines fruchtbaren Bodens des goldenen Korns und des grünen Grases und der Terracotta des Schwemmlands, betüpfelt mit dem dunkleren Grün von großen Bäumen, besprenkelt mit Vieh. Und durch die Ebene führte eine breite silberne Straße, eingedämmt auf der anderen Seite von Bergen und gesäumt von kleinen Ansiedlungen.

Sie hätte fragen mögen, was das für eine silberne Straße war, kam aber nicht dazu. Saloums Schritt, vorsichtig, höflich, war hinter ihnen zu vernehmen. Der Marabut sagte: «Das ist der Joliba, Senhorinha. Der große Fluß, von dem Ihr gehört habt. Er fließt nach Osten, niemand weiß, wohin. Die Karawanserei, zu der Ihr wollt, ist vierzehn Tagereisen von hier, nah bei seinem Ufer.»

«Und der stumme Markt?» fragte Nicolaas.

Saloum trat zu ihm. Der Esel machte eine Bewegung. «Der ist dort, an dem Flußabschnitt, den Ihr da seht, jenseits der Ebene.»

Sie schwiegen eine Weile. Dann sagte Nicolaas: «Ich sehe keine Feuer.»

Und Saloum erwiderte: «Nein, Senhor. Der Handel wird abgeschlossen sein.»

Er war abgeschlossen. Sie stiegen über die Hänge hinunter. Als sie am nächsten Tag die leuchtende, blumenreiche Grasfläche überquerten, war offenkundig, daß sich niemand an den Ufern des Joliba aufhielt, wenn sie auch sahen, daß der Boden der Wiese da und dort aufgewühlt und von ungleichen Fußspuren und den kleinen Abdrücken von Eseln geprägt war. Von den fünf Männern, die wahrscheinlich den Tod gefunden hatten, waren keine Leichen zu sehen, und auf dem fetten Boden waren auch keine Blutspuren zu erkennen.

Das Flußufer bestand aus feinem rötlichen Kies, den das Wasser geglättet hatte, so daß sie sehen konnten, wo Vieh gestanden hatte, und die Spuren eines Leoparden ausmachten. Weiter oben war der Kies trocken und zerwühlt und bedeckt mit dem, was liegengeblieben war, als das Wasser zurückging. Noch weiter oben war er mit Gras vermischt, und an einer Stelle fanden sie einen großen Haufen Holzasche, halb verweht und längst erkaltet, umgeben von Hühnerknochen und dem Abfall, den eine Gruppe von Männern hinterläßt, wenn sie irgendwo Rast hält.

Als sie an einer anderen Stelle den Kies wieder hinuntergingen, sahen sie, wo mehrere Boote ans Ufer gezogen worden waren, und sie entdeckten eingesunkene Anlegepfosten, noch von Stücken von Baobabseil umschlungen. Ein ganzes Stück weiter dann fand Vito den Handelsplatz selbst.

Er war an einem Ort mit festem Untergrund eingerichtet worden, und stellenweise hatte man noch Felsbrocken zur Verstärkung genommen. Wie am Gambia waren die Hütten in einer Reihe angeordnet gewesen, und die Pfostenlöcher und Mattenabdrücke waren noch zu sehen, wenn auch die Strohdächer und die Pfosten selbst verschwunden waren. Eine der Matten lag noch an ihrem Platz, und der rechteckige Abdruck der Salzplatten war deutlich zu erkennen. Zwei der Stellen waren brandgeschwärzt, und Vito, der niedergekniet war, hob einen Fetzen verbranntes Tuch auf. «Schaut!» sagte er. «Sie verkaufen nicht oft Tuch. Warum hätten sie es verbrennen sollen?»

Die gehen konnten, eilten zu ihm hin, Gottschalk hielt sich an Nicolaas' Seite, und Gelis überholte Saloum. Saloum sagte mehr zu Nicolaas als zu Vito: «Wenn sie sich nicht einigen können, wenn der Händler betrügt, wenn die Stammesleute zornig oder ängstlich sind, verbrennen sie manchmal die Ware des Händlers und ziehen mit ihrem Gold wieder davon.»

«Dann glaubten sie also, man wollte sie betrügen?» sagte Nicolaas. «Oder haben sie gesehen, daß Fremde kommen, und den Händlern die Schuld gegeben?»

«Vielleicht», sagte Saloum. «Vielleicht hat man auch die für das Gold ausgehobenen Mulden für zu tief gehalten. Die Händler können bisweilen hartnäckig sein.» Er sprach mit eintöniger Stimme, und sein Portugiesisch war holpriger als gewöhnlich.

«Wo sind denn die Mulden?» wollte Gelis wissen. Sie blickte sich nach Vito um, der noch auf den Knien kauerte. «Oh, da. Natürlich, eine bei jedem Stand.» Sie trat näher. «Ja . . .!»

«In ihnen ist noch etwas drin – zieht sie davon zurück», sagte Nicolaas.

Nur sechs von ihnen waren gefüllt, aber schließlich hatte Doria, Lopez eingerechnet, nur sieben Mann gehabt, und er hatte wahrscheinlich unterwegs mehr Leute und Träger verloren als sie. Von dem Fleisch an den Köpfen war viel abgefressen, aber von den Haaren war noch einiges übrig, und man konnte erkennen, welche Haut weiß und welche schwarz gewesen war. In Dorias Augenhöhle war ein Ohrring hineingefallen. Nicolaas vermochte nicht zu sagen, welcher von den Schwarzen Loppe gewesen war. Wäre noch ein Körper dagewesen, hätten ihm die Hände den nötigen Aufschluß geben können.

Vito übergab sich, aber Gelis war nicht fortgegangen. «Dazu hat er sie hierher geführt. Das hat Saloum doch gesagt, nicht wahr? Dazu hat Lopez sie hierher geführt, und deshalb wollte er nicht, daß Ihr ihm folgt. Er wußte, daß dies hier geschehen würde.»

Sie sah Nicolaas an. Er hatte den Blick nicht erhoben. Sie fuhr fort: «Er wußte, wenn Doria Euch zusammenbrachte, dann würde einer von Euch ihm das Geheimnis von Wangara verraten.»

«Ich habe es nicht gekannt», sagte Nicolaas. Diniz, der aufgestanden war, kam ein wenig humpelnd näher.

«Wir müssen sie begraben», sagte Nicolaas.

«Habt Ihr nicht gehört?» Gelis sah ihn weiter an. «Er hat Wangara gerettet, und die Leute von Wangara haben ihn getötet.»

Es war zu bemerken, daß von da an von den sechsen, die noch übrig waren, kaum einer mehr mit Nicolaas stritt und auch Saloums Stellung gefestigt war. Wenn Nicolaas länger darüber nachgedacht hätte, was er seltsamerweise nicht tat, dann hätte er gewiß den Hauptgrund dafür herausgefunden. Er hatte seine Freundschaft mit Lopez nicht ausgebeutet. Lopez hatte von ihm das bedingungslose Geschenk der Sklaven erhalten und war angesichts eines Widerstreits von Treuepflichten bereit gewesen, in den Tod zu gehen. Und Saloum war beiden treu geblieben.

Nicolaas dachte nicht lange darüber nach, weil er zu beschäftigt war. Sie mußten noch eine Zeitlang reiten, aber als sie erst die Fälle hinter sich hatten – einen Abschnitt von Felsen und Stromschnellen und Strömungen, die ein Boot in drei Stunden fünfundzwanzig Meilen dahinschießen ließen –, wurde der Joliba zu

seiner Wasserstraße. Er hatte einen fünfzig Fuß langen Einbaum
erworben und Männer in Dienst gestellt, die ihn bedienten, und
der Verkauf der Esel und des Kamels hatte ihnen eine üppige
Ladung Vorräte eingebracht, ohne daß er auf sein porzellanenes
Muschelgeld zurückzugreifen brauchte. Es konnte zwar bisweilen
unangenehm heiß sein, aber im allgemeinen war es bei Tag bedeutend kühler als früher, und nachts war es so frisch wie an einem
Frühlingsabend in Flandern.

Der Fluß, eine halbe Meile breit, bewegte sich nach Nordosten,
wo ihr Ziel lag. Vito, gewandt und flink wie ein Krallenaffe, hatte
eine Überdachung gebaut und ihnen Betten und Abteile gemacht
innerhalb des so geschützten Bootsteils. Die Paddel spritzten, und
oben schaukelten die Balgflaschen mit Ziegenmilch und Wasser,
und aus der Kochwanne wehte der warme Duft in Kalitabutter
bratenden Rebhuhnfleisches nach hinten, wenn es sich nicht gerade um ein schönes Stück Flußbarsch oder um frisches Ochsenfleisch handelte. Von den sanften Wassern des Joliba getragen,
begannen Bel und Diniz zu genesen.

Gottschalk bestand nicht mehr darauf, seine Kiste an Land zu
tragen und den Herrschern von Guinea das Kreuz zu bringen.
Nicht daß die Ufergebiete unsicher gewesen wären wie jene, die sie
am Gambia vorgefunden hatten. Hier spielten Kinder an den
strohübersäten Ufern, Frauen klopften ihre Wäsche aus neben den
blauen Rauchkräuseln der Lehmöfen, und Herden von Vieh, Kamelen und Ziegen und Reihen schwerfälliger Schafe fraßen sich
durch das Buschwerk. Er sah Männer Tuch weben in der Frische
der Abenddämmerung: Ihre Webstühle zeichneten sich wie Dorn-
gestrüpp neben dem Wasser ab, und ihre Baumwolle war so weiß
wie die Silberreiher. Das war bevor die Ochsenfrösche ihr Lied
anstimmten und die Flußpferde brüllten und planschten an den
seichten Stellen und die Vögel mit ihren Schreien die Luft erfüllten und wie Aschewolken umherwogten vor einer Feuersbrunst
aus Himmel und Fluß.

Nein, er verzichtete nicht auf den Landgang, weil er Angst
gehabt oder der Zwang zur Eile es nicht erlaubt hätte. Sie brauchten sich jetzt nicht mehr zu beeilen. Er enthielt sich der Ausübung

seiner Mission, weil er bestätigt gesehen hatte, was er nicht glauben wollte: daß er, ein Weißer und ein Fremdling, seine Botschaft einem schlichten, so andersartigen Volk nicht nahezubringen vermochte. Sie hörten ihm voller Furcht zu. Und selbst wenn sie ihn mit Liebe und Friedfertigkeit und vollem Verständnis aufgenommen hatten, durften sie ihm nicht folgen, wenn ihm nicht auch ihr König folgte. Seine Mission war nicht für seine Mitmenschen gedacht, die für nicht mehr galten als diese kreischenden Paviane. Sie war eine Botschaft nur für Zughalin und Gnumi Mansa und Bati Mansa und jene anderen großen Herren wie der Priesterkönig Johannes, für die er ein Abgesandter war, jemand, den man verhätschelte oder tötete.

Aber vielleicht saß er, seinen Glauben in sich verschlossen, vor allem deshalb hier, weil die Menschen an diesem Ufer, wie man ihm gesagt hatte, praktizierende Muslime waren, Glaubensgenossen von Saloum. Er hatte Saloum einmal dafür verachtet, daß er einen Priester zu Gnumi Mansa geführt hatte. Jetzt wußte er, daß er damit ihnen allen das Leben gerettet hatte.

Er hatte Saloum gefragt, wie man sich Timbuktu vorstellen mußte, hatte aber nur erfahren, was er schon vermutete: daß es ein Umschlagplatz war, ein Endpunkt, an dem die Kamele, zehntausend vielleicht in einer Karawane, sich ausruhen und mit genügend Futter und Wasser wieder zu Kräften kommen konnten, während die Waren, die sie durch die Wüste herbeigetragen hatten, in die Höfe der Händler und von dort zu den Schiffen geschafft wurden, die sie übers Land verteilten, wenn der Wasserstand es erlaubte. Ein Ort des jahreszeitlichen Feilschens und des Goldes. *Des Euer Herz und Eure Seele bedürfen*, hatte Lopez geheimnisvoll gesagt.

Er nahm an, daß Nicolaas noch immer Gold brauchte, wenn er es auch nicht gesagt hatte. Die Reise mußte bezahlt werden, und die *Ghost* mochte nicht am Ziel angekommen sein. Diniz – seine Schulter war noch immer verbunden, aber die Wunde war nicht mehr entzündet – sprach bisweilen davon und von der Überraschung seiner Mutter, wenn sie entdeckte, daß er sie so reich gemacht hatte und wie tüchtig Gregorio war und was er und Jaime aus dem Gut auf Madeira machen würden, nun da sie mehr Land dazukaufen konnten. Und wie wütend Simon sein würde, wo er auch sein mochte, und dieser David vom Haus Vatachino. Diniz wünschte, daß alle erfuhren, was mit Raffaelo Doria geschehen war. Er wünschte, das gleiche könnte allen widerfahren, die noch an Bord der *Fortado* waren, Michael Crackbene eingeschlossen.

«Ich glaube nicht, daß Ihr das ernst meint», sagte Gottschalk, aber er wußte natürlich, daß er es sehr wohl ernst meinte.

Auch Vito zeigte sich befriedigt, wenn er vom Schicksal Dorias sprach, der sie alle unter dieser Hütte hatte begraben wollen. Weniger sicher war er sich im Falle Jorge da Silves', der immerhin der Schiffsführer gewesen war, bis er sich entschloß, auf eigene Faust das Gold zu suchen. Bisweilen beunruhigte Vito der Gedanke, daß die Händler, die Jorge und seine Leute getötet hatten, vielleicht in diesem Timbuktu waren – vielleicht waren sie zornig auf Signor Niccolo, weil er ein Weißer war und zu den Leuten gehörte, die die Männer von Wangara verängstigt hatten, so daß sie ihre Waren verbrannten.

Gottschalk, dem diese Gedanken auch durch den Kopf gegangen waren, sagte, er hoffe, Saloum, den sie befreit hatten, könne sie beschützen; und vielleicht freuten sich die Händler über Brillen. Wenn sich der Ort als unfreundlich erwies, würden sie einfach weiterziehen.

«Nach Äthiopien», sagte Vito mit einem zufriedenen sommersprossigen Lächeln. Obschon Nicolaas ihm eine heilige Scheu einflößte, hatte er ihn doch seit Ancona begleitet und brachte ihm eine schlichte Bewunderung entgegen und einen Glauben an alles, was er tat. Nur dann und wann, wenn er einen grimmigen Löwen regungslos am Ufer liegen sah oder im Busch eine Gruppe von Ungeheuern mit langen marmorierten Hälsen erblickte, sprach er davon, wie er allen Rudermachern in Venedig einen Schreck einjagen wollte, aber daß sie ihm wohl einfach nicht glauben würden. Und manchmal kam er auch auf Melchiorre zu sprechen, der sein bester Freund war und sich wohl auf der *San Niccolo* inzwischen gut erholte, wenn der König und seine Frauen ihn nicht zu sehr erschöpft hatten.

«Vielleicht bekommt mancher von uns noch Heimweh», meinte Gelis.

«Ihr auch?» sagte Gottschalk.

«Ich habe nichts, wonach ich Heimweh bekommen könnte.»

Er hatte sie noch nie im Ton des Selbstmitleids sprechen hören. Vielleicht hatte sie Angst, denn am Abend zuvor hatte sich ihrem Fluß ein zweiter hinzugesellt, und an diesem Morgen fuhren sie gar auf einem See, der sich von der einen Seite des Himmels zur anderen erstreckte, unterbrochen von Untiefen und Inseln, von Felseilanden, auf denen Hütten thronten und Fischer ihre Netze flickten, Frauen in Reisfeldern wateten oder ihre Boote hinausschoben und Nachbarn besuchten.

«Das ist nur die Jahreszeit», bemerkte er. «Saloum sagt, der Januar ist die Zeit für das Hochwasser. Wir werden den Fluß schon wiederfinden.» Am Morgen waren sie durch Gras gefahren: eine Wiese von hohen, raschelnden Riedgrasstengeln, unter denen Wasser glitzerte. Von Stangen gestakt, hatte das Boot sich seinen Weg durch sie hindurch gebahnt und eine Kielspur so leuchtend wie Quecksilber hinterlassen. Sie kreuzten andere Spuren – sie sahen niemanden, hörten aber ringsum das hohe Gras rascheln. Anschließend waren sie durch Felder von weißen, violetten und gelben Lilien geglitten. «Tut es Euch leid, daß Ihr mitgekommen seid?» fragte Gottschalk.

Gelis hatte im Schatten das Kopftuch abgelegt. Ihr Haar war von der Sonne gebleicht. Ihr in sanfte Vertiefungen zurückfallendes Gesicht war dünnhäutig und braun, und braun waren auch die Arme unterhalb des ausgebleichten Stoffes ihres Umhangs. «Nein», sagte sie. «Ich hatte mir vorgenommen, es nicht zu bereuen.»

«Seid Ihr dann froh?» forschte Gottschalk weiter. «Was habt Ihr erfahren?»

«Über Katelina?» Ihre Augen glänzten.

Nicolaas saß weit vorn im Bug, in der Sonne. «Über diesen jungen Mann», sagte Gottschalk, «der ihr nichts Böses getan hat.»

«Diesen Kehrreim singt mir Diniz immer wieder vor», entgegnete sie. «Habt Ihr Euch, ehe Ihr hierher kamt, nicht gefragt, wie viele Nicolaas' wegen sterben würden? Würdet Ihr es als Entschuldigung gelten lassen, daß es manchmal durch Zufall geschieht?»

Wäre sie weniger klug, wäre sie glücklicher, dachte er. Und ihre Umgebung auch. «Aber gesteht Ihr dann wenigstens zu, daß ihn am Tod Eurer Schwester keine Schuld trifft? Wenn Ihr das tut, müßte Vergebung Eure Pflicht sein. Glaubt Ihr denn, er gräme sich nicht? Trauert er nicht jetzt eben um seinen Freund?»

«Ihr vertraut ihm», sagte sie.

Er wußte nicht, was er erwidern sollte, denn sie wartete belustigt auf eine Lüge. Man konnte Nicolaas nie vertrauen, nicht ganz. Nicolaas selbst hatte Lopez geraten, ihm nicht zu vertrauen, und Lopez hatte es auch nicht getan. Es machte letztlich keinen Unterschied. Nicolaas war zum stummen Goldmarkt vorgedrungen. Doria und Lopez und Jorge waren das Wagnis bewußt eingegangen. Es war nicht die Folge schlechter Planung, daß es kein Gold gegeben hatte.

Doch das war Unsinn. Gottschalk sagte: «Ich vertraue ihm in den Dingen, an die er glaubt und die nach meiner Ansicht nicht zu verachten sind. Fragt Mistress Bel.»

«Ja», sagte Gelis. «Er fürchtet sich vor ihr. Wir sind also nahe am Ziel?»

«Ich glaube, wir haben zwei Drittel des Wegs zurückgelegt.»

Die letzten zweihundert Meilen waren nicht schwierig, was Nicolaas ärgerlich fand als Mensch, der aus Schwierigkeiten seine Genugtuung bezog. Es entging ihm nicht, daß unter dem Bootsdach geredet wurde, und er nahm es zum Beweis dafür, daß seine Schutzbefohlenen ausgeruht und satt waren und sich erholten. Er unterhielt sich freundlich mit allen – was sich auch selbst bei einem Boot von fünfzig Fuß Länge kaum vermeiden ließ –, und sie aßen stets unter dem Verdeck, was vor allem abends angenehm war, wenn die Stechmücken summten und sirrten. Sie hatten es immer fertiggebracht, ihm zuzusetzen, doch eingehüllt in Baumwolle, wie sie alle waren, schaffte er es recht gut.

Schließlich konnten sie, als sie den Fluß wiederfanden, viel schneller fahren. Früher als er erwartet hatte, erblickte er Dünen am linken Ufer, und obschon noch immer grüne Abschnitte kamen und das rechte Ufer sich so üppig darbot wie zuvor, stand doch außer Zweifel, daß sie inzwischen nicht nur weit nach Osten, sondern auch weit nach Norden gelangt waren und ganz bald die Wüste erreichen würden.

Es war wieder kühler, und er konnte besser schlafen. Er schlief zwar nie viel, aber in der letzten Zeit hatte ihn der Schlaf eher geflohen. Jetzt fiel er ein-, zweimal in tiefen Schlaf, aus dem er mit Kopfschmerzen erwachte. Nur Bel fiel das auf, die ihre Tage friedlich unter dem Verdeck verbrachte, körperlich eingeschrumpft, aber nicht geistig. «Was habt Ihr?» fragte sie.

«Zuviel Sonne», sagte er. «Es gibt Lungenfisch. Vito hat einen gefangen.»

«Seid Ihr sicher?»

«Ja. Nun, er hat's wenigstens gesagt.» Er rutschte ein Stück weiter und richtete die Gedanken auf anderes. Das Hochwasser. Das Hochwasser erreichte Timbuktu im Januar, hieß es, und ließ den Fluß oder einen Seitenarm bis zu den Lagerhäusern ansteigen. Wenn dort ein Kai war, gab es gewiß auch Reittiere. Er würde eines für Bel besorgen. Die Männer und Gelis konnten wahrscheinlich zu Fuß gehen, wenn die Entfernung nicht zu groß war. Vielleicht brauchten sie auch Packesel für die Waren. Doch am besten ging er erst einmal allein mit Saloum an Land, um sich umzusehen und dem Stadthauptmann seine Aufwartung zu machen, der ein Tuareg und nicht sehr beliebt sein sollte.

Immerhin gab man ihnen vielleicht eine Art Obdach, bis er wußte, wie lange sie bleiben würden. Wieviel Gold da war und wie lange man warten mußte, um es zu erwerben. Er fragte sich, ob schon Februar war, und war entgeistert, als er feststellte, daß er den Kalender aus den Augen verloren hatte. Ihm fiel ein, daß sie die Vorräte überprüfen sollten, bevor man an Land ging, und er suchte Vito und Diniz auf. Sie waren freudig erregt und deshalb gesprächig, was er lästig fand.

Er merkte, was mit ihm war, und es gab nichts, was er dagegen tun konnte.

Die Vorbereitungen schienen längere Zeit zu erfordern, und er ging wieder hinaus, wo es frischer war. Er sah, daß das Ufer sandiger war, wenngleich es auch noch Büsche gab. Er sah einen großen Wollbaum mit einer Schneewehe schlafender Fischadler darauf. Er sah einige Vögel vom Kranrad in Brügge. Er begann Dinge aufzuschreiben.

In jener Nacht träumte er, er befinde sich in einem Boot. Loppe ruderte. Bei ihrer ersten Begegnung war er geschwommen. Er versuchte sich an sein Gesicht zu erinnern, wußte aber nur noch, wie schwarz es war. Schwarz, mit einer Nase so lang wie die eines Nubiers und schwarze Finger, die Seiten im Hauptbuch umblätterten. *Das Zuckerrohr hat sich gut entwickelt. Natürlich hat es das. Aber was macht Ihr ohne Hände?*

Jemand sagte: «Nicolaas?», und er wachte auf.

Auch die in Dienst gestellten Ruderer wußten, daß sie dem Ende der Reise nahe waren, und es begann ein Disput, den Saloum übersetzen mußte. Sie wünschten Geld, das sie nach Hause mitnehmen konnten. Sie wünschten vielleicht das Boot. Nicolaas holte Diniz herbei, und sie gelangten nicht ohne ein wenig Druck zu einer Übereinkunft. Wenn sie Gold bekamen, mußten sie es vielleicht auf Lager nehmen. Wenn sie sehr viel Gold bekamen, teilte er vielleicht ihre Gruppe auf und schickte Diniz zur *Niccolo* zurück, wenn er das jetzt auch noch nicht erwähnen mochte. Angenommen, Gottschalk wollte unbedingt nach Äthiopien. Angenommen, Äthiopien war nicht da, wo es seiner Vermutung nach war. Er fragte sich, was er mit Gelis machen sollte, und sagte sich dann, daß er dies Bel und Gottschalk überlassen konnte. Er erinnerte sich, daß er nichts von seinen Plänen für die *Ghost* aufgezeichnet hatte. Er sagte sich, daß er sich am besten hinlegte, aber noch nicht gleich.

Er sagte zu Gottschalk: «Ich nehme Saloum mit an Land und komme dann zurück und hole Euch. Wenn ich nicht zurückkomme, dann sagt den Männern, sie sollen hinausrudern. Ich habe sie dafür bezahlt, daß sie warten, und sie bekommen noch mehr, wenn sie tun, was ich ihnen gesagt habe.» Bald legten sie sich alle schlafen, und das tat auch er.

Das Dumme war Raffaelo Doria und das Kind, das er sich für

sein Bett auf der *Ghost* eingefangen hatte. Nur daß das Schiff die *Doria* war, was bedeutete, daß Raffaelo es beanspruchen konnte, wenn nicht ein schwarzer Junge gefunden werden konnte, der ihm den Kopf abschlug. Dann beanspruchte sie statt dessen der alte Jordan und lachte und schlug Nicolaas ins Gesicht und nahm Marian mit. Schickte Marian fort, so daß sie auf Zypern Hungers starb und ihr Sohn bei einem Turnier getötet wurde. Obschon er so jung war. Er war zu jung, viel zu jung für ein Turnier.

Jemand sagte: «Schon gut. Er träumt.»

Diniz. Dann die Stimme von Gelis: «Wirklich?»

«Wacht auf, Nicolaas», sagte Diniz. «Wir sind da.»

Das Wasser war hoch hinauf gestiegen, aber von dem Ort war nichts zu sehen, nur Dünen hinter den dürftigen Gebäuden am Kai. Unter einigen wenigen staubbedeckten Bäumen schien alles zu schlafen, einschließlich der Köter, und die leeren Boote schaukelten in der Hitze, nach altem Nußöl, Unrat und Fisch riechend. Alles stank.

Es gab einen Streit in letzter Minute, als sie schon Leute geweckt und Maultiere und zwei Träger in Dienst genommen hatten, weil Diniz verkündete, er komme mit. Das war nicht ratsam. Nicolaas konnte sich nicht mehr erinnern, warum es nicht ratsam war, aber Saloum sagte es. Er fragte sich, ob es vielleicht Saloum war, der vorgeschlagen hatte, sie sollten allein an Land gehen. Er ließ Diniz, scharlachrot im Gesicht und wütend, bei Gottschalk und den Frauen und Vito zurück. Er war selbst beunruhigt, denn ohne ihn kamen sie nicht zurecht. Er kam auch nicht ohne sie zurecht. Er mußte das Gold zurück zum Gambia schaffen.

Es war kein langer Ritt, und das war gut. Er hatte den Eindruck, daß er sich eine leichte Anhöhe hinaufbewegte und eine Wasserfläche vor sich sah mit den Mauern des Häuptlingshauses dahinter, eines Hauses aus geweißten Schlammziegeln und nicht aus Reisigholz. Er dachte, daß dies gewiß klug war an einem Ort, wo in der Nähe Waren gelagert waren. Er hatte gehört, daß die Karawanen im Norden rasteten, auf Sandebenen bei den Lagerhäusern.

Er sah, daß sie, er und Saloum, an einem großen mit Eisen beschlagenen Holztor angelangt waren. Einer der Träger klopfte daran, und eine Stimme wollte wissen, wer sie seien. Die Stimme sprach arabisch. Saloum antwortete: «Hier ist der Marabut Saloum ibn Hani.» Er sprach auch arabisch.

Die Torflügel gingen auf. Drinnen waren bewaffnete Männer mit Mützen und weißen Hemden und Hosen und Schlupfschuhen an den Füßen. Sie waren schwarz. Saloum sagte: «Meldet uns. Schnell.» Niemand fragte, wer Nicolaas war. Sie ritten durch das Tor.

Die Gebäude spendeten Schatten, was eine Erleichterung war, aber den Schweiß auf der Haut jäh abkühlte. Nicolaas erschauerte und schlug die Augen auf. Gebäude. Das war es, was seltsam war. Er ritt durch das Dunkel einer Straße mit Gebäuden, die zu beiden Seiten hoch aufragten, und Gassen, die links und rechts abzweigten und ebenfalls von Häusern mit zwei oder drei Geschossen gesäumt waren. Prunkvolle Gebäude, mit Eingangsstufen und Fenstern und einem Blick auf grüne Höfe und eigenartige Pyramiden, vollgesteckt mit Federkielen. Ein Platz öffnete sich und noch einer.

Es waren nur wenige Leute da, als die Sonne auf ihrem höchsten Punkt stand, aber die, die er sah, achteten ihrer kaum. Sie wirkten gut gekleidet, die Gewänder fleckenlos, die Köpfe bedeckt. Sie waren alle schwarz. Ein Maskenfest wohl. War es Fastenzeit? War es Februar? Sie kamen an San Marco vorüber. Nicht San Marco: Es war kleiner und hatte eine Mauer und Gärten, und seine Türme waren rot und weiß und hatten kein Mosaik. Wenn es San Marco wäre, dann würde er in einem Boot sitzen und nicht ziemlich schwankend auf einem Maultier reiten. In Venedig waren die Straßen nicht aus Sand. Sie kamen an einen Palast.

Menschen rannten herbei, um sich der Maultiere anzunehmen, und führten die Träger fort. Saloum ließ sie gewähren, und Nicolaas beschwerte sich nicht. Das Absitzen war schwer genug, obschon ihm jemand half. Sie schritten Stufen zwischen Säulen hinauf. Er dachte zuerst, es werde wie in Trapezunt sein und er werde den Kaiser treffen und jemand werde ihn zu den Bädern führen. Ein Bad hätte ihm vielleicht gutgetan.

Dann sah er, daß der vor ihm sich öffnende Säulengang mehr wie ein Gartenhaus in Kastilien oder Granada war, wie Reisende sie beschrieben. Er hatte etwas Ähnliches in Malaga gesehen, aber nichts so Prächtiges. Der Fußboden war Marmor, mit ein wenig Sand hier und da, und über den Masten . . . über einem Hafen voller regungsloser Säulen erhoben sich Bögen aus zerbrechlichem weißem Stuck.

Zwischen den Säulen konnte er nun bei näherem Hinsehen Männer in Roben erkennen, von denen einige herblickten, andere sich langsam bewegten. Er glaubte unter ihnen eine Frau zu sehen, obschon sie verschleiert war. Saloum kam von einem kurzen Gespräch zurück. Er hielt, wie Nicolaas bemerkte, beim Sprechen die Hand vor den Mund, um den durch seine Zahnlücken entweichenden Speichel aufzufangen. Saloum sagte: «Der Gouverneur hätte Euch empfangen sollen, Senhor Niccolo, aber das ist aufgeschoben worden. Ein Haus wird vorbereitet.»

«Du sprichst arabisch», sagte Nicolaas. Es überraschte ihn, daß Saloum es nicht schon früher versucht hatte. Er fand, daß er selbst sich auch schnell wieder in die Sprache hineinfand.

Saloum sagte, diese Bemerkung übergehend: «Ich werde Euch zum Gerichtshof führen. Dort könnt Ihr Euch ausruhen, das wäre besser. Oder Umar begleitet Euch. Er gehört dorthin.»

«Umar?» sagte Nicolaas.

«Ich. Umar ibn Muhammad al-Kaburi», sagte Loppe.

KAPITEL 26

DIE GEGENWART LOPPES war keineswegs eine Überraschung für
Nicolaas, der sich seit einigen Tagen unter ein wenig unklaren
Umständen mit ihm unterhalten hatte. Zitternd und erschauernd
auf einem Zedernholzbett liegend in einem großen abgedunkelten
Gemach, war es Nicolaas zufrieden, daß Loppes Gesicht, die Züge
in befriedigender Weise wieder zusammengesetzt, von Zeit zu Zeit
zwischen den anderen schwarzen und braunen Gesichtern erschien, die ihn vom Palast der Säulen herüberbegleiteten zu dem
Haus, in dem er jetzt lag. Er redete mit ihnen allen, vor allem aber
mit Loppe, dessen andere Namen er sich nicht merken konnte.
Selbst Lopez hatte er ihn nie gern genannt.

Er hörte auch andere Gespräche, nahm aber nicht an ihnen teil.
Das erste mochte sogar ein Traum gewesen sein. Es begann mit
dem heftigen Aufschlagen beider Flügel der Tür zu seinem Gemach. Durch halb geöffnete Lider sah er den Dienstboten dahinter zurücktaumeln und zwei andere einen Satz machen. Loppe,
der neben ihm gesessen hatte, erhob sich in seinem weißen Gewand.

Es war Pater Gottschalk, der hereinkam und die gleiche kalte
Stimme und den gleichen kalten Zorn mitbrachte, die er neulich
in dem Boot bei Murano an den Tag gelegt hatte, aber jetzt war er
dazu noch recht wild in der Erscheinung, gelocktes schwarzes und
graues Gesichtshaar verwirrte sich mit dem langen Haar, das ihm
von der Stirn zurückfiel, und der Umhang und die Hosen aus
Baumwolle waren schmutzig. Nach den ersten raschen, schweigend zurückgelegten Schritten zum Bett schien er sich jäh herumzudrehen und Loppe anzusprechen: «So! Dann ist es also
wahr!»

«Daß ich am Leben bin? Das könnte man sagen, Padre. Ich
hatte Saloum ibn Hani gebeten, Euch zu bestellen, Ihr möchtet
noch warten, bis ich mich um Ser Niccolos Wohlergehen gekümmert habe.»

«Er hat Sumpffieber. Wie er es in den Abruzzen hatte. Und in

Trapezunt. Ich dachte, Ihr nenntet ihn Nicolaas. Ihr könnt ihn ruhig Nicolaas nennen, nun da Ihr ein Schwindler geworden seid wie er.»

«Er hatte vor, hier haltzumachen», sagte Loppe. «Ich weiß, was er für eine Krankheit hat. Er wird entsprechend behandelt. Ich werde Euch in Kürze alles erklären.» Wenn er sich Beherrschung auferlegte, wurde seine Stimme zutiefst musikalisch, wie ein Gesang.

«So, werdet Ihr das», sagte Gottschalk. Es war nicht als Frage gedacht. «Ihr werdet uns erzählen, wie Ihr auf der *Niccolo* zurückgeblieben, aber als einziger entkommen seid. Wie Ihr Raffaelo Doria zum Joliba geführt habt, so daß die Grubenleute von Wangara ihn und seine Männer töten konnten – und wie Ihr wiederum als einziger davonkamt. Wie Ihr sichergestellt habt, daß Nicolaas nachfolgte in dem Glauben, Ihr wärt in Gefahr, und wie Ihr Saloum angewiesen habt, Jorge da Silves zu übertölpeln und ihn und seine Leute in den Tod zu schicken. Sollte auch Diniz mitgehen und zusammen mit Jorge den Tod finden? Hätten wir alle außer Nicolaas sterben sollen?»

Nicolaas hörte seinen eigenen Namen. Die Diener schienen das Gemach verlassen zu haben, auch der, der ihm Kühlung zugefächelt hatte. Die Bettlaken waren schwer und feucht, aber sein Körper war gewichtslos. Loppe sagte: «Es ist eine gefahrvolle Reise nach Timbuktu. Die launischste Gefahr ist die Habgier.»

«Und Ihr glaubt, Nicolaas sei frei davon?» erwiderte Gottschalk. «Diniz war es nicht.»

«Ich bin froh, daß der Junge überlebt hat», sagte Loppe.

«Ach ja – und wer seid Ihr, daß Ihr Menschen zur Sünde verlockt und sie dann dafür bestraft?»

«Bedurften sie der Verlockung? Ich habe Doria von Wangara fortgeführt. Wenn er dorthin gegangen wäre, wärt Ihr gefolgt. Ihr wärt alle getötet worden. Und ich auch.»

«Aber Ihr habt uns nichts von Eurem Plan gesagt», entgegnete Gottschalk.

«Nein.»

Es trat eine Pause ein. Nicolaas trieb auf einen weiteren Traum zu. Da sprach Loppe wieder, recht langsam. «Vielleicht kann er mich hören. Das schadet nichts. Nicolaas ist wegen des Geheimnisses von Wangara nach Afrika gekommen. Es war der einzige Weg, ihn davon fernzuhalten.»

«Auf Kosten wie vieler Seelen?» sagte Gottschalk. «Und wird er es jetzt genug sein lassen?»

«Seht Euch um», sagte Loppe. Aber vielleicht sagte er das auch nicht, da die Bemerkung keinen rechten Sinn ergab, und dann gehörten diese Worte schon zum nächsten Traum. Zum nächsten Alptraum.

In dem wurde viel und laut gerufen, doch Nicolaas erkannte weder Loppes noch Gottschalks Stimme und fragte sich, ob Jordan ihn wieder gefunden hatte. Die Zähne trommelten durch seinen Kopf, Stöcke auf Häute, Stöcke auf Elfenbein, Muschel auf Muschel. Anstatt zu rufen, sprach er mit den Zähnen, aber keiner hörte zu.

Gelis sagte: «Ich habe Angst.»

Niemand antwortete ihr. Sie waren in Timbuktu und hatten ihre erste Nacht dort verbracht. Jetzt war es früher Morgen, und sie, Bel, Pater Gottschalk und Diniz befanden sich auf einem Hof, im Begriff, aus einem zweigeschossigen Haus hinauszureiten, zu dem sie ein großer fremder Neger hingeführt hatte. Der große Neger, von dem sich dann – sie erschraken ein wenig – im Dämmerlicht herausstellte, daß er gar kein Fremder war, sondern der wieder zum Leben erwachte Lopez.

Erschöpft und zu später Stunde eingetroffen, hatten sie Mühe gehabt, die Verwandlung zu erfassen. Sie hatten kaum wahrgenommen, wo sie hingeführt worden waren, da sie nur an Nicolaas dachten, der schon dorthin gebracht worden war und schlief. Lopez hatte für ihre Unterkunft gesorgt und war dann ins Krankengemach zurückgekehrt. Das Gebäude war ihnen, wie sie zu verstehen glaubten, vorübergehend überlassen worden, und Lopez wohnte sonst anderswo. Saloum war nicht zu sehen, aber es waren viele aufmerksame und lächelnde Diener zur Hand. Keiner sprach eine ihnen bekannte Sprache.

Das war nicht überraschend. Sie befanden sich in einem Wartezustand. Sie waren an dem legendären Ort, an dem zu gegebener Jahreszeit das Salz aus der Sahara von den Kamelen auf die Boote umgeladen und dann den Joliba hinauf zum stummen Markt gebracht und dort gegen Gold eingetauscht wurde. Sie waren in Timbuktu, und Nicolaas hatte sie glücklich dorthin gebracht.

Gestern abend waren sie erschöpft gewesen. Mit dem Erwachen heute mußten sie Loppes lebendige Gegenwart in sich aufnehmen, seine Verwandlung vom Negersklaven zu einem Mann namens Umar ibn Muhammad al-Kaburi, der, gefangengenommen und an die Portugiesen verkauft, nicht gelogen hatte, als er sagte, er habe weder Eltern, Geschwister noch Ehefrau, ihnen aber nichts über seine wahre Person gesagt hatte. Und der es dahin gebracht hatte, daß sie um ihn trauerten.

Sie waren bestürzt, weil die Täuschung zu groß war, als daß sie ihm hätten trauen können. Sie hatten Gottschalks Bericht von seinem Gespräch gehört. Diniz, verwirrt und zornig, hatte diese Auseinandersetzung fortführen wollen, aber Gottschalk hinderte ihn daran. Was auch immer Loppes – Umars – Handlungsweise bestimmt hatte, der Schlüssel dazu lag bei Nicolaas, und bis dieser wieder sprechen konnte, sollten sie warten.

Inzwischen ertappte sich Gottschalk dabei, daß er dem Mann aus dem Weg ging, den er so lange kannte, und Gelis bewahrte ein betontes Van-Borselen-Schweigen. Nur Bel, die sich vielleicht der mit Sklaven beladenen *Niccolo* erinnerte, sprach ungezwungen mit Loppe-Umar. Aus seinen Augen sprach seine Dankbarkeit.

Im übrigen nahm der frühere Lopez alles hin, als wäre er auf ihre Mißbilligung und Verwirrung wohl vorbereitet. Nur Nicolaas' Zustand hatte ihn offensichtlich beunruhigt und bekümmert: Er suchte immer wieder den Kranken auf, als könnte er ihn durch seine Willenskraft zum Aufwachen zwingen. Aber Nicolaas, der vor Fieber glühte, hatte sich vorerst in eine eigene Welt zurückgezogen und konnte seine früheren Gefährten nicht erkennen und erst recht nicht mit ihnen sprechen.

Am Abend zuvor hatte sich auch Diniz hilflos an seinem Bett

aufgehalten, aber nichts von Nicolaas erfahren und weniger als nichts von seinem Arzt. Der Mann war ein Neger.

«Von Kabura», hatte Umar-Lopez, grimmig befragt, geantwortet. «Ein Mann aus meinem Volk – viele leben in dieser Gegend. Er ist Meister der Heilkunde, so gut ausgebildet wie Euer Freund Abdul Ismail von der Mameluckenstreitmacht. Könnte ich Nicolaas einen geringeren Helfer an die Seite geben?» Er hatte innegehalten und sich dann offenbar einen Ruck gegeben. «Ihr denkt wahrscheinlich, ohne mich wäre seine Reise hierher nicht so stürmisch und so blutig verlaufen. Das ist wahr. Es tut mir leid.»

«Auf Zypern hatte Nicolaas kein Sumpffieber», sagte Diniz. «Da hat er sich auf andere Weise bestraft. Ich glaube, er wird sehr zornig werden, wenn ihm bewußt wird, daß Ihr nicht tot oder ein Traum seid.»

«Dessen bin ich sicher», sagte Umar-Lopez. Dann setzte er hinzu: «Es ist ungewöhnlich, daß jemand so viel von dem deutet, was Nicolaas denkt. Aber Ihr seid natürlich von seinem Blut. Von seiner Hautfarbe.»

«Was hat die Hautfarbe damit zu tun?» hatte Diniz entgegnet. «Ich habe ihn dabei beobachtet, wie er Katelina van Borselen verlor.»

Jetzt war es Morgen, und ihr Gastgeber – ihr Gefängniswärter? – hatte kundgetan, daß er heute das Gebäude nicht zu verlassen wünschte und auch nicht wünschte, daß sie dies taten. Auf Drängen drückte er sich offener aus: «Es ist üblich, daß Gäste Timbuktus in den Häusern verweilen, bis sie dem Gouverneur, dem Timbuktu-Koy, ihre Aufwartung gemacht haben. Wenn Nicolaas gesund ist, werdet Ihr alle hingehen.»

«Ich will nicht so lange warten», sagte Gottschalk. «Ich habe heute morgen einen Ritt durch Timbuktu im Sinn, entweder mit Euch oder ohne Euch. Vito kann bei Nicolaas bleiben.»

Er hatte nicht damit gerechnet, daß Umar-Lopez zustimmte, aber er tat es. Er besaß also doch keine vollkommene Gewalt über ihr Tun und Lassen. Gottschalk machte sich nicht weniger Sorgen um Nicolaas als die anderen, aber sie mußten sich umsehen, um ihre Lage beurteilen zu können. Im Haus festgehalten, waren sie völlig auf Lopez angewiesen. Wie kurz ihr Ritt jetzt auch vielleicht war, sie würden zumindest sehen, wo sie waren. Wenn Nicolaas aufwachte, würde ihnen solches Wissen von Nutzen sein. Man *mußte* einfach glauben, daß Nicolaas genas, und zwar bald.

Gottschalk, Diniz, Gelis und Bel unternahmen ihren Ritt durch Timbuktu auf dem Rücken kleiner Araberpferde und verschleiert und gewandet nach der Art des Landes. Es sollte ein kurzer und unauffälliger Ausflug sein. «Sonst?» sagte Diniz. Der Arm schmerzte ihn.

«Sonst könnt Ihr nicht in Timbuktu bleiben», hatte Umar-Lopez in bedauerndem Ton gesagt.

Im Dämmerlicht des gestrigen Abends hatten sie nur wenig wahrgenommen. Jetzt war alles überraschend und neu. Sie verließen den Hof, und ihre Pferde schritten aus auf Sand zwischen hohen Mauern aus gestrichenen Schlammziegeln, von Bäumen beschattet und überladen von Kletterpflanzen und Blumen. Die Gasse, die sie eingeschlagen hatten, führte überraschenderweise zu einer zweiten Gasse und weiter zu einer dritten.

Sie erreichten einen hübschen offenen Platz voller Planen und schattenspendenden Bäumen, der sich als ein Warenmarkt erwies und der größer war, als sie erwartet hatten. Man sah in Fülle, was Fluß und Weide lieferten, sah Haufen von Reis und Hirse und Tamarinden, Stapel von Kokosnüssen, Säcke mit Baobabmehl, Kalebassen voller Honig und Wachs und weichem Käse, und da gab es Datteln, frischen und geräucherten Fisch, Milch in Ziegenbälgen und stämmige gelbe Flaschenkürbisse mit Säften.

Ziegen meckerten und Hühner flatterten, indes Kübel mit Palmöl zischten und rauchten und Kinder fröhlich herumhüpften. Die Verkäufer und Käufer zeigten alle Hautschattierungen von Kastanienbraun bis Schwarz, und viele waren nackt. Sie sangen und schwatzten und lachten. Es war ein Ort bezaubernder Heiterkeit.

«Sie sind von verschiedenen Stämmen», erklärte Umar-Lopez, «und kommen jeden Tag. Ihr könnt hier Songhai, Tamashag und sogar klassisches Arabisch hören. Es gibt noch einen anderen Markt für Töpfe und Körbe und Schüsseln aus den Handwerkerstuben.»

«Sind die Händler hier?» fragte Diniz. Sie ließen den Markt hinter sich.

«Nein», sagte Umar. «In Timbuktu treiben die Kaufleute Handel von ihren Häusern aus. Wir erreichen dieses Viertel jetzt.»

«Dieses Viertel?» wiederholte Diniz. Er war nachsichtig, bis die Straße eine Biegung machte und breiter wurde. Hier standen zu beiden Seiten Herrenhäuser, einige von Mauern eingefaßt, andere mit großen, glänzenden Türen zur Straße hin, die Seitenwände mit Durchbrucharbeiten verziert. Die Straße zwischen ihnen war von Licht gesprenkelt.

«Das ist ja eine Stadt!» rief Diniz aus.

Umar-Lopez sah ihn an. «O ja», sagte er.

Auch hier waren Menschen, viele sogar. Manche schritten schwarz, nackt und lächelnd dahin, mit Bündeln auf dem Kopf oder an der Hüfte oder Ziegen, Schafe oder eine Kuh vor sich her treibend. Andere ritten auf Maultieren, Eseln oder Kamelen und waren in Kleider eingehüllt; gestiefelte Männer, gewandet wie die umherziehenden Händler von Arguim und mit dem dunkelblauen Kopftuch vorm Gesicht, so daß man nur die aufmerksam blickenden Augen sah. Es gab Männer in Mänteln und dunklen Turbanen, die braunhäutig oder schwarz sein mochten, haarlos oder bärtig oder schnauzbärtig. Es gab Männer, braunhäutig oder schwarz, in weißen Gewändern und mit umwickelten Köpfen, die gesetzt einhergingen, einen Stock oder eine Schriftrolle in der Hand.

Da waren Gruppen von schwarzäugigen Frauen in Schleiern, gefolgt von Dienstboten, die ganz schwarz waren und weder Frauen noch Männer. Da waren schwarze Dienstboten beiderlei oder keinerlei Geschlechts, die schwarze Frauen eskortierten, welche nicht nur unverschleiert, sondern völlig unbekleidet waren. Ein solcher Zug kam in Sicht, als sie noch hinsahen: unbekleidete Männer und Mädchen, die mit langbeinigen trägen Schritten vorübergingen. Sie hielten die Köpfe hochgereckt, und ihre Haut glänzte, und die Herrin unterschied sich von ihrem Gefolge durch ihre Schlankheit, durch ihre goldenen Ohrringe und Armreifen und die Goldkette mit ihrem roten Ledermedaillon zwischen Brüsten gleich reifen Feigen.

Diniz erblickte eine solche Halskette nicht zum ersten Mal. Umar-Lopez trug eine über seinem Gewand. Er sah noch einmal zu dem Mädchen hin, um sich zu vergewissern.

Er wurde sich bewußt, daß ebendieser Umar-Lopez in ernstem Ton weiter erzählte. «Ihr seht dort die Tuareg, die ihr Gesicht bedecken. Berber. Fischer vom Stamm der Bozo. Von jenseits des Flusses die Männer und Frauen mit bemalten Gesichtern und jene mit Gold durch die Lippen. Die Männer der Rechtswissenschaft, die Gelehrten, das sind die in der weißen Kleidung.» Er hatte weiter mit feierlicher Stimme gesprochen.

Die Männer der Rechtswissenschaft, denen die kleine Gruppe von Reitern auffiel, lächelten manchmal zu Umar hin und verneigten sich. Zwei- oder dreimal drehte sich ein Mann mit erstauntem Gesichtsausdruck um und eilte dann herzu und begrüßte ihn mit einem Sturzbach von Arabisch, auf den Umar lächelnd, aber knapp antwortete. «Sie sind nicht alle überrascht, Euch zu sehen», bemerkte Gottschalk.

«Ich bin seit einigen Tagen hier.» Das wußten sie jetzt. Als er erst Dorias ledig gewesen war, hatte er sich eilends auf den Weg gemacht und war dreimal so schnell vorangekommen wie sie – er hatte sich von Dorf zu Dorf Pferde ausgeliehen und dann die schnittigsten Flußboote benutzt.

Diniz dachte an Nicolaas, wie er Bel in den Armen trug. «Wie lang wart Ihr von Eurer Heimat fort?» fragte er.

«Zehn Jahre», sagte Lopez. Sagte Umar.

«Und Ihr habt nie versucht zurückzukehren – bis jetzt?»

«Ein Sklave kann nicht reisen», sagte Umar. «Nicolaas und Marian de Charetty haben mich freigelassen, und ich habe versucht, es ihnen zu vergelten. Dies ist jetzt ein Händlerviertel, wie Ihr seht. Das Haus, in dem Ihr untergebracht seid, steht auch in einem solchen Viertel. Der Kaufmann, der in Eurem Haus wohnt, ist abwesend, und seine Familie ist in ein anderes Haus umgezogen, das sie besitzt. Sie hat aber einige ihrer Dienstboten für Euch zurückgelassen.»

«Sklaven», sagte Gelis. Die Häuser waren aus roh verputzten Schlammziegeln oder aus Kalkstein. Der Kalkstein mußte von anderswoher eingeführt worden sein. Wie sie gehört hatte, gab es in der Wüste Steinbrüche. Die Wände neigten sich und hatten eigenartige Ornamente: kaminähnliche Stützpfeiler und Anhängsel wie Pyramiden. In der Ferne sah sie verschwommen ein Gebäude, das groß genug war, um eine Sphinx zu beherbergen. Es war mit Dornen gespickt wie ein Stachelschwein. Daneben erhob sich ein Minarett.

«Sklaven? Ja», sagte Umar-Lopez.

«Und Eunuchen», setzte Gelis hinzu. «Das ist eine Moschee.»

«Wir sind an mehreren vorbeigekommen», sagte Umar-Lopez. «Aber das ist die älteste. Es ist auch eine Universität, und ringsherum stehen die Häuser der Gelehrten und Lehrer. Ich hätte dort lehren sollen, wäre ich nicht eingefangen worden. Da sind viele Schulen. Ihr werdet sie Euch gewiß eines Tages ansehen wollen.» Er sprach zu Gottschalk.

Gottschalk sagte: «Euer Name ist Umar ibn Muhammad al-Kaburi. Ihr seid als Muslim erzogen worden?»

«Vergebt mir», sagte Loppe. Unter der weißen Mütze waren seine Augen so klar wie eine Schwarzweißzeichnung.

«Ihr wart nie der Christ, als den Ihr Euch ausgegeben habt?»

«Ich war getauft.»

«Ihr habt das Vertrauen Eurer Lehrer enttäuscht und werdet jetzt wohl ein zweites Mal eingeschworen», sagte Gottschalk. «Das ist nicht die Handlungsweise eines Gelehrten.»

«Ich versuche auch nicht, mich zu entschuldigen», erwiderte Umar-Lopez. «Ich sage nur, daß ich nicht den eigenen Vorteil angestrebt habe. Da ist das Haus des Imams dieses Gebiets, der auch Richter ist. Es ist der Beruf meines Vaters und meines Großvaters. Wir haben den nördlichen Stadtrand erreicht, wie Ihr seht. Dahinter kommt der *Abaradiou*, die Gegend der Tümpel und der Weiden, wo die Kamelkarawanen rasten am Ende ihrer Reise. Die wichtigste *Azalai*, die Salzkarawane, trifft hier im Mai ein, aber es gibt andere dazwischen.»

«Ich sehe Krieger», bemerkte Gottschalk.

«Hier hat eine kleine Abteilung ihre Unterkunft. Die großen Quartiergebäude sind beim Palast. Timbuktu hat kaum Verteidigungsanlagen. Aber der Stadthauptmann sorgt für Ordnung und Sicherheit, wenn er da ist. Wir sollten uns auf den Rückweg machen.»

«Beim *Palast*?» sagte Gelis. «Ist der auch ägyptisch?»

Umar lächelte sie an. «Nein, der ist andalusisch. Ihr habt einen seltsamen Karawanenendpunkt gefunden, nicht wahr? Fünfzehnhundert Meilen vom Meer entfernt: ein großer Handelsplatz, ein Angelpunkt. Der eine Arm deutet in die Wüste, der andere nach Süden, zum Sumpf, zum Fluß, zu den dampfenden Regenwäldern der menschenfressenden Schwarzen. Zu meinen Vorvätern.»

Ihr Blick war keine Herausforderung. «Wie viele Menschen leben hier?»

«Vierzigtausend», sagte er. «Ihr seid in einer Stadt von der Größe von Florenz, von Brügge. Sie ist größer als Genua oder Köln, zweimal so groß wie Pavia oder Lübeck. Eine schmelzende Stadt, auf Gold gebaut.»

«Schmelzend?» verwunderte sie sich.

«Ihr wart nicht in der Regenzeit hier. Schlammziegel lösen sich auf, Rauhputz zerbröckelt. Kalkstein hält hier kaum länger als hundert Jahre. Der Marmor, die Säulen, der Stuck sind für heute, nicht für morgen. Morgen bauen wir alles wieder neu. Wir sollten zu Nicolaas zurückgehen.»

«Wußte er das?» fragte Gelis.

«Was Timbuktu für ein Ort ist? Ich habe es ihm nicht gesagt.»

Auf dem Rückweg kamen sie an einer weiteren großen Moschee vorüber, aber Umar erlaubte ihnen nicht, dort anzuhalten, und später durften sie auch nur einen kurzen Blick zwischen Palmen hindurch auf das herrliche Gebäude werfen, das er andalusisch genannt hatte. Sie rochen Blumen, hörten Wasser plätschern und erblickten Gärten. «Ihr seid in großer Eile», bemerkte Gottschalk.

«Ich mache mir Sorgen um Nicolaas», sagte Umar. Sein Blick war nach vorn gerichtet. Sie sahen, daß vor ihnen der zertrampelte Übungsplatz lag, mit den hohen Mauern und den flachen Dächern der Kriegerquartiere. «Es tut mir leid», sagte Umar.

«Was ist?» fragte Gottschalk und hielt dann an, denn auch er sah den Reitertrupp, der da aus dem Tor herauskam und ausfächerte, um sie einzukreisen.

Was ihnen allen den Atem raubte, war das Plötzliche und fast Lautlose des Vorgangs. Eben noch war ihr Weg frei gewesen, und im nächsten Augenblick sahen sie ihn versperrt, sahen sie sich umschlossen von einem Kreis gesichtsloser Berittener, deren Köpfe in das blaue Tuch der Tuareg eingehüllt waren. Keiner sprach ein Wort. Die Pferde des Reitertrupps, am kurzen Zügel gehalten, stampften und zappelten. Alle Reiter waren bewaffnet: ihre Schwerter klirrten. Einer begann vorzureiten.

Umar sagte ganz leise etwas. Es war ein flämisches Wort. «Wer?» fragte Diniz.

«Der Stadthauptmann», sagte Umar. «Er hat davon gehört und ist in die Stadt zurückgekehrt.»

«Was gehört?» wollte Gottschalk wissen.

«Daß Christen hier sind. Verbergt Eure Gesichter. Überlaßt alles weitere mir.»

Ihnen blieb nichts anderes übrig. Gelis und Bel senkten die Köpfe, die Gesichter bedeckt. Gottschalk und Diniz, mit ihrem kümmerlichen Arabisch ausgerüstet, sahen den Mann anhalten und sprechen.

Er trug die gleiche Kleidung wie seine Krieger, aber das gazellenbraune Schild, der Bogen und das Schwert waren reich mit Gold verziert, und sein unterer Schleier war heruntergezogen und gab eine Hakennase, einen dichten schwarzen Schnurrbart und von Narben bedeckte rotgelbe Haut frei. Um seine Schultern lag eine Goldkette so dick wie ein Seil. Er sagte, Maghsharen-Arabisch gebrauchend: «Ihr scheint verwundert. Würde Akil ag Malwal es versäumen, die Freude der Umma über die Rückkehr eines Sohnes der Stadt zu teilen? Seid gegrüßt, Umar.»

«Seid gegrüßt, erhabener Akil», erwiderte Umar. «Nein, ich war sicher, Ihr würdet es nicht versäumen. Geht es Euch gut?»

«Gewiß. Und diese sind Eure Ehefrauen und dies ist Euer Eunuch? Er ist dafür erstaunlich gut mit Haar ausgestattet. Und der junge Mann hat die Farbe eines *Bidan* vom Maghreb. Euer Sekretär, Euer Diener vielleicht? Oder ein Freund für Euer Lager?»

Der Mann streckte den Arm zu Diniz hin aus und berührte mit dem Ende der Peitsche seine Wange. Diniz funkelte ihn an, die Fäuste fest an den Zügeln.

419

Umar gebrauchte seine Schmeichelstimme. «Da Ihr abwesend wart, Erhabener, konntet Ihr nicht an meiner Freude über den Willkommensgruß des Timbuktu-Koy an mich und meine Gefährten teilhaben. Sie sind würdige Seelen: eine Gruppe von Kaufleuten und Kartenzeichnern, die nach Osten zieht. Sie sind hier eingekehrt, um zu rasten und um Freude, Geschenke und milde Gaben zu verteilen in den Hallen des Timbuktu-Koy. Er wird es Euch sagen.»

«Ich gehe jetzt zu ihm», sagte der Stadthauptmann. «Eure Frauen sind Kaufleute? Gelobt sei Allah. Ich gehe jetzt zu ihm, um seine Wünsche bezüglich Eurer Gefährten zu erfahren . . .»

«Ich sagte Euch doch . . .» Umars Stimme war um einiges dunkler als die des anderen.

«Aber natürlich, nur daß der Koy ihnen noch keine Audienz gewährt hat, soviel ich gehört habe. Sie können deshalb nicht als von der Stadt angenommen gelten. Eine Täuschung ist möglich. Ihr selbst mögt getäuscht worden sein. Und inzwischen streifen sie durch die Straßen und stecken vielleicht unsere Menschen an und verderben sie. Ihr seht meine Zwangslage?»

«Ich sehe, daß wir guten Grund haben, uns schnell in unsere Unterkunft zurückzubegeben», erwiderte Umar. «Ich gestehe meinen Irrtum ein. Ich ließ mich vom Stolz auf meine Stadt leiten. Unser Ritt war jedoch nur kurz, und meines Wissens wurde niemand in seinem Glauben geschwächt. Aber wir ziehen uns zurück. Wir werden die Vorladung des Timbuktu-Koy abwarten.»

«Ihr könnt sie hier abwarten», sagte Akil ag Malwal mit einem Kopfnicken. Der waffenstarrende Kreis um sie herum gab eine Öffnung zum Kriegsquartier hin frei. «Eine vorläufige Lösung, natürlich. Ihr habt die genuesischen Hunde ihrer Strafe zugeführt, und Eure Gefährten mögen unschuldig sein. Aber ihr Anführer, so habe ich gehört, ist jemand, der es auf das Gold von Wangara abgesehen hat. Seine portugiesische Vorhut hat sich mit unseren Kaufleuten von Timbuktu angelegt.»

Diniz errötete. Umar-Lopez sagte: «Das haben sie, und sie sind gestorben. Ihr Anführer, ein flandrischer Kaufherr, führt nichts gegen das Gold von Wangara im Schild. Einige seiner Gefolgsleute waren ungehorsam und haben, wie Ihr sagtet, ihre Strafe erhalten. Der flandrische Kaufherr hat keine Beschwerde eingereicht, und der Timbuktu-Koy wurde von der Angelegenheit verständigt. Wenn das alles ist, würden wir daher lieber in unsere Unterkunft zurückkehren.»

«Nun, dann sollt Ihr das auch», entschied der Tuareg-Hauptmann mit einem Lächeln. «Keiner, der Euch kennt, würde an Euren guten Absichten zweifeln. Aber ich bin verantwortlich, wenn noch immer Unheil geschieht. Der flandrische Kaufherr hat keine Beschwerde eingereicht, vielleicht weil er Böses im Sinn hatte und noch immer hat. Er ist der Anführer, er ist verantwortlich. Ich habe befohlen, ihn zwecks Vernehmung festzunehmen. Wir begeben uns zusammen zu seinem Haus. Ihr und Eure Gefährten könnt bleiben, und der flandrische Kaufherr reitet mit uns zurück zu unserem Gefängnis. Es ist ein sehr angenehmes.»

«Ihn festnehmen? Er ist krank. Deshalb hat die Audienz noch nicht stattgefunden.»

«Wir haben verständige Ärzte», sagte der Kommandeur. «Ich rate Euch, mischt Euch da nicht ein.»

«Ich mische mich aber ein!» sagte Diniz und ritt vor. Es folgte ein plötzliches Wimmern von gezogenen Schwertern. Gottschalk und Gelis drängten sich um Diniz, und Gottschalk ergriff seine Zügel. Die Worte waren auf portugiesisch gesprochen worden, aber sein Gesicht war Übersetzung genug.

«Mein Gefährte ist jung und ungestüm», bemerkte Umar, «und vergißt, in welcher Stadt er zu Gast ist. Ich verneige mich natürlich vor Eurer Weisheit, doch meine gelehrten Amtsbrüder könnten Einwände erheben. Saloum ibn Hani, der Marabut, wurde von ebendiesem Flamen aus der Sklaverei befreit, und da er ihn für einen aufrechten Menschen hielt, führte er ihn und seine Gefährten hierher. Der Timbuktu-Koy weiß das. Es könnte ihn auch freuen zu erfahren, daß in schwierigen Augenblicken der erhabene Akil keine überstürzten Entscheidungen traf und diesen Leuten zudem einen Dolmetscher beigab.»

«Euch? Nun, so sei es», sagte der Kommandeur. «Bleibt bei ihnen. Vermittelt ihnen, was ich gesagt habe. Ich bin kein grausamer Mensch. Ihr Kaufherr soll die beste Zelle im Gefängnis haben.»

Sie kehrten auf demselben Weg zurück, den sie gekommen waren, nur daß sie diesmal von einer Abteilung von zweihundert bewaffneten Reitern eskortiert wurden. Jetzt zeigten sich keine Zuschauer, die es gedrängt hätte, Umar einen freudigen Gruß zuzurufen. Die Gassen waren wie leergefegt. Sie gelangten in den schmalen Durchgang zwischen Mauern, an dem ihr Quartier lag.

Diniz biß sich auf die Lippen. Gegen eine solche Streitmacht waren sie machtlos. Vito würde dasein, aber unbewaffnet. Der Arzt, ein Araber, würde nichts ausrichten, und Nicolaas, im Fieberwahn oder bewußtlos, konnte weder sich noch sie verteidigen. Bel, von der er geglaubt hatte, sie habe die Sprache verloren, sagte: «Umar, was können wir tun?»

«So tun als ob», sagte Umar. Er sprach in knappem Ton, den Blick auf anderes gerichtet.

Gelis schlug den Schleier zurück. «Da!»

Das Tor zu ihrem Hof stand offen, und eine Menschenmenge hatte sich versammelt, durch irgendein Schauspiel angelockt. Gottschalk sagte: «Heilige Mutter Gottes!» und versuchte sich zu beeilen.

Der Kommandeur Akil hatte es nicht so eilig. Er hob die Hand, und seine Reiterei verlangsamte die Geschwindigkeit – und mit ihr zwangsläufig Gottschalk samt seinen Gefährten. Sie schoben sich bis zu der Menge vor, die zurückwich. Dann waren sie am Tor und sahen, was vorging.

Von Nicolaas war nichts zu sehen. Der Hof zwischen dem Tor und ihrem Haus war voll von Kriegern. Von anderen Kriegern. Von Kriegern, die offenkundig keine Leute von Akil waren, denn bei ihnen waren Nase und Mund nicht bedeckt. Sie waren keine Tuareg, sondern Sanhaja-Berber, mit Schwertern bewaffnete Fußkrieger. Sie hielten den Vorhof besetzt, eher ein Haufen Bewaffneter als eine ausgebildete Mannschaft, aber ihre Wachsamkeit schmolz sie zu einer Einheit zusammen. Sie trugen auch Speere und Messer, aber nicht herausfordernd, eher nach der Art von Wachen, und sie machten keine Anstalten, das Tor vor Akil zu schließen.

Akil ag Malwal ritt in den Hof und hielt an, und seine Reiter rückten zu ihm vor und machten links und rechts von ihm gleichfalls halt. Die zwei Gruppen von Kriegern sahen sich an.

«Seid gegrüßt», sagte jemand. Es war einer von den Männern auf dem Hof, ein kräftiger, dunkelhäutiger Mann in Wollkleidung. «Der Timbuktu-Koy schickt uns, um Eure Dienstbeflissenheit zu loben. Er hat diese Neuankömmlinge unter seinen Schutz gestellt. Ich soll Euch danken und sagen, für die Sicherheit des flandrischen Kaufherrn sei gesorgt.»

«Dann sei Allah gepriesen», sagte Akil ag Malwal. «Wenn Ihr zur Seite tretet, werde ich mich selbst davon überzeugen. Es sind wohl Männer von mir drinnen.»

«Leider», sagte der Mann, der gesprochen hatte, «mußte ich sie des Hauses verweisen, da ich den Befehl habe, niemanden außer der Begleitung des flandrischen Kaufherrn einzulassen. Der Flame soll bleiben.»

Ein Geräusch hing in der Luft, das ein Knurren aus zweihundert Tuaregkehlen sein mochte. Die Männer auf dem Hof machten an Zahl nicht einmal ein Drittel der Reiterei aus. Bel begann zu husten, und Gelis, die sich vorbeugte, legte einen Arm um sie und rief dem Hauptmann zu: «Herr, ich weiß nicht, was Ihr fürchtet, aber sie ist krank!»

Wie kurz zuvor bei Diniz war der Sinn ihrer Worte deutlich genug. Ihr Gesicht, unverschleiert und verzweifelt, sah herrlich aus. Es entstand ein allgemeines Gemurmel, vielleicht der Bewunderung. Kommandeur Akil stellte kein derartiges Gefühl zur Schau. Einen Augenblick lang saß er wortlos im Sattel, dann rief er seinen Leuten mit einer abrupten Bewegung einen Befehl zu. Die Pferde rührten sich, und die Reiter begannen sich zum Tor zurückzuziehen.

Umar sagte: «Ich danke Euch. Mögen viele Segnungen folgen.» Der Kommandeur wandte sich um und ritt hinaus, ohne seiner zu achten.

Das Tor wurde geschlossen. Umar beugte sich aus dem Sattel und sprach zu dem Hauptmann des Timbuktu-Koy. Diniz preschte weiter in den Hof hinein und saß ab, gefolgt von Gott-

schalk und den Frauen. Keiner hielt sie an. Als Umar sich zu ihnen
gesellte, hatten sie schon das Haus erreicht. Vito kam herausge-
rannt. Er war gelb im Gesicht.

«Was ist?» fragte Umar. Sein Atem ging schnell.

«Diese Schweine!» sagte Vito. «Sie wollten Messer Niccolo fort-
schaffen! Ihr habt mir keine Waffen dagelassen, wißt Ihr, daß Ihr
mir nichts dagelassen habt, womit ich ihn hätte verteidigen können? Und dann kamen die Männer des Gouverneurs und haben
ihnen Einhalt geboten. Ich dachte, sie hätten Euch alle getötet.»

«Nein», sagte Umar. «Aber Ser Niccolo? Wie geht es ihm?»

«Nicht besser.» Der Arzt war gemessenen Schrittes hereingekommen. «Aber er hat in seinen Fieberträumen vielleicht weniger
gelitten als Ihr in der Wirklichkeit. Es wäre aber gut, wenn er jetzt
in Ruhe gelassen würde. Die heutige Nacht kann entscheidend
sein.»

«Heute nacht werdet Ihr alle Waffen haben», versicherte
Umar, «und ich werde mit den anderen am Tor Wache halten.
Obwohl wir jetzt sicher sein sollten.»

Gottschalk sagte: «Es war unsere Schuld, weil wir auf dem
Ausritt bestanden. Es wäre gut gewesen, wenn Ihr uns auf die
Gefahren aufmerksam gemacht hättet.»

«Ich wußte nicht, daß Akil wieder zurück war», erwiderte
Umar. «Aber er hätte es gehört und hätte auf jeden Fall herzu-
kommen versucht. Es wäre nicht dazu gekommen, wenn Eure
Audienz stattgefunden hätte. Wollt Ihr bei Nicolaas wachen? Es
sollte jemand die ganze Nacht bei ihm sein.»

«Natürlich», sagte Gottschalk.

«Und hier ist Gelis», ließ sich Bel vernehmen. «Sie wird Euch
ablösen.»

Gottschalk holte Atem und wollte das Angebot schon zurückweisen, schwieg aber dann. Schließlich sagte er: «Ja. Laßt sie bei
ihm sitzen. Es sei denn, sie hätte Angst.»

«Davor nicht», meinte Gelis.

Es war zweifelhaft, ob Nicolaas in seinen Fieberträumen tatsächlich weniger gelitten hatte. Er erinnerte sich nur sehr verschwom-

men daran, daß er aus dem Bett gezerrt worden war, daß sich zwei Gruppen gestritten hatten und daß er wieder ins Bett gebracht worden war, nachdem man versucht hatte, ihn mit Fragen aufzuwecken. Da er sie weder verstehen noch abwehren konnte, war es ganz gut, daß sich seine Antworten auf ganz andere Dinge bezogen, die ihn beschäftigten.

Was er von sich gab, war ein weitschweifiger Vortrag, der Tuareg oder Berber wenig sagte, zumal er in französischer Sprache gehalten wurde. Seine Alltagssprache mochte Flämisch sein, aber in Zeiten der Anspannung bediente er sich der Sprache seiner Mutter. Er gebrauchte sie weiter die ganze Nacht hindurch, als zuerst Gottschalk und dann Gelis bei ihm saß. Gegen Morgen führte das Fieber noch einmal zu heftigen Schweißausbrüchen, und Gelis rief den Arzt und überließ ihm ihren Platz am Krankenbett.

Als sie wieder hereintrat, sah sie, daß Tücher und Lager erneuert worden waren. Nicolaas, abgetupft und gewaschen und in ein trockenes Bettgewand gekleidet, lag flach wie eine Puppe auf seinen Kissen. Der Arzt sagte: «Es ist das Ende, versteht Ihr, das Ende des Fiebers. Es wird viel Schlaf kommen, und er muß zu trinken haben, aber nur wenig essen. Jetzt ist keine Gefahr mehr: Ihr könnt ihn allein lassen.» Er klopfte ihr auf die Schulter. «Ihr seid müde.»

Er sah selber müde aus. Die Lampe flackerte, mit dem Morgendämmerlicht wetteifernd, das durch Ritzen hereinfiel. Sie sagte: «Bald», lächelte, dankte ihm und geleitete ihn hinaus. Dann ging sie zum Fenster und öffnete die Läden.

Ein Hahn krähte, ein Laut, wie man ihn überall hörte, und ein Kind schrie. Ein Kamel schwankte wiegend die Gasse hinunter, ein Junge auf seinem Rücken klopfte mit seinem Stock zuerst auf die eine, dann die andere Seite. Auf dem Dach des Hauses gegenüber saß ein Geier. Nicolaas sagte mit unsicherer Stimme: «Verzeihung! Wer ist da?»

Sie drehte sich um und kam ins Lampenlicht zurück. Gegen das Licht vom Fenster her mußte sie mit ihrem gelösten Haar fremd aussehen. Sie setzte sich auf die Bettkante und sah ihn an. Die

Nacht hindurch hatte sie wie nie zuvor Muße gehabt, ihn zu betrachten. Während sie die Tücher für seinen Hals und seine Stirn auswrang, ihm das Haar von den Augen strich, ihm zum Trinken den Kopf anhob, hatte sie seine Gestalt, seine Größe, sein Gewicht ermessen, hatte sie sich eine Vorstellung von den kräftigen Händen gemacht, hatte sie die Züge gemustert, die die breiten, geraden Falten auf seiner Stirn verursacht hatten, die fröhlichen Falten um die Augen herum und die anderen, Grübchen zur Zeit, die sich eines Tages vertiefen und sein Gesicht verändern würden.

Es hatte sich schon verändert durch die Entbehrungen der letzten Wochen wie auch durch die Krankheit. Er spiegelte, weil er noch nicht alt genug war, die Beanspruchung nicht so wider, wie Gottschalk dies tat, dessen große Gestalt ausgehöhlt wirkte und dessen Gelenke knotig wurden. Nicolaas ging aus einer Notlage an Natur gestärkt hervor, wie ein Nestling, der schnell zur Reife gelangt. Das war irreführend. Nachdem sie ihm die ganze Nacht zugehört hatte, glaubte sie nicht, daß er je unreif oder ein Nestling gewesen war. Sie wollte jetzt nicht mit ihm sprechen.

Er hatte sie erkannt. «Wart Ihr die ganze Nacht hier?» fragte er.

«Ich und Pater Gottschalk. Es war Bels Vorschlag.»

«War es aufregend?»

Sie tat nicht so, als verstünde sie ihn nicht. «Ja», sagte sie.

Er schwieg, hielt aber die Augen offen. «Schlaft jetzt», sagte sie in knappem Ton.

Er sagte: «Ich dachte, Ihr wolltet mir sagen, welche Geheimnisse ich preisgegeben habe.»

«Nichts, was ich nicht geahnt hätte», erwiderte Gelis. Sie blies die Lampe aus und erhob sich vom Bett.

«Nichts? Du lieber Gott.» Seine Augen waren noch immer offen.

«Oder nur sehr wenig», sagte sie. «Ich wußte, daß Ihr mit Katelina ein Kind hattet. Den Sohn, den Simon für den seinen hält. Gottschalk weiß es.»

«Ja, und Tobie. Tobie ist mein Arzt. Mein anderer Arzt. Einer meiner anderen Ärzte. Wenn Ihr Simon sagt, es sei meins, bringt er es um.»

«Es? Ich dachte, es sei ein Sohn. Wollt Ihr Katelinas Sohn nicht?»

Seine Augen waren blaßgrau mit Haarlinien von dunklerem Grau um die Iris herum. Er sagte, aber nicht sofort: «Ich ziehe ein ruhiges Leben vor.»

Anderswo im Haus waren Leute aufgestanden und machten sich zu schaffen. Sie hörte Stimmen und Schritte. Die Nacht war um, und es hatte keinen Überfall gegeben. «Ihr hattet gestern morgen beinahe ein recht unruhiges Leben», bemerkte sie. «Der Gouverneur und der Stadthauptmann haben sich um Euch gestritten.»

«Ich erinnere mich, daß ich mich erbrochen habe», sagte er. «Wer hat gewonnen?»

«Umar.»

«Umar», wiederholte er. Sie sah, daß er im Augenblick zu sehr geschwächt war, um denken zu können. «Ich weiß nicht einmal, wo ich bin», setzte er hinzu.

«In Timbuktu», sagte sie.

«Und wer ist Umar?» fragte er. Seine Stimme klang brüchig; er war schon seit einigen Stunden heiser, schien sich dessen aber kaum bewußt zu sein. Sie zögerte.

Die Tür war so leise aufgegangen, daß sie es nicht gehört hatte. Lopez war hereingekommen und gleich stehengeblieben. Lopez. Umar. Er wartete, bis Nicolaas ihn bemerkte. Keiner sprach. Gelis hielt den Atem an.

Da er sich diesmal nicht zu verstellen vermochte, lag der Kranke regungslos auf seinem Lager, nur das Gesicht veränderte sich. Sein instinktives Gefühl, so glaubte Gelis, war Furcht gewesen.

Das Schweigen zog sich in die Länge. Dann stützte sich Nicolaas auf den einen Ellenbogen hoch. «Jetzt erinnere ich mich», sagte er. Seine bleiche Haut war aschfahl.

«Geht bitte», sagte Umar, ohne sich umzublicken.

Sie brauchte nicht mehr zu bleiben. Sie wußte, was Nicolaas für Lopez empfand. Sie wußte, was Nicolaas für sehr viele Menschen empfand, aber besonders für Katelina.

Daß Katelinas Körper und der ihre gleich waren, wußte sie

nicht erst seit Nicolaas' Fieberphantasien. Gleich, ja, nur daß der ihre unberührt war, während der Katelinas einen Geliebten, einen Ehemann, eine Mutterschaft genossen hatte. Nur daß sie lebte, während Katelina tot war. Sie wollte nicht hören, was zwischen Nicolaas und einem Mann geschah, der sich nur tot gestellt hatte.

Als sie die Tür öffnete, sah sie Umar in seinem fleckenlosen weißen Gewand und der weißen Mütze vortreten und plötzlich auf die Knie fallen wie ein Dienstbote. Sie hörte Nicolaas sprechen. Nicolaas sagte: «*Wie konntest du es wagen! Wie konntest du es wagen, so etwas zu tun!*»

Sie nahm die Heftigkeit der Worte mit hinaus. Sie konnte sich einen solchen Zorn nicht vorstellen, wäre Katelina zurückgekehrt.

KAPITEL 27

DER ZUSAMMENPRALL zwischen Nicolaas und Lopez wirkte sich anders aus, als man hätte erwarten sollen. Nicolaas fiel nicht mehr ins Fieber zurück, sondern blieb entschlossen auf dem festen Grund, auf den der Zorn ihn befördert hatte, und die alte Lebenskraft stellte sich wieder ein.

Das gleiche hätte man von Lopez sagen können. Als der Ausbruch vorüber war, tauchte die vertraute Gestalt, hochgewachsen, schwarz und zurückhaltend, wie aus einem Schattenreich wieder hervor, um aufs neue so zu reden und sich zu benehmen wie zuvor. Als brauchte er, da Nicolaas jetzt da war, keine Verdrehungen zu befürchten, wenn er auch weder Zustimmung noch Unterstützung genoß. Selbst Diniz mit seinem vielgepriesenen Einblick vermochte nicht ganz zu begreifen, was geschehen war, und Gelis machte, wenn sie sich unbeobachtet glaubte, ein besorgtes Gesicht. Bel sagte: «Was tun Sündenesser?»

«Das ist jetzt nicht wichtig», antwortete Gottschalk. Sie hatten letztlich einige Zeit zusammen verbracht, doch keiner hatte von oder mit Gelis gesprochen.

Am Nachmittag desselben Tages hatte Nicolaas sie alle in sein Gemach gebeten und mit leiser, wiederhergestellter Stimme zu ihnen gesprochen. Auf Kissen gestützt, hatte er Loppe als den geistigen, wenn nicht tatsächlichen Mörder von Doria und seinen Leuten sowie von Jorge und den seinen bezeichnet. Er zählte auch, was Gottschalk nicht getan hatte, Loppes Gründe auf.

«Für mein Urteil berechtigten diese Gründe nicht dazu, die Männer zu töten», schloß er. «Er sieht das anders. In jedem Fall könnte man sagen, es ist nun einmal geschehen; es ist vorbei, und nun, da der Beweggrund aus der Welt geschafft ist, wird es sich auch nicht mehr wiederholen. Zu den Todesfällen auf dem Schiff und unterwegs wäre es in jedem Fall gekommen. Es wäre uns vielleicht viel schlimmer ergangen, wenn wir Saloum nicht bei uns gehabt hätten, der abwesend ist, weil . . . Umar uns zu verstehen geben wollte, daß Saloum keine Schuld trifft. Umar hielt es nicht für angebracht, uns Näheres über Timbuktu und seine Stellung hier zu sagen, weil er verpflichtet war, uns in die Irre zu führen, was Wangara betraf. Da das Geheimnis von Wangara gewahrt blieb, ist er bereit, jetzt wieder zu uns zu kommen und uns bei dem Handel zu unterstützen, den abzuschließen wir herkamen, und uns auf dem nächsten Abschnitt unserer Reise zu helfen, wenn wir ihn haben wollen. Ich weiß nicht, ob ich das will. Ihr seid hier, um Eure Meinung kundzutun. Bin ich gerecht gewesen?» Er sah ausdruckslos Umar an, der einmal Loppe gewesen war.

«Nein», entgegnete Umar. «Aber es ist Eure Sprache, es sind Eure Maßstäbe, und es ist Euer Unternehmen.»

«Dann trag selber deine Sache vor», sagte Nicolaas. «Du bist Rechtsgelehrter, wie ich höre.»

«Das möchte ich mir nicht herausnehmen», erwiderte Umar. Auch er machte ein finsteres Gesicht.

Diniz sagte: «Es war ein langer Weg bis hierher. Wir brauchen

Hilfe. Wir könnten nicht einmal zurückreisen.» Er überlegte. «Er hat uns mit diesem Haus versehen, er hat sich um Nicolaas gekümmert und uns vor diesem Akil beschützt. Aber wird er uns auch Gold kaufen lassen?»

«Ja», sagte Umar. «Dies hier ist ein erlaubter Markt. Verboten sind Euch der stumme Markt und die Gruben. Ich habe, wie schon gesagt wurde, jetzt keinen Grund mehr, Euch zu täuschen oder zu behindern.»

Sein Blick war bei diesen Worten auf Gottschalk gerichtet. Er hatte keinen Einspruch erhoben, hatte nichts von all dem gesagt, was er in der Vergangenheit für sie getan hatte auf Zypern, in Trapezunt – sogar, wie man Gottschalk berichtet hatte, bei der Heimkehr nach Venedig. Gottschalk wußte aus persönlicher Erfahrung und vom Hörensagen mehr als irgendeiner der Anwesenden – von Nicolaas abgesehen – über Umar ibn Muhammad al-Kaburi, den Sprachenkundigen, Wissenschaftler, Beschützer, Sänger von gregorianischen Gesängen.

Der Gedanke führte zu einem anderen. «Der nächste Abschnitt unserer Reise?» Umar blickte in eine andere Richtung.

Nicolaas sagte: «Ich habe versprochen, Euch zum Priesterkönig Johannes zu bringen. Vielleicht wollt Ihr nicht mehr dorthin.»

Gelis sagte: «Pater Gottschalk?»

Gottschalk sah sie an. Sie fuhr fort: «Gott selber würde das nicht verlangen. Es genügt gewiß, daß wir bis hierhin vorgedrungen sind.»

«Kind», sagte Bel, «sie reden vom Weg in den Osten. Darum ging's die ganze Zeit, und Männer lassen sich nicht leicht von etwas abbringen. Also brauchen wir Hilfe. Also brauchen wir Hilfe, ob wir weiterziehen oder umkehren. Ich sage also ja, ich nehme Umars Angebot an. Diniz tut das auch, wie wir gehört haben, ebenso Gelis, wenn sie erst einmal in Ruhe nachgedacht hat. Ich weiß nicht, wie sich der Padre entscheidet, aber das ist die Mehrheit. Umar, was wird es Euch kosten?»

«Nicht mehr, als ich zu zahlen bereit bin. Nicolaas hat seine Stimme noch nicht abgegeben.»

«Das brauche ich nicht», sagte Nicolaas, die Augen wieder

aufschlagend. «Ihr habt eine Mehrheit. Willkommen, Umar, Vertreter des venezianischen Hauses Niccolo in Timbuktu. Padre, bleibt Ihr bitte noch einen Augenblick?»

Sie erhoben sich alle. «Ich könnte in einer Stunde wiederkommen», sagte Gottschalk.

«Wollt Ihr es nicht hinter Euch bringen?» meinte Nicolaas. Die anderen gingen. Gottschalk setzte sich wieder und legte die Hände auf die Knie.

«Wem habt Ihr sie noch gezeigt?» fragte Nicolaas.

Gottschalk schwieg, in eine Wolke von Kampfeslust eingeschlossen. Ein geringerer als er hätte geflucht.

«Ihr wußtet, daß ich meine Anweisungen niederschreiben würde», fuhr Nicolaas fort. «Wem habt Ihr sie noch gezeigt? Gelis?»

«Nein», sagte Gottschalk. «Wenn Ihr an Gelis eine Veränderung feststellt, so hat sie damit nichts zu tun. Ihr wißt, daß sie letzte Nacht an Eurem Lager gesessen hat?»

«Auf Bels Vorschlag, ja. Was habe ich gesagt?»

«Die Wahrheit», sagte Gottschalk. «Es ist ganz gut, wenn sie herauskommt. Ich kann Euch nicht sagen, ob Gelis jetzt weniger Euer Feind ist als früher: Ihr habt sie überrumpelt, nehme ich an, und sie muß über vieles nachdenken. Ich habe Eure Anweisungen Bel gezeigt, nicht Gelis. Sie wird nicht über Eure Pläne reden.»

«Außer mit mir, wie ich sie kenne. Ich wünschte, Ihr hättet damit gewartet.»

«Daß Eure Pflegerinnen sie finden?» entgegnete Gottschalk. «Oder Lopez? Ihr hattet die Aufzeichnungen mit meinem Namen versehen. Und ich habe sie Diniz nicht gezeigt. Ich nehme an, das wolltet Ihr vor allem herausfinden.»

«Ihr billigt die Pläne nicht.»

Gottschalk dachte nach. «Doch, erstaunlicherweise glaube ich, daß ich sie billige. Es wäre leichter, wenn wir wüßten, was zu Hause vorgeht.»

Nicolaas lachte, so verblüffend dies erscheinen mochte. «Holt Eure Pinsel und schreibt das in goldenen Lettern an diese Wand. Oder schleicht Euch für mich in die Köpfe von Simon und David de Salmeton ein.»

Einen Tag später verließ er das Bett und wanderte ruhelos im Haus umher. Gelis ging ihm aus dem Weg. Zwei Tage später stand er bei Sonnenaufgang auf, legte ein Gewand an, das Umar ihm gebracht hatte, und trat auf den Hof hinaus, wo die anderen ihn mit ihren Pferden erwarteten. Er ging steten Schritts, weil sie ihn beobachteten. Es war vielleicht noch zu früh, aber er hatte das ständige Eingeschlossensein, die ständige Bewachung satt.

Der Gouverneur hatte sich bereit erklärt, Niccolo van der Poele von Venedig und seine Gruppe von Kaufleuten an diesem Morgen im Ma' Dughu, dem Palast des Timbuktu-Koy am Westrand der Stadt, zu empfangen. Es war Zeit, es war höchste Zeit.

Sie begaben sich zu Pferd dorthin, umschlossen von ihrer Eskorte: Diniz in gemusterter Seide und drapiertem Hut, Gottschalk in feiner priesterlicher Wolle und die Frauen in dünne Schleier gehüllt. Sie hatten inzwischen aufgehört, sich darüber zu wundern, daß solche Dinge beschafft werden konnten. Sie kannten jetzt, weil Nicolaas sie hatte wissen wollen, die wichtigsten Angaben über Timbuktu, das jahrhundertelang nicht mehr als eine Oase oberhalb des Überschwemmungsgebietes des Joliba gewesen war, wo Waren aus dem Norden von Kamelen auf Boote verladen oder gegen die Erzeugnisse von Regenwald und Fluß eingetauscht werden konnten. Der Handel mit Salz und Gold war später gekommen und hatte die damit befaßten Tuareg gezwungen, sich nach einem sicheren Ort für ihre Vorräte und für die Karawansereien umzusehen, wo die Händler und Kaufleute Herberge finden konnten. So war die Stadt gegründet worden, die jetzt seit dreihundertfünfzig Jahren wuchs und gedieh.

Und dies in Abgeschlossenheit. Wer aus Brügge, Venedig oder Lissabon kam, aus Städten mit einem blühenden Hinterland, konnte sich nur wundern, daß dergleichen möglich war: daß ein von einem Dutzend Völkerschaften bewohnter Kreuzungspunkt am Rande der Wüste zu einem Ort des Reichtums werden und, obschon zu keiner Zeit ein Stadtstaat, selbst seine eigenen Geschicke bestimmen konnte.

Dem Namen nach hatte Timbuktu mehrere Oberherren gehabt, und einmal hatte es zum Königreich Mali gehört. Als es mit

Malis Macht bergab ging, hatten die Tuareg wieder die Herrschaft übernommen, doch seit jetzt dreißig Jahren begnügten sie
sich damit, durch das Sahelgebiet und die Sahara zu ziehen und
das tägliche Geschäft des Regierens dem derzeitigen hervorragenden Timbuktu-Koy zu überlassen, der ein Drittel der von den
reichen Kaufleuten erhobenen Steuern für sich verbrauchte. Die
anderen zwei Drittel standen dem Stadthauptmann und seiner
Truppe zu.

Sie waren diesem Mann, dem Tuareg Akil, schon begegnet. Der
Timbuktu-Koy, so sagte Umar, Muhammed ben Idir mit Namen,
war ein alter Mann, der es viele Jahre hindurch verstanden hatte,
die Stadt im Griff zu halten und Akil daran zu hindern, bei seinen
plötzlichen Einfällen Schaden anzurichten. Der Sohn und natürliche Nachfolger des Koy war ein junger Mann, von dem man nur
hoffen konnte, daß er seine Ungeduld zügelte und ebenso klug
reagierte wie sein Vater. Man würde ihnen Speisen und Getränke
anbieten nach der Audienz, auch den Frauen. In Timbuktu, so
sagte Umar, bestand man auf der Absonderung der Frauen nur in
geschäftlichen Dingen.

Der Ma' Dughu war der Palast, den Nicolaas einmal im Fieber
gesehen hatte. Als er jetzt zwischen den Palmen und Akazien die
Stufen hinaufstieg, wußte er, daß dies kein Traum von ihm war,
sondern einer, den sich einst der große König von Mali erfüllte,
der, nachdem er gen Mekka gezogen war mit einer Menge Goldes,
die den gesamten ägyptischen Markt erschütterte, auf dem Rückweg aus Kairo den Architekten Al-Tuwaihnin mitbrachte, der
sodann in der Wüste eine neue Moschee und eine neue Alhambra
entstehen ließ, für die das Baumaterial Stein für Stein mit Kamelen aus dem Norden herbeigeschleppt wurde.

Im Laufe der hundert Jahre, die seitdem vergangen waren,
hatten die Sonne und die Witterung diesem Traum zugesetzt. Die
Marmorstufen des Ma' Dughu waren zerbrochen und warm, wenn
der Fuß darauf trat, und wehte der Wind von der Sierra Nevada
kühl durch die Hallen von Granada, so zerrte in Timbuktu der
Harmattan an den schönen Onyxsäulen und umpeitschte die
Schnitzereien und Stuckkunstwerke in den Fluren, so daß die

Bänder mit Schriftstellen aus dem Koran halb abgewetzt waren von Staub und Licht. Licht stürzte wie ein Löwe durch die Gewölbe und Arkaden des Ma' Dughu und hing schimmernd über Hofräumen voller Blumen, wo die Teiche halb mit Sand angefüllt waren und Kletterpflanzen von den Dachziegeln herunterhingen.

Nur der Zeremoniensaal war kühl, denn Bäume spendeten seinen Wänden Schatten, und reich mit Schnitzereien verzierte Türen ließen die Sendboten aus Venedig und Portugal ein, aus dem grünen Dämmerlicht eines Gartens.

Drinnen herrschte ein weiteres Dämmerlicht, eines aus Gold. Gelis hielt den Atem an, und selbst Nicolaas blieb einen Augenblick stehen, so daß Umar, der sie anführte, ebenfalls stehenblieb und sich umblickte. Dann schritten sie zwischen schweigenden Männern hindurch in das große Gemach, sechzig Fuß lang, das der Architekt Al-Tuwaihin vor hundert Jahren für den König von Mali gebaut hatte und das von den Nachfolgern dieses Herrschers mit dem Reichtum ihrer Stadt ausgeschmückt worden war.

Die holzgeschnitzte Decke mochte einst bemalt gewesen sein, aber was jetzt zu ihnen hinunterschimmerte, war das verschmutzte Gold ihres Laubwerks, zu dem das dunkel gewordene Gold der Teller an der Wand paßte, auf denen Kerzen brannten, so daß man die aufgehängten Felle und die gesprungenen Kacheln dahinter sah. Gold zierte die herumlaufenden Bänder mit kalligraphischer Kunst – strenges Kufisch und sinnliche Kursivschrift –, die, von Flecken überzogen, längs jeder Wand verkündeten *Allah allein ist der Eroberer*.

Doch der stärkste Glanz, der das Auge zum Ende des Saals hinzog, kam von dem mit Seide umhüllten Podium mit einem goldenen Stuhl, auf dem ein bärtiger Mann, halb Neger, halb Berber, saß, der einen reich mit Gold geschmückten Turban und ein juwelenbesetztes Gewand trug und umgeben war von goldgeschmückten Kriegern und jüngeren unbewaffneten Männern, die seine Söhne sein mochten. Hinter dem Stuhl standen zwei nackte schwarze Kinder, die die Luft mit großen langstieligen Büschen von Straußenfedern bewegten, und neben ihm lagen drei schöne Hunde, die Glocken und Halsbänder aus Gold trugen.

In der Hand von Muhammed ben Idir, dem regierenden Fürsten der Stadt, ruhte ein dreizehnhundert Pfund schweres Zepter aus Gold, und neben ihm standen Tische, die beladen waren mit Dingen aus seiner Schatzkammer: Schalen und Krüge und Teller, Tassen und Vasen, alle aus dem gleichen Metall. Auf der einen Seite lagen ein mit Rubinen besetzter Sattel und ein Pferdegeschirr, auch aus glänzendem Gold gearbeitet, und dies erst in jüngster Zeit. Die Stile ließen an Goldschmiede aus allen Ecken Europas und des Ostens denken, und das Leuchten war wie das Leuchten in den Wolken über Murano. Umar führte sie auf das Podium zu.

Bis auf eine Fläche in der Mitte war das große Gemach voll. Die Anwesenden waren allesamt Männer: dunkelhäutige Neger oder Berber, die schweigend auf Kissen saßen; einige von ihnen trugen weiße Kleidung und weiße Turbane, andere Turbane aus ausgefallenen Seidenstoffen und prunkvolle Umhänge, wie man Nicolaas einen gegeben hatte. Sie sahen die vorüberschreitenden Europäer an, wie sie eine Lieferung Salz gemustert haben mochten.

Abgesandte und Bittsteller näherten sich dem Timbuktu-Koy auf dem Bauch und schütteten sich Staub über den Kopf. Nicolaas trat vor und kniete nieder, den Kopf gesenkt haltend. Neben ihm warf sich Umar zu Boden und stand anschließend auf. Der Timbuktu-Koy sprach ihn auf arabisch an, und Umar antwortete. Auf ein Zeichen erhob sich Nicolaas und ließ die musternde Neugierde des Gouverneurs mit ruhiger Entschlossenheit über sich ergehen. Der Koy war ein alter Mann, und in seinem faltigen Gesicht sah man sowohl die breiten Knochen des Negers wie die feuchten Augen und die vorspringende Nase der Sanhaja-Berber. Muhammed ben Idir herrschte seit vielen Jahren über Timbuktu.

«Nähert Euch ihm», sagte Umar. «Ihr könnt veranlassen, daß Eure Geschenke hereingebracht werden.»

Schon auf dem Weg zum Podium hatte Nicolaas bemerkt, daß auch Akil da war, der Feind, der vor drei Tagen versucht hatte, sie zu ergreifen. Er war umgeben von einigen Männern seiner Schar, aber keiner schien bewaffnet zu sein. Er ließ unauffällig den Blick

über die wohlhabenden Kaufleute schweifen und fragte sich, ob
unter ihnen auch diejenigen waren, die Jorge da Silves' Männer
beim stummen Markt abgefangen hatten und enttäuscht zurückgekehrt waren, weil die Leute von Wangara Doria getötet hatten
und mit ihrem Gold geflohen waren.

Die reichen Patrizier saßen nach Familien beieinander, und
ihre Verwandtschaft wurde deutlich an Farbe und Form der Gesichter an einem Ort, an dem der Schnitt eines Auges oder die
Eigenheit eines Haarbüschels alles sagten. Die religiösen Führer,
Gelehrten, Marabuts und Richter saßen ebenfalls zusammen, zu
erkennen an ihrer weißen Kleidung. Er erblickte Saloum unter
ihnen. Der dunkelhäutige Mann gleich neben dem Podium mußte
der Katib Musa sein, der Imam der Sankore-Moschee. Umar
hatte ihn – er wußte nicht, warum – auf diesen Namen besonders
hingewiesen. Hitze und schwere Düfte umwogten ihn; ihn schwindelte einen Augenblick, aber es war gleich wieder vorbei. Die
Diener kamen mit seinen Geschenken für den Koy herein.

Nicolaas hatte fast alles, was er mit sich führte, auf dem Gambia
verloren. Um den Timbuktu-Koy gnädig zu stimmen, hatte er
nichts weiter anzubieten als einen kleinen Kasten, der zusammen
mit drei größeren den Überfall in einem verdeckten Schanzkleid
der *San Niccolo* überdauert hatte, und einen angeschmutzten und
fleckigen Ranzen aus Filz mit einem schweren Gegenstand darin,
den ihm Umar am Morgen gegeben hatte. Er wußte, was darin
war. Als er aufbegehrte, hatte Umar nur gesagt: «Es ist gerecht.»

Einem Herrscher dargeboten, sahen die Gaben beleidigend gering aus. Die Krieger um Akil herum blickten einander an und
lächelten. Nicolaas nahm den Ranzen, näherte sich dem Podium
und hielt dem alten Mann die Gabe mit beiden Händen entgegen.
Einer der Söhne nahm ihm den Ranzen ab, ein stämmiger oliv-
häutiger Jüngling, ein wenig älter als Diniz, aber jünger als er. Er
hielt den Ranzen voller Abscheu in den Händen, als wollte er ihn
zu Boden fallen lassen.

Der Imam sagte: «Wartet.» Er wandte sich an Nicolaas: «Es ist
weit gereist, Euer Geschenk. Von welcher Art ist es?»

«Es ist ein Manuskript», sagte Nicolaas.

«Ah! Und in welcher Sprache ist es geschrieben?»

«Es ist in der arabischen Sprache geschrieben», antwortete Nicolaas, «aber es ist sehr alt. Es würde mich freuen, wenn der Timbuktu-Koy selbst es annähme.»

«Der ehrenwerte Umar überreicht es ihm an Eurer Statt», sagte der Imam. «Hoheit, der Kaufherr Niccolo schenkt Euch ein Buch. Euer Sohn löst die Schnüre.»

Der Jüngling hatte große, nicht allzu saubere Hände, und während er noch die Schnüre aufzog, riß der halb vermoderte Stoff, so daß der Gegenstand darin herausgefallen wäre, wenn der Timbuktu-Koy ihn nicht aufgefangen und auf seine Knie gelegt hätte. Er bestand aus vielen Seiten dicken Pergaments, die mit einer schwungvollen Schrift in mehreren Farben bedeckt waren. Nicolaas hatte ihn zum letzten Mal in Kerasous gesehen, als er Teil seiner Fracht gewesen war. Man hatte ihm gesagt, ein Händler habe ihn in Venedig gekauft. Bis jetzt war ihm nicht bekannt gewesen, daß dieser Händler in Loppes Auftrag gehandelt hatte.

Der Jüngling namens Umar sagte: «Ihr macht spärliche Geschenke. Wo ist der Einband? Wo sind die Edelsteine?»

«Nein, nein», sagte sein Vater. «Das ist gewiß etwas Wertvolles. Katib Musa?»

Der Imam trat zu ihm auf das Podium. «Ich habe es nie gesehen, aber davon gehört. Es ist die Kopie eines Schreibers, eines griechischen Schreibers, der mit dem Arabischen vertraut war. Es ist ein Kopie, die für eine Übersetzung angefertigt wurde, zu der es aber vielleicht nie kam. Könnte das stimmen?» Er sah Nicolaas an.

«Sie gelangte aus Bagdad ins Kaiserreich Trapezunt, bevor es fiel», erklärte Nicolaas.

«Es wird in Zukunft das Juwel von Hoheits Bibliothek sein», sagte Katib Musa.

«Und das hier?» fragte der Timbuktu-Koy in seiner höflichen Art und deutete auf den kleinen Kasten, der noch übrig war.

Nicolaas öffnete ihn. Die zwei Brillen strahlten von ihrer seidenen Unterlage auf und warfen Licht auf die verwirrten Gesichter des Timbuktu-Koy und seines künftigen Nachfolgers. Nicolaas sagte:

«Wenn Hoheit geruht . . .», und er nahm eine Brille heraus, stellte den Kasten wieder hin und stieg seinerseits auf das Podium. «Erlaubt . . .», und er berührte den Kopf des Koy und trat zurück.

Der Timbuktu-Koy wandte verblüfft den Kopf, und wo seine Augen gewesen waren, blitzten jetzt Kreise wie Spiegel. Im ganzen Saal hielt man den Atem an. Der Imam Musa sagte: «Hoheit, der Venezianer hat Euch Sehkraft gegeben. Blickt auf das Buch hinunter.»

Der altersschwere Kopf unter dem Turban senkte sich. Ein gekrümmter Finger berührte die Seite und fuhr sie dann hinunter. Muhammed ben Idir sagte: «Ich lese die Worte des Abu Abdallah ben Abderrahim von Granada, und mein Herz ist von Freude erfüllt. Wie kann ein Schatz wie dieser aus Trapezunt kommen?»

«Durch Handel», erklärte Nicolaas. «Und ein Händler hat ihn zurückgebracht. Ich möchte in Eurer Stadt verweilen und meinen Reichtum gegen den Euren austauschen, so daß alle daran gedeihen. Habe ich Eure Erlaubnis?»

Der alte Mann nahm die Brille von der Nase und sah sie prüfend an. Seine Hand zitterte. «Ihr seid des Goldes wegen gekommen. Wie wollt Ihr bezahlen?»

«Ich habe Glück», antwortete Nicolaas. «Ich besitze viele Muscheln.» Er sprach voller Überzeugung. Er besaß gar nicht so viele Muscheln, aber das wußte der Timbuktu-Koy nicht.

«Und Manuskripte?» fragte der alte Mann.

«Gewiß. Ich werde nach ihnen schicken, sobald Hoheit seine Wünsche kundtut.»

«Aber von diesen hier habt Ihr keine mehr», sagte Muhammed ben Idir und berührte das schwere Gestell unter seiner Hand.

«Das habe ich mitgebracht, um es gegen Gold anzubieten», entgegnete Nicolaas. «Aber zuvor, mit Verlaub, möchte ich Menge und Art Eurer Vorräte sehen. Gold ist nicht schwer zu finden, aber von den Fürsten Europas haben nur wenige Zierat wie diesen. Er wird heimlich hergestellt und von großen Männern gekauft, damit andere wissen, daß sie groß sind. Auch kaufen sie, damit ihre Schreiber lesen und kopieren und malen und die Worte heiliger Männer vervielfältigt werden können.»

«Ich verstehe», sagte der Timbuktu-Koy. «Euer Vorschlag reizt mich. Aber die Stadt hat viele Händler, und in einer so wichtigen Sache wie dieser muß ich ihren Rat einholen. Ich möchte den ehrenwerten Akil ag Malwal, den ehrenwerten And-Agh-Muhammed al-Kabir, die Söhne des Muhammed Aqit und den Imam Katib Musa befragen. Was sagt Ihr? Bei uns ist es Übung, über die große Wüste hinweg mit den Völkern des Nordens Handel zu treiben. Hier ist ein Kaufherr, der aus dem Westen, vom Meer her zu uns kommt. Nach ihm mögen noch viele mehr kommen. Er wünscht Gold. Was ist Eure Antwort?»

Die aufgerufenen Männer waren, vom Imam abgesehen, die am prächtigsten gekleideten, und der Tuareg And-Agh-Muhammed al-Kabir war ein so alter Mann wie der Koy. Er war es, der sagte: «Ich treibe Handel mit Florenz und Venedig. Ich möchte meinen Handel nicht an Fremdlinge aus Portugal verlieren. Sollen sie doch den Abfall von der Küste auflesen.» Um den Hals trug er an einer nicht dazu passenden Goldkette eine kurze silberne Pfeife.

«Das ist auch mein Gedanke», sagte der Stadthauptmann Akil. Er hatte gesunde Zähne, die er oft zur Schau stellte.

«Ich stimme zu», pflichtete ein junger Mann von der Familie Aqit bei. «Aber wir zahlen gegenwärtig, was immer die Venezianer oder Florentiner verlangen. Würden sie nicht mehr bieten, wenn sie wüßten, daß sie Rivalen haben?»

«Was!» rief Akil, der Stadthauptmann. «Würdet Ihr Reichtum über die Seelen Eurer Brüder stellen? Diese Männer sind Ungläubige, und der dort ist ihr Priester. Wenn Umar nicht gewesen wäre, hätten sie von der geheimen Quelle des Goldes erfahren und wären mit mächtigen Scharen zurückgekommen, um es uns zu entringen. Das wißt Ihr.»

«Verzeiht, aber ich, Umar, weiß das nicht», sagte Umar-Lopez. «Es gab Europäer, die dieses Verlangen hatten, aber sie sind tot.»

«Gewiß», bestätigte And-Agh-Muhammed und nahm sich die Kette vom Hals und warf sie samt ihrem Anhängsel auf den Boden. «Die meisten von ihnen sind tot. Meine eigene Familie hat sie getötet.»

«Die meisten?» sagte Nicolaas. Statt mit Teppichen war der Fußboden mit schönen Leopardenfellen ausgelegt. Jorges Pfeife glänzte durch staubige Fellhaare herauf, und die Worte *San Niccolo* waren deutlich an der Seite zu lesen.

Der alte Mann sah ihn an. «Ist das wichtig? Einer entkam, ein Junge.»

«Es ist nicht wichtig», sagte Nicolaas.

Umar warf ihm einen Blick zu und sah wieder weg. «Ser Niccolo hatte nur den Wunsch, mit Euch Handel zu treiben», sagte er. «Er wird Euch sagen, ob ihm Scharen folgen werden oder nicht. Ich halte es nicht für wahrscheinlich.»

«Umar hat recht», versicherte Nicolaas. «Die Reise vom Meer aus hierher hat viele Menschenleben gekostet, und nur wenige werden uns folgen wollen. Ich sage Euch dies als Flame und als Venezianer, obschon mein Schiff und ein Teil seiner Fracht Portugal gehören. Ich habe nicht den Wunsch, Verbindungen zu zerstören, die Ihr zu anderen Völkern aufgenommen habt, und wir ehren auch Euren Glauben. Es ist nicht unsere Absicht, Eure Völkerschaft von ihrer Religion abzubringen.»

«Wirklich?» ließ sich da der Imam Katib Musa vernehmen. «Ich habe vom Gambia anderes gehört. Euer heiliger Mann hat sich nicht damit begnügt, nur die Anhänger seines Glaubens anzusprechen.»

Gottschalk hob den Kopf. Er hatte sich barbiert, und unter der Bräune auf seinen Wangen wirkte das Kinn leichengrau. Umar sagte: «Er hat wie Ihr Medizinmännern und Hexenmeistern Vorwürfe gemacht und genausowenig damit bewirkt. Ja, er wetteifert um die Seelen der Heiden. Fürchtet Ihr die Macht seiner Predigt?» Er lächelte.

Der Imam lächelte zurück und blickte dann auch lächelnd den Priester an. «Ich achte ihn», sagte er, «aber ich fürchte ihn nicht. Wenn er unsere Sprache lernt, dann vielleicht.»

«Was ist also mit dem Gold?» fragte der alte Mann.

Diesmal war es der Vertreter der Familie Aqit, der antwortete. «Hoheit weiß, daß zur Zeit wenig vorrätig ist. In drei oder vier Wochen trifft die Salzkarawane ein, und ihre Waren wandern zum

Markt. Vier Wochen danach wird das Gold kommen, für welches das Salz eingetauscht wurde. Es wird daher sehr viel Gold dasein. Ich habe nichts dagegen, daß die weißen Händler einen Teil davon erwerben.»

«Ich auch nicht», sagte der Timbuktu-Koy. Auch er lächelte. Dann schwand das Lächeln. «Ich sehe, es gefällt Euch nicht.»

«Habe ich gezögert?» entgegnete Nicolaas. «Nur weil wir dann nicht im Frühjahr aufbrechen können, sondern um Eure Nachsicht und die Erlaubnis bitten müssen, uns bis zum Herbst hier einrichten zu dürfen. Wenn das möglich ist, seht Ihr einen glücklichen Menschen vor Euch.»

«Natürlich ist das möglich», versicherte der Timbuktu-Koy. «Seid Ihr auch der Meinung? Stadthauptmann Akil? Ehrwürdiger And-Agh? Die Familie Aqit? Katib Musa?»

«Mein Einverständnis habt Ihr», erklärte Katib Musa. «Wenn mir auch scheint, Ihr könntet, so Ihr dies wollt, das Gold nehmen, das jetzt schon hier lagert, und heimfahren, ehe die Regenzeit beginnt. Aber es heißt, Ihr denkt an eine Reise in den Osten?»

«Wir sind Fremde und neugierig», sagte Nicolaas, «aber wir möchten niemandem schaden. Was das Gold angeht, so wissen wir noch nicht, ob wir auf die größere Menge warten oder vorher aufbrechen sollen, halten es, da wir schon so weit gekommen sind, aber für klug, nicht überstürzt die Heimreise anzutreten, wenn uns nicht ein Grund dafür zu Ohren kommt. Und an diesem Ort jetzt ist das unwahrscheinlich.»

«An diesem Ort?» sagte einer der jungen Männer von der Familie Aqit. «Sind wir hier außerhalb der Welt? Eine Karawane braucht nur sechs Monate vom Maghreb und wieder zurück. Eine Botschaft gelangt in zwei Monaten von Fez nach Timbuktu. Wenn Ihr einen Mittelsmann habt, werdet Ihr Kunde von ihm erhalten.»

Nicolaas stand ganz still da. «Ja, ich habe einen Mittelsmann. Ich habe einen Mann in Madeira. Wenn er schreibt, kann ich dann eine Botschaft zurücksenden?»

Es war der alte Mann, der darauf antwortete: «Das könnt Ihr», sagte And-Agh-Muhammed, «aber es ist unwahrscheinlich, daß die Antwort ihn erreicht. Auf dem Weg vom Süden in den Norden lauern viele Gefahren. Hoheit, sind diese Dinge geregelt? Ich möchte Wasser lassen.»

«Sie sind geregelt», sagte der Timbuktu-Koy. «Ihr könnt Euch zurückziehen. Wir danken dem Imam und den Richtern und laden unsere Gäste und Kaufmannsgenossen ein, sich uns anzuschließen.»

«Ich komme mit Euch», sagte Nicolaas zu And-Agh-Muhammed. «Wenn Ihr mir zeigen wollt, wie es hier Sitte ist. Wo sind die Frauen?»

«Sie sind in den Harem gegangen», sagte Umar. «Und And-Agh-Muhammed geht mit Euch, wenn Ihr beide fertig seid. Ich bin froh, daß Ihr bekommen habt, was Ihr wolltet.»

Nicolaas stand ganz still da. «Du hattest das Buch doch jemandem zugedacht. Wem?»

«Dem Imam», antwortete Umar. «Er weiß es, und er bedauert es nicht. Nicolaas, jetzt ist es an der Zeit, sich zu freuen.»

«Das ist es – und du hast das bewirkt.»

Gelis van Borselen, das muß gesagt werden, hatte den Saal nur höchst unwillig verlassen. Sie fand sich sehr zu ihrem Mißvergnügen zusammen mit Bel in einem anderen Hof wieder, während die wichtige Unterredung noch im Gang war und ehe sie wußte, wie es Nicolaas erging.

«Dem geht's gewiß gut», hatte Bel ungerührt gesagt. «Er hat diese Anfälle von Sumpffieber schon öfters überstanden.» Gelis war stirnrunzelnd den hochgewachsenen schwarzen Männern gefolgt, die sie von den anderen weggeführt hatten.

Der Hofraum, in den sie schließlich gelangten, war in der Tat reizvoll, und die Gänge mit blauen Kacheln, die zu ihm hinführten, waren sauberer gefegt als die anderen, und immer wieder las man das Wort *Baraka*, göttliche Gnade, denn dies, so erklärte die Gastgeberin, die sie willkommen hieß, war der Wahlspruch, die Seele der Stadt.

Es schien viele Gastgeberinnen zu geben. Die an den Hof angrenzenden Gemächer waren nämlich voller Frauen, von jungen

Kindern bis zu alten Weibern, die von vielen Schleiern umhüllt waren. Bis auf letztere waren alle nackt, und die meisten waren schön. Unter ihnen war auch die Negerin, die es Diniz so sehr angetan hatte bei ihrem Ausritt am ersten Tag.

Das Mädchen war stehengeblieben, um mit einem Mann zu sprechen. Es war einer von den Männern, die sie hierher geführt hatten. Sie machte eine Entdeckung. «Bel, das sind Eunuchen.»

«Ganz recht», sagte Bel.

«Dann sind wir also in einem Harem?»

«Ganz recht», wiederholte Bel. «Und sie wollen, daß Ihr Euer Gewand ablegt.»

«Warum?»

«Damit Ihr Euch richtig wohl fühlt», sagte Bel of Cuthilgurdy. «Und warum auch nicht, Ihr könnt Euch doch sehen lassen. Ich bin davon befreit. Wenn du alt oder verheiratet bist, kannst du angezogen herumlaufen.»

«Aber sie sind doch Musliminnen», gab Gelis zurück. «Und Musliminnen gehen verschleiert außer im Beisein von Vätern oder Ehemännern.»

«Der Islam ist eben anpassungsfähig», bemerkte Bel. «Das ging in den Tagen des Reiches von Mali so weit, daß alle Mädchen so blieben, wie sie geboren waren, des Königs unverheiratete Kinder eingeschlossen. Man könnte sagen, die Maghsharen seien etwas weniger nachlässig, aber sie sind recht umgänglich. Es heißt, das führt zu höflichem Benehmen. Wenn ständig Kuchen auf dem Teller ist, verspürt man nicht den Drang, ihn hinunterzuschlingen. Zieht Ihr Euch aus?»

«Woher wißt Ihr das alles?» fragte Gelis. Jemand hob ihr den Schleier vom Haar. Sie erinnerte sich an den Senagana und die Ehefrauen des Königs, die an Nicolaas herumzupften, und sie hätte lächeln mögen. Dann fiel ihr ein, was sie über Nicolaas erfahren hatte, und mochte lieber doch nicht lachen. Sie lösten ihr Kleid.

«Umar hat es mir erzählt», sagte Bel. «Es ist schon in Ordnung. Die Frauen tun's nur, wenn sie darum gebeten werden, und die Männer können nicht. Sie wollen wissen, ob Ihr ein Dampfbad mögt. Sie haben ein paar Hähne zum Laufen gebracht.»

Alle Brunnen waren rostig, wie Gelis bemerkt hatte. Sie sagte: «Ich gehe, wenn auch Ihr geht.»

Nacktheit hatte sie nie bekümmert. Das Wasser war mit Duft versetzt und warm; sie stieg erfrischt heraus und ließ sich in den Garten führen, wo die seidenen Sonnenplanen gelb wie Honig schwebten und Diwane aufgestellt waren zwischen üppig blühenden Blumen und neben dem langen, von Lilien überwachsenen Teich mit seinen ohnmächtigen Gießrohren. Sie lag auf der Seite, das Haar wie Wachs über die Schulter gerollt, und ließ die Finger zwischen Blumen fallen.

Sie waren alle nackt wie sie bis auf jene, die wie Bel in ihren Gewändern gebadet hatten und jetzt in feuchten Kleidern müßig unter der Seide lagen. Eine der jungen Negerinnen sagte lächelnd: «Da kommen Süßigkeiten und Männer. Allah sei gepriesen, das Leben ist wunderbar.»

Gelis blickte in die angezeigte Richtung. Sklaven waren hereingekommen mit Platten, die für ein Festmahl ausgereicht hätten. Und es stimmte, da waren Männer, sie standen in leichten, glänzenden Seidengewändern unter dem Wabenbogen am Ende des Teichs. Männer, voll angekleidet, kamen auf den Hof geschritten. Männer in Turbanen, alte Männer und junge, mit schwarzer Haut und brauner Haut. Männer mit Mützen und von der Sonne überglänzter weißer Haut, unter denen Diniz und Gottschalk waren und Nicolaas van der Poele. Keine Eunuchen, sondern Männer. Gelis sagte: «Ihr wußtet, daß das kommen würde.»

«Vielleicht», sagte Bel of Cuthilgurdy. «Er ist ein streitlustiger junger Disputierer, aber manchmal hat er Angst. Es ist ganz gut, wenn er sieht, daß da nichts ist, wovor er Angst haben müßte. Oder ist Euer Bauch so kostbar, daß ich meinen nassen Umhang darüberdecken soll?»

«Nein», sagte Gelis, aber die Düfte pulsten von ihrer Haut auf, als wäre ihr Herz ein Stößel, der sie zerstampfte.

Diniz erblickte sie als erster. Nicolaas sah anfangs nur die Negerinnen, die geschmeidig wie Aale auf ihren Kissen lagen und sich unterhielten mit Stimmen so heiter wie Regentropfen auf Bronze.

Dann glaubte er, eine langbeinige, lässige und bleiche Erscheinung, die leuchtende Gestalt Primafloras zu schauen, wie er sie, Weiß vor Schwarz, damals im Palast der Frau ohne Nase auf Zypern sah, nachdem sie ihn immer wieder verführt und betrogen hatte. Primaflora, die er zur Ehefrau genommen hatte, um Katelina zu retten, und der man vielleicht deshalb keine Schuld geben konnte.

Dann sah er, daß es nicht seine Ehefrau war – seine zweite, seine zeitweilige Ehefrau – und auch nicht Katelina; und daß Katelinas Schwester gar nicht wie Katelina war.

Sie hatte sich nicht bewegt. Die byzantinischen Augen, schwarz gezeichnet, waren voll auf ihn gerichtet. Er ahnte, daß sie auf diesen Augenblick nicht vorbereitet worden war, und war plötzlich berührt von ihrem Mut. Er gehorchte einem Instinkt und grüßte sie, anstatt sich abzuwenden, mit einer Geste üblicher Höflichkeit. Die Kaufherren zeigten sich nicht im geringsten überrascht, sondern bewegten sich, miteinander redend, auf dem Hof umher und gesellten sich ungezwungen zu den Frauen und teilten ihre Lager, als die Schalen mit Speisen gereicht wurden. Musikanten kamen, und die Töne von Flöte, Horn, Trommel und einsaitiger Fiedel begannen ein Gewebe hinter dem Gesprächsgemurmel zu flechten.

Der Timbuktu-Koy führte Nicolaas dorthin, wo seine Frauen und Töchter saßen, und Nicolaas verhielt sich so, wie man es von ihm erwartete. Neben ihm sagte Pater Gottschalk auf flämisch: «Das hätten sie nicht tun sollen.» Er sah erhitzt aus.

«Gelis? Sie hat es wohl vorgezogen, sich der Gepflogenheit anzupassen. Bel ist bekleidet.»

«Bel ist eine gefährliche Frau», setzte Pater Gottschalk hinzu. Er hielt inne und fuhr dann fort: «Dies hier sind hochgeborene Frauen. Aber wenn sie eine Sklavin anbieten, so wäre es hier keine Sünde, sich mit ihr zu vergnügen. Man kann nicht jeder Regel der Kirche gehorchen.»

«Ich weiß, Tendeba ist schon eine Weile her», sagte Nicolaas.

«Dann schaut sie nicht länger an.»

Gottschalk sprach in barschem Ton. Nicolaas sah ihn an. «Gelis? Ich bin nicht in der Verfassung, sie zu entjungfern. Ich betrachte nur etwas Schönes, das noch nicht beschmutzt, noch nicht entstellt, noch nicht vernachlässigt ist. Ich wünschte, ich hätte sie nicht mitgenommen.»

«Ihr wolltet, daß sie die Wahrheit erfährt», sagte Gottschalk.

«Und kennt sie sie jetzt?»

«Kennt Ihr sie denn selbst?» gab Gottschalk zurück. «Sie kennt Eure Alpträume, und ich glaube, manchmal teilt sie sie. Aber wendet den Blick von ihr, Nicolaas. Ihr habt ein Kind mit ihrer Schwester.»

«Sie ist nicht Katelina.» Das war nicht die Antwort, die es zu sein schien: Er hatte vergessen, daß Gottschalk neben ihm saß. Die plötzliche Entdeckung erfüllte seine Gedanken, und auch sein Körper begann sie zu bestätigen. Ihn begann zu schwindeln.

Gottschalk erhob sich. «Nicolaas, kommt. Euch ist nicht wohl. Eure Gastgeber können daran nicht zweifeln.» Er fing Umars Blick auf.

Umar sagte: «Es ist kein Schaden eingetreten, vielleicht eher Gutes. Laßt ihn sich zurückziehen, es wird noch andere Begegnungen geben. Diniz kann bleiben und die Frauen nach Hause bringen.»

«Ihr vertraut Diniz?» Über Gottschalks Gesicht legte sich die Andeutung eines Lächelns.

«Vollkommen. Er betrachtet Bel als seine Tante, und Gelis wahrscheinlich als eine lästige und schwierige Cousine. Was nicht heißt . . .»

« . . . daß ihm nicht der Mund offenstehen blieb», sagte Nicolaas unerwartet, wenn auch verschwommenen Blicks. «Umar? Wenn du mich nach Hause bringen willst, dann tu's lieber jetzt gleich.»

KAPITEL 28

«WIEVIEL IST EIN WENIG?» fragte Diniz am nächsten Tag. Sie saßen in einem Gemach des Hauses, in dem sie wohnten, und sprachen über die Audienz. «Es hieß, sie hätten einiges Gold vorrätig. Wir könnten jetzt gehen. Wir könnten jetzt heimreisen.»

«Und es ausgeben», sagte Nicolaas. Er hatte wieder Farbe im Gesicht, und sein Kopf war wieder ganz klar. Er erholte sich stets sehr rasch, wenn das die Schwäche hervorrufende Fieber erst einmal abgeklungen war. «Vertraust du Gregorio nicht? Er ist ermächtigt, alles zu leihen, was für deine Geschäfte nötig ist, wenn die Angelegenheiten der Bank geregelt sind. Die *Ghost* hatte dafür genügend an Bord.»

«Wenn sie gut angekommen ist», sagte Gelis. Heute war sie geziemend gekleidet, wenn auch leichter als gewöhnlich. Dies drückte etwas aus. Seinerseits behandelte Nicolaas sie jetzt, der ihr nach der Nacht der Fieberträume aus dem Weg gegangen war, mit der lässigen Ungezwungenheit, die er Diniz und Umar gegenüber an den Tag legte, was gleichfalls etwas ausdrückte.

Gottschalk schwieg. Es ging, das wußte er sehr wohl, um die Frage, ob sie nach Äthiopien aufbrechen sollten oder nicht. Taten sie es, versäumten sie die Rückfahrt im Frühjahr. Diniz wollte als reicher Jüngling zu seiner Mutter zurückfahren, Simon auszahlen und anfangen, ein zweiter Nicolaas zu werden. Gelis wollte wohl, so glaubte er, daß Nicolaas heimfuhr; er wußte nicht genau, warum. Andererseits hatte Nicolaas ihm ein Versprechen gegeben und möglich gemacht, es halten zu können, indem er die Erlaubnis des Timbuktu-Koy zu längerem Bleiben eingeholt hatte.

Umar sagte: «Ein wenig heißt nach den Begriffen des Timbuktu-Koy eine angemessene Menge Gold. Aber wenn Ihr bis zum Herbst bleibt, wird es noch viel mehr geben. Und die *Fortado* wird abgefahren sein.»

Gottschalk hatte die *Fortado* mit Mick Crackbene an Bord vergessen, die geduldig an der Mündung des Gambia wartete. Er fragte sich, ob die kleine Tati noch da war oder ob man sich ihrer entledigt hatte oder ob sie vielleicht, die Ärmste, mit Doria gegangen und umgekommen war. Er sagte: «Sie wissen nicht, daß Doria und die anderen tot sind.»

«Sie werden es erfahren», sagte Umar. «Sie werden erfahren, daß Raffaelo Doria ums Leben gekommen ist und daß es keine Karte von den Goldgruben gibt, auf die man warten müßte. Und dann werden sie fahren.»

«Wann?» fragte Nicolaas. «Wir haben fast zwei Monate gebraucht, um hierherzukommen.»

«Filipe wird es ihm sagen», meldete sich Bel zu Wort.

Sie sahen sie an. Dann meinte Nicolaas: «Natürlich. Der Junge, der dem Gemetzel von Jorges anderen unglückseligen Goldjägern entronnen ist. Aber er würde doch versuchen, uns zu folgen. Oder zur *Niccolo* zurückzukehren.»

«Glaubt Ihr», sagte Bel.

«Ihr habt recht. Vielleicht tut er das nicht.» Nicolaas blickte sie nachdenklich an. «Wann könnte die Nachricht also die *Fortado* erreichen, angenommen, er kommt schnell voran? Vielleicht schon innerhalb der nächsten Woche? Umar, würden die Trommeln die Botschaft noch schneller befördern?»

«Nicht in allen Einzelheiten», erwiderte Umar. «Crackbene würde erst die Segel setzen, wenn er ganz sicher wäre.»

«Könnte er die Segel setzen?» wollte Diniz wissen. «Wie viele Leute hat er noch?»

«Neun – einen Mann mehr als die *Niccolo*», sagte Nicolaas. «Ja, er könnte fahren. Er könnte Ende April in Madeira sein.»

«Und seine Fracht Simon übergeben», fuhr Diniz fort, während er erregt auf seinem Sitz herumrutschte. «Ich glaube, wir sollten fahren.»

«Und ich glaube, wir denken darüber viel zu früh nach», sagte Nicolaas. «Wir haben noch wenigstens zwei Wochen Zeit, bevor das Hochwasser zurückgeht. Ich möchte die Salzkarawane eintreffen sehen. Unseretwegen wurde das Gold letztes Mal nicht verkauft. Wenn genug Salz da ist, kommt beim nächsten Markt vielleicht Gold herein, auf das zu warten sich lohnt.»

«Heißt das, wir kaufen es nicht von den Wangaraleuten?» fragte Diniz.

Nicolaas starrte ihn an. Gelis sagte: «Nicht, wenn du nicht willst, daß sich And-Agh-Muhammed auch deine Pfeife um den Hals hängt. Außerdem bezweifle ich, daß die Goldgräber von Wangara Brillen haben wollen.»

«Ihr habt Muschelgeld», sagte Umar. «Aber die Demoiselle hat recht. Ihr seid auf den guten Willen der Kaufleute hier angewiesen und dürft sie nicht um ihr Hauptgeschäft bringen. Das wird das Gold zwar ein wenig verteuern, aber es bleibt für Euch noch immer ein sehr großer Gewinn übrig. Habt Ihr genug Geld oder Brillen?»

«Ja», meinte Diniz, «wenn wir das vorhandene Gold jetzt kauften und die *San Niccolo* mit einer Frachtladung zurückschickten.»

Umar nickte. «Aber dann könntet Ihr nicht nach Äthiopien gehen.»

Es ist wie ein Tanz, dachte Gottschalk; jeder verfolgt mit seinem Vorschlag insgeheim eigene Ziele, keiner handelt aus selbstlosen Beweggründen außer mir und Bel. Nicolaas sagte: «Ich habe Äthiopien nicht vergessen. Deshalb habe ich gesagt, laßt uns zwei Wochen warten, bis die Karawane kommt. Dann reden wir weiter.»

Es folgten seltsame zwei Wochen. Die Sonne flammte, die Stadt brodelte vor Geschäftigkeit, und selbst zur Mittagszeit schlief keiner mehr in Kabara, dem Hafen von Timbuktu, denn im verbindenden Kanal sank der Wasserspiegel, und bald würde auch das Flußhochwasser zurückgehen und der leichte Warenaustausch ein Ende finden.

Der Regen, der den Joliba speiste, ging von Februar bis Juli auf die fernen Berge an seiner Quelle nieder und brauchte ein Jahr, um seine ganze Länge zu durchlaufen. Bis Juli hatte das Hochwasser das niedrig gelegene Land zweihundert Meilen vor Timbuktu erreicht und verwandelte es in den einen großen See, den sie überquert hatten, wobei es sich abschwächte und verlangsamte, so daß Kabara erst im Januar in den Genuß eines richtig hohen Wasserstands kam. Von April bis Juli sank der Fluß dann wieder zu seinem niedrigsten und für Boote schwierigsten Stand hinunter. Die Ernten am Joliba waren also jahreszeitlich abhängig vom

Zustand des Flusses, und das gleiche galt für die Goldförderung, die auf die Zeit zwischen Januar und Mai beschränkt war, zwischen Fallen und Steigen der Flut. Im Sommer keuchte die Stadt vor Hitze und bröckelte still vor sich hin.

Umar war darauf eingestellt, von diesen Dingen zu reden, und Gottschalk hörte zu. Der Riß zwischen Umar und Nicolaas hatte sich geschlossen, und ihre Freundschaft schien durch das Bewußtsein der Gefahr, in die sie geraten war, noch gestärkt worden zu sein.

Schwieriger war es, Umar dazu zu bringen, vom Priesterkönig Johannes zu erzählen, und wenn er es tat, schien es sich immer um eher schlimme Kunde zu handeln. Die Reisenden, die die Wüste auf der Strecke nach Kairo durchquert hatten, bezeichneten den Weg nach Äthiopien als eine hoffnungslose Reise durch eine wasserlose Sandeinsamkeit oder, weiter südlich, durch schauerliche nasse Regenwälder voller wilder Tiere und menschenfressender Heiden. Dahinter kamen die schrecklichen Berge, schrecklich selbst für Reisende und unüberwindlich für ein christliches Heer.

«Ist es das, was Ihr fürchtet?» sagte Gottschalk zu Umar, als er zum zweiten Mal eine solche Geschichte gehört hatte. «Ihr wußtet aber doch, daß ich mir geschworen hatte, dorthin zu gehen, wenn es mir nur irgendwie möglich ist. Ich habe weder Euch noch dem Koy gegenüber meinen Glauben herausgestellt und versichert, daß ich hier niemanden zum Christentum bekehren will. Aber ich muß diese Heiden sehen, von denen Ihr sprecht. Und wenn, wie Ihr sagt, der Weg zu beschwerlich ist, dann bringe ich die Nachricht davon zurück, und Euch werden die Besuche anderer, die eigensinniger sind, erspart bleiben. Ich hoffe, das ist ehrlich und anständig.»

«Ihr seid nie anders als ehrlich und anständig», hatte Umar in liebenswürdigem Ton erwidert. «Wenn Ihr gehen wollt, wird Euch niemand daran hindern.»

Sie hatten das Gold gesehen. Es wurde zusammen mit anderer Ware hinter verschlossenen Türen in den großen mehrgeschossigen Lagerhäusern aufbewahrt, wo die ortsansässigen Kaufleute ihre Häuser hatten und die Händler abstiegen, um in Ruhe zu kaufen.

Die Hofräume in der Mitte waren voller brüllender Kamele, und aasfressende Vögel drängten sich auf den Dachfirsten. Es war, wie Umar gesagt hatte, eine angemessene Menge, jedenfalls genug, um eine Rückfahrt nach Lagos lohnend erscheinen zu lassen, wenn ihnen daran gelegen war. Sie traten in die ersten Vorgespräche ein, die früher oder später zu einem Abschluß führen mochten, und ehe er ging, besserte Nicolaas manchmal ihre Pumpen aus.

Wie Gottschalk sah, belustigte Gelis diese ewige Sorge um das Praktische, die Nicolaas eigen war. Die dahinrostende Maschinerie des Palasts schmerzte ihn, und er vereinbarte zweimal einen Besuch dort und verbrachte einige zufriedene Stunden in einem Hof. Der öffentliche Teil des Harems wurde ihm nicht verwehrt, wenn Gelis auch nicht mehr dorthin zurückgekehrt war. Am Tag nach ihrer Audienz hatte der Timbuktu-Koy für Diniz und Nicolaas junge Sklavenmädchen geschickt.

Sie waren älter, als Tati gewesen war, und erfahren. Nicolaas tat, was Gottschalk ihm erlaubt hatte, und der Priester wußte nicht recht, ob er sich freuen oder traurig sein sollte. Traurig war er, daß auch Diniz die Enthaltsamkeit unmöglich fand, aber er schwieg. Sie hielten beide Maß, und der Gouverneur hatte seine Gründe gehabt. Wenn Bel und Gelis es auch bemerkten, so sagten sie nichts zu ihm.

Umar hatte geglaubt, darum sei es Gottschalk zu tun, als dieser eines Tages bei einem Gang durch die Straßen von Sklaven gesprochen hatte. Sie unterhielten sich auf flämisch, und keiner hätte sie verstehen können, aber dennoch zögerte Umar ein wenig, ehe er antwortete: «Sie sind beide jung, Padre, und ohne Ehefrau.»

«Ihr seid mehr als verständnisvoll», sagte Gottschalk. «Ihr seid auch nicht alt und trotzdem enthaltsam, soviel ich weiß. Aber das hatte ich nicht gemeint. Ich habe mich nach der Folgerichtigkeit Eurer Vorstellung gefragt. Ihr duldet hier die Sklaverei nach allem, was auf der *Niccolo* vorgefallen ist?»

«Ihr glaubt, wir beuten sie aus?»

«Ich glaube, Ihr behandelt sie so, wie die Portugiesen mit ihnen umgehen, nach allem, was ich gesehen habe», fuhr Gottschalk fort. «In einer wohlhabenden Gemeinde werden sie als Dienstboten gebraucht, und sie wirken als solche glücklich und zufrieden. Sie waschen, sie kaufen auf dem Markt ein, sie kochen, tragen Lasten, schaffen Wasser herbei. Sie pflegen Gärten und pflanzen Kräuter und machen Botengänge. Wir sagten auf der *Niccolo*, das Leben solcher Sklaven sei angenehmer, als es ein Leben in ihrer Familie gewesen wäre, nur daß sie das nicht aus freien Stücken tun und ihre Familie und ihre Würde verloren haben. Und je mehr sie gebraucht werden, desto mehr sind sie wert, in Geld ausgedrückt, und der Handel wird zu einem üblen Ding.»

Er hatte recht heftig gesprochen, doch Umar zeigte sich nicht gekränkt. Sie wurden zweimal von Bekannten angehalten, ehe er schließlich etwas erwidern konnte. «Ich sagte Euch, daß es Euch freisteht, das Land des Priesterkönigs Johannes aufzusuchen, aber wenn ich nicht zu erpicht darauf bin, dann ist dies der Grund. Ja, die Sklaven hier sind glücklich, wenn auch wie in jedem Land manche Herren gerechter sind als andere. Sie kommen in die Stadt aus den Gebieten ringsherum. Manche wurden hergebracht oder eingefangen, aber viele kamen aus freien Stücken, und von diesen waren die meisten Götzenanbeter aus dem Regenwald, die jetzt Anhänger meines Glaubens sind. Auch ist es zur Zeit in der Stadt friedlich: Sie selbst kann nicht ihrer Menschen beraubt werden. Daher ist die Lage völlig anders als an der Küste, wo ein Stamm den anderen beraubt und die Sklavenhändler ständig unterwegs sind und ihre Beute einsammeln. Es könnte hier so werden, wenn die Christen kommen.»

«Oder erst die Mamelucken», sagte Gottschalk.

«Ja», fuhr Umar fort. «Dann könntet Ihr schwarze Gesichter an merkwürdigen Orten finden. Ich glaube, ich sehe Nicolaas da drüben. Ich bin froh, daß Ihr mich gefragt habt. Ich sollte Euch vielleicht sagen, daß nicht beabsichtigt war, daß ich unbeweibt bleibe. Meine Familie hat mir eine Ehefrau ausgesucht. Sie heißt Zuhra.»

Gottschalk blieb vor Überraschung stehen. «Ihr seid glücklich?» Er fragte sich, ob Nicolaas davon wußte.

Umar lächelte. «Es ist meine Pflicht. Natürlich.»

«Dann habt Ihr vor, hierzubleiben?» Zu spät wurde er sich bewußt, daß dies eine ungehörige Frage war.

«Ich glaube», sagte Umar, «Europa wird auch ohne mich auskommen.»

Auch Gelis wurde mit den engen Gassen der Stadt vertraut – mit
den Schlammauern und weichen, abgerundeten Ecken, wo der
Regen den grauen Rauhputz aufgelöst und dahinschmelzende,
halb ausgebesserte Formen von Ständen, Häusern und Werkstätten, von Schreinen und Märkten und Moscheen zurückgelassen
hatte. Das Geheimnis des Backens von Schlammziegeln und des
Gebrauchs von Mörtel stammte, so hieß es, von den Baumeistern
der Städte Dia und Djenne zweihundertfünfzig Meilen südwestlich von Timbuktu; aber in Djenne gab es Lehm, während die
Dörfer längs des Joliba ihre Ziegelsteine aus Schlamm vermischt
mit Kieselsteinen und Mist herstellten, so daß die Familien die
Regenzeit in Häusern aus halb flüssigem Unrat überstanden.

In Timbuktu gab es in dem Viertel am Stadtrand Hütten aus
Schlamm und Stroh, aber die Reichen konnten es sich leisten,
dauerhaftere Baustoffe herbeischaffen zu lassen. Viele der Häuser
der Kaufleute und Händler waren aus lehmverkleidetem Stein
erbaut wie auch die andalusische Moschee, wenn auch die übrigen an der schlichten Bauweise festzuhalten schienen, hoch aufragend wie Denkmäler, aus keilförmigen Blöcken bestehend und
überzogen von einem Schattengewebe, das die Stäbe warfen, an
denen die Männer zum Ausbessern wie Fliegen hinaufkrabbelten.
Die Ausnahme war die große Moschee, die Jingerebir genannt
wurde – sie war im Stil des Palasts erbaut und war ähnlich schlecht
unterhalten, so daß das Wasser für die rituellen Waschungen von
draußen hereingeschafft werden mußte.

Nicolaas hatte in der Moschee keinen Zutritt erhalten, aber Teile
ihrer Bewässerungsanlage hatten ihren Weg bis zu seinem Quartier
gefunden, so daß Gelis jedesmal, wenn sie den Hof betrat, mit den
Knöcheln an Metallstücke stieß. Er entschuldigte sich dann, trug die
Stücke in den Schatten und fuhr in seiner Tätigkeit fort, die manchmal nichts mit Metall zu tun hatte, sondern ein müßiger Zeitvertreib
war wie das Schnitzen eines *Farmuk*, mit dem er die Scharen von
schwarzen Kindern aus den Sklavenvierteln unterhielt.

Gelis hatte ein solches Ding schon früher einmal gesehen: Er hatte ein Spielzeug wie dieses aus Florenz nach Brügge geschickt, als Tilde de Charetty noch ein Kind gewesen war, und sie hatte Tilde dazu zu bringen versucht, es ihr zu schenken. Es war nur eine aufgespaltene Holzkugel, die an einer Schnur hinauf- und hinunterstieg, obschon er noch andere Kunststücke mit ihr vollführte. Sie blieb manchmal bei den Kindern stehen und beobachtete ihn bei diesem Spiel. Beobachtete ihn. Er vergaß nie, sie anzusprechen, und sagte einmal etwas Freundliches über ihr neues Kleid. Sie fragte sich, welche Schmeicheleien er seinem kleinen schwarzen Mädchen sagte, das überhaupt nichts auf dem Leib trug.

Sie hatte ein neues Kleid, weil sie und Bel von einem Mann mit Tuchballen aus Florenz aufgesucht worden waren. Wie der Mann sagte, hatte der Händler, für den er umherzog, auch einige aus Syrien. Die Galeeren, die die Berberei zum Ziel hatten, verließen Pisa jedes Jahr im April und liefen Tunis, Algier und Oran an, ehe sie im Juli oder später nach Almería und Málaga weiterfuhren. Die Waren, die sie brachten, reisten mit der nächsten Kamelkarawane durch die Sahara nach Süden. Sie würden davon erfahren, wenn sie eingetroffen war.

Gelis und Bel kauften, was er hatte, und fanden sogar jemanden zum Nähen. Zu einem breiten, mit Stroh gedeckten Säulengang verwiesen, entdeckten sie eine Gruppe von Männern in weißen Hemden, die kreuzbeinig dort saßen, die schwarzen Köpfe über ihre Nadeln gebeugt. Dabei saß ein alter Mann, der laut aus einem großen Buch las, das er in den Händen hielt.

Er trug ein Gewand, und auf seine Nase war eine Brille aus Murano geklemmt. Gelis sagte: «Wie kommt das? Vielleicht der Preis für das Mädchen?»

«Wollt Ihr seinen Platz einnehmen?» fragte Bel of Cuthilgurdy. «Wenn nicht, dann sprecht nicht davon. Das Laster gedeiht in dieser Stadt gut genug ohne Euch. Es hat, wie ich höre, erste Gespräche über das Gold gegeben: Es geht um kleine verlockende Vorkaufsrechte, bei hohen Preisen. Wenn Ihr über die Mauer zur Sankore hinüberschaut, seht Ihr die Gelehrten herumlaufen, daß sie sich fast auf die Füße treten.»

«Als Gegenleistung wofür?» hatte Gelis gefragt.

«Oh, das gleiche», hatte Bel geantwortet. «Gold oder etwas Ähnliches. Die Ärzte und Imame hier sind alle auch Kaufleute. Ihr erinnert Euch, was Pater Gottschalk gesagt hat. Es ist wie Bischof Kennedy von St. Andrews. Wenn du das Gute Buch lesen und die Engel im Paradies zählen kannst, kannst du auch gleich Kaufmann werden.»

Gelis erinnerte sich. Sie erinnerte sich an Gottschalks Gesichtsausdruck bei seiner Rückkehr vom ersten Ausflug in jenen Teil der Stadt, von dem sie bisher nur gehört hatten und an dessen Verhältnisse sie nicht recht glaubten, weil das Betreiben des Lernens um seiner selbst willen, die Fähigkeit, Schulen einzurichten und große Literaten anzulocken, der Kauf von Schreibmaterialien, die Anstellung von Schreibern und die Bildung großer Büchersammlungen das Vorrecht einiger weniger Fürsten in Europa waren, an deren Höfe gerufen zu werden Gelehrte sich zur Ehre anrechneten. Mittelpunkte höherer Bildung gab es am Rand der Sahara nicht.

Natürlich war die muslimische Lehre schon früh mit den Händlern nach Afrika gelangt – noch ehe Timbuktu selbst gegründet worden war. Unter der Maliherrschaft war eine Tradition der Gelehrsamkeit entstanden. In Timbuktu, so hieß es, waren die ersten Lehrer schwarz gewesen, dabei solche aus Umars Familie in Kabura, am Rand des Joliba-Schwemmlands. Siedler vom Volk der Tuareg wurden reich und füllten die Reihen der Kaufleute und Gelehrten auf, denen wiederum der Herrscher großzügige Vorrechte gewährte. Pilger besuchten die Grabstätten verstorbener Gelehrter, und aus dem Süden trafen Studenten ein. Der Stadt wurde *Baraka* zuteil, göttliche Gnade. Das Wort stand im Palast geschrieben – sie hatten es gesehen. Genauso war es, wie sie gehört hatten, in Granada.

Man hatte ihnen gesagt, daß innerhalb der Arkaden der Moschee von Sankore eine Universität war, ein Ableger von Kairo und Damaskus. Man hatte ihnen berichtet, daß Kaufleute Studenten förderten, die später, wenn sie selbst bedeutende Erzieher geworden waren, in den Höfen ihrer Häuser Vorlesungen hielten und Logik und Rhetorik, Grammatik und Geschichte, Prosodie und Astronomie lehrten, solange es hell war.

Während sie verwundert durch die Stadt schritten, hatten sie nicht nur die Rufe zum Gebet, sondern auch Singen gehört, den Klang einer einzelnen Stimme, der andere antworteten, begleitet von Trommel und Pfeife. Manchmal handelte es sich bei den Chören um die schrillen Stimmen von Kindern, die den Koran hersagten, wobei sie das muttersprachliche Mandingua mit holprigem Arabisch vertauschten. Andere waren gar nicht jung gewesen.

Gottschalk war von seinem ersten Besuch bei solchen Männern schweigend zurückgekehrt und hatte nachher zwei Stunden lang geredet. Bel fragte: «Und was hat Nicolaas von ihnen gehalten?»

«War Nicolaas dabei?» wunderte sich Gelis.

«Ja», sagte Gottschalk. «Er war es, der herausfand, daß die Professoren Kaufleute waren. Er ist noch geblieben, um sich Waren anzusehen.» Seine Stimme klang bitter. Sie drückte eine Enttäuschung aus, die Gelis noch schmerzlicher in Umar widergespiegelt sah. Umar hatte ihnen den Zugang zu Timbuktus geistigem Reichtum eröffnet, und Nicolaas war wie immer der süßen Stimme des persönlichen Gewinns gefolgt.

Bel sagte: «Was habt Ihr erwartet? Bei dem, was auf seinen Schultern lastet, will er nicht herumsitzen und spekulieren, ob Moses vor Homer gelebt hat.»

«Ja, das sehe ich», entgegnete Gelis. «Er hockt sich lieber hin und flickt Pumpen wieder zusammen.»

Am nächsten Tag fand sie einen Lehrer, der sie im Arabischen unterrichten wollte, und suchte ihn von da an täglich auf. Der Unterricht dauerte eine Stunde, die sie über eine Holztafel gebeugt verbrachte, während sie die *Fatiha* herzusagen lernte zusammen mit zweiunddreißig schwarzen Kindern, von denen keines älter als sechs Jahre war. Ihr war fast schlecht vor Aufregung.

Die Salzkarawane traf Ende Februar ein. Diniz hörte als erster davon und stürzte mit flammendem Gesicht zu ihnen hinein. Nicolaas schnitzte gerade an einem Zusammensetzspiel. Er sagte:

456

«Nun, du weißt ja, was es jetzt gibt. Die Kaufleute treiben Handel, und die Waren werden bei den einzelnen Lagerhäusern von den Kamelen abgeladen. Dann trotten die Tiere zurück zum *Abaradiou* und ruhen sich zusammen mit ihren Treibern aus und warten. Bis die Lagerhäuser voll sind, tun wir gar nichts.»

«Wir könnten hingehen und zuschauen», meinte Diniz.

«Wir könnten, ja», gab Nicolaas zurück. «Aber die Händler würden uns für Rivalen halten.»

«Jorges Pfeife», bemerkte Bel. Diese Worte waren unter ihnen zum Geheimbegriff für ein gefährliches Unternehmen geworden, aber Diniz ließ sich nicht abhalten, sondern lieh sich ein Gewand aus und zockelte mit einem Turban um den Kopf auf einem Maultier zum Nordende der Stadt, um zu sehen, was sich dort tat.

Es war keine von den ganz großen Karawanen: es war nicht die aus zehntausend Tieren bestehende *Azalai* des Monats Mai, aber sie umfaßte doch über tausend Kamele, die da hereinschwankten mit Salzplatten an beiden Flanken und Treibern jeweils zwischen den Tieren. Der Geruch, das Gestöhn der Kamele, die schrillen Schreie der Männer aus dem Sandschleier, der sie umgab, war so aufregend, als wäre jedes Tier mit Gold beladen gewesen.

Und das waren sie ja auch, im Grunde genommen. Er wäre gern länger geblieben, aber seine äußere Erscheinung und seine Jugend erweckten doch Aufmerksamkeit. Er beobachtete noch, wie die Händler absaßen und sich dann zu Fuß zu denen gesellten, die schon vorher eingetroffen waren, und machte sich gerade auf den Heimweg, als er durch eine Hand an seinem Zügel angehalten wurde.

Sie gehörte einem Krieger, dessen blaues Kopftuch nur die Nasenwurzel und die Augen freigab – kein Leibwächter des Timbuktu-Koy, sondern einer aus der Schar des Tuareghauptmanns Akil ag Malwal. Sie waren zu viert, und ihr Führer ritt näher heran, die Messer griffbereit am Knie, den Gazellenschild zusammen mit dem Köcher auf den Rücken gebunden.

Hauptmann Akil sagte: «So bescheiden, junger Herr! Man könnte meinen – wir fühlen uns geehrt –, Ihr wünschtet für einen von uns gehalten zu werden. Darf ich Euch behilflich sein?» Sein schnurrbärtiges und zernarbtes Gesicht war unverschleiert.

Es war kein Dolmetscher da, aber der Mann hatte einfaches Arabisch gebraucht. Seinen Zorn zu Hilfe nehmend, kratzte Diniz die wenigen Brocken zusammen, über die er in dieser Sprache verfügte. «Wenn man handelt», sagte er, «trägt man das Kleid des Händlers. Ich bin hier nur zum Vergnügen. Ich wollte einen Anblick nicht versäumen, der auf der Welt einmalig ist.»

Akil erwiderte mit ausgemachter Höflichkeit: «Ich höre Euch, aber leider kann mein armes Hirn Eure Worte nicht unterscheiden. Ist Euer Herr, der Tamashagh spricht, nicht hier, um dolmetschen zu können?»

«Ich bin mein eigener Herr», sagte Diniz. «Messer Niccolo, falls Ihr ihn sucht, ist in seinem Quartier.»

«Oh, zweifellos, ich hatte auch Umar ibn Muhammad gemeint», erwiderte Akil. «Aber jetzt erinnere ich mich, daß auch er sagte, er sei nicht Euer Herr. Das Mädchen gefällt Euch?»

Diniz starrte ihn an.

«Ich habe Euch ein Mädchen geschickt und auch Messer Niccolo. Der Timbuktu-Koy hat es verlangt. Er hat viele Töchter, die er beschützen muß, und Kriegerhuren geben gute Sklavinnen ab. Doch ich halte Euch auf. Ich habe ein Päckchen für Euch, gerichtet an den Messer Niccolo. Vielleicht bringt Ihr es ihm, mit meinen besten Empfehlungen? Es ist mit der Karawane gekommen.»

«Mit . . . Eine Botschaft aus dem Norden, für Messer Niccolo?» Diniz begann schnell zu sprechen und wurde dann immer langsamer. Einer der Krieger öffnete einen Ranzen.

Das Päckchen, das er herausnahm, war dick und viele Male in Wachstuch eingerollt und dann zugenäht. Es war in unbekannter Handschrift mit Nicolaas' Namen versehen. Akil, Gott lasse ihn verfaulen, nahm es und hielt es fest. «Ihr erwartet Waren? Edelsteine vielleicht? Darauf liegt eine Steuer.»

«Das sind nur Briefe», sagte Diniz. Der Umstand war offenkundig.

«Ich zweifle nicht daran, daß Ihr recht habt», erwiderte der Tuareg. «Aber es ist leicht bewiesen. Öffnet das Päckchen.»

Diniz sah keinen Ausweg. Akil konnte lesen. Mit welchen Sprachen würde er vertraut sein? Gewiß mit keiner außer der arabischen in ihren verschiedenen Mundarten. Sicher verstand er kein Portugiesisch, kein Spanisch und auch kein Toskanisch, aber es mochte Gelehrte an der Sankore-Universität geben, die in Europa gelebt hatten. Die einzige sichere Sprache, auf die man hoffen konnte, war Flämisch.

Das Päckchen wurde aufgeknüpft und fiel auseinander. Es waren viele Seiten, dicht vollgeschrieben und in flämischer Sprache abgefaßt.

Diniz Vasquez gehörte einer Familie an, die enge Verbindungen zu Brügge hatte, und er hatte neben anderen Sprachen auch diese gelernt. Er las die ersten Worte und spürte, wie sich sein Magen zusammenkrampfte. Akil ag Malwal sagte: «Warum habe ich nur daran gezweifelt? Da ist nichts als ein Brief. Gewiß enthält er gute Nachrichten. Eure Schwestern haben in Eurer Abwesenheit Söhne bekommen, Euer Besitz blüht und gedeiht, Euer Herr hat Euch viele und einträgliche Ämter gewährt? Ich sehe an Eurem Gesicht, es ist eine gute Nachricht. Ich entlasse Euch voller Freude nach Hause. Allah segne Euch.»

«Allah kürze Euer Leben ab!» sagte Diniz. Er sagte es auf flämisch.

Nicolaas war nicht da, als Diniz heiser atmend ins Haus stürmte, und auch Gottschalk und die Frauen waren fort. Eine Botschaft von Umar ibn Muhammad war eingetroffen, die sie alle zu seiner Verlobungsfeier einlud. Das Haus seiner Vettern, in dem er wohnte, lag im Norden, in dem Viertel, in dem er gerade gewesen war. Diniz saß wieder auf und ritt schnell hin.

Er hatte vergessen, sich umzuziehen. Er merkte das, sowie er durch die große Tür eingelassen und durch Flure zu dem mit Seidenstoffen geschmückten und von süß duftenden Lampen erhellten Hof geführt wurde, wo die entfernten Angehörigen, die Umar noch hatte, seine Verlobung feierten.

Umar kam heraus, um ihn zu begrüßen, hochgewachsen und strahlend und schwarz und in karminroten Damast mit goldenem Kragen gekleidet. «Ich freue mich so sehr», sagte er. «Es hieß, Ihr wärt fortgegangen, und ich war in Sorge um Euch.»

«Es tut mir leid», sagte Diniz. Seine Stimme allein schien schon genug zu sagen, denn Lopez – Umar – fragte: «Eine Nachricht? Ist sie schlecht?»

«Nichts, was Euch beunruhigen könnte. Ein Brief für Nicolaas. Es tut mir leid. Ich hatte nur gemeint, ich hätte früher kommen sollen.»

«Was für ein Brief?» sagte Umar. «Wartet, ich rufe Nicolaas.»

«Nein!» Aber es war zu spät. Er stand unter dem Bogen, der zum Hof hinausführte, blickte auf wechselnde Farben und Blumen und Licht und hörte Musik und Lachen. «Was gibt es?» fragte Nicolaas. Hinter ihm standen Umar, Gottschalk und Gelis.

«Ich habe einen Brief für Euch von Gregorio», sagte Diniz. «Er kam mit der Karawane.»

«Du hast ihn gelesen?»

Ausnahmsweise einmal war er zu verzweifelt, um vor Nicolaas Angst zu haben. «Akil hat mich gezwungen, ihn zu öffnen, aber ich konnte das Flämisch nicht lesen.»

«Du hast es aber doch gelesen. Wer ist tot?»

«Niemand», sagte Diniz voller Qual. «Niemand ist tot. Nicolaas – wir haben die *Ghost* verloren und alles, was sie geladen hatte.»

Wie mit einem Werkzeug abgerieben, wurde Nicolaas' Gesicht glatt: so glatt wie eine Schlammziegelmauer im Regen. Er sagte: «Ich verstehe. Nun, nichts was wir jetzt tun könnten, würde etwas daran ändern, und hier gibt es etwas Wichtigeres. Du siehst diese herrliche junge Frau da drüben? Das ist Zuhra, Umars zukünftige Gemahlin. Komm. Komm schnell.»

Umar sagte voller Kummer: «Nicolaas!», verstummte aber dann. Nicolaas legte ihm die Hand auf die Schulter. «Später!»

Das Mädchen war wirklich ein herrliches Geschöpf. Ohren und Hals waren von Gold umringt. Schwarz, strahlend und schlank, hatte sie das gleiche rundknochige Gesicht wie Umar, die gerade Nase, die großen Augen und die hübschen Lippen, die Araber, Neger und Berber zu Ahnen hatten. Wenn sie keine Cousine ersten Grades war, so gehörte sie jedenfalls zu seiner Familie, das war sicher. Diniz küßte sie, wie es üblich war, und begrüßte jene Verwandten, die er schon kannte, und stellte sich denen vor, die ihm noch fremd waren. Er aß und trank, klatschte zu den Trommeln, sah den Musikanten zu und lauschte still zusammen mit den anderen, als sich der Marabut inmitten der Blumen niederließ und ihnen seine Geschichten erzählte. Er sah die Anspannung auf Gottschalks Gesicht und Nicolaas' Lächeln.

Gelis sagte: «Bedeutet es nichts? Das Ende der Bank, von Diniz' Hoffnungen und denen seiner Mutter vielleicht?»

«Er schauspielert», entgegnete Gottschalk. «Und er liebt Umar.»

«Man sollte doch meinen . . .», begann Gelis und hielt dann inne.

«Wenn Ihr das tut, kennt Ihr Nicolaas nicht», sagte Gottschalk. «Leid tun muß Euch Umar.»

Nachdem Nicolaas Gregorios Brief gelesen hatte, rief er sie alle – Gelis und Bel, Gottschalk und Diniz – spät am Abend in seine Kammer und sagte ihnen, was darin stand. Er hatte sein Gewand abgelegt und saß im Hemd auf der Fensterbank, denn in dieser Nacht hatte es sich nicht abgekühlt. Draußen auf dem Hof versilberte der Mond die Palmen und fing den Sprühdunst des Brunnens ein, während Falter gegen die Nachtschleier stießen, die die offenen Fenster und Türen während der Nacht schützten. Es war sehr still, und man sah ihm jetzt die Krankheit an.

«Wenn einen Schuld trifft, dann mich», sagte er. «Ich kannte die Gefahren, als ich das Gold mit Ochoa nach Norden schickte, und ich würde es wieder tun – wir hatten keine andere Möglichkeit. Es ist noch nicht ganz klar, was geschehen ist, ich kann Euch nur berichten, was Gregorio schreibt. Die *Ghost* ist in Madeira eingetroffen und wurde von einer Gruppe von Leuten in Empfang genommen, die sie für die in Ceuta gestohlene Kogge erklärten und beschlagnahmen ließen. Auch die Lomellini waren dabei beteiligt.»

«Wann?» fragte Gottschalk.

«Ende Dezember. Von Ende Dezember ist dieser Brief. Gregorio schreibt, er habe keinen Einspruch erhoben, weil er keine Verbindung zwischen mir und Ceuta oder zwischen der *San Niccolo* und verbotenen Handelsgeschäften herstellen will. Er hat jedoch angeregt, die Vorgeschichte der *Ghost* zu untersuchen, um die wahren Besitzverhältnisse herauszufinden. Falls diese Untersuchung stattfindet und ich dann zur Stelle bin, könnten wir gewinnen. Es dürfte einem guten Advokaten nicht schwerfallen zu beweisen, daß weder Simon noch sein Vater Jordan das Schiff beanspruchen können.»

«Aber das Schiff ist doch nicht wichtig», meinte Gelis. «Alles, was zählt, ist das Gold. Das können sie doch gewiß nicht beanspruchen.»

«Es gibt kein Gold», sagte Nicolaas.

Diniz schwieg. Bel sah ihn an und wandte dann den Blick. Gelis schob ihre Schleier zurück, und eine Locke löste sich von ihrer Nadel. Ärgerlich befreite sie das Haar ganz. «Als die *Ghost* in Madeira eintraf», fuhr Nicolaas fort, «hatte sie nichts geladen. Die Lomellini haben entsprechende Papiere unterschrieben, und das haben auch die Zöllner getan, die an Bord gingen. Ochoa hat es bestätigt. Er sagte, das Schiff habe, weil dafür nicht zugelassen, keinen Handel treiben können und sei deshalb leer zurückgeschickt worden. Gregorio wollte mit Ochoa sprechen, aber der war plötzlich wie weggezaubert von der Insel samt seiner Mannschaft. Er hat auch versucht, ein portugiesisches Wachschiff nach dem Gerücht von einem Kampf zwischen der *Fortado* der Lomellini und einer Kogge nicht genau bekannter Farbe zu befragen. Aber der Schiffsführer ist ihm ausgewichen. Auch von einem Portugiesen vom Senagana konnte er nichts erfahren.»

«Wer hat es also?» wollte Gottschalk wissen. «Jemand, scheint's, der Schweigen teuer bezahlen kann. Also könnt Ihr Ochoa ausschließen.»

«Wirklich?» sagte Gelis. «Sind das nicht zwei verschiedene Dinge: der Verlust des Goldes und die Rivalität zwischen der *San Niccolo* und der *Fortado*? Das Schweigen dient vielleicht dem Schutz der *Fortado*, nicht dem des Diebes, der das Gold an sich genommen hat. Dieser könnte noch immer Ochoa sein.»

«Das ist eine Möglichkeit», gab Nicolaas zu. «Er könnte es vorher irgendwo an Land gebracht haben. Er könnte das sogar für uns getan haben. Es liegt vielleicht irgendwo und wartet darauf, von uns abgeholt zu werden, wenn wir es für ungefährlich halten. Also hoffen wir, daß er am Leben bleibt. Vielleicht haben aber auch die Lomellini das Gold an sich genommen und Ochoa bestochen, damit er eine Lüge erzählt. Die Lomellini mit Unterstützung von David de Salmeton, natürlich.» Ein Grübchen zeigte sich. «Wie du mir, so ich dir. Wir töten Doria, und das Haus Vatachino bekommt all unser Gold.»

«Simon», sagte Diniz. Er hatte kaum ein Wort gesagt, so groß war seine Verzweiflung. «Weiß er nicht, daß das Haus Vatachino mit den Genuesen im Bund ist?»

«Mit den Lomellini? Nein», erwiderte Nicolaas. «Es sei denn, er hätte es inzwischen herausgefunden. Warum? Du glaubst, die Lomellini könnten das getan haben und Simon hätte seinen Anteil bekommen?»

«Wenn er das getan hat, bringe ich ihn um», sagte Diniz. Er sagte es ganz ruhig. «Also fahren wir jetzt nach Hause», setzte er hinzu. «Oder gibt es eine andere Möglichkeit?»

Nicolaas gab keine Antwort. Gottschalk sah ihn an.

«Wir müssen zurückfahren», sagte Diniz. «Das Geld, das wir bekommen haben, wird der Bank eine kleine Hilfe sein. Mir wird es vielleicht nicht viel nützen, aber wir könnten die *Niccolo* zurückschicken. Wir könnten die *Niccolo* im Herbst zurückschicken, damit sie noch mehr Gold holt. Und inzwischen . . .»

«Inzwischen könnten wir deinen Onkel umbringen», unterbrach ihn Nicolaas. «Oder Ochoa. Oder David de Salmeton oder sonstwen. Du hast ja sehr schlüssige Beweise.»

«Wie bald könnten wir aufbrechen?» fragte Gelis. «In den Kanälen geht das Wasser zurück. Das Gold ist Euch versprochen. Ihr braucht ein Boot und eine Mannschaft und Träger für die Strecke zwischen den zwei Flüssen.» Sie hielt inne. «Bel? Wir könnten das schaffen.»

«O ja», sagte Bel. «Ich höre Euch wohl, aber ich bin mir noch nicht ganz so sicher. Und Nicolaas sieht noch wackelig aus.»

«Vielen Dank», sagte Nicolaas. Nur zwei Worte.

«Was?» sagte Diniz. Angst und Zorn hatten sein Gesicht alt gemacht.

«Wir haben ihn nicht befragt», meinte Gelis. Im Lampenlicht waren ihre Augen riesig groß.

«Ja, ich möchte befragt werden», sagte Nicolaas. Er erhob sich steif und schritt in der Kammer umher. Gottschalk blickte von seinem Hocker auf. «Ihr nicht?» fragte Nicolaas.

Gottschalk saß für einen kraftvollen Mann recht still da und sprach ohne besonderen Nachdruck. «Nein. Mein Weg ist nicht der Eure. Dies ist Eure Entscheidung.»

«Aber Ihr bleibt hier», sagte Nicolaas.

«Ja», entgegnete der Priester.

«Um in den Osten zu reisen?»

«Wenn man mich entbehren kann.»

«Und Ihr überredet uns nicht zum Bleiben?»

«Nein», sagte Gottschalk. «Ich würde Euch vor einer Blutrache bewahren. Ich werde Euch aber nicht davon abhalten, alle die zu retten, die von der Bank abhängen. Dies ist Eure Entscheidung.»

«Es freut mich, daß Ihr so denkt», sagte Nicolaas. Er hatte seinen Geldbeutel auf einer Kassette liegen lassen. Jetzt wandte er sich um, öffnete den Beutel, nahm einen Schlüssel heraus und schloß damit die Kassette auf. Als er sich aufrichtete, hielt er einen Packen Papiere in der Hand. Einige kamen ihnen bekannt vor.

«Nun?» fragte Diniz.

Nicolaas legte ihm die Papiere in den Schoß. «Als ich krank wurde, machte ich Aufzeichnungen für Pater Gottschalk. Jetzt habe ich sie vervollständigt. Sie sagen Euch, was getan werden muß, wenn Ihr nach Madeira kommt, was Ihr Gregorio sagen sollt und wie das Gold zu verwenden ist. Es steht auch darin, wie Gregorio vorgehen soll, was Brügge und Venedig angeht. Wenn Ihr jetzt aufbrecht, könnte die *San Niccolo* die Frauen bis Juni nach Lagos gebracht haben, darauf wieder beladen werden und im Oktober auslaufbereit sein. Mitte Dezember sollte sie am Gambia sein. Dort gehen wir dann an Bord.»

«Wir?» Das war Gelis.

Es war ein müdes Schelmengesicht, das da lächelte: die lächerlichen Augen, die hochgezogenen Brauen, die erstaunlichen Grübchen. «Pater Gottschalk und ich», sagte Nicolaas.

Gottschalk sprang auf. «Nein.»

«Ihr wollt doch nicht *bleiben*?» sagte Diniz. «Nicolaas, Ihr Narr, warum wollt Ihr bleiben?»

Nicolaas lächelte Gottschalk an. «Um nach Äthiopien zu gehen», sagte er.

«Und natürlich, um die nächste Ausbeute an Wangaragold in Besitz zu nehmen.»

KAPITEL 29

WENN NICOLAAS in gesunder Verfassung über ein Geschick verfügte, so war es das, seinen Willen zu bekommen, ohne daß es eine Auseinandersetzung gab. In dieser Nacht ließ es ihn im Stich, hauptsächlich wegen seiner Erschöpfung, und seine Freunde und Widersacher sahen, daß sie diesen Umstand zu ihrem Vorteil ausnützen konnten. Er müsse zurückkreisen, um seinen Anspruch auf das Schiff zu wahren und die Wiedererlangung seiner Ladung zu betreiben. Er müsse zurückkreisen, um die Frauen zu begleiten. Er müsse zurückkreisen, um mit Unterstützung von Gregorio, Julius und Cristoffels seine angeschlagene Bank zu retten. Denn wenn er nach Äthiopien gehe, komme er vielleicht nicht mehr zurück.

Er versuchte ruhig zu bleiben, verlor aber doch einmal die Geduld. «Und wenn Pater Gottschalk nicht zurückkommt? Seht Ihr, daß Ihr ihn alle allein laßt?»

Und Pater Gottschalk hatte gesagt: «Ich will Euch nicht haben», das Gesicht von widerstreitenden Gefühlen bewegt. «Ich dachte es zuerst, aber ich will Euch nicht.»

«Was für ein Jammer», sagte Nicolaas. «Denn Ihr kriegt mich, ob Ihr mich wollt oder nicht.»

Er sagte es noch einmal, als Bel Diniz aufstöhnend dazu ge-

465

bracht hatte, sie zu ihrem Lager zu geleiten und auch Gelis hinausgeschlüpft war. Er sagte es zu Gottschalk, mit dem Kopf in den Händen auf dem Hocker sitzend, den Gottschalk zuvor benutzt hatte, während der Priester auf und ab ging. Gottschalk antwortete in barschem Ton.

«Daran glaubt Ihr nicht im Ernst. Vielleicht wolltet Ihr früher einmal nach Äthiopien gehen auf der Suche nach dem Zauberspiegel, dem Edelsteinfluß und dem Priesterkönig, über den alle Welt mehr erfahren möchte. Aber jetzt wißt Ihr genau wie ich, daß wir von dem Weg zu diesem Land kaum ein Viertel zurückgelegt haben. Daß niemand dorthin reist, nicht weil keiner den Mut dazu hätte, sondern weil das Land so gut wie unzugänglich ist. Und daß Menschen, die dennoch hingelangen, gefangengenommen und festgehalten werden, selbst wenn sie Christen sind.»

«Das habt Ihr gehört? Wie? Von wem?» Nicolaas hatte den Kopf gehoben.

«Nicht von Umar», antwortete Gottschalk trocken. «Ich habe mit anderen gesprochen. Es gibt Reisende, Mönche, die dreißig Jahre lang am Hof von Priesterkönig Johannes gelebt haben. Sie werden gut behandelt, heißt es, aber keiner kommt zurück.»

«Ihr habt versucht, mich von dem Versprechen, dorthin zu gehen, zu entbinden. Warum bleibt Ihr dann noch bei Eurem Vorsatz? Der Verlust wäre weit größer.»

«Nein», sagte Gottschalk, «das glaube ich nicht.»

Es trat ein langes Schweigen ein, das Nicolaas schließlich brach. «Ihr wollt beweisen, daß man nicht hingelangen kann.» Und als Gottschalk darauf nichts erwiderte, setzte er hinzu: «Aber das könnt Ihr doch tun und trotzdem zurückkommen. Ich bringe Euch zurück.»

Gelis sah Gottschalk herauskommen. Sie saß regungslos beim Brunnen und rechnete nicht damit, daß man sie bemerkte, und der Priester war schon vorübergegangen, als er plötzlich stehenblieb, sich langsam umdrehte und ihren Namen aussprach. Sie erhob sich. Er räusperte sich. «Ihr wartet?»

Sie sagte: «Ich habe mich gefragt . . .» Unter der Kapuze lag sein Gesicht im Schatten.

«Nein», sagte er. «Ich habe ihn nicht umstimmen können. Habt Ihr geglaubt, Euch könnte es gelingen?»

«Er muß müde sein», sagte sie.

«Er schläft nicht», sagte Gottschalk. «Und es ist niemand bei ihm.» Ohne seinen barschen Ton hätte man meinen können, er weine.

Sie machte sich bemerkbar, indem sie an seinen Türpfosten klopfte. «Nicolaas», sagte sie.

Seine Stimme sagte: «Gelis.» Er hatte, wie sie glaubte, vom Kissen aus zu antworten begonnen, war aber aufgestanden, um das Wort zu Ende zu sprechen. Als sie eintrat, hatte er sich auf der Bettdecke hochgezogen, den Rücken zur Wand. Das Hemd war aufgeknöpft, aber noch nicht abgestreift.

«Ich hatte Euch nicht stören wollen», sagte sie. «Ich dachte, Ihr wolltet vielleicht etwas zu trinken haben. Das ist die Krankenpflegerin in mir.» Sie setzte sich auf die Bettkante.

Sein Lächeln war so schwach, daß es keines der beiden Grübchen hervorzauberte. «Die gibt es nicht», erwiderte er. «Ihr seid gekommen, um mir das Haar abzuschneiden.»

«Doch, die gibt es», widersprach sie. «Die Krankenpflegerin. Habt Ihr das vergessen?»

«Ich vergesse gern», sagte Nicolaas. «Dafür werde ich einmal berühmt werden: für das Nichterinnern.»

«Aber den Dezember dürft Ihr nicht vergessen», entgegnete sie. «Ihr habt nur Zeit, bis die *San Niccolò* im Dezember ausläuft. Warum seht Ihr nicht allem schon jetzt ins Auge?»

«Weil das gewisse Vorteile hat», sagte Nicolaas. «Auf diese Weise tut Diniz die ganze schmutzige Arbeit. Er tötet vielleicht sogar Simon.»

«Wünscht Ihr das?»

Seine Augen waren wie die Gottschalks von schwarzen Schatten umrahmt. «Habe ich das gesagt?»

«Nein. Aber Ihr selbst werdet es nicht tun. Ihr werdet nie Simon selbst Schaden antun, nur seinem Geschäft. Und Jordan kann Euer Gesicht zerkratzen, wenn er will, Ihr werdet nicht zurückschlagen. Ich konnte das erst begreifen, als Ihr es mir erklärt habt.»

«Es ist kein Fieber, das tötet», bemerkte Nicolaas nach einer Pause. «Oder nicht unmittelbar. Es wäre ärgerlich, wenn das alles bekannt würde. Arigho . . . Henry wächst als Simons Erbe auf.»

«Ärgerlich!» sagte Gelis und beruhigte sich dann wieder. «Arigho? Nennt Ihr ihn so?»

«Sein Name ist Henry», erwiderte Nicolaas. «Ich gebe ihm gar keinen Namen. Ich kann ihn nicht anerkennen. Simon hat Katelina in dem Glauben geheiratet, daß das Kind von ihm ist. Das Dumme war . . . Das Dumme ist . . .»

«Daß Simon Euer Vater ist. Und Katelina hat das herausgefunden. Ihr habt sie also, in biblischen Begriffen ausgedrückt, ohne ihr Wissen zu geschlechtlichen Beziehungen mit einem Mann und seinem Sohn verleitet und dazu gebracht, das Kind des jüngeren für den Sohn des älteren auszugeben. Und weil sie entdeckte, daß sie Euch liebte, hat dies ihren Tod bedeutet.»

«Ja», sagte Nicolaas schließlich. «Jetzt wißt Ihr, warum es so verlockend ist, in Afrika zu bleiben.»

Gelis sah ihn an. Das war vielleicht einer der Gründe, weshalb er in Afrika blieb. Es war nicht der einzige. «Aber angenommen, die Unterschiebung des Kindes war nicht geplant, wenn Katelina das zuerst auch glaubte? Angenommen, Ihr hättet das gar nicht als eine Art von Vergeltung gedacht, weil Simon sich weigerte, Euch anzuerkennen? Ihr habt sogar unrecht, und Simon hat recht, Ihr habt keine Sünde begangen, nur eine solche der Dummheit. Es sei denn, Ihr wolltet wirklich, daß Diniz Simon für Euch tötet. Das wäre ungeheuerlich.»

«Er wird Simon nicht töten», sagte Nicolaas. «Simon könnte eher versuchen, ihn zu töten. Gregorio weiß Bescheid. Als Familie lassen wir einiges zu wünschen übrig.»

«Was wünscht Ihr denn?» Gelis bewegte die Lampe langsam so, daß sie sein Gesicht erhellte. Seine Augen waren schwer, und seine Haut war feucht in der Hitze. Ihr noch immer loses Haar rutschte ein Stück vor.

«Euch», sagte er. «Das wolltet Ihr doch von mir hören?»

«Es war jedenfalls höflich. Warum kommt Ihr dann nicht mit nach Lagos?»

Seine Lider hatten sich geschlossen. Er lächelte. «Auf einer Karavelle ist man nie allein.»

«Dann», sagte Gelis, «werde ich wohl in Timbuktu bleiben müssen, nicht wahr?»

Seine Augen öffneten sich wieder, aber ihr Ausdruck war der einer vorsichtigen Belustigung. «Ich will dabeisein, wenn Ihr Bel die gute Nachricht eröffnet.» Nach kurzer Pause setzte er hinzu: «Habt Ihr das wirklich vor?» Er hatte den Kopf von der Wand genommen.

«Ich hatte das immer vor», sagte sie. «Diniz und Bel sind Lucia verpflichtet – ich nicht. Ich will bleiben. Ich habe angefangen, Arabisch zu lernen.»

Sein Blick forschte in ihrem Gesicht. Er hörte kaum auf das, was sie sagte. «Ihr meint es wirklich ernst. Warum?»

«Ihr habt gesagt, Ihr wünscht mich. Das habt Ihr auch halb ernst gemeint.»

«Das tun Männer oft», sagte er. Sie sah, daß sein Verstand jetzt hellwach war. «Möchtet Ihr mich necken?» fuhr er fort. «Das ist eigentlich nicht Eure Art. Vor einer Stunde wolltet Ihr heimfahren.»

«Da glaubte ich auch noch, das würdet Ihr ebenfalls tun. Möchtet Ihr etwas trinken?» Gelis erhob sich vom Bett. «Ich würde Euch gern necken.»

«Auf dem ganzen Weg nach Äthiopien? Ohne Bel?»

«Ich würde inzwischen hierbleiben. Umar wird sich um mein Quartier kümmern. Ich habe Milch gefunden. Und da ist noch etwas anderes. Oh!» Sie drehte sich um. «Feuerwasser? Nicolaas!»

«Bringt es her. Trinkt auch einen Schluck, wenn Ihr wollt. Es wurde für Augenblicke wie diesen erfunden.» Seine Hand war ruhig, als er den Trunk entgegennahm, obschon sie darauf achtete, daß ihre Finger die seinen berührten. Als er nur daran nippte, wußte sie, daß sie ihn verloren hatte.

«Dann seid Ihr also zu alt, um geneckt zu werden», sagte sie. «Vielleicht solltet Ihr im Jungbrunnen baden, wenn Ihr den Priesterkönig Johannes findet. Ich werde auf Euch warten.»

«Tut das – vielleicht müßt Ihr mich dann stillen», erwiderte

Nicolaas. «So, da wollt Ihr die erste sein, die erfährt, ob wir umkommen?»

«Mehr oder weniger. Das heißt, wenn Ihr umkommt, muß jemand das Gold heimbringen.»

«Und deshalb laßt Ihr Euer Haar herunter.» Er stellte den Becher ab. Gelis lächelte und kam näher, um ihn an sich zu nehmen. Er streckte einen Arm aus, um sie daran zu hindern, und hob dann auch den anderen und hielt sie plötzlich fest. Sie keuchte und stolperte, so daß sie halb auf dem Bett saß, halb über seinem Körper lag. Er packte sie an den Armen und schob sie hoch, bis sie steif aufgerichtet vor ihm saß. Sie fühlte, wie seine Hand im Nacken ihr Haar berührte, und glaubte einen Augenblick lang, er wolle sie an sich ziehen. Da sah sie sein Gesicht, das nachdenklich blickte.

Sie hoffte, daß ihr Gesicht unbewegt blickte. Sie hatte keinen Widerstand geleistet. «Nun?» sagte sie. «Ich glaube, Ihr habt zu lange damit gewartet, aber was immer Ihr im Sinn habt, ich habe vor, zu bleiben.»

Seine Hände glitten herab und ließen sie so sitzen. «Ich habe mich gefragt . . . aber Gott sei Dank . . .» Er hielt inne.

«Was?» Ohne daß sie sich dessen bewußt wurde, hatte ihr Atem gestockt.

«Ihr versteht nichts von Verführung», sagte er. «Tut's nie. Tut's nie, hört Ihr?»

Sie hätte vieles tun, hätte ihn zum Beispiel schlagen können. Sie wurde zurückgehalten von dem Blick auf seinem Gesicht. Sie sagte: «Wenn Ihr mich bleiben laßt, werde ich zu Euch sein wie Umar. Sonst nichts.»

«Euch bleiben lassen? Wie könnte ich das verhindern? Mit Gewalt?»

Sie erhob sich langsam und dachte an die gequälte Freude, die sie im Hof auf Gottschalks Gesicht gesehen hatte. An Umars Not und die schmerzliche Erleichterung auf Diniz' Gesicht, als er seinen Abschied bekommen hatte. «Gewalt?» sagte sie. «Nicolaas, ein Mann muß selten Gewalt anwenden, wenn er selber ein Meister in der Kunst der Verführung ist. Wenn Ihr wollt, daß ich gehe, werdet Ihr mich irgendwie loswerden. Wenn Ihr das nicht wollt, bleibe ich. Was soll's also sein?»

«Fragt Gottschalk. Und dann tut, was Ihr wollt. Ich werde Euch nicht zurückhalten. Euren Tod werdet Ihr auf dem Gewissen haben, nicht ich.»

Gottschalk war natürlich aus vielen Gründen dafür, daß sie ging. Als alles Zureden nichts nützte, rief er Bel zu Hilfe, die ihm jedoch keine großen Hoffnungen machte.

«Oh, Ihr habt recht, sie ist ein gutes Mädchen und tugendhaft, und mit tugendhaften Leuten, die der Haß treibt, muß man Mitleid haben. Außerdem wird man sie in fremder Gesellschaft hierlassen. Aber wenn sie zurückfährt, wird sie dann heilen, diese große Verletzung, die sie erlitten hat, oder wird sie ihr ganzes Leben weiterschwären? Das, was sie für ihn empfindet, verändert sich.»

«Ich habe mich schon gefragt», sagte er. «Sie hat gewiß mehr erfahren, als ihm lieb war, in jener Nacht, als er im Fieber lag. Vielleicht war das aber ganz gut. Werdet Ihr bei ihr bleiben, Bel?»

«Nein», erwiderte Bel. «Zu gehen fällt mir nicht leicht. Ihr werdet nie wissen, mein Freund, wie weh es mir in der Seele tut, daß ich gehen muß, aber alles, was ich tun könnte, ist schon getan worden. Jetzt muß sie selbst ihren Weg gehen. Ich werde das verantworten vor den wenigen Angehörigen, die sie noch hat.»

Gottschalk hatte die kleine Frau an der Schulter gefaßt. «Bel, seid Ihr mit Gelis verwandt?»

Das formlose, knochenlose Gesicht hatte zu ihm aufgeblickt und dann gelächelt. «Es bedarf keiner Blutsbande, um einen Menschen zu lieben oder zu bewundern oder zu bemitleiden. Ich hätte dieses Kind zu mir ins Haus genommen, selbst wenn sie die ganze Welt gehaßt hätte, so wie sie das tut.»

Für Diniz bedeutete Gelis' Entschluß zunächst eine Überraschung und dann eine Abfuhr. Er hatte sich mit einiger Überwindung darauf eingestellt, mit einer kleinen Schar von Begleitern und einzig Saloum als Führer zwei schwache Frauen zum Gambia zu bringen und auf dem Weg dorthin zu beschützen.

Nun wollte Gelis bleiben, und das machte ihn unruhig. Vier

Monate des Zusammenlebens hatten Gelis und Nicolaas einander nicht nähergebracht. Weshalb wollte sie diesen Zustand verlängern? Er mochte sich nicht eingestehen, daß er ein wenig verletzt war, weil sie jetzt bei Nicolaas sein würde und nicht bei ihm. In Diniz, der jetzt mit ihrer aller Gold heimfahren sollte, kämpften Freude und Besorgnis miteinander, doch die Freude war nicht das, was sie einmal gewesen war, als er noch geglaubt hatte, auch Nicolaas werde mitkommen.

Die Abreise war in der ersten Märzwoche. Sie hatten Saloum als Führer, und der stämmige Vito würde ihnen mit seiner schlichten Tatkraft eine Stütze sein. Vito sprach schon von den Männern, mit denen sie auf der *San Niccolo* wieder zusammentreffen würden: von Melchiorre, wenn er inzwischen genesen war – und als Florentiner war er das bestimmt. Von Fernão und den anderen fünf Seeleuten und auch von Ahmad, falls er noch bei ihnen war. Aber vor allem sprach er von Venedig und dem Nebel und den kühlen Nächten und dem Wasser. Von ihnen allen war Vito über die Heimreise am glücklichsten.

Sie legten am Kai von Kabara ab, und Nicolaas stand in der flimmernden Hitze am Ufer zusammen mit den anderen und beobachtete, wie fünfzig Fuß zum Teil überdeckter Bootslänge in einen Fluß hinausgestakt wurden, der damals bei ihrer Ankunft überfließen wollte, jetzt aber seicht war und voller Felsbrocken, an denen das Wasser schäumte. An Bord waren achtzig Tonnen an Nahrungsvorräten, Waffen und Fracht, darunter in verschlossenen Kisten fünfhundert Pfund Gold im Wert von sechzigtausend Dukaten. Und eine tapfere, rauhzüngige kleine Frau und sein Vetter Diniz.

Hatte Gelis trockene Augen, so waren die Gottschalks feucht. «Wann werden wir sie wiedersehen?» sagte er.

«Heute abend», sagte Nicolaas, «wenn sie nicht bald besser rudern. Kommt. Wir müssen zurückgehen und auf das Gold warten.»

Waren sie zu sechst gewesen, so waren sie jetzt nur noch zu dritt – oder zu viert, wenn man Umar mitzählte, der nun, wie um sie für ihren Verlust zu entschädigen, die Zwänge lockerte, die seiner

Freundschaft auferlegt gewesen waren. Zuerst sprach er, wenn er sie besuchte, von diesem oder jenem Fest, an dem man teilnehmen könne. Nach der ersten Woche füllten seine Vorschläge einen größeren Rahmen aus.

Sie sahen jetzt Vorführungen, bei denen Reiter, Speerwerfer und Ringer ihre Künste oder Kräfte maßen. Sie besuchten ein Hochzeitsfestmahl (nicht das von Umar) in einem großen, aus dem kiesigen Boden herausgeschälten Amphitheater mit Gärten, die in Stufen zu einem Teich hin abfielen.

Gelis fand einen Lehrer für klassisches Arabisch, der ein weites Feld der Schönheit und der Weisheit vor ihr ausbreitete, das sie hingerissen durchwanderte. Weisheit vermittelten auch die großen Lehrer, vor deren Häusern Nicolaas' Schuhe manchmal unbeachtet vom ersten bis zum letzten Tageslicht herumlagen.

Gottschalk, der Nicolaas begleitete, sah, daß Umar sich keineswegs überrascht zeigte, und schalt sich ob seiner mangelnden Menschenkenntnis. Er hatte die Schätze gesehen, mit denen Nicolaas aus Trapezunt zurückgekommen war: die Handschriften, die er gekauft hatte und zu denen auch jene zählte, die Umar später erworben hatte. Nicolaas wußte immer, was wertvoll war. Mit seinem wachen, forschenden Verstand hatte er sich zu diesem Zweck das Griechische und ein wenig Arabisch beigebracht und offensichtlich einiges von antiker Gelehrsamkeit aufgenommen. Bis jetzt hatte Gottschalk keine Vorstellung vom Umfang seines Wissens gehabt.

Ihm wurde jetzt erst richtig bewußt, daß Nicolaas damals im Gegensatz zu ihm den Gesprächen der Philosophen des Kaisers gelauscht, daß er in Venedig Bessarion und auf Zypern der Priesterschaft zugehört hatte. Und daß er sich, wenn er allein gereist war, mit Hilfe seiner Verbindungen für ein, zwei Nächte in Werkstattschulen und dergleichen begeben hatte, um großen Geistern zu Füßen zu sitzen. Er hatte Nicolaas nie über Dinge aus seinem Gebiet streiten hören, und jetzt wurde ihm unbehaglich, wenn er sich fragte, was er wirklich dachte – was er wirklich von dieser kielbrüchigen Mission hielt, dieser trügerischen Hoffnung, er, Gottschalk, könne ganz allein Christus ans Ende der Welt bringen und die Kirche in die Arme schließen, die jenseits der Berge lag. Nachts lag er wach, von Ängsten gequält.

Das Gewissen begann ihn auch zu beunruhigen, was ihn selbst anging. In seinen Fingern zuckte es – sie hätten das Pergament berühren mögen, das er in den Händen der Schreiber des Timbuktu-Koy sah, hätten einen Pinsel ergreifen und dem Genuß frönen mögen, den er sich versagt hatte, weil er ihm zu großes Entzücken bescherte. Er stöhnte, als er zum ersten Mal zu einem Ort geführt wurde, wo Bücher kopiert und ausgeliehen wurden – einem Buchladen, in dem ein so belebendes Gedränge herrschte wie bei Vespasiano da Bisticci in Florenz, war er auch unter dicken Lehmarkaden und im Bereich ständigen dumpfen Trommelns gelegen.

Er verspürte einen Hunger nach Büchern so groß, wie manchen Berichten zufolge der Hunger nach Salz sein konnte, wenn ein im Regenwald verirrter und verfaulender Mensch den eigenen Arm fraß um des Lebens willen, das in ihm war. Er erblickte seine erste Bibliothek im Hause des Imams und schritt stumm durch die Kette von Gemächern, die gesäumt waren von Regalen, auf denen Kopien von Chemail von Termedi, von Djana von Essoyouti lagen, von Risala von Abou-Zaid von Kairouan, von den Hariri, den Hamadani. Er zählte insgesamt zweitausend Bände.

Bei seiner Rückkehr erzählte er Nicolaas davon. «Manche feucht, manche von Schimmel bedeckt, manche von Insekten zerfressen. Die Dächer sind undicht, und die Luft selbst weint, wie sie sagen, wenn der Sommerregen kommt. Wie könnte man sie schützen? Da sind Bücher, die nie gelesen wurden, seit man sie schrieb, Bücher, die einzigartig sind auf der Welt.»

«Umar hat es mir gezeigt», sagte Nicolaas. «Um die Bibliothek des Qadi ist es genauso bestellt. Die Stadt ist ein Mittelpunkt und Markt des Wissens, des griechischen, des arabischen und des hebräischen, und wenn es nicht kopiert wird, löst es sich auf, wie sich die Stadt in jedem Sommer auflöst. Aber es kann nicht erneuert werden.»

«Wie würdet Ihr es schützen?»

Er hatte gesprochen, ohne zu überlegen, und wurde sich seines

Fehlers erst bewußt, als Nicolaas kühl erwiderte: «Soll ich Euch das wirklich sagen?»

Durch Zuhras freundliche Einladung ermutigt, suchte Gelis abermals den Harem beim Palast auf. Die große Verlockung bei der immer drückenderen Hitze war die duftende Frische der Bäder. Während sie sich im Becken zurücklehnte, sagte sie: «Ihr habt so viele gelehrte Männer. Warum ist keiner darunter, der sich um die Stadt kümmert?»

Zuhra mit ihren kleinen spitzen Brüsten und einem Rückgrat wie eine Lyra glich in ihrer Nacktheit einer ebenholzbraunen Huri aus dem Paradies. Sie hatte gerade das fünfzehnte Lebensjahr vollendet. «Weil sie vom Sinn des Lebens reden und nur Sklaven sich um Pumpen kümmern.» Sie hielt inne und setzte dann hinzu: «Ich habe unklug gesprochen. Euer Geliebter ist ein großer Mann und mächtig. Er ist groß wie mein Umar.»

Gelis schluckte Wasser und tauchte hustend wieder auf. Es war einer Richtigstellung nicht wert. «Umar wird Euch ein guter Gemahl sein.»

«Ja», erwiderte Zuhra. «Niemand sonst hat einen Ehemann, der so weit gereist ist und so mächtige Freunde hat und so viele Sprachen spricht. Und ich werde seine erste Ehefrau sein. Ich werde ihm zwanzig Söhne schenken. Er wird kaum noch andere nehmen müssen. Hat Euer Geliebter Ehefrauen?»

«Zwei.» Gelis begann das jetzt Spaß zu machen.

«Ah!» sagte Zuhra vorsichtig, aber ihre Augen waren sehr groß geworden. «Und Euch zu seinem Vergnügen? Er ist ein starker Mann, wie Umar. Und wie viele Söhne hat er?»

«Entschuldigt, ich habe mich falsch ausgedrückt. Er hatte zwei Ehefrauen, aber eine ist tot, und zur Zeit ist er unverheiratet. Er hat keine ehelichen Söhne.»

«So!» sagte Zuhra. «Er ist alt, wie Umar, und hofft, daß Ihr ihm einige gebärt. Ihr seid dick und weiß und seid wie die fruchtbaren Kühe, die mein Vater immer am liebsten hat und die zur rechten Zeit kalben und reichlich Milch geben. Warum lacht Ihr?»

«Weil ich Euch mag», sagte Gelis und stieg noch immer lachend aus dem Wasser.

«Nun, Ihr *seid* auch dick und weiß nach ihren Maßstäben», meinte Nicolaas, als sie beim Abendessen davon erzählte. «Warum werde ich nie in die Bäder eingeladen? Ich sollte doch, *minus potentes*, als Euer mechanischer Geliebter auftreten können.»

«Ich werde Umar bitten, ihr zu sagen, daß Ihr das nicht seid», entgegnete Gelis. «In dem Augenblick wäre es ein Jammer gewesen, sie aufzuklären. Was die Bäder angeht . . .»

«Ich hatte es nicht ernst gemeint», sagte Nicolaas.

«O doch. Ich erkenne das Röcheln eines brünftigen Ziegenbocks, wenn ich es höre. Die Bäder sind verboten. Aber Ihr könnt eine der Vergnügungen besuchen, die es auch noch gibt. Morgen findet eine solche Veranstaltung statt. Umar wird Euch mitnehmen.»

«Das klingt nicht sehr ausschweifend», sagte Nicolaas.

«Dann erfordert es vielleicht einige Aufmerksamkeit, wie die Pumpen. Wenn Ihr Euch anstrengt, bringt Ihr vielleicht ein zweites Tendeba zustande.»

«Der Vergleich läßt einiges zu wünschen übrig», meinte Nicolaas. «Wenn es eine große Schwelgerei ist, komme ich vielleicht. Soll ich ein Geduldsspiel mitbringen?»

«Habt Ihr wieder eines gemacht?» Sie saßen auf derselben Seite eines Schragentisches, der in seiner Kammer aufgeschlagen war, und ein schwarzer Eunuch bediente sie. Ein zweiter stand bei der Tür. Gottschalk war nicht da, aber an Schutz hätte es ihr notfalls nicht gefehlt. Andererseits hätte sie die zwei auch fortschicken können, ohne daß dies jemanden gestört hätte. In Timbuktu war man freizügig.

Nicolaas hatte sie beobachtet. «Ja», sagte er. «Es ist da drüben. Ihr müßt das Kästchen schräg halten, damit die Kugel um die Fanglöcher herumgelenkt wird.»

«Es sieht leicht aus», sagte sie.

«Das ist es auch», entgegnete er, «bis man es mit Brille spielt. Ihr seid unruhig? Die Mädchen? Die kommen nicht, wenn Ihr hier seid.»

«Ich weiß», sagte sie. «Ich habe mich gefragt, was Diniz mit seinem schwarzen Geschenk gemacht hat.»

476

«Er hat sie zu Akil zurückgeschickt. Ich habe meine behalten. Sie bespitzelt uns, und das ist nützlich.»

«Aber sie versteht doch kein Flämisch», meinte Gelis. «Und warum sollte Akil uns bespitzeln?»

«Weil wir das Gleichgewicht der Kräfte stören könnten.» Nicolaas griff mit den Fingern nach Entenstückchen. «Akil ist der Befehlshaber der Krieger, aber sie wollen nicht ständig hierbleiben, sie ziehen umher, sie sind Nomaden und Straßenräuber. Der alte Mann bleibt hier und regiert und gibt Akil zögernd, was ihm von den Steuern zusteht. Er betrügt ihn wahrscheinlich dabei, und zum Ausgleich fällt Akil bisweilen über die Stadt her und versucht mehr an Gewinn herauszuholen, und dem leistet der Alte dann Widerstand.»

«Der Timbuktu-Koy», sagte Gelis.

«Ja. Der Timbuktu-Koy kümmert sich, was nur zu offenkundig ist, weder um die Bewässerung noch um das Häuserbauen, die Viehzucht, das Anlegen von Nahrungsvorräten oder die einfachsten Maßnahmen zur Verteidigung. Aber er sorgt dafür, daß der Handel der Stadt blüht, die Imame geachtet werden und die Schulen sich sehen lassen können. Täte er das nicht, würde Timbuktu kein Geld verdienen. Täte er es allein, ohne Akil, wäre er wahrscheinlich versucht, zuviel für den eigenen Gebrauch abzuschöpfen und alles verderben. Es ist also so, daß es den Kaufleuten gutgeht, solange die beiden miteinander im Streit liegen. Die Abgaben sind nicht zu hoch, und es herrscht eine gewisse Ordnung.»

«Und womit bedrohen wir diese Ordnung?» wollte Gelis wissen. Dann verlor ihre Stimme den ruhigen Ton. «Verdammt! Ihr habt alles Entenfleisch herausgefischt!»

«Schaut, ich habe Euch den ganzen Reis übriggelassen. Im Augenblick bedrohen wir die Ordnung nicht. Das wäre anders, wenn wir weitere Kaufleute mit Schiffen anlockten. Oder wenn wir den Timbuktu-Koy auf eine Weise unterstützten, die zur Stärkung seiner Macht beitrüge. Wenn ich die Wasserversorgung seines Palasts verbessere, so daß Ihr nackt herumtanzen könnt, wird das Akil nicht allzusehr aufregen, es sei denn, er käme her und sähe Euch.»

«Euch hat es nicht allzusehr beeindruckt», sagte sie. Nun da die Tage so heiß waren, waren auch die Nächte wärmer, als man bisweilen erträglich fand.

«Ihr habt nicht getanzt», entgegnete er. «Ich habe gewartet und gewartet. Jedenfalls war ich schon geistig versklavt. Ich hätte früher mit Euch über das sprechen sollen, was Ihr auf dieser Insel getan habt. Die Ziegen und die Lampen.»

«Ich dachte, Ihr hieltet Gehorsam für selbstverständlich», sagte sie. «Ich die Kugel und Ihr die Hand des Meisters am Kästchen.»

Der Eunuch war gekommen mit einem Wasserbecken und Tüchern. Den Kopf vorgebeugt, wischte Nicolaas sich die Hände sauber. Dann legte er die Faust auf den Tisch. In ihr stand aufrecht ein Messer. Der Eunuch blickte sie an und ging still davon. Nicolaas nahm ihre Hand und steckte das Messer hinein. Sie ließ es so stecken. Er zog seine Hand zurück.

Er sagte: «Ich nehme Euch als selbstverständlich hin, soweit es für einen Menschen klug ist, dies zu tun. Ich vertraue Euch, soweit dies vernünftig ist. Ich genieße Eure Gesellschaft, soweit dies zulässig ist. Ich werde mit Euch scherzen und erwarte, daß Ihr mit mir scherzt bis zu einer gewissen Grenze. Ich habe mich Euch durch Zufall mehr anvertraut, als klug war, aber wahrscheinlich nicht genug, als daß es etwas ausmachen würde. Ich werde es nicht wieder tun.»

Seine Augen waren grau und hell und ganz ruhig. «Es ist heiß», fuhr er fort, «und wir sind oft allein. Ihr habt zwei Waffen, von denen die eine dieses Messer ist. Ich rechne damit, daß Ihr irgendwann die eine gebrauchen werdet, aber ich möchte nicht, daß Ihr die andere gebraucht.»

«Ich erinnere mich», sagte sie. «Ihr wollt nicht, daß ich Euer Haar abschneide. Aber Ihr habt mir das Messer gegeben.»

«Ich weiß. Das versuche ich Euch ja zu sagen. Ich habe Euch das Messer gegeben. Ich habe keinen Grund zur Klage. Ich erwarte, daß Ihr es gebraucht.»

«Ich dachte, ich hätte es gebraucht», sagte sie. «Ich dachte, Ihr hättet es vier Monate lang gespürt. Ich dachte, Ihr wüßtet, daß es stumpf geworden ist.»

Auf dem Tisch war ein Tropfen Blut. Er sagte mit spöttischer Stimme: «Es hat Euch gebissen.» Dann, in anderem Ton: «Nein, es tut mir leid, laßt mich Euch das Messer abnehmen.» Er zog ihr das Messer aus den Fingern, legte es hin und betrachtete den kleinen Schnitt auf ihrer Handfläche.

«Zuviel leeres Gerede», fuhr er fort. «Es wird Zeit, daß ich von Timbuktu fortkomme. Werdet Ihr das Gold zu Gregorio bringen?»

Sie sagte: «Dazu müßt Ihr es erst bekommen. Und Ihr müßtet erst aufbrechen. Und Ihr müßtet erst zurückkehren.»

Es trat ein Schweigen ein. Dann setzte sie hinzu: «Kommt Ihr morgen in den Harem? Vielleicht tanze ich.»

«Vielleicht tue ich das auch», erwiderte er, erhob sich und lächelte.

Er besuchte am nächsten Tag das Fest im Palastharem, das begann, als die wallende Hitze des Tages der wohligen Wärme der Nacht Platz gemacht hatte. Er war ein angenehmer Gast und der geborene Unterhalter: Der Einladung sollten viele weitere folgen. Gelis, die ihn aus der wachsenden Schar ihrer Freunde heraus beobachtete, sah, wie er mit den Sängern zusammen sang, wie er Geschichten erfand, als die Marabuts es verlangten, wie er musizierte, dichtete, redete. Er erzählte lange Witze auf arabisch, daß man vor Lachen schrie. Zweimal lachte auch sie, obschon sie rasch wieder aufhörte. Zuhra sagte: «Ich mag Euren Mann.»

Es war eine gutmütige, fröhliche Gesellschaft. Manchmal dauerte das Fest die ganze Nacht hindurch bis in den nächsten Tag hinein, und dann schliefen Männer und Frauen im Schatten, während die Weihrauchstäbchen erneuert, die Brunnen gespült und die Körbe mit frischem Gebäck und Süßigkeiten, mit Honigkuchen und Weizenplätzchen, Kuskus, Tauben und Hammelfleisch vorbereitet wurden.

Dennoch haftete ihr nichts von der grausamen, trägen Schlüpfrigkeit eines Trapezunt an. War das Fest zu Ende, kehrten die Männer zu ihren Geschäften zurück, und Nicolaas' Schuhe lagen wieder vor der Tür dieser Schule oder jener Bibliothek, und Gelis fand Gottschalk wieder bei den Kameltreibern oder in einem Buchladen oder zu Hause sitzend, wo er zeichnete. Nicht Handschriften, wie es vielleicht seine Freude gewesen wäre, sondern Landkarten.

Das letzte Mal traf sie ihn bei dieser Tätigkeit Ende März an. «Das Gold ist noch nicht gekommen», sagte sie.

Er hatte den Kopf gehoben. Die Hitze bekam ihm nicht. Sein großes Gesicht war fleckig, und das wirre und inzwischen schüttere Haar war grau geworden. «Gelis, ich bleibe hier, bis es eintrifft.»

«Aber Ihr trefft Vorbereitungen.» Er saß über einer Wegekarte, die alle Auskünfte enthielt, die er über die Straßen nach Osten bekommen konnte. An manchen Stellen schien zuviel vermerkt zu sein, an anderen gar nichts.

Er lächelte. «Es ist wohl nicht das, was Ihr erwartet habt. Aber Führer sterben. Man muß etwas haben. Und natürlich muß man sich vorbereiten. Es heißt, es sei ein langer Weg.»

«Hilft Nicolaas mit?»

«O ja», sagte Gottschalk. «Er hat alle Vorkehrungen getroffen, die man sich nur denken kann. Sobald das Gold eintrifft und gekauft und sicher verwahrt ist, brechen wir auf.»

«Aber er will eigentlich nicht», sagte Gelis.

«Natürlich will er nicht», erwiderte Gottschalk ruhig. «Warum haltet Ihr ihn nicht zurück. Wahrscheinlich könntet Ihr das.»

«Vielleicht. Aber ich frage mich, was es nützen würde. Ohne ihn verschlechtern sich Eure Aussichten, ans Ziel zu gelangen. Ohne Euch würde er ohnehin bis zum Herbst hierbleiben. Es scheint für ihn viel zu tun zu geben. Vielleicht kehrt er gar nicht mehr nach Europa zurück.»

Gottschalk hob den Kopf, und sein Blick begegnete dem ihren. «Ich denke doch. Zuviel hängt davon ab. Erinnert Euch an Gregorios Brief.»

Sie hatte jedes Wort von Gregorios Brief im Kopf, weil sie vor Diniz' Abreise stets dabeigewesen war, wenn über ihn gesprochen wurde. Sie wußte, daß es mit den Geschäften der Vasquez bergab ging; daß Lucia, als sie hörte, daß ihr Sohn Diniz sie verlassen hatte, um sich nach Guinea einzuschiffen, nach Madeira gefahren war und Schreianfälle bekommen hatte, als sie von Jaime und Gregorio erfuhr, daß ihr Bruder seinen Anteil am Geschäft verkauft und sich nach Schottland begeben hatte und daß sie eine arme Frau war. Deshalb war Bel zurückgefahren.

Sie wußte, daß Martin, der Mittelsmann des Hauses Vatachino, in Brügge aufgetaucht war und Schwierigkeiten im Handel drohten, vor denen der Geschäftsführer des Hauses Charetty die beiden Mädchen zu bewahren versuchte. Sie wußte, daß Julius, in den sie in ganz jungen Jahren vielleicht einmal verliebt gewesen war, einen langen düsteren Bericht über die Tätigkeit der Bank in Venedig geschickt hatte, wenn sie auch über Zahlen nicht unterrichtet worden war. Sie wußte, daß es auch eine für Nicolaas' Begriffe gute Nachricht gab: Die Christenheit hatte einen neuen Papst, und der war Venezianer.

Nach Diniz' Abreise hatte sie ihrerseits Nicolaas jede Gelegenheit gegeben, über Gregorios Neuigkeiten, über das Gold und dessen Zukunft nachzudenken und zu reden. Sie hatte genug Van-Borselen-Blut in sich, um vom Handel etwas zu verstehen, und sie konnte gescheite Fragen stellen. Ein anderer, so dachte sie verdrossen, wäre dankbar gewesen, doch Nicolaas gab dem Gespräch sehr bald eine andere Richtung, und jetzt, so sah sie, hörte auch Gottschalk auf, von sich aus Europa zu erwähnen, und lenkte ab, wenn sie davon anfing.

Der Grund war offenkundig. Nicolaas rüstete sich innerlich für die bevorstehende ungewisse Reise, indem er nicht darüber hinaus dachte, und Gottschalk wurde ganz von seiner Sache in Bann gehalten, die auf Nicolaas' starken Arm in der Zukunft angewiesen war, ihn aber auch jetzt schon brauchte. Gelis sagte: «Möchte jemand eine kleine Wette mit mir eingehen?»

Dann war es April und unangenehm heiß und gefährlich nah an der Regenzeit. Weit fort auf dem Gambia hielt eine Bootsladung Menschen erschöpft und dankbar zugleich nach den Masten eines Schiffes Ausschau, doch lange bevor ihnen die Mangroven die Sicht freigaben, hörten sie Stimmen auf florentinisch und portugiesisch rufen, und dann glitt ein Einbaum auf sie zu, in dem Melchiorre und Fernão saßen zusammen mit anderen, an die sie sich erinnerten und die Hochrufe ausstießen. Und rings um sie her schwärmten die Boote von König Gnumi Mansa aus.

Die Trommeln hatten gute Arbeit geleistet. Diniz und Bel und Vito und Saloum bekamen den Empfang, den sie verdient hatten, und die Mannschaft der *Niccolo* weinte beim Anblick ihrer Genossen.

Als der April zu drei Vierteln vorüber war, setzte die *Niccolo* mit fünfhundert Pfund reinen Goldes an Bord die Segel und fuhr hinaus zum Ozean, an dem leeren Kai vorbei, an dem einmal die *Fortado* gelegen und auf sie gewartet hatte. Aber Raffaelo Doria war tot, und die Trommeln hatten die Nachricht längst zu Crackbene gebracht, der erkannte, daß es Zeit war, mit seiner Fracht heimzufahren und die Belohnung für Geduld und Treue einzuheimsen.

Er hatte zwei Monate Vorsprung, und so traf denn die *Fortado* in Madeira ein mit der Neuigkeit, daß Diniz Vasquez umgekommen war. Denn an Bord war Filipe, der ihn erschossen hatte.

KAPITEL 30

ZWEI TAGE NACHDEM GELIS ihre Wette angeboten hatte, traf das Wangaragold in Timbuktu ein.

Im Gegensatz zu Diniz eilte Nicolaas den Kamelen nicht entgegen, als sie, vom Stadthafen Kabara kommend, hereinstapften, obschon er ahnte, was sich abspielte. Seit dem ersten Tageslicht hatte er sich in den Lagersälen im Obergeschoß des Qadi And-Agh-Muhammed aufgehalten, die kein Gold, aber viele Bücher bargen, von denen er sich manche nur wegen der Schönheit ihrer

Ausschmückungen und der verwandten Farbstoffe näher ansah. Da sie seinen Farben ähnlich waren, sagte ihm ihre Herkunft manchmal mehr über ihr Alter und ihren Ursprung als der Wortlaut. Er genoß es, geduldig den Hinweisen nachzuspüren, und die Worte brachten ihn zum Denken und hielten andere Gedanken fern.

Als er hörte, wie man auf den Straßen die Trommel rührte, mußte er an ein anderes Trommeln denken, das er in der Nacht gehört und das ein Ereignis von Bedeutung gemeldet hatte. Und dann war das zuerst ferne Rufen draußen in den Hof der Karawanserei eingebrochen, wo er saß. Nach einer Weile trat er auf die lange hölzerne Brüstung hinaus und blickte auf ein Getümmel hinunter.

Wie ein ruhender Pol stand in der Mitte des geschäftigen Treibens von rennenden Füßen, aufklappenden Türen, umhereilenden Dienern und Gehilfen der alte Tuareg zusammen mit seinem Sohn al-Mukhtar. Er blickte auf und sah Nicolaas. «Hah! Kommt da Gold, was meint Ihr, oder hat irgend so ein Mutterschänder den stummen Handel ein zweites Mal verdorben?»

«Wie soll ich das wissen?» gab Nicolaas zurück. «Ich nehme an, diese Leute, die ja nicht blind sind, sehen die Körbe eintreffen, voll oder leer. Oder die, die blind waren, sehen die Körbe leer und wissen, daß sie Diebe und Schuldner sind.»

«Ihr redet von diesen Kleinigkeiten?» sagte der Händler. Er nahm sich eine Schnur vom Leib und winkte mit dem funkelnden Ding an deren Ende. «Ich betrachte Euch als einen Dieb und Lügner. Ihr habt gesagt, ich würde sehen. Ich sehe Euer Gesicht dort oben, aber ich sehe nicht mein Buch. Ich würde gern mein Buch sehen.»

«Dann braucht Ihr zwei Brillen», entgegnete Nicolaas. «Ich werde daran denken, wenn ich gesehen habe, ob Ihr Gold habt oder nicht.» Er wartete lächelnd, während der Alte laut lachte, sich den Turban vom Kopf riß und beide Arme hochwarf.

Dieses Gespräch bedeutete, daß das Gold eingetroffen war und daß man sich an seinen Pakt erinnerte und ihn honorierte. Es bedeutete, daß er reich war oder reicher als am Tag seiner Rück-

kehr aus Zypern, vorausgesetzt, die *San Niccolo* kehrte mit ihrer
Fracht zurück. Vorausgesetzt, das Gold blieb sicher verwahrt, bis
er aus den Bergen zurückkehrte. Vorausgesetzt, er kehrte aus den
Bergen zurück.

Er ging nicht sogleich nach Hause, sondern wartete, bis die
Rufe zum Gebet verstummt waren, und schritt dann still durch
eine fast stumme Stadt – nur die gefangenen Affen schnatterten,
und die im Schatten angebundenen Kamele brummten übellau-
nig. Das Auf und Ab murmelnder Stimmen sagte ihm rechtzeitig,
daß in dieser oder jener Gasse einer sich niederwerfenden Gruppe
von Betern auszuweichen war. Als er an der hohen Mauer der
Großen Moschee, der Jingerebir, vorüberkam, war das Geräusch
von Tausenden von Stimmen dahinter wie das Summen in einem
Bienenstock, ruhig und stetig und zuversichtlich wie die Stimmen,
die man auch in San Marco hörte. Er kam nach Hause, öffnete
noch immer in Gedanken verloren die Tür zu seiner Kammer und
sah Umar dort stehen.

Schon in europäischer Kleidung war Umar immer eine statt-
liche Erscheinung gewesen. Noch beeindruckender sah er in den
Gewändern und der Mütze des Justitiarius aus, blendend weiß
über der schwarzseidigen Haut, den kräftigen Formen von Schultern, Rumpf und Armen angepaßt. Sein Gesicht war, wie es
immer gewesen war, seit er bei Sluys in das Wasser des Hafens
getaucht war und Nicolaas ihn zum ersten Mal gesehen hatte. Er
stand da, als hätte er schon einige Zeit gewartet.

«Du bist nicht in der Moschee?» fragte Nicolaas.

«Nein», sagte Umar. «Sie danken Allah für den ungefährdeten
Erwerb des Goldes.»

«Aha. Setz dich.» Nicolaas verbannte jedes Zeichen der Ge-
reiztheit aus seiner Stimme. «Setz dich, Umar, und ich will mich
auch setzen. Du weißt, daß ich das Gold brauche?»

«Natürlich», sagte Umar. «Sonst wärt Ihr nicht hierhergekommen. Ihr braucht dieses Gold, ja. Aber Ihr braucht nicht jetzt
aufzubrechen, nun da es hier ist. Ihr braucht nicht den Priesterkönig
Johannes zu finden und mit noch mehr zurückzukommen. Es gibt keine
Edelsteinflüsse. Es gibt keinen Zauberspiegel. Das wißt Ihr.»

«Es gibt Pater Gottschalk», sagte Nicolaas. «Ich habe ihm ein Versprechen gegeben. Ich habe dir ein Versprechen gegeben.»

«Ich habe nicht Euer Leben in Gefahr gebracht.»

«Ich glaube doch», erwiderte Nicolaas. «Natürlich nicht wegen der Sklaven, aber später. Offenbar ist dir nicht aufgegangen, daß du derjenige warst, um den ich mir Sorgen machte. Du glaubtest, ich sei darauf aus, die Goldgruben von Wangara zu finden, und hast mich entsprechend in die Irre geführt. Es ist nicht wichtig. Nur daß du jetzt glaubst, mein einziges Ziel sei es, Äthiopiens Reichtum zu erschließen, und mich abermals in die Irre führen möchtest, indem du mir sagst, es gebe ihn nicht. Das ist nicht der Grund, weshalb ich dorthin gehe.»

Umar hatte im Sitzen immer eine gute Haltung, Kopf aufgerichtet, Rücken gerade, die Hände jetzt im Schoß gefaltet, so fest gefaltet, daß die Fingernägel hellrosa aufleuchteten. «Wie kann ich Euch also daran hindern?» sagte er.

Nicolaas neigte den Kopf. «Es gibt mehrere Wege. Töte Pater Gottschalk.»

«Glaubt Ihr, ich scherze?» Umar hob die Hände und ließ sie langsam als Fäuste auf die Knie sinken. «Warum sollte ich das tun? Warum sollte ich hierherkommen, wenn ich weiß, was Ihr sagen werdet? Glaubt Ihr, ich kenne Euch nicht? Ihr macht Versprechungen, große Versprechungen in der Hoffnung, das zu tilgen, was Ihr für Eure Fehler haltet. Ich hatte und habe das Versprechen nicht verdient, das Ihr mir gabt. Jetzt weiß ich es, jetzt kann ich es Euch sagen. Ihr schuldet auch dem Padre nichts. Er ist ein guter Mensch, seine Sache ist eine gute, er ist von Euch abhängig. Aber Eure eigene Natur hat Euch in ein Unternehmen gestürzt, das sinnlos ist. Nicolaas, Ihr habt einen Platz in dieser Welt. Menschen werden mehr verlieren, wenn Ihr umkommt, als sie je gewinnen werden, wenn Pater Gottschalk Äthiopien erreicht.»

Er hatte sich zum Schluß mit starrem Rücken ein wenig vorgebeugt, die Hände gespreizt auf den Schenkeln, wie Nicolaas sah, um sie am Zittern zu hindern. Nicolaas stand auf, tat zwei Schritte und drehte sich dann um. Er schob beide Hände in den Gürtel. «Zwei Groat hinauf gegenüber dem Écu?»

«Oh, das», sagte Loppe. Umar. «Verwaltung von Geld, ja. Verwaltung von Gütern: Ich habe Kouklia geführt, aber Ihr habt den Plan entworfen. Leitung von Menschen, wenn man jemanden fände, der so weise ist, Euch zu seinem Ratgeber zu bestellen. Laßt mich mit Pater Gottschalk reden. Laßt mich ihm sagen, daß Ihr nicht gehen dürft.»

«Hast du das schon getan?» Nicolaas hatte den Tag von Furcht, Besorgnis und Freude erfüllt verbracht. Jetzt empfand er nur noch Schmerz.

«Nein», antwortete Umar. «Er wird ja sagen. Er ist schon so gut wie bereit, es zu sagen. Wenn Ihr nicht geht, wird er sich damit abfinden.»

«Und allein in den Tod gehen», sagte Nicolaas. «So daß keine Christen nach Äthiopien gelangen oder von dort herkommen können.»

Auch Umar erhob sich. Das Zittern hatte aufgehört. Nicolaas blickte ihm ins Gesicht und sah, was er getan hatte. Umar sagte. «Es tut mir leid. Ich sehe, daß Ihr natürlich gehen müßt und daß es nicht recht wäre, wenn einer von meiner Art versuchte, Euch daran zu hindern. Aber wenn Ihr erlaubt – obschon ich nicht Eures Glaubens bin und Euch kein christliches, sicheres Geleit geben kann, wenn Ihr erlaubt, komme ich selbst mit und führe Euch.»

Da sagte Nicolaas: «Nein! Nein, es tut mir leid» und trat einen Schritt vor und ergriff Umars Arm. Unter den Fingern fühlte sich das Fleisch wie Holz an. «Nein, es war nicht recht.»

Er ließ die Hand sinken und fuhr fort: «Ich gehe zusammen mit Gottschalk; ich muß es tun. Ich glaube, ich verstehe, was du sagst. Du magst recht haben, ich erkenne das an. Ein anderes Mal könnte es vielleicht anders sein. Aber nicht dieses Mal. Ich muß gehen. Und du kannst natürlich nicht mitkommen. Wenn du glaubst, ich hätte meinen Platz, so ist der deine noch deutlicher vorgezeichnet. Dein Platz ist hier, bei deiner Familie.»

«Das hat keine Bedeutung», erwiderte Umar. «Wenn Ihr geht, gehe ich auch.»

«Nein», sagte Nicolaas. Sie standen einander gegenüber, und

Umars Gesicht wollte ihm hager und müde erscheinen, als wäre es das Gesicht seines Vaters oder seines Großvaters gewesen. Er fragte sich, ob sein Gesicht auch so aussah, und wurde von Abscheu überfallen.

Ihm fiel nichts ein, was er noch hätte hinzufügen können. Umar sagte: «Wie glaubt Ihr denn, mich daran hindern zu können?» Dann drehte er sich um und ging hinaus.

Am nächsten Tag war das Gold im Haus, dreizehn Kamellasten – viertausend Pfund, in eisernen Kisten mit vielen Schlössern, die einmal Bücher enthalten hatten, ehe sie verrottet waren. In der folgenden Nacht gab der Timbuktu-Koy im Palast ein großes Bankett, zur Freude aller, da die Händler wohlbehalten von ihrem wichtigsten Geschäft zurückgekehrt waren. Es würde mehr Gold geben, umgeleitet diesmal über Djenne oder andere Sammelplätze. Die weißen Händler, die vom Meer her gekommen waren, hatten einen großen Teil der Menge an sich gebracht. Aber dafür hatten sie, die Leute von Timbuktu, Kaurimuscheln und Versprechungen, und ob sich diese nun erfüllten oder nicht, sie besaßen die blitzenden Monde, leuchtend wie Diamanten, die keiner in Timbuktu zuvor gesehen, geschweige denn besessen hatte und die die größten Könige der Welt noch immer voller Verwunderung anstarrten. Sie hatten Brillen.

Umar kam nicht, wie er dies gewöhnlich tat, um Gottschalk, Gelis und Nicolaas zum Palast zu geleiten mit dem Prunk seines gesamten Familiengefolges, und so machten sie sich mit ihren Dienern auf den Weg, Reittiere benutzend um des würdigen Anblicks willen und angetan mit leuchtenden leichten Seidenstoffen. Die nicht verschleierte Gelis hatte sich das Haar nach italienischer Art zurechtgemacht und mit den Perlen hochgeschlungen, die sie noch besaß, und es schimmerte wie Weizen. Eingedenk seiner Geschenke war der Timbuktu-Koy seinerseits nicht knauserig gewesen, und an ihren Armen klirrten schwere, glatte Armbänder. Auch Gottschalk hatte sein weißes Gewand zu Hause gelassen und trug einen Kaftan aus Seide und eine Mütze von der gleichen Farbe auf dem gestutzten und gezähmten Haar.

Auch Nicolaas hatte versucht, einen des Anlasses würdigen Brokatstoff auszuwählen, und sein Diener hatte ihm ein Tuch um den Kopf geschlungen und festgesteckt und das Halsband angelegt, das ein Geschenk des Timbuktu-Koy war. Daran hing ein hohles graues Ding, angeblich das Horn eines Einhorns und gegen fast alles wirksam. Vor einer Woche hätte er darüber gewitzelt. Jetzt, auf dem Ritt zum Palast, schwieg er.

Es war ein eigenartiger Tag gewesen. Zum ersten Mal hatten Wolken die Sonne verdeckt, und gegen Nachmittag war der Himmel fahlgrau und von zuckendem Licht übergossen, das zum niedrigen gelben Horizont hinzuströmen schien. Bisweilen hörte man durch den fröhlichen Straßenlärm hindurch ein leises Grollen, als pirschte sich ein Rudel Löwen an das Firmament heran. Es war beklemmend heiß: In wenigen Wochen würde die Sonne am ärgsten auf die Stadt hinunterbrennen. Gelis blickte auf und sagte: «Ihr werdet bald aufbrechen müssen.»

Seit das Gold eingetroffen war, hatten sie nicht mehr über das gesprochen, was danach kommen würde. Es hatte genug zu tun gegeben. Es galt, Schriftstücke zu unterschreiben, Erklärungen abzugeben und mit dem schieren Gewicht des gelben Metalls fertig zu werden. In Eisen eingeschlossen war es zumindest nicht leicht zu stehlen. Und Umar würde dafür sorgen, daß es wohlverwahrt blieb.

Er hatte Umar seit dem Vortag nicht gesehen. Nicolaas fragte sich, ob er mit Gottschalk gesprochen hatte und ob sich daher das Schweigen des Priesters erklärte. Entweder war es dies oder die unausweichliche Erinnerung daran, daß die Menschheit glaubte, das Gold sei wichtig. Vielleicht hatten sich in ihm auch Zweifel geregt angesichts eines Abenteuers, dem stets etwas Unwirkliches angehaftet hatte und das jetzt schlicht eine Tollkühnheit zu sein schien.

Sie würden Umar im Palast begegnen. Nicolaas hoffte inständig, daß ihr Streit abgetan und vergessen war und Umar seinen Wahnsinn aufgegeben hatte. Wenn nicht, würde er ihn wohl mit Gewalt daran hindern müssen, ihn und Gottschalk zu begleiten.

Gelis sagte: «Für einen reichen Mann blickt Ihr recht düster drein. Vielleicht regnet es doch nicht. Wie gut, daß Ihr die Wasserleitung ausgebessert habt.»

Zu diesem Fest heute nacht würde der ganze Palast geöffnet sein mit all seinen Gemächern, Höfen und Teichen, all seinen Flachdächern und Brüstungen. Von Lampen erhellt, betäubend duftende Blumen umrankten Säulen, und Weihrauchnebel trieb durch die Gartenhäuschen, in denen die Bänke mit betroddelten Kissen gepolstert waren. Die Tücher, die von den Mauern herunterhingen, waren magentarot und purpurfarben und gelegentlich aus den Fellen gefleckter Raubkatzen zusammengenäht. Man hatte die Bodenkacheln gefegt, wenn in den Fugen auch kleine Grasbüschel wuchsen. Überall war das Geräusch von Wasser zu hören, sei es spritzend oder murmelnd.

«Nun da sie jemanden für das Wasser haben», sagte Gelis, «brauchen sie nur noch einen wirklich guten Palastverwalter. Warum nimmt Umar das nicht in die Hand?»

«Warum nicht Ihr?» gab Nicolaas zurück. «Dann hättet Ihr eine Beschäftigung.» Man hatte ihm einen Becher gereicht, und er trank schlückchenweise davon.

«Ich sagte Euch doch, daß ich angefangen habe, Arabisch zu lernen. Das ist ein scharfes Getränk.»

«Ich weiß. Hättet Ihr auch gern davon?»

Er sah sich mit forschendem Blick gemustert. Sie sagte: «Du liebe Güte. Deshalb wart Ihr so still auf dem Weg hierher?»

«Ich glaube nicht», erwiderte er. «Wenn ich trinke, werde ich eher laut, erzählt man mir. Wollt Ihr bestimmt nicht davon versuchen?»

«Nein. Ich habe nichts zu feiern. Ihr seht auch nicht so aus, als hättet Ihr etwas zu feiern. Und ich mache Euch keinen Vorwurf daraus. Müßt Ihr wirklich gehen?»

«Ich bin doch gerade erst gekommen.»

«Zum Jungbrunnen.»

«Muß da nur mal nach der Wasserleitung sehen», sagte Nicolaas. Er erschrak ein wenig, als er sah, wieviel er zu trinken gehabt hatte. «Ich mache mir keine Sorgen. Nicht darum. Machen wir uns auf die Suche nach schmachtenden Blicken.»

«Worum aber dann?» fragte sie. Sie standen in einem der Gänge, und die anderen Festgäste waren alle an ihnen vorübergeschritten.

Einiges sprach dafür, daß sie es herausbekommen würde. «Umar und ich, wir haben uns gestritten», sagte er. «Ich muß ihn finden, dann ist alles wieder gut.»

«Wirklich. Ich kenne nicht so viele, die es nüchtern mit Umar aufnehmen und ihn umstimmen können. Worum ging es denn? Um Äthiopien?»

«Nein», sagte er. Zuhra kam auf sie zu, das Kraushaar in Streifen geflochten, und riesige goldene Ohrringe hingen ihr zu beiden Seiten vom Stirnband herunter. Er vermutete, daß ihre Familie sie für den Anlaß herausgeputzt hatte: sie trug ein langes Gewand aus Seidenstoffen und ihre sämtlichen Armreifen, die wahrscheinlich ihre Aussteuer darstellten. Trotz allem sah sie reizend aus. Er verspürte Verlegenheit um Umars willen, dann Groll und dann den Schmerz, den er zuvor empfunden hatte.

Umar war nicht bei seiner zukünftigen Gemahlin, oder zumindest nicht der Umar, der Loppe gewesen war. Neben Zuhra schritt der Jüngling gleichen Names daher, der Sohn des Timbuktu-Koy. Er belästigte sie offensichtlich. Da erblickte Zuhra auch Nicolaas. Ihr Gesicht erstarrte.

Nicolaas sagte sich, daß es offenbar kein Vergnügen war, sehr reich zu sein. Er tat einen feigen Schritt zur Seite. Gelis sagte: «Das ist Muhammed ben Idirs Sohn. Dieser Kerl, schaut, was er macht!» Sie sah sich um. «Ihr greift da doch ein?»

Nicolaas, jetzt vier Schritte entfernt, sagte: «Er wird jetzt aufhören.» Hinter ihm führte der Gang zu einem Gartenhäuschen und in die Freiheit.

Umar ben Muhammed ben Idir, der den Nacken der zukünftigen Gemahlin seines Namensvetters liebkost hatte, blickte auf und grinste. Sein dicknasiges, braunes Gesicht war mehr Tuareg als negroid, und er hatte auch die schlechten Zähne der Tuareg. Er rief auf arabisch: «Ist sie nicht ein schönes Äffchen? Wird ihr großer dummer Ehemann überhaupt wissen, was er mit ihr anfangen soll nach zehn Jahren bei weißen Frauen, die nicht unterscheiden können, ob sie einen kleinen Hund oder einen Mann im Bett haben? Meint Ihr nicht, wir sollten ihr ein paar Geheimnisse beibringen?»

«Ihr versteht Arabisch», sagte Nicolaas bekümmert zu Gelis. Er wich nicht mehr weiter zurück und war im Begriff vorzutreten. Ehe er noch den ersten Schritt tun konnte, hatte sich Zuhra von ihrem Peiniger losgerissen und hatte sich aufstampfend vor Nicolaas hingestellt. Ihre Ohrringe klirrten, und sie sah wütend aus. Hinter ihr machte der Sohn des Timbuktu-Koy ein verwundertes Gesicht. Nicolaas sagte: «Ihr bekommt gleich Kopfschmerzen.» Gelis mußte plötzlich kichern.

Zuhra sagte: «Ihr werdet ihn nicht mitnehmen.»

«Heilige Maria!» sagte Nicolaas.

«Die kennt man hier nicht», sagte Gelis.

«Habt Ihr Frieden? Nichts als Frieden», sagte Nicolaas rasch. Er begann rückwärts zu gehen und stieß gegen eine Säule. Er war in einem Gemach voller Säulen mit einer gewölbten weißen Decke mit Bienenwabenmuster und einem Becken in der Mitte, das er noch nicht ausgebessert hatte. Es führte zu einem Hof mit einem Teich. Er sagte: «Gelis, führt sie fort.»

«Warum?» fragte Gelis.

«Ja, warum?» sagte der andere Umar. «Dies ist meines Vaters Haus.»

«Und darinnen», sagte Nicolaas, «sind . . .» Er stieg rückwärts die Stufen zum Hof hinunter. «Viele Brunnen.»

«Ihr werdet ihn nicht mitnehmen», wiederholte Zuhra, während sie ihm folgte. «Wer seid Ihr, daß Ihr Umars Namen auf der Tafel des Lebens löschen wollt? Daß Ihr seine Söhne vaterlos und mich zu einer jungen trauernden Witwe ohne Anteile an Eurer Bank machen wollt? Diesmal soll Euch ein anderer Mann das Leben retten.»

«Ihr seid noch nicht mit ihm verheiratet», sagte Nicolaas. Er sprach in mürrischem Ton und recht schnell. Der Umar des Koy war auch gefolgt und stand jetzt neben ihm, einen Arm um Zuhras Schultern. Sie schüttelte den Arm ab, und der Sohn des Koy schlug sie, wobei er lächelte.

Gelis rief: «Laßt das! Warum haltet Ihr ihn nicht zurück, Nicolaas?»

Nicolaas sagte: «Zuhra, kommt her. Hört zu, o Gott. Verzeiht, wenn wir Anstoß erregen, aber das Wohlergehen der jungen Frau ist mir von ihrem zukünftigen Gemahl anvertraut worden, den wir jetzt – Gelis, nein!»

Sie stellte den Fuß, den sie schon erhoben hatte, wieder auf den Boden und sagte auf flämisch: «Als ich das mit David de Salmeton gemacht habe, hattet Ihr nichts dagegen.»

«Das stimmt, aber da wart Ihr auch nicht in seines Vaters Haus.» Er wandte sich um und sah, wie der Sohn des Koy wiederum nach Zuhra griff. Ihre Ohrringe klirrten.

Nicolaas sagte: «O Gott, sie wird wahrscheinlich ertrinken.» Dennoch packte er das Mädchen schicksalsergeben am Arm, zog es an sich, rannte los und sprang mit ihm in den Teich. Auf dem Weg hinunter schlug sie ihn dreimal.

Als er Wasser aushustend erwachte, befand er sich an einem anderen Ort: in einer hübschen Kammer mit Kissen und Truhen. Auf einer dieser Truhen saß Gelis und lachte immer wieder einmal auf, während sie Zuhra zu trösten versuchte, die weinend dastand. Sie war nackt, und ein großer freundlicher Eunuch war damit beschäftigt, sie abzutrocknen. Obschon klatschnaß, trug Nicolaas noch immer alle seine Kleider. Er setzte sich unter leisem Würgen auf und blickte sich um.

«Der Harem», sagte Gelis. «Der einzige Ort, zu dem wir Euch schaffen konnten. Wie betrunken wart Ihr? Seid Ihr?»

«Immer noch», sagte er. «Ich weiß es nicht. Es war ein Getränk neuer Art. Was ist aus dem Umar des Koy geworden?»

«Der Vater kam und hat ihn mitgenommen. Er war sehr besorgt um Eure Gesundheit. Wir haben gesagt, es sei alles ein Unfall gewesen, und Zuhras Ohrringe hatten Euch getroffen, als Ihr fielt. Warum seid Ihr gefallen?»

«Damit mich jemand in den Harem schafft.» Er bedachte die Lage und hustete noch einmal. «Ich mußte mit Zuhra sprechen.»

«Nun, das könnt Ihr jetzt tun», sagte Gelis. «Hier in meinem Beisein.»

Der Eunuch war gegangen. Das Mädchen, das sein Freund zur Frau nehmen würde, saß in schlichten Baumwollstoff eingehüllt da. Sie hatte die Ohrringe abgelegt, ihr verknotetes Haar lag so fest an wie das eines frisch gebadeten Kindes, und ihre geschwollenen Augen waren auf Nicolaas gerichtet. Sie sagte: «Er gehört jetzt mir. Das ist nicht gerecht. Ihr habt Eure Frau. Nehmt Eure Frau mit nach Äthiopien.»

Nicolaas erhob sich, schlappte über den warmen Marmor und kniete vor Zuhra nieder. «Sie will nicht mitkommen, Zuhra. Und ich will sie nicht dabeihaben. Ich will keinen dabeihaben außer dem Priester, mit dem ich gehe. Das habe ich Umar gesagt. Er hat Euch etwas Falsches gesagt.»

«Nennt Ihr ihn einen Lügner?» Ihre Fäuste ballten sich.

«Was sagt Ihr?» fragte Gelis. Sie lachte jetzt nicht mehr. Sie setzte sich zu Zuhra und berührte ihre Schulter, während sie weiter mit Nicolaas sprach. «Stimmt es, daß Ihr Umar bitten wolltet, Euch als Führer nach Äthiopien zu dienen?»

Nicolaas sah sie und dann wieder das Mädchen an. «Er hat sich erboten, es zu tun. Ich habe natürlich abgelehnt.»

«Er hat sich erboten!» sagte das Mädchen. «Wo er gerade dabei ist, sich die erste Frau zu nehmen?»

«Aus Höflichkeit», entgegnete Nicolaas. «Zuhra, er ist einer jener seltenen Menschen, die keine Mühen scheuen, wenn sie glauben, einem Freund helfen zu können. Das Angebot kam ihm aus dem Herzen und nahm keine Rücksicht auf sein Verlangen, hierzubleiben, oder auf seine Ehre. Er wird einmal in Euren gemeinsamen Jahren genausoviel und noch mehr für Euch tun. Er hat das Angebot gemacht, und ich habe es zurückgewiesen. Das ist alles. Ihr braucht keine Angst zu haben. Er wird Euch nicht verlassen.»

«Aber wenn Ihr nun ja gesagt hättet?»

«Dann wäre ich nicht sein Freund. Der bin ich aber, und so braucht Ihr keine Angst zu haben.»

Sie sah ihn an. Ihre Lippe zitterte. «Er ist ein sehr guter Mensch», sagte sie.

«Das weiß ich», entgegnete Nicolaas.

«Er besitzt Grund und Boden in einem Land, das seine eigenen Salzgruben hat.»

«Er ist ein sehr großer Mann. Zuhra, Ihr müßt Euren Eunuchen bei Euch behalten, bis Ihr verheiratet seid. Der Sohn des Timbuktu-Koy könnte zudringlich werden.»

«Dieser Lümmel!» Zuhra erhob sich. Der Eunuch war zurückgekommen mit einem frischen Kleid über dem Arm. Ihre Ohrringe klirrten an seinem Finger. «Ich kenne diesen Lümmel seit der Zeit, als er noch nicht mehr Männlichkeit hatte als das Ende meines kleinen Fingers. Wenn er tut, was ich nicht mag, schlage ich ihn. Ihr habt meine Faust gespürt?»

«Nein», sagte Nicolaas. «Ich wurde entweder durch einen Spaten oder eine Schleuder niedergestreckt. Aber ich werde keine Anzeige erstatten. Ich werde mich nur von Eurem Umar fernhalten. Euer frisches Kleid ist gekommen. Vielleicht sollte ich mich anderswo abtropfen lassen?»

«Ich weiß, wo ich ihn hinbringen kann», sagte Gelis.

Es war eine kleine Kammer mit mehreren Polsterlagern und ohne Fenster. Es war niemand darinnen. Gelis streckte sich ganz ruhig auf dem Boden aus, und Nicolaas blieb mit dem Rücken zur Tür stehen und sah zu ihr hinunter. Sie sagte: «Sie hat Euch kaum getroffen.»

«Nein», erwiderte er.

«Also hatte das ganze Spiel nur den Zweck, den Sohn des Koy loszuwerden.»

«Und Euch.»

«Und mich», sagte sie nach einer Pause. «Und Ihr wolltet irgendwo hingebracht werden, wo Ihr sie beruhigen konntet. War das so? Wolltet Ihr Umar zwingen, Euch nach Äthiopien zu führen?»

«Nein.»

«Sie glaubte das aber.»

«Ich habe ihr die Wahrheit gesagt. Umar hat sich dazu erboten. Ich habe ihr nicht gesagt, daß Umar mitkommen will, obschon ich sein Angebot zurückgewiesen habe.»

Es trat ein Schweigen ein. Sie sagte: «Wenn das so ist, warum heiratet er sie dann?»

«Weil es nicht so ist», entgegnete er. «Oder nicht so, wie Ihr glaubt. Er hat mich gebeten, nicht zu gehen. Als ich mich seinem

Verlangen nicht fügte, drohte er, mitzukommen, um mich damit zu veranlassen, meinen Entschluß zu ändern. Natürlich werde ich ihn daran hindern, mitzukommen.»

«Also meint er es nicht so», sagte sie.

Er bewegte sich. «Oh, es ist ihm schon ernst. Ihm ist so sehr daran gelegen, daß ich hierbleibe, wie offenbar auch Euch. Was habt Ihr in den Krug getan?»

Sie brachte es fertig, daß ihr Blick sich nicht veränderte. «Ein Getränk neuer Art. So habt Ihr es wohl genannt.»

«Ich habe es genossen», erwiderte er. «Aber da Ihr mich nicht eine ganze Woche in Schlaf versetzen konntet, hattet Ihr wohl einen anderen Zweck im Sinn. Diese Kammer hier? Wollt Ihr Euch entkleiden?»

Sie sagte: «Ihr seid derjenige, der naß ist.»

«Aha», sagte er, trat von der Tür fort und setzte sich auf ein Kissen dicht neben ihr. Die Feuchtigkeit verbreitete sich durch die Seide und erinnerte ihn an etwas. Er lächelte.

«Was ist?» fragte sie rasch.

«Ich dachte an Lagos. Ihr wolltet mich vielleicht loswerden und das Gold nach Hause mitnehmen?»

Sie faltete geziert ihren Rock und blickte auf. Sie war zwanzig Jahr alt, von mehr als mittlerer Größe und hatte jenes straffe, ernste Gesicht, das man auf Altargemälden sah, wo es gewöhnlich über kindlichen stumpffingrigen Händen schwebte, die einen Psalter hielten. Unter den Augen waren ganz feine Fältchen, die man noch nicht Lachfältchen nennen konnte. Und ihre Brüste waren noch junge Knospen, die sich kaum unter dem Tuch ihres Gewandes bemerkbar machten, wenn sie sich seiner Erinnerung auch deutlich eingeprägt hatten: geschwungen und lilienweiß. Um die Gürtellinie war sie so geschmeidig, wie Katelina einmal gewesen war, aber sie hatte längere Beine als ihre Schwester. Auch war das Dreieck dazwischen blond und nicht dunkel.

Er erhob sich und sagte: «Nein, da irre ich mich. Ihr wollt nicht, daß ich gehe.»

«Ja», erwiderte sie. Ihm schien, als wäre sie ein klein wenig errötet.

«Wenn es mir wegen Eures Tranks schlimmer gegangen wäre,
hätte ich vielleicht etwas dagegen getan. Ihr hättet wohl geschrien.»

«Nein», sagte sie. Jetzt sah man deutlich, daß sie errötet war.
Ihre Augen waren wie Aquamarine. «Am nächsten Tag hättet Ihr
es nicht ertragen können.»

«Und ich wäre unter Höllenqualen nach Äthiopien aufgebrochen. Nicht schlecht ausgedacht.» Er trat vor, den Kopf zur Seite
geneigt, um die Spange seines Umhangs zu lösen. Er ließ ihn zu
Boden fallen. Darunter trug er noch immer sein Gewand. Er ließ
sich auf die Kissen nieder, dicht bei ihr, aber ohne sie zu berühren.
«Weshalb glaubt Ihr, ich könne es am nächsten Tag bereuen?»

Sie lächelte, aber die feinen Fältchen unter den Augen vertief-
ten sich kaum. Die Veränderungen an ihr waren so gering, daß er
sie nicht wahrgenommen hätte, wäre er ein wenig weiter weg
gewesen: ein schwaches Pochen am Hals, ein etwas schneller ge-
hender Atem. «Hättet Ihr das nicht?»

Er zog die Knie an und musterte die Spitze ihres Schuhs. «Wenn
Ihr mich nicht wolltet», sagte er, «vermöchtet Ihr mir nicht viel
Vergnügen zu geben. Eine teilnahmslose Jungfrau gibt ein unbe-
friedigendes Lustopfer ab. Hat Euch Bel das nicht gesagt?»

Jetzt hatte sich die Farbe in ihrem Gesicht gesammelt und verstärkt. «Kaum», sagte sie. «Obschon ich von Versagen gehört
habe. Eine schlechte Erfahrung hätte Euch um so früher abge-
schreckt. Es freut mich, daß Eure anderen Frauen begierig waren.» Sie sprach das Wort verächtlich aus.

Nicolaas kniff die Augen zu und schlug sie nach einer Weile
wieder auf. «Oh, laßt das», sagte er. «Hören wir beide auf. Sie ist
tot. Gelis, Gelis, dies ist ein schrecklicher Tag, um sie zu betrauern.
Wenn Ihr mich wollt, nehme ich Euch, was es mich auch später
kostet. Und ich habe natürlich gelogen: Ihr könntet nie etwas
anderes sein oder schenken als Entzücken. Aber Ihr dürft Euch
nicht aus Rache anbieten.»

Er konnte sie atmen hören. Sie hob eine Hand, als wäre sie
unschlüssig, wo sie sie hinlegen sollte. Er nahm sie in die seine.

«Der Augenblick der Wahrheit. Ein Daumen und vier schlanke
Finger. Die Möglichkeiten sind unbegrenzt.»

Sein Verstand war entschlossen, die Ruhe zu bewahren. Sein Blut war es, das sich durch seine Finger den ihren mitteilte. Er konnte das nicht verhindern, und er sah, daß sie es als das erkannte, was es war. Die byzantinischen Augen lächelten. Sie sagte: «Dann nehmt mich. Nehmt mich, wie Ihr Katelina genommen habt.»

Er zog seine Hand zurück und erhob sich; mit langsameren Bewegungen hob er dann den nassen, zerknitterten Umhang auf und warf ihn sich über die Schulter.

«Ich habe sie unter einem Wasserfall genommen, wie ich mich erinnere», sagte er. «Aber das ist vorüber, und ich möchte lieber nicht noch einmal naß werden. Ich denke, ich gehe jetzt. Wollt Ihr Umar bitten, Euch nach Hause zu bringen?»

«Der Timbuktu-Koy wird zornig sein», sagte sie. Als er die Tür öffnete, strömten Geräusche herein.

«Er wird sich schämen», sagte Nicolaas. «Sein Sohn hat sich schlecht benommen. Aber früher oder später, wenn der Alte nicht mehr lebt, wird kein anderer da sein, der Timbuktu vor Akil schützt.» Er hielt inne und setzte dann hinzu: «Es tut mir leid. Ich hasse das. Ihr hättet mich mit dem Zeug vollpumpen sollen, dann wäre es jetzt vorüber.»

«Es ist vorüber», entgegnete sie. Er konnte ihr Gesicht nicht sehen. «Oder nicht?»

«Ist es wirklich vorüber? Dann könnt Ihr von Glück sagen.»

Er ging und blickte sich weder nach Umar noch nach Gottschalk, Zuhra oder irgendeinem der liebenswürdigen, geistreichen Freunde um, die er sich während der letzten Wochen geschaffen hatte. Freunde des Geistes und der Seele, deren Aufmerksamkeiten es überflüssig machten, den Körper zu hätscheln. Bis heute nacht.

Er ging durch belebte afrikanische Gassen zu seinem stillen Haus und verbarg sich hinter Schleiern in seiner Kammer, die noch klammen Kleider beiseite geworfen, den Körper in der Hitze eingeölt mit Schweiß. Er lag mit offenen Augen da, lauschte den Löwen, die in der Ferne dumpf brüllten, und sah das Licht des Sommergewitters über die Wände zucken. Eine ganze Weile später hörte er das plötzliche Rauschen strömenden Regens. Er malte sich den Palast aus mit seinen durchnäßten Blumen und ausgelöschten Lampen und das ausgelassene Treiben, das seinem herrlichen Höhepunkt zusteuerte, indes junge Körper im lauen üppigen Regen dahinschwebten und tanzten. Seine Tür ging auf.

Zuerst glaubte er, es sei Gottschalk. Dann dachte er, es müsse das von Akil geschickte Mädchen sein, obschon er es fortgeschickt hatte, weil es den alten, den ständigen, den lästigen Hunger wiederbelebte. Als regennasse Haut sich an der seinen rieb, streckte er den einen Arm aus.

Er begegnete warmem, aufgelöstem Haar: europäischem Haar. Er tat einen Atemzug, und eine Hand legte sich ihm auf den Mund. «Ich bin nicht hier», sagte Gelis und berührte ihn mit einem Daumen und vier Fingern, ohne nur im leisesten zu ahnen, was sie entfesselt hatte.

KAPITEL 31

WAS SICH IN DIESER NACHT in Timbuktu einstellte, war Aprilregen: warm und unregelmäßig, fast sogleich verdunstend, wenn er die heiße Erde berührte, den beweglichen Sand, die gebackenen Lehmrückenschilde stickiger Schlafkammern.

Der Aprilregen fiel auch auf Madeira, aber als Zeichen eines feuchten und trägen Rückzugs. Die milde, nasse Jahreszeit ging zu Ende, und Blumen schossen wieder aus der unergründlichen Tiefe des Bodens: Orchideen und Lilien, Besenginster und Butterblumen, die Teppiche von weißen und goldenen Immortellen und rosenfarbenem Kreuzkraut, das neue Grün von Rohrpflanzen und Weinreben. Gregorio meinte manchmal, wenn man hier mit den Zehen in den Boden stieß, müsse ein Fuß herauswachsen, ein

Unterschenkel, ein Knie. Nur er, der da lag und den Regen hörte, war einsam und unfruchtbar.

Gegen Ende des Monats ritt er, wie er dies oft tat, zur Seeklippe bei Câmara de Lobos hinaus und spähte nach Süden. Vor vier Monaten hatte er auch Ausschau gehalten und die großen zerfetzten Segel der Kogge *Ghost* erblickt, die sich mühsam ihren Weg in heimische Gewässer bahnte, und er war nach Funchal geritten, um das Schiff dort zu begrüßen – mit dem Ergebnis, das er Nicolaas mitzuteilen versucht hatte.

Die Kogge war leer zurückgekommen, weil – so hieß es – ihr Schiffsführer zwar Güter ausliefern, aber keine neuen an Bord nehmen durfte. Gregorio glaubte das nicht. Wer mit Nicolaas' Handlungsweise vertraut war, konnte dahinter nur eine List erblicken. Aber wenn dem so war, wo war dann das Geld, das sie so dringend brauchten?

Keine Nachricht traf ein, weder von Ochoa, dem Schiffsführer der *Ghost*, noch von Nicolaas. Das Schiff, von einem Dutzend Sachkennern, die de Ribérac bestellt hatte, für die *Doria* erklärt, war zunächst beschlagnahmt und dann samt der Mannschaft nach Lissabon geschickt worden. Ochoa hatte nie einen Fuß an Land gesetzt, und Gregorio, der eine Anklage gegen Nicolaas fürchtete, hatte es nicht gewagt, auf einer Unterredung mit ihm zu bestehen. Als die *Ghost* wieder auslief und die Sachkenner gingen, hatte niemand irgend etwas gegen Nicolaas vorgebracht. Wider allen Anschein war Gregorio überzeugt, daß da etwas nicht stimmte. Und da hatte er seine Botschaft abgeschickt.

Er hatte keine Ahnung, ob Nicolaas sie erhalten hatte oder ob er überhaupt noch lebte. Wie es hieß, hatte die *San Niccolo* die Kanarischen Inseln berührt, hatte Arguim angelaufen, hatte am Senagana Pferde ausgeladen. Danach hatte sie Kurs auf Süd genommen. Keiner schien zu wissen, wer mit ihr gefahren war, wenn Berichte auch von einem Priester und weißen Frauen sprachen.

Gregorio wußte, daß die *Niccolo* Bel of Cuthilgurdy an Bord gehabt hatte und daß Gelis, die zu ihr stoßen wollte, statt dessen mit den Männern die *Ghost* bestiegen hatte. Er verstand noch immer nicht, wieso sie das getan und warum Nicolaas es zugelassen hatte. Eine Zeitlang hatte Gregorio bei jedem eintreffenden portugiesischen Schiff damit gerechnet, sie sei an Bord. Dann war die *Ghost* gekommen – mit nichts und niemandem.

Und so hielt er eisern an sich, als er von der Klippe aus sah, wie weit draußen am südwestlichen Horizont klein, aber deutlich die drei Masten eines mit dreieckigen Segeln ausgestatteten Schiffes auftauchten: Segeln, die nur einer Karavelle gehören konnten, die geschickt gegen widrige Winde nach Norden steuerte.

Er wartete, bis er den Farbanstrich erkennen konnte, der blau und nicht schwarz war. Dann ritt er nach Funchal hinunter, aber ganz ruhig, denn er hatte einige Besuche zu machen, und er mochte nicht besorgt oder aufgeregt erscheinen. Wenn Schiffe auch auf langer Reise Schaden nehmen konnten und manchmal ihre Farbe wechselten. Wenn dies vielleicht auch die *San Niccolo* sein mochte und die Schlacht zur Abstützung des Landguts geschlagen war.

Es war natürlich nicht die *San Niccolo*, sondern ihre Rivalin. Bis zur Ladelinie hinuntergedrückt von Pfeffer und Elefantenzähnen, Farben und Gummi arabicum, Straußenfedern und Zibet und einigen wenigen Päckchen Gold, lief die *Fortado* in den Hafen von Funchal ein, fast auf den Tag genau sechs Monate, nachdem sie ihn verlassen hatte, und als die Kolonisten ihren triumphierenden Geschützdonner hörten, kamen sie gerannt, um sie zu begrüßen, angeführt von Zarco, dem Stadthauptmann, und von Urbano und Baptista Lomellini und ihren Familien.

Erst als sie am Kai standen, fiel ihnen auf, wie schwerfällig sie die Segel herunterließ und ihren Ankerplatz ansteuerte. Und dann erst, daß ihre Flaggen auf halbmast wehten. Gregorio, der hinter dem Gedränge wartete, hörte die Neuigkeiten, die das Zollboot mitbrachte.

«Das Schiff hat ein Vermögen mitgebracht. Die Lomellini und der Schotte sind reiche Leute. Aber nur zehn Mann sind zurückgekehrt, wogegen sie mit fünfundzwanzig ausgelaufen sind. Der Schiffsführer ist dabei, aber Raffaelo Doria ist tot.»

«Gott sei ihm gnädig! Wie ist das geschehen?»

«Von Eingeborenen getötet. Und gefressen, wahrscheinlich.» Alle außer Gregorio bekreuzigten sich.

Er wußte inzwischen, wer der Schiffsführer war. Jeder wußte das. Aber Nicolaas hatte, als er aufbrach, nicht gewußt, daß die *Fortado* sich Michael Crackbene zum Schiffsführer genommen hatte. Crackbene, der einmal von Pagano Doria, einem Verwandten von Raffaelo, in Dienst gestellt worden war. Crackbene, der mitgeholfen hatte, Diniz aus Zypern zu entführen, und den Nicolaas dafür in Sanlúcar bestraft hatte. Bestraft und törichterweise freigelassen hatte. *Wer seinen Feind verschont*, lautete das Sprichwort, *stirbt durch dessen Hand.* Und nun war Crackbene hier, aber wo war Nicolaas?

Die Lomellini waren es, die die Antwort wußten, die Lomellini, die Gregorio in ihre Handelsniederlassung in Funchal einluden zur Feier des glücklichen Ereignisses, denn natürlich waren die Lomellini Mittelsleute für die Herzogin von Burgund und ihren Sekretär João Vasquez in Brügge und wußten alles über Meister Gregorio von Asti.

Während der vergangenen sechs Monate hatten Urbano und Baptista Lomellini gegenüber Gregorios verzweifelten Anstrengungen auf der Vasquezschen Pflanzung ein freundliches Mitgefühl an den Tag gelegt – ein Mitgefühl, das aber nicht mit Dankbarkeit vergolten wurde, da das Gut nicht geteilt worden wäre, wenn die Lomellini Simon nicht seine Hälfte abgekauft hätten.

Es war ein Trost zu wissen, daß sie Simon dabei betrogen hatten. Sie hatten ihm verschwiegen, daß das Haus Vatachino an ihrem Geschäft beteiligt war. Sie hatten verschwiegen, daß die Reise der *Fortado*, wenn sie erfolgreich war, nicht nur ihm nützen, sondern auch die Truhen seines größten Rivalen füllen würde.

Gregorio wäre es eine Wonne gewesen, Simon de St. Pol darüber aufzuklären, aber der Kerl hatte sich auf Madeira nicht sehen lassen. Seine Schwester Lucia war gekommen und hatte geheult und geschrien, aber ihr hatte er es nicht sagen wollen. Es war schlimm genug, Erklärungen für Diniz' Fortgang zu finden. Dann hatte er ihr sagen müssen, was Simon dem gemeinsamen Geschäft angetan hatte. Es bedurfte einer Krankenpflegerin, um sie zu beruhigen, und als sie nach Lagos zurückgefahren war,

hatte er ihr mit zugleich wütenden und mitleidigen Blicken nachgesehen.

Nichts von alledem schien das Vergnügen der Brüder Lomellini
in seiner Gesellschaft zu schmälern. Geschäft war Geschäft, und
freundliche Rivalität, so sah es aus, brauchte nicht die persönlichen Beziehungen zu beeinträchtigen. Er wurde an andere Genuesen mit einer ähnlichen Einstellung erinnert. Bei den Genuesen lohnte es sich, auf der Hut zu sein.

Der Empfang war fürstlich, wie zu erwarten gewesen war, aber
zu seiner Überraschung hatte er kaum den Saal betreten, als sein
Gastgeber Urbano ihn beiseite nahm. «Mein Freund! Signor Gregorio! Ich habe Euch etwas zu sagen, ehe es allgemein bekannt
wird. Kommt mit in mein Kontor.»

Gregorio stand ganz still da. Er hatte Jaime nicht mitgebracht.
Er hatte nur seinen Stallburschen mitgenommen. «Eine schlechte
Neuigkeit?» sagte er.

«Kommt herein», sagte der Genuese. «Setzt Euch.» Er schob
ihn auf einen Hocker und nahm ihm gegenüber Platz. «Ja, eine
schlechte Neuigkeit. Von der *Fortado* mitgebracht. Ich mache es
kurz. Diniz Vasquez ist tot, getötet bei einem Streit um Gold. Ich
habe es Euch zuerst gesagt, weil Ihr sein Geschäft verwaltet. Ich
kann Euch nicht sagen, wie leid mir das für Euch tut und für seine
arme Mutter, die gerade erst ihren Gemahl verloren hat.»

«Wie ist es geschehen?» fragte Gregorio. «War es auf der *San
Niccolo*? Hat die *San Niccolo* den Gambia erreicht?»

«Sie hat ihn erreicht, hatte aber dann großes Unglück. Sie
wurde, so scheint's, von Eingeborenen angegriffen, ihre Beiboote
wurden zertrümmert und die meisten Seeleute getötet oder verletzt und die Ladung fortgeschafft. Furchtbar, das alles. Ich
spreche Euch mein aufrichtiges Beileid aus.»

«Es waren Frauen an Bord», sagte Gregorio. «Und Niccolo van
der Poele, natürlich, der Leiter der Reise.»

«Sie haben überlebt. Laßt Euch einen Schluck Wein einschenken. Das sind alles erschütternde Neuigkeiten. Sie haben natürlich
auch Auswirkungen. Darüber müssen wir, Ihr und ich, demnächst nachdenken, denn ich muß mich jetzt um meine Gäste

kümmern. Die Frauen und van der Poele haben überlebt, auch der Jüngling Diniz, bei diesem Überfall, er verlor erst später auf dem Weg zu den Goldgruben sein Leben. Und auch Jorge da Silves, der Schiffsführer. Ihr werdet die Einzelheiten noch erfahren. Ich habe Schiffsführer Crackbene gebeten, Euch über alles zu berichten. Ah, da ist er ja.»

Die Tür war aufgegangen. Urbano Lomellini, dem die Sorge auf dem Gesicht geschrieben stand, erhob sich. Vermutlich wußte er genau, was zwischen Crackbene und Nicolaas stand. Vermutlich sagte er sich, daß dies in einem solchen Fall nicht wichtig war. Wahrscheinlich hatte er recht. Gregorio dankte Lomellini und beobachtete, wie der Genuese zur Tür schritt und an dem Mann vorbeiging, der dort stand. Dann musterte er Crackbene.

Im letzten Herbst in Kastilien aus dem Kerker geholt, war der Schiffsführer, wenn auch arg mitgenommen, noch zu erkennen gewesen als der große und kräftige Mann, der nach Trapezunt in Nicolaas' Dienste getreten war. Als er jetzt das Kontor betrat, die Füße aufsetzend wie ein Mensch, der lange auf See gewesen ist, sah Gregorio, wie Michael Crackbene sich verändert hatte – das blonde Haar war weiß und schütter geworden, seine Haut war fleckig wie die eines Aussätzigen, der ganze Körper eingesunken, eingeschrumpft. Er sah aus wie andere Seeleute, die vom Senagana und von Arguim zurückkamen: den Blick auf irgendeinen Horizont gerichtet, ausgemergelt von Ausfluß, Fieber und Überanstrengung.

Gregorio dachte an die Frauen und verfluchte leise Nicolaas und sich selbst auch. «Was ist geschehen?» fragte er.

Die blauen skandinavischen Augen blickten ihn mit kaum einem Ausdruck an. Mit dem gleichen unregelmäßigen Gang schritt Crackbene langsam hinüber zum Waschtisch, hob den Krug in die Höhe und stand einen Augenblick da, als schätze er das Gewicht ab. Dann goß er ein wenig Wasser in das Becken und tauchte beide Hände flach hinein. «Wir hatten eine erfolgreiche Reise», sagte er.

Gregorio blickte auf seinen Nacken und erwiderte: «Es war gewiß nicht einfach, das Schiff mit nur zehn Mann heimzubringen. Aber Ihr seid gefahren.»

«Eigentlich nur neun Mann», sagte Crackbene. «Der Junge war zu nichts nütze. Ja, ich bin gefahren. Es wurde mir angeboten.»

«Und Ihr konntet Eure Rache nehmen.»

«Glaubt Ihr?» Crackbene hatte eine eigenartige Aussprache, teils flämisch, teils nordisch. Er war immer nur sein eigener Herr gewesen. «Ich habe die Prügel nicht verdient, die van der Poele mir gab. Aber er hat mich aus dem Kerker geholt. Die Genuesen hätten uns am liebsten beide getötet. Ich wäre lieber mit van der Poele gefahren als mit Doria. Das dachte ich wenigstens damals.»

«Jetzt nicht mehr? Warum?»

«Weil mir nicht gefällt, was er getan hat», fuhr Crackbene fort. Er drehte sich um, nahm ein Tuch vom Halter und trocknete sich langsam die Hände, wobei er das weiche Leinen über jeden seiner dickgliedrigen Finger rollte. «Van der Poele hat den jungen Portugiesen getötet. Und da Silves ermordet.» Er blickte auf.

«Welchen jungen Portugiesen?» fragte Gregorio verwirrt.

Der große Mann warf das Handtuch auf den Waschtisch. «Diniz Vasquez. Den jungen Burschen, den ich aus Zypern nach Hause gebracht habe. Er ist zu van der Poele zurückgegangen und mit ihm gefahren, und dann kam es um Gold zu einem Streit. Ihr habt gehört, daß die *Niccolo* überfallen wurde?»

«Ja», sagte Gregorio.

«Nun, van der Poele ließ eine kleine Mannschaft an Bord zurück, und er und der Rest brachen dann mit dem Boot und über Land zu den Goldmärkten auf. Nur waren Jorge da Silves und einige andere Messer Niccolos eigenmächtige Art, wie es scheint, inzwischen leid und dachten, es sei besser, von sich aus nach dem Gold zu suchen. Er ist ihnen dann gefolgt und hat sie getötet.»

«Habt Ihr das gesehen?»

«Ich habe es gehört von einem, der dabei war.»

«Und Ihr glaubt das?»

«Ihr nicht?» gab Crackbene zurück.

«Nie im Leben», sagte Gregorio. «Ein Streit mit da Silves – vielleicht. Der Mensch wird habgierig, da mag es einen Steit gegeben haben. Aber den Jungen getötet? Niemals. Wenn Ihr das sagt, verbreitet Ihr eine Lüge.»

Der große Mann zuckte die Achseln. «Es ist nicht meine Lüge.» Er sprach ohne Gehässigkeit, in fast gleichgültigem Ton. Gregorio glaubte ihm. Crackbene hatte die *Fortado* nach Hause gebracht und war dabei halb zu Tode gekommen.

Gregorio sagte: «Ich habe da einen Becher Wein, den ich nicht mag.» Als Crackbene ihn ergriffen hatte, setzte er hinzu: «Wo ist er also? Van der Poele? Und wo sind die Frauen?»

Der andere leerte den Becher, dann setzte er sich hin, und blickte Gregorio an, als sähe er ihn zum ersten Mal. «Ihr wißt nicht, wie gut das war. Van der Poele hat die zwei Frauen ins Land hinein mitgenommen. Die ältere Frau und die junge Demoiselle van Borselen. Die ältere Frau wurde krank. Sie kamen alle bis zu dem Ort, an dem Doria umkam, in der Nähe des Joliba. Ich hätte van der Poele keinen Vorwurf daraus gemacht, wenn er Doria, diesen Schurken, umgebracht hätte, aber die Berber kamen ihm zuvor. Ich weiß nicht, ob er noch weiter vorgedrungen ist. Die *San Niccolo* sollte bis zur dritten Aprilwoche auf dem Fluß warten und dann heimfahren. Wenn sie das tut, wird sie in einem Monat oder ein wenig mehr hier sein. Wenn noch genug Leute da sind, um sie zu bedienen.»

«Wo wollten sie hin?» fragte Gregorio.

«Van der Poele und seine Leute? Sie wollten nach mehr Gold Ausschau halten, hat man mir gesagt. Und Äthiopien besuchen, wenn das möglich schien. Es gibt da einen Ort auf dem Weg dorthin, an dem die Karawanen aus der Sahara eintreffen.»

«Ich weiß», sagte Gregorio. «Sie befördern Botschaften. Ich habe versucht, eine hinunterzuschicken. Um ihnen mitzuteilen, daß die *Ghost* leer eingetroffen ist.»

Crackbene nickte. «Das habe ich gehört. Nun, das hatte er verdient. Aber gut ausgedacht war das schon. Es hat der *Fortado* doch einige Mühe gemacht, dieses Schiff, und das war nicht nur Ochoas Einfall. Das muß man ihm lassen, Nicolaas van der Poele ist kein Dummkopf.»

Aus diesen Worten klang Bewunderung. Gregorio fragte: «Was war da gut ausgedacht?»

Crackbene hob mit Mühe die Lider. «Was?»

«Ihr sagtet, es sei gut ausgedacht gewesen und Nicolaas habe verdient, was der *Ghost* widerfuhr.»

«Sie wurde beschlagnahmt», sagte Crackbene. Seine Augen waren aufgegangen.

«Ich weiß – aber man hätte doch nicht erwartet, daß sie leer eintrifft.»

«Ich weiß nicht», sagte Crackbene. «Sie hatte keine Handelserlaubnis. Nicht einmal die Karavellen bringen immer eine Ladung mit zurück. Wir hatten Glück, aber Eure *San Niccolo* endete im Gambia mit nichts an Bord. Und wenn die, die Doria getötet haben, das auch mit Euren Leuten so machen, dann kehrt auch Eure Karavelle im Sommer leer zurück.»

«Genau wie die *Ghost*», sagte Gregorio.

«Ja. O Gott, ich gehe lieber, ehe ich noch einschlafe.»

«Ja», sagte Gregorio. «Ich nehme an, Ihr schuldet uns nichts. Ich wünschte, dieser Unsinn mit Diniz würde nicht weiter herumerzählt. Ihr könnt doch nicht im Ernst glauben, daß er den Tod des Jungen herbeigeführt hat. Und der Mutter wird es zu Ohren kommen.»

«Signor», sagte Crackbene, «ihr Sohn ist tot. Wenn van der Poele zurückkommt, kann er sich rechtfertigen. Wenn er nicht zurückkommt, ändert es dann etwas? Er hat keine Familie.»

«Er hat Freunde», sagte Gregorio.

Im Wohnhaus des Landbesitzes der Vasquez erzählte Gregorio später Jaime und seiner Ehefrau, was er erfahren hatte, und sagte schließlich: «Man sollte Lucia de St. Pol die Nachricht überbringen. Ihr Sohn ist tot, und es ist kein Geld da, und es wird sehr wahrscheinlich auch keines kommen. Sollte ich zu ihr fahren?»

«Nach Lagos?» Der Faktor hatte ein Spielzeug aufgehoben und betrachtete es gedankenverloren. Der Groll, den er am Anfang gegen den flämisch-italienischen Advokaten gehegt hatte, gehörte längst der Vergangenheit an. Seit einem halben Jahr führte er mit Gregorio an seiner Seite das Dasein eines guten Verwalters, und er hatte alle Unterstützung erhalten, die er sich wünschen konnte, ohne Geld.

«Goro», sagte er, «was würde das nützen? Die *Fortado* fährt nach Lagos, und die Lomellini werden an Bord sein. Sie werden der Mutter die Nachricht überbringen. Und außerdem ist ihr Bruder jetzt ein reicher Mann. Aber Ihr wollt doch nicht dabeisein, wenn sie Simon de St. Pol um Geld bittet?»

In dem Schweigen, das nun eintrat, erhob sich Senhora Inês und nahm ihrem Gemahl das Spielzeug aus den rastlosen Fingern.

«Nein», sagte Gregorio, «aber Ihr denkt wie ich. Sollte kein Geld kommen, ist Senhora Lucia vielleicht gut beraten, wenn sie das, was noch übrig ist, den Lomellini verkauft, in der Hoffnung, daß sie sich großzügig zeigen. Dagegen könnte man nichts einwenden.»

«Nein», sagte der Faktor. Wenn dies geschah, würde ihn kein anderer in Dienst stellen. Aber das sagte er nicht.

«Aber soweit wir wissen», fuhr Gregorio fort, «wird die *San Niccolo* natürlich zurückkommen. Und vielleicht hat sie Waren geladen. Was Senhora Lucia auch zu tun wünscht, wir müssen sie überreden zu warten. Oder für sie unerreichbar sein, denn ohne uns kann sie keine Schriftstücke unterzeichnen. Nein, ich fahre nicht nach Lagos.»

«Van der Poele wird zurückkommen», sagte Jaimes Ehefrau ganz unerwartet. «In vier oder fünf Wochen werdet Ihr ihn sehen. Was kann das Land der Schwarzen einem jungen Mann anhaben, stark wie er ist? Und Ihr sagt, er hat seinen Priester und seinen Freund Lopez dabei, die ihn beschützen. Was hat ein Mensch zu fürchten, solange er Freunde besitzt?»

In Timbuktu lebte Gelis van Borselen äußerlich in Frieden mit sich, der Stadt und ihren Bewohnern.

Sie hatte einen neuen Unterschlupf gefunden. Am Morgen nach dem Gewitter hatte Umar sie aufgesucht, hatte ruhig vor ihr Platz genommen und gesagt: «Ich habe mit Nicolaas gesprochen. Er bleibt bei seinem Entschluß und wird mit dem Padre zum Priesterkönig Johannes reisen.»

Es war seltsam, daß sie dies gerade von Umar erfuhr. Die Enttäuschung war so groß, daß sie sie nicht zu verbergen vermochte. Zuerst wandte sie den Kopf zur Seite. Umar sagte: «Es tut mir leid», und sie erkannte, daß er ahnte, was geschehen war.

Er konnte es eigentlich nicht wissen. Kurz vor Morgengrauen hatte Nicolaas sie in ihre Kammer zurückgetragen und ihr – wenn auch nur ungern – widerstanden, als sie versucht hatte, ihn dortzubehalten. Sie hatte keine List anzuwenden brauchen, sowenig sie auch noch Jungfrau war. Lieber Gott, lieber Gott, sie hatte sich nicht zu verstellen brauchen. Der Schmerz in ihrem Körper an diesem Morgen war nicht da, weil sie mißhandelt oder vergewaltigt worden wäre. Der Schmerz war da, weil *er* nicht da war.

Umar. Natürlich, wenn einer alles ahnte, dann Umar. Sie sagte: «So – aber Ihr geht nicht mit ihm? Das dürft Ihr nicht.»

«Nein», sagte er. «Es war töricht von mir.»

Nach einer Weile fragte sie: «Hat er Euch geschickt, um mir das zu sagen?»

«Nein», erwiderte Umar. «Aber in Dingen des Gefühls bedarf der Verstand manchmal einer Warnung, sonst spricht das Herz. Er macht sich Sorgen um Euch. Ich habe ihm gesagt, daß ich da von einem Haus weiß. Klein, ohne große Ställe und Einfriedung, aber ausreichend für Eure Diener und Freunde. Ich übernehme die Verantwortung für das Gold, bis er zurückkommt.»

«Und wenn er nicht zurückkommt?»

«Dann bringe ich im Herbst Euch und das Gold zum Gambia», sagte Umar. «Sie werden die *San Niccolo* zurückschicken. Aber wenn Ihr auch zweifelt, Ihr und er werdet beide an Bord sein. Und Gottschalk, so Allah will.»

Später kam Nicolaas und sagte ihr, daß er sich zur Abreise entschlossen hatte. Er sprach ruhig, aber seine Augen waren schwer und hell wie die eines Trinkers. Gleich Umar sagte er: «Es tut mir leid.»

Früher einmal hätte sie vielleicht entgegnet: «Es gibt anderes zum Ausgleich dafür» oder «Welche kleinen Mädchen werdet Ihr diesmal mitnehmen?» Sie sagte: «Ich verstehe. Ich hatte eine Nacht der Belehrung.»

«Eine zu lange Nacht», sagte er und berührte mit dem Finger ihre nasse Wange.

Er zog die Hand sofort wieder zurück. Auch so schoß ihr das Blut ins Gesicht und strömte ihr wieder pulsend durch den Körper. Sie sah, wie auch sein Körper darauf antwortete und wie er dies zu unterdrücken versuchte und wie es ihm gelang. Sie sagte: «Nein. Niemals zu lang.»

«Aber es wird keine Wiederholung geben», sagte er. «Ihr habt . . .» Er hielt inne.

«Versagt?»

Er gab keine Antwort.

Sie sagte: «Nichts ist ganz so einfach.»

«Nein», erwiderte er. «Ihr habt mich erquickt. Ihr wolltet das auch, glaube ich. Es ist unwichtig, was Ihr mir sonst noch gegeben habt. Es sei denn . . .»

«Was?» Sie saßen durch einen großen Abstand getrennt in ihrer Kammer.

«Es sei denn, Ihr hättet es auch empfangen», sagte er. «Es gibt Bruchglas und Kristall. Das Kristall wirft man nicht weg.»

«Nein», sagte Gelis. «Es bricht leicht genug von selbst.» Sie hielt den Blick auf sein Gesicht gerichtet. «Was versucht Ihr mir zu sagen? Daß wir als Liebespaar fortfahren sollten?»

«Das wäre . . . Nein.»

«Was dann?» fragte sie. Der Schmerz war zu etwas viel Schlimmerem geworden. «Wir begehren einander. Wir haben einen Priester. Habt Ihr gehofft, das würde ich sagen?»

«Oh, lieber Himmel. Über Katelinas Leiche?»

«Ihr habt nicht gesagt, ob Ihr vergangene Nacht an sie gedacht habt.»

Er setzte zu einer Bewegung an, verhielt sich dann aber still, den Blick auf ihr Gesicht gerichtet. «Glaubt Ihr, wenn ich das getan hätte, dann könnte ich . . .» Er hielt abermals inne. Dann setzte er hinzu: «Ich habe Euch diese Frage nicht gestellt.»

«Ihr habt mir eine nach Bruchglas und Kristall gestellt», entgegnete Gelis. «Es war die gleiche. Will ich einen Geliebten haben? Wenn ich mir einen nehme, dann werdet Ihr es sein und sonst niemand. Will ich verheiratet sein? Nicht mit Euch. Meine Schwester hat Euren Sohn geboren. Und ja, ich dachte an Katelina, als ich in Eure Kammer kam. Es begann mit Bruchglas.»

«Und jetzt?»

«Jetzt geht Ihr nach Äthiopien, und da ist Zeit zum Nachdenken.» Sie bewegte sich, entspannte die Schultern. «Wir haben einfach ein Geschenk ausgetauscht, das keiner von uns so ganz gewollt hatte. Schreibt es der Hitze des Schmelzofens zu.»

Sie erinnerte sich der Worte, als sie in Kabara am Kai stand, um zu sehen, wie er zusammen mit Pater Gottschalk aufbrach in seinem mit Trägern voll besetzten Einbaum. Sie weinte nicht, und er berührte sie nicht, obschon er ungewöhnlich still war.

Sie hatte ihm ein Geschenk gegeben, wenn auch eines von merkwürdiger Art. Anstelle von Selbsthaß Selbstzweifel, anstelle von Mißtrauen eine beständige Verwirrung, verbunden mit einem Gefühl, das jetzt nicht gezeigt, geschweige denn von seinen Fesseln befreit werden konnte, weil es sonst vielleicht seinen Entschluß, sie zu verlassen, zunichte gemacht hätte.

Sie wußte, was es war, denn es lebte jede Nacht auch in ihr. Man konnte es nicht Liebe nennen. Der Name dafür war Sehnsucht.

Weil er nicht mit der *San Niccolo* gefahren war, konnte Nicolaas in diesem Frühjahr noch lange nicht in Madeira eintreffen. Um die Zeit, als Jaimes Gemahlin ihre zuversichtliche Prophezeiung aussprach, reisten er und Gottschalk ostwärts auf dem großen Fluß, der jetzt nicht mehr Joliba hieß, sondern Gher Nigheren. Mit Felsbrocken übersät und machtvoll dahinrauschend, erlaubte er ihnen manchmal eine schwierige Fahrt auf seinen Wassern, öfter jedoch zwang er sie, ihre Habe auszuladen und auf die Köpfe der Träger zu legen und ihnen auf dem Kamelrücken zu folgen, wenn sie Glück hatten, meistens aber zu Fuß.

Die Träger zeigten sich widerwillig und mürrisch. Alle Fischerhütten am Ufer waren von Muslimen vom Volk der Songhai bewohnt, die keine andere menschliche Hautfarben als Rotbraun und Schwarz gewohnt waren und nichts von anderen Religionsanschauungen als denen des Medizinmanns wußten. Pater Gottschalk hatte seinen tragbaren Altar bis jetzt noch nirgendwo aufstellen, sondern nur als Bollwerk des eigenen Glaubens benutzen können.

Als gutherziger, aufgeschlossener Mensch, der gut mit Kriegern auskam und in einigen Feldzügen selbst mitgekämpft hatte, empfand Gottschalk die Reise als eine Qual – nicht nur wegen der Gefahren und der Unbequemlichkeit, die bald ans Unerträgliche grenzte, sondern weil er wußte, daß sie Nicolaas nichts bedeutete.

Nicolaas war zu Gottschalks Schutz hier. Er hatte gar nicht versucht, so zu tun, als sehne er sich danach, den Priesterkönig Johannes zu sehen oder den Weg für einen Kreuzzug der Kirche zu eröffnen. Um Timbuktu zu erreichen, war er bereit gewesen, dies als Teil seiner Pflicht zu erfüllen. Wenn kein anderer Gewinn gewinkt hätte, ja, vielleicht hätte er dann das Bedürfnis empfunden, auf eigene Rechnung den Edelsteinfluß und die anderen Schätze aufzuspüren, von denen die Legende wußte.

Doch schon vor geraumer Zeit waren sie auf Grund von Berichten aus erster Hand zu der Überzeugung gelangt, daß sie ihr Leben für ein Ziel aufs Spiel setzten, das unerreichbar war. Selbst für eine Schar wohlausgerüsteter Männer, die mit dem Einverständnis der Stämme an ihrem Wege reiste, war die Strecke von Timbuktu nach Äthiopien nicht in den sechs Monaten zu bewältigen, die sie sich gesetzt hatten – wenn sie überhaupt zu bewältigen war. Sie konnten es nur versuchen und dabei umkommen oder mit dem Bericht von ihrem Scheitern zurückkehren.

Sie mußten der Krümmung des Flusses bis Gao folgen, der Hauptstadt der schwarzen Songhai. Von dort aus mußten sie, da der Gher Nigheren hier nach Süden davoneilte, in südöstlicher Richtung vorstoßen und Felsen und Busch mit dem dampfenden Gelände des Feuchtgebiets vertauschen. Wie hier würden auch dort Menschen Angst vor ihnen haben, und ihre Führer würden unwissend und habgierig sein und keine Sprache sprechen, die sie kannten.

Als ihre Träger sie zum ersten von vielen Malen im Stich ließen und sie sich mit Geld ihren Weg in ein Dorf freikaufen mußten, hatte Gottschalk beim Feuer gesagt: «Was habe ich getan? Ich hätte Euch niemals mitnehmen dürfen.»

«Ihr hattet keine Wahl», sagte Nicolaas. «Ich habe nichts dagegen, daß Ihr mich mitnahmt. Wenn Ihr sagtet: ‹Ich hätte nie hierherkommen dürfen›, das wäre etwas anderes. Kommt, macht weiter. Ihr wolltet Karten zeichnen. Wo ist das Kreuzmaß?» Nach einer Weile setzte er hinzu: «Was wäre es wert, wenn es leicht wäre? Ich stelle Euch eine schwere Aufgabe. Setzt Euch dorthin, werft ein Stück Holz aufs Feuer und bekehrt mich.»

Sie hatten einander stets geachtet. Auf dieser Reise wurde etwas geboren, das bestehen sollte, solange sie beide lebten, und das ihnen beiden schaden sollte. Denn Gottschalk, der die wahre Gefahr flüchtig geschaut hatte, war durch falsche Hoffnungen zu sehr geblendet, um die Sache aufgeben zu können.

Diesmal, als der Mai dem Ende zuging, wachte Gregorio von Asti nicht zur Nacht auf den Gipfeln von Madeira und hielt nicht auf der Klippe zwischen Ponta do Sol und Funchal inne. Er fürchtete, die *San Niccolo* kommen zu sehen.

Crackbene und die *Fortado* waren fort, und die Nachricht von dieser wertvollen Ladung würde sich rasch zu den Geldmärkten in Brügge und sodann in Florenz und Venedig hin verbreitet haben. Desgleichen die Kunde, daß auch die *San Niccolo* unterwegs war – vielleicht gleichfalls vom Glück begünstigt und beladen mit Gold und fabelhaften Geschenken vom Priesterkönig Johannes – vielleicht auch nicht. Schon gingen die Gerüchte um. Der junge Vasquez war tot. Wer von denen, die landeinwärts gezogen waren, hatte überlebt? Oder war wie bei der *Fortado* keiner mehr übrig außer einigen wenigen Seeleuten, zurückgelassen an Bord eines Schiffes, das in diesem Falle leer war?

Simon de St. Pol würde inzwischen wissen, daß er ein reicher Mann war, und hätte den Anstand besessen haben können, nach Lagos zu reisen und seine zweifach beraubte Schwester zu trösten. Von dort hatte Gregorio noch keine Nachricht erreicht.

Inzwischen war es zu dem angekündigten Gespräch mit Urbano und Baptista Lomellini gekommen, bei dem sie Gregorio ein annehmbares Angebot für das Gut von Ponta do Sol gemacht und ihn gebeten hatten, es Diniz' trauernder Mutter zu unterbreiten. Das hatte Gregorio nicht getan.

Vom Haus Vatachino hatte er nichts gehört, und darüber war er froh. David de Salmeton war im Herbst von Madeira nach Brügge gereist, obschon er die Hand im Spiel gehabt hatte, als die *Ghost* bei ihrem Eintreffen abgefangen und für die alte *Doria* erklärt wurde.

Die gleiche Hand war auch an den Unruhen beteiligt, die in Brügge ausgebrochen waren. Gregorio waren nur Andeutungen zu Ohren gekommen, und er wäre gern dort gewesen und wünschte, Julius hätte an der Stelle von Cristoffels in Brügge bleiben können. Aber die Bank war wichtiger als Brügge und hatte Anspruch auf den besten Mann, so hatte es Nicolaas mit unbedingter und verständlicher Endgültigkeit entschieden.

Dennoch hatte Nicolaas nicht voraussehen können, daß sich das Haus Vatachino so stark ausdehnen und Kontore eröffnen, Schreiber und Buchhalter einstellen und sich auf immer mehr Gebiete vorwagen würde, als wären seine Geldtruhen plötzlich unerschöpflich.

Nicolaas hatte sie natürlich als seine Rivalen in Guinea erkannt. Noch ehe er von ihrem Anteil an der *Fortado* erfuhr, hatte er vermutet, daß die Vatachinoleute ihn zusammen mit Diniz in Guinea haben wollten, damit sie das Gold, die Gruben und den Reichtum des Priesterkönigs Johannes aufspürten. Und dann, wenn er und Diniz nicht mehr zurückkamen, würde es ihnen ein leichtes sein, das Gold, das Schiff, das Geschäft der Vasquez an sich zu bringen.

Ihr Plan war zur Hälfte geglückt. Von den zwei Schiffen war die Kogge verschwunden. Diniz war tot und seine Pflanzungen schutzlos. Die *Fortado* hatte eine volle Ladung mitgebracht, mit welchen Mitteln auch immer. Die *San Niccolo* dagegen mußte noch ihren Weg vom Gambia zurück nach Hause finden, und von Nicolaas hatte man nichts mehr gehört, seit er den Wasserlauf erreicht hatte, den man den Großen Fluß nannte.

Aber andererseits – hatte sich Nicolaas bis jetzt nicht immer noch aus der verzwicktesten Lage befreit? Crackbene hatte offenkundig nicht alles erzählt, was er wußte, aber selbst in seiner Stimme hatte Achtung vor Nicolaas mitgeschwungen und eine Art Zuversicht, trotz allem, was er von den Gefahren gesagt hatte. Nicolaas kam immer zurück.

Noch Ende Mai tröstete sich Gregorio mit solchen Gedanken, als aus Lissabon ein Schiff eintraf, das Fahrgäste mitbrachte.

Er war oben in den Bergen gewesen, als es ankam. Für gewöhnlich besorgte er das Schriftliche, die Planung, die Besuche in Funchal, die Bestellungen und das Mieten von Frachtraum auf den Schiffen, die zwischen Madeira und Portugal hin- und herfuhren. Das Gut war instand gehalten worden, so daß das Hauptgebäude noch immer schön und gepflegt aussah, und der Hof war ausgefegt, die Ställe waren wetterfest, die Mühlen in guter Ordnung, die Hütten der Gutsleute in guter Verfassung und mit Stroh bedeckt. Er hatte dazu seine Leute angestellt, denn nach dem Wegfall des Anteils von Simon de St. Pol gab es ihrer zu viele. Zu viele mußten untergebracht, ernährt und unterstützt werden samt ihren immer größer werdenden Familien, und dagegen standen nur geringe Einkünfte.

Er hatte auch hier getan, was er konnte, hatte die Leute, wenn es in den Mühlen nichts zu tun gab, mit anderem beschäftigt, hatte auf bis dahin brachliegendem Gelände Kräuter- und Wurzelgemüse pflanzen lassen, die auf dem fruchtbaren Boden so gut gediehen, daß sie ausreichend zu essen hatten. Und er hatte einiges Geld in ärmeres Land oben an den Hängen gesteckt, das billig zu haben war, weil man es stufenartig anlegen und Bewässerungskanäle graben mußte, eine Aufgabe, die viele Leute beschäftigte.

Mit dem Herannahen der warmen, regenlosen Jahreszeit war Eile geboten, und Jaime war den ganzen Tag bei seinen Männern und ihren Frauen, wenn Steine herbeigeschleppt und zu Stufen nebeneinandergelegt wurden, und er verbrachte auch die Nächte draußen bei ihnen, vor ihren rasch aufgestellten Schutzdächern, wenn man um die Kochtöpfe herum sang und redete und anschließend unterm Sternenhimmel einschlief.

Gregorio war eines Tages zusammen mit dem Koch und seiner täglichen Maulesellast von Körben mit Nahrungsmitteln hinaufgeritten, war abgesessen, hatte sein Pferd angebunden, hatte sein Wams aufgeknöpft und den ganzen Tag bis Sonnenuntergang an Jaimes Seite die Hacke geschwungen. Dann hatte er sich in Hemd und Strumpfhose auf den blanken Boden gesetzt, jemandes Fiedel ergriffen und eine Weise gespielt, zu der Margot zu singen pflegte, als sie in der Ca' Niccolo die Gastgeberin gespielt hatte, wenn Freunde zum Abendessen gekommen waren.

Bald würde es ein Jahr her sein, daß er sie das letzte Mal gesehen hatte. Sie wußte jetzt, daß er auf Madeira war. Er hatte drei eselsohrige Briefpäckchen von ihr erhalten, das erste im März. Er war nicht der Mann, der sich anderswo Ersatz suchte für das, was er vermißte, und er wußte, daß sie genauso dachte. Sie hielten beide die Trennung aus, aber er wußte, daß ihm das bessere Teil zugefallen war, obschon Nicolaas ihn nicht nach Guinea mitgenommen hatte. Er schlief gut und sogar glücklich in jener Nacht, eingerollt in eine Decke und den Duft von Kiefer, Wacholder und frischer Erde in der Nase. Am nächsten Tag ritt er allein hinunter zum Gut.

Schon als er sich dem Gehöft näherte, wußte er, daß etwas geschehen war. Zuerst hörte er die Hunde bellen. Dann sah er zwei der Mägde wie ratlos auf dem Hof stehen, umgeben von fremden Kisten und Beuteln. Aus den Ställen, in denen es gewöhnlich still war, hörte man das Stampfen von Pferden und zornig fluchende Männerstimmen. Er hatte keine Männer zurückgelassen, alle waren oben in den Bergen. Er achtete zunächst nicht weiter auf die Ställe, sondern ging auf die Haustür zu, als diese gerade aufgerissen wurde.

Jaimes Frau stand auf der Schwelle. Das von dem Schleierkopftuch eingerahmte Gesicht war bleich. «Ist Jaime mit Euch gekommen?» fragte sie.

«Er kommt später», sagte Gregorio in freundlichem Ton. «Ich erledige das schon. Inês?»

«Er erledigt das schon! Was für ein Willkomm!» sagte eine belustigte Stimme hinter ihr.

Sie gehörte einem Engel. Sie gehörte dem schönsten Mann auf der Welt: blaue Augen, goldblondes Haar und in feinen, blaßfarbenen, üppig mit Juwelen besetztem Damast gekleidet. Er stand in Jaimes Diele, einen sinnlichen Duft von ferner Herkunft verströmend, und seine feingliedrige Hand ruhte auf dem schimmernden Blondschopf eines wunderbaren Knaben von vielleicht vier Jahren.

Der Mann sagte: «Henry, wollen wir *erledigt* werden? Gewiß nicht. Gewiß nicht von dem kleinen Mann, der sich einmal mit deinem Vater im Schwertfechten zu messen versuchte, wenn ich mich nicht irre. Meester Gregorio, Ihr dürft eintreten. Ihr dürft dieser guten Frau sagen, daß ich mit den Eigentümern gesprochen und das Recht habe, diese Nacht hier zu verbringen, ja, noch viele andere Nächte dazu, wenn ich will, bis die arme, traurige *San Niccolo* in den Hafen von Funchal hineinhumpelt.

Henry, das ist Gregorio von Asti, der den Beruf ausübt, dessen Vertreter sich, wie die Geier vom Aas, von den Unglücklichen dieser Erde ernähren: Er ist Advokat. Meester Gregorio, ich bin, wie Eure Narben Euch vielleicht sagen, Simon de St. Pol of Kilmirren, Onkel des verstorbenen Diniz Vasquez, und dies (steh gerade, mein Sohn, gute Lebensart verlangt Höflichkeit, auch an ungewöhnlichen Orten) – dies ist mein Sohn und Erbe Henry.»

KAPITEL 32

WIE DURCH EINEN SCHICKSALSSCHLAG heraufbeschworen lief zwei Tage darauf die *San Niccolo* in den Hafen von Funchal ein, und Simon de St. Pol gedachte sie mit einer Schar von Berittenen in Empfang zu nehmen.

Die vergangene Zeit war schrecklich gewesen. Nach seiner schriftlichen Herausforderung hatte man während der ganzen langen Reise von Venedig Simon am Ziel erwartet, doch dann war er schon aufgebrochen, als sie eintrafen, und somit Nicolaas nicht begegnet. Er hatte sich im Hintergrund gehalten, hatte die Begegnung zwischen Lucia und Nicolaas möglich gemacht, hatte zugelassen, daß Diniz aufgespürt wurde, hatte Gelis unvorstellbarer Gefahr ausgesetzt – und hatte nichts getan, außer seiner

Schwester und seinem Neffen die Lebensgrundlage zu entziehen: Er hatte seinen Teil des gemeinsamen Besitzes an die Lomellini verkauft und war nach Schottland abgereist.

Und jetzt, mit dem durch die *Fortado* eingeheimsten Gewinn reich geworden, war er zurückgekehrt und hatte die Schreie, die Bitten, die ermüdenden Vorwürfe seiner Schwester über sich ergehen lassen und ohne allzugroße Mühe die Erlaubnis zum Verkauf der anderen Hälfte des Gutes von Ponta do Sol an die Brüder Lomellini erhalten, wenn er die Familienehre gerächt hatte oder auch schon vorher.

Er ging, ohne sich zu vergewissern oder überrascht zu zeigen, davon aus, daß Diniz tot und Nicolaas – Claes – van der Poele für seinen Tod verantwortlich war. Trauer war ihm nicht anzumerken. Bei seiner Ankunft in Funchal kümmerte er sich als erstes um wichtigere Dinge. Er sprach mit den Brüdern Lomellini und schloß den Verkauf des Vasquezschen Gutsbesitzes ab.

Der Faktor und seine Ehefrau durften nicht mehr auf dem Gut bleiben, wo sie ihr ganzes Leben verbracht hatten, jedenfalls nicht über die Stunden oder Tage hinaus, die ihnen die Lomellini (oder Simon, ihr selbsternannter Mittelsmann) dort noch zubilligten. Kein Platz mehr war auch für Gregorio und die Männer und Frauen, die, von alldem nichts wissend, sich noch am Berg abmühten aus Liebe zu Jaime und ihrem verstorbenen Gutsherrn und seinem Sohn, dem jungen Diniz.

Welche Hoffnungen Nicolaas auch mit Madeira verknüpft haben mochte, Simon hatte sie zunichte gemacht, zusammen mit denen seiner Schwester. Und jetzt war er bereit, zu seiner Herausforderung zu stehen. Das erste, was Nicolaas sehen würde, wenn er abgerissen und erschöpft eintraf, nachdem er die *Ghost*, Diniz und das Geschäft in Madeira verloren hatte, war Simon de St. Pol am Kai mit dem gezogenen Schwert in der Hand und seinem schönen Sohn an der Seite.

Gregorio war nicht in Ritterlichkeit geübt, aber er wußte Recht und Unrecht zu trennen und erhob seine Stimme für das Recht; er besaß zum Beweis dafür die Narbe, von der Simon gesprochen hatte. Er schöpfte aus seiner Ausbildung zum Advokaten und trug

Simon die Dinge vor – versuchte es wenigstens –, die Nicolaas ins
Feld geführt hätte, wenn Simon der Begegnung damals nicht ausgewichen wäre.

Er sprach zu einem Stein. Simon glaubte genau zu wissen, wie
seine Ehefrau Katelina gestorben war und wer seinen Schwager
Tristão getötet und jetzt die Zügellosigkeit und den Tod von Diniz
Vasquez auf dem Gewissen hatte. Und wie verstiegen eine solche
Mutmaßung auch sein mochte, sie gründete sich auf eine Reihe
von unglückseligen Tatsachen. Um Nicolaas herum lagen die Toten aus seiner Familie, die Früchte, so hätte einer sagen können,
seiner Rache. Einer nämlich, der (wie Gregorio) wußte, daß Nicolaas der Sohn von Simons erster Gemahlin war. Oder einer, der
(wie Simon) glaubte, daß Nicolaas jedes Verbrechen begehen
würde, um als Erbe und rechtmäßiger Sohn anerkannt zu werden.

Gregorio versuchte den Stein zu erschüttern. «Ihm liegt nichts
mehr daran», sagte er. «Nicolaas ist das nicht mehr wichtig. Warum sollte er jemanden aus Eurer Familie töten? Und es kann
bewiesen werden, daß er Eure Gemahlin gepflegt hat. Er hat ihr
nichts zuleide getan. Diniz wird . . .» Und da hatte er innegehalten.

«Aber Diniz ist tot», hatte Simon mit seinem engelhaften Lächeln erwidert. «Und selbst wenn er lebte, hat er doch, wie ich
höre, Katelinas Schwester nicht überzeugen können. Ich glaube
nicht, daß Gelis zurückkommt. Es sei denn, sie wäre schnell mit
dem Messer zur Hand. Schneller als Nicolaas.»

Schließlich hatte Gregorio in bitterem Ton gesagt: «Dann
fürchtet Ihr also nicht um Euer Kind? Wenn Nicolaas der kalt-
blütige Mörder ist, als den Ihr ihn seht, wird Henry dann vor ihm
sicher sein?»

«Mein lieber Meester Gregorio», hatte Simon entgegnet, «ich
habe nicht die Absicht, Henry mit an Bord der *San Niccolo* zu
nehmen. Ihr und ich und einige meiner Diener gehen an Bord.
Und eine Abteilung Krieger, die mir Hauptmann Zarco schon
versprochen hat. Aber das Kind lasse ich auf dem Gut, bis die
Schranken zum Duell aufgestellt sind. Dann kommt er nach Fun-

chal und sieht, wie sein Vater mit einer Waffe umgeht. Edelmann gegen Schurken: das ist nicht ganz angemessen, aber Zarco will es so. Ihr wißt, daß er mir die Erlaubnis gegeben hat, das Urteil gegen Claes selbst zu vollstrecken?»

«Welches Urteil?» fragte Gregorio. «Und für welches Verbrechen? Er ist noch gar nicht hier.»

«Für den Tod von Diniz Vasquez», sagte Simon. «Die *San Niccolo* wird genügend Zeugen mitbringen. Und wenn das nicht ausreicht, haben wir noch den Bericht des Jungen. Des Jungen, der dabei war und es gesehen hat.»

«Welches Jungen?»

«Eines der *Grumetes*», erklärte Simon geduldig. «Ist es von Bedeutung? Eines armen, eingeschüchterten Jungen, als ich ihn zuletzt auf der *Fortado* sah. Sein Name ist Filipe.»

«So, Filipe», sagte Gregorio langsam. «Dann verlaßt Ihr Euch auf das Wort eines Lügners. Eines Diebes und Lügners. Und ich werde das dem Hauptmann sagen.»

«Oh, tut das nur, wenn Ihr wollt», meinte Simon. «Aber das ändert nichts an dem Gericht durch Kampf, das ich in meiner Großmut anbiete. Es mag sogar ein wenig länger dauern als früher einmal: Claes kann jetzt vielleicht das eine Ende eines Schwerts vom anderen unterscheiden. Aber an dem Ausgang kann es natürlich keinen Zweifel geben, wie jeder, der anwesend ist, sehen wird, das Kind eingeschlossen. Das Kind soll dabeisein. Ich möchte, daß Claes Henry de St. Pol ins Gesicht sieht. Und ich möchte, daß Henry seinen Kopf fallen sieht.»

Am Kai von Funchal beobachtete Gregorio, wie sich die *San Niccolo* langsam von Süden näherte, und ihm war, als drehten sich ihm alle Gedärme um.

Er hatte alles getan, was er konnte, um Simons Pläne zu durchkreuzen. Er hatte Zarco aufgesucht, hatte mit den Lomellini geredet, hatte Erklärungen abgegeben, hatte Angaben zur Wesensart des Schiffsjungen Filipe gemacht – alles vergebens. Er hatte zwei Nächte nicht geschlafen. Und jetzt stand er zusammen mit Simon und Urbano Lomellini und einer Schar Bewaffneter hier und wartete darauf, das Boot zu besteigen, das die *San Niccolo* in den Hafen bringen würde. Und dann an Bord des Schiffes zu gehen. Und dann Nicolaas zu seinem Tod fortzuführen.

Und doch sah er das Schiff mit schmerzvollem Stolz näher kommen, denn sie hatte den Rückweg geschafft, die schöne Karavelle, die Lagos so mutig verlassen hatte, und ihre Flaggen flatterten, ein Kanonenschuß grüßte die Stadt, und wie von ganz fern klang das Geschmetter einer Trompete herüber. Und ihre Flaggen waren solche der Freude – keine wehte auf halbmast. Also war Nicolaas am Leben und hier, um auf sich zu nehmen, was immer ihn erwartete.

Die Segel gingen herunter, und als man zu den Rudern griff, führte Simon seine Gruppe ins Boot, um das Schiff in Empfang zu nehmen. Die Fahrzeuge glitten langsam aufeinander zu, und sie sahen alle den wahren Zustand der *San Niccolo*.

Sie war noch immer schwarz gestrichen. Sie hatten in Arguim oder Gran Canaria Farbe gekauft, nahm Gregorio an, und die war über die großen Flecken und Narben in der Verschalung gepinselt worden, aber nur unordentlich, als hätte es dafür nicht genügend Leute oder Zeit gegeben. Auch die Art, wie die Segel heruntergegangen waren, deutete darauf hin, daß man – wie im Falle der *Fortado* – mit einer geringen Zahl von Seeleuten auskommen mußte, und gleich dem anderen Schiff war die *San Niccolo* in ihren Bewegungen durch Tang behindert.

Alles übrige an ihr war Flickwerk. Die Geschütze waren zur Hälfte unbrauchbar, die Reling war mit verschiedenen Holzarten ausgebessert – aber die Ruder waren neu, und einige Spieren glänzten noch ganz frisch. Die *San Niccolo* hatte zwei Boote im Schlepptau, ein gedrungenes Ruderboot, wie man es auf Gran Canaria gebrauchte, und ein Boot, das aus einem Stamm herausgehackt und halb voll Wasser war.

An Deck liefen Männer umher. Gregorio warf einen Blick auf die Ruderer, aber keiner kam auf ihre Seite herüber außer einem hageren dunkelhaarigen Mann, der in teuren blauen Damast gekleidet war. Die *Niccolo* ließ ihren Anker ins Wasser platschen. Einen Augenblick später kam das Fallreep herunter, und das Hafenboot machte an der Seite des Schiffes fest.

Simon wollte nach der Leiter greifen, aber Gregorio sagte rasch: «Mit Verlaub» und kam ihm zuvor, wobei er beide Ellenbogen gebrauchte. Als Simon ihn am Wams packte, trat er mit dem Fuß nach ihm. Dann kletterte er die Leiter hinauf, so schnell er konnte.

Der Mann im blauen Damast war Melchiorre, der Florentiner, der schon auf der *Ciaretti* mitgefahren war. Er sah gespenstisch aus, aber sein Gesicht strahlte vor Glück. «Signor Gregorio!» sagte er und streckte die Arme aus.

Gregorio packte ihn und sagte: «Hinter mir kommt Simon, ein Mann, der Nicolaas festnehmen und töten will. Sag Nicolaas schnell Bescheid. Er soll fliehen. Und hilf mir, die anderen aufzuhalten.»

«Ich dachte mir, daß Ihr dergleichen versuchen würdet», sagte hinter ihm freundlich Simons Stimme. «Auf der anderen Seite wartet noch ein Boot, für alle Fälle. Wißt Ihr, daß Ihr mich gerade getreten habt? Ein kräftiger Bursche seid Ihr, das muß man Euch lassen.»

Er hatte schon mit dem Arm ausgeholt. Gregorio versuchte ihm auszuweichen, aber die Karavelle schwankte, und er taumelte. Doch eine andere Hand packte Simons Faust und hielt sie fest. Gregorio sah, wer es war.

Simon sah es nicht. Simon sah einen durch Entbehrung abgemagerten, aber dennoch muskelkräftigen jungen Mann in dem gleichen blauen Damast wie der Mann am oberen Ende des Fallreeps. Er trug ein Knäuel aus dem gleichen Stoff als Kopfbedeckung, und darunter waren die tiefliegenden Augen so schwarz wie die eines Negers. «Goro», sagte er, «ist alles gut?»

«Jetzt ja», erwiderte Gregorio. Ihm schien plötzlich vor den Augen alles zu verschwimmen.

«Nicolaas ist nicht hier», sagte der junge Mann. «Aber es geht ihm gut. Es geht ihm gut.»

«Und wer seid Ihr?» sagte Simon de St. Pol und riß sich los, was nicht ohne einen Kratzer von einem Fingernagel abging, wie sich zeigte, als er mit der Hand nach dem Schwertgriff faßte.

Der junge Mann machte keine Anstalten, seinerseits nach dem Schwert zu greifen, obschon er eines trug. Er sah kurz Gregorio

521

und dann, den Gesichtsausdruck wechselnd, wieder Simon de St. Pol an. «Wer ich bin?» sagte der junge Mann. «Jemand, der Euch einmal als den Wahrer der Familienehre bewunderte, aber jetzt nicht mehr.»

«Wegen Claes?» sagte Simon. Die Bewaffneten, die an Bord gekommen waren, begannen sich über das Schiff zu verteilen. Sein Blick folgte ihnen und kehrte dann zu dem jungen Mann zurück. «Was Claes auch gesagt hat, es ist eine Lüge. Er ist nicht mit mir verwandt. Und wenn er es wäre, würde ich jetzt nicht anders handeln. Er hat Blut vergossen und muß dafür bezahlen.»

«Claes? *Nicolaas?*» sagte der junge Mann. «Ich sprach von der Art, wie Ihr Eure Schwester behandelt habt. Ihr habt sie als Witwe angetroffen und Eure Hälfte des gemeinschaftlichen Gutes verkauft, Ihr feiger, selbstsüchtiger, eitler Bock.»

Er hatte ganz leise gesprochen, aber Gregorio hatte es gehört und Urbano Lomellini neben ihm auch. Simon tat so, als habe er die Worte nicht verstanden. Das Schwert rutschte aus der Scheide, aber ganz langsam. «Was habt Ihr gesagt?» Das Schwert glitt heraus. Gregorio erschauerte.

Der junge Mann sagte: «Ihr würdet mich töten, wenn Ihr es verstanden hättet? Obschon es wahr ist? Obschon *ich sehr wohl* mit Euch verwandt bin, Onkel?» Er stand ruhig abwartend da, der hochgereckten Schwertspitze nicht achtend, und hielt dem musternden Blick des älteren Mannes stand, der eben noch Zorn ausgedrückt hatte und jetzt von Unsicherheit, dann Erschrecken kündete.

«Diniz!» sagte Simon.

«Ja», erwiderte Diniz Vasquez. Er drückte das Schwert seines Onkels mit einem Finger nach unten, ohne auch nur die leiseste Bewegung zum eigenen Schwert hin gemacht zu haben. «Nicolaas ist nicht hier. Er will bis zum Herbst warten, weil zuviel Gold für ein Schiff da war. Wenn sonst nichts ist, würdet Ihr dann vielleicht Eure Krieger zurückrufen? Wir haben viel zu tun, und Bel könnte etwas dagegen haben.»

«Sie ist hier?» sagte Gregorio. Seine Stimme war heiser. «Und Gelis? Und Gottschalk?»

«Sie wollten noch warten», sagte der junge Mann, ohne sich umzusehen. Simon of Kilmirren steckte sein Schwert in die Scheide.

Urbano Lomellini fragte: «Verzeiht – wer ist das?»

Dies war Gregorios Augenblick. Er trat vor. «Das ist Diniz Vasquez, Besitzer der Vasquezschen Pflanzung in Ponta do Sol, die sein Onkel Euch gerade, allen Warnungen zum Trotz, zu verkaufen versucht hat. Ich fürchte, als Senhor Diniz' Advokat werde ich ernstliche Wiedergutmachungsforderungen stellen müssen.»

Lomellini blieb der Mund offenstehen. «Es hieß, du seist tot», sagte Simon.

«Ach ja?» erwiderte Diniz. «Nun, man hat mich einmal für tot liegenlassen, aber Nicolaas kam und rettete mich. Wer hat gesagt, ich sei tot?» Seine Stimme bekam einen schärferen Klang. «Und wer hat Euch erlaubt . . . Ihr habt das Gut verkauft?»

«An mich.» Urbano Lomellini richtete sich auf. «Er sagte . . .»

«Claes hat dich überfallen», sagte Simon rasch. «Du weißt das natürlich nicht. Du warst dem Tode nah. Filipe hat es gesehen.»

«Ha! Filipe war es, der auf mich geschossen hat.»

Ein kurzes Schweigen. Dann sagte Simon: «Du nimmst Claes in Schutz. Selbst jetzt noch nimmst du ihn in Schutz. Deshalb habe ich den gemeinschaftlichen Besitz aufgekündigt. Deine Vernarrtheit in . . .»

«Sein Name ist Nicolaas», unterbrach ihn Diniz. «Und Bewunderung ist etwas anderes als Vernarrtheit. Es überrascht mich nicht, daß Filipe glaubte, ich sei tot. Ich wäre gestorben, wenn Nicolaas nicht gefolgt wäre und mich gefunden hätte. Ich hatte ihn im Stich gelassen, und er hätte sich nicht um mich zu kümmern brauchen, aber er hat es getan. Wenn Ihr mir nicht glaubt: dort ist Vito, der hat zusammen mit ihm meine Spur verfolgt. Und wenn Ihr weder mir noch ihm glaubt, so fragt Bel. Sie hat die Wunde behandelt. Ist das Beweis genug?»

«Dann ist also kein Verbrechen begangen worden», sagte Lomellini. «Wie gut, daß van der Poele nicht hier war, sonst wäre zu Betrug vielleicht noch Mord hinzugekommen.»

Er sah Diniz an. Diniz sagte: «Ihr habt gefragt, wer ich sei.»

«Ich bin Urbano Lomellini, Senhor Diniz, auf dieser Insel als Händler tätig und jetzt ein klügerer und weniger gutgläubiger Mann, als ich noch vor wenigen Minuten einer war. Ich hoffe, daß wir im geschäftlichen Umgang nicht grob miteinander verfahren.»

«Von der *Fortado*?» fragte Diniz. «Die Familie mit dem Anteil an der *Fortado*? Ist das Schiff eingetroffen?»

«Vor einem Monat», sagte Gregorio.

«Mit seiner Ladung an Bord?»

«Mit einer sehr schönen Ladung an Bord», bestätigte Gregorio. «Die der Familie Lomellini und Herrn Simon einen hohen Gewinn eingebracht hat.»

«Und wohl auch dem Haus Vatachino», sagte Diniz. Urbano Lomellini gab ihm seinen Blick unerschütterlich zurück. «Dem Haus Vatachino?» fragte Simon in gereiztem Ton.

Diniz' Augen gingen herum, blieben auf Gregorios Gesicht ruhen, und eines von ihnen zuckte. Er sagte: «Wegen ihres Mehrheitsanteils an der *Fortado*. Wegen der Anteile, die Signor Urbano den Vatachinoleuten überließ. Dreiviertel, glaube ich, des Anteils der Lomellini an der wertvollen Fracht der *Fortado*. Der große Erfolg der Reise muß David de Salmeton entzückt haben.»

Simon sagte: «Das ist natürlich nicht wahr – oder?» Er sprach zu Lomellini, der zögerte.

«Doch, das ist es wohl», sagte Gregorio. «Auch darüber werdet Ihr vielleicht mit Signor Urbano an Land reden wollen. Inzwischen . . .»

«Gemach», rief Urbano Lomellini in barschem Ton. Sein Gesicht war stark gerötet. «Gemach. Das Haus Vatachino ist auch ein Rivale der Banco di Niccolo. Ihr wußtet – Nicolaas van der Poele wußte, daß es an der *Fortado* beteiligt war. Wie hat also Raffaelo Doria den Tod gefunden?»

«Er wurde von Händlern getötet», sagte da hinter ihnen ohne jede Aufregung eine schottische Stimme.

Bel of Cuthilgurdy war aus der Kajüte gekommen und schleppte sich auf sie zu. Sie trug die einheitliche Robe aus blauem Damast, die aber viel weniger als ihre frühere behagliche Rundlichkeit zu verbergen hatte. Doch das Lächeln unter dem frischen leinenen Kopftuch, auf Gregorio gerichtet, zog den Mund mehr in die Breite denn je, und die Augen über den hohlen Wangen und der fleckigen Haut funkelten spitzbübisch. Wenn sie Simon sah, so glitt ihr Blick an ihm vorbei.

«Sie haben schwer zu schaffen mit den Kisten, bis sie alle aufgesperrt und bereit sind für die Zöllner», fuhr sie fort. «Diniz, ich glaube, du solltest ihnen helfen; all dieses viele Gold. Hast du ihnen gesagt, wie hoch die Summe ist, die wir einklagen werden?»

Alles schwieg. Dann sagte Diniz: «Ich hatte noch keine Zeit. Sie haben gerade nach Raffaelo Doria gefragt.»

«Nun, es freut mich, daß sie das einsehen», sagte Bel. «Gefallen Euch die Kleider? War das Beste, was wir erwischen konnten; wir haben die Ballen von einem Mann auf den Kanarischen Inseln bekommen. Es freut mich, daß sie einsehen, was Doria und seine Leute uns angetan haben. Geben sich für König Batis Eingeborene aus und locken uns fast in den Tod. Überfallen die *San Niccolo*, die am Flußufer liegt, und töten die ganze Mannschaft bis auf Melchiorre und bringen dann die Schwarzen noch dazu, das Schiff zu plündern. Das gibt einen ganz schönen Prozeß, mit Unkosten und Schadenersatz. Diniz, du solltest kommen, wenn diese Herren uns entschuldigen wollen.»

«Bel!» sagte Simon de St. Pol. Er hatte sich immerhin wieder gefaßt. Die Schultern straff, das Gesicht recht blaß, sah er nicht älter aus als der schöne Mann, der vor fast fünf Jahren Katelina van Borselen geehelicht hatte. «Ihr wißt nicht, was Ihr da sagt. Solcher Unsinn wird Lucia schaden.»

Bel wandte sich zu ihm um. «Wieso sollte es das? Ihr habt gesagt, Ihr führt getrennte Geschäfte, Ihr und sie. Das war, als Ihr Eure Hälfte vom Gemeinschaftsbesitz verkauft habt. Wie kann ihr da ein Schaden entstehen, wenn ein St. Pol eine Buße zahlen muß? Außerdem», setzte sie freundlich hinzu, «wenn Ihr Schaden erleidet, bekommt auch das Haus Vatachino etwas davon ab. Ist das nicht schön?»

Simon sagte: «Ich kann das alles kaum glauben. Claes – van der Poele ist nicht an Bord?» Einer der Bewaffneten schüttelte den

Kopf. Sie hatten sich beim Fallreep versammelt und warteten auf ihn.

«Dann» fuhr Simon fort, «dann sollten Signor Urbano und ich – sollten wir wohl fürs erste gehen.» Er hielt inne, und ihm wurde offensichtlich erst jetzt richtig bewußt, was ihm bevorstehen mochte. «Dann werdet Ihr wohl alle auf dem Gut wohnen wollen?»

Gregorio blickte Diniz an und lächelte. «Das hoffe ich. Wenn dort auch weniger Platz ist, als ich mir wünschen könnte. Wenn Ihr Freunde in Funchal habt, vielleicht könnten die Euch beherbergen?»

Simons Blick richtete sich auf Bel. «Ihr würdet den Jungen hinauswerfen?»

«Den Jungen?» sagte sie. Das Glitzern in ihren Augen war erloschen.

«Henry ist bei mir. Ich habe ihn mitgebracht. Ich hatte gewollt, daß van der Poele ihn sieht. Jetzt muß das natürlich warten.»

«Euren Sohn Henry?» sagte Diniz. Bels Blick ging zu seinem Gesicht.

«Was wollt Ihr tun?» fragte Gregorio in knappem Ton. «Ihr seid sein Vater. Er hat ein Kindermädchen.» Ja, das hatte er, ein Mädchen von siebzehn Jahren mit üppigem langem Haar.

«Laßt ihn da», sagte Bel. «Ein Kind von vier Jahren fühlt sich in einem prunkvollen Haushalt in Funchal sicher nicht sehr wohl. Laßt ihn da. Er kennt mich ein wenig. Dann besorgt Ihr hoffentlich bald Eure Geschäfte und fahrt heim. Schottland muß doch schon Sehnsucht nach Euch haben.»

Gregorio blieb noch und sah zu, wie das Hafenboot vom Schiff ablegte und zum Kai zurückfuhr.

Diniz sagte: «Lieber Gregorio.» Er sah bleich aus. «Kommt und begrüßt Vito und Melchiorre und die anderen und schaut Euch an, was wir mitgebracht haben. Wir haben Euch viel zu erzählen.»

Das Wesentliche wurde vielleicht bei dieser Gelegenheit schon berichtet. Die Einzelheiten mußten bis zum nächsten Tag warten, als Gregorio auf dem Gut in seinem Kontor saß und Diniz und Bel lauschte, die die erste Nachtruhe an Land sichtlich erfrischt hatte.

Er wußte inzwischen, was die *Ghost* an Bord gehabt hatte. Er hatte gehört, daß die *San Niccolo* auf ihrer Rückfahrt alle Orte aufgesucht hatte, die Ochoa angesteuert haben mochte. Nirgendwo hatten sie auch nur gerüchteweise von den drei Maultierlasten Gold gehört, von der aus Harzen, Gewürzen und Farben bestehenden Fracht, die am Senagana in die Kogge umgeladen worden war.

Am Senagana selbst hatten sie nur einen einzigen Portugiesen angetroffen, der in der Niederlassung gewesen war, als die zwei Schiffe sich dort aufgehalten hatten. Er sagte, die *San Niccolo* habe in der Mündung festgesteckt, und die *Ghost* habe ihre Ladung übernommen, um sie wieder flottzumachen. Nach Überwindung der Sandbank habe die *Niccolo* die Fracht wieder an Bord genommen.

«Crackbene wußte, daß sie das nicht getan hatte», sagte Gregorio. «Er wußte, daß Nicolaas irgendeine List angewandt hatte, wenn er es auch nicht zugeben wollte. Und Ochoa war bestochen worden und hielt den Mund. Wer hat also die Ladung? Wer hat die Mannschaft bestochen?»

«Jemand, der der *Ghost* auf dem Weg nach Norden aufgelauert hat», meinte Diniz. «Wir wollten das ja herausfinden. Jedes Schiff muß irgendwann einen Hafen anlaufen. Wir haben in jedem Hafen um eine Liste der Schiffe gebeten, die während dieser Zeit vorübergekommen waren, aber es handelte sich nur um gewöhnliche Besuche und Fahrten. Wer immer das getan hat, war sehr reich. Wenn er Ochoa bestechen konnte, dann auch einen verschwitzten, von der Hitze halb um den Verstand gebrachten Hafenamtmann.»

Diniz hielt inne und fuhr dann fort: «Wenn Ihr Eure Botschaft nicht geschickt hättet, hätten wir nicht einmal das tun können. Wir hätten nicht gewußt, was geschehen war. Und sie bauten wahrscheinlich ohnehin darauf, daß wir nicht mehr zurückkommen würden.»

«Vor allem dann, wenn das Haus Vatachino seine Hand dabei

im Spiel hatte», sagte Gregorio. «Aber wir wissen jetzt, was die *Ghost* an Bord hatte. Wäre es da nicht an der Zeit, den Diebstahl anzuzeigen? Ihr hättet einen mächtigen Bundesgenossen. Wenn es die Ladung der *San Niccolo* ist, gehört ein Viertel davon König Alfonso.»

Der blaue Damast, in den Bel eingehüllt war, bewegte sich. «Wollt Ihr die *San Niccolo* mit der *Ghost* in Verbindung bringen?» Die Männer blickten sich an.

Bel fuhr fort: «Auch besteht noch immer die Möglichkeit, daß dieser Ochoa das Zeug irgendwo versteckt hat, so unwahrscheinlich das klingen mag. Und wenn wir es finden, können wir es behalten, ohne dem verehrten Monarchen von Portugal den vierten Teil davon abgeben zu müssen. Ich rate Euch, tut gar nichts, bis der rechtmäßige Besitzer der *Ghost* festgestellt ist. Tut nichts, außer weiter danach zu suchen, meine ich.»

«Sie hat recht», sagte Diniz. Gregorio, der ihn ansah, fragte sich abermals, auf welche Schule Nicolaas ihn geschickt hatte, daß er jetzt ein so selbstsicherer junger Mann war. «Wir werden das Gold brauchen», fuhr Diniz fort, «wenn unsere übrigen Pläne mißlingen. Aber vorerst ist genug da, um das Land zu kaufen, das Ihr für das Gut braucht, und die Bank in Venedig von den schlimmsten Sorgen zu befreien. Und ich muß nach Brügge reisen.»

«Ich dachte . . .», begann Gregorio. Nach allem, was gesagt worden war, hatte es so ausgesehen, als wären ihre Nöte vorüber.

«Anweisungen», sagte Diniz lächelnd. «Auf fünfundzwanzig Seiten, gegeben in eisernen Lettern von Nicolaas. Ich sagte Euch ja, wir haben am Joliba kein Gold gefunden, und alles, was wir mitbringen konnten, war die bescheidene Menge, die sie in der Stadt lagern hatten. Aber es zahlt sich aus zu übertreiben.»

«Aber es kommt noch mehr?» fragte Gregorio. «Nicolaas macht sich mit dem Rest im Herbst auf den Weg?»

«Das sagen wir, wenn wir gefragt werden», gab Diniz zur Antwort. Das Lächeln war verschwunden, so daß man wieder die Falten der Erschöpfung und der Entbehrung sah. Welche Schule es gewesen war, auch Crackbene hatte sie durchlaufen.

«Aber es stimmt nicht?» fragte Gregorio in scharfem Ton. Sie

hatten von Nicolaas gesprochen, von Gottschalks Wirken bei König Gnumi, von der großen, geschäftigen Stadt, die sie am Rande
der Wüste entdeckt hatten und in die Gelis scheinbar so mühelos
hineingewachsen war. Er hatte, ohne viel Zeit zum Überlegen zu
haben, aus alledem geschlossen, daß Nicolaas seinen Frieden mit
dem Mädchen gemacht hatte, und war froh darüber. Solange es
damit sein Bewenden hatte. Bei Nicolaas konnte man nie wissen.
Es beunruhigte ihn, daß Gelis geblieben war.

Ihn beunruhigte auch, daß Loppe sie auf solchen Umwegen
nach Timbuktu gebracht hatte, verheimlichend, wieviel ihm
selbst daran gelegen war, und daß er Raffaelo Doria, woran nicht
zu zweifeln war, in den Tod geführt hatte. Am meisten jedoch
beunruhigte ihn, daß es Zweifel gab, was Nicolaas anging. Nicht
wegen des Goldes, sondern in Verbindung mit seiner Sicherheit.
Er merkte, daß ein Schweigen eingetreten war. Hinter mehreren
Türen schrie zornig ein Kind.

Bel sagte: «Er wird ein Vermögen in Gold mitbringen. Wir
haben das Salz eintreffen sehen, und Nicolaas hat vereinbart, daß
er den größten Teil des Goldes kauft, das für das Salz herein-
kommt. Er wartet darauf in Timbuktu, bringt es nach Cantor und
geht dann im Dezember an Bord der *Niccolo*. Wenn er es nicht tut,
tut es Gelis. Deshalb ist sie geblieben.»

«Weshalb sollte er es nicht selbst tun?» fragte Gregorio.

«Weil er das Versprechen halten will, das er Gottschalk gegeben
hat», sagte Diniz. «Er und der Padre wollen versuchen, bis zum
Priesterkönig Johannes vorzudringen. Sie wissen jetzt, daß das so
gut wie unmöglich ist. Sie wissen, daß es weiter ist, als man bisher
dachte, und zehnmal schwieriger, aber sie versuchen es. Ich glaube nicht, daß einer von ihnen lebend zurückkommt.»

Da ging die Tür auf. Gregorio achtete nicht darauf, er hielt den
Blick auf Diniz gerichtet. Es war Bel, die sagte: «Ei, ei, wer
braucht eine Trompete, wenn Henry de St. Pol im Haus ist? Was
hat denn mein kleiner Mann?»

Kinder waren für Gregorio unbekanntes Land. Er hatte im
Verlauf der letzten zwei Tage die Überzeugung gewonnen, daß
alle sich so benahmen wie dieses, zumal eines, das einen Mann wie

Simon de St. Pol und eine eigensinnige junge Frau wie Katelina van Borselen zu Eltern hatte. Als Mensch, der das Schöne liebte, sah er sich aber wiederum verwirrt durch das herrliche Haar des Kindes, das lockig war und gelb wie Mais, durch das Blaßrot der runden, seidigen Wangen. Auf der einen zeigte sich ein Grübchen.

Er sagte: «Was gibt's, Henry?» Da fiel ihm ein, wer Diniz war und daß die beiden einander noch nicht begegnet waren, und er setzte hinzu: «Henry, das ist dein Vetter Diniz.»

Das Kreischen hörte auf. Die blauen Augen verengten sich. «Nein», sagte Henry. «Das ist ein Mann. Das ist seine Mutter. Seine Mutter ist Bel, die Dienerin meiner Tante Lucia. Ich habe einen hübschen Mantel. Ich habe ein Schwert und einen Dolch und ein Pferd und die Hunde. Dieser Mann ist schmutzig, und das ist auch seine Mutter.»

Diniz war unter der Sonnenbräune bleich geworden. Gregorio kniete sich hin und sprach den Jungen an. «Hast du noch nicht gesehen, wie die Sonne die Menschen braun macht? Die zwei hier tragen die einzigen Kleider, die sie aus Guinea mitbringen konnten. Sie waren in Guinea, wo die Menschen mit schwarzer Haut leben.»

«Ich will mein Essen», sagte Henry.

«Es ist noch nicht soweit, mein Schatz», sagte Bel freundlich. «Inês hat es dir doch gesagt.» Der Mund ging auf, wurde rechteckig.

Diniz machte eine Bewegung. «Das Mädchen müßte doch – wo ist das Mädchen?»

«In Funchal», sagte Bel ruhig. «Simon hat sie fortgeschickt, etwas zu holen. Aber das macht nichts, wir kommen sehr gut ohne sie aus.»

Gregorio mußte an Agnes denken, die tüchtige Französin, die in St. Omer so liebevoll von diesem ihrem Pflegling gesprochen hatte. Von dem Jungen und von Katelina, seiner Mutter. Er erhob sich. «Hat das Kind sonst niemanden?»

Bel sah ihn an. «Es hat seinen Vater. Simon wünscht, daß der Junge zu einem Mann heranwächst. Er kümmert sich selbst um seine Erziehung.»

Sie sprachen über seinen Kopf hinweg. Der Junge ging zu Bel hinüber und trat ihr, so fest er konnte, gegen die Schienbeine. «Ich will mein Abendessen», sagte er. Dann schrie er.

Diniz packte ihn an beiden Armen, hob ihn vom Boden auf und hielt ihn hoch. Die kleinen Stiefel zappelten in der Luft. Das Kind hatte vor Zorn ein hochrotes Gesicht bekommen, und schrille Schreie drangen zwischen seinen Lippen hervor.

«Tu das nicht», sagte Bel. Gregorio hatte den Arm um sie gelegt, und an dem blauen Damaststoff war Blut. «Tu das nicht, so gewöhnst du ihm das nicht ab.»

«Wie aber sonst?» erwiderte Diniz. «Außer indem man noch einmal von vorn anfängt, mit einem anderen Vater?»

Bel sagte: «Nein.» Sie löste sich von Gregorio und schlurfte näher. «Nein. Laß ihn herunter. Henry, wenn du anderen weh tust, kriegst du dein Abendessen deshalb noch nicht schneller. Dein Vater hat in Funchal zu tun, um die Dukaten zu verdienen, von denen er all diese Mäntel kauft. Er wird zurückkommen. Bald werdet Ihr zusammen essen. Wenn Inês soweit ist, kannst du jetzt mit ihr essen. Komm. Sie hat Spielsachen, die du noch nicht gesehen hast.»

Sie gingen Hand in Hand hinaus, die Frau hinkend, das Kind mürrisch und verängstigt. Gregorio sagte: «Sie ist eine Heilige, diese unwahrscheinliche kleine Frau, aber ich glaube, es ist zu spät. Er wird einmal genauso wie sein Vater werden.»

Diniz setzte sich. «Er sieht auch so aus wie er.» Er hielt inne und fügte dann hinzu: «Ich wollte Euch noch etwas anderes fragen. Wißt Ihr – wußtet Ihr, daß Nicolaas' Mutter Simons erste Frau war? Und daß Nicolaas sich für Simons Sohn hielt?»

«Das habt Ihr gehört?» sagte Gregorio. «Er hat das immer wieder behauptet, aber es gibt keine Beweise dafür. Simon und seine Ehefrau lebten getrennt, als Nicolaas geboren wurde. Die Frau ist tot, und Simon wollte mit dem Kind nichts zu tun haben. Ich nehme an, Nicolaas hat ihn nie damit behelligt, aber ein wenig Freundlichkeit hat er sich doch immer erhofft. Statt dessen hat Simon sich immer gegen ihn gestellt, wie Ihr seht. Eine dumme Sache.» Er hielt inne. «Bekümmert Euch das?»

531

Nach einem langen Schweigen sagte Diniz: «Wenn es wahr wäre, wären wir Vettern, Nicolaas und ich.»

«Ja. Auf jeden Fall ist er ein guter Freund. Ich weiß, er ist stolz auf Euch, wenn er Euch das auch nie selbst sagen wird. Ein bemerkenswerter Mensch.» Er erhob sich rasch. «Diniz, Ihr seid müder, als Euch bewußt ist. Das genügt jetzt. Ruht Euch aus. Wir nehmen uns den Schriftkram morgen vor.»

Diniz stand mit einiger Mühe auf. Gregorio brachte ihn zur Tür. An der Schwelle fragte er: «Welche Aussichten bestehen? Eine schreckliche Reise, habt Ihr gesagt. Wie groß ist die Aussicht, daß sie von Äthiopien zurückkommen?»

«Ich weiß es nicht», sagte Diniz. «Ich weiß nicht, worauf man hoffen kann.»

KAPITEL 33

WEIL KEINER VON IHNEN das Ganze sehen konnte, konnte keiner von ihnen (außer Nicolaas, der nicht da war) die glücklichen Fügungen des Plans bewundern, der sich sogleich zu entfalten begann und Länder berührte, die zwischen Schottland und der Levante, zwischen Flandern und den Wüsten Afrikas gelegen waren.

Gelis van Borselen, die diese fünfundzwanzig beschriebenen Seiten gesehen hatte, kannte einen Teil davon und hatte Zeit, über ihn nachzudenken und sich sogar darüber auszulassen während jenes Teils ihres Lebens, den sie in einer andalusischen Stadt in Afrika zu verbringen im Begriff war, in ihrem mit Dienerschaft wohlversehenen Haus und mit Umar, der sie gelegentlich besuchte, als einziger Verbindung zu ihrer Vergangenheit.

Sie war es nicht gewöhnt, allein zu sein. Mitgenommen nach

Schottland, nach Brüssel, nach Genf – wo immer ihr Vater geschäftlich zu tun hatte, bemühte sie sich um ein Verhältnis zu Land und Leuten, um Freunde oder wenigstens Bekannte. Hätte Florence van Borselen ein wenig länger gelebt, hätte er aus ihrer Art, an Geschäftsgeheimnisse heranzukommen, Nutzen ziehen können, mit Hilfe der treuherzigen Fragen, die, wie sie herausfand, eine junge Frau stellen konnte und auch beantwortet bekam.

Sie war ihrem Onkel Henry van Borselen dienlich gewesen und hatte geduldig, wenn auch nicht sehr beeindruckt, ihrem Vetter Wolfaert gelauscht, der durch die schottische Prinzessin, die er geehelicht hatte, zur schottischen Grafenwürde gekommen war. Sie wußte alles über die Familie von St. Pol of Kilmirren in Schottland und den unangenehmen Großvater Jordan, der einen französischen Titel trug und in Ribérac lebte und den französischen König in Finanzfragen beriet. Sie wußte von dem Weiberheld Simon und warum ihre schwangere, dumme, tote Schwester Katelina ihn geheiratet hatte. Sie hatte mehr als die Hälfte von Nicolaas' Geschichte geahnt, ehe er in seinem Fieber in jener Nacht die Wahrheit von sich gegeben hatte. Sie hatte herausgefunden, wozu Nicolaas fähig war, und sich dazu gebracht, so zu handeln und zu denken wie er.

Sie war daher beunruhigt, als sie sich vier Wochen nach seiner Abreise sagen mußte, daß es ihr nicht gelungen war, alles auszuführen, was sie sich vorgenommen hatte. Wo sie hätte Arabisch lernen sollen, besuchte sie Zuhra, deren Ehevertrag mit Umar jetzt endgültig war. Die Verhältnisse des Mädchens fesselten sie nicht besonders, aber Zuhra war der einzige Mensch in Timbuktu, der ohne weiteres annahm, daß Nicolaas ihr Geliebter gewesen war.

Es war nützlich, sich des Umstands zu erinnern, da auch eine Beziehung von nur einer Nacht nicht vergessen werden sollte. Dergleichen war Teil der Geschichte eines Menschen. Katelina hatte keine Jungfrau bleiben wollen, und sie auch nicht. Man brauchte einen großzügigen Standpunkt.

Wegen dieser umfassenden, weltlichen Sicht verschob sie ihre

Besuche in der Bibiliothek des Qadi, um ihre Gedanken auf den Plan auszurichten, den Nicolaas für Bel, Diniz und Gregorio ausgearbeitet hatte.

Er hatte bis ins einzelne die Ladung der *Ghost* beschrieben und in einer genauen Liste die vielen Arten vermerkt, auf die sie gestohlen worden sein konnte. Der Liste waren Ratschläge zu ihrem Wiederauffinden beigegeben.

Er hatte den Fall des beschlagnahmten Schiffes selbst untersucht und vorgeschlagen, daß Gregorio jetzt die Schritte in die Wege leitete, die seinen Besitzanspruch wahrnehmen, zur Aufhebung der gerichtlichen Verfügung führen und entweder das Schiff odcr die Versicherungssumme herbeischaffen würden. Er empfahl, Astorre, den Hauptmann seiner Söldnertruppe, und Tobie, seinen Arzt, aufzuspüren, die jetzt in Albanien unter Skanderbeg kämpften, weil sie beide Aussagen über die frühere Geschichte des Schiffes machen konnten.

Er meinte, Gregorio solle die *Fortado* auf Schadenersatz verklagen, vor allem dann, wenn Melchiorre überlebt hatte und den Überfall schildern konnte. Er hielt es für wahrscheinlich, daß Simon und die Lomellini sich entzweiten, wenn Simon herausfand, daß das Haus Vatachino an der *Fortado* beteiligt war. Dies mochte es Diniz erleichtern, mit Gregorios Hilfe den Besitz in Ponta do Sol zu vergrößern. Er hatte genau festgelegt, wieviel von dem Gold für diesen Zweck ausgegeben werden sollte und wieviel für Brügge und für Venedig. Er hatte angeregt, Diniz solle, wenn er Jaime auf Madeira erst fest eingerichtet wußte, überlegen, ob seine Mutter im Vasquezschen Haus in Lagos bleiben oder lieber in die Nähe ihrer Verwandten zurückkehren wolle. Er machte Diniz den Vorschlag, sie nach Brügge zu bringen, wo sie fürs erste im Hause des João Vasquez wohnen könne und der Familie van Borselen nahe sei.

«Warum?» hatte Gelis gefragt, als Nicolaas einmal unter ihnen gesessen und aus diesen Papieren vorgelesen hatte.

Er hatte aufgeblickt. «Eure Schwester hat schließlich Lucias Bruder geheiratet.»

«Ja, aber sie ist tot. Und das Kind ist anderswo. Deshalb bin ich ja nach Lagos gereist. Simon läßt das Kind nicht nach Brügge kommen. Man könnte glauben, er habe vor etwas Angst.»

«Ich kann mir nicht denken, wovor», hatte Nicolaas gesagt und weitergelesen.

So sollten Lucia und Diniz also nach Brügge fahren, während Gregorio zurückblieb, um auf Madeira noch dafür zu sorgen, daß die *San Niccolo* überholt wurde und mit frischer Ladung nach Afrika zurückkehrte. Und der Rest des Geldes sollte in Venedig ausgegeben werden, aber wie, darüber sagten die Aufzeichnungen nichts – zumindest nicht die Teile davon, die sie gesehen hatte. Vielleicht ahnte er, daß sie diesen Dingen keine Beachtung schenkte.

Die Pläne waren alle vorausblickend, gründlich durchdacht, und das mußten sie auch sein. Etwas anderes wäre es gewesen, wenn auch die Ladung der *Ghost* ihr Ziel erreicht hätte, und natürlich konnte man nicht einmal wissen, ob die *San Niccolo* es bis nach Madeira schaffte. Sie mochte jetzt irgendwo auf dem Grund des Gambia liegen. Das Ausbleiben von Neuigkeiten nahm ihr die Ruhe.

Dann trafen langsam die Nachrichten ein. Zuerst von flußabwärts. Die zwei verrückten Weißen waren von götzenverehrenden Schwarzen angegriffen worden, die ihren Führer getötet und ihr Lager mit Speeren bedroht hatten, aber die Gruppe hatte sie vertrieben und war nach Gao weitergezogen.

Dann die Nachrichten vom Gambia. Der weiße Junge, der am Joliba dem Tod entronnen war, war zu dem blauen Schiff auf dem Gambia zurückgekehrt, und das Schiff hatte die Segel gesetzt. Dem Bericht nach mußte das Mitte Februar gewesen sein. Also hatte die *Fortado* mit Filipe die Rückreise angetreten.

Im Mai, drei Monate nach Bels und Diniz' Abreise, hörte Gelis, daß die andere weiße Gruppe von Verrückten aus Timbuktu – mit einer verrückten weißen Frau – den Gambia erreicht und mit König Gnumi zusammen das schwarze Schiff bestiegen hatte und losgefahren war. Also war die *San Niccolo* auf dem Weg nach Hause.

Als sie diese Kunde hörte, eilte sie zu Umar hinüber, um ihn und Zuhra – sie waren jetzt fünf Wochen verheiratet – an ihrer Freude teilhaben zu lassen. Zuhra schlüpfte mitten in dem aufregenden Bericht hinaus, um sich draußen rasch zu übergeben. Sie kam lächelnd zurück, und alle ihre Tanten und Cousinen lachten und tätschelten sie. Sie war fünfzehn und von Umar, ihrem Gemahl, schwanger. Gelis ging nach Hause und widmete sich endlich ihren Studien.

Es kam nur noch ein weiterer Bericht aus dem Osten, den eine Kupferkarawane aus Takedda mitbrachte. Sie war auf Kaurimuscheln gestoßen, mit denen ursprünglich zwei weiße Männer Nahrung, Häute für ihre Füße und ein nächtliches Obdach vor dem Regen eingehandelt hatten. Der Regen war, wie jedermann wußte, in dieser Gegend ungesund, weshalb kluge Männer sich nördlich hielten. Aber schließlich zogen kluge Männer auch nach Kairo oder nach Mekka und nicht nach Süden durch die Sümpfe und die Wälder, die zu den Bergen führten.

Saloum, der im Juni vom Gambia zurückkam, suchte sie auf und sprach darüber mit ihr, als er sich auf ihre Kissen gehockt hatte. «Ihr werdet mir verzeihen. Er ist Euer heiliger Mann, aber mich dünkte er ein Mann voller Zweifel, Euer Pater Gottschalk. Ich hätte ihn nicht für so mutig um seines Glaubens willen gehalten.»

«Ihr wart mutig um des Euren willen», entgegnete Gelis.

«Aber ich bin des Paradieses gewiß», sagte Saloum. «Deshalb hält man doch die Muslime für so stark, nicht wahr? Aber ich habe einen Mann mehr als sein Bestes tun sehen, nur aus Angst vor der Angst.»

«Oder aus Liebe», sagte Gelis.

«Oder aus der Angst, nicht geliebt zu werden. Des Menschen Herz ist ein Ding aus Sand gemacht. Ihr wißt, daß am Fluß Unruhe herrscht?»

«Unruhe?»

«Eure Freunde haben die rechte Zeit zur Heimfahrt gewählt und den rechten Verbündeten. König Gnumi hatte nach Eurem Schiff gesehen. Er sagte mir, es werde Unruhe geben.»

«Zwischen den zwei Königen? Wegen dessen, was uns zugestoßen ist?»

«Oh, das!» sagte Saloum. «Nein, das war – Ihr möget mir

verzeihen – nicht mehr als ein Speerekreuzen während einer Elefantenjagd. Dies jetzt ist Krieg.»

«Auch im Osten?» wollte Gelis wissen.

«Überall.»

«Aber nicht in Timbuktu.»

«Timbuktu? Man kann es plündern, aber man muß es besitzen, um sich seines Handels zu bedienen, und das erfordert mehr als einen plötzlichen Überfall durch hitzköpfige Nachbarn oder betrunkene junge Burschen aus diesem oder jenem Dorf, die ihre Assagais schwingen. Das erfordert einen Herrscher. Einen Mann von Macht mit einem Heer, auf das er sich stützen kann.»

«Von solchen kann es nur wenige geben – die stärker sind als Akil oder Muhammed ben Idir», meinte Gelis.

«Nur wenige, glücklicherweise», sagte Saloum und fuhr fort, die weiße Frau und Diniz zu preisen.

Inzwischen hatte die große Hitze eingesetzt und die Zeit der heftigen Regengüsse, deren erster so launisch und so denkwürdig gewesen war. Der Sand dampfte auf den Straßen, aber es gab Tage, an denen der Himmel von hellem Blau war und überhaupt keinen Regen hervorbrachte.

Gelis durchstreifte die Stadt während dieser Wochen, und auf einem ihrer Ausflüge begegnete sie dem Italiener.

Das heißt, sie nahm an, daß er ein gebürtiger Italiener war, weil sie zuerst seine Stimme hörte. Sie kniete gerade auf einem Stück freien Bodens und stocherte mit einem Stock in einer Bank aus Sand, der üblichen breiten Sitzbank, auf der Hausbewohner saßen, wenn sie Luft schnappten. In diesem Fall lag das Haus dahinter in Trümmern, und der Regen hatte die Bank abrutschen lassen, so daß man den Schutt sah, der darunter gelegen hatte. Das Aufblitzen von etwas Glänzendem hatte ihre Aufmerksamkeit erweckt; des Stocks bediente sie sich aus Furcht vor Skorpionen, und ihre zwei Diener standen geduldig hinter ihr, zusammen mit dem dichten Kreis von Männern, Frauen und Kindern, der sich freundlich bildete, wo immer sie sich einfand.

Die Stimme sagte: «Ihr habt Kacheln gefunden, Madonna? Sie sind sehr alt. Ich habe einige in meinem Laden.»

Das Italienische war so makellos wie das Umars, aber es war nicht Umars Stimme. Sie sah auf.

Es war ein Berber. Oder nein, es war ein bärtiger Mann aus dem Maghreb mit kühnen, hochroten Gesichtszügen, die eher die eines tunesischen Arabers waren. Er trug einen prächtigen Turban, und seine Stiefel, dicht vor ihrem Gesicht, waren aus besticktem karmesinrotem Ziegenleder und sahen unter einem Gewand hervor, das – darauf hätte sie schwören mögen – aus Luccasamt war.

Sie richtete sich auf. «Wir sind uns noch nicht begegnet», sagte sie auf italienisch. Der gesamte Kreis ihrer Bewunderer strahlte und murmelte vor Vergnügen.

«Nein», erwiderte der Mann, «ich war bei meinen Brüdern in Tlemcen. Ich bin mit der *Azalai* im Frühjahr zurückgekommen.»

Sie hatte sie gesehen: die größte Karawane aus dem Norden. Sie war fünfzehn Meilen lang gewesen. «Ihr treibt Handel? Mit den Italienern?»

«Hätte die Madonna Lust, sich die Seidenstoffe anzusehen, die ich mitgebracht habe? Mein bescheidenes Haus ist ganz in der Nähe, und meine Gemahlin würde sich geehrt fühlen, Euch eine Erfrischung anbieten zu können. Mein Name ist Abderrahman ibn Said, wie alle hier bestätigen können, und ich lebe hier in Timbuktu als Kaufmann. Und Ihr seid Madonna Gelissa vom Schiff des Königs von Portugal, die Frau, von der mir alle in der Stadt erzählt haben. Kommt, ich bitte Euch. Wenn Euch an den Kacheln gelegen ist, bleibt mein Diener hier und gräbt für Euch weiter. Er bringt uns dann, was er findet.»

Sie nahm die Einladung an. In dem großen, gut eingerichteten Haus lernte sie seine Ehefrau und seine Familie kennen: «Dies ist die Madonna aus Lagos, die eine Freundin von Umar ibn Muhammad al-Kaburi ist und von Saloum ibn Hani und vielen anderen.» Als sie dann auf Kissen saßen und nach Süßigkeiten griffen und Sorbet tranken, sagte er: «Dies ist die Frau, die gern sieht, wie der Mais wächst und der Reis und unsere Hirse und die über unsere Lagerhäuser nachsinnt und beobachtet, welche Bewässerungskanäle verschlammen und wie Backsteine gemacht und

Körbe geflochten werden und wie man Leder trocknet. Sie ist eine Frau mit vielen Gaben.»

«Ich bin neugierig», sagte Gelis. «Es ist ein Glück für mich, daß ich Zeit in Eurer Stadt verbringen kann.»

«Ihr zieht wie ich die praktischen Dinge vor. Und natürlich die Dinge der Geschichte. Ihr hattet recht. Die Kacheln waren wertvoll, auch zerbrochen. Lest Ihr auch?» Der Araber hatte Nicolaas nicht erwähnt.

Sie sagte, ohne auf seine Frage zu antworten: «Ich würde gern die Seidenstoffe sehen, von denen Ihr sprach. Jemand brachte mir Tuch ins Haus, vielleicht aus diesen Vorratskammern hier während Eurer Abwesenheit. Kauft jemand für Euch in Europa ein?»

«O ja», sagte der Mann. Ein Äffchen sprang ihm in den Schoß, und er kraulte es am Kinn. «Ein Mann namens Benedetto Dei. Er reist dieses Jahr auf der Galeere nach Zypern, aber ich hoffe ihn nach Timbuktu locken zu können, wenn das nächste Mal die Flotte die Berberei anläuft oder mit Alaun für Flandern vorüberkommt.»

Er setzte das Äffchen neben sich. «Aber alles ist jetzt durcheinander, nach dem Tod des alten Mannes. Ich meine Cosimo de' Medici, den Vater von Florenz. Ein Verlust, ein schrecklicher Verlust. Der Sohn macht es seinen Leuten nicht leicht. Tommaso, der geglaubt hatte, alles gehe nach seinem Willen, ist verzweifelt. Ihr kommt aus Brügge, Ihr könnt Euch das vorstellen.» Irgendwo melkte jemand eine Ziege.

«*Tommaso Portinari?*» fragte Gelis. Das war jene Art von Einfalt, die sie an Diniz Vasquez immer beklagte. Sie verstummte sogleich wieder.

«Natürlich», sagte ibn Said. «Wir sind alle Mittelsmänner der Medici; Benedetto Dei, Tommaso Portinari, der natürlich auch das Kontor in Brügge leitet. Wir alle führen Waren des Hauses Medici ein und führen Bestellungen aus. Ihr werdet deshalb sehen, daß die Seidenstoffe hervorragend sind.»

Sie musterte die Stoffe und sprach dann den Wunsch aus, alle seine Einfuhrwaren zu sehen. «Verzeiht, wenn ich Euch falsch verstanden habe. Ihr kauft diese Waren nicht unmittelbar an der Quelle, sondern bezieht sie über die Vertreter der Medici und verkauft sie weiter und zahlt den Medici eine Vermittlungsgebühr?»

«So ist es», sagte er. Wenn er überrascht war, so ließ er es sich nicht anmerken.

«Ich weiß, daß Salz seinen Preis auf dem Weg durch die Sahara vervierfachen kann», fuhr sie fort, «und zweifellos ist der Gewinn auch bei anderen Gütern hoch.»

«Auch die Unkosten sind hoch», entgegnete ibn Said. «Die Reise hin und her dauert vier bis fünf Monate – auch sechs, wenn die Kamele sich ausruhen müssen. Ihr wißt vielleicht, wieviel ein Kamel kostet, aber sie schaffen diese Strecke nur einige wenige Male, dann gehen sie ein. Und Männer werden in Dienst genommen und sterben oder werden von Räuberbanden überfallen. Es gibt nur wenige Wasserstellen, und Sandstürme verschleiern den Weg. Ein Fehler in der Wüste, und ganze Karawanen kommen um. Der Wüstensand besteht zur Hälfte aus Knochen.»

«Wird man die Güter dann bald übers Meer herbeischaffen?»

Seine Augen waren groß und dunkel wie das Hafenbecken von Sluys. «Nun, Ihr habt diesen Weg ja genommen – war es leicht? Und wie Ihr herausgefunden habt, mögen zwar Menschen und Kamele Wasser, Seide aber nicht.»

«Das sehe ich», sagte sie. «Ich habe mich gefragt, ob Ihr wißt, zu welchem Preis solcher Stoff in Flandern verkauft wird. Besonders Gewebe mit dem Fehler, der, wie Ihr seht, durch dieses Tuch geht; oder mit Fehlern im Flor, die man dort sieht. Die Gebühr für die Erlaubnis zum Verkauf solcher Stoffe sollte nicht allzuhoch sein.»

«Madonna, Ihr erstaunt mich», sagte Aderrahman ibn Said, Händler und Mittelsmann. «Setzen wir uns und unterhalten wir uns in Ruhe.»

Gelis hielt es im gewöhnlichen Umgang mit Umar und seiner Familie nicht für unbedingt notwendig, von ihren Besuchen bei Kaufleuten zu berichten, obschon sie sah, daß auch Umar begonnen hatte, den Stadtvätern auf behutsame Weise einige seiner europäischen Erfahrungen anzubieten. Falls er damit ein öffentliches Amt anstrebte, so hatte er dabei noch keinen Erfolg gehabt. Der kränkelnde Timbuktu-Koy schien die Bedeutung solcher Kenntnisse nicht zu erfassen, und sein Sohn war für guten Rat taub. Sie erfuhr von ibn Said, daß der Koy plötzlich die Steuern heraufgesetzt und bei der letzten Karawane einen hohen Gewinn abgeschöpft hatte.

«Das ist nicht sehr weise», hatte ibn Said in seiner vielsagenden Art hinzugefügt. «Die Kaufleute bleiben in Timbuktu, weil es ihnen Gewinn einbringt. Aber es gibt noch andere Städte.»

«Gao?» hatte sie gesagt. Sie hatten eine Gewohnheit daraus gemacht, sich immer im Beisein seiner Familie zu treffen. Er fand ihren Rat von Wert und sogar von Nutzen; sie zeigte sich nicht spröde, wenn dann und wann ein durchaus annehmbares Geschenk für sie dabei herauskam. Man mochte fast sagen, sie seien eine Teilhaberschaft eingegangen.

«Gao? Nein», hatte er gesagt. «Die Songhai sind zu mächtig. Wenn es natürlich auch ein wichtiger Ort ist, an dem der Handelsweg nach Ägypten und Tripolis abzweigt. Euer Signor Niccolo wird durch Gao und Kano kommen.»

«Ich glaube, er ist schon durch Kano gekommen», sagte sie. Eigentlich hatte sie das gar nicht sagen wollen.

Der Araber hatte eine Weile geschwiegen und dann erwidert: «Ich lobe mir natürlich die Kühnheit Eurer Freunde. Hätten sie sich entschlossen, nach Ägypten zu ziehen, so wäre das nicht schwierig gewesen. Die Strecken durch die Wüste sind bei all ihren Gefahren bekannt. Sie hätten den alten Pilgerweg einschlagen können, über Air, Azawa, Ghat, Murzak, Aujila und Siwa nach Kairo. Es gibt Salzkarawanen, die von Air nach Bilma ziehen und wieder zurück und eine so gewohnte Erscheinung sind, daß die Berggipfel bei Bilma singen, um einen zu warnen, wenn die Kamele kommen. Aber südlich von Kano . . . Da läßt man das für Kamele taugliche Land hinter sich, das Land der Muslime, und gelangt in die Regenwälder, in denen es nur wenige Wege gibt und die das Land der Heiden sind. Ich kenne nur einen einzigen Menschen, der je versuchte, von Timbuktu aus Äthiopien zu erreichen, und der ist nicht zurückgekehrt.»

Er hielt inne. «Ihr wartet, Madonna. Wie lange noch?»

«Bis Oktober», hatte Gelis gesagt. «Ich muß Timbuktu im Oktober verlassen, sonst fährt die Karavelle, die uns erwartet, wieder zurück.»

«Es ist jetzt Juli», hatte der Araber nachdenklich entgegnet. «Wenn Eure Freunde jetzt nicht den Rückweg antreten, werden sie nicht mehr rechtzeitig hier sein.»

Im August war Gregorio zum zweiten Mal in Lagos. Beim ersten Mal war er dort nur rasch an Land gegangen, um Diniz und Bel bei einer vor Freude fassungslosen Lucia zurückzulassen, und dann mit Melchiorre nach Lissabon weitergefahren. Dort hatte er mit dem König von Portugal über die Fahrt abgerechnet und die Ladung der *San Niccolo* verkauft.

Er hätte das Gold gern nach Flandern gebracht, aber dazu war keine Zeit. Der Preis, den er in Lissabon dafür erzielte, war recht gut – ganz Europa schrie nach Gold –, und ein Wechsel war per Pferd und Schiff schneller als eine Truhe an Bord einer Galeere. Er wußte, wieviel er nach Brügge zu schicken hatte und wieviel nach Venedig. Er wußte, daß keine Zeit zu verlieren war.

Er hätte auch gern die Karavelle gekauft, aber dazu reichte das Geld nicht. Er mietete sie für ein weiteres Jahr, und der König räumte ihm günstige Bedingungen ein, auch für die Anleihe, was ihn in die Lage versetzte, die nächste Ladung einzukaufen. So hatte er, alles in allem, auf den Märkten nur wenig eingebüßt.

Als alles besorgt war, verbrachte er eine Nacht in Sintra bei Diogo Gomes, der sich über die Neuigkeiten aus Madeira freute, aber völlig hingerissen dem lauschte, was Melchiorre zu erzählen hatte. Zum Schluß hatte er gefragt: «Und van der Poele – ist er noch in Timbuktu?»

«Bis zum Herbst», sagte Gregorio. «Er wird Euch dann selbst berichten, wenn er im nächsten Frühjahr zurückkommt. Und inzwischen müßt Ihr herunterkommen und den jungen Diniz besuchen. Da habt Ihr einen mutigen jungen portugiesischen Forschungsreisenden.»

Wegen möglicher Auswirkungen auf den Markt – weswegen

542

sonst? – sollte die Reise nach Äthiopien nicht erwähnt werden. Der König hatte natürlich Neuigkeiten hören wollen, aber Gregorio hatte lediglich erwidert, die Entfernung scheine größer, als man angenommen habe, und eine Reise dorthin unmöglich. Der König hatte sich mit dieser Auskunft zufriedengegeben und auch kein allzugroßes Bedauern über den Verlust von Jorge da Silves ausgedrückt, der es im Christusorden zum Ritter hätte bringen können. Gregorio hatte nicht gesagt, auf welche Weise er ums Leben gekommen war. Und der König war durch den unverhofften Goldsegen ganz allgemein freundlich gestimmt gewesen.

Gregorio verhandelte einige Zeit mit anderen Advokaten. Es ging um die Absicht der Bank, die Besitzverhältnisse der Kogge, die jetzt *Ghost* genannt wurde, feststellen zu lassen und die Eigentümer der Karavelle *Fortado* wegen deren Verhalten auf dem Gambia und anderswo zu belangen. Er traf mit den Vertretern des Hauses Vatachino zusammen, aber unter ihnen war weder David de Salmeton noch Martin. Er erwähnte niemandem gegenüber, daß die *Ghost* eine Ladung an Bord gehabt hatte, und keiner, nicht einmal Diogo Gomes, schien diese Möglichkeit bedacht zu haben.

Alle anderen, die etwas wissen mochten, waren fort. Simon de St. Pol hatte Lissabon auf dem Weg von Madeira herüber längst wieder hinter sich gelassen und war, so nahm man an, nach Schottland oder nach Frankreich zurückgekehrt. Michael Crackbene und der Schiffsjunge Filipe waren verschwunden, doch das konnte angesichts des bevorstehenden Verfahrens gegen die *Fortado* nicht überraschen.

Noch weniger überraschen konnte, daß keine Spur von Ochoa de Marchena und seiner Mannschaft zu entdecken war. Wenn Ochoa das Gold beiseite geschafft hatte, dann – daran schien es jetzt keinen Zweifel mehr zu geben – nicht deshalb, weil er es für Nicolaas in Sicherheit bringen wollte. Die *Ghost* selbst lag im Trockendock, und Gregorio wurde nicht erlaubt, sie in Augenschein zu nehmen.

Seine nächste Fahrt von Madeira nach Lagos galt der Ausbesserung und Neuausstattung der *San Niccolo* und den letzten Vereinbarungen für die Ladung, die sie an Bord nehmen sollte. Er mietete sich in dem gleichen Haus wie beim ersten Mal ein, nur daß jetzt Nicolaas und Gottschalk und Jorge da Silves nicht dabei waren.

Und Loppe. Er konnte sich nicht daran gewöhnen, ihn Umar zu nennen, wie Diniz dies tat. Auch konnte er noch nicht ganz fassen, was Diniz ihm über Loppe erzählt hatte. Das mit den Sklaven zunächst einmal. Und dann, daß er sich Raffaelo Doria angeschlossen und ihn in den Tod geführt hatte. Um das Geheimnis von Wangara zu wahren, hatte Diniz gesagt.

Gregorio hatte es unterlassen, einige Fragen zu stellen, die ihm keine Ruhe ließen. Hatte Loppe Nicolaas versprochen, ihn nach Wangara zu führen, wenn er ihm bei den Sklaven freie Hand ließ? Oder hatte er nur versprochen, ihm als Führer zu dienen, wohl wissend, was Nicolaas erwartete, aber entschlossen, seine Pläne zu durchkreuzen? Wenn Doria nicht dabeigewesen wäre, hätte Loppe sich dann zwischen Wangara und Nicolaas entscheiden müssen?

Das waren Dinge, über die Gregorio vielleicht mit Gottschalk sprechen würde, aber nicht mit dem jungen Diniz, und schon gar nicht, seit er herausgefunden hatte, daß Diniz wußte, wer Nicolaas war oder auch nicht war. Seit diesem einen unverhofften Gespräch hatte sich Diniz über Nicolaas ausgeschwiegen. Und besorgt gezeigt.

Gregorio hatte bei Lucia de St. Pol e Vasquez nur einmal vorgesprochen, und dies auch erst auf der Rückreise, als zu erwarten gewesen war, daß sie sich von den Gefühlsausbrüchen über die glückliche Heimkehr ihres Sohnes und die guten Zukunftsaussichten für das Landgut der Familie erholt hatte. Auch hatte er ein Zusammentreffen mit Simon de St. Pol und seinem ungebärdigen Kind vermeiden wollen.

Aber Simon hatte, wie er jetzt wußte, seine Schwester auf der Reise nach Norden gar nicht aufgesucht. Das Kind war offenbar zunächst dort geblieben und dann abgeholt worden.

«Wie soll ich wissen, wo Henry hingebracht wurde?» sagte Lucia. «Sie haben ein Kindermädchen nach ihm geschickt und eine richtige Eskorte – als wäre er schon Vicomte.» Die Trauer – auch

544

eine unbegründete, wie sich nachträglich herausstellte – hatte sie ein wenig fülliger werden lassen, doch ihr goldenes Haar steckte noch immer ordentlich unter seiner Haube, und ihr Morgengewand war makellos. Um ihren Mund herum sah man Fältchen.

«Ich nehme an, Ihr seid dem Kind begegnet?» setzte sie hinzu. «Dann wißt Ihr ja Bescheid. Ein kleines Scheusal. Ich sagte zu Bel, sie solle sich um ihn keine Mühe machen.»

«Bel?» Sie war der eigentliche Grund seines Besuchs. Er hatte sie nicht gesehen.

«Sie war nicht davon abzuhalten, sich der Gruppe anzuschließen, die mit Henry reiste. Zuerst nach Ribérac und dann noch anderswohin.»

«Nach Ribérac? Zu seinem Großvater Jordan?»

«Ich sagte ihr, Simon würde wütend sein. Er bildet Henry zum ersten Turnierkämpfer in Windeln heran. Wißt Ihr, daß es bei all diesem Irrsinn nur um Henry ging? Daß Simon das Gut verkauft und sich an der *Fortado* beteiligt hat, um Geld für Henry zu bekommen? Die Vorstellung, daß er einen Teil davon durch einen Gerichtsbeschluß verlieren könnte, bringt ihn um den Verstand.»

«Das tut mir leid», sagte Gregorio.

«Das braucht es nicht», erwiderte Lucia mit vornehmer Geringschätzung. «Eine Dynastie, die sich auf dieses Kind gründet? Sie sollten Henry lieber der Familie van Borselen überlassen. Sie wollten ihn ja haben. Sie hatten Gelis hergeschickt.»

«Ihr glaubt, er würde einen guten Kaufmann abgeben?» meinte Gregorio. Sein Lächeln kam selbst ihm gekünstelt vor.

«Nach meiner Ansicht würde er überhaupt keinen guten irgendwas abgeben», entgegnete Lucia. «Er ist zu sehr wie sein Vater.»

Am Ende des Gesprächs sagte sie: «Wann läuft also die *San Niccolo* aus, um neues Gold zu holen?»

«Im Oktober», antwortete Gregorio. «Mit einem neuen Schiffsführer und einem tüchtigen Schreiber und einem Steuermann, der von unseren Karten Gebrauch machen kann. Sie wird im Dezember in Cantor sein und Gelis und Gottschalk und Nicolaas zurückbringen. Ich kann nicht mitfahren, ich muß nach Brügge reisen.»

«Ich will nicht, daß Diniz mitfährt. Er soll nicht noch einmal nach Guinea fahren.»

«Ich weiß, daß er daran gedacht hat. Wenn Ihr wollt, könnte ich ihn nach Brügge mitnehmen. Ich brauche Hilfe. Jaime wird auf Madeira auch ohne uns fertig.»

Er fragte sich, ob sie etwas dagegen einwenden würde. Brügge verband sich mit Nicolaas. Vor einem Jahr war sie überzeugt gewesen, daß Nicolaas versuchte, ihre ganze Familie umzubringen. Aber wahrscheinlich, so dachte er, hatte sie festgestellt, daß Diniz und Gelis noch lebten, und daß der am meisten zu verachtende Mensch Simon war. Er wartete auf ihre Antwort.

«Vielleicht könnte ich mitkommen nach Brügge», sagte sie.

Gregorio klammerte sich an sein Lächeln. Genau dies verlangten seine Anweisungen. Er hatte gehofft, diesen einen Auftrag umgehen zu können. «Nun ja», sagte er. «Ja, natürlich.»

In der zweiten Septemberwoche, als Zuhra im fünften Monat schwanger war, was man ihr aber noch kaum ansah, begab sich Umar zu dem Haus, das er für Gelis van Borselen gemietet hatte, ließ die Schuhe draußen im Garten zurück und folgte ihrer Dienerin in das größte Gemach, in dem sie inmitten von Teppichen saß. Es war grober Stoff gewesen, letztes Mal, *Chigguiya*. Er trat ein und kniete lächelnd vor ihr nieder. «Ihr wißt, daß wir nichts herstellen in dieser Stadt», sagte er. «Wir kaufen bei dem einen und verkaufen an den anderen.»

«Ihr macht Bücher», sagte sie und blickte auf. In der Hitze kleidete sie sich meistens so wie Zuhra: Sie trug nur ein Gewand aus Baumwolle und in der Öffentlichkeit darüber noch eines aus farbiger Seide. In den Dampfbädern und in den Ruhegemächern anderer Frauen ging sie oft nackt, wie er von Zuhra wußte, und wahrscheinlich tat sie das auch hier. Sie hatte sich in einer Umgebung eingerichtet, die ihr fremd war. Er wußte, wieviel innere Stärke man dazu brauchte und wieviel Tatkraft, Verständnis und Klugheit. Er konnte nicht verstehen, warum sie bei alledem Nicolaas nicht in Ruhe gelassen hatte.

Sie sprachen nie über ihn. Sie sprachen viel über Timbuktu und alles, was damit zusammenhing. Sie sah die Stadt nicht nur als einen Warenumschlagplatz, einen Ort des Friedens, der Weisheit, der Geborgenheit, des Glücks, wenn sie dies alles auch sehr wohl sah. Sie wollte der Stadt noch mehr geben: einen ihr eigenen Reichtum. Auch wenn die Teppiche um sie herum schlecht gewebt und unvollkommen gefärbt waren, so musterte sie sie doch stirnrunzelnd, um zu sehen, wie man sie besser machen konnte.

Umar sagte: «Gelis, wir machen Bücher und kopieren sie. Ist das nicht genug?»

«Nein», erwiderte sie. «Bücher können gehen. Wenn Akil mehr als sein Drittel für die Krieger verlangt, wenn eine Karawane nicht eintrifft oder der Joliba zur falschen Jahreszeit über die Ufer tritt, dann können Bücher Timbuktu verlassen und sich anderswo eine Heimstatt suchen. Reichen Gelehrten fällt es nicht schwer, fortzugehen. Aber Handwerker, die Schwerter herstellen und Schuhe und gutes gefärbtes Tuch, kommen mit geringen Mitteln aus und würden bleiben und mit ihnen das Herz der Stadt.»

«Ich glaube fast», sagte Umar langsam, «Ihr fühlt Euch allmählich hier wie zu Hause. Wollt Ihr überhaupt zurückreisen?»

Sie sah ihn an. Ihre Augen verwirrten ihn immer ein wenig wegen ihrer Helle und der unerwarteten Reihen von braunen Wimpern, das Ganze eingerahmt von dem bleichen, weizenfarbenen Haar. Sie wirkte wie mit Zucker überzogen, während innen etwas ganz anderes war.

Sie sagte: «Ob ich zurückreisen will? Ich träume von nichts anderem.»

«Gut», sagte er.

Er brauchte nicht mehr zu sagen. Sie blickte auf. «Ah, Ihr seid gekommen, um mir zu sagen, daß man nichts Neues gehört hat und daß deshalb Entscheidungen zu treffen sind. Es tut mir leid, Umar, ich hätte es ahnen sollen. Kommt herein. Lassen wir das hier und reden wir über Wichtigeres.»

Sie war natürlich tapfer und hatte die Möglichkeit bedacht, daß sie sich vielleicht allein auf den Weg zum Gambia würde machen müssen. Sie würde Timbuktu in spätestens drei Wochen verlassen müssen und ihre lange Rückreise mit dem Gold antreten, den Joliba hinauf und dann zum Gambia hinüber. «Ich werde bis Cantor mitkommen», sagte Umar. «Und der Timbuktu-Koy hat uns ein Boot und viele gute bewaffnete Männer aus seiner Leibwache versprochen. Die *San Niccolo*, die schon wartet, wird ihre eigenen Geschütze und mehr als die gewöhnliche Ausrüstung mitführen.»

«Ich weiß», sagte Gelis.

Natürlich hatte auch sie diese sorgsam ausgearbeiteten Seiten gelesen. Einmal zuvor, in Trapezunt, hatte Umar eine solche Liste mit Anweisungen zu Gesicht bekommen, als man glaubte, daß Nicolaas nicht mehr zurückkommen würde.

«Es ist noch Zeit», sagte Umar. «Sie sollten schon zurück sein, aber die *Niccolo* kann ein wenig warten. Nicht lang, aber doch ein wenig. Die Unruhe im Land mag sogar ihr Gutes gehabt haben. Wenn Gottschalk sieht, daß der Weg auf zweifache Weise versperrt ist, muß er vielleicht um so früher umkehren. Dann könnte nur noch der Regen ihre Rückkehr verzögern.»

«Ihr habt nie geglaubt, daß sie ans Ziel gelangen.»

«Nein», erwiderte Umar. «Sie selbst auch nicht. Pater Gottschalk wollte es nur um seines Glaubens willen versuchen und um andere vor dem Tod zu bewahren. Und Nicolaas ist mitgegangen, um ihn zu beschützen.»

«Und nicht wegen des Edelsteinflusses?» Ihr Lächeln nahm der Bemerkung die Spitze, so schien es wenigstens.

«Er brauchte das Gold für seine Bank», sagte Umar. «Und jetzt hat er es. Wer weiß, wonach ihn jetzt verlangt? Was ihn anlockte oder was ihn zurückbringen wird?»

Gelis sagte: «Ich glaube, er ist tot.» Und als er in diese trostlosen graublauen Augen blickte, sah er, daß sie ausnahmsweise ausgesprochen hatte, was sie dachte.

Am unteren Joliba, den man dort den Fluß der Flüsse nannte, Gher Nigheren, legten die Dorfbewohner zu Allah nur ein Lippenbekenntnis ab, und kaum mehr Ehrfurcht bezeugten sie dem heiligen Mann, der kam und Hühner tötete und voraussagte, wie die Maisernte im nächsten Jahr ausfallen würde. Sie hatten jedoch gelernt, daß Allah oder seine Diener gern erfahren wollten, wenn wahre Gläubige den Tod fanden, so daß Worte über ihnen gesprochen werden konnten von Männern, die ein Tuch um den Kopf geschlungen und gleich ihren Pferden ein Lederbündel um den Hals hängen hatten. Deshalb schickten sie Kunde flußaufwärts, als Träger eintrafen mit den Überresten von zwei Männern, die gewiß ein Teil Tuaregblut in sich hatten, wenn man ihre Hautfarbe und die Form ihrer Nasen bedachte.

Nicht daß ihre Hautfarbe oder die ursprüngliche Form ihrer Nasen deutlich zu erkennen gewesen wären, als sie im Wald gefunden worden waren, wo gewiß schon Hyänen nach ihnen gesehen hatten und wo sie zuvor von Speeren und Äxten und vielleicht auch Pfeilen getroffen worden waren – die Glieder des älteren Mannes waren sowohl verfärbt wie stellenweise aufgebläht. Aber das mochte daher rühren, daß die Knochen seiner Ober- und Unterarme und auch die meisten Fingerknochen gebrochen waren.

Der junge Mann wies ebenfalls die noch frischen Wunden eines Kampfes auf, aber auch die Zeichen älterer Verletzungen und dazu die einer großen Erschöpfung, die auf andere Ursachen hindeuteten. Er lag stumm und regungslos da, während der ältere Mann etwas murmelte, als man ihn hereintrug.

Tot oder im Sterben liegend, die unglücklichen Männer hatten kein Geld und keine Habe, ja, wären vielleicht nicht einmal für Tuareg erkannt worden, wenn es nicht Freitag gewesen und jemand von weiter flußaufwärts in die Moschee gekommen wäre, in die man die beiden geschafft hatte, um sie vor dem Regen zu schützen, obschon die Wände sich bereits aufzulösen begannen und das Dachstroh bessere Tage gesehen hatte.

Aber man sah natürlich, daß die Gemeinde die besten Absichten hatte, und Botschaft war sofort ausgeschickt und sofort beantwortet worden. Man solle, wurde gesagt, die beiden Männer unverzüglich in Richtung Timbuktu auf den Weg bringen, von wo aus ihnen große (und großzügige) Leute entgegenkamen.

Ein Mann und eine Frau konnten nicht so schnell reisen wie Trommelschläge. Umar brachte Männer und Kamele mit und –

voller Hoffnung – einen Arzt; er und Gelis eilten mit ihnen das Ufer des flachen, von Felsbrocken übersäten feindseligen Flusses hinunter, bis sie Singen und Hörnerklang hörten und den Zug von Männern und Frauen und Kindern sahen, der ihnen fröhlich entgegengeschlendert kam zusammen mit einer Herde Ziegen, einem buckligen Ochsen und zwei Tragbahren.

Umar sprang zu Boden, ohne sich um die Begrüßungen zu kümmern, um die Menschen, die ihn lachend und singend umdrängten. Er benutzte die Schultern, um sich durch die Menge bis zu den Tragbahren durchzuzwängen. Spreizbeinig über der einen stand eine Ziege.

Gelis saß langsamer ab und kam nicht näher, als Umar die erste regenfeuchte Decke zurückschlug.

Darunter lag, was einmal die kraftvolle Gestalt des Priesters Gottschalk von Köln gewesen war. Die Augen in dem unförmigen Gesicht waren heil und standen offen. Umar blickte auf den Mann hinunter. Gottschalk sagte: «Er ist nicht tot.»

Die Augen hatten nicht geblinkt, und die Lippen hatten sich nicht bewegt. Die Worte, auf flämisch gesprochen, waren nichts als Atem. Umar sagte: «Ich höre Euch. Teurer Freund, Ihr seid in meiner Obhut, und ich danke Eurem Gott und dem meinen.» Dann wandte er sich, den flehenden Augen gehorchend, dem anderen zu.

Er wußte inzwischen, daß Gelis herbeigerannt und neben Gottschalk niedergekniet war und daß auch der Arzt sich einen Weg zu den Tragbahren gebahnt hatte. Er hielt dem Mädchen den Rücken zugekehrt und zog das blutgetränkte Tuch fort, das über Nicolaas lag. Er hörte, wie der Arzt leise zu Gottschalk sprach, und dann spürte er Gelis hinter sich. Sie hielt den Blick abgewandt. «Sagt es mir», bat sie.

Umar blickte stumm zu der Gestalt hinunter. Er befühlte die kalte Haut.

Nichts Vertrautes schien mehr zu sein an dem blutleeren Gesicht, das zur Seite gewandt dalag, die großen Augen geschlossen und verschoben von geschwärzten Fleischwülsten, aufgeschunden von Quetschungen, so daß die Wimpern in unnatürlichen Richtungen heraussahen. Das halbe Gesicht war roh und marmoriert, wie Fleisch an einem Stand, und die geschwollenen Lippen waren fest zusammengeklebt. Nicolaas hätte nicht sprechen können, selbst wenn die blutige Ungestalt seines Körpers eine Einbildung, selbst wenn er am Leben gewesen wäre. Da sah Umar, wie etwas Winziges sich bewegte, klein wie eine Milbe auf dem aufgerissenen Fleisch am Hals, und dann kam ein Tropfen frisches Blut.

Er sagte: «Er lebt noch, aber . . .» Er hielt inne, denn der Arzt schob ihn zur Seite. Umar erhob sich.

Gelis sagte: «Aber?»

Der Arzt sagte: «Ich kann hier nichts tun. Wir müssen sie rasch nach Hause schaffen. Die Kameltragen sind fest.»

«Aber?» wiederholte Gelis. Ihre Haut war so bleich, daß sie abgestorben aussah.

«Aber?» sagte der Arzt gereizt. «Aber ich weiß nicht, ob einer von ihnen die Reise überleben wird. So wie er aussieht, sollte dieser eine gar nicht mehr am Leben sein.»

Er meinte Nicolaas. Während Umar vortrat, um sich den Riemen umzuhängen, mußte er daran denken, wie viele Menschen das schon von Nicolaas gesagt hatten, sein ganzes kurzes Leben hindurch. Und er fragte sich, ob es durch ihn oder durch seinen Wunsch gekommen war, daß sich dies zugetragen hatte. Ein Teil der Feindseligkeit, die Nicolaas hervorrief, war seine eigene Schuld, aber eben nur ein Teil. Dergleichen war für jeden eine schwere Last, wenn er seiner selbst nicht sehr sicher war, und Umar bezweifelte, daß Nicolaas je so sicher gewesen war, wie er zu sein schien. Das war seine versöhnende Eigenschaft – war es gewesen.

KAPITEL 34

DER SEPTEMBER GING ZU ENDE, und kein langer Zug von Trägern verließ die große Stadt am Rande der Wüste in Richtung
Südwesten zum Ozean hin mit den Besitztümern von Nicolaas
van der Poele, Gelis van Borselen und Pater Gottschalk aus Köln
und reinem Gold im Gewicht von viertausend Pfund.

In Timbuktu selbst, dessen Name zur Zeit auf den Lippen aller
Bankherren Europas war, schien die Zeit angehalten zu haben.
Keiner sprach von dem Tag, dem Monat, der Jahreszeit, die jetzt
dahineilte, damit nicht alles andere auch entglitt. Der Tod blieb
ein alltäglicher Gast, nicht ganz gegenwärtig, aber auch nicht aus
den Augen oder aus dem Sinn.

Im Viertel der Imame, der Gelehrten, der alten Moschee von
Sankore hatte der Timbuktu-Koy ein Haus zur Verfügung ge-
stellt, in dem Männer der Medizin sich um die unbesonnenen
Europäer kümmern konnten, deren Ankunft so viel versprochen
hatte für die Zukunft der Stadt – und noch immer von großer
Bedeutung sein mochte. Der heilige Mann und der venezianische
Flame, die dem Tod so nahe gewesen waren, daß sie eigentlich
nicht mehr hätten am Leben sein sollen, beschäftigten die lebhafte
Phantasie aller in der Stadt.

Wenn Gelis zu einem Besuch bei ihnen aufbrach, sammelte sich
um sie unterwegs immer eine Schar freundlicher und besorgter
Menschen, bronzefarbig und schwarz, plattnasig und adlernasig,
nackt und verschleiert, tätowiert, bemalt, behangen mit großen
goldenen Ohrringen oder die Lippen zu den Brüsten heruntergezogen, das Haar üppig lose oder kraus oder geschoren oder hoch
auf dem Kopf aufgetürmt. Und alle fragten: «Leben sie noch? Die
Ärmsten, jeder weiß doch, wozu Heiden fähig sind, wenn sie sich
bedroht glauben.»

Sie ging stets zuerst zu Gottschalk, denn er hielt, gebrochen und
verzweifelt wie er war, an einer dünnen Verbindung zwischen sich
und den Lebenden fest, und manchmal sprach er sogar. Keiner
begriff, wie er, der ältere, der unweltliche, hatte überwinden kön-

nen, was sich zugetragen hatte, während Nicolaas Tag um Tag unansprechbar dalag.

Es wäre denn Absicht gewesen – was Umar glaubte. Umar verließ nie die Kammer, in der sie beide lagen. Gleich ihr stückelte er zusammen, was geschehen war: die Qual des Weges, da Land, Tier und Mensch wider sie gewesen waren. Gottschalk sprach immer wieder von Nicolaas' Tapferkeit – Nicolaas war schon früher einmal niedergeschlagen worden, als er sich schützend vor Gottschalk stellte. Das war so gegangen, bis Gottschalk schließlich selbst darum gebeten hatte, die Reise aufzugeben, die sein Wunsch gewesen war, und sie den Rückweg angetreten hatten, auf dem ihnen schreckensirre Menschen auflauerten, die sie für Teufel, Ungeheuer, aussätzige Magier hielten, gekommen, ihre Brunnen austrocknen und ihre Frauen unfruchtbar werden zu lassen, und die sie zusammengeschlagen und für tot liegengelassen hatten.

Sie hatten sich nicht mehr zur Wehr setzen können. In der Nacht zuvor waren ihre Träger in Vorausahnung der Gefahr geflohen und hatten ihre wenige Habe mitgenommen. Als Gottschalk danach aufwachte, hatte er im Waldboden eingesunken gelegen, die gebrochene Hand von der Nicolaas' umgriffen in einer Geste des Trostes und – so war ihm – der Freundschaft, doch nicht in Erwartung einer Wiederbegegnung noch in dieser Welt. In diesem Augenblick hatte er Nicolaas für tot gehalten.

Gelis hörte zu, ohne Tränen zu finden. Gottschalk begann sich zu erholen, aber nicht so Nicolaas.

Im Oktober sagte Umar: «Demoiselle Gelis . . .»

Und sie hatte ihn unterbrochen. «Ich habe nicht die Absicht, sie allein zu lassen.»

Er hatte sie ernst angeblickt: dieser schwarze, behutsame, ruhige Mann, dessen Anhänglichkeit an Nicolaas sie endlich als das Große und Schreckliche erkannt hatte, das sie war. Er sagte: «Das müßt Ihr entscheiden. Das Geld wird gebraucht. Nicolaas hat eine Bank gegründet und damit die Verantwortung für das Wohlergehen vieler Menschen übernommen. Wenn das Gold jetzt nicht zur *San Niccolo* gelangt, wird es zu spät sein. Ob er überlebt oder nicht, dies war Teil seines Plans.»

«Er würde wollen, daß das Gold auf den Weg gebracht wird», sagte Gelis.

«Er würde wollen, daß Ihr und Gottschalk es begleitet», sagte Umar. «Der Padre ist reisefähig. Er muß mitfahren. Wenn das, was geschehen ist, einen Sinn haben soll, muß er der Welt davon berichten.»

«Ihr wollt, daß ich gehe.»

«Nein», sagte Umar. «Wenn Nicolaas am Leben bleibt und wenn Ihr aus Mitleid oder Freundschaft beschließt, bei ihm zu bleiben, würde Euch das niemand ausreden, außer vielleicht Nicolaas selber, wenn er es wüßte. In Eurer Welt könnte es anders sein.»

Er hielt inne und setzte dann hinzu: «Ich habe Euch Freundschaft und Mitleid zugeschrieben, aber ich kenne Euer Herz nicht. Vergebt mir, ich gehöre einem anderen Volk an. Ich muß deshalb auch noch etwas anderes sagen: Wenn Ihr den Wunsch hattet, ihn bestraft zu sehen, so hat er gebüßt, wie nur wenige je gebüßt haben, bis zum Tod und vielleicht noch darüber hinaus. Wenn dies Euer einziges Ziel war, dann bitte ich Euch, ihn zu verlassen.»

«In unserer Welt könnte es anders sein?» wiederholte sie.

«Da ist Eure tote Schwester», sagte er. «Da ist sein Vater. Sein Großvater. Der Kampf um Geld und Macht zur Wahrung seiner Unabhängigkeit, mit dem er sie herausforderte. Bei alledem seid Ihr seine natürliche Widersacherin. Ihr seid es jetzt vielleicht nicht mehr, aber Ihr seid noch immer Teil des Krieges, den er führt. Ein Frieden ist noch nicht in Sicht.»

«Ihr meint, er sollte hierbleiben?»

«Im Augenblick bleibt ihm nichts anderes übrig», sagte Umar. «Wenn er wieder zu Kräften kommt, ist er, das wißt Ihr, sein eigener Herr. Dann wird er seine Entscheidung treffen.»

«Aber zu spät für dieses Schiff», sagte Gelis.

«Nehmt dieses Schiff. Wenn er nachzufolgen wünscht, trage ich ihn selber zur Küste. Ich werde schon Mittel finden – ein portugiesisches Schiff –, um ihn nach Hause zu schicken. Es wird dann nur eine Jahreszeit verloren sein. Und wenn Ihr Euch jetzt nicht entscheiden könnt, werdet Ihr es bis dahin wissen.»

Es hätte sie nicht beunruhigen sollen. Manchmal fürchtete sie, daß Bel sie verstand. Vielleicht verstand sie auch dieser Mann. Dann erinnerte sie sich seines Zögerns. Sie sagte: «Ihr glaubt nicht, daß er sich erholt.»

«Die Ärzte halten es durchaus für möglich», erwiderte er. «Sie trauen es ihm zu. Wißt Ihr, wer sein Erbe ist?»

Das Gold. Sie forschte in seinem Gesicht, aber es zeigte nur Müdigkeit und Kummer. Sie sagte: «Seine Teilhaber, nehme ich an, abgesehen von den Ansprüchen der Bank. Er hat keine Familie. Keinen . . .» Sie stockte.

«Keine anerkannte Familie. Im Tod mag das anders sein. Im Tod könnte er bekommen, was er immer wollte.»

Er sagte nichts mehr. Einen Augenblick lang fühlte sie sich außerstande, darauf etwas zu erwidern. Dann sagte sie: «Simon haßt ihn.»

«Es ist sehr viel Gold», entgegnete Umar. «Würde Simon nicht für eine solche Erbschaft Nicolaas als seinen Sohn anerkennen, wo er Henry als Nachfolger hat und Nicolaas' für alle Zeit ledig ist? Wenn mir der Gedanke gekommen ist, muß er auch Nicolaas gekommen sein.»

«Ich glaube, Nicolaas schätzt das Leben mehr, als Ihr denkt», sagte Gelis. «Ich glaube, er liebt den Kampf mehr, als Ihr denkt. Ich glaube, Ihr sprecht von einem schwachen Menschen – und er ist keiner.»

«Es freut mich, daß Ihr so denkt», erwiderte Umar. «Dann werdet Ihr also bleiben? Oder wollt Ihr gehen?»

«Ich werde ihn morgen besuchen und mich dann entscheiden.»

Aber sie hatte sich schon entschieden. Sie saß am nächsten Tag neben Nicolaas und ging jedesmal hinaus, wenn die Ärzte kamen, um die Knochen zu untersuchen, die sie abermals gebrochen und gerichtet hatten, um die Salben zu erneuern, die Zusammensetzung der Flüssigkeit zu verändern, mit denen sie seinen Körper zu ernähren hofften, ihm sanfte, geduldige Fragen zu stellen, auf die er keine Antwort gab.

Als sie wieder mit ihm allein war, sprach sie ihn nicht an. Sie saß gelähmt da, als sich der Abgrund seines Blicks einmal öffnete und er ihr unverwandt in die Augen sah.

Sie erwartete Verwirrung. Sie sah das Gegenteil: volles Bewußtsein. Dann schlossen sich die Augen unvermittelt wieder.

Später suchte sie Umar auf und sagte ihm, daß sie zusammen mit Pater Gottschalk und dem Gold aufzubrechen gedachte. Sie sagte nicht, warum.

Die Stadt Brügge im November war dunstig, kalt und naß wie das restliche Flandern. Diniz Vasquez, der gerade aus dem Innern Afrikas kam, wurde sogleich ein Opfer der schlimmsten Erkältung in Europa, gegen die er dadurch anging, daß er zwei Hemden, zwei Wämser, einen breiten Hut und einen dicken, mit Marderfell gefütterten Samtmantel trug. Er war noch nie in seinem Leben glücklicher gewesen.

Es machte ihm nichts aus, daß seine Mutter mitkam. Sie war im Haus der Vasquez abgestiegen, und er sah sie kaum. Es machte ihm nichts aus, daß Gregorio, der ihn mitgenommen hatte, zwei Wochen blieb und dann wieder nach Lissabon reiste. Gregorio erwartete die Rückkehr der *San Niccolo* mit einer atemberaubenden Ladung Gold und Gelis, Gottschalk und Nicolaas an Bord. Er, Diniz, hatte nach Guinea zurückfahren wollen, doch jetzt war er froh, daß er es nicht getan hatte. Bei seinem letzten Aufenthalt in Brügge war er noch ein Kind gewesen. Brügge hatte sich verändert. Brügge war voller Mädchen.

Brügge war eine reiche, saubere Stadt mit gut unterhaltenen Straßen und Kanälen, ordentlicher Verwaltung und ausgebauten Verteidigungsanlagen. Es war bewohnt von Patriziern, von wohlhabenden Kaufleuten, von geschäftigen, fleißigen Handwerkern und war einer der drei großen Geldmärkte der Welt. Seine Straßen und Wasserwege waren gesäumt von schönen, behaglich eingerichteten Steinhäusern, in die er sich einladen lassen konnte zu Eiern und Klopsen und Pasteten, um dann von Mohrenhirse und Süßholzwurzeln und Baobabsaft zu erzählen mit einem großen Becher guten Weins in der Hand. Und von Schlangen mit hundert Zähnen und vier Beinen (was der Wahrheit entsprach) und von Gold, das man in den Nestern von Ameisen so groß wie Katzen fand (was nicht so ganz stimmte, von allen aber für bare Münze genommen wurde).

Es war ein Jammer, daß er nicht nach Äthiopien gekommen war (die jüngeren Frauen waren dankbar dafür, daß er es nicht versucht hatte), aber man hatte erkannt, daß es zu weit entfernt lag. Er verspürte ein Schuldgefühl bei dem Gedanken, daß Nicolaas und Gottschalk sich gerade an diese Reise wagten, aber man hatte ihm gesagt, er solle das nicht erwähnen. Auf jeden Fall schien es keinen zu kümmern. Er war am Ende der Welt gewesen. Er war ein Held.

Er wurde in den Princenhof eingeladen, wo der Herzog ihn sprechen wollte, um ihn für den Dienst bei seinen Söhnen Anton und dem jungen Baudouin in Ceuta zu beloben und ihn eingehend nach seinen Erfahrungen in Guinea zu befragen. Er begegnete wieder Ernoul de Lalaing. Er hatte eine Privataudienz bei der Herzogin Isabella, der Schwester des verstorbenen Prinzen Heinrich von Portugal, die natürlich in Dingen des Handels so gut Bescheid wußten wie er und deren Sekretär sein Onkel war. Gemäß Gregorios Anweisungen sagte er nicht mehr, als er sollte.

Andere wollten unbedingt von seinen Erlebnissen hören. Alle Gesellschaften und Zirkel luden ihn ein. Der Weiße Bär gab zu seinen Ehren ein Fest, und Anselm Adorne veranstaltete im Haus Jerusalem eine Zusammenkunft von Freunden, der mit höflicher Entschuldigung nur die Lomellini fernblieben. Louis de Gruuthuse hatte ihn bei sich zu Gast, und das gleiche galt für die Kaufleute von der Hanse und die Engländer unter ihrem Master William.

Diniz Vasquez war kein Dummkopf. Ihm war sehr wohl bewußt, daß jedermann in Brügge – im ganzen handeltreibenden Europa – auf die eine oder andere Weise von dem betroffen sein würde, was Nicolaas getan hatte. Er wurde um seiner selbst willen eingeladen, aber auch deshalb, weil er jung war und vielleicht etwas verriet, was Gregorio für sich behielt.

Die ernsthafte Arbeit in Brügge leistete Gregorio, der während seines zweiwöchigen Aufenthalts noch mehr Einladungen bekam als Diniz, sich aber sorgfältig überlegte, welche er annahm. Er suchte den Herzog auf, seinen Finanzverwalter, die Schotten in der Metteneye-Herberge, und am längsten hielt er sich wohl bei Tommaso Portinari auf. Manchmal nahm er Diniz mit.

557

Jeden Tag war er eine gewisse Zeit mit Diniz zusammen und erläuterte, was er gerade tat. In gewisser Hinsicht war das der aufregendste Teil seiner Heimkehr: diese Besprechungen mit Gregorio und Jannekin Bonkle, dem Freund von Nicolaas, der in Gregorios Auftrag das Brügger Kontor der Banco di Niccolo führte.

Gregorio wohnte wie Bonkle im Kontor, und manchmal schlug auch Diniz bei ihnen sein Lager auf, damit er, worum es auch gerade ging, dabeisein und mitreden konnte. Das Kontor war nicht gerade von fürstlicher Größe: zwei zur Miete überlassene Stuben im Gebäude des Hauses Charetty in der Spangnaerts Straat, das Gregorio aus der Zeit her gut kannte, als er dort bei Marian de Charetty in Dienst gestanden hatte.

Venezianische Kaufleute sprachen vor, Angehörige der Familien Corner und Bembo. Manchmal kam abends Cristoffels rasch herein, der Geschäftsführer des Hauses Charetty, um einen Becher Wein zu trinken und ein paar Fragen zu stellen, und ein-, zweimal wurde er dabei von der älteren der Charettytöchter begleitet.

Eine der ersten Pflichten, denen sich Diniz zusammen mit Gregorio hatte unterziehen müssen, war ein festliches Abendessen bei den Charettymädchen, die ihn dabei nach Nicolaas ausfragten. Damit hatte man rechnen müssen, denn Nicolaas war schließlich der Gemahl ihrer verstorbenen Mutter gewesen – wenn auch nach dem, was Diniz zu Ohren gekommen war, keines der beiden Mädchen diese Ehe gebilligt hatte.

Dennoch überraschte es Diniz, daß ihre sehr vernünftigen Fragen sich eher auf Nicolaas' Handelspläne bezogen als auf die Abenteuer, von denen er ihnen erzählen wollte. Tilde, die ältere, unterzog ihn einer so gründlichen Befragung, daß er sich an diejenige erinnert fühlte, die er beim Weißen Bären hatte über sich ergehen lassen müssen, und wies auf ein, zwei Dinge hin, deren Erklärung ihm Mühe machte.

Zum Schluß stellte er fest, daß ihm Tilde und Catherine leid taten. Sie waren beschlagen genug, für junge Mädchen, aber das Geschäft war nicht das, was es bei seiner Größe hätte sein können. Er hoffte, daß Nicolaas, wenn das Gold eintraf und er ihnen welches überließ, dem Haus Charetty ein wenig Zeit und Nachdenken widmete. Cristoffels war ein hervorragender Aktuarius, aber mit Farben hatte er persönlich nichts zu tun gehabt.

Als der November kam, war Nicolaas schon der Riemen um seine Glieder ledig und unternahm Gehversuche. Er machte langsame, aber deutlich erkennbare Fortschritte. Er hatte ausgezeichnete Ärzte.

Er wußte natürlich, daß Gelis und Gottschalk abgereist waren und mit ihnen das Gold. Er war damals nicht ganz bei Sinnen gewesen, obschon er sich ihrer Gesichter in kurz aufblitzenden Bildern erinnern konnte, was darauf hinzudeuten schien, daß er nicht völlig bewußtlos gewesen war. Als sie erst außer Reichweite waren, hatte er fast die ganze Zeit wach gelegen. Es war ein zweifelhaftes Vergnügen gewesen. Das einzige, woran er sich dabei erinnern konnte, war der Schmerz.

Andere Beschwerden hatte er nicht. Das Bett war weich. Tag und Nacht wurde ihm der Schweiß von der Haut gewischt; die sengend heiße Luft wurde von ernst dreinblickenden schwarzen Kindern mit Wedeln in Bewegung gehalten. Als er zu erwachen und die ganze Schwere dessen zu erfassen begann, was sich zugetragen hatte, war eine ganze Folge von stillen, ehrerbietigen Jungen mit Büchern erschienen, die sich verneigt, auf den Boden gehockt und vorzulesen begonnen hatten.

Die frühen Tage seiner Genesung waren geprägt von süßen arabischen Stimmen. Die dahinfließenden Worte zogen ihn in keinen tiefen Gedankenstrom hinein, sondern beschrieben unbeschwerte Romanzen, heroische Abenteuer, mystische Odysseen. Er fand sie einschläfernd.

Dann hatte er eines Tages, als er sie wieder erwartete, die Augen aufgeschlagen und die trockene Stimme des Imam Katib Musa vernommen. «Es gefällt dem Signor, Kindergeschichten zu lauschen?»

Er konnte inzwischen den Kopf und die Arme bewegen. Er sagte: «Ich kann die Jungen nicht genügend loben. Sie haben mir auf reizende Weise unermüdlich vorgelesen.»

«Sie sind unsere jüngsten Gelehrten», sagte Katib Musa. «Leider ist es nicht mehr ungefährlich, sie zu schicken. Hier sind einige Bücher, die vielleicht eher für einen Erwachsenen taugen.»

Er war jetzt stark genug, um den Blick eines anderen auszuhalten. «Warum ist es nicht mehr ungefährlich?» fragte Nicolaas.

Der Imam machte eine kleine Handbewegung. Er war in mittlerem Alter, keine gebieterische Erscheinung, aber eine, die kühle, ruhige Autorität ausstrahlte. «Ihr kennt diese Stadt. Wenn die Macht des Timbuktu-Koy geschwächt ist, zeigt sich die von Akil ag Malwal. Der Hauptmann steht vor den Toren, mit seinen Reitern. Er weiß, daß Ihr dem Koy Eure Steuer gezahlt habt und will ihm den größten Teil entreißen.»

«Aber auch der Timbuktu-Koy hat Krieger», sagte Nicolaas. «Er hat doch eine Leibwache.»

«Er hatte eine», entgegnete der Imam. «Aber leider ist sie in diesem Augenblick am Gambia und beschützt Eure Freunde und Euer Gold. Vergebt mir. Es gibt nichts, was Ihr tun könntet. Aber mir schien, die Zeit sei gekommen, sich von Kindergeschichten zu entfernen.»

Umar hatte Nicolaas zu beruhigen versucht. «Das ist Akils Art. Es ist nicht Eure Schuld. Er findet immer einen Vorwand, um in die Stadt zu kommen und mehr von ihrem Reichtum zu fordern, als ihm zusteht. So wird die Stadt eben regiert.»

«So sollte es aber nicht sein», sagte Nicolaas und las die Bücher und dachte nach. Als er gehen konnte, suchte er den Imam auf und den Timbuktu-Koy und das Haus von And-Agh-Muhammed und stellte Fragen. Und weil er nicht weit gehen konnte, kamen sehr oft die Gelehrten, die von seinen Fragen hörten, zu ihm und redeten und brachten Bücher mit, aus denen sie einzelne Teile lasen. Und dies waren keine Kinderbücher.

Er hatte sich inzwischen der Hauptaufgabe in seinem gegenwärtigen Leben zugewandt und von Umar einen Bericht über Gelis' und Gottschalks Abreise erhalten. Er wußte, warum Gottschalk gegangen war, und war froh. Er hätte fähig sein müssen, zu ahnen – er, der im Ahnen so gut war –, warum Gelis nicht geblieben war, aber es gab da zu viele Unwägbarkeiten. Er fragte Umar.

Umar sagte: «Sie hat ihre Gründe nicht genannt. Ich kann Euch nur sagen, daß sie lange nachgedacht hat, ehe sie sich zur Abreise entschloß. Sie mag das für das beste gehalten haben. Vielleicht wollte sie Euch damit hinter sich herziehen. Vielleicht glaubte sie, Ihr würdet nicht überleben, und sie könnte Euch am besten dadurch dienen, daß sie Euer Vorhaben zu Ende brachte. Ich konnte nicht in sie hineinsehen.»

Er hatte innegehalten und dann hinzugesetzt: «Sicher ist jedenfalls, daß Eure Aufgabe vollendet ist. Pater Gottschalk ist zurückgekehrt mit den Karten und den Nachrichten über Äthiopien, die andere vor dem sicheren Tod bewahren werden. Gerettet sind Eure Bank, das Haus Charetty und die Vasquez. Euch steht frei, zu tun, was Ihr wollt.»

«Sag das meinem Körper», hatte Nicolaas lächelnd erwidert. Sein fast geheiltes Gesicht war noch steif, und der blonde Bart, den man hatte wachsen lassen, verdeckte die Grübchen. Es machte nichts. Hier bedurfte er keiner Täuschung.

Umar sagte: «Ich bin kaum zu Eurem Haus durchgekommen, es haben heute so viele Versammlungen stattgefunden. Ein Brunnen soll gebohrt und ein richtiges Vorratslager für Hirse angelegt werden, aber man kann sich nicht einigen, wie das gemacht werden soll.»

Im Februar des Jahres 1466 traf die Karavelle *San Niccolo* auf ihrer Reise in Lissabon ein, und man händigte König Alfonso von Portugal die ihm zustehende Gebühr von einem Viertel der größten Goldfracht aus, die je auf einem portugiesischen Schiff aus Guinea ins Land gekommen war. Für eine weitere schon vereinbarte Summe ging die Karavelle selbst in den Besitz der Bank von Niccolo über und segelte dann mit dem Rest der Ladung weiter nach Brügge.

Gregorio war mit an Bord. Er hatte sich auf die lange Winterreise nach Lissabon gemacht und war dort zwar erschöpft, aber noch rechtzeitig genug eingetroffen, um das Schiff ankommen zu sehen, dem er in Lagos beim Auslaufen nachgesehen hatte. Die Art, wie es in den Hafen einfuhr – die Geschützsalven, das Trommeln, die Klänge von Trompete und Flöte, die prächtigen Kleider und die Rufe der Seeleute, die Girlanden von Blumen und Flaggen – zeigte, daß es eine erfolgreiche Fahrt hinter sich hatte. Er war als erster das Fallreep hinaufgeeilt.

Oben stand der Schiffsführer mit gebührend triumphierender Miene. Sie waren zum Gambia vorgedrungen – unter wie vielen Abenteuern! Sie waren den Fluß hinaufgefahren – wie vielen Gefahren zum Trotz! Sie hatten in Cantor gelegen – viel zu lang: klügere Männer wären lange vor ihnen zurückgefahren. Aber der Zug aus dem Landesinnern war eingetroffen: Er, der Schiffsführer, hatte seine Fracht ausgeladen, und er hatte dafür an Bord genommen – es war unvorstellbar, was er an Bord genommen hatte. Er hatte viertausend Pfund reines Gold an Bord genommen.

«Und Senhor Niccolo?» hatte Gregorio gefragt.

«Er ist in Timbuktu», hatte Gelis' Stimme gesagt. «Gregorio? Pater Gottschalk möchte Euch sprechen. Wir werden ein wenig Hilfe brauchen, um ihn an Land zu schaffen.» Und so hatte ihn mitten in der Hochstimmung Unruhe erfaßt.

Der ausgemergelte, hilflose Mann, den er da in der großen Kajüte liegen sah, war als Gottschalk nur an dem störrischen grauen Haar und am festen Blick der Augen zu erkennen. Er hatte über Gregorios Erschrecken gelächelt und eine Hand so krumm wie eine Klaue zu Gelis hin bewegt. «Das ist die Heldin. Sie und Umar haben uns alle zum Gambia geführt, und sie hat sich seitdem um mich gekümmert. Ihr wißt, daß wir das Gold dabeihaben? Die Sorgen der Bank sind vorüber.»

Gregorio hatte sich hingesetzt und seine Hand auf einen verrenkten Arm gelegt. «Was ist geschehen?»

«Meine Kirche ist zu anspruchsvoll, und ich bin es auch», sagte Gottschalk. «Nicolaas hat sich mit mir auf den Weg nach Äthiopien gemacht, und wir fanden zusammen heraus, daß es in die Legende entrückt ist, weil es von zwei Menschen mit nur sechs Monaten Zeit aus eigener Kraft nicht erreicht werden kann. Wir sind umgekehrt. Wir waren nicht weit vom Großen Fluß entfernt, als dies geschah. Ich konnte die Reise antreten, aber Nicolaas nicht.»

Gregorio blickte auf. «Es muß eine schwere Entscheidung gewesen sein.» Er sah Gelis an.

Gelis schwieg. Gottschalk sagte in behutsamem Ton: «Er war sehr krank, Umar hat versprochen, ihn zur Küste zu bringen, wenn er reisen kann. Wir dachten, er hat Frieden verdient.»

Seine Augen hatten noch immer den festen Blick. «Wollt Ihr damit sagen, daß er sich vielleicht nicht erholt?» fragte Gregorio.

Es war Gelis, die antwortete – eine Gelis, die sich auch verändert hatte, wie er sah: Ihr Gesicht war eingesunken und zerbrechlich, ihr Körper ein Umriß langer, schlanker Knochen. Sie sagte: «Es hieß, er kann gesund werden, wenn er will.»

Etwas Erschreckenderes hatte er noch nicht gehört.

In Brügge wiederholte sich das triumphale Eintreffen. Die *San Niccolo* lief mit Ruderkraft in den Hafen von Sluys ein, so wie sechseinhalb Jahre zuvor die venezianischen Handelsgaleeren hereingekommen waren, von denen eine den guineischen Sklaven Loppe an Bord gehabt hatte. Jetzt war Loppe zu Hause, und bei ihm war Claes, der Lehrling, der sich mit ihm angefreundet hatte. Claes, jetzt Nicolaas van der Poele, ein Name, der in ganz Brügge, ganz Florenz und ganz Venedig bekannt war. Ein Name, bekannt in Lissabon und auf Zypern und in Konstantinopel und selbst in Schottland. Vielleicht gerade in Schottland.

Simon de St. Pol of Kilmirren war nicht in Sluys wie damals, als er mit dem unehelichen Sohn seiner Gemahlin gestritten und jene Fehde eingeleitet hatte, die dann ihrer beider Leben bestimmte. Er war nach Schottland gegangen, und sein Sohn war von seinen Verwandten in Brügge nicht gesehen worden – ebensowenig wie Bel, die schottische Gesellschafterin von Simons Schwester.

Simons Schwester stand jedoch am Kai, mitgeschleppt von ihrem Sohn Diniz, obschon es dazu kaum der Überredung bedurfte. Bei ihnen waren alle Amtspersonen der Bank von Niccolo und des Hauses Charetty, die beiden Schwestern Charetty eingeschlossen. Die Kaufleute von Brügge waren da bis auf den letzten Mann, und natürlich war Anselm Adorne unter ihnen. Und waren ihre Eltern auch tot, so wurde Gelis doch gebührend willkommen geheißen von Henry van Borselen, ihrem Onkel, und seinem Sohn

Wolfaert, ihrem Vetter, und von Paul, dem Sohn, den Wolfaert mit seiner Mätresse hatte.

Früher einmal wäre Paul nie bei einer öffentlichen Zeremonie in Erscheinung getreten, aber Wolfaert hatte inzwischen keine Gemahlin und keinen ehelichen Sohn mehr. Die schottische Prinzessin und ihr Sohn waren beide gestorben, und der schottische Prinz, den sie großzogen, war abgereist. Kein Wunder, daß es die Familie van Borselen danach verlangte, Katelinas vier Jahre alten Sohn Henry zu sehen: ihn zu sehen, aufzuziehen, zu einem der Ihren zu machen. Deshalb hielt Simon ihn versteckt.

Sie alle drängten an Bord und hörten sich aufmerksam die Neuigkeiten an. Gelis sah, wie Lucias Augen bei der Erwähnung des Goldes aufleuchteten; sie sah, wie sich Diniz auf die Lippen biß und nach unten ging, um Gottschalk zu besuchen, und wie Tilde de Charetty ihm nachrannte. Sie sah, wie das Lächeln auf Adornes langem Poetengesicht einem besorgten Blick Platz machte. Sie sah alle Ausdrücke, deren das menschliche Gesicht fähig war, von Gier und Neid bis zu Berechnung und Freude.

Sie sah, daß dunkle, langwimprige Augen sie ansahen, die einem Mann von mittlerer Größe gehörten. Er hatte offenes dunkles Haar und zwei schöne, juwelengeschmückte Hände, von denen er die eine anmutig ausstreckte, um eine der ihren zu ergreifen und sie an seine Lippen zu heben.

«Es sei denn, man hätte Euch vor mir gewarnt?» sagte David de Salmeton.

In Timbuktu kam und ging das Fest des heiligen Nikolaus, da eine solche Feier im muslimischen Kalender keinen Platz hat. Wenn Nicolaas sich mehr als nur ein Jahr älter fühlte, so sagte er es nicht. Es gab auf jeden Fall andere Dinge, die ihn beschäftigten.

Im Januar kam Umars erstes Kind zur Welt. Es war ein Junge. Im März war Zuhra abermals schwanger. Nicolaas freute sich für Umar. Er selbst hatte noch kein Verlangen: sein Körper war zu sehr mißhandelt worden, zu sehr zerbrochen gewesen. Sollte es ihn dennoch ankommen, so würde gewiß ein sanftes Kind den Weg zu seinem Bett finden, diesmal nicht von Akil geschickt. Er war sich nicht sicher, was er tun würde. Er war sich nicht sicher, wie er sein Leben ordnen wollte, wußte nur, daß er noch mehr wissen mußte.

Nun da er gehen konnte, verbrachte er den halben Tag bei den Imamen, den Lehrern, den Denkern der Sankore-Moschee, den Richtern, die ihr Wissen weitergaben, den Gelehrten an den anderen großen Moscheen, der Sidi Yahya al-Tadusi, der Jingerebir.

Die Imame hatten ihm inzwischen erlaubt, die hundertzwanzig Fuß lange und achtzig Fuß breite Sankore-Moschee zu betreten, die große Moschee mit ihren fünf Schiffen und ihrem Wald von Masten. Von Säulen. Von schlanken Säulen, gleich denen einer Karavelle. Er war zugelassen worden in der Kleidung, die er jetzt stets trug, in den losen Gewändern, die Männer angenehm fanden, das Haar eingebunden in ein verwegen geknotetes Kopftuch.

Danach redete er über das, was er gehört hatte, disputierte auch darüber, aber nie im Eifer, und die Gewohnheit des ruhigen, leidenschaftslosen Ermessens gehörte zu den Dingen, die er sich gern zu eigen machte. Er sprach und dachte arabisch und konnte sich auf Mandingua und in einigen der anderen Volkssprachen verständlich machen. Er hatte fast sein Französisch, sein Flämisch, sein Toskanisch vergessen.

Es gab Ausnahmen. Abstraktes Denken vermochte nie allein seinen Geist zu beschäftigen, wenn es auch praktische Dinge gab, die er tun konnte. Die Mängel der Stadt waren ihm wohlbekannt, und einige konnten leicht behoben werden. Auf seinen Wegen sah er dann und wann voller Verwunderung, daß die eine oder andere Aufgabe schon gesehen, gar schon in Angriff genommen worden war. Umar hatte ihm nicht gesagt, daß Gelis in Timbuktu tätig gewesen war in den sechs Monaten seiner Abwesenheit. Dies führte wiederum zu der Frage, weshalb sie gegangen war. Eine Zeitlang kehrte Nicolaas still zu seinen Lehrern zurück, um darüber nachzudenken.

Etwa um diese Zeit suchte ihn der Tuchhändler Abderrahman ibn Said auf, von dem er gehört hatte und der ihm, plötzlich in ein unerwartetes Italienisch fallend, eine beratende Teilhaberschaft an seinem Geschäft anzubieten schien. Sie sprachen von anderem: von der Behinderung des Handels durch die Songhai mit ihren ständigen Überfällen, von Akils Habsucht, von der Ungerechtigkeit der hohen Steuern. Ibn Said schien es gewohnt zu sein, auf guten Rat zu hören. Nicolaas verbrachte einige Zeit mit ihm und begleitete ihn dann lächelnd hinaus.

Da er keine amtliche Stellung hatte, bedurfte alles, was er tat, der Billigung des Timbuktu-Koy oder in der letzten Zeit, da der alte Mann immer schwächer wurde, seines Sohnes, der den gleichen Namen wie Umar trug. Ein schwerfälliger Jüngling von beschränkter Auffassungsgabe, erhob der Erbe des Koy kaum Einwände, wenn die vorgeschlagene Verbesserung nicht mehr Kosten zu verursachen drohte, als er für wert hielt. Zugute kam ihm auch der Umstand, daß Umar selbst – Loppe – jetzt unterrichtete und ein Amt von einiger Bedeutung innehatte. Und selbst ohne des Koys erfahrene, wenn auch unstete Hand am Ruder wurde die Stadt noch immer vom prächtigen Ma'Dughu-Palast aus gesteuert.

Wenn er den Koy besuchte, war sich Nicolaas selbst in geschwächter Verfassung des Vergnügens, der Freude bewußt, die er von den sanften Säulen und gemeißelten Bögen empfing, von den bemalten Decken und Gittern, den Teichen und Brunnen und der berauschenden, fremdartigen Vielfalt des Lebens im Palast – mit den in ihren Gehegen angebundenen Kamelen, den verhätschelten Affen, den bunten Vögeln, den in den Gemächern verstreuten Leopardenfellen, den Geräuschen, in denen sich die Stimme von Dschungel, Regenwald, Savanne mit der klaren wunderbaren Stimme hoher Gelehrsamkeit mischte.

Er fühlte sich in keinem Sinn überlegen. Er wußte, daß nicht nur Umar, sondern viele der nachdenklichen, geistreichen Männer, deren Gespräch er suchte, viele Jahre in der Welt außerhalb des Landes der Schwarzen verbracht hatten; sie waren sich genauso wie er der Einzigartigkeit dessen bewußt, was sie und ihre Vorgänger geschaffen hatten.

Er ging deshalb mit ebenso offenem Herzen wie Verstand einher und nahm alles an, was sich seinen Sinnen bot: die dröhnenden

Trommeln, die gellenden afrikanischen Hörner, vermischt mit dem Wehklagen arabischer Stimmen, das Klirren von Gold, das roh und hart wie Eisen von nackten, schlanken schwarzen Körpern hing, die leiernde Stimme des Geschichtenerzählers und die singende Stimme des Imams, die den Koran vortrug. Als die Jahreszeit wechselte und die Kühle sich abermals der Nacht beigesellte, ruhte Nicolaas an duftenden Feuern in den blumenreichen Höfen des Koy aus und beobachtete betört, wie sich der unwillkürliche Ausdruck vieler Arten von Glück entfaltete, vom Händeklatschen, dem rhythmischen, unbeschwerten Tanzen der Jungen zum ruhigen Wandelgang der schwarzen Philosophen in ihren fleckenlosen weißen Turbanen und Gewändern, freundlich dozierend oder Verse austauschend oder fortschlendernd hin zu einer Laube, um sich dort zu entspannen und an Körper und Geist zu erfrischen.

Das hatte Timbuktu zu bieten. Umar hatte es gewußt. Umar hatte Nicolaas durch Saloum hierherlocken wollen. Nicolaas erinnerte sich seiner Worte. *Es wird Euch bringen, des Euer Herz und Eure Seele bedürfen.*

Umar hatte Timbuktu gemeint. Er hatte es *das Ziel* genannt.

KAPITEL 35

ALS DIE REGENZEIT EINSETZTE, wußte Nicolaas, daß es wahr und er tatsächlich frei war.

Mit den Karawanen gelangten immer wieder Bruchstücke von Neuigkeiten nach Timbuktu. Manchmal trafen mehrere Kopien des gleichen Päckchens ein, manchmal kam nur ein Teil von einem durch. Am sichersten fanden die an ibn Said gerichteten Botschaften ihren Weg, die freilich nicht sehr inhaltsreich waren: Sie berichteten fast nur von den Geschäften Tommaso Portinaris, der in Brügge dem Kontor der Medici-Bank vorstand und Berater des Herzogs Philipp von Flandern und Burgund war.

Aus solchen Berichten erfuhr Nicolaas, daß Herzog Philipp noch lebte, wenn auch die Gemahlin seines Erben gestorben war und jetzt noch eine Nachfolgerin gesucht wurde. Tommaso glaubte, die neue Braut werde eine Engländerin sein. Tommaso war so genau darüber unterrichtet, weil auch Frankreich englische Heiraten wünschte, nun da der König aus dem Hause York sich auf Dauer auf dem Thron zu behaupten schien. Tommaso war nebenher auch für den König von Frankreich tätig – wenigstens gewann man diesen Eindruck. Frankreich und Burgund befanden sich praktisch im Krieg, und Tommaso konnte beiden Seiten nützlich sein.

Er schickte wie üblich einige Ballen nachlässig verpackter Seidenstoffe mit einer großen Begleitrechnung dabei. «Die junge Frau wunderte sich über diese Zahlungsbedingungen – die der Medici», sagte ibn Said abwesenden Sinnes. Nicolaas schmunzelte und hielt mit seinem Rat nicht zurück.

Die nächste Karawane brachte Nicolaas dann die Nachricht, die er im stillen ersehnt hatte. Die *San Niccolo* war in Lissabon vor Anker gegangen. Gottschalk und Gelis waren in Sicherheit und auch sein Gold. Er konnte also tun, was er wollte.

Er war jetzt auch wieder im Vollbesitz seiner Kräfte. Als der Fluß es erlaubte, besuchte er einige Orte, durch die er vom Fieber umfangen auf jener ersten Reise vom Gambia her gekommen war. Er kam nach Djenne und hielt unter anderem Ausschau nach Backsteinen. Er ritt zu Steinbrüchen hinaus. Er unterhielt sich mit Pflanzern und Fischern. Als sein Festtag zum zweiten Mal herannahte, bat er Umar an sein Feuer und sagte: «Erzähl mir von den Songhai.»

Er wohnte mit Erlaubnis des Koy weiter in dem Haus, in das man Gottschalk und ihn gebracht hatte. Es lag in der Nähe der Schulen, und er konnte dafür bezahlen. Eine seiner ersten Sorgen war die gewesen, er könnte auf die Barmherzigkeit anderer angewiesen sein oder müsse auf Kosten Umars leben. Umar hatte ihn beruhigt. Als die *San Niccolo* abfuhr, hatte man einen Teil des Goldes und einen Teil ihrer Ladung für Nicolaas' Bedürfnisse zurückbehalten. «Für Euer ganzes Leben, wenn Ihr wollt», hatte Umar lächelnd hinzugefügt.

Der ungebrochene Ernst seiner europäischen Tage war jetzt von Umar gewichen. In seinem Haus summte er beim Schreiben vor sich hin, seinen kleinen Sohn vor sich auf dem Schoß; in ein, zwei Wochen, im Dezember, würde das nächste Kind das Licht der Welt erblicken. Von den Seinen wurde er geliebt und geachtet. Als er Nicolaas jetzt besuchte, schenkte er ihm den gleichen freundlich aufmerksamen Blick wie immer und beantwortete seine Frage.

«Vor langer Zeit kamen die Songhai aus dem Süden und ließen sich über tausend Meilen hin am Großen Fluß in Dörfern nieder, wo sie als Bauern und Fischer lebten. Sie sahen aus wie ich» – er lächelte wieder –, «wenn sie auch vielleicht nicht ganz so groß waren. Vor sechshundert Jahren dann wurden sie von Muslimen unterworfen, von den Lemta Tuareg aus dem Norden, die Gao, durch das Ihr gekommen seid, zu ihrer Hauptstadt machten.

Und sie gelangten zu Wohlstand, so daß der König von Mali neidisch wurde und einer seiner Heerführer Gao und dann Timbuktu eroberte. Die Folge war, daß das ganze Königreich Songhai ein Teil von Mali wurde, bis Mali die Kraft verließ und andere hereinstürmten. Im Falle Timbuktus wurden die Malier von Akil vertrieben, dem Befehlshaber der Maghsharen-Tuareg, wie Ihr wißt.»

«Der einem Timbuktu-Koy das Regieren erlaubte – zu einem Preis», sagte Nicolaas.

«Ganz recht. Und jetzt ist in der Lemta-Dynastie der Songhai ein neuer begabter Herrscher erschienen, der bestrebt ist, das alte Songhai-Königreich wiederherzustellen und neue Gebiete hinzuzufügen. Wo er kämpft, ist das Reisen gefährlich, und wie Ihr gesehen habt, sind einige hier in der Stadt, die befürchten, daß er sich die Machtteilung zunutze macht, um zuzuschlagen. Aber habt Ihr das nicht vom Timbuktu-Koy oder seinem Sohn gehört, Nicolaas?»

«Wer überbringt die Neuigkeiten in Timbuktu – die Störche?»

sagte Nicolaas. «Ja, der Sohn des Koy hat mich heute morgen in den Palast gerufen. Die Stadt lebt in Angst und hat das Vertrauen zu Akil und seinen Kriegern verloren, die zur Zeit der Steuerabgabe einfallen und berauschendes Zeug trinken und Lagerhäuser aufbrechen und sich manchmal Mädchen gefügig machen, die klagen, sie seien dazu nicht bereit gewesen. Der Sohn des Koy wünscht zu wissen, wie eine Stadt des Nordens sich verteidigen würde.»

«Und was habt Ihr ihm gesagt?» fragte Umar. Er trug den kühlen Ausdruck zur Schau, der Nicolaas am besten an ihm gefiel.

«Das gleiche, was ich Akil gesagt habe, der mich gestern rief und mir die gleiche Frage stellte. Es gibt einiges, das getan werden kann. Wenn sie wollen, helfe ich ihnen. Aber Timbuktu ist nicht Djenne. Es hat keinen natürlichen Schutz. Eine höhere Mauer wird einen schlechtausgerüsteten Feind abhalten. Eine stärkere Verteidigungsstreitmacht, gut bewaffnet und mit Nahrung und Wasser versehen, könnte einer kurzen Belagerung standhalten. Aber wollt Ihr denn eine starke Streitmacht in der Stadt haben? Es hat schon Unruhen gegeben. Vielleicht kommt es gar nicht zu einem Angriff, oder er wird immer wieder abgebrochen. Selbst Astorre und seine Krieger würden eine solche Anspannung, verbunden mit Müßiggang, ermüdend finden, wie gut ausgebildet sie auch wären und was man ihnen auch an Abwechslung böte. Und diese Männer hier sind Nomaden und nicht daran gewöhnt, lange an einem Ort zu verweilen.»

«*Akil* hat Euch um Rat gefragt?»

«Man könnte es so bezeichnen», sagte Nicolaas. «Er ließ mich durch einen Reitertrupp holen, ob ich wollte oder nicht, und erklärte, wenn ich weiter dieses angenehme Leben führen wolle, müsse ich etwas dafür tun. Sie haben ein paar alte Arkebusen, wissen aber nicht, wie man Kugeln macht.»

«Es tut mir leid.» Umars Gesichtsausdruck hatte sich verändert. «Ihr hättet mir das sagen müssen.»

«Ich hab's ja jetzt gesagt», entgegnete Nicolaas, «aber nicht, damit du etwas dagegen tust. Sie wollen die Handelsstadt retten, die die Quelle ihres Reichtums ist. Sie ist es auch wert, gerettet zu werden. Und das ganze Erbe Eures Volkes. Katib Musa hat mich nicht gebeten, ihm zu zeigen, wie die Religionsgelehrten zu ihrer Verteidigung die Armbrust benutzen müssen, aber das braucht er auch nicht. Natürlich werde ich helfen, aber man kann nicht viel tun.»

«Ohne Euch könnte überhaupt nichts getan werden», sagte Umar. «Ich werde mich beim Koy Euretwegen beschweren.»

«Nein», erwiderte Nicolaas. «Die Feindschaft zwischen diesen beiden ist es, was den Songhai nützt. Laß mir freie Hand. Laß mich für beide tun, was ich kann. Umar, wozu lerne ich, wenn nicht für solche Gelegenheiten?»

Es trat ein Schweigen ein. Dann sagte Umar: «Ich habe darum gebetet, daß Ihr ein wenig mehr finden würdet am Ende Eurer Suche. O ja, wenn die Stadt bedroht ist, bin ich nicht zu stolz, Euch zu fragen, wie man sie verteidigen sollte, solange Ihr es für nützlich haltet. Wenn sie besser regiert werden sollte und es Euch gefällt, dafür Vorschläge zu machen, so ist ein jeder hier Euer Sklave. Solange zum Schluß für Euch etwas da ist, das Ihr anderenfalls nicht gehabt hättet.»

«Du kennst die Schule und die Lehrer. Du weißt, was ich gehabt habe. Soll ich dir sagen, was es mir bedeutet?»

«Ich weiß, was es Euch bedeutet», sagte Umar langsam. «Und das wissen auch Eure Lehrer. Man braucht Euch nur zu sehen. Aber nur Ihr wißt, welchen Gebrauch Ihr von den Kräften machen werdet, die es Euch gibt.»

«Das stimmt. Und als Lehrer wirst du wissen, daß man nicht ein Geschenk anbietet und dann Rechenschaft dafür verlangt.»

«Ich glaube», sagte Umar nach einer Weile, «das ist vielleicht . . .»

«Ungerecht?» sagte Nicolaas rasch. «Das war es. Es tut mir leid. Du hofftest, ich würde zu entdecken beginnen, was ich mit meinem Leben anfangen will. Du hofftest, ich würde einen Vertrauten finden, da du glaubst, ich brauche einen. Aber Umar, welchen Vertrauten hast du dir denn je erlaubt, ehe du nach Hause kamst? Wen gab es bis zu diesem Augenblick, dem du vertraut hättest und den du mit diesen Hoffnungen und Zweifeln und Ängsten belastet hättest, ohne aufzuhören, dich einen erwachsenen Menschen zu nennen?»

Nach einem langen Schweigen sagte Umar: «Nicolaas, es ist nicht immer ein Zeichen von Schwäche, einem anderen eine Last aufzubürden, solange er sie tragen kann. Ich hätte mein Vertrauen vielleicht Euch geschenkt, aber Ihr wart noch kein erwachsener Mann.»

Das war das Grausamste, was er je gesagt hatte. Nicolaas antwortete sofort: «Glaubst du, ich sollte das bestreiten? Nein, es ist kein Zeichen von Schwäche, jemanden um Hilfe zu bitten, wenn man den Richtigen gefunden hat. Aber es kommt auch auf die Art der Bürde an.»

«Da irrt Ihr», sagte Umar. «Da spricht noch immer die Eitelkeit. Wichtig ist nur, was Ihr seid. Ihr selbst.»

«Und du glaubst, ich sollte das lieber herausfinden», erwiderte Nicolaas. «Nun, wahrscheinlich hast du recht. Selbsterkenntnis wird nicht am Rialto feilgeboten. Und wenn, dann gäbe es nur wenige Käufer.»

Danach war Nicolaas geduldig und tat nichts, was Umar, seinen anderen Freunden oder denen, die die Stadt regierten, hätte mißfallen können. Wie er dies angeboten hatte, benutzte er die kühleren Monate zu Beginn des Jahres 1467 dazu, die Verteidigungsanlagen der Stadt zu verstärken, und als Akil, wieder einmal von der Unruhe gepackt, mit seinen Kriegern und den gutgeölten Arkebusen davongaloppierte, um anderswo für Aufregung zu sorgen, nahm Nicolaas die Leibwache des Koy unter seine Fittiche zu einem Monat härtester Wettkampfübungen. Am Ende zählte man fünf Tote und zwölf Verwundete – aber fünfzig waren inzwischen aus der Einwohnerschaft zu ihnen gestoßen, und noch mehr begehrten die Zulassung. Und er war wieder völlig bei Kräften.

Nur spärlich drang Kunde über die Sahara herüber zu ihnen in die Stadt, doch nicht – dessen glaubte er sicher zu sein – weil Umar dabei die Hand im Spiel gehabt hätte. Was an Nachrichten eintraf, war entweder sehr persönlich – ibn Saids Bruder in Tlemcen hatte noch einen Sohn bekommen – oder sehr allgemein – die

Engländer hatten jeglichen Handel mit Flandern untersagt, worunter Brügge natürlich litt. Der Sohn des alten Herzogs von Burgund fürchtete sich gleich dem Sohn ihres Koy vor niemandem und kämpfte jeden Tag für irgendeine Seite, zumeist in Frankreich.

Als der alte Timbuktu-Koy dann schließlich starb, glaubte der neue Koy, sein Sohn Umar, ohne Nicolaas' Rat auszukommen und übernahm selbst den Befehl über die Streitmacht. Umars zweiter Sohn war inzwischen schon zwei Monate alt und hieß Umar Niccolo, zu Ehren eher Nicolaas' selbst als seines christlichen Namenstags. Umar sprach bei der Gelegenheit von Gottschalk, wenn auch nicht lange.

Man hatte natürlich nichts mehr von dem Priester, von Bel und von Diniz gehört seit der Nachricht, daß alle drei wohlbehalten in Portugal eingetroffen waren. Ungebeten kamen Nicolaas immer wieder einmal seine fünfundzwanzig Seiten mit Anweisungen in den Sinn. Er wußte, daß das Gold Lissabon erreicht hatte, wo es in einlösbare Mittel umgewandelt werden würde. Er zweifelte nicht daran, daß Gregorio und Julius es seinen Wünschen gemäß verwandt hatten, alles das weiterführend, was er in Venedig und Brügge, auf Zypern und in Alexandria und Schottland begonnen hatte. Das Haus Niccolo mußte jetzt einen Vertreter in Schottland haben.

Er hatte natürlich nichts von dem Gerichtsverfahren gehört, das Gregorio einleiten sollte und das die *Ghost* und die *Fortado* betraf. Auch hier ging er davon aus, daß Gregorio sein Bestes tun würde: Crackbene aufspüren, Ochoa ausfindig machen und Tobie zurückholen (wenn Tobie wollte) und dazu Astorre. Und bei einem solchen Goldpolster waren die zwei Klagen kaum von Bedeutung. Er glaubte wirklich, daß sie kaum von Bedeutung waren. Simon und das Haus Vatachino konnten machen, was sie wollten. Und Henry war ihm entzogen. Er war nur in Sicherheit, wenn er ihm entzogen war.

Nichts gehört hatte er von Gelis van Borselen, und an diesem Ort hier würde er auch nichts von ihr hören. Vor mehr als einem Jahr hatte sie sich zur Abreise entschlossen, und danach gab es für sie keinen Grund, ihm eine Botschaft zu schicken. Hätte sie es getan, hätte er sie inzwischen durch ibn Said erhalten.

Er selbst schickte keine Briefe nach Norden, hatte aber Grund zu der Annahme, daß die Karawanen bisweilen kurze Berichte von Umar mitnahmen. Wie er zu wissen glaubte, enthielten sie die Botschaft, daß es ihm, Nicolaas, gutging, und sollten hauptsächlich verhindern, daß unnötigerweise nach ihm geforscht wurde. Als ihm, Nicolaas, schließlich bewußt geworden war, was geschah, war es nicht mehr wichtig genug, um es auch nur zu erwähnen.

In jenem Monat Februar, als der Hafen noch offen war, hörte man vom Ausbruch von Kämpfen weiter flußaufwärts, wo die Mandingua von Mali im Norden von den Songhai und im Westen von den Fulani von Futa bedrängt wurden. Einiges Gold war unterwegs gewesen und verlorengegangen, und Männer aus mehreren Stämmen waren getötet worden.

Abderrahman ibn Said zeigte sich ungerührt, als Nicolaas ihn das nächste Mal sah. «In manchen Jahren gibt es das. Es gibt viele Völker von verschiedenen Stämmen, verschiedenen Glaubensbekenntnissen. In guten Zeiten kämpfen sie wie die Songhai, weil sie kraftvoll sind und nach der Macht verlangen. Wenn das Hochwasser spät ist oder die Heuschrecken kommen, dann müssen sie noch mehr kämpfen oder verhungern.»

«Dann war es also ein Glück, daß uns die Reise vom Gambia her zweimal geglückt ist?» meinte Nicolaas.

«Allah hat Euch beschützt», sagte ibn Said. «Das erste Mal habt Ihr nur Euch selbst mitgebracht, keine Waren, und wie viele Tote waren es? Beim zweiten Mal hat die Leibgarde des Koy Eure Fracht beschützt. Das könnte es nie mehr geben. Der neue Koy würde dergleichen nie wagen. Und ein andermal erweist sich Gnumi Mansa für Euch vielleicht nicht als Christ. Er könnte es für zu gefährlich halten.»

Nicolaas blickte in die unbewegten, weltklugen schwarzbraunen Augen. «Sagt Ihr damit, daß es nie einen Handelsverkehr zwischen Timbuktu und der Küste geben wird? Ist es unmöglich?»

«So unmöglich wie ein Handelsverkehr zwischen Timbuktu und dem Priesterkönig Johannes», erwiderte ibn Said. «Wenn Ihr

Timbuktu verlassen wollt, ist der einzige sichere Weg der durch die Wüste.»

Am Abend dieses Tages, kreuzbeinig im Vorhof des Hauses von And-Agh-Muhammed al-Kabir und seinen Söhnen sitzend, fand Nicolaas wie immer Erholung beim Klang der gemessenen Stimmen der anderen in der Runde, die aus den Büchern vorlasen, welche sie mitgebracht hatten, und im sorgfältigsten Darlegen und Untersuchen eines wichtigen Gegenstands, wozu viele Stimmen beitrugen, auch die seine. Er kannte jeden einzelnen hier als einen Freund: Seine Brillen blitzten auf Nasen schwarz und rötlich und nußbraun, flach und hakenförmig.

Einer von ihnen, ein Schwiegersohn des Gastgebers, hob den Kopf und sagte: «Wie ich höre, hat Akil im Osten ein Dorf und eine Karawane überfallen. Bald wird er wegen seiner Steuern kommen.»

«Da wird er enttäuscht sein», meinte ein anderer. «Die Songhai, die Fulani haben diesmal die Hälfte der Waren.»

Nicolaas fragte: «Weiß das der Koy?» Jemand legte ihm beruhigend die Hand auf die Schulter. «Man hat's ihm gesagt. Macht Euch keine Sorgen. Dank Eurer Hilfe war Timbuktu nie stärker.»

Nachher erinnerte er sich, daß er zögerte, als er das Haus des Qadi verließ. Aber es war spät und sehr still für eine Stadt voller Menschen und Tiere. Der Wind klatschte in den Palmen, Sand wurde durch die Lüfte getragen. Hinter einigen verschlossenen Höfen hörte er das Klagen einer einsaitigen Fiedel und ganz im Hintergrund dumpfes Trommeln. Er hielt am Tor des Ma' Dughu inne und ging dann weiter, weil die Leibwache des Koy gewarnt worden war und er, der Außenstehende, nicht der einen oder der anderen Seite zuneigen, sondern für einen Ausgleich sorgen sollte.

Er hatte sich dafür entschieden, auf dem Dach seines Hauses zu schlafen, und der Rauch weckte ihn. Zuerst hielt er die Feuerhelle über sich für die Morgenröte: Vor einem karminroten, von Sand verdunkelten Himmel schien alles unter ihm schwarz – die Säulen von Andalusien, die Pilaster von Memphis, die blinden arabischen Wände und viereckigen Häuser dieser eigenartigsten aller Städte. Dann sah er, daß Häuser brannten und daß das Rot am

Himmel von den Flammen kam. Da begannen die großen Gongs zu ertönen und die Hörner, die Muhammed ben Idir auf seinen Rat hin in allen Ecken der Stadt hatte postieren lassen, und Nicolaas rannte, wie er war, zur Straße hinunter und rief nach seinen Dienern.

Die Feuer waren in der Nähe des Nordtors ausgebrochen, und alle, die in dem Viertel wohnten, versuchten zu entkommen, bis auf die Amtspersonen. Er kam kaum durch die Gassen bei dem Gedränge der Menschen, die ihm da entgegenrannten, ihre Kinder auf den Armen, Ziegen und Kühe hinter sich her ziehend. Andere hatten wie er nach Besen gegriffen und bahnten sich einen Weg hin zur Gefahr; er rief ihnen zu, um sicher zu sein, daß sie sich an den Plan erinnerten. Einige zum Feuer, andere zu den Teichen, zum Kanal, zu den Brunnen, zu den Eimern. In Brügge aufgewachsen, wußte er von jeher, was bei einem Brand zu tun war. Wenn dieser nicht sein eigenes Geschäft, sein eigenes Haus zerstörte. Wenn nicht sein Vater ihn gelegt hatte.

Umar fragte: «Wo ist der Herd?»

Umar war natürlich da. Sein Haus war nicht in Gefahr. Vom Dach aus hatte sich Nicolaas, als wäre Donatello dagewesen, um ihm die Umrisse zu zeigen, den Verlauf des Feuers einzuprägen versucht. Ein Hauptherd, zwei kleinere Herde. Nicht der Palast. Nicht die Moscheen – zumindest noch nicht. Aber die Läden und Häuser dicht beim Nordtor, wo eine betrunkene Streitmacht einfallen mochte, des Essens und des Trinkens und der Mädchen wegen, und vielleicht, weil knapp an Geld wie an Geduld, ein Kohlebecken umkickte oder einem mißbilligend blickenden Haushaltsvorstand einen Feuerbrand ins Gesicht warf oder ganz einfach sehen wollte, wie tüchtig der junge Koy und seine Krieger waren und ob sie sich leicht einschüchtern ließen.

Im Laufen gab Nicolaas Umar seine Befehle und sah Umar forteilen. Noch im Rennen gelangte er an das erste der großen Häuser und sah, daß die Diener dort das taten, was man sie gelehrt hatte: Wasser auf die Flammen gießen und Gräben ziehen. Dann kamen er und ein Dutzend Männer mit ihm an den Herd der Feuersbrunst, und sie wichen zurück vor den vom brausenden Wind herangewehten brennenden Fetzen und den Güssen von heißem Sand, der glühend auf Mensch und Tier geschleudert wurde.

Die Strohhütten am Stadtrand hatten die ersten Funken gefangen und brannten lichterloh wie Heuschober, und in ihnen lebte nichts mehr. Den Häusern aus gestampftem Schlamm oder Schlammziegeln war es besser ergangen, aber die meisten waren mit Stroh gedeckt und voll von Matten und Decken und Vorlegern wie auch von Menschen. Hier konnte man noch immer Kinder herausholen oder sie einsammeln, wenn sie erschreckt und verletzt auf die Straße hinaustaumelten, und sie in Sicherheit bringen vor dem wütenden Wind mit seiner Asche und seinem Sand, mit seinen zischenden Funken, brennenden Strohbüscheln und Schlingen von wirbelndem Baobabseil.

Einige der Menschen, die Nicolaas in dieser Nacht aus brennenden Häusern schleppte, waren ihm bekannt; einige versuchten zu lächeln. Eine Frau zeigte, als er sie berührte, ein Lächeln, das sich nicht veränderte, und die Hitze ihrer Arme versengte seine Hände. Inzwischen hatte das Feuer die großen Häuser erreicht.

Wenn Nicolaas sich je gefragt hatte, wofür er sich entscheiden würde, in dieser Nacht erfuhr er es. Er, der gesehen hatte, wie sein Vater in Brügge die Hauptbücher ins Feuer warf, die all seine Hoffnungen bargen, durchbrach in dieser Nacht in Timbuktu eine hitzeblasige Tür nach der anderen, wenn Metallmuster schon glühend rot waren und spuckten und rauchten, und kümmerte sich nicht um die brennenden Bücher, die unschätzbar wertvollen, die sich ringelnden Schriftrollen, das qualmende Pergament, sondern rettete die Menschen. Nicht die Gelehrten, die rasch verstanden und schnell handeln konnten, sondern die anderen: die Haushalte von Dienstboten und ihren Familien, die Stallburschen, die hinter ausschlagenden Maultieren schliefen, die Alten, die verwirrt und hilflos in rauchdunklen Stuben hockten. Und allmählich, indes die Straßen und Häuser geräumt wurden, begannen die Flammen an den Gräben zu zögern und zu schrumpfen unter dem Ansturm des Wassers. Weißer Dampf gesellte sich dem Rauch und das Zischen von Wasser dem knisternden Knurren des Feuers hinzu. Der Brand wurde eingedämmt.

Nicolaas hatte dies alles schon einmal erlitten, auf einer Bergfestung auf Zypern. Damals war der Brand absichtlich gelegt worden. Er wußte, als hätte man es ihm gesagt, welchen Anteil Akil an diesem Feuer gehabt hatte: halb mit Absicht, halb zum Zweck des Versuchs. Indes es immer weniger zu tun gab und er nachdenken konnte, wurde Nicolaas klar, daß es nicht möglich sein würde, den Hauptmann zur Rechenschaft zu ziehen, weil der Koy nicht stark genug war, um die schwierige Lage zu meistern, zu der es dann kommen würde. Wie das Feuer selbst mußten auch seine Auswirkungen eingedämmt werden. Noch mit Aufräumen beschäftigt, begann Nicolaas mit den Leuten um sich herum zu reden.

Bei Morgengrauen war alles vorüber. Bei Morgengrauen gab es ein Viertel der Stadt nicht mehr, aber der Rest war gerettet. Bei Morgengrauen hatte Nicolaas zusammen mit Katib Musa und den Vertretern aller großen Häuser Akil ag Malwal im Ma' Dughu vor den jungen Koy gebracht, und man hatte mit entschlossenen Stimmen den Fehler dargelegt und das Unglück zu einem Vorfall heruntergestuft, der sich nicht mehr ereignen würde und der Hilfe und Entschädigung erforderlich machte. Keiner war in der Lage, mehr zu sagen, noch hätte mehr gesagt werden sollen.

Sie gingen auseinander, nachdem sie vereinbart hatten, zu gegebener Zeit wieder zusammenzukommen. Aber inzwischen würde keine Vergeltung geübt werden. Der Bruch war geheilt worden, auf Kosten von zwanzig Menschenleben und einem Stadtviertel.

«Aber es wird wieder geschehen», sagte Umar in dem Haus mit zwei kreischenden kleinen Kindern und einer verstörten jungen Ehefrau, in das er Nicolaas mitgenommen hatte, damit er seine Brandblasen versorgen und sich ausruhen konnte. Selbst bei fest geschlossenen Läden kroch der beißende Rauch herein, so daß die Worte mit einem Husten endeten. Auch seine Hände und sein Gesicht waren grau von versengten Stellen.

Nicolaas sagte: «Sie haben das schon recht gut gemacht. Wenn es wieder geschieht, können sie es noch besser. Und es bleibt Zeit zum Wiederaufbau, ehe der Regen kommt. Wie konnte Akil so töricht sein? Ihr Handel ist unterbrochen, ihre kostbaren Bücher sind verloren, und der junge Koy ist jetzt empfindlich bei jeder Herausforderung.» Er stockte. «O Gott – die Bücher!»

«Wünscht Ihr, Ihr hättet sie gerettet?» Umar stand da, das Gesicht unter den Salben verborgen, die Zuhra ihm auf die Haut gestrichen hatte, und ließ die verbrannten Hände herunterhängen. Er sah Nicolaas nicht an.

Es war der Ton, der Nicolaas aufblicken ließ. Auf dem niedrigen Bett sitzend, den Kopf gesenkt, die Hände zwischen den Knien, hatte er an die zwei Bibliotheken gedacht, die er kannte und deren Schätze zu Asche geworden waren. Aus seinen Gedanken gerissen, lauschte er jetzt Umars Stimme. «Hättest du sie an die erste Stelle gesetzt? Vor die Menschen?» fragte er.

«Ich *habe* sie an die erste Stelle gesetzt», antwortete Umar. «Die Rechtskundigen, die Gelehrten, die Bibliotheken. Bin ich nicht deshalb zurückgekommen? Natürlich, ich dachte auch, sie können nicht immer gerettet werden. Unglücksfälle geschehen eben. Lehrer werden getötet, Schulen zerstört, Bücher verbrennen. Aber richtig gepflegt, geht die Tradition der Gelehrsamkeit weiter.»

Er hielt inne und setzte dann hinzu: «Wenn man nicht gezwungen wird, heißt das, die Wahl zu treffen, die Ihr heute nacht getroffen habt. Wenn so etwas geschieht, kann nicht von einem erwartet werden, daß man die Menschen *und* die Bücher rettet.»

«Umar?» Nicolaas erhob sich, kam aber nicht näher. «Glaubst du, ich weiß nicht, weshalb du so gehandelt hast?»

Umar blickte ihn an. Es war nichts Spaßiges an den weißen Salbenflecken auf seiner Stirn und auf Wangenknochen und Nase, und seine Augen leuchteten schwarz und weiß. Er sah wild aus, wie ein Medizinmann.

«Ich habe den größten Zauberer Europas mitgebracht», sagte er, «aber was ich mir erträumte, ist unmöglich. Es ist zu früh; es ist zu vieles wider uns; es ist die Verschwendung eines Lebens.»

«Du hast entschieden», sagte Nicolaas. Er spürte einen Schmerz, war aber zu erschöpft, um zu forschen, woher er kam. «Du hast so viele Beweggründe, Umar. Du wolltest, daß Pater Gottschalk die Not der Sklaven sieht und wie dieser Handel sich verschlimmern könnte. Und wir sollten herausfinden, daß der Weg nach Äthiopien unmöglich ist und daß die Stämme noch weit von der Bekehrung entfernt sind. Du wolltest, daß ich das Gold finde, das mich von meinen Verpflichtungen befreien würde, aber seine Quelle sollte ich nicht finden. Du wolltest, daß wir herausfinden, wie sinnlos es ist, im Innern Handelsvertretungen zu gründen und an einen Handelsverkehr zwischen der Küste und diesem Ort hier zu denken. Du wolltest meine Hilfe, aber du wolltest auch, daß Timbuktu unberührt bleibt, sakrosankt, ein Schrein der Gelehrsamkeit, ein Gefäß für das Wissen der Welt, für alle Zeit in Gang gehalten durch seinen Handel, aber sicher vor den christlichen Heeren Europas.»

Er hielt inne und fügte dann hinzu: «Das habe ich alles gesehen. Du mußt dir dessen bewußt gewesen sein. Ich war einverstanden. Ich bin geblieben.»

«Ja», sagte Umar. Er hob die Hände und legte sie auf Nicolaas' Schultern. «Wie wir einmal sagten, haben wir uns nicht einer dem anderen anvertraut; aber du bist geblieben. Warum, Nicolaas?» Seine Hände strafften sich und fielen dann von Nicolaas' Schultern herunter.

Nicolaas setzte sich. Er sagte nicht ‹Um deinetwillen›, denn das wollte Umar von ihm nicht hören, und es stimmte auch nicht ganz. Er sagte: «Ich dachte, ich hätte es dir gesagt. Ich war mit dem einverstanden, was du vorhattest.»

Auch Umar setzte sich, aber ein Stück von ihm entfernt. «Du hast gesehen, was ich für die Stadt wünschte.»

«Und was du für mich gewünscht hast», sagte Nicolaas. «Du hast dir viel vorgenommen, Umar. Du wolltest auch den Zauberer retten. Ein Schrein der Gelehrsamkeit, ein Gefäß des Wissens, sicher vor der Befleckung durch Europa. Du hast mich hierhergebracht, damit mir die Absolution erteilt würde. Ich bin bereit zu glauben, daß es dir gelungen ist.»

«Nein!» erwiderte Umar und erhob sich. Ein Kind schrie irgendwo auf, und er dämpfte die Stimme. Er begann auf und ab zu schreiten. «Ich habe mich geirrt, das ist mir seit heute nacht klar. Timbuktu ist für dich genausowenig ein sicherer Hafen wie Trapezunt oder Urbino oder die Künstlerwerkstätten der Florentiner. Timbuktu ist gleich anderen von Gefahren bedroht und ist doch wie ein Kind unter anderen, ein Kind, dem es keinen Vorteil bringt, Nicolaas, wenn sein Hüter weise ist und von der Größe und Schwere seiner Last durchdrungen.»

Er drehte sich um, und eine Träne hatte die Salbe auf der einen Wange geschmolzen und lief weiß zum Mundwinkel hinunter. «Timbuktu braucht einen Hüter eigener Art», sagte er, «der stark ist und für den Tag lebt und sich nicht quält bei der Wahl zwischen einem Buch und einer Frau. Ich habe mich geirrt», wiederholte Umar. «Du solltest nicht hiersein. Du solltest nach Hause gehen.»

«Eines Brandes wegen? Akils wegen? Der Songhai wegen? Ich, der ich schließlich mit Marietta von Patras fertig geworden bin?»

«Hör auf», sagte Umar.

Nicolaas hielt inne. Schließlich sagte er: «Du würdest mich zurückschicken? Du glaubst, das wäre besser als dies hier?»

«Ich habe meine Meinung geändert.»

«Dann würdest du mit mir kommen? Mit Zuhra und den Kindern?»

«Dies ist mein Zuhause», sagte Umar.

Nicolaas stand auf. «Dann zum Teufel mit dir, Umar. Du sagst mir ins Gesicht, wie du mich überlistet und benutzt und mein Leben so gelenkt hast, wie du glaubtest, daß es verlaufen sollte. Du hast es nicht mit mir besprochen, weil – wie hast du es ausgedrückt – weil ich noch kein Erwachsener war. Und besprichst es auch jetzt nicht mit mir. Ich höre nur eine Ankündigung, weiter nichts. *Ich habe einen Fehler gemacht. Es tut mir leid. Lebe wohl.*»

«Nein», sagte Umar. Man sah die Spur der Träne, aber keine andere.

«Doch!» sagte Nicolaas. «Und auch ich sehe keine Notwendigkeit, darüber zu sprechen.» Er ging zur Tür und stieß sie ein Stück auf. «Du hast mich hierhergebracht. Jetzt will ich bleiben. Geh auf deine Kammer und schlafe. Ich brauche ein wenig Ruhe ohne dich.»

Er rechnete damit, daß Umar aufbegehrte. Doch der andere zögerte und senkte dann den Kopf und ging hinaus. Selbst in der Not wirkte er erhaben.

Nicolaas setzte sich. Nach einer Weile wurde ihm bewußt, daß er die Hände vors Gesicht geschlagen hatte.

Am nächsten Tag erläuterte Nicolaas im Palast des Timbuktu-Koy seine Pläne für den Wiederaufbau des abgebrannten Stadtviertels und für ein wohldurchdachtes, nicht ganz einfaches Vorhaben, das vor den ersten Regenfällen ausgeführt sein mußte und mit dessen Hilfe Wasser unter Druck in die besonders brandgefährdeten Stadtteile geschafft werden sollte. Er hatte auch selbst einige Zeichnungen angefertigt. Im Hinterkopf hatte er eine ganze Reihe von Gesprächen, die er im Laufe der Jahre mit dem besten Werkmeister geführt hatte, den er kannte, mit John le Grant. Er hatte bei einigen Gelegenheiten gewünscht, John wäre bei ihm, diesen Wunsch aber sofort wieder unterdrückt.

Dem Qadi, Katib Musa, den Richtern fehlte Johns Ausbildung, aber sie waren mit alten Wissenschaften vertraut und konnten mit ihrem geschulten Verstand schon an eine schwierige Aufgabe herangehen. Die Besprechung dauerte einige Zeit, bis der Koy unruhig wurde und die Sitzung schloß. Es sollte eine öffentliche Hinrichtung der Leute stattfinden, die den Brand gelegt hatten. Akil hatte widerwillig und mit fahlem Gesicht zugestimmt. Der Koy wollte dem Schauspiel unbedingt beiwohnen. Man sah, daß Akil dieser Eifer nicht entging.

Umar hatte der Sitzung beigewohnt und schloß sich im Hinausgehen Nicolaas an. Sie hatten an diesem Tag noch nicht miteinander gesprochen. Umar sagte: «Du hattest keinen Schlaf.»

Er hatte keinen Schlaf gehabt und keine Kraft mehr übrig, um sich mit Umar zu befassen. Nicolaas sagte: «Es schien das beste, eine Entscheidung herbeizuführen, solange das Feuer noch in aller Gedächtnis ist.»

«Ja», sagte Umar. «Sie vergessen schnell. Dein Plan . . .»

«Ja?»

«Er ist schwierig. Er ist verzwickter als die Räder, die die Brunnen versorgen.»

«Aber ich bin ja da, um alles in Gang zu setzen», sagte Nicolaas.

«Und nach dir?»

«Ich werde sie anleiten. Ich werde schriftliche Anweisungen dalassen. Du warst einmal glücklich, es so zu belassen. Warum jetzt die Angst?» Sie waren bei seinem Haus angelangt. Er wartete. «Umar? Willst du hereinkommen?»

Er versuchte seinem Verlangen zuwider den Worten einen einladenden Klang zu verleihen. Aber zu seiner Erleichterung schüttelte Umar den Kopf und ging weiter.

In der nächsten Nacht wurde Nicolaas von verängstigten Dienern behutsam aus dem Schlaf geweckt. Akil ag Malwal war mit seinen Kriegern in die Stadt eingedrungen und stand jetzt vor der Tür. Es ging um Steuern.

Ganz offensichtlich ging es um die Überlegungen eines Tuareg. In Akils Abwesenheit hatte sich Nicolaas beim Timbuktu-Koy eingeschmeichelt. Er hatte die Leibgarde verstärkt. Er hatte Pläne vorgelegt für Befestigungsanlagen und Sicherheitsvorkehrungen, als ob es noch einmal zu einem solchen Brand kommen könnte. In dieser Zeit hatte Akil einen jähen Rückgang seiner Einnahmen erlebt, und da er im Augenblick gegenüber dem Koy im Nachteil war, wollte er aus dem Christen herausholen, was er konnte.

Feingefühl war nicht Akils Art. Er trat ein und kam sofort zur Sache. Man hatte bemerkt, daß der Gast der Stadt, der flämische Kaufherr, eine kleinere Steuersumme auf die Schiffsladung und jenen Teil des Goldes, den er bei sich aufbewahrte, gezahlt hatte, aber anschließend noch keine Handelstätigkeit aufgenommen hatte. Hatte er die Absicht, auch weiterhin seine Waren nach Timbuktu zu bringen? Hatte er die Absicht, sich am Saharahandel zu beteiligen? Oder hatte er die Absicht, seinen ständigen Wohnsitz in der Stadt zu nehmen, in die er dann unter Vorspiegelung falscher Tatsachen gekommen war?

Nicolaas hatte den Tuareg gebeten, Platz zu nehmen und Sorbet zu trinken, und er selbst hatte sich auch gesetzt, in einen losen Umhang gehüllt. Er hatte bewußt seinen Kopf nicht bedeckt, was eine Beleidigung war. Er haßte es, wenn er mitten im Schlaf geweckt wurde.

Nicolaas sagte: «Das ist alles meine Schuld. Ja, der Timbuktu-Koy hat es versäumt, die Erlaubnis zu erneuern, die mir sein Vater zu seinen Lebzeiten erteilte, und ich habe es, demütig wie ich bin, nicht gewagt, ihn darum zu bitten. Ich entnehme jetzt Euren Worten, daß sie mir verweigert werden würde. Ich treibe keinen Handel. Ich erbitte nur das Vorrecht, in Eurer großartigen Stadt leben und ihr vielleicht dienen zu dürfen. Auf meine Kosten. Auf meine Kosten, muß ich Euch gegenüber betonen.»

«Der Timbuktu-Koy ist nicht sein Vater», sagte Akil. «Er nimmt von den Männern der Religion in seiner Umgebung Rat an. Sie mögen die Ansicht vorbringen, daß es böse ist, einen Ungläubigen zu beherbergen. Daß ein solcher Mensch vielleicht hier ist, um Timbuktu und den Glauben umzustürzen.»

Nicolaas schenkte mit anmutiger Geste aus dem Krug ein. «Habe ich Euch gestern nacht geschadet? Habe ich je der Stadt durch irgend etwas Schaden zugefügt?»

Akil trank einen Schluck. «Ich bin natürlich davon überzeugt, daß Ihr das nicht habt. Aber Ihr besitzt Gold. Ihr seid reicher als die meisten derjenigen, die von Rechts wegen in dieser Stadt leben. Man könnte sagen, daß Ihr abwartet; daß Ihr bald Euer Gold wie die anderen weißen Händler dazu benutzt, verderbliche Einflüsse auszuüben. Ich glaube, der Timbuktu-Koy hat das noch nicht ganz erfaßt.»

«Und es ist Eure Pflicht, ihm das zu erklären», sagte Nicolaas. «Wenn ich Euch in dieser Hinsicht nicht beruhige? Was würde Euch denn beruhigen?»

«Ich habe nicht den Wunsch, Euch zur Abreise zu zwingen», erklärte Akil, «obschon ich innerhalb der vier Wände dieses Gemachs sagen möchte, daß es klüger wäre, wenn Ihr es tätet, und das beste für die Stadt. Wenn Ihr gingt, gäbe es in der Tat keine Schwierigkeit. Anderenfalls müßte ich eine Anzahlung auf Eure Entschlossenheit verlangen, Euch nicht einzumischen.»

«Würde dem Timbuktu-Koy das so viel bedeuten?»

«Ich weiß es nicht», sagte Akil. «Zweifellos werdet Ihr ihn früher oder später fragen. Inzwischen habe ich meine Leute angewiesen, in Euer Lager einzudringen und die Hälfte des Goldes und der Waren fortzuschaffen, die sie dort finden. Wenn der Timbuktu-Koy mich für übereifrig hält, wird er es mir zweifellos sagen. Es wird eine Sache zwischen ihm und mir sein.»

«Mir scheint», sagte Nicolaas, «daß dies gänzlich zwischen Euch und mir ist, erhabener Akil. Wenn ich nun sage, daß ich keine Einwände gegen Euer Eintreiben dieser Steuer erhebe und mich beim Timbuktu-Koy nicht beschweren werde?»

«Dann würde ich Eure Weisheit rühmen», sagte Akil. Er sagte es nach einem kurzen Zögern.

«Eines ist mir allerdings nicht ganz klar», fuhr Nicolaas fort. «Wenn ich mich zur Abreise entschließe, wird es mir dann zurückgegeben?»

Der schwarze Schnurrbart bewegte sich unter einem Lächeln. «Eure Seele hat schon einmal gelebt, in der Person eines Weisen. Die Steuer gehört zu all den Tagen, die Ihr hier verbracht habt, und kann nicht zurückerstattet werden. Aber wenn Ihr geht, könnt Ihr ungehindert alles mitnehmen, was Ihr an Waren und Gold übrig habt.»

«Ihr seid großmütig», sagte Nicolaas.

Sein erster Ärger am nächsten Tag war, daß er die Leute beruhigen mußte, die von dem Diebstahl gehört hatten und ihrer Empörung Ausdruck gaben. Sein zweiter Ärger war Umar, der nicht kam. Am Abend, als er wußte, daß die Kinder schon schliefen, ging er zu ihm. Zuhra öffnete ihm die Tür, siebzehn Jahre alt, hübsch, die Brüste von Milch geschwollen. Sie sagte: «Wir haben davon gehört.» Ihre Augen blickten unruhig.

«Ich weiß», sagte Nicolaas. «Zuhra, ich bin hier, um alles in Ordnung zu bringen. Ihr braucht keine Angst zu haben.»

Sie senkte die Augen und ließ ihn ein und zog den Schleier herunter und über die Schultern – es war dies, soweit er sich erinnern konnte, das erste Mal, daß sie das in ihrem eigenen Hause tat. Als sie sie allein gelassen hatte, sagte er zu Umar: «Du hast es erwartet.»

«Ich habe es nicht herausgefordert», entgegnete Umar.

«Nein, aber du wußtest, daß ich zum Auslöser in dem Krieg zwischen diesen beiden Männern werden konnte. Zum Vorwand für eine Spaltung.»

«Sie würden leicht einen anderen finden.»

«Aber da du es mir nicht gesagt hast, könnten mir inzwischen Verlust und Demütigung bevorstehen, wenn nicht mehr. Du glaubtest, wenn du es mir sagtest, würde ich es nur für eine weitere Täuschung halten.»

«Es tut mir leid», sagte Umar. «Ich werde deine Verluste ausgleichen.»

«Das ist nicht nötig. Ich bleibe nicht hier. Sie haben mich verscheucht.»

Umars Hände krallten sich zusammen. Er schwieg.

«Nein, du glaubst das nicht», fuhr Nicolaas fort. «Ich könnte mich auf die eine oder auf die andere Seite schlagen, vielleicht mit Erfolg. Aber was in dieser Stadt für den Frieden sorgt, das ist das Gleichgewicht der Kräfte, nicht wahr, und meine Gegenwart scheint das zu stören. Und was ich auch tun kann, wird nach meinem Tod auseinanderfallen, denn du hast recht: Man kann nicht eine Kultur, die ihrer Zeit voraus ist, aufrechterhalten, wenn die anderen ringsherum nicht auch kultiviert sind. Ich habe mich zur Abreise entschlossen.»

«Und was willst du tun?» fragte Umar. Seine Hände blieben zu Fäusten geballt.

«Zuhra hat sich gerade eben den Schleier umgelegt», sagte Nicolaas. «Vielleicht beneide ich dich. Vielleicht ist das die Lektion, die ich hier gelernt habe, nicht das, was die Doctores mir beigebracht haben.»

«Es war nicht – es war nicht meine Absicht.» Umars verwirrtes Gesicht blickte weniger angespannt.

«Nein, du verfolgtest einen anderen Zweck», fuhr Nicolaas fort. «Das erkenne ich jetzt auch. Aber du bist glücklich? Nicht nur aus Pflichtgefühl?»

«Nicht nur aus Pflichtgefühl. Hier fällt es nicht schwer, in der Ehe glücklich zu sein. Zuhra ist jung. Es werden keine großen Anforderungen an sie gestellt. Wir können einander nicht enttäuschen.»

«Eine Warnung», sagte Nicolaas.

«Das würde ich mir nicht anmaßen. Du willst gehen? Wann

willst du aufbrechen? Es ist März. Die Karawane im Mai ist die größte und sicherste und sollte dich schützen vor der Feindschaft von – von irgendwem.»

«Du meinst, ich sollte den Weg durch die Sahara nehmen?» Nicolaas lächelte, und Umar lächelte auch ein wenig.

«Ja. Es ist nie ganz sicher, aber wenn man allein reist, ist es besser als der lange Weg zum Gambia – und dann muß man vielleicht noch ein halbes Jahr auf ein Schiff warten. Die Karawane bricht auf, und in zwei oder drei Monaten bist du in der Berberei, in Brügge oder Venedig vor Ende des Jahres. Wir werden ibn Said fragen. Sein Bruder kommt uns vielleicht bis Taghaza entgegen.»

«Taghaza? Uns?» fragte Nicolaas.

«Die Salzstadt. Der Ort in der Wüste, von dem das Salz herkommt, das du siehst. Natürlich begleite ich dich», setzte Umar hinzu. «Bis Taghaza, aber nicht weiter. Das ist mein Endpunkt, Nicolaas, aber nicht der deine.»

KAPITEL 36

IM JANUAR DESSELBEN JAHRES 1467 starb der albanische Volksheld Skanderbeg, und mit einem großen Teil seiner Streitmacht zerstreuten sich viele von denen, die sich ihm angeschlossen hatten. Im Mai fand der gutaussehende Geschäftsführer der vornehmsten Bank in Venedig, als er von einem nutzenbringenden Abendessen bei einem Reeder zurückkam, in seiner Wohnstube einen untersetzten, fast kahlköpfigen Mann vor, den er seit über fünf Jahren nicht mehr gesehen hatte.

Man hatte ihn schon davon verständigt, als er das Haus betrat. *«Was?»* hatte Julius gesagt. *«Wer?»*

587

«Tobias Beventini aus Grado», sagte Margot in der geduldigen Art, die ihn immer wieder ärgerte. «Niccolos Arzt. Er hat in Albanien nichts mehr zu tun. Er hat gehört, daß man ihn als Zeugen sucht. Er dachte, Niccolo sei hier.»

«Tobie!» sagte Julius. Er legte seinen Umhang ab, der den ganzen Saum hinunter mit Goldfaden durchwirkt war. «Ich habe Tobie seit unserer Rückkehr von Trapezunt nicht mehr gesehen. Mädchen. Wein und Mädchen, darauf war Tobie scharf. Ich dachte, er hätte Niccolo aufgegeben.

«Hat das nicht jeder?» meinte Margot. Sie kamen ganz gut miteinander aus, er und Margot, aber bisweilen wünschte er, Gregorio wäre gekommen und hätte sie mitgenommen.

«Er kommt schon wieder.» Julius glaubte selber nicht mehr ganz daran. All den merkwürdigen Botschaften aus Brügge zum Trotz fiel es ihm manchmal schwer, sich den ehemaligen Claes in Guinea vorzustellen. Zu anderen Zeiten wieder neigte er zu der Ansicht, daß kein gesunder junger Mann mit solcher Vorgeschichte, der sich bei ewig warmem Wetter von verlockenden Eingeborenenmädchen umgeben sah, je den Wunsch haben konnte, Europa wiederzusehen.

Inzwischen war sein Gold eingetroffen, und Julius setzte es ein. Auch recht gewinnbringend, obschon ein wenig eingeengt durch Verfügungen aus Brügge. Julius leitete die Banco di Niccolo in Venedig jetzt seit fast drei Jahren – länger als dies zuvor Gregorio getan hatte. Nun da sie alle reich waren, brauchte Gregorio eigentlich nicht mehr ständig aus Brügge zu schreiben. Er besaß die Anweisungen, die Niccolo schriftlich niedergelegt hatte, und richtete sich nach ihnen. Es konnte nicht schaden, der Bank und ihrem Geschäftsführer ein wenig Glanz zu verleihen. Das gab der Serenissima Selbstvertrauen.

Die Wirkung auf Tobias Beventini, seines Zeichens Arzt, war anderer Art. «Heilige Maria Mutter Gottes!» rief er aus, als Julius hereinkam. «Die Zeit der fetten Weiden ist angebrochen, und mit ihr sind die törichten Schafe gekommen. Ich dachte, ich komme in ein Hurenhaus, bis Margot mich eines Besseren belehrte. Dann habt Ihr schon alles Geld ausgegeben?»

Julius hatte sich von Tobie nie richtig aus der Ruhe bringen lassen. «Das Geld, das Ihr bei Skanderbeg für uns verdient habt?» erwiderte er. «Ja – dafür habe ich mir einen Knopf gekauft. Wo ist Astorre?»

«Kommt später. Margot sagt, Nicolaas hat das Weltgoldproblem ganz allein gelöst, ist aber wahrscheinlich tot.»

«Das sagt sie immer wieder. Sie weiß sehr wohl, daß wir Nachricht von ihm haben.»

«Aber nicht von ihm selbst. Und Pater Gottschalk soll verkrüppelt sein.» Wenn Tobie ungehalten war, lief der kahle Teil seines Schädels rosarot an. Nun da er das siebenunddreißigste Lebensjahr erreicht hatte, war der Kranz dünnen, farblosen Haars zurückgewichen, und unter den blaßblauen runden Augen hingen Tränensäcke. Aber im übrigen war das Gesicht mit dem Rosenknospenmund und der kleinen Nase noch erstaunlich glatt.

«Er ist wieder gesund», sagte Julius. «Wohnt mit Gregorio und den anderen in der Spangnaerts Straat. Würde gegen einen Jacques de Lalaing im Turnier nicht lange durchhalten, kann aber alles machen, was ein Kaplan üblicherweise tut. Der Papst hat ihn belobigt und mit einer Pfründe versehen.»

«Ich dachte, der Papst ist ein Venezianer.» Tobie kratzte sich unter seinem Küraß, der eingebeult war. Der verfilzte Wollstoff, den er darunter trug, roch stark nach Salbe und Pferd. «Und Nicolaas wurde von Portugal finanziert?»

«Nicht jetzt», sagte Julius. «Er hat den Portugiesen die Karavelle abgekauft und alles bezahlt, was er ihnen schuldig war. Wenn er zurückkommt, wird niemand so gut über den Afrikahandel Bescheid wissen wie er. Und er hat Loppe dort, als seinen ureigenen Mittelsmann. Wißt Ihr, daß die Schwarzen Loppe als einen Rechtsgelehrten betrachten? Möchte wissen, wozu ich all diese Jahre in Bologna verbracht habe. Ich habe meine besten Gelegenheiten verpaßt.»

«Nach dem, was man hört», meinte der Arzt, «braucht Ihr alle Advokaten, die Ihr kriegen könnt. Eine Schiffsladung Gold verschwindet, und der Schiffsführer ist nicht aufzufinden. Wem die *Ribérac* gehört, darum wird noch heute gestritten, drei Jahre nachdem Jordan sie gestohlen hat. Der Schadenersatzanspruch gegen die – wie heißt sie noch? – gegen die *Fortado* ist noch immer nicht entschieden, und die Genuesen und das Haus Vatachino kommen mit Mord davon, weil keiner Michael Crackbene auftreiben kann!»

Tobias Beventini wurde immer zorniger. «Ich weiß nicht, auf welcher goldenen Wolke Ihr da zu sitzen glaubt, aber ich sage Euch, mich hätte das nicht daran gehindert, alle diese Burschen aufzuspüren und für ihre Taten zur Rechenschaft zu ziehen. Gottschalk ein gebrochener Mann. Nicolaas irgendwo an diesem Fluß und krank. Wie ist dieses dumme Mädchen davongekommen? Und was ist mit Diniz? Hat ihn der alte Jordan wieder geschnappt?»

Margot war hereingekommen, während sie miteinander sprachen. Julius warf ihr einen kühlen Blick zu, den sie mit einer halb hochgezogenen Augenbraue erwiderte. Er hätte Tobie die Neuigkeiten lieber allein erzählt. Zu gegebener Zeit. Und nicht alle auf einmal. Und nicht alles von Gregorios Warte aus.

Margot setzte sich zu Tobie. «Ihr würdet Gelis van Borselen gewiß gut leiden können», sagte sie. «Sie haben alle eine schwere Zeit durchgemacht, aber sie ist wohlauf. Lucia de St. Pol hat sie nach Schottland mitgenommen, und ich vermute, sie kommt zum Schluß an den Hof, wie ihre Schwester.»

«Warum Schottland?» wollte Tobie wissen. Seine Nase zuckte. Julius erinnerte sich wieder, wie seine Nase immer zuckte.

«Aus keinem der Gründe, an die Ihr vielleicht denkt», sagte Margot. «Die van Borselens sind durch Heirat mit dem schottischen Königshaus verwandt. Gelis hatte kein Geld. Und David de Salmeton hat ihr große Aufmerksamkeit geschenkt.»

«Was?» Tobie setzte sich auf, und ein Pferdedunst drang ihm aus drei verschiedenen Lücken in seinem Küraß.

«Wirklich, Tobie», sagte Margot, «Ihr müßt Euch saubere Sachen anziehen. Ich weiß alles über David de Salmeton, und ich habe gesehen, wozu sein Kumpan Martin fähig ist. Ich nehme an, Gelis weiß noch mehr über ihn. Die Aufmerksamkeit wurde nicht erwidert.»

«De Salmeton geht nach Schottland?» sagte Julius. Davon hatte er noch gar nichts gehört. Weil Gregorio es ihm offenbar nicht gesagt hatte. Gregorio war einmal kurz in Venedig gewesen und hatte seine Zeit zwischen der Bank und Margot aufgeteilt, was Julius sehr recht gewesen war. Er hatte Margot in Venedig gelassen, weil er zurückkommen wollte.

Margot sagte: «Er ist zur Zeit nicht in Schottland, wo Tommaso Portinari sich in Brügge aufspielt.» Sie wandte sich an Tobie. «Erinnert Ihr Euch an Tommaso?» Julius fragte sich, ob sie eine Schwäche für Tobie hatte.

Tobies kleiner roter Mund dehnte sich, als hätte er eine Schwäche für Margot. «Ich habe immer gesagt, er geht über Leichen, um die Brügger Medicifiliale unter sich zu bekommen. Wie schafft er's denn?»

Margot lachte. Sie war eine schöne, wenn auch sehr eigensinnige Frau. «Erinnert Ihr Euch an Statthalter Bladelins Palais in der Naalden Straat? Tommaso hat es gekauft. Für die Medici. Für hohe Gäste. Um selber darin Empfänge zu geben. Er ist jetzt einer der Berater des Herzogs, wußtet Ihr das? Und Gesandter. Er ist einer von denen, die die englische Heirat für den Erben des Herzogs anbahnen. Wenn es dazu kommt, wird soviel Samt bestellt, daß die Medici Jahre davon zehren können. Und das übrige Brügge. Diniz gerät außer sich beim bloßen Gedanken daran.»

«Ihr meint Gregorio?» sagte Tobie. «Aber erzählt – wie ist es Diniz ergangen?»

Wieder lachte Margot. «Wie habt Ihr ihn denn in Erinnerung? Gewiß als scheuen Jungen, der von seinem schlimmen Großvater Jordan aus Zypern entführt wurde? Ihr werdet überrascht sein: er steht jetzt im Dienst des Hauses Charetty.»

«Des . . .?» Tobie hielt inne.

«Ja, als stellvertretender Geschäftsführer. In der Spangnaerts Straat, aber vor allem für die Färberei zuständig. Warum lacht Ihr?»

«Ich muß an Nicolaas denken», sagte Tobie. «An Nicolaas, den Ruhmreichen, den verschlagenen Burschen. Oh, wo ist er nur in Gottes Namen? Es ist alles herrlich, es ist ein Fest mit Speis und Trank, es ist das großartigste Spiel der Welt – aber ohne Nicolaas ist es nicht das gleiche.»

Die Botschaft traf zwei Tage später ein, mit einem Schiff aus der Berberei. Nichts, was für die Banco di Niccolo bestimmt war, wurde jetzt in Venedig mehr aufgehalten. Vom Schiff aus wurde der Brief von einem Läufer sofort auf kürzestem Weg zur Bank gebracht, wo Julius ihn an sich nahm. Er riß die Tür zum gobelingeschmückten Empfangsgemach auf, in dem Tobie gerade mit Margot sprach.

«Er kommt», sagte Julius. «Nicolaas kommt. Er durchquert im nächsten Monat die Sahara. Spätestens im September wird er die Küste erreichen. Wir sollen die *Ciaretti* nach Oran schicken.»

Er konnte sich selbst nicht sehen, das gerötete Gesicht, die leuchtenden Augen, aber er sah das Spiegelbild auf Tobies Gesicht, auf Margots Gesicht. Margot stieß einen Ausruf aus und stürzte auf ihn zu. Er stellte plötzlich fest, daß er sie umarmte. Sie küßte ihn, und sie wandten sich beide Tobie zu. Tobie sagte mit hochrotem Gesicht: «Ich will auch geküßt werden», und sie drückte auch ihn an sich. Sie weinte.

Tobie sagte: «Laßt mich mal sehen. Nicht Ihr, Frau, Männer zuerst; Ihr holt den Wein und die Becher. Laßt mich sehen. Was schreibt er denn?»

«Es ist nicht von ihm selbst», sagte Julius. «Zumindest ist es nicht seine Schrift. Hier. Nur die Anweisung, der Bursche, als ob alles so einfach wäre. September. Da wird sie im Juli auslaufen müssen. Aber wo *ist* die *Ciaretti*?»

«Das ist doch gleich», meinte Margot, den Krug in der Hand. «Du lieber Himmel, Ihr habt doch genug Schiffe. Die *Adorno*, die *Niccolo* – eines von ihnen könnt Ihr doch auslaufbereit machen.»

«Und ich werde mit an Bord sein», sagte Julius.

«Nein, das werdet Ihr nicht», sagte Margot. «Ihr werdet zu dieser Zeit zusammen mit Bonkle in Schottland sein, Gregorio wird hier sein. Und nur über meine Leiche fährt Gregorio an die Berberküste. Nein, Ihr Lieben. Dieses Schiff muß in Oran vielleicht lange warten, und wenn es den ganzen Herbst und Winter dortbleiben muß, dann muß es das eben. Das Schiff selbst wird sein Willkomm sein. Der Rest kann warten.»

«Vielleicht», sagte Tobie.

Die Maikarawane kam nicht. Die Sonne brannte herunter, es wurde täglich heißer. Nachdem Nicolaas einen Monat gewartet hatte, begann er eine eigene Karawane zusammenzustellen.

Das war nicht leicht. Die schlimmste Sommerhitze lastete jetzt auf ihnen, und vor dem Herbst würden keine Kamelzüge mehr eintreffen. Er sprach mit Maklern; Kaufleute, die über große Warenlager verfügten oder bereit waren, sich in Schulden zu stürzen, überredete er dazu, sich mit ihren Kamelen und Treibern den seinen anzuschließen. Es brauchte nicht zu teuer zu werden, erklärte er. Es gab immer Karawanen, die von Arawan aus nach Norden zogen, und er würde mit seinen Tieren zu ihnen stoßen, und man werde sich die Kosten teilen. Erst später fand er heraus, daß sie deshalb zustimmten, weil auch Umar mit ihnen gesprochen hatte.

Trotzdem hatte er den größten Teil seiner Rücklagen verbraucht, bis er seine eigenen Kamele gemietet und sechs Männer als Treiber und Bewacher in Dienst gestellt hatte: achthundert Dukaten, damit er mit seinen Nahrungsvorräten und den wenigen Dingen, die er ausgewählt hatte, auf die lange Reise nach Norden gehen konnte. Zweitausend Meilen waren es bis Oran. Fünfhundert Meilen waren es bis zu den Salzgruben bei Taghaza, wo Umar zurückbleiben würde.

Die Karawane, so stellte sich allmählich heraus, würde schließlich aus ungefähr zweihundertfünfzig beladenen Kamelen bestehen, von denen sechs die seinen waren, und aus etwas mehr als ebenso vielen Begleitpersonen.

Eine so kleine Gruppe erforderte erfahrene Männer. Die Händler, Treiber und Bewacher, die den größten Teil von ihnen ausmachten, hatten fast alle Erfahrung mit der doppelten Reise durch die Sahara, mit dem Hin und dem Her. Ihrer waren freilich nicht viele. Niemand begab sich mehr als einmal in zwölf Monaten auf die Doppelstrecke oder mehr als fünfmal im Leben. Aber Umar kam nur bis Taghaza mit und würde dann umkehren, und Nicolaas unternahm die Reise nur in einer Richtung. Der Kameltreffpunkt Arawan war vier Tagereisen entfernt, und man hatte einen Führer ausgesucht, der sie dorthin bringen sollte.

Zum Abschied hatte er schließlich nur noch Höflichkeitsbesuche zu machen, da schon lange bekannt war, daß er abreisen würde. Im Ma' Dughu gab man zu seinen Ehren ein Fest, dem auch Akil beiwohnte. Der Koy verlieh seiner Dankbarkeit Ausdruck, gab aber auch hinter vorgehaltener Hand zu verstehen, daß Europäer an die Küste gehörten und es Zeit war, daß dieser Mann dorthin zurückkehrte. Akil war die Liebenswürdigkeit selbst und fand lobende Worte für alles, was der erhabene Niccolo zum Nutzen der Stadt getan hatte und für die Weisheit seines Entschlusses zur Abreise. Es wurde ein langer, anstrengender Abend.

Die Abschiedsbesuche bei den Gelehrten waren anders verlaufen. Er besaß schon eine Sammlung Bücher; sie waren seine Hauptlast auf der Reise. Jeder Lehrer hatte ein Päckchen für ihn: ein ausgewähltes Original oder ein sorgfältig kopiertes Manuskript. Die Imame, die Richter, der Qadi erinnerten ihn in gesetztem, gewähltem Arabisch an seine Fehler und seine Leistungen – in dieser Reihenfolge – und an alles das, was sie zusammen besprochen und getan hatten. Das Gespräch entwickelte sich, wie gewöhnlich; jeder Besuch überschritt die Zeit, die er dafür vorgesehen hatte. Er sprach, ohne Schlaf zu finden, mit seinen Freunden in diesen letzten Tagen, so wie jemand, der sich auf die Wüste gefaßt macht, Wasser trinkt. Aber es war kein Wasser, was er trank.

Er nahm Abschied von seinen Dienstboten und jenen vielen Männern und Frauen jeder Art, die seine Freunde geworden waren, und er verteilte Geschenke, so weit seine Mittel reichten, und empfing Gegengeschenke. Einer der vielen schönen Züge dieser eigenartigen Gesellschaft war die Aufmerksamkeit, die sie Geschenken widmete; seine hatte er zum großen Teil selbst angefertigt, und sie waren hauptsächlich für Kinder bestimmt. Für die Gelehrten hatte er Geschenke anderer Art vorbereitet. Zum Schluß machte er seinen Frieden mit Zuhra.

Sie unterbrach seine Rede mit der Hand. «Ich weiß. Auch ich sähe es lieber, wenn er diese Reise nicht unternähme. Aber wie würde er über sich denken, wenn er bliebe? Wie würden wir leben,

Umar und ich, wenn dies zwischen uns läge, was ich ihm untersagte. Es ist nur bis Taghaza. Es ist nichts.»

«Es ist nicht nichts», sagte Nicolaas. «Zuhra, ich bin ein Kind von Umars Stärke, so wie Eure Kinder dies sind. Ohne ihn gäbe es mich jetzt nicht. Und Ihr seid für ihn, was er für mich gewesen ist. Ich weiß, er glaubt, er muß mitkommen, und ich kann ihn nicht zurückhalten. Aber seine Kraft kommt nur von Euch, und er wird zurückkehren, um sie zu erneuern. Er wird zurückkehren.»

Er war sich dessen nicht sicher. Er mußte sich sicher zeigen.

Er verbrachte die letzte Nacht allein bei einem Gang durch die Gassen der Stadt, und er sah eine Lampe brennen – an der Haustür des Imams, des Katib Musa. Als er zögerte, sprach die Stimme des Türhüters: «Herr, der Katib schläft. Er sagte, wenn Ihr vorbeikämt, solltet Ihr eintreten und Euch in seine Bibliothek setzen.»

Er saß dort bis zum Morgengrauen. Dann erhob er sich, stumm und steif, und suchte zum letzten Mal sein Haus auf.

Es gibt nur wenige Brunnen in der Sahara, und die Reise zwischen ihnen erfordert eine Lenkung so genau und streng wie die, die ein Schiffsführer gebraucht, wenn er sich aus seinem Hafen hinauswagt in unbekannte Gewässer. Bei klarem Himmel zieht die Saharakarawane ihres Wegs wie die Vögel und die Schiffsführer: Sie richten sich nach der Sonne und den Sternen und nach solchen Orientierungspunkten, die der Sand übriggelassen hat. Doch der Wind weht, und die Dünen treiben, und die Zeichen, die eine Karawane hinterlassen hat, sind verschwunden, ehe die nächste vorüberkommt. Und so geschieht es, daß Menschen umherziehen und umkommen.

Der Führer, den Umar für Nicolaas ausgewählt hatte, war ein Mesufa-Tuareg und blind. Zwei Tage hindurch, zu Fuß gehend oder reitend, kehrte er das feuchte Weiß seiner blicklosen Augen ins Licht und in den Wind und öffnete die zuckenden schwarzen Nasenlöcher dem Bericht des toten, geruchlosen Sands, der weder geruchlos noch tot war, sondern durch irgendeinen ganz feinen Duft seine Zusammensetzung und Lage mitteilte. Am Ende jeder

Meile hob er mit beiden Händen Sand auf und ließ ihn reibend durch seine brauen Finger rieseln. Dann lächelte er und sagte: «Arawan.»

«Umar», sagte Nicolaas, «ich hoffe, du weißt, was du tust.»

Am Anfang sprachen sie nur sehr wenig. Sie schritten mit den anderen durch die erste Nacht und einen Teil des Tages und hielten nur selten an. Den kurzen Schlaf gönnten sie sich am Tag. Während der schlimmsten Hitze lagen sie mit den Kamelen unter dem flimmernden weißen Himmel und aßen und ruhten.

Ihre Treiber machten Zelte aus ihren Umhängen, aber Umars Hände richteten die leichte behelfsmäßige Plane auf, die Nicolaas und ihm Schutz bot, und ordneten die von Zuhra mit Quecksilberpaste bestrichenen Tücher, die sie gegen die Stiche und Bisse des Wüstenungeziefers trugen. Dann saßen sie auf, während die Sonne noch auf sie herunterglänzte, und ritten bis zum Einbruch der Dunkelheit, jeder sein eigenes Zelt, allein unter seinem eigenen Schutzkegel. Das eintönige Singen, das Geplapper hörte dann auf, und selbst die Ziegen verstummten.

Die Nächte waren geringfügig kühler. Die Reiter lebten auf und saßen ab und schnallten die Ochsenbälge mit warmem Wasser los und tranken und füllten die Lederbeutel, die sie umhängen hatten. Und die Kamele erhielten ihre einzige Mahlzeit am Tag und fraßen von dem Futter, das sie selber trugen.

Die Gruppe war eine recht verträgliche und bestand aus Männern, Frauen und Kindern, denn es gab ganze Familien, die nach Arawan zogen. Indes die Hitze nachzulassen begann, wurden alle lebhafter. Alle Stunde mußten die Packriemen neu geschnallt werden: Ein Kamel trat aus und biß und brüllte und hielt den Zug auf, die Ziegen kamen vom Weg ab, wegen einer Kleinigkeit kam es zu einem Streit. Zu solchen Zeiten schleppte die Karawane ihren eigenen Lärm mit gleich einem langen, schmalen Haushalt, in dem es ständig sang, rief, stritt, gackerte. Sie hielten kaum zum Essen an, außer während des erzwungenen Schlafs zur Hitzestunde, sondern reichten einander Kürbisflaschen mit Mais oder saurer Milch und grobes Brot weiter. Die frische Nahrung war nach dem ersten Tag schon verdorben.

Am zweiten Tag kam der Blinde zu ihnen beiden und sagte: «Herr? Ihr wart großzügig.» Er sprach Nicolaas an, aber seine Augen waren auf Umar gerichtet, den Katib, den Mann der Gelehrsamkeit.

Nicolaas fragte: «Braucht ihr etwas?» Er sprach so leise, wie der andere gesprochen hatte.

Der Mann sagte: «Es könnte Euch gefallen zu erfahren, daß viele Reiter kürzlich dieses Wegs nach Arawan gezogen sind. Nicht heute. Vielleicht vor drei Tagen.»

«Hat Euch das jemand gesagt?» Der bleiche, glitzernde Sand sah überall unberührt aus.

«Meine Nase», erwiderte der Mann. «Der Tiermist wurde überdeckt, als er noch frisch war. Das ist ungewöhnlich.»

«Das ist Akil», sagte Umar, als sie allein waren. «Nicht er selbst, er war bei dem Bankett. Er muß seine Reiter losgeschickt haben. Arawan ist eine Maghsharensiedlung.» Sie saßen in ihrem Behelfszelt, die Kleider schweißnaß. Ein Kamel stöhnte, und jemand, der sich durch ihre Stimme gestört fühlte, hustete und spie aus. Es war Zeit zum Schlafen.

«Würden Akils Leute es wagen, uns anzugreifen?» fragte Nicolaas.

Umar besserte einen Schuhriemen aus. Die Nadel glitt hinein und heraus, wie sie dies getan hatte, als er, einen großen Haushalt leitend, noch die Zeit fand, die Kleider seines Herrn in Ordnung zu halten. Auf Zypern, in Trapezunt.

Er sagte ohne aufzublicken: «Er würde ihnen vielleicht befehlen, unsere sechs Kamele festzuhalten, die anderen weiterziehen zu lassen und uns dann unter einem Vorwand allein fortzuschikken. Es würde dann berichtet werden, wir seien von umherziehenden Banditen getötet worden.»

«Du glaubst, er will das?»

«Ich glaube, er weiß, daß es dem Koy gleich wäre. Akil teilt die Macht mit dem Koy seit dreißig Jahren. Ich glaube, er wünscht keine Europäer als Rivalen und keine Christen, die die Sahara durchqueren. Er wünscht Handel mit ihnen an der Küste, zu seinen Bedingungen. Jetzt wirst du mich fragen, warum ich daran nicht gedacht habe, bevor ich dich nach Guinea brachte.»

«Du hast es nicht gewußt. Ich werde dich etwas anderes fragen. Müssen wir in Arawan haltmachen?»

Umar legte die Nadel aus der Hand. Sein Faden war gerissen. «Es tut mir leid», sagte er.

«Mir nicht. Beantworte die Frage.»

«Wir könnten Arawan umgehen», sagte Umar. «Aber der Rest der Karawane wird nach Arawan ziehen. Manche werden dortbleiben. Die anderen haben diesen Weg nur genommen, um Schutz zu haben. Es ist spät in der Jahreszeit. Zweihundert oder dreihundert Kamele sind wenig gegen Scharen von bewaffneten Berbern.»

«Sechs würden schnell vorankommen», meinte Nicolaas.

«Bis die Nomaden sie entdecken», sagte Umar. «Und das hieße auch nur sechs Kamele für die ganze Last – für die Nahrung, das Futter, das Wasser, unsere Habe und uns selbst, wenn wir ermüden. Da ist dann kein Spielraum mehr für Sandstürme oder Verirren oder Unfälle. Und wenn wir nicht in Arawan Wasser aufnehmen können, dann sind es genau zweihundert Meilen zwischen der ersten Quelle danach und der nächsten.» Er hatte den Faden wieder eingefädelt. «Ich glaube, wir sollten Arawan umgehen.»

Ein breites Lächeln verzog Nicolaas' Gesicht, er fühlte, wie sein Bart in den Grübchen knisterte. «Du willst nur dafür sorgen, daß wir beide getötet werden. Reden wir mit den anderen. Vielleicht gibt es noch ein paar, die Akil nicht allzusehr trauen.»

Zum Schluß trennten sich fünfzig Kamele von den anderen. Sie würden nach Norden ziehen, ohne Arawan, die Siedlung der Maghsharen-Tuareg, zu berühren. Sie trennten sich eine halbe Tagesreise vor ihren Toren vom Hauptteil der Karawane und nahmen gegen Bezahlung mit, was die anderen an Wasser entbehren konnten, und auch den Führer, der für seine Dienste hundert Goldmiskals erhielt. Dann brachen sie recht schnell zur nächsten Oase auf.

Später wurde Nicolaas klar, daß Umar befürchtet hatte, Akil werde die Quellen unbrauchbar machen. Die Maghsharen waren jedoch nicht so voraussehend gewesen. Die Winde der vorangegangenen Woche waren es, die sie verschlammt hatten, so daß keine breite Wasserfläche zu sehen war, als ihre Kamele auf das Grün der Palmen zurannten, sondern nur schlammige Stellen mit Tümpeln trägen Wassers dazwischen. Es reichte nicht für fünfzig Kamele und vierzig Menschen, die eine wasserlose Strecke vor sich hatten.

Einer der Kaufleute wandte sich an Umar. «Katib, wir müssen nehmen, was da ist, und nach Arawan umkehren.»

«Ihr müßt umkehren», sagte Umar. «Wir ziehen weiter. Aber ich bitte Euch, laßt unsere Tiere zuerst trinken und laßt uns teilen, was an Trinkwasser da ist. Euer Weg wird kürzer sein als der unsere. Auch habt Ihr den Führer.»

«Nehmt ihn ruhig, wir kennen den Weg», sagte der Kaufmann. Er wirkte erleichtert. Er hatte sich, so vermutete Nicolaas, überhaupt nur aus Achtung vor dem Katib zum Mitkommen bereiterklärt. «Wollen alle Eure Männer weiterziehen?»

Zwei wollten dies nicht. So blieben noch vier sowie er und Umar, die mit sechs Kamelen fertig werden mußten. Er zahlte für einige Ziegen und nahm mit, was die anderen an Nahrung nicht brauchten. Es waren vor allem Hirse und Kolanüsse. Er fragte: «Brauchen wir alle diese Kamele?»

«Ja», sagte Umar. Sie brachen noch in dieser Nacht auf.

Nun war Stille, denn besorgte Menschen redeten nicht viel, besonders nicht, als die Nacht dunkler und das Gehen gedankenlos wurde, indes die Füße von Menschen und Kamelen die langen, geschwungenen Dünen hinauf und hinunter stapften.

Oben hingen die Sterne, riesig und funkelnd. Nicolaas kannte jetzt ihre Namen: die Namen, die er auf seiner ersten, rauschhaften Reise gelernt hatte, die Namen, die Diogo Gomes gebraucht hatte, die Namen in den Büchern, die er zurückgelassen hatte, in der Stadt, in der er gerade einen Lebensabschnitt verbracht hatte. Die Treiber kannten auch andere Namen für sie. Manche waren herrlich unanständig, manche waren schön.

Schönheit war, was sie jetzt umgab. Sie war von Anfang an dagewesen, aber verschleiert worden durch die vielen Menschen um sie her. Jetzt waren sie nur noch sieben Pfeffersamen auf einem

Ozean, der sich weiß wie Quark bis zum Rand der Welt erstreckte, Flecken so fern wie jene, die er von der Spitze einer meerumschäumten Klippe in Europa gesehen hatte. Und wenn die Sonne sich erhob, die wellenförmig ausgezackten Formen der Dünen offenbarend, und abends in herrlicher Erhabenheit versank, spürte Nicolaas die Befreiung, die ihm bis jetzt in seinem Leben noch nicht gewährt worden war: ein Gefühl der Ehrfurcht und der Dankbarkeit, das er anderswo nie empfunden hatte.

Er sprach wenig, an jenem Tag und am nächsten, sondern schritt dahin oder saß allein Stunde um Stunde auf seinem Tier, die zwei Stöcke seines Zelts in den Fäusten, die beschatteten Augen blind, während sein Geist vielen Dingen einen Sinn beizugeben begann. Was auch immer er gefunden hatte, es war nicht das Meer der Dunkelheit. Es war Licht und Selbsterkenntnis und Frieden.

Am dritten Tag rüttelte Umar ihn auf. «Ich habe einen Entschluß gefaßt.»

Die Welt kehrte zurück. Nicolaas sagte: «Dein Entschluß in allen Ehren – was ist dieser Ort, deine Wüste?»

Umar lächelte. «Ein Ort, den man aufsucht, wenn man sich zusammen mit klugen Männern gütlich getan hat, so wie du. Willst du auch von den Dingen des Fleisches hören, nicht nur von denen der Seele? Wir können die Quellen bei Taodeni nicht erreichen, wie wir wollten. Wir haben nicht mehr genug Wasser, und der Führer, der *Takshif*, sagt, er riecht, daß ein Sturm kommt. Deshalb halten wir statt dessen auf die Quellen von Bir al Ksaib zu.»

«Kommen wir so schneller an Wasser?» Zwei Tage lang hatte Nicolaas keinen Hunger verspürt. Jetzt knurrte ihm plötzlich der Magen.

«Drei Tage früher. Vielleicht zweieinhalb Tage. Auf die mag es ankommen.»

«Aber es liegt nicht an unserem Weg. Dauert es danach nicht länger, bis wir nach Taghaza kommen?»

«Es wird die ganze Reise um zwei Tage verlängern», sagte Umar. «Aber durch den Sturm können noch viele mehr hinzukommen. Wir müssen darauf vorbereitet sein, das ist alles, und guten Mutes. Wir essen jetzt. Komm und sprich zu den Männern.»

Der Sandsturm, der dann kam, war der erste, aber nicht der schlimmste. Solange er tobte, konnte man nur eingehüllt in seiner Bahn sitzen, indes er einem gegen den Rücken prügelte und zerrte und peitschte und stach bis hindurch zum Fleisch, so daß der Körper schwer wurde von Sand und Augen, Mund und Ohren verklebte. Die Kamele stampften: Gurte rissen und Lasten schwangen hin und her; die Dinge von höchster Lebensnotwendigkeit – die Wasserbälge, die Rümpfe der Ziegen, die sie hatten schlachten müssen – bedurften der beständigen und verzweifelten Sicherung.

Als der Sturm sich ausgetobt hatte, waren sie erschöpft und hatten zwei Tage verloren. Und alles um sie her, die Hänge, die Täler, die Formen aus feinem herausgemeißeltem Sand, hatten sich völlig verändert. Sie waren noch an den alten Stellen, aber die Wüste um sie herum hatte sich neu gebildet. Da rührte sich der *Takshif*, der die ganze Zeit geschwiegen hatte, und stand auf. «Katib?»

«Ja?» sagte Umar.

«Ich werde Euch nach der Veränderung der Sonne und des Windes führen. In einer Weile wird der Sand lauter sprechen. Aber er spricht jetzt schon. Sagt Euren Männern, sie sollen keine Angst haben und stark sein.»

Die Männer waren stark und auch erfahren. Nicolaas sagte sich, daß sie, hatten sie die Wahl, wohl die natürlichen Gefahren der Wüste den schwarzen Lagern, den plötzlichen Angriffen des Winters vorzogen. Nun würden sie wohl nicht von Räubern behelligt werden und waren dem Zugriff Akils entzogen.

Jetzt kam alles darauf an, wie lange sie bis Bir al Ksaib brauchten und wie es um ihre Kräfte und die der Kamele bestellt war. Die ganze Wüste war mit den Knochen längst eingegangener Kamele übersät, und oft lagen daneben die Gebeine der Menschen, die sie begleitet hatten. Die Sandflächen rings um Timbuktu waren von elfenbeinbleichen Gerippen durchzogen, und bei der Oase und bei Arawan war es genauso gewesen. Ihre Besitzer waren in Sichtweite des Wassers gestorben, als hätte schließlich die Freude ihre müden Herzen zum Stillstand gebracht.

Sie gingen und ritten drei Tage lang bis zum nächsten Sturm, und danach gingen sie mehr, als sie ritten, um die Kamele zu schonen, für die nur noch wenig Futter übrig war. Sie töteten ein Kamel nach dem Sturm, schnitten es in Stücke, trockneten das Fleisch in der Sonne und kochten ein Stück in der Flüssigkeit, die sie aus dem Magen und der Blase gewinnen konnten. Den Rest taten sie in ihre leeren Wasserbälge. Einer der Treiber wurde krank und mußte getragen werden.

Umar hatte gleich Nicolaas die Tage gezählt. In der zweiten Nacht nach dem Sturm sagte Umar: «Wenn wir statt dessen auf Taodeni zugehalten hätten, wären wir jetzt da.»

Dem war nicht wirklich so, denn die Sandstürme hätten sie in jedem Fall zum Rasten gezwungen, aber sie hatten tatsächlich fast keine Nahrung mehr und nur noch so wenig Wasser, daß sie ständig ausgedörrt waren. «Soll ich dir die *Goro* bringen?» fragte Umar.

Er meinte die Kolanüsse. Nicolaas hatte sie gesehen. Sie waren so groß wie Kastanien und teuer, und am wirksamsten waren die weißen. Kaute man sie, vertrieben sie bald jedes Gefühl von Hunger und Erschöpfung. Mit ihrer Hilfe hatte Nicolaas Gottschalk aus Äthiopien zurückgebracht. Aber sie forderten auch ihren Tribut. Nicolaas sagte: «Vielleicht bald, aber jetzt noch nicht.»

Bald begann Nicolaas von den Teichen des Ma' Dughu zu träumen und von dem Fluß, der in Kouklia an seinen Gärten vorbeifloß. Als Umar ihn wachrüttelte, lachte er rauh und sagte, er denke gerade an das Wasserrad in Brügge und was er damit gemacht habe.

Das war der Tag, als der Kranke verrückt wurde, und Nicolaas dachte, vielleicht habe es ihn auch gepackt, weil dort auf dem tanzenden, zuckenden Sand ein See war mit Palmen darum herum und mit Tieren, die tranken.

«Man nennt das den Zeitvertreib der Dämonen», sagte Umar. «Aber es ist eine Täuschung des Lichts. Einen solchen Ort gibt es wirklich, aber er ist nicht da, auf dem Sand.» Umar war dünn und hager geworden wie sie alle, aber er hatte sich keine Gefühle anmerken lassen außer damals, als der Faden gerissen war. Zu Hause, das wußte Nicolaas, würde Zuhra jetzt schon ihrer beider drittes Kind unter dem Herzen tragen. Es würde vor Umars Rückkehr zur Welt kommen. Man brauchte Nicolaas nicht zu sagen, was Umar für ihn tat.

Da kam der Blinde wieder, als sie um Mittag rasteten, und sagte: «Katib, ich rieche einen Sturm. Da ist ein Kamel, das Ihr, wie ich merke, bevorzugt habt. Gebt es mir, und ich werde es nach Bir al Ksaib führen und mit Wasser zu Euch zurückkommen. Ich kann vor dem Wind dort sein.»

«Sagt das allen», sagte Umar. «Wir werden alle gemeinsam entscheiden.»

Sie ließen ihn gehen um des Vertrauens willen, das sie in ihn setzten. Unter klarem Himmel, so erklärte er, konnte der Kräftigste die Quelle vielleicht gerade in zwei Tagen erreichen. Durch einen Sturm behindert, werde es keinem gelingen. Aber wenn sie auf ihn warteten, könnten Mensch und Tier ihre Kräfte schonen. Sie hätten dann noch vier Kamele, für sechs Menschen. Wenn er zurückkomme, hätten sie fünf für sieben. Und wenn es andere zu mieten gebe, werde er welche mitbringen. Aber Bir al Ksaib sei nur ein Quelltümpel.

Sie sahen ihm nach, bis er in der Ferne verschwand, und bereiteten sich dann auf den Tag und die Nacht und den Sturm vor. Doch zuvor starb der Kranke, und sie gaben ihm einen Mantel aus Sand.

Der Sturm kam, und sie durchlebten ihn zwei lichtlose Tage lang und in das Morgengrauen eines dritten hinein. Ihr Vorrat an Nahrung und Wasser, fast so wenig wie nichts, war so eingeteilt, daß er genau vier Tage reichte.

Sie hatten die Kamele, die quengelnd und stöhnend neben ihnen lagen. Sie lieferten kaum Urin, und sie konnten kein Blut mehr abgeben, wenn sie nachher noch laufen sollten. Wenn der *Takshif* nicht zurückkam, mußten sie entweder auf den Tieren reiten oder sie schlachten und essen und zu Fuß gehen. Aber es war zu bezweifeln, daß das eine oder das andere wirklich die Rettung brachte.

Nicolaas hatte aufgehört, Hunger zu verspüren, und wenn er noch einmal Kamelfleisch essen mußte, würde er sich gewiß übergeben. Umar sagte, Nicolaas werde sich wundern, wessen er fähig sei, wenn er zu etwas gezwungen werde.

Sie scherzten, wann sie konnten. Sie saßen beisammen, fünf Männer, und redeten bisweilen, aber Reden war mühsam. Nicolaas träumte viel. In manchen seiner Träume war er mit Gottschalk zusammen, blutend, würgend, verzweifelt sich bemühend, eine unmögliche Wasserrinne hinunterzuklettern. In manchen war er in Famagusta, wo andere hungerten und er Schmerzen anderer Art litt. Er litt immer Schmerzen, im Wachen wie im Träumen. Sie alle litten Schmerzen.

«Nun?» sagte Nicolaas am vierten Morgen. «Ich wette ein Stück Kamel gegen eine große Schichtpastete, daß er den Weg verfehlt hat und nach Marrakesch weitergeritten ist. Eine richtig große Schichtpastete, von der Art mit Ente und Taube und Gans und ganzen Eiern darin. Und einem Mädchen, ganz mit Zucker überzogen.»

«Widerlich», entgegnete Umar. «Du denkst schon wieder an deinen Magen. Wenn du an etwas Schmackhaftes denken mußt, warum dann nicht an Hammel? Oder erinnere dich an das letzte Festessen beim Koy, als er versuchte, uns Löwenfleisch vorzusetzen.»

«Löwennierenfett», sagte Nicolaas. «Löwennierenfett ist gut für die Ohren. Bel versuchte es immer zu schmelzen. Hörst du etwas?»

Manchmal vergaßen sie zu lauschen. Manchmal, wenn ihre Augen brannten und geschwollen waren, konnten sie nicht sehen. Einer der Männer sagte: *«Herr!»* und erhob sich taumelnd.

Nicolaas saß mit dem Rücken zur Sonne und wandte sich nicht um. Er saß Umar gegenüber und ließ sich von Umars Gesicht sagen, was hinter ihm vorging.

Umar sagte: «Welches Kamel willst du essen? Du darfst nicht mogeln und die frischen essen. Ich möchte sehen, daß du etwas ißt, das genauso stinkt wie du.»

Sein Gesicht zitterte und wurde dann wieder ruhig. Nicolaas ergriff seine beiden Hände und hielt sie fest. Dann erhob er sich, denn die anderen drei standen da und umarmten sich und riefen, und als er auf sie zutrat, legten sie die Arme auch um seine Schultern und dann auch die Umars.

«Allah!» sagte Nicolaas ärgerlich. «Aber Ihr seid nicht so leicht umzubringen, Ihr großen Ochsen aus Guinea. Was soll ein armer Kaufmann tun, der Euch zum Sterben hierhergeführt hat, damit er alle Kamele essen könnte?»

Sie lachten, als wären sie betrunken. Sie lachten und krächzten und küßten einander und ihn, denn der *Takshif* kam auf sie zugeritten mit drei Reitern und fünf Kamelen.

KAPITEL 37

DAS WASSER VON BIR AL KSAIB war brackig und warm und herrlicher als Wein. Es gab zu essen. Sie ruhten drei Tage aus und machten sich dann mit frischen Kamelen nach Taghaza auf den Weg.

Es war nicht leicht. Die Strecke war länger als die, die sie bisher zurückgelegt hatten, und es wehte noch immer der Wind. Aber sie hatten kräftige Reittiere und willige Männer als Begleiter und einen neuen Führer. Der blinde *Takshif* wäre samt den Treibern weiter mitgekommen, aber Nicolaas schickte sie alle mit wertvollen Geschenken zurück. Er versuchte auch Umar zurückzuschikken, doch das gelang ihm nicht. «Du hast deine Wette noch nicht eingelöst», sagte Umar. «Wenn du das Kamel nicht ißt, dann mußt du mich mit der Pastete versorgen.»

Daß man in Taghaza eine Schichtpastete fand, war nicht wahrscheinlich, aber Nicolaas war bereit, es zu versuchen. Umar mit seinem hellen Verstand und seinem hochherzigen Wesen war der goldene Faden, der sich durch das ganze erhabene Erlebnis wirkte, Umar endlich als ganzer Mensch seines Volkes und endlich in der Lage, zu bekunden, was er empfand und glaubte.

Eigentlich hatten sie immer miteinander in Verbindung gestanden, Umar und er. Das Planen der Zukunft von Timbuktu war in gewissem Sinn nur die Fortsetzung des Planens für die Zuckerpflanzungen von Kouklia. Aber Umar war auch ein belesener und kluger Mensch, der die Jahre der Trennung von der Heimat zum Nachdenken genutzt hatte. An den Schulen von Timbuktu hatten sie beide gesprochen, er und Umar, und man hatte sie angehört, und sie hatten untereinander die anregenden Beratungen fortgesetzt, an denen sie teilgenommen hatten. Ihre Beziehung veränderte sich, aber ihre Diskussionen waren, mit einer Ausnahme, allgemeiner Art geblieben.

Auf dem langen Weg nach Taghaza unter den andalusischen Sternengewölben war immer wieder einmal Zeit für ein Gespräch – und ein Bedürfnis danach. Die Klarheit der Wüste verlangte etwas ebenso Seltenes, verlangte Wahrheit, Vision, Aufrichtigkeit derer, die sich in ihr bewegten. Aber es war ihnen jetzt weniger leicht möglich, ihr Denken von dem zu trennen, was sie nun voneinander wußten. Und als Umar eines Tages zögernd von seinen Vorfahren und seiner Familie zu sprechen begann und dann vorsichtig auch von seiner Gefangennahme und den Jahren danach, wurde sich Nicolaas bewußt, daß ihm endlich das Geschenk zuteil geworden war, das der andere immer zurückgehalten hatte.

«Sollte ich es bedauern?» sagte Umar. «Es hat mich gedemütigt. Ich hatte mich für wissenschaftlich gebildet gehalten, von berühmter Abstammung, den Auserwählten zugehörig. Wäre ich nicht gefangen worden, wäre ich vielleicht genausoweit gereist, aber in muslimischen Ländern, und immer mit Achtung behandelt worden. So aber mußte ich vieles lernen und verstand schließlich mehr als nur eine einzige Religion. Wir haben über all das schon gesprochen. Du hast Pater Gottschalk dazu herausgefordert, seine Glaubensansichten zu verteidigen und die deinen zu stärken, aber ich vermute, du hast darauf geachtet, ihn nicht zu verwirren. Er braucht, was er hat.»

«Du hattest keine Krücke», sagte Nicolaas.

«Doch, ich hatte eine», entgegnete Umar. «Die, die ich dir zu geben versuchte. Verstehen und Vorstellungskraft und Frieden mit sich selbst. Du mußt diesen Krieg gewinnen, bevor du den anderen gewinnen kannst.»

«Aber du wolltest mich nicht bleiben lassen», sagte Nicolaas.

«Ein so schlechter Freund möchte ich nicht sein. Es ist genug, daß wir das hatten, was wir hatten. Deine Abreise ist der letzte Beweis für seinen Wert.»

Nicolaas hatte seinerseits ein wenig sein Herz geöffnet. Nicht mehr, das hätte er nicht gekonnt. Bei keiner Gelegenheit sprach er ausdrücklich von Gelis und von den Hoffnungen, die er hegte, oder von seinen tiefsten und schrecklichsten Ängsten. Was die Vergangenheit betraf, war Famagusta noch zu nah und zu tödlich. Aber von seiner Ehefrau – von seiner ersten Ehe konnte er reden, wie er plötzlich erkannte, und von den unbeschwerten Freuden der Kindheit in der Färberei des Hauses Charetty, mit Marian de Charettys despotischer Güte als ruhendem Pol.

«Und dann wurdest du erwachsen, und sie liebte dich», sagte Umar. Nach einer Pause setzte er hinzu: «Ich wollte dich nicht verletzen. Aber sie hat dir so viel gegeben, du kannst es nicht bedauern. Du darfst dir keine Vorwürfe machen. Sie stehen sich sehr nah, die Liebe einer Geliebten und die Liebe einer Mutter. Sie hatte beides zu geben, und du hast beides gebraucht.»

Es war eigenartig, diese Absolution von Umar zu erhalten und von keinem anderen. Indes diese Tage zu Ende gingen, wurde sich Nicolaas einer großen Erleichterung bewußt, so groß wie die Bande, die ihn an Umar knüpften, und einer Dankbarkeit so reinigend wie das Licht und der Frieden der Wüste. Was immer kommen mochte, er glaubte darauf vorbereitet zu sein.

Während der letzten Woche der Reise, als die Stürme sich gelegt zu haben schienen, ihre Vorräte ausreichend waren und man nur noch mit der Höllenhitze zu kämpfen hatte, brachten auch die neuen Treiber ihre Erleichterung durch träge Albereien und hitziges Würfelspiel zum Ausdruck und brachen häufig in lang anhaltendes wehklagendes Singen aus, indes sie dahinzogen. Der Frieden der Wüste verschwand.

Nicolaas sagte: «Das können wir doch auch», und er pumpte heiße Luft in seine Lungen und stimmte ein lästerliches Liedchen aus Brügge an.

Umar fiel ein. Dann sagte er: «Ich kann ein noch schlimmeres» und trug es vor. Sie sangen noch ein drittes zusammen. Zum Schluß sagte Umar: «Du hast in anderer Tonlage gesungen.»

«Ich weiß», erwiderte Nicolaas. «Du hast für mich einen zu großen Stimmumfang.» Er hielt das für offenkundig. Beim nächsten Halt versuchten sie noch ein paar andere Lieder und mußten dann aufhören, weil ihnen die Stimme versagte. Am nächsten Tag machten sie weiter.

Am Tag danach holte Umar, als er gerade vor Nicolaas dahinschritt, plötzlich tief Atem und sang allein das schöne Deprecamur te, Domine, das er zuvor schon einmal im eisigen Schnee der Alpen gesungen hatte.

Er war ausgedörrt, doch der Glanz der großartigen Stimme war nur leicht getrübt. Er sang das Lied zu Ende, und der letzte Ton versank in der Hitze, und die Kamele stapften neben ihnen her.

Nicolaas sagte: «Jetzt lehre mich so den Koran zu singen.»

Umar wandte den Kopf und sah ihn an. «Es ist an den Einen Gott», sagte er. «Hör zu.» Und er begann sehr bedacht zu singen.

Nicolaas wußte, was er sang. Voller Unruhe in Trapezunt vor der Kirche des Chrysokephalos stehend, hatte er versucht, nicht auf dieses Lied, das großartige Akathistos Kontakion, zu hören, das von vielen Stimmen gesungen wurde. Er hatte es seitdem nie wieder gehört. Um nicht unhöflich zu erscheinen, stimmte er nach ein paar Tönen in den Gesang des Freundes ein.

Er merkte es nicht, als Umar zu singen aufhörte, nahm aber wahr, daß seine Stimme sich leise einschlich, um in einen späteren Kehrreim einzufallen. Nicolaas hielt inne.

Umar verlangsamte den Schritt, bis er neben Nicolaas ging. «Ich dachte es mir», sagte Umar. «Du besitzt eine ungenutzte Gabe. Sie hat mit Zahlenverstand zu tun.»

«Wovon sprichst du?» Nicolaas gebrauchte unwillkürlich einen zurückhaltenden Ton.

«Du hast diese Musik nur einmal gehört? Aber vielleicht kennst du das nicht.» Umar sang leise den Anfang eines Introitus, und als Nicolaas den Kopf schüttelte, sang er weiter und bedeutete ihm mitzusingen. Es war wieder zu hoch. Nicolaas ging in eine andere Tonlage, war nicht zufrieden damit und begann Versuche anzustellen. Er hielt inne, als Umar ihn lachend an der Schulter packte. «Meine Stimme ist weg, und es wird Zeit, daß wir unser Lager aufschlagen. Weißt du, was ein Diskant ist?»

«Nein. Doch, ich weiß es. Ich will das nicht.»

Die Kamele waren stehengeblieben und sie auch. «Dann brauchst du es nicht zu haben», sagte Umar und sah ihn aufmerksam an. «Oder nicht in dieser Form. Jedenfalls werden die Treiber ungeduldig. Morgen nur Unanständiges.»

Danach sangen sie recht viel zusammen, aber immer derbe Stücke oder Liebesweisen oder Trinklieder, und sie begannen wieder zu reden, und die letzten Tage waren lang. Als Nicolaas in einem dunkelroten Morgengrauen weit voraus in der Ferne einen Diamanten aufblinken sah, brach er nicht das Schweigen mit der Kunde, daß die Reise zu Ende sei.

«Taghaza», sagte ihr Führer, der nicht blind war. «Der Arsch der Welt, glaubt mir, aber wo bekämt Ihr reichen Leute alle Euer Geld her, wenn es solche Orte nicht gäbe? Nichts weiter zu sehen als die Salzgruben und das Lagerhaus und die Plätze, wo die Kameltreiber und die Maultiertreiber darauf warten, ehrliche Leute berauben zu können. Wenn Ihr Maultiere braucht, dann habe ich einen Vetter, der einen vernünftigen Preis verlangt.»

«Das kommt unerwartet», sagte Nicolaas.

Es war das Ende des Friedens. Als sie das nächste Mal anhielten, hatte Taghaza schon die Größe einer Diamantbrosche auf den Sanddünen. Als sie schließlich rasteten, um ihre letzte gemeinsame Mahlzeit einzunehmen, hoben sich die Mauern deutlich heraus, und man konnte sehen, daß das Stadttor offenstand. Flekken tauchten auf, Flecken, die zu einem Trupp bewaffneter Tuareg auf Kamelen wurden, gefolgt von einem Strom rennender schwarzer Gestalten. Nicolaas erhob sich.

«Sie glauben, Ihr habt Gold», sagte der Führer. «Oder Nahrungsmittel. Hirse hätten sie gern. Sie haben ein paar salzige Quellen, aber es wächst nichts Eßbares in Taghaza, und in zwanzig Tagen im Umkreis wohnt keine Menschenseele. Wenn ihnen niemand Nahrung bringt, dann verhungern sie.»

«Sie sehen recht kräftig aus», sagte Nicolaas. Die Reiter hatten sie fast erreicht. Sie schrien und schwenkten ihre Schwerter.

«Diese Männer sind beritten, Herr. Sie können fortziehen, wann sie wollen. Es sind die Mesufa Tuareg, denen Taghaza gehört. Die Schwarzen sind die Salzgräber, die hier leben. Der Herr sollte zum Gruß zurückwinken.»

«Ist das ein Willkomm?»

Die nackten schwarzen Gestalten rannten noch immer. Die Kamele überholten sie und kamen dann rutschend in einem Kreis zum Stehen, während die Reiter noch immer schrien. Der Anführer in blauem Turban ließ sein Kamel hinknien und stieg herunter. Ein anderer tat es ihm gleich, ein beleibter Araber mittleren Alters, gekleidet im Stil des Maghreb.

Nicolaas sagte: «O Gott! Ich weiß, wer das ist.»

«Sei still», sagte Umar lächelnd. Der dicke Mann schritt auf Umar und Nicolaas zu, blieb stehen und breitete die Arme aus.

«Verehrenswürdige!» rief er. «Allah sei gepriesen! Ihr seid gekommen! Ihr fragt, wer ich bin? Verehrenswürdige, ich bin Jilali, der bescheidene Bruder Eures Dieners Abderrahman ibn Said, und ich bin hier, um Euch willkommen zu heißen und zu dienen. Ihr werdet in meinem Hause essen! Gutes Getränk und Reis und zartes Kamelfleisch! Und dann werdet Ihr mir zeigen, was Ihr mitgebracht habt.»

«Schichtpastete», sagte Umar murmelnd. «Nicolaas, du hast mir Schichtpastete versprochen.»

An diesem und am nächsten Tag sahen sie alles von Taghaza, dem Ort des Salzes und des Goldes und des Hungers.

Die größten Gebäude waren die Goldlagerhäuser und die Karawanserei, die zum Schutz von zusammengeflickten Mauern umgeben waren. Die anderen Bauten waren niedrig, denn Salz stürzt unter dem eigenen Gewicht ein, und alle Häuser und Moscheen in Taghaza bestanden aus Salzziegelsteinen, und die flachen Dächer waren mit Kamelhäuten bedeckt.

So funkelte und glitzerte und flammte Taghaza auf dem weißen Sand. Und Jahr um Jahr trafen die Karawanen ein und zogen wieder davon, brachten Gold und nahmen Salz mit hinunter in den Süden für die Leute im Land der Schwarzen, die danach verlangten. Und die anderen Karawanen kamen aus dem Norden und nahmen das Gold mit und brachten auf dem Rückweg Seide mit für Timbuktu und Stößel und Kochtöpfe und Nahrung für die Salzgräber und manchmal Tuch für ihre Zelte.

Am Tag ihrer Ankunft hatte Nicolaas zum ersten Mal die Zelte bemerkt, die sich rings um die schwarzen Ränder der unterirdischen Salzgruben drängten. Und aus den Höhlen kam bei Einbruch der Dunkelheit ein Ameisengekrabbel von Negern, jeder mit einem Korb voller Platten auf dem Kopf. Salz.

«Einmal muß man es gesehen haben», hatte ibn Saids Bruder an jenem Abend fröhlich gesagt, als er ihnen dampfende Näpfe unter die Nasen schob. Jilali war zufrieden: Nicolaas hatte ihm Zibet als Geschenk mitgebracht. «Aber Ihr braucht nicht zurückzukehren, wir, die wir hier Handel treiben, treten gern als Eure Mittelsmänner auf. Es gibt Schwierigkeiten. Hat man Euch Mautzoll abverlangt unterwegs? Die Sanhaja verlangen gern einen Dukaten je Kamel. Blanke Räuberei. Und die Sklaven, die Ihr gesehen habt. Nur die Schwarzen können in dieser Hitze schaffen, aber sie machen es nur zwei Jahre mit. Der Wind ist zu schlimm, der Wind blendet sie. Schmeckt Euch der Trank?»

Nicolaas sprach, da Umar schwieg. «Er ist bemerkenswert. Ich habe schon gegorene Hirse gekostet, aber das noch nicht.»

«Reiswein», sagte Jilali ibn Said. «Er ist gut nach einer langen Reise wie der Euren, auch wenn Ihr sie morgen wiederaufnehmen müßt. Und er gibt den Salzgräbern Kraft. Er macht sie glücklich, so daß sie hinuntergehen und das schwierige Salz fördern, denn das weiße erzielt immer den besten Preis. Ihr wißt, daß der Händler in Timbuktu fünfhundert Platten auf einmal kauft? Und wenn er die doppelte Menge auf Lager nimmt und darauf wartet, daß der Preis steigt, dann kann er einen solchen Gewinn einstreichen! Ich kannte einen, der hat in einem Jahr tausend Goldmitkal verdient. Ihr selbst habt kein Gold mitgebracht?»

«Der Katib handelt nicht», sagte Nicolaas. «Und ich habe nur das Gold für die Reise dabei.»

«Das habe ich zufällig gesehen», erwiderte Jilali. «Aber Bücher, das ist ausgezeichnet. Vergebt mir, aber Ihr hättet noch mehr Bücher mitbringen können, hättet Ihr Euren Tieren nicht so viele Dinge von geringem Wert aufgepackt. Die Weberei in Timbuktu ist wenig künstlerisch, und die Schnitzereien erinnern mich an solche, die Kinder machen.»

«Sie stammen auch von Kindern», sagte Nicolaas. «Ich bin untröstlich, davon sprechen zu müssen, aber nach einer solchen Reise und vor einer weiteren, die gleich folgt, haben der Katib und ich ein großes Verlangen nach Schlaf. Würde es Euch und Euer Haus beleidigen, wenn wir uns zurückzögen?»

«Wie könnt Ihr so etwas denken! Das ist der Reiswein. Und morgen müssen wir aufbrechen, denn die Karawane macht sich auf den Weg, wie ich Euch gesagt habe. Ihr wißt, daß ich Euch nur bis Sijilmasa begleiten kann?»

«Ihr sagtet es», erwiderte Nicolaas.

«Aber mein Bruder Mustapha führt Euch von dort aus weiter. Sijilmasa ist eine große Stadt! Ihr werdet erstaunt sein! Und auf dem Weg dorthin habe ich durch die Gnade Allahs drei oder vier volle Wochen in Eurer Gesellschaft. Eine solche Ehre!»

Die Kammer, die man ihnen gab, war ohne Licht und voll schnarchender Männer, aber Umar sprach flämisch mit Nicolaas. «Eine solche Ehre!» murmelte er von seinem Strohlager herüber.

Nicolaas stöhnte. «Komm mit mir!»

Umar lachte leise, um zu zeigen, daß er verstanden hatte. Hier in Taghaza kehrte er um. Er konnte das nicht sogleich tun; es gab noch keine Karawane, die nach Süden zog, und so mußte er warten, bis sich eine gebildet hatte. Inzwischen konnten die Kamele ausruhen. Alle Kamele, die Nicolaas besaß, gehörten jetzt Umar und würden ihm beim Verkauf pro Tier den Gegenwert von hundert Platten Salz einbringen. Da Umar recht wohlhabend war, hatte er aufbegehrt, aber nur am Anfang. Sogleich nach Sijilmasa weiterzuziehen, das hätte, erschöpft wie die Tiere waren, ihre Kräfte überstiegen. Es war schlimm genug, daß Nicolaas es tun mußte.

«Nein, ich bin froh», erwiderte Nicolaas, als Umar dies sagte. «Schnell ist am besten. Ich wollte, ich könnte dich aufbrechen sehen, sobald du bereit bist. Es gehen so wenige Karawanen nach Süden.»

«Nach Timbuktu», sagte Umar. «Aber wenn ich keine mit Ziel Timbuktu finde, geht sicher bald eine nach Walata. Sende eine Botschaft von Oran aus.»

«Und du mußt mir auch berichten», entgegnete Nicolaas. «Über alles. Wird es noch eine Zuhra geben?»

«Es kann nur eine geben.» Ein Lächeln schwang in Umars Stimme mit. «Wohin soll ich dir schreiben? Wo gehst du hin?»

«Ich weiß es noch nicht.»

Es trat Stille ein. Dann sagte Umar: «Ich dachte, du wüßtest es.»

«Das, ja. Ich glaube, ich will einen festen Punkt auf der Welt haben. So wie du einen hast. Wenn das in Timbuktu nicht möglich war, dann muß ich mich anderswo danach umschauen.»

«Du hast schon angefangen», sagte Umar.

«Unter meinem Dach steht keine Wiege», erwiderte Nicolaas. «Ich will, daß die Lehrer aus deiner Familie die armen Dummköpfe aus meiner Familie unterrichten helfen. Ich will dir gleichkommen, Kind für Kind. Ich glaube, ich bin in deiner Wüste patriarchalisch geworden.»

«Ich glaube, es hat lange davor begonnen», sagte Umar. «Du hattest einen anderen und besseren Lehrer in schlimmerer Not.» Er hielt inne.

«Gottschalk? Anders, nicht besser. Ich habe ihn dazu herausgefordert zu versuchen, mich zu bekehren.»

«Wozu?» fragte Umar.

«Zu irgendwas. Nein, das meine ich nicht. Aber der Weg nach

Äthiopien, zusammen mit dem besten Lehrer, hat für mich nicht das bewirkt, was du bewirkt hast.»

«Und doch bist du meinetwegen beunruhigt, wenn ich mich einerseits bei Sonnenuntergang gen Mekka verneige und andererseits bei der christlichen Eucharistie lobpreisend die Stimme erhebe. Ich möchte, daß du mir in manchen Dingen traust. Es gibt viele Formen der Vollkommenheit. Du und ich, wir versuchen sie zu erreichen. Du weißt, wie ich versagt habe.»

«Du sprichst zu mir von Versagen?» entgegnete Nicolaas.

«Sprechen wir davon nicht schon die ganze Zeit?»

«Ja», sagte Nicolaas. «Ich weiß. Ich will mich daran erinnern. Und dieser Ort? Du hast mich hierhergebracht, ich sollte auch Taghaza sehen.»

«Ich hätte dich wohl verschonen sollen», meinte Umar. «Ein kleines Volk, das ein anderes ausbeutet: das ist keine Lösung. Aber erinnere dich daran, wenn du Handel treibst.»

«Handeln», sagte Nicolaas. «Das hört sich bei dir so an, als wäre es die schmutzigste Beschäftigung auf Erden. Ist es das?»

«Ja. Und nein. Es kommt auf den Händler an.»

Am nächsten Tag trennten sie sich. Umar ritt zusammen mit der Karawane aus den Mauern hinaus und begleitete Nicolaas ein Stück. Dann beugte er sich hinüber, berührte ihn und machte kehrt. Nicolaas sah ihm nach.

Umar blickte sich nicht um. Er ritt stracks nach Taghaza zurück, wo die Hütten aus Salzdiamant zwischen den leeren schwarzen Löchern der Grubenschächte zu funkeln begannen. Er sang leise vor sich hin.

Nicolaas hörte es, während er in der entgegengesetzten Richtung dahinschritt. Sein Tier stapfte neben ihm her; in der Karawane wurde eifrig geplappert, so daß seine Stimme, die sich dem Chor einfügte, genausowenig bemerkt wurde wie die Umars.

Nicolaas wob keine Gegenstimme darum herum, denn die Gegenstimme hebt sich vom Lied ab. Er sang jede zweite Zeile, und Umars Stimme, entkörperlicht, wechselte mit der seinen ab und wurde eins mit ihr in den Kehrreimen. Zum Schluß war die ferne Stimme nur noch ein Widerhall. Dann ritt Umar durchs

Tor, ohne sich umgeblickt zu haben, und das Singen war verstummt.

Sijilmasa war tatsächlich eine bedeutende Stadt: ein geschäftiger grüner Kreuzungspunkt am Rand der Wüste, von dem aus die Karawanen nach Süden aufbrachen, dem Gold entgegen. Unter den Palmen von Sijilmasa gab es Früchte und Blumen, Eier und Käse, Milch und Datteln und süßes Wasser und auch jedes Laster, das für Geld zu kaufen war, denn die Stadt war reich – sie war die Tuareghauptstadt einer großen, von einem Fluß bewässerten Oase. Unter den Palmen von Sijilmasa verlor Nicolaas Jilali ibn Said und die Wüste.

Er bedauerte die Trennung von Jilali zum Schluß mehr, als er gedacht hatte. Er hatte sich an seine laute Stimme und sein betuliches Gebaren gewöhnt. Dahinter verbargen sich ein kluger Kopf, ein scharfer Blick und großer Mut. Jilali ibn Said hatte jede widrige Lage mit großem Geschick gemeistert. Der Anblick seines Körperumfangs und der kräftigen Gesichtszüge machte den widerspenstigsten Maultiertreiber gefügig.

Er wehrte alle Dankesbezeigungen ab, schüttelte Nicolaas immer wieder die Hand und küßte ihn mehrmals auf die Wangen. «Wären wir in einer anderen Jahreszeit, hätte ich Euch in mein Haus in Tlemcen mitnehmen können! Aber hier ist Mustapha, mein jüngerer Bruder, der Euch begleiten wird. Wenn Ihr es Euch nicht doch noch überlegt und eine Weile hierbleibt. Die Freudenhäuser sind bemerkenswert. Da gibt es nichts, was man nicht haben kann. Und in drei Wochen beginnt die Dattelernte. Ah, Sijilmasa, wenn die köstlichen, frischen, dicken Datteln auf den Tisch kommen!»

Nicolaas lehnte ab, sagte ihm aber Dank. Nach der Wüste machte ihn der Einbruch von Lärm und Farbe, ganz zu schweigen von der plötzlichen Überfülle an Nahrung, leicht schwindeln. Er kam sich auch ein wenig verloren vor, weil die Karawanenfamilie, deren Teil er so lange gewesen war, sich aufgelöst hatte, wenn auch unter gefühlvollen Versicherungen ewiger Zuneigung.

Der neue Zug war kürzer und wurde von Jilalis untersetztem, bärtigem Bruder angeführt. Mit einigem guten Zureden verließ er schließlich Sijilmasa nach nicht einmal drei Tagen. Mustapha war so überschwenglich wie Jilali, aber nicht ganz so tatkräftig. Er hatte auch viele Freunde. Sie hielten oft an, während sie das üppige Flußtal mit seinen sonnenheißen Hängen hinaufzogen. Dann führte Mustapha sie rasch über Steinwüsten und Flächen von weichem, farbigem Sand; er hatte noch mehr Freunde in den Dörfern, die hinter Felsen versteckt waren oder in plötzlich auftauchenden Palmenhainen; er war sogar sehr eifrig und redselig, als sie zu der Hochebene hinaufstiegen, die sie nach Tlemcen bringen würde. Als sie abends rasteten, sagte Nicolaas: «Der September ist bald zu Ende.»

«Im Oktober werdet Ihr in Oran sein», sagte Mustapha. «Aber wollt Ihr nicht zuerst bei mir in Tlemcen bleiben? Oh, die Wunder von Tlemcen! Ihr habt noch nie einen solchen Palast gesehen, eine solche Moschee. So großartig wie Granada, wie Córdoba, mit ihren Säulen und Teichen, ihrem Filigran, ihrem Zedernholz, ihren Gewölben. Ich sage Euch . . .»

«Ich kann es mir vorstellen», unterbrach ihn Nicolaas. «Aber ich sollte nicht säumen. Ich muß sonst in Oran vielleicht lange auf ein Schiff warten.»

Mustapha ibn Said zupfte sich am Bart. «Sie laufen den Hafen an, wenn sie Waren an Bord haben, aber nicht oft. Es kommt darauf an, wohin Ihr wollt. Wollt Ihr ins Flamenland?»

«Nach Flandern?» erwiderte Nicolaas. «Ganz gleich, wohin. Flandern, Florenz, Venedig, Ragusa. Ich nehme das erste Schiff, das kommt.»

Er wußte nicht, wann er sich entschlossen hatte, sein Ziel dem Zufall zu überlassen.

Es war Oktober, als sie nach Oran gelangten und durch das große landwärtige Tor und in die Karawanserei stapften. Mustapha zahlte die Karawanengebühr, besorgte einen Platz für ihre Tiere und ihre Waren und sagte: «Ich habe Freunde, die eine gute Herberge betreiben. Wenn sie Platz haben, wärt Ihr dort besser untergebracht als hier. Und es wäre auch nicht teuer, selbst wenn Ihr den ganzen Winter bleiben müßtet. Kommt und seht es Euch an. Oder seid Ihr vielleicht müde?»

«Ein wenig», sagte Nicolaas. «Geht zu Euren Freunden, ich bitte Euch, Mustapha. Wir reden, wenn Ihr zurückkommt.»

Er war müde, aber nicht mehr als sie alle. Es war der Anblick der Stadt selbst, der ihn bedrückt hatte. Der Wald von Minaretten innerhalb der dicken Mauern, das zur Küste hin abfallende Gewirr unzähliger Häuser, der Lärm der Menschen. Er hatte sich in Tlemcen zuerst innerlich darauf vorbereitet und wollte dies auch jetzt tun, ehe er sich hineinstürzte.

Außerdem war es das Ende einer Reise. Das Ende einer sehr großen Reise, wie er sie noch niemals unternommen hatte, in keinem Land. Er hatte Venedig von zornigen Feinden geplagt an einem Sommertag vor drei Jahren verlassen. Er hatte die Segel gesetzt, so wie dies eine Streitmacht tun würde, um ihre Ziele zu erreichen. Er hatte beabsichtigt, seiner argwöhnischen Familie gegenüberzutreten und sie zu zwingen, ihre Anschuldigungen zurückzunehmen. Er hatte vorgehabt, Crackbene aufzuspüren, der sich ihm widersetzt hatte, und sein Schiff zu entdecken, den Jüngling Diniz zu finden und das Haus Vatachino dazu zu bringen, ihn als Rivalen zu fürchten. Und Gold zu finden, damit seine Bank zahlungsfähig blieb.

Und er hatte mit keinem Gedanken daran gedacht, was dies alles für die Menschen in seinem Umkreis bedeuten würde. Viele waren tot. Alle hatten sich verändert. Am meisten, spät und säumig, er selbst.

Er war so sehr mit seinen Gedanken beschäftigt, daß er Mustapha zuerst nicht hörte, der unten im Hof stand und zu ihm hinaufrief. «Herr! Sie haben Kammern frei. Ihr könnt so lange bleiben, wie Ihr wollt! Und im Hafen liegt ein Schiff.»

Nicolaas stand auf. «Wo fährt es hin?»

«Das weiß niemand. Es liegt da und sammelt Tang an. Meine Freunde haben zum Kai hinuntergeschickt, um sich nach den Plänen des Patrons zu erkundigen. Es ist eine Galeere. Meine Freunde haben den Namen aufgeschrieben.»

Er hielt ein Blatt Papier hoch. Nicolaas rannte die Stufen hinunter. In der feuchten Luft fühlte sich seine Haut schlüpfrig an wie eingeölt. Er griff nach dem Papier.

Mustaphas Freunde waren keine Schreiber, aber es war ihnen gelungen, den Namen des Schiffes mit seinen Buchstaben zu erfassen. Sie hatten ihn oft genug gelesen, das Schiff lag seit September in Oran vor Anker.

Nicolaas konnte ihn auch lesen. Er las ihn zweimal, während Mustapha ihn beobachtete. Dann las er ihn ein drittes Mal – zumindest sah es so aus.

Das Schiff im Hafen war seine Galeere. Der Name, den er las, lautete *Ciaretti*.

Das Einkehrhaus, das die Mannschaft der *Ciaretti* besuchte, lag am Hafen, und hier ging es, was die Getränke betraf, weniger streng zu als in der Herberge von Mustaphas Freunden. Als man hörte, daß sich jemand nach der *Ciaretti* erkundigte, schickten die Seeleute zwei Männer, die noch einigermaßen nüchtern waren, mit dem Ruderboot hinüber zum Schiff, um dort Bescheid zu sagen.

So kam es, daß zwei Männer in venezianischer Kleidung schon an Land waren und sich ihm entgegen den Hang hinaufmühten, als Nicolaas sich durch die Menge zum Hafen hinunterschob. Sie erblickten einander zur gleichen Zeit. Er blieb stehen, und die Männer von der *Ciaretti* stockten.

Sie sahen einen hochgewachsenen Mann in einem von der Reise beschmutzten gestreiften Umhang und mit einem geschnürten weißen Tuch um Kopf und Schultern. Unter dem Umhang war ein Gewand aus dicker Baumwolle, von dessen Gürtel ein schweres Krummschwert herabhing und auf der anderen Seite ein mit abgescheuerter, verschwitzter Seide verzierter Geldbeutel. Die stark geflickten Sandalen waren einmal recht kunstvoll gewesen. In dem ägyptischen Tuch steckte ein Gesicht, das an Wangenknochen und Stirn breit, aber sonst hager war und zwei Tönungen von Braun aufwies, als wäre vor kurzem ein Bart geschoren worden.

Das Gesicht verzog sich langsam zu einem Lächeln, daß zwei Grübchen sichtbar wurden, so schwarz wie Höhlen. «Melchiorre?» sagte Nicolaas.

Melchiorre Cataneo aus Florenz eilte ungleichen Schritts zu

ihm hinauf und fand sich, als er ihn erreicht hatte, in einer Umarmung wieder, die von ihm ausgegangen sein mochte oder auch nicht. «Geht's dir gut?» fragte Nicolaas, und Melchiorre zögerte und stieß dann ein unterdrücktes Lachen aus und blickte sich um.

«Ihr sprecht arabisch», sagte der Arzt Tobias Beventini, der bedeutend vorsichtiger hinaufstieg. «Du lieber Gott, seid Ihr ein Jünger des Propheten geworden? Der Papst bringt Euch um.» Seine Nase war rosig.

«Tobie?» sagte Nicolaas. Er fügte ein wenig deutlicher hinzu: «Aber Ihr wart doch immer seekrank.» Das kam auf flämisch heraus.

«Ich wäre beinahe nicht gekommen.» Tobie legte ihm die Hände auf die gestreiften Schultern, aber nicht allzufest. Seine Daumen bewegten sich hin und her. «Kommt hinunter zum Schiff. Wir können nicht alle hier auf der Straße herumstehen und heulen. Ihr habt uns nicht erwartet.»

«Es war eine wirklich angenehme Überraschung.» Das kam wieder arabisch heraus. Er konnte nicht Witze machen und gleichzeitig mit der Erschütterung fertig werden. Sein Kopf füllte sich mit den Bruchstücken von hundert Fragen, aber es gab nur eine jetzt, die wichtig war. Oder vielleicht zwei. «Gottschalk, Tobie?»

«In Brügge bei dem jungen Vasquez. Er ist wohlauf. Alle sind wohlauf. Die Bank ist wohlauf. Was ist mit Loppe? Nicolaas?»

«Umar», sagte Nicolaas. «Er ist in seiner Heimat geblieben. Es geht ihm gut. Ich habe ihn vor zwei Monaten verlassen. Was habt Ihr geladen?»

Er hatte diese Frage an Melchiorre gerichtet, der Tobie verwirrt ansah.

Tobies runde blaue Augen blickten wieder lebhaft. «Majolika, Quecksilber, Schaffelle und Tuch aus Perpignan und dem Languedoc. Wir können das überall verkaufen. Wo wollt Ihr hin? In Lagos ist niemand. Gregorio dürfte inzwischen in Venedig sein. Julius wollte nach Schottland reisen, wenn er nicht auf Euch gewartet hat.»

«Ich glaube, wir sollten Julius nicht enttäuschen. Melchiorre, könntest du mich nach Venedig bringen?»

«Wohin Ihr wollt.» Melchiorre lächelte und weinte wieder gleichzeitig. «Ich kann es noch nicht glauben, daß Ihr hier seid. Wir dachten, die Nachricht ist vielleicht ein Scherz.»

«Sei dir nicht zu sicher, daß sie das nicht ist», sagte Nicolaas völlig albern in der einen oder der anderen Sprache. In stummem Arabisch sammelte er seine Gedanken. Er hatte sie nicht nach Oran bestellt. Wenn die *Ciaretti* seit einem Monat hier war, dann mußte jemand die Anweisung dazu abgeschickt haben, bevor er selbst Timbuktu verlassen hatte. Bevor er sich entschlossen hatte, nach Europa zurückzukehren. Umar. Umar.

Auf der Straße herrschte Gedränge. Leute stießen gegen sie, während sie redeten, und der Lärm war ohrenbetäubend. An Bord der *Ciaretti* würden hundert Mann sein. Tobie sagte: «Das Schiff liegt gleich da drüben.»

Nicolaas schob alles beiseite, was er dachte, und auch sein Arabisch. Er musterte Tobie. Dann sagte er ruhig: «Ihr wißt wahrscheinlich nicht, wie der Écu jetzt steht?»

«Natürlich weiß ich das», entgegnete Tobie, sogleich erleichtert. «Julius hat diese Brieftauben, die er uns täglich aus Venedig schickt. Es wird Euch gefallen, reich zu sein. Uns allen gefällt es. Ihr braucht nicht einmal zurückzugehen und alles zu wiederholen. Habt Ihr das alte Kamelfleisch satt? Wir haben eine Schichtpastete an Bord.»

«Führt mich zu ihr hin», sagte Nicolaas.

KAPITEL 38

ES WAR JULIUS und nicht Gregorio, der den Magnifico begrüßte, den Besitzer der Banco di Niccolò, als im Hafenbecken von San Marco die *Ciaretti* aus dem winterlichen Dunst auftauchte – Julius und ein ganzes Gefolge, zu dem auch die höchsten Amtsträger der

Republik Venedig zählten. Und die *Ciaretti*, die wußte, daß man sie erwartete, ruderte mit flatternden Wimpeln zum Klang von Trommel, Trompete und Flöte herein, und alle waren in Seide gekleidet, und Nicolaas stand ergeben auf dem Vorderdeck.

Diesmal hatte sich der Rialto geleert, und die Dienerschaft der Ca' Niccolo hatte sich nicht mehr um die Türen des Hauses herumgedrückt, sondern war in einer glänzenden, einheitlichen Gruppe auf die Piazza gekommen. Und anstatt der bescheidenen *Barchetta* brachte eine von zwölf Mann geruderte vergoldete *Bissona* Julius und seine Begleiter dorthin, wo die Galeere den Anker fallen ließ.

Nicolaas sah sie näher kommen. «*Non est vivere extra Venetiis*. Ihr habt mich gewarnt.»

«Er liebt das», sagte Tobie. «Verderbt ihm den Spaß nicht. Er hat tatsächlich mit nichts Wunder gewirkt, ehe das Gold kam.» Er sah, daß Margot mit in dem Boot war, und fand das gut. Er fragte sich abermals, wo Gregorio war. Er wünschte, er hätte gewußt, was Nicolaas gleich tun würde.

Julius stürmte an Bord, erinnerte sich aber dann daran, daß er Margot die Treppe hinaufhelfen mußte. Er trug mehr Bänder als sie. «He!» sagte er und stand mit gerötetem Gesicht vor seinem einstigen Günstling. «Ihr habt immer etwas erforscht, Ihr Teufelskerl. Gewöhnlich in einer Chemise.»

«Überall ist Gold», sagte Nicolaas und klopfte dem anderen kennerhaft auf den Rücken. «Julius, Ihr seid schlaff geworden.»

«Ja, ehrwürdig und reich und demnächst fett», sagte Margot düster. In ihren Augen blitzte es. Sie umarmte Nicolaas ganz plötzlich und lächelte Tobie blinzelnd zu. «Wir dachten, Ihr hättet vielleicht alle beschlossen, dort zu bleiben.»

«Ich bin nicht schlaff, Ihr seid dünn wie ein Hering», sagte Julius. «Aber Ihr seid besser dabei weggekommen als Gottschalk – so heißt es wenigstens. Wißt Ihr, daß er keine Feder mehr halten kann? Und nicht mehr gut gehen kann? Zu versuchen, zum Priesterkönig Johannes zu gelangen, das war verrückt. Mein Gott, Ihr brauchtet doch nicht noch Edelsteine zu all dem Gold, das Ihr nach Hause geschickt habt.»

«Ich wollte den Jungbrunnen finden», erwiderte Nicolaas. «Wo ist Gregorio?»

«In Brügge. Er mußte in Brügge bleiben wegen der Hochzeit. Deshalb bin ich hier und nicht in Schottland. Diniz ist auch in Brügge. Ihr werdet nicht erraten, was er dort macht.»

«Tobie hat's mir gesagt. Wessen Hochzeit?»

Margot sah ihn an und sagte: «Die von Herzog Karl mit der Schwester des Königs von England. Wußtet Ihr, daß Herzog Philipp gestorben ist? Sein Sohn Karl braucht einen Erben für Flandern und Burgund. Daher gibt es im nächsten Frühjahr eine Heirat, und es wird dabei viel Geld ausgegeben. Eure Gelis van Borselen wird die Festlichkeiten vielleicht versäumen.»

Nicolaas lächelte. «Sie würde es kaum schätzen, ‹meine› Gelis van Borselen genannt zu werden. Sie hat sich im übrigen als bemerkenswert ausdauernde Reisegefährtin erwiesen. Wie ich von Tobie hörte, ist sie in Schottland.»

«Das war sie. Für die Dauer des Winters ist sie nach Brügge zurückgekehrt. Im Mai muß sie wieder bei ihrer schottischen Prinzessin sein. Aber Ihr werdet sie sehen. Ihr reist ja bald nach Brügge.»

«Das wird er nicht, wenn er auf mich hört», sagte Julius. «Nicolaas, seht Euch den Landungssteg an. Seht das Geld, das darauf steht. Ihr habt sie alle in der Tasche. Ihr seid da gewesen, wo vor Euch noch keiner war. Ihr habt mehr Gold heimgeschickt, als das je ein Mensch mit einer einzigen Schiffsladung getan hat. Ihr steht beim Papst in hohem Ansehen, und Eure Bank wächst sich zu einem Stützpfeiler von Venedig aus. Dort stehen sie alle und warten darauf, Euch willkommen zu heißen und als einen Großen der Stadt in ihr Goldenes Buch aufzunehmen – wundern würde es mich jedenfalls nicht. Und Ihr redet von Brügge!»

«Das habe ich doch gar nicht getan», entgegnete Nicolaas in sanftem Ton. «Ich reise nicht nach Brügge.»

Es stellte sich heraus, daß er die Wahrheit gesagt hatte: Nicolaas blieb in Venedig. Ja, er setzte kaum den Fuß vor die Tür der Bank.

Die Ca' Niccolò mit Nicolaas darin war etwas ganz anderes als

dasselbe Haus unter Julius, ganz abgesehen von Julius' etwas miß-
mutigem Umzug vom mittleren ins obere Geschoß. Margot fragte
sich, ob Julius tatsächlich erwartet hatte, daß Nicolaas die Haus-
herrengemächer ihm überließ, und kam zu dem Schluß, daß dem
wahrscheinlich so war. Für Julius war es einfach eine unberechen-
bare Gabe für Opportunismus, die Nicolaas so hoch über seinen
Stand hinausgehoben hatte; in anderer Hinsicht war er noch immer der Lehrling des Hauses Charetty.

Ganz davon abgesehen, daß er jetzt sechsundzwanzig war, hatte der Nicolaas von heute nichts mehr gemein mit dem Nicolaas
von vor drei Jahren, geschweige denn vor acht Jahren. Vor drei
Jahren war er den ganzen Tag in der Stadt gewesen, hatte mit
diesem und jenem gesprochen und sich um seine Geschäfte gekümmert. Man hatte zu seinen Ehren ein Fest gegeben, und er
war in alle großen Häuser eingeladen worden.

Abgesehen von dem zeremoniellen Empfang durch den Dogen
und einen weiteren im Collegio verließ er dieses Mal das Haus nur
zu einem Besuch des Klosters der Kamaldulenser auf der Insel San
Michele, und dorthin begab er sich ohne Begleitung. Im übrigen
kam jeder, der ihn oder den er sprechen wollte, in die Ca' Niccolo.

Während der gespenstisch grauen Dezembertage fand sich eine
ganze Reihe von Männern ein, die von Julius' Kontor im Zwischengeschoß zu der großen Kammer mit ihrem Bett und ihrem
Schreibtisch weitergeleitet wurden, die Nicolaas wieder zu der
seinen gemacht hatte, um dort abermals die anregenden Gespräche über Stoffe, Teppiche und Seilerbahnen aufzunehmen, die vor
drei Jahren unterbrochen worden waren.

Diese Leute empfing er sehr zuvorkommend, hielt sie aber nie
lange bei sich fest. Andere wie Marietta Barovier aus Murano lud
er für eine Weile an seinen Schreibtisch ein und führte sie dann
weiter zu dem langen mittleren Gemach, dessen Vorbau zum Kanal hinausging, wo man sich unterhielt und eine kleine Erfrischung einnahm.

Manchmal wurde Tobie hinzugebeten, manchmal nicht. Seine Verwirrung wuchs von Tag zu Tag. Nach dem Besuch der erstaunlichen
Glasmacherin ging er zu Margot, um mit ihr darüber zu sprechen.

623

Er wußte, daß er ihr willkommen war, und wäre es nur gewesen, weil sie Julius' überdrüssig war und seine, Tobies, argwöhnische Zuneigung zu Nicolaas teilte. Sie erhob sich von ihrer Näharbeit, um ihm ein Glas Wein einzuschenken, und sagte, während sie sich wieder setzte: «Sie hatten gewiß einiges zu besprechen. Die Glashütte Barovier liefert das Glas für die Brillen, die der Florentiner macht. Wißt Ihr, daß er sich einen Gehilfen genommen hat und daß sie den Umfang des Geschäfts vervierfacht haben? Und nun da die Söhne der Strozzi aus der Verbannung zurückgekehrt sind, können sie ohne große Umwege helfen.»

«Sie sprach von Moscheenlampen», sagte Tobie. «Und von Tischspringbrunnen. Und von Alaun. Es scheint, Venedig braucht jetzt mit der wachsenden Glasherstellung viel Alaun. Ihr wußtet, daß Nicolaas' erstes großes Handelsgeschäft mit einem Alaunmonopol zu tun hatte?»

«Ich erinnere mich, daß das alles sehr geheim war», sagte Margot. «Es ist ein Pulver, nicht wahr? Man gräbt danach in der Türkei und bei Rom, und Färber und Glasmacher benötigen es. Ich dachte, die Medici hätten die römischen Rechte. Oder besitzen sie die nicht mehr, nun da Cosimo tot ist?»

«Es ist wacklig», antwortete Tobie. «Kardinal Bessarion hat da jetzt, glaube ich, viel zu sagen. Freund von Julius und Gottschalk.» Er beobachtete, wie Margot nachdachte.

Sie sagte: «Und natürlich gibt es keinen Vertreter der Medici mehr in Venedig, seit Martelli tot ist. Irren wir uns, Tobie? Ist Nicolaas wieder im Geschäft?»

Das war es, womit Nicolaas ihnen beiden Rätsel aufgab. Er betrieb schon Geschäfte, aber alle Anregungen dazu kamen von außen. Er hatte nichts Neues angefangen, nur weitergeführt, was schon da war oder was Julius einzuleiten begonnen hatte.

In der Tat war mehr nicht erforderlich. Auf ihrer neuen, sicheren Grundlage stehend, konnte es die Bank schwerlich vermeiden, ihren Reichtum allein durch das Geldleihgeschäft zu vermehren, und zusammen mit der zurückgekauften *Adorno* hatten sie jetzt drei Schiffe auf dem Wasser, die Gewinne einfuhren. Julius kümmerte sich um das alltägliche Handelsgeschäft. Und die übrige

Zeit konnte Nicolaas verbringen, wie er wollte. Er verbrachte sie in seinem Gemach. Sie wußten nicht, wie er sie verbrachte.

Tobie sagte: «Ich glaube, auch Marietta war enttäuscht. Er war ganz ruhig und freundlich und hat ihr einige recht hübsche Entwürfe für Tischspringbrunnen gezeichnet und ihr vorgeschlagen, einen einzustellen, der sie baut. Nicolaas! Der früher Pläne nur so aus dem Ärmel schüttelte!»

«Julius weiß die Veränderung zu schätzen», sagte Margot. «Seine Leute sind von Ehrfurcht erfüllt und schaffen zweimal soviel wie früher, während Julius Zeit hat, alle feinen Abendgesellschaften zu besuchen. Insgeheim glaubt er, daß Nicolaas im Geist niedergedrückt zurückgekehrt ist, wie Gottschalk. Oder daß er krank ist.»

«Er hat sich jetzt erholt», meinte Tobie.

Margot blickte ihn an. «Er spricht mit Euch.»

«Über medizinische Bücher. Ich habe nichts über die Reise durch die Sahara von ihm gehört. Alles, was ich über die gescheiterte Reise nach Äthiopien weiß, ist das, was Ihr mir nach Gottschalks Bericht erzählt habt. Als ich Nicolaas in Oran traf, sah er so aus wie nach Famagusta. Ich sagte ihm das.»

«Und?»

«Er sagte, Famagusta sei nur eine Probe gewesen, zum Einüben. Mehr hat er nicht gesagt.»

Nach den Kaufleuten sprachen am häufigsten die Geographen, die Schiffsführer und die Kartographen vor. Der erste, der kam, war Alvise da Ca' da Mosto mit zwei Freunden, von denen der eine der Kartograph Gratioso Benincasa aus Ancona war, der an einer Karte von Timbuktu zeichnete. Nachdem sie gegangen waren, sagte Tobie: «Ihr wart nicht sehr hilfsbereit.»

«Nein?» Nicolaas hatte ein wenig zugenommen, aber nicht viel, und trug noch immer die losen ausgepolsterten Gewänder, die Margot ihm zum Schutz gegen die durchdringende Kälte der Jahreszeit gemacht hatte.

«Ich nehme an, Ca' da Mosto war mit seinem Rat recht großzügig», meinte Tobie.

«Er ist Venezianer. Benincasa zeichnet Karten für jeden.»

Julius hatte sich diesmal zu ihnen gesellt. «Für die Genuesen?» fragte er. «Ihr glaubt, er macht Karten für das Haus Vatachino?»

«Er fertigt diese Karte für den früheren Mailänder Bevollmächtigten Prosper Schiaffino de Camulio de' Medici an», sagte Nicolaas. «Erinnert Ihr Euch an ihn?»

Julius hörte auf, mit den Fingern zu trommeln. «Er hat bei Eurem Alaungeschäft die Genuesen vertreten. Nicolaas, Genua hat ihn im Februar vor die Tür gesetzt, und die Medici wollten ihn nicht in Florenz haben. Er ist ein Ränkeschmied.»

«Warum will er dann wohl eine Karte von Guinea haben?» entgegnete Nicolaas. «Habt Ihr da eine Erklärung?»

«Das Haus Vatachino liebt Ränkeschmiede», sagte Tobie. «Ich sehe die Gefahren. Trotzdem – Ihr werdet all diese Kenntnisse doch nicht umsonst hingeben? Gottschalk hat alles, was er weiß, an Bessarion berichtet.»

«Dann werden sie in Rom zweifellos eine Wegekarte in Auftrag geben», meinte Nicolaas.

«In Venedig nicht?» fragte Julius. «Ihr wart doch in San Michele. Ging es da nicht um Landkarten?»

«Ich hatte ein Buch für den Abt. Und ich wollte von anderen Büchern Abschriften bestellen. Was Landkarten betrifft, habe ich wenig Lust, den Genuesen zu helfen.»

«Aber anderen doch wohl auch nicht, oder?» sagte Tobie. «Ihr wollt eigentlich nicht, daß andere dorthin gehen, wo Ihr wart. Wie kommt das?»

«Sie haben schon genug Schwierigkeiten», erwiderte Nicolaas. «Wir haben alles Geld, das wir brauchen. Wir würden nur unseren Rivalen helfen.»

«Und die Mission der Kirche?» fragte Tobie. «Oder sind Euch deren Rivalen gleichgültig?»

«Sowenig wie Euch.»

Julius begann ungeduldig zu werden. Nun da Tobie gekommen war, hatte er erwartet, Nicolaas werde nach Brügge reisen und eine lückenlose Anklage vorbereiten, die die Rückgabe der *Ghost* zur Folge haben würde. Er hatte weiterhin erwartet, daß er Geld in Lissabon spielen lassen und sogar selbst dorthin fahren werde, um auch die Anklage gegen die *Fortado* weiter zu betreiben.

Da Nicolaas weder das eine noch das andere tat, hatte Julius sich erboten, dies für ihn zu besorgen, aber Nicolaas hatte abgelehnt. Nicolaas beklagte sich zwar immer wieder über die Genuesen und das Haus Vatachino, nutzte aber nicht die Gelegenheit zum Vorstoß, als sie sich ihm bot.

«Er hat von Reisen genug», sagte Tobie. «Laßt ihm Zeit.»

Der Tag des heiligen Nikolaus und Weihnachten waren gebührend gefeiert worden – Julius hatte sich allein um alles gekümmert, und Dienerschaft wie Gäste hatten sich über den Aufwand höchst zufrieden geäußert. Epiphanias kam und ging. Julius erstattete Nicolaas Bericht über alles, was vorging.

Der Markt in Brügge litt noch immer unter den Auswirkungen des Streits mit Schottland: Bonkle hatte sich nach Schottland begeben, um herauszufinden, worum es eigentlich ging. Die Hochzeit des Herzogs mit seiner englischen Braut war auf den Juni verschoben worden. Es war damit zu rechnen, daß sowohl Gregorio wie auch Diniz aus ihr einen Gewinn zogen. Unter Diniz hatte sich das Haus Charetty erholt.

Die Söldnertruppe der Bank unter Hauptmann Astorre stand noch immer in Albanien und half Skutari und Croia gegen die türkischen Eindringlinge zu verteidigen. Vor kurzem war der Rest seiner Streitmacht aus Zypern herübergekommen. Auf der Mittelmeerinsel war jetzt für seine Krieger kein Platz mehr.

Es war nicht nötig, dies alles im einzelnen zu erörtern. Alle Zypern betreffenden Neuigkeiten hatten die Venezianer Nicolaas sofort mitgeteilt. Übernommen hatten dies der venezianische Kaufherr Caterino Zeno (der auch im Alaungeschäft tätig war) und seine bezaubernde Gemahlin, die trapezuntische Prinzessin Violante, die vorgesprochen hatten, um ihren lieben und geschätzten jungen Freund zu besuchen und ihn zu seinen erstaunlichen Abenteuern zu beglückwünschen.

Das im allgemeinen gut unterrichtete Gerücht wollte wissen, daß Nicolaas einmal der Liebhaber von zweien, wenn nicht dreien der bemerkenswerten Prinzessinnen von Naxos gewesen und dennoch ihren Gatten weiterhin freundschaftlich verbunden geblieben war. Als bei diesem Besuch die üblichen Höflichkeiten gewechselt waren, hatte Caterino Zypern zur Sprache gebracht.

«Was tat sich, als Ihr gingt? Das Haus Vatachino hatte die Färberei bekommen, und der glücklose Zorzi war vertrieben worden. (Wißt Ihr, daß er in Brügge mit seinem Geschäft gescheitert ist?) Und dann – dadurch wurden natürlich auch Eure Vergütungen in Mitleidenschaft gezogen – dann konnte König Zacco wegen des erhöhten Tributs an Kairo weder das Heer bezahlen noch die Abgaben für die Zuckergüter, Eure und unsere.»

Signor Caterino hielt kurz inne und fuhr dann mit einem Lächeln fort: «Wir alle wünschten, mein teurer Niccolo, Ihr wärt während Eures Aufenthalts auf Zypern mit den Mamelucken etwas glimpflicher verfahren. Aber immerhin hat wohl niemand versucht, Euch zu töten, bei diesem Besuch? Und ich habe Euch zu berichten, daß sich die Verhältnisse auf Zypern bessern. Und sich noch weiter bessern werden.»

Margot beobachtete, wie er Nicolaas beobachtete. Die venezianischen Zuckerpflanzungen waren nach denen der Banco di Niccolo die größten auf Zypern. Wie Zeno gesagt hatte, gingen von ihnen, seit König Zacco das Geld ausgegangen war, keine Erträge mehr ein. Sie wußte, daß Nicolaas auch von seinen eigenen Gütern keine Gelder mehr erhalten hatte.

Nicolaas sagte: «Es freut mich, das zu hören. Wem wird das zum Vorteil sein?»

«Oh, allen», entgegnete Zeno. «Ganz Venedig. Jedem Venezianer, der auf der Insel einen Besitz hat, der etwas abwirft. Wenn Ihr die königlichen Güter verliert, werdet Ihr andere bekommen, dessen bin ich sicher. Wenn König Zacco erst geheiratet hat.»

«Glaubt Ihr? Ich hatte gehört, er erhoffte sich eine Königin entweder aus Neapel oder aus Rom.»

«Gerede», wehrte Zeno ab. «Wenn ein Mann jung und ledig ist und einen rechtmäßigen Erben braucht, dann wird viel erzählt. Nein, er hat sich eine venezianische Braut ausgesucht.»

«Nicht jemanden, den ich kenne? Doch keine Verwandte von Euch?» In Nicolaas' Stimme schwang Verblüffung mit.

«Ja, müssen wir uns nicht geehrt fühlen?» sagte Violante von Naxos. «Erinnert Ihr Euch an Caterina? Die Tochter meiner Schwester? Ich werde die Tante einer Königin. Ich fühle mich alt.»

«In keiner Hinsicht, außer vielleicht im Vergleich mit einem Kind», entgegnete Nicolaas. «Ist sie denn schon heiratsfähig?»

«Sie ist dreizehn», sagte Caterino Zeno. «Wir rechnen damit, daß sie in wenigen Monaten zur Frau reifen wird. Und inzwischen werden die Papiere schon unterzeichnet. König Zacco von Zypern wurde heute morgen durch einen Stellvertreter ein Sohn von Venedig. Ein hübsches Bild. Alle anderen Kinder waren da. Unser junger Pietro auch. Violante und ich haben getrauert. Wäre er kein Junge geworden, wäre Zaccos Auge vielleicht auf ihn gefallen.»

Beide Grübchen zeigten sich. «Verzweifelt nicht», sagte Nicolaas lächelnd.

Auf dem Weg zu ihrem Boot hielt Violante ihn zurück. Vielleicht wußte sie, daß Margot in der Nähe war, vielleicht auch nicht. «Entbehrung steht Euch», sagte sie. «Aber wo ist der junge Stier, dem ich einmal meine Gunst schenkte? Ich höre, Ihr führt das Leben eines Mönchs. Und tröstet nicht einmal die mütterliche Margot.»

«Habe ich einen Fehler gemacht?» entgegnete Nicolaas. «Ich wußte nicht, daß ich Trost hätte spenden sollen. Ich muß Euch sehr enttäuscht haben.»

Sie war schön und klug und äußerlich so unbeteiligt wie er. «Ihr und Zacco», sagte sie. «Er erinnert sich Eurer noch immer, hat man mir gesagt. Eure Primaflora hat er längst verstoßen. Laßt Euch durch diese neue Heirat nicht berühren. Sie ist gut für Venedig.»

In ihrer Stimme klang etwas mit, das Wehmut sein mochte. Nicolaas sagte: «Armer Zacco. Verdient er nicht etwas, das seinen Neigungen ein wenig näher kommt? Euer Gemahl sah mir übrigens gar nicht gut aus. Ihr müßt Euch mehr um ihn kümmern.»

Violante von Naxos gab ihm einen Klaps auf die Wange und schritt lachend an den Rand des Kais, wo das Boot lag.

«Aas», sagte Margot.

«Ich dachte mir, daß Ihr in der Nähe wart», sagte Nicolaas. «Wollt Ihr, daß ich Euch tröste?»

«Nicht, wenn Ihr hierbleiben wollt. Was soll das wohl alles bedeuten?»

«Sollen wir raten? Die venezianischen Familien erhalten die königliche Zuckergerechtsame. Zypern wird eine venezianische Festung, mit Zacco als Marionette. Kairo verliert seinen Tribut und ist deshalb eher bereit, mit Leuten wie mir Handel zu treiben. Und John le Grant verliert seinen Posten. In Alexandria könnte er einen neuen finden. Soll ich das Julius vorschlagen?»

«Ihr seid das Oberhaupt der Bank.»

«Nein, das sind sie», sagte Nicolaas. «Gregorio und Julius. Ich bin der böse Geist, der ihnen von Zeit zu Zeit ins Ohr flüstert, es aber vorzieht, abwesend zu sein.»

Aber er war nicht abwesend gewesen.

Im Februar dann kam eines Morgens in der Frühe ein Bote an die Tür der Ca' Niccolo. Zuerst wollte ihn der Pförtner nicht einlassen, aber als der Mann ein Papier vorwies, öffnete er ihm. «Was ist?» fragte Margot, noch im Nachthemd.

«Für Messer Niccolo», sagte der Pförtner. «Dieser Mann wurde dafür bezahlt, eine solche Botschaft zu bringen, wann immer sie eintrifft, und sie eigenhändig zu übergeben.»

«Komm mit», sagte Margot.

Danach sagte sie sich, daß Nicolaas die Geräusche wohl gehört oder nur leicht geschlafen hatte. Sie hatte jedenfalls kaum geklopft, als seine Tür schon aufging. Nicolaas blickte von ihr zu dem Mann, der ihm sein Päckchen hinhielt.

«Warte», sagte Nicolaas. «Margot, würdet Ihr mich entschuldigen?»

An seinem Schreibtisch brannte schon ein Lampe. Er nahm das Päckchen mit hinüber, griff nach einer Schere und schnitt alle Schnüre durch. Das Siegel hatte ihr nichts gesagt, nur daß es aus schlechtem Wachs war. Da drehte sich Nicolaas um und kam zurück.

Jetzt beobachtete er sie, wie ihr scheinen wollte, zum ersten Mal wirklich und faßte sie am Handgelenk und sagte: «Es ist alles gut.» Dann wandte er sich an den Boten. «Darauf hatte ich gewartet. Hast du deinen Lohn bekommen?»

«Jede Woche, Signor.»

«Gut. Dann ist unsere Vereinbarung damit beendet. Aber du warst aufmerksam, ich weiß das zu schätzen. Schließen wir den Auftrag damit ab.»

Sie konnte die Goldmünzen in seiner Hand nicht zählen, aber sie hörte, wie der Mann die Luft anhielt. Er wurde rot und versuchte die Hand zu küssen, die ihm die Münzen gegeben hatte. Dann wich er zurück und rannte davon.

«Nun?» sagte Nicolaas zu Margot, die noch immer in der Tür stand. «Was glaubt Ihr, welche Botschaft das war?»

Etwas sagte es ihr. Etwas nannte ihr den Grund für all die Wochen des Wartens, des Zögerns, der Unschlüssigkeit. «Ich glaube, es ist die gute Nachricht von dem einen Menschen, von dem Ihr hattet hören wollen. Ich glaube, die Nachricht besagt, daß Loppe – daß Umar wohlbehalten zu Hause eingetroffen ist.»

Da küßte er sie; es war ein Kuß der reinen Zuneigung und der Erleichterung und noch einiger anderer Gefühle, die sie nicht benennen konnte. Er sagte: «Ich brauche keinen Trost mehr, und wenn Ihr einen braucht, wird er die Gestalt eines starken Getränks annehmen. Margot, geht und weckt Tobie und Julius. Ich will hier nicht allein sitzen, nicht einmal mit Euch. Und dann muß ich Pläne machen.»

«Ihr geht fort? Nun da Ihr Euch wieder bewegen könnt, geht Ihr fort? Wohin?»

«Nach Brügge – wohin sonst?»

Brügge im Frühling war das Heimkehrgeschenk, das Nicolaas sich drei Monate lang verweigert hatte. Als er Venedig verließ, nahm er Margot mit – Julius war sofort damit einverstanden gewesen. Sie war eine stille Gefährtin, und die Reise war wohl anstrengend, aber nicht allzu beschwerlich.

Der Geist Marian de Charettys lebte fort, aber als teure und gütige Gegenwart und nicht mehr wie einst als Quelle von Selbstvorwurf und Schmerz. Seine Ehefrau Marian ruhte in der Nähe von Dijon. Vor sechs Jahren hatten ihm ihre verwaisten Töchter in Brügge den Zutritt zu ihrem Haus verweigert. Inzwischen war er Tilde in Venedig begegnet, und er hatte versucht, sie sich zum Freund zu machen. Sie und ihre Schwester Catherine hatten Gregorio erlaubt, einen Teil des Hauses für die Zwecke der Banco di Niccolo zu benutzen, und alle noch vorhandenen Zweifel, so mutmaßte Nicolaas, waren inzwischen wohl ausgeräumt worden durch ihren neuen Berater und Geschäftsführer Diniz Vasquez. Und Gottschalk war bei ihnen.

Nicolaas hatte von Gregorio und von Diniz Nachricht erhalten. Ihre beiden in Eile geschriebenen Briefe trafen kurz vor seiner Abreise ein und drückten grenzenlose Freude über seine bevorstehende Rückkehr aus. Gottschalk hatte in ausladender Handschrift eine Zeile mit einem Scherz darin hinzugefügt.

Er hatte auch andere Briefe erhalten – von den Angehörigen der Kaufmannschaft, von den Stadtvätern, von den Jungen, mit denen er aufgewachsen war. Er war Bürger von Brügge; er hatte der Stadt Ehre gemacht. Es würde einen Empfang geben, der sich fast mit dem in Venedig vergleichen konnte. Er war darauf vorbereitet; Menschenmengen beunruhigten ihn nicht mehr. Er hatte sich nicht aus Furcht von der Gesellschaft ausgeschlossen, sondern aus dem Bedürfnis heraus, sich in Ruhe darüber klarzuwerden, was mit ihm geschehen war. Er wußte, was er wollte, aber bis Umar in Sicherheit war, hatte er nicht danach greifen mögen.

Keinen Brief hatte er von Gelis van Borselen erhalten, und er rechnete auch mit keinem. Was gesagt werden mußte, Gutes oder Böses, mußte mündlich ausgesprochen werden. Sie wußte, daß er zurück war, und konnte sich denken, daß er irgendwann nach Brüssel kommen würde.

Wenn sie ihn nicht sehen wollte, brauchte sie nur vorzeitig nach Schottland aufzubrechen. Sie war nicht abgereist. Und wenn sie das nicht sofort getan hatte, würde sie jetzt wohl auf ihn warten.

Er hatte vergessen, wie grün und waldreich die Landschaft war, wie schön der Gesang der Vögel, wie bunt die Farben. Da waren das Kastanienbraun der Pferde vor dem Pflug, das Rot der Müt-

zen, das Rostbraun der Kittel, da waren die dunklen Lederschür-
zen der Männer in den Dörfern, die roten Wangen und die von
Musselin umhüllten Köpfe der Frauen, das Scharlachrot und
Gold von Mohn und Butterblume in den Hecken. Und zu beiden
Seiten das blendende Aufblitzen von Sonnenlicht auf Wasser, hel-
ler als Diamanten.

Dann erhoben sich vor ihnen die braunen Stadtmauern von
Brügge mit den Windmühlen darüber; das mit einem Turm ver-
sehene Tor stand offen, die heruntergelassene Zugbrücke über-
spannte den Kanal, und auf der anderen Seite drüben standen
viele Menschen. Unter ihnen sah er Seide und Samt, Fahnen und
Trompeten. In der Mitte war der Schwarze Löwe von Flandern,
das große Banner von Brügge.

Nicolaas brachte seinen Zug zum Halten und ritt allein vor. Da
er verstand, kam er sich nicht töricht vor, noch empfand er Verachtung.

Aus der Menge drüben löste sich eine Gruppe von drei Ratsherren und drei anderen Personen. Er sah nicht die Ratsherren an,
denn die anderen drei waren Gregorio, Diniz und Tilde. Neben
ihm begann Margot zu weinen.

Dann trat einer der Ratsherren vor und hieß zu einem Trompetenstoß den Ritter Nicolaas van der Poele und ehrbaren Bürger
von Brügge in seiner Stadt willkommen.

KAPITEL 39

BEVOR NICOLAAS nach Brügge aufbrach, hatte er sich vorgestellt,
daß mit Hilfe einer geschickten Verabredung seine ersten Worte
an Gelis unter vier Augen gesprochen werden könnten. Andererseits war es freilich möglich, daß sie ihm (was sie dann auch tat)

lieber im Beisein anderer gegenübertrat und dazu bei einer so öffentlichen Gelegenheit wie dem Empfang, den ihm Louis de Gruuthuse gab.

Im Gedanken an Gelis zog Nicolaas in Betracht (er zog alles in Betracht), daß es zweieinhalb Jahre her war, seit sie sich begegnet waren. Die einzige vertraute Beziehung zwischen ihnen war die körperliche Verbindung einer einzigen Nacht gewesen, und danach hatte sie ihn nur noch einmal wiedergesehen, als er sich ihr, in bewußtlosem Zustand, in noch schlimmerer Verfassung als Gottschalk dargeboten hatte.

Er selbst war sich, bis die Gesichter von Diniz und den anderen es ihm sagten, nicht bewußt gewesen, daß auch seine Freunde mit heimlichen Befürchtungen ans Genter Tor gekommen waren. Gewiß, sie hatten gehört, daß er in Sicherheit war: Er hatte ihnen Botschaften geschickt; er war offensichtlich noch immer zu einer Reise über die Alpen fähig. Wenn sie so erleichtert waren, als sie ihn nun ordentlich gekleidet und im großen und ganzen unverändert vor sich sahen, dann hatten andere gewiß ihre Zweifel geteilt. Erst als er Gottschalk sah, wurde ihm alles klar.

Inzwischen hatte er auf die Reden dankend geantwortet und die Schriftrolle mit dem Namen des Bürgermeisters darauf in Empfang genommen und seinen kleinen Reiterzug durch die vertrauten Straßen zu dem großen, schönen Gebäude geführt, das er jetzt mit dem Haus Charetty teilte. Die Bürger von Brügge säumten nicht den Weg, wenn auch die Neugierigsten bis zur Brücke mitgekommen waren und viele andere ihnen über die Schultern blickten, als die Banner und Trompeten vorbeizogen. Er sah ein paar Schlingel, die er kannte, ein paar alte Freunde und ein, zwei sehr alte Feinde. Er brachte keinen von ihnen dadurch in Verlegenheit, daß er anhielt, um mit ihnen zu sprechen.

Diniz schien enttäuscht zu sein, aber Gregorio erklärte mit gefühlsgerötetem Gesicht, den Huflärm übertönend: «Es wundert mich, daß sie das mit den Trompeten geschafft haben – sie sind völlig erschöpft von den Zeremonien. Das Begräbnis des alten Herzogs, der Einzug des neuen Herzogs, die Sitzung des Kapitels des Ordens vom Goldenen Vlies, die Osterprozessionen und jetzt diese zweimal verschobene verdammte Hochzeit. Ist Euch wirklich wohl?»

Seine Blicke wanderten immer wieder über Nicolaas hinaus. Nicolaas sagte: «Wenn Ihr aufhörtet, mir ins Ohr zu brüllen, könntet Ihr hinter mir an ihrer Seite reiten. Margot, sagt ihm, uns geht es allen wirklich gut und Ihr habt Euch bereit erklärt, mich zu heiraten.»

Jetzt mit hochrotem Gesicht änderten Gregorio und seine herrliche Margot die Reitordnung. Tilde sagte: «Sie sollten heiraten.»

Auch sie sah gut aus, einundzwanzig Jahre alt, mit dem langen glänzenden braunen Haar unter der Haube und dem pelzbesetzten Umhang, der ihr von den geraden Schultern fiel. Sie lächelte ins Leere.

Diniz sagte: «Jeder sollte das.» Auch er lächelte ins Leere. Dann wandten sich beide um und sprachen Nicolaas gleichzeitig an.

In der Spangnaerts Straat zog die städtische Eskorte ihres Wegs, und Diniz löste wie mit Zauberhand die Gruppe der Diener und Bewaffneten auf, die das Haus Charetty selbst mitgebracht hatte. Drinnen auf dem Hof warteten alle Färbersleute von Henning abwärts und die von Cristoffels angeführten Kontoristen. Und Catherine, Tildes jüngere Schwester, die ein wenig weinte. Und ein großer gebeugter Mann im Priestergewand mit einer Krücke unter einem Arm, der eine Vogelkralle hinstreckte und sagte: «Jetzt bin ich zufrieden.»

«Und ich auch», sagte Nicolaas. «Aber es kann immer noch besser gehen.»

Diesen Tag verbrachte er mit ihnen allen zusammen, wie es nur billig war. Die Fässer mit Wein wurden angestochen, und die Platten mit Speisen kamen dampfend aus der Küche herbeigeschwebt, begleitet von den Köchen selber und von flüsternden Küchenjungen, die sich abwechselten. Indes die Stunden vergingen, kamen andere Gäste – keine bedeutenden Bürger, sondern kleine Geschäftskunden und Handwerker, die die Familie Charetty seit langem kannten. Unter ihnen war auch Colard Mansion, seines Zeichens Skribent und Maler.

«Mein Teuerster! Der Täufer, engelsgleich und mager! Und nüchtern, Freund, an deinem großen Freudentag?»

635

«Das ist eine Lüge», entgegnete Nicolaas. «Ich bin so betrunken wie du. Hast du meine Briefe bekommen?»

«Welche Briefe? Ach ja, die hab ich bekommen. Lassen wir die unwichtigen Geschäfte. Du solltest sehen, was van der Goes und ich für die Hochzeit gemacht haben. Du hast doch von der Hochzeit gehört? Für Mai mußten wir alles fertig haben, und jetzt soll's erst Ende Juni sein. Die verfluchten zwölf Arbeiten des Herkules – im Ernst. Schiffe und Bäume. Ein Löwe. Ein Leopard. Ein Einhorn. Ein Wal. Ein Kamel – über Kamele wirst du ja Bescheid wissen. Alles was ein Rohr in den Hintern gestopft bekommen und Wein pinkeln kann. Komm und sieh dir alles an. Ich lade auch Befehlshaber Willem ein.»

«Wirklich?» Gottschalk war außer Hörweite.

«Ja», sagte Colard. «Wieviel Geld hast du?»

«Genug für die Hälfte von dem, woran du denkst.»

«Du bist ein schäbiger Kerl», sagte Colard ohne Groll. «Ein schäbiger, nüchterner Bursche, der andere gern betrunken sieht.»

Am Abend ging Nicolaas in Gottschalks Kammer, nachdem er einige Zeit mit Tilde, Catherine und Diniz zusammen verbracht und Gregorio gesagt hatte, er solle nicht warten, da er zu müde sei, um noch heute mit ihm zu sprechen.

Gottschalk lächelte, als Nicolaas ihm das berichtete. Der Priester lag nicht im Bett, sondern saß, in ein Gewand gehüllt, auf einem Stuhl mit Rücklehne, die Füße auf einem Schemel. «Wenn Ihr Margot nicht mitgebracht hättet, wäre er sehr traurig gewesen. Seid Ihr müde?»

«Nicht dafür. Habt Ihr Schmerzen?»

«Es geht», sagte der große Mann. «Aber ich habe mein Leben. Ich freue mich, daß das auch für Euch gilt.»

«Es wurde mir geschenkt», erwiderte Nicolaas. «Ich möchte als Gegenleistung etwas tun. Ich habe Euch etwas zu zeigen.»

Er hatte alle Bücher mitgebracht bis auf die, die er in San Michele gelassen, und einige, die Tobie behalten hatte. Die Kisten waren zu schwer, als daß er sie hätte heraufbringen können, aber er hatte die besten Stücke in einen Ranzen getan und legte sie jetzt neben Gottschalk auf den Tisch. Der Priester berührte sie mit dem

Handballen und hob dann einen Band in seinen Schoß hinunter und schlug den Deckel zurück. Nach einer Weile blickte er auf.

«Ihr wußtet, wonach Ihr auf der Suche wart. Ich habe das hier noch nie gesehen. Früher einmal hätte ich es für Euch abschreiben können.»

«Ich weiß», sagte Nicolaas. «Aber ich will keine Abschrift haben. Ich will es gedruckt haben, und ich möchte, daß Ihr mir dabei helft.»

«In Venedig?» fragte Gottschalk. Er starrte auf eine Seite.

«Nein, hier. Colard wird es übersetzen. Und Tobie wird mithelfen, wenn er kommt. Ihr werdet sehen, wir haben viele medizinische Abhandlungen, und Tobie sieht sich noch nach anderen um. Man könnte Anmerkungen hinzufügen. Wir könnten sogar ein eigenes Buch veröffentlichen. Wenn Ihr Lust habt.»

«Einige von denen hier kommen aus der Bibliothek der Sankore-Moschee. Dann habt Ihr das also geplant?»

«Ich hatte Zeit», sagte Nicolaas.

Er ging nach einer Stunde, denn war er auch noch nicht müde, so war es doch Gottschalk. Gegen Ende des Gesprächs ging Nicolaas auf, daß Gottschalk von der Reise zu reden wünschte, die ihn zum Krüppel gemacht hatte – daß eine seiner größten Entbehrungen das Fehlen einer Menschenseele außer Diniz gewesen war, mit der er seine Erinnerungen teilen konnte. Und Nicolaas seinerseits hatte etwas von dem beschrieben, was er in der Stadt gefunden und was Umar ihm gezeigt hatte. Nur etwas, nicht alles, denn es war in mancher Hinsicht zu großartig, als daß man es hätte mit anderen teilen können. Und in anderer Hinsicht zu persönlich.

«Es ist eigenartig», sagte Gottschalk. «Ich glaubte einmal, Euch helfen zu können, und sehnte Eure Rückkehr herbei, damit ich es versuchten könnte. Und jetzt seid Ihr der Fels.»

«Das kann keiner von uns behaupten», erwiderte Nicolaas. «Unsere Schwächen sind nur verschieden.»

Am nächsten Tag war der festliche Empfang.

Das Haus von Louis de Gruuthuse, Ritter des Ordens vom Goldenen Vlies, Vizeregent von Holland, Zeeland und Friesland, berühmter Turnierkämpfer, berühmter Bücherliebhaber, Ratgeber Herzog Karls und Führer der burgundischen Heere, war ein an zwei Kanälen gelegenes und von Gärten umgebenes Palais aus rotem Ziegelstein.

Nicolaas erreichte es mit seinem Gefolge auf dem Weg über die Börse und den Marktplatz und erregte diesmal einiges Aufsehen, da sogar seine Pagen mit Edelsteinen geschmückt waren.

Was ihn selbst betraf, so war an seinem drapierten Hut und dem kurzen Wams kaum etwas vom Stoff zu sehen. Sein Pferdegeschirr war aus Gold, desgleichen der Stab seines Banners. Unsichtbare Vermögenswerte galten in Venedig wie in Brügge für nichts; Edelsteine waren es, was die Stadt und der Seigneur de Gruuthuse erwarteten. Den Aufzug als die Pflicht hinnehmend, die er war, verspürte Nicolaas weniger Hochgefühl – weniger von allem – als am Tag zuvor bei seinem Einzug.

Acht Jahre zuvor hatte er dieses Haus betreten als kecker Lehrling namens Claes, der seine verwitwete Dienstherrin geehelicht hatte. Damals waren er und Marian unbedeutende Gäste unter Hunderten gewesen, der Anlaß ein Requiem für einen schottischen Monarchen.

Diesmal gingen Marians Töchter hinter ihm, zusammen mit Gregorio, seiner zweiten Hand, und Diniz Vasquez, dem Geschäftsführer des Hauses Charetty. Diesmal stand Louis de Gruuthuse selbst in der mit Fliesen ausgelegten Halle, um ihn zu begrüßen, neben ihm seine Gemahlin, eine geborene van Borselen. Dann schritten sie die breiten Stufen zu seinem Empfang hinauf.

Die Halle mit ihrem bis zur Decke reichenden Kamin füllten Männer und Frauen, die Nicolaas kannte. Die Amtspersonen der Stadt. Der Statthalter des Herzogs und der Onkel von Diniz. Einige der jungen Männer, mit denen er aufgewachsen war – Anselm Sersanders, aber nicht Lorenzo di Strozzi, der jetzt in Neapel war, und auch nicht Jannekin Bonkle, sein Vertreter in Schottland. Die Kaufleute, mit denen das Haus Charetty im Geschäft stand. Die ausländische Kolonie: die Leute von der Hanse, die er kannte, Spanier, deren Vettern er in Valencia begegnet war. Einige mit Besitz in Portugal, darunter ein kühl wirkender genuesischer Händler namens Gilles, der mit Nachnamen natürlich Lomellini hieß. Venezianische Freunde, unter ihnen ein Bembo, aber nicht Marco Corner, dessen Kind Zacco von Zypern versprochen war.

Als Vertreter von Florenz Tommaso Portinari, schwarzhaarig und prächtig, der Hände mit diesmal echten Ringen ausbreitete und ihn auf beide Wangen küßte und ausrief: «Lieber Nicolaas! So ein Glücksfall! Ich treibe selber mit dieser Gegend Handel – Ihr werdet davon gehört haben. Wir haben uns so viel zu erzählen, wir beide. Ich schicke Euch meinen Sekretär, der Euch zum Abendessen abholt. Ihr wißt, wo ich wohne? In dem alten Gebäude von Bladelin?»

«Tommaso», sagte Nicolaas, «jeder weiß, wo Ihr wohnt.»

Die Genuesen, vertreten durch einen Doria und jenen gebürtigen Genuesen, der durch Abstammung auch ein Aristokrat von Brügge geworden war. Anselm Adorne sagte: «Margriet hat geweint, als sie hörte, daß Ihr gesund zurückgekehrt wart, und auch ich hatte einen Knoten im Hals, wie ich gestehen muß. Gottschalk hat uns einiges erzählt. Ihr seid ein edler Mensch, Nicolaas.»

«Eher hartnäckig», sagte Nicolaas. «Ihr wart freundlich zu Catherine und Tilde. Ich habe Euch dafür zu danken – und nicht nur dafür.»

«Kommt und besucht uns», sagte Margriet und hielt ihm die Wange zum Kuß hin.

Das würde er auch demnächst tun. Er hatte in der Jerusalemkirche der Adornes mit Marian die Ehe geschlossen. Hier in dieser Halle hatte Nicolaas neben Marian gestanden, hatte die Stimme von Simon de St. Pol gehört, der ihn in aller Öffentlichkeit anschrie. Hier in dieser Halle hatte er erfahren, daß Katelina schwanger war und daß sie, anstatt es ihm zu sagen, Simon geheiratet und das Kind als das seine ausgegeben hatte. Henry. Henry war nicht hier, genausowenig wie Simon. Oder Katelina.

Eine Stimme, die er kannte, sagte: «Es war alles zuviel. Die Aufregung. Das ungewohnte Gewicht der Edelsteine. Was, um

Himmels willen, ist das für eine Kette, die Ihr da tragt? Ein menschenfressender Ritterorden?»

Nicolaas tauchte aus seinen Gedanken auf. Vor ihm stand, als letzte in der Reihe, die Familie van Borselen aus Veere. Der edle Herr Henry, nach dem sein Sohn genannt war. Wolfaert, Henrys Sohn und Vetter von Gelis und Katelina. Und Gelis selbst.

Er sah sie, nahm den kunstvollen Schleier wahr, den juwelenbesetzten Kragen, die blassen, fein geschnittenen Augen, ehe er den Blick auf den sitzenden Mann richtete, der gesprochen hatte. Massige Erscheinung in prächtigem Samt: Jordan, Vicomte de Ribérac und Vater von Simon.

Wie alt mochte Jordan jetzt sein? Wenigstens sechzig. Die Narbe auf Nicolaas' Wange war jetzt dünn und weiß; es war nun über acht Jahre her, daß Jordans Ring sie ihm ins Fleisch geschnitten hatte. Und vier Jahre war es her, daß Jordan unter den schrecklichsten nur denkbaren Vorwänden seinen Enkel Diniz aus Zypern entführt hatte. Doch er hatte sich kaum verändert: eindrucksvolle Körperfülle, glatte, schwere Wangen, kühn blickende Augen.

«Meine Kette?» sagte Nicolaas. «Das ist das Zeichen des Ritterordens von Zypern. Sie haben es mir gegeben, weil ich nichts gestohlen habe. Habt Ihr Euch entschlossen, die *Ghost* zurückzugeben? Wir würden es begrüßen.»

«Sieh da, die Eingeborenen haben Eure geistigen Fähigkeiten angeregt. Wie lustig. Aber gestattet, daß ich mich etwas noch Unerwarteterem zuwende. Das ist der erste Anblick meines Enkels, der mir zuteil wird. Komm her, Diniz.»

«Gewiß, Großvater», sagte Diniz. Er trat vor, mittelgroß, sonngebräunt, und das gutsitzende Wams ließ die schmalen Hüften und die breite Brust eines Kriegers erkennen. «Man hat Euch vielleicht nicht gesagt, daß ich schon seit zwei Jahren in Brügge bin. Ich muß mein Bedauern darüber ausdrücken, daß wir Euch vor Gericht bringen, aber die Gerechtigkeit muß hochgehalten werden.»

«Wenn man sie erkennen kann, natürlich. Und dieses *wir*, das du da gebrauchst, Kind? Hast du den Thron bestiegen? Das hättest du mir sagen müssen.»

«Diniz und ich werden uns zusammenschließen, Monseigneur», sagte Nicolaas. «Er nimmt Tilde de Charetty, eine meiner Stieftöchter, zur Frau. Da ist sie. Vielleicht möchtet Ihr den beiden Euren Segen geben.»

Am Morgen war Diniz zu Nicolaas gekommen und hatte ihn um die Erlaubnis zur Heirat gebeten. Es war nicht mehr überraschend gekommen, und er hatte sie ihm gegeben. Lucia, die in Schottland weilte, konnte das Verlöbnis nicht verhindern, so sie es überhaupt gewollt hätte. Jordan konnte lediglich Geld verweigern, und Geld hatte Diniz genug. Es würde auch keine öffentlichen Beschuldigungen geben, nicht jetzt und hier im Palais von Louis de Gruuthuse, wo der Onkel des Jungen zugegen war, der Sekretär der Herzogin.

Senhor João, der alles mitangehört hatte, kam schon herzugeeilt. Tilde hob ihr Gewand an und stürzte strahlenden Auges auf Nicolaas zu und küßte ihn. Gäste begannen sich um sie zu scharen. Nicolaas sagte: «Diniz, es tut mir leid. Aber es schien der richtige Ort zu sein.» Diniz lachte ihn an und nahm Tilde an der Hand. Sie verschwanden im Kreis.

«Reizend», sagte Jordan de Ribérac. «Nicolaas, ich muß Euch beglückwünschen, vorausblickender Junge. Ich dachte, sie hätte es auf diesen langweiligen Trottel von Julius abgesehen. Das wäre nie gutgegangen. Und jetzt, wo Ihr den Bräutigam in der Tasche habt, erwerbt Ihr das Haus Charetty so mühelos, als wenn Eure Stieftochter gestorben wäre. Hab ich recht? Ist das Mädchen mit einer Verschmelzung einverstanden?»

«Wenn meine Geschäftsgenossen die Entscheidung billigen», sagte Nicolaas. «Ich könnte Euch die Teilhaberschaft zu besonderen Familienbedingungen anbieten. Und Ihr könntet ihnen zur Hochzeit die *Ghost* schenken.»

Die scharfen Augen blickten auf und musterten ihn. Der Gesichtsausdruck des Mannes hatte sich kaum verändert; die plumpen Hände blieben ruhig auf dem Stockknauf gefaltet. «Ihr habt gelernt», sagte Jordan. «Wie?»

«Am Beispiel», antwortete Nicolaas, verneigte sich und wandte sich den anderen zu. Gelis hatte sich dem Kreis um Diniz und

Tilde angeschlossen. Sie lächelte sie an, was ihn überraschte. Bald darauf wurden sie alle zu Tisch gerufen, und er sah, daß Jordan gegangen war.

Später nahm er an, daß alles so beabsichtigt gewesen war: daß Gelis ihn aus einer gewissen Entfernung hatte beobachten wollen und gewußt hatte, daß sie am Tisch ein Stück abseits von ihm sitzen würde, oder vielleicht sogar dafür gesorgt hatte. Alle Welt wußte, daß sie, eine alleinstehende Frau, in Guinea zurückgeblieben war, als Diniz die Rückreise angetreten hatte, wenn auch außer ihr noch der Priester zurückgelassen worden war. Alle Welt wußte, daß Nicolaas zurückgekehrt war, aber nicht nach Brügge. Der gegenwärtige Abstand zwischen ihnen wahrte das Trugbild – vielleicht war es gar keines? –, daß nichts zwischen ihnen war. Sie hatte richtig daran getan, ihre erste Begegnung in der Öffentlichkeit herbeizuführen. Vielleicht würde es gar keine weitere mehr geben.

Andererseits war das gefürchtete Zusammentreffen mit Jordan vorüber. Es war nichts geschehen. Er war abgeschätzt worden und hatte ausnahmsweise einmal zurückschlagen können. Und Jordan, das hatte er gehört, war dabei, die Stadt zu verlassen. Es wurden Reden gehalten beim Essen, man trank viel Wein, auf das Wohl von Diniz und Tilde. Es machte ihm Freude, den Tag mit ihnen zu verbringen. Jemand sollte es schließlich genießen.

Es war üblich, daß zum Schluß Gastgeber und Gastgeberin den Ehrengast zur Tür brachten und die Gesellschaft sich dann zerstreute. Der Reiterzug versammelte sich, die Stallburschen hielten die Fackeln hoch, das schöne blaue Banner mit dem Kreuzgriff-Schwert flatterte über Nicolaas' Kopf, als er aufsaß. Der makellose Schleier neben seinem Steigbügel gehörte seiner Gastgeberin.

Marguerite van Borselen sagte: «Ich hoffe, Ihr seid nicht richtig müde. Monseigneur versuchte Eure Aufmerksamkeit auf sich zu lenken. Nachdem die anderen gegangen sind, wäre es schön, wenn Ihr noch bleiben und Wein mit uns trinken könntet. Gelis wird Euch den Weg zeigen.»

Er spürte, wie ihm das Blut vom Herzen wich. «Natürlich», sagte er.

Er hätte damit rechnen müssen, daß sie mit ihrem eisernen Willen für diese erste Begegnung die Hilfe ihrer Familie erlangen würde. Daß sie in bescheidener Zurückhaltung bei der schläfrigen Zusammenkunft vor dem großen Kaminfeuer zugegen sein würde, bis Nicolaas sich erhob, um zu gehen. Und daß sie sich erbieten würde, ihn hinunterzugeleiten, um dann vorzuschlagen, noch in der Bibliothek zu verweilen.

Vor acht Jahren hatte das Palais Gruuthuse aus einem einzigen Flügel bestanden. Inzwischen war es größer geworden und wuchs noch immer. Gerüste ragten zum nächtlichen Himmel empor, und von den Fenstern aus sah man matschige Stellen, wo die Maurer am Werke gewesen waren. Tragmulden lagen herum, aber keine schlafenden Echsen, die Mäuler bereit zum Zuschnappen. Und die Gespenster im schimmernden Wasser waren Schwäne, und das Wasser selbst floß schwarz und klar dahin ohne einen Schilfrohrwald, durch den knarrend und raschelnd ein Boot fahren konnte, während die Silberreiher wie Federbüsche herausragten.

Gelis sagte: «Das ist die Bibliothek. Kommt und seht Euch um.»

Er hatte schon einmal einen Blick hineingeworfen. Er sah im Geist ein schmales, schönes Gemach vor sich mit dreizehn Giebelfenstern, durch die der indigoblaue Nachthimmel auf übereinander angeordnete Regale hinunterblickte, zwölf auf jeder Seite. Und am Ende des langen, glänzenden holzgetäfelten Fußbodens brannten an einem Tisch silberne Leuchter.

Mit außergewöhnlicher Heftigkeit sagte Nicolaas: *«Nein!»*

«Was ist?» fragte sie. «Nicolaas, was ist?» Dann setzte sie mit ihrer gewöhnlichen Stimme hinzu: «Sie ist nicht wie die des Qadi oder des Katib Musa. Kommt herein. Sie ist ganz anders.»

Und da sah er, daß sie recht hatte und daß es hier nicht so war wie in irgendeinem Gemach, in dem er schon gewesen war, und schon gar nicht einem von der Art, wie er es sich vorgestellt und das er noch nie im Leben gesehen hatte. Er trat deshalb ein und sagte: «Die Bibliothek des Qadi ist zur Hälfte vernichtet. Es hat einen Brand gegeben.»

Sie stand ganz still da. «Einen Brand?»

«Gelegt von Akils Männern. Jetzt wird keine Gefahr mehr bestehen. Ich habe ihnen gezeigt, was sie machen müssen. Und Umar ist da. Er ist nach Hause zurückgekehrt, Ihr habt es wohl gehört.»

«Ja, ich habe es gehört», sagte sie. «Er hat Euch durch die Wüste geholfen. Und er hat jetzt drei Kinder.»

«Das letzte ist ein Mädchen.» Im Kerzenschein sah er, wie ihr Gesicht sanftere Züge bekam. Sie hatte sich verändert, genau wie er. Der Wind hatte ihr feine Fältchen in die Stirn gedrückt. Ihre Augen schienen größer, da das Fleisch jetzt dichter auf dem Knochen lag, und ihre Lippen hatten an den Mundwinkeln Fältchen, wie er sie gesehen hatte, als sie zum ersten Mal bei den ganz kleinen schwarzen Kindern saß und ihre Lektion niederschrieb. Ihr Haar, glatt, aber nicht ganz glatt, wie von der Weberkarde aufgerauhter Atlas, war vom gestreiften Silber zur Farbe von Hafer zurückgekehrt, und ihre Wimpern waren braun. Sie hatte ein Buch herausgezogen und sah es an.

Nicolaas fragte unvermittelt: «Habt Ihr Frieden?» Er hatte arabisch gesprochen.

Sie blickte auf, die Wimpern gesträubt wie die einer Puppe. Als sie antwortete, tat sie dies in rauhem Arabisch, und es war nicht die gemäße Erwiderung. «Nein. Ich weiß nicht, wer ich bin. Bel ist fort. Ich kann die Person, die ich war, nur finden, wenn ich mit Gottschalk oder mit Diniz spreche. Oder mit Euch. Hoffte ich. Aber Ihr habt es hinter Euch gebracht.» Ihre Knöchel auf dem Buch waren weiß.

Er zog das Buch von ihr fort. «Nein», sagte er. «Ich trage es bei mir.»

«Wie?» Das hatte auch Jordan gefragt.

«Ich hatte Lehrer», sagte er. «Und Bücher, wie diese. Und die Wüste. Vor allem die Wüste.»

«Aber Ihr habt nicht bleiben wollen?»

«Oh, doch.»

«Aber das Gold hat Euch zurückgelockt?» Ihre Stimme klang scharf.

«Nein, ich wurde vertrieben», sagte Nicolaas. «Das verlorene Paradies. Oder nicht einmal das. Ich habe ihnen geschadet.»

«Wie konntet Ihr das?» fragte sie.

«Ich glaube, wir sollten uns Bücher ansehen. Wenn ich dazu hier bin. Wißt Ihr, daß ich viele Bücher mitgebracht habe?»

«Wie konntet Ihr ihnen schaden?» wiederholte sie. Sie setzte sich plötzlich auf einen Hocker und wirkte wie ein Kind in ihren schönen Kleidern. «Ihr habt doch selbst gesagt, Ihr hättet ihnen geholfen.»

Nicolaas sah zu ihr hinunter und antwortete nicht sogleich. Dann sagte er: «Ich weiß, was ich zurückgelassen habe. Ich gehe nicht zurück. Noch kann ihnen niemand helfen, sie können sich nur selbst helfen. Umar findet sich auch damit ab.»

«Dann hätte er Euch ganz umsonst dorthin gebracht?»

«Ihr mögt es so einschätzen», sagte Nicolaas. «Wir haben sein Land der Ausbeutung geöffnet, und er hat zugelassen, daß es uns einige Lehren erteilte, und es zum Schluß vor uns beschützt. Keiner von uns kann mehr der gleiche sein wie früher. Welche Tölpel wären wir sonst? Eure Form ist zerbrochen: Ihr habt Angst, aber Ihr könnt Euch, was nur wenigen vergönnt ist, eine neue machen. Was Ihr von mir seht, ist sein Werk. Diniz wird ein guter Mensch werden. Bel hat ihre eigene Güte mitgebracht und sie vermehrt.»

«Und Gottschalk?» Gelis hielt inne. «Nein, das ist ungerecht. Der Himmel weiß, das ist nicht Eure Schuld oder die Umars.»

«Ihr seht das nicht ganz richtig», entgegnete Nicolaas. «Es sind nicht die leidenschaftlich gläubigen Menschen, für die das Märtyrertum eine Auszeichnung bedeutet. Gottschalk hat sein Gelübde erfüllt, nachdem er sein Leben lang gefürchtet hat, er werde ihm nicht nachkommen. Die Hände sind sein Opfer. Und er und Colard Mansion werden einander verrückt machen. Gelis, ich bin Euretwegen zurückgekommen.»

Er sagte es auf flämisch. Er sagte es bewußt, während er stand und sie saß; während sie miteinander sprachen und er sie noch nicht einmal berührt hatte, so daß sie wissen mußte, daß er in der Absicht gekommen war, es zu sagen.

Im Haus war jetzt alles still. «Warum?» fragte sie.

«Weil inzwischen Zeit zum Nachdenken war. Erinnert Ihr Euch?»

«Ja.»

Er sah das Buch an. *La Danse aux Aveugles* war der Titel. Es war nur ein Titel. «Wir haben einander ein Geschenk gemacht», sagte er. «Ihr sagtet, Ihr wolltet mich nehmen, wenn Ihr Euch einen Liebhaber nähmt. Ihr sagtet – und ich sagte –, daß es kaum Aussicht auf eine Ehe geben könne. Ich habe eine Frage an Euch. Wie Ihr sagt, habe ich sie Euch schon einmal gestellt.»

«Ja?» Unter ihren Augen waren Schatten.

«Die Nacht, die wir zusammen waren. Ich weiß, warum Ihr in meine Kammer gekommen seid. Habt Ihr beim Gehen noch das gleiche gefühlt?»

Ihr Blick war so offen, er konnte die Kerzenflammen darin sehen. Als er sich bewegte, glitt das Licht von seinen Edelsteinen über sie hin. Sie sagte: «Ich dachte, Ihr hättet das spüren können.»

Er bewegte die Lippen, als lächle er. «Glaubt Ihr, ich hätte irgend etwas wahrgenommen außer dem, was geschah? Aber ich habe darüber nachgedacht, während ich fort war. Ich hatte nicht geglaubt, daß wir zurückkommen würden. Und als wir dann zurückkamen und ich aufwachte, da wart Ihr abgereist. Ich fragte mich, warum.»

«Ihr solltet mir folgen», sagte Gelis. «Umar wollte, daß ich gehe – Ihr solltet nicht verletzt werden. Er glaubte damals, Ihr solltet bleiben, weil Euch eine Heimkehr nur in fortwährendes Elend stürzen würde. Er wollte, daß Ihr Frieden hättet.»

«Ich habe Frieden», sagte Nicolaas. «Ich bin Euch gefolgt. Ich bin hier, wenn Ihr mich wollt.»

«Obschon ich Eure Frage nicht beantwortet habe?»

«Ihr habt sie beantwortet. Welche Rache könnte darin liegen, mich herzulocken, ohne mich dann zurückzuweisen? Und das habt Ihr nicht getan.»

«Noch nicht.»

Er sagte: «Horcht.»

Sie war errötet. «Was?»

«Euer Atem», sagte Nicolaas. «Und der meine. Gelis, ich möchte Euch berühren, und ich mag diese Bibliothek nicht. Muß ich nach Hause gehen?»

Sie saß stumm da. Die Edelsteine an ihrem Hals blitzten. Er erinnerte sich des Teichs beim Palast und der Ranke, die ihr junger Körper war, und der kindlichen Knospen ihrer Brüste. Es würde schwer sein, nach Hause zu gehen, doch er bewegte sich nicht.

Sie sagte: «Was wäre es anderes als tierisches Vergnügen? Ihr solltet Euch mehr als das wünschen. Und das werde ich wohl eines Tages auch.»

«Wenn Ihr wißt, wer Ihr seid. Aber bei mir wißt Ihr das. Ihr habt es selbst gesagt. Ich bin wie Gottschalk und Diniz, die andere Hälfte Eures Lebens. Die andere Hälfte Eurer Form. Ich bitte Euch nicht einmal zu versuchen, die meine zu ergänzen.»

Sie erhob sich. Es war spät. Auf der Treppe brannten hier und da Lampen; der Pförtner war wach, und da waren gewiß auch noch Dienstboten und Pagen. Aber er war Gast des Hauses und hatte nur in einer Bibliothek ein Gespräch gehabt. Es würde ein leichtes sein, das Haus zu verlassen.

Gelis sagte: «Es gibt einen Weg in den neuen Flügel, der gerade gebaut wird. Meine Kammer ist dort in der Nähe. Ich fürchte nur, es sind Bücher darin.» Nun da sie stand, sah er, wie ihre Röcke zitterten.

«Und wenn uns jemand sieht?»

«Ich bin eine van Borselen», sagte Gelis. «Im falschen Bett bin ich unsichtbar.» Ihre Stimme kam von der Tür her.

Er öffnete weit die Augen und folgte ihr rasch und leise durch viele Gänge. «Ich wünschte, ich wäre als ein van Borselen geboren worden. Welche Tür? Geht hinein. Ich warte, um zu sehen, ob alles in Ordnung ist, und folge Euch dann.»

Er wartete, aber niemand hatte sie gesehen. Während er wartete, sah er den Mond gelb wie Käse über den Dächern hängen und hörte in der Ferne eine Glocke. Ein Hund bellte, und irgendwo stapfte ein einzelnes Pferd. Von der Kirche Unserer Lieben Frau klang Gregorianischer Gesang herüber. Sein Körper hatte begonnen, den Befehl zu übernehmen. Ihm war schlecht.

Als er die Tür öffnete, lag Gelis' Kammer im Dunkeln. Dies genügte, um ihm die Kehle zuzuschnüren. Er hatte ihr selbst gesagt, wie sie ihm weh tun konnte.

Dann bewegte er sich weiter und berührte das lange Haar einer europäischen Frau, das seine Handflächen zu einem glatten Hals und zwei nackten Brüsten hinabführte und zu einem schlanken Leib mit einem halb gelösten Gewand darunter.

«Das ist keine Art, sich zu entkleiden», sagte er mit rauher Stimme, und dann sagte er gar nicht mehr viel, denn nun bekam es sein Festtagsstaat von acht zielstrebigen Fingern und zwei Daumen vergolten.

KAPITEL 40

DIE WÜSTE HATTE NICOLAAS die Mäßigung gelehrt, wenn nicht ihm zur Gewohnheit gemacht. Es war unwahrscheinlich, ja, in der Tat unmöglich, daß er in irgendeinem Gemach mit Gelis van Borselen zusammen Maß hielt, doch brachte er es diesmal wenigstens dahin, daß er nur eine Stunde bei ihr blieb und kein die ganze Nacht ausfüllendes Spiel von der Art erlaubte, wie sie es schon einmal genossen hatten.

Zu dieser Nacht war es aus vielen Gründen gekommen, deren wichtigste fortbestanden. Es war eine jähe und sinnliche Vereinigung; sie hatte das deutlich genug gesehen. Wenn man bedachte, daß sie einander wohl im Alter, aber nicht an Erfahrung nahestanden, war es vielleicht ungewöhnlich, daß sie eine körperliche Übereinstimmung besaßen, wie er sie selten, wenn überhaupt jemals angetroffen hatte. Er empfand in ihr ein Höchstmaß an Freude, und er wußte, kundig wie er darin war, daß er ihr die gleiche Wonne vermittelt hatte.

Doch das war nicht der hervorragendste Grund; der lag in dem begründet, worüber sie gesprochen hatten: etwas, das über die bloße körperliche Vereinigung hinausging. Jeder für sich allein waren sie fürs Leben gekennzeichnet durch das, was sie gemeinsam und dann getrennt durchgestanden hatten.

Er hatte in dieser Nacht nichts von der Zukunft gesagt, hatte nicht davon sprechen wollen – und sie auch nicht. Sie hatte sich auch nicht von ihm trennen wollen, hatte ihn mit einer Art Wildheit festgehalten, ehe sie ihn plötzlich losließ.

Er hatte gesagt: «Gelis? Es ist das Haus deines Vetters. Wir wissen noch nicht, was wir wollen.»

Und sie war aufgestanden, wie sie war, hatte die Lampe angezündet, nach einer Bürste gegriffen und sich langsam durchs Haar gestrichen. Sie war anders als Katelina. Und sie war überall blond.

«Komm morgen in die Spangnaerts Straat und geh zu Gottschalk», sagte er. «Da können wir reden.» Er war halb angezogen.

Die Bürste bewegte sich langsam herunter. «Ich muß nächsten Monat nach Schottland reisen», sagte Gelis. Zwei lange Haarsträhnen hingen zwischen ihren Brüsten. Sie hielt die Enden ihres Haars in einer Hand.

«Mach es nicht schwierig.»

«Warum nicht?» Sie strich sich noch immer mit der Bürste durchs Haar, als er die Tür öffnete, sie einen Augenblick festhielt und dann hinausging.

Es war noch nicht so spät, und er hätte vielleicht damit rechnen sollen, daß bei Gottschalk noch die Lampe brannte, als er zurückkehrte, und daß Gregorio noch am Bett des Priesters saß und ihm von den Geschehnissen berichtete. Sie hatten ihn am Tor gehört und grüßten ihn lächelnd, als er sich zu ihnen gesellte. Gottschalk sagte: «Wie ich höre, hat man Euch einen großen Empfang gegeben. Ihr verdient, was Ihr bekommen habt.»

Güte lag in seinem Lächeln und in dem Gregorios. Nicolaas fragte sich, nicht zum ersten Mal, welcher sechste Sinn das war, der Menschen diese besondere Tätigkeit spüren ließ. Er vermutete, daß sie wußten, wer seine Genossin gewesen war.

Gottschalk hatte bis jetzt wenig von Gelis gesprochen, hatte hauptsächlich ihre Fürsorge auf der Reise gelobt. Es hatte keine seelsorgerischen Ermahnungen gegeben. Man traute Gelis und

Nicolaas zu, daß sie unbeeinflußt die richtigen Entschlüsse faßten. Daß Entschlüsse zu fassen waren, schien offenkundig zu sein.

«Die Familie Gruuthuse hat mir große Ehre erwiesen», sagte Nicolaas. «Übrigens glaube ich, einen Platz für Astorre und die Truppe gefunden zu haben, nach dem, was man sich von Herzog Karl erzählt. Und ich habe Gelis gesehen. Sie kehrt nach Schottland zurück.»

«Vor der Hochzeit des Herzogs», entgegnete Gottschalk. «Die Verschiebung hat alles über den Haufen geworfen. Gelis scheint es bei der jungen schottischen Prinzessin zu gefallen. Wolfaerts Nichte. Das Mädchen ist erst sechzehn und schon ein Jahr verheiratet.»

«Und gibt es bei uns hier eine Hochzeit?» wollte Gregorio wissen. «Diniz ist zu seinem keuschen Bett bei seinem Onkel zurückgekehrt, aber vorher haben er und Tilde uns noch alles erzählt. Ich bin froh, daß Ihr Eure Zustimmung gegeben habt.»

«Es war eine schwierige Entscheidung», sagte Nicolaas. Er ließ sich auf einem Hocker nieder, lehnte sich an die Wand zurück und streckte die Beine aus. «Sie wollen erst heiraten, wenn Lucia kommt. Sie haben ihr geschrieben.»

«Ist das klug?» fragte Gottschalk. Seit Nicolaas' Eintreten hatte er fast nur gelächelt.

«Sie wollte ohnehin kommen», sagte Gregorio. «Zur Hochzeit des Herzogs. Das macht die Verbindung zur Familie Vasquez. Alle Schotten, die in Flandern Handel treiben, kommen zum Fest. Ich habe auch an das Haus Vatachino geschrieben und an Simon. Aber Ihr wollt sicher nichts von geschäftlichen Dingen hören.»

«Doch. Morgen vielleicht. Ich will hören, was Ihr in Madeira gemacht habt und was Simon gesagt hat, als er sah, daß Diniz am Leben war und er die Hälfte des Geschäftes zurückgeben mußte. Und was er tat, als er herausfand, daß er den Gewinn der *Fortado* mit David de Salmeton teilen mußte. Ich wünschte, ich wäre dabeigewesen.»

«Ihr hättet den Augenblick genossen», sagte Gregorio. «Ich fürchte, er ist ein eitler, ungezogener Mensch. Und sein Sohn Henry ist leider sein unschönes Spiegelbild.»

Nicolaas blieb zurückgelehnt sitzen, ohne mit der Wimper zu

zucken. Gottschalk sagte: «Kinder wandeln sich im Heranwachsen. Dieser Henry ist noch jung. Warum macht Ihr Nicolaas nicht auch noch mit dem Rest der Neuigkeiten unglücklich? Erzählt ihm von den zwei Schiffen.»

«Simons Sohn war in Madeira?» wunderte sich Nicolaas. «Warum?»

«Hauptsächlich um Eurer Hinrichtung beizuwohnen», sagte Gregorio. «Das war als besonderer Leckerbissen gedacht. Den Jungen hätte man gleich nach der Geburt umbringen sollen. Er hat Bels Schienbeine wundgetreten, als sie nicht tun wollte, was er verlangte. Und sieht dabei wie ein Engel aus. Ganz sein schöner Vater.»

«Bel hat ihn nach Schottland mitgenommen», sagte Gottschalk. «Er ist noch ein Kind. Das Dumme ist, wie ich höre, daß im Falle der *Ghost* die Eigentümerschaft schwerer nachzuweisen ist, als wir dachten. Obschon Tobie und wir alle eidesstattliche Erklärungen über die Vorgänge abgegeben haben. Jordan sagt, er hat Simon das Schiff geschenkt, und Ihr hättet seinen Faktor getötet und das Schiff in Trapezunt gestohlen. Alle anderen, die die wahren Umstände bezeugen könnten, sind tot.»

«Wie dumm», sagte Nicolaas.

«Es ist spät», meinte Gregorio. «Ihr wollt das sicher jetzt nicht hören. Wir legen natürlich Einspruch ein. Aber die andere Schwierigkeit ist die verlorene Fracht. Denn selbst wenn uns das Schiff zugesprochen wird, könnten wir nicht zugeben, daß es Handel getrieben hat. Und wenn wir das Gold fänden, könnten wir keinen Anspruch darauf erheben. Und was die *Fortado* angeht . . .»

«Erspart ihm die *Fortado*», meinte Gottschalk. «Immerhin – es schadet nichts, wenn Ihr wißt, daß kein unbeteiligter Beobachter bezeugen wird, daß die Mannschaft der *Fortado* Eurem Schiff oder Euren Leuten etwas angetan hat. Alle Überlebenden schwören, daß die Verbrechen von Eingeborenen begangen wurden. Haben wir Euch die Laune verdorben?» Sein Lächeln war kein richtiges Lächeln.

Nicolaas erwiderte: «Ich glaube, die Laune ist eher Gregorio verdorben, denn seine Bemühungen sind es, denen kein Erfolg beschieden ist. Ob ich mich aufregen soll, weiß ich gar nicht.»

Gregorio setzte sich auf. «Das ist heute nacht. Morgen wird Euch anders zumute sein.»

«Da bin ich mir nicht sicher. Ich denke nicht sehr viel anders darüber, seit ich zurück bin. Aber wenn Ihr glaubt, Ihr könnt etwas erreichen, dann versucht's nur.»

«Ihr wollt die *Ghost* nicht mehr?» fragte Gregorio.

«Ich hätte sie schon ganz gern. Aber ich brauche sie nicht. Es gibt anderes zu tun. Die Verschmelzung mit dem Haus Charetty. Die Bank. Ich glaube, wir haben vielleicht Simon zuviel Aufmerksamkeit geschenkt.»

«Das ist neu», entgegnete Gregorio.

«Dann lassen wir das bis morgen. Oder bis heute später am Tag. Solltet Ihr nicht im Bett sein?»

Dieser Tage brauchte man Gregorio da nicht lange zuzureden. Nicolaas blieb noch, als er gegangen war, und setzte sich über die Kohlenpfanne, den Schürhaken in der Hand. Er sagte, ohne Gottschalk anzublicken: «Ich habe Tobie ein Papier gegeben, das er Euch geben oder schicken sollte. Hat er das getan?»

«Was hat darin gestanden?»

«Es war eine Erklärung», sagte Nicolaas. «Unterschrieben von Katelina auf Zypern. Eine Erklärung, die besagt, daß Henry mein Sohn ist.»

«Sie hat mich nicht erreicht», sagte Gottschalk. «Aber wenn ich sie erhalte, was wollt Ihr dann tun? Ihr könnt keinen Anspruch auf das Kind erheben, Nicolaas.»

«Nein, das weiß ich.»

«Soll ich die Erklärung dann vernichten?»

«Nein! Deshalb habe ich nicht davon gesprochen.»

Gottschalk sah ihn an. «Ihr bekommt vielleicht noch andere Kinder. Was dann?»

«Ihr kennt die Wahrheit», entgegnete Nicolaas, «und Ihr könnt sie beschwören. Und Tobie. Und meine Ehefrau, wenn ich eine habe. Ich möchte, daß das Papier aufbewahrt wird. Nicht für mich, sondern für den Jungen, für den Fall, daß er sich einmal auf mich als seinen Vater berufen muß.»

Er sah, wie Gottschalk nachdachte. Der Priester sagte schließlich: «Ihr meint, für den Fall, daß Simon sich gegen den Jungen stellt? Oder mittellos stirbt?»

«Beides ist möglich. Auch für den Fall, daß wir beide sterben, Simon und ich. Jetzt habe ich etwas zu hinterlassen.» Nicolaas erhob sich. «Aber Gregorio braucht nicht zu wissen, wer das Kind ist, und sich zu grämen. Ich habe ihn so schon genug beunruhigt.» An der Tür blieb er stehen. «Schlaft gut. Gelis kommt Euch heute besuchen.»

«Wirklich!» sagte Pater Gottschalk mit leisem, freundlichem Spott. «Heutzutage ist das Leben voller Überraschungen.»

Es wurde eine kurze Nacht. Am Morgen suchte Nicolaas zuerst João Vasquez auf, um das Verlöbnis zwischen seiner Stieftochter und Diniz zu bestätigen. Die Verbindung hatte schon Joãos Segen: Diniz hatte ihn dessen am Morgen des Vortags versichert. Und es würde, das wußte Nicolaas, über die Bestimmungen des Ehevertrags keinen Streit geben. Er hoffte, man verzieh ihm, daß er die Sache so überstürzt angekündigt hatte, aber als er Jordan erblickte, hatte er sich plötzlich gezwungen gefühlt, die Verbindung der Öffentlichkeit unverrückbar bekanntzugeben.

Jetzt war er erleichtert, als er sah, daß er von der Familie, in die Simons Schwester hineingeheiratet hatte, willkommen geheißen wurde. Keine von Simons Verleumdungen schien hier Wurzeln geschlagen zu haben, oder Diniz hatte irgendwelche Bedenken längst zerstreut. Und sein Vater Tristão war durch die Hand eines anderen ums Leben gekommen.

Er würde dem Sekretär der Herzogin abermals begegnen, wenn ihn der Herzog und die Herzogin zu gegebener Zeit im Princenhof empfingen. So wie sie das Verlangen gehabt hatten, den jungen Diniz zu sich einzuladen und zu befragen, so wünschten die Edelleute und Kaufherren von Brügge erst recht den älteren Mann einzuschätzen, der offenbar ohne jede fremde Hilfe so eigenwillige Geschäftsbeziehungen anzuknüpfen vermochte – mit den Venezianern, mit den Portugiesen, sogar (aber daraus war, Gott sei Dank, nichts geworden) mit dem Papst.

Nicolaas wußte, was hinter den Einladungen stand, die ihm Tag für Tag durch Herold, Sekretär oder simplen Boten ins Haus gebracht wurden. Er besaß eine Bank und Verbindungen. Er war jetzt zu mächtig, als daß man ihn bei all seinen Entscheidungen sich selbst hätte überlassen können.

Nichts davon kam nach außen hin zur Sprache im Hause von João Vasquez, doch auch so sah sich Nicolaas zweimal einer Überraschung gegenüber.

Zunächst hatte Nicolaas selbst den Namen der Karavelle *Fortado* erwähnt, gegen deren Auftraggeber er vor Gericht klagte. Diniz war bei ihm.

«Ich weiß davon», hatte João gesagt. «Ich glaube, Raffaelo Doria war ein Mann, dem man nicht trauen konnte, und ich will gern glauben, daß er getan hat, wovon Ihr sprecht. Wenn es bewiesen werden kann, ist es nur recht und billig, daß die Männer, die ihm seinen Auftrag gegeben haben, bestraft werden. Der Umstand, daß einer von ihnen mein Schwager Simon ist, sollte auf diese vorgesehene Ehe keine Auswirkungen haben. Der König von Portugal hat seinen Gewinnanteil an der Fracht erhalten, und das ist alles, worauf es meinem Land ankommt. Ich nehme außerdem an, daß Ihr mit Eurer Klage eine Wiedergutmachung in Dukaten anstrebt. Habt Ihr nicht den Wunsch, die *Fortado* selbst zu besitzen?»

«Ich habe kein Verlangen nach einer weiteren Karavelle», sagte Nicolaas.

«Nun, das ist gut», fuhr João Vasquez fort, «denn ich habe Euch mitzuteilen, daß es die *Fortado* nicht mehr gibt. Sie kam zwischen Madeira und England zu Schaden, als sie in meinem Auftrag mit einer Ladung Zucker unterwegs war.» Er hielt inne und setzte dann hinzu: «Diniz, ich weiß nicht mehr, ob ich dir sagte, daß ich das Schiff nach Beendigung seiner Afrikafahrt übernommen habe. Für den Schiffsführer und das Versicherungshaus bestand natürlich kein Grund zur Freude. Das Schiff war hoch versichert.»

Keiner sagte etwas. «Bei wem?» fragte Nicolaas schließlich.

«Bei einem Genuesen namens Jacques Doria, glaube ich, und der Schiffsherr war Alfonse Martinez. Der Name ist einem anderen offenbar sehr ähnlich. Sie kommen gewiß aus einer Familie.»

«Onkel!» sagte Diniz.

«Oder hältst du das für unchristlich?» sagte João Vasquez.

Die zweite Überraschung war anderer Art. Die letzte in dieser ruhigen Kammer mit ihren hohen, schmalen Fenstern aufgeworfene Frage brachte etwas zum Abschluß, was längst hätte abgeschlossen sein sollen, und kam so plötzlich, daß sie Nicolaas völlig unvorbereitet traf.

Sie sprachen gerade von Blutsverwandtschaft: Eine verwandtschaftliche Beziehung zwischen Tildes Tante und der ersten Frau von Diniz' Onkel war zu weitläufig, um die geplante Ehe verhindern zu können. «Es sei denn», fügte João Vasquez hinzu, «ihr würde in der Öffentlichkeit eine übertriebene Bedeutung beigemessen wegen der anderen, engeren Verbindung. Wie ich von Diniz erfahren habe, Ser Niccolo, seid Ihr mit der ersten Ehefrau von Simon de St. Pol verwandt.»

«Senhor!» sagte Diniz. Er war errötet.

Sein Onkel sah ihn und dann Nicolaas an. «Es tut mir leid, Diniz», sagte er. «Du hast es mir im Vertrauen eröffnet, aber hier ist niemand außer uns dreien. Es ist für die Ehe von Wichtigkeit.»

«Es ist nicht schlimm», sagte Nicolaas. «Jeder, der es wollte, könnte es herausfinden. Sophie de Fleury war meine Mutter.»

«Das ist die Frau, von der wir sprechen? Die erste Ehefrau von Simon, meinem Schwager? Und Euer Vater?»

«Ich sagte Euch doch . . .» Diniz erhob sich.

«Du hast mir gesagt», fuhr João Vasquez fort, «daß Ser Niccolo, der allgemein für unehelich gilt – ich bitte Euch um Vergebung –, vielleicht doch der eheliche Sohn von Simon und seiner Ehefrau ist. Wäre dies vor der Öffentlichkeit bewiesen, würde es eine zweite und viel engere Verbindung darstellen. Wir bedürften dann wohl eines Dispenses, ehe ihr heiraten könntet.»

Er ließ den Blick von Nicolaas zu seinem Neffen wandern. Er war ein Mann von gewinnender Art, so schwarzhaarig, wie sein Bruder gewesen war, aber mit der besonderen Ausstrahlung des Höflings. «Setz dich, Diniz», sagte er. «Wie du siehst, ist Ser Niccolo nicht beunruhigt. Wir werden schon zu einer Entscheidung kommen, und was hier gesprochen wird, braucht nicht nach draußen zu dringen, wenn wir es nicht wollen. Ser Niccolo: Ist es wahrscheinlich, daß Ihr diesen Euren Anspruch weiter erheben werdet und daß Ihr damit Erfolg habt?»

Worauf es in der Wüste ankam, das war Freundschaft, nicht Blutsverwandtschaft. Freundschaft – und Wahrheit, wo sie ausgesprochen werden konnte, ohne Schaden anzurichten. Nicolaas sagte: «Wenn es je einen solchen Anspruch gab, so habe ich nicht vor, ihn zu erneuern. Betrachtet mich als den außerehelichen Sohn von Sophie de Fleury. Wenn ich eine Familie oder einen Vetter brauche, so suche ich sie mir aus.» Und er warf Diniz ein beruhigendes Lächeln zu.

Er machte sich danach auf, sobald es ging, konnte aber nicht verhindern, daß Diniz ihn bis zum Gartentor begleitete und sich noch einmal zu entschuldigen versuchte. Schließlich blieb Nicolaas stehen und wandte sich zu ihm um. «Ich hatte dich ja, was meine Mutter angeht, nicht zum Schweigen verpflichtet. Viele wissen, wer sie war. Ich hoffe, Tilde weiß es, und wenn nicht, wirst du es ihr sagen. Was ich über meinen Vater denke oder dachte, können wir vergessen.»

«Aber ich kann das nicht. Ich habe auf Madeira Euren Sohn gesehen.»

Sie befanden sich in einem kleinen Obstgarten, und außer ihnen war dort niemand. «Das ist etwas, was du nie sagen solltest», erwiderte Nicolaas.

«Ich weiß», sagte Diniz. «Ihr braucht nicht davon zu sprechen. Ich habe es geahnt. Gregorio weiß es nicht. Ich werde es keinem sagen. Mir ist es in Famagusta klargeworden. Simon selber weiß es auch nicht, oder? Er hatte den Jungen nach Madeira mitgenommen, damit er sehen könnte, wie er Euch tötet. Nicolaas!»

«Entschuldige. Ich gebe nichts von alledem zu. Henry ist Simons Sohn.»

«Ich weiß, er muß es sein», sagte Diniz. «Ich nehme an, Ihr habt ihn aufgegeben. Ihr könnt wohl nichts mehr daran ändern, ich sehe das. Aber Nicolaas – er ist das Ebenbild von Simon.»

«Dann muß er Simons Sohn sein», sagte Nicolaas. «Lebe wohl, Diniz.»

Nicolaas schritt davon, ohne sich umzublicken, war sich aber bewußt, daß der Junge noch dastand und ihm nachsah. Nun da es vorüber war, verspürte er eine große Erleichterung von der Art, wie er sie in Gegenwart von Umar empfunden hatte. Er hatte schon beschlossen, sich dieser Last zu entledigen, und nun war es geschehen.

Da fiel ihm ein, daß Gelis kommen wollte, und er sagte sich, daß ausnahmsweise einmal Selbstverleugnung belohnt werden würde.

Sie kam, wie er gehofft hatte, am Abend. In der Zwischenzeit ging er seinen eigenen Geschäften nach, suchte Gregorio und seine Gehilfen in der Banco di Niccolo auf und prüfte die Hauptbücher und las die Berichte, die Julius geschickt hatte. Er sah mit Margots Augen die Veränderung, die mit Gregorio vorgegangen war. Nach dem durch das Jahr in Venedig gestärkten Selbstvertrauen hatte sich dem Gesicht auch die mühsame Zeit auf Madeira eingeprägt, und dazu kam ein Sinn für Gerechtigkeit, der verletzt worden war: Gregorio würde es nicht ohne weiteres hinnehmen, daß die Lomellini, das Haus Vatachino und Simon de St. Pol ihrer verdienten Strafe entgingen.

Danach hatte Nicolaas mit Cristoffels gesprochen und sich von Tilde und Catherine zeigen lassen, was sie im Haus Charetty gemacht hatten. Tilde, die Augen weit aufgerissen und errötend, hatte ihn zum Schluß noch zurückgehalten und mit beiden Händen seine Hand ergriffen. «Magst du ihn auch?»

Und er hatte ihr Haar zurückgestrichen und mit beiden Händen ihr Gesicht umfaßt: das Gesicht, das nie so leuchten würde wie das Marians, das aber Marians Augen hatte und die schreckliche Nase ihres Bruders und irgendwo darin verschlossen seine eigene Kindheit, und er hatte gesagt: «Ich mag ihn. Und Felix und deine Mutter hätten ihn geliebt. Und du brauchst nichts weiter zu tun, als ihn auch zu lieben.»

Als Gelis kam, war er in der Färberei und versuchte, zwischen den vertrauten Bottichen auf einer Bank sitzend, ein ernsthaftes Gespräch über Orseille zu führen, während er immer wieder durch Witze und Späße abgelenkt wurde, wie man sie eben von Männern hörte, die man seit seinem zehnten Lebensjahr kannte.

Er hatte es schließlich aufgegeben und ein Faß Bier kommen lassen, und sie tranken alle fröhlich, als der Dienstbote hereingerannt kam. Er wurde in der Spangnaerts Straat verlangt, um einen Gast zu begrüßen.

Es war natürlich Gelis van Borselen, die einen berauschten Mann auszumachen vermochte, ob sie nun unbekleidet bei einem Teich unter Negerinnen lag oder von oben bis unten in züchtigen Samt gekleidet war mit einem knolligen Hut auf dem Kopf. Ihr Haar, das er sorgsam gebürstet wußte, war unter dem Kopfschmuck nicht zu sehen. «Wieder vergorenes Zeug?» fragte sie.

«Sie schütten es mir immer wieder heimlich in den Becher in der Hoffnung, daß ich sie vergewaltige.»

«Ich bin sicher, daß Henning es schon seit langem verzweifelt versucht», sagte sie. «Ich möchte Gottschalk sprechen.»

«Er ist hier», sagte Nicolaas. «Ihr werdet mir die Stufen hinaufhelfen müssen.»

Er war ein wenig betrunken und ganz dankbar dafür, denn als sie erst in Gottschalks Kammer waren, umfing sie Timbuktu, was sie auch anderes geplant hatten. Gottschalk und Gelis wurde es fast so schnell bewußt wie ihm, und es verlangte sie danach, darüber zu reden. Die aufreizenden Ärgernisse: der Sand, der Wind, die Hitze, die Insekten. Die fremdartigen Dinge, die sie anderen so oft beschrieben hatten: die Affen, die Papageien, die Flußpferde, die Löwen, die Elefanten.

Die Menschen, die sie nicht beschrieben hatten. In Venedig hatte Julius einmal von einem Neger gesprochen, den er für sein Boot erworben hatte, und Nicolaas hatte betroffen gefragt, welchem Stamm er angehörte, und darauf den verständnislosen Ausdruck auf dem Gesicht des anderen gesehen. Alles dies teilten er und Gottschalk und Gelis miteinander.

Sie wollten von Umar hören, und er erzählte ihnen ein wenig und ein wenig mehr über den Weg nach Taghaza. Er geriet mit Gelis in Streit über die Befestigungsanlagen, die er zurückgelassen hatte, und dann noch einmal darüber, wo der Kanal sein sollte. Er hatte etwas an der besonderen Wolle auszusetzen, die sie für die Webereien empfohlen hatte. Gottschalk sagte: «Wenn Ihr streiten wollt, könntet Ihr das dann anderswo tun? Ich habe Kopfschmerzen.»

Sie war sofort zerknirscht. Die Zerknirschung war so unecht wie die Kopfschmerzen. Nicolaas fragte: «Kann ich Euch nach Hause bringen?»

«Ich weiß nicht», erwiderte Gelis van Borselen. «Könnt Ihr gehen?»

Er konnte gehen. Er brachte sie dorthin, wo sie schlief, und das war nicht das Palais der Familie Gruuthuse, sondern das Haus der van Borselens, in dem Wolfaert wohnte, wenn er in Brügge weilte. Es war bis auf zwei Dienstboten leer.

An der Tür sagte er: «Was wollt Ihr von mir?»

«Eine Nacht», sagte sie.

An der Rückseite war eine Tür. Er schlüpfte durch sie ins Haus und verließ es am Morgen auf dem gleichen Weg, und es war wie Tendeba, aber alles gespielt in einem Traum, zusammen mit einem einzigen starken, geschmeidigen Mädchen. Einem einzigen Mädchen mit den tausend Verlockungen von Tendeba. Er versuchte ihr das zu sagen, doch sie legte ihm die Hand über die Lippen und ihren Körper auf den seinen. Das Morgenlicht zeigte sie erschöpft, aber noch immer lächelnd. Er sagte: «Gelis, wir machen ein Kind, wenn wir so weitermachen. Was willst du?»

«Was ich von dir nehme», sagte sie. «Ich weiß mich zu schützen. Ich werde über und nach Ostern bluten, was uns beiden eine Erholung bringt. Ist das zu fraulich für dich?»

«Und nach Ostern?»

«Da haben wir drei Wochen, bis ich nach Schottland zurückreise.»

«Du kehrst nach Schottland zurück?»

«O ja», sagte sie. «Es sei denn, ich kann ohne dich nicht sein.»

«Oder ich nicht ohne dich?» sagte Nicolaas. Und lachte plötzlich, denn er wußte, was sie sagen würde.

«Was hat das damit zu tun?» sagte Gelis.

Nicolaas nahm an, daß Gottschalk, wenn er vorher alles nur vermutet hatte, jetzt wußte, was vor sich ging. Er selber hatte nie viel Schlaf gebraucht, doch die nächtliche Beanspruchung ließ bisweilen ein leichtes Schwindelgefühl zurück. Er stand in seinem Kontor und blätterte in den Berichten von Julius aus Venedig, von Le Grant aus Alexandria, von seinem Mittelsmann in Valencia, in den Bestellungen von Farbstoffen für die herzogliche Hochzeit – und dachte dabei meistens an die vergangene Nacht und an die kommende.

Sie war einfallsreich im Ausmachen von Treffpunkten. Im Haus der van Borselens kamen sie nur zweimal zusammen. Zum nächsten Stelldichein kam es in Veere, wohin er sich begeben mußte, um mit jenen schottischen Kaufleuten zu sprechen, die über die erhöhten Marktzölle so empört waren, daß sie den Handel mit Brügge abgebrochen hatten. Er nahm dazu einige Briefe von Bonkle mit.

Sie hatte in Veere ein Boot und bewies ihm, wie sie es versprochen hatte, daß sie segeln konnte. Das Boot hatte Platz für zwei und ein kleines Segel, das sie zu einem Strand brachte, an dem sich den ganzen Nachmittag kein Mensch zeigte. Als er später wieder alle Sinne beisammen hatte, entschuldigte er sich dafür, daß er ihr keine Ruhe gegönnt hatte. Doch sie hatte nichts als eine große Willfährigkeit an den Tag gelegt. Sie sagte: «Wenn ich dich nicht will, sag ich's dir. Gregorio sagt, er hat Katelinas Sohn gesehen und ihn gar nicht gemocht. Schmerzt dich das?»

«Ja.» Er spürte, wie sich ihr nacktes Gewicht auf seinem Arm bewegte, und blickte sinnend nach oben. Der Himmel war hell, und der Sand lag, wo er war, ohne sich zu erheben. Rings um sie her war Wasser.

«Du könntest ihn zurückgewinnen. Er hat jetzt Brüder.»
Nicolaas sah sie an.

«Wußtest du das nicht?» fragte Gelis. «Ein fruchtbares Küchenmädchen und jetzt, wie es heißt, ein junges Mädchen von vornehmer Herkunft, das Simon vielleicht heiraten muß. Es heißt, wenn man erst ein Kind hat, führt das oft zur Zeugung von weiteren Kindern. Simon wird eine Familie haben.»

«Ich mißgönne sie ihm nicht», entgegnete Nicolaas.

«Du beneidest Umar», sagte sie mit sanfter Stimme.

«Ich freue mich für ihn. Und ich habe auch Geduld.»

660

Sie bewegte sich ein wenig. Dann erhob sie sich und stellte sich über ihn, die nackten Füße gespreizt, mit dem feuchten Haar Streifen über die Brüste ziehend im Sonnenlicht. «Wieviel Geduld?» sagte sie und ließ sich langsam heruntersinken. «Soviel? Oder soviel? Oder läßt du mich das hier machen und tust selbst nichts?»

«Nein», sagte er und schloß ihren lachenden Mund und machte von der Erlaubnis zu einer weiteren Vereinigung Gebrauch.

An Ostern trennten sie sich – sie hielt ihre angekündigte weibliche Einkehr, und er mußte sich an verschiedenen Festzeremonien beteiligen. Sie machte sich über die Art lustig, wie er ihre Entschlossenheit aufgenommen hatte. «Du warst enttäuscht? Du hattest wohl gehofft, ich wäre inzwischen schwanger und hilflos?»

«Ich möchte, daß du dich selbst entscheiden kannst», sagte er. «Ich möchte dich nicht mit einer ungewollten Ehe oder mit Kindern einzwängen. Es ist gut so.» In weniger als vier Wochen würde sie abgereist sein, wenn alles wie vorgesehen verlief. Er verzichtete darauf, mehr zu sagen, als er schon gesagt hatte. Er verzichtete darauf zu sagen: «Soll ich nur dein Liebhaber auf Lebenszeit sein? Passen wir nicht auch Geist an Geist so zusammen wie Körper an Körper? Oder hassest und begehrst du mich noch immer gleichzeitig, Katelinas wegen?»

In der übrigen Zeit waren sie natürlich wie Hund und Katze. Selbst als sie getrennt schliefen, fand sie sich im Charettykontor ein und blätterte zusammen mit Diniz und Tilde in den Hauptbüchern und stürmte dann später mit irgendeinem heftigen Vorwurf zu Nicolaas oder Gregorio hinein. «Wißt Ihr, was Ihr der Stadt leiht, für ihre Festkleider? Warum kämpft Ihr nicht um die weitere Einfuhr des Alauns, das Ihr braucht? Was sind das für schreckliche Springbrunnen? Sie laufen ja nicht!»

Keiner von Nicolaas' Freunden wußte, was er davon halten sollte. Gregorio, der unter vier Augen mit Gottschalk darüber sprach, sagte beispielsweise: «Sie erschöpfen sich gegenseitig. Er ist mit einer Stärke zurückgekommen, der sie bis jetzt noch nichts anhaben konnte. Aber sie wird sich zugrunde richten, wenn sie sich nicht bald entscheidet.»

«Ist das Margots Einschätzung?» hatte Gottschalk entgegnet. «Ich glaube, Ihr habt beide recht, aber ich glaube auch, daß wir nichts tun können. Gelis ist hin- und hergerissen zwischen der Treue zu ihrer Schwester und etwas anderem. Es mag reine fleischliche Lust sein. In welchem Falle es allmählich verblassen wird.»

«Und wo bleibt da Nicolaas?»

«Ich werde mit ihr reden, Goro», hatte Gottschalk gesagt. «Aber noch nicht jetzt.»

Wie um seinen Entschluß, noch abzuwarten, zu rechtfertigen, zeigte sich Nicolaas in den Wochen nach Ostern weniger unruhig, weniger hitzig, was die wiederaufgenommene Verbindung mit Gelis anging. Wie vorsichtig sie sich auch verhielten, die Gelegenheiten waren immer herbeigeführt: die Ausflüge zur Jagd oder zum Segeln, bei denen sie stets allein waren, außerhalb von Brügge. Sie war in das Haus von Louis de Gruuthuse zurückgekehrt, und auch dort, so konnte man vermuten, hatte sie in ihrer Kammer Gesellschaft. Aber dazwischen benahm sich Nicolaas wie jedes reiche Oberhaupt eines großen Hauses, führte sein Geschäft weiter und besuchte die anderen Kaufherren und Geschäftsleute, auch Tommaso Portinari, den Leiter des Brügger Kontors der Florentiner Medici. Bei dieser Gelegenheit nahm er Diniz mit.

Einst, als ehrgeiziger, aufstrebender zweiter Mann im Brügger Kontor, hatte Tommaso Portinari den Lehrling Claes und den Kreis von jungen Burschen verachtet, in den er geraten war. Von gutem Aussehen, ohne Mittel, auf die Unterstützung durch seine Familie und im weiteren Sinn durch die Medici angewiesen, hatte er sich emporgeschafft und war jetzt unbestrittener Leiter des Brügger Kontors, bewährter Ratgeber des neuen Herzogs, alleiniger Lieferant von Seide, fast alleiniger Lieferant von Alaun und Vertrauensmann, dessen geheime Briefe in Frankreich, Mailand, England willkommen waren. Ein reicher, unverheirateter Mann von dreiundvierzig Jahren, der jetzt im Hof Bladelin in der Naalden Straat wohnte, in dem zinnenbewehrten Haus, in dem der Schatzmeister des Ordens vom Goldenen Vlies zur Karnevalszeit seine Empfänge zu geben pflegte.

Tommaso hatte Katelina van Borselen dort gesehen in dem

Jahr, als sie St. Pol zum Mann nahm. In dem Jahr, als die Färberei Charetty in Flammen aufgegangen war. Es machte ihm Freude, Claes – Nicolaas – und den jungen Vasquezneffen jetzt zu begrüßen. Tommaso schritt über die Fliesen seines Empfangsgemachs auf sie zu und hielt beide edelsteinblitzenden Hände ausgestreckt. «Mein lieber Nicolaas, wie lange habe ich auf die Zeit zu einem Gespräch mit Euch gewartet. Und Diniz, der mir inzwischen so nahe steht wie sein Onkel. Was, glaubt Ihr, würde Euch reizen können? Ein Stück Kandiszucker? Meine Küche weiß, daß ich eine Schwäche für Süßigkeiten habe.»

«Ich hätte nichts gegen ein Stück fettes Hammelfleisch», sagte Nicolaas, «gewälzt in gemahlenem Mais und einem Ei.»

«Es ist so lange her», sagte Portinari. Auf den ersten Blick, weil er keine Edelsteine trug, sah Nicolaas wie früher aus, nur daß sein Gesicht hagerer war und die Augen einen erstaunlich fest ansahen. Dann bemerkte er die feine Beschaffenheit des Hutes, des ärmellosen Kittels und des Gewands darüber. Tommaso setzte rasch hinzu: «Wir sind alle so froh, daß Ihr gesund zurück seid.»

«Wirklich?» sagte Nicolaas, seinem Blick folgend. «Ich habe die Seide von ibn Said in Timbuktu – da fällt mir ein, ich soll seine Schulden bei Euch begleichen. Vielleicht gefällt es Euch gar nicht so sehr, daß ich wieder zurück bin. Im Falle des Alauns benehmt Ihr Euch wie ein verdammter Narr.»

«Ich verstehe nicht . . .» Ein Diener war hereingekommen, und Tommaso schickte ihn mit einer knappen Anweisung wieder hinaus.

«O doch», fuhr Nicolaas fort. «Der Papst hat sehr viel guten Alaun, und Ihr wollt ihn für den Vatikan auf den Markt bringen, ohne Wettbewerb und zu einem hübschen, hohen, alten Preis.»

«Das Geld geht an die Kirche», entgegnete Tommaso. «Der Herzog hat sich bereit erklärt, allen anderen Alaun zu verbieten. Warum seid Ihr nach Äthiopien gegangen, wenn Ihr die christliche Kirche nicht unterstützt? Oder habt versucht, dorthin zu gehen. Wie ich höre, seid Ihr ja nicht hingekommen.»

«Mir ist der Kandiszucker ausgegangen», sagte Nicolaas. «Der Herzog mag mit allem möglichen einverstanden sein, bis er äthio-

663

pisch schwarz ist im Gesicht, aber die Händler werden weiter auch türkischen Alaun abnehmen. Ich eingeschlossen.»

Das war zwar ein Schlag, aber Tommaso Portinari war schon anderen Emporkömmlingen begegnet, die nicht den richtigen Ton fanden. Man brachte Wein und eine Platte mit reichlich überzukkertem Gebäck. «Ich habe natürlich Verständnis für Eure Lage», sagte Portinari, «bei Euren unterschiedlichen Treuebindungen. Um in Timbuktu überhaupt Handel treiben zu können, mußtet Ihr Euch an die muslimischen Gepflogenheiten halten. Gewiß habt Ihr jetzt viele muslimische Freunde.»

«Nun, die Brüder ibn Said, zum Beispiel», erwiderte Nicolaas. «Bedient Ihr Euch noch Benedetto Deis? Oder ist er Christ?»

«Er ist . . . Benedetto Dei wohnt nicht in Timbuktu», sagte Tommaso. «Er reist aber dorthin. Er ist letztes Jahr mit der *Ferrandina* nach Rhodos und Konstantinopel gefahren, und sie wurde dieses Frühjahr in Marseille erwartet. Vielleicht reist er von der Berberküste in den Süden. Ist es ein beschwerlicher Weg?»

«Nicht, wenn Ihr Kamele mögt», sagte Nicolaas. «Und weil ich gerade daran denke – hier ist Eure Anweisung von Abderrahman ibn Said. Er sagt, sie sei genau berechnet.»

Es war ein Wechsel, ausgestellt auf die Banco di Niccolo. Tommaso sagte: «Seid bedankt. Es muß schwierig gewesen sein, Gold über eine solche Entfernung sicher herbeizuschaffen.»

«Ich habe statt dessen Bücher mitgebracht», sagte Nicolaas. «Aber ich wollte Euch etwas fragen. Der Weg die Küste entlang ist unmöglich, wie Ihr gehört habt. Glaubt Ihr, in der Sahara ist Platz für uns beide?»

Tommaso blickte ihn erstaunt an. «Ihr denkt an einen Handel mit der Berberei?»

«Ich habe genug Schiffe. Oder werde genug haben, wenn der Rechtsstreit beendet ist. Ich stelle fest, ich gehe ganz gern vor Gericht. Ein Jammer, daß Ihr Dei habt gehenlassen, ohne seine Verträge zu überprüfen. Aber macht nichts. Wie geht es Euren Brüdern?»

Auf dem Weg zurück zur Spangnaerts Straat sagte Diniz: «Das war gräßlich.» Er war noch immer rot im Gesicht vom Lachen.

«Ich weiß», entgegnete Nicolaas. «Er war schon immer leicht zu ärgern. Er kann befehlen, und er kann scharwenzeln, aber er kann mit keinem von gleich zu gleich verkehren. Laß dir das als Warnung dienen.»

«War das Euer Ernst?» meinte Diniz. Sie hatten das Anwesen erreicht, das das Haus Charetty und das Kontor der Banco di Niccolo beherbergte. «Ihr wollt nicht den Schiffsweg die afrikanische Küste entlang nehmen, Euch aber vielleicht am Handel durch die Sahara beteiligen?»

«Ich weiß es noch nicht.» Diese Erwiderung hatte Diniz in der letzten Zeit allzuoft gehört.

«Aber Ihr wollt türkischen Alaun kaufen?» bohrte er weiter. «Bessarion und den anderen wird das gar nicht gefallen.»

«Ich werde es tun müssen», sagte Nicolaas. «Komm mit auf meine Stube. Nicht ins Kontor. Ich hatte gestern einen Besucher.»

Diniz kannte diese Stube schon. Sie war kleiner als die große Stube in Venedig und unbequem und recht unpersönlich. Er setzte sich, während sich Nicolaas auf den hohen Hocker an seinem Schreibtisch hinaufzog. Der Tisch war mit Zeichnungen bedeckt.

«Erinnerst du dich an Bartolomeo Zorzi?» begann Nicolaas. «Natürlich erinnerst du dich an ihn. Er hat mir ein verlockendes Angebot gemacht. Die Rechte zum Verkauf päpstlichen Alauns in Venedig und im Umland. Die Kurie und die Medici haben sich entzweit, und der Papst ist geneigt, andere Vertreter zu suchen. Zorzi ist einer der geschicktesten, aber er ist zur Zeit mittellos. Er braucht Geld zum Kauf von Grundvorräten, und wenn ich es ihm gebe, werde ich am Gewinn beteiligt. Was hältst du davon?» ·

Er hatte die Ellenbogen auf den Tisch gestützt, spielte mit einer Feder, die er hochhob und waagerecht zwischen den Händen hielt. Es war ein Federkiel von der Art, wie sie ihn in Wangara mit Goldstaub füllten. Diniz sagte: «Ja, natürlich erinnere ich mich an ihn. Er hatte auf Zypern die Färberei. Ihr habt mich bei ihm in die Lehre gegeben. Er hat mich ermutigt, als ich Euch töten wollte, und mich dann entfliehen lassen, weil er wußte, ich würde schließlich nach Famagusta gehen und Katelina würde auch dorthin kommen. Wenn man so will, hat er Katelina getötet.»

«Ja», sagte Nicolaas. «Das Haus Vatachino hat ihn aus der Färberei vertrieben, und er hat sich hier in Brügge niedergelassen, aber sein Geschäft ist zusammengebrochen. Er mag weder mich noch das Haus Vatachino, aber er hat sich an mich gewandt seines Bruders wegen.»

«Und was habt Ihr gesagt?» fragte Diniz. Und errötete dann und setzte hinzu: «Verzeiht.»

«Nein. Ich hätte kalt und berechnend sein und zustimmen können, aber das war ich nicht. Ich habe ihm gesagt, was er mit seinem Alaun anstellen kann. Ich werde einen Teil davon kaufen müssen, alle müssen das, aber ich werde es ausgleichen, wie ich gesagt habe, mit seinem muslimischen Gegenstück. Bist du einverstanden?»

«Ja. Ich hatte das vergessen.»

«Was?»

«Daß Ihr es wart, der mich auf Zypern in die Färberei gesteckt hat. Um mich zu demütigen, wie alle dachten.»

«Hat auch viel genützt», sagte Nicolaas. «Sieh dich nur an.»

«Dann wolltet Ihr also, daß ich hierherkam.»

Nicolaas legte den Federkiel aus der Hand und rutschte von dem Hocker herunter. «Nur wenn du wolltest. Es war deine eigene Entscheidung.»

«Und Tilde?»

Nicolaas gab keine Antwort.

«Ich stelle mir gern vor, daß Ihr auch das im Sinn gehabt habt», fuhr Diniz fort. «Ich habe sogar befürchtet, es wäre vielleicht nicht das, was Ihr gewollt habt.»

«Es war schon, was ich wollte», sagte Nicolaas. «Gelegentlich geht etwas auch einmal so aus, wie es sollte. Du solltest für deine Ehe die Hälfte des Goldes von der *Ghost* bekommen. Das ist jetzt ein großer Anreiz für dich. Wenn du es findest, kannst du es ganz behalten, vorausgesetzt, sie knüpfen dich nicht vorher auf. Geh und sag's Tilde. Du wirst es nicht glauben, aber ich habe noch etwas zu tun.»

Dann kam der Mai und mit ihm die Zeit für Gelis' Abreise.

KAPITEL 41

MAN HÄTTE GLAUBEN SOLLEN, wenn alle auf der Straße sind und feiern, dann fällt das Leben eines einzelnen nicht weiter auf, aber in diesen letzten Wochen konnte Nicolaas das nicht sagen.

Es war natürlich das erste Frühjahr seit der Thronbesteigung des Herzogs, und hatte Karl auch schon seinen unruhigen, verdrossenen Einzug in seine Stadt Brügge gehalten (wie er dies in seinen anderen Städten in ganz Flandern und Burgund getan hatte oder noch tun würde), so war er doch im Mai zurückgekehrt. Brügge beherbergte daher den Hof und wurde Zeuge der über drei Tage sich hinziehenden Versammlung des elften Kapitels des Ordens vom Goldenen Vlies und dazu noch der Prozession vom Heiligen Blut, und alle Straßen waren voll von Bannern und Chören und Bühnen mit ihren Schauspielern und Sängern.

Wie damals in St. Omer sah Gregorio wieder die dreizehn Ritter in ihren Halskragen und Roben vorüberziehen, unter ihnen Henry van Borselen und Louis de Gruuthuse. Und Diniz, der Krieger von Ceuta, traf wieder mit Antoine, dem Halbbruder des Herzogs, zusammen und sprach mit Simon de Lalaing, dem letzten Vertreter der Blüte des Rittertums. Der Herzog selbst empfing Nicolaas im Princenhof und befragte ihn nach seinen Abenteuern. Seine Neugier schien Angelegenheiten des Handels und der Religion zu gelten und deutete auch auf seine Abenteuerlust hin: Nicolaas tat sein Bestes, um sie zu befriedigen.

Karl, von Gottes Gnaden Herzog von Burgund, Niederlothringen, Brabant und Limburg und Graf von Flandern, Holland und Seeland, war, so fand Nicolaas, weniger erfreulich anzusehen als der verstorbene Timbuktu-Koy und war, so argwöhnte er, auch weniger klug. Das Kapitel vom Goldenen Vlies hatte in jungenhaftem Übermut die Neigung des Herzogs zum Kampf getadelt, und er hatte mit arthurischer Ritterlichkeit diese Schwäche eingestanden.

Was den Besitz von Mätressen und Gemahlinnen anging, konnte sich Herzog Karl nicht einmal mit König Gnumi messen. Die ersten beiden Ehefrauen des Herzogs waren gestorben, und die, die er jetzt zu ehelichen gedachte, war ein nicht mehr ganz neues Mädchen, das wenigstens ein lebendes Kind zur Welt gebracht hatte, das törichte Geschöpf. Aber eine Verbindung mit England war vonnöten, und des Königs Schwester war zur Zeit die einzige königliche Braut im Angebot.

Nachdem sich die Audienz bis zu ihrem Ende hingeschleppt hatte, gab man Nicolaas zu verstehen, der Herzog erwarte, daß er an den Hochzeitsfeierlichkeiten teilnehme. «Als der Affe», sagte Nicolaas, der Gelis das ganze Ereignis schilderte. «Ich komme zwischen den Zwergen und dem Einhorn. Ich bin zum Guinea-Sänger von Burgund geworden. Warum ziehst du deine Kleider nicht aus?»

«Weil ich nicht kann», sagte Gelis. «Wie an Ostern. Nicolaas, es tut mir leid. Es tut mir so leid wie dir.»

«O Gott!» Nicolaas lachte gezwungen. «Nein, das kann nicht sein.»

Es war ihrer beider letzte Nacht, bevor ihr Schiff nach Schottland auslief, und sie verbrachten sie im Anwesen Charetty-Niccolo, wo Tilde eine Kammer für Gelis bereithielt. Ihr Grund war einleuchtend genug: In den Häusern der Gruuthuse und Borselen waren Ritter und ihre Begleitung untergebracht. Der Verstellung bedurfte es inzwischen kaum noch. Ehe im Haus noch alles schlief, kam Gelis in seine Stube.

Er hatte gewußt, daß er die Nacht im Wachen verbringen würde, aber nicht ruhig an einem Fenster sitzend, mit Gelis zu seinen Füßen, Kopf und Arme in seinem Schoß. Sie sagte: «Du würdest einen sehr guten Affen abgeben.»

«Ich habe geübt.»

Ihr Kopf bewegte sich unter seiner Hand. Im Mondlicht konnte er die Rundung ihres Halses sehen und ihre Wimpern und das Profil ihrer Nase. «Du bist kein Spielzeug», erwiderte sie. «Tu nicht so, als könntest du eines sein. Ohnehin hast du es zur Vollkommenheit gebracht. Du brauchst nicht zu üben.»

«Mir macht's Spaß.» Ihn schmerzte der Hals. «Ich wollte mehr. Heute nacht. Oder sogar immer.»

«Ich weiß», sagte Gelis.

Er wartete, wie er dies gelernt hatte, und blickte zum Fenster hinaus. Die Sterne waren anders. Es fiel sogar schwer, die Sterne zu entdecken, wegen des Leuchtens der Stadt. Er konnte die Spiegelungen zierlicher Giebel am Himmel hängen sehen und die runden Glasaugen von Fensterflügeln und einen Zweig von Fliederblüten, der im Lampenlicht schwankte. Er dachte an Raum, und langsam wurde alles ruhig, selbst seine betrogenen Sinne.

Gelis sagte: «Manchmal habe ich Angst vor deiner Geduld. Wenn ich sagte – ich weiß es noch immer nicht – warte auf mich fünfundzwanzig Jahre? Was würdest du da tun?»

«Erstaunen zeigen», antwortete Nicolaas. «Wer so handeln kann wie du, braucht keine fünfundzwanzig Jahre, um zu wissen, wen er heiratet. Ich habe dich mit der Armbrust schießen sehen, auf Töten bedacht. Dies hier sollte leichter sein.»

Er fühlte, wie sich ihre Wange beim Lächeln bewegte, aber sonst rührte sie sich nicht. «Wir sprechen über eine Heirat?» sagte sie.

«Ich dachte, wir hätten es endlich dahin gebracht. Du sagtest, glaube ich, wenn du mich nicht wolltest, würdest du es mir sagen. Du sagtest auch . . .» Er hielt inne.

«Daß ich nach Schottland gehen würde, es sei denn ich hielte es ohne dich nicht aus. Du kennst diese Prinzessin Mary in Schottland?» Gelis hob den Kopf. Die Stelle, an der er gelegen hatte, fühlte sich feucht und recht kalt an.

«Du hast ihr gedient», sagte Nicolaas. «Sie ist siebzehn und die ältere Schwester des schottischen Königs und hat in eine Familie eingeheiratet, die eine Bedrohung für das Königtum ihres Bruders zu sein scheint. Es heißt, König Jakob habe bei ihrer Hochzeit geweint.» Er sagte dies in vortragendem Ton. Gelis saß jetzt getrennt von ihm auf dem Boden, die Hände auf den Knien. Sie sah ihn nicht an.

«Thomas Boyd», sagte sie. «Boyd heißt die Familie, die in Schottland die Macht zu erringen versucht. König Jakob ist sechzehn, und sein Bruder, der eine, der in Brügge geblieben war, ist drei Jahre jünger. Bischof Kennedy, der ihnen in dieser Lage geholfen hätte, ist tot.»

«Und du willst sie beraten? Kanäle und Teppichweben und wie sie ihre Springbrunnen zum Laufen bringen?» Sie hatte endlose Stunden damit verbracht, die Tischspringbrunnen umzuändern, die er in Venedig gemacht hatte.

«Marys Gemahl soll im Juli fortgehen», sagte Gelis. «Thomas Boyd. Er reist nach Dänemark, um dort eine königliche Hochzeit in die Wege zu leiten. Sie könnte schwanger sein.»

«Ich verstehe das alles. Gelis, würdest du dich auf einen Stuhl setzen und mich dein Gesicht anschauen lassen? Es ist ein hübsches Gesicht, und ich habe das Gefühl, ich sehe es nicht mehr lange.»

Er blieb ruhig. Nach einer Weile kehrte sie ihm, ohne sich sonst zu bewegen, das Gesicht zu. Dann sagte er: «Warte» und erhob sich.

Das Kohlebecken glühte neben dem Bett. Er entzündete eine Lampe an einer dünnen Kerze und stellte sie auf den Tisch neben ihnen beiden. Sie begehrte nicht auf. Er setzte sich wieder.

«Wenn du weinst, war es wenigstens nicht leicht», sagte er. «Ich kann Lebewohl sagen, Gelis, wenn ich muß. Wir quälen uns gegenseitig. Wir streiten. Die Bande, die uns von der Reise geblieben sind, bedeuten vielleicht bald nicht mehr viel. Und du kannst mir nicht verzeihen oder vergessen.»

Es schien besser, daß er das sagte. Sie blickte ihn unverwandt an aus hellen blauen Augen, die feucht waren von Tränen. Noch ehe er fertig war, stieß sie, die Augen noch immer auf ihn gerichtet, ein kurzes, bellendes Schluchzen aus, dem weitere Schluchzlaute folgten. Dann schluckte sie und verstummte. Ihr Gesicht war noch immer verzerrt.

«O nein, Gelis!» sagte Nicolaas und kniete neben ihr nieder.

«Nein», sagte sie. «Es tut mir leid. Es . . . ich weiß nicht, was es ist. Ich brauche ein Taschentuch.»

Er gab ihr eines, und sie benutzte es. «Das ist die Monatsregel», sagte er. «Ich müßte es wissen. Ich werde immer . . .»

«Du wirst dann immer ärgerlich», sprach sie zu Ende. Ihr Gesicht, oberflächlich trocken gewischt, war fleckig und hellrot, und ihre Augen lagen tief in den Höhlen und waren ganz groß. Sie

670

erhob sich. Die Vorderseite ihres Hemdes war naß. Er konnte das Rosa und das Dunkelrosa ihrer Brüste sehen. Er spürte, daß er sehr müde war.

Gelis sagte: «Ich setze mich jetzt an deinen Tisch, und du bleibst, wo du bist, und ich werde dir sagen, was zu sagen ist. Weißt du, daß Gottschalk heute abend mit mir gesprochen hat?»

Sie war bei dem Tisch auf seinem Podest angelangt und setzte sich auf seinen üblichen Platz. Sie hob die Feder hoch, die er ergriffen hatte, als Diniz mitgekommen war.

«Über uns?» Er hatte den Fensterflügel geschlossen und wandte sich um, so daß er sie sehen konnte.

«Über dich. Er hat gesagt, was ich auch empfände, du hättest ein Schicksal, das erfüllt werden müsse, und dem dürfe sich nichts Kleinliches in den Weg stellen. Er hat gesagt, er spüre, du hättest deinen Weg gefunden und brauchtest eine Gefährtin. Er hat gesagt, es habe ihn nicht überrascht, daß deine Wahl auf mich gefallen sei, denn ich sei in allen Dingen deine Ergänzung.»

«Das wenigstens ist wahr», sagte Nicolaas. «Hier und dort haben wir es bewiesen.»

«Nicht!» sagte sie. «Nicht, Nicolaas. Er hat gesagt, du würdest mich nehmen, ohne zu fragen, wenn ich mich anböte. Er hat gesagt, ich hätte die Verantwortung dafür, daß ich dir bringe, was gesund und nicht insgeheim verdorben sei. Wenn ich da auch nur den leisesten Zweifel hätte, solle ich dich für immer verlassen.»

Nicolaas sagte: «So schön, wenn man Freunde hat. Getragen habe ich ihn . . .» Er verschloß die Worte und die Augen mit den Händen.

«Oh, Nicolaas. Nicolaas.»

Er nahm die Hände wieder vom Gesicht. «Dann sag's mir, Gelis. Ich werde dir keine Vorwürfe machen oder dir weh tun oder schlecht von dir denken. Schließlich – habe ich dir das gesagt? – schließlich liebe ich dich. Und das habe ich noch zu keiner anderen gesagt.»

Sie sah ihn an. «Ich gehe nach Schottland. Ich habe eine Pflicht, und die möchte ich erfüllen. Ich habe auch vor genau den Dingen Angst, die du erwähntest. Wir mögen das geborene Liebespaar sein, aber keine Gefährten. Was wir zusammen durchgemacht haben, mag uns zwischen den Fingern zerrinnen. Du hast eine Denkweise gefunden, und ich zerstöre sie vielleicht. Wir müssen uns eine Zeitlang trennen.»

Er holte tief Atem und hielt ihn an. Dann sagte er: «Keine glatte Zurückweisung? Schau, ich bin darauf vorbereitet.» Ihn schwindelte.

«Nein», sagte sie. «Nein, mein dummer Nicolaas, nein. Sechs Wochen zum Nachdenken. Ich fahre nach Schottland. Meine Antwort hörst du von Lucia.»

«Lucia?» Er dachte an Lucia: das untadelige Haar, die Schreie im Schlafzimmer in Lagos.

«Sie reist zur Hochzeit nach Brügge. Wenn ich bleibe, um mein eigenes Leben zu führen, wird sie es dir sagen.»

«Und wenn nicht?»

«Dann», sagte sie, «bin ich auf dem gleichen Schiff.»

Darauf ging sie: die zweitkürzeste Nacht, die sie je miteinander verbracht hatten. Am nächsten Tag begab er sich nach Sluys, um das schottische Schiff auslaufen zu sehen, und Gottschalk, unbeholfen auf einem alten Maultier reitend, begleitete ihn. Gelis war schon da, umringt von ihrer Van-Borselen-Familie. Sie küßte ihn züchtig beim Lebewohlsagen und befahl, als sie an Bord ging, ihrem Pagen, ihm ein Abschiedspaket zu bringen. Ein Geschenk, wie sie sagte, zum Dank für die vielen kleinen Freundlichkeiten, die sie von ihm empfangen habe.

Noch lange nachdem das Schiff den Hafen verlassen hatte, sah er ihr Gesicht bei diesen Worten, die tiefliegenden Augen weit geöffnet, die Lippen zusammengepreßt und an den Mundwinkeln gekräuselt.

Zu Hause öffnete er das Paket. Es enthielt, aus Metall und Holz gefertigt, das Versuchsmodell eines Tischspringbrunnens. Es brachte die Lösung der drei Schwierigkeiten, die die Glashütte Barovier mit der Verkupplung hatte. Er konnte jetzt die kritische Van-Borselen-Stimme und seine eigenen verspäteten nachsichtigen Antworten hören. Gottschalk fragte: «Was ist das?»

«Ein Vorwurf», sagte Nicolaas. «Aber ein kluger.»

672

Die Nicolaas kannten und ahnten, was geschehen war, behandelten ihn während der folgenden sechs Wochen jeder nach seinem Dafürhalten. Sein Arzt Tobias Beventini traf ein, begleitet von Hauptmann Astorre, dem Führer der Söldnertruppe. Nachdem Tobie sich um den Gesundheitszustand der Angehörigen des doppelten Handelshauses gekümmert hatte, stürzte er sich in die fröhliche Wiederbelebung alter Freundschaften und traf dazwischen immer wieder zu langen Begegnungen mit Pater Gottschalk zusammen, bei denen er zum einen an dessen Händen herumtraktierte und zum anderen mit ihm über medizinische Literatur stritt. Von Gottschalk erfuhr er alles, was er über Nicolaas wissen mußte, und dies hatte zur Folge, daß er ihn mehr oder weniger in Ruhe ließ.

Astorre schlug Nicolaas, der für ihn ein Glücksbringer war, kräftig auf den Rücken, stellte einige (einzig anatomische Dinge betreffende) Fragen nach dem Reich der Schwarzen und verlangte zu Louis de Gruuthuse geführt zu werden, da er glaubte, die richtigen Männer für die Kanonen des Seigneurs zu haben.

Drei Wochen später traf Julius ein, der keineswegs glaubte, sich dafür entschuldigen zu müssen, daß er die Bank sich selbst überlassen hatte, um der Hochzeit des Herzogs von Burgund beizuwohnen. Er sagte, wenn Tobie hier sei, sehe er nicht ein, weshalb er den ganzen Spaß versäumen sollte. Er wollte wissen, ob es stimmte, daß Tilde de Charetty diesen jungen Portugiesen heiraten wollte und das Haus Charetty und die Bank miteinander verschmelzen sollten. Er wollte wissen, warum Nicolaas nicht nach Venedig zurückgekehrt war.

Gregorio, als Brügger Ein-Mann-Empfangsausschuß auftretend, versicherte Julius, daß er Nicolaas bald sehen werde und daß es ihnen allen schwerfalle, Pläne zu machen bei dem Durcheinander, das die bevorstehende Hochzeit verursache. «Das sehe ich», sagte Julius. «Alle Straßen werden neu gepflastert, und überall baut man an Tribünen. Trotzdem. Tut Nicolaas irgendwas? Die *Ghost*. Die *Fortado*. Das fehlende Gold. Nichts geschieht. Ich weiß nicht, welche Erfahrungen Ihr in Brügge gemacht habt, aber in Venedig ist er so durch den Tag geschlendert, als wäre nichts besonders wichtig. Natürlich läuft die Bank in gewissem Sinn ganz allein.»

«Was wollt Ihr mehr?» gab Gregorio zurück. Aber freilich, was Julius von Venedig gesagt hatte, traf auch für Brügge zu. Gregorio hatte versucht, Nachforschungen anzustellen und Begegnungen herbeizuführen, aber bis jetzt war nichts daraus geworden, da Nicolaas sich kaum darum gekümmert hatte. Nicolaas tat schon etwas, aber nicht so wie früher einmal.

Während dieser Zeit beschäftigte sich Nicolaas, um die Wahrheit zu sagen, mit den Apparaten für die Hochzeit des Herzogs von Burgund.

Es begann mit einem Vorhaben, welches so sehr in sein Gebiet fiel, daß es kaum des Hilferufs des Schreinermeisters der Stadt bedurfte, um ihn für die Sache zu gewinnen. Darauf folgten weitere Bitten, vorsichtige, klagende oder richtig verzweifelte. Nicolaas kannte die Anforderungen, die die gewöhnlichen Feiertage eines Jahres in Brügge an die Zünfte und die Werkmeister der Stadt stellten, hatte aber die Feierlichkeiten beim Begräbnis des Vaters von Herzog Karl versäumt und war noch nicht geboren, als die Eltern des Herzogs in Sluys Hochzeit gehalten hatten. Er hatte bis jetzt keine Ahnung gehabt, was alles bei einer fürstlichen Hochzeit erforderlich war, die sich über vierzehn Tage hinzog und zu der sechs Bankette und täglich ein Turnier auf dem Marktplatz gehörten. Als es ihm deutlich wurde, ging er zum Zeremonienmeister und sagte: «Verfügt über mich.»

Als er sich nach zwei Tagen noch immer nicht gezeigt hatte, verlor Julius die Geduld. «Wo ist er?»

Sie aßen im Gemeinschaftssaal des Hauses Charetty, weil dort mehr Platz war. Die Räumlichkeiten, die einmal für Catherine und Cristoffels und Tilde ausgereicht hatten, waren schon in der Gestalt von Schuppen in den Garten hinausgewachsen. Tobie sagte: «Wie soll ich das wissen? Fragt Gregorio. Bei den Schmieden, die Wasserspiele entwerfen, oder bei den Schreinern, die ihre Schaustücke zusammenzimmern. Bei Goeghuber und den Maurern. Oder er luchst den Segelmachern Zeltplanen ab und den Webern Dekorationsstoffe. Vielleicht stellt er auch auf den Straßen

Buden auf, oder er steht auf einer Leiter und malt etwas Kunstvolles zusammen mit Hennekaert oder Coustain oder Hugo oder Colard.»

«Dieser Bursche!» sagte Julius voller Neid. «Ist sicher wieder von morgens bis abends blau. Ich erinnere mich noch.»

«Ihr erinnert Euch an ihn, wie er achtzehn war», sagte Gregorio trocken.

Nicolaas war nicht mehr betrunken gewesen, seit die Festvorbereitungen angefangen hatten, was schon eine Leistung war, wenn man bedachte, in welcher Gesellschaft er sich da befand. Er hatte aber das Gefühl, daß er ihnen sein Bestes schuldete: Zünfte waren Zünfte, und ohne ihre plötzlich Notlage hätten sie ihn nie mitmachen lassen. So werkte er Tag und Nacht Seite an Seite mit den besten und einfallsreichsten Handwerkern, die es gab. Als er daher tatsächlich kam, während sie mitten im Essen waren, fiel Julius, der ihn prüfend ansah, eine Lebendigkeit an ihm auf, die ihm in Venedig gefehlt hatte, wenn sie auch mit einer enttäuschenden Nüchternheit einherging.

Julius erhob sich, ging auf Nicolaas zu und begrüßte ihn mit einem Schlag auf den Rücken. «Na, Gott sei Dank, daß Ihr den Einsiedler hinter Euch gelassen habt. Womit verschwendet Ihr Eure Zeit jetzt? Und Ihr habt die Freundin fortgeschickt, wie ich höre. Das war auch ein törichtes Abenteuer. Bleibt lieber bei Mädchen von der Art wie Mabelie.»

Selbst auf Julius wirkte die eintretende Stille überraschend. Dann begann Nicolaas herzhaft zu lachen. «Willkommen zu Hause, Julius», sagte er. «Gebt mir eine Mabelie, und ich bleibe bei ihr. Wißt Ihr, was Ihr noch versäumt habt? Erinnert Ihr Euch an die Badewanne, die wir damals auf dem Wasser nach Damme gebracht haben? Ich hatte gerade wieder so eine Kanalfracht von Brüssel hierher.»

«Noch eine Badewanne?» sagte Julius und setzte sich in aufgeräumter Stimmung wieder hin.

«Nein. Was haltet Ihr von einer holzgezimmerten Bankethalle – siebzig Fuß breit, hundertvierzig Fuß lang und sechzig Fuß hoch, mit fünf vierzehn Fuß hohen Fenstern und zwei Giebeln?

Pferde haben gescheut und Frauen Kinder geboren bei unserem Anblick.»

«Aber Ihr habt es geschafft.»

«Ich hab's geschafft. Die Halle ist hier.»

«Und was sonst noch?» fragte Julius.

«Kommt und seht's Euch an», sagte Nicolaas lächelnd.

Es wäre besser gewesen, wenn er Nicolaas für sich allein gehabt hätte, aber Gregorio wollte mitkommen und dann auch noch Diniz – der Junge, der ausländische Junge, der irgendwie Tilde herumgekriegt hatte. Es war, so nahm Julius an, zu spät, um da noch etwas zu erreichen, aber er war sehr froh (wie er ja schließlich auch gesagt hatte), daß Nicolaas sich nicht mehr lächerlich machte wegen dieser Gelis van Borselen, die ihn bis nach Afrika verfolgt hatte unter dem Vorwand, er bringe alle seine geschäftlichen Rivalen um.

Nun, wie ihm berichtet worden war, hatte sich bei ihr ein Sinneswandel vollzogen. Und Nicolaas hatte die Lage nach bestem Vermögen sechs Wochen lang ausgenutzt und ihr dann gezeigt, wie er wirklich dachte, indem er sie vor die Tür setzte. Das war die Darstellung, die Julius gehört hatte. Er hatte Pater Gottschalk zu befragen versucht, aber der war eingenickt.

Was Nicolaas vollbracht hatte, war über ganz Brügge verteilt. Sie hatten die Straßen in der Nähe des Marktplatzes, wo die Turnierschranken aufgestellt wurden, mit Zeltplanen überdacht, und auch in der Nähe des Princenhofs, wo der Herzog die Bankette für seine Braut geben würde. Einige Zünfte versuchten noch immer in ihren Häusern etwas zu bewerkstelligen, aber ständig kamen Wagen hereingefahren von Dijon und Lille mit Pferdegeschirr und Wandteppichen und Stoffen, die angebracht werden mußten.

Die Handwerker waren in einem Lagerhaus beim Princenhof, das bemerkenswert war wegen seiner Größe, wegen der Anzahl der Menschen, die sich darin aufhielten, und wegen der schieren Lautstärke der Flüche, die die Luft erfüllten. Der Lärm des Hämmerns wurde untermalt von anderen merkwürdigen Geräuschen: Eine Gruppe von Nixen, die aus den umliegenden Häusern kamen, versuchte sich an einem Chorgesang.

«Schrecklich gedichtete Verse», sagte Nicolaas gleichmütig. «Sie sollen in einem Walfisch sitzen. Das sind alles die Arbeiten des Herkules. Geht nicht näher hin; sie haben ihren Berg zerbrochen, und sie geben alle Theseus die Schuld. Das ist der wilde Drache, und das ist ein Mann mit einem Spieß, der die Vögel brät, die aus dem Greifen herausfliegen sollten. Das ist eine Nachbildung des Turms von Gorkum, und das ist eine Ziege, die Flöte spielt. Da ist auch eine Schar von Wölfen, Affen und Keilern. Sie sind auch schrecklich, aber ich arbeite noch an ihnen. Jetzt kommt und seht Euch das hier an. Paßt auf die Zwerge auf.»

Sie kamen an einem Einhorn vorüber, an einem singenden Löwen und an einem Leoparden mit einem Gänseblümchen in der Pfote. Gregorio blieb stehen.

«Eine Margerite – sie heißt Margaret», sagte Nicolaas und duckte sich. Ein Akrobat wirbelte über seinen Kopf hinweg und rief ihn auf englisch an. Alle kannten Nicolaas, und er kannte alle mit Namen. Julius erkannte einige der Namen wieder. Andries. Pieter. Adrien. Joos. Sie kamen an einigen einfallsreichen Weinspendern in menschlicher und tierischer Gestalt vorüber. Sie sahen Colard Mansion, der auf einem Gerüst stand und einen Riesen malte, und an Hugo von der Goes, der vor einer Reihe noch feuchter Wappenschilder kniete. Er rief laut, als Nicolaas vorüberkam, und Nicolaas stimmte mit ihm in einen freundlichen Gesang ein. *«Vierzehn schäbige Sols am Tag für das alles hier!»*

«Mehr bekommt er nicht?» fragte Julius.

«Ich hoffe es», sagte Nicolaas. «Das wird doch alles aus unseren Steuergeldern bezahlt. Kennt Ihr Kanonikus Scalkin?»

Gregorio und Diniz kannten ganz offenbar den lächelnden Mann vor ihnen. Vor langer Zeit war Julius dem Kanonikus von St. Peter und Schöpfer von Wunderwerken begegnet. Eines stand jetzt vor ihm. Es waren zwei Armleuchter. Oder vielmehr zwei hochaufragende Türme auf Blumenhängen mit sieben großen Spiegeln dahinter. Um die Hänge schraubte sich spiralförmig eine schmale Bahn, die sich langsam bewegte und auf der die Figuren von Männern, Frauen und Tieren ritten oder gingen. Aus jedem Geschöpf ragten acht Arme mit brennenden dünnen Wachskerzen heraus.

Die Figuren bewegten sich; eine Windmühle wurde sichtbar; ein Drache sprang und verschwand dann. «Wie wird das gemacht?» wollte Diniz wissen.

«Fragt Euren Freund», sagte Kanonikus Scalkin. «Ohne den Seigneur van der Poele wäre alles vergebens gewesen. Es wird von innen bewegt, von einem Mann. Von verschiedenen Männern, wißt Ihr. Es ist eine undankbare Aufgabe. Kommt und seht's Euch an. Macht die Tür auf, Nicolaas.»

Später schien es Julius, daß Nicolaas wirklich nicht auf das gefaßt war, was er sah, als er um das Ding herumgegangen war und einen Griff packte und ihn herumdrehte. Sie hatten sich inzwischen alle um ihn versammelt. Nicolaas öffnete die Tür und trat zurück.

Drinnen, nackt bis auf die Unterhose, war ein hellhäutiger Mann von kräftiger Gestalt, der mit Beinen und Armen den Mechanismus bediente und den Kopf, ganz in sein Tun vertieft, gesenkt hielt.

Der Kanonikus sagte: «Michael, Ihr könnt jetzt aufhören.» Der Mann hielt inne. Der Mann wandte den Kopf. Und Julius sah, daß er Michael Crackbene anblickte.

Der Schiffsführer der *Fortado* sah nicht ihn und nicht Diniz und nicht Gregorio an. Es war Nicolaas, der schließlich sprach. «Ihr wußtet, daß ich hier bin?»

«Natürlich», sagte Crackbene und setzte ein eigenartiges schiefes Lächeln auf. «Ich dachte, wir hätten uns vielleicht etwas zu sagen, Ihr und ich und ein junger Mann, den ich kenne.»

«Vielleicht möchtet Ihr mit in mein Haus kommen», sagte Nicolaas. «Kanonikus Jehan, das ist ein alter Schiffsgenosse von mir. Würde es Euch sehr behindern, wenn ich ihn Euch entführte?»

«Keineswegs!» sagte der Kanonikus. «Keineswegs! Mein lieber Nicolaas, was schulden wir Euch nicht alles!»

Sie gingen, vorbei an den spritzenden Bogenschützen, den tropfenden Pelikanen, dem Johannes dem Täufer, der versuchsweise Schauer von Wasser vergoß. Julius erzitterte plötzlich.

«Ich weiß», sagte Nicolaas an seiner Seite. Sein anderer Arm war in den Mick Crackbenes eingehängt. «Johannes der Täufer ist nicht gut für die Blase.»

678

Sie gingen auf dem kürzesten Weg zurück nach Hause und führten den Seemann in Nicolaas' Stube. Gregorio holte noch Tobie und Gottschalk herbei. Beide kannten Crackbene gleich Julius aus Trapezunt. Tobie war auf Zypern gewesen, als Crackbene mit der *Doria*, die jetzt *Ghost* hieß, davongesegelt war. Wenn alle zugegen waren, bestand die Hoffnung, daß sie die Wahrheit erfuhren.

Crackbene wartete, bis die sechs um ihn herum Platz genommen hatten. Ein eher gleichmütiger Mensch, begann er nicht sofort zu sprechen, und Nicolaas brachte ihm Wein und reichte die Flasche dann Diniz, der weiter einschenken sollte. Diniz warf Crackbene immer wieder eisige Blicke zu. Es war Gregorio, der als erster sprach: «Vor drei Jahren habt Ihr mir auf Madeira gesagt, Ihr wünschtet, Ihr wärt mit Nicolaas gefahren anstatt mit Doria. Aber Ihr wolltet nicht zu Nicolaas' Gunsten aussagen, weil Ihr glaubtet, er habe Diniz getötet. Stimmt das?»

«Ich stehe in Eurer Schuld», sagte Crackbene zu Nicolaas. Sein Gesicht blieb von den Erlebnissen am Gambia gezeichnet, wenn sich auch seine Gestalt wieder gekräftigt hatte. «Ich sagte Eurem Genossen Gregorio, daß die Heimfahrt der *Doria* mit dem Jungen an Bord nichts mit mir zu tun hatte. Es gab einen Kontrakt mit de Ribérac, und die Schuld liegt bei ihm. Ihr hattet nicht das Recht, mich in Sanlúcar in den Ring zu führen, wie Ihr das getan habt, aber Ihr habt mich aus dem Turm geholt, und Ihr habt mich an Land gesetzt, was mehr war, als Doria getan hätte. Mit dem, was er am Gambia tat, ist Doria zu weit gegangen. Ich hatte daran nicht teil, aber ich hörte von seinen eigenen Leuten, was geschehen war, und der Junge weiß es auch. Filipe.»

«Ihr wißt, wo er ist?» fragte Nicolaas. Er hatte bis jetzt keine besondere Erregung gezeigt.

«Er war mit mir auf dem Schiff. Als wir gingen, habe ich ihm einen Dienstherrn verschafft. Weit fort vom Haus Vatachino und den anderen, das kann ich Euch versichern. Ich wußte, sie würden nicht glauben, daß ich den Mund halte.» Er hielt kurz inne. «Ehrlich gesagt, hoffte ich, Ihr würdet gegen sie klagen und gewinnen. Aber das habt Ihr nicht getan.»

Gregorio sagte: «Wir hatten nur Melchiorres Bericht über die Ereignisse auf dem Schiff und die Angaben der Überlebenden zu dem, was an Land geschah. Das war nicht genug.» Nach einer Pause setzte er hinzu: «Ihr hattet vor, zu uns zu kommen. Heißt das, Ihr wollt als Zeuge aussagen?»

Der Schiffsführer Michael Crackbene seufzte tief auf. «Ich kann mich nicht ewig verstecken. Einer von ihnen findet mich bestimmt. De Salmeton oder die Lomellini oder St. Pol. Sogar Anselm Adorne besaß Anteile an der *Fortado*. Ich bin nirgendwo sicher, genausowenig Filipe. Stellt uns unter Euren Schutz, und wir sagen aus.»

«Adorne!» sagte Nicolaas.

Crackbene blickte auf. «Warum? Nur ein paar Anteile, nicht wie die anderen. Er ist an den meisten Handelsunternehmen beteiligt.»

«Es ist nicht wichtig», sagte Nicolaas. «Natürlich werden wir Euch beschützen. Ihr bleibt hier, zusammen mit Filipe. Keine Armleuchter mehr. Und bringen wir diesen Prozeß hinter uns. Das heißt, Ihr würdet auch die Herkunft der *Doria* bezeugen? Wir müssen zugeben, daß sie die *Ghost* ist, hoffen aber auch erklären zu können, daß sie ein Beutestück war und uns rechtmäßig gehörte. Und da sie leer war, können wir uns keiner Anklage der Piraterie gegenübersehen.»

«Ja», sagte Crackbene und lächelte zum ersten Mal. «Es hat mir leid getan, als ich das hörte, wenn man daran denkt, was sie beim Verlassen des Senagana geladen hatte. Wahrscheinlich könnte Euch Ochoa de Marchena eine hübsche Geschichte erzählen.»

«Wenn wir nur wüßten, wo er ist.»

Keiner sprach. Diniz, die Flasche in der Hand, hob Crackbenes halb leeren Becher und füllte ihn von neuem. Er sagte: «Ich wollte, ich wüßte es, denn mir ist die Hälfte als Hochzeitsgeschenk angeboten worden. Ich heirate bald.»

Crackbene sah zu ihm auf. «Das Mädchen kann sich glücklich schätzen.»

«Und ich bin jetzt mein eigener Herr.» Diniz setzte sich, den anderen noch immer anblickend.

Crackbene meinte: «Ochoa könnte alles wissen. Es gab da ein

Gerücht, jemand sagte, er sei in Alexandria. Er hatte natürlich auch Angst. Wie ich, aus anderen Gründen.»

«Glaubt Ihr, er hat das Gold gestohlen?» fragte Gregorio.

Crackbene schob die Lippen vor. «Vielleicht. Vielleicht war er der See müde, aber ich glaube es nicht. Und man kann so etwas nicht tun und weiter zur See fahren. Ich glaube, ein anderer hat es an sich genommen und ihm Schweigegeld bezahlt.»

«Wer?» fragte Nicolaas.

«Jemand, der wußte, daß das Gold unterwegs war. Jemand mit einem Schiff, der in der Lage war, den üblichen Häfen fernzubleiben. Jemand, der recht wohlhabend wurde – nicht gerade steinreich, wie ich das in Erinnerung habe, aber doch recht wohlhabend, nachdem das geschehen war. Ich weiß es nicht.»

«Ich auch nicht», sagte Nicolaas. «Aber ich danke Euch für den Bericht. Es soll Euer Schaden nicht sein. Ich habe ein paar Schiffe und brauche Schiffsführer. Wir müssen nur diese Sache vor Gericht klären. Gregorio? Bald?»

«Bald, wenn es nach mir geht», entgegnete Gregorio. «Aber nicht so bald, wie Euch lieb wäre. Ich habe das bei den Richtern vorgebracht. Mir schien, es wäre gut, wenn die Entscheidung in Brügge fiele, wo Ihr jetzt in so gutem Ruf steht, Nicolaas, und keiner viel für Frankreich übrig hat. Man wird uns erlauben, den Fall zum Schiedsspruch vorzulegen, aber dazu brauchen sie jemanden, der die Lomellini vertritt und das Haus Vatachino und Simon de St. Pol für seine eigene Person und die seines Vater. Und zwei von den dreien sind nicht hier.»

«Welche zwei?» fragte Julius.

Gregorio blickte ihn an. «Die Lomellini sind bereit, sich durch ihren Verwandten in Brügge, Senhor Gilles, vertreten zu lassen. St. Pol und David de Salmeton sind zur Zeit in Schottland. Ich habe aber heute gehört, daß sie zur Hochzeit zurückkommen. Nicolaas? Simon kommt nach Brügge, zusammen mit seiner Schwester. In der dritten Juniwoche, wie mir gesagt wurde. Sobald sie kommen, können wir das Verfahren einleiten.»

«Du liebe Güte!» sagte Julius. Selber lächelnd, sah er sich im Kreis um. Crackbene lächelte zurück.

«Nun, was ist daran falsch?» fragte Julius.

«Nichts», sagte Nicolaas. «Wir hatten alle gern wissen wollen, wann Simon nach Brügge kommt. Und jetzt kennen wir einen Zeitpunkt. Ich glaube, das sollten wir feiern.»

Gregorio räusperte sich. «Wir haben ganz gewiß etwas zu feiern.»

«Nun, dann kommt!» sagte Julius. «Noch eine Flasche! Das verkürzt die Wartezeit. Und wenn er kommt, holen wir ihn alle in Damme ab.»

«Ja, das sollten wir wohl», meinte Nicolaas.

KAPITEL 42

EINST, an einem sonnenhellen Septembertag vor neun Jahren, waren drei junge Männer in einer Badewanne den Kanal entlanggefahren vom Hafen Sluys zum Hafen Damme und hatten alles, was heute geschah, in Gang gesetzt.

Einer der drei jungen Männer, Felix, war tot. Einer, Julius, der ehrgeizige Notarssekretär, war jetzt gewichtiger Teilhaber einer Bank, erfahrener Geschäftsführer und recht wohlhabend. Einer war zum Gründer und Besitzer dessen geworden, was sich zum reichsten Geschäftshaus Europas zu entwickeln versprach, und war der erste Mensch auf Erden, der den Goldfluß aufwärts vorgestoßen war und Timbuktu von Westen her erreicht hatte. Claes hatte man ihn genannt, als er achtzehn war. Jetzt war sein Name Nicolaas van der Poele, Ritter des Ordens vom Schwert.

Alle seine Freunde begleiteten Nicolaas nach Damme an dem Tag, an dem das schottische Schiff eintreffen sollte. Es sollte Sluys anlaufen, und von dort würden die Fahrgäste mit dem Boot nach Damme weiterfahren, wo Pferde für das letzte Stück nach Brügge warteten. Es waren die schottischen Kaufleute, die der englisch-burgundischen Hochzeit beiwohnen wollten. Zu ihnen gehörten Simon de St. Pol und seine Schwester Lucia. Zu ihnen gehörte auch David de Salmeton vom Handels- und Maklerhaus Vatachino. Nicolaas rechnete nicht damit, daß sonst noch jemand zu ihnen gehörte, der ihn anging.

Er hatte von Anfang an gewußt, daß die anderen mit ihm kommen würden. Julius, weil er Julius war. Gregorio und Tobie, Gottschalk und Diniz, weil sie wußten, was sie wußten, und ihn vor Julius beschützen wollten. Nicolaas sagte sich leicht belustigt, daß er es mit Julius allein wahrscheinlich weniger anstrengend gefunden hätte. Sie würde nicht kommen; es hatte keinen Zweck, sich da etwas vorzumachen.

Es war ein wolkiger, warmer Tag. Die Amtsleute der Stadt, die unter ihren Bannern warteten, erinnerten an die, die vor neun Jahren dort gewartet hatten, nur daß ihre Kleidung ein wenig zu wünschen übrigließ. Wo in vier Tagen die englische Braut eintreffen würde, war auch der allerletzte Rubin inzwischen irgendwo anders aufgenäht worden.

Eingefunden hatten sich auch einige Schotten. Die Bonkles, die ihren John erwarteten. Metteneye, der die schottische Herberge führte, und Stephen Angus, ihr Vertreter. Keine Kirchenmänner: Bischof Kennedy war tot, und John de Kinloch hielt sich nicht in Brügge auf. Zwei Angehörige der Familie van Borselen: der Bastard Paul und sein Vater Wolfaert, der Lucia begrüßen wollte, die einmal Gesellschafterin seiner schottischen Gemahlin gewesen war. Und João Vasquez natürlich, Lucias Schwager.

Und noch jemand: Anselm Adorne, mit seiner ausgesuchten Kleidung und seinem schönen, asketischen Gesicht, stand wie alle jene Jahre zuvor da und sagte ganz ruhig: «Nicolaas? Darf ich raten, weshalb Ihr mir aus dem Weg gegangen seid?»

Es stimmte – Nicolaas sagte: «Ich dachte, es könnte peinlich werden.»

«Wegen der *Fortado*?» entgegnete Adorne. «Ich habe viele Geschäfte laufen, Nicolaas. Wenn die Leute, die sie befehligten, Schurken waren, dann sollten sie angeprangert werden. Ich habe einen Verlust verdient, den ich vielleicht erleide. Das sollte nicht zwischen uns stehen. Nicht jetzt.»

«Gut», sagte Nicolaas mit einem Lächeln. Beide Grübchen zeigten sich, während er eher nachdenklich wirkte. Vor neun Jahren hatte er schließlich dort im Wasser gezappelt und war dafür verprügelt worden. Wenn er oben am Ufer gestanden hätte, so wie jetzt, wenn er einen erlesenen breitkrempigen Hut und ein besticktes Hemd getragen hätte und einen goldbesetzten Pourpoint und ein Wams, wenn seine Strumpfhose lang und bestickt und aus Seide gewesen wäre und seine Stiefel aus Ziegenleder und sein Schwert mit Edelsteinen geschmückt, hätte Katelina ihn dann geheiratet? Und wäre er dann Gelis begegnet?

Das Kanalboot näherte sich. Man konnte mit einem Schiff nicht bis Damme fahren. Die Güter wurden auf Lastkähne umgeladen, und die hohen Fahrgäste kamen wie jetzt mit einem großen Boot. Nicht ganz so groß, schätzte er, wie jenes, das Julius in Venedig für ihn gekauft hatte. Er ließ den Blick über die Leute an Bord schweifen.

Jannekin Bonkle mit den Knopfaugen und dem breiten, blühenden Gesicht, den er mit einem gewissen Geschäft betraut hatte. Jannekin Bonkle, der mit einem Hutschwenken Erfolg meldete.

Lucia de St. Pol mit dem hochaufgetürmten Kopfputz über Haar von unbarmherzigem, leuchtendem Gold, die das Kinn vorstreckte, als wollte sie ihn damit verjagen. Lucia, ungehalten dreinblickend.

David de Salmeton. O ja. David mit dem weichen, dunklen Haar und dem gewinnenden Gesicht und den langwimprigen schönen Augen, der mit feingliedriger Hand die Binden seines Hutes festhielt und ihm zulächelte. Nicolaas verbeugte sich.

Bel. Warum hatte er an sie nicht gedacht? Bel of Cuthilgurdy, Lucias Gesellschafterin. Gottschalks Gesellschafterin. Die liebe, tapfere Frau, die so weit gereist war und Diniz zurückgebracht hatte und sich gekümmert hatte um . . . gut gewesen war zu einem Kind, das niemand haben wollte. Sie blickte zu Gottschalk hin. Dann wandte sie sich um und winkte Nicolaas zu, und er hob vor Freude die Arme über den Kopf.

684

Bel, Bel. Und bei Bel der Mann, von dem all das Unglück ausgegangen war, das er jetzt überwunden hatte und hinter sich lassen konnte. Neben Bel Simon, sein Vater. Simon, der natürlich (wie er sagte) nicht sein Vater war und nie als solcher bezeichnet werden durfte; der ihn verachtete und ihn zu vernichten versucht hatte und der ihm jetzt, ganz strahlende, goldenhaarige Erscheinung, ein Lächeln erhabenen, spöttischen Triumphs zusandte. Er konnte es nicht wissen. Er konnte nicht wissen – oder doch? –, wen zu begrüßen Nicolaas gehofft hatte, oder seine Enttäuschung ermessen. Oder er hatte es vielleicht irgendwie erahnt. Es war nicht wichtig. Nicolaas gab den Blick ohne Furcht, Sehnen oder Neid zurück. Es war jetzt alles verschwunden.

Und das war alles.

Nein.

Sie war da. Sie saß so still, so versteckt, daß Nicolaas sie zuerst nicht sah; er hatte nur das Gefühl, er sollte nicht wegblicken, sondern vorbeisehen an Lucias Zorn, Davids Belustigung, Simons Verachtung. Er fühlte sich bemüßigt, hinzuschauen, weil die Wärme Bels nicht die einzige Wärme in der Gruppe war. Gelis war da, war mitgekommen.

Julius sagte: «Sie ist zurückgekommen! Gelis van Borselen! Warum ist sie zurückgekommen?»

Nicolaas hörte ihn kaum. Er fühlte, wie ihn jemand am Arm packte – Diniz, wie er nachher glaubte – und dann wieder losließ. Er trat bis zur Kante des Kais vor.

Simon sagte: «Claes, tatsächlich. Sorgfältig eingekleidet, wie ich sehe, von Euren Dienern. Und Diniz, armer Junge. Es ist alles gekommen, wie ich befürchtete, nicht wahr? Nicolaas ist dir gefolgt, und jetzt bist du an eine Färberstochter gebunden, und er hat das Haus Charetty.»

Niemand antwortete. David de Salmeton stieg aus, verneigte sich mit einem leichten Lächeln, als er vorüberkam. Jannekin hüpfte an Land, begann zu reden und wurde dann von Gregorio beiseite gezogen.

Lucia sagte: «Ich bin mir bewußt, wieviel wir Euch schulden. Trotzdem muß ich Euch sagen, daß ich Euch nicht verzeihen kann.»

«Das tut mir leid», sagte er.

«Das braucht es nicht», sagte Bel. «Ist sie nicht schön?»

Sie war schön. Er hatte nie daran gedacht, sie so zu sehen, sich nie bekümmert. Er sah Gelis aus dem Boot steigen, mit bloßen Schultern, das Haar in der juwelenbesetzten Haube eines jungen Mädchens, und ihr Körper kam anmutig zur Geltung unter dem Gewand mit dem Musselinband und der Perlenhalskette. Er reichte ihr die Hand, als sie zu ihm trat, und sagte: «Ich dachte, es sollten fünfundzwanzig Jahre werden.»

«Die werden es wahrscheinlich auch», erwiderte sie. «Aber ich halte es für besser, sie zusammen mit Euch zu verbringen.»

Er küßte ihr die Hand, da er nicht sicher war, was ihm sonst gestattet würde.

Die zarten Brauen gingen in die Höhe. «Ihr habt Eure Meinung geändert? Dann muß ich Euch sagen, Meester Nicolaas van der Poele, daß ich Euch vor Gericht bringen werde. Ich habe allen diesen meinen Freunden gesagt, daß ich Euch heiraten werde.»

«Das habt Ihr?» entgegnete Nicolaas. «Dann gibt es kein Entrinnen mehr. Ich werde es auch allen meinen Freunden sagen müssen. Tobie? Gregorio? Julius? Gottschalk? Diniz?»

«Er will Euch nur sagen», meinte Gelis, «daß ich ihm eine so gefügige Geliebte gewesen bin, daß er beschlossen hat, mich zur Ehefrau zu befördern.»

«Nicolaas?» sagte Julius. «Nun ja, natürlich. Ich bin entzückt. Das sind wir alle. Aber was für ein merkwürdiger Ort für einen Antrag.»

«Ich habe keinen Antrag gemacht», sagte Nicolaas. «Ich habe ein Angebot angenommen.»

Es war, da der Himmel sich endlich hatte erweichen lassen, unrecht, daß er grollte, weil er sie nie für sich allein hatte. Zunächst kam die unvorbereitete Mitteilung an die van Borselens, die, wie er meinte, ehrlicher Freude Ausdruck gaben, zu der sich eine ebenso echte Erleichterung gesellte. Während sie dort am Kai standen, konnte er wenigstens den Arm um sie legen, und seine Finger verhielten sich gar nicht so still, wie sie schienen, so daß sie immer wieder errötete und lächelte. Dann mußte sie sich ihrer Familie anschließen, und er vereinbarte einen Besuch bei Henry van Borselen.

Er suchte auch Louis de Gruuthuse auf und nahm seine maßvollen Glückwünsche und die freudige Zustimmung seiner Gemahlin entgegen. Er fragte sich, wie viele Leute Zeit gefunden hatten, nachts im neuen Flügel des Palais Gruuthuse umherzuwandern.

Das längste und vielleicht wichtigste Gespräch hatte er am Abend mit Pater Gottschalk in dessen Kammer. Der Priester lag in seinem Stuhl, die Füße hochgelegt, die krummen Hände um ein Buch geklammert. Er sagte: «Ich freue mich für Euch.»

«Es ist wider die Gesetze der Kirche», sagte Nicolaas. «Ich dachte, Ihr wolltet es nicht.»

«Katelina und Ihr wart nicht verheiratet», entgegnete Gottschalk. «Nur darum war ich besorgt. Und was viel wichtiger ist: das Mädchen weiß davon und hat Euch verziehen. Ihr Kampf war viel schwerer als der Eure.»

«Das weiß ich», sagte er. «Ihr Kampf hat sie nach Afrika geführt. Sonst hätte sie mich noch immer gehaßt.»

«Hat Umar es gewußt?»

«Ja, er wußte davon. Es war einer der Gründe, weshalb er mich nach Hause geschickt hat.»

«Er hat Euch geschickt?»

«O ja», sagte Nicolaas.

«Und deshalb Eure Vorkehrung für Henry. Seid Ihr Euch einig, was Kinder angeht, Ihr und Gelis? Ihr solltet welche bekommen – bald.»

«Es war schwierig, sie zu vermeiden», sagte Nicolaas freimütig.

Er machte ein reumütiges Gesicht, und Gottschalk lachte und legte eine Hand auf die seine. «Das weiß ganz Brügge. Dem Herzog müßte das gleiche Glück beschieden sein. Dann wollt Ihr also so bald wie möglich heiraten?»

«Früher. Aber es gibt da wohl Bestimmungen.»

«Die müssen nicht allzu genau genommen werden», sagte Gottschalk. «Wenn Ihr einen Freund habt, der einen gefälligen Bischof kennt . . .»

«Ihr würdet mir helfen? Wißt Ihr eigentlich, wie sehr ich Euch liebe?»

«Vielleicht tut Ihr das», erwiderte Gottschalk. «Manchmal liegt Liebe sehr dicht bei gutem Planen. Es kann geschehen, wann Ihr wollt. Gebt ihr ein paar Tage Zeit, damit sie sich darauf vorbereiten kann.»

«Werdet Ihr sie dann fragen?» sagte Nicolaas. «Sonst wird sie noch heute abend in ihren Reisekleidern über Eurem tragbaren Altar zur Ehefrau gemacht.»

«Dagegen hätte sie vielleicht nichts einzuwenden. Aber wir sollten klug sein und auch an ihre Familie denken. Und Tilde und Catherine werden natürlich teure neue Kleider haben wollen. Ich glaube, Ihr könnt Euch eine Hochzeit nicht leisten.»

«Das mache ich schon», sagte Nicolaas. «Ich spare das Geld für einen Bischof und besorge mir irgendeinen Priester, der es umsonst tut. Wann?»

«Und dann ist da noch Euer Prozeß gegen St. Pol und de Salmeton. Darauf müßt Ihr auch Rücksicht nehmen.»

«Wer nimmt auf so etwas Rücksicht! Wann? Wann?»

«Elf oder zwölf Tage», antwortete Gottschalk.

Zwölf Tage später, nachdem sie in Sluys Verlobung und in Damme Hochzeit gefeiert hatte, hielt die ungehörig reizvolle englische Prinzessin mit Namen Margaret, zweiundzwanzig Jahre alt, ihren feierlichen Einzug in Brügge als dritte Gemahlin von Karl, Herzog von Burgund, düsteren Wesens, Autokrat und neun Jahre älter als sie.

Am gleichen Tag, zwischen der Mittagsstunde und dem Turnier, verlobte sich Gelis van Borselen, dreiundzwanzig Jahre alt, als ebenfalls zukünftige dritte Gemahlin mit Nicolaas van der Poele, Ritter und früherer Lehrling und siebenundzwanzig Jahre alt seit dem vorausgegangenen Dezember. Sie sollten zusammengegeben werden im Palais Gruuthuse, und die Hochzeitsmesse sollte in der nahen Kirche Unserer lieben Frau gesungen werden.

Es würde nicht lange dauern. Die Kirchenmänner und die Adelsfamilien von Brügge hatten anderes, das sie beschäftigte.

Danach reichten ihre Pläne nicht über die Spangnaerts Straat hinaus.

Dies sagte Braut und Bräutigam zu, die beide von erstaunlicher geistiger Unabhängigkeit waren und ohnehin, wie weithin geargwöhnt wurde, kein wichtiges Jungfernhäutchen zu zerreißen hatten. Die Verbindung war gewissermaßen schon alt.

Wenn man dies bedachte, war ihnen hoch anzurechnen, daß sie vom Augenblick des Verlöbnisses an die Gepflogenheiten beachteten. Gottschalk beobachtete mit stiller Belustigung die ungewohnte Zurückhaltung des Paares. Gelis war prächtig im Brügger Haus des Henry van Borselen untergebracht, und Nicolaas schlief (oder schlief auch nicht) in der Spangnaerts Straat.

Gottschalk erinnerte sich an die träg-freundliche Stimmung des Harems im Ma' Dughu und mußte lächeln. Wenn man alles bedachte, benahmen sich seine zwei willensstarken Kinder sehr gut. Was ihre gemeinsame Vergangenheit betraf, wußte er, daß Nicolaas über Portinari an Umar eine Botschaft gesandt hatte. Sie mochte sechs Monate unterwegs sein, aber sie würde auch für Umar ein langes und bisweilen unruhiges Warten beenden.

Nicolaas und Gelis begegneten sich natürlich jeden Tag in Gesellschaft. Verabredungen mußten getroffen werden. Es war nicht immer leicht, da die englische Prinzessin mit ihrer Flotte im städtischen Hafen Sluys eingetroffen war und der herzogliche Hof auf dem Weg zu den verschiedenen Zeremonien hin und her fuhr. Die zukünftige Herzogin sollte eine Woche dort bleiben. Dennoch vermochte Henry van Borselen Zeit zu erübrigen, und im Verlauf mehrerer Tage wurden die Papiere ausgefertigt, die Catherine de Charetty und die Bank absicherten und gleichzeitig Gelis zu einer sehr reichen Frau machten.

Sie hatte Nicolaas eine Aussteuer mitgebracht, die vor langer Zeit bei dem Florentiner Monte hinterlegt worden war, der sich um solche Zahlungen kümmerte. Sie war nicht unbeträchtlich, und Gelis hatte gegen weitere Übertragungen aufbegehrt. Gregorio, so dachte Gottschalk, hätte ihr wohl ihren Willen gelassen, aber Nicolaas hatte sich unnachgiebig gezeigt. Es war auch nur gerecht. Wenn er deshalb sein Gold herbeigeschafft hatte, so sollte er es auch nach seinem Willen verwenden können. Es hatte ihn genug gekostet.

Die Begegnungen im Haus von João Vasquez waren von schwieriger Art. Es fiel Lucia de St. Pol schwer, sich gegen eine Ehe zwischen Gelis und Nicolaas zu stellen, der schließlich die Tücke ihres Bruders ans Tageslicht gebracht und sie wiedergutgemacht hatte. Er hatte auch Diniz' Vermögen gerettet und noch vermehrt.

Dennoch hatte Lucia starke Vorbehalte. Ihr behagte der Gedanke nicht, daß ihr Sohn eine Tochter von Marian de Charetty heiratete und dann das Leben eines Stadtbürgers führte und nicht das eines Angehörigen des Landadels, in den er hineingeboren war. Sie brachte ihre Bedenken vor, und Nicolaas und Diniz versuchten sie zu beruhigen. Sie konnte nichts dagegen tun, konnte nur klagen.

Gottschalk, der vielen Menschen ihrer Art begegnet war, nahm an, daß sie ihnen früher oder später verzeihen würde. Er fragte sich, was das für eine Reise von Schottland herüber gewesen sein mußte, wo Lucia, ihr Bruder und David de Salmeton, die sich doch feind waren, auf so engem Raum miteinander hatten vorlieb nehmen müssen. Die Vorstellung trug zu seiner stillen Belustigung bei.

Simon, der zusammen mit den anderen schottischen Kaufherren in Metteneyes Herberge abgestiegen war, hatte sich, wie Gottschalk bemerkte, von der Familie seiner Schwester ferngehalten. Er hatte aber über seinen Advokaten Einspruch gegen die beiden vorgesehenen Eheschließungen einlegen lassen. Er wollte seinem Neffen Diniz verbieten, die Tochter einer Handwerkersfrau zu heiraten. Und er brachte die schärfsten rechtlichen und religiösen Bedenken gegen eine Ehe von Claes van der Poele mit Gelis van Borselen vor, der verwaisten Schwester von Katelina, seiner verstorbenen Ehefrau.

Sie hatten damit gerechnet. Der Rechtsbeistand von João Vasquez hatte schon alle Papiere für Diniz bestätigt, und nichts, was sein Onkel tun mochte, würde noch etwas ausrichten. Und Lucia war, welchen Groll sie auch hegte, sehr wohl in der Lage, die

Einkünfte aus einem kleinen Gut auf Madeira einzuschätzen und mit den Erträgen des Hauses Charetty in Geschäftsverbindung mit Nicolaas zu vergleichen. Sie war weit davon entfernt, ihrem Bruder zu helfen.

Im übrigen gab es nur eine Möglichkeit, wie Simon Nicolaas' Heirat verhindern konnte. Es gab einige, die wußten, welches diese Möglichkeit war. Simons Advokat wußte es verständlicherweise nicht. Um Nicolaas' Ehepläne zunichte zu machen, mußte Simon erklären, daß er Nicolaas' Vater war. Und Nicolaas hatte, indem er die Heirat betrieb, seinerseits auf diesen Anspruch verzichtet.

Gottschalk war froh, daß Nicolaas dies getan hatte und so einen Streit erst gar nicht aufkommen ließ. Denn es war natürlich ganz unwahrscheinlich, daß Simon eine solche Erklärung abgab.

Bel of Cuthilgurdy, die die ganze Zeit geschwiegen hatte, ging nachher mit dem Priester auf die Straße, ohne seinen Arm zu halten. Seit Tobies Ankunft war Gottschalk dazu gebracht worden, seine Krücke in die Ecke zu stellen und sich auf seine Gliedmaßen zu verlassen. «Ich hoffe, Simon kann sich das Geld für einen Anwalt leisten. Wißt Ihr, daß er ihn beauftragt hat, ihm die *Ghost* wiederzubeschaffen? Wie sind da die Aussichten?»

Bel hatte, seit sie in Brügge war, zweimal die Spangnaerts Straat aufgesucht und viel Zeit mit Gottschalk zusammen und mit Diniz und Nicolaas verbracht. Sie hatte eine Zeitlang bei Tilde gesessen und ein Tischtuch geflickt.

Gottschalk sagte: «Sie schieben die Verhandlung immer wieder hinaus. Jetzt sind Simon und de Salmeton gekommen und können sich nicht auf einen Tag einigen.»

«Wie kommt das?» Sie blieb stehen und blickte nach oben. An der Straßenecke vor ihnen probten einige Männer auf einer Bühne die Hochzeit von Alexander dem Großen und Kleopatra.

«Ich weiß es nicht», sagte Gottschalk. «Nicolaas steht jetzt in hohem Ansehen. Vielleicht wollen sie warten, bis der Herzog Brügge verläßt. Vielleicht versuchen sie unserer Zeugen habhaft zu werden.»

«Crackbene und Filipe?»

Gottschalk blickte sie an. «Woher wißt Ihr das?»

«Filipe hat mich aufgesucht. Hatte eine große Kapuze übergezogen, der arme Kerl, aber ich wußte gleich, wer er war. Ich hab keinem davon erzählt. Alexander und Kleopatra», fügte sie nachdenklich hinzu. «Wer waren doch ihre Kinder?»

Gottschalk blickte auf ihren Kopf hinunter. «Crackbene scheint sich mit Filipe angefreundet zu haben», sagte er. «Vielleicht ist er der richtige Umgang für ihn. Ein Seemann, der keine Späßchen duldet.»

«Ja, wahrscheinlich», erwiderte Bel. «Mir hat der Junge gefallen. Wenn auch Nicolaas recht hat, wie fast immer. Der Junge, der ums Leben kam, hatte mehr in sich stecken. Lázaro hieß er wohl. Aber dieser hier ist davongerannt und hat überlebt und kann aussagen. Hoffe ich wenigstens. Ihr habt Simons Sohn Henry nicht gesehen? Er ist jetzt sieben.»

«Nein», sagte Gottschalk. «Ich hörte, Ihr hattet ihn nach Norden mitgenommen.»

«Nur einen Teil des Wegs. Ich begegne ihm dann und wann, wenn Simon es nicht vermeiden kann. Ich habe es Nicolaas gesagt.»

«Und Lucia hält ihn für ein Ungeheuer. Zumindest sagt das Gregorio.»

«Ja, es ist ein Jammer», sagte Bel. «Da wächst ein zweiter Simon heran. Ich wette, die da konnten auch keine Kinder erziehen.»

«Wer?» fragte Gottschalk.

«Alexander und Kleopatra», sagte Bel in mißbilligendem Ton. «Orgien. Finstere Befriedigung der sinnlichen Lust. Die hier scheinen übrigens beide Männer zu sein.»

Einst, an einem sonnenhellen Tag im September, war Nicolaas von Freunden umgeben und einer von ihnen gewesen.

Jetzt, an diesem heraufdämmernden Sonntag, dem dritten Tag im Juli neun Jahre später, stand er unter Freunden, war aber keiner von ihnen – so wie Gelis unter Freunden stand und allein war.

Diese zwölf Tage fern von Gelis van Borselen waren nicht so

schwer gewesen, wie er gefürchtet hatte. Nicolaas vermutete, daß auch sie gerade abschätzte, was hinter ihr lag. Er nahm an ihr eine gewisse Stille wahr, die ihm früher nicht aufgefallen war, als gelange sie ans Ende einer großen Reise und habe ein wenig Angst.

Sie sollten an diesem Nachmittag getraut werden. Der Herzog hatte an diesem Morgen geheiratet, war im grauen Morgenlicht um vier Uhr nach Damme aufgebrochen und nach der Zeremonie zurückgekehrt, um im Princenhof ein wenig zu schlafen, während seine Gemahlin in goldener Sänfte und goldener Krone, in Überrock und hellgoldenem Brautumhang mit Hermelinbesatz samt ihrem englischen und burgundischen Gefolge ihren glanzvollen Einzug in Brügge hielt.

Als eine van Borselen ritt Gelis in diesem Gefolge mit. Als Kaufherr und Stadtbürger saß Nicolaas zu Pferde in einer dichtgedrängten Phalanx von samtgekleideten Personen vor dem Heiligkreuztor, die die neue Herzogin begrüßen und sich dann ihrem Zug anschließen würde.

Er fühlte sich wie schon bei seiner Ankunft in Brügge als Teil eines Ablaufs, den man anerkennen mußte, wie unwahrscheinlich er einem auch vorkommen mochte. Heute schien alles ein wenig unsicher zu sein. Der Himmel war rauchig und unruhig und dunkel, als verschleiere er ein Feuer. Ab und zu kam das Grollen eines Donners und ein Lichtzucken, bei dem sich das Pferd unter ihm bewegte und die Augen rollte.

Hier standen in der Hitze des Monats Juli die wohlhabende Bürgerschaft Brügges und das edelste Blut Flanderns und Burgunds versammelt, bedeckt mit prächtigem Pelz und teurem Samt. Um jede Gruppe herum standen sechzig schwitzende Dienstboten mit Fackeln. In der Dunkelheit des Tages leuchteten sie wie ein brennender Wald von harzigen Kiefern; der rußige Rauch stieg in Säulen zum Himmel empor.

Während der Seelenmesse für Herzog Philipp war, so sagte man, das Blei in den Kirchenfenstern geschmolzen unter der Hitze der vielen brennenden Kerzen. Jetzt grollte der Donner, die Pferde stampften, und Nicolaas verspürte plötzlich Mitleid – womit, wußte er nicht recht. Vielleicht mit dem kleinen, schimmernden, goldenen Zug, der auf ihn zukam, mit Herolden und Bogenschützen an der Spitze, gefolgt von den Hofdamen der Margaret von York, die auf schneeweißen Pferden oder in leichten vierrädrigen Wagen saßen. Gefolgt von Gelis, die dies alles sah, wie es kein Mensch sehen konnte, der nie aus Brügge oder Venedig oder Florenz herausgekommen war. Der nie über das Meer der Dunkelheit hinaus ins Land der Schwarzen vorgedrungen war.

Als venezianischer Bankherr hätte er sich auch der Abordnung in zinnoberrotem Samt anschließen können, die darauf wartete, sich an die Spitze der Kaufmannskolonien zu setzen. Die Florentiner standen versammelt da, um in gemustertem schwarzem Atlas nachzufolgen, angeführt von Tommaso Portinari in den Farben von Herzog Karl, dessen Ratgeber er war. Die Spanier hatten vierunddreißig Kaufleute in violettem Damast aufgeboten; die Genuesen waren hundertacht an der Zahl und hatten den heiligen Georg mitgebracht und das Mädchen, das er vor dem Drachen gerettet hatte. Die Vertreter der Hanse waren in grauem Pelz erschienen, die Schotten taten es ihnen gleich. Nicolaas kannte jedes Gesicht.

Er hatte sich dafür entschieden, nicht als Kaufherr, sondern als Bürger der Stadt aufzutreten, und steckte dabei in der Schar, die sich aus dem Heiligkreuztor hervorbewegte, um Margaret von York Wein und Wachs darzubieten und sie zu bitten, ihrer Stadt eine gnädige Herrin zu sein. Von den Mauertürmen herab wurde gesungen, und Blumen schwebten durch die drückende schwüle Luft; und Tauben, blendend weiß sich abhebend vom schwarzen Himmel, schwangen sich auf, schreckten aber dann zurück und flohen. Flohen, weil der aufgeheizte Himmel sich aufbegehrend geöffnet hatte. Regen stürzte wie eine Wand auf die feiernde Stadt Brügge hinunter. Er löschte alle Fackeln aus. Er glättete das Haar von Frauen und Männern, durchtränkte ihren Samt, klatschte auf ihren Pelz, machte ihre Kleidung reizvoll durchsichtig. Er sprang vom Boden auf in einem Schleier dünnen Schlamms, klebte Rosenblütenblätter an Nasen und Wimpern und machte, daß in dem prächtigen Zug, der an jeder Straßenecke anhielt, starr gelächelt und eifrig geniest wurde.

Es war niemand da, mit dem er hätte lachen können. Er hatte

Gelis nicht vorüberreiten sehen, denn gleich nach den Prälaten führten die Männer der Stadt den Zug an, gefolgt von den Begleitern von Antoine, dem Halbbruder des Herzogs. Dann kamen die Musikanten. Dann die Herzogin. Dann die Ritter vom Goldenen Vlies. Dann die Gesandten. Und dann die ausländischen Kaufleute. Es befriedigte Nicolaas, im Zug so weit vor Tommaso Portinari zu liegen.

Vor dem Princenhof waren der heilige Georg und der heilige Andreas dargestellt, zusammen mit zwei Bogenschützen, von denen der eine Wein der Landschaft Beaune und der andere weißen Rheinwein spendete. Hinter ihnen auf einem Baum hockte ein Pelikan, aus dessen verwundeter Brust Würzwein sprühte. Nicolaas mußte an Johannes den Täufer und Julius denken und fragte sich, ob Glück tötete oder einen nur bewußtlos machte.

Alle gingen zum Essen. Gelis sagte: «Ich dachte, wir sollten getraut werden. Was hast du mit dem Wetter gemacht?»

«Das ist ein übriggebliebenes Gebet aus Taghaza», entgegnete Nicolaas. «Gelis? Könnten wir unsere Ehe jetzt vollziehen, oder sollten wir warten?»

«Wir haben sie schon vollzogen», sagte Gelis.

«Ich kann mich nicht erinnern. Ich glaube, ich weiß nicht mehr, wie man das macht. Wie wäre es . . .»

«Was macht Ihr?» sagte Julius verzweifelt. «Wißt Ihr, daß Ihr Stunden zu spät seid? Daß alles wartet? Kommt. Oder wollt Ihr nicht heiraten?»

«Wollen wir?» sagte Nicolaas.

«Es wäre besser», sagte Gelis. «Wenn Ihr es vergessen habt, wird Euch jemand daran erinnern müssen, oder Euch wird ein sehr eigenartiges Leben beschieden sein.»

Im Palais Gruuthuse war es sehr still, denn heute waren fast alle im Princenhof. Nur Marguerite van Borselen war geblieben, umgeben von einigen anderen Gesichtern aus der Vergangenheit, unter ihnen Anselm Adorne und seine Gemahlin. Der gesetzlichen Verlobung wohnten vor allem seine eigenen Leute bei: Tobie und Julius, Gregorio und Margot, Astorre und Diniz, Tilde und Catherine, Cristoffels und Henning und Bonkle.

695

Melchiorre und Vito waren da und unerwarteterweise auch Lucia de St. Pol, am Arm von Bel of Cuthilgurdy. Im letzten Augenblick kam Henry van Borselen mit seinem Sohn Wolfaert, um die Braut zu küssen und mit geflüsterten Entschuldigungen gleich wieder zu gehen. Dann hörte man die Messe, die Gottschalk las, der, frisch barbiert und fest im Stand, nicht mehr wiederzuerkennen war.

Dann war es vorüber, und sein Leben hatte sich für immer verändert.

Nicolaas umarmte seine Gemahlin. Sie sagte: «Ich glaube, du hast dich erinnert. Was habe ich da von Turnierkämpfen gehört?»

«Das kommt später. Jetzt gehen wir zur Hochzeit des Herzogs und begeben uns mit der erforderlichen Vorsicht zum Marktplatz. Ich habe für uns alle ein Haus gemietet. Wir sehen zu, wie alle aufeinander losgehen. Dann ziehen wir uns in den Princenhof zurück zum großen Hochzeitsbankett . . .»

«Unserem?» fragte sie.

«Nein, dem des Herzogs. Das ist besser und umsonst. Und dann gehen wir ins Bett.»

«In das des Herzogs?»

«Nun, das kannst du, wenn du willst», sagte Nicolaas. «Aber dort würdest du auf eine Rivalin stoßen. Warum bleibst du nicht bei mir?»

Der Regen ließ nach zum Turnier, das, verzögert durch den Einzug und das Essen, erst um sechs Uhr begann. Den von Arkaden gesäumten und mit Seidenstoffen und Wandteppichen behangenen Marktplatz erkannte nur wieder, wer an seiner Ausgestaltung mitgewirkt hatte, während die bemalten Eingänge an beiden Enden und die große Tanne in der Mitte die getreuen Gefolgsleute an das Thema des Schauspiels erinnerten: was da gleich beginnen sollte, war das Turnier vom Goldenen Baum.

Nicolaas, der ein ganzes Haus für den Preis von acht Kamelen gemietet hatte, war bereit, es allen zu erklären. «Das geschieht dauernd. Irgendeine Prinzessin von einer unbekannten Insel hat sich erboten . . .»

«Wozu?» unterbrach ihn Tobie.

«Hat sich erboten, bei der nächsten Weinversteigerung jedem Ritter höchste Preise zu zahlen, der einen gewissen Riesen befreit, den ein Zwerg gefangenhält. Das ist der Riese, das ist der Zwerg, und das ist der goldene Baum, an den der Riese angekettet ist. Die Teilnehmer treffen drüben am Ende des Marktplatzes vor St. Christopher ein, klopfen laut mit dem goldenen Hammer und bringen ihre schwungvolle Herausforderung vor.»

«Die wer annimmt?» wollte Gregorio wissen.

«Seid Ihr blind?» sagte Julius. «Allen Herausforderern tritt der Bastard Antoine entgegen.»

«Er ist siebenundvierzig», meinte Tobie. «Ob er das durchhält?»

«Er ist nicht schlecht», sagte Diniz.

«Wo ist er?» fragte Gelis.

Ein riesiger gelber Pavillon rollte auf die Kampfbahn zu, gezogen von sechs schwitzenden Pagen und gefolgt von verstört blickenden Pferden, die mit purpurnem Samt und Glocken bedeckt waren. Das Zelt öffnete sich, und der Bastard von Burgund preschte in voller Rüstung auf einem Pferd heraus.

«Du hast nichts dagegen, wenn ich mir das nicht ansehe?» sagte Nicolaas. «Ich erwarte Gäste.»

Gregorio erhob sich, und Diniz und Gottschalk taten es ihm nach. Julius, Astorre und Tobie standen schon da.

«Wen?» fragte Gelis in scharfem Ton.

«Es ist nicht wichtig», sagte Nicolaas. «Es ist eine Art Hochzeitsgeschenk, in gewissem Sinn. Eine Kapitulation. Jedenfalls ein Waffenstillstand. Gehen wir?»

Die Tür ging auf, während er noch sprach. Simon de St. Pol stand auf der Schwelle und sagte: «Es hieß, Ihr hättet mir etwas zu sagen. Einige Worte der Entschuldigung vielleicht?»

«Man kann nie wissen», sagte Nicolaas. «Ich habe unten ein Zimmer vorbereitet. Ich dachte, wir könnten miteinander reden.»

«Miteinander reden?» Simon machte ein belustigtes Gesicht und warf Gelis einen Blick zu.

«Etwas besprechen», entgegnete Nicolaas. «Ich dachte, wir könnten vielleicht die Sache mit der *Ghost* und der *Fortado* aus der Welt schaffen.»

Gelis erhob sich.

«Heute? Jetzt?» sagte Simon. «Was für ein törichter Gedanke. Zur gehörigen Zeit wird ein ordentliches Gericht darüber entscheiden. Ich bin durchaus bereit, bis dahin zu warten. Im Augenblick erwartet man von uns wohl eher, daß wir die herzogliche Hochzeit feiern. Ich hoffe, Ihr entschuldigt mich.»

«Ich habe nichts dagegen», erwiderte Nicolaas. «Möchtet Ihr die eidesstattliche Erklärung Crackbenes mitnehmen? Und die des Jungen? Ich habe Abschriften für Gilles Lomellini und de Salmeton. Die Sache könnte sofort zu meinen Gunsten beigelegt sein. Das würde Geld sparen, dachte ich.»

«Crackbenes Erklärung?» sagte Simon. Er hatte die Tür wieder geöffnet.

«Und die Filipes, des Schiffsjungen. Sie bestätigen, daß die *Fortado* den schwarzen Stämmen Waffen verkauft und meine Mannschaft und mein Schiff auf dem Gambia angegriffen hat. Wir haben auch alle etwas über die *Doria* zu sagen. Die *Ribérac*, wenn Ihr so wollt. Oder die *Ghost*.»

«Davon will ich nichts hören», entgegnete Simon. Er sagte das sehr langsam.

«Natürlich nicht.» Draußen gingen zum Beifall der Menge Adolf von Cleve und der Bastard von Burgund mit den Lanzen aufeinander los. Eine riesige Sanduhr auf der Richtertribüne war halb leergelaufen.

Nicolaas fuhr fort: «Natürlich wollt Ihr das Schauspiel draußen nicht versäumen. Ich kann auch statt dessen alles mit Lomellini und de Salmeton besprechen. Sie dürften inzwischen unten sein.»

«Ihr habt sie auch hergebeten?» fragte Simon. Sein Blick blieb auf Gelis ruhen.

«Meine Ehefrau», sagte Nicolaas. «Ihr kennt Euch? Ja, ich habe sie auch hergebeten. Vielleicht wollt Ihr doch mitkommen?»

«Warum gehen wir nicht alle?» sagte Gelis.

Die anderen warteten unten. Nicolaas hatte, als er sie bestellte, von vornherein damit gerechnet, daß sie sich lieber nicht verweigern würden, wenn sie hörten, daß auch ihre Teilhaber kamen. Die Lomellini und das Haus Vatachino waren auf jeden Fall miteinander verbündet. Gilles Lomellini, der seine Vettern vertrat, erhob sich förmlich, als Nicolaas die Stube betrat, aber David de Salmeton sprang lächelnd auf und kam, beide Hände ausgestreckt, auf Gelis zu. «Die Braut! Meine Teure, Ihr seht strahlend aus!»

Sie machte in der Tat jenes wachsame, leicht strenge Gesicht, das Nicolaas stets gefiel und dem er stets mißtraut hatte. «Das macht der Regen», sagte sie. «Habt Ihr gehört, was Nicolaas getan hat?»

«Abgesehen davon, daß er Euch geehelicht hat?» Noch immer lächelnd, beobachteten die langwimprigen Augen Simon de St. Pol in der Gruppe derer, die zur Tür hereinkamen. Leise setzte David de Salmeton hinzu: «Was hat er denn noch getan?»

«Michael Crackbene gefunden», sagte Nicolaas. «Unter anderem. Das ist seine eidesstattliche Erklärung. Jetzt sagt mir bloß, die *Ghost* gehört mir nicht.»

Während der Stunde, die sie redeten, hätten sie durch die geschlossenen Fenster das Schmettern der Trompeten und Fanfaren hören können, das Signal, daß die halbe Stunde der Sanduhr abgelaufen und die Pause zum Neuausrüsten gekommen war, und dann die erneuten Klänge, die den Beginn des nächsten Turnierabschnitts anzeigten. Doch drinnen hörte keiner hin, denn sie fochten alle mit Worten.

Nicolaas hatte es sich nie leicht vorgestellt. Die *Ghost* hatte als ein Schiff im Besitz von Jordan de Ribérac begonnen, das Simon gestohlen hatte, aber in Abwesenheit von Jordan konnte das keiner beweisen. Simons Faktor hatte sie nach Trapezunt gebracht, und sie war von den Türken erbeutet und von Nicolaas zurückerobert und gerettet worden, der sie jetzt als sein Eigentum beanspruchte.

Den Hof von Trapezunt, wo all das geschehen war, gab es nicht mehr. Tobie war da, um es zu bezeugen, desgleichen Astorre und Gottschalk und Julius und er selbst. Aber er hatte keinen unabhängigen Zeugen, von einem abgesehen.

«Wo ist Crackbene?» fragte Simon de St. Pol. «Ist das seine Handschrift? Und wenn sie es ist, was beweist das? Wer für Geld seine Meinung ändert, ist nichts wert.»

«Er ist in Brügge», sagte Nicolaas. «Er wird Euch berichten, wie wir die Türken überlistet und die *Doria* nach Hause gebracht haben. Ich werde für Euch, wenn ich das muß, einige der Kaufleute ausfindig machen, die wir an Bord der *Doria* aus Trapezunt retten konnten.»

«Was würden die schon wissen?» entgegnete Simon. «Doch nur das, was Ihr ihnen gesagt habt. Die Wahrheit, die jeder kennt, ist die, daß Ihr Pagano Doria getötet und das Schiff gestohlen habt. Und ein zweites Mal gestohlen habt, als es im Kampf gegen die Muslime vor Ceuta lag.»

«Und das ist eine Lüge», sagte Julius. Er hatte sich oft eingemischt, wenn auch nicht immer mit Erfolg.

«Ja, das ist es», bestätigte Gottschalk. «Ich kann Euch jetzt versichern, daß das, was Nicolaas sagt, die Wahrheit ist.»

«Wie seltsam», sagte Simon. «Man könnte fast meinen, Ihr sprächt aus denselben Gründen für Nicolaas. Ihr besitzt jeder einen Anteil an seiner Bank – könnte es das sein?»

«Es gibt noch ein anderes Beweisstück», sagte Nicolaas. «Ich möchte es lieber nicht verwenden. Aber es ist vorhanden. Vielleicht möchtet Ihr es sehen.»

«Geschrieben von einem weiteren Teilhaber Eurer Bank?» fragte David de Salmeton. «Mein lieber Nicolaas, das klingt alles nach Vetternwirtschaft.»

«Ihr seht das vielleicht so», meinte Nicolaas. «Ich halte es für eine sehr tapfere Tat. Sie hat es selbst für mich aufgesetzt und unterschrieben. Ein Bericht von Catherine de Charetty, in dem sie schildert, wie Pagano Doria starb und was danach geschah.»

Er sah Gottschalk dabei nicht an, denn dieser hatte ihm das Papier gebracht. Die einzige Hilfe, die Catherine ihm geben konnte, und für sie die schmerzlichste. Denn sie war mit der *Doria* nach Trapezunt gefahren und hatte bis zuletzt geglaubt, Pagano Doria liebe sie und habe sie zu seiner Ehefrau gemacht.

«Armes Kind», sagte David de Salmeton. «Die Schwester Eurer Verlobten, nicht wahr, Senhor Diniz? In der Tat eine tapfere Lüge. Aber es trifft noch immer zu, nicht wahr, daß Ihr die *Doria* aus dem Hafen von Ceuta entführt und sie in *Ghost* umbenannt habt? Es trifft auch zu, daß sie die *Fortado* angegriffen und unerlaubten Handel getrieben hat. Ich habe Mitgefühl mit Euch. Ich wäre gern nachgiebig an Eurem Hochzeitstag, aber auch ich erkenne hier leider keine Beweise, die vor Gericht bestehen könnten.»

«Man sollte vielleicht auf einige Widersprüche hinweisen», gab Nicolaas zurück. «Ja, ich habe die *Doria* aus Ceuta entführt, aber sie war mein Eigentum; das ist kein Diebstahl. Ich habe die Besatzung dort dadurch nicht geschwächt, sondern vielmehr mein Leben aufs Spiel gesetzt, um Gold für die Kirche und einen Weg nach Äthiopien zu finden. Der König von Portugal fand daran nichts Schlimmes und der Christusorden nicht und der Papst auch nicht. Und was hat sie Ungesetzliches getan? Crackbene wird Euch berichten, daß sie die *Fortado* nicht angegriffen hat – seine Aussage ist in dieser Frage ganz eindeutig, finde ich. Und welchen Handel hat sie getrieben? Sie hat auf Gran Canaria Pferde verkauft und Vorräte nach den Kapverdischen Inseln geschafft, wonach sie völlig leer zurückgekehrt ist. Ihr habt das selbst bestätigt gesehen.»

«Eure Klage ist nicht begründet», sagte Gilles Lomellini. «Ich habe mir alles angehört. Es gibt kein Zeugnis, das beweist, daß die *Ghost* Euch gehört.»

«Glaubt Ihr?» erwiderte Nicolaas. «Dann werde ich mich wohl ganz der Anklage gegen die *Fortado* zuwenden müssen. Und das ist eine völlig andere Sache.»

Das war sie. Sie hing, wie er wußte, von den Bekundungen Crackbenes und des Jungen ab. Sie hing von Melchiorres Aussage ab – doch schon die Narben auf seinem Körper würden für ihn sprechen. Die anderen Beweise mußten von ihnen selbst kommen. Aber sieben von ihnen waren noch am Leben und greifbar, die in einer Hütte am Gambia in Raffaelo Dorias Falle gesessen hatten, und zu ihnen gehörten Gelis und Bel.

Er war sich, während er die Geschichte erzählte, bewußt, daß Julius endlich schwieg – wie die anderen, die nicht dabeigewesen waren. Gelis ließ ihn wie schon bisher die Vorgänge in seiner Weise darstellen. Er kam dann auf die Umstände von Raffaelo Dorias Tod zu sprechen und schloß:

«Er war habgierig. Das waren auch einige von meinen Männern. Gold ist ein grausamer Gebieter. Aber er war bereit, für Gold zu töten, sogar Frauen. Ich kann das unerwähnt lassen. Er ist tot, aber Ihr, Ihr alle drei, seid verantwortlich für das, was er getan hat. Und auf Verkauf von Waffen steht der Tod am Galgen.»

Gilles Lomellini sagte: «Ich wünsche nicht, daß das vor ein Gericht gebracht wird.»

Simon errötete. «Was habt Ihr in der Sache zu sagen? Eure Vettern zogen geheime Teilhaber vor. Ich habe darüber zu bestimmen, was wir tun.»

«Wir alle haben darüber zu bestimmen», hielt ihm David de Salmeton entgegen. «Messer Simon, Ihr wollt vor Gericht gehen, um Euch bestätigen zu lassen, daß Ihr der Besitzer der *Ghost* seid, und da bin ich ganz Eurer Meinung. Wenn die *Ghost* dem teuren Ser Niccolo gehört, muß ihm das Haus Vatachino sein Versicherungsgeld zurückzahlen.»

«Also gehen wir vor Gericht», sagte Simon.

«Aber», fuhr David de Salmeton fort, «es ist nicht nur eine Frage des Geldes, nicht wahr? Was ich da über Raffaelo Doria höre, gefällt mir gar nicht.»

«Sie können es nicht beweisen», entgegnete Simon.

«Aber wenn sie es könnten?» sagte de Salmeton. Sein Blick ruhte auf Nicolaas. Sehr leise fuhr er fort: «Messer Simon, ich glaube, jemand möchte, daß Ihr damit vor Gericht geht. Ich möchte Euch daran erinnern, daß jemand schon darauf hingewiesen hat, daß der Verkauf von Waffen an die Eingeborenen von Guinea mit dem Tod bestraft werden kann.» Er hielt Nicolaas noch immer mit den Augen fest.

Draußen schmetterten Trompeten. Eine Stimme sprach, man hörte Beifall. Dann spielte Musik. Gelis sah ihn an aus hellen großen Augen.

Nicolaas sagte: «Ich habe Euch hierhergebeten, um Euch zuzuhören und damit Ihr hören könntet, was ich zu sagen habe. Und damit die Schlüsse, zu denen wir gelangen, unter uns bleiben und auch zu einer Lösung unter uns führen.»

«Zu einer Lösung unter uns?» Simon runzelte die Stirn. Vielleicht kam er bei aller Eitelkeit, bei aller Eigensucht doch noch zur Vernunft. Vielleicht auch nicht.

Nicolaas sagte: «Die *Ghost* gehört mir, aber ich kann es vielleicht vor Gericht nicht beweisen. Die Verbrechen der *Fortado* sind Euer und können nachgewiesen werden. Gesteht mir die *Ghost* zu, und ich spreche Euch von den Missetaten Raffaelo Dorias los und vergesse, daß Ihr je Waffen verkauft habt.»

Julius seufzte. David de Salmeton sagte: «Und das Versicherungsgeld?»

«Ist an mich zurückzuzahlen. Ich bin sicher, Eure Teilhaber am Geschäft mit der *Fortado* lassen sich dazu bringen, Euch zu helfen. Gregorio?»

Gregorio erhob sich. Die Papiere, die er auf den Tisch legte, waren schon fertig aufgesetzt, und für jeden waren Abschriften angefertigt.

«Das ist Eure Erklärung», fuhr Nicolaas fort, «mit der Ihr meine Darstellung über die *Ghost* bestätigt. Und das ist meine, die Euch von jedem Schaden freispricht, den die *Fortado* auf dieser Reise angerichtet hat. Wenn Ihr unterschreibt, werdet Ihr weiter nichts mehr hören.» Er sagte nicht – es tat nichts zur Sache –, daß die *Fortado* gesunken war.

Sie unterschrieben. Seine beiden Anklagen gegen sie waren in der Tat einwandfrei. Er fragte sich, ob Simon das je voll erkennen würde.

Er hätte in Hochstimmung sein sollen, als es vorüber war und de Salmeton und Lomellini die Stube verlassen hatten, kurz darauf gefolgt von Simon, der stehengeblieben war, als ob er noch etwas sagen wollte, dann mit einem merkwürdigen Lachen doch gegangen war. Er *war* auch hochgestimmt, nach einer Weile.

«Was habt Ihr nur gedacht?» sagte Julius. «Ihr hättet *beide* Prozesse gewinnen können!»

«Nein», hielt ihm Gottschalk entgegen. «Er hat genau das Richtige getan. Es war ein Tag der Nachsicht.»

«So dachte ich mir das», sagte Nicolaas. «Warum sind alle fortgegangen? Die Kampfbahn ist leer! Haben sie sich alle umgebracht?»

«Regt Euch nicht auf», beruhigte ihn Tobie. «Sie mußten das Turnier beenden, weil es Zeit war für das Bankett. Wenn wir uns beeilen, können wir dort sein, bevor sie zu essen anfangen. Gelis, wie gefällt Euch ein Schiff als Morgengabe?»

«Es ist noch nicht Morgen», sagte Nicolaas in klagendem Ton.

«Dann hat sie es bekommen, ohne etwas dafür zu tun», setzte Tobie hinzu. «Und mein Gott, es wird Morgen sein, bis dieses Bankett zu Ende ist.»

Es war drei Uhr am Morgen, als das Hochzeitsfestmahl des Herzogs zu Ende ging und seine Gäste sich von ihren Plätzen erhoben in der großen Holzhalle beim Princenhof, die durch Nicolaas' nützliche Mühen herbeigeschafft und auf dem Tennisplatz aufgestellt worden war.

Bemalt und verkleidet mit weißen und blauen Wollstoffen, behangen mit Wandteppichen und ausgestattet mit Tischdecken aus Goldfaden, hatte sie eine Verwandlung durchgemacht. Mit Gold überhäuft, stand in der Mitte eine Anrichte mit der Hälfte der Schätze des Herzogs; die Wirkung war, wie Nicolaas sinnierte, ungefähr die, die auch der Timbuktu-Koy zu erreichen versuchte. Unter den singenden, tanzenden und zischenden Figuren war auch ein Dromedar mit einem echten, als Marktschreier verkleideten Schwarzen gewesen.

Gelis hatte es gesehen und sich abgewandt. «Kannst du nichts tun, daß sie das lassen?» Unter einem Schutz aus Schleierstoff war ihr Gesicht bleich, und die Lider wirkten außerordentlich schwer. Sie sah aus wie ein schönes Bildhauerwerk, das man für eine Prozession mit Flitterzeug umhüllt hatte. Ihr Ring war so neu, daß er alles Licht einfing.

«Er heißt Jacob», sagte Nicolaas. «Er ist ein getaufter Mandingua und ganz zufrieden mit diesem Spiel; er hat noch nie soviel zu essen und soviel Aufmerksamkeit gehabt. Die andere Seite dessen, was Umar uns zeigen wollte. Die Armleuchter. Was hältst du von ihnen?»

«Willst du das wirklich wissen?» hatte Gelis gesagt.

«Nein. Und die Verse? Haben dir die Verse gefallen?»

«Natürlich haben mir die Verse gefallen. Das war die einzige

Gelegenheit, bei der du nicht geredet hast. Beruhige dich», hatte Gelis gesagt. «Nimm dich zusammen.» Sie hörte sich gereizt an.

Das ist gewiß ein guter Rat, sagte er sich. Er sagte sich weiter, daß es die Art von Rat war, die der Bräutigam der Braut geben sollte und nicht umgekehrt. Er hatte andere Dinge, von denen er ihr erzählen wollte. Er wollte ihr von dem Land und dem hübschen Haus erzählen, das er gekauft hatte oder Bonkle für ihn gekauft hatte. Von den Plänen für die Spangnaerts Straat. Wenn sie wollte, konnte sie mit ihm auf Zypern wohnen. In Alexandria. In Damaskus. In einem einzelnen kleinen Gemach, vor dem draußen ein Brunnen plätscherte. *Ich will, daß die Lehrer aus deiner Familie die armen Dummköpfe aus meiner Familie unterrichten helfen. Ich will dir gleichkommen, Kind für Kind . . .*

Draußen vor der Banketthalle warteten Tobie und Julius, um sie beide nach Hause zu geleiten. Gottschalk, nicht so kräftig wie die anderen, war schon mit Tilde und ihrer Schwester vorausgeritten.

Es war kein weiter Weg, und der Himmel über ihnen begann schon hell zu werden. Sie gingen zu Fuß, und andere gingen mit ihnen, und es wurde gegähnt und gelacht, und da und dort verschwand einer in seiner Tür nach einer letzten derben Bemerkung. Der Herzog würde bald im Bett sein, genau wie er. Sie schritten die Nalden Straat entlang am Palais Bladelin vorbei und wurden den keineswegs mehr nüchternen Tommaso Portinari nicht los, der nicht allein sein wollte. Nachdem man zweimal vergeblich versucht hatte, ihn abzuschütteln, nahmen ihn Julius und Tobie in die Mitte bis zur Spangnaerts Straat.

Bel und Diniz waren schon gegangen. Sie hatte Nicolaas einen Kuß gegeben, und er hatte sie umarmt. In seinen Armen fühlte sie sich jetzt wieder pummelig an und gar nicht mehr wie die stille, leidende Frau, die er zum Joliba getragen hatte. Und Diniz hatte ihm überraschenderweise auch einen Kuß gegeben; einen vetterlichen Kuß voller Zuneigung. Er war, wie er verschwommen überlegte, von recht viel Zuneigung umgeben. Er stand gar nicht allein, und Gelis auch nicht. Sie waren acht Wochen getrennt gewesen.

Er begann sehr heftig zu wünschen, bei Gelis zu sein, und lä-

chelte sie an. Sie hob die Hand; es blitzte von ihrem Ring.
Der silbrige Stoff ihres Gewands ließ sie im Dämmerlicht wie
eine Nixe, ein Trugbild erscheinen. Er legte ihr den Arm um die
Schultern und merkte, daß er zitterte. Er nahm den Arm wieder
fort. «O Jesus! Nimm dich zusammen. Wenn wir zu Hause
sind . . .»

«Marschbefehl?» sagte sie. «Wenn wir zu Hause sind, gehe ich
hinauf, und du bleibst unten und singst dreimal das Löwenlied.
Du erinnerst dich an den Löwen? An sein Lied?»

«Das werde ich nie vergessen», sagte er und bewies es die ganze
letzte kurze Straße entlang.

> *Bien vienne la belle bergère:*
> *De qui la beauté et manière . . .*

Julius fiel mit ein und dann Tommaso und auch Tobie.

> *C'est la source, c'est la minière,*
> *De nostre force grande et fière.*
> *C'est nostre paix et asseurance.*
> *Dieu louans de telle aliance*
> *Crions, chantons, à lie chere,*
> *Bien vienne.*

Gelis ging ins Haus.

«Ich muß es noch zweimal singen», sagte Nicolaas und sang
weiter.

«Dreimal», sagte Tommaso. Sie versuchten ihn herumzudrehen.

«Einmal hab ich's schon. Oh, nehmt ihn mit hinein. Tobie,
sucht ihm ein Plätzchen, wo er schlafen kann. Pater Gottschalk?»

Sie waren endlich im Haus. Gottschalk, noch in seiner besten
Robe, sagte: «Bringt ihn herein. Was macht Ihr?»

«Ich singe leise vor mich hin», sagte Nicolaas. «Ich muß es noch
einmal singen. Nein, zweimal.»

Gottschalk lachte. «Ihr müßt wünschen, Ihr hättet ein weniger
gutes Gedächtnis. Nicolaas, das habt Ihr gut gemacht, heute.»

«Was? Unsere Hochzeit, die andere Hochzeit oder der Prozeß, den es nicht gab?»

«Der Prozeß, den es nicht gab», sagte Gottschalk. «Ihr seid ein guter Mensch, wenn Ihr es sein wollt, Nicolaas. Und heute abend verdient Ihr Eure Belohnung.»

«Ich bin beim letzten Vers», sagte Nicolaas. Er war im Geist schon anderswo. Nein, nicht im Geist.

Tommaso sagte: «Ich schulde Euch etwas Geld.» Sie hatten ihn auf den Boden sinken lassen.

«Nicht wichtig», entgegnete Nicolaas. «Erzählt's mir morgen. Heute. *Bien vienne*, alle miteinander. Und sein Gegenteil.»

«Die Botschaft nach Guinea», sagte Tommaso Portinari. «Braucht sie nicht mehr abzuschicken.»

Nicolaas wandte sich um. «O verdammt, Tommaso. Ist sie noch nicht weg?»

«Braucht sie nicht mehr abzuschicken», wiederholte Tommaso. «Hab's gerade heute morgen von Dei gehört. Ihr wißt doch, Dei, der nach Marseille gefahren ist.»

«Was habt Ihr gehört?» Nicolaas hockte sich auf die Treppe, die anderen drückten sich um ihn herum. Noch war ihm erst leicht verwirrt zumute, nur eine ganz kleine Spur von Unruhe hatte sich eingeschlichen.

«Es hat einen Aufstand gegeben», sagte Tommaso Portinari. «Ihr wißt doch, diese Stämme da machen immer wieder Aufstände. Nun ja, so ein großer schwarzer König von einem Stamm namens Sonni . . .»

«Songhai», sagte Nicolaas. Alle anderen schwiegen.

«. . . ist in Timbuktu einmarschiert. Herbeigerufen von dem dummen Herrscher von Timbuktu, um einen anderen hinauszuwerfen. Hackel.»

«Akil», sagte Gottschalk leise. Er näherte sich und kniete bei der Treppe nieder.

«Dieser König hat aber dann Timbuktu für sich erobert und die meisten von den Gelehrten umgebracht. Ein paar sind nach Walata entkommen. Hackel hat ihnen geholfen. Der Rest konnte nicht auf Kamelen reiten.»

Er saß da, leicht schwankend und verwirrt durch die Stille.

Nicolaas fragte: «Ihr habt meine Botschaft nicht nach Walata geschickt?»

«Ibn Said konnte sich retten», fuhr Tommaso fort. «Tot ist der andere, der, dem Ihr die Botschaft schicken wolltet. Tot sind auch seine Frau und die Kinder bis auf eins.» Er hörte auf zu schwanken. «Es tut mir leid. Ihr habt ihn gemocht.»

«Umar?» sagte Nicolaas.

«Der, den Ihr Umar nennt. Loppe. Der Neger, den Ihr früher hattet. Er ist tot.»

Es war kalt auf der Treppe. Tommaso war gegangen. Alle waren gegangen bis auf Pater Gottschalk. Nicolaas sagte: «Er sprach davon, daß er nach Walata gehen wollte. Er brauchte die Kamele. Aber sie sind wohl nicht rechtzeitig herausgekommen.»

Gottschalk hatte ihm die Hand auf die Schulter gelegt und drückte jetzt ein wenig fester zu.

Nicolaas murmelte: «Ich hab's Euch ja gesagt. Er hat mich heimgeschickt.»

Nach einer Weile sagte Gottschalk: «Geht zu ihr hinauf.»

Sie lag wahrscheinlich schon seit einiger Zeit im Bett. Das silbrige Zeug war ordentlich zusammengefaltet. Sie hatte es wohl zuerst fallengelassen und war dann, als er nicht kam, noch einmal aufgestanden und hatte es richtig hingelegt. Ihr Haar war geöffnet und ihre Brüste waren nackt, wo das Tuch über ihnen lag, und er konnte darunter die Umrisse ihres Körpers erkennen. Ihre Augen lagen tief im Schatten.

Sie hatte die Lampe gelöscht; er roch warmes Öl und den Duft, den sie am liebsten hatte, und den Geruch ihrer Haut. Das schwache Licht, das zum Fenster hereinfiel, war bläulich. Er öffnete einen Fensterflügel.

Sie fragte: «Wer war unten?» Ihre Stimme klang heiser.

«Niemand. Nur Tommaso.»

Es war immerhin so hell, daß man die Farbe der kleinen gefleckten Backsteine der jenseitigen Hauswand sah und das Grau und Purpurrot und Grün der Schieferplatten auf den Dachfirsten dahinter und das Rot der Ziegel, und irgendwo wurde sogar von

Wasser ein Licht zurückgespiegelt. Es war frischer als am Tag zuvor, und kein Gewitter lag in der Luft. Keine Löwen. *Bien vienne.*

«Komm und setz dich», sagte sie.

Er würde sie damit bekümmern und es ihr sagen müssen. Sie hatte Umar schließlich gekannt; wußte, was er getan hatte, was er war, was er bedeutete. Sie konnte beanspruchen, daß man es ihr sagte. Er brauchte keine Worte des Trostes und sie auch nicht. Er drehte sich um, trat langsam auf das Bett zu und setzte sich.

Sie hatte das Tuch heruntergezogen und lag von ihrem aufgelösten Haar umgeben da. Er ließ den Blick auf ihren umschatteten Augen ruhen und fragte sich, wie müde sie war und wie er es ihr sagen sollte. Er ergriff ihre Hände, die auf ihren Schenkeln lagen und kalt waren. «Nicolaas», sagte sie, «sieh meinen Bauch an.»

Seine Gedanken, schon in Stücke gerissen, konnten damit nichts anfangen. Sie hatte nicht gelächelt oder eine genüßliche Bewegung gemacht, sondern ihm nur ihre Hände preisgegeben. Er hatte, seit er in die Kammer gekommen war, nicht daran gedacht, ihren Körper anzusehen. Er fragte: «Warum?»

«Weil er seit sechs Wochen ein Kind in sich hat.»

Ihre Haltung und ihr Gesicht hatten sich nicht verändert, nur ihre Stimme war noch immer heiser. «Unseres?» fragte er, weil es merkwürdig gewesen wäre, nichts zu sagen.

«Seit sechs Wochen», wiederholte sie. Sie sagte es in knappem Ton, als hätte er sie geärgert.

Dann brachte er alle seine Gedanken zusammen und blickte auf ihren Körper.

Die Veränderungen waren zu einem so frühen Zeitpunkt klein, aber für einen Liebenden doch erkennbar. Er saß still da, bis er atmen konnte. «Wessen Kind ist es?» sagte er. Selbst jetzt wanderten seine Gedanken noch nicht.

«Rate», sagte sie. «Was würde Katelina und ihren Sohn endlich rächen?»

Er starrte sie an und durch sie hindurch. Gottschalks Hand, die gebrochen in der seinen ruhte. Ein Mann, der, fünf Kamele mitführend, aus der Wüste kam. Das Geräusch einer Stimme, erhoben zum Lobpreis angesichts der Freude und des Mysteriums der Welt.

Nicolaas hob die Hand und schlug sie einmal, auf die Wange, so wie er einen ungezogenen jungen Hund mit einem Klaps gezüchtigt haben würde. Dann erhob er sich und schritt zur Tür.

Sie hob die Stimme an, nicht sehr laut, aber doch so laut, daß er die Worte hören mußte. «Es ist Simons Kind, Nicolaas. Was soll ich damit machen? Es töten? Großziehen? Simon davon erzählen? Oder die Welt glauben lassen, es sei deines? Sag! Was immer du willst, ich tu's!» Er schloß von außen die Tür.

Er glaubte, es sei niemand in diesem Flügel. Er blieb an einem Fenster stehen und nahm erst nach einer Weile wahr, daß ein Mann still in der Nähe wartete, vielleicht schon seit geraumer Zeit. Ihn durchfuhr wie ein körperlicher Schmerz die Angst, daß es Gottschalk wäre. Es war Gregorio.

«Habt Ihr es gehört?» fragte Nicolaas.

«Ja», erwiderte der Advokat.

Nach einer Weile sagte Nicolaas: «Was haben sie da für einen Spruch? *Allah allein ist der Eroberer*.»

Gregorio fragte: «Soll ich mich darum kümmern?»

«Kümmern?»

«Sie fortschicken. Dafür sorgen, daß das Kind, in aller Stille geboren, in gute Pflege kommt. Mich um die Auflösung Eurer Ehe kümmern. Es geht das Gerücht von einer Pest um. Sie könnte Brügge morgen verlassen, und Ihr auch.»

Nicolaas sagte: «Sein Name ist Sunni Ali, König der Songhai. Wie könntet Ihr Euch darum kümmern?»

«Gott verzeih mir . . . Nicolaas, Ihr könnt doch nicht dorthin zurückkehren. Was und wen Ihr in Timbuktu gekannt habt, ist tot und dahin.»

«Was ist sonst noch da?» sagte Nicolaas. Zuhra hatte sich bedeckt.

«Was Ihr mitgebracht habt», entgegnete Gregorio. «Ihr werdet es wiederfinden.» Seine Stimme war von Mitleid erfüllt. Die erste von vielen Stimmen.

«Natürlich», sagte Nicolaas. «Dann kümmert Ihr Euch um das alles? Oder nein. Ich kann mich sehr gut selbst darum kümmern. Keine Scheidung. Ich bin gern verheiratet. Ich scheine irgendein neues Geschäft zu haben, dem ich mich im Norden widmen sollte. Gelis kann sich zu ihren Vettern in Veere zurückziehen. Lassen wir es als eheliches Kind erscheinen. Wenn Simon eines großziehen kann, kann ich das auch.»

Ging es schnell, bei den Kleinen, bei ihm? Oder gab es einen Stich, einen Hieb nach dem anderen?

«Sie ist zu jung, um zu hassen», sagte Gregorio.

«Sie haßt aber», sagte Nicolaas. «Oder glaubt, daß sie haßt.»

«Sie weiß nicht, was das Wort bedeutet.»

Romane und Erzählungen

Barbara Taylor Bradford
Bewahrt den Traum *Roman*
(rororo 12794 und als
gebundene Ausgabe im
Wunderlich Verlag)
Eine bewegende Familiensaga: die Erfolgsautorin erzählt mit Charme und Einfühlungsvermögen vor allem die Geschichte zweier Frauen, die sich ihren Platz in einer männlichen Welt erkämpfen.
Und greifen nach den Sternen
Roman
(rororo 13064)
Wer Liebe sät *Roman*
(rororo 12865 und als
gebundene Ausgabe im
Wunderlich Verlag)

Barbara Chase-Riboud
Die Frau aus Virginia *Roman*
(rororo 5574)
Die mitreißende Liebesgeschichte des amerikanischen Präsidenten Thomas Jefferson und der schönen Mulattin Sally Hemings.

Marga Berck
Sommer in Lesmona
(rororo 1818)
Diese Briefe der Jahrhundertwende, geschrieben von einem jungen Mädchen aus reichem Hanseatenhaus, fügen sich zusammen zu einem meisterhaften Roman zum unerschöpflichen Thema erste Liebe.

Diane Pearson
Der Sommer der Barschinskys
Roman
(rororo 12540)
Die Erfolgsautorin von «Csárdás» hat mit diesem Roman wieder eines jener seltenen Bücher geschrieben, die eigentlich keine letzte Seite haben dürften.

rororo Unterhaltung

Dorothy Dunnett
Die Farben des Reichtums
Der Aufstieg des Hauses Niccolò. Roman
656 Seiten. Gebunden im Wunderlich Verlag und als rororo 12855
«Spionagethriller, Liebesgeschichte, spannendes Lehrbuch (wie lebten die Menschen vor 500 Jahren?) - einer der schönsten historischen Romane seit langem.» *Brigitte*
Der Frühling des Widders
Die Machtentfaltung des Hauseses Niccolò. Roman
640 Seiten. Gebunden im Wunderlich Verlag
Das Spiel der Skorpione
Niccolò und der Kampf um Zypern. Roman
784 Seiten. Gebunden im Wunderlich Verlag

Marti Leimbach
Wen die Götter lieben *Roman*
272 Seiten. Gebunden im Wunderlich Verlag und als rororo 13000
Das Buch zum Film «Entscheidung aus Liebe». Die Geschichte von Hilary und Viktor.

3287/2

Abenteuer

Mario Puzo
Der Pate *Roman*
(rororo 1442)
Ein atemberaubender Gangsterroman aus der New Yorker Unterwelt, der zum aufsehenerregenden Bestseller wurde. Ein Presseurteil: «Ein Roman wie ein Vulkan. Ein einziger Ausbruch von Vitalität, Intelligenz und Gewalttätigkeit, von Freundschaft, Treue und Verrat, von grausamen Morden, großen Geschäften, Sex und Liebe.»

Mamma Lucia *Roman*
(rororo 1528)
Animalisch in ihrer Sanftmut, aufopfernd in ihrer Fürsorge, streng und wachsam in ihrer Liebe – das ist Lucia Santa Angeluzzi-Corbo, Mamma Lucia, die im italienischen Viertel von New York um das tägliche Brot ihrer sechs Kinder kämpft.

Rudolf Braunburg
Hongkong International *Roman*
(rororo12820)
Ein aufregender Roman aus der Welt der Flieger und Passagiere vom Bestsellerautor und früheren Flugkapitän Rudolf Braunburg.

Rückenflug *Roman*
rororo 12333)
Während der Trainingstage beim internationalen Kunstfliegertreffen stimmt sich der bekannte Journalist Achim Reimers auf die spannungsgeladene Atmosphäre ein und macht auf seinen Streifzügen merkwürdige Beobachtungen. Bald muß er erkennen, daß er sich ahnungslos in einem gefährlichen Spionagenetz verfangen hat.

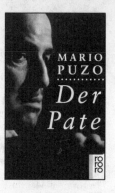

Josef Martin Bauer
So weit die Füße tragen
(rororo 1667)
Ein Kriegsgefangener auf der Flucht von Sibirien durch den Ural und Kaukasas bis nach Persien. «Diese Odyssee durch Steppe und Eis, durch die Maschen der Wächter und Häscher dauerte volle drei Jahre – wohl einer der aufregendsten und zugleich einsamsten Alleingänge, die die Geschichte des individuellen Abenteuers kennt.»
Saarländischer Rundfunk

James Dickey
Flußfahrt *Roman*
(rororo 12722)
Harmols wie ein Pfadfinderunternehmen beginnt der Wochenendausflug von vier gutsituierten Duchschnittsbürgern - schon am nächsten Tag jedoch verwandelt sich die Kanufahrt in einen Alptraum...
Unter dem Titel «Beim Sterben ist jeder der erste» verfilmt mit Burt Reynolds.

rororo Unterhaltung

Historische Romane

Dorothy Dunnett
Die Farben des Reichtums Der Aufstieg des Hauses Niccolò *Roman*
(rororo 12855)
«Dieser rasante Roman aus der Renaissance ist ein kunstvoll aufgebauter, abenteuerreicher Schmöker über den Aufsteig eines armen Färberlehrlings aus Brügge zum international anerkannten Handelsherrn – einer der schönsten historischen Romane seit langem.» Brigitte

Josef Nyáry
Ich, Aras, habe erlebt... *Ein Roman aus archaischer Zeit*
(rororo 5420)
Aus historischen Tatsachen und alten Legenden erzählt dieser Roman das abenteuerliche Schicksal des Diomedes, König von Argos und Held vor Trojas Mauern.

Pauline Gedge
Pharao *Roman*
(rororo 12335)
«Das heiße Klima, der allgegenwärtige Nil und die faszinierend fremdartigen Rituale prägen die Atmosphäre diese farbenfrohen Romans der Autorin des Welterfolgs ‹Die Herrin vom Nil›.» The New York Times

Pierre Montlaur
Imhotep. Arzt der Pharaonen *Roman*
(rororo 12792)
Ägypten, 2600 Jahre vor Beginn unserer Zeitrechnung. Die Zeit der Sphinx und der Pharaonen. Und die Zeit des legendären Arztes und Baumeisters Imhotep. Ein prachtvolles Zeit- und Sittengemälde der frühen Hochkultur des Niltals.

rororo Unterhaltung

T. Coraghessan Boyle
Wassermusik *Roman*
(rororo 12580)
Ein wüster, unverschämter, barocker Kultroman über die Entdeckungsreisen des Schotten Mungo Park nach Afrika um 1800. «Eine Scheherazade, in der auch schon mal ein Krokodil Harfe spielt, weil ihm nach Verspeisen des Harfinisten das Instrument in den Zähnen klemmt, oder ein ärgerlich gewordener Kumpan fein verschnürt wie ein Kapaun den Menschenfressern geschenkt wird. Eine unendliche Schnurre.» Fritz J. Raddatz in «Die Zeit»

John Hooker
Wind und Sterne *Roman*
(rororo 12725)
Der abenteuerliche Roman über den großen Seefahrer und Entdecker James Cook.

3288/1

Horizonte

Bruce Chatwin
In Patagonien *Reise in ein fernes Land*
(rororo 12836)
Bruce Chatwin hat auf einer langen Reise dieses malerisch schöne, wilde Land am Ende der Welt erkundet.

Jimmy Burns
Jenseits des silbernen Flusses *Begegnungen in Südamerika*
(rororo12643)
Fünf Jahre lang lebte Jimmy Burns in Buenos Aires und bereiste Argentinien, Brasilien, Peru, Ecuador, Bolivien und Chile.
Burns war 1988 Preisträger des Somerset Maugham-Award.

Amos Elon
Jerusalem *Innenansichten einer Spiegelstadt*
(rororo 12652)

Eddy L. Harris
Mississippi Solo *Mit dem Kanu von Minnesota nach New Orleans*
(rororo 12646)

Katie Kickman
Im Tal des Zauberers *Innenansichten aus Bhutan*
(rororo 12651)
Es gibt nur noch wenige Gegenden auf der Erde, die Geheimnisse geblieben sind, und eine davon ist Bhutan. Als eine der ersten Europäerinnen gelang es Katie Hickman, das Land im Himalaya und das wilde Bergvolk der Bragpas zu besuchen.

Ursula von Kardorff
Adieu Paris *Streifzüge durch die Stadt der Bohème*
(rororo 13159)

John Krich
Wo, bitte, liegt Nirwana? *Eine Reise durch Asien*
(rororo 12642)

John David Morley
Grammatik des Lächelns *Japanische Innenansichten*
(rororo 12641)

Charles Nicholl
Treffpunkt Café «Fruchtpalast» *Erlebnisse in Kolumbien*
(rororo 12582)
«Eines der spannendsten Reisebücher überhaupt – und brillant geschrieben!» *New York Times*
Im Goldenen Dreieck *Eine Reise in Thailand und Burma*
(rororo 13173)

Stuart Stevens
Spuren im heißen Sand *Abenteuer in Afrika*
(rororo 12647)

Theodore Zeldin
«Ich liebe das Leben, und das Leben liebt mich» *Was es heißt, Franzose zu sein*
(rororo 12644)

rororo Unterhaltung

Biographien

Ulrike Leonhardt
Prinz von Baden genannt Kaspar Hauser
(rororo 13039)
«Ulrike Leonhardt scheint das Geheimnis um Kaspar Hauser endgültig gelüftet zu haben.» *Süddeutsche Zeitung*

Hans Dieter Zimmermann
Heinrich von Kleist
(rororo 12906)
«Hans Dieter Zimmermanns einfühlsame wie kenntnisreiche Biographie ist ein Paradestück der Interpretationskunst.» *Stuttgarter Zeitung*

Rüdiger Safranski
Schopenhauer und Die wilden Jahre der Philosophie
(rororo 12530)
«Über Schopenhauer hat Safranski ein sehr schönes Buch geschrieben, das tatsächlich so etwas wie ‹eine Liebeserklärung an die Philosophie› ist. Wer sie nicht hören will, dem ist nicht (mehr) zu helfen.» *Die Zeit*

Werner Fuld
Walter Benjamin
(rororo 12675)
«Ein Versuch, der angesichts der Bedeutung Benjamins wohl längst überfällig war.» *Die Presse, Wien*

Bernard Gavoty
Chopin
(rororo 12706)
«Ich selbst bin immer noch Pole genug, um gegen Chopin den Rest der Musik hinzugeben.» *Friedrich Nietzsche*

Donald A. Prater
Ein klingendes Glas. Das Leben Rainer Maria Rilkes
(rororo 12497)
In diesem Buch wird «ein Mosaik zusammengetragen, das als die genaueste Biographie gelten kann, die heute über Rilke zu schreiben möglich ist». *Neue Zürcher Zeitung*

Klaus Harpprecht
Georg Forster oder Die Liebe zur Welt
(rororo 12634)
«Ein exakt dokumentiertes und lebendig geschriebenes Buch, das in einem exemplarischen Sinne eine deutsche Biographie genannt zu werden verdient.» *Frankfurter Allgemeine Zeitung*

rororo Unterhaltung

«Das Leben eines jeden Menschen ist ein von Gotteshand geschriebenes Märchen.» Hans Christian Andersen

3285/2

Lesebücher

Bücher für jeden Geschmack und viele Gelegenheiten. Zum Geburtstag oder als kleine Aufmerksamkeit zwischendurch. Für Urlaub, Freizeit und lange Lese–Nächte.

Lesebuch der Freunschaft
(rororo 13100)
«Ein Freund ist ein Mensch, vor dem man laut denken kann.»
R. W. Emerson

Lesebuch der Liebe
(rororo 13102)
In diesem Band spiegeln sich die vielen Facetten der Liebe wider – vom ersten spielerischen Verliebtsein bis zu den Herausforderungen der großen Liebe.

Lesebuch des schönen Schauders
(rororo 43050)

Lesebuch «Gute Besserung!»
(rororo 13103)

Lesebuch Perlen der Lust
(rotfuchs 13104)

Lesebuch für Katzenfreunde
(rororo 13101)
Nicht nur humorvolle oder spannende Geschichten von Katzen–Freunden für Katzenfreunde, in denen die Spezies Mensch nicht selten entlarvt wird.

Thriller Lesebuch
(rororo43051)

Lesebuch der «Neuen Frau»
Araberinnen über sich selbst
(rororo 13106)

Rotfuchs–Lesebuch Kinder, Kater & Co.
(rororo 20642)

Schmunzel Lesebuch
(rororo 13105)
In sieben Kapiteln werden hier Texte von mehr als 35 berühmten Autoren präsentiert – von «Klassikern» wie Kurt Tucholsky, James Thurber, Karel Capek, Alfred Polgar und Frank Wedekind ebenso wie von modernen Autoren à la Robert Gernhardt, Richard Rogler, James Herriot und Wolfgang Körner.

rororo Unterhaltung

Robert S. Elegant

Robert S. Elegants große und erfolgreiche Romane erzählen von den Ränken und Feindschaften, von der Jagd nach Glück und Geld in den mächtigen Familien Chinas.
Robert S. Elegant, der selbst lange Jahre als Korrespondent in Hongkong lebte, gewährt damit einen tiefen Einblick in die Geschichte, die politischen Geschicke und die uralte Kultur dieses riesigen und nach wie vor geheimnisvollen Reichs der Mitte.

Die Dynastie *Roman*
(rororo 5000)
In Hongkong, der brodelnden Hafenstadt am Gelben Meer, einst Tor zum rätselhaften Reich der Mitte, heute Brückenkopf des Handels zwischen Ost und West, spielt diese große, sieben Jahrzehnte umspannende Geschichte eines Familien-Clans: Liebe und Feindschaft, Reichtum und Macht und der beispiellose Aufstieg eines Handelshauses.

Mandarin *Roman*
(rororo 5760)
In der zweiten Hälfte des vergangenen Jahrhunderts erfährt der jüdische Kaufmann Saul Halevie das Ränkespiel am chinesischen Kaiserhof. Im Reich der Mitte herrscht Aufruhr, doch ändert sich wenig an den Spielregeln der Korruption: Ohne Geld geht nichts in China, mit Geld alles. Ein Roman voller unschätzbarer kulturgeschichtlicher Details und dramatischer Szenen.

Mandschu *Roman*
(rororo 5484)
Im 17. Jahrhundert gerät China in schwere Bedrängnis. Die Macht des altehrwürdigen Herrscherhauses der Ming ist ausgehöhlt durch Korruption und Intrigen. Vor den Toren der großen Städte im Norden stehen die Heere der Mandschu, und es ist nur noch eine Frage der Zeit, wann die «barbarischen Eroberer aus dem Norden», die Tataren, die Macht der Ming endgültig zerstören und die Herrschaft an sich reißen.
«... ein historisch-exotisches Kolossalgemälde.»
Hamburger Abendblatt

Sturm über Shanghai *Roman*
(rororo 13152 und als gebundene Ausgabe)

rororo Unterhaltung